HAIDNISCHE ALTERTHÜMER

Literatur
des 18. und 19. Jahrhunderts
Herausgegeben
von Hans-Michael Bock
Hamburg

Johann Gottfried Schnabel

INSEL FELSENBURG

Wunderliche Fata
einiger Seefahrer

Teil I & Teil II

Zweitausendeins

Ausgabe in drei Bänden.
Mit einem Nachwort von Günter Dammann.
Textredaktion von Marcus Czerwionka
unter Mitarbeit von Robert Wohlleben.

Druckvorlage für Teil I war das Exemplar der Herzog August Bibliothek Wolfenbüttel Lm 1059; Textverlust dieses Exemplars auf den Seiten 3 und 4 sowie 599 und 600 wurde nach dem Exemplar der Universitätsbibliothek Leipzig Litt. germ. 64052 ergänzt. Druckvorlage für die Teile II und III waren die Exemplare der Universitäts- und Landesbibliothek Sachsen-Anhalt Halle AB B4693 (2) bzw. (3). Druckvorlage für Teil IV war das Exemplar der Niedersächsischen Staats- und Universitätsbibliothek Göttingen 8° Fab. Rom. VI, 2525^b. – Die faksimilierten Beigaben entstammen mit zwei Ausnahmen den als Druckvorlage angegebenen Exemplaren. Das Titelblatt von Teil II mußte nach dem Exemplar der Herzogin Anna Amalia Bibliothek Weimar 32,3:59^b, das Titelblatt (mitsamt Titelkupfer) von Teil III nach dem Exemplar der Herzog August Bibliothek Wolfenbüttel Lo 6958 reproduziert werden.

1. Auflage, März 1997.

Herstellung: Dieter Kohler & Bernd Leberfinger, Nördlingen.
Satz: fulgura frango, Hamburg.
Satzbelichtung: H & G Herstellung, Hamburg.
Druck: Wagner GmbH, Nördlingen.
Einband: G. Lachenmaier, Reutlingen.
Printed in Germany.

Diese Ausgabe gibt es nur bei Zweitausendeins
im Versand (Postfach, D-60381 Frankfurt am Main) oder
in den Zweitausendeins-Läden in Berlin, Düsseldorf, Essen, Frankfurt, Freiburg, Hamburg, Köln, München, Nürnberg, Saarbrücken, Stuttgart.

In der Schweiz über buch 2000, Postfach 89, CH-8910 Affoltern a. A.

ISBN 3-86150-171-6

Johann Gottfried Schnabel

INSEL FELSENBURG

WUNDERLICHE FATA
EINIGER SEEFAHRER

Teil I

Wunderliche

FATA

einiger

absonderlich

ALBERTI JULII,

eines gebohrnen Sachsens,

Welcher in seinem 18den Jahre zu Schiffe
gegangen, durch Schiff-Bruch selb 4te an eine
grausame Klippe geworffen worden, nach deren Übersteigung
das schönste Land entdeckt, sich daselbst mit seiner Gefährtin
verheyrathet, aus solcher Ehe eine Familie von mehr als
300. Seelen erzeuget, das Land vortrefflich angebauet,
durch besondere Zufälle erstaunens-würdige Schätze gesammlet, seine in Teutschland ausgekundschaften Freunde
glücklich gemacht, am Ende des 1728sten Jahres, als in
seinem Hunderten Jahre, annoch frisch und gesund gelebt,
und vermuthlich noch zu dato lebt,

entworffen

Von dessen Bruders-Sohnes-Sohnes-Sohne,

Monſ. Eberhard Julio,

Curieusen Lesern aber zum vermuthlichen
Gemüths-Vergnügen ausgefertiget, auch par Commission
dem Drucke übergeben

Von

GISANDERN.

NORDHAUSEN,
Bey Johann Heinrich Groß, Buchhändlern.
Anno 1731.

GRUNDRIS

der Anno

von Alber

endeckten

Felsenb

nach de

Spect

Süden

Nach Ve

gezeichnet

von

Mons

Eberhard

Anno

Vorrede.

Geneigter Leser!

ES wird dir in folgenden Blättern eine Geschichts-Beschreibung vorgelegt, die, wo du anders kein geschworner Feind von dergleichen Sachen bist, oder dein Gehirne bey Erblickung des Titul-Blates nicht schon mit wiederwärtigen Præjudiciis angefüllet hast, ohnfehlbar zuweilen etwas, ob gleich nicht alles, zu besonderer Gemüths-Ergötzung überlassen, und also die geringe Mühe, so du dir mit Lesen und Durchblättern gemacht, gewisser massen recompensiren kan.

Mein Vorsatz ist zwar nicht, einem oder dem andern dieses Werck als einen vortrefflich begeisterten und in meinen Hoch-Teutschen Stylum eingekleideten Staats-Cörper anzuraisoniren; sondern ich will das Urtheil von dessen Werthe, dem es beliebt, überlassen, und da selbiges vor meine Parthie nicht allzu vortheilhafftig klappen solte, weiter nichts sagen, als: Haud curat Hippoclides. Auf Teutsch:

Sprecht, was ihr wolt, von mir und Julio dem

Sachsen,

Ich lasse mir darum kein graues Härlein

wachsen. [II^v]

Allein, ich höre leyder! schon manchen, der nur einen Blick darauf schiessen lassen, also raisoniren und fragen: Wie hälts, Landsmann! kan man sich auch darauf verlassen, daß deine Geschichte keine blossen Gedichte, Lucianische Spaas-Streiche, zusammen geraspelte Robinsonaden-Späne und dergleichen sind? Denn es werffen sich immer mehr und mehr Scribenten auf, die einem neubegierigen Leser an diejenige Nase, so er doch schon selbst am Kopffe hat, noch viele kleine, mittelmäßige und grosse Nasen drehen wollen.

Was gehöret nicht vor ein Baum-starcker Glaube darzu, wenn man des Herrn von Lydio trenchirte Insul als eine Wahrheit in den Back-Ofen seines physicalischen Gewissens schieben will? Wer muß sich nicht vielmehr über den Herrn Geschicht-Schreiber P. L. als über den armen Einsiedler Philipp Quarll selbst verwundern, da sich der erstere gantz besondere Mühe giebt, sein, nur den Mondsüchtigen gläntzendes Mährlein, unter dem Hute des Hrn. Dorrington, mit demüthigst-ergebensten Flatterien, als eine brennende Historische Wahrheits-Fackel aufzustecken? Die Geschicht von Joris oder Georg Pines hat seit ao. 1667. einen ziemlichen Geburths- und Beglaubigungs-Brief erhalten, nachdem aber ein Anonymus dieselbe aus dem Englischen übersetzt haben will, und im Teutschen, als ein Gerichte Sauer-Kraut mit Stachelbeeren vermischt, aufgewärmet hat, ist eine solche Ollebutterie daraus worden, daß man kaum die gantz zu Matsche gekochten Brocken der Wahrheit, noch auf dem

Grunde der langen Titsche finden kan. Woher denn kommt, daß ein jeder, der diese Ge-[III^r]schicht nicht schon sonsten in andern Büchern gelesen, selbige vor eine lautere Fiction hält, mithin das Kind sammt dem Badewasser ausschüttet. Gedencket man ferner an die fast unzählige Zahl derer Robinsons von fast allen Nationen, so wohl als andere Lebens-Beschreibungen, welche meistentheils die Beywörter: Wahrhafftig, erstaunlich, erschrecklich, noch niemahls entdeckt, unvergleichlich, unerhört, unerdencklich, wunderbar, bewundernswürdig, seltsam und dergleichen, führen, so möchte man nicht selten Herr Ulrichen, als den Vertreiber eckelhaffter Sachen, ruffen, zumahlen wenn sich in solchen Schrifften lahme Satyren, elender Wind, zerkauete Moralia, überzuckerte Laster-Morsellen, und öffters nicht 6. rechtschaffene oder wahre Historische Streiche antreffen lassen. Denn - - -

Halt inne, mein Freund! Was gehet mich dein gerechter oder ungerechter Eiffer an? Meinest du, daß ich dieserwegen eine Vorrede halte? Nein, keines weges. Laß dir aber dienen! Ohnfehlbar must du das von einem Welt-berühmten Manne herstammende Sprichwort: Viel Köpffe, viel Sinne, gehöret oder gelesen haben. Der liebe Niemand allein, kan es allen Leuten recht machen. Was dir nicht gefällt, charmirt vielleicht 10, ja 100. und wohl noch mehr andere Menschen. Alle diejenigen, so du anitzo getadelt hast, haben wohl eine gantz besondere gute Absicht gehabt, die du und ich erstlich errathen müssen.

Ich wolte zwar ein vieles zu ihrer Defension anführen, allein, wer weiß, ob mit meiner Treuhertzigkeit Danck zu verdienen sey? Uber dieses, da solche Autores vielleicht klüger und geschickter sind als Du und ich, so werden sie [III^v] sich, daferne es die Mühe belohnt, schon bey Gelegenheit selbst verantworten.

Aber mit Gunst und Permission zu fragen: Warum soll man denn dieser oder jener, eigensinniger Köpffe wegen, die sonst nichts als lauter Wahrheiten lesen mögen, nur eben lauter solche Geschichte schreiben, die auf das kleineste Jota mit einem cörperlichen Eyde zu bestärcken wären? Warum soll denn eine geschickte Fiction, als ein Lusus Ingenii, so gar verächtlich und verwerfflich seyn? Wo mir recht ist, halten ja die Herren Theologi selbst davor, daß auch in der Heil. Bibel dergleichen Exempel, ja gantze Bücher, anzutreffen sind. Sapienti sat. Ich halte davor, es sey am besten gethan, man lasse solcher Gestalt die Politicos ungehudelt, sie mögen schreiben und lesen was sie wollen, solte es auch gleich dem gemeinen Wesen nicht eben zu gantz besondern Vortheil gereichen, genug, wenn es demselben nur keinen Nachtheil und Schaden verursachet.

Allein, wo gerathe ich hin? Ich solte *Dir, geneigter Leser,* fast die Gedancken beybringen, als ob gegenwärtige Geschichte auch nichts anders als pur lautere Fictiones wären? Nein! dieses ist meine Meynung durchaus nicht, jedoch soll mich auch durchaus niemand dahin zwingen, einen Eyd über die pur lautere Wahrheit derselben abzulegen. Vergönne, daß ich deine Gedult noch in etwas mißbrauche, so wirst du erfahren, wie diese Fata verschiedener *See-Fahrenden* mir fato zur Beschreibung in die Hände gekommen sind:

Als ich im Anfange dieses nun fast verlauffenen Jahres in meinen eigenen Verrichtungen eine ziemlich weite Reise auf der Land-Kutsche zu thun genö-[IV^r]thiget war, gerieth ich bey solcher Gelegenheit mit einen Literato in Kundschafft, der eine gantz besonders artige Conduite besaß. Er ließ den gantzen Tag über auf den Wagen vortrefflich mit sich reden und umgehen, so bald wir aber des Abends gespeiset, muste man ihm gemeiniglich ein Licht alleine geben, womit er sich von der übrigen Gesellschafft ab- und an einen andern Tisch setzte, solchergestalt beständig diejenigen geschriebenen Sachen laß, welche er in einem zusammen gebundenen Paquet selten von Abhänden kommen ließ. Sein Beutel war vortrefflich gespickt, und meine Person, deren damahliger Zustand eine genaue Wirthschafft erforderte, profitire ungemein von dessen generositeé, welche er bey mir, als einem Feinde des Schmarotzens, sehr artig anzubringen wuste. Dannenhero gerieth ich auf die Gedancken, dieser Mensch müsse entweder ein starcker Capitaliste oder gar ein Adeptus seyn, indem er so viele güldene Species bey sich führete, auch seine besondere Liebe zur Alchymie öffters in Gesprächen verrieth.

Eines Tages war dieser gute Mensch der erste, der den blasenden Postillon zu Gefallen hurtig auf den Wagen

steigen wolte, da mittlerweile ich nebst zweyen Frauen-
zimmern und so viel Kauffmanns-Dienern in der Thür
des Gast-Hofs noch ein Glaß Wein ausleereten. Allein, er
war so unglücklich, herunter zu stürtzen, und da die
frischen Pferde hierdurch schüchtern gemacht wurden,
gingen ihm zwey Räder dermassen schnell über den Leib
und Brust, daß er so gleich halb todt zurück in das Gast
Hauß getragen werden muste.

Ich ließ die Post fahren, und blieb bey diesen [IVᵛ] im
grösten Schmertzen liegenden Patienten, welcher, nachdem er sich um Mitternachts-Zeit ein wenig ermuntert
hatte, alsofort nach seinem Paquet Schrifften fragte, und
so bald man ihm dieselben gereicht, sprach er zu mir:
Mein Herr! nehmet und behaltet dieses Paquet in eurer
Verwahrung, vielleicht füget euch der Himmel hierdurch
ein Glücke zu, welches ich nicht habe erleben sollen.
Hierauf begehrete er, daß man den anwesenden Geistlichen bey ihm allein lassen solte, mit welchen er denn
seine Seele wohl berathen, und gegen Morgen das Zeitliche mit dem Ewigen verwechselt hatte.

Meinen Gedancken nach hatte ich nun von diesem
andern Jason das güldene Fell ererbet, und vermeinte,
ein Besitzer der allersichersten alchimistischen Processe
zu seyn. Aber weit gefehlt! Denn kurtz zu sagen, es fand
sich sonst nichts darinnen, als Albert Julii Geschichts-
Beschreibung, und was Mons. Eberhard Julius, zur Erläuterung derselben, diesem unglücklichen Passagier sonsten beygelegt und zugeschickt hatte.

14

Ohngeacht aber meine Hoffnung, in kurtzer Zeit ein glücklicher Alchymiste und reicher Mann zu werden, sich gewaltig betrogen sahe, so fielen mir doch, beym Durchlesen dieser Sachen, verschiedene Passagen in die Augen, woran mein Gemüth eine ziemliche Belustigung fand, und da ich vollends des verunglückten Literati besonderen Brief-Wechsel, den er theils mit Mons. Eberhard Julio selbst, theils mit Herrn G. v. B. in Amsterdam, theils auch mit Herrn H. W. W. in Hamburg dieses Wercks wegen eine Zeit her geführet, dabey [V^r] antraff, entbrandte sogleich eine Begierde in mir, diese Geschicht selbst vor die Hand zu nehmen, in möglichste Ordnung zu bringen, und hernach dem Drucke zu überlassen, es möchte gleich einem oder den andern viel, wenig oder gar nichts daran gelegen seyn, denn mein Gewissen rieth mir, diese Sachen nicht liederlicher Weise zu vertuschen.

Etliche Wochen hierauf, da mich das Glück unverhofft nach Hamburg führete, gerieth ich gar bald mit dem Herrn W. in Bekandtschafft, eröffnete demselben also die gantze Begebenheit des verunglückten Passagiers, wie nicht weniger, daß mir derselbe vor seinem Ende die und die Schrifften anvertrauet hätte, wurde auch alsobald von diesem ehrlichen Manne durch allerhand Vorstellungen und Persuasoria in meinem Vorhaben gestärckt, anbey der Richtigkeit dieser Geschichte, vermittelst vieler Beweißthümer, vollkommen versichert, und belehret, wie ich mich bey Edirung derselben zu verhalten hätte.

15

Also siehest du, mein Leser, daß ich zu dieser Arbeit
gekommen bin, wie jener zur Maulschelle, und merckest
wohl, daß mein Gewissen von keiner Spinnewebe ge-
würckt ist, indem ich eine Sache, die man mir mit vielen
Gründen als wahr und unfabelhafft erwiesen, dennoch
niemanden anders, als solchergestalt vorlegen will, daß
er darvon glauben kan, wie viel ihm beliebt. Demnach
wird hoffentlich jeder mit meiner generositeé zu frieden
seyn können.

Von dem übrigen, was sonsten in Vorreden pflegt angeführet zu werden, noch etwas weniges [V^v] zu melden,
so kan nicht läugnen, daß dieses meine erste Arbeit von
solcher Art ist, welche ich in meiner Hertz-allerlieb-
sten Deutschen Frau Mutter-Sprache der Presse unter-
werffe. Nimm also einem jungen Anfänger nicht übel,
wenn er sein erstes Händewerck so frey zur Schaue
darstellet, selbiges aber dennoch vor kein untadelhafftes
Meister-Stücke ausgiebt.

An vielen Stellen hätte ich den Stylum selbst ziemlich
verbessern können und wollen, allein, man forcirte mich,
die Herausgabe zu beschleunigen. Zur Mundirung des
Concepts liessen mir anderweitige wichtige Verrichtungen keine Zeit übrig, selbiges einem Copisten hin-
zugeben, möchte vielleicht noch mehr Händel gemacht
haben. Hier und dort aber viel auszustreichen, einzuflicken, Zeichen zu machen, Zettelgen beyzulegen und
dergleichen, schien mir zu gefährlich, denn wie viele
Flüche hätte nicht ein ungedultiger Setzer hierbey aus-

stossen können, die ich mir alle ad animum revociren müssen.

Ich weiß, was mir Mons. Eberhard Julii kunterbunde Schreiberey quoad formam vor Mühe gemacht, ehe die vielerley Geschichten in eine ziemliche Ordnung zu bringen gewesen. Hierbey hat mir nun allbereits ein guter Freund vorgeworffen, als hätte ich dieselben fast gar zu sehr durch einander geflochten, und etwa das Modell von einigen Romainen-Schreibern genommen, allein, es dienet zu wissen, daß Mons. Eberhard Julius selbst das Kleid auf solche Facon zugeschnitten hat, dessen Gutbefinden mich zu widersetzen, und sein Werck ohne Ursach zu hofemeistern, ich ein billiges Be-[VI^r]dencken getragen, vielmehr meine Schuldigkeit zu seyn erachtet, dieses von ihm herstammende Werck in seiner Person und Nahmen zu demonstriren. Uber dieses so halte doch darvor, und bleibe darbey, daß die meisten Leser solchergestalt desto besser divertirt werden. Beugen doch die Post-Kutscher auch zuweilen aus, und dennoch moquirt sich kein Passagier drüber, wenn sie nur nicht gar stecken bleiben, oder umwerffen, sondern zu gehöriger Zeit fein wieder in die Gleisen kommen.

Nun solte mich zwar bey dieser Gelegenheit auch besinnen, ob ich als ein Recroute unter den Regimentern der Herrn Geschichts-Beschreiber, dem (s. T. p.) Hochgeöhrten und Wohlnaseweisen Herrn Momo, wie nicht weniger dessen Dutz-Bruder, Herrn Zoilo, bey bevorstehender Revüe mit einer Spanischen Zähnfletz-

schenden grandezze, oder Pohlnischen Sub-Submission
entgegen gehen müsse? Allein, weil ich die Zeit und alles,
was man dieser Confusionarien halber anwendet, vor
schändlich verdorben schätze, will ich kein Wort mehr
gegen sie reden, sondern die übrigen in mente behalten.

Solte aber, *geneigter Leser!* dasjenige, was ich zu diesem Wercke an Mühe und Fleisse beygetragen, von Dir
gütig und wohl aufgenommen werden, so sey versichert,
daß in meiner geringen Person ein solches Gemüth anzutreffen, welches nur den geringsten Schein einer Erkänntlichkeit mit immerwährenden Dancke zu erwiedern bemühet lebt. Was an der Vollständigkeit desselben
annoch ermangelt, soll, so bald als möglich, hinzu [VIᵛ]
gefügt werden, woferne nur der Himmel Leben, Gesundheit, und was sonsten darzu erfordert wird, nicht abkür-
tzet. Ja ich dürffte mich eher bereden, als meinen Ermel
ausreissen lassen, künfftigen Sommer mit einem curieusen *Soldaten*-Romain heraus zu rutschen, als worzu verschiedene brave Officiers allbereit Materie an die Hand
gegeben, auch damit zu continuiren versprochen. Vielleicht trifft mancher darinnen vor sich noch angenehmere Sachen an, als in Gegenwärtigen.

Von den vermuthlich mit einschleichenden Druck-
Fehlern wird man mich gütigst absolviren, weil die Dru-
ckerey allzuweit von dem Orte, da ich mich aufhalte,
entlegen ist, doch hoffe, der sonst sehr delicate Herr
Verleger werde sich dieserhalb um so viel desto mehr
Mühe geben, solche zu verhüten. Letzlich bitte noch, die

in dieser Vorrede mit untergelauffenen Schertz-Worte nicht zu Poltzen zu drehen, denn ich bin etwas lustigen humeurs, aber doch nicht immer. Sonsten weiß vor dieses mahl sonderlich nichts zu erinnern, als daß ich nach Beschaffenheit der Person und Sachen jederzeit sey,

Geneigter Leser,

den 2. Dec.   *Dein*
   1730.

                                      dienstwilliger
                                      GISANDER.

Wunderliche FATA
Einiger See-Fahrer.
Erstes Buch.

OB denenjenigen Kindern, welche um die Zeit gebohren werden, da sich Sonnen- oder Mond-Finsternissen am Firmamente præsentiren, mit Recht besondere Fatalitäten zu prognosticiren seyn? Diese Frage will ich den gelehrten Natur-Kündigern zur Erörterung überlassen, und den Anfang meiner vorgenommenen Geschichts-Beschreibung damit machen: wenn ich dem Geneigten Leser als etwas merckliches vermelde: daß ich Eberhard Julius den 12. May 1706. eben in der Stunde das Licht dieser Welt erblickt, da die bekandte grosse Sonnen-Finsterniß ihren höchsten und fürchterlichsten grad erreicht hatte. Mein Vater, der ein wohlbemittelter Kauffmann war, und mit meiner Mutter noch kein völliges Jahr im Ehestande gelebt, mochte wegen gedoppelter Bestürtzung fast gantz ausser sich selbst gewesen seyn; Jedoch nachdem er bald darauf das Vergnü-[2]gen hat meine Mutter ziemlich frisch und munter zu sehen, mich aber als seinen erstgebohrnen jungen, gesunden Sohn zu küssen, hat er sich, wie mir erzehlet worden, vor Freuden kaum zu bergen gewust.

Ich trage Bedencken von denenjenigen tändeleyen viel Wesens zu machen, die zwischen meinen Eltern als jungen Eheleuten und mir als ihrer ersten Frucht der Liebe, in den ersten Kinder-Jahren vorgegangen. Genung! ich wurde von ihnen, wiewohl etwas zärtlich, jedoch christlich und ordentlich erzogen, weil sie mich aber von Jugend an dem studiren gewidmet, so muste es keines weges an gelehrten und sonst geschickten Lehr-Meistern ermangeln, deren getreue Unterweisung nebst meinen unermüdeten Fleisse so viel würckte, daß ich auf Einrathen vieler erfahrner Männer, die mich examinirt hatten, in meinem 17den Jahre nehmlich um Ostern 1723. auf die Universität Kiel nebst einem guten Anführer reisen konte. Ich legte mich auf die Jurisprudentz nicht so wohl aus meinem eigenen Antriebe, sondern auf Begehren meiner Mutter, welche eines vornehmen Rechts-Gelehrten Tochter war. Allein ein hartes Verhängnis ließ mich die Früchte ihres über meine guten Progressen geschöpfften Vergnügens nicht lange geniessen, indem ein Jahr hernach die schmertzliche Zeitung bey mir einlieff, daß meine getreue Mutter am 16. Apr. 1724. samt der Frucht in Kindes-Nöthen todes verblichen sey. Mein Vater verlangte mich zwar zu seinem Troste auf einige Wochen nach Hause, weiln, wie er schrieb, weder meine eintzige Schwester, noch andere Anverwandte seinen Schmertzen [3] einige Linderung verschaffen könten.

Doch da ich zurücke schrieb: daß um diese Zeit alle Collegia aufs neue angiengen, weßwegen ich nicht allein sehr viel versäumen, sondern über dieses seine und meine Hertzens-Wunde ehe noch weiter aufreissen als heilen würde, erlaubte mir mein Vater, nebst übersendung eines Wechsels von 200. spec. Ducaten noch ein halbes Jahr in Kiel zu bleiben, nach Verfliessung dessen aber solte nach Hause kommen über Winters bey ihm zu verharren, so dann im Früh-Jahre das galante Leipzig zu besuchen, und meine studia daselbst zu absolviren.

Sein Wille war meine Richt-Schnur, dannenhero die noch übrige Zeit in Kiel nicht verabsäumete mich in meinen ergriffenen studio nach möglichkeit zu cultiviren, gegen Martini aber mit den herrlichsten Attestaten meiner Professoren versehen nach Hause reisete. Es war mir zwar eine hertzliche Freude, meinen werthen Vater und liebe Schwester nebst andern Anverwandten und guten Freunden in völligen Glücks-Stande anzutreffen; allein der Verlust der Mutter that derselben ungemeinen Einhalt. Kurtz zu sagen: es war kein einziges divertissement, so mir von meinem Vater, so wohl auch andern Freunden gemacht wurde, vermögend, das einwurtzelende melancholische Wesen aus meinem Gehirne zu vertreiben. Derowegen nahm die Zuflucht zu den Büchern und suchte darinnen mein verlohrnes Vergnügen, welches sich denn nicht selten in selbigen finden ließ.

Mein Vater bezeigte theils Leid, theils Freude über meine douce Aufführung, resolvirte sich aber [4] bald, nach meinen Verlangen mich ohne Aufseher, oder wie es zuweilen heissen muß, Hofmeister, mit 300. fl. und einem Wechsel-Briefe auf 1000. Thl. nach Leipzig zu schaffen, allwo ich den 4. Mart. 1725. glücklich ankam.

Wer die Beschaffenheit dieses in der gantzen Welt berühmten Orts nur einigermassen weiß, wird leichtlich glauben: daß ein junger Pursche, mit so vielem baaren Gelde versehen, daselbst allerhand Arten von vergnügten Zeit-Vertreibe zu suchen Gelegenheit findet. Jedennoch war mein Gemüthe mit beständiger Schwermüthigkeit angefüllet, ausser wenn ich meine Collegia frequentirte und in meinem Museo mit den Todten conversirte.

Ein Lands-Mann von mir, Mons. H. - - - genannt merckte mein malheur bald, weil er ein Mediciner war, der seine Hand allbereit mit gröster raison nach dem Doctor-Hute ausstreckte. Derowegen sagte er einmahls sehr vertraulich: Lieber Herr Lands-Mann, ich weiß gantz gewiß, daß sie nicht die geringste Ursach haben, sich in der Welt über etwas zu chagriniren, ausgenommen den Verlust ihrer seel. Frau-Mutter. Als ein vernünfftiger Mensch aber können sie sich dieserwegen so hefftig und langwierig nicht betrüben, erstlich: weil sie deren Seeligkeit vollkommen versichert sind, vors andere: da sie annoch einen solchen Vater haben, von dem sie alles erwarten können, was von ihm und der Mutter zugleich zu hoffen gewesen. Anderer motiven voritzo zu geschweigen. Ich setze aber meinen Kopff zum Pfande, daß ihr niedergeschlagenes Wesen vielmehr von einer

übeln Di-[5]sposition des Geblüts herrühret, weßwegen
ihnen aus guten Hertzen den Gebrauch einiger Artzeneyen, hiernächst die Abzapffung etlicher Untzen Geblüts recommendirt haben will. Was gilts? rieff er aus,
wir wollen in 14. Tagen aus einem andern Thone mit
einander schwatzen.

Dieser gegebene Rath schien mir nicht unvernünfftig
zu seyn, derowegen leistete demselben behörige Folge,
und fand mich in wenig Tagen weit aufgeräumter und
leichtsinniger als sonsten, welches meinen guten Freunden höchst angenehm, und mir selbst am gefälligsten
war. Ich wohnete ein- und anderm Schmause bey, richtete selbst einen aus, spatzirte mit auf die Dörffer, kurtz!
ich machte alles mit, was honette Pursche ohne prostitution vorzunehmen pflegen. Jedoch kan nicht läugnen, daß dergleichen Vergnüglichkeiten zum öfftern von
einem bangen Hertz-Klopffen unterbrochen wurden. Die
Ursach dessen solte zwar noch immer einer Vollblütig-
keit zugeschrieben werden, allein mein Hertz wolte mich
fast im voraus versichern, daß mir ein besonderes Unglück bevorstünde, welches sich auch nach verfluß weniger Tage, und zwar in den ersten Tagen der Meß-Woche,
in folgenden Briefe, den ich von meinem Vater empfing,
offenbarete:

Mein Sohn,

ERschrecket nicht! sondern ertraget vielmehr mein
und euer unglückliches Schicksal mit großmüthiger Gelassenheit, da ihr in diesen Zeilen von mir selbst,

leider! versichert werdet: daß das falsche Glück mit drey-
en [6] *fatalen Streichen auf einmal meine* Reputation *und*
Wohl-Stand, ja mein alles zu Boden geschlagen. Fraget
ihr, wie? und auf was Art? so wisset, daß mein Compagnon *einen* Banquerott *auf 2. Tonnen Goldes gemacht,*
daß auf meine eigene Kosten ausgerüstete Ost-Indische
Schiff bey der Retour *von den See-Räubern geplündert,*
und letzlich zu completirung *meines* Ruins *der Verfall*
der Actien *mich allein um 50000. Thl.* spec. *bringet. Ein*
mehreres will hiervon nicht schreiben, weil mir im
schreiben die Hände erstarren wollen. Lasset euch inn-
liegenden Wechsel-Brief â *2000.* Frfl. *in Leipzig von*
Hrn. H. *gleich nach Empfang dieses bezahlen. Eure*
Schwester habe mit eben so viel, und ihren besten
Sachen, nach Stockholm zu ihrer Baase geschickt, ich
aber gehe mit einem wenigen von hier ab, um in Ost-
oder West-Indien, entweder mein verlohrnes Glück, oder
den todt zu finden. In Hamburg bey Hrn. W. *habt ihr*
vielleicht mit der Zeit Briefe von meinem Zustande zu
finden. Lebet wohl, und bedauert das unglückliche Ver-
hängnis eures treugesinnten Vaters, dessen Redlichkeit
aber allzustarcker hazard *und Leichtglaubigkeit ihm*
und seinen frommen Kindern dieses malheur *zugezogen.*
Doch in Hofnung, GOTT werde sich eurer und meiner
nicht gäntzlich entziehen, verharre

D. d. 5. Apr. 1725.   Euer

biß ins Grab getreuer Vater

Frantz Martin Julius. [7]

Ich fiel nach Lesung dieses Briefes, als ein vom Blitz gerührter, rückwarts auf mein Bette, und habe länger als 2. Stunden ohne Empfindung gelegen. Selbigen gantzen Tag, und die darauf folgende Nacht, wurde in gröster desperation zugebracht, ohne das geringste von Speise oder Geträncke zu mir zu nehmen, da aber der Tag anbrach, beruhigte sich das ungestüme Meer meiner Gedancken einigermassen. Ich betete mein Morgen-Gebet mit hertzlicher Andacht, sung nach einem Morgen-Liede auch dieses: GOTT der wirds wohl machen &c. schlug hernach die Bibel auf, in welcher mir so gleich der 127. Psalm Davids in die Augen fiel, welcher mich ungemein rührete. Nachdem ich nun meine andächtigen, ungeheuchelten Penseen darüber gehabt, schlug ich die Bibel nochmals auf, und traf ohnverhofft die Worte Prov. 10. der Seegen des HERRN macht reich ohne Mühe &c.

Hierbey traten mir die Thränen in die Augen, mein Mund aber brach in folgende Worte aus: Mein GOTT, ich verlange ja eben nicht reich an zeitlichen Gütern zu seyn, ich gräme mich auch nicht mehr um die verlohrnen, setze mich aber, wo es dir gefällig ist, nur in einen solchen Stand, worinnen ich deine Ehre befördern, meinen Nächsten nützen, mein Gewissen rein erhalten, reputirlich leben, und seelig sterben kan.

Gleich denselben Augenblick kam mir in die Gedancken umzusatteln, und an statt der Jurisprudentz die Theologie zu erwehlen, weßwegen ich meine Gelder eincassiren, zwey theile davon auf [8] Zinsen legen, und mich

mit dem übrigen auf die Wittenbergische Universität begeben wolte. Allein der plötzliche Uberfall eines hitzigen
Fiebers, verhinderte mein eilfertiges Vornehmen, denn
da ich kaum Zeit gehabt, meinen Wechsel bey Hrn. H. in
Empfang zu nehmen, und meine Sachen etwas in Ordnung zu bringen, so sahe mich gezwungen das Bette zu
suchen, und einen berühmten Medicum wie auch eine
Wart-Frau holen zu lassen. Meine Lands-Leute so etwas
im Vermögen hatten, bekümmerten sich, nachdem sie
den Zufall meines Vaters vernommen, nicht das geringste um mich, ein armer ehrlicher Studiosus aber, so ebenfalls mein Lands-Mann war, blieb fast Tag und Nacht
bey mir, und muß ich ihm zum Ruhme nachsagen, daß
ich, in seinen mir damahls geleisteten Diensten mehr
Liebe und Treue, als Interesse gespüret. Mein Wunsch
ist: ihn dermahleins auszuforschen, und Gelegenheit zu
finden, meine Erkänntlichkeit zu zeigen.

Meine Kranckheit daurete inzwischen zu damahligen
grossen Verdrusse, und doch noch grössern Glücke, biß
in die dritte Woche, worauf ich die freye Lufft wiederum
zu vertragen gewohnete, und derowegen mit meinem redlichen Lands-Manne täglich ein paar mahl in das angenehme Rosenthal, doch aber bald wieder nach Hause spatzi-
rete, anbey im Essen und Trincken solche Ordnung hielt,
als zu völliger wieder herstellung meiner Gesundheit, vor
rathsam hielt. Denn ich war nicht gesinnet als ein halber
oder gantzer Patient nach Wittenberg zu kommen.

Der Himmel aber hatte beschlossen: daß so wohl aus

meinen geistl. studiren, als aus der nach [9] Wittenberg vorgenommenen Reise nichts werden solte. Denn als ich etliche Tage nach meinen gehaltenen Kirch-Gange und erster Ausflucht mein Morgen-Gebeth annoch verrichtete; klopffte der Brieff-Träger von der Post an meine Thür, und nach Eröffnung derselben, wurde mir von ihm ein Brieff eingehändiget, welchen ich mit zitterenden Händen erbrach, und also gesetzt befand:

D. d. 21. May 1725.

Monsieur,

*I*Hnen werden diese Zeilen, so von einer ihrer Familie *gantz unbekannten Hand geschrieben sind, ohnfehlbar viele Verwunderung verursachen. Allein als ein* Studi*render, werden sie vielleicht besser, als andere Ungelehrte, zu begreiffen wissen, wie unbegreifflich zuweilen der Himmel das Schicksal der sterblichen Menschen* disponiret. *Ich Endes unterschriebener, bin zwar ein Teutscher von Geburth, stehe aber vor itzo als Schiffs-*Capitain *in Holländischen Diensten, und bin vor wenig Tagen allhier in ihrer Geburths-Stadt angelanget, in Meinung, dero Herrn Vater anzutreffen, dem ich eine der aller*profitablesten *Zeitungen von der Welt persönlich überbringen wolte; Allein ich habe zu meinem allergrösten Miß-Vergnügen nicht allein sein gehabtes Unglück, sondern über dieses noch vernehmen müssen: daß er allbereit vor Monats-Frist zu Schiffe nach West-Indien gegangen. Diesem aber ohngeachtet, verbindet mich ein geleisteter cörperlicher Eyd: Ihnen, Mons. Eber-*

hard Julius, als dessen [10] *eintzigen Sohne, ein solches Geheimniß anzuvertrauen, krafft dessen sie nicht allein ihres Herrn Vaters erlittenen Schaden mehr als gedoppelt ersetzen, und vielleicht sich und ihre Nachkommen, biß auf späte Jahre hinaus, glücklich machen können.*

Ich versichere noch einmahl, Monsieur, daß ich mir ihre allerley Gedancken bey dieser Affaire *mehr als zu wohl vorstelle, allein ich bitte sie inständig, alle Hindernisse aus dem Wege zu räumen, und sich in möglichster Geschwindigkeit auf die Reise nach Amsterdam zu machen, damit sie längstens gegen* St. Johannis-*Tag daselbst eintreffen. Der 27.* Jun., *wo GOtt will, ist zu meiner Abfahrt nach Ost-Indien angesetzt. Finden sie mich aber nicht mehr, so haben sie eine versiegelte Schrifft, von meiner Hand gestellt, bey dem* Banquier, *Herrn G. v. B. abzufordern, wornach sie Ihre* Messures *nehmen können. Doch ich befürchte, daß ihre* importanten Affairen *weitläufftiger werden, und wohl gar nicht glücklich lauffen möchten, woferne sie verabsäumeten, mich in Amsterdam auf dem Ost-Indischen Hause, allwo ich täglich anzutreffen und bekannt genug bin, persönlich zu sprechen. Schließlich will ihnen die Beschleunigung ihrer Reise zu ihrer zeitlichen Glückseeligkeit nochmahls freundlich* recommendiren, *sie der guten Hand Gottes empfehlen, und beharren*

Monsieur

votre Valet

Leonhard Wolffgang. [11]

P. S.
Damit Monsieur Julius in meine Citation kein Mißtrauen
zu setzen Ursach habe, folget hierbey ein Wechselbrief
a 150. spec. Ducaten an Herrn S. in Leipzig gestellet,
welche zu Reise-Kosten aufzunehmen sind.

Es wird vielleicht wenig Mühe kosten, jemanden zu
überreden, daß ich nach Durchlesung dieses Briefes eine
gute Zeit nicht anders als ein Träumender auf meinem
Stuhle sitzen geblieben. Ja! es ist zu versichern, daß
diese neue und vor mich so profitable Zeitung fast eben
dergleichen Zerrüttung in meinem Gemüthe stifftete: als
die vorige von dem Unglücke meines Vaters. Doch konte
mich hierbey etwas eher fassen, und mit meinem Verstande ordentlicher zu Rathe gehen, derwegen der
Schluß in wenig Stunden dahinaus fiel: mit ehester Post
die Reise nach Amsterdam anzutreten. Hierbey fiel mir
so gleich der tröstliche Vers ein: Es sind ja GOtt sehr
schlechte Sachen, &c. welcher mich anreitzete, GOtt
hertzlich anzuflehen, daß er meine Jugend in dieser bedencklichen Sache doch ja vor des Satans und der bösen
Welt gefährlichen Stricken, List und Tücken gnädiglich
bewahren, und lieber in gröstes Armuth, als Gefahr der
Seelen gerathen lassen wolle.

Nachdem ich mich solchergestalt mit GOtt und meinem Gewissen wohl berathen, blieb es bey dem gefassten
Schlusse, nach Amsterdam zu reisen. Fing derowegen
an, alles aufs eiligste darzu zu veranstalten. Bey Herrn

S. ließ ich mir die 150. Duc. spec. noch selbigen Tages zahlen, packte meine Sachen [12] ein, bezahlete alle diejenigen, so mir Dienste geleistet hatten, nach meinen wenigen Vermögen reichlich, verdung mich mit meiner Equippage auf die Casselische oder Holländische Post, und fuhr in GOttes Nahmen, mit besondern Gemüths-Vergnügen von Leipzig ab.

Auf dieser Reise begegnete mir nichts ausserordentliches, ausser dem daß ich mich resolvirte, theils Mattigkeit, theils Neugierigkeit wegen, die berühmten Seltenheiten in und bey der Land-Gräfl. Hessen-Casselischen Residentz-Stadt Cassel zu betrachten, einen Post-Tag zu verpassen. Nachdem ich aber ziemlich ausgeruhet, und das magnifique Wesen zu admiriren vielfältige Gelegenheit gehabt, verfolgte ich meine vorhabende Reise, und gelangete, noch vor dem mir angesetzten Termine, glücklich in Amsterdam an.

Mein Logis nahm ich auf recommendation des Coffre-Trägers in der Wermuths-Strasse im Wapen von Ober-Yssel, und fand daselbst vor einen ermüdeten Passagier sehr gute Gelegenheit. Dem ohngeacht vergönnete mir das hefftige Verlangen, den Capitain Wolffgang zu sehen, und ausführlich mit ihm zu sprechen, kaum 7. Stunden Zeit zum Schlaffe, weil es an sich selbst kräfftig genug war, alle Mattigkeit aus meinen Gliedern zu vertreiben. Folgendes Tages ließ ich mich von müssigen Purschen vor ein gutes Trinck-Geld in ein und anderes Schenck-Hauß, wohin gemeiniglich See-Fahrer zu kommen pflegten, begleiten. Ich machte mich mit guter manier bald an diesen und jenen, um einen Vorbericht von des Capitain Wolffgangs [13] Person und gantzen Wesen einzuziehen, doch meine Mühe war überall vergebens. Wir hatten binnen 3. oder 4. Stunden mehr als 12. biß 16. Theé- Coffeé- Wein- und Brandteweins-Häuser durchstrichen, mehr als 50. See-Fahrer angeredet, und doch niemand angetroffen, der erwehnten Capitain kennen wolte.

Mein Begleiter fing schon an zu taumeln, weil er von dem Weine, den ich ihm an verschiedenen Orten geben ließ, ziemlich betruncken war, weßwegen vors dienlich- ste hielt, mit demselben den Rückweg nach meinem Quartiere zu suchen. Er ließ sich solches gefallen, kaum aber waren wir 100. Schritte zurück gegangen, als uns ein alter Boots-Knecht begegnete, welchem er zurieff: Wohlauf, Bruder! Kanst du Nachricht geben von dem Capitain Wolffgang? Hier ist ein Trinck-Geld zu verdie- nen. Well Bruder, antwortete der Boots-Knecht, was soll Capitain Wolffgang? soll ich nicht kennen? soll ich nicht wissen, wo er logirt? habe ich nicht 2. Fahrten mit ihm gethan? habe ich nicht noch vor 3. Tagen 2. fl. von ihm geschenckt bekommen? Guter Freund! fiel ich ihm in die Rede, ists wahr, daß ihr den Capitain Leonhard Wolffgang kennet, so gebet mir weitere Nachricht, ich will - - - Mar Dübel, replicirte der Grobian, meynet ihr, daß ich euch belügen will? so gehet zum Teuffel, und sucht ihn selber. Diese mit einer verzweiffelt-boßhafftigen und scheelen Mine begleiteten Worte waren kaum ausgesprochen, als er sich gantz negligent von uns abwandte, und in einen Wein-Keller verfügte. Mein Begleiter rieth mir nachzugehen, ihm [14] gute Worte und etliche Stüver an Gelde zu geben, auch etwa ein Glaß Wein zuzutrincken, mit der Versicherung: er würde mir sodann schon aufs neue und viel höfflicher zur Rede stehen. Indem mir nun ein so gar vieles daran gelegen war, überwand ich meinen innerlichen Verdruß, den ich über die grausame Grobheit dieses Menschen geschöpfft hatte, und gehorchte meinem halb betrunckenen Rathgeber.

Paul, so hieß der grobe Boots-Knecht, hatte kaum einen halben Gulden, nebst einer tüchtigen Kanne Wein und die erste Sylbe von einem guten Worte bekommen, als er so gleich der allerhöflichste Klotz von der gantzen Welt zu werden schien. Er küssete meine Hand mit aller Gewalt wohl 50. mahl, hatte wider die Gewohnheit dieser Leute seine Mütze stets in Händen, und wolte, alles meines Bittens ohngeacht, sein Haupt in meiner Gegenwart durchaus nicht bedecken. Mein Begleiter tranck ihm auf meine Gesundheit fleißig zu, Paul that noch fleissiger Bescheid, erzehlete mir aber dabey alles Haarklein, was er von des Capitain Wolffgangs Person, Leben und Wandel in dem innersten seines Hertzens wuste, und diese Erzehlung dauerte über zwey Stunden, worauf er sich erboth, mich so fort in des Capitains Logis zu führen, welches nahe an der Börse gelegen sey.

Allein, ich ließ mich verlauten, daß ich meine Visite bey demselben noch etliche Tage aufschieben, und vorhero

erstlich von der Reise recht ausruhen wolte. Hierauf
bezahlte noch 6. Kannen Wein, den die beyden nassen
Brüder getruncken hatten, vereh-[15]rete dem treuhertzigen Paul noch einen Gulden, und begab mich allein wieder auf den Weg nach meinem Quartiere, weil
mein allzu starck besoffener Wegweiser gar nicht von
der Stelle zu bringen war.

Ich ließ mir von dem Wirthe die Mahlzeit auf meiner
Cammer vor mich alleine zubereiten, und wiederholte
dabey in Gedancken alles, was mir Paul von dem Capitain
Wolffgang erzehlet hatte. Hauptsächlich hatte ich angemerckt, daß derselbe ein vortrefflich kluger und tapfferer See-Mann, anbey zuweilen zwar sehr hitzig, doch
aber bald wieder gelassen, gütich und freygebig sey, wie
er denn zum öfftern nicht allein seine Freunde und
Boots-Knechte, sondern auch andere gantz frembde mit
seinen grösten Schaden und Einbusse aus der Noth
gerissen. Dem ohngeacht hätten seine Untergebenen vor
wenig Jahren unter Wegs wider diesen ehrlichen Mann
rebellirt, demselben bey nächtlicher Weile Hände und
Füsse gebunden, und ihn bey einem wüsten Felsen ausgesetzt zurück gelassen. Doch hätte vor einigen Monathen das Glücke den Capitain wieder gesund zurück
geführet, und zwar mit vielem Geld und Gütern versehen,
auf was vor Art er selbiges aber erworben, wuste Paul
nicht zu sagen. Im übrigen sey er ein Mann von mittler
Statur, wohl gebildet und gewachsen, Teutscher Nation,
etwas über 40. Jahr alt, und Lutherischer Religion.

Wie ich nun mit allem Fleiß dahin gestrebet, bevor ich mich dem Capitain zu erkennen gäbe, erstlich bey frembden Leuten sichere Kundschafft wegen seines Zustandes, Wesens, Gemüths- und Lebens-Art einzuziehen, so konte mir diese Nachricht als [16] ein Confortativ meines ohne dem starcken Vertrauens nicht anders als höchst angenehm seyn. Die Speisen und Buteille Wein schmeckten mir unter diesen Gedancken vortrefflich wohl, ich machte meinem auf der Post ziemlich zerschüttelten Cörper nach der Mahlzeit dennoch eine kleine Motion, hielt aber darauf ein paar Stunden Mittags-Ruhe.

Gegen Abend ließ ich mich von meinem vorigen Begleiter, der seinen Rausch doch auch schon ausgeschlaffen hatte, abermahls ausführen, und zwar in ein berühmtes reputirliches Coffeé-Hauß, wo sich unzählige Personen auf verschiedene Arten divertirten. Ich meines Orts sahe mich nach Niemanden anders als See-Officianten um, war auch so glücklich, einen Tisch anzutreffen, welcher mit 6. Personen von dergleichen Schlage besetzt, unten aber noch Platz genung vor mich vorhanden war.

Ich nahm mir die Freyheit, mich nach gemachten höflichen Compliment mit meinem Coffeé-Potgen zu ihnen zu setzen. Ihre gewöhnliche Freyheit verleitete sie gar bald, mich, wiewohl in gantz leutseeligen terminis, zu fragen: wer, und woher ich wäre? was meine Verrichtungen allhier? Ob ich mich lange in Amsterdam aufzuhalten gedächte? wie es mir allhier gefiele? u. d. gl. Ich beantwortete alle ihre Fragen nach meinem Gutachten, und zwar mit sittsamer Bescheidenheit, keines wegs aber mit einer Sclavischen Submission. Hiernächst drehten sie das Gespräch auf die Beschaffenheit verschiedener Etaaten und Oerter in Teutschland, da ich ihnen denn auf Befragen, nach meinem besten Wissen, hinlängliche Satisfaction gab. Auch fielen sie auf die [17] unterschiedlichen Universitäten und Studenten, worbey ihnen ebenfalls zu sattsamer Nachricht nichts schuldig blieb. Weßwegen der Vornehmste unter ihnen zu mir sprach: Monsieur, ich bekenne, daß ihr mir älter am Verstande als an Jahren vorkommt. Bey GOtt, ich halte viel von dergleichen jungen Leuten.

Ich mochte über diesen unverhofften Spruch etwas roth werden, machte aber ein höflich Compliment, und antwortete: Mein Herr! Sie belieben allzu vortheilhafftig von ihrem Diener zu sprechen, ich kan freylich nicht läugnen: daß ich erstlich vor wenig Wochen in mein 20stes Jahr getreten bin, und ohngeacht mich fast von meiner Kindheit an eiffrig auf die studia gelegt, so weiß ich doch gar zu wohl, daß mir noch allzuviel an Conduite und Wissenschafften mangelt, welches ich aber mit der Zeit durch emsigen Fleiß und den Umgang mit geschickten Leuten zu verbessern trachten werde.

Wo ihr Mittel habt, setzte ein anderer hinzu, wäre es Schade um euch: wenn ihr nicht wenigstens noch 2. oder 3. Jahr auf Universitäten zubrächtet, nach diesen Gelegenheit suchtet, die vornehmsten Länder von Europa durchzureisen. Denn eben durch das Reisen erlernet man die Kunst, seine erlangte Wissenschafften hier und dar glücklich anzubringen. Eben dieses, versetzte ich, ist mein propos, und ob gleich meine eigenen Mittel dabey nicht zulänglich seyn möchten, so habe doch das feste Vertrauen zu GOtt, daß er etwan hier oder dar gute Gönner erwecken werde, die mir mit gutem Rath und That, um meinen Zweck zu erreichen, an die [18] Hand gehen können. Ihr meritirt es sehr wohl, replicirte der erstere, und ich glaube, es wird euch hinführo selten daran mangeln. Hiermit wurde der Discours durch ein auf der Strasse entstandenes Lermen unterbrochen, welches sich jedoch bald wiederum stillete, die Herrn See-Officiers aber blieben eine kleine Weile gantz stille sitzen. Ich tranck meinen Coffeé auch in der Stille, und rauchte eine Pfeiffe Canaster-Toback, da aber merckte, daß einer von ihnen mich öffters sehr freundlich ansahe, nahm mir die Kühnheit, ihn zu fragen: Ob sich nicht allhier in Amsterdam ein gewisser Schiffs-Capitain, Nahmens Leonhard Wolffgang, aufhielte? Mir ist (antwortete er) dieser Nahme nicht bekandt. Wie? (fiel ihm derjenige, welchen ich vor den vornehmsten hielt, in die Rede) soltet ihr den berühmten Capitain Wolffgang nicht kennen? welches jener so wohl als die andern mit einem Kopff-Schütteln verneineten. Monsieur, (redete er zu mir) ist Wolffgang etwan euer Befreundter oder Bekandter? Mein Herr, (versetzte ich) keins von beyden, sondern ich habe nur unterweges auf der Post mit einem Passagier gesprochen, der sich vor einen Vetter von ihm ausgab, und darbey sehr viel merckwürdiges von seinen Avanturen erzehlete.

Messieurs, (fuhr also der ansehnliche See-Mann in seiner Rede fort) ich kan euch versichern, daß selbiger Capitain ein perfecter See-Officier, u. dabey recht starcker Avanturier ist, welcher aber doch sehr wenig Wesens von sich macht, und gar selten etwas von seinen eigenen Begebenheiten erzehlet, es sey denn, daß er bey ausserordentlich guter Laune anzu-[19]treffen. Er ist ein special Freund von mir, ich kan mich aber deßwegen doch nicht rühmen, viel von seinen Geheimnissen ausgeforscht zu haben. Bey was vor Gelegenheit er zu seinem grossen Vermögen gekommen? kan ich nicht sagen, denn ich habe ihn vor etliche 20. Jahren, da er auf dem Schiffe, der Holländische Löwe genandt, annoch die Feder führete, als einen pauvre diable gekennet, nach diesen hat er den Degen ergriffen, und sich durch seine bravoure zu dem Posten eines Capitains geschwungen. Seine Conduite ist dermassen angenehm, daß sich jederman mit ihm in Gesellschafft zu seyn wünschet. Vor kurtzen hat er sich ein vortrefflich neues Schiff, unter dem Nahmen, *der getreue* Paris, ausgerüstet, mit welchen er eine neue Tour auf die Barbarischen Küsten und Ost-Indien zu thun gesonnen, und wie ich glaube, in wenig Tagen abseegeln wird. Hat einer oder der andere Lust, ihn vor seiner Abfahrt kennen zu lernen, der stelle sich morgenden Vormittag auf dem Ost-Indischen Hause ein, allwo ich nothwendiger Affairen halber mit ihm zu sprechen habe, und Abrede nehmen werde, an welchem Orte wir uns Nachmittags divertiren können. Hiermit stund der ansehnliche Herr von seiner Stelle auf, um in sein Logis zu gehen, die andern folgten ihm, ich aber blieb, nachdem ich von ihnen höflichen Abschied genommen, noch eine Stunde sitzen, hatte meine eigenen vergnügten Gedancken über das angehörte Gespräch, und ging hernachmahls mit meinem abermahls ziemlich berauschten Begleiter zurück in mein Logis, allwo mich so gleich niederlegte, und viel sanffter, als sonst gewöhnlich, ruhete. [20]

Folgenden Morgen begab mich in reinlicherer Kleidung in die neue Lutherische Kirche, und nach verrichteter Andacht spatzirte auf das Ost-Indische Hauß zu, da nun im Begriff war, die Kostbarkeiten desselben gantz erstaunend zu betrachten; hörete ich seitwerts an einem etwas erhabenen Orte die Stimme des gestern mir so ansehnlich gewesenen See-Officiers zu einem andern folgendes reden: Mon Frere! sehet dort einen wohl conduisirten jungen Teutschen stehen, welcher nur vor wenig Tagen mit der Post von Leipzig gekommen, und gestrigen Abend in meiner Compagnie nach euch gefragt hat, weil er unterwegs einen eurer Vettern gesprochen: Es wurde gleich hierauf etliche mahl gepistet, so bald nun vermerckte, daß es mich anginge, machte ich gegen die 2. neben einander stehende Herren meinen Reverence, Sie danckten mir sehr höflich, beuhrlaubten sich aber sogleich von einander. Der Unbekandte kam augen-

blicklich auf mich zu, machte mir ein sehr freundlich
Compliment, und sagte: Monsieur, wo ich mich nicht irre,
werden sie vielleicht den Capitain Wolffgang suchen?
Mon Patron, (antwortete ich) ich weiß nicht anders, und
bin dieserhalb von Leipzig nach Amsterdam gereiset.
Um Vergebung, (fragte er weiter) wie ist ihr Nahme?
(Meine Antwort war) Ich heisse Eberhard Julius. Den
Augenblick fiel er mir um den Halß, küssete mich auf die
Stirn, und sagte: Mein Sohn, an mir findet ihr denjenigen, so ihr sucht, nemlich den Capitain Leonhard Wolffgang. GOtt sey gelobet, der meinen Brieff und eure Person die rechten Wege geführet hat, doch habt die Güte,
eine kleine Stunde hier zu [21] verziehen, biß ich, nachdem ich meine wichtigen Geschäffte besorgt, wieder anhero komme, und euch abruffe. Ich versprach seinem
Befehl zu gehorsamen, er aber ging eilends fort, und
kam, ehe noch eine Stunde verstrichen, wieder zurück,
nahm mich bey der Hand, und sagte: So kommet denn,
mein Sohn, und folget mir in mein Logis, allwo ich euch
ein solches Geheimniß entdecken werde, welches, je
unglaublicher es anfänglich scheinen, desto kostbarer
vor euch seyn wird. Die verschiedenen Gemüths-
Bewegungen, so bey dieser Zusammenkunfft in mir
gantz wunderlich durch einander gingen, hatten meinen
Kopff dermassen verwirret, daß fast nicht mehr wuste,
was ich antworten, oder wie mich stellen wolte, doch
unterwegens, da der Capitain bald mit diesen, bald mit
jenen Personen etwas zu schaffen hatte, bekam ich Zeit,

mich etwas wieder in Ordnung zu bringen. So bald wir demnach in seinem Logis eingetreten waren, umarmete er mich aufs neue, und sagte: Seyd mir vielmahls will-kommen, allerwerthester Freund, und nehmet nicht un-gütig, wenn ich euch hinführo, Mein Sohn, nenne, weiln die Zeit lehren soll, daß ich als ein Vater handeln, und euch an einen solchen Ort führen werde, wo ihr den Grund-Stein zu eurer zeitlichen Glückseeligkeit finden könnet, welche, wie ich glaube, durch das Unglück eures Vaters auf schwachen Fuß gesetzt worden. Jedoch, weil ich nicht gesonnen bin, vor eingenommener Mittags-Mahlzeit von unsern importanten Affairen ausführlich mit euch zu sprechen, so werdet ihr euch belieben lassen, selbe bey mir einzunehmen, inzwischen aber, biß die Speisen zubereitet [22] sind, mir eine kurtze Erzehlung von eurem Geschlechte und eigner Auferziehung thun. Ich wegerte mich im geringsten nicht, seinem Verlangen ein Genügen zu leisten, und fassete zwar alles in mög-lichste Kürtze, brachte aber dennoch länger als eine Stunde darmit zu, war auch eben fertig, da die Speisen aufgetragen wurden.

Nachdem wir beyderseits gesättiget, und aufgestan-den waren, befahl der Capitain, Toback und Pfeiffen her zu geben, auch Coffeé zurechte zu machen, er aber lan-gete aus seinem Contoir einen dreymahl versiegelten Brieff, und überreichte mir selben ohne einiges Wort-sprechen. Ich sahe nach der Uberschrifft, und fand die-selbe zu meiner grösten Verwunderung also gesetzt:

Dieser im Nahmen der heiligen Dreyfaltigkeit ver-
siegelte Brieff soll von niemand anders gebrochen
werden, als einem, der den Geschlechts-Nahmen
Julius führet, von dem ao. 1633. *unschuldig enthaup-*
teten Stephano Julius NB. *erweißlich abstammet,*
und aus keuschem Ehe-Bette gezeuget worden. NB.
Der Fluch sehr alter Leute, die da GOtt fürchten, thut gott-
losen und betrügerischen Leuten Schaden.

Dergleichen Titul und Uberschrifft eines Briefes war
Zeit meines Lebens nicht vor meine Augen kommen,
doch weil ich ein gut gewissen hatte, konte mich gar bald
in den Handel schicken. Der Capitain Wolffgang sahe
mich starr an, ich aber machte eine freudige Mine, und
sagte: Mon Pere, es fehlet [23] nichts als Dero gütige Erlaubniß, sonsten hätte ich die Macht und Freyheit, diesen Brieff zu erbrechen. Erbrechet denselben, antwortete er, im Nahmen der heil. Dreyfaltigkeit. Weiln er,
versetzte ich, im Nahmen der heil. Dreyfaltigkeit geschrieben und versiegelt worden, und mein Gewissen von
allen Betrügereyen rein ist, so will ich, doch nicht anders, als auf Dero Befehl, denselben auch im Nahmen
der heil. Dreyfaltigkeit erbrechen. Mit Aussprechung
dieser Worte lösete ich die Siegel, und fand den Innhalt
also gesetzt:

Mein Enckel.

ANders kan und will ich euch nicht nennen, und
wenn ihr gleich der mächtigste Fürst in Europa
wäret, denn es fragte sich, ob mein glückseliger Character

dem eurigen nicht vorzuziehen sey, indem ich ein solcher Souverain bin, dessen Unterthanen so viel Liebe als
Furcht, und so viel Furcht als Liebe hegen, über dieses
an baaren Gelde und Jubelen einen solchen Schatz aufzuweisen habe, als ein grosser Fürst seinen Etaat zu
formiren von nöthen hat. Doch was nützet mir das Prahlen, ich lebe vergnügt, und will vergnügt sterben, wenn
nur erst das Glück erlebt, einen von denenjenigen, welche meinen Geschlechts-Nahmen führen, gesehen zu
haben. Machet euch auf, und kommet zu mir, ihr möget
arm oder reich, krum oder lahm, alt oder jung seyn, es
gilt mir gleich viel, nur einen Julius von Geschlechte, der
Gottesfürchtig und ohne Betrug ist, verlange ich zu umarmen, und ihm den grösten Theil der mir und den [24]
Meinigen unnützlichen Schätze zuzuwenden. Dem
Herrn Leonhard Wolffgang könnet ihr sicher trauen, weil
er seine lincke Hand auf meine alte Brust gelegt, die
rechte aber gegen GOtt dem Allmächtigen in die Höhe
gereckt, und mir also einen cörperlichen Eyd geschworen, diejenigen Forderungen, so ich an ihn gethan, nach
Möglichkeit zu erfüllen. Er wird alles, was ich an euch
zu schreiben Bedencken trage, besser mündlich ausrichten, und eine ziemliche Beschreibung von meinem Zustande machen. Folget ihm in allen, was er euch befiehlet, seyd gesund, und kommet mit ihm bald zu mir.
Dat. Felsenburg, den 29. Sept. Anno Christi 1724. Meiner
Regierung im 78. und meines Alters im 97. Jahre.

(L. S.) Albertus Julius.

Ich überlaß den Brieff wohl 5. biß 6. mahl, konte mir aber dennoch in meinen Gedancken keinen völligen und richtigen Begriff von der gantzen Sache machen, welches der Capitain Wolffgang leichtlich merckte, und derowegen zu mir sprach: Mein Sohn! alles euer Nachsinnen wird vergebens seyn, ehe ihr die auflösung dieses Rätzels von mir, in Erzählung der wunderbaren Geschicht eures Vettern, Albert Julius, vernehmet, setzet euch demnach nieder und höret mir zu.

Hiermit fing er an, eine, meines Erachtens, der wunderbarsten Begebenheiten von der Welt zu erzehlen, die ich dem geneigten Leser, als die Haupt-[25]Sache dieses Buchs am gehörigen Orthe ordentlicher und vollständiger vorlegen werde. Voritzo aber will nur melden, daß da der Capitain über zwey Stunden damit zugebracht, und mich in erstaunendes Vergnügen gesetzt hatte; ich mich auf eine recht sonderlich verpflichtete Art gegen ihn bedanckte, in allen Stücken seiner gütigen Vorsorge empfahl, anbey allen kindlichen und schuldigen Gehorsam zu leisten versprach.

Nachdem aber fest gestellet war, mit ihm zu Schiffe zu gehen, ließ er meine Sachen aus dem Gasthofe abholen, und behielt mich bey sich in seinem eigenen Logis, er bezeugte eine gantz besondere Freude über einige schrifftl. Documenta und andere Dinge, welche Zeugniß gaben, daß ich und meine Vorfahren, in richtigen graden von dem Stephano Julio herstammeten, weil derselbe meines Großvaters Großvater, Johann Balthasar Julius aber, als meines leiblichen Vaters Großvater, der anno 1630. gebohren, ein leiblicher Bruder des Alberti Julii, und jüngster Sohn des Stephani gewesen.

Unsere Abfarth blieb auf den 27. Jun. fest gestellet, binnen welcher Zeit ich 200. Stück deutsche, 100. Stück Englische Bibeln, 400. Gesang- und Gebeth- nebst vielen andern, so wohl geistl. als weltlichen höchst nützlichen Büchern, alle sauber gebunden, kauffen, und zum mitnehmen einpacken muste, über dieses muste noch vor etliche 1000. Thlr. allerhand so wohl künstliche als gemeine Instrumenta, vielerley Hauß-Rath, etliche Ballen weiß Pappier, Dinten Pulver, Federn, Bleystiffte, nebst mancherley Kleinigkeiten erhandeln, welches [26] alles, worzu es gebraucht worden, am gehörigen Orthe melden will.

Mein werther Capitain Wolffgang merckte, daß ich nicht gerne müßig gieng, überließ mir demnach alle Sorgfalt über diejenigen Puncte, so er nach und nach, wie sie ihm beygefallen waren, auf ein Papier verzeichnet hatte, und zeigte sich die wenigen Stunden, so ihm seine wichtigen Verrichtungen zu Hause zu seyn erlaubten, meines verspürten Fleisses und Ordnung wegen, sehr vergnügt.

Am 24. Jun. gleich am Tage Johannis des Täuffers, ließ sich, da wir eben Mittags zu Tische sassen, ein fremder Mensch bey dem Capitain melden, dieser gieng hinaus denselben abzufertigen, kam aber sogleich wieder zurück ins Zimmer, brachte eine ansehnliche Person in

Priester habite an der Hand hinein geführet, und nöthigte denselben sich bey uns zu Tische zu setzen. Kaum
hatte ich den frembden Priester recht ins Gesicht gesehen, als ich ihn vor meinen ehemahligen Informator,
Herrn Ernst Gottlieb Schmeltzern erkannte, umarmete,
und zu verschiedenen mahlen küssete, denn er hatte von
meinem zehenten biß ins 14te Jahr, ungemein wohl an
mir gethan, und mich hertzlich geliebet.

Als er mich gleichfals völlig erkannt und geküsset, gab
er seine Verwunderung, mich allhier anzutreffen, mit
Worten zu verstehen. Ich that, ohne ihm zu antworten,
einen Blick auf den Capitain, und nahm wahr, daß ihm
über unser hertzliches Bewillkommen, die Augen voll
Freuden-Thränen stunden. Er sagte: setzet euch, meine
lieben, und speiset, denn wir hernach noch Zeit genung
haben mit einander zu sprechen. [27]

Dem ohngeacht, konte ich die Zeit nicht erwarten,
sondern fragte bald darauff meinen lieben Herrn
Schmeltzer, ob er bey denen Lutheranern allhier in Amsterdam seine Beförderung gefunden? Er antwortete
mit einigem Lächeln: Nein. Der Capitain aber sagte:
Mein Sohn, dieser Herr soll auf dem Schiffe, unser, nach
diesem an gehörigem Orthe, auch eurer Vettern und
Muhmen, Seelsorger seyn. Ich habe die Hofnung von
ihm, daß er nächst Göttl. Hülffe daselbst mehr Wunder
thun, und sein Ammt fruchtbarlicher verrichten werde,
als sonsten unter 100. Lutherischen Predigern kaum einer. Und in der That hatte ihn der Capitain in ordentliche

Bestallung genommen, auf seine Kosten behörig zum Priester weyhen lassen, und in Amsterdam bey uns einzutreffen befohlen, welchem allen er denn auch aufs genauste nachgekommen war.

Indem aber nunmehro fast alles, was der Capitain entworffen, in behörige Ordnung gebracht war, wandte derselbe die 2. letztern Tage weiter sonderlich zu nichts an, als seinen guten Freunden die Abschieds-Visiten zu geben, worbey Herr Schmeltzer und ich ihn mehrentheils begleiteten, am 27ten Jun. 1725. aber, verliessen wir unter dem stärcksten Vertrauen auf den Beystand des Allmächtigen, die Weltberühmte Stadt Amsterdam, und kamen den 30. dito auf dem Texel an, allwo wir 14. Tage verweileten, den 15. Jul. unter Begleitung vieler andern Schiffe unter Seegel giengen, und von einem favorablen Winde nach Wunsche fort getrieben wurden. Nach Mitternacht [28] wurde derselbe etwas stärcker, welches zwar niemand von See-Erfahrnen groß achten wolte, jedoch mir, der ich schon ein paar Stündgen geschlummert hatte, kam es schon als einer der grösten Stürme vor, weßwegen alle meine Courage von mir weichen wolte, jedoch da ich nicht gesonnen, selbige fahren zu lassen, entfuhr mir folgende Tage nach einander, s. v. alles, was in meinen Magen und Gedärmen vorhanden war. Dem Herrn Schmeltzer und vielen andern, so ebenfalls das erste mal auf die See kamen, ging es zwar eben nicht anders, allein mir dennoch am allerübelsten, weil ich nicht eher ausser dem Bette dauren konte, biß wir den

Canal völlig passiret waren, dahingegen die andern sich in wenig Tagen wieder gesund und frisch befunden hatten.

Meinem Capitain war im rechten Ernste bange worden, bey meiner so lange anhaltenden Kranckheit, und indem er mir beständig sein hertzliches Mittleyden spüren ließ, durffte es an nichts, was zu meinem Besten gereichte, ermangeln; biß meine Gesundheit wiederum völlig hergestellet war, da ich denn sonsten nichts bedaurete, als daß mich nicht im Stande befunden hatte, von den Frantzösischen und Englischen Küsten, im vorbey fahren etwas in nahen Augenschein zu nehmen.

Nunmehro sahe nichts um mich, als Wasser Himmel und unser Schiff, von den zurück gelegten Ländern aber, nur eine dunckele Schattirung, doch hatte kurtz darauff das besondere Vergnügen: bey schönem hellen Wetter, die Küsten von Portugall der Länge nach, zu betrachten. [29]

Eines Tages, da der Capitain, der Schiff-Lieutenant Horn, Johann Ferdinand Kramer, ein gar geschickter Chirurgus von 28. biß 29. Jahren, Friedrich Litzberg, ein artiger Mensch von etwa 28. Jahren, der sich vor einen Mathematicum ausgab, und ich, an einem bequemlichen Orthe beysammen sassen, und von diesen und jenen discourirten, sagte der Lieutenant Horn zu dem Capitain: Mein Herr, ich glaube sie könten uns allerseits kein grösseres Vergnügen machen, als wenn sie sich gefallen liessen, einige, ihnen auf dero vielen Reisen gehabte

Avanturen zu erzehlen, welche gewiß nicht anders, als
sonderbar seyn können, mich wenigstens würden sie damit sehr obligiren, woferne es anders, seiten ihrer, ohne
Verdruß geschehen kan.

Der Capitain gab lächelnd zur Antwort: Sie bitten
mich um etwas, mein Herr, das ich selbsten an Sie würde gebracht haben, weiln ich gewisser Ursachen wegen
schon 2. biß drey Tage darzu disponirt gewesen, will
mir also ein geneigtes Gehör von ihnen ausgebethen
haben, und meine Erzählung gleich anfangen, so bald
Mons. Plager und Harckert unsere Gesellschafft verstärckt haben. Litzberg, welchem so wohl, als mir, Zeit
und Weile lang wurde, etwas erzehlen zu hören, lieff
stracks fort, beyde zu ruffen, deren der erste ein Uhrmacher etliche 30. Jahr alt, der andere ein Posamentirer von etwa 23. Jahren, und beydes Leute sehr feines
Ansehens waren. Kaum hatten sich dieselben eingestellet da sich der Capitain zwischen uns einsetzte, und
die Erzehlung seiner Geschichte folgendermassen anfing. [30]

Ich bin kein Mann aus vornehmen Geschlechte, sondern eines Posamentiers oder Bortenwürckers Sohn, aus
einer mittelmäßigen Stadt, in der Marck Brandenburg,
mein Vater hatte zu seinem nicht allzu überflüßigen Vermögen, 8. lebendige Kinder, nemlich 3. Töchter und
5. Söhne, unter welchen ich der jüngste, ihm auch, weil
er schon ziemlich bey Jahren, der liebste war. Meine
4. Brüder lerneten, nach ihren Belieben, Handwer-

cke, ich aber, weil ich eine besondere Liebe zu den Büchern zeigte, wurde fleißig zur Schule und privat-Information gehalten, und brachte es so weit, daß in meinem
19. Jahre auf die Universität nach Franckfurth an der
Oder ziehen konte. Ich wolte Jura, muste aber, auf expressen Befehl meines Vaters, Medicinam, studiren, ohne
zweiffel weil nicht mehr als 2. allbereit sehr alte Medici,
oder deutlicher zu sagen, privilegirte Liferanten des Todes in unserer Stadt waren, die vielleicht ein mehreres
an den Verstorbenen, als glücklich curirten Patienten
verdient haben mochten. Einem solchen dachte mich nun
etwa mein Vater mit guter manier und zwar per geniti-
vum zu substituiren, weiln er eine eintzige Tochter hatte,
welche die allerschönste unter den häßlichsten Jungfern,
salvo errore calculi, war, und der die dentes sapientiæ,
oder deutsch zu sagen, die letzten Zähne nur allererst
schon vor 12. biß 16. Jahren gewachsen waren.

Ich machte gute progressen in meinen studiren, weiln
alle Quartale nur 30. Thlr. zu verthun bekam, also wenig
debauchen machen durffte, sondern fein zu Hause bleiben, und fleißig seyn muste. [31]

Doch mein Zustand auf Universitäten wolte sich zu
verbessern mine machen, denn da ich nach anderthalb-
jährigen Abseyn, die Pfingst-Ferien bey meinen Eltern
celebrirte, fand ich Gelegenheit, bey meinem, zu hoffen
habenden Hrn. Schwieger-Vater, mich dermassen zu
insinuiren, daß er als ein Mann, der in der Stadt etwas zu
sprechen hatte, ein jährliches stipendium von 60. Thlr.

vor mich heraus brachte, welche ich nebst meinen Väterlichen 30. Thlr. auf einem Brete bezahlt, in Empfang
nahm, und mit viel freudigern Hertzen wieder nach
Franckfurth eilete, als vor wenig Wochen davon abgereiset war.

Nunmehro meinete ich keine Noth zu leyden, führete
mich demnach auch einmal als ein rechtschaffener
Pursch auf, und gab einen Schmauß vor 12. biß 16. meiner besten Freunde, wurde hierauff von ein und andern
wieder zum Schmause invitirt, und lernete recht pursicos
leben, das ist, fressen, sauffen, speyen, schreyen, wetzen
und dergleichen.

Aber! Aber! meine Schmauserey bekam mir wie dem
Hunde das Graß, denn als ich einsmals des Nachts
ziemlich besoffen nach Hause ging, und zugleich mein
Müthlein, mit dem Degen in der Faust, an den unschuldigen Steinen kühlete, kam mir ohnversehens ein eingebildeter Eisenfresser mit den tröstlichen Worten auf
den Hals: Bärenheuter steh! Ich weiß nicht was ich
nüchterner Weise gethan hätte, wenn ich Gelegenheit
gesehen, mit guter manier zu entwischen, so aber hatte
ich mit dem vielen getrunckenen Weine doppelte Courage, eingeschlungen, setzte mich also, weil mir der Paß
zur [32] Flucht ohnedem verhauen war, in positur, gegen meinen Feind offensive zu agiren, und legte denselben, nach kurtzen chargiren, mit einem fatalen Stosse
zu Boden. Er rieff mit schwacher Stimme: Bären-
häuter, du hast dich gehalten als ein resoluter Kerl, mir

aber kostet es das Leben, GOTT sey meiner armen
Seele gnädig.

Im Augenblicke schien ich gantz wieder nüchtern zu
seyn, ruffte auch niemanden, der mich nach Hause
begleiten solte, sondern schlich viel hurtiger davon, als
der Fuchs vom Hüner Hause. Dennoch war es, ich weiß
nicht quo fato, heraus gekommen, daß ich der Thäter
sey; es wurde auch starck nach mir gefragt und gesucht,
doch meine besten Freunde hatten mich, nebst allen
meinen Sachen, dermassen künstlich versteckt, daß mich
in 8. Tagen niemand finden, vielweniger glauben konte,
daß ich noch in loco vorhanden sey. Nach verfluß solcher
ängstlichen 8. Tage, wurde ich eben so künstlich zum
Thore hinaus practiciret, ein anderer guter Freund kam
mit einem Wagen hinter drein, nahm mich unterweges,
dem Scheine nach, aus Barmhertzigkeit, zu sich auf den
Wagen, und brachte meinen zitterenden Cörper glücklich über die Grentze, an einen solchen Orth, wo ich
weiter sonderlich nichts wegen des Nachsetzens zu befürchten hatte. Doch allzu sicher durffte ich eben auch
nicht trauen, derowegen practicirte mich durch allerhand
Umwege, endlich nach Wunsche, in die an der Ost-See
gelegene Königl. Schwed. Universität Grypswalda, allwo
ich in gantz guter Ruhe hätte leben können, wenn mir
nur mein unruhiges Gewissen dieselbe vergön-[33]net
hätte, denn ausser dem, daß ich die schwere Blut-Schuld
auf der Seele hatte, so kam noch die betrübte Nachricht
darzu, daß mein Vater, so bald er diesen Streich erfah-

ren, vom Schlage gerühret worden, und wenig Stunden
darauff gestorben sey. Meinen Theil der Erbschafft hatten die Gerichten confiscirt, doch schickten mir meine
Geschwister aus commiseration, jedes 10. Thlr. von dem
ihrigen, und baten mich um GOTTES willen, so weit in
die Welt hinein zu gehen als ich könte, damit sie nicht
etwa eine noch betrübtere Zeitung, von Abschlagung
meines Kopffs bekommen möchten.

Ich hatte, nach verlauf fast eines halben Jahres, ohnedem keine Lust mehr in Grypswalde zu bleiben, weiln
mir nicht so wohl hinlängliche subsidia als eine wahre
Gemüths-Ruhe fehleten, entschloß mich demnach selbige auf der unruhigen See zu suchen, und deßfals zu
Schiffe zu gehen. Dieses mein Vorhaben entdeckte ich
einem Studioso Theologiæ, der mein sehr guter Freund
und Sohn eines starcken Handels-Mannes in Lübeck
war, selbiger recommendirte mich an seinen Vater, der
eben zugegen, und seinen Sohn besuchte, der Kauffmann
stellete mich auf die Probe, da er nun merckte, daß ich
im schreiben und rechnen sauber und expedit, auch sonsten einen ziemlich verschlagenen Kopff hatte, versprach er mir jährlich 100. Thlr. Silber-Müntze, beständige defrayirung so wohl zu Hause als auf Reisen, und bey
gutem Verhalten, dann und wann ein extraordinaires ansehnliches Accidens. [34]

Diese schöne Gelegenheit ergriff ich mit beyden Händen, reisete mit ihm nach Hause, und insinuirte mich
durch unermüdeten Fleiß dermassen bey ihm, daß er in

kurtzer Zeit ein starckes Vertrauen auf meine Conduite
setzte, und mich mit den wichtigsten Commissionen in
diejenigen See-Städte versendete, wo er seine vornehmsten Verkehr hatte.

Nachdem ich 2. Jahr bey ihm in Diensten gestanden,
wurde mir, da ich nach Amsterdam verschickt war, daselbst eine weit profitablere Condition angetragen, ich
acceptirte dieselbe, reisete aber erstlich wieder nach Lübeck, forderte von meinem Patron gantz höfflich den Abschied, welcher ungern daran wolte, im Gegentheil mir
jährlich mein salarium um 50. Thlr. zu verbessern versprach, allein ich hatte mir einmal die Farth nach Ost-
Indien in den Kopff gesetzt, und solche war gar nicht
heraus zu bringen. So bald ich demnach meinen ehrlichen Abschied nebst 50. Thlr. Geschencke über den
Lohn von meinem Patron erhalten, nahm ich von denselben ein recht zärtliches Valet, wobey er mich bath,
ihm bey meiner Retour, ich möchte glücklich oder unglücklich gewesen seyn, wieder zuzusprechen, und reisete in GOTTES Nahmen nach Amsterdam, allwo ich auf
dem Schiffe, der Holländische Löwe genannt, meinen
Gedancken nach, den kostbarsten Dienst bekam, weiln
jährlich auf 600. Holländische Gulden Besoldung sichern
Etaat machen konte.

Mein Vermögen, welches ich ohne meines vorigen
Patrons Schaden zusammen gescharret, belieff [35] sich
auf 800. Holländ. fl. selbiges legte meistens an lauter
solche Waaren, womit man sich auf der Reise nach Ost-

Indien öffters 10. biß 20. fachen profit machen kan, fing also an ein rechter, wiewol annoch gantz kleiner, Kauffmann zu werden.

Immittelst führte ich mich so wol auf dem Schiffe, als auch an andern Orten, dermassen sparsam und heimlich auf, daß ein jeder glauben muste: ich hätte nicht 10. fl. in meinem gantzen Leben, an meiner Hertzhafftigkeit und freyen Wesen aber hatte niemand das geringste auszusetzen; weil ich mir von keinem, er mochte seyn wer er wolte, auf dem Munde trommeln ließ. Auf dem Cap de bonne esperence, allwo wir genöthiget waren, etliche Wochen zu verweilen, hatte ich eine verzweiffelte Rencontre, und zwar durch folgende Veranlassung: Ich ging eines Tages von dem Cap zum Zeitvertreib etwas tieffer ins Land hinein, um mit meiner mitgenommenen Flinte ein anständiges stückgen Wildpret zu schiessen, und gerieth von ohngefähr an ein, nach dasiger Arth gantz zierlich erbautes Lust-Hauß, so mit feinen Gärten und Weinbergen umgeben war, es schien mir würdig genung zu seyn, solches von aussen rings herum zu betrachten, gelangete also an eine halb offenstehende kleine Garten-Thür, trat hinnein und sahe ein gewiß recht schön gebildet, und wohl gekleydetes Frauenzimmer, nach dem klange einer kleinen Trommel, die ein anderes Frauenzimmer ziemlich Tact-mäßig spielete, recht zierlich tantzen.

Ich merckte daß sie meiner gewahr wurde, jedennoch ließ sie sich gar nicht stöhren, sondern tantzte [36] noch eine gute Zeit fort, endlich aber, da sie aufgehöret und einer alten Frauen etwas ins Ohr gesagt hatte; kam die letztere auf mich zu, und sagte auf ziemlich gut Holländisch: Wohl mein Herr! ihr habt ohne gebethene Erlaubniß euch die Freyheit genommen, meiner gnädigen Frauen im Tantze zuzusehen, derowegen verlangt sie zu wissen, wer ihr seyd, nächst dem, daß ihr deroselben den Tantz bezahlen sollet. Liebe Mutter, gab ich zur Antwort, vermeldet eurer gnädigen Frauen meinen unterthänigsten Respect, nächst dem, daß ich ein Unter-Officier von dem hier am Cap liegenden Holländischen Schiffen sey, und das Vergnügen, so mir dieselbe mit ihrem zierlichen tantzen erweckt, hertzlich gerne bezahlen will, wenn nur die Forderung mein Vermögen nicht übersteiget.

Die Alte hatte ihren Rapport kaum abgestattet als sie mir, auf Befehl der Täntzerin näher zu kommen, winckte. Ich gehorsamte, und muste mit in eine dick belaubte Hütte von Wein-Reben eintreten, auch sogleich bey der gnädigen Frau Täntzerin Platz nehmen. Der nicht weniger recht wohlgebildete Tambour, so zum Tantze aufgetrummelt hatte, führte sich von selbsten ab, war also niemand bey uns als die alte Frau, in deren Gegenwart mich die gnädige Täntzerin mit der allerfreundlichsten mine auf geradebrecht Holländisch anredete, und bath, ich möchte die Gnade haben und ihr selbsten erzehlen, wer? woher? was ich sey? und wohin ich zu reisen gedächte, ich beantwortete alles, so wie es mir in die Ge-

dancken kam, weil ich wohl wuste, daß ihr ein wahrhafftes Bekänntniß eben so viel gelten [37] konte, als ein
erdachtes. Sie redete hierauf etwas weniges mit der Alten, in einer mir unbekandten Sprache, welche etliche
mal mit dem Kopffe nickte und zur Hütte hinaus gieng.
Kaum hatte selbige uns den Rücken zugekehret, da die
Dame mich sogleich bey der Hand nahm und sagte: Mein
Herr, die jungen Europäer sind schöne Leute, und ihr
sonderlich seyd sehr schön. Madame, gab ich zur Antwort, es Beliebt euch mit euren Sclaven zu schertzen,
denn ich weiß daß aus meinen Ansehen nichts sonderliches zu machen ist. Ja ja, war ihre Gegenrede, ihr seyd
in Wahrheit sehr schön, ich wünschte im Ernste, daß ihr
mein Sclave wäret, ihr soltet gewiß keine schlimme Sache
bey mir haben. Aber, fuhr sie fort, sagt mir, wie es
kömmt, daß auf diesem Cap lauter alte, übel gebildete,
und keine schönen jungen Europäer bleiben? Madame,
versetzte ich, wenn nur auf diesem Cap noch mehr so
schönes Frauenzimmer wie ihr seyd, anzutreffen wäre,
so kan ich euch versichern, daß auch viel junge Europäer
hier bleiben würden. Was? fragte sie, saget ihr, daß ich
schöne sey, und euch gefalle? Ich müste, war meine Antwort: keine gesunde Augen und Verstand haben, wenn
ich nicht gestünde, daß mir eure Schönheit recht im
Hertzen wohl gefällt. Wie kan ich dieses glauben? replicirte sie, ihr sagt, daß ich schöne sey, euch im Hertzen
wohl gefalle, und küsset mich nicht einmal? da ihr doch
alleine bey mir seyd, und euch vor niemand zu fürchten

habt. Ihre artige lispelende wiewol unvollkommene Hol-
ländis. Sprache kam mir so lieblich, der Innhalt der Rede
aber, nebst denen charmanten Minen, dermassen entzü-
[38]ckend vor, daß an statt der Antwort mir die Kühnheit
nahm, einen feurigen Kuß auf ihre Purpurrothen und
zierlich aufgeworffenen Lippen zu drücken, an statt dieses zu verwehren, bezahlete sie meinen Kuß, mit 10. biß
12. andern, weil ich nun nichts schuldig bleiben wolte,
wechselten wir eine gute Zeit mit einander ab, biß endlich beyde Mäuler gantz ermüdet auf einander liegen
blieben, worbey sie mich so hefftig an ihre Brust drückte,
daß mir fast der Athem hätte vergehen mögen. Endlich
ließ sie mich loß, und sahe sich um, ob uns etwa die Alte
belauschen möchte, da aber niemand vorhanden war,
ergriff sie meine Hand, legte dieselbe auf die, wegen des
tieff ausgeschnittenen habits, über halb entblösseten
Brüste, welche, durch das hefftige auf- und niedersteige-
gen, die Gluth des verliebten Hertzens abzukühlen suchten, deren Flammen sich in den kohlpechschwartzen
schönen Augen zeigten. Das Küssen wurde aufs neue
wiederholet, und ich glaube, daß ich dieses mal gantz
gewiß über daß 6te Gebot hingestürtzt wäre, so aber war
es vor diesesmal nur gestolpert, weil sich noch zum guten
Glücke die Alte von ferne mit Husten hören ließ, dahero
wir uns eiligst von einander trenneten, und so bescheiden da sassen, als ob wir kein Wasser betrübet hätten.

Die Alte brachte in einem Korbe 2. Bouteillen delicaten
Wein, eine Bouteille Limonade, und verschiedene Früch-

te und Confituren, worzu ich mich gar nicht lange nöthigen ließ, sondern so wohl als die Dame, welche mir nun noch 1000.mal schöner vorkam, mit grösten Appetit davon genoß. So lange die Alte zugegen war, redeten wir von gantz [39] indiffirenten Sachen, da sie sich aber nur noch auf ein sehr kurtzes entfernete, um eine gewisse Frucht von der andern Seite des Gartens herzuholen, gab mir die Dame mit untermengten feurigen Küssen zu vernehmen: Ich solte mir Morgen, ohngefähr zwey Stunden früher als ich heute gekommen, ein Gewerbe machen, wiederum an dieser Stelle bey ihr zu erscheinen, da sie mir denn eine gewisse Nacht bestimmen wolte, in welcher wir ohne Furcht gantz alleine beysammen bleiben könten. Weiln mir nun die Alte zu geschwinde auf den Halß kam, muste die Antwort schuldig bleiben, doch da es mich Zeit zu seyn dünckte Abschied zu nehmen, sagte ich noch: Madame, ihr werdet mir das Glück vergönnen, daß Morgen Nachmittags meine Auffwartung noch einmal bey euch machen, und vor das heut genossene gütige Tractament einige geringe Raritäten aus Europa præsentiren darff. Mein Herr, gab sie zur Antwort, eure Visite soll mir lieb seyn, aber die Raritäten werde nicht anders annehmen, als vor baare Bezahlung. Reiset wohl, GOTT sey mit euch.

Hiermit machte ich ein nochmahliges Compliment, und gieng meiner Wege, die Alte begleitete mich fast auf eine halbe Stunde lang, von welcher ich unter weges erfuhr, daß diese Dame eine gebohrne Princeßin aus der

Insul Java wäre. Der auf dem Cap unter dem Holländischen Gouverneur in Diensten stehende Adjutant, Nahmens Signor Canengo, ein Italiäner von Geburth, hätte
sich bereits in ihrem 12ten Jahre in sie verliebt, da ihn
ein Sturm gezwungen, in Java die außbesserung seines
[40] Schiffs abzuwarten. Er habe die zu ihr tragende
hefftige Liebe nicht vergessen können, derowegen Gelegenheit gesucht und gefunden, sie vor 2. Jahren im
17den Jahre ihres Alters, auf gantz listige Arth von den
ihrigen zu entführen, und auf das Cap zu bringen. Das
Lust-Hauß, worinnen ich sie angetroffen, gehöre, nebst
den meisten herum liegenden Weinbergen und Gärten,
ihm zu, allwo sie sich die meiste Zeit des Jahres aufhalten müste, weiln er diese seine liebste Maitresse nicht
gern von andern Manns-Personen sehen liesse, und selbige sonderlich verborgen hielte, wenn frembde Europäische Schiffe in dem Cap vor Ancker lägen. Er weiß
zwar wohl, setzte die Alte letzlich hinzu, daß sie ihm,
ohngeachtet er schon ein Herr von 60. Jahren ist, dennoch allein getreu und beständig ist, jedoch, zu allem
Uberfluß, hat er mich zur Aufseherin über ihre Ehre
bestellet, allein ich habe es heute vor eine Sünde erkannt, wenn man dem armen Kinde allen Umgang mit
andern frembden Menschen abschneiden wolte, derowegen habe ich euch, weil ich weiß, daß mein Herr vor
Nachts nicht zu Hause kömmt, diesen Mittag zu ihr
geführet. Ihr könnet auch morgen um selbige Zeit wieder kommen, aber das sage ich, wo ihr verliebt in sie

seyd, so lasset euch nur auf einmal alle Hoffnung vergehen, denn sie ist die Keuschheit selber, und würde
eher sterben als sich von einer frembden Manns-Person
nur ein eintzig mal küssen lassen, da doch dieses bey
andern ein geringes ist. Inzwischen seyd versichert, daß,
wo ihr meiner Gebietherin etwas rares aus Europa mitbringen werdet, sie euch den Werth desselben mit [41]
baaren Gelde doppelt bezahlen wird, weil sie dessen genung besitzet.

Ich sahe unter währenden Reden der lieben Alten
beständig ins Gesichte, da aber gemerckt, daß dieselbe
im rechten einfältigen Ernste redete, wird ein jeder
muthmassen, was ich dabey gedacht habe, doch meine
Antwort war diese: Liebe Mutter, glaubt mir sicherlich,
daß sich mein Gemüthe um Liebes-Sachen wenig, oder
soll ich recht reden, gar nichts bekümmert, ich habe
Respect vor diese Dame, bloß wegen ihres ungemeinen
Verstandes und grosser Höfflichkeit, im übrigen verlange ich nichts, als, vor das heutige gütige Tractament,
deroselben morgen ein kleines Andencken zu hinterlassen, und zum Abschiede ihre Hand zu küssen, denn ich
glaube schwerlich, daß ich sie und euch mein lebtage
wieder sehen werde, weil wir vielleicht in wenig Tagen
von hier abseegeln werden.

Unter diesen meinen Reden drückte ich der Alten
3. neue Spanische Creutz-Thaler in die Hand, weil sie,
wie ich sagte, sich heute meinetwegen so viel Wege gemacht hätte. So verblendet sie aber von dem hellen

glantz dieses Silbers stehen blieb, so hurtig machte ich mich nach genommenen Abschiede von dannen, und langete, nach Zurücklegung zweyer kleinen teutschen Meilen, glücklich wieder in meinem Logis an.

Ich muste, nachdem ich mich in mein apartement begeben, über die heute gespielte Comœdie hertzlich lachen, kan aber nicht läugnen, daß ich in die wunderschöne brunette unbändig verliebt war, denn ich traff bey derselben seltene Schönheit, Klugheit, Ein-[42]falt und Liebe, in so artiger Vermischung an, dergleichen ich noch von keinem Frauenzimmer auf der Welt erfahren. Derowegen wolten mir alle Stunden zu Jahren werden, ehe ich mich wieder auf den Weg zu ihr machen konte. Folgenden Morgen stund ich sehr früh auf, öffnete meinen Kasten, und nahm allerhand Sachen heraus, als: 2. kleine, und 1. mittelmäßigen Spiegel, von der neusten façon. 1. Sonnen-Fechel mit güldner Quaste. 1. Zinnerne Schnupff-Tobacks Dose, in Gestalt einer Taschen-Uhr. 2. Gesteck saubere Frauenzimmer-Messer. 3erley artige Scheeren, 20. Elen Seyden-Band, von 4erley coleur, allerhand von Helffenbein gedresseltes Frauenzimmer-Geräthe, nebst Spiel- und andern Kinder-Sachen, deren mich voritzo nicht mehr erinnern kan.

Alle diese Waare packte ich ordentlich zusammen, begab mich nach Anweisung meiner Taschen-Uhr, die ich ihr aber zu zeigen nicht willens hatte, 2. Stunden vor dem Mittage auf die Reise, und gelangete ohne Hinderniß bey dem Lust-Hause meiner Prinzeßin an. Die drey Spa-

nischen Thlr. hatten die gute Alte so dienstfertig gemacht: daß sie mir über 100. Schritte vor der Garten-
Thür entgegen kam, mich bey der Hand fassete, und
sagte: Willkommen mein lieber Herr Landsmann, (sie
war aber eine Holländerin, und ich ein Brandenburger)
ach eilet doch, meine Gebietherin hat schon über eine
halbe Stunde auf euren versprochenen Zuspruch gehof-
fet, und so gar das Tantzen heute bleiben lassen. Ich
schenckte ihr 2. grosse gedruckte Leinwand-Halßtücher,
2. paar Strümpffe, ein Messer, einen Löffel [43] und
andere bagatelle, worüber sie vor Freuden fast rasend
werden wolte, doch auf mein Zureden, mich eiligst zu
ihrer Frau führete.

Dieselbe saß in der Laub-Hütte, und hatte sich nach
ihrer Tracht recht propre geputzt, ich muß auch gestehen, daß sie mich in solchen Aufzuge ungemein char-
mirte. Die Alte ging fort, ich wolte meine 7. Sachen
auspacken, da aber meine Schöne sagte, es hätte hiermit
noch etwas Zeit, nahm ich ihre Hand, und küssete dieselbe. Doch dieses schiene ihr zu verdriessen, weßwegen
ich sie in meine Arme schloß, und mehr als 100. mahl
küssete, wodurch sie wieder völlig aufgeräumt wurde.
Ich versuchte dergleichen Kost auch auf ihren, wiewohl
harten, jedoch auch zarten Brüsten, da denn nicht viel
fehlete, daß sie vor Entzückung in eine würckliche Ohnmacht gesuncken wäre, doch ich merckte es bey Zeiten,
und brachte ihre zerstreueten Geister wieder in behörige
Ordnung, und zwar kaum vor der Ankunfft unserer Al-

ten, welche noch weit köstlichere Erfrischungen brachte
als gestern.

Wir genossen dieselben mit Lust, immittelst legte ich
meinen Krahm aus, über dessen Seltenheit meine Prinzeßin fast erstaunete. Sie konte sich kaum satt sehen,
und kaum satt erfragen, worzu dieses und jenes dienete;
da ich ihr aber eines jeden Nutzen und Gebrauch gewiesen, zehlete sie mir 50. Holländische spec. Ducaten auf
den Tisch, welche ich, solte sie anders nicht zornig werden, mit aller Gewalt in meine Tasche stecken muste. Die
Alte bekam eine Commission, etwas aus ihren Zimmer zu
langen, und war kaum fort, da meine Schöne noch einen
[44] Beutel mit 100. Ducaten, nebst einem kostbaren
Ringe mit diesen Worten an mich lieferte: Nehmet hin,
mein Aug-Apffel, dieses kleine Andencken, und liebet
mich, so werdet ihr vor eurer Abreise von mir noch ein
weit mehreres erhalten. Ich mochte mich wegern wie ich
wolte, es halff nichts, sondern ich muste, ihren Zorn zu
vermeiden, das Geschenck in meine Verwahrung nehmen. Sie zeigte sich dieserhalb höchst vergnügt, machte
mir alle ersinnliche Caressen, und sprach mit einem verliebten Seuffzer: Saget mir doch, mein Liebster! wo es
herkommt, daß eure Person und Liebe in mir ein solches
entzückendes Vergnügen erwecket? Ja ich schwere bey
dem heiligen Glauben der Christen und der Tommi, daß
meine Seele noch keinen solchen Zucker geschmecket.
Ich versicherte sie vollkommen, daß es mit mir gleiche
Bewandtniß hätte, welches sich denn auch würcklich also

befand. Inzwischen weil mir das Wort Tommi in den
Ohren hangen geblieben war, fragte ich gantz treuhertzig, was sie darunter verstünde? und erfuhr, daß
selbiges eine gewisse Secte sey, worzu sich die Javaner
bekenneten, und sich dabey weit höher und heiliger achteten, als andere Mahometaner; mit welchen sie doch
sonsten, was die Haupt-Sätze der Lehre anbelangete,
ziemlich einig wären. Ich stutzte in etwas, da in Betrachtung zog, wie ich allem Ansehen nach mit einer Heydin
courtoisirte, doch die hefftige Liebe, so allbereit meine
Sinnen bezaubert hatte, konte den kleinen Funcken des
Religion-Scrupels gar leicht auslöschen, zumahlen da
durch ferneres Forschen erfuhr: daß sie ungemeine Lust
zu dem Christlichen [45] Glauben hegte, auch sich hertzlich gern gründlich darinnen unterweisen und tauffen
lassen wolte; allein ihr Liebhaber der Signor Canengo
verzögerte dieses von einer Zeit zur andern, hätte auch
binnen einem Jahre fast gar nicht mehr daran gedacht,
ohngeacht es anfänglich sein ernstlicher Vorsatz gewesen, er auch deßfalls viele Mühe angewendet. Nechst
diesen klagte sie über ihres Liebhabers wunderliche
Conduite, sonderlich aber über seine zwar willigen, doch
ohnmächtigen Liebes-Dienste, und wünschte aus einfältigen treuem Hertzen, daß ich bey ihr an seiner Stelle
seyn möchte. So bald ich meine Brunette aus diesem
Thone reden hörete, war ich gleich bereit, derselben
meine so wohl willigen als kräfftigen Bedienungen anzutragen, und vermeynete gleich stante pede meinen er-

wünschten, wiewohl straffbarn Zweck zu erlangen, jedoch die Heydin war in diesem Stücke noch tugend-haffter als ich, indem sie sich scheute, dergleichen auf eine so liederliche Art, und an einem solchen Orte, wo es fast so gut als unter freyen Himmel war, vorzunehmen, immittelst führeten wir beyderseits starcke Handgreiff-liche Discurse, wobey ich vollends so hitzig verliebt wur-de, daß bey nahe resolvirt war, nach und nach Gewalt zu brauchen, alleine, die nicht weniger erhitzte Brunette wuste mich dennoch mit so artigen Liebkosungen zu bändigen, daß ich endlich Raison annahm; weil sie mir theuer versprach, morgende Nacht in ihrem Schlaff-Gemache alles dasjenige, was ich jetzo verlangete, auf eine weit angenehmere und sicherere Arth zu vergön-nen. Denn, wie sie vernommen, würde ihr Amant selbige Nacht nicht [46] nach Hause kommen, sondern bey dem Gouverneur bleiben, übrigens wüste sie alle Anstalten schon so zu machen, daß unser Vergnügen auf keinerley Weise gestöhret werden solte, ich dürffte mich demnach nur mit andringender Demmerung getrost vor der Thür ihres Lust-Hauses einfinden.

Kaum waren wir mit dieser Verabredung fertig, als uns die Zurückkunfft der Alten eine andere Stellung anzunehmen nöthigte, es wurde auch das Gespräch auf unser Europäisches Frauenzimmer gekehret, deren Ma-nier zu leben, Moden und andere Beschreibungen die Dame mit besonderer Aufmercksamkeit anhörete, zu-mahlen, da die Alte mit ihren Darzwischen-Reden dieses und jenes bekräfftigte, oder wohl noch vergrösserte. Immittelst hatten wir uns in solchen andächtigen Gesprächen dermassen vertiefft, daß an gar nichts anders gedacht wurde, erschracken also desto hefftiger, als der Signor Canengo gantz unvermuthet zur Laub-Hütte, und zwar mit funckelnden Augen eintrat. Er sagte anfänglich kein Wort, gab aber der armen Alten eine dermassen tüchtige Ohrfeige, daß sie zur Thür hinaus flog, und sich etliche mahl überpurzelte. Meine schöne Brunette legte sich zu meiner grösten Gemüths-Kränckung vor diesen alten Maul-Esel auf die Erde, und kroch ihm mit niedergeschlagenem Gesichte als ein Hund entgegen. Doch er war so complaisant, sie aufzuheben und zu küssen. Endlich kam die Reyhe an mich, er fragte mit einer imperieusen Mine: Wer mich hieher gebracht, und was ich allhier zu suchen hätte? Signor, gab ich zur Antwort, Niemand anders, als das Glücke hat mich [47] von ohngefehr hieher geführet, indem ich ausgegangen, ein und andere curieuse Europäische Waaren an den Mann zu bringen. Und etwa, setzte er selbst hinzu, andern ihre Maitressen zu verführen? Ich gab ihm mit einer negligenten Mine zur Antwort: daß dieses eben meine Sache nicht sey. Demnach fragte er die Dame, ob sie die auf dem Tische annoch ausgelegten Waaren schon bezahlt hätte? Und da diese mit Nein geantwortet, griff er in seine Tasche, legte mir 6. Ducaten auf den Tisch, und zwar mit diesen Worten: Nehmet diese doppelte Bezahlung, und packet euch zum Teuffel, lasset euch auch nimmermehr bey dieser Dame wieder antreffen, wo euch anders euer Leben lieb ist. Signor, replicirte ich, es ist mir wenig an solchen Bagatell-Gelde gelegen, euch zu zeigen, daß ich kein Lumpenhund bin, will ich diese Sachen der Dame geschenckt haben, euch aber bitte ich, mich etwas höflicher zu tractiren, wo ich nicht gleiches mit gleichem vergelten soll. Er sahe mich trefflich über die Achsel an, die Koller aber lieff Fingers dicke auf, er legte die Hand an den Degen, und stieß die hefftigsten Schimpff-Worte gegen mich aus. Meine Courage kriegte hierbey die Sporen, wir zohen fast zu gleicher Zeit vom Leder, und tummelten uns vor der Hütte weidlich mit einander herum, doch mit dem Unterschiede, daß ich ihm mit einem kräfftigen Hiebe den rechten Arm lähmete, und deren noch zweye auf dem Schedel versetzte. Ich that einen Blick nach der Dame, welche in Ohnmacht gesuncken war, da ich aber vermerckte, daß Canengo sich absentirte, und in Hottentottischer Sprache vielleicht Hülffe schrye, [48] nahm ich meine im Grase verdeckt liegende Flinte, warff noch ein paar Lauff-Kugeln hinein, und eilete durch eine gemachte Oeffnung der Pallisaden, womit der Garten umsetzt war, des Weges nach meinem Quartiere zu.

Anfangs lieff ich ziemlich hurtig, hernachmahls aber that meine ordentlichen Schritte, wurde aber gar bald inne: daß mich 2. Hottentotten, die so geschwinde als Windspiele lauffen konten, verfolgten, der vorderste war kaum so nahe kommen, daß er sich seiner angebohrnen

Geschicklichkeit gegen mich gebrauchen konte, als er mit seiner Zagaye, welches ein mit Eisen beschlagener vorn sehr spitziger Wurff-Spieß ist, nach mir schoß, zu grossen Glück aber, indem ich eine hurtige Wendung machte, nur allein meine Rock-Falten durchwarff. Weil der Spieß in meinen Kleidern hangen blieb, mochte er glauben, mich getroffen zu haben, blieb derowegen so wohl als ich stille stehen, und sahe sich nach seinen Cameraden um, welcher mit eben dergleichen Gewehr herzu eilete. Doch da allbereit wuste, wie accurat diese Unfläther treffen können, wolte dessen Annäherung nicht erwarten, sondern gab Feuer, und traff beyde in einer Lienie so glücklich, daß sie zu Boden fielen, und wunderliche Kolleraturen auf dem Erdboden machten. Ich gab meiner Flinte eine frische Ladung, und sahe gantz von weiten noch zwey kommen. Ohne Noth Stand zu halten, wäre ein grosser Frevel gewesen, derowegen verfolgte, unter sehr öfftern Zurücksehen, den Weg nach meinem Quartiere, gelangete auch, ohne fernern unglücklichen Zufall, eine Stunde vor Abends [49] daselbst an. Ohne Zweiffel hatten meine zwey letztern Verfolger, bey dem traurigen Verhängnisse ihrer Vorläuffer, einen Eckel geschöpfft, mir weiter nachzueilen.

So bald ich in meinem Quartiere, das ist, in einer derer Hütten, welche nicht weit vom Cap, zur Bequemlichkeit der See-Fahrenden errichtet sind, arriviret war, kleidete ich mich aus, und gieng in meiner Commoditeé spatzieren, setzte mich am Ufer des Caffarischen Meeres

zwischen etliche dick-belaubte Sträucher, machte meine
heut erworbene Gold-Bourse auf, und hatte mein besonderes Vergnügen, die schönen gelben Pfennige zu betrachten, indem mir aber die Liebe zu meiner charmanten Brunette darbey in die Gedancken kam, sprach ich:
Ach du liebes Geld! wie viel schöner wärest du, wenn du
dich nur mit ruhigen Hertzen besässe. Ich machte meinen Beutel, nachdem ich das Geld hinein, den saubern
Ring aber an meinen Finger gesteckt hatte, wieder zu,
stützte den Kopff mit beyden Händen, und sonne nach:
ob ich meiner hefftigen Liebe ferner nachhängen, und
Mittel, selbige völlig zu vergnügen, suchen, oder wegen
der damit verknüpfften grausamen Gefährlichkeiten
gantz und gar davon abstrahiren wolte.

Es wolte schon anfangen Nacht zu werden, da ich mich
aus meinen tieffen Gedancken zwar in etwas ermuntert,
jedoch deßwegen noch gar keinen richtigen Schluß gefasset hatte, stund aber auf, um in meinem Logis die Ruhe
zu suchen. Ich hatte selbiges noch lange nicht einmahl
erreicht, da ein Officier mit 6. Mann von der Guarnison
gegen mich ka-[50]men, und meine Personalität mit
Gewalt in die Festung einführeten. Die gantze Nacht
hindurch hatte ich eine eigene Schildwacht neben mir
sitzen, welche auf meine allergeringsten Movements
Achtung gab, und niemanden, weder mit mir zu sprechen, oder an mich zu kommen, erlaubte.

Wer solte nicht vermeinen, daß ich um der mit dem
Adjutanten und den Hottentotten gehabten Händel hal-

ber in Arrest kommen wäre, ich zum wenigsten hatte mich dessen in meinem Hertzen völlig überredet, jedoch an der Haupt-Ursache weit gefehlet. Denn, kurtz zu sagen, folgenden Morgens, in aller frühe, ließ mich unser Schiffs-Capitain zu sich bringen, und that mir, jedoch ohne jemands Beyseyn, folgende Proposition: Mein lieber Monsieur Wolffgang! Ich weiß, daß ihr ein armer Teuffel seyd, derowegen mag euch die Begierde, reich zu werden, verleitet haben, einen Diebstahl zu begehen. Glaubet mir, daß ich etwas von euch halte, indem ich mehr als zu viel Commiseration und Liebe vor euch hege, allein, seyd nur auch aufrichtig, und stellet mir den Beutel mit den 100. Ducaten, so dem William van Raac verwichene Nacht entwendet worden, mit freymüthiger Bekändtniß, in meine sichern Hände, ich schwöre bey GOtt, die Sache auf eine listige Art zu vermänteln, und euch völlig bey Ehren zu erhalten, weil es Schade um eure Jugend und Geschicklichkeit ist.

Ich hätte wegen hefftiger Alteration über diese Reden den Augenblick in Ohnmacht sincken mögen. Mein Gewissen war rein, indem ich mit [51] Wahrheit sagen kan, daß Zeit Lebens vor keinem Laster mehr Abscheu gehabt, als vor der schändlichen Dieberey, dergleichen Verdacht aber ging meiner Seelen gar zu nahe. So bald mich nun von meiner Verwirrung, die der Capitain vor eine gewisse Marque meines bösen Gewissens hielt, einiger massen erholt hatte, war ich bemühet, denselben meiner Unschuld mit den kräfftigsten Betheurungen zu

72

versichern, wie ich denn auch würcklich nichts davon gehöret oder gesehen hatte, daß dem William van Raac, der ein Kauffmann und unser Reise-Compagnon war, Geld gestohlen sey. Allein der Capitain schiene sich über meine Entschuldigungen zu erzürnen, und sagte: Ich hätte nicht vermeinet, Wolffgang, daß ihr gegen mich so verstockt seyn soltet, da euch doch nicht allein euer gantzes Wesen, sondern auch euer selbst eigener Mund zur Gnüge verrathen hat. Sagt mir, ob ihr läugnen könnet: daß ihr gestern am Meer-Ufer in der Einsamkeit das, dem van Raack gestohlene, Geld überzehlet, und diese nachdencklichen Worte darbey gebraucht habt: Ach du liebes Geld! wie viel schöner wärest du, wenn ich dich nur mit ruhigen Hertzen besitzen könte. Mein Herr, gab ich zur Antwort, ich ruffe nochmahls GOtt und das gantze himmlische Heer zu Zeugen an, daß mir dieser Diebstahl unrechtmäßiger Weise Schuld gegeben wird, dasjenige aber, was ihr mir itzo zuletzt vorgehalten habt, befindet sich also, ich habe einen Beutel mit 150. spec. Ducaten bey mir, und gebe denselben zu eurer sichern Verwahrung, biß meine Unschuld wegen des Diebstahls ans Licht ge-[52]kommen. Seyd aber so gütig, eine besondere Avanture von mir anzuhören, und mich eures kräfftigen Schutzes geniessen zu lassen.

Hiermit überreichte ich ihm den Beutel mit 150. Ducaten, und erzehlte sodann nach der Länge, was ich, als ein junger Amadis Ritter, seit 3en Tagen vor besondere Zufälle gehabt hatte, welches er alles mit ziemlicher Ver-

wunderung anhörete, und letzlich sagte: Ich muß gestehen, daß dieses ein verwirrter Handel ist, und sonderlich wird mir die Affaire wegen des blessirten Adjutanten
und der erschossenen Hottentotten gantz gewiß Verdruß
machen, doch verspreche ich euch wegen des letztern
meinen Schutz, allein was den William van Raac anbelanget, so braucht dieses eine fernere Untersuchung, weßwegen ich euch so wenig als noch andere deßwegen arre-
stirte drey Personen in Freyheit setzen kan.

Ich war, und muste auch damit zu frieden seyn, inzwischen verdroß mich die schändliche und so schlecht gegründete Diebstahls-Beschuldigung weit grausamer, als
die andere Affaire, jedoch zu meinem grösten Vergnügen
lieff gegen Mittag die Zeitung ein, daß William van Raac
seinen Beutel mit den 100. Ducaten an einem solchen
Orte, wo er ihn in Gedancken selbst hin versteckt hatte,
wieder gefunden, und dennoch solches gern verschwiegen hätte, wenn ihn nicht andere dabey ertappt, und sein
Gewissen geschärfft hätten. Demnach musten Raac, ich
und die 3. andern, Nachmittags bey dem Hauptmann
erscheinen, welcher die Sache beylegen wolte, weil die
3. Mitbeschuldigten [53] dem William van Raac den Todt
geschworen hatten, es wurde auch glücklich verglichen,
denn Raac erboth sich, einem jeden von uns 10. Spanische Thlr. vor den Schimpff zu geben, nächst dem seine
Ubereilung kniend abzubitten, welches er auch so gleich
in Gegenwart des Capitains bewerckstelligte, doch ich
vor meine Person wolte meine Großmuth sehen lassen,

und gab ihm seine 10. Thlr. wieder zurück, ließ ihm auch seine Abbitte bey mir nicht kniend, sondern stehend verrichten.

Da also dieser verdrüßliche Handel zu allerseits ziemlichen Vergnügen geschlichtet war, und wir uns in Freyheit von dem Capitain hinweg begeben wolten, nöthigte mich derselbe, noch etwas bey ihm zu bleiben, bat mit den allerhöflichsten Worten um Verzeihung, daß er auf Angeben eines wunderlichen Menschen fast gezwungen worden, mich solchergestalt zu prostituiren, und versprach mir, in Zukunfft desto grössere und stärckere Marquen seines Estims zu geben, weil er bey dieser Affaire meiner (wie ihm zu reden beliebte) vortrefflichen Conduite erstlich vollkommen überzeugt worden. Er gab mir anbey mit einem freundlichen Lächeln den Beutel, worinnen sich meine 150. Ducaten befanden, wieder zurück, nebst der Nachricht, wie zwar der Gouverneur schon Wissenschafft von einer mit dem Adjutanten vorgefallenen Rencontre erhalten, auch daß die 2. Hottentotten fast tödtlich blessirt wären, der Thäter sey ihm aber annoch unbekandt, und müste man nun erstlich erwarten, was weiter passiren würde. Inzwischen gab er mir den getreuen Rath, alle meine [54] Sachen nach und nach heimlich in sein des Capitains Logis zu schaffen, auch mich selbst bey ihm verborgen aufzuhalten, biß man fernere Mittel erfände, der zu befürchten habenden Gefahr zu entkommen.

Es wurde noch selbigen Tages, des redlichen Capitains

Muthmassungen gemäß, nicht ein geringes Lermen wegen dieser Affaire, man hatte mich als den Thäter dermassen accurat beschrieben, daß niemand zweiffelte, Monsieur Wolffgang sey derjenige, welcher den Signor Canengo, als er von ihm bey seiner Maitresse erwischt worden, zu schanden gehauen, zweyen Hottentotten tödtliche Pillen eingegeben, und welchen der Gouverneur zur exemplarischen Bestraffung per force ausgeliefert haben wolte.

Jedoch der redliche Capitain vermittelte die Sache dergestalt glücklich, daß wir einige Tage hernach ohne die geringste Hinderniß von dem Cap abseegeln, und unsere Strasse nach Ost-Indien fortsetzen konten. Ich weiß gantz gewiß, daß er dem Gouverneur meiner Freyheit und Sicherheit wegen ein ansehnliches Præsent gemacht, allein, er hat gegen mich niemahls etwas davon gedacht, vielweniger mir einen Stüver Unkosten abgefordert, im Gegentheil, wie ich ferner erzehlen werde, jederzeit die gröste Consideration vor mich gehabt.

Inzwischen führete mir die auf dem Cap gehabte Avanture zu Gemüthe, was vor Gefährlichkeiten und üble Suiten daraus entstehen können, wenn man sich durch eine geile Liebes-Brunst auf verbotene Wege treiben lässet. Meine bräunlich-[55]schöne Prinzeßin klebte mir zwar noch ziemlich am Hertzen, da ich sie aber auf der andern Seite als eine Heydin und Hure eines alten Adjutanten betrachtete, verging mir, zugleich mit Wiedererlangung meines gesunden Verstandes, auf einmahl der Appetit nach solcher falschen Müntze, doch stund ich noch lange nicht in dem gradu der Heiligkeit, daß ich mein bey ihr erworbenes Geld den Armen ausgetheilet hätte, sondern verwahrete es zum Gebrauch, und wünschete ihr davor viel Vergnügen, bedaurete auch zum öfftern der schönen Brunette feine Gestalt, wunderliche fata, und sonderlich das zu mir getragene gute Gemüthe.

William van Raac mochte, nachdem er mich recht kennen lernen, etwas an mir gefunden haben, das ihm gefiele; weßwegen er sich öffters bey mir aufhielt, und seinen Zeitvertreib in ein und andern politischen Gesprächen suchte, auch bey Gelegenheit mit besonders guter Manier allerhand Raritäten verehrte. Ich revangirte mich zwar mit diesen und jenen nicht weniger artigen Sachen, verspürete aber doch, daß er nicht eher ruhete, biß er wieder so viel bey mir angebracht, das den Werth des Meinigen vielfältig überstieg.

Ein gewisser Sergeant auf dem Schiffe, Nahmens David Böckling, mit welchem William vorhero starcke Freundschafft gehalten, seit meinem Arrest aber sehr mit ihm zerfallen war, sahe unser öffteres Beysammensitzen mit größtem Verdrusse an, brauchte auch allerhand Räncke, uns zusammen zu hetzen, weil er ein sehr wüster Kopff und eben derjenige war, welcher mich am Meer-[56]Ufer, da ich meine Ducaten gezehlet, und oberwehnte Worte gesprochen, beschlichen und verrathen hatte, wie mir van Raac nunmehro solches alles offenhertzig gestund. Doch alle seine angestiffteten Boßheiten waren nicht vermögend unsere Freundschafft zu trennen, sondern es schien als ob dieselbe hierdurch immer mehr befestiget würde, ich aber hatte mir fest vorgesetzt dem Sergeanten bey erster bequemer Gelegenheit den Kopff zu waschen, doch ich ward dieser Mühe überhoben, weil er, da wir uns eine Zeitlang in Batavia auf der Insul Java aufhalten musten, daselbst von einem andern erstochen, und ich von dem Capitain an dessen Stelle als Sergeant gesetzt wurde.

Weiln ich solchergestalt doppelte Gage zoge, konte schon Etaat machen, in wenig Jahren ein ziemlich Capital zu sammlen. Nechst dem so marchandirte zwar so fleißig, doch nicht so schelmisch als ein Jude, und erwarb damit binnen 3. Jahren, ein feines Vermögen. Denn so lange waren wir auf dieser meiner ersten Reise unterweges. Sonsten begegnete mir dabey nichts eben sehr ungewöhnliches, weßwegen auch, um Weitläufftigkeit zu vermeiden, davon weiter nichts gedencken will, als daß wir auf dem rückwege, um die Gegend der Canarischen Insuln, von zweyen Saleeischen Raub-Schiffen attaquiret wurden. Das Gefechte war ungemein hitzig, und stunden wir in gröster Gefahr nebst unserer Freyheit, alles Guth, wo nicht gar das Leben zu verlieren. Endlich wendete sich das Blat, nachdem wir den grimmigsten Widerstand gethan, so, daß sie zwar die Flucht, aber dabey unsere reich beladene [57] Barque mitnehmen wolten; Allein da wir ihre Absicht zeitig merckten, und allbereit in Avantage sassen, ward nicht allein ihre Arbeit und Vorhaben

zunichte gemacht, sondern das beste Schiff, mit allen
dem, was darauff war, erobert.

Wenn mein naturell so beschaffen wäre, daß ich mich
selbst gern lobte, oder loben hörete, könte bey dieser
Gelegenheit schon etwas vorbringen, das einen oder den
andern überreden solte: ich wäre ein gantz besonderer
tapfferer Mann, allein ich versichere, daß ich niemals
mehr gethan als ein rechtschaffener Soldat, dessen Ehre, Leben und Freyheit, nebst allen bey sich habenden
Vermögen, auf der Spitze stehet, bey dergleichen Affairen zu thun schuldig ist.

Jedoch man kan unter dem prætext dieser Schuldigkeit, auch der guten Sache zuweilen zu viel oder zu wenig
thun, mein Beyspiel zum wenigsten, kan andern eine
vernünfftige Behutsamkeit erwecken; denn als wir uns
an dasjenige Raub-Schiff, welches wir auch nach diesen
glückl. eroberten angehengt, und bloß noch mit dem
Degen in der Faust wider einander agirten, hatte sich ein
eintziger Räuber, auf seinem in letzten Zügen liegenden
Schiffe, einen eigenen Kampff-Platz erwehlet, indem er,
durch etliche gegen- und übereinander gesetzte Kasten,
seinen Rücken frey machen lassen, und mit seiner Mord-
Sense dergestalt hausete, daß alle von unsern Schiffe
überspringenden Leute, entweder todt niederfallen,
oder sich starck blessirt reteriren musten.

Ich war unter dem Capitain mit etwa 12. Mann [58] von
den Unserigen auf dem vordertheil des feindl. Schiffs
beschäfftiget, rechtschaffen Posto zu fassen, merckte

79

aber, daß wir mehr Arbeit fanden, als wir bestreiten konten, indem der eintzige Satan unsern succurs recht übermenschlich abzuhalten schien, derowegen drang als ein Blitz durch die Feinde hindurch nahm meinen Vortheil ohngefehr in Obacht, und vermeynte sogleich meinen Pallasch in seinen Gedärmen umzuwenden; allein der Mord-Bube war überall starck geharrnischt und gepantzert, dahero ich nach abgeglitschten Stosse, mich selbst in der grösten Lebens-Gefahr sahe, doch fassete ihn in dieser Angst von ohngefehr in das weit aufgesperrete Maul, riß die rasende Furie zu Boden, suchte am Unter-Leibe eine öffnung, und stieß derselben meinen Pallasch so tieff in den Rantzen hinein als ich konte.

Kaum war dieses geschehen, als nach einander etliche 20. und immer mehr von den Unserigen in das Feindl. Schiff gesprungen kamen, mich secundirten, und noch vor völlig erhaltenen Siege, Victoria! schryen. Doch es vergieng nicht eine halbe Stunde, so konten wir dieses Freuden-Wort mit Recht, und in vollkommener Sicherheit ausruffen, weil wir überhaupt Meister vom Schiffe, und die annoch lebenden Feinde, unsere Sclaven waren. Ich vor meine Person hatte zur ersten Beute einen ziemlichen Hieb über den Kopff, einen über die lincke Schulter, und einen Piquen-Stich in die rechte Hüffte bekommen, darzu hatte der irraisonable Flegel, dem ich doch aus besondern Staats-Ursachen, ins Maul zu greiffen, die Ehre gethan, mir die [59] vordersten Gelencke zweyer Finger lincker Hand, zum Zeitvertreibe abgebissen, und da dieselben, wie man siehet, noch biß dato fehlen, ich dieselben auch auf der Wahlstatt nirgends finden können; so kan nicht anders glauben, als daß er sie par hazard verschlungen habe.

Ich konte ihm endlich diese theuer genug bezahlte zwey Bissen noch so ziemlich gönnen, und war nur froh, daß an meinen zeithero gesammleten Schätzen nichts fehlete, über dieses wurde ich noch mit dem grösten Ruhm und Ehren fast überhäufft, weiln nicht nur der Capitain, sondern auch die meisten andern Mitarbeiter und Erfechter dieses Sieges, mir, wegen des eintzigen gewagten Streichs, den besten Preiß zu erkandten. Mein Gemüthe wäre der überflüßigen Lobes-Erhebungen gern entübriget gewesen, und hätte an dessen statt viel lieber eine geschwinde Linderung der schmertzenden Leibes-Wunden angenommen, weil ich, als ein auf bey-den Seiten blessirter, kaum auf dem Rücken liegend, ein wenig rasten konte, doch ein geschickter Chirurgus, und meine gute Natur brachten es, nächst Göttl. Hülffe, so weit, daß ich in wenig Tagen wiederum auf dem obern Schiffs-Boden herum zu spatzieren vermögend war. Der Capitain, so mir gleich bey meiner ersten Ausflucht ent-gegen kam, und mich so munter sahe, sagte mit lachen: Monsieur Wolffgang, ich gratulire zum außgange, und ver-sichere, daß nichts als der Degen an eurer Seite fehlet, uns zu überreden, daß ihr kein Patient mehr seyd. Mon-seigneur, gab ich gleichfalls lächelnd zur Antwort, wenn es nur daran fehlet, so will ich [60] denselben gleich holen? Bemühet euch nicht, versetzte er, ich will davor sorgen. Hiermit gab er seinem Diener Befehl, einen Degen vor mich zu langen, dieser brachte einen propren silbernen Degen, nebst dem Gehencke, und ich muste denselben, meinen Gedancken nach zum Spaß, umgürten. So bald dieses geschehen, befahl er das Schiffs-Volck zusammen zu ruffen, und da selbiges in seiner gehörigen Ordnung war, sagte er: Monsieur Wolffgang! ihr wisset so wohl als alle Gegenwärtigen, daß in letzterer Action unsere beyden Lieutenants geblieben sind, derowegen will euch, en regard eures letzthin erwiesenen Helden-Muths, hiermit als Premieur-Schiffs-Lieutenant vorgestellet haben, jedoch biß auf confirmation unserer Obern, als wovor ich guarantire. Inzwischen weil ich weiß, daß niemand von Gegenwärtigen etwas hierwider einzuwenden haben wird, will auch der erste seyn, der euch zu dieser neuen Charge gratuliret. Hiermit reichte er mir die Hand, ich aber wuste anfänglich nicht wie mir geschahe, doch da ich vermerckte, daß es Ernst war, machte ich das gebräuchliche Gegen-Compliment, und ließ mir immerhin belieben Lieutenant zu seyn.

Kurtz drauff gelangten wir, nebst unserer gemachten Prise, glücklich wieder in Amsterdam an. Ich bekam nicht allein die Confirmation meiner Charge, sondern über dieses einen unverhofften starcken Recompens, ausser meiner zu fordern habenden doppelten Gage, die mir theils die Feder, theils der Degen verschafft hatte. Die, aus meinen mitgebrachten Waaren, gelöseten Gel-

der, [61] schlug ich darzu, that die helffte davon, als ein
Capital, in Banco, die andere helffte aber wandte zu meinem Unterhalt an, nächst diesen, die Equippage auf eine
frische Schiffarth anzuschaffen.

Biß hierher war der Capitain Wolffgang damals in seiner Erzehlung kommen, als er, wegen einbrechender
Nacht, vor dieses mal abbrach, und versprach, uns bey
erster guter Gelegenheit den übrigen Rest seiner Avanturen wissend zu machen. Es suchte derowegen ein jeder
von uns seine gewöhnliche Ruhe-Stelle, hatten aber dieselbe kaum 3. Stunden gedrückt, als, wegen eines sich
erhebenden Sturmes, alle ermuntert wurden, damit wir
uns gegen einen solchen ungestümen Stöhrer unserer
Ruhe in behörige positur setzen könten. Wir verliessen
uns zwar auf die besondere Stärcke und Festigkeit des
getreuen Paridis, als welchen Nahmen unser Schiff führete; da aber das grausame wüten des Windes, und die
einmal in Raserey gebrachten Wellen, nachdem sie nunmehro 2. Nacht und 2. Tage ohne einzuhalten getobet,
auch noch keinen Stillstand machen wolten, im Gegentheil, mit hereinbrechender 3ten Nacht, ihre Wuth ver-
vielfältigten, liessen wir die Hoffnung zu unserer Le-
bensrettung gäntzlich sincken, bekümmerten uns fast
gar nicht mehr, um welche Gegend wir wären, und erwarteten, theils mit zitterenden, theils mit gelassenen
Hertzen, die erschreckliche Zerscheiterung des Schiffs,
und das mehrentheils damit sehr genau verknüpffte jämmerliche Ende unseres Lebens. Allein die Erhaltungs-

Krafft des Himmels zeigte sich weit kräfftiger, als die Krafft des Windes, und der [62] berstenden Wolcken, denn unser Schiff muste nicht allein ohne besondern Haupt-Schaden bleiben, sondern auch zu unserer grösten Verwunderung wieder auf die rechte Strasse geführet werden, ohngeacht es Wind und Wellen bald hier bald dorthin verschlagen hatten; denn etwa 2. Stunden nach Mitternacht legte sich das grausame Brausen, die dicken Wolcken zertheilten sich, und bey anbrechenden schönen hellen Tage machten die Boots-Leute ein Freuden-Geschrey, aus Ursachen; weil sie den Pico so unverhofft erblickten, und wir uns gantz nahe an der Insul Teneriffa befanden. Vor meine Person wuste nicht, ob ich mehr Freude oder Erstaunung hegte, da mir diese ungeheure Machine in die Augen fiel. Der biß in den Himmel reichende entsetzliche Berg schien oben herum gantz weiß, weiln er Sommers und Winters hindurch mit Schnee bedeckt ist, man konte den aus seinem Gipffel steigenden Dampff gantz eigentlich observiren, und ich konte mich an diesem hochmüthigen Gegenstande meiner Augen die gantze Zeit nicht satt sehen, biß wir gegen Abend an die Insul anfuhren, um so lange daselbst auszuruhen, biß die zerrissenen und beschädigten Sachen unsers Schiffs wieder ausgebessert wären.

Ich fand ein besonderes Vergnügen: die raritäten auf dieser Insul zu betrachten, sonderlich aber den Pico, an dessen Fuß eine Arth von Bäumen stund, deren Holtz in keinem Wasser verfaulen soll. Jedoch die Spitze des Berges mit zu erklettern, und dessen Rauch-Loch, so Kaldera genennet wird, in Augenschein zu nehmen, konte mich niemand bere-[63]den, ohngeachtet es annoch die schönste Jahrs-Zeit dazu seyn mochte. Entweder war ich nicht so sehr neugierig, als Cajus Plinius Secundus beym Vesuvio gewesen, oder hatte nicht Lust mich dergleichen fatalitäten, wie er gehabt, zu exponiren, oder war nicht Willens eine Historiam naturalem aus eigener Erfahrung zu schreiben. Kurtz, ich war hierbey entweder zu faul, zu furchtsam, oder zu nachläßig.

Hergegen kan ich nicht läugnen, daß ich mir bey dem Capitain den Canari-Sect vortrefflich gut schmecken ließ, welcher mir auch besser bekam, als andern der Schwefel-Dampf auf dem Pico bekommen war, wir nahmen eine gute quantität dieses berühmten Getränckes, nebst vielem Zucker und andern delicatessen von dieser Insul mit, und fuhren den 12. 7br. recht vergnügt auf das Cabo Verde zu.

Es war um selbige Zeit ungemein stille See und schönes Wetter, weßwegen der Capitain Wolffgang auf unser hefftiges Ansuchen sich gefallen ließ, seine Geschichts-Erzehlung folgender massen zu continuiren.

Wo mir recht ist, Messieurs, fieng er an, so habe letztens gemeldet, wie ich mich in Stand gesetzt, eine neue Reise anzutreten, allein weil die Herrn General Etaaten seit kurtzen mit Franckreich und Spanien in würcklichen Krieg verwickelt waren, kriegten alle Sachen eine gantz andere Gestalt, ich hielt mich zwar beständig an meinen

Wohlthäter, nemlich an denjenigen Capitain, der mich biß hieher glücklich gemacht hatte, konte aber die Ursache sei-[64]nes Zauderns so wenig, als sein künfftiges Vornehmen errathen. Doch endlich brach er loß, und eröffnete mir, daß er treffliche Pasporte erhalten, gegen alle Feinde der Republique, als ein Frey-Beuter zu agiren, weßwegen er sich auch allbereit, durch Zuschuß anderer Wagehälse, ein extraordinair schönes Schiff mit allem Zubehör angeschafft hätte, so daß ihm nichts fehlete, als genungsame Leute. Wolte ich nun, setzte er hinzu, als sein Premieur-Lieutenant mit reisen, so müste mich Bemühen zum wenigsten 10. biß 12. Freywillige aufzutreiben, wo mir dieses aber unmöglich schiene, oder ich etwa keine Lust zu dergleichen Streichen hätte, als die Frey-Beuter vorzunehmen gemüßiget wären, so wolte er mir zwar bald einen Officiers-Dienst auf einem Kriegs-Schiffe schaffen, allein ob es vor mich eben so profitable seyn möchte, davon wisse er nichts zu sagen. Augenblicklich versicherte ich hierauff den Capitain, allen Fleiß anzuwenden, mein Glück oder Unglück unter und mit ihm zu suchen, auch mit ihm zu leben und zu sterben. Er schien vergnügt über meine Resolution, ich gieng von ihm, und schaffte binnen wenig Tagen an statt der geforderten Zwölffe, drey und zwanzig vollkommen gute freywillige Wagehälse, deren die meisten schöne Gelder bey sich führeten. Mein Capitain küssete mich vor Freuden, da ich ihm dieselben præsentiret hatte, und weil er binnen der Zeit auch nicht müßig gewesen, sondern

alles Benöthigte vollends angeschafft, seegelten wir frölich von dannen.

Wir durfften aus Furcht vor den Frantzosen, den Canal nicht passiren, sondern musten unsere Farth [65] um
die Brittannischen Insuln herum nehmen, und ob der
Capitain schon treffliche Lust hatte den Spaniern auf der
Strasse nach America, ein und andern Possen zu spielen,
so wolte er doch vorhero erstlich genauere Kundschafft
einziehen, allein ehe dieses geschahe, thaten wir einen
herrlichen Zug, an einer Frantzösischen nach Irrland
abgeschickten Fregatte, auf welcher 16000. Louis d'or
nebst andern trefflichen Sachen, und etlichen Etaats-
Gefangenen, unsere Beute wurden. Die vornehmsten Gefangenen nebst den Briefschafften, lieferten wir gegen
Erlegung einer billigen discretion an einen Engelländer
aus, der lange Zeit vergeblich auf diese Fregatte gelauret
hatte, besetzten dieselbe, nachdem wir die übrigen Gefangenen vertheilet, mit etlichen von unsern Leuten,
worunter auch ich war, also ein Neben-Schiff zu com-
mandiren hatte, und richteten unseren Cours, in dem
Mexicanischen Meere zu kreutzen.

Auf der Portugisischen Insul Madera, nahmen wir frisches Wasser ein, und fanden daselbst gleichfalls ein
Holländisches, doch von den Spaniern sehr übel zugerichtetes Frey-Beuter Schiff, dessen Capitain nebst den
besten Leuten geblieben waren, unter dem übrigen
Lumpen-Gesinde aber war eine solche Verwirrung, daß
niemand wuste wer Koch oder Keller seyn wolte. Wir

führeten ihnen ihren elenden Zustand, worinnen sie sich befanden, zu Gemüthe, und brachten sie mit guter Art dahin, sich mit uns zu vereinigen, und unter unsers Capitains Commando alles mit zu wagen, halffen also ihr Schiff wieder in vollkommen guten Stand setzen, und see-[66]gelten voll grosser Hoffnung auf die Bermudischen Insuln zu. Unterweges bemächtigten wir uns eines Spanischen Jagd-Schiffs, welches die Sicherheit der See ausspüren solte, indem sich die Spanische Silber-Flotte bey der Insul Cuba versammlet, und fast im Begriff war nach Europa zu schiffen. Wir nahmen das Wenige, so nebst den Gefangenen auf dieser Jagd gefunden wurde, auf unsere Schiffe, und bohrten die Jagd zu grunde, weil sie uns nichts nützen konte, eileten aber, uns bey Cuba einzufinden, und wo möglich von der Silber-Flotte etwas abzuzwacken. Es vereinigten sich noch 2. Holländische und ein Englischer Frey-Beuter mit uns, so daß wir damals 6. wohl ausgerüstete Schiffe starck waren, und auf selbigen ingesamt 46. Canonen, nebst 482. wohlbewehrten Leuten aufzeigen konten, hiermit konte man nun schon ein Hertz fassen, etwas wichtiges zu unternehmen, wie wir denn auch in der That die Hände nicht in den Schooß legten; sondern die Cubaner, Hispaniolaner, und andere feindliche Insuln starck allarmirten, und alle Spanische Handels-Schiffe Preiß machten, so daß auch der Geringste unter uns, seine deßfals angewandte Mühe reichlich belohnt schätzte, und niemand von Armuth oder Mangel zu reden Ursach hatte.

Wir erfuhren demnach, daß das Glück den Wage-Häl-
sen öffters am geneigtesten sey. Denen Herrn Spaniern
aber war wegen ihrer Silber-Flotte nicht eben allzuwohl
bey der Sache, indem sie sich ohnfehlbar unsere Schiffs-
Armade weit stärcker einbilden mochten, rüsteten derowegen, wie [67] wir gar bald in Erfahrung brachten,
10. biß 12. leichte Kriegs-Schiffe aus, um uns, als unangenehme und gefährliche Gäste, entweder, wo nicht
Gefänglich einzubringen, doch zu zerstreuen. Der En-
gels-Mann als unser bißheriger Compagnon, mochte
entweder zu wenig Hertze haben, oder aber sich allbereit reich genung schätzen, derowegen trennete er
sich mit seinem Schiff und Barque, worauff er ingesamt
120. Mann nebst 12. Canonen hatte, von uns, und war
Willens sich zwischen Cuba und Hispaniola durch zu
practiciren, von dar, aus gewissen Ursachen nach Virgi-
nien zu gehen. Allein man hat uns bald hernach versichert, daß ihn die Spanier ertappt, geplündert und
schändlicher weise ermordet haben.

Unsere Capitains fanden indessen nicht vor rathsam,
einen Angriff von den Spaniern zu erwarten, weil ohnedem unsere Schiffe nicht allein eine baldige Außbesserung vonnöthen hatten, sondern auch viele von unsern
Leuten, deren wir doch, seit der abreise aus Amsterdam,
nicht mehr als 14. eingebüsset, von denen vielen fatiguen
sehr merode waren. Wir stelleten demnach unsere Farth
auf die unsern Lands-Leuten zuständige Insul Curacao,
oder wie sie einige nennen, Curassau zu, machten aber

unterweges noch ein mit Cacao, Banille, Marmelade, Zucker und Toback beladenes Schiff, zu angenehmer Beute. Wenig Tage darauff, favorisirte das Glück noch besser, indem gantz von ohngefehr, und ohne vieles Blutvergiessen 3. Barquen mit Perlen-Austern, in unsere Hände fielen, womit wir denen Herren Spaniern die Mühe erspareten, selbige [68] ausmachen zu lassen, und dieser Arbeit, bey müßigen Stunden, uns gar im geringsten nicht zu schämen willens waren.

Mit allen diesen Reichthümern nun, landeten wir glücklich bey Curacao an, der Gouverneur daselbst empfing uns, nachdem wir ihm unsere Pasporte gezeiget, auch von ein und andern, richtigen rapport abgestattet hatten, mit grossen Freuden, zumahlen da er von uns ein ansehnliches Præsent empfieng. Jedoch nachdem unsere Capitains die damalige Beschaffenheit der Sachen und der Zeit etwas genauer überlegten, befanden wir auf einrathen des Gouverneurs vor nützlicher, die Insul Bonatry zu unserm Ruhe-Platz zu erwehlen, und unsere Schiffe daselbst auszubessern. Es wurde deßwegen aller möglichste Fleiß angewendet, nachhero aber beschlossen, eine rechte Niederlage daselbst aufzurichten, weßwegen wir, mit Hülffe der daselbst wohnenden nicht ungeschickten Indianer, anfiengen, kleine Häuser zu bauen, auch vor den Anlauff eine gar artige Festung anlegten, und dieselbe nach und nach immer zu verbessern willens waren. Die Indianer erzeigten sich ungemein Dienstfertig gegen uns, wir gaben ihnen von

dem unserigen, was sie brauchten, und wir entbehren
konten, hergegen waren sie wiederum fleißig das Feld zu
bauen, und Mahis, James, Patates, auch Guineisch Korn
zu zeugen, welches uns trefflich wohl zu statten kam,
nächst dem legten sie sich auch mehr, als sonsten, auf
die ordentliche Haußhaltung und Viehzucht, denn es gab
daselbst Ochsen, Kühe, Pferde, Schweine, vor allem andern aber Ziegen im Uberfluß, so daß nicht nur wir [69]
zulängliche Nahrungs-Mittel hatten, sondern auch unsere Lands-Leute auf den benachbarten Insuln, mit eingesaltzenen Fleische und andern Sachen besorgen konten. Anbey thaten wir manchen Stich in die See, und
bereicherten uns nicht allein mit lauter Spanischen und
Frantzösischen Gütern, sondern thaten beyden Nationen allen ersinnlichen Schaden und gebranntes Hertzeleyd an.

Ich vor meine Person, hatte mir einen ziemlichen
Schatz an Gold, Silber, Perlen, und andern kostbaren
Sachen gesammlet, wovon ich das meiste auf der Insul an
unterschiedliche Oerter vergrub, wo ich nicht leicht befürchten durffte, daß es ohne meine Anweisung jemand
finden würde. Ubrigens lebten wir ingesamt so vergnügt
auf der Insul, daß es, nachdem wir 3. Jahr lang darauff
zugebracht, das Ansehen hatte, als sehnete sich kein
eintziger wieder nach seinem Vaterlande.

Nach so langer Zeit wurde Kundschafft eingebracht,
daß die Spanier abermals mit einer reich beladenen
Silber-Flotte zurück nach Europa seegeln wolten, also

machten wir einen Anschlag, etwas davon zu erhaschen, giengen mit zwey der Besten und wol ausgerüsteten Schiffe, auch der resolutesten Mannschafft in See, und laureten um die Gegend der Caribischen Insuln auf dieselbe, brauchten anbey alle möglichste Vorsicht, um nicht entdeckt zu werden. Unsere Bemühung war deß-falls so wenig als sonsten vergebens, indem wir eines Morgens sehr frühe, nach vorhero ausgestandenen ziem-lichen Sturme, ein von der Flotte verschlagenes Spa-nisches Schiff mit List erhaschten, mit Ge-[70]walt eroberten, und an gediegenen Silber, auch andern Kost-barkeiten mehr darauff antraffen, als wir uns fast hätten einbilden können. Die Flotte hatte aus dem hefftigen Donnern des Geschützes, Unrath vermerckt, und er-rathen, daß eins von ihren Schiffen in Action begriffen sey, derowegen auch zwey von ihren Schiffen zum Suc-curs dahin geschickt, allein wir waren mit unserer Prise allbereit zur Richtigkeit gekommen, da wir den succurs noch gantz von ferne erblickten, hielten aber nicht vor rathsam dessen Ankunfft zu erwarten, sondern nahmen die Flucht auf recht verwegene Art, bey Porto Ricco hindurch, und gelangeten mit vielen Vergnügen wieder, ey unserer zurückgelassenen Mannschafft, auf der Insul Bonatry an.

Nunmehro waren wir erstlich eifriger als jemals be-flissen, nicht allein unsere Wohnungen, Feld-Bau und Vieh-Zucht, mit Beyhülffe der Indianer, in vollkommen bequeme Form zu bringen, sondern avancirten auch in weniger Zeit mit unsern Vestungs-Bau dermassen, daß wir diese Insul wider alle feindliche Anfälle ungemein sicher machten. Etliche von den Unsern hatten bey Gelegenheit Spanische und Frantzösische ledige Weibes-Personen erwischt, sich mit selbigen verheyrathet, und Kinder gezeuget, dieses erweckte bey vielen andern eben dergleichen Begierde, weßwegen sie unsern Capitain, als selbst erwehlten Gouverneur unserer Insul forcirten, eine Landung auf Hispaniola zu wagen, weil sich daselbst ungemein schönes, so wohl Spanisches als Frantzösisches Frauenzimmer befinden solte. [71]

Ob nun schon der Capitain dieses Unternehmen anfangs vor allzu verwegen und gefährlich erkannte, so sahe er sich doch letzlich fast gezwungen, dem eifrigen Verlangen der verliebten Venus-Brüder ein Genüge zu thun, und zwey Schiffe hierzu auszurüsten, deren eines ich als Unter-Hauptmann commandirte. Wir lieffen aus, und kamen auf Hispaniola, glücklich an Land. Es erreichten auch die Verliebten ihren erwünschten Zweck, indem sie etliche 30. junge Weibs-Personen zu Schiffe brachten, ich aber, der ich hiebey die Arrier-Guarde führete, war so unglücklich, von den nachsetzenden Spaniern einen gefährlichen Schuß in die rechte Seite, und den andern durch die lincke Wade zu bekommen, weßwegen ich, nebst noch zweyen der Unsern, von den Spaniern erhascht, gefangen genommen und zu ihrem Gouverneur gebracht wurde.

Ein grosses Glück war es bey unserm Unglück, daß

uns derselbe in der ersten furie nicht gleich auffhencken ließ, weil er ein verzweiffelt hitziger Mann war. Jedoch wurden wir nach völlig erlangter Gesundheit wenig besser, ja fast eben so schlimm als die Türckischen Sclaven tractiret. Am allerschlimmsten war dieses: daß ich nicht die geringste Gelegenheit finden konte, meinem redlichen Capitain Nachricht von meinem wiewol elenden Leben zu geben, weil ich versichert war, daß er nichts sparen würde, mich zu befreyen. Nachdem ich aber 3. Jahr in solchen jämmerlichen Zustande hingebracht, erhielt Zeitung, daß mein redlicher Capitain nebst meinen besten Freunden die Insul Bonatry, (oder Bon Ayres auch Bon air wie sie andere nennen,) verlassen, [72] und zurück nach Holland gegangen wäre, um sich das rechtmäßige Gouvernement, darüber nebst andern Vollmachten auszubitten. Anbey wurde mir der jetzige Zustand auf selbiger Insul dermassen schön beschrieben, daß mein sehnliches Verlangen, auf solche wieder zu kommen, als gantz von neuen erwachte, zumahlen wenn mich meiner daselbst vergrabenen Schätze erinnerte. Jedoch ich konte, ohne meine Person und Vermögen in die gröste Gefahr zu setzen, nicht erdencken, auf was vor Art ich den Gouverneur etwa einen geschickten Vorschlag wegen meiner Ranzion thun wolte. Muste also noch zwey Jahr als ein Pferde-Knecht in des Gouverneurs Diensten bleiben, ehe sich nur der geringste practicable Einfall in meinem Gehirne entsponn, wie ich mit guter manier meine Freyheit erlangen könte.

Die Noth erwecket zuweilen bey den Menschen eine
Gemüths-Neigung, der sie von Natur sonsten sehr wenig
ergeben sind. Von mir kan ich mit Warheit sagen, daß ich
mich, auch in meinen damaligen allerbesten Jahren, um
das Frauenzimmer und die Liebe, fast gantz und gar
nichts bekümmerte. War auch nichts weniger, als aus der
intention mit nach Hispaniola gegangen, um etwa eine
Frau vor mich daselbst zu holen, sondern nur bloß meine
Hertzhafftigkeit zu zeigen, und etwas Geld zu gewinnen. Allein itzo, da ich in gröster Noth stack, und kein
sicheres Mittel zu meiner Freyheit zu gelangen sahe,
nahm meine Zuflucht endlich zu der Venus, weil mir doch
Apollo, Mars und Neptunus, ihre Hülffe gäntzlich zu verweigern schienen. [73]

Eines Tages da ich des Gouverneurs Tochter, nebst
ihren Cammer-Mägdgen, auf ein nah gelegenes Land-
Gut spatzieren gefahren, und im Garten gantz allein bey
der erstern war, setzte sich dieselbe auf eine grüne
Banck nieder, und redete mich auf eine freye Art also an:
Wolffgang! sagt mir doch was ihr vor ein Lands Mann
seyd, und warum man euch niemals so lustig als andere
Stall-Bediente siehet. Ich stutzte anfänglich über diese
Anrede, gab aber bald darauff mit einem tieffgeholten
Seuffzer zur Antwort: Gnädiges Fräulein, ich bin ein
Teutscher von Geburth, zwar von mittelmäßigen Her-
kommen, habe mich aber in Holländischen Diensten
durch meine Courage, biß zu dem Posten eines Unter-
Hauptmanns geschwungen, und letztens auf dieser Insul

das Unglück empfunden, gefährlich blessirt und Gefangen zu werden. Hierauff erwiederte sie mit einer niedergeschlagenen und etwas negligent scheinenden mine: Ich hätte euch zum wenigsten wegen eurer guten Visage, Adelichen Herkommens geschätzt. Stund damit auf, und gieng eine gute Zeit in tiefen Gedancken gantz allein vor sich spatzieren. Ich machte allerhand Glossen über ihre Reden, und war mir fast leyd, daß ich von meinem Stande nicht etwas mehr geprahlet hatte, doch vielleicht (gedachte ich,) gehet es in Zukunfft mit guter manier besser an. Es geschahe auch, denn ehe wir wieder zurück fuhren, nahm sie Gelegenheit, mir mit einer ungemeinen verliebten Mine noch dieses zu sagen: Wolffgang! Wo euch an eurer Freyheit, Glück und Vergnügen etwas gelegen; so scheuet euch nicht, mir von eurem [74] Stande und Wesen nähere Nachricht zu geben, und seyd versichert, daß ich euer Bestes eilig befördern will und kan, absonderlich wo ihr einige Zärtlichkeit und Liebe vor meine Person heget. Sie wurde bey den letztern Worten Feuerroth, sahe sich nach ihren Mägdgen um, und sagte noch zu mir: Ihr habt die Erlaubniß mir in einem Briefe euer gantzes Hertz zu offenbaren, und könnet denselben morgen meinem Mägdgen geben, seyd aber redlich und verschwiegen.

Man wird mich nicht verdencken, daß ich diese schöne Gelegenheit meine Freyheit zu erlangen, mit beyden Händen ergriff. Donna Salome (so hieß das Fräulein,) war eine wohlgebildete Person von 17. biß 18. Jahren,

und solte einen, zwar auch noch jungen, aber einäugigen
und sonst überaus heßlichen Spanischen wohlhabenden
Officier heyrathen, welches ihre eigene Mutter selbst
nicht billigen wolte, aber doch von dem eigensinnigen
Gouverneur darzu gezwungen wurde. Ich könte diesem
nach eine ziemlich weitläufftige Liebes-Geschicht von
derselben und mir erzehlen, allein es ist mein Werck
nicht. Kurtz! Ich schrieb an die Donna Salome, und
machte mich nach ihrem Wunsche selbst zum Edelmanne, entdeckte meine zu ihr tragende hefftige Liebe, und
versprach alles, was sie verlangen könte, wo sie mich in
meine Freyheit setzen wolte.

Wir wurden in wenig Tagen des gantzen Krahms einig.
Ich that ihr einen Eyd, sie an einen sichern Orth, und so
bald als möglich, nach Europa zu führen, mich mit ihr
ordentlich zu verheyrathen, [75] und sie Zeit Lebens vor
meine rechte Ehe-Gemahlin zu ehren und zu lieben. Hergegen versprach sie mir, nebst einem Braut-Schatze von
12000. Ducaten und andern Kostbarkeiten, einen sichern
Frantzösischen Schiffer auszumachen, der uns vor gute
Bezahlung je ehe je lieber nach der Insul Bon air bringen
solte.

Unser Anschlag gieng glücklich von statten, denn so
bald wir erlebten, daß der Gouverneur in eigener Person
jene Seite der Insul visitirte, packten wir des Nachts
unsere Sachen auf leichte, darzu erkauffte Pferde, und
jagten von sonst niemand als ihren Mägdgen begleitet,
in etlichen Stunden an dasjenige Ufer, allwo der bestell-

te Frantzösische Schiffer unserer mit einem leichten
Jagd-Schiffe wartete, uns einnahm, und mit vollen Seegeln nach Bon air zu eilete. Daselbst landeten wir ohne
einig auszustehende Gefahr an, man wolte uns zwar
anfänglich das Aussteigen nicht vergönnen, jedoch, so
bald ich mich melden ließ, und erkannt wurde, war die
Freude bey einigen guten Freunden und Bekandten unbeschreiblich, welche dieselben über mein Leben und
glückliche Wiederkunfft bezeigten. Denn man hatte
mich nun seit etlichen Jahren längst vor todt gehalten.

Monsieur van der Baar, mein gantz besonderer
Freund, und ehemaliger Schiffs-Quartier-Meister, war
Vice-Gouverneur daselbst, und ließ mir, vor mich, und
meine Liebste, sogleich ein fein erbautes Hauß einräu-
men, nach etlichen Tagen aber, so bald wir uns nur ein
wenig eingerichtet, muste uns einer von den zwey daselbst befindlichen Holländi-[76]schen Priestern ehelich
zusammen geben. Ich ließ auf mehr als 50. Personen
eine, nach dasiger Beschaffenheit, recht kostbare Mahlzeit zurichten, vor alle andern aber, auch so gar vor die
Indianischen Familien, weiß Brod, Fleisch, Wein und ander starck Geträncke austheilen, damit sich nebst mir,
jederman zu erfreuen einige Ursach haben möchte. Der
Vice-Gouverneur ließ mir zu Ehren, beym Gesundheit
Trincken, die Stücken auf den Batterien tapffer abfeuren,
damit auch andere Insulaner hören möchten, daß in selbiger Gegend etwas Besonderes vorgienge, kurtz, wir
lebten etliche Tage, auf meine Kosten, rechtschaffen lu-

stig. Meine nunmehrige Ehe-Liebste, die Donna Salome, war so hertzlich vergnügt mit mir, als ich mit ihr, indem ich nun erst in ihren süssen Umarmungen empfand, was rechtschaffene Liebe sey. Es solte mancher vermeinen, ich würde am allerersten nach meinen vergrabenen Schätzen gelauffen seyn, allein ich bin warhafftig so gelassen gewesen, und habe dieselbe erst 8. Tage nach unserer Hochzeit gesucht, auch ohnversehrt glücklich wieder gefunden, und meiner Liebste dieselben in der Stille gezeiget. Sie erstaunete darüber, indem sie mich nimmermehr so reich geschätzt, nunmehro aber merckte, daß sie sich an keinen Bettel-Mann verheyrathet habe, und derowegen vollkommen zufrieden war, ohngeacht ich ihr offenbarete, daß ich kein Edelmann, sondern nur aus Bürgerlichen Stande sey.

Vier Monath nach meiner glücklichen Wiederkunfft, nachdem wir unsere Haußhaltung in vortrefflichen Stand gesetzt, hatte ich die Freude, mei-[77]nen alten Capitain zu umarmen, welcher eben aus Holland wieder zurück kam, und nicht allein die Confirmation über seine Gouverneur-Charge, sondern auch weit wichtigere Vollmachten, nebst vielen höchst-nöthigen Dingen, in 3. Schiffen mit brachte. Er erzehlete mir, daß, nach der Versicherung meines Todes, er alsofort mein zurückgelassenes Vermögen durch redliche und theils gegenwärtige Personen taxiren lassen, welches sich auf 6. tausend Thlr. werth belauffen, hiervon habe er meinem jüngern Bruder, den er nach Amsterdam zu sich ver-

schrieben, vor ihn und das andere Geschwister 5000.
Thlr. gezahlet, ein tausend aber vor sich selbst zur Erbschafft, vor die meinetwegen gehabte Mühe, behalten,
welche er mir aber nunmehro, da er die Freude hätte,
mich wieder zu finden, gedoppelt bezahlen wolte; Allein, ich hatte eine solche Freude über seine Redlichkeit, daß ich ihn beschwur, hiervon nichts zu gedencken, indem ich, weil ich vergnügt wäre, mich reich
genug zu seyn schätze, und wohl wüste, daß ihm selbst
ein noch weit mehreres schuldig sey.

Wir lebten nachhero in der schönsten Einträchtigkeit
beysammen, Monsieur van der Baar muste mit 50. Man-
nen, und allerhand ihm zugegebenen nothdürfftigen
Sachen, eine andere kleine Insul bevölckern, ich aber
wurde an dessen Statt Vice-Gouverneur, und war fast
nicht mehr willens, in Zukunfft auf Frey-Beuterey auszugehen, sondern, bey meiner Liebens-würdigen Salome, mein Leben in Ruhe zuzubringen, wie denn dieselbe
ihr Verlangen nach Europa gäntzlich fahren ließ, und
[78] nichts mehr wünschte, als in meiner beständigen
Gegenwart Lebens-lang auf dieser Insul zu bleiben. Allein, o Jammer! mein innigliches Vergnügen währete
nicht lange, denn da meine Hertz-allerliebste Ehe-Frau
im zehenden Monath nach unserer Copulation durch eine
entsetzliche schwere Geburth eine todte Tochter zur
Welt gebracht hatte, vermerckte sie bald darauf die Anzeigungen ihres eigenen herran nahenden Todes. Sie
hatte sich schon seit etlichen Wochen mit den Predigern,

der Religion wegen, fast täglich unterredet, und alle unsere Glaubens-Articul wohl gefasset, nahm derowegen aus hertzlichen Verlangen nach dem heiligen Abendmahle die Protestantische Religion an, und starb folgenden Tages sanfft und seelig.

Ich mag meinen Schmertzen, den ich damahls empfunden, in Gegenwart anderer voritzo nicht erneuern, sondern will nur so viel sagen, daß ich fast nicht zu trösten war, und in beständiger Tieffsinnigkeit nirgends Ruhe zu suchen wuste, als auf dem Grabe meiner Liebsten, welches ich mit einem ziemlich wohl ausgearbeiteten Steine bedeckte und mit eigener Hand folgende Zeilen darauf meisselte:

Hier liegt ein schöner Raub, den mir der Todt
geraubt,
Nachdem der Freyheits-Raub den Liebes-
Raub erlaubt.
Es ist ein seelig Weib. Wer raubt ihr die-
sen Orden?
Doch ich, als Wittber, bin ein Raub des
Kummers worden. [79]

Unten drunter meisselte ich fernere Nachricht von ihrer und meiner Person, nebst der Jahr-Zahl, ein, um die Curiosität der Nachkommen zu vergnügen, ich hergegen wuste weiter fast nichts mehr von einigen Vergnügen in der Welt, ward dannenhero schlüssig, wieder nach Europa zu gehen, um zu versuchen, ob ich daselbst, als in der alten Welt, einige Gemüths-Ruhe finden, und meine Schmertzen bey der begrabenen geliebten Urheberin derselben in der Neuen Welt zurück lassen könte. Dieses mein Vorhaben entdeckte ich dem Capitain, als unsern Gouverneur, welcher mir nicht allein die hierzu benöthigten freywilligen Leute, sondern auch eins der besten Schiffe, mit allen Zubehör versehen, auszulesen, ohne die allergeringste Schwierigkeit, vielmehr mit rechten Freuden, erlaubte. Jedoch mich inständig bat, bald wieder zu kommen, zumahlen, wenn ich meine Meublen und Baarschafften wohl angelegt hätte.

Ich versprach alles, was er von mir verlangte, und seegelte, nachdem er mich mit vielen wichtigen Commissionen und guten Passporten versehen, im Nahmen des Himmels von der mir so lieb gewesenen Insel nach Europa zu, und kam, ohne besondere Hinderniß, nach verflossener ordentlicher Zeit glücklich in Amsterdam an.

Binnen 2. Monathen richtete alle mir aufgetragene Commissionen aus, überließ das Schiff an meines Capitains Compagnons, und gab ihnen zu verstehen, daß erstlich in mein Vaterland reisen, und mich allda resolviren wolte, ob es wei-[80]ter mein Werck seyn möchte, wieder in See zu gehen oder nicht. Packte nachhero alles mein Vermögen auf, und ging nach Lübeck zu meinem ehemahligen Patrone, der mich mit grösten Freuden empfing, in sein Hauß auf so lange aufnahm, biß ich einen richtigen Schluß gefasset, wohin mich nunmehro wenden wolte. Da mir aber dieser mein Patron erzehlete, daß sein Sohn, mit dem ich ehemahls in Grypswalde studiret, nunmehro vor ein paar Jahren einen ansehnlichen Dienst in Dantzig bekommen hätte, machte mich auf die Reise, ihn daselbst zu besuchen, nachdem ich vorhero meinem Bruder, der ohne mich der jüngste war, schrifftlich zu wissen gethan, daß er mich in Dantzig antreffen würde.

Derselbe nun hatte sich nicht gesäumet, sondern war noch zwey Tage eher als ich bey dem beschriebenen guten Freunde eingetroffen, indem nun ich auch arrivirte, weiß ich nicht, ob ich bey dem Bruder oder dem Freunde mehr Freude und Liebes-Bezeugungen antraff, wenigstens stelleten sie sich einander gleich. Nachdem wir uns aber etliche Tage rechtschaffen mit einander ergötzt, schickte ich meinen Bruder mit einem ansehnlichen Stück Geldes nach meinem Vaterlande, und überließ ihn die Sorge, durch einen geschickten Juristen, einen Pardon-Brief bey der höchsten Landes-Obrigkeit vor mich auszuwircken, wegen des in Franckfurt erstochenen Studenten. Weil nun mehrentheils auf der Welt das Geld alles ausmachen kan, so war auch ich in diesem Stück nicht unglücklich, sondern erhielt nach Verlauff etlicher [81] Wochen den verlangten Pardon-Brief, und konte nach genommenen zärtlichen Abschiede von meinem Freunde sicher in meine Geburths-Stadt reisen, nachdem ich in Dantzig die Zeit ungemein vergnügt zugebracht, und mit den vornehmsten Kauff- und andern Leuten genaue Kund- und Freundschafft gepflogen hatte.

Meine Geschwister, Bluts- und Muths-Freunde em-

pfingen mich mit gantz ausserordentlichen Vergnügen,
konte also in den ersten 4. Wochen wenig thun, als zu
Gaste gehen, nachhero ließ mich zwar bereden, daselbst
in Ruhe zu bleiben, zu welchem Ende ich ein schönes Gut
kauffen, und eine vortheilhafft Mariage treffen solte, allein, weil es vielleicht nicht seyn solte, muste mir eine
unverhoffte Verdrüßlichkeit zustossen, die zwar an sich
selbst wenig importirte, allein ich ward auf einmahl capricieus, setzte meinen Kopff auf, resolvirte mich, wieder
zur See zu gehen, und reisete, nachdem ich mich über ein
Jahr zu Hause aufgehalten, meine Verwandten und
Freunde auch reichlich beschenckt, ohne fernern Zeit-
Verlust wieder nach Amsterdam.

Es hielt daselbst nicht schwer, einen neuen Brief vor
mich als Capitain eines Frey-Beuter Schiffs heraus zu
kriegen, zumahl da mich selbst equippiren wolte, ich
warb Leute an, bekam aber, wie ich nachhero erfahren
muste, zu meinem Unglücke den Abschaum aller Schelmen, Diebe, und des allerliederlichsten Gesindels auf
meinem Schiff, mit selbigen wolte ich nun eine neue Tour
nach West-Indien vornehmen, so bald mich aber nur auf
dem [82] grossen Atlantischen Meere befand, änderten
sie auf Einrathen eines Ertz-verruchten Bösewichts, der
sich Jean le Grand nennete, und den ich wegen seines
guten Ansehens und verstellten rechtschaffenen Wesens, zum nächsten Commandeur nach mir gemacht
hatte, ihre Resolution, und zwungen mich, sie nach Ost-
Indien zu führen. Ihr ungestümes Wesen ging mir zwar

sehr im Kopffe herum, jedoch ich muste klüglich handeln, und mich in die Zeit schicken, da aber ihre Boßheit
überhand nahm, und von einigen die verzweiffeltesten
und liederlichsten Streiche gemacht wurden, ließ ich die
Rädels-Führer exemplarisch bestraffen, setzte auch
hiermit, meines Bedünckens, die übrigen alle in ziemliche Furcht. Immittelst waren wir allbereit die Linie
passiret, als uns ein entsetzlicher Sturm von der Ost-
Indischen Strasse ab- im Gegentheil nach dem Brasili-
schen Meere hin, wo das Mittägliche America liegt, getrieben hatte. Ich brauchte alle meine Beredsamkeit
diesen uns von dem Glückgewiesenen Weg zu verfolgen,
und versicherte, daß wir in America unser Conto weit
besser finden würden, als in Ost-Indien; allein, meine
Leute wolten fast alle anfangen zu rebelliren, und durchaus meinem Kopffe und Willen nicht folgen, weßwegen
ich ihnen auch zum andern mahle nachgab, allein, sie
erfuhren es mit Schaden, weil wir in öfftern Stürmen bey
nahe das Leben und alles verlohren hätten. Endlich erholeten wir uns auf einer gewissen Insul in etwas, und
waren allbereits den Tropicum capricorni passiret, da mir
die unruhigsten Köpffe abermahls allerhand verfluchte
[83] Händel auf dem Schiffe machten. Ich wolte die ehemalige Schärffe gebrauchen, allein, Jean le Grand trat
nunmehro öffentlich auf, und sagte: Es wäre keine
Manier, Frey-Beuter also zu tractiren, ich solte mich
moderater aufführen, oder man würde mir etwas anders
weisen.

Dieses war genung geredet, mich völlig in Harnisch zu jagen, kaum konte mich enthalten, ihm die Fuchtel zwischen die Ohren zu legen, doch ließ ihn durch einige annoch Getreuen in Arrest nehmen, und krumm zusammen schliessen. Hiermit schien es, als ob alle Streitigkeiten beygelegt wären, indem sich kein eintziger mehr regte, allein, es war eine verdammte List, mich, und diejenigen, die es annoch mit mir hielten, recht einzuschläffern. Damit ich es aber nur kurtz mache: Einige Nachte hernach machten die Rebellen den Jean le Grand in der Stille von seinen Ketten loß, erwehleten ihn zu ihrem Capitain, mich aber überfielen sie des Nachts im Schlaffe, banden meine Hände und Füsse mit Stricken, und legten mich auf den untersten Schiffs-Boden, allwo zu meinem Lebens-Unterhalte nichts anders bekam als Wasser und Brod. Die Leichtfertigsten unter ihnen hatten beschlossen gehabt, mich über Boord in die See zu werffen, doch diejenigen, so noch etwa einen halben redlichen Bluts-Tropffen im Leibe gehabt, mochten diesen unmenschlichen Verfahren sich eifferig widersetzt haben, endlich aber nach einem abermahls überstandenen hefftigen Sturme, da das Schiff nahe an einem ungeheuern Felsen auf den Sand getrieben worden, und nach 2. Tagen erst-[84]lich wieder Flott werden konte, wurde ich, vermittelst eines kleinen Boots, an dem wüsten Felsen ausgesetzt, und muste mit thränenden Augen die rebellischen Verräther mit meinem Schiffe und Sachen davon seegeln, mich aber von aller menschlichen Gesell-

schafft und Hülffe an einen gantz wüsten Orte gäntzlich
verlassen sehen. Ich ertrug mein unglückliches Verhängniß dennoch mit ziemlicher Gelassenheit, ohngeacht
keine Hoffnung zu meiner Erlösung machen konte, zudem auch nicht mehr als etwa auf 3. Tage Proviant von
der Barmhertzigkeit meiner unbarmhertzigen Verräther erhalten hatte, stellete mir derowegen nichts gewissers, als einen baldigen Todt, vor Augen. Nunmehro
fing es mich freylich an zu gereuen, daß ich nicht auf der
Insul Bon air bey dem Grabe meiner liebsten Salome,
oder doch im Vaterlande, das Ende meines Lebens erwartet, so hätte doch versichert seyn können, nicht so
schmählich zu sterben, und da ich ja gestorben, ehrlich
begraben zu werden; allein es halff hier nichts als die
liebe Gedult und eine christliche Hertzhafftigkeit, dem
Tode getrost entgegen zu gehen, dessen Vorbothen sich
in meinem Magen und Gedärme, ja im gantzen Cörper
nach aufgezehrten Proviant und bereits 2. tägigem Fasten deutlich genung spüren liessen.

Die Hitze der Sonnen vermehrete meine Mattigkeit
um ein grosses, weßwegen ich an einen schattigten Ort
kroch, allwo ein klares Wasser mit dem grösten Ungestüm aus dem Felsen heraus geschossen kam, hiermit,
und dann mit einigen halbverdorreten Kräutern und
Wurtzeln, die doch sehr [85] sparsam an dem rings herum gantz steilen Felsen anzutreffen waren, konte ich
mich zum Valet-Schmause auf der Welt noch in etwas
erquicken. Doch unversehens hörete die starcke Wasser-

Fluth auf einmahl auf zu brausen, so, daß in Kurtzen fast
kein eintziger Wasser-Troffen mehr gelauffen kam. Ich
wuste vor Verwunderung und Schrecken nicht, was ich
hierbey gedencken solte, brach aber in folgende weh-
müthige Worte aus: So muß denn, armseeliger Wolffgang! da der Himmel einmahl deinen Untergang zu
beschleunigen beschlossen hat, auch die Natur den ordentlichen Lauff des Wassers hemmen, welches vielleicht an diesem Orte niemahls geschehen ist, weil die
Welt gestanden hat, ach! so bete denn, und stirb. Ich fing
also an, mit weinenden Augen, den Himmel um Vergebung meiner Sünden zu bitten, und hatte den festen
Vorsatz, in solcher heissen Andacht zu verharren, biß
mir der Todt die Augen zudrückte.

Was kan man doch vor ein andächtiger Mensch werden, wenn man erstlich aller menschlichen Hülffe beraubt, und von seinem Gewissen überzeugt ist, daß man
der Göttlichen Barmhertzigkeit nicht würdig sey? Ach!
da heist es wohl recht: Noth lernet beten. Doch ich bin
ein lebendiger Zeuge, daß man die Göttliche Hülffe sodann erstlich rechtschaffen erkennen lerne, wenn uns
alle Hoffnung auf die menschliche gäntzlich entnommen
worden. Doch weil mich GOtt ohnfehlbar zu einem
Werckzeuge ausersehen, verschiedenen Personen zu ihrer zeitlichen, noch mehrern aber zu ihrer geistlichen
Wohlfarth behülfflich zu seyn, so hat er mich auch [86] in
meiner damahligen allergrösten Lebens-Gefahr, und
zwar folgender Gestalt, wunderlich erhalten:

Als ich mich nach Zurückbleibung der Wasser-Fluth in eine Felsen-Klufft hinein geschmieget, und unter beständigen lauten Seuffzen und Bethen mit geschlossenen Augen eine baldige Endigung meiner Quaal wünschte; hörete ich eine Stimme in Teutscher Sprache folgende Worte nahe bey mir sprechen: Guter Freund, wer seyd ihr? und warum gehabt ihr euch so übel? So bald ich nun die Augen aufschlug, und 6. Männer in gantz besonderer Kleidung mit Schieß- und Seiten-Gewehr vor mir stehen sahe, kam mein auf der Reise nach der Ewigkeit begriffener Geist plötzlich wieder zurücke, ich konte aber, ich glaube, theils vor Schrecken, theils vor Freuden kein eintzig Wort antworten, sie redeten mir derowegen weiter zu, erquickten mich mit einem besonders wohlschmeckenden Geträncke und etwas Brodt, worauf ihnen meine gehabten Fatalitäten kürtzlich erzelte, um alle möglichste Hülffe, gegen bevorstehende Gefahr zu verhungern anhielt, und mich anbey erkundigte, wie es möglich wäre, an diesem wüsten Orthe solche Leute anzutreffen, die meine Mutter-Sprache redeten? Sie bezeugten durch Gebärden ein besonderes Mitleyden wegen meines gehabten Unglücks, sagten aber: Guter Freund, sorget vor nichts, ihr werdet an diesem wüste und unfruchtbar scheinenden Orthe alles finden, was zu eurer Lebens-Fristung nöthig seyn wird, gehet nur mit uns, so soll euch in dem, was ihr zu wissen verlanget, vollkommenes Genügen geleistet werden. [87]

Ich ließ mich nicht zweymahl nöthigen, wurde also von

ihnen in den Schlund des Wasser-Falles hinein geführet, allwo wir etliche Stuffen in die Höhe stiegen, hernach als in einem finstern Keller, zuweilen etwas gebückt, immer aufwarts gingen, so, daß mir wegen unterschiedlicher einfallender Gedancken angst und bange werden wolte, indem ich mir die 6. Männer bald als Zauberer, bald als böse, bald als gute Engel vorstellete. Endlich, da sich in diesem düstern Gewölbe das Tages-Licht von ferne in etwas zeigte, fassete ich wieder einen Muth, merckte, daß, je höher wir stiegen, je heller es wurde, und endlich kamen wir an einem solchen Orthe heraus, wo meine Augen eine der allerschönsten Gegenden von der Welt erblickten. An diesem Ausgange waren auf der Seite etliche in Stein gehauene bequeme Sitze, auf deren einen ich mich niederzulassen und zu ruhen genöthiget wurde, wie sich denn meine Führer ebenfals bey mir niederliessen, und fragten: Ob ich furchtsam und müde worden wäre? Ich antwortete: Nicht sonderlich. Hatte aber meine Augen beständig nach der schönen Gegend zugewand, welche mir ein irdisch Paradieß zu seyn schien. Mittlerweile bließ der eine von meinen Begleitern 3. mahl in ein ziemlich grosses Horn, so er an sich hangen hatte, da nun hierauf 6. mahl geantwortet worden, ward ich mit Erstaunen gewahr, daß eine gewaltige starcke Wasser-Fluth in dem leeren Wasser-Graben hergeschossen kam, und sich mit gräßlichen Getöse und grausamer Wuth in diejenige Oeffnung hinein stürtzte, wo wir herauf gekommen waren. [88]

So viel ists Messieurs, sagte hier der Capitain Wolffgang, als ich euch vor dießmahl von meiner Lebens-
Geschicht erzehlet haben will, den übrigen Rest werdet
ihr bey bequemerer Gelegenheit ohne Bitten erfahren,
geduldet euch nur, biß es erstlich Zeit darvon ist. Hiermit nahm er, weil es allbereit ziemlich spät war, Abschied von den andern, mich aber führete er mit in seine Cammer, und sagte: Mercket ihr nun, mein Sohn,
Monsieur Eberhard Julius! daß eben diese Gegend, welche ich itzo als ein irrdisches Paradieß gerühmet, dasjenige Gelobte Land ist, worüber euer Vetter, Albertus
Julius, als ein Souverainer Fürst regieret? Ach, betet
fleißig, daß uns der Himmel glücklich dahin führet, und
wir denselben noch lebendig antreffen, denn den weitesten Theil der Reise haben wir fast zurück gelegt, indem wir in wenig Tagen die Linie passiren werden.
Hierauf wurde noch ein und anderes zwischen mir und
ihm verabredet, worauf wir uns beyderseits zur Ruhe
legten.

Es traff ein, was der Capitain sagte, denn 5. Tage
hernach kamen wir unter die Linie, allwo doch vor dieses
mahl die sonst gewöhnliche excessive Hitze nicht eben so
sonderlich war, indem wir unsere ordentliche Kleidung
ertragen, und selbige nicht mit leichten Leinwand-
Kitteln verwechseln durfften. Unsere Matrosen hingegen vergassen bey dieser Gelegenheit ihre wunderlichen Gebräuche wegen des Tauffens nicht, sondern
machten bey einer lächerlichen Masquerade mit denenje-

nigen, so die Linie zum ersten mahle passirten, und sich
[89] nicht mit Gelde lösen wolten, eine gantz verzweiffelte Wäsche, ich nebst einigen andern blieb ungehudelt,
weiln wir jeder einen Species Thaler erlegten, und dabey
angelobten, Zeit Lebens, so offt wir an diesen Ort kämen, die Ceremonie der Tauffe bey den Neulingen zu
beobachten.

Die vortrefflich schöne Witterung damahliger Zeit,
verschaffte uns, wegen der ungemeinen Windstille,
zwar eine sehr langsame, doch angenehme Fahrt, der
gröste Verdruß war dieser, daß das süsse Wasser, so
wir auf dem Schiffe führeten, gar stinckend und mit
̃ckeln Würmern angefüllet wurde, welches Ungemach
wir so lange erdulden musten, biß uns der Himmel an
die Insul St. Helenæ führete. Diese Insul ist von gar
guten Leuten, Englischer Nation, bewohnt, und konten
wir daselbst nicht allein den Mangel des Wassers, sondern auch vieler andern Nothwendigkeiten ersetzen,
welches uns von Hertzen wohlgefiel, ohngeacht wir binnen denen 12. Tagen, so wir daselbst zubrachten, den
Geld-Beutel beständig in der Hand haben musten.

Wenn der Capitain den wollüstgen Leuten unsers
Schiffs hätte zu gefallen leben wollen, so lägen wir vielleicht annoch bey dieser Insul vor Ancker, indem sich auf
derselben gewiß recht artig Frauenzimmer antreffen
ließ, allein er befand, ehe sich dieselben ruinirten, vor
rathsam, abzuseegeln, da wir denn am 15. Octobr. den
Tropicum Capricorni passirten, allwo die Matrosen zwar

wieder eine neue Tauffe anstelleten, doch nicht so
scharffe Lauge gebrauchten, als unter der Linie. [90]

Wenig Tage hernach fiel ein verdrüßliches Wetter ein,
und ob es wohl nicht beständig hinter einander her
regnete, so verfinsterte doch ein anhaltender gewaltig-
dicker Nebel fast die gantze Lufft, und konten wir um
Mittags-Zeit die Sonne sehr selten und trübe durch die
Wolcken schimmern sehen. Wenn uns der Wind so unge-
wogen als das Wetter gewesen wäre, hätten wir uns des
übelsten zu befürchten gnugsame Ursach gehabt, doch
dessen gewöhnliche Wuth blieb in ziemlichen Schrancken, obgleich der Regen und Nebel biß in die dritte
Woche anhielt.

Endlich zertheilte sich zu unsern allerseits grösten
Vergnügen so wohl Regen als Nebel, indem sich die
Sonne unsern Augen in ihrer schönsten Klarheit, der
Himmel aber ohne die geringsten Wolcken als ein blau-
gemahltes Gewölbe zeigte. Und gewißlich diese All-
machts-Geschöpffe erweckten in uns desto grössere Verwunderung, weil wir ausser denselben sonst nichts sehen
konten als unser Schiff, die offenbare See, und dann und
wann einige schwimmenden Kräuter. Wir bekamen zwar
einige Tage hernach auch verschiedene Seltsamkeiten,
nemlich See-Kühe, See-Kälber und See-Löwen, Delphi-
ne, rare Vögel und dergleichen zu Gesichte, aber nichts
fiel mir mit mehrern Vergnügen in die Augen, als, da der
Capitain Wolffgang eines Tages sehr frühe mit aufgehender Sonne mir sein Perspectiv gab, und sagte: Sehet,

mein Sohn! dorten von ferne denjenigen Felsen, worauf
nächst GOtt eure zeitliche Wohlfahrt gegründet ist. Ich
wuste mich vor Freuden fast nicht zu lassen, als ich [91]
diesen vor meine Person so glücklichen Ort nur von ferne
erblickte, ohngeacht ich nichts wahrnehmen konte, als
einen ungeheuern aufgethürmten Stein-Klumpen, welcher auch, je näher wir demselben kamen, desto fürch-
terlicher schien, doch weil mir der Capitain in Geheim
allbereits eine gar zu schöne Beschreibung darvon gemacht hatte, bedünckten mich alle Stunden Jahre zu
werden, ehe wir diesem Trotzer der Winde und stürmenden Meeres-Wellen gegen über Ancker wurffen.

Es war am 12. Novemb. 1725. allbereit nach Untergang der Sonnen, da wir in behöriger Weite vor dem
Felsen die Ancker sincken liessen, weil sich der Capitain
vor den ihm gantz wohlbekandten Sand-Bäncken hütete.
So bald dieses geschehen, ließ er kurtz auf einander
3. Canon-Schüsse thun, und bald hernach 3. Raqueten
steigen. Nach Verlauff einer Viertheils Stunde musten
abermahls 3. Canonen abgefeuert, und bey jedem 2. Raqueten gezündet werden, da denn alsofort von dem Felsen mit dreyen Canonen-Schüssen geantwortet wurde,
worbey zugleich 3. Raqueten gegen unser Schiff zugeflo-
gen kamen, welches bey denen, so keinen Bescheid von
der Sache hatten, eine ungemeine Verwunderung verursachte. Der Capitain aber ließ noch 6. Schüsse thun, und
biß gegen Mitter-Nacht alle Viertel Stunden eine Raque-
te steigen, auch Lust-Kugeln und Wasser-Kegel in die

See spielen, da denn unsern Raqueten allezeit andere
von dem Felsen entgegen kamen, um Mitter-Nacht aber
von beyden Seiten mit 3. Canonen-Schüssen beschlossen
wurde. [92]

Wir legten uns hierauf mehrentheils zur Ruhe, biß auf
einige, welche von des Capitains generositeé überflüßig
profitiren wolten, und sich theils bey einem Glase Brandtewein, theils bey einer Schaale Coffeé oder Canarien-
Sect noch tapffer lustig machten, biß der helle Tag
anbrach. Demnach hatten wir schon ausgeschlaffen, da
diese nassen Brüder noch nicht einmahl müde waren.
Capitain Wolffgang ließ, so bald die Sonne aufgegangen
war, den Lieutenant Horn nebst allen auf dem Schiffe
befindlichen Personen zusammen ruffen, trat auf den
Oberlof, und that ohngefähr folgende Rede an die
sämmtlich Versammleten:

Messieurs und besonders gute Freunde! Es kan euch
nicht entfallen seyn, was ich mit einem jeden ins besondere, hernach auch mit allen insgesammt öffentlich verabredet, da ich euch theils in meiner Compagnie zu
reisen, theils aber in meine würcklichen Dienste aufgenommen habe. Die meisten unter euch haben mir einen
ungezwungenen Eyd über gewisse Puncte, die ich ihnen
wohl erkläret habe, geschworen, und ich muß euch allen
zum immerwährenden Ruhme nachsagen, daß nicht ein
eintziger, nur mit der geringsten Gebärde, darwider gehandelt, sondern einer wie der andere, vom grösten biß
zum kleinesten, sich dergestalt gegen mich aufgeführet,

115

wie ich von honetten, rechtschaffenen Leuten gehofft habe. Nunmehro aber, lieben Kinder, ist Zeit und Ort vorhanden, da ich nebst denen, die ich darzu auf- und angenommen, von euch scheiden will. Nehmet es mir nicht übel, denn es ist vorhero so mit euch verabredet worden. Sehet, [93] ich stelle euch hier an meine Statt den Lieutenant Philipp Willhelm Horn zum Capitain vor, ich kenne seine treffliche Conduite, Erfahrenheit im See-Wesen und andere zu solcher Charge erforderliche Meriten, folget meinem Rathe und seinem Anführen in guter Einträchtigkeit, so habt ihr mit Göttl. Hülffe an glücklicher Außführung eures Vorhabens nicht zu zweiffeln. Ich gehe nun an meinen auserwehlten Ort, allwo ich die übrige Zeit meines Lebens, ob GOTT will, in stiller Ruhe hinzu bringen gedencke. GOTT sey mit euch und mir. Ich wünsche euch allen, und einem jeden ins besondere, tausendfaches Glück und Seegen, gedencket meiner allezeit im Besten, und seyd versichert, daß ich eure an mir erwiesene Redlichkeit und Treue, allezeit danckbar zu erkennen suchen werde, denn wir können einander in Zukunfft dem ohngeacht wol weiter dienen. Inzwischen da ich mein Schiff nebst allen dem was ihr zur Ost-Indischen Reise nöthig habt, an den Capitain Horn, vermöge eines redlichen Contracts überlassen habe, wird hoffentlich niemand scheel sehen, wenn ich diejenigen Meublen so vor mich allein mitgenommen, davon abführe, hernachmals freundlichen Abschied nehme, und euch ingesammt Göttl. Schutz empfehle.

Man hätte, nachdem der Capitain Wolffgang diese seine kleine Oration gehalten, nicht meinen sollen, wie niedergeschlagen sich alle und jede, auch die sonst so wilden Boots-Knechte bezeugten. Ein jeder wolte der erste
seyn, ihn mit Thränenden Augen zu umarmen, dieser fiel
ihm um den Halß, jener küssete ihm die Hände, andere
Demüthigten sich [94] noch tieffer, so daß er selbst weinen und mit manier Gelegenheit suchen muste, von allen
Liebkosungen loß zu kommen. Er hielt hierauff noch eine
kleine Rede an den neuen Capitain, stellete ihm das Behörige zum Uberflusse nochmals vor, ließ allen, die sich
auf dem Schiffe befunden, abermals Wein und ander
starckes, auch gelinderes und lieblicher Geträncke reichen, aus den Canonen aber tapffer Feuer geben. Währender Zeit wurden unsere Sachen von dem Schiffe auf
Boote gepackt, und nach und nach hinüber an den Felsen
geschafft, womit wir zwey vollkommene Tage zubrachten, ohngeachtet von Morgen biß in die Nacht aller Fleiß
angelegt wurde.

Am allerwundersamsten kam es einen jeden vor, daß
der Capitain an einem solchen Felsen bleiben wolte, wo
weder Graß, Kraut noch Bäume, vielweniger Menschen
zu sehen waren, weßwegen sich auch einige nicht enthalten konten, ihn darum zu befragen. Allein er gab ihnen
lächelnd zur Antwort: Sorget nicht, lieben Kinder, vor
mich und die ich bey mir habe, denn ich weiß daß uns
GOTT wol erhalten kan und wird. Wer von euch in des
Capitain Horns Gesellschafft wieder mit zurück kömmt,

soll uns, ob GOTT will, wieder zu sehen und zu sprechen kriegen.

Nachdem also alle Personen und Sachen so am Felsen zurück bleiben solten, hinüber geschafft waren, lichtete der Capitain Horn seine Ancker und nahm mit 4. Canonen-Schüssen von uns Abschied, wir danckten ihm gleichfalls aus 4. Canonen die Herr Capitain Wolffgang mit an den Felsen zu [95] bringen befohlen hatte, dieses aber war am vergnüglichsten, daß die unsichtbaren Einwohner des Felsens auch kein Pulver spareten, und damit anzeigten, daß sie uns Bewillkommen, jenen aber Glück auf die Reise wünschen wolten.

Kaum hatte sich das Schiff aus unsern Augen verlohren, als, indem sich die Sonne bereits zum Untergange geneiget, die sämtlich Zurückgebliebenen ihre begierigen Augen auf den Capitain Wolffgang worffen, um solchergestalt stillschweigend von ihm zu erfahren, was er nunmehro mit uns anfangen wolte? Es bestunde aber unsere gantze Gesellschafft aus folgenden Personen:

1. Der Capitain Leonhard Wolffgang, 45. Jahr alt.

2. Herr Mag. Gottlieb Schmeltzer, 33. Jahr alt.

3. Friedrich Litzberg ein Literatus, der sich meistens auf die Mathematique legte, etwa 30. Jahr alt.

4. Johann Ferdinand Kramer, ein erfahrner Chirurgus, 33. Jahr alt.

5. Jeremias Heinrich Plager, ein Uhrmacher und sonst sehr künstlicher Arbeiter, in Metall und anderer Arbeit, seines Alters 34. Jahr.

6. Philipp Harckert, ein Posamentirer von 23. Jahren.

7. Andreas Klemann, ein Pappiermacher, von 36. Jahren.

8. Willhelm Herrlich, ein Drechsler, 32. Jahr alt. [96]

9. Peter Morgenthal, ein Kleinschmied, aber dabey sehr künstlicher Eisen-Arbeiter, 31. Jahr alt.

10. Lorentz Wetterling, ein Tuchmacher, 34. Jahr alt.

11. Philipp Andreas Krätzer, ein Müller, 36. Jahr alt.

12. Jacob Bernhard Lademann, ein Tischler 35. Jahr.

13. Joh. Melchior Garbe, ein Büttner, von 28. Jahren.

14. Nicolaus Schreiner, ein Töpffer-Geselle, von 22. Jahren.

15. Ich, Eberhard Julius, damals alt, 19½ Jahr.

Was wir an Geräthschafften, Thieren und andern Sachen mit ausgeschifft hatten, wird gehöriges Orts vorkommen, derowegen erinnere nur nochmals das besondere Verlangen so wir allerseits hegten, nicht allein das Gelobte Land, darinnen wir wohnen solten, sondern auch die berühmten guten Leute zu sehen. Capitain Wolffgang merckte solches mehr als zu wohl, sagte derowegen: wir möchten uns nur diese Nacht noch auf dieser Städte zu bleiben gefallen lassen, weiln es ohnedem schon späte wäre, der morgende Tag aber solte der Tag unsers frölichen Einzugs seyn.

Indem er nun wenig Worte verlieren durffte, uns alle nach seinen Willen zu lencken, setzte sich ein Theil der Unsern bey das angemachte Feuer nieder, dahingegen Herr M. Schmeltzer, ich und noch einige mit dem Capi-

tain am Fusse des Felsens spa-[97]tzieren giengen und
den herabschiessenden Wasser-Fluß betrachteten, welches gewiß in dieser hellen Nacht ein besonderes Vergnügen erweckte. Wir hatten uns aber kaum eine halbe
Stunde hieran ergötzt, als unsere zurückgelassenen Leute, nebst dreyen Frembden, die grosse Fackeln in den
Händen trugen, zu uns kamen.

Ermeldte Frembde hatten bey den Unserigen, nach
dem Capitain Wolffgang gefragt, und waren nicht allein
dessen Anwesenheit berichtet, sondern auch aus Neugierigkeit biß zu uns begleitet worden. So bald die Frembden den Capitain erblickten, warffen sie sogleich ihre
Fackeln zur Erden, und lieffen hinzu, selbigen alle drey
auf einmal zu umarmen.

Der Capitain, so die 3. Angekommenen sehr wol kennete, umarmete und küssete einen nach dem andern,
worauf er nach kurtz gefasseten Grusse sogleich fragte:
Ob der Altvater annoch gesund lebte? Sie beantworteten
dieses mit Ja, und baten, er möchte doch alsofort nebst
uns allen zu ihm hinauff steigen. Allein der Capitain
versetzte: Meine liebsten Freunde! ich will die bey mir
habenden Leute nicht zur Nachts-Zeit in diesen Lust-
Garten der Welt führen, sondern erwarten, biß Morgen,
so GOtt will, die Sonne zu unsern frohen Einzuge leuchtet, und uns denselben in seiner natürlichen Schönheit
zeiget. Erlaubet uns solches, fuhr er fort, und empfanget
zuförderst diesen euren Bluts-Freund Eberhard Julium,
welchen ich aus Teutschland mit anhero geführet habe.

Kaum hatte er diese Worte gesprochen, als sie [98] vor Freuden in die Höhe sprungen, und einer nach dem andern mich umfiengen und küsseten. Nachdem solchergestalt auch alle unsere Reise-Gefährten bewillkommet waren, bat der Capitain meine frembden Vettern, daß einer von ihnen hinauf steigen, dem Altvater seinen Gehorsam vermelden, anbey Erlaubniß bitten solte, daß er Morgen frühe, mit Aufgang der Sonnen, nebst 14. redlichen Leuten bey ihm einziehen dürffe. Es lief also Augenblicklich einer hurtig davon, um diese Commission auszurichten, die übrigen zwey aber setzten sich nebst uns zum Feuer, ein Glaß Canari-Sect zu trincken, und liessen sich vom Capitain erzehlen, wie es uns auf der Reise ergangen sey.

Ich vor meine Person, da in vergangenen 2. Nächten nicht ein Auge zugethan hatte, konte nunmehro, da ich den Hafen meines Vergnügens erreicht haben solte, unmöglich mehr wachen, sondern schlieff bald ein, ermunterte mich auch nicht eher, biß mich der Capitain beym Aufgange der Sonnen erweckte. Meine Verwunderung war ungemein, da ich etliche 30. ansehnliche Männer in frembder doch recht guter Tracht um uns herum sahe, sie umarmeten und küsseten mich alle ordentlich nach einander, und redeten so feines Hoch-Teutsch, als ob sie gebohrne Sachsen wären. Der Capitain hatte indessen das Früh-Stück besorgt, welches in Coffeé, Frantz-Brandtewein, Zucker-Brod und andern Confituren bestund. So bald dieses verzehret war, blieben etwa

12. Mann bey unsern Sachen, die übrigen aber giengen mit uns nach der Gegend des Flusses, bey welchen wir gestern Abend gewesen [99] waren. Ich ersahe mit gröster Verwunderung, daß derselbe gantz trocken war, besonn mich aber bald auf des Capitains vormahlige Erzehlung, mitlerweile stiegen wir, aber ohne fernern Umschweiff, die von dem klaren Wasser gewaschenen Felsen-Stuffen hinauff, und marchirten in einer langen, jedoch mit vielen Fackeln erleuchteten, Felsen-Höle immer aufwärts, biß wir endlich ingesammt als aus einem tieffen Keller, an das helle Tages-Licht herauff kamen.

Nunmehro waren wir einigermassen überzeugt, daß uns der Capitain Wolffgang keine Unwahrheiten vorgeschwatzt hatte, denn man sahe allhier, in einem kleinen Bezierck, das schönste Lust-Revier der Welt, so, daß unsere Augen eine gute Zeit recht starr offen stehen, der Mund aber, vor Verwunderung des Gemüths, geschlossen bleiben muste.

Unsern Seel-Sorger, Herr M. Schmeltzern, traten vor Freuden die Thränen in die Augen, er fiel nieder auf die Knie, um dem Allerhöchsten gebührenden Danck abzustatten, und zwar vor die besondere Gnade, daß uns derselbe ohne den geringsten Schaden und Unfall gesund anhero geführet hatte. Da er aber sahe daß wir gleiches Sinnes mit ihm waren, nahm er seine Bibel, verlaß den 65. und 84. Psalm Davids, welche beyden Psalmen sich ungemein schön hieher schickten, Betete hierauf einige kräfftige Gebete, und schloß mit dem Lie-

de: Nun dancket alle GOTT &c. Unsere Begleiter konten
so gut mit singen und beten als wir, woraus sogleich zu
muthmassen war, daß sie im Christenthum nicht uner-
fahren seyn müsten. So bald [100] wir aber dem Allmächtigen unser erstes Opffer auf dieser Insul gebracht, setzten wir die Füsse weiter, nach dem, auf einem grünen
Hügel, fast mitten in der Insul liegenden Hause zu, worinnen Albertus Julius, als Stamm-Vater und Oberhaupt
aller Einwohner, so zu sagen, residirte.

Es ist unmöglich dem Geneigten Leser auf einmal
alles ausführlich zu beschreiben, was vor Annehmlichkeiten uns um und um in die Augen fielen, derowegen
habe einen kleinen Grund-Riß der Insul beyfügen wollen,
welchen diejenigen, so die Geometrie und Reiß-Kunst
besser als ich verstehen, passiren zu lassen, gebeten werden, denn ich ihn nicht gemacht habe, etwa eine eingebildete Geschicklichkeit zu zeigen, sondern nur dem curieusen Leser eine desto bessere Idee von der gantzen
Landschafft zu machen. Jedoch ich wende mich ohne
weitläufftige Entschuldigungen zu meiner Geschichts-
Erzählung, und gebe dem Geneigten Leser zu vernehmen: daß wir fast eine Meilwegs lang zwischen einer
Alleé, von den ansehnlichsten und fruchtbarsten Bäumen, die recht nach der Schnur gesetzt waren, fortgien-
gen, welche sich unten an dem ziemlich hoch erhabenen
Hügel endigte, worauf des Alberti Schloß stund. Doch
etwa 30. Schritte lang vor dem Ausgange der Alleé, waren die Bäume mit Fleiß dermassen zusammen gezogen,

daß sie oben ein rechtes Europäisches Kirchen-Gewölbe formirten, und an statt der schönsten Sommer-Laube dieneten. Unter dieses ungemein propre und natürlich kostbare Verdeck hatte sich der alte Greiß, Albertus Julius, von seiner ordentlichen Behau-[101]sung herab, uns entgegen bringen lassen, denn er konte damals wegen eines geschwollenen Fusses nicht gut fortkommen. Ich erstaunete über sein Ehrwürdiges Ansehen, und venerablen weissen Bart, der ihm fast biß auf dem Gürtel herab reichte, zu seinen beyden Seiten waren noch 5. ebenfalls sehr alt scheinende Greisse, nebst etlichen andern, die zwar etwas jünger, doch auch 50. biß 60. Jahr alt aussahen. Ausser der Sommer-Laube aber, auf einem schönen grünen und mit lauter Palmen- und Latan-Bäumen umsetzten Platze, war eine ziemliche Anzahl erwachsener Personen und Kinder, alle recht reputirlich gekleidet, versammlet.

Ich wüste nicht Worte genung zu ersinnen, wenn ich die zärtliche Bewillkommung, und das innige Vergnügen des Albert Julii und der Seinigen vorstellen solte. Mich drückte der ehrliche Alte aus getreuem Hertzen dermassen fest an seine Brust, daß ich die Regungen des aufrichtigen Geblüts sattsam spürte, und eine lange Weile in seinen Armen eingeschlossen bleiben muste. Hierauff stellete er mich als ein Kind zwischen seinen Schooß, und ließ alle Gegenwärtigen, so wol klein als groß herzu ruffen, welche mit Freuden kamen und den Bewillkommungs-Kuß auf meinen Mund und Hand drückten. Alle

andern Neuangekommenen wurden mit nicht weniger
Freude und Aufrichtigkeit empfangen, so daß die ersten
Höfflichkeits-Bezeugungen biß auf den hohen Mittag
daureten, worauff wir Einkömmlinge mit dem Albert
Julio, und denen 5. Alten, in dem auf dem Hügel liegenden Hause, die Mittags-Mahlzeit einnahmen. Wir wurden [102] zwar nicht Fürstlich, doch in der That auch
nicht schlecht tractiret, weiln nebst den 4. recht schmackhafften Gerichten, die in Fleisch, Fischen, gebratenen
Vögeln, und einem raren Zugemüse bestunden, die delicatesten Weine, so auf dieser Insul gewachsen waren,
aufgetragen wurden. Bey Tische wurde sehr wenig geredet, mein alter Vetter Albert Julius aber, dem ich zur
Seite sitzen muste, legte mir stets die allerbesten Bissen
vor, und konte, wie er sagte, vor übermäßiger Freude,
itzo nicht den vierdten Theil so viel, als gewöhnlich essen. Es war bey diesen Leuten nicht Mode lange zu
Tische zu sitzen, derowegen stunden wir nach ordentlicher Ersättigung auf, der Altvater betete nach seiner
Gewohnheit, so wol nach- als vor Tische selbst, ich küssete ihm als ein Kind die Hand, er mich aber auf den
Mund, nach diesen spatzireten wir um das von festen
Steinen erbauete Hauß, auf dem Hügel herum, allwo wir
bey nahe das gantze innere Theil der Insul übersehen
konten, und des Merckwürdigsten auf derselben belehret wurden. Von dar ließ sich Albert Julius auf einem
Trag-Sessel in seinen angelegten grossen Garten tragen,
wohin wir ingesammt nachfolgeten, und uns über dessen

annehmliche, nützliche und künstliche Anlegung nicht
wenig verwunderten. Denn diesen Garten, der ohngefehr eine Viertheils Teutsche Meile lang, auch eben so
breit war, hatte er durch einen Creutz-Weg in 4. gleiche
Theile abgetheilet, in dem ersten quartier nach Osten zu,
waren, die auserlesensten Fruchtbaren Bäume, von
mehr als hundert Sorten, das 2te quartier gegen Süden,
hegte vielerley schöne Weinstöcke, welche [103] theils
rothe, grüne, blaue, weisse und anders gefärbte extraordinair grosse Trauben und Beeren trugen. Das 3te
quartier, nach Norden zu, zeigte unzehlige Sorten von
Blumen-Gewächsen, und in dem 4ten quartire, dessen
Ecke auf Westen stieß, waren die allernützlichsten und
delicatesten Küchen-Kräuter und Wurtzeln zu finden.

Wir brachten in diesem kleinen Paradiese, die Nachmittags-Stunden ungemein vergnügt zu, und kehreten
etwa eine Stunde vor Untergang der Sonnen zurück auf
die Albertus-Burg, speiseten nach der Mittäglichen Art,
und setzten uns hernachmals vor dem Hause auf artig
gemachte grüne Rasen-Bäncke nieder, allwo Capitain
Wolffgang dem Altvater von unserer letzten Reise ein
und anderes erzehlte, biß uns die hereinbrechende
Nacht erinnerte: Beth-Stunde zu halten, und die Ruhe zu
suchen.

Ich muste in einer schönen Kammer, neben des Alberti
Zimmer schlaffen, welche ungemein sauber meublirt
war, und gestehen, daß Zeit meines Lebens noch nicht
besser geruhet hatte, als auf dieser Stelle.

Folgenden Morgen wurden durch einen Canonen-Schuß alle Einwohner der Insul zum Gottesdienst beruffen, da denn Herr M. Schmelzer eine ziemliche lange Predigt über den 122. Psalm hielte, die übrigen Kirchen-Gebräuche aber alle auf Lutherische Art ordentlich in Acht nahm. Den Albert Julium sahe man die gantze Predigt über weinen, und zwar vor grossen Freuden, weiln ihm der Höchste die Gnade verliehen, noch vor seinem [104] Ende einem Prediger von seiner Religion zuzuhören, ja so gar denselben in seiner Bestallung zu haben. Die übrigen versammleten waren dermassen andächtig, daß ich mich nicht erinnern kan, dergleichen jemals in Europa gesehen zu haben.

Nach vollbrachten Gottesdienste, da die Auswärtigen sich alle auf den Weg nach ihren Behausungen gemacht, und wir die Mittags-Mahlzeit eingenommen hatten, behielt Albertus Herrn M. Schmeltzern allein bey sich, um mit demselben wegen künfftiger Kirchen-Ordnung, und anderer die Religion betreffenden höchstnöthigen Anstalten, Unterredung zu pflegen. Monsieur Wolffgang, der itzo durchaus nicht mehr Capitain heissen wolte, ich, und die andern Neuangekommenen, wolten nunmehro bemühet seyn, unsere Packen und übrigen Sachen auf die Insul herauff zu schaffen, welches uns allerdings als ein sehr Beschwerlich Stück Arbeit fürkam, allein, zu unserer grösten Verwunderung und Freude, fanden wir alle unsere Güter in derjenigen grossen Sommer-Laube beysammen stehen, wo uns Albertus zuerst bewillkommet hatte. Wir hatten schon gezweiffelt, daß wir binnen 4. biß 5. Tagen alle Sachen herauff zu bringen vermögend seyn würden, und sonderlich stelleten wir uns das Aufreissen der grossen Packe und Schlag-Fässer sehr mühsam vor, wusten aber nicht, daß die Einwohner der Insul, an einem verborgenen Orthe der hohen Felsen, zwey vortrefflich-starcke Winden hatten, durch deren force wohl ein gantzer Fracht-Wagen auf einmal hätte hinauff gezogen werden können. Mons. Litzberg hatte [105] sich binnen der Zeit die Mühe genommen, unser mitgebrachtes Vieh zu besorgen, so aus 4. jungen Pferden, 6. jungen Stücken Rind-Vieh, 6. Schweinen, 6. Schaafen, 2. Böcken, 4. Eseln, 4. Welschen Hünern, 2. Welschen Hähnen, 18. gemeinen Hünern, 3. Hähnen, 6. Gänsen, 6. Endten, 6. Paar Tauben, 4. Hunden, 4. Katzen, 3. Paar Caninichen, und vielerley Gattungen von Canari- und andern artigen Vögeln bestund. Er war damit in die nächste Wohnstädte, Alberts-Raum genannt, gezogen, und hatte bereits die daselbst wohnenden Leute völlig benachrichtiget, was diesem und jenen vor Futter gegeben werden müste. Selbige verrichteten auch in Warheit diese in Europa so verächtliche Arbeit mit gantz besondern Vergnügen, weiln ihnen dergleichen Thiere Zeit ihres Lebens nicht vor die Augen kommen waren.

Andere, da sie merckten, daß wir unsere Sachen gern vollends hinauff in des Alberti Wohnhaus geschafft haben möchten; brachten so fort gantz bequeme Rollwagen herbey, luden auf, was wir zeigten, spanneten zahmgemachte Affen und Hirsche vor, diese zohen es mit Lust den Hügel hinauff, liessen auch nicht eher ab, biß alles unter des Alberti Dach gebracht war.

Immittelst hatte Mons. Wolffgang noch vor der Abend-Mahlzeit das Schlag-Faß, worinnen die Bibeln und andere Bücher waren, aufgemacht, und præsentirte dem alten Alberto eine in schwartzen Sammet eingebundene Bibel, welche aller Orten starck mit Silber beschlagen, und auf dem Schnitt verguldet war. Albertus Küssete diesel-[106]be, drückte sie an seine Brust und vergoß häuffige Freuden-Thränen, da er zumal sahe, daß wir noch einen so starcken Vorrath an dergleichen und andern geistl. Büchern hatten, auch hörete, daß wir dieselben bey ersterer Zusammenkunfft unter die 9. Julischen Familien, (welche dem G. Leser zur Erläuterung dieser Historie, auf besondere, zu Ende dieses Buchs angehefftete Tabellen gebracht worden,) austheilen wolten. Nächst diesem wurden dem Alberto, und denen Alten, noch viele andere köstliche Sachen eingehändiget, die so wol zur Zierde als besonderer Bequemlichkeit gereichten, worüber alle insgesammt eine Verwunderungs-volle Dancksagung abstatteten. Folgenden Tages als an einem Sonnabend, muste ich, auf Mons. Wolffgangs Ersuchen, in einer bequemen Kammer einen vollkommenen Krahm, so wohl von allerhand nützlichen Sachen, als Kindereyen und Spielwerck auslegen, weiln er selbiges unter die Einwohner der Insul vom Grösten biß zum Kleinesten auszutheilen willens war. Mons. Wolffgang aber, ließ indessen die

übrigen Dinge, als Victualien, Instrumenta, Tücher, Leinwand, Kleyder-Geräthe und dergleichen, an solche Orte
verschaffen, wo ein jedes vor der Verderbung sicher
seyn konte.

Der hierauff einbrechende 25. Sonntag post Trin. wurde früh Morgens bey Aufgang der Sonnen, denen Insulanern zur Andächtigen Sabbats-Feyer, durch 2. Canonen-
Schüsse angekündiget. Da sich nun dieselben 2. Stunden
hernach ingesammt unter der Albertus-Burg, auf dem
mit Bäumen umsetzten grünen Platze versammlet hat-
[107]ten, fieng Herr M. Schmeltzer den Gottesdienst unter freyen Himmel an, und Predigte über das ordentliche
Sonntags Evangelium, vom Greuel der Verwüstung, fast
über 2. Stunden lang, ohne sich und seine Zuhörer zu
ermüden, als welche Letztere alles andere zu vergessen,
und nur ihn noch länger zuzuhören begierig schienen. Er
hatte gantz ungemeine meditationes über die wunderbaren Wege GOTTES, Kirchen zu bauen, und selbige
wiederum zu verwüsten, brachte anbey die application
auf den gegenwärtigen Zustand der sämbtlichen Einwohner dieser Insul dermassen beweglich vor, daß, wenn
auch die Helffte von den Zuhörern die gröbsten Atheisten
gewesen wären, dennoch keiner davon ungerührt bleiben
können.

Jedwedes von außwärtigen Zuhörern hatte sich, nach
vollendeten Gottesdienste, mit benöthigten Speisen versorgt, wem es aber ja fehlete, der durffte sich nur bey
dem Altvater auf der Burg melden, als welcher alle nach

Nothdurfft sättigen ließ. Nachmittags wurde abermals ordentlicher Gottesdienst und Catechismus-Examen gehalten, welches über 4. Stunden lang währete, und hätten, nebst Herrn M. Schmeltzern, wir Einkömmlinge nimmermehr vermeynet dieses Orts Menschen anzutreffen, welche in den Glaubens-Articuln so trefflich wohl unterrichtet wären, wie sich doch zu unseren grösten Vergnügen so wol Junge als Alte finden liessen. Da nun auch dieses vorüber war, beredete sich Albertus mit den Aeltesten und Vorstehern der 9. Stämme, und zeigten ihnen den Platz, wo er gesonnen wäre eine Kirche aufbauen zu lassen. Dersel-[108]be wurde nun unten an Fusse des Hügels von Mons. Litzbergen, Lademannen und andern Bau-Verständigen ordentlich abgesteckt, worauff Albertus sogleich mit eigenen Händen ein Loch in die Erde grub, und den ersten Grund-Stein an denjenigen Orth legte, wo der Altar solte zu stehen kommen. Die Aeltesten und Vorsteher gelobten hierbey an, gleich morgenden Tag Anstalten zu machen, daß die benöthigten Bau-Materialien eiligst herbey geschafft würden, und an fleißigen Arbeitern kein Mangel seyn möchte. Worauff sich bey herannahenden Abende jedes nach seiner Wohnstätte begab. Albertus, der sich wegen so viel erlebten Vergnügens gantz zu verjüngern schiene, war diesen Abend absonderlich wohl aufgeräumt, und ließ sich aus dem Freuden-Becher unsern mitgebrachten Canari-Sect hertzlich wohl schmecken, doch so bald er dessen Kräffte nur in etwas zu spüren begunte, brach er so wohl als wir

ab, und sagte: Meine Kinder, nunmehro hat mich der
Höchste bey nahe alles erleben lassen, was ich auf dieser
Welt in zeitlichen Dingen gewünschet, da aber mercke,
daß ich noch bey ziemlichen Kräfften bin, habe mir vorgenommen die übrige Zeit meines Lebens mit solchen
Verrichtungen hin zu bringen, die meinen Nachkommen
zum zeitlichen und ewigen Besten gereichen, diese Insul
aber in den beglücktesten Zustand setzen können.

Demnach bin ich gesonnen, in diesem meinem kleinen
Reiche eine General-Visitation zu halten, und, so GOTT
will, morgenden Tag damit den Anfang zu machen, Monsieur Wolffgang wird, [109] nebst allen neu angekommenen, mir die Gefälligkeit erzeigen und mit reisen. Wir
wollen alle Tage eine Wohnstatt von meinen Abstamm-
lingen vornehmen, und ihren jetzigen Zustand wol erwegen, ein jeder mag sein Bedencken von Verbesserung
dieser und jener Sachen aufzeichnen, und hernach auf
mein Bitten an mich liefern, damit wir ingesammt darüber rathschlagen können. Wir werden in 9. aufs längste
in 14. Tagen damit fertig seyn, und hernach mit desto
bessern Verstande die Hände an das Werck unserer
geistlichen und leiblichen Wohlfahrt legen. Nach unserer Zurückkunfft aber, will ich alle Abend nach der Mahlzeit ein Stück von meiner Lebens-Geschicht zu erzehlen
Zeit anwenden, hierauff Beth-Stunde halten, und mich
zur Ruhe legen.

Monsieur Wolffgang nahm diesen Vorschlag so wol als
wir mit grösten Vergnügen an, wie denn auch gleich

folgenden Morgen mit aufgehender Sonne, nach gehaltener Morgen-Gebets-Stunde, Anstalt zum Reisen
gemacht wurde. Albertus, Herr M. Schmeltzer, Mons.
Wolffgang und ich, sassen beysammen auf einem artigen
Wagen, welcher von 4. Zahm gemachten Hirschen gezogen wurde, unsere übrige Gesellschafft aber folgte mit
Lust zu Fusse nach. Der erste und nächste Ort den wir
besuchten, war die Wohnstatt, Alberts-Raum genannt, es
lag gleich unter der Alberts-Burg nach Norden zu, gerade zwischen den zweyen gepflantzten Alleen, und bestund aus 21. Feuerstätten, wohlgebaueten Scheunen,
Ställen und Gärten, doch hatten die guten Leute ausser
einer wunder-[110]baren Art von Böcken, Ziegen, und
Zahmgemachten Hirschen, weiter kein ander Vieh. Wir
traffen daselbst alles in der schönsten Haußhaltungs-
Ordnung an, indem die Alten ihre Arbeit auf dem Felde
verrichteten, die jungen Kinder aber von den Mittlern
gehütet und verpfleget wurden. Nachdem wir die Wohnungen in Augenschein genommen, trieb uns die Neugierigkeit an, das Feld, und die darauff Arbeiteten, zu
besehen, und fanden das Erstere trefflich bestellt, die
Letzten aber immer noch fleißiger daran bauen. Um
Mittags-Zeit aber wurden wir von ihnen umringet, in
ihre Wohnstatt geführet, gespeiset, getränckt, und von
dem grösten Hauffen nach Hause begleitet. Monsieur
Wolffgang schenckte dieser Albertinischen Linie, 10. Bibeln, 20. Gesang- und Gebeth-Bücher, ausser den
verschiedene nützlichen, auch Spiel-Sachen vor die

Kinder, und befahl, daß diejenigen so etwa leer ausgiengen, selbsten zu ihm kommen, und das Ihrige abholen möchten.

Nachdem wir nun von diesen Begleitern mit freudigem Dancke verlassen worden, und bey Alberto die Abend-Mahlzeit eingenommen hatten, ließ dieser Alt-Vater sonst niemand, als Herr Mag. Schmeltzern, Mons. Wolffgangen und mich, in seiner Stube bleiben, und machte den Anfang zu seiner Geschichts-Erzehlung folgendermassen.

Ich Albertus Julius, bin anno 1628. den 8. Januar. von meiner Mutter Maria Elisabetha Schlüterin zur Welt gebohren worden. Mein Vater, Stephanus Julius, war der Unglückseeligste Etaats-[111]Bediente eines gewissen Printzen in Teutschland, indem er in damaliger heftiger Kriegs-Unruhe seines Herren Feinden in die Hände fiel, und weil er seinem Fürsten, vielweniger aber seinem GOTT ungetreu werden wolte, so wurde ihm unter dem Vorwande, als ob er, in seinen Briefen an den Fürsten, den respect gegen andere Potentaten beyseit gesetzt, der Kopf gantz heimlicher und desto mehr unschuldiger Weise vor die Füsse gelegt, mithin meine Mutter zu einer armen Wittbe, 2. Kinder aber zu elenden Wäysen gemacht. Ich gieng dazumal in mein sechstes, mein Bruder Johann Balthasar aber, in sein vierdtes Jahr, weiln wir aber unsern Vater, der beständig bey dem Printzen in Campagne gewesen, ohnedem sehr wenig zu Hause gesehen hatten, so war unser Leydwesen, damaliger Kindheit nach, nicht also beschaffen, als es der jämmerlich starcke Verlust, den wir nachhero erstlich empfinden lerneten, erforderte, ob schon unsere Mutter ihre Wangen Tag und Nacht mit Thränen benetzte.

Meines Vaters Principal, welcher wol wuste, daß mein Vater ein schlechtes Vermögen würde hinterlassen haben, schickte zwar an meine Mutter 800. Thlr. rückständige Besoldung, nebst der Versicherung seiner beständigen Gnade, allein das Kriegs-Feuer gerieth in volle Flammen, der Wohlthätige Fürst wurde weit von uns getrieben, der Todt raubte die Mutter, der Feind das übrige blutwenige Vermögen, alle Freunde waren zerstreuet, also wusten ich und mein Bruder sonst kein ander Mittel, als den Bettel-Stab zu ergreiffen. [112]

Wir musten also bey nahe anderthalb Jahr, das Brod vor den Thüren suchen, von einem Dorffe und Stadt zur andern wandern, und letztlich fast gantz ohne Kleider einher gehen, biß wir ohnweit Naumburg auf ein Dorff kamen, allwo sich die Priester-Frau über uns erbarmete, ihren Kindern die alten Kleider vom Leibe zog, und uns damit bekleidete, ehe sie noch gefragt, woher, und weß Standes wir wären. Der Priester kam darzu, lobte seiner Frauen Mitleyden und redliche Wohlthaten, erhielt aber, auf sein Befragen von mir, zulänglichen Bericht wegen unsers Herkommens, weil ich dazumal schon 10. Jahr alt war, und die betrübte Historie von meinen Eltern ziemlich gut zu erzehlen wuste.

Der redliche Geistliche, welcher vielleicht nunmehro

schon seit vielen Jahren unter den Seeligen, als des Him-
mels-Glantz leuchtet, mochte vielleicht von den damaligen Läufften, und sonderlich von meines Vaters Begebenheiten, mehrere Nachricht haben als wir selbst,
schlug derowegen seine Hände und Augen gen Himmel,
führete uns arme Wäysen in sein Hauß, und hielt uns
nebst seinen 3. Kindern so wol, als ob wir ihnen gleich
wären. Wir waren 2. Jahr bey ihm gewesen, und hatten
binnen der Zeit im Christenthum, Lesen, Schreiben und
andern studien, unserm Alter nach, ein ziemliches
profitiret, worüber er nebst seiner Liebsten eine sonderliche Freude bezeigte, und ausdrücklich sagte: daß er
sich unsere Aufnahme niemals gereuen lassen wolte,
weiln er augenscheinlich gespüret, daß ihn GOTT seit
der Zeit, an zeitlichen Gü-[113]tern weit mehr als sonsten gesegnet hätte; doch da wenig Wochen hernach sein
Befreundter, ein Amtmann aus dem Braunschwei-
gischen, diesen meinen bißherigen Pflege-Vater besuchte, an meinem stillen Wesen einen Gefallen hatte, meine
12. jährige Person von seinem Vetter ausbat, und versicherte, mich, nebst seinen Söhnen, studiren zu lassen,
mithin den Mitleidigen Priesters-Leuten die halbe Last
vom Halse nehmen wolte; liessen sich diese bereden, und
ich muste unter Vergiessung häuffiger Thränen von ihnen und meinem lieben Bruder Abschied nehmen, mit
dem Amtmanne aber ins Braunschweigische reisen. Daselbst nun hatte ich die ersten 2. Jahre gute Zeit, und
war des Amtmanns Söhnen, die doch alle beyde älter als

ich, auch im Studiren weit voraus waren, wo nicht vor-
doch gantz gleich gekommen. Dem ohngeacht vertrugen
sich dieselben sehr wohl mit mir, da aber ihre Mutter
starb, und statt derselben eine junge Stieff-Mutter ins
Hauß kam, zog zugleich der Uneinigkeits-Teuffel mit
ein. Denn diese Bestie mochte nicht einmahl ihre Stieff-
Kinder, vielweniger mich, den sie nur den Bastard und
Fündling nennete, gern um sich sehen, stifftete derowegen immerfort Zanck und Streit unter uns, worbey
ich jederzeit das meiste leiden muste, ohngeacht ich
mich so wohl gegen sie als andere auf alle ersinnliche Art
demüthigte. Der Informator, welcher es so hertzlich wohl
mit mir meinete, muste fort, an dessen Stelle aber
schaffte die regierende Domina einen ihr besser anständigen Studenten herbey. Dieser gute Mensch war
kaum zwey [114] Wochen da, als wir Schüler merckten,
daß er im Lateinischen, Griechischen, Historischen,
Geographischen und andern Wissenschafften nicht um
ein Haar besser beschlagen war, als die, so von ihm
lernen solten, derowegen klappte der Respect, welchen
er doch im höchsten Grad verlangte, gar schlecht. Ohngeacht aber der gute Herr Præceptor uns keinen Auto-
rem vor-exponiren konte; so mochte er doch der Frau
Amtmännin des Ovidii Libr. de arte amandi desto besser
zu erklären wissen, indem beyde die Privat-Stunden dermassen öffentlich zu halten pflegten, daß ihre freye Aufführung dem Amtmanne endlich selbst Verdacht erwecken muste.

Der gute Mann erwehlete demnach mich zu seinem Vertrauten, nahm eine verstellete Reise vor, kam aber in der Nacht wieder zurück unter das Kammer-Fenster, wo der Informator nebst seinen Schülern zu schlaffen pflegte. Dieser verliebte Venus-Professor stund nach Mitternacht auf, der Frau Amtmännin eine Visite zu geben. Ich, der, ihn zu belauschen, noch kein Auge zugethan hatte, war der verbothenen Zusammenkunfft kaum versichert, als ich dem, unter dem Fenster stehenden, Amtmanne das abgeredete Zeichen mit Husten und Hinunterwerffung meiner Schlaff-Mütze gab, welcher hierauf nicht gefackelt, sondern sich in aller Stille ins Hauß herein practiciret, Licht angeschlagen, und die beyden verliebten Seelen, ich weiß nicht in was vor positur, ertappet hatte.

Es war ein erbärmlich Geschrey in der Frauen Cammer, so, daß fast alles Hauß-Gesinde herzu [115] gelauffen kam, doch da meine Mit-Schüler, wie die Ratzen, schlieffen, wolte ich mich auch nicht melden, konte aber doch nicht unterlassen, durch das Schlüssel-Loch zu gucken, da ich denn gar bald mit Erstaunen sahe, wie die Bedienten dem Herrn Præceptor halb todt aus der nächtlichen Privat-Schule heraus schleppten. Hierauf wurde alles stille, der Amtmann ging in seine Schreibe-Stube, hergegen zeigte sich die Frau Amtmännin mit blutigen Gesichte, verwirrten Haaren, hinckenden Füssen, ein groß Messer in der Hand haltend auf dem Saale, und schrye: Wo ist der Schlüssel? Albert muß sterben, dem

verfluchten Albert will ich dieses Messer in die Kaldau-
nen stossen.

Mir wurde grün und gelb vor den Augen, da ich diese
höllische Furie also reden hörete, jedoch der Amtmann
kam, einen tüchtigen Prügel in der rechten, einen blossen Degen aber in der lincken Hand haltend, und jagte
das verteuffelte Weib zurück in ihre Cammer. Dem ohngeacht schrye sie doch ohn Unterlaß: Albert muß sterben,
ja der Bastard Albert muß sterben, ich will ihn entweder
selbst ermorden, oder demjenigen hundert Thaler geben, wer dem Hunde Gifft eingiebt.

Ich meines Orts gedachte: Sapienti sat! kleidete mich
so hurtig an, als Zeit meines Lebens noch nicht geschehen war, und schlich in aller Stille zum Hause hinaus.

Das Glücke führete mich blindlings auf eine grosse
Heer-Strasse, meine Füsse aber hielten sich so hurtig,
daß ich folgenden Morgen um 8. Uhr die Stadt Braunschweig vor mir liegen sahe. Hun-[116]ger und Durst
plagten mich, wegen der gethanen starcken Reise, gantz
ungemein, doch da ich nunmehro auf keinem Dorffe, sondern in Braunschweig einzukehren gesonnen war, tröstete ich meinen Magen immer mit demjenigen 24. Ma-
rien-Groschen-Stücke, welches mir der Amtmann vor
2. Tagen geschenckt, als ich mit ihm aus Braunschweig
gefahren, und dieses vor mich so fatale Spiel verabredet
hatte.

Allein, wie erschrack ich nicht, da mir das helle Tages-
Licht zeigte, daß ich in der Angst unrechte Hosen und an

statt der Meinigen des Herrn Præceptoris seine ergriffen. Wiewohl, es war mir eben nicht um die Hosen, sondern nur um mein schön Stücke Geld zu thun, doch ich
fand keine Ursache, den unvorsichtigen Tausch zu bereuen, weil ich in des Præceptors Hosen bey nahe 6. Thlr.
Silber-Geld, und über dieses einen Beutel mit 30. spec.
Ducaten fand. Demnach klagte ich bey meiner plötzlichen Flucht weiter nichts, als daß mir nicht erlaubt
gewesen, von dem ehrlichen Amtmanne, der an mir als
ein treuer Vater gehandelt, mündlich danckbarn Abschied zu nehmen. Doch ich that es schrifftlich desto
nachdrücklicher, entschuldigte mein Versehen wegen
der vertauschten Hosen aufs beste, kauffte mir in Braunschweig die nöthigsten Sachen ein, dung mich auf die
geschwinde Post, und fuhr nach Bremen, allwo ich von
der beschwerlichen und ungewöhnlich weiten Reise sattsam auszuruhen willens hatte.

Warum ich nach Bremen gereiset war? wuste ich mir
selbst nicht zu sagen. Ausser dem, daß es die [117] erste
fortgehende Post war, die mir in Braunschweig aufstieß,
und die ich nur deßwegen nahm, um weit genung hinweg
zu kommen, es mochte auch seyn wo es hin wolte. Ich
schätzte mich in meinen Gedancken weit reicher als den
grossen Mogol, ließ derowegen meinem Leibe an guten
Speisen und Geträncke nichts mangeln, schaffte mir ein
ziemlich wohl conditionirtes Kleid, nebst guter Wäsche
und andern Zubehör an, behielt aber doch noch etliche
40. Thlr. Zehrungs-Geld im Sacke, wovon ich mir so

lange zu zehren getrauete, biß mir das Glück wieder eine
Gelegenheit zur Ruhe zeigte, denn ich wuste mich selbst
nicht zu resolviren, was ich in Zukunfft vor eine Profession
oder Lebens-Art erwehlen wolte, da wegen der annoch
lichterloh brennenden Krieges-Flamme eine verdrüßliche Zeit in der Welt war, zumahlen vor einen, von allen
Menschen verlassenen, jungen Purschen, der erstlich in
sein 17des Jahr ging, und am Soldaten-Leben den greu-
lichsten Eckel hatte.

Eines Tages ging ich zum Zeitvertreibe vor die Stadt
spatzieren, und gerieth unter 4. ansehnliche junge Leute, welche, vermuthlich in Betracht meiner guten Kleidung, zierlicher Krausen und Hosen-Bänder, auch wohl
des an der Seite tragenden Degens, sehr viel Achtbarkeit
vor meine Person zeigten, und nach langen Herumge-
hen, mich zu sich in ein Wein-Hauß nöthigten. Ich schätzte mir vor eine besondere Ehre, mit rechtschaffenen
Kerlen ein Glaß Wein zu trincken, ging derowegen mit,
und that ihnen redlich Bescheid. So bald aber der Wein
die Geister in meinem Gehirne etwas rege [118] gemacht
hatte, mochte ich nicht allein mehr von meinem Thun und
Wesen reden, als nützlich war, sondern beging auch die
grausame Thorheit, alles mein Geld, so ich im Leben
hatte, heraus zu weisen. Einer von den 4. redlichen Leuten gab sich hierauf vor den Sohn eines reichen Kauffmanns aus, und versprach mir, unter dem Vorwande
einer besondern auf mich geworffenen Liebe, die beste
Condition von der Welt bey einem seiner Anverwandten

141

zu verschaffen, weiln derselbe einen Sohn hätte, dem ich meine Wissenschafften vollends beybringen, und hernach mit ihm auf die Universität nach Leyden reisen solte, allwo wir beyde zugleich, ohne daß es mich einen Heller kosten würde, die gelehrtesten Leute werden könten. Er tranck mir hierauf Brüderschafft zu, und mahlete meinen vom Wein-Geist benebelten Augen vortreffliche Lufft-Schlösser vor, biß ich mich dermassen aus dem Zirckel gesoffen hatte, daß mein elender Cörper der Länge lang zu Boden fiel.

Der hierauf folgende Morgen brachte sodann meine Vernunfft in etwas wieder zurücke, indem ich mich gantz allein, auf einer Streu liegend, vermerckte. Nachdem ich aufgestanden, und mich einiger massen wieder in Ordnung gebracht hatte, meine Taschen aber alle ausgeleeret befand, wurde mir verzweiffelt bange. Ich ruffte den Wirth, fragte nach meinem Gelde und andern bey mir gehabten Sachen, allein er wolte von nichts wissen, und kurtz zu sagen: Es lieff nach genauer Untersuchung dahinaus, daß ich unter 4. Spitzbuben gerathen, welche zwar gestern Abend die Zeche be-[119]zahlt, und wiederzukommen versprochen, doch biß itzo ihr Wort nicht gehalten, und allem Ansehen nach mich beschneutzet hätten.

Also war derjenige Schatz, den ich unverhofft gefunden, auch unverhofft wieder verschwunden, indem ich ausser den angeschafften Sachen, die in meinem Quartiere lagen, nicht einen blutigen Heller mehr im Beutel

hatte. Ich blieb zwar noch einige Stunden bey dem Wein-
schencken sitzen, und hoffte auf der Herrn Sauff-Brüder
fröliche Wiederkunfft, allein, mein Warten war vergebens, und da der Wirth gehöret, daß ich kein Geld
mehr zu versauffen hatte, gab er mir noch darzu scheele
Gesichter, weßwegen ich mich eben zum Hinweggehen
bereiten wolte, als ein ansehnlicher Cavalier in die Stube
trat, und ein Glaß Wein forderte. Er sagte mit einer
freundlichen Mine, doch schlecht deutschen Worten zu
mir: Mein Freund, gehet meinetwegen nicht hinweg,
denn ich sitze nicht gern allein, sondern spreche lieber
mit Leuten. Mein Herr! gab ich zur Antwort, ich werde
an diesem mir unglückseligen Orte nicht länger bleiben
können, denn man hat mich gestern Abend allhier verführet, einen Rausch zu trincken, nachdem ich nun darüber eingeschlaffen, ist mir alles mein Geld, so ich bey
mir gehabt, gestohlen worden. Bleibet hier, wiederredete er, ich will vor euch bezahlen, doch erweiset mir den
Gefallen, und erzehlet umständlicher, was euch begegnet
ist. Weiln ich nun einen starcken Durst verspürete, ließ
ich mich nicht zweymahl nöthigen, sondern blieb da, und
erzehlete dem Cavalier meine gantze Lebens-Geschicht
von [120] Jugend an, biß auf selbige Stunde. Er bezeigte
sich ungemein vergnügt dabey, und belachte nichts mehr
als des Præceptors Liebes-Avantüre, nebst dem wohlgetroffenen Hosen-Tausche. Wein und Confect ließ er
genung bringen, da er aber merckte, daß ich nicht viel
trincken wolte, weiln in dem gestrigen Rausche eine

Haare gefunden, welche mir alle die andern auf dem Kopffe verwirret, ja mein gantzes Gemüthe in tieffe Trauer gesetzt hatte, sprach er: Mein Freund! habt ihr Lust in meine Dienste zu treten, so will ich euch jährlich 30. Ducaten Geld, gute Kleidung, auch Essen und Trincken zur Gnüge geben, nebst der Versicherung, daß, wo ihr Holländisch und Englisch reden und schreiben lernet, eure Dienste in weiter nichts als Schreiben bestehen sollen.

Ich hatte allbereit so viel Höflichkeit und Verstand gefasset, daß ich ihm augenblicklich die Hand küssete, und mich mit Vergnügen zu seinem Knechte anbot, wenn er nur die Gnade haben, und mich ehrlich besorgen wolte, damit ich nicht dürffte betteln gehen. Hierauf nahm er mich sogleich mit in sein Quartier, ließ meine Sachen aus dem Gast-Hofe holen, und behielt mich in seinen Diensten, ohne daß ich das geringste thun durffte, als mit ihm herum zu spatziren, weiln er ausser mir noch 4. Bedienten hatte.

Ich konte nicht erfahren, wer mein Herr seyn möchte, biß wir von Bremen ab und in Antwerpen angelanget waren, da ich denn spürete, daß er eines reichen Edelmanns jüngster Sohn sey, der sich bereits etliche Jahr in Engelland aufgehalten [121] hätte. Meine Verrichtungen bey ihm, bestunden anfänglich fast in nichts, als im guten Essen und Trincken, da ich aber binnen 6. Monathen recht gut Engell- und Holländisch reden und schreiben gelernet, muste ich diejenigen Briefe abfassen und

schreiben, welche mein Herr in seines Herrn Vaters
Affairen öffters selbst schreiben solte. Er warff wegen
meiner Fähigkeit und besondern Dienst-Geflissenheit
eine ungemeine Liebe auf mich, erwehlete auch, da
er gleich im Anfange des Jahrs 1646. abermahls nach
Engelland reisen muste, sonsten niemanden als mich zu
seinem Reise-Gefährten. Was aber das nachdencklichste
war, so muste ich, ehe wir auf dem Engelländischen
Erdreich anlangeten, in Weibes-Kleider kriechen, und
mich stellen, als ob ich meines Herrn Ehe-Frau wäre.
Wir gingen nach Londen, und logirten daselbst in einem
Gast-Hofe, der das Castell von Antwerpen genannt war,
ich durffte wenig aus dem Hause kommen, hergegen
brachte mein Herr fast täglich fremde Mannes-Personen
mit sich in sein Logis, worbey ich meine Person dermassen wohl zu spielen wuste, daß jedermann nicht anders
vermeynte, als, ich sey meines Herrn junges Ehe-Weib.
Zu seiner und meiner Aufwartung aber, hatte er zwey
Englische Mägdgen und 4. Laqueyen angenommen, welche uns beyde nach Hertzens Lust bedieneten.

Nachdem ich nun binnen etlichen Wochen aus dem
Grunde gelernet hatte, die Person eines Frauenzimmers
zu spielen, sagte mein Herr eines Tages zu mir: Liebster
Julius, ich werde euch morgen-[122]den Nachmittag, unter dem Titul meines Eheweibes, in eine gewisse Gesellschafft führen, ich bitte euch sehr, studiret mit allem
Fleiß darauf, wie ihr mir alle behörige Liebkosungen
machen wollet, denn mein gantzes Glück beruhet auf der

Comœdie, die ich itzo zu spielen genöthiget bin, nehmet einmahl die Gestalt eurer Amtmanns-Frau an, und caressiret mich also, wie jene ihren Mann vor den Leuten, den Præceptor aber mit verstohlenen Blicken caressiret hat. Seyd nochmahls versichert, daß an dieser lächerlich-scheinenden Sache mein gantzes Glücke und Vergnügen hafftet, welches alles ich euch redlich mit geniessen lassen will, so bald nur unsere Sachen zu Stande gebracht sind. Ich wolte euch zwar von Hertzen gern das gantze Geheimniß offenbaren, allein verzeihet mir, daß es biß auf eine andere Zeit verspare, weil mein Kopff itzo gar zu unruhig ist. Machet aber eure Dinge zu unserer beyder Vergnügen morgendes Tages nur gut.

Ich brachte die gantze hierauf folgende Nacht mit lauter Gedancken zu, um zu errathen, was doch immer-mehr mein Herr mit dergleichen Possen ausrichten wol-te; doch weil ich den Endzweck zu ersinnen, unvermö-gend war, ihm aber versprochen hatte, allen möglichsten Fleiß anzuwenden, nach seinem Gefallen zu leben, mach-te sich mein Gemüthe endlich den geringsten Kummer aus der Sache, und ich schlieff gantz geruhig ein.

Folgendes Tages, nachdem ich fast den gantzen Vormittag unter den Händen zweyer alter Weiber, die mich recht auf Engelländische Art anklei-[123]deten, zu-gebracht hatte, wurden mein Herr und ich auf einen neu-modischen Wagen abgeholet, und 3. Meilen von der Stadt in ein propres Garten-Hauß gefahren. Daselbst war eine vortreffliche Gesellschafft vorhanden, welche

nichts beklagte, als daß des Wohlthäters Tochter, Jungfer Concordia Plürs, von dem schmertzlichen Kopff-Weh
bey uns zu seyn verhindert würde. Hergegen war ihr
Vater, als unser Wirth, nebst seiner Frauen, 3. übrigen
Töchtern und 2. Söhnen zugegen, und machten sich das
gröste Vergnügen, die ankommenden Gäste zu bewirthen. Ich will diejenigen Lustbarkeiten, welche uns diesen und den folgenden Tag gemacht wurden, nicht weitläufftig erwehnen, sondern nur so viel sagen, daß wir mit
allerley Speisen und Geträncke, Tantzen, Springen,
Spatziren-gehen und Fahren, auch noch andern Zeitvertreibungen, allerley Abwechselung machten. Ich
merckte, daß die 3. anwesenden schönen Töchter unseres Wohlthäters von vielen Liebhabern umgeben waren,
mein Herr aber bekümmerte sich um keine, sondern
hatte mich als seine Schein-Frau mehrentheils an der
Seite, liebkoseten einander auch dermassen, daß ein jeder glauben muste, wir hielten einander als rechte Ehe-
Leute von Hertzen werth. Einsmahls aber, da mich mein
Herr im Tantze vor allen Zuschauern recht hertzlich
geküsset, und nach vollführten Tantze an ein Fenster
geführet hatte, kam ein junger artiger Kauffmann herzu,
und sagte zu meinem Liebsten: Mein Herr van Leuven,
ich verspüre nunmehro, daß ihr mir die Concordia Plürs
mit [124] gutem Recht gönnen könnet, weil ihr an dieser
eurer Gemahlin einen solchen Schatz gefunden, den euch
vielleicht viele andere Manns-Personen mißgönnen werden. Mein liebster Freund, antwortete mein Herr, ich

kan nicht läugnen, daß ich eure Liebste, die Concordiam, von Grund der Seelen geliebet habe, und sie nur noch vor weniger Zeit ungemein gern zur Gemahlin gehabt hätte, weiln aber unsere beyden Väter, und vielleicht der Himmel selbst nicht in unsere Vermählung einwilligen wolten; so habe nur vor etliche Monathen meinen Sinn geändert, und mich mit dieser Dame verheyrathet, bey welcher ich alle diejenigen Tugenden gefunden habe, welche ihr als Bräutigam vielleicht in wenig Tagen bey der Concordia finden werdet. Ich vor meine Person wünsche zu eurer Vermählung tausendfaches Vergnügen, und zwar so, wie ich dasselbe mit dieser meiner Liebsten beständig geniesse, beklage aber nichts mehr, als daß mich meine Angelegenheiten so eilig wiederum nach Hause treiben, mithin verhindern, eurer Hochzeit, als ein frölicher Gast, beyzuwohnen.

Der junge Kauffmann stutzte, und wolte nicht glauben, daß der Herr von Leuven so bald nach Antwerpen zurück kehren müsse, da er aber den Ernst vermerckte, und seinen vermeinten Schwieger-Vater Plürs, unsern Wohlthäter, herzu ruffte, ging es an ein gewaltiges Nöthigen, jedoch der Herr von Leuven blieb nach vielen dargethanen Entschuldigungen bey seinem Vorsatze, morgenden Mittag abzureisen, und nahm schon im Voraus von der gantzen Gesellschafft Abschied. [125]

Es war die gantze Land-Lust auf 8. Tage lang angestellet, da aber wir nur den 3ten Tag abgewartet hatten, und fort wolten, erbothen sich die meisten uns das Ge-

leite zu geben, allein der Herr von Leuven nebst denen
Hoffnungs-vollen Schwieger-Söhnen des Herrn Plürs
brachten es durch vieles Bitten dahin, daß wir des folgenden Tages bey Zeiten abreisen durfften, ohne von jemand begleitet zu werden, dahero die gantze Gesellschafft ohngestöhrt beysammen blieb.

So bald wir wiederum in Londen in unsern Quartier
angelanget waren, ließ mein Herr einen schnellen Post-
Wagen holen, unsere Sachen in aller Eil aufpacken, und
Tag und Nacht auf Douvres zu jagen, allwo wir des andern Abends eintraffen, unsere Sachen auf ein parat liegendes Schiff schafften, und mit guten Winde nach Calais
abfuhren.

Vor selbigen Hafen wartete allbereit ein ander Schiff,
weßwegen wir uns nebst allen unsern Sachen dahinein
begaben, das vorige Schiff zurück gehen liessen, und den
Weg nach Ost-Indien erwehleten. Es war allbereit
Nacht, da ich in das neue Schiff einstieg, allwo mich der
Herr von Leuven bey der Hand fassete, und in eine Cammer führete, worinnen eine ungemein schöne Weibs-Person bey einer jungen 24. jährigen Manns Person saß.
Mein liebster Albert Julius! sagte der Herr von Leuven zu
mir, nunmehro ist der Haupt-Actus von unserer gespielten Comœdie zum Ende, sehet, dieses ist Concordia
Plürs, das schönste Frauenzimmer, welches ihr gestern
[126] vielmahls habt erwehnen hören. Kurtz, es ist mein
liebster Schatz, dieser bey ihr sitzende Herr ist ihr Bruder, wir reisen nach Ceylon, und hoffen daselbst unser

vollkommenes Vergnügen zu finden, ihr aber, mein lieber Julius, werdet euch gefallen lassen, an allen unsern Glücks- und Unglücks-Fällen gleichen Theil zu nehmen, denn wir wollen euch nicht verlassen, sondern, so GOtt will, in Ost-Indien reich und glücklich machen.

Ich küssete dem Herrn von Leuven die Hand, grüssete die nunmehro bekandten Frembden, wünschte Glück zu ihren Vorhaben, und versprach als ein treuer Diener von ihnen zu leben und zu sterben.

Wenige Tage hierauf ließ sich der Herr van Leuven mit mir in grössere Vertraulichkeit ein, da ich denn aus seinen Erzehlungen umständlich erfuhr, daß seine Sachen folgende Beschaffenheit hatten: Der alte Herr van Leuven war unter den Kriegs-Völckern der vereinigten Niederländer, seit vielen Jahren, als ein hoher Officier in Diensten gewesen, und hatte in einer blutigen Action den rechten Arm eingebüsset, weßwegen er das Soldaten-Handwerck niedergelegt, und in Antwerpen ein geruhiges Leben zu führen getrachtet; weil er ein Mann, der grosse Mittel besaß. Seine 3. ältesten Söhne suchten dem ohngeacht ihr Glück unter den Kriegs-Fahnen und auf den Kriegs-Schiffen der vereinigten Niederländer, der jüngste aber, als mein gütiger Herr, Carl Franz van Leuven, blieb bey dem Vater, solte ein Staats-Mann werden, und wurde deßwegen in seinen besten Jahren hinü-[127]ber nach Engelland geschickt, allwo er nicht allein in allen Adelichen Wissenschafften vortrefflich zunahm, sondern auch seines Vaters Engelländisches Negotium

mit ungemeiner Klugheit führete. Hierbey aber verliebt
er sich gantz ausserordentlich in die Tochter eines Englischen Kauffmanns, Plürs genannt, erweckt durch sein
angenehmes Wesen bey derselben eine gleichmäßige
Liebe. Kurtz zu sagen, sie werden vollkommen unter sich
eins, schweren einander ewige Treue zu, und Mons. van
Leuven zweiffelt gar nicht im geringsten, so wohl seinen
als der Concordiæ Vater dahin zu bereden, daß beyde
ihren Willen zur baldigen Ehe-Verbindung geben möchten. Allein, so leicht sie sich anfangs die Sachen auf
beyden Seiten einbilden, so schwer und sauer wird ihnen
nachhero der Fortgang gemacht, denn der alte Herr van
Leuven hatte schon ein reiches Adeliches Fräulein vor
seinen jüngsten Sohn ausersehen, wolte denselben auch
durchaus nicht aus dem Ritter-Stande heyrathen lassen,
und der Kauffmann Plürs entschuldigte seine abschlägige Antwort damit, weil er seine jüngste Tochter, Concordiam, allbereit in der Wiege an eines reichen Wechslers
Sohn versprochen hätte. Da aber dennoch Mons. van
Leuven von der hertzlich geliebten Concordia nicht ablassen will, wird er von seinem Herrn Vater zurück nach
Antwerpen beruffen. Er gehorsamet zwar, nimmt aber
vorhero richtigen Verlaß mit der Concordia, wie sie ihre
Sachen in Zukunfft anstellen, und einander öfftere
schrifftliche Nachricht von beyderseits Zustande geben
wollen. [128]

So bald er seinem Herrn Vater die Hand geküsset,
wird ihm von selbigem ein starcker Verweiß, wegen sei-

ner niederträchtigen Liebe, gegeben, mit der Versicherung, daß er ihn nimmermehr vor seinen Sohn erkennen wolle, wenn sich sein Hertze nicht der gemeinen Kauffmanns-Tochter entschlüge, im Gegentheil das vorgeschlagene Adeliche Fräulein erwehlete. Mons. van Leuven will seinen Vater mit allzu starcker Hartnäckigkeit nicht betrüben, bequemet sich also zum Scheine, in allen Stücken nach dessen Willen, im Hertzen aber thut er einen Schwur, von der Concordia nimmermehr abzulassen.

Inzwischen wird der alte Vater treuhertzig gemacht, setzet in des Sohnes verstellten Gehorsam ein völliges Vertrauen, committirt ihn in wichtigen Verrichtungen einige Reisen an verschiedene Oerter in Teutschland, wobey es denn eben zutraff, daß er mich in Bremen zu sich, von dar aber mit zurück nach Antwerpen nahm. Einige Zeit nach seiner Zurückkunfft muste sich der gute Monsieur van Leuven mit dem wiederwärtigen Fräulein, welche zwar sehr reich, aber von Gesichte und Leibes-Gestalt sehr heßlich war, versprechen, die Vollziehung aber dieses ehelichen Verbindnisses konte nicht sogleich geschehen, weil sich der Vater gemüssiget sahe, den jungen Herrn von Leuven vorhero nochmahls in wichtigen Verrichtungen nach Engelland zu schicken. Er hatte ihm die ernstlichsten Vermahnungen gegeben, sich von der Concordia nicht etwa wieder aufs neue fangen zu lassen, auch den Umgang mit ihren Anverwandten möglichstens [129] zu vermeiden, allein Mons. van

Leuven konte der hefftigen Liebe ohnmöglich widerstehen, sondern war Vorhabens, seine Concordiam heimlich zu entführen. Jedoch in Engelland deßfals niemanden Verdacht zu erwecken, muste ich mich als ein
Frauenzimmer ankleiden, und unschuldiger Weise seine
Gemahlin heissen.

So bald wir in Londen angelanget waren, begab er sich
zu seinen getreuen Freunden, in deren Behausung er die
Concordiam öffters, doch sehr heimlich, sprechen konte.
Mit ihrem mittelsten Bruder hatte Mons. Leuven eine
dermassen feste Freundschafft gemacht, daß es schiene,
als wären sie beyde ein Hertz und eine Seele, und eben
dieser Bruder hatte geschworen, allen möglichsten Fleiß
anzuwenden, daß kein anderer Mann, als Carl Franz van
Leuven, seine Schwester Concordiam ins Ehe-Bette haben solte. Wie er denn aus eigenem Triebe sich bemühet,
einen Priester zu gewinnen, welcher ohne den geringsten Scrupel die beyden Verliebten, eines gewissen
Abends, nehmlich am 9. Mart. ao. 1646. ordentlich und
ehelich zusammen giebt, und zwar in ihrer Baasen Hause, in Beyseyn etlicher Zeugen, wie dieses Priesters eigenhändiges Attestat und beyder Verliebten Ehe-Con-
tract, den ich, von 6. Zeugen unterschrieben, annoch in
meiner Verwahrung habe, klar beweiset. Sie halten hierauf in eben dieser ihrer Baasen Hause ordentlich Beylager, machen sich in allen Stücken zu einer baldigen
Flucht bereit, und warten auf nichts, als eine hierzu
bequeme Gelegenheit. Der alte Plürs wuste von dieser

geheimen Ver-[130]mählung so wenig als meines Herrn
eigener Vater und ich, da ich mich doch, sein vertrautester Bedienter zu seyn, rühmen konte.

Immittelst hatte sich zwar Monsieur van Leuven gantz
nicht heimlich in London aufgehalten, sondern so wohl
auf der Bourse als andern öffentlichen Orten fast täglich
sehen lassen, jedoch alle Gelegenheit vermieden, mit
dem Kauffmanne Plürs ins Gespräche zu kommen.

Demnach beginnet es diesem eigensinnigem Kopffe
nahe zu gehen, daß ihm ein so guter Bekandter, von
dessen Vater er so manchen Vortheil gezogen, gäntzlich
aus dem Garne gehen solte. Gehet ihm derowegen einsmahls gantz hurtig zu Leibe, und redet ihn also an: Mein
Herr von Leuven! Ich bin unglücklich, daß auf so unvermuthete Art an euch einen meiner besten Herrn und
Freunde verlieren müssen, aber bedencket doch selbst:
meine Tochter hatte ich allbereit versprochen, da ihr um
sie anhieltet, da ich nun allezeit lieber sterben, als mein
Wort brechen will, so saget mir doch nur, wie ich euch,
meiner Tochter und mir hätte helffen sollen? Zumahlen,
da euer Herr Vater selbsten nicht in solche Heyrath
willigen wollen. Lasset doch das vergangene vergessen
seyn, und verbleibet mein wahrer Freund, der Himmel
wird euch schon mit einer weit schönern und reichern
Gemahlin zu versorgen wissen. Mons. Leuven hatte hierauf zur Antwort gegeben: Mein werthester Herr Plürs,
gedencket an nichts von allen vergangenen, ich bin ein
getreuer Freund und Diener von euch, vor eure Tochter,

die schöne Concordia, habe ich zwar an-[131]noch die
gröste Achtbarkeit, allein nichts von der auf eine Ehe
abzielenden hefftigen Liebe mehr, weil ich von dem
Glücke allbereits mit einer andern, nicht weniger annehmlichen Gemahlin versorgt bin, die ich auch itzo bey
mir in London habe.

Plürs hatte vor Verwirrung fast nicht reden können, da
er aber von Mons. Leuven einer guten Freundschafft,
und daß er im puren Ernste redete, nochmahlige Versicherung empfieng, umarmete er denselben vor grossen
Freuden, und bath, seinem Hause die Ehre zu gönnen,
nebst seiner Gemahlin bey ihm zu logiren, allein van
Leuven danckte vor das gütige Erbieten, mit dem Bedeuten: daß er sich nicht lange in London aufhalten, mithin
sein Logis nicht erstlich verändern könne, doch wolte er
dem Herrn Plürs ehester Tages, so bald seine Sachen
erstlich ein wenig expediret, in Gesellschafft seiner Gemahlin, die itzo etwas Unpaß wäre, eine Visite geben.

Hierbey bleibt es, Plürs aber, der sich bey des von
Leuven guten Freunden weiter erkundiget, vernimmt die
Bekräfftigung dessen, was er von ihm selbst vernommen, mit grösten Vergnügen, machet Anstalt uns aufs
beste zu bewirthen, da mitlerweile Mons. von Leuven,
seine Liebste, und ihr Bruder Anton Plürs, auch die beste
Anstalt zur schleunigen Flucht, und mit einem Ost-Indien-Fahrer das Gedinge machten, der sie auf die Insul
Ceylon verschaffen solte. Indem Mons. von Leuvens Vaters Bruder, ein Gouverneur oder Con-[132]sul auf sel-

biger Insul war, und er sich bey demselben alles kräfftigen Schutzes getröstete.

Der 25. May war endlich derjenige gewünschte Tag,
an welchem Mons. de Leuven nebst mir, seiner Schein-
Gemahlin, auf des Herrn Plürs Vorwerg 3. Meilen von
London gelegen, abfuhren, und allda 8. Tage zu Gaste
bleiben solten. Und eben selbigen Abend wolten auch
Anton Plürs, und Concordia, über Douvres nach Calais
passiren. Denn Concordia hatte, diese Land-Lust zu vermeiden, nicht allein hefftige Kopf-Schmertzen vorgeschützt, sondern auch ihren Eltern ins Gesicht gesagt:
Sie könne den van Leuven unmöglich vor Augen sehen,
sondern bäte, man möchte sich nur, binnen der Zeit,
um sie unbekümmert lassen, weil sie, so lange die Lust
währete, bey ihrer Baase in der Stille verbleiben wolte,
welches ihr denn endlich zugestanden wurde.

Wie wir hingegen auf dem Vorwerge unsere Zeit hingebracht, ingleichen wie wir allen Leuten unsere Verbündniß glaubend gemacht, auch daß ich mit meinem
Herrn, welcher alle seine Dinge schon vorhero in Ordnung gebracht, ohne allen Verdacht abreisete, und beyde
glücklich bey dem vor Calais wartenden Ost-Indien-Fahrer anlangeten, dieses habe allbereit erwehnet; derowegen will nur noch mit wenigen melden, daß Mons.
Anton Plürs, gleich Abends am 25. May, seine Schwester
Concordiam, mit guten Vorbewust ihrer Baase und anderer 4. Befreundten, entführet, und in Manns-Kleidern
glücklich aus dem Lande gebracht hatte. Die guten

Freunde stunden zwar in den Gedancken, als [133] solte
Concordia nach Antwerpen geführet werden, allein es
befand sich gantz anders, denn van Leuven, Anton und
Concordia, hatten eine weit genauere Abrede mit einander genommen. Was man nach der Zeit in London und
Antwerpen von uns gedacht und geredet hat, kan ich
zwar wol Muthmassen, aber nicht eigentlich erzehlen.
Jedoch da wir bey den Canarischen Insuln, und den Insuln des grünen Vor-Gebürges glücklich vorbey passiret
waren, also keine so hefftige Furcht mehr vor den Spanischen Krieges-Schiffen hegen durfften, bekümmerten
sich unsere erfreuten Hertzen weiter um nichts, waren
Lustig und guter Dinge, und hofften in Ceylon den Haafen unseres völligen Vergnügens zu finden.

Allein, meine Lieben! sagte hier Albertus Julius, es ist
nunmehro Zeit auf dieses mal abzubrechen, derowegen
wollen wir beten, zu Bette gehen, und so GOTT will,
Morgen die Einwohner in Davids-Raum besuchen.
Nach diesem werde in der Erzehlung meiner Lebens-
Geschicht, und der damit verknüpfften Umbstände fortfahren. Wir danckten unserm lieben Alt-Vater vor seine
Bemühung, folgten dessen Befehle, und waren, nach
wohlgehaltener Ruhe, des folgenden Morgens mit Aufgang der Sonnen wiederum beysammen. Nachdem die
Morgen-Gebeths-Stunde und ein gutes Früh-Stück eingenommen war, reiseten wir auf gestrige Art den aller-
lustigsten Weg in einer Alleé biß nach Davids-Raum,
dieses war eine von den mittelmäßigen Pflantz-Städten,

indem wir 12. Wohnhäuser darinnen antraffen, welche
alle ziem-[134]lich geraumlich gebauet, auch mit schönen
Gärten, Scheuern und Ställen versehen waren. Alle Winckel zeugten, daß die Einwohner keine Müßiggänger
seyn müsten, wie wir denn selbige mehrentheils auf dem
wohlbestellten Felde fanden. Doch muß ich allhier nicht
vergessen, daß wir allda besondere Schuster in der Arbeit antraffen, welche vor die anderen Insulaner gemeine Schue von den Häuten der Meer-Thiere, und dann
auch Staats-Schue von Hirsch- und Reh-Leder machten,
und dieselben gegen andere Sachen, die ihnen zu weit
entlegen schienen, vertauschten. In dasigem Felde befand sich ein vortreffliches Kalck- Thon- und Leimen-Ge-
bürge, worüber unser mitgebrachter Töpffer, Nicolaus
Schreiner, eine besondere Freude bezeigte, und so gleich
um Erlaubniß bath: morgendes Tages den Anfang zu
seiner Werckstadt zu machen. Die Gräntze selbiger Einwohner setzte der Fluß, der sich, gegen Westen zu, durch
den Felsen hindurch ins Meer stürtzte. Sonsten hatten
sie ihre Waldung mit ihren Nachbarn zu Alberts-Raum
fast in gleichen Theile, anbey aber musten sie auch mit
diesen ihren Gräntz-Nachbarn die Last tragen, die Küste und Bucht nach Norden hin, zu bewahren. Dieserwegen war unten am Felsen ein beqvemliches Wacht-
Hauß erbauet, worinnen sie im Winter Feuer halten und
schlafen konten. Mons. Wolffgang, ich und noch einige
andere, waren so curieux, den schmalen Stieg zum Felsen hinauf zu klettern, und fanden auf der Höhe 4. metal-

lene mittelmäßige Stücken gepflantzt, und dabey ein artiges Schilder-Häußgen auf ein paar [135] Personen in den Felsen gehauen, da man ebenfalls Feuer halten, und gantz wol auch im Winter darinnen bleiben konte. Nächst diesen eine ordentliche Zug-Brücke nach der verborgenen Treppe zu, von welcher man herab nach der Sand-Banck und See steigen konte, und selbiger zur Seiten zwey vortreffliche Kloben und Winden, vermittelst welcher man in einem Tage mehr als 1000. Centner Waaren auf- und nieder lassen konte. Der angenehme prospect auf die Sand-Banck, in die offenbare See, und dann lincker Hand in die schöne Bucht, welche aber einen sehr gefährlichen Eingang hatte, war gantz ungemein, ausser dem, daß man allhier auch die gantze Insul, als unser kleines Paradieß, völlig übersehen konte.

Nachdem wir über eine gute Stunde auf solcher Höhe verweilet, und glücklich wieder herunter kommen waren, ließ sich unser Altvater, nebst Herr M. Schmeltzern, bey einer Kreissenden Frau antreffen, selbige kam bald darauff mit einer jungen Tochter nieder, und verrichtete Herr Mag. Schmeltzer allhier so gleich seinen ersten Tauff Actum, worbey Mons. Wolffgang, ich und die nechste Nachbarin Tauff-Pathen abgaben, (selbiges junge Töchterlein, welches das erste Kind war, so auf dieser Insul durch Priesters Hand getaufft worden, und die Nahmen Eberhardina Maria empfieng, ist auf der untersten Linie der IX. Genealogischen Tabelle mit NB. *** bezeichnet.) Wir wurden hierauff von dem Kindtauffen-

Vater mit Wein, weissem Brodte, und wohlschmeckenden Früchten tracti-[136]ret, reiseten also gegen die Zeit
des Untergangs der Sonnen vergnügt zurück auf Alberts
Burg.

Herr Mag. Schmeltzer war sehr erfreuet, daß er selbiges Tages ein Stück heilige Arbeit gefunden hatte, der
Altvater vergnügte sich hertzlich über diese besondere
Gnade GOTTES. Mons. Wolffgang aber schickte vor
mich und sich, noch selbigen Abend unserer kleinen Pa-
the zum Geschencke 12. Elen feine Leinewand, 4. Elen
Cattun, ein vollgestopfftes Küssen von Gänse-Federn,
nebst verschiedenen kräfftigen Hertzstärckungen und
andern dienlichen Sachen vor die Wöchnerin, wie denn
auch vor die gantze Gemeine das deputirte Geschenck an
10. Bibeln und 20. Gesang- und Gebeth-Büchern ausgegeben wurde. Nachdem wir aber nunmehro unsere
Tages-Arbeit verrichtet, und die Abend-Mahlzeit eingenommen hatten, setzte unser Alt-Vater die Erzehlung
seiner Lebens-Geschicht also fort:

Wir hielten eine dermassen glückliche Farth, dergleichen sich wenig See-Fahrer zur selben Zeit, gethan
zu haben, rühmten. Indem das Vor-Gebürge der guten
Hofnung sich allbereit von ferne erblicken ließ, ehe wir
noch das allergeringste von Regen, Sturm, und Ungewitter erfahren hatten. Der Capitain des Schiffs machte uns
Hoffnung, daß wir aufs Längste in 3. oder 4. Tagen
daselbst anländen, und etliche Tage auf dem Lande ausruhen würden; Allein die Rechnung war ohne den Wirth

gemacht, und das Verhängniß hatte gantz ein anderes
über uns beschlossen, denn folgenden Mittag umzohe
sich der Himmel überall mit schwar-[137]tzen Wolcken,
die Lufft wurde dick und finster, endlich schoß der Regen nicht etwa Tropffen, sondern Strohm-Weise auf uns
herab, und hielt biß um Mitternacht ohne allen Unterlaß
an. Da aber die sehr tieff herab hangenden Wolcken
ihrer wichtigsten Last kaum in etwas entledigt und be-
sänftigt zu seyn schienen, erhub sich dargegen ein dermassen gewaltiger Sturm-Wind, daß man auch vor dessen entsetzlichen Brausen, wie ich glaube, den Knall
einer Canone nicht würde gehört haben. Diese unsicht-
bare Gewalt muste, meines Erachtens, unser Schiff
zuweilen in einer Stunde sehr viel Meilen fortführen,
zuweilen aber schiene selbes auf einer Stelle zu bleiben,
und wurde als ein Kreusel in der See herum gedrehet,
hernachmals von den Erstaunens-würdigen Wellen bald
biß an die Wolcken hinan, augenblicklich aber auch herunter in den aufgerissenen Rachen der Tiefe geworffen.
Ein frischer, und noch viel heftigerer Regen als der
Vorige, vereinigte sich noch, zu unserem desto grössern
Elende, mit dem Sturm-Winden, und kurtz zu sagen, es
hatte das Ansehen, als ob alle Feinde und Verfolger der
See-Fahrenden unsern Untergang auf die erschreck-
lichste Arth zu befördern beschlossen hätten.

Man sagt sonst: Je länger das Unglück und widerwärtige Schicksal anhalte, je besser man sich darein schicken lerne, jedoch daß dieses damals bey uns eingetrof-

fen, kan ich mich nicht im geringsten erinnern. Im Gegentheil muß bekennen, daß unsere Hertzhafftigkeit, nachdem wir 2. Nachte und dritthalben Tag in solcher Angst zugebracht, vol-[138]lends gäntzlich zerfloß, weil die mit Donner und Blitz abermals herein brechende Nacht, schlechten Trost und Hoffnung versprach. Concordia und ich waren vermuthlich die allerelendesten unter allen, indem wir währenden Sturms nicht allein keinen Augenblick geschlaffen hatten, sondern auch dermassen matt und taumelnd gemacht waren, daß wir den Kopf gantz und gar nicht mehr in die Höhe halten konten, und fast das Eingeweyde aus dem Leibe brechen musten. Mons. de Leuven und Anton Plürs konten von der höchst sauren, und letzlich doch vergeblichen Arbeit auf dem Schiffe, kaum so viel abbrechen, daß sie uns zuweilen auf eine Minute besuchten, wiewol auch ohnedem nichts vermögend war, uns einige Linderung zu verschaffen, als etliche Stunden Ruhe. Wir höreten auf dem Schiffe, so offt der Sturm nur ein wenig inne hielt, ein grausames Lermen, kehreten uns aber an nichts mehr, weil sich unsere Sinnen schon bereitet hatten, das jämmerliche Ende unseres Lebens mit Gedult abzuwarten. Da aber die erbärmlichen Worte ausgeruffen wurden: GOTT sey uns gnädig, nun sind wir alle des Todes, vergieng so wol mir als der Concordia der Verstand solchergestalt, daß wir als Ohnmächtige da lagen. Doch habe ich in meiner Schwachheit noch so viel verspüret, daß das Schiff vermuthlich an einen harten Felsen zerscheiterte,

indem es ein grausames Krachen und Prasseln verursachte, das Hintertheil aber, worinnen wir lagen, mochte
sehr tieff unter Wasser gekommen seyn, weil selbiges
unsere Kammer über die Helffte anfüllete, jedoch alsobald wieder zurück lief, [139] worauff alles in gantz verkehrten Zustande blieb, indem der Fuß-Boden zu einer
Seiten-Wand geworden, und wir beyden Krancken uns in
den Winckel der Kammer geworffen, befanden. Weiter
weiß ich nicht, wie mir geschehen ist, indem mich entweder eine Ohnmacht oder allzustarcker Schlaf überfiel,
aus welchem ich mich nicht eher als des andern Tages
ermuntern konte, da sich mein schwacher Cörper auf
einer Sand-Banck an der Sonne liegend befand.

Es kam mir als etwas recht ungewöhnliches vor, da ich
die Sonne am aufgeklärten Himmel erblickte, und von
deren erwärmenden Strahlen die allerangenehmste Erquickung in meinen Gliedern empfieng. Ich richtete mich
auf, sahe mich um, und entsetzte mich gewaltig, da ich
sonst keinen Menschen, als die Concordia, Mons. van
Leuven, und den Schiffs-Capitain Lemelie, ohnfern von
mir schlaffend, hinterwärts einen grausamen Felsen,
seitwärts das Hintertheil vom zerscheiterten Schiffe,
sonsten aber nichts als Sand-Bäncke, Wasser und Himmel sahe. Da aber die Seite, auf welcher ich gelegen,
nebst den Kleidern, annoch sehr kalt und naß war, drehete ich selbige gegen die Sonne um, und verfiel aufs
neue in einen tieffen Schlaf, aus welchem mich, gegen
Untergang der Sonnen, Mons. van Leuven erweckte. Er

gab mir einen mäßigen Topf mit Weine, und eine gute Hand voll Confect, welches ich noch halb schläferig annahm, und mit grosser Begierde in den Magen schickte, massen nunmehro fast in 4. Tagen weder gegessen noch getruncken hatte. Hierauff empfieng ich noch [140] einen halben Topf Wein, nebst einem Stück Zwieback, mit der Erinnerung, daß ich mich damit biß Morgen behelffen müste, weiln ein mehreres meiner Gesundheit schädlich seyn möchte.

Nachdem ich auch dieses verzehret, und mich durchaus erwärmt, auch meine Kleider gantz trucken befand, kam ich auf einmal wieder zu Verstande, und bedünckte mich so starck als ein Löwe zu seyn. Meine erste Frage war nach unsern übrigen Reise-Gefährten, weil ich, außer uns vier vorerwehnten, noch niemand mehr sahe. Muste aber mit grösten Leydwesen anhören, daß sie vermuthlich ingesammt würden ertruncken seyn, wenn sie GOtt nicht auf so wunderbare Art als uns, errettet hätte. Denn vor Menschlichen Augen war es vergeblich, an eines eintzigen Rettung zu gedencken, weiln die Zerscheiterung des Schiffs noch vor Mitternacht geschehen, der Sturm sich erstlich 2. Stunden vor Aufgang der Sonnen gelegt hatte, das Hintertheil des Schiffs aber, worauff wir 4. Personen allein geblieben, mit aller Gewalt auf diese Sand-Banck getrieben war. Ich beklagte sonderlich den ehrlichen Mons. Anton Plürs, der sich bey uns nicht sicher zu seyn geschätzt, sondern nebst allzuvielen andern Menschen, einen leichten Nachen erwehlt, doch mit allen diesen sein Begräbniß in der Tiefe gefunden. Sonsten berichtete Mons. van Leuven, daß er so wol mich, als die Concordiam, mit gröster Müh auf die Sand-Banck getragen, weil ihm der eigensinnige und Verzweiffe-lungs-volle Capitain nicht die geringste Handreichung thun wollen. [141]

Dieser wunderliche Capitain Lemelie saß dorten von ferne, mit unterstützten Haupte, und an statt, daß er dem Allmächtigen vor die Fristung seines Lebens dan-cken solte, fuhren lauter schändliche gottlose Flüche wider das ihm so feindseelige Verhängniß aus seinem ruchlosen Munde, wolte sich auch mit nichts trösten las-sen, weiln er nunmehro, so wol seine Ehre, als gantzes Vermögen verlohren zu haben, vorgab. Mons. de Leuven und ich verliessen den närrischen Kopf, wünschten daß er sich eines Bessern besinnen möchte, und giengen zur Concordia, welche ihr Ehe-Mann in viele von der Sonne erwärmte Tücher und Kleider eingehüllt hatte. Allein wir fanden sie dem ohngeacht, in sehr schlechten Zu-stande, weil sie sich biß diese Stunde noch nicht erwär-men, auch weder Speise noch Geträncke bey sich behal-ten konte, sondern vom starcken Froste beständig mit den Zähnen klapperte. Ich zog meine Kleider aus, badete durch das Wasser biß an das zerbrochene Schiff, und langete von selbigem etliche stücken Holtz ab, welche ich mit einem darauff gefundenen breiten Degen zersplitter-te, und auf dem Kopffe hinüber trug, um auf unserer Sand-Banck ein Feuer anzumachen, wobey sich Concor-

dia erwärmen könte. Allein zum Unglück hatte weder
der Capitain Lemelie, noch Mons. Leuvens ein Feuerzeug
bey sich. Ich fragte den Capitain, auf was vor Art wir
etwa Feuer bekommen könten? allein er gab zur Antwort: Was Feuer? ihr habt Ehre genug, wenn ihr alle
Drey mit mir crepiret. Mein Herr, gab ich zur Antwort,
ich bin vor meine Person so hochmüthig nicht. Besann
mich aber [142] bald, daß ich in unserer Cajüte ehemals
eine Rolle Schwefel hengen sehen, badete derowegen
nochmals hinüber in das Schiff, und fand nicht allein
diese, sondern auch ein paar wol eingewickelte Pistolen,
welche mir nebst dem Schwefel zum schönsten Feuer-
zeuge dieneten, an statt des Strohes aber brauchte ich
meinen schönen Baumwollenen, in lauter Streiffen zerrissenen Brust-Latz, machte Feuer an, und bließ so lange, biß das ziemlich klein gesplitterte Holtz in volle
Flamme gerieth.

Mons. van Leuven war hertzlich erfreuet über meinen
glücklichen Einfall, und badete noch zwey mal mit mir
hinüber, um so viel Holtz aus dem Schiffs-Stücke zu
brechen, wobey wir uns die gantze Nacht hindurch gemächlich wärmen könten. Die Witterung war zwar die
gantze Nacht hindurch, dermassen angenehm, als es in
Sachsen die besten Sommer-Nächte hindurch zu seyn
pfleget, allein es war uns nur um unsere frostige Patientin zu thun, welche wir der Länge lang gegen das Feuer
legten, und aufs allerbeste besorgten. Der tolle Capitain
kam endlich auch zu uns, eine Pfeiffe Toback anzu-

stecken, da ich ihn aber mit seinen Tobackrauchen
schraubte, indem er ja zu crepiren willens wäre, gieng er
stillschweigend mit einer scheelen mine zurück an seinen
vorigen Ort.

Concordia war indessen in einen tieffen Schlaf gefallen, und forderte, nachdem sie gegen Morgen erwacht
war, einen Trunck frisch Wasser, allein weil ihr solches
zu verschaffen unmöglich, beredete Mons. van Leuven
dieselbe, ein wenig Wein zu trincken, sie nahm denselben, weil er sehr Frisch war, [143] begierig zu sich,
befand sich aber in kurtzen sehr übel drauff, massen sie
wie eine Kohle glüete, und ihr, ihrem sagen nach, der
Wein das Hertze abbrennen wolte. Ihr Ehe-Herr machte
ihr die grösten Liebkosungen, allein sie schien sich wenig darum zu bekümmern, und fieng unverhofft also zu
reden an: Carl Frantz gehet mir aus den Augen, damit ich
ruhig sterben kan, die übermäßige Liebe zu euch hat
mich angetrieben das 4te Gebot zu übertreten, und meine Eltern biß in den tod zu betrüben, es ist eine gerechte
Strafe des Himmels, daß ich, auf dieser elenden Stelle,
mit meinen Leben davor büssen muß. GOTT sey meiner
und eurer Seele gnädig.

Kein Donnerschlag hätte Mons. van Leuven erschrecklicher in die Ohren schmettern können, als diese Centner
schweren Worte. Er konte nichts drauff antworten,
stund aber in vollkommener Verzweiffelung auf, lieff
nach dem Meere zu, und hätte sich gantz gewiß ersäufft,
wenn ich ihm nicht nachgelauffen, und durch die kräfftig-

sten Reden die mir GOTTES Geist eingab, damals sein
Leib und Seele gerettet hätte.

So bald er wieder zurück auf die trockene Sand-Banck
gebracht war, legte ich ihm nur diese Frage vor: Ob er
denn sein Leben, welches ihm GOTT unter so vielen
wunderbarer Weise erhalten, nunmehro aus Ubereilung
dem Teufel, samt seiner Seele hingeben wolte? Hierzu
setzte ich noch, daß Concordia wegen übermäßiger Hitze
nicht alle Worte so geschickt, wie sonsten, vorbringen
könte, auch vielleicht in wenig Stunden gantz anders
re-[144]den würde, u. s. w. Worauff er sich denn auch
eines andern besonn, und mir hoch und theur zuschwur,
sich mit christl. Gedult in alles zu geben, was der Himmel
über ihn verhängen wolle. Er bat mich anbey, alleine zur
Concordia zu gehen, und dieselbe mit Gelegenheit auf
andere Gedancken zu bringen. Ich bat ihn noch einmal,
seine Seele, Himmel und Hölle zu bedencken, und begab
mich zur Concordia, welche mich bat: Ich möchte doch
aus jenem Mantel etwas Regen-Wasser ausdrücken, und
ihr solches zu trincken geben. Ich versicherte ihr solches
zu thun, und begehrete nur etwas Gedult von ihr, weil
diese Arbeit nicht so hurtig zugehen möchte. Sie versprach, wiewol in würcklicher Phantasie, eine halbe Stunde zu warten; Aber mein GOTT! da war weder Mantel
noch nichts, woraus ein eintziger Tropffen Wassers zu
drücken gewesen wäre. Derowegen lieff ich ohn ausgezogen durch die See nach dem Schiffe zu, und fand, zu
meinen selbst eigenen grösten Freuden, ein zugepichtes

Faß mit süssen Wasser, worvon ich ein erträgliches Lä-
gel füllete, aus unserer Cajüte etwas Thee, Zucker und
Zimmet zu mir nahm, und so hurtig als möglich wieder
zurück eilete. Ohngeacht ich aber kaum eine halbe Stunde ausgeblieben war, sagte doch Concordia, indem ich ihr
einen Becher mit frischen Wasser reichte: Ihr hättet
binnen 5. Stunden keine Tonne Wasser außdrücken dürffen, wenn ihr mich nur mit einem Löffel voll hättet erquicken wollen; aber ihr wollet mir nur das Hertze mit
Weine brechen, GOTT vergebe es euch. Doch da sie den
Becher mit frischen Wasser aus-[145]getruncken hatte,
sagte ihr lechzender Mund: Habet Danck mein lieber
Albert Julius vor eure Mühe, nun bin ich vollkommen
erquickt, deckt mich zu, und lasset mich schlafen. Ich
Gehorsamete ihrem Begehren, machte hinter ihren Rücken ein gelindes Feuer an, welches nicht eher ausgehen
durffte, biß die Sonne mit ihren kräfftigen Strahlen hoch
genung zu stehen kam.

Immittelst da sie wiederum in einen ordentlichen
Schlaf verfallen war, ruffte ich ihren Ehe-Herrn, der sich
wol 300. Schritt darvon gesetzt hatte, herzu, tröstete
denselben, und versicherte, daß mich seiner Liebsten
Zustand gäntzlich überredete, sie würde nachdem sie
nochmals erwacht, sich ungemein Besser befinden.

Damals war ich ein unschuldiger, aber doch in der
Wahrheit recht glücklicher Prophete. Denn 2. Stunden
nach dem Mittage wachte Concordia von sich selbst auf,
forderte ein klein wenig Wein, und fragte zugleich, wo

ihr Carl Frantz wäre? Selbiger trat Augenblicklich hervor, und Küssete dieselbe kniend mit thränenden Augen.
Sie trocknete seine Thränen mit ihrem Halß-Tuche ab,
und sprach mit frischer Stimme: Weinet nicht mein
Schatz, denn ich befinde mich itzo weit Besser, GOTT
wird weiter helffen.

Ich hatte, binnen der Zeit, in zweyen Töpffen Thee
gekocht, weiln aber keine Schaalen vorhanden waren,
reichte ich ihr selbigen Tranck, an statt des gefoderten
Weins, in dem Wein-Becher hin. Ihr lechzendes Hertze
fand ein besonderes Labsal daran, Mons. van Leuven
aber, und ich, schmau-[146]seten aus dem einen irrdenen
Topffe auch mit, und wusten fast vor Freuden nicht was
wir thun solten, da wir die halb tod gewesene Concordia
nunmehro wiederum ausser Gefahr halten, und bey vollkommenen Verstande sehen konten.

Lemelie hatte sich binnen der Zeit durch das Wasser
auf das zerbrochene Schiff gemacht, wir hofften zwar er
würde vor Abends wiederum zurück kommen, sahen und
höreten aber nichts von ihm, weßwegen Mons. van Leuven Willens war hin zu baden, nach demselben zu sehen,
und etwas Holtz mit zu bringen, da aber ich versicherte,
daß wir auf diese Nacht noch Holtz zur Gnüge hätten,
ließ ers bleiben, und wartete seine Concordia mit den
trefflichsten Liebkosungen ab, biß sie abermals einschlieff, worauff wir uns beredeten, wechsels-weise bey
derselben zu wachen.

Selbige Nacht wurde schon weit vergnügter als die

vorige hingebracht, mit aufgehender Sonne aber wurde
ich gewahr, daß die See allerhand Packen und Küsten auf
die nah gelegenen Sand-Bäncke, und an das grosse Fel-
sen-Ufer, auch an unsere Sand-Banck ebenfalls, nebst
verschiedenen Waaren, einen mittelmäßigen Nachen gespielet hatte. Dieses kleine Fahr-Zeug hieß wol recht ein
vom Himmel zugeschicktes Glücks-Schiff, denn mit selbigen konten wir doch, wie ich so gleich bedachte, an den
nah gelegenen Felsen fahren, aus welchen wir einen gantzen Strohm des schönsten klaren Wassers schiessen
sahen.

So bald demnach Mons. van Leuven aufgewacht, zeigte
ich ihme die Merckmahle der wunder-[147]baren Vorsehung GOTTES, worüber er so wol als ich, die allergröste Freude bezeigte. Wir danckten GOTT bey unsern
Morgen-Gebete auf den Knien davor, und so bald Concordia erwacht, auch nach befundenen guten Zustande,
mit etwas Wein und Confect gestärckt war, machten wir
uns an den Ort, wo das kleine Fahrzeug gantz auf den
Sand geschoben lag. Mons. de Leuven erkannte an gewissen Zeichen, daß es eben dasselbe sey, mit welchem sein
Schwager Anton Plürs untergangen sey, konte sich nebst
mir hierüber des Weinens nicht enthalten; Allein wir
musten uns über dessen gehabtes Unglück gezwungener
Weise trösten, und die Hand an das Werck unserer eigenen Errettung ferner legen, weiln wir zur Zeit eines
Sturms, auf dieser niedrigen Sand-Banck, bey weiten
nicht so viel Sicherheit als am Felsen, hoffen durfften.

Es kostete nicht wenig Mühe, den so tieff im Sande steckenden Nachen heraus ins Wasser zu bringen, da es aber doch endlich angegangen war, banden wir selbiges an eine tieff in den Sand gesteckte Stange, machten aus Bretern ein paar Ruder, fuhren, da alles wol eingerichtet war, nach dem Stücke des zerscheiterten Schiffs, und fanden den Lemelie, der sich dermassen voll Wein gesoffen, daß er alles was er im Magen gehabt, wieder von sich speyen müssen, im tieffsten Schlafe liegen.

Mons. van Leuven wolte ihn nicht aufwecken, sondern suchte nebst mir alles, was wir von Victualien finden konten, zusammen, packten so viel, als der Nachen tragen mochte, auf, und thaten die erste Reise gantz hurtig und glücklich nach dem Ufer des [148] Felsens zu, fanden auch, daß allhier weit bequemlicher und sicherer zu verbleiben wäre, als auf der seichten Sand-Banck. So bald der Nachen ausgepackt war, fuhren wir eilig wieder zurück, um unsere kostbareste Waare, nemlich die Concordia dahin zu führen, wiewol vor rathsam befunden wurde, zugleich noch eine Last von den nothdürfftigsten Sachen aus dem Schiffe mit zu nehmen. Diese andere Farth gieng nicht weniger glücklich von statten, derowegen wurde am Felsen eine bequeme Klufft ausgesucht, darinnen auch zur Zeit des Regens wol 6. Personen oberwarts bedeckt, gantz geräumlich sitzen konten. Allhier muste Concordia bey einem kleinen Feuer sitzen bleiben, wir aber thaten noch 2. Fahrten, und holeten immer so viel, als auf dem Nachen fortzubringen

war, herüber. Bey der 5ten Ladung aber, welche gantz
gegen Abend gethan wurde, ermunterte sich Lemelie
erstlich, und machte grosse Augen, da er viele Sachen
und sonderlich die Victualien mangeln, uns aber annoch
in völliger Arbeit, auszuräumen sahe. Er fragte was das
bedeuten solte? warum wir uns solcher Sachen bemächtigten, die doch nicht allein unser wären, und ob wir etwa
als See-Räuber agiren wolten? Befahl auch diese Verwegenheit einzustellen, oder er wolle uns etwas anders weisen. Monsieur Lemelie, versetzte van Leuven hierauf, ich
kan nicht anders glauben, als daß ihr euren Verstand
verlohren haben müsset, weil ihr euch weder unseres
guten Raths noch würcklicher Hülffe bedienen wollet.
Allein ich bitte euch sehr, höret auf zu brutalisiren, denn
die Zeiten haben sich leyder! verändert, euer Comman-
[149]do ist zum Ende, es gilt unter uns dreyen einer so
viel als der andere, die meisten Stimmen gelten, die
Victualien und andern Sachen sind gemeinschafftlich,
will der 3te nicht was 2. haben wollen, so mag er elendiglich crepiren. Schweiget mir auch ja von See-Räubern
stille, sonsten werde mich genöthiget sehen zu zeigen,
daß ich ein Cavalier bin, der das Hertze hat euch das Maul
zu wischen. Lemelie wolte über diese Reden rasend werden, und Augenblicklich vom Leder ziehen, doch van
Leuven ließ ihn hierzu nicht kommen, sondern riß den
Großprahler als ein Kind zu Boden, und ließ ihm mit der
vollen Faust, auf Nase und Maule ziemlich starck zur
Ader. Nunmehro hatte es das Ansehen, als ob es dem

Lemelie bloß hieran gefehlet hätte, weil er in wenig Minuten wieder zu seinem völligen Verstande kam, sich mit uns, dem Scheine nach, recht Brüderlich vertrug, und seine Hände mit an die Arbeit legte; so daß wir noch vor Nachts wohlbeladen bey Concordien in der neuen Felsen-Wohnung anlangeten. Wir bereiteten vor uns ingesammt eine gute Abend-Mahlzeit, und rechneten aus, daß wenigstens auf 14. Tage Proviant vor 4. Personen vorhanden sey, binnen welcher Zeit uns die Hoffnung trösten muste, daß der Himmel doch ein Schiff in diese Gegend, uns in ein gut Land zu führen, senden würde.

Concordia hatte sich diesen gantzen Tag, wie auch die darauff folgende Nacht sehr wol befunden, folgenden Tag aber, wurde sie abermals vom starcken Frost, und darauff folgender Hitze überfallen, worbey sie starck phanthasirte, doch gegen Abend [150] ward es wieder gut, also schlossen wir daraus, daß ihre gantze Kranckheit in einem gewöhnlichen kalten Fieber bestünde, welche Muthmassungen auch in so weit zutraffen, da sie selbiges Fieber wol noch 3. mal, allezeit über den 3ten Tag hatte, und sich nachhero mit 48. Stündigen Fasten selbsten curirete. Immittelst schien Lemelie ein aufrichtiges Mitleyden mit dieser Patientin zu haben, suchte auch bey allen Gelegenheiten sich uns und ihr, aus dermassen gefällig und dienstfertig zu erzeigen. An denen Tagen, da Concordia wol auf war, fuhren wir 3. Manns-Personen wechsels-weise an die Sand-Bäncke, und langeten die daselbst angeländeten Packen und Fässer von

dar ab, und schafften selbige vor unsere Felsen-Herberge. Wir wolten auch das zerstückte Schiff, nach und nach
vollends außladen, jedoch ein nächtlicher mäßiger Sturm
war so gütig, uns solcher Mühe zu überheben, massen er
selbiges gantze Stück nebst noch vielen andern Waaren,
gantz nahe zu unserer Wohnung auf die Sand-Banck
geschoben hatte. Demnach brauchten wir voritzo unsern
Nachen so nöthig nicht mehr, führeten also denselben in
eine Bucht, allwo er vor den Winden und Wellen sicher
liegen konte.

Vierzehn Tage und Nächte verstrichen also, doch
wolte sich zur Zeit bey uns noch kein Rettungs-Schiff
einfinden, ohngeacht wir alle Tage fleißig Schildwache
hielten, über dieses ein grosses weisses Tuch an einer
hoch aufgerichteten Stange angemacht hatten. Concordia war völlig wieder gesund, doch fand sich nun nicht
mehr, als noch etwa auf 3. oder 4. Tage Proviant, weßwegen wir alle [151] Fässer, Packen und Küsten ausräu-
meten und durchsuchten, allein, ob sich schon ungemein
kostbare Sachen darinnen fanden, so war doch sehr wenig dabey, welches die bevorstehende Hungers-Noth zu
vertreiben vermögend war.

Wir armen Menschen sind so wunderlich geartet, daß
wir zuweilen aus blossen Muthwillen solche Sachen vornehmen, von welchen wir doch im voraus wissen, daß
dieselben mit tausendfachen Gefährlichkeiten verknüpfft sind; Im Gegentheil wenn unser Gemüthe zu
anderer Zeit nur eine einfache Gefahr vermerckt, die

doch eben so wol noch nicht einmal gegenwärtig ist, stellen wir uns an, als ob wir schon lange Zeit darinnen gesteckt hätten. Ich will zwar nicht sagen, daß alle Menschen von dergleichen Schlage wären, bey uns 4en aber braucht es keines Zweiffels, denn wir hatten, wiewol nicht alles aus der Erfahrung, jedoch vom hören und lesen, daß man auf der Schiffarth nach Ost-Indien, die Gefährlichkeiten von Donner, Blitz, Sturmwind, Regen, Hitze, Frost, Sclaverey, Schiffbruch, Hunger, Durst, Kranckheit und Tod zu befürchten habe; doch deren keine einzige konte den Vorsatz nach Ost-Indien zu reisen unterbrechen, nunmehro aber, da wir doch schon ein vieles überstanden, noch nicht den geringsten Hunger gelitten, und nur diesen eintzigen Feind, binnen etlichen Tagen, zu befürchten hatten, konten wir uns allerseits im voraus schon dermassen vor dem Hunger fürchten, daß auch nur das blosse dran dencken unsere Cörper auszuhungern vermögend war.

Lemelie that nichts als essen und trincken, To-[152] back rauchen, und dann und wann am Felsen herum spatzieren, worbey er sich mehrentheils auf eine recht närrische Art mit Pfeiffen und Singen hören ließ, vor seine künfftige Lebens-Erhaltung aber, trug er nicht die geringste Sorge. Mons. van Leuven machte bey seiner Liebsten lauter tieffsinnige Calender, und wenn es nur auf sein speculiren ankommen wäre, hätten wir, glaube ich, in einem Tage mehr Brod, Fleisch, Wein und andere Victualien bekommen, als 100. Mann in einem Jahre kaum aufessen können, oder es solte uns ohnfehlbar, entweder ein Lufft- oder See-Schiff in einem Augenblicke nach Ceylon geführet haben. Ich merckte zwar wol, daß die guten Leute mit dergleichen Lebens-Art der bevorstehenden Hungers-Noth kein Quee vorlegen würden, doch weil ich der jüngste unter ihnen, und auch selbst nicht den geringsten guten Rath zu ersinnen wuste; unterstund ich mich zwar, nicht die Lebens-Art älterer Leute zu tadeln, wolte aber doch auch nicht so verdüstert bey ihnen sitzen bleiben, kletterte derowegen an den Felsen herum so hoch ich kommen konte, in beständiger Hoffnung etwas neues und guts anzutreffen. Und eben diese meine Hoffnung Betrog mich nicht: Denn da ich eine ziemlich hohe Klippe, worauff ich mich ziemlich weit umsehen konte, erklettert hatte, erblickte ich jenseit des Flusses der sich Westwärts aus dem Felsen ins Meer ergoß, auf dem Sande viele Thiere, welche halb einem Hunde und halb einem Fische ähnlich sahen. Ich säumte mich nicht, die Klippe eiligst wieder herunter zu klettern, lief zu Mons. van Leuven, und sagte: Monsieur, wenn [153] wir nicht eckel seyn wollen, werden wir allhier auch nicht verhungern dürffen, denn ich habe eine grosse Menge Meer-Thiere entdeckt, welche mit Lust zu schiessen, so bald wir nur mit unsern Nachen über den Fluß gesetzt sind. Mons. Leuven sprang hurtig auf, nahm 2. wohlgeladene Flinten vor mich und sich, und eilete nebst mir zum Nachen, welchen wir loß machten, um die Klippe herum fuhren, und gerade zu, queer durch den

Fluß hindurch setzen wolten; allein, hier hätte das gemeine Sprichwort: Eilen thut kein gut, besser beobachtet werden sollen; denn als wir mitten in den Strohm kamen, und ausser zweyen kleinen Rudern nichts hatten, womit wir uns helffen konten, führete die Schnelligkeit desselben den Nachen mit unserer grösten Lebens-Gefahr dermassen weit in die offenbare See hinein, daß alle Hoffnung verschwand, den geliebten Felsen jemahls wiederum zu erreichen.

Jedoch die Barmhertzigkeit des Himmels hielt alle Kräffte des Windes und der Wellen gäntzlich zurücke, dahero wir endlich nach eingebrochener Nacht jenseit des Flusses an demjenigen Orte anländeten, wo ich die Meer-Thiere gesehen hatte. Wiewohl nun itzo nichts mehr daselbst zu sehen, so waren wir doch froh genung, daß wir unser Leben gerettet hatten, setzten uns bey hellen Mondscheine auf eine kleine Klippe, und berathschlagten, auf was vor Art wiederum zu den Unserigen zu gelangen wäre. Doch weil kein anderer Weg als durch den Fluß, oder durch den vorigen Umschweiff zu erfinden, wurde die Wahl biß auf den morgenden Tag verschoben. [154]

Immittelst, da unsere Augen beständig nach der See zu gerichtet waren, merckten wir etwa um Mitternachts-Zeit, daß etwas lebendiges aus dem Wasser kam, und auf dem Sande herum wühlete, wie uns denn auch ein offt wiederholtes Blöcken versicherte, daß es eine Art von Meer-Thieren seyn müsse. Wir begaben uns demnach von der Klippe herab, und gingen ihnen biß auf etwa 30. Schritt entgegen, sahen aber, daß sie nicht verweigerten, Stand zu halten, weßwegen wir, um sie desto gewisser zu fassen, ihnen noch näher auf den Leib gingen, zu gleicher Zeit Feuer gaben, und 2. darvon glücklich erlegten, worauf die übrigen groß und kleine gantz langsam wieder in See gingen.

Früh Morgens besahen wir mit anbrechenden Tage unser Wildpret, und fanden selbiges ungemein niedlich, trugen beyde Stück in den Nachen, getraueten aber doch nicht, ohne stärckere Bäume und bessere Ruder abzufahren, doch Mons. van Leuvens Liebe zu seiner Concordia überwand alle Schwürigkeiten, und da wir ohne dem alle Stunden, die allhier vorbey strichen, vor verlohren schätzten, befahlen wir uns der Barmhertzigkeit des Allmächtigen, setzten behertzt in den Strom, traffen aber doch dieses mahl das Gelencke etwas besser, und kamen nach Verlauff dreyer Stunden ohnbeschädiget vor der Felsen Herberge an, weil der heutige Umschweiff nicht so weit, als der gestrige, genommen war.

Concordia hatte die gestrigen Stunden in der grösten Bekümmerniß zugebracht, nachdem sie [155] wahrgenommen, daß uns die strenge Fluth so weit in die See getrieben, doch war sie um Mitternachts-Zeit durch den Knall unserer 2. Flinten, der sehr vernehmlich gewesen, ziemlich wieder getröstet worden, und hatte die gantze Nacht mit eiffrigen Gebeth, um unsere glückliche Zurückkunfft, zugebracht, welches denn auch nebst dem unserigen von dem Himmel nach Wunsche erhöret worden.

Lemelie erkandte das mitgebrachte Wildpret sogleich vor ein paar See-Kälber, und versicherte, daß deren Fleisch besonders wohlschmeckend wäre, wie wir denn solches, nachdem wir die besten Stücken ausgeschnitten, gebraten, gekocht und gekostet hatten, als eine Wahrheit bekräfftigen musten.

Dieser bißhero sehr faul gewesene Mensch ließ sich nunmehro auch in die Gedancken kommen, vor Lebens-Mittel zu sorgen, indem er aus etlichen aus Bretern geschnitzten Stäbigen 2. Angel-Ruthen verfertigte, eine darvon der Concordia schenckte, und derselben zur Lust und Zeit-Vertreibe bey der Bucht das Fischen lernete. Mons. van Leuven und ich machten uns auch dergleichen, da ich aber sahe, daß Concordia allein geschickt war, nur in einem Tage so viel Fische zu fangen, als wir in etlichen Tagen nicht verzehren konten, ließ ich diese vergebliche Arbeit bleiben, kletterte hergegen mit der Flinte an den Klippen herum, und schoß etliche Vögel mit ungewöhnlich-grossen Kröpffen herunter, welche zwar Fleisch genug an sich hatten, jedoch, da wir sie zugerichtet, sehr übel zu essen waren. Hergegen fand ich Abends beym Mondschein auf dem Sande etliche Schild-Kröten, vor deren erstaunli-[156]cher Grösse ich mich anfänglich scheuete, derowegen Mons. van Leuven und Lemelie herbey rieff, welcher letztere sogleich ausrieff: Abermahls ein schönes Wildpret gefunden! Monsieur Albert, ihr seyd recht glücklich.

Wir hatten fast alle drey genung zu thun, ehe wir, auf des Lemelie Anweisung, dergleichen wunderbare Creatur umwenden und auf den Rücken legen konten. Mit anbrechenden Morgen wurde eine mittelmäßige geschlachtet, Lemelie richtete dieselbe seiner Erfahrung nach appetitlich zu, und wir fanden hieran eine ausserordentlich angenehme Speise, an welcher sich sonderlich Concordia fast nicht satt essen konte. Doch da dieselbe nachhero besondere Lust verspüren ließ, ein Feder-Wildpret zu essen, welches besser als die Kropff-Vögel schmeckte, gaben wir uns alle drey die gröste Müh, auf andere Arten von Vögeln zu lauern, und selbige zu schiessen.

Im Klettern war mir leichtlich Niemand überlegen, weil ich von Natur gar nicht zum Schwindel geneigt bin, als nun vermerckte, daß sich oben auf den höchsten Spitzen der Felsen, andere Gattunge Vögel hören und sehen liessen; war meine Verwegenheit so groß, daß ich durch allerhand Umwege immer höher von einer Spitze zur andern kletterte, und nicht eher nachließ, biß ich auf den allerhöchsten Gipffel gelangt war, allwo alle meine Sinnen auf einmahl mit dem allergrösten Vergnügen von der Welt erfüllet wurden. Denn es fiel mir durch einen eintzigen Blick das gantze Lust-Revier dieser Felsen-Insul in die Augen, welches rings herum von der Natur mit dergleichen star-[157]cken Pfeilern und Mauren umgeben, und so zu sagen, verborgen gehalten wird. Ich weiß gewiß, daß ich länger als eine Stunde in der grösten Entzückung gestanden habe, denn es kam mir nicht anders vor, als wenn ich die schönsten blühenden Bäume, das herum spatzirende Wild, und andere Annehmlichkeiten dieser Gegend, nur im blossen Traume sähe. Doch endlich, wie ich mich vergewissert hatte, daß meine Augen und Gedancken nicht betrogen würden, suchte und fand ich einen ziemlich bequemen Weg, herab in dieses angenehme Thal zu steigen, ausgenommen, daß ich an einem eintzigen Orte, von einem Felsen zum andern springen muste, zwischen welchen beyden ein entsetzlicher Riß und grausam tieffer Abgrund war. Ich erstaunete, so bald ich mich mitten in diesem Paradiese befand, noch mehr, da ich das Wildpret, als Hirsche, Rehe, Affen, Ziegen und andere mir unbekandte Thiere, weit zahmer befand, als bey uns in Europa fast das andere Vieh zu seyn pfleget. Ich sahe zwey- oder dreyerley Arten von Geflügel, welches unsern Rebhünern gleichte, nebst andern etwas grössern Feder-Vieh, welches ich damahls zwar nicht kannte, nachhero aber erfuhr, daß es Birck-Hüner wären, weiln aber der letztern wenig waren, schonte dieselben, und gab unter die Rebhüner Feuer, wovon 5. auf dem Platz liegen blieben. Nach gethanem Schusse stutzten alle lebendige Creaturen gewaltig, gingen und flohen, jedoch ziemlich bedachtsam fort, und verbargen sich in die Wälder, weßwegen es mich fast gereuen wolte, daß mich dieser angenehmen Gesell-[158]

schafft beraubt hatte. Zwar fiel ich auf die Gedancken, es
würden sich an deren Statt Menschen bey mir einfinden,
allein, da ich binnen 6. Stunden die gantze Gegend ziemlich durchstreifft, und sehr wenige und zweiffelhaffte
Merckmahle gefunden hatte, daß Menschen allhier anzutreffen, oder sonst da gewesen wären, verging mir diese
Hoffnung, als woran mir, wenn ich die rechte Wahrheit
bekennen soll, fast gar nicht viel gelegen war. Im Gegentheil hatte allerhand, theils blühende, theils schon
Frucht-tragende Bäume, Weinstöcke, Garten-Gewächse
von vielerley Sorten und andere zur Nahrung wohl dienliche Sachen angemerckt, ob mir schon die meisten gantz
frembd und unbekandt vorkamen.

Mittlerweile war mir der Tag unter den Händen verschwunden, indem ich wegen allzu vieler Gedancken und
Verwunderung, den Stand der Sonnen gar nicht in acht
genommen, biß mich der alles bedeckende Schatten versicherte, daß selbige untergegangen seyn müsse. Da
aber nicht vor rathsam hielt, gegen die Nacht zu, die
gefährlichen Wege hinunter zu klettern, entschloß ich
mich, in diesem irrdischen Paradiese die Nacht über zu
verbleiben, und suchte mir zu dem Ende auf einen mit
dicken Sträuchern bewachsenen Hügel eine bequeme
Lager-Statt aus, langete aus meinen Taschen etliche
kleine Stücklein Zwieback, pflückte von einem Baume
etliche ziemlich reiffe Früchte, welche röthlich aussahen,
und im Geschmacke denen Morellen gleich kamen, hielt
damit meine Abend-Mahlzeit, tranck aus dem vorbey

rauschen-[159]den klaren Bächlein einen süssen Trunck Wasser darzu, befahl mich hierauf GOtt, und schlieff in dessen Nahmen gar hurtig ein, weil mich durch das hohe Klettern und viele Herumschweiffen selbigen Tag ungemein müde gemacht hatte.

Hierbey mag vor dieses mahl (sagte der Alt-Vater nunmehro, da es ziemlich späte war) meine Erzehlung ihren Aufhalt haben. Morgen, geliebt es GOtt, wollen wir, wo es euch gefällig, die Einwohner in Stephans-Raum besuchen, und Abends wieder da anfangen, wo ich itzo aufgehöret habe. Hiermit legten wir uns allerseits nach gehaltener Beth-Stunde zur Ruhe, folgenden Morgen aber ging die Reise abgeredter massen auf Stephans-Raum zu.

Hieselbst waren 15. Wohnhäuser nebst guten Scheuern und Ställen auferbauet, aber zur Zeit nur 11. bewohnt. Durch die Pflantz Stadt, welche mit den schönsten Gärten umgeben war, lieff ein schöner klarer Bach, der aus der grossen See, wie auch aus dem Ertz-Gebürge seinen Ursprung hatte, und in welchem zu gewissen Zeiten eine grosse Menge Gold-Körner gesammlet werden konten, wie uns denn die Einwohner fast mit einem gantzen Hute voll dergleichen, deren die grösten in der Form eines Weitzen-Korns waren, beschenckten, weil sie es als eine artige und gefällige Materie zwar einzusammlen pflegten, doch lange nicht so viel Wercks draus machten, als wir Neuangekommenen. Mons. Plager, der einige Tage hernach die Probe auf allerhand Art damit

machte, versicherte, daß es so fein, ja fast noch feiner
wäre, als in Europa das [160] Ungarische Gold. Gegen
Westen zu stiegen wir auf die Klippen, allwo uns der
Altvater den Ort zeigete, wo vor diesen auf beyden Seiten des Flusses ein ordentlicher und bequemer Eingang
zur Insul gewesen, doch hätte nunmehro vor langen Jahren ein unbändig grosses Felsen-Stück denselben verschüttet, nachdem es zerborsten, und plötzlich herab
geschossen wäre, wie er uns denn in den Verfolg seiner
Geschichts-Erzehlung deßfals nähere Nachricht zu ertheilen versprach. Immittelst war zu verwundern, und
lustig anzusehen, wie, dem ohngeacht, der starcke Arm
des Flusses seinen Ausfall allhier behalten, indem das
Wasser mit gröster Gewalt, und an vielen Orten etliche
Ellen hoch, zwischen dem Gesteine heraus stürtzte. Ohnfern vom Flusse betrachteten wir das vortreffliche und
so höchst-nutzbare Saltz-Gebürge, in dessen gemachten
Gruben das schönste Sal gemmæ oder Stein-Saltz war,
und etwa 100. Schritt von demselben zeigte man uns
4. Lachen oder Pfützen, worinnen sich die schärffste
Sole zum Saltz-Sieden befand, welche diejenigen Einwohner, so schön Saltz verlangten, in Gefässen an die
Sonne setzten, das Wasser abrauchen liessen, und hernach das schönste, reinste Saltz aus dem Gefässe heraus
schabten, gewöhnlicher Weise aber brauchten alle nur
das feinste vom Stein-Saltze. Sonsten fand sich in dasigen Feldern ein Wein-Gebürge von sehr guter Art, wie
sie uns denn, nebst allerhand guten Speisen, eine starcke

Probe davon vortrugen, durch den Wald war eine breite Strasse gehauen, allwo man von der Alberts-Burg her, auf das unten [161] am Berge stehende Wacht-Hauß, gegen Westen sehen konte. Wie denn auch oben in die Felsen-Ecke ein Schilder-Hauß gehauen war, weil aber der Weg hinauf gar zu unbequem, stiegen wir dieses mahl nicht hinauf, zumahlen auch sonsten nichts gegen Westen zu sehen, als ein steiler biß in die offenbahre See hinunter steigender Felsen.

Nachdem wir nun solchermassen zwey Drittel des Tages hingebracht, und bey guter Zeit zurück gekehret waren, besichtigten wir die Arbeit am Kirchen-Bau, und befanden daselbst die Zeichen solcher eifferiger Anstalten, dergleichen wir zwar von ihren Willen hoffen, von ihren Kräfften aber nimmermehr glauben können. Denn es war nicht allein schon eine ziemliche Quantität Steine, Kalck und Leimen herbey geschafft, sondern auch der Grund allbereits sehr weit ausgegraben. Unter unsern sonderbaren Freudens-Bezeugungen über solchen angenehmen Fortgang, rückte die Zeit zur Abend-Mahlzeit herbey, nach deren Genuß der Altvater in seinem Erzehlen folgender massen fortfuhr:

Ich hatte mich, wie ich gestern Abend gesagt, auf dieser meiner Insul zur Ruhe gelegt, und zwar auf einem kleinen Hügel, der zwischen Alberts- und Davids-Raum befindlich ist, itzo aber ein gantz ander Ansehen hat. Indem die Einwohner nicht allein die Sträucher darauf abgehauen, sondern auch den mehresten Theil davon

abgearbeitet haben. Meine Ruhe war dermassen vergnügt, daß ich mich nicht eher als des andern Morgens,
etwa zwey Stunden nach Aufgang der Sonnen, er-[162]
muntern konte. Ich schämete mich vor mir selbst, so lange geschlaffen zu haben, stund aber hurtig auf, nahm
meine 5. gestern geschossene Rebhüner, schoß unter
Wegs noch ein junges Reh, und eilete dem Wege zu, welcher mich zu meiner verlassenen Gesellschafft führen
solte.

Mein Rückweg fand sich durch unverdrossenes
Suchen weit leichter und sicherer als der gestrige, den
ich mit Leib- und Lebens-Gefahr hinauf gestiegen war,
derowegen machte ich mir bey jeder Umkehrung ein
gewisses Zeichen, um denselben desto eher wieder zu
finden, weil die vielen Absätze der Felsen von Natur
einen würcklichen Irrgang vorstelleten. Mein junges
Reh wurde ziemlich bestäubt, indem ich selbiges wegen
seiner Schwere immer hinter mir drein schleppte, die
Rebhüner aber hatte mit einem Bande an meinen Halß
gehenckt, weil ich die Flinte statt eines Wander-Staabs
gebrauchte. Endlich kam ich ohn allen Schaden herunter, und traff meine zurück gelassene Gesellschafft,
eben bey der Mittags-Mahlzeit vor der Felsen-Herberge
an. Mons. van Leuven und Concordia sprangen, so bald
sie mich nur von ferne erblickten, gleich auf, und kamen
mir entgegen gelauffen. Der erste umarmte und küssete
mich, sagte auch: Monsieur Albert, der erste Bissen, den
wir seit eurer Abwesenheit gegessen haben, steckt noch

in unsern Munde, weil ich und meine Liebste die Zeit
eurer Abwesenheit mit Fasten und gröster Betrübniß
zugebracht haben. Fraget sie selbst, ob sie nicht seit
Mitternachts-Zeit viele Thränen eurentwegen vergossen
hat? Madame, gab ich lachend [163] zur Antwort, ich will
eure kostbaren Thränen, in Abschlag mit 5. delicaten
Rebhünern und einem jungen Reh bezahlen, aber, Monsieur van Leuven, wisset ihr auch, daß ich das schöne
Paradieß entdeckt habe, woraus vermuthlich Adam und
Eva durch den Cherub verjagt worden? Monsieur Albert,
schrye van Leuven, habt ihr etwa das Fieber bekommen?
oder phantasirt ihr auf andere Art? Nein, Monsieur,
wiederredete ich, bey mir ist weder Fieber noch einige
andere Phantasie, sondern lasset mich nur eine gute
Mahlzeit nebst einem Glase Wein finden, so werdet ihr
keine Phantasie, sondern eine wahrhafftige Erzehlung
von allen dem, was mir GOtt und das Glücke gewiesen
hat, aus meinem Munde hören können.

Sie ergriffen beyde meine Arme, und führeten mich zu
dem sich kranck zeigenden Lemelie, welcher aber doch
ziemlich wohl von der zugerichteten Schild-Kröte und
See-Kalbe essen konte, auch dem Wein-Becher keinen
Zug schuldig blieb. Ich meines Theils ersättigte mich
nach Nothdurfft, stattete hernachmahls den sämtlichen
Anwesenden von meiner gethanen Reise den umständlichen Bericht ab, und dieser setzte meine Gefährten in
so grosse Freude als Verwunderung. Mons. van Leuven
wolte gleich mit, und das schöne Paradieß in meiner

Gesellschafft besehen, allein, meine Müdigkeit, Concordiens gute Worte und des Lemelie Faulheit, fruchteten so
viel, daß wir solches biß Morgenanbrechenden Tag auf-
schoben, immittelst aber desto sehnlicher auf ein vorbey
seeglendes Schiff Achtung gaben, welches zwar immer in
unsern [164] Gedancken, auf der See aber desto weniger
zum Vorscheine kommen wolte.

So bald demnach das angenehme Sonnen-Licht abermahls aus der See empor gestiegen kam, steckte ein
jeder an Lebens-Mitteln, Pulver, Bley und andern Nothdürfftigkeiten so viel in seine Säcke, als er sich fort-
zubringen getrauete. Concordia durffte auch nicht ledig
gehen, sondern muste vor allen andern in der Hand eine
scharffe Radehaue mitschleppen. Ich führete nebst meiner Flinte und Rantzen eine Holtz-Axt, und suchte noch
lange Zeit nach einem kleinen Hand-Beile, womit man
dann und wann die verhinderlichen dünnen Sträucher
abhauen könte, weil aber die Hand-Beile, ich weiß nicht
wohin, verlegt waren, und meine 3. Gefährten über den
langen Verzug ungedultig werden wolten, beschenckte
mich Lemelie, um nur desto eher fortzukommen, mit
einem artigen, 2. Finger breiten, zweyschneidigen und
wohlgeschliffenen Stillet, welches man gantz wohl statt
eines Hand-Beils gebrauchen, und hernachmahls zur
Gegenwehr wider die wilden Thiere, mit dem Griffe in
die Mündung des Flinten-Lauffs stecken konte. Ich hatte eine besondere Freude über das artige Instrument,
danckte dem Lemelie fleißig davor, er aber wuste nicht,

daß er hiermit ein solches kaltes Eisen von sich gab, welches ihm in wenig Wochen den Lebens-Faden abkürtzen würde, wie ihr in dem Verfolg dieser Geschichte gar bald vernehmen werdet. Doch da wir uns nunmehro völlig ausgerüstet, die Reise nach dem eingebildeten Paradiese anzutreten, ging ich als Weg-[165]weiser voraus, Lemelie folgte mir, Concordia ihm, und van Leuven schloß den gantzen Zug. Sie konten sich allerseits nicht gnugsam über meinen klugen Einfall verwundern, daß ich die Absätze der Felsen, welche uns auf die ungefährlichsten Stege führeten, so wohl gezeichnet hatte, denn sonsten hätte man wohl 8. Tage suchen, wo nicht gar Halß und Beine brechen sollen. Es ging zwar immer, je höher wir kamen, je beschwerlicher, sonderlich weil uns Concordiens Furchtsamkeit und Schwindel sehr viel zu schaffen machte, indem wir ihrentwegen hier und dar Stuffen einhauen musten. Doch erreichten wir endlich die alleroberste Höhe glücklich, allein, da es an den Sprung über die Felsen-Klufft gehen solte, war aufs neue Noth vorhanden, denn Concordia konte sich aus Furcht, zu kurtz zu springen und hinunter zu stürtzen, unmöglich darzu entschliessen, ohngeacht der Platz breit genug zum Ausholen war, derowegen musten wir dieselbe sitzen lassen, und unten im nächsten Holtze einige junge Bäume abhauen, welche wir mit gröster Mühe den Felsen wieder hinauf schleppten, Queer-Höltzer darauf nagelten und bunden, also eine ordentliche Brücke über diesen Abgrund schlugen, auf welcher nachhero Concordia, wiewohl dennoch mit Furcht und Zittern, sich herüber führen ließ.

Ich will die ungemeinen Freudens-Bezeugungen meiner Gefährten, welche dieselben, da sie alles weit angenehmer auf dieser Gegend fanden, als ich ihnen die Beschreibung gemacht, mit Stillschweigen übergehen, und ohne unnöthige Weit-[166]läufftigkeit ferner erzehlen, daß wir nunmehro ingesamt anfingen das gantze Land zu durchstreichen, wobey Mons. van Leuven glücklicher als ich war, gewisse Merckmahle zu finden, woraus zu schliessen, daß sich ohnfehlbar vernünfftige Menschen allhier aufgehalten hätten, wo selbige ja nicht noch vorhanden wären. Denn es fand sich jenseit des etwa 12. biß 16. Schritt breiten Flusses an dem Orte, wo itzo Christians-Raum angebauet ist, ein mit zugespitzten Pfälen umsetzter Garten-Platz, in welchen sich annoch die schönsten Garten-Gewächse, wiewohl mit vielen Unkraut verwachsen, zeigten, wie nicht weniger schöne rare Blumen und etliche Stauden von Hülsen-Früchten, Weitzen, Reiß und andern Getrayde. Weiter hinwarts lagen einige Scherben von zerbrochenen Gefässen im Grase, und Sudwerts auf dem Wein-Gebürge, welches itzo zu Christophs- und Roberts-Raum gehöret, fanden sich einige an Pfähle fest gebundene Wein-Reben, doch war dabey zu muthmassen, daß das Anbinden schon vor etlichen Jahren müsse geschehen seyn. Hierauf besahen wir die See, aus welcher der sich in 2. Arme theilende Fluß entspringet, bemerckten, daß selbige nebst dem

Flusse recht voll Fischen wimmelte, kehreten aber, weil die Sonne untergehen wolte, und Concordia sehr ermüdet war, zurück auf vorerwehntes erhabene Wein-Gebürge, und beschlossen, weil es eine angenehme Witterung war, daselbst über Nacht auszuruhen. Nachdem wir zu Abends gespeiset hatten, und das schönste Wild häuffig auf der Ebene herum spatziren sahen, beurtheilten wir alles, was uns heutiges [167] Tages zu Gesicht kommen war, und befunden uns darinnen einig, daß schwerlich ein schöner Revier in der Welt anzutreffen wäre. Nur wurde beklagt, daß nicht noch einige Familien zugegen seyn, und nebst uns diese fruchtbare Insul besetzen solten. Lemelie sagte hierbey: Ich schwere bey allen Heiligen, daß ich Zeit Lebens allhier in Ruhe zu bleiben die gröste Lust empfinde, es fehlen also nichts als zwey Weiber, vor mich und Mons. Albert, jedoch Monsieur, (sagte er zu Mons. van Leuven) was solte es wohl hindern, wenn wir uns bey dergleichen Umständen alle 3. mit einer Frau behülffen, fleißig Kinder zeugten, und dieselbe sodann auch mit einander verheyratheten. Mons. van Leuven schüttelte den Kopff, weßwegen Lemelie sagte: ha Monsieur, man muß in solchen Fällen die Eyfersucht, den Eigensinn und den Eckel bey Seite setzen, denn weil wir hiesiges Orts keiner weltlichen Obrigkeit unterworffen sind, auch leichtlich von Niemand beunruhiget zu werden fürchten dürffen, so können wir uns Gesetze nach eigenem Gefallen machen, dem Himmel aber wird kein Verdruß erwecket, weil wir ihm zur Danckbarkeit, darvor, daß er uns von allen Menschen abgesondert hat, eine gantz neue Colonie erzeugen.

Monsieur van Leuven schüttelte den Kopff noch weit stärcker als vorhero, und gab zur Antwort: Mons. Lemelie, ihr erzürnet den Himmel mit dergleichen sündlichen Reden. Gesetzt aber auch, daß dieses, was ihr vorgebracht, vor Göttlichen und weltlichen Rechten wohl erlaubt wäre, so kan ich euch doch versichern, daß ich, so lange noch Adelich [168] Blut in meinen Adern rinnet, meine Concordia mit keinem Menschen auf der Welt theilen werde, weil sie mir und ich ihr allein auf Lebens-Zeit beständige Treue und Liebe zugeschworen.

Concordia vergoß mittlerzeit die bittersten Thränen, schlug die Hände über den Kopffe zusammen, und schrye: Ach grausames Verhängniß, so hast du mich denn aus dem halb überstandenen Tode an solchen Ort geführet, wo mich die Leute an statt einer allgemeinen Hure gebrauchen wollen? O Himmel, erbarme dich! Ich vor meine Person hätte vor Jammer bald mit geweinet, legte mich aber vor sie auf die Knie, und sagte: Madame, ich bitte euch um GOttes willen, redet nicht von allen, da ihr euch nur über eine Person zu beschweren Ursach habt, denn ich ruffe GOtt und alle heiligen Engel zu Zeugen an, daß mir niemahls dergleichen frevelhaffte und höchst-sündliche Gedancken ins Hertz oder Haupt kommen sind, ja ich schwere noch auf itzo und folgende Zeit, daß ich eher dieses Stillet selbst in meinen Leib stossen, als euch den allergeringsten Verdruß erwecken wolte. Verzeihet mir, guter Albert, war ihre Antwort, daß ich unbesonnener Weise mehr als einen Menschen angeklagt habe. GOtt weiß, daß ich euch vor redlich, keusch und tugendhafft halte, aber der Himmel wird alle geilen Frevler straffen, das weiß ich gewiß. Worauf sich aus ihren schönen Augen ein neuer Thränen-Strohm ergoß, der den Lemelie dahin bewegte, daß er sich voller Trug und List, doch mit verstellter Aufrichtigkeit, auch zu ihren Füssen warff, und folgende Worte vorbrachte: Madame, [169] lasset euch um aller Heiligen willen erbitten, euer Betrübniß und Thränen zu hemmen, und glaubet mir sicherlich, alle meine Reden sind ein blosser Schertz gewesen, vor mir sollet ihr eure Ehre unbefleckt erhalten, und wenn wir auch 100. Jahr auf dieser Insul allein beysammen bleiben müsten. Monsieur van Leuven, euer Gemahl, wird die Güte haben, mich wiederum bey euch auszusöhnen, denn ich bin von Natur etwas frey im Reden, und hätte nimmermehr vermeinet, euch so gar sehr empfindlich zu sehen. Er entschuldigte seinen übel gerathenen Schertz also auch bey Mons. van Leuven, und nach einigen Wort-Wechselungen wurde unter uns allen ein vollkommener Friede gestifftet, wiewohl Concordia ihre besondere Schwermuth in vielen nachfolgenden Tagen noch nicht ablegen konte.

Wir brachten die auf selbigen streitigen Abend eingebrochne Nacht in süsser Ruhe hin, und spatzirten nach eingenommenen Frühstück gegen Süden um die See herum, traffen abermahls die schönsten Weinberge und Metall in sich haltende Steine an, wie nicht weniger die Saltz-Lachen und Berge, welche ihr heute nebst mir in dem Stephans-Raumer Felde besichtigt habt. Allhier konte man nicht durch den Arm des Flusses kommen, indem derselbe zwar eben nicht breiter, doch viel tieffer war als der andere, durch welchen wir vorigen Tages gantz gemächlich hindurch waden können. Demnach musten wir unsern Weg wieder zurück, um die See herum, nach demjenigen Ruhe-Platze nehmen, wo es sich verwichene Nacht so sanfft geschlaffen hatte. Weil es aber annoch hoch Tag war, beliebten wir [170] etwas weiter zu gehen, setzten also an einem seichten Orte durch den Fluß, und gelangeten auf gegenwärtigem Hügel, der itzo meine so genannte Alberts-Burg und unsere Personen trägt.

Dieser mitten in der Insul liegende Hügel war damals mit dem allerdicksten, wiewol nicht gar hohem, Gepüsche bewachsen, indem wir nun bemühet waren, eine bequeme Ruhe-Städte daselbst auszusuchen, geriethen Mons. van Leuven, und Concordia von ohngefähr auf einen schmalen durch das Gesträuche gehauenen Weg, welcher dieselben in eine der angenehmsten Sommer-Läuben führete. Sie rieffen uns beyde zurückgebliebenen dahin, um dieses angenehme Wunderwerck nebst dessen Bequemlichkeit mit uns zu theilen, da wir denn sogleich einstimmig bekennen musten, daß dieses kein von der Natur, sondern von Menschen Händen gemachtes Werck seyn müsse, denn die Zacken waren oben allzukünstlich, als ein Gewölbe zusammen geflochten, so daß, wegen des sehr dick auf einander liegenden Laubwercks, kein Tropffen Wasser durchdringen konte, über dieses gab der Augenschein, daß der Baumeister vor diesen an 3en Seiten rechte Fenster-Löcher gelassen, welche aber nunmehr gantz wild verwachsen waren, zu beyden seiten des Eingangs hingegen, stunden 2. oben abgesägte Bäume, deren im Bogen geschlungene Zweige ein ordentliches Thür-Gewölbe formirten.

Es war in diesem grünen Lust-Gewölbe mehr Platz, als 4. Personen zur Noth bedurfften, weßwegen Mons. van Leuven vorschlug, daß wir sämtlich darinnen schlaffen wolten, allein Lemelie [171] war von solcher unerwarteten Höfflichkeit, daß er sogleich heraus brach: Mons. van Leuven, der Himmel hat euch beyden Verliebten aus besondern vorbedacht zuerst in dieses angenehme Quartier geführet, derowegen brauchet eure Bequemlichkeit alleine darinnen, Mons. Albert wird euch so wenig als ich darinnen zu stöhren willens seyn, hergegen sich, nebst mir, eine andere gute Schlaf-Stelle suchen. Wie sehr sich nun auch Mons. van Leuven und seine Gemahlin darwider zu setzen schienen, so musten sie doch endlich uns nachgeben und bewilligen, daß dieses artige Quartier des Nachts vor sie allein, am Tage aber, zu unser aller Bequemlichkeit dienen solte.

Also liessen wir die beyden alleine, und baueten, etwa 30. Schritte von dieser, in der Geschwindigkeit eine

andere ziemlich bequeme Schlaf-Hütte vor Lemelie und
mich, brachten aber selbige in folgenden Tagen erstlich
recht zum Stande. Von nun an waren wir eifrigst bemühet, unsere nöthigsten Sachen von der Sand-Banck
über das Felsen-Gebürge herüber auf die Insul zu schaffen, doch diese Arbeit kostete manchen Schweiß-Tropf-
fen, indem wir erstlich viele Stuffen einarbeiten musten,
um, mit der tragenden Last recht fussen und fortkommen zu können. Da aber dergleichen Vornehmen
wenig förderte, und die Felsen, in einem Tage, nicht wol
mehr als 2. mal zu besteigen waren, fiel uns eine etwas
leichtere Art ein, worbey zugleich auch ein weit mehreres hinauff gebracht werden konte. Denn wir machten
die annoch beybehaltenen Tauen und Stricke von dem
Schiffs-Stücke [172] vollends loß, bunden die Sachen in
mäßige Packe, legten von einem Absatze zum andern
Stangen an, und zohen also die Ballen mit leichter Mühe
hinauf, wobey Lemelie seinen Fleiß gantz besonders zeigte. Mittlerweile war Concordia gantz allein auf der Insul,
übte sich fleißig im Schiessen, denn wir hatten eine gute
quantität unverdorbenes Pulver im Vorrath, fieng anbey
so viel Fische als wir essen konten, und ließ uns also an
gekochten und gebratenen Speisen niemals Mangel leyden, obschon unser Zwieback gäntzlich verzehret war,
welchen Mangel wir aber mit der Zeit schon zu ersetzen
verhofften, weil wir die wenigen Waitzen und andern
Geträyde-Aehren, wol umzäunt, und vor dem Wilde verwahrt hatten, deren Körner im Fall der Noth zu Saamen

aufzuheben, und selbige zu vervielfältigen, unser hauptsächliches Absehen war.

Der erste Sonntag, den wir, laut Anzeigung der bey
uns führenden Calender, auf dieser Insul erlebten, war
uns ein höchst angenehmer erfreulicher Ruhe-Tag, an
welchen wir alle gewöhnliche Wochen-Arbeit liegen liessen, und den gantzen Tag mit beten, singen und Bibel-
lesen zubrachten, denn Concordia hatte eine Englische,
und ich eine Hochteutsche Bibel, nebst einem Gesang
und Gebet-Buche, mit gerettet, welches beydes ich auch
noch biß auf diesen Tag, GOTT lob, als ein besonderes
Heiligthum aufbehalten habe. Die Englischen Bücher
aber sollen euch ehester Tages in Roberts-Raum gezeiget
werden.

Immittelst ist es etwas nachdenckliches, daß dazumal
auf dieser Insul unter uns 4. Personen, die [173] 3. Haupt-
Secten des christlichen Glaubens anzutreffen waren, weil
Mons. van Leuven, und seine Frau der Reformirten, ich
Albert Julius, als ein gebohrner Sachse, der damals so
genannten Lutherischen, und Lemelie, als ein Frantzose,
der Römischen Religion des Pabsts beypflichteten. Die
beyden Ehe-Leute und ich konten uns im beten und
singen gantz schön vereinigen, indem sie beyde ziemlich
gut teutsch verstunden und redeten; Lemelie aber, der
doch fast alle Sprachen, ausser den Gelehrten Haupt-
Sprachen, verstehen und ziemlich wol reden konte, hielt
seinen Gottesdienst von uns abgesondert, in selbst er-
wehlter Einsamkeit, worinnen derselbe bestanden, weiß

ich nicht, denn so lange wir mit ihm umgegangen, hat er wenig Gottgefälliges an sich mercken lassen.

Am gedachten Sonntage gegen Abend gieng ich unten an der Seite des Hügels nach dem grossen See zu, etwas lustwandeln herum, schurrte von ohngefähr auf dem glatten Grase, und fiel in einen mit dünnen Sträuchern verdeckten Graben über 4. Ellen tieff hinunter, worüber ich anfänglich hefftig erschrack, und in einem Abgrund zu seyn glaubte, doch da ich mich wieder besonnen, und nicht den geringsten Schaden an meinem Leibe vermerckt, rafften sich meine zittrenden Glieder eilig auf. Im Umkehren aber wurden meine Augen einer finstern Höle gewahr, welche mit allem Fleisse in den Hügel hinein gearbeitet zu seyn schiene.

Ich gieng biß zum Eintritt derselben getrost hin, da aber nichts als eine dicke Finsterniß zu sehen war, über dieses eine übelriechende Dunst mir einen be-[174]sondern Eckel verursachte, fieng meine Haut an zu schauern, und die Haare begonten Berg auf zu stehen, weßwegen ich eiligst umwandte, und mit fliegenden Schritten den Rückweg suchte, auch gar bald wiederum bey Mons. van Leuven und Concordien ankam. Beyde hatten sogleich meine blasse Farbe und hefftige Veränderung angemerckt, weßwegen ich auf ihr Befragen alles erzehlte, was mir begegnet war. Doch Mons. van Leuven sagte: Mein Freund, ihr seyd zuweilen ein wenig allzu neugierig, wir haben nunmehro, GOtt sey Lob, genung gefunden, unser Leben so lange zu er-

halten, biß uns der Himmel Gelegenheit zuschickt an
unsern erwehlten Ort zu kommen, derowegen lasset das
unnütze Forschen unterwegen, denn wer weiß ob sich
nicht in dieser Höle die gifftigen Thiere aufhalten, welche euch augenblicklich ums Leben bringen könten. Ihr
habt recht, mein Herr, gab ich zur Antwort, doch dieses mal ist mein Vorwitz nicht so viel schuld, als das
unverhoffte Hinunterfallen, damit auch dergleichen
hinführo niemanden mehr begegnen möge, will ich die
Sträucher rund herum abhauen, und alltäglich eine
gute Menge Erde abarbeiten, biß diese eckle Grufft
vollkommen zugefüllet ist. Mons. van Leuven versprach
zu helffen, Concordia reichte mir ein Gläßlein von dem
noch sehr wenigem Vorrathe des Weins, nebst 2. Stücklein Hertzstärckenden Confects, welches beydes mich
gar bald wiederum erquickte, so daß ich selbigen Abend
noch eine starcke Mahlzeit halten, und nach verrichteten Abend-Gebet, mich gantz [175] aufgeräumt
neben den Lemelie schlafen legen konte.

Allein, ich habe Zeit meines Lebens keine ängstlichere
Nacht als diese gehabt. Denn etwa um Mitternacht, da
ich selbst nicht wuste ob ich schlieff oder wachte,
erschien mir ein langer Mann, dessen weisser Bart fast
biß auf die Knie reichte, mit einem langen Kleide von
rauchen Thier-Häuten angethan, der auch dergleichen
Mütze auf dem Haupte, in der Hand aber eine grosse
Lampe mit 4. Dachten hatte, dergleichen zuweilen in
den Schiffs-Laternen zu brennen pflegen. Dieses Schre-

ckens-Bild trat gleich unten zu meinen Füssen, und hielt
mir folgenden Sermon, von welchen ich noch biß diese
Stunde, wie ich glaube, kein Wort vergessen habe: Ver-
wegner Jüngling! was wilstu dich unterstehen diejenige
Wohnung zu verschütten, woran ich viele Jahre gearbeitet, ehe sie zu meiner Bequemlichkeit gut genung war.
Meinestu etwa das Verhängniß habe dich von ohngefähr
in den Graben gestossen, und vor die Thür meiner Höle
geführet? Nein keines wegs! Denn weil ich mit meinen
Händen 8. Personen auf dieser Insul aus christlicher
Liebe begraben habe, so bistu auserkohren meinem ver-
moderten Cörper eben dergleichen Liebes-Dienst zu
erweisen. Schreite derowegen ohne alle Bekümmerniß
gleich morgenden Tages zur Sache, und durchsuche diejenige Höle ohne Scheu, welche du gestern mit Grausen
verlassen hast, woferne dir anders deine zeitliche Glückseligkeit lieb ist. Wisse auch, daß der Himmel etwas
besonderes mit dir vor hat. Deine Glückseligkeit aber
wird sich nicht [176] eher anheben, biß du zwey besondere Unglücks-Fälle erlitten, und diesem deinen Schlaf-
Gesellen, zur bestimmten Zeit den Lohn seiner Sünden
gegeben hast. Mercke wohl was ich dir gesagt habe,
erfülle mein Begehren, und empfange dieses Zeichen,
um zu wissen, daß du nicht geträumet hast.

Mit Endigung dieser letzten Worte, drückte er mich,
der ich im grösten Schweisse lag, dermassen mit einem
seiner Finger oben auf meine rechte Hand, daß ich laut
an zu schreyen fieng, worbey auch zugleich Licht und

alles verschwand, so, daß ich nun weiter nichts mehr, als den ziemlich hellen Himmel durch die Laub-Hütte blicken sahe.

Lemelie, der über mein Geschrey auffuhr, war übel zufrieden, daß ich ihm Unruh verursachte, da ich aber aus seinen Reden vermerckt, daß er weder etwas gesehen noch gehöret hätte, ließ ich ihn bey den Gedancken, daß ich einen schweren Traum gehabt, und stellete mich an, als ob ich wieder schlaffen wolte, wiewol ich nachfolgende Zeit biß an hellen Morgen ohne Ruh, mit Uberlegung dessen, was mir begegnet war, zubrachte, an meiner Hand aber einen starck mit Blut unterlauffenen Fleck sahe.

So bald zu muthmassen, daß Mons. van Leuven aufgestanden, verließ ich gantz sachte meine Lagerstatt, verfügte mich zu ihm, und erzelete, nachdem ich ihn etwas ferne von der Hütte geführet, alles aufrichtig, wie mir es in vergangener Nacht ergangen. Er umarmete mich freundlich, und sagte: Mons. Albert, ich lerne immer mehr und mehr erkennen, daß ihr zwar das Glück, selbiges aber euch noch weit mehr suchet, derowegen biete ich mich zu euren Bru-[177]der an, und hoffe ihr werdet mich nicht verschmähen, wir wollen gleich itzo ein gut præservativ vor die bösen Dünste einnehmen, und die Höle in GOttes Nahmen durchsuchen, denn das Zeichen auf eurer Hand hat mich erstaunend und glaubend gemacht, daß der Verzug nunmehro schädlich sey. Aber Lemelie! Lemelie, sagte er weiter, macht mir das Hertze schwer, so offt ich an seine übeln Gemüths-Regungen gedencke, wir haben gewiß nicht Ursach uns seiner Gesellschafft zu erfreuen, GOTT steure seiner Boßheit, wir wollen ihn zwar mit zu diesem Wercke ziehen; Allein mein Bruder! verschweiget ihm ja euer nächtliches Gesichte, und saget: ihr hättet einen schweren Traum gehabt, welcher euch schon wieder entfallen sey.

Dieser genommenen Abrede kamen wir in allem genau nach, beredeten Concordien, an den Fluß fischen zu gehen, eröffneten dem Lemelie von unserm Vorhaben, so viel als er wissen solte, und giengen alle 3. gerades Wegs nach der unterirrdischen Höle zu, nachdem ich in eine, mit ausgelassenen Seekalbs-Fett, angefüllte eiserne Pfanne, etliche angebrannte Tochte gelegt, und dieselbe an statt einer Fackel mitgenommen hatte.

Ich gieng voran, Lemelie folgte mir, und Mons. van Leuven ihm nach, so bald wir demnach in die fürchterliche Höle, welche von meiner starck brennenden Lampe überall erleuchtet wurde, eingetreten waren, erschien ein starcker Vorrath allerhand Haußgeräths von Kupffer, Zinn und Eisenwerck, nebst vielen Pack-Fässern, und zusammen gebundenen Ballen, welches alles aber ich nur oben hin be-[178]trachtete, und mich rechter Hand nach einer halb offenstehenden Seiten-Thür wandte. Nachdem aber selbige völlig eröffnet hatte, und gerade vor mich hingieng, that der mir folgende Lemelie einen lauten Schrey und sanck ohnversehens in Ohnmacht nieder zur Erden. Wolte GOTT, seine laster-

haffte Seele hätte damals den schändlichen Cörper
gäntzlich verlassen! so aber riß ihn van Leuven gleich
zurück an die frische Lufft, rieb ihm die Nase und das
Gesicht so lange, biß er sich etwas wieder ermunterte,
worauff wir ihn allda liegen liessen, und das Gewölbe
rechter Hand, aufs neue betraten. Hier kam uns nun
dasjenige, wovor sich Lemelie so grausam entsetzt hatte,
gar bald zu Gesichte. Denn in dem Winckel lincker Hand
saß ein solcher Mann, dergleichen mir vergangene
Nacht erschienen, auf einem in Stein gehauenen Sessel, als ob er schlieffe, indem er sein Haupt mit dem
einen Arme auf den darbey befindlichen Tisch gestützt,
die andere Hand aber auf dem Tische ausgestreckt
liegen hatte. Uber dem Tische an der Wand hieng eine
4. eckigte Lampe, und auf demselben waren, nebst
etlichen Speise- und Trinck-Geschirren, 2. grosse, und
eine etwas kleinere Tafel mit Schrifften befindlich,
welche 3. letztern Stücke wir heraus ans Licht trugen,
und in der ersten Tafel, die dem Ansehen nach aus einem
Zinnern Teller geschlagen, und sauber abgeschabt war,
folgende Lateinische Zeilen eingegraben sehen, und
sehr deutlich lesen konten.

Mit diesen Worten stund unser Altvater Albertus Julius
auf, und langete aus einem Kasten ver-[179]schiedene
Brieffschafften, ingleichen die erwehnten 3. Zinnern
Tafeln, welche er biß dahero fleißig aufgehoben hatte,
überreichte eine grosse, nebst der kleinen, an Herr
M. Schmeltzern, und sagte: Mein Herr! ihr werdet allhier

das Original selbst ansehen, und uns selbiges vorlesen.
Dieser machte sich aus solcher Antiquität eine besondere
Freude, und laß uns folgendes ab:

ADvena!

quisquis es

si mira fata te in meum mirum domicilium

forsitan mirum in modum ducent,

sceleto meo præter opinionem conspecto,

nimium ne obstupesce,

sed cogita,

te, noxa primorum parentum admissa, iisdem

fatis

eidemque mortalitati esse obnoxium.

Quod reliqvum est,

reliqvias mei corporis ne sine insepultas

relinqui;

Mortuus enim me mortuum ipse sepelire

non potui.

Christianum, si Christianus vel ad minimum

homo es, decet

honesta exsequiarum justa solvere Christiano,

qui totam per vitam laboravi,

ut in Christum crederem, Christo viverem,

Christo denique morerer.

Pro tuo labore parvo, magnum feres præmium. [180]

Nimirum

Si tibi fortuna, mihi multos per annos

negata, contingit,
ut ad dissociatam hominum societatem
iterum consocieris,
pretiosissimum operæ pretium ex hac spelunca
sperare & in spem longæ felicitatis tecum
auferre poteris;
Sin vero mecum cogeris
In solitudine solus morti obviam ire
nonnulla memoratu dignissima scripta
quæ in mea sella, saxo incisa, jacent
recondita,
Tibi fortasse erunt & gaudio & usui.
En!
grato illa accipe animo,
Aura secunda tuæ navis vaga vela secundet!
sis me felicior,
quamvis me nunquam adeo infelicem dixerim!
Vale, Advena, vale,
manda rogatus me terræ
Et crede, Deum, qvem colui, daturum,
ut bene valeas.

Auf dem kleinen Täfflein aber, welches, unsers Alt-
vaters Aussage nach, halb unter des Verstorbenen rech-
ter Hand verdeckt gelegen, waren diese Zeilen zu lesen.
Natus sum d. IX. Aug. CIↃ CCCC LXXV.
Hanc Insulam attigi d. XIV. Nov. CIↃ IↃ XIIII.
Sentio, me, ætate confectum, brevi moriturum esse,

licet nullo morbo, nullisque dolo-[181]ribus opprimar.
Scriptum id est d. XXVII. Jun. CIↃ IↃC VI.
Vivo quidem, sed morti proximus. d. XXVIII. XXIX. &
XXX. Junii.
Adhuc d. I. Jul. II. III. IV.

Nachdem wir über diese sonderbare Antiquität und
die sinnreiche Schrifft, welche gewiß aus keinem ungelehrten Kopffe geflossen war, noch ein und anderes
Gespräch gehalten hatten, gab mir der Altvater Albertus
die drey Zinnern Tafeln, (wovon die eine eben dasselbe
in Spanischer Sprache zu vernehmen gab, was wir auf
der grossen Lateinisch gelesen,) nebst den übrigen
schrifftlichen Uhrkunden in Verwahrung, mit dem Befehle: Daß ich alles, was Lateinisch wäre, bey künfftigen
müßigen Stunden ins Hoch-Teutsche übersetzen solte,
welches ich auch mit ehesten zu liefern versprach. Worauff er uns nach verrichteten Abend-Gebeth beurlaubte,
und sich zur Ruhe legte.

Ich Eberhard Julius hingegen war nebst Hn. M. Schmeltzern viel zu neugierig, um zu wissen was die alten Brieffschafften in sich hielten, da wir denn in Lateinischer
Sprache eine Lebens-Beschreibung des Spanischen
Edelmanns Don Cyrillo de Valaro darunter fanden, (welches eben der 131. jährige Greiß war, dessen Cörper
damals in der Höle unter dem Alberts-Hügel gefunden
worden,) und biß zu Mitternacht ein Theil derselben, mit
gröstem Vergnügen, durchlasen. Ich habe dieselbe nach-

hero so zierlich, als es mir damals möglich, ins Hoch-
Teutsche übersetzt, allein um den geneigten Le-[182]ser
in den Geschichten keine allzugrosse Verwirrung zu
verursachen, vor besser gehalten, dieselbe zu Ende des
Wercks, als einen Anhang, beyzufügen, weil sie doch
hauptsächlich zu der Historie von dieser Felsen-Insul
mit gehöret. Inzwischen habe einiger, im Lateinischen
vielleicht nicht allzu wohl erfahrner Leser wegen, die
auf den Zinnern Tafeln eingegrabene Schrifft, teutsch
anhero zu setzen, vor billig und nöthig erachtet. Es ist
mir aber solche Verdollmetschung, dem Wort-Verstande
nach, folglich gerathen:

ANkommender Freund!
wer du auch bist
Wenn dich vielleicht das wunderliche Schicksal in
diese wunderbare Behausung wunderbarer
Weise führen wird,
so erstaune nicht allzusehr über die unvermuthete
Erblickung meines Gerippes,
sondern gedencke,
daß du nach dem Fall der ersten Eltern eben dem
Schicksal, und eben der Sterblichkeit
unterworffen bist.
Im übrigen
laß das Uberbleibsel meines Leibes nicht unbegra-
ben liegen,
Denn weil ich gestorben bin, habe ich mich

Verstorbenen nicht selbst begraben können.
Einen Christen
wo du anders ein Christ, oder zum wenigsten ein
Mensch bist,
stehet zu
einen Christen ehrlich zur Erde zu bestatten, [183]
Da ich mich in meinem gantzen Leben bestrebt,
daß ich an Christum gläubte, Christo lebte,
und endlich Christo stürbe.
Du wirst vor deine geringe Arbeit eine grosse
Belohnung erhalten.
Denn wenn dir das Glücke, dasjenige, was es mir
seit vielen Jahren her verweigert hat,
wiederfahren lässet,
nemlich, daß du dich wieder zu der abgesonderten
Gesellschafft der Menschen gesellen könnest;
So wirstu dir eine kostbare Belohnung zu versprechen, und dieselbe aus dieser Höle mit hinweg
zu nehmen haben;
Wenn du aber so, wie ich, gezwungen bist,
In dieser Einsamkeit als ein Einsiedler dem Tode
entgegen zu gehen;
So werden doch einige merckwürdige
Schrifften,
die in meinem in Stein gehauenen Sessel verborgen liegen,
dir vielleicht erfreulich und nützlich seyn.
Wohlan!

Nimm dieselben mit danckbaren Hertzen an,
der gütige Himmel mache dich beglückt,
und zwar glücklicher als mich,
wiewohl ich mich niemals vor recht unglücklich
geschätzt habe.
Lebe wohl ankommender Freund! Lebe wohl,
höre meine Bitte, begrabe mich,
Und glaube, daß GOTT, welchem ich gedienet,
geben wird:
Daß du wohl lebest. [184]

Die Zeilen auf der kleinen Tafel, bedeuten in teutscher
Sprache so viel:
Ich bin gebohren den 9. Aug. 1475.
Auf diese Insul gekommen, den 14. Nov. 1514.
Ich empfinde, daß ich Alters halber in kurtzer Zeit
sterben werde, ohngeacht ich weder Kranckheit,
noch einige Schmertzen empfinde. Dieses habe ich
geschrieben am 27. Jun. 1606.
Ich lebe zwar noch, bin aber dem Tode sehr nahe,
d. 28. 29. und 30. Jun. und noch d. 1. Jul. 2. 3. 4.
Jedoch ich fahre nunmehro in unsern eigenen Geschich-
ten fort, und berichte dem geliebten Leser, daß wir mit
Anbruch folgendes Donnerstags. d. 22. 9br. uns nebst
dem Altvater Albert Julio aufmachten, und die Pflantz-
Städte Jacobs-Raum besuchten, welche aus 9. Wohn-
Häusern, die mit allem Zubehör wol versehen waren,
bestund.

Wiewol nun dieses die kleineste Pflantz-Stadt und schwächste Gemeine war, so befand sich doch bey ihnen alles in der schönsten Haußhaltungs-Ordnung, und hatten wir an der Einrichtung und besondern Fleisse, ihrem Verstande nach, nicht das geringste auszusetzen. Sie waren beschäfftiget, die Gärten, Saat, Felder, und sonderlich die vortrefflichen Weinstöcke, welche auf dem dasigen Gebürge in grosser Menge gepflantzt stunden, wol zu warten, indem es selbiger Zeit etwa 9. oder 10. Wochen vor der gewöhnlichen Wein-Erndte, bey den Feld-Früchten aber fast Erndte-Zeit war. Mons. Litzberg und Plager, untersuchten das Eingeweyde des [185] dasigen Gebürges, und fanden verschiedene Arten Steine, welche sehr reichhaltig von Kupffer und Silber-Ertz zu seyn schienen, die sie auch nachhero in der Probe unvergleichlich kostbar befanden. Nachdem wir aber auf der Rückkehr von den Einwohnern mit dem herrlichsten Weine, verschiedenen guten Speisen und Früchten, aufs beste tractirt waren, ihnen, gleich wie allen vorhero besuchten Gemeinen, 10. Bibeln, 20. Gesang- und Gebet-Bücher, auch allerhand andere feine nützliche Sachen, so wol vor Alte als Junge verehret hatten, kamen wir bey guter Zeit wiederum in der Alberts-Burg an, besuchten die Arbeiter am Kirchen-Bau auf eine Stunde, nahmen die Abend-Mahlzeit ein, worauff unser Altvater, nachdem er das Tisch-Gebeth gethan, unsere Begierde alsofort gemerckt, sich lächelnd in seinen Stuhl setzte, und die gestern abgebrochene Erzählung also fortsetzte:

Ich bin, wo mir recht ist, gestern Abend dabey geblieben: Da wir die Zinnernen Tafeln an das Tages-Licht
trugen, und die eingegrabenen Schrifften ausstudirten.
Mons. van Leuven und ich, konten das Latein, Lemelie
aber, der sich von seinem gehabten Schrecken kaum in
etwas wieder erholet, das Spanische, welches beydes
doch einerley Bedeutung hatte, gantz wol verstehen. Ich
aber kan mit Warheit sagen, daß so bald ich nur des
letzten Willens, des Verstorbenen Don Cyrillo de Valaro,
hieraus völlig versichert war, bey mir im Augenblicke
alle annoch übrige Furcht verschwand. Meine Herren!
sagte ich zu meinen Gefährten, wir sind schuldig dasjenige zu erfüllen, was dieser ohn-[186]fehlbar seelig
verstorbene Christ so sehnlich begehret hat, da wir ausser dem uns eine stattliche Belohnung zu versprechen
haben. Mons. van Leuven war so gleich bereit, Lemelie
aber sagte: Ich glaube nicht, daß die Belohnung so sonderlich seyn wird, denn die Spanier sind gewohnt, wo es
möglich ist, auch noch nach ihrem Tode rodomontaden
vorzumachen. Derowegen versichere, daß mich eher und
lieber mit zwey See-Räubern herum schlagen, als mit
dergleichen Leiche zu thun haben wolte; Jedoch euch als
meinen Gefährten zu Gefallen, will ich mich auch bey
dieser häßlichen Arbeit nicht ausschlüssen.

Hierauf lieff ich fort, langete ein grosses Stück alt
Seegel-Tuch, nebst einer Hacke und Schauffel, welche
2. letztern Stück ich vor der Höle liegen ließ, mit dem
Tuche aber begaben wir uns abermahls in die unter-

irrdische Höle. Mons. van Leuven wolten den Cörper bey
den Schultern, ich aber dessen Schenckel anfassen; allein, kaum hatten wir denselben etwas angeregt, da er
auf einmahl mit ziemlichen Geprassele in einen Klumpen
zerfiel, worüber Lemelie aufs neue dermassen erschrack,
daß er seinen Kopff zwischen die Ohren nahm, und so
weit darvon lieff, als er lauffen konte. Mons. van Leuven
und ich erschracken zwar anfänglich auch in etwas, da
wir aber überlegten, daß dieses natürlicher Weise nicht
anders zugehen, und weder von unserm Versehen noch
andern übernatürlichen Ursachen herrühren könte; Lasen und strichen wir die Gebeine und Asche des seeligen
Mit-Bruders zusammen auf das ausgebreitete Seegel-
[187]Tuch, trugen selbiges auf einen schönen grünen
Platz in die Ecke, wo sich der aus dem grossen See
entspringende Fluß in zwey Arme theilet, machten daselbst ein feines Grab, legten alles ordentlich zusammen
gebunden hinein, und beschlossen, ihm, nach erlangten
fernern Uhrkunden, mit ehesten eine Gedächtniß-Säule
zu setzen. Ob nun schon der gute van Leuven durch
seinen frühzeitigen und bejammerens-würdigen Tod
dieses Vorhaben mit auszuführen verhindert wurde, so
ist es doch nachhero von mir ins Werck gerichtet worden,
indem ich nicht allein dem Don Cyrillo de Valaro, sondern
auch dem ehrlichen van Leuven und meiner seel. Ehe-
Frau der Concordia, jedem eine besondere Ehren- dem
gottlosen Lemelie aber eine Schand-Säule zum Gedächtniß über die Gräber aufgerichtet habe.

Diese Säulen nebst den Grabschrifften, sagte hier
Albertus, sollen euch, meine Freunde, ehester Tages zu
Gesichte kommen, so bald wir auf dem Wege nach Christophs-Raum begriffen seyn werden. Jedoch ich wende
mich wieder zur damahligen Geschicht.

Nachdem wir, wie bereits gedacht, dem Don Cyrillo
nach seinem Begehren den letzten Liebes-Dienst erwiesen, seine Gebeine wohl verscharret, und einen
kleinen Hügel darüber gemacht hatten, kehreten wir
gantz ermüdet zur Concordia, welche uns eine gute
Mittags-Mahlzeit bereitet hatte. Lemelie kam auch gar
bald herzu, und entschuldigte seine Flucht damit, daß er
unmöglich mit verfauleten Cörpern umgehen könne. Wir
lächelten [188] hierzu, da aber Concordia gleichfals wissen wolte, was wir heute vor eine besondere Arbeit verrichtet hätten, erzehlten wir derselben alles umständlich. Sie bezeugte gleich nach der Mahlzeit besondere
Lust mit in die Höle zu gehen, da aber Mons. van Leuven,
wegen des annoch darinnen befindlichen übeln Geruchs,
ihr davon abrieth, und ihre Begierde biß auf ein paar
Tage zu hemmen bat; gab sie sich gar bald zu frieden,
ging wieder aus aufs Jagen und Fischen, wir 3. Manns
Personen aber in die Höle, weil unsere grosse Lampe
annoch darinnen brandte.

Nunmehro war, nachdem wir, den moderigen Geruch zu vertreiben, etliche mahl ein wenig Pulver angezündet hatten, unsere erste Bemühung, die alten
Uhrkunden, welche in den steinernen Sessel verwahrt

liegen solten, zu suchen. Demnach entdeckten wir im Sitze ein viereckigtes Loch, in welches ein wohlgearbeiteter Deckel eingepasset war, so bald nun derselbe ausgehoben, fanden sich oben auf die in Wachs eingefütterten geschriebenen Sachen, die ich euch, mein Vetter und Sohn, gestern Abend eingehändiget habe, unter denselbigen ein güldener Becher mit unschätzbaren Kleinodien angefüllet, welcher in den schönsten güldenen Müntzen vielerley Gepräges und Forme vergraben stund. Wir gaben uns die Mühe, dieses geraumliche Loch, oder den verborgenen Schatz-Kasten, gantz auszuräumen, weil wir aber weiter weder Briefschafften noch etwas anders fanden, schütteten wir 18. Hüte voll Gold-Müntze wieder hinein, nahmen den Gold-Becher nebst den Briefschafften [189] zu uns, und gingen, um die letztern recht durch zu studiren, hinauf in Mons. van Leuvens grüne Hütte, allwo wir den übrigen Theil des Tages biß in die späte Nacht mit Lesen und Verteutschen zubrachten, und allerhand höchst-angenehme Nachrichten fanden, die uns und den künfftigen Bewohnern der Insul gantz vortreffliche Vortheile versprechen konten.

Es war allbereit an dem, daß der Tag anbrechen wolte, da van Leuven und ich, wiewohl noch nicht vom Lesen ermüdet, sondern morgender Arbeit wegen die Ruhe zu suchen vor dienlich hielten; indem Concordia schon schlieff, der faule Lemelie aber seit etlichen Stunden von uns zu seiner Schlaf-Stätte gegangen war. Ich nahm

derowegen meinen Weg auch dahin, fand aber den Lemelie unter Weges, wohl 10. Schritt vor unserer Hütte,
krum zusammen gezogen liegen, und als einen Wurm
winseln. Auf Befragen, was er da mache? fing er entsetzlich zu fluchen, und endlich zu sagen an: Vermaledeyet
ist der verdammte Cörper, den ihr diesen Tag begraben
habt, denn das verfluchte Scheusal, über welches man
ohnfehlbar keine Seelmessen gehalten hat, ist mir vor
etlichen Stunden erschienen, und hat meinen Leib
erbärmlich zugerichtet. Ich gedachte gleich in meinen
Hertzen, daß dieses seiner Sünden Schuld sey, indem
ich von Jugend auf gehöret, daß man mit verstorbenen
Leuten kein Gespötte treiben solle; wolte ihn auch aufrichten, und in unsere Hütte führen, doch weil er dahin
durchaus nicht wolte, brachte ich den elenden Menschen
endlich mit grosser Mü-[190]he in Mons. van Leuvens
Hütte. Wiewohl ich nicht vergessen hatte, ihn zu bitten,
um der Concordia willen, nichts von dem, was ihm begegnet wäre, zu sagen, sondern eine andere Unpäßlichkeit vorzuwenden. Er gehorchte mir in diesem Stücke,
und wir schlieffen also, ohne die Concordia zu erwecken,
diese Nacht in ihrer Hütte.

Lemelie befand sich folgenden Tages todtkranck, und
ich selber habe noch selbigen Tag fast überall seinen
Leib braun und blau, mit Blute unterlauffen, gesehen,
doch weil es ihm leyd zu seyn schien, daß er mir sein
ausgestandenes entdeckt, versicherte ich ihm, selbiges
so wohl vor Mons. van Leuven als dessen Gemahlin

geheim zu halten, allein, ich sagte es doch gleich bey erster Gelegenheit meinem besten Freunde.

Wir musten ihn also diesen und viele folgende Tage unter der Concordia Verpflegung liegen lassen, gingen aber beyde zusammen wiederum in die unterirrdische Höle, und fanden, beschehener Anweisung nach, in einem verborgenen Gewölbe über 3. Scheffel der auserlesensten und kostbarsten Perlen, nächst diesen einen solchen Schatz an gediegenen Gold- und Silber-Klumpen, edlen Steinen und andern Kostbarkeiten, worüber wir gantz erstaunend, ja fast versteinert stehen blieben. Uber dieses eine grosse Menge von allerhand vor unsere Personen höchst-nöthigen Stücken, wenn wir ja allenfalls dem Verhängnisse auf dieser Insul Stand halten, und nicht wieder zu anderer menschlicher Gesellschafft gelangen solten. [191]

Jedoch, was will ich hiervon viel reden, die Kostbarkeiten kan ich euch, meine Freunde, ja noch alle unverletzt zeigen. Worzu aber die übrigen nützlichen Sachen angewendet worden, davon kan meine und meiner Kinder Haußhaltung und nicht vergeblich gethane Arbeit ein sattsames Zeugniß abstatten. Ich muß demnach nur eilen, euch, meinen Lieben! den fernern Verlauff der damahligen Zeiten noch kürtzlich zu erzehlen, ehe ich auf meine einseitige Geschicht, und die anfänglich betrübte, nachhero aber unter GOttes Fügung wohl ausgeschlagene Haußhaltung komme.

Mittlerweile, da Lemelie kranck lage, räumeten Mons.

van Leuven und ich alle Sachen aus dem unterirrdischen Gewölbe herauf ans Tages-Licht und an die Lufft, damit wir sehen möchten, was annoch zu gebrauchen wäre oder nicht; Nach diesen reinigten wir die unterirrdische Höle, die ausser der kleinen Schatz-Kammer aus 3. geraumlichen Kammern bestund, von aller Unsauberkeit. Ermeldte Schatz-Kammer aber, die wir dem Lemelie nicht wolten wissen lassen, wurde von unsern Händen wohl vermauret, auswendig mit Leimen beschlagen, und so zugerichtet, daß niemand vermuthen konte, als ob etwas verborgenes darhinter steckte. Mons. van Leuven erwehlete das Vorgemach derselben, worinnen auch der verstorbene Don Cyrillo sein Lebens-Ziel erwartet, zu seinem Schlaff-Gemach, ich nahm vor mich die Kammer darneben, und vor Lemelie wurde die dritte zugerichtet, alle aber mit Pulver und Schiff-Pech etliche Tage nach einander wohl aus-[192]geräuchert, ja so zu sagen, gar ausgebrandt, denn dieser gantze Hügel bestehet aus einem vortrefflichen Sand-Steine.

So bald wir demnach alles in recht gute Ordnung gebracht hatten, wurde Concordia hinein geführet, welche sich ungemein darüber erfreuete, und so gleich ohne die geringste Furcht darinnen Hauß zu halten versprach. Wolte also der wunderliche Lemelie nicht oben alleine schlaffen, muste er sich halb gezwungener Weise nach uns richten.

Indessen, da er noch immer kranck war, schafften Mons. van Leuven und ich alltäglich noch sehr viele auf der Sand-Banck liegende nützliche Sachen auf die Insul, und kamen öffters nicht eher als mit sinckenden Tage nach Hause. Da immittelst Lemelie sich kräncker stellet als er ist, doch aber soviel Kräffte hat, der Concordia einmahl über das andere so viel vorzuschwatzen, um sie dahin zu bewegen, seiner Wollust ein Genüge zu leisten, und an ihrem Ehe-Manne untreu zu werden.

Concordia weiset ihn anfänglich mit GOttes Wort und andern tugendhafften Regeln zurücke, da er aber eins so wenig als das andere annehmen, und fast gar Gewalt brauchen will, sie auch kaum Gelegenheit, sich seiner zu erwehren, gefunden, und in grösten Eiffer gesagt, daß sie ehe ihren Ehrenschänder oder sich selbst ermorden, als an ihrem Manne untreu werden, und so lange dieser lebte, sich mit einem andern vermischen wolte; wirfft er sich zu ihren Füssen, und bittet seiner hefftigen Liebe wegen um Verzeihung, verspricht auch, ihr dergleichen nimmermehr wieder zuzumuthen, woferne [193] sie nur die eintzige Gnade vor ihn haben, und ihrem Manne nichts davon entdecken wolte. Concordia stellet sich besänfftiget an, giebt ihm einen nochmahligen scharffen Verweiß, und verspricht zwar, ihrem Manne nichts darvon zu sagen, allein, ich selbst muste noch selbigen Abend ein Zeuge ihrer Ehrlichkeit seyn, indem sie bey guter Gelegenheit uns beyden alles, was vorgegangen war, erzehlete, und einen Schwur that, viel lieber mit an die allergefährlichste Arbeit zu gehen, als eine Minute bey dem Lemelie hinführo alleine zu verbleiben. Mons.

van Leuven betrübte sich nicht wenig über die grausame Unart unsers dritten Mannes, und sagte, daß er von Grund des Hertzens gern seinen Antheil von dem gefundenen Schatze missen wolte, wenn er nur mit solchen den Gottes-vergessenen Menschen von der Insul hinweg kauffen könte. Doch wir beschlossen, ihn ins künfftige besser in acht zu nehmen, und bey der Concordia niemahls alleine zu lassen.

Immittelst konte doch Mons. van Leuven seinen deßhalb geschöpfften Verdruß, wie sehr er sich auch solches angelegen seyn ließ, unmöglich gäntzlich verbergen, weßwegen Lemelie bald vermerckte, daß Concordia ihrem Manne die Treue besser, als ihm ihr Wort zu halten geartet, jedoch er suchte seinen begangenen Fehler aufs neue zu verbessern, denn da er wenig Tage hierauf sich völlig genesen zeigte, war von da an niemand fleißiger, dienstfertiger und höflicher als eben der Lemelie.

Wir hatten aber in des Don Cyrillo schrifftlichen Nachrichten unter andern gefunden, daß durch [194] den Ausfall des Flusses gegen Mitternacht zu, unter dem Felsen hindurch, ein gantz bequemer Ausgang von der Insul nach der Sand-Banck und dem Meere zu, anzutreffen sey. Wenn man vorhero erstlich in den heissen Monaten, da der Fluß am schwächsten lieffe, einen Damm gemacht, und dessen Wasser durch den Canal, welchen Cyrillo nebst seinen Gefährten vor nunmehro 125. Jahren gegraben, in die kleine See zum Ausflusse

führete. Dieses nun in Erfahrung zu bringen, sahen wir
gegenwärtige Zeit am allerbequemsten, weil uns der
seichte Fluß einen Damm hinein zu machen Erlaubniß zu
geben schien. Demnach fälleten wir etliche Bäume, zer-
sägten dieselben, und rammelten ziemlich grosse Plöcke
um die Gegend in den Fluß, wo wir die Wahrzeichen des
Dammes unserer Vorfahren mit grossen Freuden wahrgenommen hatten. Vor die mit allergröster Müh ein-
gerammleten Plöcke wurden lange Bäume über einander
gelegt, von solcher Dicke, als wir dieselbe fortzuschlep-
pen vermögend waren, und diese musten die vorgesetzten Rasen-Stücke nebst dem vorgeschütteten fettem
Erdreiche aufhalten. Mit solcher Arbeit brachten wir biß
in die 4te Woche zu, binnen welcher Zeit der Damm seine
nöthige Höhe erreichte, so, daß fast kein Tropffen Wasser hindurch konte, hergegen alles durch den Canal sich
in die kleine See ergoß. Lemelie hatte sich bey dieser
sauren Arbeit dermassen fleißig, in übriger Aufführung
aber so wohl gehalten, daß wir ingesammt glaubten, sein
voriges übeles Leben müsse ihm gereuet, und er von da
an einen bessern Vorsatz gefasset haben. [195]

Nunmehro war es an dem, daß wir die grosse Lampe
anzündeten, und uns in eine abermahlige Felsen-Höle
wagen wolten, welches auch des nächsten Tages früh
Morgens geschahe. Concordia wolte allhier nicht alleine
zurücke bleiben, sondern sich unsers Glücks und Unglücks durchaus theilhafftig machen, derowegen traten
wir unsern Weg in GOttes Nahmen an, fanden denselben

ziemlich bequem zu gehen, ob gleich hie und da etliche hohe Stuffen befindlich, welchen doch gar mit leichter Müh nachzuhelffen war. Aber, o Himmel! wie groß war unsere Freude, da wir ohne die geringste Gefahr das Ende erreichten, Himmel und See vor uns sehen, und am Ufer des Felsens bey unsern annoch rückständigen Sachen herum spatziren, auch mit vielweniger Müh und Gefahr zurück auf unsere Insul kommen konten.

Ihr seyd, meine lieben Kinder, fuhr unser Alt-Vater Albertus in seiner Erzehlung fort, selbsten durch diesen Gang in die Insul kommen, derowegen könnet ihr am besten von dessen Bequemlichkeit und Nutzen urtheilen, wenn ihr zumahlen die gefährlichen und beschwerlichen Wege über die Klippen dargegen betrachtet. Uns war dieser gefundene Gang zu damahligen Zeiten wenigstens ungemein tröstlich, da wir in wenig Tagen alles, was annoch auf der Sand-Banck lag, herauf brachten, das Hintertheil des zerscheiterten Schiffs zerschlugen, und nicht den kleinesten Nagel oder Splitter davon zurück liessen, so, daß wir weiter ausserhalb des Felsens nichts mehr zu suchen wusten, als unsern Nachen oder kleines Boot, und [196] dann und wann einige Schild-Kröten, See-Kälber, nebst andern Meer-Thieren, wovon wir doch weiter fast nichts als die Häute und das Fett zu gebrauchen pflegten.

Solchergestalt wandten wir die fernern Tage auf nichts anders, als, nach und nach immer eine bessere Ordnung in unserer Haußhaltung zu stifften, sammleten von allerley nutzbarn Gewächsen die Saam-Körner ein, pflegten die Wein-Stöcke und Obst-Bäume aufs beste, als worinnen ich bey meinen lieben Pflege-Vätern, dem Dorff-Priester und dem Amtmanne, ziemliche Kunstgriffe und Vortheile abgemerckt. Lebten im übrigen in der Hoffnung künfftiger noch besserer Zeiten gantz geruhig und wohl beysammen. Allein, in der Nacht zwischen den 8ten und 9ten Novembr. überfiel uns ein entsetzliches Schrecken. Denn es geschahe ohngefähr um Mitternachts-Zeit, da wir ingesammt im süssesten Schlaffe lagen, ein dermassen grosser Knall in unserer unter-irrdischen Wohnung, als ob das allerstärckste Stück Geschützes loßgebrannt würde, so, daß man die Empfindung hatte, als ob der gantze Hügel erschütterte. Ich sprang von meinem Lager auf, und wolte nach der beyden Ehe-Leute Kammer zu eilen, selbige aber kamen mir so gleich im Dunckeln gantz erschrocken entgegen, und eileten, ohne ein Wort zu sprechen, zur Höle hinaus, da der Schein des Monden fast alles so helle als am Tage machte.

Ich kan nicht läugnen, daß Mons. van Leuven, Concordia und ich vor Furcht, Schrecken und Zittern, kein Glied stille halten konten, unsere [197] Furcht aber wurde noch um ein grosses vermehrt, da sich, gegen Süden zu, eine weisse lichte Flamme sehen ließ, welche immer gantz sachte fort zohe, und endlich um die Gegend, wo wir des Don Cyrillo Cörper begraben hatten, verschwand.

Die Haare stunden uns hierüber zu Berge, doch, nachdem wir uns binnen einer Stunde in etwas erholet hatten, brach Mons. van Leuven endlich das lange Stillschweigen, indem er sagte: Mein Schatz und Mons. Albert! ich weiß, daß ihr euch über dieses Nacht-Schrecken so wohl als ich unterschiedene Gedancken werdet gemacht haben; allein ich glaube, daß der sonst unerhörte Knall von einem Erdbeben herrühret, wobey unser Sand-Stein-Hügel ohnfehlbar einen starcken Riß bekommen. Die weisse Flamme aber, so wir gesehen, halte ich vor eine Schwefel-Dunst, welche sich nach dem Wasser hingezogen hat. Monsieur van Leuven bekam in diesen Meinungen Seiten meiner starcken Beyfall, allein Concordia gab dieses darauf: Mein Schatz, der Himmel gebe nur, daß dieses nicht eine Vorbedeutung eines besondern Unglücks ist, denn ich war kurtze Zeit vor dem grausamen Knalle durch einen schweren Traum, den ich im Schrecken vergessen habe, ermuntert worden, und lag mit wachenden offenen Augen an eurer Seite, als eben dergleichen lichte Flamme unsere Kammer mit einer gantz ausserordentlichen Helligkeit erleuchtete, und die sonst alle Nacht hindurch brennende grosse Lampe auslöschte, worauf sogleich der grausame Knall und die hefftige Erschütterung zu empfinden war. [198]

Uber diesen Bericht nun hatte ein jedes seine besondere Gedancken, Mons. van Leuven aber unterbrach dieselben, indem er sich um den Lemelie bekümmerte, und gern wissen mochte, wo sich dieser aufhielte. Meine

Muthmassungen waren, daß er vielleicht noch vor uns, durch den Schrecken, aus der Höle gejagt worden, und sich etwa hier oder da auf der Insul befände; Allein, nachdem wir den übrigen Theil der Nacht ohne fernern Schlaff hingebracht, und nunmehro das Sonnen-Licht mit Freuden wieder empor kommen sahen, kam auch Lemelie unverhofft aus der Höle heraus gegangen.

Dieser bekannte auf unser Befragen so gleich, daß er weder etwas gesehen, noch vielweniger gehöret habe, und verwunderte sich ziemlich, da wir ihm von allen Begebenheiten voriger Nacht ausführliche Nachricht gaben. Wir hielten ihn also vor glücklicher als uns, stunden aber auf, und besichtigten nicht allein die Höle, sondern auch den gantzen Hügel, fanden jedoch nicht das geringste Versehr, Ritze oder Spalte, sondern alles in unveränderten guten Stande. Lemelie sagte derowegen: Glaubet mir sicher, meine Freunde! es ist alles ein pures Gauckel-Spiel, der im Fegefeuer sitzenden Seele des Don Cyrillo de Valaro. Ach, wie gern wolte ich einem Römisch-Catholischen Priester 100. Creutz-Thaler Seel-Meß-Gelder zahlen, um dieselbe daraus zu erlösen, wenn er nur gegenwärtig wäre, und uns in vollkommene Ruhe setzen könte.

Van Leuven und ich hielten nicht vor rathsam, diesem einfältigen Tropffen zu widersprechen, liessen [199] ihn derowegen bey seinen 5. Augen, beschlossen aber dennoch, etliche Nacht in unsern grünen Hütten zu schlaffen, biß man sähe, was sich ferner wegen des vermeintlichen Erdbebens zeigen, und die deßfalls bey uns entstandene Furcht nach und nach verschwunden seyn würde, welches auch dem Lemelie gantz vernünfftig vorkam.

Allein der ehrliche van Leuven schlieff nur noch 2. Nachte bey seiner liebsten Ehe-Frauen in der Lauber-Hütte. Denn am 11. Novembr. ging er, etwa 2. Stunden, nachdem die Sonne aufgegangen war, mit einer Flinte fort, um ein oder zwey grosse wohlschmeckende Vogel, welche sich gemeiniglich auf den obersten Klippen sehen liessen, herunter zu schiessen, die wir selbigen Abend an statt der Martins-Gänse braten und verzehren wolten. Lemelie war etwa eine Stunde vorher ebenfalls darauf ausgegangen, ich aber blieb bey der Concordia, um ihr beym Kochen mit Holtz-Spalten und andern Handreichungen die Arbeit zu erleichtern.

Zwey Stunden über Mittag kam Lemelie mit zwey schönen grossen Vogeln zurücke, über welche wir uns sogleich hermachten, und dieselben reinigten. Mittlerweile fragte Lemelie Concordien, wo ihr Mann hingegangen? und erhielt von selbiger zur Antwort, daß er gleichergestalt auf solch Wildpret ausgegangen sey, worbey sie sich erkundigte, ob sie einander nicht angetroffen. Lemelie antwortet mit Nein. Doch habe er auf jener Seite des Gebürges einen Schuß vernommen, woraus er gemuthmasset, daß sich gewiß einer von uns daselbst aufhalten würde. [200]

Concordia machte noch einen Spaaß hierbey, indem sie sagte: Wenn nun mein Carl Franz kömmt, mag er seine geschossenen Martins-Gänse biß auf Morgen aufheben. Allein, da die Sonne bereits unterging, und unsere bey- den Braten zum Speisen tüchtig waren, stellete sich dem ohngeacht unser guter van Leuven noch nicht ein, wir warteten noch ein paar Stunden, da er aber nicht kam, verzehreten wir den einen Vogel mit guten Appetit, und spareten den andern vor ihn und Concordien. Allein, die Nacht brach endlich auch ein, und van Leuven blieb immer aussen. Concordien begunte das Hertze schwer zu werden, indem sie genug zu thun hatte, die Thränen zurück zu halten, ich aber tröstete sie, so gut ich konte, und meinete, weil es heller Monden-Schein, würde ihr Ehe-Schatz schon noch zurücke kommen. Sie aber ver- setzte: Ach, es ist ja wider alle seine gewöhnliche Art, was wird ihm der Monden-Schein helffen? Und wie kan er zurücke kommen, wenn er vielleicht Unglück genom- men hat? Ja, ja, fuhr sie fort, mein Hertze sagt es mir, mein Liebster ist entweder todt, oder dem Tode sehr nahe, denn itzo fällt mir mein Traum auf einmahl wieder in die Gedancken, den ich in der Schreckens-Nacht, seit dem aber gäntzlich vergessen gehabt. Diese ihre Worte wurden mit einer gewaltsamen Thränen-Fluth begleitet, Lemelie aber trat auf, und sagte: Madame! verfallet doch nicht so gleich auf die ärgsten Gedancken, es kan ihn ja vielleicht eine besonders glückliche Begebenheit, oder Neugierigkeit, etwa hier oder dar aufhalten. Stehet auf, wir wollen ihm alle drey [201] entgegen gehen, und zwar um die Gegend, wo ich heute von ferne seinen Schuß gehöret, wir wollen schreyen, ruffen und schiessen, was gilts? er wird sich bald melden, und uns zum wenigsten mit einem Schuß oder Laut antworten. Concordia weinete dem ohngeacht immer noch hefftiger, und sagte: Ach, wie kan er schiessen oder antworten, wenn er todt ist? Doch da wir beyde, ihr ferner zuzureden, nicht unterliessen, stund sie endlich auf, und folgte nebst mir dem Lemelie, wo er uns hinführete.

Es wurde die gantze Nacht hindurch an fleißigem Suchen, Schreyen und Schiessen nichts gesparet, die Sonne ging zwar darüber auf, doch van Leuven wolte mit selbiger dennoch nicht zum Vorscheine kommen. Wir kehreten zurück in unsere Lauber-Hütten und unter-irrdische Wohnung, fanden aber nicht die geringste Spur, daß er Zeit seines Hinwegseyns wiederum da gewesen. Nunmehro begunte mir auch das Hertz-Blat zu schiessen, Concordia wolte gantz verzweiffeln, und Lemelie selbst sagte: Es könne unmöglich richtig zugehen, sondern Mons. van Leuven müste ohnfehlbar etwa ein Unglück genommen haben. Derohalben fingen wir ingesammt gantz von neuen an, ihn zu suchen, und daß ich es nur kurtz mache, am dritten Tage nach seinem letzten Ausgange entdeckten wir mit grausamsten Schrecken seinen entseelten Cörper, gegen Süden zu, ausserhalb an dem Absatze einer jähen Stein-Klippe liegen, als von welcher er unserm damahligen Vermuthen nach herab gefallen war. Ich fing vor übermäßiger Betrübniß bey diesem jämmerlichen Anblicke überlaut zu schreyen und

zu heulen an, [202] und rauffte mir als ein unsinniger
Mensch gantze Hände voll Haare aus dem Kopffe, Concordia, die meine Geberden nur von ferne sahe, weil
sie die hohen Felsen nicht so, wie ich, besteigen konte,
sanck augenblicklich in Ohnmacht hin, Lemelie lieff geschwind nach frischen Wasser, ich aber blieb als ein
halb-verzweiffelter Mensch gantz sinnloß bey ihr sitzen.

Endlich halff doch des Lemelie oft wiederholtes Wasser giessen und sprengen so viel: daß Concordia sich
wieder in etwas ermunterte. Allein meine Freunde, (so
unterbrach allhier der Alt-Vater Albertus seine Erzehlung in etwas,) ich befinde mich biß diese Zeit noch
nicht im Stande, ohne selbst eigene hefftige Gemüths-
Bewegungen, der Concordia schmertzliches Klagen, und
mit wenig Worten zu sagen; Ihre fast gäntzliche Verzweiffelung auszudrücken, wiewol solches ohnedem besser mit dem Verstande zu fassen, als mit Worten auszusprechen ist. Doch ich setzte bey ihrem übermäßigen
Jammer, mein eigenes dabey geschöpfftes Betrübniß in
etwas bey Seite, und suchte sie nur erstlich dahin zu
bereden, daß sie sich von uns nach der Laub-Hütte
führen liesse. Wiewol nun in dem ersten Auflauff ihrer
Gemüths-Bewegungen nichts von ihr zu erhalten war,
indem sie mit aller Gewalt ihren Carl Frantz sehen, oder
sich selbsten den Kopf an einem Felsen einstossen wolte;
so ließ sie sich doch endlich durch Vorstellung einiger
Biblischen Sprüche und anderer Vernunfft-Lehren, dahin bewegen, daß ich und Lemelie, welcher vor verstell-

ter Betrübniß kein Wort reden, doch auch kein Auge naß machen konte [203] oder wolte, sie mit sinckenden Tage in die Laubhütte führen durfften. Nachdem ich auf ihr sehnliches Bitten versprochen: alle Mühe und Kunst anzuwenden, den verunglückten Cörper ihres werthen Schatzes herauff zu schaffen.

Ohngeacht aber Concordia und ich in vergangenen Nachten fast wenig oder nichts geschlaffen hatten, so konten wir doch auch diese Nacht, wegen des allzu grossen Jammers, noch keinen Schlaf in unsere Augen kriegen, sondern ich nahm die Bibel und laß der Concordia hieraus die kräfftigsten Trost-Psalmen und Capitel vor, wodurch ihr vorheriges unruhiges, und zur Verzweiffelung geneigtes Gemüthe, in merckliche Ruhe gesetzt wurde. Indem sie, obschon das Weinen und Klagen nicht unterließ, dennoch so viel zu vernehmen gab, daß sie allen Fleiß anwenden wolte, sich mit Gedult in ihr klägliches Verhängniß zu schicken, indem freylich gewiß wäre, daß uns ohne GOttes Willen kein Unglück begegnen könne. Ihre damaligen reformirten Glaubens-Gründe, trugen gewisser massen ein vieles zu der von mir gewünschten Beruhigung bey, doch nachhero hat sie diese verdächtigen Hülffs-Mittel besser erkennen, und sich, durch mein Zureden, aus GOTTES Wort kräfftiger trösten lernen.

Gegen Morgen schlief die biß in den Tod betrübte Concordia etwa ein paar Stunden, ich that dergleichen, Lemelie aber, der die gantze Nacht hindurch als ein Ratz geschlaffen hatte, stund auf, wünschte der Concordia zum guten Morgen: Daß sie sich bey einer Sache, die nunmehro unmöglich zu än-[204]dern stünde, bald vollkommen trösten, und in ruhigern Zustand setzen möchte, wolte hiermit seine Flinte nehmen und spatzieren gehen, doch ich hielt ihn auf, und bat: er möchte doch der Concordia die Gefälligkeit erzeigen, und den Cörper ihres Liebsten mir herauff bringen helffen, damit wir ihn ehrlich zur Erden bestatten könten; Allein er entschuldigte sich, und gab zu vernehmen, wie er zwar uns in allen Stücken Gefälligkeit und Hülffe zu leisten schuldig wäre; doch damit möchte man ihn verschonen, weiln uns ja zum voraus bewust, daß er einen ungewöhnlichen natürlichen Abscheu vor todten Menschen hätte, auch ohngeacht er schon lange Zeit zu Schiffe gedienet, niemals im Stande gewesen, einen frischen Todten in die See zu werffen, vielweniger einen solchen anzugreiffen der schon etliche Tage an der Sonne gelegen. Hiermit gieng er seine Wege, Concordia aber hub von neuen an, sich aufs allerkläglichste zu gebährden, da ich ihr aber zugeredet, sich zu mäßigen, und mich nur allein machen zu lassen, weil ich weder Gefahr noch Mühe scheuen, sondern ihr, unter GOttes Schutz, den Cörper ihres Liebsten in ihre Hände liefern wolte; muste sie mir erstlich zuschweren, sich Zeit meines Abseyns selbst kein Leyd zuzufügen, sondern gedultig und stille zu sitzen, auch vor mich, wegen bevorstehender Gefahr, fleißig zu beten. Worauff so viel Seile und Stricke als zu ertragen waren, nebst einem stücke Seegel-Tuch nahm, und nebst Concordien, die eine Holtz-Axt nebst etwas Speise vor uns beyde trug, nach den Felsen hin eilete. Daselbst ließ ich sie unten an einem sichern Orte sitzen, und kletterte nach [205] und nach zur Höhe hinauff, zohe auch die Axt, etliche spitz gemachte Pfähle, und die übrigen Sachen, von einem Absatz zum andern, hinter mir her. An der auswendigen Seite muste ich mich aber viel grösserer Gefahr unterwerffen, weil daselbst die Felsen weit steiler, und an vielen Orten gar nicht zu beklettern waren, weßwegen ich an drey Orten in die Felsen-Ritzen Pfähle einschlagen, ein langes Seil dran binden und mich 3. mal 8. 10. biß 12. Elen tief, an selbigen herunter lassen muste. Solchergestalt gelangete ich endlich zu meines lieben Herrn van Leuvens jämmerlich zerschmetterten Cörper, der, weil ihm das Gesicht sehr mit Blut unterlauffen war, seine vorige Gestalt gäntzlich verlohren hatte, und allbereit wegen der grossen Hitze, einen üblen Geruch von sich gab, jedoch ich hielt mich nicht lange dabey auf, sondern wickelte ihn eiligst in das bey mir habende Tuch, bewunde dasselbe mit Stricken, band ein Seil daran, und zohe diese Last nach und nach hinauff. Zu meinem Glücke hatte ich in die vom Felsen herab hangenden Seile, verschiedener Weite nach, Knoten gebunden, sonst wäre fast unmöglich gewesen wieder hinauff zu kommen, doch der Himmel bewahrete mich in dieser besondern Gefahr vor allem Unfall, und ich gelangte nach etwa 6. oder 7. Stunden verlauff, ohnbeschadet, doch sehr schwer beladen und ermüdet, wiederum bey Concordien an. Durch vieles Bitten und vernünfftige Vorstellungen, erhielt ich endlich so viel von selbiger, daß sie sonst nichts als ihres seel. Ehe-Mannes Gesichte und die Hand, woran er annoch seinen Siegel-Ring stecken hatte, zu sehen be-[206]gehrte. Sie wusch beydes mehr mit Thränen, als mit Wasser aus dem vorbey rinnenden Bächlein ab, und küssete ihn ohngeacht des übeln Aussehens und Geruchs vielfältige mal, zohe den Ring von seinem Finger, und ließ endlich unter hefftigen Jammer-Klagen geschehen, daß ich den Cörper wieder einwickelte, und auf vorige Art umwunde.

Sie halff mir denselben biß in unsere unterirrdische Höle tragen, woselbst er, weil ich nicht allein sehr ermüdet, sondern es auch allbereit ziemlich spät war, liegen blieb, und von uns beyden bewacht wurde. Mit anbrechenden Tage machte ich ein Grab neben des Don Cyrillo seinem, worein wir diesen lieben verunglückten Freund, unter vergiessung häuffiger Thränen, begruben.

Lemelie, der unserer Arbeit von ferne zugesehen hatte, kam erstlich des folgenden Tages wieder zu uns, und Bemühete sich mit Erzehlung allerhand lustiger Geschichte, der Concordia Kummer zu vertreiben. Doch dieselbe sagte ihm ins Gesicht: Daß sie lieber mit dergleichen Zeitvertreibe verschonet bleiben möchte, indem ihr Gemüthe nicht so leichtsinnig geartet, dergleichen höchst empfindlichen Verlust solchergestalt zu verschmertzen. Derowegen führete er zwar nachhero etwas

233

vernünfftigere Reden, doch Concordia, die bißhero fast
so wenig als nichts geruhet, verfiel darüber in einen
tieffen Schlaf, weßwegen Lemelie und ich uns gleichfalls
in einer andern Ecke der Höle, zur Ruhe legten. Jedoch
es schien, als ob dieser Mensch gantz besondere Anfechtungen hätte, indem er so wol diese, als viele folgende Nachte, fast keine Stunde nach einander [207] ruhig
liegen konte. Er fuhr sehr öffters mit ängstlichen Geschrey aus dem schlafe auf, und wenn ich ihn deßwegen
befragte, klagte er über sonst nichts, als schwere Träume, wiewol man ihn nach und nach sehr abgemattet, und
fast an allen Gliedern ein starckes Zittern verspürete,
jedoch binnen 2. oder 3. Wochen erholete er sich ziemlich, so, daß er nebst mir, unserer künfftigen Nahrung
wegen, sehr fleißig arbeiten konte.

Bey dem allen aber, lebten wir 3. von gantz unterschiedenen Gemüths-Regungen eingenommene Personen, in
einer vollkommenen Verwirrung, da es zumal das gäntzliche Ansehen hatte, als ob alle unsere vorige Gedult, ja
unser völliges Vergnügen, mit dem van Leuven begraben
wäre. Wir sassen öffters etliche Stunden beysammen,
ohne ein Wort mit einander zu sprechen, doch schien es
als ob immer eines des andern Gedancken aus den Augen
lesen wolte, und dennoch hatte niemand das Hertze,
der andern und dritten Person Hertzens-Meynung aus-
zufragen. Endlich aber da nach des van Leuvens Beerdigung etwa 4. Wochen verlauffen waren, hatte sich Lemelie bey ersehener Gelegenheit die Freyheit genommen,

der Concordia in Geheim folgende Erklärung zu thun:
Madame! sagt er ohngefähr: Ihr und ich haben bißhero
das unglückliche Verhängniß eures seel. Ehe-Mannes
zur gnüge betrauret. Was ist nunmehro zu thun? Wir
sehen kein ander Mittel, als vielleicht noch lange Zeit
unserm Schicksal auf dieser Insul Gehorsam zu leisten.
Ihr seyd eine Wittbe und darzu hoch schwanger, zu
euren Eltern zurück zu kehren, ist so unmög-[208]lich
als schändlich, einen Mann müsset ihr haben, der euch
bey Ehren erhält, niemand ist sonsten vor euch da als ich
und Albert, doch weil ich nicht zweiffele, daß ihr mich, als
einen Edelmann, diesem jungen Lecker, der zumal nur
eine privat-Person ist, vorziehen werdet; So bitte ich um
eures eigenen Bestens willen, mir zu erlauben, daß ich
die erledigte Stelle eines Gemahls bey euch ersetzen
darff, so werden wir nicht allein allhier unser Schicksal
mit Gedult ertragen, sondern in Zukunfft höchst
vergnügt leben können, wenn wir das Glück haben, daß
uns vielleicht ein Schiff von hier ab, und zu mehrerer
menschlicher Gesellschafft führen wird. Albert, sagt er
ferner, wird sich nicht einmal die hochmüthigen Gedancken einkommen lassen, unserer beyder Verbindung
zu widerstreben, derowegen bedencket euer Bestes in
der Kürtze, weil ich binnen 3. Nachten als Ehe-Mann mit
euch zu Bette zu gehen entschlossen, und zugleich eure
tragende Leibes-Frucht, so gut als die Meinige zu
achten, entschlossen bin.

Concordia, die sich aus seinen feurigen Augen, und

erhitzten Gemüths-Bewegungen, nichts guts propheceyet, bittet ihn um GOTTES Barmhertzigkeit willen,
ihr wenigstens eine halbjährige Frist zur Trauer- und
Bedenck-Zeit zu verstatten, allein der erhitzte Liebhaber will hiervon nichts wissen, sondern spricht vielmehr mit gröster Vermessenheit: Er habe ihre Schönheit ohne würcklichen Genuß lange genug vergebens vor
Augen gehabt, nunmehro aber, da ihn nichts als der
elende Albert daran verhinderlich seyn könte; wäre er
nicht gesonnen sich länger Gewalt anzuthun, und kurtz!
wolte sie haben, [209] daß er ihr selbst nicht Gewalt
anthun solte, müste sie sich entschliessen, ihn ehe noch
3. Nächte verlieffen, als seine Ehe-Frau beyzuwohnen.
Anbey thut er die vorsichtige Warnung, daß Concordia
mir hiervon ja nichts in voraus offenbaren möchte, widrigenfalls er meine Person bald aus dem Wege räumen
wolle. Jedoch die Angst-volle Concordia stellet sich zwar,
als ob sie seinen Drohungen ziemlich nachgäbe, so bald
er aber etwas entfernet war, erfuhr ich das gantze
Geheimniß. Meine Erstaunung hierüber war unsäglich,
doch, ich glaube eine besondere Krafft des Himmels,
stärckte mich augenblicklich dermassen, daß ich ihr den
Rath gab, allen seinen Anfällen aufs äuserste zu widerstreben, im übrigen sich auf meinen Beystand gäntzlich
zu verlassen; weiln ich von nun an fleißig auf sie Acht
haben, und ehe mich um mein Leben, als sie um ihre
Ehre bringen lassen wolte.

Immittelst war Lemelie drey Tage nach einander

lustig und guter Dinge, und ich richtete mich dermassen nach ihm, daß er in meine Person gar kein böses Vertrauen setzen konte. Da aber die fatale Nacht herein brach, in welcher er sein gottloses Vorhaben vollbringen wolte; Befahl er mir auf eine recht Herrschafftliche Art, mich nun zur Ruhe zu legen, weiln er nebst mir auf morgenden Tag eine recht schwere Arbeit vorzunehmen gesonnen sey. Ich erzeigte ihm einen verstellten Knechtischen Gehorsam, wodurch er ziemlich sicher gemacht wurde, sich gegen Mitternacht mit Gewalt in der Concordia Kammer eindrange, und mit Gewalt auf ihrem Lager Platz suchen wolte. [210]

Kaum hatten meine aufmerckenden Ohren dieses gehöret, als ich sogleich in aller Stille aufstund, und unter beyden einen langen Wort-Streit anhörete, da aber Lemelie endlich allzu brünstig wurde, und weder der unschuldigen Frucht, noch der kläglich winselenden Mutter schonen, sondern die Letztere mit Gewalt nothzüchtigen wolte; stieß ich, nachdem dieselbige abgeredter massen, GOTT und Menschen um Hülffe anrieff, die Thür ein, und suchte den ruchlosen Bösewicht mit vernünfftigen Vorstellungen auf bessere Gedancken zu bringen. Doch der eingefleischte Teufel sprang auf, ergriff einen Säbel, und versetzte mir einen solchen Hieb über den Kopf, daß mir Augenblicklich das Blut über das Gesichte herunter lieff. Ich eilete zurücke in meine Kammer, weil er mich aber biß dahin verfolgen, und seinem Vorsatze nach gäntzlich ertödten wolte, ergriff ich in der Angst meine Flinte mit dem aufgesteckten Stillet, hielt dieselbe ausgestreckt vor mich, und mein Mörder, der mir inzwischen noch einen Hieb in die lincke Schulter angebracht hatte, rannte sich im finstern selbst dergestalt hinein, daß er das Stillet in seinem Leibe steckend behielt, und darmit zu Boden stürtzte.

Auf sein erschreckliches Brüllen, kam die zitternde Concordia aus ihrer Kammer mit dem Lichte gegangen, da wir denn gleich wahr namen, wie ihm das Stillet vorne unter der Brust hinein, und hinten zum Rücken wieder heraus gegangen war. Dem ohngeacht, suchte er, nachdem er solches selbst heraus gezogen, und in der lincken Hand behalten hatte, mit seinem Säbel, entweder der Concordia, [211] oder mir einen tödtlichen Streich beyzubringen. Jedoch ich nam die Gelegenheit in acht, machte, indem ich ihm den einen Fuß auf die Kähle setzte, seine verfluchten Hände wehrloß, und dieselben, nebst den Füssen, mit Stricken fest zusammen, und ließ das Aaß solchergestalt eine gute Zeitlang zappeln, nicht zweiffelnd, daß er sich bald eines andern besinnen würde. Allein es hatte fast das Ansehen, als ob er in eine würckliche Raserey verfallen wäre, denn als mir Concordia meine Wunden so gut sie konte, verbunden, und das hefftige Bluten ziemlich gestillet hatte, stieß er aus seinem verfluchten Rachen die entsetzlichsten Gotteslästerungen, und gegen uns beyde die heßlichsten Schand-Reden aus, ruffte anbey unzehlige mal den Satan um Hülffe an, verschwur sich denselben auf ewig mit

Leib und Seele zum Eigenthume, woferne nur derselbe ihm die Freude machen, und seinen Tod an uns rächen wolte.

Ich hielt ihm hierauff eine ziemlich lange Predigt, mahlete sein verruchtes Leben mit lebendigen Farben ab, und stellete ihn sein unglückseeliges Verhängniß vor Augen, indem er, da er mich zu ermorden getrachtet, sein selbst eigener Mörder worden, ich aber von GOTTES Hand erhalten wäre. Concordia that das ihrige auch mit grösten Eifer darbey, verwiese ihn aber letzlich auf wahre Busse und Erkäntniß seiner Sünden, vielleicht, sagte sie, liesse sich die Barmhertzigkeit GOTTES noch in seiner letzten Todes-Stunde erweichen, ihm Gnade und Vergebung wiederfahren zu lassen; Doch dieser Bösewicht drückte die Augen feste zu, knir-[212]schete mit den Zähnen, und kriegte die hefftigsten Anfälle von der schweren Noth, so daß ihm ein greßlicher Schaum vor dem Maule stund, worauff er bißzu anbrechenden Tage stille liegen blieb, nachhero aber mit schwacher Stimme etwas zu trincken foderte. Ich gab ihm einen Trunck von unsern besten Geträncke, welches der aus den Palm-Bäumen gelauffene Safft war. Er schluckte denselben begierig hinein, und hub mit matter Stimme zu sagen an: Was habt ihr vor Vergnügen Mons. Albert, mich ferner zu quälen, da ich nicht die allergeringste Macht habe euch fernern Schaden zu thun, erzeiget mir derowegen die Barmhertzigkeit, meine Hände und Füsse von den schmertzlichen Banden zu erlösen, ich will euch so dann ein offenhertziges Bekänntniß meiner abscheulichen Missethaten thun, nach diesem aber werdet ihr mich meiner Bitte gewähren, und mir mit einem tödtlichem Stosse den wohlverdienten Lohn der Boßheit geben, mithin meiner Leibes und Gewissens-Quaal ein Ende machen, denn ihr seyd dessen, eurer Rache wegen wol berechtiget, ich aber will solches annoch vor eine besondere Gnade der Menschen erkennen, weil ich doch bey GOTT keine Gnade und Barmhertzigkeit zu hoffen habe, sondern gewiß weiß, daß ich in dem Reiche des Teuffels, welchem ich mich schon seit vielen Jahren ergeben, auf ewig verbleiben werde.

Es stunden uns bey diesen seinen letzten Worten die Haare zu Berge, doch nachdem ich alle, mir verdächtig vorkommende Sachen, auf die Seite geschafft und versteckt hatte, wurden seine Hände und [213] Füsse der beschwerlichen Bande entlediget, und der tödtlich verwundete Cörper auf eine Matratze gelegt. Er empfand einige Linderung der Schmertzen, wolte aber seine empfangene Wunde weder anrühren noch besichtigen lassen, hielt im gegentheil an die Concordia und mich ohngefehr folgende Rede.

Wisset, sagte er, daß ich aus einem der allervornehmsten Geschlechte in Franckreich entsprossen bin, welches ich, indem es mich als einen rechten Greuel der Tugenden erzeuget, nicht einmal nahmhafft machen will. Ich habe in meinem 18den Jahre meine leibliche Schwester genothzüchtiget, und nachhero, da es ihr

gefiel, in die 3. Jahr Blut-Schande mit derselben getrieben. Zwey Huren-Kinder, die binnen der Zeit von ihr
kamen, habe ich ermordet, und in Schmeltz-Tiegeln als
eine besondere kostbare Massam zu Asche verbrannt.
Mein Vater und Mutter entdeckten mit der Zeit unsere
abscheuliche Blutschande, liessen sich auch angelegen
seyn, eine fernere Untersuchung unsers Lebens anzustellen, doch weil ich alles bey Zeiten erfuhr, wurden
sie beyde in einer Nacht durch beygebrachtes Gifft in die
andere Welt geschickt. Hierauff wolten meine Schwester
und ich als Ehe-Leute, unter verwechselten Nahmen,
nach Spanien oder Engelland gehen, allein eine andere
wollüstige Hure zohe meine gestillten Begierden vollends von der Schwester ab, und auf sich, weßwegen
meine um Ehre, Gut und Gewissen betrogene Schwester,
sich nebst ihrer dritten von mir tragenden Leibes-
Frucht selbst ermordete, denen Gerichten aber ein [214]
offenhertziges Bekänntniß, meiner und ihrer Schand
und Mordthaten, schrifftlich hinterließ, ich aber hatte
kaum Zeit, mich, nebst meiner neu erwehlten Hure, und
etlichen kostbaren Sachen, unter verstellter Kleidung
und Nahmen, aus dem Lande zu machen. - - Hier wolte
dem Bösewicht auch seine eigene schändliche Zunge den
Dienst versagen, weßwegen ich, selbige zu stärcken, ihm
noch einen Becher Palmen-Safft reichen muste, worauff
er seine Rede also fortsetzte:

Ich weiß und mercke, sagte er, daß ich nicht eher
sterben kan, biß ich auch den sterblichen Menschen den

meisten Theil meiner schändlichen Lebens-Geschicht offenbaret habe, wisset demnach, daß ich in Engelland, als wohin ich mit meiner Hure geflüchtet war, nicht allein diese, wegen ihrer Untreue, sondern nebst derselben 19. Seelen allein durch Gifft hingerichtet habe.

Indessen aber hatte mich doch am Englischen Hofe, auf eine ziemliche Stuffe der Glückseligkeit gebracht, allein mein Ehrgeitz und ausschweiffende Wollust stürtzten den auf üblen Grunde ruhenden Bau, meiner zeitlichen Wohlfarth gar bald darnieder, so daß ich unter abermals verwechselten Nahmen und in verstelleter Kleidung, als ein Boots-Knecht, sehr arm und elend aus Engelland abseegeln muste.

Ein gantz besonderes Glücke führete mich endlich auf ein Holländisches Caper-Schiff, und machte nach und nach aus mir einen ziemlich erfahrnen See-Mann, allein wie ich mich durch Gifft-mischen, Meuchel-Mord, Verrätherey und andere [215] Räncke mit der Zeit biß zu dem Posten eines Capitains erhoben, ist wegen der kurtzen Frist, die ich noch zu leben habe, unmöglich zu erzehlen. Der letztere Sturm, dergleichen ich noch niemals, ihr aber nebst mir ausgestanden, hätte mich bey nahe zur Erkäntniß meiner Sünden gebracht, allein der Satan, dem ich mich bereits vor etlichen Jahren mit Leib und Seele verschrieben, hat mich durchaus nicht dahin gelangen lassen, im Gegentheil mein Hertze mit immerwährenden Boßheiten angefüllet. - - Er forderte hierbey nochmals einen Trunck Palmen-Safft, tranck, sahe hierauff die Concordia mit starren Augen an, und sagte: Bejammerns-würdige Concordia! Nehmet den Himmel zu einem Artzte an, indem ich eure noch nicht einmal verblutete Hertzens-Wunde von neuen aufreisse, und bekenne: daß ich gleich in der ersten Minute, da eure Schönheit mir in die Augen gefallen, die verzweiffeltesten Anschläge gefasset, eurer Person und Liebe theilhafftig zu werden. Mehr als 8. mal habe ich noch auf dem Schiffe Gelegenheit gesucht, euren seeligen Gemahl mit Giffte hinzurichten: doch da er ohne eure Gesellschafft selten gegessen oder getruncken hat, euer Leben aber, mir allzukostbar war, sind meine Anstalten jederzeit vergeblich gewesen. Oeffentlich habe niemals mit ihm anzubinden getrauet, weil ich wol gemerckt, daß er mir an Hertzhafftigkeit überlegen, und ihn hinterlistiger Weise zu ermorden, wolte auch lange Zeit nicht angehen, da ich befürchten muste, daß ihr deßwegen einen tödtlichen Haß auf mich werffen möchtet. Endlich aber gab mir der Teuffel und meine verfluchte [216] Begierde, bey ersehener Gelegenheit die Gedancken ein, euren seeligen Mann von der Klippe herunter zu stürtzen. - - - Concordia wolte bey Anhörung dieser Beichte ohnmächtig werden, jedoch der wenige Rest einer bey sich habenden balsamischen Artzeney, stärckte sie, nebst meinem zwar ängstlichen doch kräfftigen Zureden, dermassen, daß sie das Ende dieser jämmerlichen und erschrecklichen Geschicht, mit ziemlicher Gelassenheit vollends abwarten konte.

Lemelie fuhr demnach im reden also fort: Euer Ehe-Mann, Concordia! kam, indem er ein schönes Morgen-Lied sang, die Klippe hinauff gestiegen, und erblickte mich Seitwarts mit der Flinte im Anschlage liegen. Er erschrack hefftig, ohngeacht ich nicht auf ihn, sondern nach einem gegen mir über sitzenden Vogel zielete, den er mit seiner Ankunfft verjagte. Wiewol mir nun der Teuffel gleich in die Ohren bließ, diese schöne Gelegen-heit, ihn umzubringen, nicht vorbey streichen zu lassen, so war doch ich noch listiger, als hitzig, warff meine Flinte zur Erden, eilete und umarmete den van Leuven, und sagte: Mein edler Freund, ich spüre daß ihr viel-leicht einen bösen Verdacht habt, als ob ich nach eurem Leben stünde; Allein entweder lasset selbigen fahren, oder erschiesset mich auf der Stelle, denn was ist mir mein verdrießliches Leben ohne eure Freundschafft auf dieser einsamen Insul sonsten nütze. Van Leuven umarmete und küssete mich hierauff gleichfalls, ver-sicherte mich seiner aufrichtigen und getreuen Freund-schafft, setzte auch viele gute Vermahnungen hinzu, vermöge deren ich mich in Zukunfft [217] tugend-haffter und Gottesfürchtiger aufführen möchte. Ich schwur ihm alles zu, was er vermuthlich gern von mir hören und haben wolte, weßwegen wir dem äuserlichen Ansehen nach, auf einmal die allerbesten Freunde wur-den, unter den vertraulichsten Gesprächen aber lock-te ich ihn unvermerckt auf den obersten Gipffel des Felsens, und zwar unter dem Vorwande, als ob ich ein von ferne kommendes Schiff wahrnähme, da nun der höchsterfreute van Leuven, um selbiges zu sehen, auf die von mir angemerckte gefährlichste Stelle kam, stürtzte ich ihn mit einem eintzigen stosse, und zwar an einem solchen Orthe hinab, wo ich wuste, daß er augenblicklich zerschmettern muste. Nachdem ich seines Todes völlig versichert war, gieng ich mit zittern zurücke, weil mir die Worte seines gesungenen Morgen Liedes:

Nimmstu mich, GOTT! in deine Hände,
So muß gewiß mein Lebens Ende
Den Meinen auch zum Trost gedeyhn,
Es mag gleich schnell und kläglich seyn.

gar nicht aus den Gedancken fallen wolten, biß der Teuffel und meine unzüchtigen Begierden mir von neuen einen Muth und, wegen meines künfftigen Verhaltens, ferner Lehren einbliesen. Jedoch, sprach er mit seufftzender und heiserer Stimme: mein Gottes- und Ehrvergessenes Aufführen kan euch alles dessen nachdrücklicher und besser überzeugen, als mein beschwerliches Reden. Und Mons. Albert, euch war der Todt ebenfalls schon vorlangst geschworen, insoweit ihr euch als einen Verhinderer meines Vergnügens angeben, und mir nicht als ei-[218]nem Befehlshaber gehorchen würdet, jedoch das Verhängniß hat ein anders beschlossen, indem ihr mich wiewol wieder euren willen tödtlich verwundet habt. Ach machet derowegen meiner zeitlichen Marter ein Ende, rächet eure Freunde und euch selbst, und verschaffet mich durch den letzten Todes-Stich nur bald in das vor meine arme Seele bestimmte Quartier zu allen Teuffeln, denn bey GOTT ist vor dergleichen Sünder, wie ich bin, weder Gnade noch Barmhertzigkeit zu hoffen.

Hiermit blieb er stille liegen, Concordia aber und ich setzten allen unseren anderweitigen Jammer bey Seite, und suchten des Lemelie Seele durch die trostreichsten Sprüche aus des Teuffels Rachen zu reissen. Allein, seine Ohren waren verstopfft, und ehe wir uns dessen versahen, stach er sich, mit einem bey sich annoch verborgen gehaltenen Messer, in etlichen Stichen das Hertze selbst vollends ab, und bließ unter gräßlichen Brüllen seine ohnfehlbar ewig verdammte Seele aus. Concordia und ich wusten vor Furcht, Schrecken und überhäuffter Betrübniß nicht, was wir anfänglich reden oder thun solten, doch, nachdem wir ein paar Stunden vorbey streichen lassen, und unsere Sinnen wieder in einige Ordnung gebracht hatten, schleppte ich den schändlichen Cörper bey den Beinen an seinen Ort, und begrub ihn als ein Vieh, weil er sich im Leben noch viel ärger als ein Vieh aufgeführet hatte.

Das war also eine zwar kurtze, doch mehr als Erstaunens-würdige Nachricht von dem schändlichen Leben, Tode und Begräbniß eines solchen [219] Menschen, der der Erden eine verfluchte unnütze Last, dem Teuffel aber eine desto nützlichere Creatur gewesen. Welcher Mensch, der nur ein Fäncklein Tugend in seiner Seelen heget, wird nicht über dergleichen Abschaum aller Laster erstaunen, und dessen durchteuffeltes

Gemüthe verfluchen? Ich vor meine Person hatte recht
vom Glücke zu sagen, daß ich seinen Mord-Streichen,
noch so zu sagen, mit blauen Augen entkommen war,
wiewohl ich an meinen empfangenen Wunden, die, wegen
der sauren Arbeit bey dem Begräbnisse dieses Höl-
lenbrandes, starck erhitzt wurden, nachhero Angst und
Schmertzen genung auszustehen hatte.

Meine annoch eintzige Unglücks-Gefährtin, nehmlich
die Concordia, traff ich bey meiner Zurückkunfft sich
fast in Thränen badend an, weil ich nun der eintzige
Zeuge ihres Jammers war, und desselben Ursprung
nur allzu wohl wuste, wegen ihrer besondern Gottes-
furcht und anderer Tugenden aber in meiner Seelen ein
hefftiges Mitleyden über ihr unglückliches Verhängniß
hegte, und mein selbst eigenes Theil ziemlich dabey
hatte, so war mir um so viel desto leichter, ihr im klagen
und weinen Gesellschafft zu leisten, also vertiefften wir
uns dermassen in unserer Betrübniß, daß wir den
gantzen Tag biß zu einbrechender Nacht ohne Essen
und Trincken bloß mit seuffzen, weinen und klagen
hinbrachten. Endlich da mir die vernünfftigen Gedancken wiederum einfielen, daß wir mit allzu übermäßiger Betrübniß unser Schicksal weder verbessern
noch verschlimmern, die höchste Macht aber dadurch
nur noch mehr zum Zorne rei-[220]tzen könten, suchte
ich die Concordia so wohl als mich selbst zur Gedult
zu bewegen, und dieses gelunge mir auch in so weit, daß
wir einander zusagten: alles unser Bekümmerniß dem

Himmel anzubefehlen, und mit täglichen fleißigen Gebet und wahrer GOtt-Gelassenheit zu erwarten, was derselbe ferner über uns verhängen würde.

Demnach wischeten wir die Thränen aus den Augen, stelleten uns recht hertzhafftig an, nahmen Speise und Tranck, und suchten, nachdem wir mit einander andächtig gebetet und gesungen, ein jedes seine besondere Ruhe-Stelle, und zwar beyde in einer Kammer. Concordia verfiel in einen süssen Schlaff, ich aber konte wegen meiner hefftig schmertzenden Wunden, die in Ermangelung guter Pflaster und Salben nur bloß mit Leinwand bedeckt und umwunden waren, fast kein Auge zuthun, doch da ich fast gegen Morgen etwa eine Stunde geschlummert haben mochte, fing Concordia erbärmlich zu winseln und zu wehklagen an, da ich nun vermeinete, daß sie solches wegen eines schweren Traumes etwa im Schlaffe thäte, und, sie sanffte zu ermuntern, aufstund, richtete sich dieselbe auf einmahl in die Höhe, und sagte, indem ihr die grösten Thränen-Tropffen von den Wangen herunter rolleten: Ach, Monsieur Albert! Ach, nunmehro befinde ich mich auf der höchsten Staffel meines Elendes! Ach Himmel, erbarme dich meines Jammers! Du weist ja, daß ich die Unzucht und Unkeuschheit Zeit Lebens von Grund der Seelen gehasset, und die Keuschheit vor mein bestes Kleinod geschätzet. Zwar habe mich durch über-[221]mäßige Liebe von meinen seel. Ehe-Mann verleiten lassen, mit ihm aus dem Hause meiner Eltern zu entfliehen, doch du hast mich ja dieserwegen auch hart genug gestrafft. Wiewohl, gerechter Himmel, zürne nicht über meine unbesonnenen Worte, ists noch nicht genung? Nun so straffe mich ferner hier zeitlich, aber nur, nur, nur nicht ewig.

Hierauf rang sie die Hände aufs hefftigste, der Angst-Schweiß lieff ihr über das gantze Gesichte, ja sie winsel-te, schrye, und wunde sich auf ihren Lager als ein armer Wurm.

Ich wuste vor Angst, Schrecken und Zittern nicht, was ich reden, oder wie ich mich gebärden solte, weil nicht anders gedencken konte, als daß Concordia vielleicht noch vor Tages Anbruch das Zeitliche gesegnen, mithin mich als den allerelendesten Menschen auf dieser Insul allein, ohne andere, als der Thiere Gesellschafft, ver-lassen würde. Diese kläglichen Vorstellungen, nebst ih-ren schmertzhafften Bezeigen, rühreten mich dermassen hefftig, daß ich auf Knie und Angesicht zur Erden fiel, und dermassen eiffrig zu GOtt schrye, daß es fast das An-sehen hatte, als ob ich den Allmächtigen mit Gewalt zwin-gen wolte, sich der Concordia und meiner zu erbarmen.

Immittelst war dieselbe gantz stille worden, weß-wegen ich voller Furcht und Hoffnung zu GOtt aufstund, und besorgte, sie entweder in einer Ohnmacht oder wohl gar todt anzutreffen. Jedoch zu meinem grösten Troste, lag sie in ziemlicher Linderung, wiewohl sehr ermattet, da, nahm und drückte meine Hand, legte selbige auf ihre Brust, und sagte [222] unter hefftigem Hertz-Klopffen: Es ist an dem, Mons. Albert, daß eure und meine Tugend von der Göttlichen Fürsehung auf eine harte Probe gesetzt wird. Wisset demnach, mein eintziger Freund und Beystand auf dieser Welt, daß ich in Kindes-Nöthen liege. Auf euer hertzliches Gebet hat mir der Höchste Linderung verschaffet, ich glaube, daß ich bloß um eurent willen noch nicht sterben werde. Allein, ich bitte euch um GOttes Barmhertzigkeit willen, lasset eure Keuschheit, Gottesfurcht und andere Tugenden, bey meinem itzigen Zustande über alle Fleisches-Lust, unkeusche Gedancken, ja über alle Bemühungen, die ich euch zu machen, von der Noth gezwungen bin, triumphiren. Denn ich bin versichert, daß alle äusserliche Versuchungen unsern keuschen Seelen keinen Schaden zufügen können, so fern dieselben nur an sich selbst rein von Lastern sind.

Hierauf legte ich meine lincke Hand auf ihre bekleidete Brust, meine rechte aber reckte ich in die Höhe, und sprach: Liebste Concordia, ich schwere hiermit einen würcklichen Eyd, daß ich zwar eure schöne Person unter allen Weibs-Personen auf der gantzen Welt aufs allerwertheste achte und liebe, auch dieselbe jederzeit hoch zu achten und zu lieben gedencke, wenn ich gleich, mit GOttes Hülffe, wieder unter 1000. und mehr andere Weibs- und Manns-Personen kommen solte; Allein wisset, daß ich euch nicht im geringsten aus einer wollüstigen Absicht, sondern bloß eurer Tugenden wegen liebe, auch alle geile Brunst, dergleichen Lemelie verspüren lassen, aufs hefftigste verfluche. Im Ge-[223]gentheil verspreche, so lange wir beysammen zu leben

gezwungen sind, aus guten Hertzen, euch in allen treulich beyzustehen, und solte ja wider Vermuthen in
Zukunfft bey mir etwa eine Lust entstehen, mit eurer
Person verehligt zu seyn, so will ich doch dieselbe,
um euch nicht verdrüßlich zu fallen, beständig unterdrücken, hingegen allen Fleiß anwenden, euch mit der
Helffte derjenigen Schätze, die wir in Verwahrung
haben, dahin zu verschaffen, wo es euch belieben wird,
weiln ich lieber Zeit-Lebens unvergnügt und Ehe-loß
leben, als eurer Ehre und Tugend die geringste Gewalt
anthun, mir aber in meinem Gewissen nur den kleinesten
Vorwurff verursachen wolte. Verlasset euch derowegen
sicher auf mein Versprechen, worüber ich GOtt und alle
heiligen Engel zu Zeugen anruffe, fasset einen frischen
Muth und fröliches Hertze. GOtt verleihe euch eine
glückliche Entbindung, trauet nechst dem auf meinen
getreuen Beystand, thut eurer Gesundheit mit unnöthiger und vielleicht gefährlicher Schamhafftigkeit keinen
Schaden, sondern verlasset euch auf euer und meine
tugendhaffte Keuschheit, welche in dieser äusersten
Noth unverletzt bleiben soll. Ich habe das feste Vertrau-
en, der Himmel werde auch diese höchste Staffel unseres
Elendes glücklich übersteigen helffen, und euch mir zum
Trost und Beystande gesund und vergnügt beym Leben
erhalten. Befehlet mir derowegen nur ohne Scheu, was
ich zu eurem Nutzen etwa thun und herbey schaffen
soll, GOtt wird uns, in dieser schweren Sache gantz unerfahrnen Leuten, am besten zu rathen wissen. [224]

Diesemnach küssete die keusche Frau aus reiner Freundschafft meine Hand, versicherte mich, daß sie auf meine Redlichkeit ein vollkommenes Vertrauen setzte, und bat, daß ich aussen vor der Kammer ein Feuer anmachen, anbey so wohl kaltes als warmes Wasser bereit halten möchte, weil sie nechst Göttlicher Hülffe sich einer baldigen Entbindung vermuthete. Ich eilete, so viel mir menschlich und möglich, ihrem Verlangen ein Genügen zu leisten, so bald aber alles in völliger Bereitschafft, und ich wiederum nach meiner Kreissenden sehen wolte, fand ich dieselbe in gantz anderer Verfassung, indem sie allen Vorrath von ihren Betten in der Kammer herum gestreuet, sich mitten in der Kammer auf ein Unter-Bette gesetzt, die grosse Lampe darneben gestellet, und ihr neugebohrnes Töchterlein, in zwey Küssen eingehüllet, vor sich liegen hatte, welches seine jämmerliche Ankunfft mit ziemlichen Schreyen zu verstehen gab. Ich wurde vor Verwunderung und Freude gantz bestürtzt, muste aber auf Concordiens sehnliches Bitten allhier zum ersten mahle das Amt einer Bade-Mutter verrichten, welches mir auch sehr glücklich von der Hand gegangen war, indem ich die kleine wohlgebildete Creatur ihrer Mutter gantz rein und schön zurück lieferte.

Mittlerweile war der Tag völlig angebrochen, weßwegen ich, nachdem Concordia auf ihr ordentliches Lager gebracht, und sich noch ziemlich bey Kräfften befand, ausgehen, ein Stücke Wild schiessen, und etliche gute Kräuter zum Zugemüse eintragen wolte, indem unser Speise-Vorrath [225] fast gäntzlich aufgezehret war. Doch selbige bat mich, noch eine Stunde zu verziehen, und erstlich das allernöthigste, nehmlich die heilige Tauffe ihres jungen Töchterleins zu besorgen, inmassen man nicht wüste, wie bald dergleichen zarte Creatur vom Tode übereilet werden könte. Ich konte diese ihre Sorge selbst nicht anders als vor höchst wichtig erkennen, nachdem wir uns also wegen dieser heiligen und christlichen Handlung hinlänglich unterredet, vertrat ich die Stelle eines Priesters, tauffte das Kindlein nach Anweisung der heiligen Schrifft, und legte ihm ihrer Mutter Nahmen Concordia bey.

Hierauf ging ich mit meiner Flinte, wiewohl sehr taumelnd, matt und krafftloß, aus, und da mir gleich über unsern gemachten Damme ein ziemlich starck und feister Hirsch begegnete, setzte ich vor dieses mahl meine sonst gewöhnliche Barmhertzigkeit bey seite, gab Feuer, und traff denselben so glücklich in die Brust hinein, daß er so gleich auf der Stelle liegen blieb. Allein, dieses grosse Thier trieb mir einen ziemlichen Schweiß aus, ehe ich selbiges an Ort und Stelle bringen konte. Jedoch da meine Wöchnerin und ich selbst gute Krafft-Suppen und andere gesunde Kräuter-Speisen höchst von nöthen hatte, muste mir alle Arbeit leicht werden, und weil ich also kein langes Federlesen machte, sondern alles aufs hurtigste, wiewohl nicht nach den Regeln der Sparsamkeit, einrichtete, war in der Mittags-Stunde schon eine gute stärckende Mahlzeit fertig, welche

Con-[226]cordia und ich mit wunderwürdigen und ungewöhnlichen Appetite einnahmen.

Jedoch, meine Freunde! sagte hier der Alt-Vater Albertus, ich mercke, daß ich mich diesen Abend etwas länger in Erzählung, als sonsten, aufgehalten habe, indem sich meine müden Augen nach dem Schlafe sehnen. Also brach er ab, mit dem Versprechen, morgendes Tages nach unserer Zurückkunfft von Johannis-Raum fortzufahren, und diesemnach legten wir uns, auf gehaltene Abend-Andacht, ingesammt, wie er, zur Ruhe.

Die abermahls aufgehende und alles erfreuende Sonne gab selbigen Morgen einem jeden das gewöhnliche Zeichen aufzustehen. So bald wir uns nun versammlet, das Morgen-Gebet verrichtet, und das Früh-Stück eingenommen hatten, ging die Reise in gewöhnlicher Suite durch den grossen Garten über die Brücke des Westlichen Flusses, auf Johannis-Raum zu. Selbige Pflantz-Städte bestunde aus 10. Häusern, in welchen allen man wahrnehmen konte, daß die Eigenthums-Herrn denen andern, so wir bißhero besucht, an guter Wirthschafft nicht das geringste nachgaben. Sie hatten ein besseres Feld, als die in Jacobs-Raum, jedoch nicht so häuffigen Weinwachs, hergegen wegen des naheliegenden grossen Sees, den vortrefflichsten Fischfang, herrliche Waldung, Wildpret und Ziegen in starcker Menge. Die Bäche daselbst führeten ebenfalls häuffige Gold-Körner, worvon uns eine starcke Quantität geschenckt wurde. Wir machten uns allhier das Vergnügen, in wohl ausgearbeiteten

Kähnen auf der grossen [227] See herum zu fahren,
und zugleich mit Angeln, auch artigen Netzen, die vom
Bast gewisser Bäume gestrickt waren, zu fischen, durchstrichen hierauf den Wald, bestiegen die oberste Höhe
des Felsens, und traffen daselbst bey einem wohlgebaueten Wach-Hause 2. Stücken Geschützes an. Etliche Schritt hiervon ersahen wir ein in den Felsen
gehauenes grosses Creutze, worein eine zinnerne
Platte gefügt war, die folgende Zeilen zu lesen gab:

† † †

AUf dieser unglückseeligen Stelle
ist im Jahre Christi 1646.
am 11. Novembr.
der fromme Carl Franz van Leuven,
von dem gottlosen Schand-Buben Lemelie
meuchelmörderischer Weise
zum Felsen hinab gestürtzt und
elendiglich zerschmettert worden.
Doch seine Seele
wird ohne Zweiffel bey GOtt
in Gnaden seyn.

† † †

Unser guter Alt-Vater Albertus hatte sich mit grosser
Mühe auch an diesen Ort bringen lassen, und zeigete uns
die Stelle, wo er nunmehro vor 79. Jahren und etlichen
Tagen den Cörper seines Vorwirths, zerschmettert lie-

gend, angetroffen. Wir musten erstaunen, da wir die
Gefahr betrach-[228]teten, in welche er sich gesetzt,
denselben in die Höhe zu bringen. Voritzo aber war
daselbst ein zwar sehr enger, doch bequemer Weg
biß an die See gemacht, welchen wir hinunter stiegen,
und in der Bucht, Sud-Westwärts, ein ziemlich starckes
Fahrzeug antraffen, womit die Unserigen öffters nach
einer kleinern Insul zu fahren pflegten, indem dieselbe
nur etwa 2. Meilen von der Felsen-Insul entlegen war, in
Umfange aber nicht vielmehr als 5. oder 6tehalb deutsche Meilen haben mochte.

Es wurde beschlossen, daß wir nächstens das Fahrzeug ausbessern, und eine Spatzier-Fahrt nach besagter
kleinen Insul, welche Albertus klein Felsen-Burg benennet hatte, vornehmen wolten. Vor dießmal aber
nahmen wir unsern Rückweg durch Johannis-Raum,
reichten den Einwohnern die gewöhnlichen Geschencke,
wurden dagegen von ihnen mit einer vollkommenen
guten Mahlzeit bewirthet, die uns, weil die Mittags-
Mahlzeit nicht ordentlich gehalten worden, trefflich zu
statten kam, nahmen hierauff danckbarlichen Abschied,
und kamen diesen Abend etwas später als sonsten auf
der Albertus- Burg an.

Dem ohngeacht, und da zumalen niemand weiter etwas zu speisen verlangete, sondern wir uns mit etlichen
Schaalen Coffeé, nebst einer Pfeiffe Toback zu behelffen
beredet, setzte bey solcher Gelegenheit unser Altvater
seine Geschichts-Erzehlung dergestalt fort:

Ich habe gestern gemeldet, wie wir damahligen beyden Patienten die Mahlzeit mit guten Appetit verzehret, jedoch Concordia befand sich sehr übel [229] drauff, indem sie gegen Abend ein würckliches Fieber bekam, da denn der abwechselnde Frost und Hitze die gantze Nacht hindurch währete, weßwegen mir von Hertzen angst und bange wurde, so daß ich meine eigenen Schmertzen noch lange nicht so hefftig, als der Concordiæ Zufall empfand.

Von Artzeneyen war zwar annoch ein sehr weniges vorhanden, allein wie konte ich wagen ihr selbiges einzugeben? da ich nicht den geringsten Verstand oder Nachricht hatte, ob ich meiner Patientin damit helffen oder schaden könte. Gewiß es war ein starckes Versehen von Mons. van Leuven gewesen, daß er sich nicht mit einem bessern Vorrath von Artzeneyen versorgt hatte, doch es kan auch seyn, daß selbige mit verdorben waren, genung, ich wuste die gantze Nacht nichts zu thun, als auf den Knien bey der Concordia zu sitzen, ihr den kalten Schweiß von Gesicht und Händen zu wischen, dann und wann kühlende Blätter auf ihre Stirn und Arme zu binden, nächst dem den allerhöchsten Artzt um unmittelbare kräfftige Hülffe anzuflehen. Gegen Morgen hatte sie zwar, so wol als ich, etwa 3. Stunden schlaff, allein die vorige Hitze stellete sich Vormittags desto hefftiger wieder ein. Die arme kleine Concordia fieng nunmehro auch, wie ich glaube, vor Hunger und Durst, erbärmlich an zu schreyen, verdoppelte also unser Hertzeleyd auf jämmerliche Art, indem sie von ihrer Mutter nicht einen Tropffen Nahrungs-Safft erhalten konte. Es war mir allbereit in die Gedancken kommen, ein paar melckende Ziegen einzufangen, allein auch diese Thiere waren durch das öfftere schiessen dermassen wild [230] worden, daß sie sich allezeit auf 20. biß 50. Schritt von mir entfernt hielten, also meine 3. stündige Mühe vergeblich machten, also traf ich meine beyden Concordien, bey meiner Zurückkunfft in noch weit elendern Zustande an, indem sie vor Mattigkeit kaum noch lechzen konten. Solchergestallt wuste ich kein ander Mittel, als allen beyden etwas von dem mit reinen Wasser vermischten Palm-Saffte einzuflössen, indem sie sich nun damit ein wenig erquickten, gab mir der Himmel einen noch glücklichern Einfall. Denn ich lieff alsobald wieder fort, und trug ein Körblein voll von der, den Europäischen Apricosen oder Morellen gleichförmigen, doch weit grössern Frucht ein, schlug die harten Kernen entzwey, und bereitete aus den inwendigen, welche an Annehmlich-und Süßigkeit die süssen Mandeln bey weiten übertreffen, auch noch viel gesünder seyn, eine unvergleichlich schöne Milch, so wol auch ein herrliches Gemüse, mit welchen beyden ich das kleine Würmlein ungemein kräfftig stärcken und ernehren konte.

Concordia vergoß theils vor Schmertzen und Jammer, theils vor Freuden, daß sich einige Nahrung vor ihr Kind gefunden, die heissesten Thränen. Sie kostete auf mein Zureden die schöne Milch, und labete sich selbst recht hertzlich daran, ich aber, so bald ich dieses merckte: setzte alle unwichtige Arbeit bey seite, und that weiter fast nichts anders als dergleichen Früchte in grosser Menge einzutragen, und Kernen aufzuschlagen, jedoch durffte nicht mehr als auf einen Tag und Nacht Milch zubereiten, weil die Ubernächtige ihre schmackhaffte Krafft allezeit verlohr. [231]

Solchergestalt befand sich nun nicht allein das Kind vollkommen befriediget, sondern die Mutter konte 4. Tage hernach selbiges, zu aller Freude, aus ihrer Brust stillen, und am 6ten Tage frisch und gesund das Bette verlassen, auch, wiewol wider meinen Rath, allerhand Arbeit mit verrichten. Wir danckten dem Allmächtigen hertzlich mit beten und singen vor dessen augenscheinliche Hülffe, und meineten nunmehro in so weit ausser aller Gefahr zu seyn; Allein die Reihe des kranckliegens war nun an mir, denn weil ich meine Haupt-Wunde nicht so wohl als die auf der Schulter warten können, gerieth dieselbe erstlich nach 12. Tagen dermassen schlimm, daß mir der Kopf hefftig auffschwoll, und die innerliche grosse Hitze den gantzen Cörper aufs grausamste überfiel.

War mein Bezeugen bey Concordiens Unpäßlichkeit ängstlich und sorgfältig gewesen, so muß ich im gegentheil bekennen, daß ihre Bekümmerniß die meinige zu übertreffen schien, indem sie mich besser als sich und ihr Kind selbst pflegte und wartete. Meine Wunden wurden mit ihrer Milch ausgewaschen, und mit darein getauchten Tüchleins bedeckt, mein gantzes Gesichte, Hände und Füsse aber belegte sie mit dergleichen Blättern, welche ihr so gute Dienste gethan hatten, suchte mich anbey mit den kräfftigsten Speisen und Geträncke, so nur zu erfinden war, zu erquicken. Allein es wolte binnen 10. Tagen nicht das geringste anschlagen, sondern meine Kranckheit schien immer mehr zu, als ab zu nehmen, welches Concordia, ohngeacht ich mich stärcker stellete, als ich in der That war, dennoch merckte, [232] und derowegen vor Hertzeleyd fast vergehen wolte. Ich bat sie instandig, ihr Betrübniß zu mäßigen, weil ich das feste Vertrauen zu GOTT hätte, und fast gantz gewiß versichert wäre, daß er mich nicht so früh würde sterben lassen; Allein sie konte ihrem Klagen, Seufzen u. Thränen, durchaus keinen Einhalt thun, wolte ich also haben, daß sie des Nachts nur etwas ruhen solte, so muste mich zwingen, stille zu liegen, und thun als ob ich feste schlieffe, obgleich offters der grossen Schmertzen wegen in 2. mal 24. Stunden kein rechter Schlaf in meine Augen kam. Da ich aber einsmals gegen Morgen sehr sanfft eingeschlummert war, träumte mich, als ob Don Cyrillo de Valaro vor meinem Bette sässe, mich mit freundlichen Gebärden bey der rechten Hand anfassete und spräche: Ehrlicher Albert! sage mir doch, warum du meine hinterlassenen Schrifften zu deinem eigenen Wohlseyn nicht besser untersuchest. Gebrauche doch den Safft von diesem Kraut und Wurtzel, welches ich dir hiermit im Traume zeige, und welches häuffig vor dem Außgange der Höle wächset, glaube dabey sicher, daß dich GOtt

erhalten und deine Wunden heilen wird, im übrigen aber
erwege meine Schrifften in Zukunfft etwas genauer, weil
sie dir und deinen Nachkommen ein herrliches Licht
geben.

Ich fuhr vor grossen Freuden im Schlafe auf, und
streckte meine Hand nach der Pflantze aus, welche mir,
meinen Gedancken nach, von Don Cyrillo vorgehalten
wurde, merckte aber sogleich, daß es ein Traum gewesen. Concordia fragte mit weinenden Augen nach meinem Zustande. Ich bat, sie [233] solte einen frischen
Muth fassen, weil mir GOTT bald helffen würde, nahm
mir auch kein Bedencken, ihr meinen nachdencklichen
Traum völlig zu erzehlen. Hierauff wischete sie augenblicklich ihre Thränen ab, und sagte: Mein Freund, dieses ist gewiß kein blosser Traum, sondern ohnfehlbar ein
Göttliches Gesichte, hier habt ihr des Don Cyrillo Schriften, durchsuchet dieselben aufs fleißigste, ich will inzwischen hingehen und vielerley Kräuter abpflücken, findet
ihr dasjenige darunter, welches ihr im schlafe gesehen
zu haben euch erinnern könnet, so wollen wir solches in
GOTTES Nahmen zu euerer Artzeney gebrauchen.

Mein Zustand war ziemlich erleidlich, nachdem sie mir
also des Don Cyrillo Schrifften, nebst einer brennenden
Lampe vor mein Lager gebracht, und eilig fortgegangen
war, fand ich ohne mühsames suchen diejenigen Blätter,
welche van Leuven und ich wenig geachtet, in Lateinischer Sprache unter folgenden Titul: »Verzeichniß,
wie, und womit ich die, mir in meinen mühseeligen Leben

gar öffters zugestossenen Leibes-Gebrechen und Schäden geheilet habe.« Ich lief dasselbe so hurtig durch, als
es meine nicht allzuvollkommene Wissenschafft der Lateinischen Sprache zuließ, und fand die Gestalt, Tugend
und Nutzbarkeit eines gewissen Wund-Krauts, so wol
bey der Gelegenheit, da dem Don Cyrillo ein Stück Holtz
auf dem Kopf gefallen war, als auch da er sich mit dem
Beile eine gefährliche Wunde ins Bein versetzt, nicht
weniger bey andern Beschädigungen, dermassen eigentlich und ausführlich beschrieben, daß fast nicht zweiffeln
kon-[234]te, es müste eben selbiges Kraut und Wurtzel
seyn, welches er mir im Traume vorgehalten. Unter diesem meinen Nachsinnen, kam Concordia mit einer gantzen Schürtze voll Kräuter von verschiedenen Arten und
Gestallten herbey, ich erblickte hierunter nach wenigen
herum werffen gar bald dasjenige, was mir Don Cyrillo
so wol schrifftlich bezeichnet, als im Traume vorgehalten
hatte. Derowegen richteten wir selbiges nebst der Wurtzel nach seiner Vorschrifft zu, machten anbey von etwas
Wachs, Schiff-Pech und Hirsch-Unschlit ein Pflaster,
verbanden damit meine Wunden, und legten das zer-
quetschte Kraut und Wurtzel nicht allein auf mein Gesicht, sondern fast über den gantzen Leib, worvon sich
die schlimmen Zufälle binnen 4. oder 5. Tagen gäntzlich
verlohren, und ich nach Verlauff zweyer Wochen vollkommen heil und gesund wurde.

Nunmehro hatte so wol ich als Concordia recht erkennen lernen, was es vor ein edles thun um die Gesund-

heit sey. Als wir derowegen unser Te Deum laudamus abgesungen und gebetet hatten, wurde Rath gehalten, was wir in Zukunfft täglich vor Arbeit vornehmen müsten, um unsere kleine Wirthschafft in guten Stand zu setzen, damit wir im fall der Noth sogleich alles, was wir brauchten, bey der Hand haben könten. Tag und Nacht in der unterirrdischen, ob zwar sehr beqvemen Höle zu wohnen, wolte Concordien durchaus nicht gefallen, derowegen fieng ich an, oben auf dem Hügel, neben der schönen Lauber-Hütte, ein bequemes Häußlein nebst einer kleinen Küche zu bauen, auch [235] einen kleinen Keller zu graben, in welchen letztern wir unser Geträncke, so wol als das frische Fleisch und andere Sachen, vor der grossen Hitze verbergen könten. Hiernechst machte ich vor die kleine Tochter zum Feyerabende, an einem abgelegenen Orte, eine bequeme, wiewol nicht eben allzu zierliche Wiege, worüber meine Haußwirthin, da ich ihr dieselbe unverhofft brachte, eine ungemeine Freude bezeigte, und dieselbe um den allergrösten Gold-Klumpen nicht vertauscht hätte, denn das Wiegen gefiel den kleinen Mägdelein dermassen wohl, daß wir selbst unsere eintzige Freude daran sahen.

Unser gantzer Geträyde-Vorrath, welchen wir auf dieser Insul unter den wilden Gewächsen aufgesammlet hatten, bestund etwa in drey Hütten voll Europäischen Korns, 1. Hut voll Weitzen, 4. Hütten Gerste, und zwey ziemlich grossen Säcken voll Reiß, als von welchem letztern wir Mehl stampften, solches durchsiebeten und das

Kind darmit nehreten, einen Sack Reiß aber, nebst dem andern Geträyde, zur Außsaat spareten. Uber dieses alles, fanden sich auch bey nahe 2. Hüte voll Erbsen, sonsten aber nichts von bekandten Früchten, desto mehr aber von unbekandten, deren wir uns zwar nach und nach zur Leibes-Nahrung, in Ermangelung des Brodtes gebrauchen lerneten, doch ihre Nahmen als Plantains, James, Patates, Bananes und dergleichen mehr, nebst deren bessern und angenehmern Nutzung, erfuhren wir erstlich in vielen Jahren hernach von Robert Hülter, der kleinen Concordia nachherigem Ehe-Manne. [236]

Inzwischen wandte ich damaliger Zeit, jedes Morgens frühe 3. Stunden, und gegen Abend eben so viel, zu Bestellung meiner Aecker an, und zwar in der Gegend wo voritzo der grosse Garten ist, weil ich selbigen Platz, wegen seiner Nähe und Sicherheit vor dem Wilde, am geschicktesten darzu hielt. Die übrigen Tages-Stunden aber, ausser den Mittags-Stunden, in der grösten Hitze, welche ich zum Lesen und aufschreiben aller Dinge die uns begegneten, anwandte, machte ich mir andern Zeitvertreib, indem ich einige kleine Plätze starck verzäunete, und die auf listige Art gefangenen Ziegen, nebst andern jungen Wildpret hinein sperrete, welches alles Concordia täglich mit gröster Lust speisete und tränckte, die Milchtragenden Ziegen aber, nach und nach, so zahm machte, daß sie sich ihre Milch gutwillig nehmen liessen, die wir nicht allein an sich selbst zur Speise vor klein und grosse gebrauchen, sondern auch bald einen ziemlichen Vorrath von Butter und Käse bereiten konten, indem ich binnen Monats-Frist etliche 20. Stück melckende, halb so viel andere, und 9. Stück jung Wildpret eingefangen hatte.

Wir ergötzten uns gantz besonders, wenn wir an unsere zukünfftige Saat und Erndte gedachten, weil der Appetit nach ordentlichen Brodte gantz ungemein war, gebrauchten aber mittlerweile an dessen statt öffters die gekochten Wildprets-Lebern, als worzu wir unsere Käse und Butter vortrefflich geniessen konten.

Solchergestalt wurden die heissesten Sommer-Monate ziemlich vergnügt hingebracht, ausgenommen, wenn uns die erlittenen Trauer-Fälle ein be-[237]trübtes Zurückdencken erweckten, welches wir aber immer eines dem andern zu gefallen, so viel möglich, verbargen, um unsere in etwas verharrschten Hertzens-Wunden nicht von neuen aufzureissen, mithin das ohne dem einsame Leben zu verbittern, oder solche Leute zu heissen, die wider das Verhängniß und Straff-Gerichte GOttes murren wolten.

Der gütige Himmel schenckte uns mittler Zeit einen angenehmen Zeit-Vertreib mit der Wein-Erndte, indem wir ohne die Trauben, deren wir täglich viel verzehreten, wider alles Vermuthen ohngefähr 200. Kannen Most ausdrücken, und 2. ziemlich grosse Säcke voll aufgetrocknete Trauben sammlen konten, welches gewiß eine herrliche Sache zu unserer Wirthschafft war. Unsere Unterthanen, die Affen, schienen hierüber sehr

verdrüßlich zu seyn, indem sie vielleicht selbst grosse
Liebhaber dieser edlen Frucht waren, hatten auch aus
Leichtfertigkeit viel zu Schanden gemacht, doch, da
ich mit der Flinte etliche mahl blind Feuer gegeben,
geriethen sie in ziemlichen Gehorsam und Furcht.

Ich weiß nicht, wie es kommen war, daß Concordia
eines Tages einen mittelmäßigen Affen, unter einem
Baum liegend, angetroffen, welcher das rechte Hinter-
bein zerbrochen, und sich jämmerlich geberdet hatte.
Ihr gewöhnliches weichhertziges Gemüth treibt sie so
weit, daß, ohngeacht dergleichen Thiere ihre Gnade sonsten eben nicht sonderlich hatten, sie diesen verunglückten allerhand Liebkosungen machet, sein zerbrochenes
Bein mit einem Tuche umwindet, ja so gar den armen
Patienten [238] in ihren Schooß nimmt, und so lange
sitzen bleibt, biß ich darzu kam, und die gantze Begebenheit vernahm. Wir trugen also denselben in unser Wohn-
Hauß, verbunden sein Bein mit Pflastern, Schindeln und
Binden, und legten ihn hin auf ein bequemes Lager,
deckten auch eins von unsern Haupt-Küssen über seinen
Cörper, und gingen wieder an unsere Arbeit. Gegen Mittag aber, da wir zurück kamen, erschrack ich anfänglich
einiger massen, da sich 2. alte Affen, welche ohne Zweifel des Patienten Eltern seyn mochten, bey demselben
aufhielten. Ich wuste anfänglich nicht, ob ich trauen
durffte oder nicht? Doch da sie sich ungemein betrübt
und demüthig stelleten, nahete ich mich hinzu, strich
den Patienten sanfft auf das Haupt, sahe nach seinem

Beine, und befand, daß er unverrückt liegen geblieben war, weßwegen er noch ferner von mir gestreichelt und mit etlichen guten Früchten gespeiset wurde. Die 2. Alten so wohl als der Patient selbst, liessen mich hierauf ihre Danckbarkeit mit Leckung meiner Hände spüren, streichelten auch mit ihren Vorder-Pfoten meine Kleider und Füsse sehr sanffte, und bezeugten sich im übrigen dermassen unterthänig und klug, daß ich fast nichts als den Mangel der Sprache bey ihnen auszusetzen hatte. Concordia kam auch darzu, und hatte nunmehro ein besonderes Vergnügen an der Treuhertzigkeit dieser unvernünfftigen Thiere, der Krancke streckte seine Pfote gegen dieselbe aus, so, daß es das Ansehen hatte, als ob er sie willkommen heissen wolte, und da sie sich zu ihm nahete, schmeichelte er ihr mit Leckung der Hände und andern Liebkosungen auf [239] solche verbindliche Art, daß es mit Lust anzusehen war. Die zwey Alten lieffen hierauf fort, kamen aber gegen Abend wieder, und brachten uns zum Geschenck 2. grosse Nüsse mit, deren jede 5. biß 6. Pfund wog, sie zerschlugen dieselben recht behutsam mit Steinen, so, daß die Kernen nicht zerstückt wurden, welche sie uns auf eine recht liebreiche Art præsentirten, und sich erfreuten, da sie aus unsern Gebärden vermerckten, daß wir deren Annehmlichkeit rühmeten. Ob ich nun gleich damahls noch nicht wuste, daß diese Früchte Cocos-Nüsse hiessen, sondern es nachhero erst von Robert Hülter erfuhr, so reitzte mich doch deren Vortrefflichkeit an, den beyden alten

Affen so lange nachzuschleichen, biß ich endlich an den Ort kam, wo in einem kleinen Bezirck etwa 15. biß 18. Bäume stunden, die dergleichen Früchte trugen, allein Concordia und ich waren nicht so näschig, alle Nüsse aufzuzehren, sondern steckten dieselben an vielen Orten in die Erde, woher denn kommt, daß nunmehro auf dieser Insul etliche 1000. Cocos-Bäume anzutreffen sind, welches gewiß eine gantz besondere Nutz- und Kostbarkeit ist. Jedoch wiederum auf unsere Affen zu kommen, so muß ich ferner erzehlen, daß ohngeacht der Patient binnen 5. oder 6. Wochen völlig gerade und glücklich curirt war, jedennoch weder derselbe noch die zwey Alten von uns zu weichen begehreten, im Gegentheil noch 2. junge mitbrachten, mithin diese fünffe sich gäntzlich von ihrer andern Cameradschafft absonderten, und also anstelleten, als ob sie würcklich bey uns zu Hause gehöreten. [240]

Wir hatten aber von den 3. erwachsenen weder Verdruß noch Schaden, denn alles was wir thaten, afften sie nach, wurden uns auch nach und nach ungemein nützlich, indem von ihnen eine ungemeine Menge der vortrefflichsten Früchte eingetragen wurden, so offt wir ihnen nur ordentlich darzu gemachte Säcke anhingen, ausser dem trugen sie das von mir klein gespaltete Holtz öffters von weiten Orten her zur Küche, wiegten eins um das andere unser Kind, langeten die angehängten Gefässe voll Wasser, in Summa, sie thaten ohne den geringsten Verdruß fast alle Arbeit mit, die wir verrichteten, und ihnen zu verrichten lehreten, so, daß uns dieses unser Hauß-Gesinde, welches sich zumahlen selbst beköstigte, nicht allein viele Erleichterung in der Arbeit, sondern auch ausser derselben mit ihren poßirlichen Streichen manche vergnügte Stunde machten. Nur die 2. jüngsten richteten zuweilen aus Frevel mancherley Schaden und Unheil an, da wir aber mit der allergrösten Verwunderung merckten, daß sie dieserwegen von den 2. Alten recht ordentlicher Weise mit Gebärden und Schreyen gestrafft, ja öffters so gar geschlagen wurden, vergriffen wir uns sehr selten an ihnen, wenn es aber ja geschahe, demüthigten sich die jungen wie die zahmen Hunde, bey den Alten aber war dieserwegen nicht der geringste Eiffer zu spüren.

Dem allen ohngeacht war doch bey mir immer ein geheimes Mißtrauen gegen dieses sich so getreu anstellende halb vernünfftige Gesinde, derowegen bauete ich vor dieselben einen geraumlichen festen Stall mit einer starcken Thüre, machte vor jedwe-[241]den Affen eine bequeme Lager-Stätte, nebst einem Tische, Bäncken, ingleichen allerhand Spielwerck hinein, und verschloß unsere Bedienten in selbigen, nicht allein des Nachts, sondern auch bey Tage, so offt es uns beliebte.

Immittelst da ich vermerckte, daß die Sonne mit ihren hitzigen Strahlen einiger massen von uns abzuweichen begunte, und mehr Regen-Wetter, als bißhero, einfiel, bestellete ich mit Concordiens treulicher Hülffe unser Feld, nach des Don Cyrillo schrifftlicher Anweisung, aufs

allersorgfältigste, und behielt an jeder Sorte des Getrey-
des auf den äusersten Nothfall, wenn ja alles ausgesäete
verderben solte, nur etwas weniges zurücke. Vom Reiß
aber, als wormit ich 2. grosse Aecker bestellet, behielten
wir dennoch bey nahe zwey gute Scheffel überley.

Hierauf hielten wir vor rathsam, uns auf den Winter
gefast zu machen, derowegen schoß ich einiges Wildpret,
und saltzten dasselbe, wie auch das ausgeschlachtete
Ziegen-Fleisch ein, wobey uns so wohl die alten als jungen Affen gute Dienste thaten, indem sie das in den
Stephans-Raumer Saltz-Bergen ausgehauene Saltz auf
ihren Rücken biß in unsere unter-irrdische Höle tragen
musten. Hiernächst schleppten wir einen grossen Hauffen Brenn-Holtz zusammen, baueten einen Camin in
unserem Wohnhause auf dem Hügel, trugen zu den
allbereits eingesammleten Früchten noch viel Kräuter
und Wurtzeln ein, die theils eingemacht, theils in Sand
verscharret wurden, und kurtz zu sagen, wir hatten
uns dergestalt ange-[242]schickt, als ob wir den aller-
härtesten Winter in Holland, oder andern noch viel
kältern Ländern abzuwarten hätten.

Allein, wie befanden sich doch unsere vielen Sorgen,
grosse Bemühungen und furchtsame Vorstellungen, wo
nicht gäntzlich, doch meistentheils vergeblich? Denn
unser Herbst, welcher dem Holländischen Sommer bey
nahe gleich kam, war kaum verstrichen, als ein solcher
Winter einfiel, welchen man mit gutem Recht einen
warmen und angenehmen Herbst nennen konte, offter-

mahls fiel zwar ein ziemlicher Nebel und Regen-Wetter
ein, allein von durchdringender Kälte, Schnee oder Eis,
spüreten wir so wenig als gar nichts, der grasigte Boden
blieb immer grün, und der guten Concordia zusammen
getragene grosse Heu-Hauffen dieneten zu nichts, als
daß wir sie hernach den Affen zum Lust-Spiele Preiß
gaben, da sie doch nebst vielen aufgetrockneten Baum-
Blättern unserem eingestalleten Viehe zur Winter-Nah-
rung bestimmt waren. Unsere Saat war nach hertzens-
Lust aufgegangen, und die meisten Bäume veränderten
sich fast nicht, diejenigen aber, so ihre Blätter verlohren,
waren noch nicht einmahl völlig entblösset, da sie schon
frische Blätter und Blüthen austrieben. Solchergestalt
wurde es wieder Frühling, da wir noch immer auf den
Winter hofften, weßwegen wir die Wunder-Hand GOttes
in diesem schönen Revier mit erstaunender Verwunderung erkandten und verehreten.

Es war uns aber in der That ein wunderbarer Wechsel
gewesen, da wir das heilige Weyhnacht-[243]Fest fast
mitten im Sommer, Ostern im Herbst, wenig Wochen
nach der Weinlese, und Pfingsten in dem so genannten
Winter gefeyert hatten. Doch weil ich in meinen Schul-
Jahren etwas weniges in den Land-Charten und auf dem
Globo gelernet, auch unter Mons. van Leuvens hinterlassenen wenigen Land-Charten und Büchern eins fand,
welches mir meinen natürlichen Verstand ziemlicher
massen schärffte, so konte ich mich nicht allein bald in
diese Veränderung schicken, sondern auch die Concordia

dessen belehren, und meine Tage-Bücher oder Calender auf viele Jahre in Voraus machen, damit wir doch wissen möchten, wie wir uns in die Zeit schicken, und unsern Gottesdienst gleich andern Christen in der weiten Welt anstellen solten.

Hierbey kan unberühret nicht lassen, daß ich nach der, mit der Concordia genommenen Abrede, gleich in meinen zu erst verfertigten Calender auf das Jahr 1647. Drey besondere Fest- Bet- und Fast-Tage anzeichnete, als erstlich den 10. Sept. an welchen wir zusammen in diese schöne Insul eingestiegen waren, und derowegen GOtt, vor die sonderbare Lebens-Erhaltung, so wohl im Sturme als Kranckheit und andern Unglücks-Fällen, den schuldigen Danck abstatten wolten. Zum andern den 11. Novembr. an welchen wir jährlich den erbärm-lichen Verlust unsers lieben van Leuvens zu beklagen verbunden. Und drittens den 11. Dec. der Concordiens glücklicher Entbindung, hiernächst der Errettung von des Lemelie Schand- und Mord-Streichen, auch unser bey-[244]derseits wieder erlangter Gesundheit wegen angestellet war. Diese drey Fest- Bet- und Fast-Tage, nebst andern besondern Feyertagen, die ich Gedächt-nisses wegen noch ferner hinzu gefüget, sind biß auf gegenwärtige Zeit von mir und den Meinen allezeit unverbrüchlich gefeyert worden, und werdet ihr, meine Lieben, kommenden Dienstag über 14. Tage, da der 11. Dec. einfällt, dessen Zeugen seyn.

Jedoch, fuhr unser Alt-Vater Albertus fort, ich kehre

wieder zu den Geschichten des 1647. Jahres, und erinnere mich noch immer, daß wir mit dem neuen Früh-
Jahre, so zu sagen, fast von neuen anfingen lebhafft zu
werden, da wir uns nehmlich der verdrüßlichen Winters-
Noth allhier auf dieser Insul entübriget sahen.

Wiewohl nun bey uns nicht der geringste Mangel,
weder an Lebens-Mitteln, noch andern Bedürffnissen
und Bequemlichkeiten vorhanden war, so konte doch ich
nicht müßig sitzen, sondern legte einen geraumlichen
Küchen-Garten an, und versetzte verschiedene Pflan-
tzen und Wurtzeln hinein, die wir theils aus des Don
Cyrillo Beschreibung, theils aus eigener Erfahrung vor
die annehmlichsten und nützlichsten befunden hatten,
um selbige nach unsern Verlangen gleich bey der Hand
zu haben. Hiernächst legte ich mich starck auf das
Pfropffen und Fortsetzen junger Bäume, brachte die
Wein-Reben in bessere Ordnung, machte etliche Fisch-
Kästen, setzte allerhand Arten von Fischen hinein, um
selbige, so offt wir Lust darzu hatten, gleich heraus zu
nehmen, bauete Schuppen und Ställe vor das eingefan-
gene Wildpret und Ziegen, zim-[245]merte Freß-Tröge,
Wasser-Rinnen und Saltz-Lecken vor selbige Thiere,
und mit wenig Worten zu sagen, ich führete mich auf als
ein solcher guter Hauß-Wirth, der Zeit Lebens auf dieser Insul zu verbleiben sich vorgesetzet hätte.

Inzwischen, ob gleich bey diesem allen Concordia mir
wenig helffen durffte, so saß sie doch in dem Hause
niemahls müßig, sondern nehete vor sich, die kleine

Tochter und mich allerhand nöthige Kleidungs-Stücke, denn wir hatten in denen, auf den Sand-Bäncken angeländeten Ballen, vieles Tuch, Seyden-Zeug und Leinwand gefunden, so, daß wir vor unsere und wohl noch 20. Personen auf Lebens-Zeit nothdürfftige Kleider daraus verfertigen konten. Es war zwar an vielen Tüchern und seydenen Zeugen durch das eingedrungene See-Wasser die Farbe ziemlich verändert worden, jedoch weil wir alles in der Sonne zeitlich abgetrucknet hatten, ging ihm an der Haltbarkeit ein weniges ab, und um die Zierlichkeit bekümmerten wir uns noch weniger, weil Concordia das schlimmste zu erst verarbeitete, und das beste biß auf künfftige Zeiten versparen wolte, wir aber der Mode wegen einander nichts vor übel hielten.

Unsere Saat-Felder stunden zu gehöriger Zeit in erwünschter Blüthe, so, daß wir unsere besondere Freude daran sahen, allein, die frembden Affen gewöhneten sich starck dahin, rammelten darinnen herum, und machten vieles zu schanden, da nun unsere Hauß-Affen merckten, daß mich dieses gewaltig verdroß, indem ich solche Freveler mit Steinen und Prügeln verfolgte, waren sie täglich auf [246] guter Hut, und unterstunden sich, ihre eigenen Anverwandten und Cameraden mit Steinwerffen zu verjagen. Diese wichen zwar anfänglich etliche mahl, kamen aber eines Tages etliche 20. starck wieder, und fingen mit unsern getreuen Hauß-Bedienten einen ordentlichen Krieg an. Ich ersahe dieses von ferne, lieff geschwinde zurück, und langete aus unserer Wohnung zwey geladene Flinten, kehrete mich etwas näher zum Kampff-Platze, und wurde gewahr, daß einer von den unsern, die mit rothen Halß-Bändern gezeichnet waren, starck verwundet zu Boden lag, gab derowegen 2. mahl auf einander Feuer, und legte darmit 3. Feinde darnieder, weßwegen sich die gantze feindliche Parthey auf die Flucht begab, meine 4. unbeschädigten siegend zurück kehreten, und den beschädigten Alten mit traurigen Gebärden mir entgegen getragen brachten, der aber, noch ehe wir unsere Wohnung erreichten, an seiner tödlichen Haupt-Wunde starb.

Es war das Weiblein von den 2. Aeltesten, und ich kan nicht sagen, wie sehr der Wittber und die vermuthlichen Kinder sich über diesen Todes-Fall betrübt bezeugten. Ich ging nach unserer Behausung, erzehlete der Concordia, was vorgegangen war, und diese ergriff nebst mir ein Werckzeug, um ein Loch zu machen, worein wir die auf dem Helden-Bette verstorbene Aeffin begraben wolten; allein, wir traffen bey unserer Dahinkunfft niemand an, sondern erblickten von ferne, daß die Leiche von den 4. Leidtragenden in den West-Fluß geworffen wurde, kehreten derowegen zurück, und [247] sahen bald hernach unsere noch übrigen 4. Bedienten gantz betrübt in ihren Stall gehen, worinnen sie bey nahe zweymahl 24. Stunden ohne Essen und Trincken stille liegen blieben, nachhero aber gantz freudig wieder heraus kamen, und nachdem sie tapffer gefressen und gesoffen, ihre vorige Arbeit verrichteten.

Mich ärgerte diese Begebenheit dermassen, daß ich alle frembden Affen täglich mit Feuer und Schwerdt verfolgte, und dieselben binnen Monats-Frist in die Waldung hinter der grossen See vertrieb, so, daß sich gar kein eintziger mehr in unserer Gegend sehen ließ, mithin konten wir nebst unsern Hauß-Dienern in guter Ruh leben, wiewohl der alte Wittber sich in wenig Tagen verlohr, doch aber nebst einer jungen Gemahlin nach 6. Wochen wiederum bey uns einkehrete, und den lächerlichsten Fleiß anwandte, biß er dieselbe nach und nach in unsere Haußhaltung ordentlich gewöhnete, so, daß wir sie mit der Zeit so aufrichtig als die verstorbene erkandten, und ihr, das besondere Gnaden-Zeichen eines rothen Halß-Bandes umzulegen, kein Bedencken trugen.

Mittlerzeit war nunmehro ein gantzes Jahr verflossen, welches wir auf dieser Insul zugebracht, derowegen auch der erste Fest- Bet- und Fast-Tag gefeyret wurde, der andere, als unser besonderer Trauer-Tag, lieff ebenfalls vorbey, und ich muß gestehen, daß, da wir wenig oder nichts zu arbeiten hatten, unsere Sinnen wegen der erneuerten Betrübniß gantz niedergeschlagen waren. Dieselben, um wiederum in etwas aufzumuntern, ging ich fast täglich mit der Concordia, die ihr Kind im [248] Mantel trug, durch den Felsen-Gang an die See spatziren, wohin wir seit etlichen Monaten nicht gekommen, erblickten aber mit nicht geringer Verwunderung, daß uns die Wellen einen starcken Vorrath von allerhand eingepackten Waaren und zerscheiterten Schiffs-Stücken zugeführet hatten. Ich fassete so gleich den Vorsatz, alles auf unsere Insul zu schaffen, allein, da mir ohnverhofft ein in ziemlicher Weite vorbey fahrendes Schiff in die Augen kam, gerieth ich auf einmahl gantz ausser mir selbst, so bald aber mein Geist sich wieder erholte, fing ich an zu schreyen, zu schiessen, und mit einem Tuche zu wincken, trieb auch solche mühsame, wiewohl vergebliche Bemühung so lange, biß sich gegen Abend so wohl das vorbey fahrende Schiff als die Sonne aus unsern Gesichte verlohr, da ich denn meines Theils gantz verdrüßlich und betrübt zurück kehrete, in lauter verwirrten Gedancken aber unterweges mit Concordien kein Wort redete, biß wir wieder in unserer Behausung anlangten, allwo sich die 5. Affen als Wächter vor die Thür gelagert hatten.

Concordia bereitete die Abend-Mahlzeit, wir speiseten, und hielten hierauf zusammen ein Gespräch, in welchem ich vermerckte, daß sich dieselbe wenig oder nichts um das vorbey gefahrne Schiff bekümmerte, auch grössere Lust auf dieser Insul zu sterben bezeugte, als sich in den Schutz frembder und vielleicht barbarischer Leute zu begeben. Ich hielte ihr zwar dergleichen Gedancken, als einer furchtsamen und schwachen Weibs-Person, die zumahlen ihres unglücklichen Schicksals halber ei-[249]nen Eckel gegen fernere Lust gefasset, zu gute, aber mit mir hatte es eine gantz andere Beschaffenheit. Und was habe ich eben Ursach, meine

JOHANN GOTTFRIED SCHNABEL

damahligen natürlichen Affecten zu verleugnen: Ich war
ein junger, starcker, und fast 20.jähriger Mensch, der
Geld, Gold, Edelgesteine und andere Güter im grösten
Uberfluß besaß, also gar wohl eine Frau ernehren konte,
allein, der Concordia hatte ich einen würcklichen Eid
geschworen, ihr mit Vorstellung meiner verliebten Begierden keinen Verdruß zu erwecken, verspürete über
dieses die stärcksten Merckmahle, daß sie ihren seel.
Ehe-Mann noch nach dessen Tode hertzlich liebte, auf
die kleine Concordia aber zu warten, schien mir gar
zu langweilig, obgleich dieselbe ihrer schönen Mutter
vollkommenes Ebenbild vorstellete. Wer kan mich also
verdencken, daß meine Sehnsucht so hefftig nach der
Gesellschafft anderer ehrlichen Leute anckerte, um
mich unter ihnen in guten Stand zu setzen, und eine
tugendhaffte Ehegattin auszulesen.

Es verging mir demnach damahls fast alle Lust zur
Arbeit, verrichtete auch die allernöthigste, so zu sagen,
fast gezwungener Weise, hergegen brachte ich täglich
die meisten Stunden auf der Felsen-Höhe gegen Norden
zu, machte daselbst ein Feuer an, welches bey Tage
starck rauchen und des Nachts helle brennen muste,
damit ein oder anderes vorbey fahrendes Schiff bey uns
anzuländen gereitzet würde, wandte dabey meine Augen
beständig auf die offenbare See, und versuchte zum
Zeitvertreibe, ob ich auf der von Lemelie hinterlassenen
Zitter von mir selbst ein oder ander Lied könte [250]
spielen lernen, welches mir denn in weniger Zeit der-

massen glückte, daß ich fast alles, was ich singen, auch zugleich gantz wohlstimmig mit spielen konte.

Concordia wurde über dergleichen Aufführung ziemlich verwirrt und niedergeschlagen, allein ich konte meine Sehnsucht unmöglich verbannen, vielweniger über das Hertze bringen, derselben meine Gedancken zu offenbaren, also lebten wir beyderseits in einem heimlichen Mißvergnügen und verdeckten Kummer, begegneten aber dennoch einander nach wie vor, mit aller ehrerbiethigen, tugendhafften Freundschafft und Dienst-geflissenheit, ohne zu fragen, was uns beyderseits auf dem Hertzen läge.

Mittlerweile war die Ernte-Zeit heran gerückt, und unser Geträyde vollkommen reiff worden. Wir machten uns derowegen dran, schnitten es ab, und brachten solches mit Hülffe unserer getreuen Affen, bald in grosse Hauffen. Eben dieselben musten auch fleißig dreschen helffen, ohngeacht aber viele Zeit vergieng, ehe wir die reinen Körner in Säcke und Gefässe einschütten konten, so habe doch nachhero ausgerechnet, daß wir von dieser unserer ersten Außsaat ohngefähr erhalten hatten, 35. Scheffel Reiß, 10. biß 11. Scheffel Korn, 3. Scheffel Weitzen, 12. biß 14. Scheffel Gersten, und 4. Scheffel Erbsen.

Wie groß nun dieser Seegen war, und wie sehr wir uns verbunden sahen, dem, der uns denselben angedeyhen lassen, schuldigen Danck abzustatten, so konte doch meine schwermüthige Sehnsucht nach [251] demjenigen was mir einmal im Hertzen Wurtzel gefasset hatte, dadurch nicht vermindert werden, sondern ich blieb einmal wie das andere tieffsinnig, und Concordiens liebreiche und freundliche, jedoch tugendhaffte Reden und Stellungen, machten meinen Zustand allem Ansehen nach nur immer gefährlicher. Doch blieb ich bey dem Vorsatze, ihr den gethanen Eyd unverbrüchlich zu halten, und ehe zu sterben als meine keusche Liebe gegen ihre schöne Person zu entdecken.

Unterdessen wurde uns zur selbigen Zeit ein grausames Schrecken zugezogen, denn da eines Tages Concordia so wol als ich nebst den Affen beschäfftiget waren, etwas Korn zu stossen, und eine Probe von Mehl zu machen, gieng erstgemeldte in die Wohnung, um nach dem Kinde zu sehen, welches wir in seiner Wiege schlaffend verlassen hatten, kam aber bald mit erbärmlichen Geschrey zurück gelauffen und berichtete, daß das Kind nicht mehr vorhanden, sondern aus der Wiege gestohlen sey, indem sie die mit einem höltzernen Schlosse verwahrte Thüre eröffnet gefunden, sonsten aber in der Wohnung nichts vermissete, als das Kind und dessen Kleider. Meine Erstaunung war dieserwegen ebenfalls fast unaussprechlich, ich lieff selbst mit dahin, und empfand unsern kostbaren Verlust leyder mehr als zu wahr. Demnach schlugen wir die Hände über den Köpffen zusammen, und stelleten uns mit einem Worte, nicht anders als verzweiffelte Menschen an, heuleten, schryen und rieffen das Kind bey seinem Nahmen, allein

da war weder Stimme noch Antwort zu hören, das
eiffrigste Suchen auf [252] und um den Hügel unserer
Wohnung herum war fast 3. Stunden lang vergebens,
doch endlich, da ich von ferne die Spitze eines grossen
Heu-Hauffens sich bewegen sahe, gerieth ich plötzlich
auf die Gedancken: Ob vielleicht der eine von den jüngsten Affen unser Töchterlein da hinauff getragen hätte,
und fand, nachdem ich auf einer angelegten Leiter
hinauf gestiegen, mich nicht betrogen. Denn das Kind
und der Affe machten unterdessen, da sie zusammen ein
frisches Obst speiseten, allerhand lächerliche Possen.
Allein da das verzweiffelte Thier meiner gewahr wurde,
nahm es das Kind zwischen seine Vorder-Pfoten, und
rutschte mit selbigem auf jener Seite des Hauffens herunter, worüber ich Schreckens wegen fast von der Leiter
gestürtzt wäre, allein es war glücklich abgegangen.
Denn da ich mich umsahe, lieff der Kinder-Dieb mit
seinem Raube aufs eiligste nach unserer Behausung,
hatte, als ich ihn daselbst antraff, das fromme Kind so
geschickt aus- als angezogen, selbiges in seine Wiege
gelegt, saß auch darbey und wiegte es so ernsthafftig
ein, als hätte er kein Wasser betrübt.

Ich wuste theils vor Freuden, theils vor Grimm gegen
diesen Freveler nicht gleich was ich machen solte, mitlerweile aber kam Concordia, so die gantze Comœdie
ebenfalls von ferne mit angesehen hatte, mit Zittern und
Zagen herbey, indem sie nicht anders vermeynte, es
würde dem Kinde ein Unglück oder Schaden zugefügt

seyn, da sie es aber Besichtigte, und nicht allein frisch und gesund, sondern über dieses ausserordentlich gutes Muths befand, gaben wir uns endlich zufrieden, wiewol ich aber be-[253]schloß, daß dieser allerleichtfertigste Affe seinen Frevel durchaus mit dem Leben büssen solte, so wolte doch Concordia aus Barmhertzigkeit hierein nicht willigen, sondern bath: Daß ich es bey einer harten Leibes-Züchtigung bewenden lassen möchte, welches denn auch geschahe, indem ich ihn mit einer grossen Ruthe von oben biß unten dermassen peitschte, daß er sich in etlichen Tagen nicht rühren konte, welches so viel fruchtete, daß er in künfftigen Zeiten seine freveln Streiche ziemlicher massen unterließ.

Von nun an schien es, als ob uns die, zwar jederzeit hertzlich lieb gewesene kleine Concordia, dennoch um ein merckliches lieber wäre, zumahlen da sie anfieng allein zu lauffen, und verschiedene Worte auf eine angenehme Art her zu lallen, ja dieses kleine Kind war öffters vermögend meinen innerlichen Kummer ziemlicher massen zu unterbrechen, wiewol nicht gäntzlich aufzuheben.

Nachdem wir aber einen ziemlichen Vorrath von Rocken- Reiß- und Weitzen-Mehle durchgesiebt und zum Backen tüchtig gemacht, ich auch einen kleinen Back-Ofen erbauet, worinnen auf einmal 10. oder 12. drey biß 4. Pfündige Brodte gebacken werden konten, und Concordia die erste Probe ihrer Beckerey, zu unserer grösten Erquickung und Freude glücklich abgeleget hatte; Konten wir uns an dieser allerbesten Speise, so über Jahr und Tag nunmehro nicht vor unser Maul kommen war, kaum satt sehen und essen.

Dem ohngeacht aber, verfiel ich doch fast gantz von neuen in meine angewöhnte Melancholey, ließ [254] viele Arbeits-Stücken liegen, die ich sonsten mit Lust vorzunehmen gewohnt gewesen, nahm an dessen statt in den Nachmittags-Stunden meine Flinte und Zitter, und stieg auf die Nord-Felsen-Höhe, als wohin ich mir einen gantz ungefährlichen Weg gehauen hatte.

Am Heil. 3. Königs-Tage des 1648ten Jahres, Mittags nach verrichteten Gottesdienste, war ich ebenfalls im Begriff dahin zu steigen, Concordia aber, die solches gewahr wurde, sagte lächelnd: Mons. Albert, ich sehe daß ihr spatzieren gehen wollet, nehmet mir nicht übel, wenn ich euch bitte, eure kleine Pflege-Tochter mit zu nehmen, denn ich habe mir eine kleine nöthige Arbeit vorgenommen, worbey ich von ihr nicht gern verhindert seyn wolte, saget mir aber, wo ihr gegen Abend anzutreffen seyd, damit ich euch nachfolgen und selbige zurück tragen kan. Ich erfüllete ihr Begehren mit gröster Gefälligkeit, nahm meine kleine Schmeichlerin, die so gern bey mir, als ihrer Mutter blieb, auf den Arm, versorgte mich mit einer Flasche Palmen-Safft, und etwas übrig gebliebenen Weyhnachts-Kuchen, hängte meine Zitter und Flinte auf den Rücken, und stieg also beladen den Nord-Felß hinauf. Daselbst gab ich dem Kinde einige tändeleyen zu spielen, stützte einen Arm unter den Kopf, sahe auf die See, und hieng den

unruhigen Gedancken wegen meines Schicksals ziemlich
lange nach. Endlich ergriff ich die Zitter und sang
etliche Lieder drein, welche ich theils zu Ausschüttung
meiner Klagen, theils zur Gemüths-Beruhigung aufgesetzt hatte. Da aber die kleine Schmeichlerin über
dieser Mu-[255]sic sanfft eingeschlaffen war, legte ich,
um selbige nicht zu verstöhren, die Zitter beyseite, zog
eine Bley-Feder und Pappier aus meiner Tasche, und
setzte mir ein neues Lied folgenden Innhalts auf:

1.

Ach! hätt' ich nur kein Schiff erblickt,
    So wär ich länger ruhig blieben
      Mein Unglück hat es her geschickt,
    Und mir zur Qvaal zurück getrieben,
Verhängniß wilstu dich denn eines reichen Armen,
Und freyen Sclavens nicht zu rechter Zeit erbarmen?

2.

    Soll meiner Jugend beste Krafft
    In dieser Einsamkeit ersterben?
    Ist das der Keuschheit Eigenschafft?
    Will mich die Tugend selbst verderben?
So weiß ich nicht wie man die lasterhafften Seelen
Mit größrer Grausamkeit und Marter solte quälen.

3.

    Ich liebe was und sag' es nicht,
    Denn Eid und Tugend heist mich schweigen,
    Mein gantz verdecktes Liebes-Licht
    Darf seine Flamme gar nicht zeigen,

Dem Himmel selbsten ist mein Lieben nicht zuwieder,
Doch Schwur und Treue schlägt den Hofnungs-Bau
darnieder. [256]

4.

Concordia du Wunder-Bild,
Man lernt an dir die Eintracht kennen,
Doch was in meinem Hertzen qvillt
Muß ich in Wahrheit Zwietracht nennen,
Ach! liesse mich das Glück mit dir vereinigt leben,
Wir würden nimmermehr in Haß und Zwietracht
schweben.

5.

Doch bleib in deiner stillen Ruh,
Ich suche solche nicht zu stöhren;
Mein eintzigs Wohl und Weh bist du,
Allein ich will der Sehnsucht wehren,
Weil deiner Schönheit Pracht vor mich zu Kostbar
scheinet,
Und weil des Schicksaals Schluß mein Wünschen glatt
verneinet.

6.

Ich gönne dir ein beßres Glück,
Verknüpfft mit noch viel höhern Stande.
Führt uns der Himmel nur zurück
Nach unserm werthen Vater-Lande,
So wirstu letzlich noch dis harte Schicksal loben,
Ist gleich vor deinen Freund was schlechters auf-
gehoben.

Nachdem aber meine kleine Pflege-Tochter aufgewacht, und von mir mit etwas Palm-Safft und Kuchen gestärckt war, bezeigte dieselbe ein unschuldiges Belieben, den Klang meiner Zitter ferner zu hören, derowegen nahm ich dieselbe wieder auf, studirte eine Melodey auf mein gemachtes Lied aus, [257] und wiederholte diesen Gesang binnen etlichen Stunden so ofte, biß ich alles fertig auswendig singen und spielen konte.

Hierauff nahm ich das kleine angenehme Kind in die Arme vor mich, drückte es an meine Brust, küssete dasselbe viele mal, und sagte im grösten Liebes-Affect ohngefehr folgende laute Worte: Ach du allerliebster kleiner Engel, wolte doch der Himmel daß du allbereit noch ein Mandel Jahre zurück gelegt hättest, vielleicht wäre meine hefftige Liebe bey dir glücklicher als bey deiner Mutter, aber so lange Zeit zwischen Furcht und Hoffnung zu warten, ist eine würckliche Marter zu nennen. Ach wie vergnügt wolte ich, als ein anderer Adam, meine gantze Lebens-Zeit in diesem Paradiese zubringen, wenn nur nicht meine besten Jugend-Jahre, ohne eine geliebte Eva zu umarmen, verrauchen solten. Gerechter Himmel, warum schenckestu mir nicht auch die Krafft, den von Natur allen Menschen eingepflantzten Trieb zum Ehestande gäntzlich zu ersticken und in diesem Stücke so unempfindlich als van Leuvens Wittbe zu seyn? Oder warum lenckestu ihr Hertze nicht, sich vor deinen allwissenden Augen mit mir zu verehligen, denn mein Hertze kennest du ja, und weist, daß meine

sehnliche Liebe keine geile Brunst, sondern deine heilige
Ordnung zum Grunde hat. Ach was vor einer harten Probe
unterwirffstu meine Keuschheit und Tugend, indem ich
bey einer solchen vollkommen schönen Wittfrau Tag und
Nacht unentzündet leben soll. Doch ich habe dir und ihr
einen theuren Eyd geschworen, welches Gelübde ich denn
ehe mit meinem Leben bezah-[258]len, und mich nach und
nach von der brennenden Liebes-Gluth gantz verzehren
lassen, als selbiges leichtsinniger Weise brechen will.

Einige hierbey aus meinen Augen rollende Thränen
hemmeten das fernere Reden, die kleine Concordia aber,
welche kein Auge von meinem Gesichte verwand hatte,
fieng dieserwegen kläglich und bitterlich an zu weinen,
also drückte ich selbige aufs neue an meine Brust,
küssete den mitleydigen Engel, und stund kurtz hernach mein und ihrer Gemüths-Veränderung wegen auf,
um noch ein wenig auf der Felsen-Höhe herum zu spatzieren. Doch wenig Minuten hierauff kam die 3te Person
unserer hiesigen menschlichen Gesellschafft herzu, und
fragte auf eine zwar sehr freundliche, doch auch etwas
tieffsinnige Art: Wie es uns gienge, und ob wir heute kein
Schiff erblickt hätten? Ich fand mich auf diese unvermuthete Frage ziemlich betroffen, so daß die Röthe
mir, wie ich glaube, ziemlich ins Gesichte trat, sagte
aber: Daß wir heute so glücklich nicht gewesen wären.
Mons. Albert! gab Concordia darauff: Ich bitte euch
sehr, sehet nicht so oft nach vorbey fahrenden Schiffen,
denn selbige werden solchergestallt nur desto länger

ausbleiben. Ihr habt seit einem Jahre vieles entdeckt und erfahren, was ihr kurtz vorhero nicht vermeynet habt, bedencket diese schöne Paradieß-Insul, bedencket wiewol uns der Himmel mit Nahrung und Kleidern versorgt, bedencket noch dabey den fast unschätzbaren Schatz, welchen ihr ohne ängstliches Suchen und ungedultiges Hoffen gefunden. Ist euch nun von dem Himmel eine noch fernere gewünschte Glückselig-[259]keit zugedacht, so habt doch nebst mir das feste Vertrauen, daß selbige zu seiner Zeit uns unverhoft erfreuen werde.

Mein gantzes Hertze fand sich durch diese nachdencklichen Reden gantz ungemein gerühret, jedoch war ich nicht vermögend eine eintzige Sylbe darauff zu antworten, derowegen Concordia das Gespräch auf andere Dinge wendete, und endlich sagte: Kommet mein lieber Freund, daß wir noch vor Sonnen Untergang unsere Wohnung erreichen, ich habe einen gantz besonders schönen Fisch gefangen, welcher euch so gut als mir schmecken wird, denn ich glaube, daß ihr so starcken appetit als ich zum Essen habt.

Ich war froh, daß sie den vorigen ernsthafften discours unterlassen hatte, folgte ihren Willen und zwang mich einiger massen zu einer aufgeräumtern Stellung. Es war würcklich ein gantz besonders rarer Fisch, den sie selbigen Mittag in ihren ausgesteckten Angeln gefangen hatte, dieser wurde nebst zweyen Rebhünern zur Abend-Mahlzeit aufgetragen, worbey mir denn Concordia, um mich etwas lustiger zu machen, etliche Becher Wein mehr, als sonst gewöhnlich einnöthigte, und endlich fragte: Habe ich auch recht gemerckt Mons. Albert, daß ihr übermorgen euer zwantzigstes Jahr zurück legen werdet. Ja Madame, war meine Antwort, ich habe schon seit etlichen Tagen daran gedacht. GOTT gebe, versetzte sie, daß eure zukünfftige Lebens-Zeit vergnügter sey, allein darff ich euch wol bitten, mir euren ausführlichen Lebens-Lauff zu erzehlen, denn mein seel. Ehe-Herr hat mir einmals [260] gesagt, daß derselbige theils kläglich, theils lustig anzuhören sey.

Ich war hierzu sogleich willig, und vermerckte, daß bey Erwehnung meiner Kinderjährigen Unglücks-Fälle Concordien zum öfftern die Augen voller Thränen stunden, doch da ich nachhero die Geschichten von der Ammtmanns Frau, der verwechselten Hosen, und den mir gespielten Spitzbuben-Streich, mit offt untermengten Schertz-Reden erzehlete, konte sie sich fast nicht satt lachen. Nachdem ich aber aufs Ende kommen, sagte sie: Glaubet mir sicher Mons. Albert, weil eure Jugend-Jahre sehr kläglich gewesen, so wird euch GOTT in künfftiger Zeit um so viel desto mehr erfreuen, wo ihr anders fortfahret ihm zu dienen, euren Beruff fleißig abzuwarten, geduldig zu seyn, und euch der unnöthigen und verbothenen Sorgen zu entschlagen. Ich versprach ihrer löblichen Vermahnung eiffrigst nachzuleben, wünschte anbey, daß ihre gute Propheceyung eintreffen möchte, worauff wir unsere Abend-Beth-Stunde hielten, und uns zur Ruhe legten.

Weiln mir nun Concordiens vergangenes Tages
geführten Reden so christlich als vernünfftig vorkamen,
beschloß ich, so viel möglich, alle Ungedult zu verbannen, und mit aller Gelassenheit die fernere Hülffe
des Himmels zu erwarten. Folgendes Tages arbeitete ich
solchergestalt mehr, als seit etlichen Tagen geschehen
war, und legte mich von aushauung etlicher Höltzerner
Gefässe, ziemlich ermüdet, abermals zur Ruhe, da ich
aber am drauff folgenden Morgen, nemlich den 8ten
Jan. 1648. aus [261] meiner abgesonderten Kammer in
die so genannte Wohn-Stube kam, fand ich auf dem
Tische nebst einem grünen seydenen Schlaf-Rocke, und
verschiedenen andern neuen Kleidungs-Stücken, auch
vieler weisser Wäsche, ein zusammen gelegtes Pappier
folgendes Innhalts:

Liebster Hertzens Freund!

*ICh habe fast alles mit angehöret, was ihr gestern auf
dem Nord-Felsen, in Gesellschaft meiner kleinen
Tochter, oft wiederholt gesungen und geredet habt. Euer
Verlangen ist dem Triebe der Natur, der Vernunfft, auch
Göttl. und Menschl. Gesetzen gemäß; Ich hingegen bin
eine Wittbe, welcher der Himmel ein hartes erzeiget
hat. Allein ich weiß, daß Glück und Unglück von der
Hand des HERRN kömmt, welche ich bey allen Fällen
in Demuth küsse. Meinem seel. Mann habe ich die
geschworne Treu redlich gehalten, dessen GOTT und
mein Gewissen Zeugniß giebt. Ich habe seinen jämmerlichen Tod nunmehro ein Jahr und zwey Monath*

aus auffrichtigen Hertzen beweint und beklagt, wer-
de auch denselben Zeit lebens, so offt ich dran ge-
dencke, schmertzlich beklagen, weil unser Ehe-Band
auf GOTTES Zulassung durch einen Meuchel-Mörder
vor der Zeit zerrissen worden. Ohngeacht ich aber sol-
chergestalt wieder frey und mein eigen bin, so würde
mich doch schwerlich zu einer anderwei-[262]tigen Ehe
entschlossen haben, wenn nicht eure reine und hertz-
liche Liebe mein Hertz aufs neue empfindlich gemacht,
und in Erwegung eurer bißherigen tugendhafften Auf-
führung dahin gereitzet hätte, mich selbst zu eurer
künfftigen Gemahlin anzutragen. Es stehet derowegen
in eurem Gefallen, ob wir sogleich Morgen an eurem
Geburts-Tage uns, in Ermangelung eines Priesters
und anderer Zeugen, in GOttes und der Heil. Engel er-
bethener Gegenwart selbst zusammen trauen, und hin-
führo einander als eheliche Christen-Leute beywohnen
wollen. Denn weil ich eurer zu mir tragenden Liebe und
Treue völlig versichert bin, so könnet ihr im Gegentheil
vollkommen glauben, daß ich euch in diesen Stücken
nichts schuldig bleiben werde. Eure Frömmigkeit, Tu-
gend und Auffrichtigkeit dienen mir zu Bürgen daß ihr
mir dergleichen selbst eigenen Antrag meiner Person
vor keine leichtfertige Geilheit und ärgerliche Brunst
auslegen werdet, denn da ihr aus Übereilung mehr ge-
lobet habt, als GOTT und Menschen von euch forderten,
doch aber ehe löblich zu sterben, als solches zu brechen
gesonnen waret; Habe ich in dieser Einsamkeit, uns

beyde zu vergnügen, den Außspruch zu thun mich
gezwungen gesehen. Nehmet demnach die von euch so
sehr geliebte Wittbe des seel. van Leuvens, *und lebet nach*
euren Versprechen führohin mit derselben nim-
[263]*mermehr in Haß und Zwietracht. GOTT sey mit*
uns allezeit. Nach Verlesung dieses, werdet ihr mich
bey dem Damme des Flusses ziemlich beschämt finden,
und ein mehreres mündlich mit mir überlegen können,
allwo zugleich den Glück-Wunsch zu eurem Geburts-
Tage abstatten wird, die euch auffrichtig ergebene
Geschrieben   Concordia van Leuvens.
    den 7. Jan.
      1648.

Ich blieb nach Verlesung dieses Briefes dergestalt
entzückt stehen, daß ich mich in langer Zeit wegen der
unverhofften frölichen Nachricht nicht begreiffen konte,
wolte auch fast auf die Gedancken gerathen, als suchte
mich Concordia nur in Versuchung zu führen, da aber
ihre bißherige aufrichtige Gemüths- und Lebens-Art in
etwas genauere Betrachtung gezogen hatte, ließ ich
allen Zweifel fahren, fassete ein besonders frisch Hertze, machte mich auf den Weg, und fand meinen aller-
angenehmsten Schatz, mit ihrer kleinen Tochter, beym
Damme in Grase sitzend. Sie stund, so bald sie mich
von ferne kommen sahe, auf, mir entgegen zu gehen,
nachdem ich ihr aber einen glückseeligen Morgen
gewünschet, erwiederte sie solchen mit einem wohl-
ersonnenen Glück-Wunsche wegen meines Geburts-

Tages. Ich stattete dieserwegen meine Dancksagung ab, und wünschte ihr im gegentheil, ein beständiges Leibes- und Seelen-Vergnügen. Da sie sich aber nach diesen auf einen daselbst liegenden Baum-Schafft [264] gesetzt, und mich, neben ihr Platz zu nehmen, gebeten hatte, brach mein Mund in folgende Worte aus: Madame! eure schönen Hände haben sich gestern bemühet an meine schlechte Person einen Brieff zu schreiben, und wo das-jenige, was mich angehet, keine Versuchung, sondern eures keuschen Hertzens aufrichtige Meynung ist, so werde ich heute durch des Himmels und eure Gnade, zum allerglückseeligsten Menschen auf der gantzen Welt gemacht werden. Es würde mir schwer fallen gnungsame Worte zu ersinnen, um damit den unschätz-baren Werth eurer vollkommen tugendhafften und Lie-bens würdigsten Person einiger massen auszudrücken, darum will ich nur sagen: Daß ihr würdig wäret, eines grossen Fürsten Gemahlin zu seyn. Was aber bin ich dargegen? Ein schlechter geringer Mensch, der - - -

Hier fiel mir Concordia in die Rede, und sagte, indem sie mich sanfft auf die Hand schlug: Liebster Julius, ich bitte fanget nunmehro nicht erstlich an, viele unnöthige Schmeicheleyen und ungewöhnliches Wort-Gepränge zu machen, sondern seyd fein aufrichtig wie ich in meinem Schreiben gewesen bin. Eure Tugend, Frömmigkeit und mir geleisteten treuen Dienste, weiß ich mit nichts besser zu vergelten, als wenn ich euch mich selbst zur Belohnung anbiete, und versichere, daß eure Person bey mir in höhern Werthe stehet, als des grösten Fürsten oder andern Herrn, wenn ich auch gleich das Außlesen unter tausenden haben solte. Ist euch nun damit gedienet, so erkläret euch, damit wir uns nachhero fernerer Anstallten wegen vertraulich unter-[265]reden, und auf alle etwa bevorstehende Glücks- und Unglücks-Fälle gefast machen können.

Ich nahm hierauff ihre Hand, küssete und schloß dieselbe zwischen meine beyden Hände, konte aber vor übermäßigen Vergnügen kaum so viel Worte vorbringen, als nöthig waren, sie meiner ewig währenden getreuen Liebe zu versichern, anbey mich gäntzlich eigen zu geben, und in allen Stücken nach dero Rath und Willen zu leben. Nein mein Schatz! versetzte hierauff Concordia, das Letztere verlange ich nicht, sondern ich werde euch nach Gottes Ausspruche jederzeit als meinen Herrn zu ehren und als meinen werthen Ehe-Mann beständig zu lieben wissen. Ihr sollet durchaus meinem Rath und Willen keine Folge leisten, in so ferne derselbe von euren, Gottlob gesunden, Verstande nicht vor gut und billig erkannt wird, weil ich mich als ein schwaches Werckzeug zuweilen gar leicht übereilen kan.

Unter diesen ihren klugen Reden küssete ich zum öfftern dero schönen Hände, und nahm mir endlich die Kühnheit, einen feurigen Kuß auf ihre Rosen-Lippen zu drücken, welchen sie mit einem andern ersetzte. Nachhero stunden wir auf, um zu unsern heutigen Hochzeit-Feste Anstalten zu machen. Ich schlachtete ein jung

Reh, eine junge Ziege, schoß ein paar Rebhüner, schaffte Fische herbey, steckte die Braten an die Spiesse, welche unsere Affen wenden musten, setzte das Koch-Fleisch zum Feuer, und laß das Beste frische Obst aus, mittlerweile meine Braut, Kuchen, Brod und allerley Gebackens zurichtete, und unsere Wohnstube aufs herrlichste aus-[266]zierete, so daß gegen Abend alles in schönster Ordnung war.

Demnach führeten wir, genommener Abrede nach, einander in meine Schlaf-Kammer, allwo auf einen reinlich gedeckten Tische ein Crucifix stunde, welches wir mit unter des Don Cyrillo Schätzen gefunden hatten. Vor selbigen lag eine aufgeschlagene Bibel. Wir knieten beyde vor diesem kleinen Altare nieder, und ich verlaß die 3. ersten Capitel aus dem 1. Buch Mose. Hierauff redete ich meine Braut also an: Liebste Concordia, ich frage euch allhier vor dem Angesicht GOTTES und seiner Heil. Engel, ob ihr mich Albert Julium zu einem ehelichen Gemahl haben wollet? gleich wie ich euch zu meiner ehelichen Gemahlin nach Göttlicher Ordnung aus reinem und keuschen Hertzen innigst begehre? Concordia antwortete nicht allein mit einem lauten Ja, sondern reichte mir auch ihre rechte Hand, welche ich nach verwechselten Trau-Ringen in die meinige fügte, und also betete: »Du heiliger wunderbarer GOTT, wir glauben gantz gewiß, daß deine Vorsicht an diesem, von aller andern menschlichen Gesellschafft entlegenen Orte, unsere Seelen vereiniget hat, und in dieser Stunde auch die

Leiber mit dem heiligen Bande der Ehe zusammen füget,
darum soll unter deinem Schutze nichts als der Tod vermögend seyn dieses Band zu brechen, und solte ja auf
dein Zulassen ein oder anderer Unglücks-Fall die Leiber
von einander scheiden, so sollen doch unsere Seelen in
beständiger Treue mit einander vereinigt bleiben.« Concordia sprach hierzu: Amen. Ich aber schlug das [267]
8. Cap. im Buch Tobiä auf, und betete des jungen Tobiä
Gebeth vom 7. biß zu ende des 9ten Verses; wiewol ich
etliche Worte nach unserm Zustande veränderte, auch so
viel zusetzte als mir meines Hertzens heilige Andacht
eingab. Concordia machte aus den Worten der jungen
Sara, die im folgenden 10ten Vers stehen, ein schönes
Hertz-brechendes und kräfftiges Gebet. Nach diesem
beteten wir einstimmig das Vater Unser und den gewöhnlichen Seegen der Christlichen Kirche über uns,
sungen das Lied: Es woll uns GOTT genädig seyn,
&c. küsseten uns etliche mahl, und führeten einander
wieder zurück, bereiteten die Mahlzeit, setzten uns mit
unserer kleinen Concordia, die unter währenden Trau-
Actu so stille als ein Lamm gelegen hatte, zu Tische, und
nahmen unsere Speisen nebst dem köstlichen Geträncke
in solcher Vergnüglichkeit ein, als wohl jemahls ein
Braut-Paar in der gantzen Welt gethan haben mag.

Es schien, als ob aller vorhero ausgestandener Kummer und Verdruß solchergestalt auf einmahl verjagt
wäre, wir vereinigten uns von nun an, einander in vollkommener Treue dergestalt hülffliche Hand zu leisten,

und unsere Anstalten auf solchen Fuß zu setzen, als ob
wir gar keine Hoffnung, von hier hinweg zu kommen,
hätten, hergegen aus blosser Lust, Zeit-Lebens auf dieser Insul bleiben, im übrigen alles der Vorsehung des
Himmels anbefehlen, und alle ängstlichen Sorgen wegen
des Zukünfftigen einstellen wolten.

Indem aber die Zeit zum Schlaffen-gehen herbey kam,
sagte meine Braut mit liebreichen Ge-[268]bärden zu
mir: Mein allerliebster Ehe-Schatz, ich habe heute mit
Vergnügen wahrgenommen, daß ihr in vielen Stücken
des jungen Tobiä Sitten nachgefolget seyd, derowegen
halte vor löblich, züchtig und andächtig, daß wir diesen
jungen Ehe-Leuten noch in dem Stücke nachahmen, und
die 3. ersten Nachte mit Beten zubringen, ehe wir uns
ehelich zusammen halten. Ich glaube gantz gewiß, daß
GOTT unsern Ehestand um so viel desto mehr segnen
und beglückt machen wird.

Ihr redet, mein Engel, gab ich zur Antwort, als eine
vollkommen tugendhaffte, gottesfürchtige und keusche
Frau, und ich bin eurer Meinung vollkommen, derowegen geschehe, was euch und mir gefällig ist. Solchergestalt sassen wir alle drey Nachte beysammen, und
vertrieben dieselben mit andächtigen Beten, Singen und
Bibel-Lesen, schlieffen auch nur des Morgens einige
Stunden, in der vierdten Nacht aber opfferte ich meiner
rechtmäßigen Ehe-Liebste die erste Krafft meiner Jugend, und fand in ihren Liebes-vollen Umarmungen ein
solches entzückendes Vergnügen, dessen unvergleich-

liche Vollkommenheit ich mir vor der Zeit nimmermehr vorstellen können.

Wenige Tage hierauf verspürete sie die Zeichen ihrer Schwangerschafft, und die kleine Concordia gewehnete sich von sich selbst, von der Brust gäntzlich ab, zu andern Speisen und Geträncke. Mittlerweile bescherete uns der Himmel eine abermahlige und viel reichere Wein-Erndte als die vorige, denn wir presseten über 500. Kannen Most aus, truckneten biß 6. Scheffel Trauben auf, ohne was von [269] uns und den Affen die gantze Weinlese hindurch gegessen, auch von den frembden diebischen Affen gestohlen und verderbt wurde. Denn dieses lose Gesindel war wiederum so dreuste worden, daß es sich nicht allein Schaaren-weise in unsern Weinbergen und Saat-Feldern, sondern so gar gantz nahe um unsere Wohnung herum sehen und spüren ließ. Weil ich aber schon damahls 3. leichte Stück-Geschützes auf die Insul geschafft hatte, pflantzte ich dieselben gegen diejenigen Oerter, wo meine Feinde öffters zu zwanzig biß funfzigen beysammen hin zu kommen pflegten, und richtete mit offt wiederholten Ladungen von auserlesenen runden Steinen starcke Niederlagen an, so, daß zuweilen 8. 10. 12. biß 16. todte und verwundete auf dem Platze liegen blieben. Am allerwundersamsten kam mir hierbey dieses vor, daß unsere Hauß- und Zucht-Affen nicht das allergeringste Mitleyden über das Unglück ihrer Anverwandten, im Gegentheil ein besonderes Vergnügen bezeugten, wenn sie die Verwundten vollends todt schlagen, und die sämmtlichen Leichen in den nächsten Fluß tragen konten. Ich habe solchergestalt und auf noch andere listige Art in den ersten 6. Jahren fast über 500. Affen getödtet, und dieselben auf der Insul zu gantz raren Thieren gemacht, wie sie denn auch nachhero von den Meinigen zwar aufs hefftigste verfolgt, doch wegen ihrer Poßierlichkeit und Nutzung in vielen Stücken nicht gar vertilget worden.

Nach glücklich beygelegten Affen-Kriege und zu gut gemachter Trauben-Frucht, auch abermahliger Bestellung der Weinberge und Saat-[270]Felder, war meine tägliche Arbeit, diejenigen Waaren, welche uns Wind und See von den in verschiedenen Stürmen zerscheiterten Schiffen zugeführet hatte, durch den hohlen Felsen-Weg herauf in unsere Verwahrung zu schaffen. Hilff Himmel! was bekamen wir nicht solcher Gestalt noch vor Reichthümer in unser Gewalt? Gold, Silber, edle Steine, schöne Zeuge, Böckel- und geräuchert Fleisch nebst andern Victualien war dasjenige, was am wenigsten geachtet wurde, hergegen Coffeé, Theé, Chocolade, Gewürtze, ausgepichte Kisten mit Zucker, Pech, Schwefel, Oehl, Talg, Butter, Pulver, allerhand eisern, zinnern, kupffern und meßingen Hauß-Geräthe, dicke und dünne Seile, höltzerne Gefässe u. d. gl. ergötzte uns am allermeisten.

Unser Hauß-Gesinde, das nunmehro, da sich der ehemahlige Patient auch eine Frau geholet, aus 6. Personen bestund, that hierbey ungemeine Dienste, und meine liebe Ehe-Frau brachte in der unterirrdischen Höle alles, was uns nützlich, an gehörigen Ort und Stelle, was aber von dem See-Wasser verdorben war, musten ein paar Affen auf einen darzu gemachten Roll-Wagen so gleich fortschaffen, und in den nächst-gelegenen Fluß werffen. Nach diesem, da eine grosse Menge zugeschnittener Breter und Balcken von den zertrümmerten Schiffen vorhanden, erweiterte ich unsere Wohnung auf dem Hügel noch um ein grosses, bauete auch der Affen Behausung geräumlicher, und brachte, kurtz zu sagen, alles in solchen Stand, daß wir bevorstehenden Winter wenig zu schaffen [271] hatten, sondern in vergnügter Ruhe beysammen leben konten.

Unser Zeitvertreib war im Winter der allervergnügteste von der Welt, denn wenn wir unsers Leibes mit den besten Speisen und Geträncke wohl gepflegt, und nach Belieben ein und andere leichte Arbeit getrieben hatten, konten wir zuweilen etliche Stunden einander in die Arme schliessen und mit untermengten Küssen allerhand artige Geschichte erzehlen, worüber denn ein jedes seine besondere Meinung eröffnete, so, daß es öffters zu einem starcken Wort-Streite kam, allein, wir vertrugen uns letztlich immer in der Güte, zumahlen, wenn die Sachen ins geheime Kammer-Gerichte gespielet wurden.

Im Frühlinge, nehmlich am 19. Octobr. des Jahres unserer Verehligung, wurde so wohl ich als meine allerliebste Ehe-Gattin nach ausgestandenen 4. stündigen ängstlichen Sorgen mit inniglichen Vergnügen über-

schüttet, indem sie eben in der Mittags-Stunde ein paar
kurtz auf einander folgende Zwillings-Söhne zur Welt
brachte. Sie und ich hatten uns zeithero, so viel als
erdencklich, darauf geschickt gemacht, derowegen
befand sich, unter Göttlichen Beystande, meine zarte
Schöne bey dieser gedoppelten Kinder-Noth dennoch
weit stärcker und kräfftiger als das erste mahl. Ich gab
meinen hertzlich geliebten Söhnen gleich in der ersten
Stunde die heil. Tauffe, und nennete den ersten nach mir,
Albertus, den andern aber nach meinem seel. Vater,
Stephanus, that anbey alles, was einem getreuen Vater
und [272] Ehe-Gatten gegen seine lieben Kinder und
wertheste Ehe-Gemahlin bey solchen Zustande zu thun
oblieget, war im übrigen höchst glücklich und vergnügt,
daß sich weder bey der Mutter noch bey den Kindern
einige besorgliche Zufälle ereigneten.

Ich kan nicht sagen, wie frölich sich die kleine Concordia, so allbereit wohl umher lauffen, und ziemlich
vernehmlich plaudern konte, über die Anwesenheit ihrer
kleinen Stieff-Brüder anstellete, denn sie war fast gar
nicht von ihnen hinweg zu bringen, unsere Affen aber
machten vor übermässigen Freuden ein solches wunder-
liches Geschrey, dergleichen ich von ihnen sonst niemahls gehöret, als da sie bey dem ersten Kriege siegend
zurück kamen, erzeigten sich nachhero auch dermassen
geschäfftig, dienstfertig und liebkosend um uns und die
Kinder herum, daß wir ihnen kaum genung zu verrichten
geben konten.

So weit war unser Alt-Vater Albertus selbigen Abend in seiner Erzehlung kommen, als er die Zeit beobachtete, sich zur Ruhe zu legen, worinnen wir andern ihm Gesellschafft leisteten. Des darauf folgenden Sonnabends wurde keine Reise vorgenommen, indem Herr Mag. Schmelzer auf seine Predigt studirte, wir übrigen aber denselben Tag auch nicht müßig, sondern mit Einrichtung allerhand nöthiger Sachen zubrachten, und uns des Abends auf die morgende Sabbaths-Feyer præparirten. Selbiges war der 26. Sonntag p. Trinit. an welchem sich etwa eine Stunde nach geschehenen Canonen-Schusse fast alle gesunde Einwohner der Insel unter der Alberts-Burg [273] versammleten, und den Gottesdienst mit eiffrigster Andacht abwarteten, worbey Herr Mag. Schmelzer in einer vortrefflichen Predigt, die, den Frommen erfreuliche, den Gottlosen aber erschröckliche Zukunfft Christi zum Gerichte, dermassen beweglich vorstellete, daß sich Alt und Jung ungemein darüber vergnügten. Nachmittags wurde Catechismus-Examen gehalten, in welchen Hr. Mag. Schmelzer sonderlich den Articul vom heil. Abendmahl Christi durchnahm, und diejenigen Menschen, welche selbiges zu geniessen zwar niemahls das Glück gehabt, dennoch von dessen heiliger Würde und Nutzbarkeit dermassen wohl unterrichtet befand, daß er nach einem gehaltenen weitläufftigen Sermon über diese hochheilige Handelung, denen beyden Gemeinden in Alberts- und Davids-Raum ankündigte, wie er sich diese gantze Woche hindurch alle Tage ohngefehr

zwey oder drey Stunden vor Untergang der Sonnen, in
der Alleé auf ihrer Gräntz-Scheidung einstellen wolte,
derowegen möchten sich alle diejenigen, welche beyderley Geschlechts über 14. Jahr alt wären, zu ihm versammlen, damit er sie insgesammt und jeden besonders
vornehmen, und erforschen könte, welche mit guten Gewissen künfftigen Sonnabend zur Beichte, und Sonntags
darauf zum heil. Abendmahle zu lassen wären, indem es
billig, daß man das neue Kirchen-Jahr mit solcher höchst
wichtigen Handlung anfinge. Es entstund hierüber eine
allgemeine Freude, zumahlen da er versprach, in folgenden Wochen mit den übrigen Gemeinden auf gleiche Art
zu verfahren, und immer 2. oder 3. auf [274] einmahl zu
nehmen, biß er sie ingesammt dieser unschätzbaren
Glückseeligkeit theilhafftig gemacht. Hierauf wurden
die anwesenden kleinen Kinder von Mons. Wolffgangen
mit allerhand Zuckerwerck und Spiel-Sachen beschenckt, nach einigen wichtigen Unterredungen mit den
Stamm-Vätern aber kehrete ein jeder vergnügt in seine
Behausung.

Der anbrechende Montag erinnerte unsern Alt-Vater
Albertum nebst uns die Reise nach Christophs-Raum
vorzunehmen, als wir derowegen unsern Weg durch
den grossen Garten genommen, gelangeten wir in der
Gegend an, welche derselbe zum GOttes-Acker und
Begräbniß vor die, auf dieser Insel verstorbenen, ausersehen hatte. Er führete uns so fort zu des Don Cyrillo
de Valaro aufgerichteten Gedächtniß-Säule, die unten

mit einem runden Mauerwerck umgeben, und woran eine
Zinnerne Tafel geschlagen war, die folgende Zeilen zu
lesen gab:

Hier liegen die Gebeine
eines vermuthlich seelig verstorbenen Christen
und vornehmen Spanischen Edelmanns,
Nahmens
Don Cyrillo de Valaro,
welcher, dessen Uhrkunden gemäß,
den 9. Aug. 1475. gebohren,
Auf dem Wege aus West-Indien nebst 8. andern
Manns-Personen den 14. Nov. 1514. in dieser
Insel angelanget,
In Ermangelung eines tüchtigen Schiffs allhier
bleiben müssen, [275]
Seine Gefährten, die ihm in der Sterblichkeit
vorgegangen, ehrlich begraben,
und ihnen endlich
ao. 1606. ohne Zweiffel in den ersten Tagen
des Monats Julii gefolget;
Nachdem er auf dieser Insel
weder recht vergnügt noch gäntzlich unvergnügt
gelebt 92. Jahr,
Sein gantzes Alter aber gebracht
über 130. Jahr und 10. Monate.
Den Rest seines entseelten Cörpers haben erstlich
nach 40. Jahren gefunden, und auf dieser

Stätte aus christl. Liebe begraben
Carl Franz van Leuven und Albertus Julius.

Von dieser, des Don Cyrillo Gedächtniß-Säule, stunde
etwa 4. Schritt Ost-wärts eine ohngefähr 6. Elen hohe
mit ausgehauenen Steinen aufgeführte Pyramide, auf der
eingemauerten grossen Kupffernen Platte aber folgende
Schrifft:

UNter diesem Grabmahle
erwartet der frölichen Auferstehung zum ewigen
Leben
eine Königin dieses Landes,
eine Crone ihres hinterlassenen Mannes,
und eine glückseelige Stamm-Mutter
vieler Lebendigen,
nehmlich
CONCORDIA, gebohrne PLÜRS,
die wegen ihrer Gottesfurcht, seltsamen Tugenden
und wunderbaren Schicksals, [276]
eines unsterblichen Ruhms würdig ist.
Sie ward gebohren zu Londen in Engelland
den 4. Apr. 1627.
Vermählete sich zum ersten mahle mit Herrn
Carl Franz van Leuven den 9. Mart. 1646.
Gebahr nach dessen kläglichen Tode, am 11. Dec.
selbigen Jahres, von ihm eine Tochter.
Verknüpffte das durch Mörders-Hand zerrissene

adeliche Ehe-Band nachhero mit
Albert Julio
am 8. Januar. 1648.
Zeugete demselben 5. Söhne, 3. lebendige und
eine todte Tochter.
Ersahe also in ihrer ersten, und andern 68. jährigen
weniger 11. tägigen Ehe 9. lebendige und
1. todes Kind.
87. Kindes-Kinder, 151. Kindes-Kindes-Kinder,
und 5. Kindes-Kindes-Kindes-Kinder.
Starb auf den allein seeligmachenden Glauben an
Christum, ohne Schmertzen, sanfft und seelig
den 28. Dec. 1715.
Ihres Alters 88. Jahr, 8. Monat und 2. Wochen.
Und ward von ihrem zurückgelassenen getreuen
Ehe-Manne und allen Angehörigen unter
tausend Thränen allhier in ihre
Grufft gesenckt.

Gleich neben dieser Pyramide stund an des van Leuvens
Gedächtniß-Säule diese Schrifft:

B*Ey* dieser Gedächtniß-Säule
hoffet auf die ewige glückseelige Vereinigung
mit seiner durch Mörders-Hand [277]
getrenneten Seele
der unglückliche Cörper
Herrn CARL FRANZ van LEUVENS,

eines frommen, tugendhafften und tapffern
Edel-Manns aus Holland.
Der mit seiner hertzlich-geliebten Gemahlin
Concordia, geb. Plürs,
nach Ceylon zu seegeln gedachte,
und nicht bedachte,
wie ungetreu das Meer zuweilen an denjenigen
handele, die sich darauf wagen.
Er entkam zwar dem entsetzlichen Sturme 1646.
im Monath Augusto glücklich, und setzte seinen
Fuß den 10. Sept. mit Freuden auf diese Insel,
hätte auch ohnfehlbar dem Verhängnisse
allhier mit ziemlichen Vergnügen
stille gehalten;
Allein, sein vermaledeyter Gefährte Lemelie, der
seine gegen die keusche Concordia loderenden
geilen Flammen, nach dessen Tode, gewiß
zu kühlen vermeynte,
stürtzte diesen redlichen Cavalier
am Tage Martini 1646.
von einem hohen Felsen herab,
der, nach dreyen Tagen erbärmlich zerschmettert
gefunden, von seiner schwangern keuschen Gemahlin und getreuen Diener Albert Julio auf
diese Stätte begraben, und ihm gegenwärtiges Denckmahl gesetzt worden.

* * *

[278]

307

Etwa anderthalb hundert Schritt von diesen 3. Ehren-
und Gedächtniß-Säulen fanden wir, nahe am Ufer des
West-Flusses, des Lemelie Schand-Seule, um welche herum ein grosser Hauffen Feld-Steine geworffen war, so,
daß wir mit einiger Mühe hinzu gelangen, und folgende
daran genagelten Zeilen lesen konten:

SPeye aus gegen diese Seule,
Mein Leser!
Denn
Allhier muß die unschuldige Erde
das todte Aas des vielschuldigen Lemelie
in ihrem Schoosse erdulden,
welches im Leben ihr zu einer schändlichen Last
gedienet.
Dieses Mord-Kindes rechter Nahme,
auch wo, wenn, und von wem es gebohren,
ist unbekandt.
Doch kurtz vor seinem erschrecklichen Ende
hat er bekannt,
Daß Vater- Mutter- Kinder- und vieler andern
Menschen Mord, Blut-Schande, Hurerey, Gifft-
mischen, ja alle ersinnliche Laster sein Handwerck von Jugend an gewesen.
Carl Franz van Leuvens unschuldig-vergossenes
Blut schreyet auf dieser Insul biß an den
jüngsten Tag
Rache über ihn.

Indem aber dasselbe kaum erkaltet war,
hatte sich der Mord-Hund schon wiederum gerüstet, eine neue Mord-That an dem armen Albert [279]
Julio zu begehen, weil sich dieser unterstund, seiner
geil-brünstigen Gewaltthätigkeit bey der
keuschen Concordia zu widerstehen.
Aber,
da die Boßheit am grösten,
war die Straffe am nächsten,
denn das Kind der Finsterniß lieff in der Finsterniß
derselben entgegen,
und wurde
von dem unschuldig-verwundeten
ohne Vorsatz
tödtlich, doch schuldig, verwundet.
Dem ohngeacht schien ihm
die Busse und Bekehrung unmöglich,
das Zureden seiner Beleydigten unnützlich,
GOttes Barmhertzigkeit unkräfftig,
die Verzweiffelung aber unvermeidlich,
stach sich derowegen mit seinem Messer selbst das
ruchlose Hertz ab.
Und also
starb der Höllen-Brand als ein Vieh,
welcher gelebt als ein Vieh,
und wurde allhier eingescharrt als ein Vieh
den 10. Decembr. 1646.
von

Albert Julio.
Der HErr sey Richter zwischen
uns und dir.

Wir bewunderten hierbey allerseits unsers Alt-Vaters
Alberti besondern Fleiß und Geschicklichkeit, brachten
noch über eine Stunde zu, die an-[280]dern Grab-Stät-
ten, welche alle mit kurtzen Schrifften bezeichnet waren,
zu besehen, und verfolgten hernachmahls unsern Weg
auf Christophs-Raum zu. Selbige Pflantz-Stätte bestund
aus 14. Wohn-Häusern, und führeten die Einwohner
gleich den andern allen eine sehr gute Haußhaltung,
hatten im übrigen fast eben dergleichen Feld- Wein-
bergs- und Wasser-Nutzung als die Johannis-Raumer.
Sonsten war allhier die erste Haupt-Schleuse des Nord-
Flusses, nebst einer wohlgebaueten Brücke, zu betrachten. Im Garten-Bau und Erzeugung herrlicher Baum-
Früchte schienen sie es fast allen andern zuvor zu thun.
Nachdem wir aber ihre Feld-Früchte, Weinberge und
alles merckwürdige wohl betrachtet, und bey ihnen eine
gute Mittags-Mahlzeit eingenommen hatten, kehreten
wir bey guter Zeit zurück auf Alberts-Burg.

Herr Mag. Schmeltzer begab sich von dar, versprochener massen, in die Davids-Raumer Alleé, um seinen
heiligen Verrichtungen obzuliegen, wir andern halffen
indessen mit gröster Lust bey der Grund-Mauer der Kirche dasjenige verrichten, was zu besserer Fortsetzung
dabey vonnöthen war. Nach Untergang der Sonnen aber,

da Herr Mag. Schmeltzer zurück gekommen war, und die Abend-Mahlzeit mit uns eingenommen hatte, setzten wir uns in gewöhnlicher Gesellschafft wieder zusammen, und höreten dem Alt-Vater Alberto in Fortsetzung seiner Geschichts-Erzehlung dergestalt zu:

Meine Lieben, fing er an, ich erinnere mich, daß meine letzten Reden das besondere Vergnügen [281] erwehnet haben, welches ich nebst meiner lieben Ehe-Gattin über unsere erstgebohrnen Zwillinge empfand, und muß nochmahls wiederholen, daß selbiges unvergleichlich war, zumahl, da meine Liebste, nach redlich ausgehaltenen 6. Wochen, ihre gewöhnliche Hauß-Arbeit frisch und gesund vornehmen konte. Wir lebten also in dem allerglückseeligsten Zustande von der Welt, indem unsere Gemüther nach nichts anders sich sehneten, als nach dem, was wir täglich erlangen und haben konten, das Verlangen nach unserm Vaterlande aber schien bey uns allen beyden gantz erstorben zu seyn, so gar, daß ich mir nicht die allergeringste Mühe mehr gab, nach vorbey fahrenden Schiffen zu sehen. Kam uns gleich die Tages-Arbeit öffters etwas sauer an, so konten wir doch Abends und des Nachts desto angenehmer ausruhen, wie sich denn öffters viele Tage und Wochen ereigneten, in welchen wir nicht aus dringender Noth, sondern bloß zur Lust arbeiten durfften.

Die kleine Concordia fing nunmehro an, da sie vollkommen deutlich, und zwar so wohl Teutsch als Englisch reden gelernet, das angenehmste und schmeichelhaffteste Kind, als eines in der gantzen Welt seyn mag, zu werden, weßwegen wir täglich viele Stunden zubrachten, mit selbiger zu schertzen, und ihren artigen Kinder-Streichen zuzusehen, ja zum öfftern uns selbsten als Kinder mit anzustellen genöthiget waren.

Allein, meine lieben Freunde! (sagte hier unser Alt-Vater, indem er ein grosses geschriebenes Buch aus einem Behältniß hervor langete) es kommt [282] mir theils unmöglich, theils unnützlich und allzu langweilig vor, wenn ich alle Kleinigkeiten, die nicht besonders merckwürdig sind, vorbringen wolte, derowegen will die Weitläufftigkeiten und dasjenige, worvon ihr euch ohnedem schon eine zulängliche Vorstellung machen könnet, vermeiden, mit Beyhülffe dieses meines Zeit-Buchs aber nur die denckwürdigsten Begebenheiten nachfolgender Tage und Jahre biß auf diese Zeit erzehlen.

Demnach kam uns sehr seltsam vor, daß zu Ende des Monats Junii 1649. auf unserer Insel ein ziemlich kalter Winter einfiel, indem wir damahls binnen 3. Jahren das erste Eis und Schnee-Flocken, auch eine ziemliche kalte Lufft verspüreten, doch da ich noch im Begriff war, unsere Wohnung gegen dieses Ungemach besser, als sonsten, zu verwahren, wurde es schon wieder gelinde Wetter, und dieser harte Winter hatte in allen kaum 16. oder 17. Tage gedauret.

Im Jahr 1650. den 16. Mart. beschenckte uns der Himmel wiederum mit einer jungen Tochter, welche in der heil. Tauffe den Nahmen Maria bekam, und im folgenden

312

1651ten Jahre wurden wir abermahls am 14. Dec. mit
einem jungen Sohne erfreuet, welcher den Nahmen Johannes empfing. Dieses Jahr war wegen ungemeiner Hitze sehr unfruchtbar an Getreyde und andern Früchten,
gab aber einen vortrefflichen Wein-Seegen, und weil von
vorigen Jahren noch starcker Getreyde-Vorrath vorhanden, wusten wir dennoch von keinen Mangel zu sagen.

Das 1652te Jahr schenckte einen desto reichli-[283]
chern Getreyde-Vorrath, hergegen wenig Wein. Mitten
in der Weinlese starben unsere 2. ältesten Affen, binnen
wenig Tagen kurtz auf einander, wir bedaureten diese
2. klügsten Thiere, hatten aber doch noch 4. Paar zu
unserer Bedienung, weil sich die ersten 3. Paar starck
vermehret, wovon ich aber nur 2. paar junge Affen leben
ließ, und die übrigen heimlich ersäuffte, damit die Gesellschafft nicht zu mächtig und muthwillig werden möchte.

Im Jahr 1653. den 13. May kam meine werthe Ehe-
Gattin abermals mit einer gesunden und wohlgestallten
Tochter ins Wochen-Bette, die in der Heil. Tauffe den
Nahmen Elisabeth empfieng. Also hatten wir nunmehro
3. Söhne und 3. Töchter, welche der fleißigen Mutter Arbeit und Zeitvertreib genung machen konten. Selbigen
Winters fieng ich an mit Concordien, Albert u. Stephano,
täglich etliche Stunden Schule zu halten, indem ich ihnen
die Buchstaben vormahlete und kennen lehrete, fand
auch dieselben so gelehrig, daß sie, mit Außgang des
Winters, schon ziemlich gut Teutsch und Englisch
buchstabiren konten, ausser dem wurden ihnen von der

Mutter die nützlichsten Gebeter und Sprüche aus der
Bibel gelehret, so daß wir sie mit grösten Vergnügen
bald Teutsch, bald Englisch, die Morgen- Abend- und
Tisch-Gebeter, vor dem Tische, konten beten hören und
sehen. Meine liebe Frau durffte mir nunmehro bey der
Feld- und andern sauren Arbeit wenig mehr helffen,
sondern muste sich schonen, um die Kinder desto besser
und geduldiger zu warten, ich hergegen, ließ es mir mit
Beyhülffe der Affen, desto angelegener seyn, die nö-
[284]thigsten Nahrungs-Mittel von einer Zeit zur andern
zu besorgen.

Am ersten Heil. Christ-Tage anno 1655. brachte meine
angenehme Ehe-Liebste zum andern mahle ein paar
Zwillings-Söhne zur Welt, die ich zum Gedächtniß ihres
schönen Geburts-Tages, den ersten Christoph, und den
andern Christian tauffte, die arme Mutter befand sich
hierbey sehr übel, doch die Krafft des Allmächtigen halff
ihr in etlichen Wochen wiederum zu völliger Gesundheit.

Das 1656te Jahr ließ uns einen ziemlich verdrießlichen
Herbst und Winter verspüren, indem der Erstere ungemein viel Regen, der Letztere aber etwas starcke Kälte und vielen Schnee mit sich brachte, es war derowegen
so wohl die darauff folgende Erndte, als auch die Wein-
Lese kaum des vierdten Theils so reichlich als im vorigen
Jahren, und dennoch war vor uns, unsere Kinder, Affen
und ander Vieh, alles im Uberflusse vorhanden.

Im 1657ten Jahre den 22. Septembr. gebahr meine
fruchtbare Ehe-Liebste noch eine Tochter, welche Chri-

stina genennet wurde, und im 1660ten Jahre befand sich dieselbe zum letzten mahle schwangeres Leibes, denn weil sie eines Tages, da wir am Ufer des Flusses hinwandelten, unversehens strauchelte, einen schweren Fall that, und ohnfehlbar im Flusse ertruncken wäre, woferne ich sie nicht mit selbst eigener Lebens-Gefahr gerettet hätte; war sie dermassen erschreckt und innerlich beschädigt worden, daß sie zu unser beyderseits grösten Leydwesen am 9. Jul. eine unzeitige todte Tochter zur Welt, nachhero aber über zwey gantzer Jahr zubrachte, [285] ehe die vorige Gesundheit wieder zu erlangen war.

Nach Verlauf selbiger Zeit, befand sich mein werther Ehe-Schatz zwar wiederum bey völligen Kräften, und sahe in ihrem 35ten Jahre noch so schön und frisch aus als eine Jungfrau, hat aber doch niemals wiedrum ins Wochen-Bette kommen können. Gleichwol wurden wir darüber nicht ungeduldig, sondern danckten GOTT daß sich unsere 9. lieben Kinder bey völliger Leibes-Gesundheit befanden, und in Gottesfurcht und Zucht heran wuchsen, wie ich denn nicht sagen kan, daß wir Ursach gehabt hätten, uns über eins oder anderes zu ärgern, oder die Schärffe zu gebrauchen, sondern muß gestehen, daß sie, bloß auf einen Winck und Wort ihrer Eltern, alles thaten was von ihnen verlanget wurde, und eben dieses schrieben wir nicht schlechter dings unserer klugen Auferziehung, sondern einer besondern Gnade GOttes zu.

Meine Stief-Tochter Concordia, die nunmehro ihre

Mannbaren Jahre erreichte, war gewiß ein Mägdlein von außbündiger Schönheit, Tugend, Klugheit und Gottes-furcht, und wuste die Haußhaltung dermassen wol zu führen, daß ich und ihre Mutter sonderlich eine grosse Erleichterung unserer dahero gehabten Mühe und Arbeit verspüreten. Selbige meine liebe Ehe-Gattin muste sich also mit Gewalt gute Tage machen, und ihre Zeit bloß mit der kleinsten Kinder Lehrung und guter Erziehung vertreiben. Meine zwey ältesten Zwillinge hatte ich mit Göttlicher Hülffe schon so weit gebracht, daß sie den kleinern Geschwister das Lesen, Schreiben [286] und Beten wiederum beybringen konten, ich aber informirte selbst alle meine Kinder früh Morgens 2. Stun-den, und Abends auch so lange. Ihre Mutter lösete mich hierinnen ordentlich ab, die übrige Zeit musten sie mit nützlicher Arbeit, so viel ihre Kräffte vermochten, hinbringen, das Schieß-Gewehr brauchen lernen, Fische, Vogel, Ziegen und Wildpret einfangen, in Summa, sich in Zeiten so gewöhnen, als ob sie so wol als wir Zeit Lebens auf dieser Insul bleiben solten.

Immittelst erzehlten wir Eltern unsern Kindern öff-ters von der Lebens-Art der Menschen in unsern Vater-ländern und andern Welt-Theilen, auch von unsern ei-genen Geschichten, so viel, als ihnen zu wissen nöthig war: spüreten aber niemals, daß nur ein eintziges von ihnen Lust bezeigte, selbige Länder oder Oerter zu se-hen, worüber sich meine Ehe-Frau hertzlich vergnügte, allein ich unterdrückte meinen, seit einiger Zeit wieder aufgewachten Kummer, biß eines Tages unsere ältesten zwey Söhne eiligst gelauffen kamen, und berichteten: Wie daß sich gantz weit in der offenbaren See 3. grosse Schiffe sehen liessen, worauff sich ohnfehlbar Menschen befinden würden. Ihre Mutter gab ihnen zur Antwort: Lasset sie fahren meine Kinder, weil wir nicht wissen, ob es gute oder böse Menschen sind. Ich aber wurde von meinen Gemüths-Bewegungen dergestalt übermeistert, daß mir die Augen voll Thränen lieffen, und solches zu verbergen, gieng ich stillschweigend in die Kammer, und legte mich mit Seuffzen aufs Lager. Meine Concordia folgte mir auf dem Fusse nach, breitete sich über mich und sagte, nach-[287]dem sie meinen Mund zum öfftern liebreich geküsset hatte. Wie ists, mein liebster Schatz, seyd ihr der glückseeligen Lebens-Art, und eurer bißhero so hertzlich geliebten Concordia, vielleicht schon auch gäntzlich überdrüßig, weil sich eure Sehnsucht nach anderer Gesellschafft aufs neue so starck verräth? Ihr irret euch, meine Allerliebste, gab ich zur Antwort, oder wollet etwa die erste Probe machen mich zu kräncken. Glaubet aber sicherlich, zumahl wenn ich GOTT zum Zeugen anruffe, daß mir gar nicht in die Gedancken kommen ist, von hier hinweg zu reisen, oder euch zum Verdruß mich nach anderer Gesellschafft zu sehnen, sondern ich wünsche von Hertzen, meine übrige Lebens-Zeit auf dieser glückseeligen Städte mit euch in Ruhe und Friede hin zu bringen, zumal da wir das schwerste nunmehro mit GOTTES Hülffe überwunden, und das gröste Vergnügen

an unsern schönen Kindern, annoch in Hoffnung, vor uns
haben. Allein saget mir um GOttes willen, warum sollen
wir uns nicht nunmehro, da unsere Kinder ihre Mannbaren Jahre zu erreichen beginnen, nach andern Menschen umsehen, glaubet ihr etwa, GOTT werde sogleich
4. Männer und 5. Weiber vom Himmel herab fallen lassen, um unsere Kinder mit selbigen zu begatten? Oder
wollet ihr, daß dieselben, so bald der natürliche Trieb die
Vernunfft und Frömmigkeit übermeistert, Blut-Schande
begehen, und einander selbst heyrathen sollen? Da sey
GOTT vor! Ihr aber, mein Schatz, saget mir nun, wie eure
Meynung über meine höchst wichtigen Sorgen ist, ob wir
nicht Sünde und Schande von unsern bißhero wohlerzo-
[288]genen Kindern zu befürchten haben? und ob es
Wohlgethan sey, wenn wir durch ein und andere Nachläßigkeit, GOttes Allmacht ferner versuchen wollen?

Meine Concordia fieng hertzlich an zu weinen, da
sie mich in so ungewöhnlichen Eifer reden hörete, jedoch die treue Seele umfassete meinen Halß, und sagte
unter hundert Küssen: Ihr habt recht, mein allerliebster
Mann, und sorget besser und vernünfftiger als ich. Verzeihet mir meine Fehler, und glaubet sicherlich, daß ich,
dergleichen Blut-schändlich Ehen zu erlauben, niemals
gesinnet gewesen, allein die Furcht vor bösen Menschen,
die sich etwa unseres Landes und unserer Güter gelüsten lassen, euch ermorden, mich und meine Kinder
schänden und zu Sclaven machen könten, hat mich jederzeit angetrieben, zu wiederrathen, daß wir uns frembden

und unbekannten Leuten entdeckten, die vielleicht auch nicht einmal Christen seyn möchten. Anbey habe mich beständig darauff verlassen, daß GOtt schon von ohngefähr Menschen hersenden würde, die uns etwa abführeten, oder unser Geschlecht vermehren hülffen. Jedoch, mein allerliebster Julius, sagte sie weiter, ich bekenne, daß ihr eine stärckere Einsicht habt als ich, darum gehet hin mit unsern Söhnen, und versuchet, ob ihr die vorbeyfahrenden Schiffe anhero ruffen könnet, GOTT gebe nur, daß es Christen, und redliche Leute sind.

Dieses war also der erste und letzte Zwietracht, den ich und meine liebe Ehe-Frau untereinander hatten, wo es anders ein Zwietracht zu nennen ist. So bald wir uns aber völlig verglichen, lieff ich mit mei-[289]nen Söhnen, weil es noch hoch am Tage war, auf die Spitzen des Nord-Felsens, schossen unsere Gewehre loß, schryen wie thörichte Leute, machten Feuer und Rauch auf der Höhe, und trieben solches die gantze Nacht hindurch, allein ausser etlichen Stückschüssen höreten wir weiter nichts, sahen auch bey aufgehender Sonne keines von den Schiffen mehr, wohl aber eine stürmische düstere See, woraus ich schloß, daß die Schiffe wegen widerwärtigen Windes unmöglich anländen können, wie gern sie vielleicht auch gewolt hätten.

Ich konte mich deßwegen in etlichen Tagen nicht zufrieden geben, doch meine Ehe-Frau sprach mich endlich mit diesen Worten zufrieden: Bekümmert euch nicht allzusehr, mein werther Albert, der HErr wirds versehen und unsere Sorgen stillen, ehe wirs vielleicht am wenigsten vermuthen.

Und gewiß, der Himmel ließ auch in diesem Stücke ihre Hoffnung und festes Vertrauen nicht zu schanden werden, denn etwan ein Jahr hernach, da ich am Tage der Reinigung Mariä 1664. mit meiner gantzen Familie Nachmittags am Meer-Ufer spatzieren gieng, ersahen wir mit mäßiger Verwunderung: daß nach einem daherigen hefftigen Sturme, die schäumenden Wellen, nachdem sie sich gegen andere unbarmhertzig erzeiget, uns abermals einige vermuthlich gute Waaren zugeführet hatten. Zugleich aber fielen uns von ferne zwey Menschen in die Augen, welche auf einen grossen Schiffs-Balcken sitzend, sich an statt der Ruder mit ihren blossen Händen äusserst bemüheten, eine, von den vor uns liegenden Sand-Bäncken zu erreichen, und ihr Le-[290]ben darauff zu erretten. Indem nun ich, nur vor wenig Monaten, das kleine Boot, durch dessen Hülffe ich am allerersten mit Mons. van Leuven bey dieser Felsen-Insul angelanget war, außgebessert hatte, so wagte ich nebst meinen beyden ältesten Söhnen, die nunmehro in ihr 16tes Jahr giengen, hinnein zu treten, und diesen Nothleydenden zu Hülffe zu kommen, welche unserer aber nicht eher gewahr wurden, biß unser Boot von ohngefehr sehr hefftig an ihren Balcken stieß, so daß der eine aus Mattigkeit herunter ins Wasser fiel. Doch da ihm meine Söhne das Seil, woran wir das Boot zu befestigen pflegten, hinaus wurffen, raffte er alle Kräffte zusammen, hielt sich feste dran, und ward also von uns gantz leichtlich ins Boot herein gezogen. Dieses war ein alter fast gantz grau gewordener Mann, der andere aber, dem dergleichen Gefälligkeit von uns erzeigt wurde, schien ein Mann in seinen besten Jahren zu seyn.

Man merckte sehr genau, wie die Todes-Angst auf ihren Gesichtern gantz eigentlich abgemahlet war, da sie zumal uns gantz starr ansahen, jedoch nicht ein eintziges Wort aussprechen konten, endlich aber, da wir schon einen ziemlichen Strich auf der Zurückfarth gethan, fragt ich den Alten auf deutsch: Wie er sich befände, allein er schüttelte sein Haupt, und antwortete im Englischen, daß er zwar meine Sprache nicht verstünde, gleichwol aber merckte wie es die teutsche Sprache sey. Ich fieng hierauf sogleich an, mit ihm Englisch zu reden, weßwegen er mir augenblicklich die Hände küssete und mich seinen Engel nennete. Meine beyden Söhne klatsch-[291]ten derowegen in ihre Hände, und fiengen ein Freuden-Geschrey an, gaben sich auch gleich mit dem jungen Manne ins Gespräche, welcher alle beyde umarmete und küssete, auch ihnen auf ihre einfältigen Fragen liebreiche Antwort gab. Doch da ich merckte, daß die beyden Verunglückten vor Mattigkeit kaum die Zunge heben und die Augen aufthun konten, liessen wir dieselben ungestöhrt, und brachten sie halb schlaffend an unsere Felsen-Insul.

Meine Concordia hatte binnen der Zeit beständig mit den übrigen Kindern auf den Knien gelegen, und GOTT

um unsere glückliche Zurückkunft angerufft, weil sie
dem sehr alten und geflickten Boote wenig zu getrauet,
derowegen war alles desto frölicher, da wir in Gesellschafft zweyer andern Menschen bey ihnen ankamen.
Sie hatte etwas Vorrath von Speisen und Geträncke vor
unsere Kinder bey sich, welches den armen Frembdlingen gereicht wurde. So bald nun selbiges mit gröster
Begierde in ihren Magen geschickt war, merckte man
wohl, daß sie hertzlich gern weiter mit uns reden wolten,
allein da sie bereits so viel zu verstehen gegeben, wie sie
nunmehro 3. Nächte und 4. Tage ohne Schlaff und Ruhe
in den Meeres Wellen zugebracht hätten, konten wir
ihnen nicht verargen, daß sie uns fast unter den Händen
einschlieffen, brachten aber doch beyde, wiewol mit
grosser Mühe, durch den holen Weg hinauff in die Insul.

Daselbst suncken sie als recht ohnmächtige Menschen
ins Graß nieder, und verfielen in den tieffsten Schlaff.
Meine beyden ältesten Söhne musten bey [292] ihnen
sitzen bleiben, ich aber gieng mit meiner übrigen Familie
nach Hause, nahm zwey Rollwagen, spannete vor jeden
4. Affen, kehrete damit wieder um, legte die Schlaffen-
den ohne eintzige Empfindung drauff, und brachte dieselben mit einbrechender Nacht in unsere Behausung
auf ein gutes Lager, welches ihnen mitlerweile meine
Hauß-Frau bereitet hatte. Beyde wachten fast zu gleicher Zeit nicht früher auf, als andern Tages ohngefähr
ein paar Stunden vor Untergang der Sonnen, und so bald
ich dessen vergewissert war, gieng ich zu ihnen in die

Kammer, legte vor jeden ein gut Kleid nebst weisser Wäsche hin, bat sie möchten solches anlegen, nachhero zu uns heraus kommen.

Indessen hatte meine Hauß-Frau eine köstliche Mahlzeit zubereitet, den besten Wein und ander Geträncke zurechte gesetzt, auch sich nebst ihren Kindern gantz sauber angekleidet. Wie demnach unsere Gäste aus der Kammer traten, fanden sie alles in der schönsten Ordnung, und blieben nach verrichteter Begrüssung als ein paar steinerne Bilder stehen. Meine Kinder musten ihnen das Wasch-Wasser reichen, welches sie annahmen und um Erlaubniß baten, sich vor der Thür zu reinigen. Ich gab ihnen ohne eitle Ceremonien zu verstehen, wie sie allhier, als ohnfehlbar gute christliche Menschen, ihre beliebige Gelegenheit brauchen könten, weßwegen sie sich ausserhalb des Hauses, in der freyen Luft völlig ermunterten, nachhero wieder zu uns kehreten, da denn der alte ohngefähr 60. jährige Mann also zu reden anfieng: O du gütiger Himmel, welch ein schönes Paradieß ist dieses? saget uns doch, o ihr [293] glückseeligen Einwohner desselben, ob wir uns unter Engeln oder sterblichen Menschen befinden? denn wir können biß diese Stunde unsere Sinnen noch nicht überzeugen, ob wir noch auf der vorigen Welt leben; Oder durch den zeitlichen Tod in eine andere Welt versetzt sind? Liebsten Freunde, gab ich zur Antwort, es ist mehr als zu gewiß, daß wir eben solche mühseelige und sterbliche Menschen sind als ihr. Vor nunmehro fast 18. Jahren, hat ein besonderes Schicksaal mich und diese meine werthe Ehe-Gattin auf diese Insul geführet, die allhier in Ordnung stehenden 9. Kinder aber, sind, binnen solcher Zeit, und in solcher Einsamkeit von uns entsprossen, und ausser uns, die wir hier beysammen sind, ist sonst keine menschliche Seele mehr auf der gantzen Insul anzutreffen. Allein, fuhr ich fort, wir werden Zeit und Gelegenheit genung haben, hiervon weitläufftiger mit einander zu sprechen, derowegen lasset euch gefallen, unsere Speisen und Geträncke zu kosten, damit eure in dem Meere verlohrnen Kräffte desto geschwinder wieder hergestellet werden.

Demnach setzten wir uns zu Tische, assen und truncken ingesammt, mit grösten appetite nach billigen vergnügen. So bald aber das Danck-Gebeth gesprochen war, und der Alte vermerckte, daß so wol ich als meine Concordia, von beyderseits Stande und Wesen gern benachrichtiget seyn möchten, vergnügte er unsere Neugierigkeit mit einer weitläufftigen Erzehlung, die biß Mitternacht währete. Ich aber will von selbiger nur kürtzlich so viel melden, daß er sich Amias Hülter nennete, [294] und vor etlichen Jahren ein Pachtmann verschiedener Königlicher Küchen-Güter in Engelland gewesen war. Sein Gefährte hieß Robert Hülter, und war des Amias leiblichen Bruders Sohn. Ferner vernahmen wir mit Erstaunen, daß die aufrührischen Engelländer im Jahr 1649. den 30. Jan. also 2. Jahr und 8. Monath nach unserer Abreise, ihren guten König Carln grausamer Weise enthauptet, und daß sich nach diesem einer,

Nahmens Oliverius Cromwel, von Geschlecht ein blosser Edelmann, zum Beschützer des Reichs aufgeworffen hätte, dem anno 1658. sein Sohn, Richard Cromwel, in solcher Würde gefolget, aber auch bald im folgenden Jahr wieder abgesetzt wäre, worauff vor nunmehro fast 3. Jahren die Engelländer einen neuen König, nemlich Carln den Andern erwählet, und unter dessen Regierung itzo ziemlich ruhig lebten.

Der gute Amias Hülter, welcher ehedessen bey dem enthaupteten König Carln in grossen Gnaden gewesen, ein grosses Guth erworben, doch aber niemals ge-heyrathet, war in solcher Unruhe fast um alles das Seinige gekommen, aus dem Lande gejagt worden, und hatte kaum so viel gerettet eine kleine Handlung über Meer anzufangen, worbey er nach und nach zwar wie-derum ein ziemliches erworben, und dasselbe seinem Bruder Joseph Hülter in Verwahrung gegeben. Dieser sein Bruder aber hatte die Reformirte Religion verlassen, sich nach Portugall gewendet, daselbst zum andern mahle geheyrathet, und sein zeitliches Glück ziemlich gemacht. Allein dessen Sohn Robert, war mit seines Vaters [295] Lebens-Art, und sonderlich mit der Reli-gions-Veränderung, nicht allerdings zufrieden gewesen, derowegen annoch in seinen Jünglings-Jahren mit sei-nem Vetter Amias zu Schiffe gegangen, und hatte sich bey demselben in West-Indien ein ziemliches an Gold und andern Schätzen gesammlet. Da aber vor einigen Monathen die Versicherung eingelauffen, daß nunmehro, unter der Regierung König Carls des Andern, in Engelland wiederum gute Zeiten wären, hatten sie Brasilien verlassen, und sich auf ein Schiff verdingt, um mit selbigen nach Portugall, von dar aber zurück nach Engelland, als in ihr Vaterland zu reisen, und sich bey dem neuen Könige zu melden. Allein ihr Vorhaben wird durch das widerwärtige Verhängniß zeitlich unterbrochen, indem ein grausamer Sturm das Schiff von der ordentlichen Strasse ab- und an verborgene Klippen führet, allwo es bey nächtlicher Zeit zerscheitert, und seine gantze Ladung an Menschen und Gütern, in die wilden Fluthen wirfft. In solcher Todes-Angst ergreiffen Amias und Robert denjenigen Balcken, von welchen wir sie, nachdem die armen Menschen 3. Nachte und 4. Tage ein Spiel des Windes und der Wellen gewesen, endlich noch eben zur rechten Zeit zu erlösen das Glück hatten.

Meine Concordia wolte hierauff einige Nachricht von den Ihrigen einziehen, konte aber nichts weiter erfahren, als daß Amias ihren Vater zwar öffters gesehen, gesprochen, auch ein und andern Geld-Verkehr mit ihm gehabt, im übrigen aber wuste er von dessen Hauß-Wesen nichts zu melden, [296] ausser daß er im 1648ten Jahre noch im guten Stande gelebt hätte. Hergegen wuste Robert, der bißhero wenig Worte gemacht, sich noch gantz wohl zu erinnern, daß er zu der Zeit, als er noch ein Knabe von 12. oder 13. Jahren gewesen, vernommen, wie dem Banquier Plürs eine Tochter, Nahmens Concordia, von einem Cavalier entführet worden sey, wo

sie aber hin, oder ob dieselbe wieder zurück gebracht
worden, wisse er nicht eigentlich zu sagen.

Wir berichteten ihnen demnach, daß sie allhier eben
diese Concordia Plürs vor sich sähen, versprachen aber
unsere Geschichte morgendes Tages ausführlicher zu
erzehlen, und legten uns, nachdem wir die Abend-Beth-
Stunde in Englischer Sprache gehalten, sämmtlich zur
Ruhe.

Ich nahm mir nebst meiner Hauß-Frauen von nun an
nicht das geringste Bedencken, diesen beyden Gästen
und Lands-Leuten, welchen die Redlichkeit aus den
Augen leuchtete, und denen die Gottesfurcht sehr angenehm zu seyn schien, alles zu offenbaren, was sich von
Jugend an, und sonderlich auf dieser Insul mit uns zugetragen hatte. Nur eintzig und allein verschwiegen wir
ihnen des Don Cyrillo vermaureten grossen Schätze,
hatten aber dennoch ausser diesem, so viel Reichthümer
an Gold, Silber, edlen Steinen und andern Kostbarkeiten
aufzuweisen, daß sie darüber erstauneten, und vermeynten: es wäre weder in Engelland, noch sonst wo,
ein Kauffmann, oder wol noch weit grössere Standes-
Person, ausser grossen Potentaten anzutreffen, die sich
Bemittelter zeigen könte als wir. Dem ohngeacht, gab ich
ihnen deutlich zu vernehmen, daß ich [297] und meine
Hauß-Frau diese Sachen sehr gering, das Vergnügen
aber, auf dieser Insul in Ruhe, ohne Verfolgung, Kummer und Sorgen zu leben, desto höher schätzten, und
bäten GOTT weiter um keine mehrere Glückseeligkeit,

als daß er unsern Kindern fromme christliche Ehegatten anhero schicken möchte, die da Lust hätten auf dieser Insul mit ihnen in Ruhe und Friede zu leben, weil dieselbe im Stande sey, ihre Einwohner fast mit allem, was zur Leibes Nahrung und Nothdurfft gehörig, reichlich und überflüßig zu versorgen.

Ich vermerckte unter diesen meinen Reden, daß dem jungen Hülter das Geblüte ziemlich ins Angesichte trat, da er zugleich seine Augen recht sehnlich auf meine schöne und tugend-volle Stieff-Tochter warff, jedoch nicht eher als nach etlichen Tagen durch seinen Vetter Amias bey mir und meiner Frauen um selbige anhalten ließ. Da nun ich und dieselbe schon deßfalls mit einander geheime Abrede genommen, liessen wir uns die Werbung dieses wohlgebildeten und frommen jungen Mannes gefallen, versprachen ihm binnen 4. Wochen unsere Tochter ehelich zuzuführen, doch mit der Bedingung, wenn er mit guten Gewissen schweren könte und wolte, daß er (1.) noch unverheyrathet sey. (2.) Unserm Gottesdienste und Glauben sich gleichförmig erzeigen. (3.) Friedlich mit seiner Frau und uns leben, und (4.) Sie wieder ihren willen niemals verlassen, oder von dieser Insul, ausser der dringenden Noth, hinweg führen, sondern Zeit Lebens allhier bleiben wolle. Der gute Robert schwur und versprach alles zu erfüllen, was wir von ihm begeh-[298]reten, und setzte hinzu: Daß dieses schöne Tugend-Bild, nemlich seine zukünfftige Ehe-Liebste, Reitzungen im Uberflusse besässe, alle Sehnsucht nach

328

andern Ländern, Menschen und Schätzen zu vertreiben.
Hierauff wurde das Verlöbniß gehalten, worbey wir alle
vor Freuden weineten, absonderlich der alte Amias, welcher hoch betheurete: Daß wir bey unserm Schwieger-
Sohne das allerredlichste Gemüthe auf der gantzen Welt
angetroffen hätten, welches sich denn auch, GOTT sey
Danck, nachhero in allen Fällen also eräusert hat.

Nun beklage ich, sagte der alte Amias, daß von meinen
Lebens-Jahren nicht etwa 30. oder wenigstens 20. können abgekaufft werden, um auch das Glück zu haben,
euer Schwieger-Sohn zu seyn, jedoch weil dieser Wunsch
vergeblich ist und ich einmal veraltet bin, so will nur
GOTT bitten, daß er mich zum Werckzeuge gebrauchen
möge: Vor eure übrigen Kinder Ehegatten anhero zu
schaffen. Ich habe, verfolgte er, keine thörichten Ein-
fälle hierzu, will also nur GOTT und etwas Zeit zu Hülffe
nehmen.

Folgende Tage wurde demnach alles zu dem abgerede-
ten Beylager veranstalltet, und am 14. Mart. 1664. solches ordentlich vollzogen, an welchem Tage ich als Vater
und Priester, das verlobte Paar zusammen gab. Ihre Ehe
ist so vergnügt und glücklich, als Fruchtbar gewesen,
indem sie in folgenden Jahren 14. Kinder, als nemlich
5. Söhne und 9. Töchter mit einander gezeuget haben,
welches mir und meiner lieben Hauß-Frau zum stetigen
Troste und Lust gereichte, zumal da unser Schwieger-
Sohn [299] aus eigenen Antriebe und hertzlicher Liebe
gegen uns, seinen eigenen Geschlechts Nahmen zurück

setzte, und sich gleich am ersten Hochzeit-Tage Robert Julius nennete.

Wir baueten noch im selbigen Herbst ein neues schönes und räumliches Hauß vor die jungen Ehe-Leute, Amias war ihr Hauß-Genosse, und darbey ein kluger und vortrefflicher Arbeiter, der meine gemachten Anstalten auf der Insul in kurtzer Zeit auf weit bessern Fuß bringen halff, so, daß wir in erwünschten Vergnügen mit einander leben konten.

Unser Vorrath an Wein, Geträyde, eingesaltzenen Fleische, Früchten und andern Lebens-Mitteln war dermassen zu gewachsen, daß wir fast keine Gefässe, auch keinen Platz in des Don Cyrillo unterirrdischen Gewölbern, selbige zu verwahren, weiter finden konten, dem ohngeacht, säeten und pflantzten wir doch Jahr aus, Jahr ein, und speiseten die Affen, deren nunmehro etliche 20. zu unsern Diensten waren, von dem Überflusse, hätten aber dennoch im 1666ten Jahre ohne unsern Schaden gar wohl noch hundert andere Menschen ernehren können, da sich aber niemand melden wolte, musten wir zu unsern grösten Leydwesen eine grosse Menge des besten Geträydes liederlich verderben lassen.

Amias erseuffzete hierüber öffters, und sagte eines Abends, da wir vor unsern Hauß-Thüren die kühlen Abend-Lüffte zur Erquickung abwarteten: Wie wunderbar sind doch die Fügungen des Allmächtigen! Ach wie viel tausend, und aber tausend sind doch unter den Christen anzutreffen, die [300] mit ihrer sauern Hand-Arbeit kaum so viel vor sich bringen, daß sie sich nach Vergnügen ersättigen können. Die wenigsten Reichen wollen den Armen von ihrem Überflusse etwas ansehnliches mittheilen, weil sie sich befürchten, dadurch selbst in Armuth zu gerathen, und wir Einwohner dieses Paradieses wolten gern unsern Nächsten alles, was wir haben, mit geniessen lassen, so muß es uns aber nur an Leuten fehlen, die etwas von uns verlangen. Allein, mein werthester Julius, fuhr er fort, stehet es zu verantworten, daß wir allhier auf der faulen Banck liegen, und uns eine kleine Mühe und Gefahr abschrecken lassen, zum wenigsten noch so viel Menschen beyderley Geschlechts hieher zu verschaffen, als zur Beheyrathung eurer Kinder von nöthen seyn, welche ihren mannbaren Alter entgegen gehen, und ohne grosse Sünde und Schande einander nicht selbst eheligen können? Auf derowegen! Lasset uns den behertzten Entschluß fassen, ein Schiff zu bauen, und unter starcken Vertrauen zu Göttlichem Beystande an das nächst-gelegenste Land oder Insul anfahren, wo sich Christen aufhalten, um vor eure Kinder Männer und Weiber daselbst auszusuchen. Meine Gedancken sind auf die Insul S. Helena gerichtet, allwo sich Portugiesen niedergelassen haben, und wenn ich nebst der Land- und See-Charte, die ich bey euch gesehen, alle andern Umstände in Betrachtung ziehe, so versichert mich ein geheimer Trieb, daß selbige Insul unsern Wunsch nicht allein erfüllen, sondern auch nicht allzu weit von hier entlegen seyn kan.

Meine Hauß-Frau und ich stutzten ziemlich über [301] des Amias etwas allzu gefährlich scheinenden Anschlag, ehe wir ihm gehörig darauf antworten, und gar behutsame Einwürffe machen konten, da er aber alle dieselben sehr vernünfftig widerlegte, und diese Sache immer leichter machte; gab endlich meine Concordia den Ausschlag, indem sie sagte: Lieben Freunde, wir wollen uns dieserwegen den Kopff vor der Zeit nicht zerbrechen, versuchet erstlich, wie weit es mit eurem Schiff-Bau zu bringen ist, wird dasselbe fertig, und in solchen Zustand gebracht, daß man sich vernunfft-mäßig darauf wagen, und dergleichen gefährliche Reise vornehmen kan, und der Himmel zeiget uns binnen solcher Zeit keine andere Mittel und Wege, unserer Sorgen loß zu werden, so haben wir nachhero noch Zeit genung, Rath zu halten, wie es anzufangen, auch wer, und wie viel von uns mit reisen sollen.

Nachdem diese Meinung von einem jeden gebilliget worden, fingen wir gleich des folgenden Tages an, Bäume zu fällen, und nachhero zu behauen, woraus Balcken, Bohlen und Breter gehauen werden konten. Auch wurde dasjenige Holtz, welches uns die See von zerscheiterten Schiffen zugeführet hatte, fleißig zusammen gesucht, doch ein bald darauf einfallendes Regen-Wetter nebst dem nöthigen Acker- und Wein-Bau verursachten, daß wir den Schiffs-Bau biß zu gelegener und besserer Zeit aufschieben musten.

Im August-Monat aber anno 1667. da des Roberts Ehe-

Frau allbereit mit der zweyten Tochter ins Wochen-
Bette gekommen war, setzten un-[302]sere fleißigen
Hände die Schiffs-Arbeit aufs neue eifferig fort, so, daß
wir mit den vornehmsten Holtz-Stücken im April des
1668ten Jahres nach des Amias Abrisse fast völlig fertig
wurden. Dem zu Folge wurde unter seiner Anweisung
auch eine Schmiede Werck-Stätte zu bauen angefangen,
in welcher die Nägel und anderes zum Schiff-Bau gehöriges Eisenwerck geschmiedet und zubereitet werden
solte, hatten selbige auch allbereit in ziemlich guten
Stande, als eines Tages meine 3. jüngsten Söhne, welche
bestellet waren, die leichtesten Holtz-Stücke mit Hülffe
der Affen ans Ufer zu schaffen, gelauffen kamen, und
berichteten, daß sich nahe an unserer Insul ein Schiff
mit Menschen besetzt sehen liesse; weßwegen wir
ingesammt zwischen Furcht und guter Hoffnung hinab
zum Meer lieffen, und ersahen, wie bemeldtes Schiff auf
eine der vor uns liegenden Sand-Bäncke aufgelauffen
war, und nicht weiter von der Stelle kommen konte.
Zwey darauf befindliche Männer schienen uns mit ängstlichen Wincken zu sich zu nöthigen, derowegen sich
Robert mit meinen beyden ältesten Söhnen in unser kleines Boot setzte, und zu ihnen hinüber fuhr, ein langes
Gespräch hielt, und endlich mit 9. frembden Gästen, als
3. Weibs- und 6. Manns-Personen wieder zu uns kam.
Allein, diese Elenden schienen allesammt den Todten
ähnlicher als den Lebendigen zu seyn, wie denn auch nur
ein Weibs-Bild und zwey Männer noch so viel Kräffte

hatten, mit uns hinauf in die Insul zu steigen, die übrigen 6., welche fast nicht auf die matten Füsse treten konten, musten hinauf getragen werden. [303]

Der alte hocherfahrne Amias erkandte so gleich, was sie selbsten gestehen musten, nehmlich, daß sie nicht allein vom Hunger, sondern auch durch eine schlimme See-Kranckheit, welche der Schaarbock genennet würde, in solchen kläglichen Zustand gerathen wären, derowegen wurde ihnen so gleich Roberts Wohnhaus zum Krancken-Hause eingeräumet, anbey von Stund an zur besten Verpflegung alle Anstalt gemacht.

Wir bekümmerten uns in den ersten Tagen so wenig um ihren Stand und Wesen, als sie sich um das unserige, doch konte man mehr als zu wohl spüren, wie vergnügt und erkänntlich ihre Hertzen wegen der guten Bewirthung wären, dem allen ohngeacht aber sturben so gleich, noch ehe 8. Tage verlieffen, eine Weibs- und zwey Manns-Personen, und in folgender Woche folgte die 3te Manns-Person; weil das Ubel vermuthlich allzu starck bey ihnen eingerissen, oder auch wohl keine Maasse im Essen und Trincken gehalten war. Die Todten wurden von uns mit grossen Leydwesen ehrlich begraben, und die annoch übrigen sehr schwachen desto fleißiger gepflegt. Amias machte ihnen Artzeneyen von unsern annoch grünenden Kräutern und Wurtzeln, gab auch keinem auf einmahl mehr Speise und Tranck, als er vor rathsam hielt, woher es nebst Göttlicher Hülffe endlich kam, daß sich die noch übrigen 5. Gäste binnen wenig

Wochen völlig erholeten, und nicht die geringsten
Merckmahle einer Kranckheit mehr verspüreten.

Nun solte ich zwar, meine Lieben, sagte hiermit unser
Alt-Vater Albertus, euch billig noch berich-[304]ten,
wer die Frembdlinge gewesen, und durch was vor ein
Schicksal selbige zu uns gekommen wären, allein mich
bedüncket, meine Erzehlung möchte solcher Gestalt auf
heute allzu lange währen, darum will Morgen, so es
GOTT gefällt, wenn wir von Roberts-Raum zurücke kommen, damit den Anfang machen. Wir, als seine Zuhörer,
waren auch damit vergnügt, und traten folgendes Tages
auf gewöhnliche Weise den Weg nach Roberts-Raum an.

Hieselbst fanden wir die leiblichen Kinder und fernere Abstammlinge von Robert Hülter, und der jüngern
Concordia in 16. ungemein zierlich erbaueten Wohn-
häusern ihre gute Wirthschafft führen, indem sie ein
wohlbestelltes Feld um und neben sich, die Weinberge
aber mit den Christophs Raumern gemeinschafftlich hatten. Der älteste Sohn des Roberts führete uns in seiner
seel. Eltern Hauß, welches er nach deren Tode in Besitz
genommen hatte, und zeigete nicht allein eine alte Englische Bibel, Gesang- und Gebet-Buch auf, welches von
dem gantzen Geschlecht als ein besonderes Heiligthum
gehalten wurde, sondern nächst diesem auch allerhand
andere kostbare und sehens-würdige Dinge, die der
Stamm-Vater Robert zum Andencken seiner Klugheit
und Geschicklichkeit denen Nachkommen hinterlassen
hatte. Auf der äusersten Felsen-Höhe gegen Osten

war ein bequemliches Wacht-Hauß erbauet, welches wir nebst denen dreyen dabey gepflantzten Stücken Geschützes in Augenschein nahmen, und uns anbey über das viele im Walde herum lauffende Wild sonderlich [305] ergötzten, nachhero in dem Robertischen Stamm-Hause aufs köstlichste bewirthet wurden, doch aber, nachdem diese Gemeine in jedes Hauß eine Englische Bibel und Gesang-Buch, nebst andern gewöhnlichen Geschencken vor die Jugend empfangen hatte, zu rechter Zeit den Rückweg auf Alberts-Burg antraten.

Mittlerweile, da Herr Mag. Schmelzer in die Davids-Raumer Allee, seine Geistlichen Unterrichtungen fortzusetzen, spatziret war, und wir andern mit gröster Begierde am Kirchen-Bau arbeiten halffen, hatte unser Alt-Vater Albertus seine beyden ältesten Söhne, nehmlich Albertum und Stephanum, nebst ihren annoch lebenden Ehe-Weibern, ingleichen den David Julius, sonst Rawkin genannt, mit seiner Ehe-Frau Christina, welche des Alt-Vaters jüngste Tochter war, zu sich beschieden, um die Abend-Mahlzeit mit uns andern allen einzunehmen, da sich nun selbige nebst Herrn Mag. Schmelzern eingestellet, und wir sämmtlich gespeiset, auch unsere übrige Gesellschaffter sich beuhrlaubt hatten; blieben der Alt-Vater Albertus, dessen Söhne, Albertus und Stephanus, nebst ihren Weibern, David und Christina, Hr. Mag. Schmelzer, Mons. Wolffgang und ich, also unser 10. Personen beysammen sitzen, da denn unser Alt-Vater also zu reden anfing:

Ich habe, meine lieben Freunde, gestern Abend versprochen, euch nähern Bericht von denjenigen Personen zu erstatten, die wir im 1668ten Jahre, als ausgehungerte und krancke Leute aufzunehmen, das Glück hatten, weil aber drey von demselben [306] annoch am Leben, und allhier gegenwärtig sind, als nehmlich dieser mein lieber Schwieger-Sohn, David, und denn meine beyden lieben Schwieger-Töchter des Alberti und Stephani Gemahlinnen, so habe vor annehmlicher erachtet, in eurer Gegenwart selbige zu bitten, daß sie uns ihre Lebens-Geschichte selbst erzehlen möchten. Ich weiß, meine fromme Tochter, sagte er hierauf zu des Alberti jun. Gemahlin, wie die Kräffte eures vortrefflichen Verstandes, Gedächtnisses und der Wohlredenheit annoch so vollkommen bey euch anzutreffen sind, als alle andere Tugenden, ohngeacht die Zeit uns alle auf dieser Insul ziemlich verändert hat. Derowegen habt die Güte, diesem meinem Vettern und andern werthen Freunden, einen eigenmündlichen Bericht von den Begebenheiten eurer Jugend abzustatten, damit sie desto mehr Ursach haben, sich über die Wunder-Hand des Himmels zu verwundern.

Demnach stund die bey nahe 80. jährige Matrone, deren Gesichts- und Leibes-Gestalt auch in so hohen Alter noch viele Annehmlichkeiten zeigete, von ihrem Stuhle auf, küssete erstlich unsern Alt-Vater, setzte sich, nachdem sie sich gegen die übrigen höflich verneiget, wiederum nieder, und fing ihre Erzehlung folgender massen an:

Es ist etwas schweres, meine Lieben, daß eine Frau von solchen Jahren, als ich bin, annoch von ihrer Jugend reden soll, weil gemeiniglich darbey viele Thorheiten vorzukommen pflegen, die einem reiffern Verstande verächtlich sind, doch da das menschliche Leben überhaupt ein Zusammenhang [307] vieler Thorheiten, wiewohl bey einem mehr als bey dem andern zu nennen ist, will ich mich nicht abschrecken lassen, dem Befehle meines hertzlich geliebten Schwieger-Vaters Gehorsam zu leisten, und die Aufmercksamkeit edler Freunde zu vergnügen, welche mir als einer betagten Frauen nicht verüblen werden, wenn ich nicht alles mehr in behöriger Zierlichkeit und Ordnung vorzubringen geschickt bin.

Mein Nahme ist Judith van Manders, und bin 1648. eben um selbige Zeit gebohren, da die vereinigten Niederländer wegen des allgemeinen Friedens-Schlusses und ihrer glücklich erlangten Freyheit in grösten Freuden begriffen gewesen. Mein Vater war einer der ansehnlichsten und reichsten Männer zu Middelburg in Seeland wohnhafft, der der Republic so wohl als seine Vorfahren gewiß recht wichtige Dienste geleistet hatte, auch dieserwegen zu einem Mit-Gliede des hohen Raths erwehlet worden. Ich wurde, nebst einer ältern Schwester und zweyen Brüdern, so erzogen, wie es der Stand und das grosse Vermögen unserer Eltern erforderte, deren Haupt-Zweck eintzig und allein dieser war, aus ihren Kindern Gottesfürchtige und tugendhaffte Menschen zu machen. Wie denn auch keines aus der Art schlug, als un-

ser ältester Bruder, der zwar jederzeit von aussen einen
guten Schein von sich gab, in Geheim aber allen Wollüsten und liederlichem Leben oblage. Kaum hatte meine
Schwester das 16te und ich mein 14des Jahr erreicht,
als sich schon eine ziemliche Anzahl junger vornehmer
Leute um unsere Bekandtschafft bewar-[308]ben, indem
meine Schwester Philippine vor eine der schönsten Jungfrauen in Middelburg gehalten wurde, von meiner Gesichts-Bildung aber ging die Rede, als ob ich, ohne Ruhm
zu melden, nicht allein meine Schwester, sondern auch
alles andere Frauenzimmer im Lande an Schönheit
übertreffen solte. Doch schrieb man mir als einen besonders grossen Fehler zu, daß ich eines allzu stillen,
eigensinnigen, melancholischen, dahero verdrüßlichen
temperaments wäre, dahingegen meine Schwester eine
aufgeräumte und muntere Lebens-Art blicken liesse.

Wiewohl ich mich nun um dergleichen Vorwürffe
wenig bekümmerte, so war dennoch gesinnet, dergleichen Aufführung bey ein oder anderer Gelegenheit
möglichstens zu verbergen, zumahlen wenn mein ältester Bruder William dann und wann frembde Cavaliers
in unser Hauß brachte. Solches war wenige mahl geschehen, als ich schon an einem, Jan van Landre genannt,
einen eiffrigen Liebhaber wahrnahm, dessen gantz besonderer Hertzens-Freund, Joseph van Zutphen, meine
Schwester Philippinam ebenfalls aufs äuserste zu bedienen suchte. Eines Abends, da wir solcher Gestalt in
zuläßigen Vergnügen beysammen sassen, und aus einem

Glücks-Topffe, den Joseph van Zutphen mitgebracht hatte, allerhand lächerliche Loose zohen, bekam ich unter andern eines, worauf geschrieben stund: Ich müste mich von demjenigen, der mich am meisten liebte, 10. mahl küssen lassen. Hierüber entstund unter 6. anwesenden Manns-Personen ein Streit, welcher mir zu entscheiden, anheim [309] gestellet wurde, allein, um viele Weitläufftigkeiten zu vermeiden, sprach ich: Meine Herren! Man giebt mir ohnedem Schuld, daß ich eigensinnig und allzu wunderlich sey, derowegen lasset es dabey bewenden, und erlaubet mir, daß ich mein Armband auf den Boden der Kammer werffe, wer nun selbiges am ersten erhaschet, soll nicht allein mich 10. mahl küssen, sondern auch das Armband zum Angedencken behalten.

Dieser Vorschlag wurde von allen mit besondern Vergnügen angenommen, Joseph aber erwischte am allergeschwindesten das Arm-Band, welches Jan van Landre, der es an dem äusersten Ende nicht fest halten können, ihm überlassen muste. Jedoch er wandte sich zu ihm, und sagte mit grosser Bescheidenheit: Uberlasset mir, mein Bruder, nebst diesem Arm Bande euer darauf hafftendes Recht, wo es euch gefällig ist, zumahl da ihr allbereits euer Theil habet, und versichert seyn könnet, daß ich dergleichen Kostbarkeit nicht umsonst von euch zu empfangen begehre. Allein Joseph empfand dieses Ansinnen dermassen übel, daß er in hefftigster Erbitterung gegen seinen Freund also heraus fuhr: Wer hat euch die Briefe vorgelesen, Jan van Landre, da ihr behaupten wollet, wie ich allbereits mein Theil habe? Und was wollet ihr mit dergleichen niederträchtigen Zumuthungen bey mir gewinnen? Meinet ihr etwa, daß mein Gemüth so Pöbelhafft beschaffen als das eure? und daß ich eine Kostbarkeit verkauffen soll, die doch weder von euch noch eurer gantzen Freundschafft nach ihrem Werth bezahlet werden kan? Verschonet mich derowegen in Zu-[310]kunfft mit solchen thörichten Reden, oder man wird euch zeigen, wer Joseph van Zutphen sey.

Indem nun von diesen beyden jungen Stutzern einer so viel Galle und Feuer bey sich führete, als der andere, kam es gar geschwind zum hefftigsten Wort-Streite, und fehlete wenig, daß sie nicht ihre Degen-Klingen in unserer Gegenwart gemessen hätten, doch auf Zureden anderer wurde unter ihnen ein Schein-Friede gestifftet, der aber nicht länger währete, biß auf folgenden Morgen, da beyde mit erwählten Beyständen vor der Stadt einen Zwey-Kampff unter sich vornahmen, in welchem Joseph von seinem vormahligen Hertzens-Freunde dem Jan tödtlich verwundet auf dem Platze liegen blieb; der Mörder aber seine Flucht nach Franckreich nahm, von wannen er gar bald an mich die verliebtesten Briefe schrieb, und versprach, seine Sachen aufs längste binnen einem halben Jahre dahin zu richten, daß er sich wiederum ohne Gefahr in Middelburg dürffte sehen lassen, wenn er nur sichere Rechnung auf die Eroberung meines Hertzens machen könte.

Allein, bey mir war hinführo weder an die geringste

Liebe noch Aussöhnung vor Jan van Landre zu gedencken, und ob ich gleich vor der Zeit seinetwegen
mehr Empfindlichkeit als vor Joseph und andere Manns-
Personen in mir verspüret, so löschete doch seine eigene
mit Blut besudelte Hand und das klägliche Angedencken
des meinetwegen jämmerlich Entleibten das kaum angezündete Füncklein der Liebe in meinem Hertzen auf
einmahl völlig aus, mithin vermehrete sich mein ange-
bohrnes melancholi-[311]sches Wesen dermassen, daß
meinen Eltern dieserhalb nicht allzu wohl zu Muthe wurde, indem sie befürchteten, ich möchte mit der Zeit gar
eine Närrin werden.

Meine Schwester Philippine hergegen, schlug ihren
erstochenen Liebhaber in wenig Wochen aus dem Sinne,
entweder weil sie ihn eben noch nicht starck genung
geliebet, oder Lust hatte, dessen Stelle bald mit einem
andern ersetzt zu sehen, denn sie war zwar voller Feuer,
jedoch in der Liebe sehr behutsam und eckel. Wenige
Zeit hernach stellete sich ein mit allen Glücks-Gaben
wohlversehener Liebhaber bey ihr dar, er hatte bey
einer Gasterey Gelegenheit genommen, meine Schwester zu unterhalten, sich in sie verliebt, den Zutritt in
unser Hauß gefunden, ihr Hertz fast gäntzlich gewonnen, und es war schon so weit gekommen, daß beyderseits Eltern das öffentliche Verlöbniß zwischen diesen
Verliebten anstellen wolten, als dieser mein zukünfftiger
Schwager, vor dem ich mich jederzeit verborgen gehalten hatte, meiner Person eines Tages unverhofft, und

zwar in meiner Schwester Zimmer, ansichtig wurde. Ich
wäre ihm gerne entwischt, allein, er verrannte mir den
Paß, so, daß mich recht gezwungen sahe, seine Complimenten anzuhören und zu beantworten. Aber! welch ein
Unglück entstunde nicht hieraus? Denn der thörichte
Mensch, welcher nicht einmahl eine völlige Stunde mit
mir umgangen war, veränderte so fort sein gantzes Vorhaben, und wirfft alle Liebe, die er bißhero eintzig und
allein zu meiner Schwester getragen hatte, nunmehro
auf mich, ließ auch gleich folgendes Tages offenhertzig
[312] bey den Eltern um meine Person anhalten. Dieses
machte eine ziemliche Verwirrung in unserm Hause.
Unsere Eltern wolten diese herrliche Parthie durchaus
nicht fahren lassen, es möchte auch unter ihren beyden
Töchter betreffen, welche es wolte. Meine Schwester
stellete sich über ihren ungetreuen Liebhaber halb
rasend an, und ohngeacht ich hoch und theuer schwur,
einem solchen Wetterhahne nimmermehr die ehlige
Hand zu geben, so wolte sich doch dadurch keines von
allen Interessenten befriedigen lassen. Meine Schwester
hätte mich gern mit den Augen ermordet, die Eltern
wandten allen Fleiß an, uns zu versöhnen, und ver-
suchten, bald den wanckelmüthigen Liebhaber auf vorige Wege zu bringen, bald mich zu bereden, daß ich
ihm mein Hertz schencken solte; Allein, es war so wohl
eines als das andere vergeblich, indem ich bey meinem einmahl gethanen Schwure beständig zu verharren
beschloß, und wenn es auch mein Leben kosten solte.

Wie demnach der Wetterhahn sahe, daß bey mir durchaus nichts zu erhalten war, fing er wiederum an, bey meiner Schwester gelinde Sayten aufzuziehen, und diese spielete ihre Person dermassen schalckhafft, biß er sich aus eigenem Antriebe bequemete, sie auf den Knien um Vergebung seines begangenen Fehlers, und um die vormahlige Gegen-Liebe anzusprechen. Allein, diese vermeinete nunmehro erstlich sich völlige Genugthuung vor ihre beleidigte Ehre zu verschaffen, sagte derowegen, so bald sie ihn von der Erde aufgehoben hatte: Mein Herr! ich glaube, daß ihr mich vor einiger Zeit vollkommen geliebt, auch so viel Merckmahle einer hertz-[313]lichen Gegen-Liebe von mir empfangen habt, als ein rechtschaffener Mensch von einem honetten Frauenzimmer verlangen kan. Dem ohngeachtet habt ihr euer veränderliches Gemüthe unmöglich verbergen können. Jedoch es ist vorbey, und es soll euch Seiten meiner alles hertzlich vergeben seyn. Ich schwere auch zu GOtt, daß ich dieser wegen nimmermehr die geringste Feindschafft gegen eure Person hegen, anbey aber auch nimmermehr eure Ehe-Gattin werden will, weil die Furcht wegen der zukünfftigen Unbeständigkeit so wohl euch als mir bloß zur beständigen Marter und Quaal gereichen würde.

Alle Anwesenden stutzten gewaltig hierüber, wandten auch so wohl als der Neu-Verliebte allen Fleiß und Beredsamkeit an, meine Schwester auf bessern Sinn zu bringen, jedoch es halff alles nichts, sondern der unbeständige Liebhaber muste wohlverdienter Weise nunmehro bey beyden Schwestern durch den Korb zu fallen sich belieben lassen.

Solcher Gestalt nun wurden wir beyden Schwestern wiederum ziemlich einig, wiewohl die Eltern mit unsern eigensinnigen Köpffen nicht allerdings zufrieden waren, indem sich bey uns nicht die geringste Lust zu heyrathen, oder wenigstens mit Manns-Personen umzugehen zeigen wolte.

Endlich, da nach erwehnten unglücklichen Heyraths-Tractaten fast anderthalbes Jahr verstrichen war, fand ein junger, etwa 28. jähriger Cavalier allerhand artige Mittel, sich bey meiner Schwester einzuschmeicheln. Er hielt starcke Freundschafft mit meinen Brüdern, nennete sich Alexander de [314] la Marck, und war seinem Vorgeben nach von dem Geschlecht des Grafens Lumay de la Marck, der sich vor fast 100. Jahren durch die Eroberung der Stadt Briel in Diensten des Printzen von Oranien einen unsterblichen Ruhm erworben, und so zu sagen, den Grund zur Holländischen Republic gelegt hatte. Unsere Eltern waren mit seiner Anwerbung wohl zu frieden, weil er ein wohlgestalter, bescheidener und kluger Mensch war, der sein grosses Vermögen bey allen Gelegenheiten sattsam hervor blicken ließ. Doch wolten sie ihm das Ja-Wort nicht eher geben, biß er sich deßfalls mit Philippinen völlig verglichen hätte. Ob nun diese gleich ihre Resolution immer von einer Zeit zur andern verschob, so wurde Alexander dennoch nicht verdrüßlich, indem er sich allzuwohl vorstellete, daß es aus keiner andern Ursache geschähe, als seine Beständigkeit auf die Probe zu setzen, und gegentheils wuste ihn Philippine jederzeit mit der holdseligsten, doch ehrbarsten Freundlichkeit zu begegnen, wodurch seine Gedult und langes Warten sehr versüsset zu werden schien.

Meiner Schwester, Brüdern und ihm zu Gefallen, ließ ich mich gar öffters mit bey ihren angestellten Lustbarkeiten finden; doch aber durchaus von keinem Liebhaber ins Netz bringen, ob sich schon viele deßwegen ziemliche Mühe gaben. Gallus van Witt, unser ehemaliger Liebster, gesellete sich nach und nach auch wieder zu uns, ließ aber nicht den geringsten Unmuth mehr, wegen des empfangenen Korbes, spüren, sondern zeigte ein beständiges freyes Wesen, und sagte ausdrücklich, [315] daß, da es ihm im Lieben auf doppelte Art unglücklich ergangen, er nunmehro fest beschlossen hätte, nimmermehr zu heyrathen. Meine Schwester wünschte ihm also einsmahls, daß er dergleichen Sinnen ändern, hergegen uns alle fein bald auf sein Hochzeit-Fest zu seiner vollkommen schönen Liebste, einladen möchte. Da er aber hierbey mit dem Kopffe schüttelte, sagte ich: So recht Mons. de Witt, nunmehro bin ich euch vor meine Person desto günstiger, weil ihr so wenig Lust als ich zum Heyrathen bezeiget. Er erröthete hierüber, und versetzte: Mademoiselle, ich wäre glücklich genung, wenn ich nur den geringsten Theil eurer beyder Gewogenheit wieder erlangen könte, und euch zum wenigsten als ein Freund

oder Bruder lieben dürffte, ob ihr gleich beyderseits
mich zu lieben, und ich gleichfalls das Heyrathen überhaupt verredet und verschworen. Es wird euch, sagte
hierauff Philippine, mit solchen Bedingungen jederzeit
erlaubt, uns zu lieben und zu küssen.

Auf dieses Wort unterstund sich van Witt die Probe
mit küssen zu machen, welches wir ihm als einen Schertz
nicht verweigern konten, nachhero führete er sich aber
bey allen Gelegenheiten desto bescheidener auf.

Eines Tages brachten de la Marck, und meine Brüder,
nicht allein den Gallus de Witt, sondern auch einen unbekandten vornehmen See-Fahrer mit sich, der erst neu-
lich von den Bantamischen und Moluccischen Insuln, in
Middelburg angelanget war; und wie er sagte, ehester
Tages wieder dahin seegeln wolte. Mein Vater hatte so
wol als wir [316] andern alle, ein grosses Vergnügen,
dessen wundersame Zufälle und den glückseligen Zustand selbiger Insuln, die der Republic so Vortheilhafftig
wären, anzuhören, schien sich auch kein Bedencken zu
nehmen, mit der Zeit, einen von seinen Söhnen auf einem
Schiffe dahin auszurüsten, worzu denn der Jüngere
mehr Lust bezeigte, als der Aeltere. Damit er aber mit
diesem erfahrnen See-Manne in desto genauere Kundschafft kommen möchte, wurde derselbe in unserm Hause 3. Tage nach einander aufs Beste bewirthet. Nach
deren Verlauff bat sich der See-Fahrer bey meinem
Vater aus: derselbe möchte seinen 4. Kindern erlauben,
daß sie nebst Alexander de la Mark und Gallus van Witt,

auf seinem Schiffe, selbiges zu besehen, einsprechen dürfften, allwo er dieselben zur Danckbarkeit vor genossene Ehren-Bezeugung so gut als möglich bewirthen, und mit einigen ausländischen geringen Sachen beschencken wolte.

Unsere Eltern liessen sich hierzu leichtlich bereden, also wurden wir gleich folgenden Tages um Mittags-Zeit, von unsern aufgeworffenen Wohlthäter abgeholet und auf sein Schiff geführet, wiewol mein jüngster Bruder, der sich vergangene Nacht etwas übel befunden hatte, zu Hause bleiben muste. Auf diesem Schiffe fanden wir solche Zubereitungen, deren wir uns nimmermehr versehen hatten, denn die Seegel waren alle vom schönsten seidenen Zeuge gemacht, und die Tauen mit vielerley farbigen Bändern umwunden, Ruder und anderes Holtzwerck gemahlet und verguldet, und das Schiff inwendig mit den schönsten Tapeten ausgeschlagen, [317] wie denn auch die Boots-Leute in solche Liberey gekleidet waren, dergleichen de la Mark und Witt ihren Bedienten zu geben pflegten. Ehe wir uns hierüber sattsam verwundern konten, wurde die Gesellschafft durch Ankunfft noch zweyer Damen, und eines wohlgekleydeten jungen Menschen verstärckt, welchen mein Bruder William, auf geheimes Befragen, vor einen Frantzösischen jungen Edelmann Nahmens Henry de Frontignan, das eine Frauenzimmer aber, vor seine Schwester Margarithe, und die andere vor dessen Liebste Antonia de Beziers ausgab. Meine Schwester und ich hatten gar kein Ursach

an unsers Bruders Bericht zu zweiffeln, liessen uns derowegen gar bald mit diesen schönen Damen ins Gespräche
ein, und fanden dieselben so wohl, als den vermeynten
Frantzösischen Edelmann, von gantz besonderer Klugheit und Beredsamkeit.

Es war angestellet, daß wir auf dem Ober-Deck des
Schiffs in freyer Lufft speisen solten, da aber ein in Seeland nicht ungewöhnlicher Regen einfiel, muste dieses
unter dem Verdeck geschehen. Mein Bruder that den
Vorschlag, was massen es uns allen zu weit grössern Vergnügen gereichen würde, wenn uns unser Wirth bey so
guten Winde eine Meile oder etwas weiter in die See, und
gegen Abend wieder zurück führen liesse, welches denn
niemanden von der Gesellschafft zuwider war, vielmehr
empfanden wir so wohl hiebey, als an den herrlichen
Tractamenten, wohlklingender Music, und nachhero an
allerhand ehrbaren Lust-Spielen einen besondern Wohlgefallen. Weil aber unser [318] Wirth, Wetters- und Windes wegen, alle Schau-Löcher hatte zu nageln, und bey
hellem Tage Wachs-Lichter anzünden lassen, so kunten
wir bey so vielen Lustreichen Zeitvertreibungen nicht
gewahr werden, ob es Tag oder Nacht sey, biß die Sonne
allbereit vor 2. oder 3. Stunden untergegangen war. Mir
kam es endlich sehr bedencklich vor, daß unsere Manns-
Personen einander den Wein ungewöhnlich starck zu-
trancken, auch daß die beyden Frantzösischen Damen
fast so gut mit sauffen konten als das Manns-Volck.
Derowegen gab ich meiner Schwester einen Winck,

welche sogleich folgte, und mit mir auf das Oberdeck hinauff stieg, da wir denn, zu unser beyder grösten Mißvergnügen, einen schwartz gewölckten Himmel, nebst annoch anhaltenden starcken Regen, um unser Schiff herum lauter entsetzlich schäumende Wellen, von ferne aber, den Glantz eines kleinen Lichts gewahr wurden.

Es wurde gleich verabredet unsern Verdruß zu verbergen, derowegen fieng meine Schwester, so bald wir wieder zur andern Gesellschafft kamen, nur dieses zu sagen an: Hilff Himmel meine Freunde! es ist allbereits Mitternacht. Wenn wollen wir wieder nach Middelburg kommen? und was werden unsere Eltern sagen? Gebet euch zufrieden meine Schwestern, antwortete unser Bruder William, ich will bey den Eltern alles verantworten, folget nur meinem Beyspiele, und lasset euch von euren Liebhabern also umarmen, wie ich diesen meinen Hertzens-Schatz umarme. Zu gleicher Zeit nahm er die Margarithe vom Stuhle, und setzte sie auf [319] seinen Schooß, welche alles geduldig litte, und als die ärgste Schand-Metze mit sich umgehen ließ. Der vermeynte Edelmann, Henry, that mit seiner Buhlerin ein gleiches, jedoch Alexander und Gallus scheueten sich dem Ansehen nach noch in etwas, mit uns beyden Schwestern auf eben diese Arth zu verfahren, ohngeachtet sie von unsern leiblichen Bruder hierzu trefflich angefrischet wurden.

Philippine und ich erstauneten über dergleichen Anblick, wusten aber noch nicht, ob es ein Schertz heissen solte, oder ob wir im Ernst verrathen oder verkaufft

wären. Jedennoch verliessen wir die unkeusche Gesellschafft, rufften Gegenwärtige meine Schwägerin, des
edlen Stephani noch itzige Ehe-Gemahlin, damals aber,
als unsere getreue Dienerin herbey, und setzten uns, in
lauter verwirrten Gedancken, bey einer auf dem Oberlof
des Schiffs brennend stehenden Laterne nieder.

Der verfluchte Wohlthäter, nemlich unser vermeintlicher Wirth, welcher sich als ein Vieh besoffen hatte,
kam hinauff und sagte mit stammlender Zunge: Sorget
nicht ihr schönen Kinder! ehe es noch einmal Nacht wird,
werdet ihr in euren Braut-Bette liegen. Wir wolten weiter mit ihm reden; Allein das überflüßig eingeschlungene
Geträncke suchte seinen Außgang bey ihm überall, auf
so gewaltsame Art, daß er auf einmal als ein Ochse darnieder stürtzte, und uns, den gräßlichen Gestanck zu
vermeiden, eine andere Stelle zu suchen zwunge.

Philippine und ich waren bey dergleichen schändlichen
spectacul fast ausser Sinnen gekommen, und [320] fielen
in noch stärckere Verzweiffelung, als gegenwärtige unsere getreue Sabina plötzlich in die Hände schlug, und
mit ängstlichen Seufzen schrye: Ach meine liebsten
Jungfrauen! Wir sind, allem Ansehen nach, schändlich
verrathen und verkaufft, werden auch ohne ein besonderes Wunderwerck des Himmels, weder eure Eltern, noch
die Stadt Middelburg jemals wieder zu sehen kriegen.
Derowegen lasset uns nur den festen Entschluß fassen,
lieber unser Leben, als die Keuschheit und Ehre zu verlieren. Auf ferneres Befragen gab sie zu verstehen; Daß

ein ehrliebender auf diesem Schiffe befindlicher Reisender ihr mit wenig Worten so viel gesagt: Daß sie an unsern bevorstehenden Unglücke nicht den geringsten Zweiffel tragen könne.

Wie gesagt, wir hätten solchergestalt verzweiffeln mögen, und musten unter uns Dreyen alle Mittel anwenden, der bevorstehenden Ohnmacht zu entgehen; Als ein resoluter Teutscher, Nahmens Simon Heinrich Schimmer, Jacob Larson ein Schwede, und gegenwärtiger David Rawkin ein Engelländer, (welche alle Drey nachhero allhier meine werthen Schwäger worden sind,) nebst noch 2. andern redlichen Leuten, zu unserm Troste bey uns erschienen. Schimmer führete das Wort in aller stille, und sagte: Glaubet sicherlich, schönsten Kinder, daß ihr durch eure eigenen Anverwandten und Liebhaber verrathen worden. Zum Unglück haben ich und diese redlichen Leute solches itzo erst vor einer Stunde von einem getreuen Boots-Knechte erfahren, da wir schon sehr weit vom festen Lande entfernet sind, sonsten wolten wir euch gar bald in [321] Freyheit gesetzt haben; Allein nunmehro ist es unmöglich, wir hätten denn das Glück uns in künfftigen Tagen einen stärckern Anhang zu verschaffen. Solte euch aber immittelst Gewalt angethan werden, so ruffet um Hülffe, und seyd völlig versichert, daß zum wenigsten wir 5. wehrhafften Leute, ehe unser Leben dran setzen, als euch schänden lassen wollen.

Wir hatten kaum Zeit, drey Worte, zu bezeugung unserer erkänntlichen Danckbarkeit, gegen diese 5. vom

Himmel zugesandten redlichen Leute, vorzubringen; als unser leichtfertiger Bruder, von de la Mark und Witt begleitet, herzu kamen, uns hinunter zu holen. Witt stolperte über den in seinem Unflath liegenden Wirth her, und balsamirte sich und seine Kleider so, daß er sich als eine Bestie hinweg schleppen lassen muste, William sanck gleichfalls, da er die freye Lufft empfand, zu Boden, de la Mark aber war noch bey ziemlichen Verstande, und brachte es durch viele scheinheilige Reden und Liebkosungen endlich dahin, daß Philippine, ich und unsere Sabina, uns endlich betäuben liessen, wieder hinunter in die Cajute zu steigen.

Aber, o welch ein schändlicher Spectacul fiel uns alhier in die Augen. Der saubere Frantzösische von Adel saß, zwischen den zweyen verfluchten Schand-Huren, Mutternackend vor dem Camine, und zwar in einer solchen ärgerlichen Stellung, daß wir mit lauten Geschrey zurück fuhren, und uns in einen besondern Winckel mit verhülleten Angesichtern versteckten.

De la Mark kam hinter uns her, und wolte aus [322] der Sache einen Schertz machen, allein Philippine sagte: Bleibet uns vom Halse ihr vermaledeyten Verräther, oder der erste, der uns angreifft, soll auf der Stelle mit dem Brod-Messern erstochen werden. Weiln nun de la Mark spürete, daß wenig zu thun sey, erwartete er so wol, als wir, in einem andern Winckel des Tages. Dieser war kaum angebrochen, als wir uns in die Höhe machten und nach dem Lande umsahen, allein es wolte sich unsern begierigen Augen, ausser dem Schiffe, sonsten nichts zeigen, als Wasser und Himmel. Die Sonne gieng ungemein hell und klar auf, fand alle andern im festen schlafe liegen, uns drey Elenden aber in schmertzlichen Klagen und heissen Thränen, die wir anderer Menschen Boßheit wegen zu vergiessen Ursach hatten.

Kaum hatten die vollen Sauen den Rausch ausgeschlafen, da die gantze ehrbare Zunfft zum Vorscheine kam, und uns, mit ihnen Caffee zu trincken nöthigte. An statt des Morgen-Grusses aber, lasen wir unserm gottlosen Bruder ein solches Capitel, worüber einem etwas weniger ruchlosen Menschen hätten die Haare zu Berge stehen mögen. Doch dieser Schand-Fleck der Natur verlachte unsern Eifer anfänglich, nahm aber hernach eine etwas ernsthafftere mine an, und hielt folgende Rede: Lieben Schwestern, seyd versichert, daß, ausser meiner Liebsten Margaretha, mir auf der Welt niemand lieber ist als ihr, und meine drey besten Freunde, nemlich: Gallus, Alexander und Henry. Der erste, welcher dich Judith aufs allerhefftigste liebet, ist zur gnüge bekannt. Alexander, ob er gleich biß-[323]hero so wol als Henry nur ein armer Schlucker gewesen; hat alle Eigenschafften an sich, Philippinen zu vergnügen, und vor die gute Sabina wird sich auch bald ein braver Kerl finden. Derowegen, lieben Seelen, schicket euch in die Zeit. Nach Middelburg wiederum zu kommen, ist unmöglich, alles aber, was ihr nöthig habt, ist auf diesem Schiff vorräthig anzutreffen. Auf der Insul Amboina werden wir unsere zukünfftige Lebens-Zeit ingesammt in grösten Vergnügen zubringen können, wenn ihr nur erstlich eure eigensinnigen Köpffe in Ordnung gebracht, und nach unserer Lebens-Art eingerichtet habt.

Nunmehro war mir und meiner Schwester ferner unmöglich, uns einer Ohnmacht zu erwehren, also sancken wir zu Boden, und kamen erstlich etliche Stunden hernach wieder in den Stand, unsere Vernunfft zu gebrauchen, da wir uns denn in einer besondern Schiffs-Kammer allein, unter den Händen unserer getreuen Sabina befanden. Diese hatte mittlerweile von den beyden schändlichen Dirnen das gantze Geheimniß, und zwar folgenden Umbständen nach, erfahren:

Gallus van Witt, als der Haupt-Uhrheber unsers Unglücks, hat gleich nach seinem, bey beyden Schwestern umgeschlagenen Liebes-Glücke, die allervertrauteste Freundschafft mit unserm Bruder William gemacht, und demselben vorgestellet: Daß er ohnmöglich leben könne, er müsse denn eine von dessen Schwestern zur Frau haben, und solte er auch sein gantzes Vermögen, welches bey nahe in 2. Tonnen Goldes bestünde, dran setzen. William ver-[324]sichert ihn seines geneigten Willens hierüber, verspricht sich in allen zu seinen Diensten, und beklagt nur, daß er kein Mittel zu erfinden wisse, seines Hertzens-Freundes Verlangen zu stillen. Gallus aber, der seit der Zeit beständig, so wohl auf einen gewaltsamen, als listigen Anschlag gesonnen, führet den William zu dem liederlichen Commœdianten-Volcke, nemlich: Alexandern, Henry, Antonien und Margarithen, da sich denn derselbe sogleich aufs allerhefftigste in die Letztere verliebt, ja sich ihr und den übrigen schändlichen Verräthern gantz zu eigen ergiebt. Alexander wird demnach, als der Ansehnlichste, auf des Gallus Unkosten, in solchen Stand gesetzt, sich als einer der vornehmsten Cavaliers aufzuführen und um Philippinen zu werben, mittlerweile kleiden sie einen alten verunglückten See-Räuber, vor einen erfahrnen Ost-Indien-Fahrer an, der unsere Eltern und uns betrügen helffen, ja uns armen einfältigen Kinder in das verfluchte Schiff locken muß, welches Gallus und mein Bruder, zu unserm Raube, so fälschlich mit grossen Kosten ausgerüstet hatten, um damit einen Farth nach den Moluccischen Insuln vorzunehmen. Der letztere, nemlich mein Bruder, hatte nicht allein den Eltern eine erstaunliche Summe Geldes auf listige Art entwendet, sondern auch Philippinens, und meine Kleinodien und Baarschafften mit auf das Schiff gebracht, damit aber doch ja unsere Eltern ihrer Kinder nicht alle auf einmal beraubt würden, giebt der verteuffelte Mensch dem jüngern Bruder, Abends vorhero, unvermerckt ein starckes Brech-Pulver ein, damit er künfftigen Tages bey der [325] Schiffs-Lust nicht erscheinen, und folglich in unserer Entführung keine Verhinderung machen könne.

Bey solchen unerhörten schändlichen Umbständen sahen wir also vollkommen, daß vor uns keine Hoffnung übrig war diesem Unglücke zu entgehen, derowegen ergaben wir uns fast gäntzlich der Verzweiffelung, und wolten uns in der ersten Wuth mit den Brod-Messern selbst ermorden, doch dem Himmel sey Danck, daß unsere liebste und getreuste Sabina damals weit mehr Verstand als wir besaß, unsere Seelen aus des Satans Klauen zu erretten. Sie wird sich annoch sehr wol erinnern können, was sie vor Arbeit und Mühe mit uns beyden unglücklichen Schwestern gehabt, und wie sie endlich, da nichts verfangen wolte, in solche Helden-müthige Worte ausbrach: Fasset ein Hertze, meine gebiethenden Jungfrauen! Lasset uns abwarten, wer sich unterstehen will uns zu schänden, und solche Teuf-fels erstlich ermorden, hernach wollen wir uns der Barm-hertzigkeit des Himmels überlassen, die es vielleicht besser fügen wird als wir vermeynen.

Kaum hatte sie diese tapffern Worte ausgesprochen, so wurde ein grosser Lermen im Schiffe, und Sabina zohe Nachricht ein, daß ein See-Räuber uns verfolgte, auch vielleicht bald Feuer geben würde. Wir wünschten, daß es ein Frantzose oder Engelländer seyn, der im-merhin unser Schiff erobern, und alle Verräther todt schlagen möchte, so hätten wir doch ehe Hoffnung gegen Versprechung einer starcken ranzion, von ihm Ehre und Freyheit zu erhalten. Allein weil der Wind unsern Ver-räthern günstiger, ausserdem auch unser Schiff sehr [326] wol bestellt, leicht und flüchtig war, so brach die Nacht abermals herein, ehe was weiters vorgieng.

Wir hatten den gantzen Tag ohne Essen und Trincken

357

zugebracht, liessen uns aber des Nachts von Sabinen
bereden, etwas zu geniessen, und da weder William noch
jemand anders, noch zur Zeit das Hertz hatte vor unsere
Augen zu kommen, so verwahreten wir unsere Kammer
aufs Beste, und gönneten den von Thränen geschwächten Augen, eine wiewol sehr ängstliche Ruhe.

Folgendes Tages befanden sich Philippine und Sabina
so wol als ich in erbärmlichen Zustande, denn die
gewöhnliche See-Kranckheit setzte uns dermassen hefftig zu, daß wir nichts gewissers als einen baldigen und
höchstgewünschten Tod vermutheten; Allein der Himmel hatte selbigen noch nicht über uns verhänget, denn,
nachdem wir über 15. Tage im ärgsten phantasiren, ja
völligen Rasen zugebracht; ließ es sich nicht allein zur
Besserung an, sondern unsere Gesundheit wurde nachhero, binnen etlichen Wochen, wieder unsern Willen,
völlig hergestellet.

Zeitwährender unserer Kranckheit, hatten sich nicht
allein die ehrbaren Damen, sondern auch die übrigen
Verräther wegen unserer Bedienung viele Mühe geben
wollen, waren aber jederzeit garstig empfangen worden.
Indem wir ihnen öffters ins Gesichte gespyen, alles, was
wir erlangen können, an die Köpffe geworffen, auch allen
Fleiß angewendet hatten, ihnen die verhurten Augen
auszukratzen. Weßwegen sie endlich vor dienlicher erachtet, sich [327] abwesend zu halten, und die Bedienung
einer schon ziemlich alten Magd, welche vor Antonien
und Margarithen mitgenommen war, zu überlassen.

Nachdem aber unsere Gesundheit wiederum gäntzlich
erlangt, und es eine fast unmögliche Sache war, beständig in der düstern Schiffs-Kammer zu bleiben, begaben
wir uns, auf unserer liebsten Sabine öffteres Bitten, auf
das Obertheil des Schiffs, um bey damahligen schönen
Wetter frische Lufft zu schöpffen. Unsere Verräther
waren dieses kaum gewahr worden, da die gantze Schaar
herzu kam, zum neuen guten Wohlstande Glück wünschte und hoch betheurete, daß sich unsere Schönheit nach
überstandener Kranckheit gedoppelt hervor täte. Wir
beantworteten aber alles dieses mit lauter verächtlichen
Worten und Gebärden, wolten auch durchaus mit ihnen keine Gemeinschafft pflegen, liessen uns aber doch
endlich durch alltägliches demüthiges und höffliches
Zureden bewegen, in ihrer Gesellschafft zu essen und
zu trincken, hergegen erzeigten sich unsere standhafften Gemüther desto ergrimmter, wenn etwa Gallus oder
Alexander etwas verliebtes vorbringen wolten.

William unterstund sich, uns dieserwegen den Text
zu lesen, und vorzustellen, wie wir am klügsten thäten,
wenn wir den bißherigen Eigensinn und Widerwillen
verbanneten, hergegen unsern Liebhabern gutwillig
den Zweck ihres Wunsches erreichen liessen, ehe sie
auf verzweiffelte, uns vielleicht noch unanständigere
Mittel gedächten, denen wir mit aller unserer Macht
nicht widerstehen könten, da zumahlen alle Hoffnung
zur Flucht, oder anderer [328] Erlösung nunmehro
vergebens sey. Allein dieser verfluchte Kuppler wurde

mit wenigen, doch dermassen hitzigen Worten, und Geberden dergestalt abgewiesen, daß er als ein begossener Hund, wiewol unter hefftigen Drohungen zurücke gieng, und seinen Absendern eine gantz unangenehme Antwort brachte. Sie kamen hierauff selbst, um ihr Heyl nochmals in der Güte, und zwar mit den allerverliebtesten und verpflichtesten Worten und Betheurungen, zu versuchen, da aber auch diesesmal ihr schändliches Ansinnen verdammet und verflucht, auch ihnen der verwegne Jungfrauen-Raub behertzt zu Gemüthe geführet und zugeschworen wurde, daß sie in alle Ewigkeit kein Theil an uns überkommen solten, hatten wir uns abermals auf etliche Wochen Friede geschafft.

Endlich aber wolte die geile Brunst dieser verhurten Schand-Buben sich weiter durch nichts unterdrücken lassen, sondern in volle Flammen ausbrechen, denn wir wurden einstens in der Nacht von dreyen Schelmen, nemlich Alexander, Gallus und dem Schiffs-Quartiermeister plötzlich überfallen, die uns nunmehro mit Gewalt ihren vermaledeyten geilen Lüsten aufopffern wolten. Indem wir uns aber dergleichen Boßheit schon vorlängst träumen lassen, hatten so wol Philippine und Sabina als ich, beständig ein blosses Taschen-Messer unter dem Haupte zurechte gelegt, und selbiges allbereit zur Wehre gefasset, da unsere Kammer in einem Augenblicke aufgestossen wurde. Alexander warff sich auf meine Schwester, Gallus auf mich, und der Quartiermeister auf die ehrliche Sabinen. [329] Und zwar mit solcher furie, daß wir Augenblicklich zu ersticken vermeynten. Doch aus dieser angestellten schändlichen Commœdie, ward gar bald eine blutige Tragœdie, denn da wir nur ein wenig Lufft schöpfften, und das in den Händen verborgene Gewehr anbringen konten, stiessen wir fast zu gleicher Zeit auf die verfluchten Huren-Hängste loß, so daß unsere Kleider von den schelmischen hitzigen Geblüte ziemlich bespritzt wurden.

Der Quartiermeister blieb nach einem eintzigen außgestossenen brüllenden Seufftzer, stracks todt auf der Stelle liegen, weil ihm die tapffere Sabina, allen Vermuthen nach, mit ihrem grossen und scharffen Messer das Hertz gäntzlich durchstossen hatte. Alexander, den meine Schwester durch den Hals, und Gallus, welchen ich in die lincke Bauch-Seite gefärlich verwundet, wichen taumelnd zurück, wir drey Zitterenden aber, schryen aus vollem Halse Zeter und Mordio.

William und Henry kamen herzu gelauffen, und wolten Mine machen ihrer schelmischen Mit-Brüder Blut mit dicken Knütteln an uns zu rächen, zu gleicher Zeit aber erschienen der tapffere Schimmer, Larson, Rawkin und etwa noch 4. oder 6. andere redliche Leute, welche bald Stillestandt machten, und uns in ihren Schutz nahmen, auch Angesichts aller andern theuer schwuren, unsere Ehre biß auf die letzte Minute ihres Lebens zu beschirmen. William und Henry musten also nicht allein mit ihrem Anhange zu Creutze kriechen, sondern sich so gar mit ihren Huren aus der besten Schiffs-Kammer heraus werffen lassen, in welche wir eingewie-[330]sen, und von Schimmers Anhang Tags und Nachts hindurch wol bewahret wurden. Das schändliche Aas des Quartiermeisters wurde als ein Luder ins Meer geworffen, Alexander und Gallus lagen unter den Händen des Schiffs-Barbierers, Schimmer aber und sein Anhang spieleten den Meister auf dem Schiffe, und setzten die andern alle in ziemliche Furcht, ja da der alte so genannte Schiffs-Capitain, nebst William und Henry, sich von neuen mausig machen wolten, fehlete es nicht viel, daß beyde Partheyen einander in die Haare gerathen wären, ohngeacht niemand sichere Rechnung machen konte, welches die stärckste wäre.

Solcher Verwirrung ohngeacht wurde die Reise nach Ost-Indien bey favorablen Winde und Wetter dennoch immer eifferig fortgesetzt, welches uns zwar höchst mißfällig war, doch da wir gezwungener Weise dem Verhängniß stille halten musten, richteten sich unsere in etwas ruhigere Sinnen eintzig und allein dahin, dessen Ziel zu errathen.

Die um die Gegend des grünen Vor-Gebürges sehr scharff creutzenden See-Räuber, veruhrsachten so viel, daß sich die streitigen Partheyen des Schiffes auf gewisse Puncte ziemlich wieder vereinigten, um den gemeinschafftlichen Feinden desto bessern Widerstandt zu thun, worunter aber der Haupt-Punct war, daß man uns 3. Frauenzimmer nicht im geringsten kräncken, sondern mit geziemenden Respect alle selbst beliebige

Freyheit lassen solte. Demnach lebten wir in einigen
Stücken ziemlich vergnügt, kamen aber mit keinem
Fusse an Land, ohngeacht schon 3. mal unterwegs frisch
Wasser [331] und Victualien von den herum liegenden
Insuln eingenommen worden. Gallus und Alexander, die
nach etlichen Wochen von ihren gefährlichen Wunden
völlig hergestellet waren, scheuen sich uns unter Augen
zu treten, William und Henry redeten ebenfalls so wenig,
als ihre Huren mit uns, und kurtz zu sagen: Es war
eine recht wunderliche Wirthschafft auf diesem Schiffe,
biß uns ein Æthiopischer See-Räuber dermassen nahe
kam, daß sich die Unserigen genöthiget sahen, mit möglichster Tapfferkeit entgegen zu gehen.

Es entstunde dannenhero ein hefftiges Treffen, worinnen endlich gegen Abend der Mohr überwunden
wurde, und sich mit allen, auf seinem Raub-Schiffe befindlichen, zur Beute übergeben muste. Hierbey wurden
13. Christen-Sclaven in Freyheit, hergegen 29. Mohren
in unsere Sclaverey gebracht, anbey verschiedene kostbare Waaren und Kleinodien unter die Siegenden vertheilet, welche nicht mehr als 5. Todte und etwa 12. oder
16. Verwundete zehleten. Nachhero entstund ein grosser
Streit, ob das eroberte Schiff versenckt, oder beybehal-
ten werden solte. Gallus und sein Anhang verlangten das
Versencken, Schimmer aber setzte sich mit seiner Parthey dermassen starck darwieder, biß er in so weit
durchdrunge, daß alles Volck auf die zwey Schiffe ordentlich getheilet wurde. Also kam Schimmer mit seinem

Anhange, worunter auch ich, Philippine und Sabina begriffen waren, auf das Mohrische Schiff, konte aber
dennoch nicht verwehren, daß Gallus und Alexander auf
selbigem das Commando überkamen, dahingegen Wil-
[332]liam und Henry nebst ihren Schand-Metzen auf
dem ersten Schiffe blieben, und aus besonderer Güte
eine erbeutete Schand-Hure, die zwar dem Gesichte nach
eine weisse Christin, aber ihrer Aufführung nach ein von
allen Sünden geschwärtztes Luder war, an Alexandern
und Gallus zur Nothhelfferin überliessen. Dieser Schand-
Balg, deren Geilheit unaussprechlich, und die, so wohl
mit dem einem als dem andern, das verfluchteste Leben
führete, ist nebst uns noch biß hieher auf diese Insul gekommen, doch aber gleich in den ersten Tagen verreckt.

Jedoch behöriger Ordnung wegen, muß in meiner
Erzehlung melden, daß damahls unsere beyden Schiffe
ihren Lauff eiffrigst nach dem Vorgebürge der guten
Hoffnung richteten, aber durch einen lange anhaltenden
Sturm davon abgetrieben wurden. Das Middelburgische
Schiff verlohr sich von dem Unsern, kam aber am fünff-
ten Tage unverhofft wieder zu uns, und zwar bey solcher
Zeit, da es schiene, als ob alles Ungewitter vorbey wäre,
und das schönste Wetter zum Vorscheine kommen wolte.
Wir ruderten ihm mit möglichsten Kräfften entgegen,
weil unsern Commandeurs, die, nebst ihren wenigen
Getreuen, wenig oder gar nichts von der künstlichen
Seefahrt verstunden, an dessen Gesellschafft nur allzu
viel gelegen war. Allein, nach meinen Gedancken hatte

die Allmachts-Hand des Allerhöchsten dieses Schiff
keiner andern Ursache wegen wieder so nahe zu uns
geführet, als, uns allen an demselben ein Zeichen seiner
strengen Gerechtigkeit sehen zu lassen, denn wir waren
kaum noch [333] eines Büchsen-Schusses weit von einander, als es mit einem entsetzlichen Krachen plötzlich
zerschmetterte, und theils in die Lufft gesprengt, theils
Stück-weise auf dem Wasser aus einander getrieben
wurde, so, daß hiervon auch unser Schiff sich grausamer
Weise erschütterte, und mit Pfeil-mäßiger Geschwindigkeit eines Canonen-Schusses weit zurück geschleudert
wurde. Dennoch richteten wir unsern Weg wieder nach
der unglückseeligen Stelle, um vielleicht noch einige im
Meere zapplende Menschen zu erretten, allein, es war
hieselbst keine lebendige Seele, auch sonsten nichts als
noch einige zerstückte Balcken und Breter anzutreffen.

Was dieser unverhoffte Streich in unsern und der
übrigen Gesellschafft Gemüthern vor verschiedene Bewegungen mag verursachet haben, ist leichtlich zu erachten. Wir Schwestern beweineten nichts, als unsers
in seinen Sünden hingerafften Bruders arme Seele, er-
kühneten uns aber nicht, über die Straff-Gerichte des
Allerhöchsten Beschwerde zu führen. Wie Alexandern
und Gallus zu Muthe war, ließ sich leichtlich schliessen,
indem sie von selbigem Tage an keine fröliche Mine mehr
machen, auch sich um nichts bekümmern konten, sondern das Commando an Mons. Schimmern gutwillig
überliessen, der, gegen den nochmahls entstehenden

Sturm, die besten und klügsten Verfassungen machte. Selbiger hielt abermahls biß auf den 6ten Tag, und hatte alle unsere Leute dermassen abgemattet, daß sie wie die Fliegen dahin fielen, und nach gehaltener Ruhe im Essen und Trincken die verlohrnen Kräffte wieder suchten, [334] ob schon kein eintziger eigentlich wissen konte, um welche Gegend der Welt wir uns befänden.

Fünff Wochen lieffen wir also in der Irre herum, und hatten binnen der Zeit nicht allein viele Beschädigungen am Schiffe erlitten, sondern auch alle Ancker, Mast und besten Seegel verlohren, und zum allergrösten Unglücke ging mit der 6ten Woche nicht allein das süsse Wasser, sondern auch fast aller Proviant zum Ende, doch hatte der ehrliche Schimmer die Vorsicht gebraucht, in unsere Kammer nach und nach heimlich so viel einzutragen, worvon wir und seine Freunde noch einige Wochen länger als die andern gut zu leben hatten; dahingegen Alexander, Gallus und andere allbereit anfangen musten, Leder und andere noch eckelere Sachen zu ihrer Speise zu suchen.

Endlich mochte ein schändlicher Bube unsere liebe Sabina an einem harten Stücke Zwieback haben nagen sehen, weßwegen so gleich ein Lermen entstund, so, daß viele behaupten wolten, es müste noch vor alle Vorrath genug vorhanden seyn. Derowegen rotteten sich etliche zusammen, brachen in unsere Kammer ein, und da sie noch vor etwa 10. Personen auf 3. Wochen Speise darinnen fanden, wurden wir dieser wegen erbärmlich, ja fast biß auf den Todt von ihnen geprügelt. Mons. Schimmer hatte dieses Lerm nicht so bald vernommen, als er mit seinen Freunden herzu kam, und uns aus ihren Händen retten wolte, da aber so gleich einer von seiner Parthey darnieder gestochen wurde, kam es zu einem solchen entsetzlichen Blutvergiessen, daß, wenn ich noch daran gedencke, mir die Haare zu [335] Berge stehen. Alexander und Gallus, welche sich nunmehro als öffentliche Rädels-Führer und abgesagte Feinde darstelleten, auch Schimmern ziemlich ins Haupt verwundet hatten, musten alle beyde von seinen Händen sterben, und da die andern seiner Löwen-mäßigen Tapfferkeit nachahmeten, wurden ihre Feinde binnen einer Stunde meistens vertilget, die übrigen aber baten mit Aufzeigung ihrer blutigen Merckmahle um Gnade und Leben.

Es waren nunmehro in allen noch 25. Seelen auf dem Schiffe, worunter 5. Mohren und das schändliche Weibs-Bild begriffen waren, diese letztere wolte Schimmer durchaus ins Meer werffen, allein auf mein und meiner Schwester Bitten ließ ers bleiben. Aller Speise-Vorrath wurde unter die Guten und Bösen in zwey gleiche Theile getheilet, ohngeacht sich der Frommen ihrer 14. der Bösen aber nur 11. befanden, nachdem aber das süsse Wasser ausgetruncken war, und wir uns nur mit zubereiteten See-Wasser behelffen musten, riß die schädliche Kranckheit, nehmlich der Schaarbock, als mit welchen ohnedem schon viele befallen worden, auf einmahl dermassen hefftig ein, daß in wenig Tagen von

367

beyden Theilen 10. Personen sturben. Endlich kam die
Reihe auch an meine liebe Schwester, welche ich mit bittern Thränen und Sabinens getreuer Hülffe auf ein Bret
band, und selbige den wilden Fluthen zum Begräbniß
übergab. Es folgten ihr kurtz darauf noch 5. andere, die
theils vom Hunger, theils von der Kranckheit hingerafft
wurden, und da wir übrigen, nehmlich: Ich, Sabina,
Schimmer, Larson, Rawkin, [336] Schmerd, Hulst, Farding,
und das schändliche Weibs-Bild, die sich Clara nennete,
auch nunmehr weder zu beissen noch zu brocken hatten,
über dieses von erwehnter Kranckheit hefftig angegriffen waren, erwarteten wir fast täglich die letzte Stunde
unseres Lebens; Allein, die sonderbare gnädige Fügung
des barmhertzigen Himmels führete uns endlich gegen
diesen von aussen wüste scheinenden Felsen, in der That
aber unsern werthen Errettern in die Hände, welche keinen Augenblick versäumeten, die allerelendesten Leute
von der gantzen Welt, nemlich uns, in beglücktern, ja in
den allerglückseeligsten Stand auf Erden zu versetzen.
Schmerd, Hulst und Farding, die 3. redlichen und frommen
Leute, musten zwar so wohl als die schandbare Clara,
gleich in den ersten Tagen allhier ihren Geist aufgeben,
doch wir noch übrigen 5., wurden durch GOttes Barmhertzigkeit und durch die gute Verpflegung dieser frommen Leute erhalten. Wie nachhero ich, meinem liebsten
Alberto, der mich auf seinem Rücken in dieses Paradies
getragen, und wie diese liebe Sabina ihrem Gemahl
Stephano, der ihr eben dergleichen Gütigkeit erwiesen,

zu Theile worden, auch was sich weiter mit uns damahls neu angekommenen Gästen zugetragen, wird vielleicht ein andermahl bequemlicher zu erzehlen seyn, wiewohl ich nicht zweiffele, daß es mein liebster Schwieger-Vater geschickter als ich verrichten wird. Voritzo bitte nur mit meinem guten Willen zufrieden zu seyn.

Also endigte die angenehme Matrone vor dieses mahl ihre Erzehlung, weil es allbereits ziemlich spä-[337]te war. Wir danckten derselben davor mit einem liebreichen Hand-Kusse, und legeten uns hernach sämmtlich zur Ruhe, nahmen aber nächstfolgenden Morgen unsere Lust-Fahrt auf Christians-Raum zu. Hieselbst waren nicht mehr als 10. wohl erbauete Feuer-Stätten, nebst darzu gehörigen Scheuern, Ställen, und ungemein schönen Garten-Wercke anzutreffen, anbey die Haupt-Schleusen des Nord-Flusses, nebst dem Canal, der das Wasser zu beliebiger Zeit in die kleine See zu führen, durch Menschen-Hände ausgegraben war, wohl Betrachtenswürdig. Diese Pflantz-Stadt lag also zwischen den Flüssen ungemein lustig, hatte zwar in ihrem Bezirck keine Weinberge, hergegen so wohl als andere ein vortrefflich wohlbestelltes Feld, Holtzung, Wild und herrlichen Fischfang. Vor die gute Aufsicht, und Besorgung wegen der Brücken und Schleusen, musten ihnen alle andern Einwohner der Insul sonderlich verbunden seyn, auch davor einen gewissen Zoll an Weine, Saltz und andern Dingen, die sie nicht selbst in der Nähe haben konten, entrichten.

369

Wir hielten uns allhier nicht lange auf, sondern reiseten, nachdem wir ihnen das gewöhnliche Geschencke gereicht, und die Mittags-Mahlzeit eingenommen hatten, wieder zurück. Abends, zu gewöhnlicher Zeit aber, fing David Rawkin auf Erinnerung des Alt-Vaters denen Versammleten seine Lebens-Geschicht folgender massen zu erzehlen an:

Ich stamme, sagte er, aus einem der vornehmsten Lords-Geschlechte in Engelland her, und bin [338] dennoch im Jahr 1640. von sehr armen Eltern in einer Bauer-Hütte auf dem Dorffe gebohren worden, weiln das Verbrechen meiner Vor-Eltern, so wohl väterlicher als mütterlicher Seite, ihre Nachkommen nicht allein um alles Vermögen, sondern so gar um ihren sonst ehrlichen Geschlechts-Nahmen gebracht, indem sie denselben aus Noth verläugnen, und sich nachhero schlecht weg Rawkins nennen müssen, um nur in einer frembden Provintz ohne Schimpff ruhig, obschon elend, zu leben. Meine Eltern, ob sie gleich unschuldig an allen Ubelthaten der Ihrigen gewesen, waren doch durch derselben Fall gäntzlich mit niedergeschlagen worden, so, daß sie, einem fürchterlichen Gefängnisse und andern Beschwerlichkeiten zu entgehen, mit ihren besten Sachen die Flucht genommen hatten. Doch, wenn sich das Verhängniß einmahl vorgesetzt hat, unglückseelige Menschen nachdrücklich zu verfolgen, so müssen sich auch auf der allersichersten Strasse ihre Feinde finden lassen. So war es meinen Eltern ergangen, denn da sie allbereit weit genung hinweg, also von ihren Verfolgern sicher zu seyn vermeinen, werden die armen Leute des Nachts von einer Rotte Strassen-Räuber überfallen, und biß aufs blosse Hembde ausgeplündert und fortgejagt, so, daß sie kaum mit anbrechenden Tage eine Mühle antreffen können, in welche sie von der barmhertzigen Müllerin aufgenommen, und mit etlichen alten Kleidern bedeckt werden. Weiln aber der darzu kommende närrische Müller hierüber scheele Augen macht, und sich so wenig durch meiner Eltern gehabtes Unglück, als durch meiner Eltern [339] Schönheit und Zärtlichkeit zum Mitleiden bewegen lässet, müssen sie, nachdem er doch aus besondern Gnaden ihnen ein halbes Brod und 2. Käse gegeben, ihren Stab weiter setzen, werden aber von einer Vieh-Magd, die ihnen die barmhertzige Müllerin nachgeschickt, in eine kleine Bauer-Wohnung des nächst-gelegenen Dorffs geführt, anbey wird ihnen eine halbe Guinee an Gelde überreicht, und der Bauers-Frau befohlen, diese Gäste auf der Müllerin Unkosten bestens zu bewirthen.

Also haben meine arme Eltern allhier Zeit genung gehabt, ihr Unglück zu bejammern, anbey aber dennoch die besondere Vorsorge GOttes und die Gütigkeit der Müllerin zu preisen, welche fromme Frau meine Mutter wenigstens wöchentlich ein paar mahl besucht, und unter der Hand wider ihres Mannes Wissen reichlich versorget, weiln sie als eine betagte Frau, die weder Kinder noch andere Erben, als ihren unvernünfftigen Mann, dem sie alles zugebracht hatte, sich ein Vergnügen machte, armen Leuten von ihrem Uberflusse gutes zu thun.

In der dritten Woche ihres dasigen Aufenthalts kömmt meine Mutter mit mir ins Wochen-Bette, die Müllerin nebst andern Bauers-Leuten werden zu meinen Tauff-Zeugen erwehlet, welche erstere die gantze Ausrichtung aus ihrem Beutel bezahlet, und meiner Mutter aufs äuserste verbietet, ihr grosses Armuth niemanden kund zu geben, sondern jederman zu bereden, ihr Mann, als mein Vater, sey ein von einem unruhigen Bischoffe vertriebener Schulmeister. [340]

Dieser Einfall scheinet meinem Vater sehr geschicklich, seinen Stand, Person und gantzes Wesen, allen erforderlichen Umständen nach, zu verbergen, derowegen macht er sich denselben von Stund an wohl zu Nutze, und passiret auch solcher Gestalt vor allen Leuten, als ein abgedanckter Schulmeister, zumahl da er sich eine darzu behörige Kleidung verfertigen lässet. Er schrieb eine sehr feine Hand, derowegen geben ihm die daherum wohnenden Pfarr-Herren und andere Gelehrten so viel abzuschreiben, daß er das tägliche Brod vor sich, meine Mutter und mich damit kümmerlich verdienen kan, und also der wohlthätigen Müllerin nicht allzu beschwerlich fallen darff, die dem ohngeacht nicht unterließ, meine Mutter wöchentlich mit Gelde und andern Bedürffnissen zu versorgen.

Doch etwa ein halbes Jahr nach meiner Geburth legt sich diese Wohlthäterin unverhofft aufs krancken Bette

nieder, und stirbt, nachdem sie vorhero meine Mutter zu
sich kommen lassen, und derselben einen Beutel mit
Gold-Stücken, die sich am Werthe höher als 40. Pfund
Sterlings belauffen, zu meiner Erziehung eingehändiget,
und ausdrücklich gesagt hatte, daß wir dieses ihres
heimlich gesammleten Schatz-Geldes würdiger und be-
dürfftiger wären, als ihr ungetreuer Mann, der ein weit
mehreres mit Huren durchgebracht, und vielleicht alles,
was er durch die Heyrath mit ihr erworben, nach ihrem
Tode auch bald durchbringen würde.

Mit diesem kleinen Capitale sehen sich meine Eltern
bey ihren damahligen Zustande ziemlich geholf-[341]fen,
und mein Vater läst sich in den Sinn kommen, seine Frau
und Kind aufzupacken, und mit diesem Gelde nach
Holland oder Franckreich überzugehen, um daselbst
entweder zu Lande oder zur See Kriegs-Dienste zu suchen, allein, auf inständiges Bitten meiner Mutter, läst
er sich solche löbliche Gedancken vergehen, und dahin
bringen, daß er den erledigten Schulmeister-Dienst in
unsern Dorffe annimmt, der jährlich, alles zusammen gerechnet, etwa 10. Pfund Sterlings Einkommens gehabt.

Vier Jahr lang verwaltet mein Vater diesen Dienst
in stillen Vergnügen, weil sich sein und meiner Mutter
Sinn nun gäntzlich in dergleichen Lebens-Art verliebet.
Jederman ist vollkommen wohl mit ihm zu frieden
und bemühet, seinen Fleiß mit ausserordentlichen Geschencken zu vergelten, weßwegen meine Eltern einen
kleinen Anfang zu Erkauffung eines Bauer-Gütgens

machen, und ihr bißhero zusammen gespartes Geld
an Ländereyen legen wollen, weil aber noch etwas weniges an den bedungenen Kauff-Geldern mangelt, siehet
sich meine Mutter genöthiget, das letzte und beste
gehänckelte Gold-Stück, so sie von der Müllerin bekommen, bey ihrer Nachbarin zu versetzen.

Diese falsche Frau gibt zwar so viele kleine Müntze
darauf, als meine Mutter begehret, weil sie aber das sehr
kennbare Gold-Stück sehr öffters bey der verstorbenen
Müllerin gesehen, über dieses mit dem Müller in ver-
bothener Buhlschafft leben mag, zeiget sie das Gold-
Stück dem Müller, der dasselbe gegen ein ander Pfand
von ihr nimmt, zum [342] Ober-Richter trägt, meinen
Vater und Mutter eines Diebstahls halber anklagt, und
es dahin bringt, daß beyde zugleich plötzlich, unwissend
warum, gefangen und in Ketten und Banden geschlossen
werden.

Anfänglich vermeynet mein Vater, seine Feinde am
Königlichen Hofe würden ihn allhier ausgekundschafft
und feste gemacht haben, erschrickt aber desto hefftiger, als man ihn so wohl als meine Mutter wegen des
Diebstahls, den sie bey der verstorbenen Müllerin unternommen haben solten, zur Rede setzt. Sintemal aber in
diesem Stücke beyde ein gutes Gewissen haben, und
fernere Weitläufftigkeiten zu vermeiden, dem Ober-
Richter die gantze Sache offenbaren, werden sie zwar
nach fernern weitläufftigen Untersuchungen von des
Müllers Anklage loß gesprochen, jedennoch so lange in

gefänglicher Hafft behalten, biß sie ihres Standes und Wesens halber gewissere Versicherungen einbrächten, weiln das Vorgeben wegen eines vertriebenen Schulmeisters falsch befunden worden, und der Ober-Richter, ich weiß nicht was vor andere verdächtige Personen, in ihrer Haut gesucht.

Mittlerweile lieff ich armer 6. jähriger Wurm in der Irre herum, und nehrete mich von den Brosamen, die von frembder Leute Tische fielen, hatte zwar öffters Erlaubniß, meine Eltern in ihren Gefängnisse zu besuchen, welche aber, so offt sie mich sahen, die bittersten Thränen vergossen, und vor Jammer hätten vergehen mögen. Da ich nun solcher Gestalt wenig Freude bey ihnen hatte, kam [343] ich künfftig desto sparsamer zu ihnen, gesellete mich hergegen fast täglich zu einem Gänse-Hirten, bey dem ich das Vergnügen hatte, im Felde herum zu lauffen, und mit den mir höchst angenehmen Creaturen, nehmlich den jungen und alten Gänsen, zu spielen, und sie hüten zu helffen, wovor mich der Gänse-Hirte mit aller Nothdurfft ziemlich versorgte.

Eines Tages, da sich dieser mein Wohlthäter an einen schattigten Orte zur Ruhe gelegt, und mir das Commando über die Gänse allein überlassen hatte; kam ein Cavalier mit zweyen Bedienten geritten, welchen ein grosser Englischer Hund folgte. Dieser tummelte sich unter meinen Gänsen lustig herum, und biß fast in einem Augenblick 5. oder 6. Stück zu Tode. So klein als ich war, so hefftig ergrimmte mein Zorn über diesen Mörder, lieff

derowegen als ein junger Wüterich auf denselben loß,
und stieß ihm mit einen bey mir habenden spitzigen
Stock dermassen tieff in den Leib hinein, daß er auf
der Stelle liegen blieb. Der eine Bediente des Cavaliers
kam derowegen schrecklich erbost zurück geritten, und
gab mir mit der Peitsche einen ziemlichen Hieb über
die Lenden, weßwegen ich noch ergrimmter wurde, und
seinem Pferde etliche blutige Stiche gab.

Hierauf kam so wohl mein Meister als der Cavalier
selbst herbey, welcher letztere über die Hertzhafftigkeit
eines solchen kleinen Knabens, wie ich war, recht erstaunete, zumahlen ich denjenigen, der mich geschlagen
hatte, noch immer mit grimmigen Gebärden ansahe. Der
Cavalier aber ließ sich [344] mit dem Gänse-General in ein
langes Gespräch ein, und erfuhr von demselben mein und
meiner Eltern Zustand. Es ist Schade, sagte hierauf der
Cavalier, daß dieser Knabe, dessen Gesichts-Züge und
angebohrne Hertzhafftigkeit etwas besonderes zeigen,
in seiner zarten Jugend verwahrloset werden soll. Wie
heissest du, mein Sohn? fragte er mit einer liebreichen
Mine, David Rawkin, gab ich gantz trotzig zur Antwort.
Er fragte mich weiter: Ob ich mit ihm reisen, und bey
ihm bleiben wolte, denn er wäre ein Edelmann, der nicht
ferne von hier sein Schloß hätte, und gesinnet sey, mich
in einen weit bessern Stand zu setzen, als worinnen ich
mich itzo befände. Ich besonne mich nicht lange, sondern
versprach ihm, gantz gern zu folgen, doch mit dem Bedinge, wenn er mir vor dem bösen Kerl Friede schaffen,

und meinen Eltern aus dem Gefängniß helffen wolte. Er belachte das erstere, und versicherte, daß mir niemand Leyd zufügen solte, wegen meiner Eltern aber wolle er mit dem Ober-Richter reden.

Demnach nahm mich derjenige Bediente, welcher mein Feind gewesen, nunmehro mit sehr freundlichen Gebärden hinter sich aufs Pferd, und folgten dem Cavalier, der dem Gänse-Hirten 2. Hände voll Geld gegeben, und befohlen hatte, meinen Eltern die Helffte davon zu bringen, und ihnen zu sagen, wo ich geblieben wäre.

Es ist nicht zu beschreiben, mit was vor Gewogenheit ich nicht allein von des Edelmanns Frau und ihren zwey 8. biß 10. jahrigen Kindern, als einem Sohne und einer Tochter, sondern auch von [345] dem gantzen Hauß-Gesinde angenommen wurde, weil mein munteres Wesen allen angenehm war. Man steckte mich so gleich in andere Kleider, und machte in allen Stücken zu meiner Auferziehung den herrlichsten Anfang. Mein Herr nahm mich wenig Tage hernach mit sich zum Ober-Richter, und würckte so viel, daß meine Eltern, die derselbe im Gefängnisse fast gantz vergessen zu haben schien, aufs neue zum Verhör kamen. Kaum aber hatte mein Herr meinen Vater und Mutter recht in die Augen gefasset, als ihm die Thränen von den Wangen rolleten, und er sich nicht enthalten konte, vom Stuhle aufzustehen, sie beyderseits zu umarmen.

Mein Vater sahe sich solcher Gestalt entdeckt, hielt derowegen vor weit schädlicher, sich gegen dem Ober-

Richter ferner zu verstellen, sondern offenbarete demselben seinen gantzen Stand und Wesen. Mein Edelmann, der sich Eduard Sadby nennete, sagte öffentlich: Ich bin in meinem Hertzen völlig überzeugt, daß diese armen Leute an dem Laster der beleydigten Majestät, welches ihre Eltern und Freunde begangen haben, unschuldig sind, man verfähret zu scharff, indem man die Straffe der Eltern auch auf die unschuldigen Kinder ausdehnet. Mein Gewissen läst es unmöglich zu, diese Erbarmens-würdigen Standes-Personen mit verdammen zu helffen, ohngeacht ihre Vorfahren seit hundert Jahren her meines Geschlechts Todt-Feinde gewesen sind.

Mit allen diesen Vorstellungen aber konte der ehrliche Eduard nichts mehr ausrichten, als daß [346] meinen Eltern alle ihre verarrestirten Sachen wieder gegeben, und sie in einer, ihrem Stande nach, leidlichern Verwahrung gehalten wurden, weil der Ober-Richter zu vernehmen gab, daß er sie, seiner Pflicht gemäß, nicht eher völlig loß geben könne, biß er die gantze Sache nach Londen berichtet, und von da her Befehl empfangen hätte, was er mit ihnen machen solte. Hiermit musten wir vor dieses mahl alle zu frieden seyn, ich wurde von ihnen viele hundert mahl geküsset, und muste mit meinem gütigen Pflege-Vater wieder auf sein Schloß reisen, der mich von nun an so wohl als seine leibliche Kinder zu verpflegen Anstalt machte, auch meine Eltern mit hundert Pfund Sterlings, ingleichen mit allerhand Standes-mäßigen Kleidern und andern Sachen beschenckte.

Allein, das Unglück war noch lange nicht ermüdet, meine armen Eltern zu verfolgen, denn nach etlichen Wochen lieff bey dem Ober-Richter ein Königlicher Befehl ein, welcher also lautete: Daß ohngeacht wider meine Eltern nichts erhebliches vorhanden wäre, welches sie des Verbrechens ihrer Verwandten, mitschuldig erklären könne, so solten sie dem ohngeacht, verschiedener Muthmassungen wegen, in das Staats-Gefängniß nach Londen geliefert werden.

Diesemnach wurden dieselben unvermuthet dahin geschafft, und musten im Tour, obgleich als höchstunschuldig befundene, dennoch ihren Feinden zu Liebe, die ihre Güter unter sich getheilet, so lange schwitzen, biß sie etliche Monate nach des Königs Enthauptung, ihre Freyheit nebst der Hoff-[347]nung zu ihren Erb-Gütern, wieder bekamen; allein, der Gram und Kummer hatte seit etlichen Jahren beyde dermassen entkräfftet, daß sie sich in ihren besten Jahren fast zugleich aufs Krancken-Bette legten, und binnen 3. Tagen einander im Tode folgeten.

Ich hatte vor dem mir höchst-schmertzlichen Abschiede noch das Glück, den Väterlichen und Mütterlichen letzten Seegen zu empfangen, ihnen die Augen zuzudrücken, anbey ein Erbe ihres gantzen Vermögens, das sich etwa auf 150. Pfund Sterl. nebst einem grossen Sacke voll Hoffnung belieff, zu werden.

Eduard ließ meine Eltern Standes-mäßig zur Erden bestatten, und nahm sich nachhero meiner als ein getreuer Vater an, allein, ich weiß nicht, weßwegen er hernach im Jahr 1653. mit dem Protector Cromwel zerfiel, weßwegen er ermordet, und sein Weib und Kinder in eben so elenden Zustand gesetzt wurden, als der meinige war.

Mit diesem Pfeiler fiel das gantze Gebäude meiner Hoffnung, wiederum in den Stand meiner Vor-Eltern zu kommen, gäntzlich darnieder, weil ich als ein 13. jähriger Knabe keinen eintzigen Freund zu suchen wuste, der sich meiner mit Nachdruck annehmen möchte. Derowegen begab ich mich zu einem Kauffmanne, welchen Eduard meinetwegen 200. Pfund Sterlings auf Wucher gegeben hatte, und verzehrete bey ihm das Interesse. Dieser wolte mich zwar zu seiner Handthierung bereden, weil ich aber durchaus keine Lust darzu hatte, hergegen entweder ein Gelehrter oder ein Soldat werden wolte, [348] muste er mich einem guten Meister der Sprachen übergeben, bey dem ich mich dergestalt angriff, daß ich binnen Jahres Frist mehr gefasset, als andere, die mich an Jahren weit übertraffen.

Eines Tages, da ich auf denjenigen Platz spatziren ging, wo ein neues Regiment Soldaten gemustert werden solte, fiel mir ein Mann in die Augen, der von allen andern Menschen sonderbar respectiret wurde. Ich fragte einen bey mir stehenden alten Mann: Wer dieser Herr sey? und bekam zur Antwort: Daß dieses derjenige Mann sey, welcher der gantzen Nation Freyheit und Glückseeligkeit wieder hergestellet hätte, der auch

einem jeden Unterdrückten sein rechtes Recht verschaffte. Wie heisset er mit Nahmen? war meine weitere
Frage, worauf mir der Alte zur Antwort gab: Er heisset
Oliverius Cromwell, und ist nunmehro des gantzen Landes Protector.

Ich stund eine kleine Weile in Gedancken, und fragte
meinen Alten nochmahls: Solte denn dieser Oliverius
Cromwell im Ernste so ein redlicher Mann seyn?

Indem kehrete sich Cromwell selbst gegen mich, und
sahe mir starr unter die Augen. Ich sahe ihn nicht weniger starr an, und brach plötzlich mit unerschrockenem
Muthe in folgende Worte aus: Mein Herr, verzeihet
mir! ich höre, daß ihr derjenige Mann seyn sollet, der
einem jeden, er sey auch wer er sey, sein rechtes Recht
verschaffe, derowegen liegt es nur an euch, dieserwegen eine Probe an mir abzulegen, weil schwerlich
ein gebohrner vornehmer Engelländer härter und unschuldiger gedrückt ist, als eben ich. [349]

Cromwell ließ seine Bestürtzung über meine Frey-
müthigkeit deutlich genug spüren, fassete aber meine
Hand, und führete mich abseits, allwo er meinen Nahmen, Stand und Noth auf einmahl in kurtzen Worten
erfuhr. Er sagte weiter nichts darzu, als dieses: Habt
kurtze Zeit Gedult, mein Sohn! ich werde nicht ruhen,
biß euch geholffen ist, und damit ihr glaubet, daß es mein
rechter Ernst sey, will ich euch gleich auf der Stelle ein
Zeichen davon geben. Hiermit führete er mich mitten
unter einen Troupp Soldaten, nahm einem Fähndrich die

Fahne aus der Hand, übergab selbige an mich, machte also auf der Stätte aus mir einen Fähndrich, und aus dem vorigen einen Lieutenant.

Mein Monathlicher Sold belieff sich zwar nicht höher als auf 8. Pfund Sterlings, doch Cromwells Freygebigkeit brachte mir desto mehr ein, so, daß nicht allein keine Noth leiden, sondern mich so gut und besser als andere Ober-Officiers aufführen konte. Immittelst verzögerte sich aber die Wiedereinsetzung in meine Güter dermassen, biß Cromwell endlich darüber verstarb, sein wunderlicher Sohn Richard verworffen, und der neue König, Carl der andere, wiederum ins Land geruffen wurde. Bey welcher Gelegenheit sich meine Feinde aufs neue wider mich empöreten, und es dahin brachten, daß ich meine Kriegs-Bedienung verließ, und mit 400. Pfund Sterl. baaren Gelde nach Holland überging, des festen Vorsatzes, mein, mir und meinen Vorfahren so widerwärtiges Vaterland nimmermehr wieder mit einem Fusse zu betreten.

Ich hatte gleich mein zwanzigstes Jahr erreicht, [350] da mich das Glücke nach Holland überbrachte, allwo ich binnen einem halben Jahre viel schöne Städte besahe, doch in keiner derselben einen andern Trost vor mich fand, als mein künfftiges Glück oder Unglück auf der See zu suchen. Weil aber meine Sinnen hierzu noch keine vollkommene Lust hatten, so setzte meine Reise nach Teutschland fort, um selbiges als das Hertz von gantz Europa wohl zu betrachten. Mein Haupt-Absehen aber

war entweder unter den Käyserl. oder Chur-Branden-
burgl. Völckern Kriegs-Dienste zu suchen, jedoch zu
meinem grösten Verdrusse wurde eben Friede, und
mir zu gefallen wolte keinem eintzigen wiederum Lust
ankommen, Krieg anzufangen.

Inzwischen passirete mir auf dem Wege durch den
beruffenen Thüringer Wald, ein verzweiffelter Streich,
denn als ich eines Abends von einem grausamen Donner-
Wetter und Platz-Regen überfallen war, so sahe mich
bey hereinbrechender Nacht genöthiget, vom Pferde
abzusteigen und selbiges zu führen, biß endlich, da ich
mich schon weit verirret und etwa gegen Mitternacht mit
selbigen meine Ruhe unter einem grossen Eichbaume
suchen wolte, der Schein eines von ferne brennenden
Lichts, durch die Sträucher in meine Augen fiel, der mich
bewegte meinen Gaul aufs neue zu beunruhigen, um dieses Licht zu erreichen. Nach verfliessung einer halben
Stunde war ich gantz nahe dabey, und fand selbiges in
einem Hause, wo alles herrlich und in Freuden zugieng,
indem ich von aussen eine wunderlich schnarrende Music
höarete, und durch das Fenster 5. oder 6. paar Menschen
im Tantze erblickte. Mein [351] vom vielen Regen ziemlich erkälteter Leib, sehnete sich nach einer warmen
Stube, derowegen pochte an, bat die heraus guckenden
Leute um ein Nacht-Quartier, und wurde von ihnen aufs
freundlichste empfangen. Der sich angebende Wirth führete mein Pferd in einen Stall, brachte meinen blauen
Mantel-Sack in die Stube, ließ dieselbe warm machen,

daß ich meine nassen Kleider trocknen möchte, und setzte mir einige, eben nicht unappetitliche Speisen für, die mein hungeriger Magen mit gröster Begierde zu sich nahm. Nachhero hätte mich zwar gern mit drey anwesenden ansehnlichen Manns-Personen ins Gespräche gegeben, da sie aber weder Engel- noch Holländisch, vielweniger mein weniges Latein verstehen konten, und mit zerstückten Deutschen nicht zufrieden seyn wolten, legte ich mich auf die Streu nieder, und zwar an die Seite eines Menschen, welchen der Wirth vor einen bettlenden Studenten ausgab, blieb auch bey ihm liegen, ohngeacht mir der gute Wirth nachhero, unter dem Vorwande, daß ich allhier voller Ungeziefer werden würde, eine andere Stelle anwiese.

Ich hatte die Thorheit begangen, verschiedene Gold-Stücke aus meinem Beutel sehen zu lassen, jedoch selbige nachhero so wol als mein übriges Geld um den Leib herum wol verwahret, meinen Mantel-Sack unter den Kopf, Pistolen und Degen aber neben mich gelegt. Allein dergleichen Vorsicht war in so weit vergeblich, da ich in einen solchen tieffen Schlaff verfalle, der, wo es GOTT nicht sonderlich verhütet, mich in den Todes-Schlaf versenckt hätte. Denn kaum zwey Stunden nach mei-[352]nem niederliegen, machten die drey ansehnlichen Manns-Personen, welches in der That Spitzbuben waren, einen Anschlag auf mein Leben, hätten mich auch mit leichter Mühe ermorden können, wenn nicht der ehrliche neben mir liegende studiosus, welches der nunmehro seelige Simon Heinrich Schimmer war, im verstellten Schlafe alles angehöret, und mich errettet hätte.

Die Mörder nehmen vorhero einen kurtzen Abtritt aus der Stube, derowegen wendet Schimmer allen Fleiß an, mich zu ermuntern, da aber solches unmöglich ist, nimmt er meine zum Häupten liegenden Pistolen und Degen unter seinen Rock, welcher ihm zur Decke dienete, vermerckt aber bald, daß alle drey wieder zurück kommen, und daß einer mit einem grossen Messer in der Hand, mir die Kehle abzuschneiden, mine macht.

Es haben sich kaum ihrer zwey auf die Knie gesetzt, einer nemlich, mir den tödtlichen Schnitt zu geben, der andere aber Schimmers Bewegung in acht zu nehmen, als dieser Letztere plötzlich aufspringet, und fast in einem tempo alle beyde zugleich darnieder schiesset, weil er noch vor meinem niederliegen wahr genommen, daß ich die Pistolen ausgezogen und jede mit 2. Kugeln frisch geladen hatte. Indem ich durch diesen gedoppelten Knall plötzlich auffuhr, erblickte ich, daß der dritte Haupt-Spitz-Bube von Schimmern mit dem Degen darnieder gestochen wurde. Dem ohngeacht hatten sich noch 3. Mannes- und 4. Weibs-Personen vom Lager erhoben, welche uns mit Höltzernen Gewehren darnieder zuschlagen vermeyneten, allein da ich unter Schim-[353]mers Rocke meinen Degen fand und zum Zuge kam, wurde in kurtzen reine Arbeit gemacht, so, daß diese 7. Personen elendiglich zugerichtet, auf ihr voriges Lager niederfallen musten. Am lächerlichsten war dieses bey dem

gantzen Streite, daß mich eine Weibs-Person, mit einer
ziemlich starck angefüllten Katze voll Geld, über den
Kopf schlug, so daß mir fast hören und sehen vergangen
wäre, da aber diese Amazonin durch einen gewaltigen
Hieb über den Kopff in Ohnmacht gebracht, hatte ich
Zeit genung, mich ihres kostbaren Gewehrs zu bemäch-
tigen, und selbiges in meinem Busen zu verbergen.

Mittlerweile da Schimmer, mit dem von mir geforderten Kraut und Loth, die Pistolen aufs neue pfefferte, kam
der Wirth mit noch zwey Handfesten Kerln herzu, und
fragte: Was es gäbe? Schimmer antwortete: Es giebt
allhier Schelme und Spitzbuben zu ermorden, und derjenige so die geringste mine macht uns anzugreifen,
soll ihnen im Tode Gesellschafft leisten. Demnach stelleten sich der Wirth nebst seinen Beyständen, als die
ehrlichsten Leute von der Welt, schlugen die Hände
zusammen und schryen: O welch ein Anblick? Was hat
uns das Unglück heute vor Gäste zugeführet? Allein
Schimmer stellete sich als ein anderer Hercules an, und
befahl, daß der Wirth sogleich mein Pferd gesattelt hervor führen solte, mittlerweile sich seine zwey Beystände
als ein paar Hunde vor der Stuben-Thür niederlegen
musten. Wir beyde kleideten uns inzwischen völlig an,
liessen mein Pferd heraus führen, die Thür eröffnen,
und durch [354] den Wirth den Mantel-Sack aufbinden,
reiseten also noch vor Tages Anbruch hinweg, und bedachten hernach erstlich, daß der Wirth vor grosser
Angst nicht ein mal die Zehrungs-Kosten gefordert hat-

te, vor welche ihm allen Ansehen nach 3. oder 4. Todte, und 6. sehr Verwundete hinterlassen waren.

Wir leiteten das Pferd hinter uns her, und folgeten Schritt vor Schritt, ohne ein Wort mit einander zu reden, dem gebähnten Wege, auch unwissend, wo uns selbiger hinführete, biß endlich der helle Tag anbrach, der mir dieses mal mehr als sonsten, mit gantz besonderer Schätzbarkeit in die Augen leuchtete. Doch da ich mein Pferd betrachtete, befand sichs, daß mir der Wirth, statt meines blauen Mantel-Sacks, einen grünen aufgebunden hatte. Ich gab solches dem redlichen Schimmer, mit dem ich auf dem Wege in Erwegung unserer beyderseits Bestürtzung noch kein Wort gesprochen hatte, so gut zu verstehen, als mir die Lateinische Sprache aus dem Munde fliessen wolte, und dieser war so neugierig als ich, zu wissen, was wir vor Raritäten darinnen antreffen würden. Derowegen führeten wir das Pferd seitwarts ins Gebüsche, packten den Mantel-Sack ab, und fanden darinnen 5. verguldete silberne Kelche, 2. silberne Oblaten-Schachteln, vielerley Beschläge so von Büchern abgebrochen war, nebst andern kostbarn und mit Perlen gestickten Kirchen-Ornaten, gantz zuletzt aber kam uns in einem Bündel zusammen gewickelter schwartzer Wäsche, ein lederner Beutel in die Hände, worinnen sich 600. Stück species Ducaten befanden. [355]

Schimmern überfiel bey diesem Funde so wol als mich, ein grausamer Schrecken, so daß der Angst-Schweiß über unsere Gesichter lieff, und wir beyderseits nicht wusten was mit diesen mobilien anzufangen sey. Endlich da wir einander lange genung angesehen, sagte mein Gefährte: Wehrter Frembdling, ich mercke aus allen Umbständen daß ihr so ein redliches Hertze im Leibe habt als ich, derowegen wollen wir Gelegenheit suchen, die, zu GOttes Ehre geweyheten Sachen und Heiligthümer, von uns ab- und an einen solchen Orth zu schaffen, von wannen sie wiederum an ihre Eigenthümer geliefert werden können, denn diejenigen, welche vergangene Nacht von uns getödtet und verwundet worden, sind ohnfehlbar Kirchen-Diebe gewesen. Was aber diese 600. spec. Ducaten anbelanget, so halte darvor daß wir dieselben zur recreation vor unsere ausgestandene Gefahr und Mühe wol behalten können. Saget, sprach er, mir derowegen euer Gutachten.

Ich gab zu verstehen daß meine Gedancken mit den Seinigen vollkommen überein stimmeten, also packten wir wiederum auf, und setzten unsern Weg so eilig, als es möglich war, weiter fort, da mir denn Schimmer unterweges sagte: Ich solte mich nur um nichts bekümmern, denn weil ich ohne dem der teutschen Sprache unkundig wäre, wolte er schon alles so einzurichten trachten, daß wir ohne fernere Weitläufftigkeit und Gefahr weit genug fortkommen könten, wohin es uns beliebte.

Es kam uns zwar überaus Beschwerlich vor, den gantzen Tag durch den fürchterlichen Wald, [356] und zwar ohne Speise und Tranck zu reisen, jedoch endlich mit Untergang der Sonnen erreichten wir einen ziemlich grossen Flecken, allwo Schimmer sogleich nach des Priesters Wohnung fragte, und nebst mir, vor derselben halten blieb.

Der Ehrwürdige etwa 60. jährige Priester kam gar bald vor die Thür, welchen Schimmer in Lateinischer Sprache ohngefehr also anredete: Mein Herr! Es möchte uns vielleicht vor eine Unhöfflichkeit ausgelegt werden, bey euch um ein Nacht-Quartier zu bitten, indem wir als gantz frembde Leute in das ordentliche Wirthshaus gehören, allein es zwinget uns eine gantz besondere Begebenheit, in Betrachtung eures heiligen Amts, bey euch Rath und Hülffe zu suchen. Derowegen schlaget uns keins von beyden ab, und glaubet gewiß, daß in uns beyden keine Boßheit, sondern zwey redliche Hertzen befindlich. Habt ihr aber dieser Versicherung ohngeacht ein Mißtrauen, welches man euch in Erwegung der vielen herum schweiffenden Mörder, Spitzbuben und Diebe zu gute halten muß, so brauchet zwar alle erdenckliche Vorsicht, lasset euch aber immittelst erbitten unser Geheimniß anzuhören.

Der gute ehrliche Geistliche machte nicht die geringste Einwendung, sondern befal unser Pferd in den Stall zu führen, uns selbst aber nöthigte er sehr treuhertzig in seine Stube, allwo wir von seiner Haußfrau, und bereits erwachsenen Kindern, wohl empfangen wurden. Nachdem wir, auf ihr hefftiges Bitten, die Abend-Mahlzeit bey ihnen eingenommen, führete uns der ehrwürdige Pfarrer auf [357] seine Studier-Stube, und hörete nicht allein die in vergangener Nacht vorgefallene Mord-Geschicht

mit Erstaunen an, sondern entsetzte sich noch mehr, da
wir ihm das auf wunderbare Weise erhaltene Kirchen-
Geschmeide und Geräthe aufzeigeten, denn er erkannte
sogleich an gewissen Zeichnungen, daß es ohnfehlbar
aus der Kirche einer etwa 3. Meilen von seinem Dorffe
liegenden Stadt seyn müsse, und hofte deßfalls sichere
Nachricht von einem vornehmen Beamten selbiger Stadt
zu erhalten, welcher Morgendes Tages ohnfehlbar zu
ihm kommen und mit einer seiner Töchter Verlöbniß
halten würde.

Schimmer fragte ihn hierauff, ob wir als ehrliche Leute genung thäten, wenn wir alle diese Sachen seiner
Verwahrung und Sorge überliessen, selbige wiederum
an gehörigen Ort zu liefern, uns aber, da wir uns nicht
gern in fernere Weitläufftigkeiten verwickelt sähen, auf
die weitere Reise machten. Der Priester besonne sich ein
wenig, und sagte endlich: Was massen er derjenige nicht
sey, der uns etwa Verdrießlichkeiten in den Weg zu legen
oder aufzuhalten gesonnen, sondern uns vielmehr auf
mögliche Art forthelffen, und die Kirchen-Güter so bald
es thunlich, wieder an ihren gehörigen Orth bringen
wolte. Allein meine Herrn, setzte er hinzu, da euch allen
beyden die Redlichkeit aus den Augen leuchtet, eure
Begebenheit sehr wichtig, und die Auslieferung solcher
kostbaren Sachen höchst rühmlich und merckwürdig ist;
Warum lasset ihr euch einen kleinen Auffenthalt oder
wenige Versäumniß abschrecken, GOTT zu Ehren und
der [358] Weltlichen Obrigkeit zum Vergnügen, diese

Geschichte öffentlich kund zu machen? Schimmer versetzte hierauff: Mein Ehrwürdiger Herr! ich nehme mir
kein Bedencken, euch mein gantzes Hertz zu offenbaren.
Wisset demnach, daß ich aus der Lippischen Grafschafft
gebürtig bin, und vor etlichen Jahren auf der berühmten
Universität Jena dem studiren obgelegen habe, im Jahr
1655. aber hatte das Unglück, an einem nicht gar zu weit
von hier liegenden Fürstlichen Hofe, allwo ich etwas zu
suchen hatte, mit einem jungen Cavalier in Händel zu
gerathen, und denselben im ordentlichen Duell zu er-
legen, weßwegen ich flüchtig werden, und endlich unter
Käyserlichen Kriegs-Völckern mit Gewalt Dienste nehmen muste. Weil mich nun dabey wohl hielt, und über
dieses ein ziemlich Stück Geld anzuwenden hatte, gab
mir mein Obrister gleich im andern Jahre den besten
Unter-Officiers Platz, nebst der Hoffnung, daß, wenn ich
fortführe mich wohl zu halten, mir mit ehesten eine Fahne in die Hand gegeben werden solte. Allein vor etwa
4. Monathen, da wir in Oesterreichischen Landen die
Winter-Quartiere genossen, machte mich mein Obrister
über alles vermuthen zum Lieutenant bey seiner Leib-
Compagnie, welches plötzliche Verfahren mir den bittersten Haß aller andern, denen ich solchergestalt vor-
gezogen worden, über den Hals zohe, und da zumahlen
ein Lutheraner bin, so wurde zum öfftern hinter dem
Rücken vor einen verfluchten Ketzer gescholten, der
des Obristen Hertz ohnfehlbar bezaubert hätte. Mithin
verschweren sich etliche, mir bey ehester Gelegenheit

das Lebens-Licht aus-[359]zublasen, wolten auch solches einesmahls, da ich in ihre Gesellschafft gerieth, zu Wercke richten, allein das Blat wendete sich, indem ich noch bey zeiten mein Seiten-Gewehr ergriff, zwey darnieder stieß, 3. sehr starck verwundete, und nachhero ebenfalls sehr verwundet in Arrest kam.

Es wurde mir viel von harquibousiren vorgeschwatzt, derowegen stellete mich, ohngeacht meine Wunden bey nahe gäntzlich curiret waren, dennoch immer sehr kranck an, biß ich endlich des Nachts Gelegenheit nahm zu entfliehen, meine Kleider bey Regensburg mit einem armen Studioso zu verwechseln, und unter dessen schwartzer Kleidung in ärmlicher Gestalt glücklich durch, und biß in diejenige Mord-Grube des Thüringer Waldes zu kommen, allwo ich diesen jungen Engelländer aus seiner Mörder-Händen befreyen zu helffen das Glück hatte. Sehet also mein werther Herr, verfolgte Schimmer seine Rede, bey dergleichen Umständen will es sich nicht wol thun lassen, daß ich mich um hiesige Gegend lange aufhalte, oder meinen Nahmen kund mache, weil ich gar leicht, den vor 5. Jahren erzürneten Fürsten, der seinen erstochenen Cavalier wol noch nicht vergessen hat, in die Hände fallen könte. In Detmold aber, allwo meine Eltern seyn, will ich mich finden lassen, und bemühet leben meine Sachen an erwehnten Fürstlichen Hofe auszumachen.

Habt ihr sonsten keine Furcht, versetzte hierauff der Priester, so will ich euch bey GOTT versichern, daß ihr

um diese Gegend vor dergleichen Gefahr so sicher leben
könnet, als in eurem Vaterlan-[360]de. Da er auch über
dieses versprach, mit seinem zukünfftigen Schwieger-
Sohne alles zu unsern weit grössern Vortheil und Nutzen einzurichten, beschlossen wir, uns diesem redlichen
Manne völlig anzuvertrauen, die 600. spec. Ducaten aber,
biß auf fernern Bescheid, zu verschweigen, als welche
ich nebst der im Streit eroberten Geld-Katze, in welcher
sich vor fast dritthalb hundert teutscher Thaler Silber-
Müntze befand, in meine Reit-Taschen verbarg, und
Schimmern versprach, so wol eins als das andre, redlich
mit ihm zu theilen.

Mittlerweile schrieb der Priester die gantze Begebenheit an seinen zukünfftigen Eidam, und schickte noch
selbige Nacht einen reitenden Boten zu selbigem in
die Stadt, von wannen denn der hurtige und redliche
Beambte folgenden Morgen bey guter Zeit ankam, und
die Kirchen-Güter, welche nur erstlich vor drey Tagen
aus dasiger Stadt-Kirchen gestohlen worden, mit grösten Freuden in Empfang nahm. Schimmer und ich liessen uns sogleich bereden mit ihm, nebst ohngefähr
20. wohl bewehrten Bauern zu Pferde, die vortreffliche
Herberge im Walde noch einmal zu besuchen, welche
wir denn gegen Mitternacht nach vielen suchen endlich
fanden. Jedoch nicht allein der verzweiffelte Wirth mit
seiner gantzen Familie, sondern auch die andern Galgen-
Vögel waren alle ausgeflogen, biß auf 2. Weibs- und eine
Manns-Person, die gefährlich verwundet in der Stube

lagen, und von einer Stein alten Frau verpflegt wurden. Diese wolte anfänglich von nichts wissen, stellete sich auch gäntzlich taub und halb blind an, doch endlich nach scharffen Dro-[361]hungen zeigete sie einen alten wohl-verdeckten Brunnen, aus welchen nicht allein die vier käntlichen Cörper, der von uns erschossenen und er-stochenen Spitzbuben, sondern über dieses noch 5. theils halb, theils gäntzlich abgefaulte Menschen-Gerippe ge-zogen wurden. Im übrigen wurde so wol von den Ver-wundeten als auch von der alten Frau bekräfftiget, daß der Wirth, nebst den Seinigen und etlichen Gästen, schon gestrigen Vormittags mit Sack und Pack auß-gezogen wäre, auch nichts zurück gelassen hätte, als etliche schlechte Stücken Hauß-Geräthe und etwas Le-bens-Mittel vor die Verwundeten, die nicht mit fort-zubringen gewesen. Folgenden Tages fanden sich nach genauerer Durchsuchung noch 13. im Keller vergrabene menschliche Cörper, die ohnfehlbar von diesem höl-lischen Gastwirthe und seinen verteuffelten Zunfft-genossen ermordet seyn mochten, und uns allen ein weh-müthiges Klagen über die unmenschliche Verfolgung der Menschen gegen ihre Neben-Menschen auspresse-ten. Immittelst kamen die, von dem klugen Beamten bestellte 2. Wagens an, auf welche, da sonst weiter all-hier nichts zu thun war, die 3. Verwundeten, nebst der alten Frau gesetzt, und unter Begleitung 10. Handfester Bauern zu Pferde, nach der Stadt zugeschickt wurden.

Der Beambte, welcher, nebst uns und den übrigen,

das gantze Hauß, Hoff und Garten nochmals eiffrig durchsucht, und ferner nichts merckwürdiges angetroffen hatte, war nunmehro auch gesinnet auf den Rückweg zu gedencken, Schimmer aber, der seine in Händen habende Rade-Haue von ohnge-[362]fähr auf den Küchen-Heerd warff, und dabey ein besonderes Getöse anmerckte, nahm dieselbe nochmals auf, that etliche Hiebe hinein, und entdeckte, wieder alles Vermuthen, einen darein vermaureten Kessel, worinnen sich, da es nachhero überschlagen wurde, 2000. Thlr. Geld, und bey nahe eben so viel Gold und Silberwerck befand. Wir erstauneten alle darüber, und wusten nicht zu begreiffen, wie es möglich, daß der Wirth dergleichen kostbaren Schatz im Stich lassen können, muthmasseten aber, daß er vielleicht beschlossen, denselben auf ein ander mal abzuholen. Indem trat ein alter Bauer auf, welcher erzehlete: Daß vor etliche 40. Jahren in Kriegs-Zeiten ebenfalls ein Wirth aus diesem Hause, Mord und Dieberey halber, gerädert worden, der noch auf dem Richt-Platze, kurtz vor seinem unbußfertigen Ende, versprochen hätte, einen Schatz von mehr als 4000. Thlr. Werth zu entdecken, daferne man ihm das Leben schencken wolle. Allein die Gerichts-Herren, welche mehr als zu viel Proben seiner Schelmerey erfahren, hätten nichts anhören wollen, sondern das Urtheil an ihm vollziehen lassen. Demnach könne es wol seyn, daß seine Nachkommen hiervon nichts gewust, und diesen unverhofft gefundenen Schatz also entbehren müssen.

Der hierdurch zuletzt noch ungemein erfreute Beamte theilete selbigen versiegelt in etliche Futter-Säcke der Bauren, und hiermit nahmen wir unsern Weg zurück, er in die Stadt, Schimmer und ich, nebst 4. Bauern aber, zu unsern gutthätigen Pfarrer, der über die fernere Nachricht unserer Ge-[363]schicht um so viel desto mehr Verwunderung und Bestürtzung zeigte.

Wir hatten dem redlichen Beamten versprochen, seiner daselbst zu erwarten, und dieser stellete sich am 3ten Tage bey uns ein, brachte vor Schimmern und mich 200. spec. Ducaten zum Geschencke mit, ingleichen ein gantz Stück Scharlach nebst allem Zubehör der Kleidungen, die uns zwey Schneiders aus der Stadt in der Pfarr-Wohnung sogleich verfertigen musten. Mittlerweile protocollirte er unsere nochmahlige Außsage wegen dieser Begebenheit, hielt darauff sein Verlöbniß mit des Priesters Tochter, welches Freuden-Fest wir beyderseits abwarten musten, nachhero aber, da sich Schimmer ein gutes Pferd erkaufft, und unsere übrige Equippage völlig gut eingerichtet war, nahmen wir von dem guthertzigen Priester und den Seinigen danckbarlich Abschied, liessen uns von 6. Handfesten, wohlbewaffneten und gut berittenen Bauern zurück durch den Thüringer Wald begleiten, und setzten nachhero unsere Reise ohne fernern Anstoß auf Detmold fort, allwo wir von Schimmers Mutter, die ihren Mann nur etwa vor 6. oder 8. Wochen durch den Tod eingebüsset hatte, hertzlich wol empfangen wurden.

Hieselbst theileten wir die, auf unserer Reise wunderbar erworbenen Gelder, ehrlich mit einander, und lebten über ein Jahr als getreue Brüder zusammen, binnen welcher Zeit ich dermassen gut Teutsch lernete, daß fast meine Mutter-Sprache darüber vergaß, wie ich mich denn auch in solcher Zeit zur Evangelisch-Lutherischen Religion wand-[364]te, und den verwirrten Englischen Secten gäntzlich absagte.

Schimmers Bruder hatte die Väterlichen Güter allbereit angenommen, und ihm etwa 3000. teutscher Thaler heraus gegeben, welche dieser zu Bürgerlicher Nahrung anlegen, und eine Jungfrau von nicht weniger guten Mitteln erheyrathen, mich aber auf gleiche Art mit seiner eintzigen schönen Schwester versorgen wolte. Allein zu meinem grösten Verdrusse hatte sich dieselbe allbereits mit einem wohlhabenden andern jungen Menschen verplempert, so daß meine zu ihr tragende aufrichtige Liebe vergeblich war, und da vollends meines lieben Schimmers Liebste, etwa 3. Wochen vor dem angestellten Hochzeit-Feste, durch den Tod hinweg gerafft wurde; fasseten wir beyderseits einen gantz andern Schluß, nahmen ein jeder von seinem Vermögen 1000. spec. Ducaten, legten die übrigen Gelder in sichere Hände, und begaben uns unter die Holländischen Ost-Indien-Fahrer, allwo wir auf zwey glücklichen Reisen unser Vermögen ziemlich verstärckten, derowegen auch gesonnen waren, die dritte zu unternehmen, als uns die verzweiffelten Verräther, Alexander und Gallus, das Maul mit der Hoffnung eines grossen Gewinstes wässerig machten, und dahin brachten, in ihrer Gesellschafft nach der Insul Amboina zu schiffen.

Was auf dieser Fahrt vorgegangen, hat meine werthe Schwägerin, des Alberti II. Gemahlin, mit behörigen Umbständen erzehlet, derowegen will nur noch dieses melden, daß Schimmer und ich eine heimliche Liebe auf die beyden tugendhafften [365] Schwestern, nemlich Philippinen und Judith geworffen hatten, ingleichen daß sich Jacob Larson, der unser dritter Mann und besonderer Hertzens-Freund war, nach Sabinens Besitzung sehnete. Doch keiner von allen dreyen hatte das Hertze, seinem Geliebten Gegenstande die verliebten Flammen zu entdecken, zumahlen da ihre Gemüther, durch damahlige ängstliche Bekümmernisse, einmal über das andere in die schmertzlichsten Verdrießlichkeiten verfielen. In welchem elenden Zustande denn auch die fromme und keusche Philippine ihr junges Leben kläglich einbüssete, welches Schimmern als ihren ehrerbietigen Liebhaber in geheim 1000. Thränen auspressete, indem ihm dieser Todes-Fall weit hefftiger schmertzte, als der plötzliche Abschied seiner ersten Liebste. Ich und Larson hergegen verharreten in dem festen Vorsatze, so bald wir einen sichern Platz auf dem Lande erreicht, unsern beyden Leit-Sternen die Beschaffenheit und Leydenschafft der Hertzen zu offenbaren, und allen Fleiß anzuwenden, ihrer ungezwungenen schätzbaren Gegen-Gunst theilhafftig zu werden. Dieses geschahe nun so

bald wir auf hiesiger Felsen-Insul unsere Gesundheit
völlig wieder erlangt hatten. Der Vortrag wurde nicht
allein guthertzig aufgenommen, sondern wir hatten auch
beyderseits Hoffnung bey unsern schönen Liebsten
glücklich zu werden. Doch Amias und Robert Hülter
brachten es durch vernünfftige Vorstellungen dahin, daß
wir insgesammt guter Ordnung wegen unsere Hertzen
beruhigten, und selbige auf andere Art vertauschten.
Also kam meine innigst geliebte Middelburgische Judith
an Al-[366]bertum II. Sabina an Stephanum, Jacob Larson
bekam zu seinem Theile, weil er der älteste unter uns
war, auch die älteste Tochter unsers theuren Altvaters,
Schimmer nahm mit grösten Vergnügen von dessen
Händen die andere, und ich wartete mit innigsten Vergnügen auf meine, ihren zweyen Schwestern an Schönheit und Tugend gleichförmige Christina bey nahe noch
6. Jahr, weil ihr beständig zarter und kräncklicher Zustand unsere Hochzeit etliche Jahr weiter, biß ins 1674te
hinaus verschobe. Wie vergnügt wir unsere Zeit beyderseits biß auf diese Stunde zugebracht, ist nicht auszusprechen. Mein Vaterland, oder nur einen eintzigen
Ort von Europa wieder zu sehen, ist niemals mein
Wunsch gewesen, derowegen habe mein weniges zurück
gelassenes Vermögen, so wohl als Schimmer, gern im
Stich gelassen und frembden Leuten gegönnet, bin auch
entschlossen, biß an mein Ende dem Himmel unaufhör-
lichen Danck abzustatten, daß er mich an einen solchen
Ort geführet, allwo die Tugenden in ihrer angebohrnen

Schönheit anzutreffen, hergegen die Laster des Landes fast gäntzlich verbannet und verwiesen sind.

Hiermit endigte David Rawkin die Erzehlung seiner und seines Freundes Schimmers Lebens-Geschicht, welche wir nicht weniger als alles Vorige mit besondern Vergnügen angehöret hatten, und uns deßwegen aufs höfflichste gegen diesen 85. jährigen Greiß, der seines hohen Alters ohngeacht noch so frisch und munter, als ein Mann von etwa 40. Jahren war, auffs höfflichste bedanckten. Der Altvater aber sagte zu demselben: Mein werther [367] Sohn, ihr habt eure Erzehlung voritzo zwar kurtz, doch sehr gut gethan, jedennoch seyd ihr denen zuletzt angekommenen lieben Freunden den Bericht von euren zweyen Ost-Indischen Reisen annoch schuldig blieben, und weil selbiger viel merckwürdiges in sich fasset, mögen sie euch zur andern Zeit darum ersuchen. Was den Jacob Larson anbelanget, so will ich mit wenigen dieses von ihm melden: Er war ein gebohrner Schwede, und also ebenfalls Lutherischer Religion, seines Handwercks ein Schlösser, der in allerhand Eisen- und Stahl-Arbeit ungemeine Erfahrenheit und Kunst zeigete. In seinem 24. Jahre hatte ihn die gantz besondere Lust zum Reisen aufs Schiff getrieben, und durch verschiedene Zufälle zum fertigen See-Manne gemacht. Ost- und West-Indien hatte derselbe ziemlich durchkrochen, und dabey öffters grossen Reichthum erworben, welchen er aber jederzeit gar plötzlich und zwar öffters aufs gefährlichste, nicht selten auch auf lächerliche Art wiederum verlohren. Dennoch ist er einmal so standhafft als das andere, auf Besehung frembder Länder und Völcker geblieben, und ich glaube, daß er nimmermehr auf dieser Insul Stand gehalten, wenn ihm nicht meine Tochter, die er als seine Frau sehr hefftig liebte, sonderlich aber die bald auf einander folgenden Leibes-Erben, eine ruhigere Lebens-Art eingeflösset hätten. Es ist nicht auszusprechen, wie nützlich dieser treffliche Mann mir und allen meinen Kindern gewesen, denn er hat nicht allein Eisen- und Metall-Steine allhier erfunden, sondern auch selbiges ausgeschmeltzt und auf viele Jahre hinaus nützliche Instrumenten dar-[368]aus verfertiget, daß wir das Schieß-Pulver zur Noth selbst, wiewol nicht so gar fein als das Europäische, machen können, haben wir ebenfalls seiner Geschicklichkeit zu dancken, ja noch viel andere Sachen mehr, welche hinführo den Meinigen Gelegenheit geben werden seines Nahmens-Gedächtniß zu verehren. Er ist nur vor 6. Jahren seiner seeligen Frauen im Tode gefolget, und hat den seeligen Schimmer etwa um 3. Jahre überlebt, der vielleicht auch noch nicht so bald gestorben wäre, wenn er nicht durch einen umgeschlagenen Balcken bey dem Gebäude seiner Kinder, so sehr beschädigt und ungesund worden wäre. Jedoch sie sind ohnfehlbar in der ewig seeligen Ruhe, welche man ihnen des zeitlichen Lebens wegen nicht mißgönnen muß.

Nunmehro aber meine Lieben, sagte hierbey unser Altvater, wird es Zeit seyn, daß wir uns sämmtlich

401

der Ruhe bedienen, um Morgen geliebtes Gott des seel. Schimmers und seiner Nachkommen Wohnstädte in Augenschein zu nehmen. Demnach folgten wir dessen Rathe in diesem Stück desto williger, weil es allbereit Mitternacht war, folgenden Morgens aber, da nach genossener Ruhe und eingenommenen Früh-Stück, der jüngere Albertus, Stephanus und David mit ihren Gemahlinnen, dieses mal Abschied von uns nahmen, und wiederum zu den ihrigen kehreten, setzten wir übrigen nebst dem Altvater die Reise auf Simons-Raum fort.

Allda nahmen wir erstlich eine feine Brücke über den Nord-Fluß in Augenschein, nebst derjeni-[369]gen Schleuse, welche auf den Nothfall gemacht war, wenn etwa die Haupt-Schleusen in Christians-Raum nicht vermögend wären den Lauf des Flusses, welcher zu gewissen Zeiten sehr hefftig und schnelle trieb, gnugsamen Widerstand zu thun. Die Pflantz-Stadt selbst bestunde aus 13. Wohnhäusern, worunter aber 3. befindlich, die vor junge Anfänger nur kürtzlich neu aufgebauet, und noch nicht bezogen waren. Ihr Haußhaltungs-Wesen zeigte sich denen übrigen Insulanern, der Nahrhafftigkeit und accuratesse wegen, in allen gleichförmig, doch fanden sich ausserdem etliche Künstler unter ihnen, welche die artigsten und nützlichsten Geschirre, nebst andern Sachen, von einem vermischten Metall sauber giessen und ausarbeiten, auch die Formen selbst darzu machen konten, welches der seel. Simon Heinrich Schimmer durch seine eigene Klugheit, und Larsons Beyhülffe erfunden und seine Kinder damit belehret hatte. Im übrigen waren alle, in der Bau-Kunst und andern nöthigen Handthierungen, nach dasiger Art ungemein wohl erfahren.

Nachdem wir allen Haußwirthen daselbst eine kurtze Visite gegeben, und ihr gantzes Wesen wohl beobachtet hatten, begleiteten uns die Mehrersten in den grossen Thier-Garten, den der Altvater bereits vor langen Jahren in der Nord-Ost-Ecke der Insul angelegt, und einiges Wild hinein geschaffet hatte, welches nachhero zu einer solchen Menge gediehen und dermassen Zahm worden, daß man es mit Händen greiffen und schlachten konte, so offt man Lust darzu bekam. Dieser schöne Thier-Gar-[370]ten wurde von verschiedenen kleinen Bächlein durchstreifft, die aus der kleinen Oestlichen See gerauschet kamen, und sich in den äusersten Felsen-Löchern verlohren. Wir nahmen ermeldte kleine See, welche etwa tausend Schritte im Umfange hatte, wohl in Augenschein, passirten über den Ost-Fluß vermittelst einer verzäunten Brücke, und bemerckten, daß sich selbiger Fluß mit entsetzlichen Getöse in die holen Felsen-Klüffte hinein stürtzte, worbey uns gesagt wurde, was massen er ausserhalb nicht als ein Fluß, sondern in unzehlige Strudels zertheilt, in Gestalt der allerschönsten fontaine wiederum zum Vorscheine käme, und sich solchergestalt in die See verlöhre. Die andere Seite der See, nach Ost-Süden zu, war wegen der vielen starcken Bäche, die ihren Ursprung im Walde aus vielen sumpffigten

Oertern nahmen, und durch ihren Zusammenfluß die
kleine See machten, nicht wol zu umgehen, derowegen
kehreten wir über die Brücke des Ost-Flusses, durch den
Thier-Garten zurück nach Simons-Raum, wurden von
dasigen Einwohnern herrlich gespeiset und getränckt,
reichten ihnen die gewöhnlichen Geschencke, und kehreten nachhero zurücke. Herr Mag. Schmelzer nahm seinen Weg in die Davids-Raumer Alleé, um daselbst seine
Catechismus-Lehren fortzusetzen, wir aber kehreten zurück und halffen biß zu dessen Zurückkunfft am Kirchen-Bau arbeiten, nahmen nachhero auf der Albertus-
Burg die Abend-Mahlzeit ein, worauff der Altvater, uns
Versammleten den Rest seiner vorgenommenen Lebens-
Geschicht mitzutheilen, folgender massen anhub: [371]

Nunmehro wisset, ihr meine Geliebten, wer diejenigen Haupt-Personen gewesen sind, die ich im 1668ten
Jahre mit Freuden auf meiner Insul ankommen und bleiben sahe. Also befanden wir uns sämtliche Einwohner
derselben 20. Personen starck, als 11. männliches Geschlechts, unter welchen meine beyden jüngsten Zwillinge, Christoph und Christian im 13den Jahre stunden,
und dann 9. Weibs-Bilder, worunter meine 11. jährige
Tochter Christina und Roberts zwey kleinen Töchter, annoch in völliger Unschuld befindlich waren. Unsere zuletzt angekommenen Frembdlinge machten sich zwar
ein grosses Vergnügen mit an die erforderliche Nah-
rungs-Arbeit zu gehen, auch bequemliche Hütten vor
sich zu bauen, jedennoch konten weder ich und die

Meinigen, noch Amias und Robert eigentlich klug werden, ob sie gesinnet wären bey uns zu bleiben, oder ihr
Glück anderwärts zu suchen. Denn sie brachten nicht
allein durch unsere Beyhülffe ihr Schiff mit gröster
Mühe in die Bucht, sondern setzten selbiges binnen
kurtzer Zeit in Seegelfertigen Zustand. Endlich, da der
ehrliche Schimmer alles genauer überlegt, und von unserer Wirtschafft völlige Kundschafft eingezogen hatte,
Verliebte er sich in meine Tochter Elisabeth, und brachte
seine beyden Gefährten, nemlich Jacob und David dahin,
daß sie sich nicht allein auf sein, sondern der übrigen
Frembdlinge Zureden, bewegen liessen, ihre beyden
Geliebten an meine ältesten Zwillinge abzutreten, hergegen ihre Hertzen auf meine zwey übrigen Töchter
zu lencken. Demnach wurden im 1669ten Jahre, Jacob
Larson mit Maria, Schim-[372]mer mit Elisabeth, mein
ältester Sohn mit Judith, und Stephanus mit Sabinen, von
mir ehelich zusammen gegeben, der gute David aber,
dessen zugetheilte Christina noch allzu jung war, ge-
duldete sich noch etliche Jahr, und lebte unter uns als
ein unverdrossener redlicher Mann.

Die Lust ein neues Schiff zu bauen war nunmehro so
wol dem Amias, als uns andern allen vergangen, indem
das zuletzt angekommene von solcher Güte schiene,
mit selbigem eine Reise um die gantze Welt zu unternehmen, jedoch es wurden alle Schätze an Gelde und
andern Kostbarkeiten, Waaren, Pulver und Geschütze
gäntzlich ausgeladen und auf die Insul, das Schiff selbst

aber an gehörigen Ort in Sicherheit gebracht. Nachhero ergaben wir uns der bequemlichsten Hauß-Arbeit und dem Land-Baue dermassen, und mit solcher Gemächlichkeit, daß wir zwar als gute Hauß-Wirthe, aber nicht als eitele Bauch- und Mammons-Diener zu erkennen waren. Das ist so viel gesagt, wir baueten uns mehrere und beqvemlichere Wohnungen, bestelleten mehr Felder, Gärten und Weinberge, brachten verschiedene Werckstädten zur Holtz- Stein- Metall- und Saltz-Zurichtung in behörige Ordnung, trieben aber damit nicht den geringsten Wucher, und hatten solchergestalt gar keines Geldes von nöthen, weil ein jeder mit demjenigen, was er hatte, seinen Nächsten umsonst, und mit Lust zu dienen geflissen war. [373]

Im übrigen brachten wir unsere Zeit dermassen vergnügt zu, daß es keinem eintzigen gereuete, von dem Schicksal auf diese Insul verbannet zu seyn. Meine liebe Concordia aber und ich waren dennoch wohl die allervergnügtesten, da wir uns nunmehro über die Einsamkeit zu beschweren keine fernere Ursache hatten, sondern unserer Kinder Familien im besten Wachsthum sahen, und zu Ende des 1670ten Jahres allbereit 9. Kindes-Kinder, nehmlich 6. Söhne und 3. Töchter küssen konten, ohngeacht wir dazumahl kaum die Helffte der schrifftmäßigen menschlichen Jahre überschritten hatten, also gar frühzeitig Groß-Eltern genennet wurden.

Unser dritter Sohn, Johannes, trat damahls in sein zwantzigstes Jahr, und ließ in allen seinen Wesen den

natürlichen Trieb spüren, daß er sich nach der Lebens-
Art seiner ältern Brüder, das ist, nach einem Ehe-
Gemahl, sehnete. Seine Mutter und ich liessen uns dessen Sehnsucht ungemein zu Hertzen gehen, wusten ihm
aber weder zu rathen noch zu helffen, biß sich endlich der
alte Amias des schwermüthigen Jünglings erbarmete,
und die Schiff-Fahrt nach der Helenen-Insul von neuem
aufs Tapet brachte, sintemahl ein tüchtiges Schiff in
Bereitschafft lag, welches weiter nichts als behörige
Ausrüstung bedurffte. Meine Concordia wolte hierein
anfänglich durchaus nicht willigen, doch endlich ließ sie
sich durch die trifftigsten Vorstellungen der meisten
Stimmen so wohl als ich überwinden, und willigte, wiewohl mit thränenden Augen, darein, daß Amias, Robert,
Jacob, [374] Simon, nebst allen unsern 5. Söhnen zu Schiffe gehen solten, um vor die 3. Jüngsten Weiber zu suchen, wo sie selbige finden könten. David Rawkin, weil er
keine besondere Lust zum Reisen bezeugte, wurde von
den andern selbst ersucht, seiner jungen Braut wegen
zurück zu bleiben, hergegen gaben sich Stephani, Jacobs
und Simons Gemahlinnen von freyem Willen an, diese
Reise mit zu thun, und bey ihren Männern gutes und
böses zu erfahren. Roberts und Alberts Weiber aber, die
ebenfalls nicht geringe Lust bezeigten, dergleichen
Fahrt mit zu wagen, wurden genöthiget, bey uns zu
bleiben, weil sie sich beyde hoch-schwangern Leibes
befanden.

Dennoch gingen binnen wenig Tagen alle Anstalten

fast noch hurtiger von statten, als unsere vorherige Ent-
schliessung, und die erwehnten 12. Personen waren den
14. Januar. 1671. überhaupt mit allen fertig in See zu
gehen, weil das Schiff mit gnugsamen Lebens-Mitteln,
Gelde, nothdürfftigen Gütern, Gewehr und dergleichen
vollkommen gut ausgerüstet, auch weiter nichts auf demselben mangelte, als etwa noch 2. mahl so viel Personen.

Jedoch der tapffere Amias, als Capitain dieses wenigen
Schiffs-Volcks, war dermassen muthig, daß die übrigen
alle mit Freuden auf die Stunde ihrer Abfahrt warteten.

Nachdem also Amias, Robert, Jacob und Simon mir
einen theuren Eyd geschworen, keine weitern Abend-
theuern zu suchen, als diejenigen, so unter uns ab-
geredet waren, im Gegentheil meine Kinder, so bald nur
vor dieselben 3. anständige [375] Weibs-Personen aus-
gefunden, eiligst wieder zurück zu führen, gingen sie
den 16ten Jan. um Mittags-Zeit freudig unter Seegel,
stiessen unter unzehligen Glückwünschungen von dieser
Insul ab, und wurden von uns Zurückbleibenden mit
thränenden Augen und ängstlichen Gebärden so weit
begleitet, biß sie sich nach etlichen Stunden sammt ihren
Schiffe gäntzlich aus unsern Gesichte verlohren.

Solcher Gestalt kehreten Ich, David, und die beyden
Concordien zurück in unsere Behausung, allwo Judith
und meine jüngste Tochter Christina, auf die kleinen
9. Kinder Achtung zu haben, geblieben waren. Unser
erstes war, so gleich sämmtlich auf die Knie nieder zu
fallen, und GOTT um gnädige Erhaltung der Reisenden

wehmüthigst anzuflehen, welches nachhero Zeit ihrer Abwesenheit alltäglich 3. mahl geschahe. David und ich liessen es uns mittlerweile nicht wenig sauer werden, um unsere übrigen Früchte und den Wein völlig einzuerndten, auch nachhero so viel Feld wiederum zu bestellen, als in unsern und der wohlgezogenen Affen Vermögen stund. Die 3. Weiber aber durfften vor nichts sorgen, als die Küche zu bestellen, und die unmündigen Kinder mit Christinens Beyhülffe wohl zu verpflegen.

Jedoch weil sich ein jeder leichtlich einbilden kan, daß wir die Hände allerseits nicht werden in Schooß gelegt haben, und ich ohnedem schon viel von unserer gewöhnlichen Arbeit und Haußhaltungs-Art gemeldet, so will voritzo nur erzehlen, wie es meinen See-fahrenden Kindern ergangen. Selbige [376] hatten biß in die 8te Woche vortrefflichen Wind und Wetter gehabt, dennoch müssen die meisten unter ihnen der See den gewöhnlichen Zoll liefern, allein, sie erholen sich deßfalls gar zeitig wieder, biß auf die eintzige Elisabeth, deren Kranckheit dermassen zunimmt, daß auch von allen an ihren Leben gezweiffelt wird. Simon Schimmer hatte seine getreue eheliche Liebe bey dieser kümmerlichen Gelegenheit dermassen spüren lassen, daß ein jeder von seiner Aufrichtigkeit und Redlichkeit Zeugniß geben können, indem er nicht von ihrer Seite weicht, und den Himmel beständig mit thränenden Augen anflehet, das Schiff an ein Land zu treiben, weil er vermeinet, daß seine Elisabeth ihres Lebens auf dem Lande weit besser als auf der

See versichert seyn könne. Endlich erhöret GOtt dieses eyffrige Gebet, und führet sie im mittel der 6ten Woche an eine kleine flache Insel, bey welcher sie anländen, jedoch weder Menschen noch Thiere, ausgenommen Schild-Kröten und etliche Arten von Vögeln und Fischen darauf antreffen. Amias führet das Schiff um so viel desto lieber in einen daselbst befindlichen guten Hafen, weil er und Jacob, als wohlerfahrne See-Fahrer, aus verschiedenen natürlichen Merckzeichen, einen bevorstehenden starcken Sturm muthmassen. Befinden sich auch hierinnen nicht im geringsten betrogen, da etwa 24. Stunden nach ihrem Aussteigen, als sie sich bereits etliche gute Hütten erbauet haben, ein solches Ungewitter auf der See entstehet, welches leichtlich vermögend gewesen, diesen wenigen und theils schwachen Leuten den Untergang zu befördern. [377]

In solcher Sicherheit aber, sehen sie den entsetzlichen Sturm mit ruhiger Gemächligkeit an, und sind nur bemühet, sich vor dem öffters anfallenden Winde und Regen wohl zu verwahren, welcher letztere ihnen doch vielmehr zu einiger Erquickung dienen muß, da selbiges Wasser weit besser und annehmlicher befunden wird, als ihr süsses Wasser auf dem Schiffe. Amias, Robert und Jacob schaffen hingegen in diesem Stücke noch bessern Rath, indem sie an vielen Orten eingraben, und endlich die angenehmsten süssen Wasser-Brunnen erfinden. An andern erforderlichen Lebens-Mitteln aber haben sie nicht den geringsten Mangel, weil sie mit demjenigen,

was meine Insul Felsenburg zur Nahrung hervor bringet, auf länger als 2. Jahr wohl versorgt waren.

Nachdem der Sturm dieses mahl vorbey, auch die
krancke Elisabeth sich in ziemlich verbesserten Zustande
befindet, halten Amias und die übrigen vors rathsamste,
wiederum zu Schiffe zu gehen, und ein solches Erdreich
zu suchen, auf welchem sich Menschen befänden, doch
Schimmer, der sich starck darwider setzt, und seine
Elisabeth vorhero vollkommen gesund sehen will, erhält
endlich durch hefftiges Bitten so viel, daß sie sämmtlich
beschliessen, wenigstens noch 8. Tage auf selbiger wüsten Insul zu verbleiben, ohngeacht dieselbe ein schlechtes Erdreich hätte, welches denen Menschen weiter
nichts zum Nutzen darreichte, als einige schlechte Kräuter, aber desto mehr theils hohe, theils dicke Bäume, die
zum Schiff-Bau wohl zu gebrauchen gewesen.

Meine guten Kinder hatten nicht Ursach gehabt, [378]
diese ihre Versäumniß zu bereuen, denn ehe noch diese
8. Tage vergehen, fällt abermahls ein solches Sturm-
Wetter ein, welches das vorige an Grausamkeit noch weit
übertrifft, da aber auch dessen 4. tägige Wuth mit einer
angenehmen und stillen Witterung verwechselt wird,
hören sie eines Morgens früh noch in der Demmerung
ein plötzliches Donnern des groben und kleinen Geschützes auf der See, und zwar, aller Muthmassungen
nach, gantz nahe an ihrer wüsten Insul. Es ist leicht zu
glauben, daß ihnen sehr bange um die Hertzen müsse
gewesen seyn, zumahlen da sie bey völlig herein bre-

chenden Sonnen-Lichte gewahr werden, daß ein mit Holländischen Flaggen bestecktes Schiff von zweyen Barbarischen Schiffen angefochten und bestritten wird, der Holländer wehret sich dermassen, daß der eine Barbar gegen Mittag zu Grunde sincken muß, nichts desto weniger setzet ihm der Letztere so grausam zu, daß bald hernach der Holländer in letzten Zügen zu liegen scheinet.

Bey solchen Gefährlichen Umständen vermercken Amias, Robert, Jacob und Simon, daß sie nebst den Ihrigen ebenfalls entdeckt und verlohren gehen würden, daferne der Holländer das Unglück haben solte, unten zu liegen, fassen derowegen einen jählingen und verzweiffelten Entschluß, begeben sich mit Sack und Pack in ihr mit 8. Canonen besetztes Schiff, schlupffen aus dem kleinen Hafen heraus, gehen dem Barbar in Rücken, und geben zweymahl tüchtig Feuer auf denselben, weßwegen dieser in entsetzliches Schrecken geräth, der Holländer aber neuen Muth bekömmt, und seinen Feind mit [379] frischer recht verzweiffelter Wuth zu Leibe gehet. Die Meinigen lösen ihre Canonen in gemessener Weite noch zweymahl kurtz auf einander gegen den Barbar, und helffen es endlich dahin bringen, daß derselbe von dem Holländer nach einem rasenden Gefechte vollends gäntzlich überwunden, dessen Schiff aber mit allen darauf befindlichen Gefangenen an die wüste und unbenahmte Insel geführet wird.

Der Hauptmann nebst den übrigen Herren des Holländischen Schiffs können kaum die Zeit erwarten,

biß sie Gelegenheit haben, meinen Kindern, als ihren
tapffern Lebens-Errettern, ihre danckbare Erkänntlichkeit so wohl mit Worten als in der That zu bezeugen,
erstaunen aber nicht wenig, als sie dieselben in so geringer Anzahl und von so wenigen Kräfften antreffen,
erkennen derohalben gleich, daß der kühne Vorsatz
nebst einer geschickten und glücklich ausgeschlagenen
List das beste bey der Sache gethan hätten.

Nichts desto weniger biethen die guten Leute den
Meinigen die Helffte von allen eroberten Gut und Geldern an, weil aber dieselben ausser einigen geringen
Sachen sonsten kein ander Andencken wegen des Streits
und der Holländer Höflichkeit annehmen wollen; werden die letztern in noch weit grössere Verwunderung
gesetzt, indem sich die ihnen zugetheilte Beute höher
als 12000. Thlr. belauffen hatte.

Immittelst, da die Holländer sich genöthiget sehen, zu
völliger Ausbesserung ihres Schiffs wenigstens 14. Tage
auf selbiger Insul stille zu liegen, [380] beschliessen die
Meinigen anfänglich auch, biß zu deren Abfahrt allda
zu verharren. Zumahlen, da Amias gewahr wird, daß
sich verschiedene, theils noch gar junge, theils schon
etwas ältere Frauens-Personen unter ihnen befinden.
Er sucht so wohl als Robert, Jacob und Simon, mit selbigen ins Gespräch zu kommen; doch der Letztere ist
am glücklichsten, indem er gleich andern Tags darauf,
eine, von ermeldten Weibs-Bildern, hinter einem dicken
Gesträuche in der Einsamkeit höchst betrübt und wei-

413

nend antrifft. Schimmer erkundigt sich auf besonders
höfliche Weise nach der Ursach ihres Betrübnisses, und
erfährt so gleich, daß sie eine Wittbe sey, deren Mann
vor etwa 3. Monaten auf diesem Schiffe auch in einem
Streite mit den See-Räubern todt geschossen worden,
und die nebst ihrer 14. jährigen Stieff-Tochter zwar gern
auf dem Cap der guten Hoffnung ihres seel. Mannes
hinterlassene Güter zu Gelde machen wolte, allein, sie
würde von einem, auf diesem Holländischen Schiffe befindlichen Kauffmanne, dermassen mit Liebe geplagt,
daß sie billig zu befürchten hätte, er möchte es mit
seinem starcken Anhange und Geschencken also listig
zu Karten trachten, daß sie sich endlich gezwungener
Weise an ihm ergeben müsse. Schimmer stellet ihr vor,
daß sie als eine annoch sehr junge Frau noch gar füglich
zur andern Ehe schreiten, und einen Mann, der sie zumahlen hefftig liebte, glücklich machen könne; ob auch
derselbe ihr eben an Gütern und Vermögen nicht gleich
sey; Allein die betrübte Frau spricht: Ihr habt recht,
mein Herr! ich bin noch nicht veraltert, weil sich mein
[381] gantzes Lebens-Alter wenig Wochen über 24. Jahr
erstreckt, und ich Zeit meines Ehe-Standes nur zwey
Kinder zur Welt gebracht habe. Derowegen würde
mich auch nicht wegern, in die andere Ehe zu treten,
allein, mein ungestümer Liebhaber ist die allerlaster-
haffteste Manns-Person von der Welt, der sich nicht
scheuen solte, Mutter, Tochter und Magd auf einmahl zu
lieben, demnach hat mein Hertz einen recht natürlichen

414

Abscheu vor seiner Person, ja ich wolte nicht allein meines seel. Mannes Verlassenschafft, die sich höher als 10000. Thlr. belauffen soll, sondern noch ein mehreres darum willig hergeben, wenn ich entweder in Holland, oder an einem andern ehrlichen Orte, in ungezwungener Einsamkeit hinzubringen Gelegenheit finden könte.

Schimmer thut hierauf noch verschiedene Fragen an dieselbe, und da er diese Frau vollkommen also gesinnet befindet, wie er wünscht, ermahnet er sie, ihr Hertz in Gedult zu fassen, weil ihrem Begehren gar leicht ein Genügen geleistet werden könne, daferne sie sich seiner Tugend und guten Raths völlig anvertrauen wolle. Nur müste er vorhero erstlich mit einigen seiner Gesellschaffter von dieser Sachen reden, damit er etwa Morgen um diese Zeit und auf selbiger Stelle fernere Abrede mit ihr nehmen könne.

Die tugendhaffte Wittbe fängt hierauf gleich an, diesen Mann vor einen ihr von GOTT zugeschickten menschlichen Engel zu halten, und wischet mit hertzlichen Vertrauen die Thränen aus ihren bekümmerten Augen. Schimmer verläst also die-[382]selbe, und begiebt sich zu seiner übrigen Gesellschafft, welcher er diese Begebenheit gründlich zu Gemüthe führet, und erwehnte Wittbe als ein vollkommenes Bild der Tugend heraus streicht. Amias bricht solcher Gestalt auf einmahl in diese Worte aus: Erkennet doch, meine Kinder, die besondere Fügung des Himmels, denn ich zweiffele nicht, die schöne Wittbe ist vor unsern Johannem, und ihre

Stieff-Tochter vor Christoph bestimmet, hilfft uns nun
der Himmel allhier noch zu der dritten Weibs-Person vor
unsern Christian, so haben wir das Ziel unserer Reise
erreicht, und können mit Vergnügen auf eine fügliche
Zurückkehr dencken.

Demnach sind sie allerseits nur darauf bedacht, der
jungen Wittbe eine gute Vorstellung von ihrem gantzen
Wesen zu machen, und da dieselbe noch an eben demselben Abend von Marien und Sabinen in ihre Hütte geführet wird, um die annoch etwas kränckliche Elisabeth
zu besuchen, kan sich dieselbe nicht gnungsam verwundern, daselbst eine solche Gesellschafft anzutreffen,
welche ich, als ihr Stamm-Vater, wegen der Wohlgezo-
genheit, Gottesfurcht und Tugend nicht selbst weitläufft-
tig rühmen mag. Ach meine Lieben! rufft die fromme
Wittbe aus, sagt mir doch, wo ist das Land, aus welchen
man auf einmahl so viel Tugendhaffte Leute hinweg
reisen lässet? Haben euch denn etwa die gottlosen Einwohner desselben zum Weichen gezwungen? Denn es ist
ja bekannt, daß die böse Welt fast gar keine Frommen
mehr, sie mögen auch jung oder alt seyn, unter sich
leiden will. Nein, meine schöne Frau, fällt ihr der alte
Amias hierbey [383] in die Rede, ich versichere, daß wir,
die hier vor euren Augen sitzen, der Tugend wegen noch
die geringsten heissen, denn diejenigen, so wir zurück
gelassen, sind noch viel vollkommener, und wir leben nur
bemühet, ihnen gleich zu werden. Dieses war nun (sagte
hierbey unser Alt-Vater Albertus) eine starcke Schmei-

cheley, allein, es hatte dem ehrlichen Amias damahls also zu reden beliebt, die Dame aber siehet denselben starr an, und spricht: Mein Herr! euer Ehrwürdiges graues Haupt bringet vielen Respect zu wege, sonsten wolte sagen, daß ich nicht wüste, wie ich mit euch dran wäre, ob ihr nemlich etwa mit mir schertzen, oder sonsten etwas einfältiges aus meinen Gedancken locken woltet?

Diese Reden macht sich Amias zu Nutze, und versetzt dieses darauf: Madam! dencket von mir was ihr wollet, nur richtet meine Reden nicht ehe nach der Schärffe, biß ich euch eine Geschicht erzehlet, die gewiß nicht verdrüßlich anzuhören, und dabey die klare Wahrheit ist. Hierauf fängt er an, als einer, der meine und der Meinigen gantze Lebens-Geschicht vollkommen inne hatte, alles dasjenige auf dem Nagel her zu sagen, was uns passiret ist, und worüber sich die Dame am Ende vor Verwunderung fast nicht zu begreiffen weiß. Hiermit aber ist es noch nicht genung, sondern Amias bittet dieselbe, von allen dem, was sie anitzo gehöret, bey ihrer Gesellschafft nichts kundbar zu machen, indem sie gewisser Ursachen wegen, sonst Niemanden als ihr alleine, dergleichen Geheimnisse wissen lassen, vielmehr einem jeden be-[384]reden wolten, sie hätten auf der Insul St. Helenæ ein besonderes Gewerbe auszurichten. Virgilia van Catmers, so nennet sich diese Dame, verspricht nicht allein vollkommene Verschwiegenheit, sondern bittet auch um GOttes willen, sie nebst ihrer Stieff-Tochter, welches ein Kind guter Art sey, mit in

dergleichen irrdisches Himmelreich (also hatte sie meine
Felsen-Insul genennet) zu nehmen, und derselben einen
tugendhafften Mann heyrathen zu helffen. Ich vor meine
Person, setzt sie hinzu, kan mit Wahrheit sagen, daß
ich mein übriges Leben eben so gern im tugendhafften
ledigen Stande, als in der besten Ehe zubringen wolte,
weil ich von Jugend an biß auf diese Stunde Trübsal und
Angst genug ausgestanden habe, mich also nach einem
ruhigern Leben sehne. Meine Stieff-Tochter aber, deren
Stieff-Mutter ich nur seit 5. Jahren bin, und die ich ihres
sonderbaren Gehorsams wegen als mein eigen Kind liebe, möchte ich gern wohl versorgt wissen, weil dieselbe,
im Fall wir das Cap der guten Hoffnung nicht erreichen
solten, von ihrem väterlichen Erbtheile nichts zu hoffen hat, als diejenigen Kostbarkeiten, welche ich bey
mir führe, und sich allein an Golde, Silber, Kleinodien
und Gelde ohngefähr auf 16000. Ducaten belauffen, die
uns aber noch gar leicht durch Sturm oder See-Räuber
geraubt werden können.

Amias antwortet hierauf, daß dergleichen zeitliche Güter bey uns in grosser Menge anzutreffen wären, doch
aber nichts geachtet würden, weil sie auf unserer Insul
wenigen oder gar keinen Nutzen [385] schaffen könten,
im übrigen verspricht er binnen 2. Tagen völlige Resolution von sich zu geben, ob er sie nebst ihrer Tochter
unter gewissen Bedingungen, ohne Gefahr, und mit
guten Gewissen, mit sich führen könne oder nicht, lässet
also die ehrliche Virgiliam vor dieses mahl zwischen

Furcht und Hoffnung wiederum von der Gesellschafft
Abschied nehmen.

Folgende zwey Tage legt er unter der Hand, und
zwar auf gantz klügliche Art, genaue Kundschafft auf
ihr von Jugend an geführtes Leben und Wandel, und
erfähret mit Vergnügen, daß sie ihn in keinem Stücke
mit Unwahrheit berichtet habe. Demnach fragt er erstlich den Johannem, ob er die Virgiliam zu seiner Ehe-Frau
beliebte, und so bald dieser sein treuhertziges Ja-Wort
mit besondern frölichen Gemüths-Bewegungen von sich
gegeben, sucht er abermahlige Gelegenheit, Virgiliam
nebst ihrer Tochter Gertraud in seine Hütten zu locken,
welche letztere er als ein recht ungemein wohlgezogenes
Kind befindet.

Demnach eröffnet er der tugendhafften Wittbe sein
gantzes Hertze, wie er nemlich gesonnen sey, sie nebst
ihrer Stieff-Tochter mit grösten Freuden auf sein Schiff
zu nehmen, doch mit diesen beyden Bedingungen, daß
sie sich gelieben lassen wolle, den Johannem, welchen er
ihr vor die Augen stellet, zum Ehe-Manne zu nehmen,
und dann sich zu bemühen, noch die 3te keusche Weibs-
Person, die ohnfehlbar in ihrer Aufwärterin Blandina
anzutreffen seyn würde, mit zu führen. Im übrigen dürffte keines von ihnen vor das Heyraths-Gut [386] sorgen,
weil alles, was ihr Hertz begehren könne, bey den Seinigen in Uberfluß anzutreffen wäre.

Meine Herren! versetzt hierauf Virgilia, ich mercke
und verstehe aus allen Umständen nunmehro zur Gnüge,

daß es euch annoch nur an 3. Weibs-Personen mangelt, eure übrigen und ledigen Manns-Personen zu beweiben, derowegen sind euch, so wohl meine Stieff-Tochter, als meine 17. jährige Aufwärterin hiermit zugesagt, weil ich gewiß glaube, daß ihr sonderlich die erstere mit dem Ehestande nicht übereilen werdet. Was meine eigene Person anbetrifft, sagt sie ferner, so habe ich zwar an gegenwärtigen frommen Menschen, der, wie ihr sagt, Johannes Julius heisset, und ehrlicher Leute Kind ist, nicht das allergeringste auszusetzen; allein, ich werde keinem Menschen, er sey auch wer er sey, weder mein Wort noch die Hand zur Ehe geben, biß mein Trauer-Jahr, um meinen seeligen Mann, und einen 2. jährigen Sohn, der nur wenig Tage vor seinem Vater verstorben, zu Ende gelauffen ist. Nach diesem aber will ich erwarten, wie es der Himmel mit meiner Person fügen wird. Ist es nun bey dergleichen Schlusse euch anständig, mich, nebst meiner Tochter und Magd, vor deren Ehre ich Bürge bin, heimlich mit hinweg zu führen, so soll euch vor uns dreyen ein Braut-Schatz, von 16000. Ducaten werth, binnen wenig Stunden eingeliefert werden.

Amias will so wohl, als alle die andern, nicht das geringste von Schätzen wissen, ist aber desto erfreuter, daß er ihrer Personen wegen völlige Versicherung erhalten, nimmt derowegen diesen und [387] den folgenden Tag die sicherste Abrede mit Virgilien, so, daß weder der in sie verliebte Kauffmann, noch jemand anders auf deren vorgesetzte Flucht Verdacht legen kan.

Etliche Tage hernach, da die guten Holländer ihr
Schiff, um selbiges desto bequemer auszubessern, auf
die Seite gelegt, die kleinern Boote nebst allen andern
Sachen aufs Land gezogen, und ihr Pulver zu trocknen,
solches an die Sonne gelegt haben; kömmt Amias zu
ihnen, und meldet, wie es ihm zu beschwerlich falle, bey
diesem guten Wetter und Winde allhier stille zu liegen.
Er wolle demnach, in Betrachtung, daß sie wenigstens
noch 3. biß 4. Wochen allhier verharren müsten, seine
Reise nach der Insel S. Helenæ fortsetzen, seine Sachen
daselbst behörig einrichten, nachhero auf dem Rückwege wiederum allhier ansprechen, und nebst den Seinigen in ihrer Gesellschafft mit nach einer Ost-Indischen
guten Insul schiffen. Inzwischen wolle er sie, gegen baare Bezahlung, um etwas Pulver und Bley angesprochen
haben, als woran es ihm ziemlich mangele.

Die treuhertzigen Holländer setzen in seine Reden
nicht das geringste Mißtrauen, versprechen einen gantzen Monat auf ihn zu warten, weil erwehnte Insel ohnmöglich über 100. Meilen von dar liegen könne, verehren
dem guten Manne 4. grosse Faß Pulver, nebst etlichen
Centnern Bley, wie auch allerhand treffliche Europäische Victualien, welche er mit andern, die auf unserer
Insul gewachsen waren, ersetzet, und dabey Gelegenheit
nimmt, von diesem und jenen allerhand Sämereyen,
Frucht-[388]Kernen und Blumen-Gewächse auszubitten,
gibt anbey zu verstehen, daß er ohnfehlbar des 3ten
Tages aufbrechen, und unter Seegel gehen wolte; Allein

der schlaue Fuchs schiffet sich hurtiger ein, als die Holländer vermeynen, und wartet auf sonst nichts, als die 3. bestellten Weibes-Personen. Da sich nun diese in der andern Nacht mit Sack und Pack einfinden, lichtet er seine Ancker, und läufft unter guten Winde in die offenbare See, ohne daß es ein eintziger von den Holländern gewahr wird. Mit anbrechenden Tage sehen sie die wüste Insul nur noch in etwas von ferne, weßwegen Amias 2. Canonen löset, um von den Holländern ehrlichen Abschied zu nehmen, die ihm vom Lande mit 4. Schüssen antworten, woraus er schliesset, daß sie ihren kostbaren Verlust noch nicht empfänden, derowegen desto freudiger die Seegel aufspannet, und seinen Weg auf Felsenburg richtet.

Die Rück-Reise war dermassen bequem und geruhig gewesen, daß sie weiter keine Ursach zu klagen gehabt, als über die um solche Zeit gantz ungewöhnliche Wind-Stille, welche ihnen, da sie nicht vermögend gewesen, der starcken Ruder-Arbeit beständig obzuliegen, eine ziemlich langsame Fahrt verursachet hatte.

Es begegnet ihnen weder Schiff noch etwas anderes merckwürdiges, auch will sich ihren Augen weder dieses oder jenes Land offenbaren, und da nachhero vollends ein täglicher hefftiger Regen und Nebel einfällt, wird ihr Kummer noch grösser, ja die meisten fangen an zu zweiffeln, die Ihrigen auf der Felsen-Insul jemahls wieder zu sehen zu kriegen. [389] Doch Amias und Jacob lassen wegen ihrer besondern Wissenschafft und Er-

fahrenheit im Compass, See-Charten und andern zur
Schiff-Fahrt gehörigen Instrumenten den Muth nicht sincken, sondern reden den übrigen so lange tröstlich zu,
biß sie am 9ten Maji, in den Mittags-Stunden, dieses
gelobte Land an seinen von der Natur erbaueten Thür-
mern und Mauern von weiten erkennen. Jacob, der so
glücklich ist, solches am ersten wahrzunehmen, brennet,
abgeredter massen, gleich eine Canone ab, worauf die im
Schiff befindlichen 15. Personen sich so gleich versammlen, und zu allererst in einer andächtigen Bet-Stunde
dem Höchsten ihr schuldiges Danck-Opffer bringen.

Es ist ihnen selbiges Tages unmöglich, die Felsen-
Insul zu erreichen, weßwegen sie mit herein brechender
Nacht Ancker werffen, um bey der Finsterniß nicht etwa
auf die herum liegenden verborgenen Klippen und Sand-
Bäncke aufzulauffen. Indem aber hiermit erstlich eine,
kurtz darauf 2. und abermahls 3. Canonen von ihnen
gelöset wurden, muste solches, und zwar eben, als wir
Insulaner uns zur Ruhe legen wolten, in unsere Ohren
schallen. David kam mir demnach in seinem Nacht-Habit
entgegen gelauffen, und sagte: Mein Herr! wo ich nicht
träume, so liegen die Unserigen vor der Insel, denn ich
habe das abgeredte Zeichen mit Canonen vernommen.
Recht, mein Sohn! gab ich zur Antwort, ich und die
übrigen haben es auch gehöret. Alsofort machten wir uns
beyderseits auf, nahmen etliche Raqueten nebst Pulver
und Feuer zu uns, lieffen auf die Höhe des Nord-[390]
Felsens, gaben erstlich aus zweyen Canonen Feuer,

zündeten hernach 2. Raquetten an, und höreten hierauff
nicht allein des Schiffs 8. Canonen lösen, sondern sahen
auch auf demselben allerhand artige Lust-Feuer, welches uns die gewisse Versicherung gab, daß es kein
anders als meiner Kinder Schiff sey. Diesem nach ver-
schossen wir, ihnen und uns zur Lust, alles gegenwärtige Pulver, und giengen um Mitternachts-Zeit wieder
zurück, stunden aber noch vor Tage wieder auf, ver-
schützten die Schleuse des Nord-Flusses, machten also
unsere Thor-Fahrt trocken, und giengen hinab an das
Meer-Ufer, allwo in kurtzen unsere Verreiseten glücklich an Land stiegen, und von mir und David die ersten
Bewillkommungs-Küsse empfiengen. So bald wir nebst
ihnen den fürchterlichen hohlen Felsen-Weg hinauff gestiegen waren, und unsere Insul betraten, kam uns meine Concordia mit der gantzen Familie entgegen, indem
sie die 9. Enckel auf einen grossen Rollwagen gesetzt,
und durch die Affen hierher fahren lassen. Nunmehro
gieng es wieder an ein neues Bewillkommen, jedoch es
wurden auf mein Zureden nicht viel Weitläufftigkeiten
gemacht, biß wir ingesamt auf diesem Hügel in unsern
Wohnungen anlangeten.

Ich will, meine Lieben! sagte hier unser Altvater, die
Freuden-Bezeugungen von beyden Theilen, nebst allen
andern, was biß zu eingenommener Mittags-Mahlzeit
vorgegangen, mit Stillschweigen übergehen, und nur
dieses Berichten: Daß mir nachhero die Meinigen
einen umständlichen Bericht von ihrer Reise abstatte-

ten, worauff die mit [391] angekommene junge Wittbe ihren wunderbaren Lebens-Lauff weitläufftig zu erzehlen anfieng. Da aber ich, meine Lieben! entschuldigte sich der Altvater, mich nicht im Stande befinde, selbigen so deutlich zu erzehlen, als er von ihrer eigenen Hand beschrieben ist, so will ich denselben hiermit meinem lieben Vetter Eberhard einhändigen, damit er euch solche Geschicht vorlesen könne.

Ich Eberhard Julius empfieng also, aus des Altvaters Händen, dieses in Holländischer Sprache geschriebene Frauenzimmer-Manuscript, welches ich sofort denen andern in Teutscher Sprache also lautend herlaß:

Im Jahr Christi 1647. bin ich, von Jugend auf sehr Unglückseelige, nunmehro aber da ich dieses auf der Insul Felsenburg schreibe, sehr, ja vollkommen vergnügte Virgilia van Cattmers zur Welt gebohren worden. Mein Vater war ein Rechts-Gelehrter und Procurator zu Rotterdam, der wegen seiner besondern Gelehrsamkeit, die Kundschafft der vornehmsten Leute, um ihnen in ihren Streit-Sachen beyzustehen erlangt, und Hoffnung gehabt, mit ehesten eine vornehmere Bedienung zu bekommen. Allein, er wurde eines Abends auf freyer Strasse Meuchelmördischer Weise, mit 9. Dolch-Stichen ums Leben gebracht, und zwar eben um die Zeit, da meine Mutter 5. Tage vorher abermals einer jungen Tochter genesen war. Ich bin damals 4. Jahr und 6. Monat alt gewesen, weiß mich aber noch wohl zu erinnern, wie jämmerlich es aussahe: Da der annoch starck blutende Cörper meines Vaters, von darzu bestellten Personen besichtiget, [392] und dabey öffentlich gesagt wurde, daß diesen Mord kein anderer Mensch angestellet hätte, als ein Gewissen loser reicher Mann, gegen welchen er Tags vorhero einen rechtlichen Process zum Ende gebracht, der mehr als hundert tausend Thaler anbetroffen, und worbey mein Vater vor seine Mühe sogleich auf der Stelle 2000. Thaler bekommen hatte.

Vor meine Person war es Unglücklich genung zu schätzen, einen treuen Vater solchergestalt zu verlieren, allein das unerforschliche Schicksal hatte noch ein mehreres über mich beschlossen, denn zwölff Tage hernach starb auch meine liebe Mutter, und nahm ihr jüngst gebohrnes Töchterlein, welches nur 4. Stunden vorher verschieden, zugleich mit in das Grab. Indem ich nun die eintzige Erbin von meiner Eltern Verlassenschafft war, so fand sich gar bald ein wohlhabender Kauffmann, der meiner Mutterwegen, mein naher Vetter war, und also nebst meinem zu Gelde geschlagenen Erbtheile, die Vormundschafft übernahm. Mein Vermögen belief sich etwa auf 18000. Thlr. ohne den Schmuck, Kleider-Werck und schönen Hauß-Rath, den mir meine Mutter in ihrer wohlbestellten Haußhaltung zurück gelassen hatte. Allein die Frau meines Pflege-Vaters war, nebst andern Lastern, dem schändlichen Geitze dermassen ergeben, daß sie meine schönsten Sachen unter ihre drey Töchter vertheilete, denen ich bey zunehmenden Jahren als eine Magd auffwarten, und nur zufrieden seyn muste, wenn

mich Mutter und Töchter nicht täglich aufs erbärmlichste mit Schlägen tractirten. Wem [393] wolte ich mein
Elend klagen, da ich in der gantzen Stadt sonst keinen
Anverwandten hatte, frembden Leuten aber durffte
mein Hertz nicht eröffnen, weil meine Auffrichtigkeit
schon öffters übel angekommen war, und von denen
4. Furien desto übler belohnet wurde.

Solchergestalt ertrug ich mein Elend biß ins 14. Jahr
mit gröster Gedult, und wuchs zu aller Leute Verwunderung, und bey schlechter Verpflegung dennoch starck in
die Höhe. Meiner Pflege-Mutter allergröster Verdruß
aber bestund darinne, daß die meisten Leute von meiner Gesichts-Bildung, Leibes-Gestalt und gantzen Wesen mehr Wesens und rühmens machten als von ihren
eigenen Töchtern, welche nicht allein von Natur ziemlich
heßlich gebildet, sondern auch einer geilen und leichtfertigen Lebens-Art gewohnt waren. Ich muste dieserwegen viele Schmach-Reden und Verdrießlichkeiten
erdulden, war aber bereits dermassen im Elende abgehärtet, daß mich fast nicht mehr darum bekümmerte.

Mitlerweile bekam ich ohnvermuthet einen Liebhaber
an dem vornehmsten Handels-Diener meines Pflege-
Vaters, dieses war ein Mensch von etliche 20. Jahren,
und konte täglich mit Augen ansehen, wie unbillig und
schändlich ich arme Wäyse, vor mein Geld, welches mein
Pflege-Vater in seinen Nutzen verwendet hatte, tractiret
wurde, weiln ihm aber alle Gelegenheit abgeschnitten
war, mit mir ein vertrautes Gespräch zu halten, steckte

er mir eines Tages einen kleinen Brief in die Hand, worinnen nicht allein sein hefftiges Mitleyden we-[394] gen meines Zustandes, sondern auch die Ursachen desselben, nebst dem Antrage seiner treuen Liebe befindlich, mit dem Versprechen: Daß, wo ich mich entschliessen wolte eine Heyrath mit ihm zu treffen; er meine Person ehester Tages aus diesem Jammer-Stande erlösen, und mir zu meinem Väter- und Mütterlichen Erbtheile verhelffen wolle, um welches es ohnedem itzo sehr gefährlich stünde, da mein Pfleg-Vater, allem Ansehen nach, in kurtzer Zeit banquerot werden müste.

Ich armes unschuldiges Kind wuste mir einen schlechten Begriff von allen diesen Vorstellungen zu machen, und war noch darzu so unglücklich, diesen aufrichtigen Brief zu verlieren, ehe ich denselben weder schrifftlich noch mündlich beantworten konte. Meine Pflege-Mutter hatte denselben gefunden, ließ sich aber nicht das geringste gegen mich mercken, ausserdem daß ich nicht aus meiner Kammer gehen durffte, und solcher gestalt als eine Gefangene leben muste, wenig Tage hernach aber erfuhr ich, daß man diesen Handels-Diener früh in seinem Bette tod gefunden hätte, und wäre er allen Umständen nach an einem Steck-Flusse gestorben.

Der Himmel wird am besten wissen, ob dieser redliche Mensch nicht, seiner zu mir tragenden Liebe wegen, von meiner bösen Pflege-Mutter mit Gifft hingerichtet worden, denn wie jung ich auch damals war, so konte doch leichtlich einsehen, was vor eine ruchlose Lebens-

Art, zumahlen in Abwesenheit meines Pflege-Vaters im Hause vorgieng. Immittelst traff dennoch ein, was der verstorbene Han-[395]dels-Diener vorher geweissaget hatte, denn wenig Monathe hernach machte sich mein Vetter oder Pflege-Vater aus dem Staube und überließ seinen Gläubigern ein ziemlich ausgeleertes Nest, dessen Frau aber behielt dennoch ihr Hauß nebst andern zu ihm gebrachten Sachen, so daß dieselbe mit ihren Kindern annoch ihr gutes Auskommen haben konte. Ich vor meine Person muste zwar bey ihr bleiben, durffte mich aber niemals unterstehen zu fragen, wie es um mein Vermögen stünde, biß endlich ihr ältester Sohn aus Ost-Indien zurück kam, und sich über das verkehrte Hauß-Wesen seiner Eltern nicht wenig verwunderte. Er mochte von vertrauten Freunden gar bald erfahren haben, daß nicht so wohl seines Vaters Nachläßigkeit als die üble Wirthschafft seiner Mutter und Schwestern an diesem Unglück Schuld habe, derowegen fieng er als ein tugendhafftiger und verständiger Mensch gar bald an, ihnen ihr übles Leben anfänglich ziemlich sanfftmüthig, hernach aber desto ernstlicher zu Gemüthe zu führen, allein die 4. Furien bissen sich weidlich mit ihm herum, musten aber doch zuletzt ziemlich nachgeben, weil sie nicht Unrecht vermuthen konten, daß er durch seinen erworbenen Credit und grosses Gut, ihr verfallenes Glück wiederum herzustellen vermögend sey. So bald ich dieses merckte, nahm ich auch keinen fernern Aufschub, diesem redlichen Manne meine Noth zu klagen, und da es sich eben schickte, daß ich ihm eines Tages auf Befehl seiner Mutter ein Körbgen mit sauberer Wäsche überbringen muste, gab solches die beste Gelegenheit ihm meines Hertzens-Gedancken zu [396] offenbaren. Er schien mir diesen Tag etwas aufgeräumter und freundlicher als wohl sonsten gewöhnlich, nachdem ich ihm also meinen Gruß abgestattet, und die Wäsche eingehändiget hatte, sprach er: Es ist keine gute Anzeigung vor mich, artige Virgilia, da ihr das erste mal auf meiner Stube mit einem Körbgen erscheinet, gewiß dieses solte mich fast abschrecken, euch einen Vortrag meiner aufrichtigen und ehrlichen Liebe zu thun. Ich schlug auf diese Reden meine Augen zur Erden nieder, aus welchen alsofort die hellen Thränen fielen, und gab mit gebrochenen ängstlichen Worten so viel darauff. Ach mein Herr! Nehmet euch nicht vor, mit einer unglückseeligen Person zu schertzen, erbarmet euch vielmehr einer armen von aller Welt verlassenen Waise, die nach ihren ziemlichen Erbtheil, nicht ein mal fragen darff, über dieses vor ihr eigen Geld als die geringste Magd dienen, und wie von Jugend auf, so noch biß diesen Tag, die erbärmlichsten Schläge von eurer Mutter und Schwestern erdulden muß. Wie? Was hör ich? gab er mir zur Antwort, ich vermeine euer Geld sey in Banco gethan, und die Meinigen berechnen euch die Zinsen davon? Ach mein Herr! versetzte ich, nichts weniger als dieses, euer Vater hat das Capital nebst Zinsen, und allen meinen andern Sachen an sich genommen, wo es aber hingekommen ist, darnach habe

ich biß auf diese Stunde noch nicht fragen dürffen, wenn
ich nicht die erbärmlichsten Martern erdulden wollen.
Das sey dem Himmel geklagt! schrye hierauff Ambrosius
van Keelen, denn also war sein Nahme, schlug anbey die
Hände [397] über dem Kopffe zusammen, und saß eine
lange Zeit auf dem Stuhle in tieffen Gedancken. Ich
wuste solchergestalt nicht wie ich mit ihm daran war,
fuhr derowegen im Weinen fort, fiel endlich nieder, umfassete seine Knie und sagte: Ich bitte euch um GOttes
willen mein Herr, nehmet es nicht übel, daß ich euch
mein Elend geklagt habe, verschaffet nur daß mir eure
Mutter, auf meine gantze gerechte Forderung, etwa
zwey oder drey hundert Thaler zahle, so soll das übrige
gäntzlich vergessen seyn, ich aber will mich alsobald
aus ihrem Hause hinweg begeben und andere Dienste
suchen, vielleicht ist der Himmel so gnädig, mir etwa mit
der Zeit einen ehrbaren Handwercks-Mann zuzuführen,
der mich zur Ehe nimmt, und auf meine Lebens Zeit
ernehret, denn ich kan die Tyranney eurer Mutter
und Schwestern ohnmöglich länger ertragen. Der gute
Mensch konte sich solchergestalt der Thränen selbst
nicht enthalten, hub mich aber sehr liebreich von der
Erden auf, drückte einen keuschen Kuß auf meine
Stirn, und sagte: Gebt euch zufrieden meine Freundin,
ich schwere zu GOTT! daß mein gantzes Vermögen, biß
auf diese wenigen Kleider so ich auf meinem Leibe trage,
zu eurer Beruhigung bereit seyn soll, denn ich müste
befürchten, daß GOTT, bey so gestallten Sachen,

die Mißhandlung meiner Eltern an mir heimsuchte, indessen gehet hin und lasset euch diesen Tag über, weder gegen meine Mutter noch Geschwister nicht das geringste mercken, ich aber will noch vor Abends eures Anliegens wegen mit ihnen sprechen, und gleich morgendes Tages Anstalt ma-[398]chen, daß ihr Standesmäßig gekleidet und gehalten werdet.

Ich trocknete demnach meine Augen, gieng mit getrösteten Hertzen von ihm, er aber besuchte gute Freunde, und nahm noch selbigen Abend Gelegenheit mit seiner Mutter und Schwestern meinetwegen zu sprechen. Wiewol nun dieselben mich auf sein Begehren, um sein Gespräch nicht mit anzuhören, beyseits geschafft hatten, so habe doch nachhero vernommen, daß er ihnen das Gesetz ungemein scharff geprediget, und sonderlich dieses vorgeworffen hat: Wie es zu verantworten stünde, daß sie meine Gelder durchgebracht, Kleider und Geschmeide unter sich getheilet, und über dieses alles, so jämmerlich gepeiniget hätten? Allein auf solche Art wurde die gantze Hölle auf einmal angezündet, denn nachdem Ambrosius wieder auf seine Stube gegangen, ich aber meinen Henckern nur entgegen getreten war, redete mich die Alte mit funckelnden Augen also an: Was hastu verfluchter Findling vor ein geheimes Verständniß mit meinem Sohne? und weßwegen wilstu mir denselben auf den Halß hetzen? Ich hatte meinen Mund noch nicht einmal zur Rechtfertigung aufgethan, da alle 4. Furien über mich herfielen und recht Mörderisch mit mir umgiengen, denn

ausserdem, daß mir die helffte meiner Haupt-Haare aus-
geraufft, das Gesichte zerkratzt, auch Maul und Nase
Blutrünstig geschlagen wurden, trat mich die Alte etliche mahl dergestalt hefftig auf den Unter-Leib und
Magen, daß ich unter ihren Mörder-Klauen ohnmächtig,
ja mehr als halb todt liegen blieb. Eine alte Dienst-Magd
[399] die dergleichen Mord-Spiel weder verwehren, noch
in die Länge ansehen kan, laufft alsobald und rufft den
Ambrosius zu Hülffe. Dieser kömmt nebst seinem Diener
eiligst herzu, und findet mich in dem allererbärmlichsten
Zustande, läst derowegen seinem gerechten Eiffer
den Zügel schiessen, und zerprügelt seine 3. leiblichen
Schwestern dergestalt, daß sie in vielen Wochen nicht
aus dem Betten steigen können, mich halb todte Creatur
aber, trägt er auf den Armen in sein eigenes Bette, lässet
nebst einem verständigen Artzte, zwey Wart-Frauen holen, machte also zu meiner besten Verpflegung und Cur
die herrlichsten Anstalten. Ich erkannte sein redliches
Gemüthe mehr als zu wohl, indem er sich fast niemals zu
meinem Bette nahete, oder sich meines Zustandes erkundigte, daß ihm nicht die hellen Thränen von den Wangen herab gelauffen wären, so bald er auch merckte
daß es mir unmöglich wäre, in diesem vor mich unglückseeligen Hause einige Ruhe zu geniessen, vielweniger
auf meine Genesung zu hoffen, ließ er mich in ein anderes, nächst dem seinen gelegenes Hauß bringen, allwo
in dem einsamen Hinter-Gebäue eine schöne Gelegenheit zu meiner desto bessern Verpflegung bereitet war.

Er ließ es also an nichts fehlen meine Genesung aufs eiligste zu befördern, und besuchte mich täglich sehr öffters, allein meine Kranckheit schien von Tage zu Tage gefährlicher zu werden, weilen die Fuß-Tritte meiner alten Pflege-Mutter eine starcke Geschwulst in meinem Unterleibe veruhrsacht hatten, welche mit einem schlimmen Fieber vergesellschafftet war, so, daß der Medicus [400] nachdem er über drey Monat an mir curiret hatte, endlich zu vernehmen gab: es müsse sich irgendwo ein Geschwür im Leibe angesetzt haben, welches, nachdem es zum Aufbrechen gediehen, mir entweder einen plötzlichen Todt, oder baldige Genesung verursachen könte.

Ambrosius stellete sich hierbey gantz Trostloß an, zumahlen da ihm sein Compagnon aus Amsterdam berichtete: wie die Spanier ein Holländisches Schiff angehalten hätten, worauff sich von ihren gemeinschafftlichen Waaren allein, noch mehr als 20000. Thlr. Werth befänden, demnach müsse sich Ambrosius in aller Eil dahin begeben, um selbiges Schiff zu lösen, weiln er, nemlich der Compagnon, wegen eines Bein-Bruchs ohnmöglich solche Reise antreten könte.

Er hatte mir dieses kaum eröffnet, da ich ihn umständig bat, um meiner Person wegen dergleichen wichtiges Geschäffte nicht zu verabsäumen, indem ich die stärckste Hoffnung zu GOTT hätte, daß mich derselbe binnen der Zeit seines Abwesens, vielleicht gesund herstellen würde, solte ich aber ja sterben, so bäte mir nichts anders aus, als vorhero die Verfügung zu machen, daß ich ehrlich begraben, und hinkünfftig dann und wann seines guten Andenckens gewürdiget würde. Ach! sprach er hierauff mit weinenden Augen, sterbt ihr meine allerliebste Virgilia, so stirbt mit euch alles mein künfftiges Vergnügen, denn wisset: Daß ich eure Person eintzig und allein zu meinem Ehe-Gemahl erwehlet habe, soferne ich aber euch verlieren solte, ist mein Vorsatz, nimmermehr zu Heyrathen, saget derowegen, [401] ob ihr nach wieder erlangter Gesundheit meine getreue Liebe mit völliger Gegen-Liebe belohnen wollet? Ich stelle, gab ich hierauff zur Antwort, meine Ehre, zeitliches Glück und alles was an mir ist, in eure Hände, glaubet demnach, daß ich als eine arme Waise euch gäntzlich eigen bin, und machet mit mir, was ihr bey GOTT, eurem guten Gewissen und der ehrbaren Welt verantworten könnet. Uber diese Erklärung zeigte sich Ambrosius dermassen vergnügt, daß er fast kein Wort vorzubringen wuste, jedoch erkühnete er sich einen feurigen Kuß auf meine Lippen zu drücken, und weiln dieses der erste war, den ich meines wissens von einer Manns-Person auf meinen Mund empfangen, gieng es ohne sonderbare Beschämung nicht ab, jedoch nachdem er mir seine beständige Treue aufs heiligste zugeschworen hatte, konte ich nicht verwehren, dergleichen auf meinen blassen Wangen, Lippen und Händen noch öffter zu wiederholen. Wir brachten also fast einen halben Tag mit den treuhertzigsten Gesprächen hin, und endlich gelückte es mir ihn zu bereden, daß er gleich Morgendes Tages die Reise

nach Spanien vornahm, nachdem er von mir den aller-
zärtlichsten Abschied genommen, 1000. Stück Ducaten
zu meiner Verpflegung zurück gelassen, und sonsten
meinetwegen die eiffrigste Sorgfalt vorgekehret hatte.

Etwa einen Monat nach meines werthen Ambrosii Abreise, brach das Geschwür in meinem Leibe, welches sich
des Artzts, und meiner eigenen Meynung nach, am Magen und Zwerchfell angesetzt hatte, in der Nacht plötzlich auf, weßwegen etliche Tage [402] nach einander eine
erstaunliche Menge Eiter durch den Stuhlgang zum Vorschein kam, hierauff begunte mein dicker Leib allmählig
zu fallen, das Fieber nachzulassen, mithin die Hoffnung,
meiner volligen Genesung wegen, immer mehr und mehr
zuzunehmen. Allein das Unglück, welches mich von Jugend an so grausam verfolget, hatte sich schon wieder
aufs neue gerüstet, mir den allerempfindlichsten Streich
zu spielen, denn da ich einst um Mitternacht im süssen
Schlummer lag, wurde meine Thür von den Gerichts-
Dienern plötzlich eröffnet, ich, nebst meiner Wart-Frau
in das gemeine Stadt-Gefängniß gebracht, und meiner
grossen Schwachheit ohngeacht, mit schweren Ketten
belegt, ohne zu wissen aus was Ursachen man also
grausam mit mir umgienge. Gleich folgendes Tages aber
erfuhr ich mehr als zu klar, in was vor bösen Verdacht
ich arme unschuldige Creatur gehalten wurde, denn
es kamen etliche ansehnliche Männer im Gefängnisse
bey mir an, welche, nach weitläufftiger Erkundigung
wegen meines Lebens und Wandels, endlich eine roth

angestrichene Schachtel herbey bringen liessen, und
mich befragten: Ob diese Schachtel mir zugehörete, oder
sonsten etwa känntlich sey? Ich konte mit guten Gewissen und freyen Muthe Nein darzu sagen, so bald aber
dieselbe eröfnet und mir ein halb verfaultes Kind darinnen gezeiget wurde, entsetzte ich mich dergestalt über
diesen eckelhafften Anblick, daß mir Augenblicklich eine
Ohnmacht zustieß. Nachdem man meine entwichenen
Geister aber wiederum in einige Ordnung gebracht, wurde ich aufs neue befragt: Ob dieses [403] Kind nicht von
mir zur Welt gebohren, nachhero ermordet und hinweg
geworffen worden? Ich erfüllete das gantze Gemach mit
meinem Geschrey, und bezeugte meine Unschuld nicht
allein mit hefftigen Thränen, sondern auch mit den nachdrücklichsten Reden, allein alles dieses fand keine statt,
denn es wurden zwey, mit meiner seel. Mutter Nahmen
bezeichnete Teller-Tüchlein, zwar als stumme, doch der
Richter Meynung nach, allergewisseste Zeugen dargelegt, in welche das Kind gewickelt gewesen, ich aber
konte nicht läugnen, daß unter meinem wenigen weissen
Zeuge, eben dergleichen Teller-Tücher befindlich wären.
Es wurde mir über dieses auferlegt mich von zwey Weh-
Müttern besichtigen zu lassen, da nun nicht anders
gedachte, es würde, durch dieses höchst empfindliche
Mittel, meine Unschuld völlig an Tag kommen, so muste
doch zu meinem allergrösten Schmertzen erfahren, wie
diese ohne allen Scheu bekräfftigten, daß ich, allen Umständen nach, vor weniger Zeit ein Kind zur Welt ge-

boren haben müsse. Ich beruffte mich hierbey auf meinen bißherigen Artzt so wol, als auf meine zwey Wart-
Frauen, allein der Artzt hatte die Schultern gezuckt und
bekennet, daß er nicht eigentlich sagen könne, wie es mit
mir beschaffen gewesen, ob er mich gleich auf ein in-
nerliches Magen-Geschwür curiret hätte, die eine Wart-
Frau aber zog ihren Kopf aus der Schlinge und sagte: Sie
wisse von meinem Zustande wenig zu sagen, weil sie
zwar öffters bey Tage, selten aber des Nachts bey mir
gewesen wäre, schob hiermit alles auf die andere Wart-
Frau, die so wohl als ich in Ketten und Banden lag. [404]

O du barmhertziger GOTT! rieff ich aus, wie kanstu
zugeben, daß sich alle ängstlichen Umstände mit der
Boßheit der Menschen vereinigen müssen, einer höchst
unschuldigen armen Waise Unglück zu befördern. O ihr
Richter, schrye ich, übereilet euch nicht zu meinem
Verderben, sondern höret mich an, auf daß euch GOtt
wiederum höre. Hiermit erzelete ich ihnen meinen von
Kindes Beinen an geführten Jammer-Stand deutlich genung, allein da es zum Ende kam, hatte ich tauben Ohren
geprediget und sonsten kein ander Lob davon, als daß ich
eine sehr gewitzigte Metze und gute Rednerin sey, dem
allen ohngeacht aber solte ich mir nur keine Hoffnung
machen sie zu verwirren, sondern nur bey Zeiten mein
Verbrechen in der Güte gestehen, widrigenfalls würde
ehester Tage Anstalt zu meiner Tortur gemacht werden.
Dieses war der Bescheid, welchen mir die allzuernsthaff-
ten Inquisiteurs hinterliessen, ich armes von aller Welt

verlassenes Mägdlein wuste mir weder zu helffen noch zu
rathen, zumahlen, da ich von neuen in ein solches hitziges
Fieber verfiel, welches meinen Verstand biß in die 4te
Woche gantz verrückte. So bald mich aber durch die
gereichten guten Artzeneyen nur in etwas wiederum
erholet hatte, verhöreten mich die Inquisiteurs aufs neue,
bekamen aber, Seiten meiner, keine andere Erklärung
als vormals, weßwegen sie mir noch drey Tage Bedenck-
Zeit gaben, nach deren Verlauff aber in Gesellschafft
des Scharff-Richters erschienen, der sein peinliches
Werckzeug vor meine Augen legte, und mit grimmigen
Gebärden sagte: Daß er mich in kurtzer Zeit zur [405]
bessern Bekänntniß meiner Boßheiten bringen wolle.

Bey dem Anblicke so gestallter Sachen veränderte
sich meine gantze Natur dergestalt, daß ich auf einmal
Lust bekam, ehe tausendmal den Tod, als dergleichen
Pein zu erleiden, demnach sprach ich mit gröster Hertzhafftigkeit dieses zu meinen Richtern: Wohlan! ich spüre, daß ich meines zeitlichen Glücks, Ehre und Lebens
wegen, von GOTT und aller Welt verlassen bin, auch der
schmählichen Tortur auf keine andere Art entgehen kan,
als wenn ich alles dasjenige, was ihr an mir sucht,
eingestehe und verrichtet zu haben auf mich nehme,
derowegen verschonet mich nur mit unnöthiger Marter,
und erfraget von mir was euch beliebt, so will ich euch
nach euren Belieben antworten, es mag mir nun zu meinem zeitlichen Glück und Leben nützlich oder schädlich
seyn. Hierauff thaten sie eine klägliche Ermahnung an

mich, GOtte, wie auch der Obrigkeit ein wahrhafftiges Bekänntniß abzustatten, und fiengen an, mir mehr als 30. Fragen vorzulegen, allein so bald ich nur ein oder andere mit guten Gewissen und der Wahrheit nach verneinen, und etwas gewisses zu meiner Entschuldigung vorbringen wolte, wurde alsobald der Scharff-Richter mit seinen Marter-Instrumenten näher zu treten ermahnet, weßwegen ich aus Angst augenblicklich meinen Sinn änderte und so antwortete, wie es meine Inquisiteurs gerne hören und haben wolten. Kurtz zu melden, es kam so viel heraus, daß ich das mir unbekannte halb verfaulte Kind von Ambrosio empfangen, zur Welt gebohren, selbst ermordet, und solches durch meine [406] Wart-Frau in einen Canal werffen lassen, woran doch in der That Ambrosius und die Wart-Frau, so wol als ich vor GOTT und allen heiligen Engeln unschuldig waren.

Solchergestalt vermeynten nun meine Inquisiteurs ihr Ammt an mir rechtschaffener Weise verwaltet zu haben, liessen derowegen das Gerüchte durch die gantze Stadt erschallen, daß ich nunmehro in der Güte ohne alle Marter den Kinder-Mord nebst allen behörigen Umständen solchergestalt bekennet, daß niemand daran zu zweiffeln Ursach haben könte, demnach war nichts mehr übrig als zu bestimmen, auf was vor Art und welchen Tag die arme Virgilia vom Leben zum Tode gebracht werden solte. Immittelst wurde noch zur Zeit kein Priester oder Seel-Sorger zu mir gesendet, ohngeacht ich schon etliche Tage darum angehalten hatte. Endlich aber, nachdem noch zwey Wochen verlauffen, stellete sich ein solcher, und zwar ein mir wohl bekandter frommer Prediger bey mir ein. Nach gethanem Grusse war seine ernsthaffte und erste Frage: Ob ich die berüchtigte junge Raben-Mutter und Kinder-Mörderin sey, auch wie ich mich so wohl in meinem Gewissen als wegen der Leibes-Gesundheit befände? Mein Herr! gab ich ihm sehr freymüthig zur Antwort, in meinem Gewissen befinde ich mich weit besser und gesunder als am Leibe, sonsten kan ich GOTT eintzig und allein zum Zeugen anruffen, daß ich niemals eine Mutter, weder eines todten noch lebendigen Kindes gewesen bin, vielweniger ein Kind ermordet oder solches zu ermorden zugelassen habe. Ja, ich ruffe nochmals GOTT zum Zeu-[407]gen an daß ich niemals von einem Manne erkannt und also noch eine reine und keusche Jungfrau bin, jedoch das grausame Verfahren meiner Inquisiteurs und die grosse Furcht vor der Tortur, haben mich gezwungen solche Sachen zu bekennen, von denen mir niemals etwas in die Gedancken kommen ist, und noch biß diese Stunde bin ich entschlossen, lieber mit freudigen Hertzen in den Tod zu gehen, als die Tortur auszustehen. Der fromme Mann sahe mir starr in die Augen, als ob er aus selbigen die Bekräfftigung meiner Reden vernehmen wolte, und schärffte mir das Gewissen in allen Stücken ungemein, nachdem ich aber bey der ihm gethanen Aussage verharrete, und meinen gantzen Lebens-Lauff erzehlet hatte, sprach er: Meine Tochter, eure Rechts-Händel müssen, ob GOTT will, in kurtzen auf andern Fuß kommen, ich spreche euch zwar keineswegs vor Recht, daß ihr, aus Furcht vor der Tortur, euch zu einer Kinder- und Selbst-Mörderin machet, allein es sind noch andere eurer Einfalt unbewuste Mittel vorhanden eure Schuld oder Unschuld ans Licht zu bringen. Hierauff setzte er noch einige tröstliche Ermahnungen hinzu, und nahm mit dem Versprechen Abschied, mich längstens in zweyen Tagen wiederum zu besuchen.

Allein gleich folgenden Tages erfuhr ich ohnverhofft, daß mich GOTT durch zweyerley Hülffs-Mittel, mit ehesten aus meinem Elende heraus reissen würde, denn vors erste war meine Unschuld schon ziemlich ans Tages Licht gekommen, da die alte Dienst-Magd meiner Pflege-Mutter, aus eigenem Gewissens-Triebe, der Obrigkeit angezeiget [408] hatte, wie nicht ich, sondern die mittelste Tochter meiner Pflege-Mutter das gefundene Kind gebohren, selbiges, vermittelst einer grossen Nadel, ermordet, eingepackt, und hinweg zu werffen befohlen hätte, und zwar so hätten nicht allein die übrigen zwey Schwestern, sondern auch die Mutter selbst mit Hand angelegt, dieweiln es bey ihnen nicht das erste mahl sey, dergleichen Thaten begangen zu haben. Meine andere tröstliche Zeitung war, daß mein bester Freund Ambrosius vor wenig Stunden zurück gekommen, und zu meiner Befreyung die äusersten Mittel anzuwenden, allbereits im Begriff sey.

Er bekam noch selbigen Abends Erlaubniß, mich in meinem Gefängnisse zu besuchen, und wäre bey nahe in Ohnmacht gefallen, da er mich Elende annoch in Ketten und Banden liegen sahe, allein, er hatte doch nach Verlauff einer halben Stunde, so wohl als ich, das Vergnügen, mich von den Banden entlediget, und in ein reputirlicher Gefängniß gebracht zu sehen. Ich will mich nicht aufhalten zu beschreiben, wie jämmerlich und dennoch zärtlich und tröstlich diese unsere Wiederzusammenkunfft war, sondern nur melden, daß ich nach zweyen Tagen durch seine ernstliche Bemühung in völlige Freyheit gesetzt wurde. Uber dieses ließ er es sich sehr viel kosten, wegen meiner Unschuld hinlängliche Erstattung des erlittenen Schimpffs von meinen allzu hitzigen Inquisiteurs zu erhalten, empfing auch so wohl von den geistlichen als weltlichen Gerichten die herrlichsten Ehren-Zeugnisse vor seine und meine Person, am allermeisten aber erfreute [409] er sich über meine in wenig Wochen völlig wieder erlangte Gesundheit.

Nach der Zeit bemühete sich Ambrosius, seine lasterhaffte Mutter und schändliche Schwestern, vermittelst einer grossen Geld-Summe, von der fernern Inquisition zu befreyen, zumahlen da ich ihnen das mir zugefügte Unrecht von Hertzen vergeben hatte, allein, er konte nichts erhalten, sondern muste der Gerechtigkeit den Lauff lassen, weil sie nach der Zeit überzeugt wurden, daß dieses schon das dritte Kind sey, welches seine zwey ältesten Schwestern gebohren, und mit Beyhülffe ihrer Mutter ermordet hätten, weßwegen sie auch ihren verdienten Lohn empfingen, indem die Mutter nebst den zwey ältesten mit dem Leben büssen, die jüngste aber in ein Zucht-Hauß wandern muste.

Jedoch, ehe noch dieses geschahe, reisete mein Ambrosius mit mir nach Amsterdam, weil er vermuthlich dieses traurige Spectacul nicht abwarten wolte, ließ sich aber doch noch in selbigem Jahre mit mir ehelich verbinden, und ich kan nicht anders sagen, als daß ich ein halbes Jahr lang ein recht stilles und vergnügtes Leben mit ihm geführet habe, indem er eine der besten Handlungen mit seinem Compagnon daselbst anlegte. Allein, weil das Verhängniß einmahl beschlossen hatte, daß meiner Jugend Jahre in lauter Betrübniß zugebracht werden solten, so muste mein getreuer Ambrosius über Vermuthen den gefährlichsten Anfall der rothen Ruhr bekommen, welche ihn in 17. Tagen dermassen abmattete, daß er seinen Geist darüber aufgab, und im 31. Jahre seines Alters mich zu [410] einer sehr jungen, aber desto betrübtern Wittbe machte. Ich will meinen dieserhalb empfundenen Jammer nicht weitläufftig beschreiben, genung, wenn ich sage, daß mein Hertz nichts mehr wünschte, als ihm im Grabe an der Seite zu liegen. Der getreue Ambrosius aber hatte noch vor seinem Ende vor mein zeitliches Glück gesorget, und meine Person so wohl als sein gantzes Vermögen an seinen Compagnon vermacht, doch mit dem Vorbehalt, daß, wo ich wider Vermuthen denselben nicht zum andern Manne verlangete, er mir überhaupt vor alles 12000. Thlr. auszahlen, und mir meinen freyen Willen lassen solte.

Wilhelm van Cattmer, so hieß der Compagnon meines seel. Ehemannes, war ein Mann von 33. Jahren, und nur seit zweyen Jahren ein Wittber gewesen, hatte von seiner verstorbenen Frauen eine eintzige Tochter, Gertraud genannt, bey sich, die aber, wegen ihrer Kindheit, seinem Hauß-Wesen noch nicht vorstehen konte, derowegen gab er mir nach verflossenen Trauer-Jahre so wohl seine aufrichtige Liebe, als den letzten Willen meines seel. Mannes sehr beweglich zu verstehen, und drunge sich endlich durch tägliches Anhalten um meine Gegen-Gunst solcher Gestalt in mein Hertz, daß ich mich entschloß, die Heyrath mit ihm einzugehen, weil er mich hinlänglich überführete, daß so wohl der Wittben-Stand, als eine anderweitige Heyrath mit Zurücksetzung seiner Person, vor mich sehr gefährlich sey.

Ich hatte keine Ursach über diesen andern Mann zu klagen, denn er hat mich nach der Zeit in unsern [411] 5. jährigen Ehe-Stande mit keiner Gebärde, vielweniger mit einem Worte betrübt. Zehen Monat nach unserer Vereheligung kam ich mit einer jungen Tochter ins Kind-Bette, welche aber nach anderthalb Jahren an Masern starb, doch wurde dieser Verlust bald wiederum ersetzt, da ich zum andern mahle mit einem jungen Sohne nieder kam, worüber mein Ehe-Mann eine ungemeine Freude bezeigte, und mir um so viel desto mehr Liebes-Bezeugungen erwiese. Bey nahe zwey Jahr hernach erhielt mein Wilhelm die betrübte Nachricht, daß sein leiblicher Vater auf dem Cap der guten Hoffnung Todes verblichen sey, weil nun derselbe in ermeldten Lande vor mehr als 30000. Thaler werth Güter angebauet und besessen hatte; als beredete er sich dieserwegen mit seinem eintzigen Bruder und einer Schwester, fassete auch endlich den Schluß, selbige Güter in Besitz zu nehmen, und seinem Geschwister zwey Theile des Werths heraus zu geben. Er fragte zwar vorhero mich um Rath, auch ob ich mich entschliessen könte, Europam zu verlassen, und in einem andern Welt-Theile zu wohnen, beschrieb mir anbey die Lage und Lebens-Art in selbigem fernen Lande aus dermassen angenehm, so bald ich nun merckte, daß ihm so gar sehr viel daran gelegen wäre, gab ich alsofort meinen Willen drein, und versprach, in seiner Gesellschafft viel lieber mit ans Ende der Welt zu reisen, als ohne ihn in Amsterdam zu bleiben. Demnach wurde aufs eiligste Anstalt zu unserer Reise gemacht, wir machten unsere besten Sachen theils zu Gelde, theils aber liessen wir selbige [412] in Verwahrung unsers Schwagers, der ein wohlhabender Jubelier war, und reiseten in GOttes Nahmen von Amsterdam ab, dem Cap der guten Hoffnung, oder vielmehr unserm Unglück entgegen, denn mittlerweile, da wir an den Canarischen Insuln, uns ein wenig zu erfrischen, angelandet waren, starb unser kleiner Sohn, und wurde auch daselbst zur Erden bestattet. Wenig Tage hierauf wurde die fernere Reise fortgesetzt, und mein Betrübniß vollkommen zu machen, überfielen uns zwey Räuber, mit welchen sich unser Schiff ins Treffen einlassen muste, auch so glücklich war, selbigen zu entgehen, ich aber solte doch dabey die allerunglückseeligste seyn, indem mein lieber Mann mit einer kleinen Kugel durch den Kopff geschossen wurde, und dieserwegen sein redliches Leben einbüssen muste.

Der Himmel weiß, ob mein seeliger William seinen tödtlichen Schuß nicht vielmehr von einem Meuchel-Mörder als von den See-Räubern bekommen hatte, denn alle Umstände kamen mir dabey sehr verdächtig vor, jedoch, GOtt verzeihe es mir, wenn ich denn Severin Water in unrechten Verdacht halte.

Dieser Severin Water war ein junger Holländischer, sehr frecher und wollüstiger Kauffmann, und hatte schon öffters in Amsterdam Gelegenheit gesucht, mich zu einem schändlichen Ehe-Bruche zu verführen. Ich hatte ihn schon verschiedene mahl gewarnet, meine Tugend mit dergleichen verdammten Ansinnen zu verschonen, oder ich würde mich genöthiget finden, solches meinem Manne [413] zu eröffnen, da er aber dennoch nicht nachlassen wolte, bat ich würcklich meinen Mann inständig, seine und meine Ehre gegen diesen geilen Bock zu schützen, allein, mein William gab mir zur Antwort: Mein Engel, lasset den Haasen lauffen, er ist ein wollüstiger Narr, und weil ich mich eurer Tugend vollkommen versichert halte, so weiß ich auch, daß er zu meinem Nachtheil nichts bey euch erhalten wird, indessen ist es nicht rathsam, ihn noch zur Zeit zum offenbaren Feinde zu machen, weil ich durch seine Person auf dem Cap der guten Hoffnung einen besondern wichtigen

Vortheil erlangen kan. Und eben in dieser Absicht sahe
es auch mein William nicht ungern, daß Severin in seiner
Gesellschafft mit dahin reisete. Ich indessen war um so
viel desto mehr verdrüßlich, da ich diesen geilen Bock
alltäglich vor mir sehen, und mit ihm reden muste, er führete sich aber bey meines Mannes Leben noch ziemlich
vernünfftig auf, jedoch gleich etliche Tage nach dessen
jämmerlichen Tode, trug er mir so gleich seine eigene
schändliche Person zur neuen Heyrath an. Ich nahm
diese Leichtsinnigkeit sehr übel auf, und bat ihn, mich
zum wenigsten auf ein Jahr lang mit dergleichen Antrage
zu verschonen, allein, er verlachte meine Einfalt, und
sagte mit frechen Gebärden: Er frage ja nichts darnach,
ich möchte schwanger seyn oder nicht, genung, er wolle
meine Leibes-Frucht vor die seinige erkennen, über dieses wäre man auf den Schiffen der Geistlichen Kirchen-
Censur nicht also unterworffen, als in unsern Vaterlande,
und was dergleichen Geschwätzes mehr war, mich zu
[414] einer gleichmäßigen schändlichen Leichtsinnigkeit
zu bewegen, da ich aber, ohngeacht ich wohl wuste, daß
sich nicht die geringsten Zeichen einer Schwangerschafft bey mir äuserten, dennoch einen natürlichen
Abscheu so wohl vor der Person als dem gantzen Wesen
dieses Wüstlings hatte, so suchte ihn, vermöge der
verdrüßlichsten und schimpfflichsten Reden, mir vom
Halse zu schaffen; Allein, der freche Bube kehrete sich
an nichts, sondern schwur, ehe sein gantzes Vermögen
nebst dem Leben zu verlieren, als mich dem Wittwen-

Stande oder einem andern Manne zu überlassen, sagte
mir anbey frey unter die Augen, so lange wolle er noch
Gedult haben, biß wir das Cap der guten Hoffnung erreicht hätten, nach diesem würde sich zeigen, ob er
mich mit Güte oder Gewalt ins Ehe-Bette ziehen müsse.

Ich Elende wuste gegen diesen Trotzer nirgends
Schutz zu finden, weil er die Befehlshaber des Schiffs so
wohl als die meisten andern Leute durch Geschencke
und Gaben auf seine Seite gelenckt hatte, solcher Gestalt wurden meine jämmerlichen Klagen fast von jederman verlacht, und ich selbst ein Spott der ungehobelten
Boots-Knechte, indem mir ein jeder vorwarff, meine
Keuschheit wäre nur ein verstelltes Wesen, ich wolte
nur sehr gebeten seyn, würde aber meine Tugend schon
wohlfeiler verkauffen, so bald nur ein junger Mann - - - -

Ich scheue mich, an die lasterhafften Reden länger zu
gedencken, welche ich mit gröster Hertzens-Quaal von
diesen Unflätern täglich anhören muste, über dieses
klagte mir meine Aufwärterin Blandina [415] mit weinenden Augen, daß ihr Severin schändliche Unzucht zu-
gemuthet, und versprochen hätte, sie auf dem Cap der
guten Hoffnung nebst mir, als seine Kebs-Frau, bey-
zubehalten, allein, sie hatte ihm ins Angesicht gespyen,
davor aber eine derbe Maulschelle hinnehmen müssen.
Meiner zarten und fast noch nicht mannbaren Stieff-
Tochter, der Gertraud, hatte der Schand-Bock ebenfalls
seine Geilheit angetragen, und fast Willens gehabt, dieses fromme Kind zu nothzüchtigen, der Himmel aber

449

führete mich noch bey Zeiten dahin, diese Unschuldige zu retten.

Solcher Gestalt war nun mein Jammer-Stand abermahls auf der höchsten Stuffe des Unglücks, die Hülffe des Höchsten aber desto näher. Ich will aber nicht weiter beschreiben, welcher Gestalt ich nebst meiner Tochter und Aufwärterin von den Kindern und Befreunden des theuren Alt-Vaters Albert Julii aus dieser Angst gerissen und errettet worden, weil ich doch versichert bin, daß selbiger solches alles in seiner Geschichts-Beschreibung so wohl als mein übriges Schicksal, nebst andern mit aufgezeichnet hat, sondern hiermit meine Lebens-Beschreibung schliessen, und das Urtheil darüber andern überlassen. GOTT und mein Gewissen überzeugen mich keiner muthwilligen und groben Sünden, wäre ich aber ja eine lasterhaffte Weibs-Person gewesen, so hätte thöricht gehandelt, alles mit solchen Umständen zu beschreiben, woraus vielleicht mancher etwas schlimmeres von mir muthmassen könte. [416]

* * *

Dieses war also alles, was ich Eberhard Julius meinen Zuhörern, von der Virgilia eigenen Hand geschrieben, vorlesen konte, worauf der Alt-Vater seine Erzehlung folgender massen fortsetzte:

Unsere allerseitige Freude über die gewünschte Wiederkunfft der Meinigen war gantz unvergleichlich, zumahlen da die mitgekommene junge Wittbe nebst ihrer Tochter und einer nicht weniger artigen Jungfrau bey unserer Lebens-Art ein vollkommenes Vergnügen bezeugten. Also wurde der bevorstehende Winter so wohl als der darauf folgende Sommer mit lauter Ergötzlichkeit zugebracht. Das Schiff luden meine Kinder aus, und stiessen es als eine nicht allzu nöthige Sache in die Bucht, weil wir uns nach keinen weitern Handel mit andern Leuten sehneten. Dahingegen erweiterten wir unsere alten Wohnungen, baueten noch etliche neue, versperreten alle Zugänge zu unserer Insul, und setzten die Hauß-Wirthschafften in immer bessern Stand. Amias hatte von einem Holländer ein Glaß voll Lein-Saamen bekommen, von welchen er etwas aussäete, um Flachs zu zeugen, damit die Weiber Spinnwerck bekämen, über dieses war seine gröste Freude, daß diejenigen Blumen und andere Gewächse zu ihrer Zeit so schön zum Vorschein kamen, zu welchen er die Saamen, Zwiebeln und Kernen von den Holländern erbettelt und mitgebracht hatte. Seiner Vorsicht, guter Wartung und besonderen Klugheit habe ich es eintzig und allein zu dancken, daß mein grosser Garten, zu welchen er im Jahr 1672. den Grund gelegt, in guten Stande ist. [417]

Doch eben in selbigem Jahre, ließ sich die tugendhaffte Virgilia van Cattmers, und zwar am 8. Jan., nemlich an meinem Geburths-Tage, mit meinem Sohne Johanne durch meine Hand ehelich zusammen geben, und weil der jüngste Zwilling, Christian, seine ihm zugetheilte Blandina an seinen ältern Bruder Christoph gutwillig überließ, anbey aber mit ruhigen Hertzen auf die Ger-

traud warten wolte, so geschahe dem Christoph und der
Blandina, die einander allem Ansehen nach recht hertz-
lich liebten, ein gleiches, so, daß wir abermahls zwey
Hochzeit-Feste zugleich begingen.

Im Jahr 1674. wurden endlich die letzten zwey von
meinen leiblichen Kindern verehliget, nemlich Christian
mit Gertraud, und Christina mit David Rawkin, als welcher
letztere gnungsame Proben seiner treuen und geduldi-
gen Liebe zu Tage gelegt hatte. Demnach waren alle die
Meinigen dermassen wohl begattet und berathen, daß
es, unser aller vernünfftigen Meinung nach, unmöglich
besser erdacht und ausgesucht werden können, jedoch
waren meine Concordia und ich ohnstreitig die allervergnügtesten zu nennen, denn alle die Unserigen
erzeigten uns aus willigen ungezwungenen Hertzen den
allergenausten Gehorsam, der mit einer zärtlichen Ehr-
erbietung verknüpfft war, wolten auch durchaus nicht
geschehen lassen, daß wir uns mit beschwerlicher Arbeit
bemühen solten, sondern suchten alle Gelegenheit, uns
derselben zu überheben, von selbst, so, daß eine vollkommene Liebe und Eintracht unter uns allen anzutreffen
war. Der Himmel erzeigte sich auch dermassen gnädig
gegen uns [418] von allen andern abgesonderte Menschen, daß wir seine barmhertzige Vorsorge in allen
Stücken gantz sonderbar verspüren konten, und nicht
die geringste Ursache hatten, über Mangel oder andere
dem menschlichen Geschlecht sonst zustossende betrübte Zufälle zu klagen, hergegen nahmen unsere Familien

mit den Jahren dermassen zu, daß man recht vergnügt überrechnen konte, wie mit der Zeit aus denselben ein grosses Volck entstehen würde.

Im Jahr 1683. aber begegnete uns der erste klägliche Zufall, und zwar solcher Gestalt: Wir hatten seit etlichen Jahren her, bey müßigen Zeiten, alle diejenigen Oerter an den auswendigen Klippen, wo wir nur vermerckten, daß jemand dieselben besteigen, und uns überfallen könte, durch fleißige Hand-Arbeit und Sprengung mit Pulver, dermassen zugerichtet, daß auch nicht einmahl eine Katze hinauf klettern, und die Höhe erreichen können, hergegen arbeiteten wir zu unserer eigenen Bequemlichkeit 4. ziemlich verborgene krumme Gänge, an 4. Orten, nehmlich: Gegen Norden, Osten, Süden und Westen zu, zwischen den Felsen-Klippen hinab, die niemand so leicht ausfinden konte, als wer Bescheid darum wuste, und dieses geschahe aus keiner andern Ursache, als daß wir nicht die Mühe haben wolten, um aller Kleinigkeiten wegen, die etwa zwey oder drey Personen an der See zu verrichten hätten, allezeit die grossen und gantz neu gemachten Schleusen auf- und zu zu machen. Jedoch, wie ihr meine Lieben selbst wahrgenommen habt, verwahreten wir den Aus- und Eingang solcher bequemlicher Wege mit tieffen [419] Abschnitten und andern Verhindernissen, solcher Gestalt, daß niemanden, ohne die herab gelassenen kleinen Zug-Brücken, die doch von eines eintzigen Menschen Händen leicht zu regieren sind, weder herüber- noch hinüber zu kommen vermögend ist. Indem nun alle Seiten und Ecken durch unermüdeten vieljährigen Fleiß in vollkommen guten Stand gesetzt waren, biß auf noch etwas weniges an der West-Seite, allwo, auf des Amias Angeben, noch ein ziemlich Stück Felsen abgesprengt werden solte, versahe es der redliche Mann hierbey dermassen schlimm, daß, da er sich nicht weit genung entfernet hatte, sein linckes Bein durch ein grosses fliegendes Stein-Stücke erbärmlich gequetscht und zerschmettert wurde, welcher Schade denn in wenig Tagen diesem redlichen Manne, ohngeacht aller angewandten kräfftigen Wund-Mittel, die auf unserer Insul in grosser Menge anzutreffen sind, und die wir so wohl aus des Don Cyrillo Anweisung, als aus eigener Erfahrung ziemlich erkennen gelernet, sein edles Leben, wiewohl im hohen Alter, doch bey gesunden Kräfften und frischen Hertzen, uns allen aber noch viel zu früh, verkürtzte.

Es war wohl kein eintziger, ausgenommen die gantz jungen Kinder, auf dieser Insel anzutreffen, der dem guten Robert, als dessen Bruders Sohne, im wehmüthigsten Klagen, wegen dieses unverhofften Todes und Unglücks-Falles, nicht eifrige Gesellschafft geleistet hätte, Jacob, Simon und David, die alle drey in der Tischler-Arbeit die geschicktesten waren, machten ihm einen recht schönen Sarg nach Teutscher Art, worein wir den zierlich [420] angekleideten Cörper legten, und an denjenigen Ort, welchen ich vor längst zum Begräbniß der Todten ausersehen, ehrlich zur Erde bestatteten.

Robert, der in damahligem 19ten Jahre seines Ehe-
standes mit der jüngern Concordia allbereit 11. Kinder,
als 3. Söhne und 8. Töchter, gezeuget hatte, war nunmehro der erste, der sich von uns trennete, und vor sich
und sein Geschlechte eine eigene Pflantz-Stadt, jenseit
des Canals gegen Osten zu, anlegte, weil uns der Platz
und die Gegend um den Hügel herum, fast zu enge
werden wolte. Mein ältester Sohn, Albert, folgte dessen
Beyspiele mit seiner Judith, 6. Söhnen und 2. Töchtern
am ersten, und legte seine Pflantz-Stadt Nordwerts an.
Diesem that Stephanus mit seiner Sabina, 4. Söhnen und
5. Töchtern, ein gleiches nach, und zwar im Jahr 1685. da
er seine Wohnung jenseit des West-Flusses aufschlug.
Im folgenden Jahre folgte Jacob und Maria mit 3. Söhnen
und 4. Töchtern, ingleichen Simon mit 3. Söhnen und
2. Töchtern, auch Johannes mit der Virgilia, 2. Söhnen und
5. Töchtern.

Ich ersahe meine besondere Freude hieran, und weil
sie alle als Brüder einander im Hauß-Bauen und andern
Dinge redlich zu Hülffe kamen, so machte auch ich mir
die gröste Freude daraus, ihnen kräfftige Handreichung
zu thun. Bey uns auf dem Hügel aber wohnete also
niemand mehr, als David und Christina mit 3. Söhnen und
3. Töchtern, Christoph mit 3. Söhnen und 4. Töchtern,
und letztlich Christian mit 2. Söhnen und einer Tochter, ingesammt, meine Concordia und mich [421] mit
gerechnet, 24. Seelen, ausserhalb des Hügels aber
59. Seelen. Summa, im Jahr 1688. da die erstere

Haupt-Vertheilung vollendet wurde, aller auf dieser Insul lebenden Menschen, 83. Nehmlich 39. Mannes- und 44. Weibs-Personen.

Ich habe euch aber, meine Lieben, diese Rechnung nur dieserwegen vorgehalten, weil ich eben im 1688ten Jahre mein Sechzigstes Lebens-Jahr, und das Vierzigste Jahr meines vergnügt-geführten Ehestandes zurück gelegt hatte, auch weil, ausser meinem letzten Töchterlein, biß auf selbige Zeit kein eintziges noch mehr von meinen Kindern oder Kindes-Kindern gestorben war, welches doch nachhero eben so wohl unter uns, als unter andern sterblichen Menschen-Kindern geschahe, wie mein ordentlich geführtes Todten-Register solches bezeuget, und auf Begehren zur andern Zeit vorgezeigt werden kan.

Nun solte zwar auch von meiner Kindes-Kinder fernerer Verheyrathung ordentliche Meldung thun, allein, wem wird sonderlich mit solchen allzu grossen Weitläufftigkeiten gedienet seyn, zumahlen sich ein jeder leichtlich einbilden kan, daß sie sich mit Niemand anders als ihrer Väter und Mütter, Brüders- und Schwester-Kindern haben verehligen können welches, so viel mir wissend, Göttlicher Ordnung nicht gäntzlich zuwider ist, und worzu mein erster Sohnes-Sohn, Albertus der dritte allhier, anno 1689. mit Roberts ältesten Tochter den Anfang machte, welchen die andern Mannbaren, zu gehöriger Zeit, biß auf diesen Tag nachgefolget sind. [422]

Es mag aber, ließ sich hierauf unser Alt-Vater hören, hiermit auf diesen Abend sein Bewenden haben, doch Morgen, geliebt es GOtt, und zwar nach verrichteten Morgen-Gebeth und eingenommenen Frühstück, da wir ohnedem einen Rast-Tag machen können, will ich den übrigen Rest meiner Erzehlung von denjenigen Merckwürdigkeiten thun, die mir biß auf des Capitain Wolffgangs Ankunfft im Jahr 1721. annoch Erzehlens-würdig scheinen, und ohngefähr beyfallen werden.

Demnach legten wir uns abermahls sämmtlich zur Ruhe, da nun dieselbe nebst der von dem Alt-Vater bestimmten Zeit abgewartet war, gab er uns den Beschluß seiner bißhero ordentlich an einander gehenckten Erzehlung also zu vernehmen:

Im Jahr 1692. wandten sich endlich die 3. letzten Stämme auch von unserm Hügel, und baueten an selbst erwehlten Orten ihre eigene Pflantz-Städten vor sich und ihre Nachkommen an, damit aber meine liebe Concordia und ich nicht alleine gelassen würden, schickte uns ein jeder von den 9. Stämmen eins seiner Kinder zur Bedienung und Gesellschafft zu, also hatten wir 5. Jünglinge und 4. Mägdleins nicht allein zum Zeitvertreibe, sondern auch zu täglichen Lust-Arbeitern und Küchen-Gehülffen um und neben uns, denn vor Brodt und andere gute Lebens-Mittel durfften wir keine Sorge tragen, weil die Stamm-Väter alles im Uberflusse auf den Hügel schafften. Die Affen machten bey allen diesen neuen Einrichtungen die liederlichsten Streiche, denn ob ich gleich dieselben ordentlich als Sclaven meinen Kindern zugetheilet, [423] und ein jeder Stamm die seinigen mit einem besondern Halß-Bande gezeichnet hatte, so wolten sich dieselben anfänglich doch durchaus nicht zertheilen lassen, sondern versammleten sich gar öffters alle wieder auf dem Hügel bey meinen zweyen alten Affen, die ich vor mich behalten hatte, biß sie endlich theils mit Schlägen, theils mit guten Worten zum Gehorsam gebracht wurden.

Im Jahr 1694. fingen meine sämmtlichen Kinder an, gegenwärtiges viereckte schöne Gebäude auf diesem Hügel vor mich, als ihren Vater und König, zur Residentz aufzubauen, mit welchen sie erstlich nach 3en Jahren völlig fertig wurden, weßwegen ich meine alte Hütte abreissen und gantz hinweg schaffen ließ, das neue hergegen bezohe, und es Alberts-Burg nennete, nachhero habe in selbigem, durch den Hügel hindurch biß in des Don Cyrillo unterirrdische Höle, eine bequemliche Treppe hauen, den auswendigen Eingang derselben aber biß auf ein Lufft-Loch vermauren und verschütten lassen, so, daß mir selbige kostbare Höle nunmehro zum herrlichsten Keller-Gewölbe dienet.

So bald die Burg fertig, wurde der gantze Hügel mit doppelten Reihen der ansehnlichsten Bäume in der Rundung umsetzt, ingleichen der Anfang von mir gemacht, zu den beyden Alléen, zwischen welchen Alberts-Raum mitten inne liegt, und die nunmehro seit etliche 20. Jahren zum zierlichsten Stande kommen sind, wie ich denn nebst meiner Concordia manche schöne Stunde mit Spatziren-gehen darinne zugebracht habe. [424]

Im 1698ten Jahre stieß uns abermahls eine der merck-würdigsten Begebenheiten vor. Denn da David Rawkins drey ältesten Söhne eines Tages den Nord-Steg hinnab an die See gestiegen waren, um das Fett von einem ertödteten See-Löwen auszuschneiden, erblicken sie von ohngefähr ein Schiff, welches auf den Sand-Bäncken vor unseren Felsen gestrandet hatte. Sie lauffen geschwind zurück und melden es ihrem Vater, welcher erstlich zu mir kam, um sich Raths zu erholen, ob man, daferne es etwa Nothleydende wären, ihnen zu Hülffe kommen möchte? Ich ließ alle wehrhaffte Personen auf der Insul zusammen ruffen, ihr Gewehr und Waffen ergreiffen, und alle Zugänge wohl besetzen, und begab mich mit etlichen in eigener Person auf die Höhe. Von dar ersahen wir nun zwar das gestrandete Schiff sehr eigentlich, wurden aber keines Menschen darauff gewahr, ohngeacht einer um den andern mit des seel. Amias hinterlassenen Perspectiv fleißig Acht hatte, biß der Abend herein zu brechen begunte, da wir meisten, uns wiederum zurück begaben, doch aber die gantze Nacht hindurch die Wach-ten wohl bestellet hielten, indem zu besorgen war, es möchten etwa See-Räuber oder andere Feinde seyn, die vorigen Tages unsere jungen Leute von ferne erblickt, derowegen ein Boot mit Mannschafft ausgesetzt hätten, um den Felsen auszukundschaffen, mitlerweile sich die übrigen im Schiffe verbergen müsten.

Allein wir wurden weder am andern, dritten, vierdten, fünfften noch sechsten Tage nichts mehr gewahr, als das auf einer Stelle bleibende Schiff, [425] welches weder Masten noch Seegel auf sich zeigte. Derowegen fasseten endlich am siebenden Tage David, nebst noch 11. andern wohl bewaffneten starcken Leuten, das Hertze, in unser grosses Boot, welches wir nur vor wenig Jahren zu Ausübung unserer Strand-Gerechtigkeit verfertiget, einzusteigen, und sich dem Schiffe zu nähern.

Nachdem sie selbiges erreicht und betreten, kommen dem David sogleich in einem Winckel zwey Personen vor Augen, welche bey einem todten menschlichen Cörper sitzen, mit grossen Messern ein Stück nach dem andern von selbigen abschneiden, und solche Stücken als rechte heißhungerige Wölffe eiligst verschlingen. Uber diesen gräßlichen Anblick werden alle die Meinigen in nicht geringes Erstaunen gesetzt, jedoch selbiges wird um so viel mehr vergrössert, da einer von diesen Menschen-Fressern jählings aufspringet, und einen von Davids Söhnen, mit seinem grossen Messer zu erstechen sucht, doch da dieser Jüngling seinen Feind mit der Flinte, als einen leichten Stroh-Wisch zu Boden rennet, werden endlich alle beyde mit leichter Müh überwältiget und gebunden hingelegt.

Hierauff durchsuchen sie weiter alle Kammern, Ecken und Winckel des Schiffs, finden aber weder Menschen, Vieh noch sonsten etwas, wovor sie sich ferner zu fürchten Ursach hätten. Hergegen an dessen statt einen unschätzbaren Vorrath an kostbaren Zeug und Gewürtz-Waaren, schönen Thier-Häuten, zugerichteten Ledern und andern vortrefflichen Sachen. Uber dieses alles trifft David auf die fünfftehalb Centner ungemüntzet Gold, 14. Centner [426] Silber, 2. Schlag-Fässer voll Perlen, und drey Kisten voll gemüntztes Gold und Silber an, von dessen Glantze, indem er an seiner Jugend-Jahre gedenckt, seine Augen gantz verblendet werden.

Jedoch meine guten Kinder halten sich hierbey nicht lange auf, sondern greiffen zu allererst nach den kostbarn Zeug- und Gewürtz-Waaren, tragen so viel davon in das Boot als ihnen möglich ist, nehmen die zwey Gebundenen mit sich, und kamen also, nachdem sie nicht länger als etwa 4. Stunden aussen gewesen, wieder zurück, und zwar durch den Wasser-Weg, auf die Insul. Wir vermerckten gar bald an den zweyen Gebundenen, daß es rasende Menschen wären, indem sie uns die gräßlichsten Gebärden zeigten, so oft sie jemand ansahe, mit den Zähnen knirscheten, diejenigen Speisen aber, welche ihnen vorgehalten wurden, hurtiger als die Kraniche verschlungen, weßwegen zu Alberts-Raum, ein jeder in eine besondere Kammer gesperret, und mit gebundenen Händen und Füssen aufs Lager gelegt, dabey aber allmählig mit immer mehr und mehr Speise und Tranck gestärckt wurde. Allein der schlimmste unter den Beyden, reisset folgende Nacht seine Bande an Händen und Füssen entzwey, frisset erstlich allen herum liegenden Speise-Vorrath auf, erbarmt sich hiernächst über ein

Fäßlein, welches mit einer besondern Art von eingemachten Wurtzeln angefüllet ist, und frist selbiges
ebenfalls biß auf die Helffte aus, bricht hernach die Thür
entzwey, und läufft dem Nord-Walde zu, allwo er folgendes Tages gegen Abend, jämmerlich zerborsten, gefunden, und auf selbiger Stelle begraben wurde. [427]
Der andere arme Mensch schien zwar etwas ruhiger zu
werden, allein man merckte doch, daß er seines Verstandes nicht mächtig werden konte, ohngeacht wir ihn
drey Tage nach einander aufs Beste verpflegten. Endlich
am 4ten Tage, da ich Nachmittags bey ihm in der Kammer gantz stille saß, kam ihm das Reden auf einmal an,
indem er mit schwacher Stimme rieff: JESUS, Maria,
Joseph! Ich fragte ihn erstlich auf Deutsch, hernach
in Holländischer und letzlich in Englischer wie auch in
Lateinischer Sprache: Wie ihm zu Muthe wäre, jedoch er
redete etliche Spanische Worte, welche ich nicht verstund, derowegen meinen Schwieger-Sohn Robert herein
ruffte, der ihn meine Frage in Spanischer Sprache er-
kläre, und zur Antwort erhielt: Es stünde sehr schlecht
um ihn und sein Leben. Robert versetzte, weil er JESUM
zum Helffer angerufft, werde es nicht schlecht um ihn
stehen, er möge sterben oder leben. Ich hoffe es mein
Freund, war seine Antwort, dahero ihn Robert noch
ferner tröstete, und bat: wo es seine Kräffte zuliessen,
uns mit wenig Worten zu berichten: Was es mit ihm
und dem Schiffe vor eine Beschaffenheit habe? Hierauff
sagte der arme Mensch: Mein Freund! das Schiff, ich und

alles was darauff ist, gehöret dem Könige von Spanien. Ein hefftiger Sturm hat uns von dessen West-Indischen Flotte getrennet, und zweyen Raub-Schiffen entgegen geführet, denen wir aber durch Tapfferkeit und endliche Flucht entgangen sind. Jedoch die fernern Stürme haben uns nicht vergönnet einen sichern Hafen zu finden, vielweniger den Abgang unserer Lebens-[428]Mittel zu ersetzen. Unsere Cameraden selbst haben Verrätherisch gehandelt, denn da sie von ferne Land sehen, und selbiges mit dem übel zugerichteten Schiffe nicht zu erreichen getrauen, werffen sich die Gesunden ins Boot und lassen etliche Krancke, ohne alle Lebens-Mittel zurücke. Wir wünschten den Tod, da aber selbiger, zu Endigung unserer Marter, sich nicht bey allen auf einmal einstellen wolte, musten wir uns aus Hunger an die Cörper derjenigen machen, welche am ersten sturben, hierüber hat unsere Kranckheit dermassen zugenommen, daß ich vor meine Person selbst nicht gewust habe, ob ich noch lebte oder allbereits todt wäre.

Robert versuchte zwar noch ein und anderes von ihm zu erforschen, da aber des elenden Spaniers Schwachheit allzugroß war, musten wir uns mit dem Bescheide: Er wolle Morgen, wenn er noch lebte, ein mehreres reden, begnügen lassen. Allein nachdem er die gantze Nacht hindurch ziemlich ruhig gelegen, starb er uns, mit anbrechende Tage, sehr sanfft unter den Händen, und wurde seiner mit wenig Worten und Gebärden bezeigten christlichen Andacht wegen, an die Seite unsers Gottes-

Ackers begraben. Solchergestalt war niemand näher
die auf dem Schiff befindlichen Sachen in Verwahrung
zu nehmen, als ich und die Meinigen, und weil wir
dem Könige von Spanien auf keinerley Weise verbunden
waren, so hielt ich nicht vor klug gehandelt, meinen
Kindern das Strand-Recht zu verwehren, welche demnach in wenig Tagen das gantze Schiff, nebst allen darauff befindlichen Sachen, nach und nach Stückweise
auf die Insul brachten. [429] Ich theilete alle nützliche
Waaren unter dieselben zu gleichen Theilen aus, biß auf
das Gold, Silber, Perlen, Edelgesteine und Geld, welches
von mir, um ihnen alle Gelegenheit zum Hoffart, Geitz,
Wucher und andern daraus folgenden Lastern zu be-
nehmen, in meinen Keller zu des Don Cyrillo und andern
vorhero erbeuteten Schätzen legte, auch dieserwegen
von ihnen nicht die geringste scheele mine empfieng.

Der erste Jan. im Jahr Christi 1700. wurde nicht allein
als der Neue Jahrs-Tag und Fest der Beschneidung
Christi, sondern über dieses als ein solcher Tag, an welchen wir ein neues Jahr hundert, und zwar das 18de nach
Christi Gebuhrt antraten, recht besonders frölich von
uns gefeyert, indem wir nicht allein alle unsere Canonen
löseten, deren wir auf dem letztern Spanischen Schiffe
noch 12. Stück nebst einem starcken Vorrath an Schieß-
Pulver überkommen hatten, sondern auch nach zweymahligen verrichteten Gottesdienste, unsere Jugend
mit Blumen-Kräntzen ausziereten, und selbige im Reyhen herum singen und tantzen liessen. Folgendes Tages

ließ ich, vor die junge Mannschafft, von 16. Jahren und drüber, die annoch gegenwärtige Vogel-Stange aufrichten, einen höltzernen Vogel daran häncken, wornach sie schiessen musten, da denn diejenigen, welche sich wohl hielten, nebst einem Blumen-Crantze verschiedene neue Kleidungs-Stücke, Aexte, Sägen und dergleichen, derjenige aber so das letzte Stück herab schoß, von meiner Concordia ein gantz neues Kleid, und von mir eine kostbare Flinte zum Lohne bekam. Diese Lust ist nachhero all-[430]jährlich einmahl um diese Zeit vorgenommen worden.

Am 8. Jan. selbigen Jahres, als an meinen Geburts- und Vereheligungs-Tage, beschenckte mich der ehrliche Simon Schimmer mit einem neugemachten artigen Wagen, der von zweyen zahmgemachten Hirschen gezogen wurde, also sehr bequem war, mich und meine Concordia von einem Orte zum andern spatzieren zu führen. Schimmer hatte diese beyden Hirsche noch gantz jung aus dem Thier-Garten genommen, und selbige durch täglichen unverdrossenen Fleiß, dermassen Kirre gewöhnet, daß sie sich Regieren liessen wie man wolte. Ihm haben es nachhero meine übrigen Kinder nach gethan, und in wenig Jahren viel dergleichen zahme Thiere auferzogen.

Nun könte ich zwar noch vieles anführen, als nemlich: von Entdeckung der Insul Klein-Felsenburg. Von Erzeugung des Flachses, und wie unsere Weiber denselben zubereiten, spinnen und wircken lernen. Von allerhand andern Handwercken, die wir mit der Zeit durch öffteres Versuchen ohne Lehrmeisters einander selbst gelehret und zu Stande bringen helffen. Von allerhand Waaren und Geräthschafften, die uns von Zeit zu Zeit durch die Winde und Wellen zugeführet worden. Von meiner 9. Stämme Vermehrung und immer besserer Wirthschaffts-Einrichtung im Acker- Garten- und Wein-Bau. Von meiner eigenen Wirthschafft, Schatz- Rüst- und Vorraths-Kammer und dergleichen; Allein meine Lieben, weil wir doch länger beysammen bleiben, und GOTT mir hof-[431]fentlich noch das Leben eine kleine Zeit gönnen wird, so will selbiges biß auf andere Zeiten versparen, damit wir in künfftigen Tagen bey dieser und jener Gelegenheit darüber mit einander zu sprechen Ursach finden, vor jetzo aber will damit schliessen, wenn ich noch gemeldet habe, was der Tod in dem eingetretenen 18den Seculo vor Haupt-Personen, aus diesem unsern irrdischen, in das Himmlische Paradieß versetzt hat, solches aber sind folgende:

1. Johannes mein dritter leiblicher Sohn starb 1706.
   seines Alters 55. Jahr.

2. Maria meine älteste Tochter, starb 1708. ihres
   Alters 58. Jahr.

3. Elisabeth meine zweyte Tochter starb 1711. ihres
   Alters 58. Jahr.

4. Virgilia van Cattmers Johannis Gemahl. starb 1713.
   ihres Alters 66. Jahr.

5. Meine seel. Ehe-Gemahlin Concordia, starb 1715.
   ihres Alters im 89ten Jahre.

6. Simon Heinrich Julius, sonst Schimmer, starb 1716.
seines Alters 84. Jahr.

7. Die jüngere Concordia und 8. Robert Julius, sonst Hilter, sturben binnen 6. Tagen, als treue Ehe-Leute.
1718. ihres Alters, sie im 72. und Er im 84. Jahre.

9. Jacob Julius, sonst Larson, starb 1719. seines
Alters 89. Jahr.

10. Blandina, Christophs Gemahl. starb 1719. ihres
Alters 65. Jahr.

11. Gertraud, Christians Gemahl. starb 1723. ihres
Alters 66. Jahre.

Nunmehro, mein Herr Wolffgang! sagte hier-[432]auff
der Altvater Albertus, indem er sich, wegen Erinnerung
seiner verstorbenen Geliebten, mit weinenden Augen
zum Capitain Wolffgang wandte, werdet ihr von der Güte
seyn, und dasjenige anführen, was ihr binnen der Zeit
eurer ersten Anwesenheit auf dieser Insul angetroffen
und verbessert habt.

Demnach setzte selbiger redliche Mann des Altvaters
und seine eigene Geschicht folgender massen fort: Ich
habe euch, meine werthesten Freunde, (sagte er zu Herr
Mag. Schmeltzern und mir,) meine Lebens-Geschicht,
zeitwährender unserer Schiffarth biß dahin wissend gemacht: Da ich von meinen schelmischen Gefährten an
diesen vermeintlichen wüsten Felsen ausgesetzt, nachhero aber von hiesigen frommen Einwohnern erquickt
und aufgenommen worden. Diese meine merckwürdige
Lebens-Erhaltung nun, kan ich im geringsten nicht einer

ohngefähren Glücks-Fügung, sondern eintzig und allein der sonderbaren Barmhertzigen Vorsorge GOTTES zuschreiben, denn die Einwohner dieser Insul waren damals meines vorbey fahrenden Schiffs so wenig als meiner Aussetzung gewahr worden, wusten also nichts darvon, daß ich elender Mensch vor ihrem Wasser-Thore lag, und verschmachten wolte. Doch eben an demselben Tage, welchen ich damahligen Umständen nach, vor den letzten meines Leben hielt, regieret GOTT die Hertzen 6. ehrlicher Männer aus Simons- und Christians Geschlechte, mit ihrem Gewehr nach dem in der Bucht liegenden Boote zu gehen, auf selbigen eine Fahrt nach der West-Seite zu thun, und [433] allda auf einige See-Löwen und See-Kälber zu lauren. Diese waren also, kurtz gesagt, die damahligen Werckzeuge GOTTES zu meiner Errettung, indem sie mich erstlich durch den Wasser-Weg zurück in ihre Behausung führeten, völlig erquickten, und nachhero dem Altvater von meiner Anwesenheit Nachricht gaben. Dieser unvergleichliche Mann, den GOTT noch viele Jahre zu meinem und der Seinigen Trost erhalten wolle, hatte kaum das vornehmste von meinen Glücks- und Unglücks-Fällen angehöret, als er mich sogleich hertzlich umarmete, und versprach: Mir meinen erlittenen Schaden dreyfach zu ersetzen, weil er solches zu thun wohl im Stande sey, und da ich keine Lust auf dieser Insul zu bleiben hätte, würde sich mit der Zeit schon Gelegenheit finden, wieder in mein Vaterland zurück zu kommen. Immittelst nahm er mich

sogleich mit auf seinen Hügel, gab mir eine eigene wohl
zubereitete Kammer ein, zog mich mit an seine Tafel,
und versorgte mich also mit den köstlichsten Speisen,
Geträncke, Kleidern, ja mit allem, was mein Hertz verlangen konte, recht im überflusse. Ich bin jederzeit ein
Feind des Müßiggangs gewesen, derowegen machte mir
alltäglich, bald hier bald dar, genung zu schaffen, indem
ich nicht allein etliche 12. biß 16. jährige Knaben auslase,
und dieselben in allerhand nützlichen Wissenschafften,
welche zwar allhier nicht gäntzlich unbekannt, doch
ziemlich dunckel und Beschwerlich fielen, auf eine weit
leichtere Weise unterrichtete, sondern auch den Acker-
Wein- und Garten-Bau fleißig besorgen halff. Mein
Wohlthäter bezeugte [434] nicht allein hierüber seinen
besondern Wohlgefallen, sondern ich wurde bey weiterer Bekandtschafft von allen Einwohnern, Jung und
Alt, fast auf den Händen getragen, weßwegen ein Streit
in meinen Hertzen entstund: Ob ich bey ereigneter
Gelegenheit diese Insul verlassen, oder meine übrige
Lebens-Zeit auf derselben zubringen wolte, als welches
Letztere alle Einwohner sehnlich wünscheten, allein
meine wunderlich herum schweiffenden Sinnen konten
zu keinem beständigen Schlusse kommen, sondern ich
wanckte zwey gantzer Jahre lang von einer Seite zur
andern, biß endlich im dritten Jahre folgende Liebes-
Begebenheit mich zu dem festen Vorsatze brachte: alles
Guth, Ehre und Vergnügen, was ich etwa noch in Europa
zu hoffen haben könte, gäntzlich aus dem Sinne zu schla-

gen, und mich allhier auf Lebens-Zeit feste zu setzen:
Der gantze Handel aber fügte sich also: Der Stamm-
Vater Christian hatte eine vortreffliche schöne und
tugendhaffte Tochter, Sophia genannt, um welche ein
junger Geselle, aus dem Jacobischen Geschlecht, sich
eifrig bemühete, dieselbe zur Ehe zu haben, allein da
diese Jungfrau denselben, so wohl als 4. andere, die
schon vorhero um sie angehalten hatten, höflich zurück
wiese, und durchaus in keine Heyrath mit ihm willigen
wolte, bat mich der Vater Christian eines Tages zu Gaste,
und trug mir an: Ob ich, als ein kluger Frembdling, nicht
etwa von seiner Tochter ausforschen könne und wolle,
weßwegen sie diesen Junggesellen, der ihrer so eiffrig
begehrte, ihre eheliche Hand nicht reichen möchte; Ich
nahm diese Commission willig auf, begab mich mit guter
ma-[435]nier zu der schönen Sophie, welche im Garten
unter einem grünen schattigen Baume mit der Spindel
die zärtesten Flachs-Faden spann, weßwegen ich Gelegenheit ergriff mich bey ihr nieder zu setzen, und ihrer
zarten Arbeit zuzusehen, welche ihre geschickten und
saubern Hände gewiß recht anmuthig verrichteten.

Nach ein und andern schertzhafften jedoch tugendhafften Gesprächen, kam ich endlich auf mein propos,
und fragte etwas ernsthaffter: Warum sie denn so
eigensinnig im Lieben sey, und denjenigen Jungen Gesellen, welcher sie so hefftig liebte, nicht zum Manne
haben wolle. Das artige Kind erröthete hierüber, wolte
aber nicht ein Wort antworten, welches ich vielmehr

ihrer Schamhafftigkeit, als einer Blödigkeit des Verstandes zurechnen muste, indem ich allbereit zur Gnüge verspüret, daß sie einen vortrefflichen Geist und aufgeräumten Sinn hatte. Derowegen setzte noch öffter an, und brachte es endlich durch vieles Bitten dahin, daß sie mir ihr gantzes Hertz in folgenden Worten eröffnete: Mein Herr! sagte sie, ich zweiffele nicht im geringsten, daß ihr von den Meinigen abgeschickt seyd, meines Hertzens Gedancken auszuforschen, doch weil ich euch vor einen der redlichsten und tugendhafftesten Leute halte, so will ich mich nicht schämen euch das zu vertrauen, was ich auch meinem Vater und Geschwister, geschweige denn andern Befreundten, zu eröffnen Scheu getragen habe. Wisset demnach, daß mir unmöglich ist einen Mann zu nehmen, der um so viele Jahre jünger ist als ich, bedencket doch, ich habe allbereit mein 32stes Jahr zurück ge-[436]legt, und soll einen jungen Menschen Heyrathen, der sein zwantzigstes noch nicht ein mal erreicht hat. Es ist ja Gottlob kein Mangel an Weibs-Personen auf dieser Insul, hergegen hat er so wohl als andere noch das Auslesen unter vielen, wird also nicht unverheyrathet sterben dürffen, wenn er gleich mich nicht zur Ehe bekömmt, solte aber ich gleich ohn verheyrathet sterben müssen, so wird mir dieses weder im Leben noch im Tode den allergeringsten Verdruß erwecken. Ich verwunderte mich ziemlicher massen über dieses 32. jährigen artigen Frauenzimmers resolution, und hätte, ihrem Ansehen und gantzen Wesen nach, die-

471

selbe kaum mit guten Gewissen auf 20. Jahr geschätzet,
doch da ich in ihren Reden einen lautern Ernst verspürete, gab ich ihr vollkommen Recht und fragte nur:
Warum sie aber denn allbereit 4. andere Liebhaber vor
diesem letztern abgewiesen hätte? Worauff sie antwortete: Sie sind alle wenigstens 10. biß 12. Jahr jünger
gewesen als ich, derowegen habe unmöglich eine Heyrath mit ihnen treffen können, sondern viel lieber ledig
bleiben wollen.

Hierauff lenckte ich unser Gespräch, um ihren edlen
Verstand ferner zu untersuchen auf andere Sachen,
und fand denselben so wohl in geistlichen als weltlichen
Sachen dermassen geschärfft, daß ich so zu sagen fast
darüber erstaunete, und mit innigsten Vergnügen so lange bey ihr sitzen blieb, biß sich unvermerckt die Sonne
hinter die hohen Felsen-Spitzen verlohr, weßwegen wir
beyderseits den Garten verliessen, und weil ich im Hause
vernahm, daß sich der Vater Christian auf der Schleusen-
Brücke [437] befände, wünschete ich der schönen Sophie
nebst den übrigen eine gute Nacht, und begab mich zu
ihm. Indem er mir nun das Geleite biß auf die Alberts-
Burg zu unserm Altvater gab, erzehlete ich ihm unterwegens seiner tugendhafften Tochter vernünfftiges Bedencken über die angetragene Heyrath, so wohl als ihren
ernstlich gefasseten Schluß, worüber er sich ebenfalls
nicht wenig verwunderte, und deßfalls erstlich den Alt-
vater um Rath fragen wolte. Derselbe nun that nach
einigen überlegen diesen Ausspruch: Zwinge dein Kind

nicht, mein Sohn Christian, denn Sophia ist eine keusche
und Gottesfürchtige Tochter, deren Eigensinn in diesem Stück unsträflich ist, ich werde ihren Liebhaber An-
dream anderweit berathen, u. versuchen ob ich Nicolaum,
deines seel. Bruders Johannis dritten Sohn, der einige
Jahre älter ist, mit der frommen Sophie vereheligen kan.

Wir geriethen demnach auf andere Gespräche, allein
ich weiß nicht wie es so geschwinde bey mir zugieng, daß
ich auf einmahl gantz tiefsinnig wurde, welches der liebe
Altvater sogleich merckte, und sich um meine jählinge
Veränderung nicht wenig bekümmerte, doch da ich sonst
nichts als einen kleinen Kopff-Schmertzen vorzuwenden
wuste, ließ er mich in Hofnung baldiger Besserung zu
Bette gehen. Allein ich lage lange biß nach Mitternacht,
ehe die geringste Lust zum Schlafe in meine Augen kommen wolte, und, nur kurtz von der Sache zu reden, ich
spürete nichts richtigers in meinem Hertzen, als daß es
sich vollkommen in die schöne und tugendhaffte Sophie
verliebt hätte. Hergegen machten mir des [438] lieben
Altvaters gesprochene Worte: *Ich werde versuchen, ob
ich* Nicolaum *mit der frommen* Sophie *vereheligen kan,*
den allergrösten Kummer, denn erstlich hatte ich als ein
elender Einkömmling noch die gröste Ursach zu zweiffeln, ob ich der schönen Sophie Gegen-Gunst erlangen,
und vors andere schwerlich zu hoffen, daß mich der
Altvater seinem Enckel Nicolao vorziehen würde. Nachdem ich mich aber dieserwegen noch eine gute Weile
auf meinem Lager herum geworffen, und meiner neuen

Liebe nachgedacht hatte, fassete ich endlich den festen Vorsatz keine Zeit zu versäumen, sondern meinem aufrichtigen Wohlthäter mein gantzes Hertze, gleich Morgen früh zu offenbaren, nachhero, auf dessen redliches Gutachten, selbiges der schönen Sophie ohne alle Weitläufftigkeiten ehrlich anzutragen.

Hierauff liessen sich endlich meine Furcht und Hoffnungs-volle Sinnen durch den Schlaff überwältigen, doch die Einbildungs-Kräffte machten ihnen das Vergnügen, die schöne Sophie auch im Traume darzustellen, so, daß sich mein Geist den gantzen übrigen Theil der Nacht hindurch mit derselben unterredete, und so wohl an ihrer äuserlichen schönen Gestalt, als innerlichen vortreflichen Gemüths-Gaben ergötzte. Ich wachte gegen Morgen auf, schlieff aber unter dem Wunsche, dergleichen Traum öffter zu haben, bald wieder ein, da mir denn vorkam, als ob meine auf der Insul Bonair seelig verstorbene Salome, die tugendhaffte Sophie in meine Kammer geführet brächte, und derselben ihren Trau-Ring, den ich ihr mit in den [439] Sarg gegeben hatte, mit frölichen Gebärden überlieferte, hernach zurücke gieng und Sophien an meiner Seiten stehen ließ. Hierüber erwachte ich zum andern mahle, und weil die Morgen-Röthe bereits durch mein von durchsichtigen Fisch-Häuten gemachtes Fenster schimmerte, stund ich, ohne den Altvater zu erwecken, sachte auf, spatzierete in dessen grossen Lust-Garten, und setzte mich auf eine, zwischen den Bäumen gemachte Rasen-Banck, verrichtete mein Morgen-Gebeth, sung etliche geistliche Lieder, zohe nach diesen meine Schreib-Tafel, die mir nebst andern Kleinigkeiten von meinen Verräthern annoch in Kleidern gelassen worden, hervor, und schrieb folgendes Lied hinnein.

1.

Unverhoffte Liebes-Netze
Haben meinen Geist bestrickt.
Das, woran ich mich ergötze,
Hat mein Auge kaum erblickt;
Kaum, ja kaum ein wenig Stunden,
Da der güldnen Freyheit Pracht
Ferner keinen Platz gefunden,
Darum nimmt sie gute Nacht.

2.

Holder Himmel! darff ich fragen:
Wilst du mich im Ernst erfreun?
Soll, nach vielen schweren Plagen,
Hier mein ruhigs Eden seyn?
O! so macht dein Wunder-Fügen,
Und die süsse Sclaverey,
Mich von allen Mißvergnügen,
Sorgen, Noth und Kummer frey. [440]

3.

Nun so fülle, die ich liebe,
Bald mit Glut und Flammen an,
Bringe sie durch reine Triebe
Auf die keusche Liebes-Bahn,

Und ersetze meinem Hertzen,
　Was es eh'mals eingebüßt;
Denn so werden dessen Schmertzen
　Durch erneute Lust versüßt.

Kaum hatte ich diesen meinen poëtischen Einfall zurechte gebracht, als ich ihn unter einer bekandten weltlichen Melodey abzusingen etliche mahl probirte, und
nicht vermerckte, daß ich an dem lieben Altvater einen
aufmercksamen Zuhörer bekommen, biß er mich sanfft
auf die Schulter klopffte und sagte: Ists möglich mein
Freund, daß ihr in meine Auffrichtigkeit einigen Zweiffel
setzen und mir euer Liebes-Geheimniß verschweigen
könnet, welches doch ohnfehlbar auf einem tugendhafften Grunde ruhet? Ich fand mich solchergestalt nicht
wenig betroffen, entschuldigte meine bißherige Verschwiegenheit mit solchen Worten, die der Wahrheit gemäß waren, und offenbarete ihm hierauff mein gantzes
Hertze. Es ist gut, mein Freund, versetzte der werthe
Altvater dargegen, Sophia soll euch nicht vorenthalten
werden, allein übereilet euch nicht, sondern machet vorhero weitere Bekanntschafft mit derselben, untersuchet
so wohl ihre als eure selbst eigene Gemüths-Neigungen,
wann ihr so dann vor thunlich befindet, eure Lebens-Zeit
auf dieser Insul mit einander zuzubringen, soll euch
er-[441]laubt seyn, mit selbiger in den Stand der Ehe zu
treten, doch das sage ich zum voraus: Daß ihr so wohl, als
meine vorigen Schwiger-Söhne, einen cörperlichen Eyd

schweren müsset, so lange als meine Augen offen stehen, nichts von dieser Insel, vielweniger eines meiner Kinder eigenmächtiger oder heimlicher Weise hinweg zu führen. Nächst diesem, war seine fernere Rede, hat mir ohnfehlbar der Geist GOttes ein besonderes Vorhaben eingegeben, zu dessen Ausführung mir keine tüchtigere Person von der Welt vorkommen können, als die eurige. Ich danckte dem lieben Alt-Vater nicht allein vor dessen gütiges Erbiethen, sondern versprach auch, was so wohl den Eyd, als alles andere beträffe, so er von mir verlangen würde, nach meinem äusersten Vermögen ein völliges Genügen zu leisten. Derselbe aber verlangte vorhero nochmahls eine umständliche Erzehlung meiner Lebens-Geschichte, worinnen ich ihm noch selbigen Tag gehorsamete, und ohngefähr mit erwehnete: Wie ich in einer gewissen berühmten Handels-Stadt, unter andern auch mit einem Kauffmanne in Bekandtschafft gerathen, der ebenfalls den Zunahmen Julius geführet hätte, doch, da ich von dessen Geschlecht und Herkommen keine fernere Nachricht zu geben wuste, erseuffzete der liebe Alt-Vater dieserwegen, und wünschte, daß selbiger Kauffmann ein Befreundter von ihm, oder gar ein Abstammling von seinen ohnfehlbar nunmehro seel. Bruder seyn möchte; Allein, ich konte, wie bereits gemeldet, hiervon so wenig, als von des Kauffmanns übriger Familie und dessen Zu-[442]stande Nachricht geben. Derowegen brach endlich der werthe Alt-Vater loß, und hielt mir in einer weitläufftigen Rede den glückseeligen

Zustand vor, in welchen er sich nebst den Seinigen auf
dieser Insul von GOtt gesetzt sähe. Nur dieses eintzige
beunruhige sein Gewissen, daß nemlich er und die Seinigen ohne Priester seyn, mithin des heiligen Abendmahls nebst anderer geistlicher Gaben beraubt leben
müsten: Uber dieses, da die Anzahl der Weibs-Personen
auf der Insul stärcker sey, als der Männer, so wäre zu
wünschen, daß noch einige zum Ehe-Stande tüchtige
Handwercker und Künstler anhero gebracht werden
könten, welches dem gemeinen Wesen zum sonderbaren
Nutzen, und manchen armen Europäer, der sein Brod
nicht wohl finden könte, zum ruhigen Vergnügen
gereichen würde. Und letzlich wünschte der liebe Alt-
Vater, vor seinem Ende noch einen seiner Bluts-Freunde
aus Europa bey sich zu sehen, um demselben einen Theil
seines fast unschätzbaren Schatzes zuzuwenden, denn,
sagte er: Was sind diese Glücks-Güter mir und den Meinigen auf dieser Insul nütze, da wir mit niemanden in
der Welt Handel und Wandel zu treiben gesonnen? Und
gesetzt auch, daß dieses in Zukunfft geschehen solte, so
trägt diese Insul so viele Reichthümer und Kostbarkeiten in ihrem Schoosse, wovor alles dasjenige, was
etwa bedürfftig seyn möchte, vielfältig eingehandelt
werden kan. Demnach möchte es wohl seyn, daß sich
meines Bruders Geschlecht in Europa in solchem Zustande befände, dergleichen Schätze besser als wir zu
gebrauchen und an-[443]zulegen; Warum solte ich also
ihnen nicht gönnen, was uns überflüßig ist und Scha-

den bringen kan? Oder solche Dinge, die GOtt dem Menschen zum löblichen Gebrauch erschaffen, heimtückischer und geitziger Weise unter der Erden versteckt behalten?

Nachdem er nun noch sehr vieles von diesen Sachen mit mir gesprochen, schloß er endlich mit diesen treuhertzigen Worten: Ihr wisset nunmehro, mein redlicher Freund Wolffgang, was mir auf dem Hertzen liegt, und euer eigener guter Verstand wird noch mehr anmercken, was etwa zu Verbesserung unseres Zustandes von nöthen sey, darum saget mir in der Furcht GOttes eure aufrichtige Meinung: Ob ihr euch entschliessen wollet, noch eine Reise in Europam zu unternehmen, mein Hertz und Gewissen, gemeldten Stücken nach, zu beruhigen, und nach glücklicher Zurückkunfft Sophien zu ehligen. An Gelde, Gold, Silber und Kleinodien will ich zwey biß drey mahl hundert tausend Thaler werth zu Reise-Kosten geben, was sonsten noch darzu erfordert wird, ist nothdürfftig vorhanden, wegen der Reise-Gesellschafft und anderer Umstände aber müsten wir erstlich genauere Abrede nehmen, denn mit meinem Willen soll keines von meinen Kindern seinen Fuß auf die Europäische Erde setzen.

Ich nahm nicht den geringsten Aufschub, dem lieben Alt-Vater, unter den theuresten Versicherungen meiner Redlichkeit und Treue, alles einzuwilligen, was er von mir verlangte, weil ich mir so gleich die feste Hoffnung machte, GOtt würde mich auf dieser Reise, die hauptsächlich seines [444] Diensts und Ehre wegen vorgenommen sey, nicht unglücklich werden lassen. Derowegen wurden David und die andern Stamm-Väter zu Rathe gezogen, und endlich beschlossen wir ingesammt, unser leichtes Schiff in guten Stand zu setzen, auf welchen mich David nebst 30. Mann biß auf die Insul St. Helenæ bringen, daselbst aussetzen, und nachhero mit seiner Mannschafft so gleich wieder zurück auf Felsenburg seegeln solte.

Mittlerweile, da fast alle starcke Leute keine Zeit noch Mühe spareten, das Schiff nach meinem Angeben auszubessern, und Seegel-fertig zu machen, nahm ich alle Abend Gelegenheit, mich mit der schönen Sophie in Gesprächen zu vergnügen, auch endlich die Kühnheit, derselben mein Hertz anzubieten, weil nun der liebe Alt-Vater allbereit die Bahne vor mich gebrochen hatte, konte mein verliebtes Ansinnen um desto weniger unglücklich seyn, sondern, kurtz zu sagen, wir vertauschten bey einem öffentlichen Verlöbnisse unsere Hertzen mit solcher Zärtlichkeit, die mir auszusprechen unmöglich ist, und verschoben die Vollziehung dieses ehelichen Bündnisses biß auf meine, in der Hoffnung, glückliche Zurückkunfft.

Gegen Michaelis-Tag des verwichenen 1724ten Jahres wurden wir also mit Ausrüstung unseres Schiffs, welches ich die Taube benennete, und demselben Holländische Flaggen aufsteckte, vollkommen fertig, es war bereits mit Proviant und allem andern wohl versehen, der

gute alte David Julius, der jedoch an Leibes- und Ge-
müths-Kräfften es noch manchem jungen Manne zuvor
that, hielt sich [445] mit seiner auserlesenen und wohl
bewaffneten jungen Mannschafft alltäglich parat, einzusteigen, exercirte aber dieselben binnen der Zeit auf
recht lustige und geschickte Art. Da es demnach nur an
meiner Abfertigung lage, ließ mich der Alt-Vater, weil er
eben damahls einiges Reissen in Knien hatte, also nicht
ausgehen konte, vor sein Bette kommen, und führete mir
nochmahls alles dasjenige, was ich ihm zu leisten versprochen, liebreich zu Gemüthe, ermahnete mich anbey
GOtt, ihm und den Seinigen, diesen wichtigen und eines
ewigen Ruhms würdigen Dienst, redlich und getreu zu
erweisen, welchen GOTT ohnfehlbar zeitlich und ewig
vergelten würde. Ich legte hierauf meine lincke Hand
auf seine Brust, die rechte aber richtete ich zu GOTT
im Himmel in die Höhe, und schwur einen theuren
Eyd, nicht allein die mir aufgetragenen 3. Haupt-Puncte
nach meinem besten Vermögen zu besorgen, sondern
auch alles andere, was dem gemeinen Wesen zur Verbesserung gereichlich, wohl zu beobachten. Hierauf lieferte er mir denjenigen Brief ein, welchen ich euch, mein
Eberhard Julius, in Amsterdam annoch wohl versiegelt
übergeben habe, und wiese mich zugleich in eine Kammer, allwo ich aus einem grossen Pack-Fasse an Geld,
Gold und Edlen-Steinen so viel nehmen möchte, als mir
beliebte. Es befanden sich in selbigen am Werth mehr
denn 5. biß 6. Tonnen Schatzes, doch ich nahm nicht

mehr davon als 30. runde Stücken gediehenes Goldes,
deren ich jedes ohngefähr 10. Pfund schwer befand,
nächst diesen an Spanischer Gold- und Silber-Müntze
[446] 50000. Thlr. werth, ingleichen an Perlen und Kleinodien ebenfalls einer halben Tonne Goldes werth. Ich
brauchte die Vorsicht, die kostbarsten Kleinodien und
grossen güldnen Müntzen so wohl in einen bequemen
Gürtel, den ich auf den blossen Leibe trug, als auch in
meine Unter-Kleider zu verwahren, die grossen Gold-
Klumpen aber wurden zerhackt, und in die mit den
allerbesten Rosinen angefülleten Körbe vertheilet und
verborgen. Mit den Perlen thaten wir ein gleiches, das
gemüntzte Geld aber vertheilete ich in verschiedene
Lederne Beutel, und verwahrete es also, daß es zur Zeit
der Noth gleich bey der Hand seyn möchte. Dem Alt-
Vater gefielen zwar meine Anstalten, jedennoch aber
war er der Meynung, ich würde mit so wenigen Gütern
nicht alles ausrichten können. Doch, da ihm vorstellete,
wie es sich nicht schicken würde, mit mehr als einem
Schiffe wieder zurück zu kehren, also ein überflüßiges
Geld und Gut mir nur zur Last und schlimmen Verdacht
gereichen könne; überließ er alles meiner Conduite, und
also gingen wir nach genommenen zärtlichen Abschiede
unter tausend Glückwünschen der zurück bleibenden
Insulaner am 2ten Octobr. 1724. vergnügt unter Seegel,
wurden auch durch einen favorablen Wind dermassen
hurtig fortgeführet, daß wir noch vor Untergang der
Sonnen Felsenburg aus den Augen verlohren.

Unterwegs, nachdem diejenigen, so des Reisens ungewohnt, der See den bekannten verdrüßlichen Tribut abgestattet, und sich völlig erholet hatten, war unser täglicher Zeitvertreib, daß [447] ich meine Gefährten im richtigen Gebrauch des Compasses, der See Charten und andern Vortheilen bey der Schiffs-Arbeit, immer besser belehrete, damit sie ihren Rückweg nach Felsenburg desto leichter zu finden, und sich bey ereignenden Sturme oder andern Zufällen eher zu helffen wüsten, ohngeacht sich deßfalls bey einigen, und sonderlich bey dem guten alten David, der das Steuer-Ruder beständig besorgte, bereits eine ziemliche Wissenschafft befand.

Solchergestalt erreichten wir, ohne die geringste Gefahr ausgestanden zu haben, die Insul St. Helenæ noch eher, als ich fast vermuthet hatte, und traffen daselbst etliche 20. Engell- und Holländische Schiffe an, welche theils nach Ost-Indien reisen, theils aber, als von dar zurück kommende, den Cours nach ihren Vater-Lande nehmen wolten. Hier wolte es nun Kunst heissen, Rede und Antwort zu gestehen, und doch dabey das Geheimniß, woran uns allen so viel gelegen, zu verschweigen, derowegen studirte ich auf allerhand scheinbare Erfindungen, welche mit meinen Gefährten abredete, und hiermit auch so glücklich war, alle diejenigen, so sich um mein Wesen bekümmerten, behörig abzuführen. Von den Holländern traff ich keinen eintzigen bekandten Menschen an, hergegen kam mir ein Englischer Capitain unvermuthet zu Gesichte, dem ich vor Jahren auf der

Fahrt nach West-Indien einen kleinen Dienst geleistet hatte, diesem gab ich mich zu erkennen, und wurde von ihm aufs freundlichste empfangen und tractiret. Er judicirte anfangs aus meinem äuserlichen We-[448]sen, daß ich ohnfehlbar unglücklich worden, und in Nöthen stäcke? Weßwegen ich ihm gestund, daß zwar einige unglückliche Begebenheiten mich um mein Schiff, keines weges aber um das gantze Vermögen gebracht, sondern ich hätte noch so viel gerettet, daß mich im Stande befände, eine neue Ausrüstung vorzunehmen, so bald ich nur Amsterdam erreichte. Er wandte demnach einige Mühe an, mich zu bereden, in seiner Gesellschafft mit nach Java zu gehen, und versprach bey dieser Reise grossen Profit, auch bald ein Schiffs-Commando vor mich zu schaffen, allein, ich danckte ihm hiervor, und bat dargegen, mich an einen seiner Lands-Leute, die in ihr Vater-Land reiseten, zu recommendiren, um meine Person und Sachen vor gute Bezahlung biß dahin zu nehmen, weil ich allbereit so viel wüste, daß mir meine Lands-Leute, nehmlich die Holländer, diesen Dienst nicht leisten könten, indem sie sich selbsten schon zu starck überladen hätten. Hierzu war der ehrliche Mann nun gleich bereit, führete mich zu einem nicht weniger redlichen Patrone, mit welchen ich des Handels bald einig wurde, meine Sachen, die in Ballen, Fässer und Körbe eingepackt waren, zu ihm einschiffte, und den Vater David mit den Seinigen, nachdem sie sonst nichts als frisches Wasser eingenommen hatten, wieder zurück

schickte, unter dem Vorwande, als hätten dieselben noch
viele auf der Insul Martin Vas vergrabene und ausgesetz-
te Waaren abzuholen, mit welchen sie nachhero ebenfalls nach Holland seegeln und mich daselbst antreffen
würden. Allein, wie ich nunmehro ver-[449]nommen, so
haben sie den Rückweg nach Felsenburg so glücklich,
als den nach St. Helena, wieder gefunden, auch unterwegs nicht den geringsten Anstoß erlitten. Mir vor meine Person gieng es nicht weniger nach Wunsche, denn,
nachdem ich nur 11. Tage in allen, vor St. Helena stille
gelegen, lichtete der Patron seine Ancker, und seegelte
in Gesellschafft von 13. Engell- und Holländischen Schiffen seine Strasse. Der Himmel schien uns recht ausserordentlich gewogen zu seyn, denn es regte sich nicht die
geringste wiederwärtige Lufft, auch durfften wir uns
vor feindlichen Anfällen gantz nicht fürchten, indem
unser Schiff von den andern bedeckt wurde. Doch, da
ich in Canarien einen bekandten Holländer antraff, der
mich um ein billiges mit nach Amsterdam nehmen wolte,
über dieses mein Engelländer sich genöthiget sahe, um
sein Schiff auszubessern, allda in etwas zu verbleiben, so
bezahlte ich dem letztern noch ein mehreres, als das
Gedinge biß nach Engelland austruge, schiffte mich vieler Ursachen wegen höchst vergnügt bey dem Holländer
ein, und kam am 10. Febr. glücklich in Amsterdam an.

Etwas recht nachdenckliches ists, daß ich gleich in
dem ersten Gast-Hause, worinnen ich abtreten, und
meine Sachen hinschaffen wolte, einen von denjenigen

Mord-Buben antraff, die mich, dem Jean le Grand zu
gefallen, gebunden, und an die Insul Felsenburg ausgesetzt hatten. Der Schelm wolte, so bald er mich erkandte, gleich entwischen, weil ihm sein Gewissen überzeugte, daß er den Strick um den Halß verdienet hätte.
Derowegen [450] trat ich vor, schlug die Thür zu, und
sagte: Halt, Camerad! wir haben einander vor drey Jahren oder etwas drüber gekandt, also müssen wir mit einander sprechen. Wie hälts? Was macht Jean le Grand? hat
er viel auf seinen gestohlnen Schiffe erworben? Ach mein
Herr! gab dieser Strauch-Dieb zur Antwort, das Schiff
und alle, die darauf gewesen, sind vor ihre Untreu sattsam gestrafft, denn das erstere ist ohnweit Madagascar
geborsten und versuncken, Jean le Grand aber hat nebst
allen Leuten elendiglich ersauffen müssen, ja es hat
sich niemand retten können, als ich und noch 3. andere,
die es mit euch gut gemeynet haben. So hast du es, versetzte ich, auch gut mit mir gemeynet? Ach, mein Herr!
schrye er, indem er sich zu meinen Füssen warff, ist
gleich in einem Stücke von mir Boßheit verübt worden, so
habe doch ich hauptsächlich hintertreiben helffen, daß
man euch nicht ermordet hat, welches, wie ihr leichtlich
glauben werdet, von dem gantzen Complot beschlossen
war. Ich wuste, daß dieser Kerl zwar ein ziemlicher
Bösewicht, jedoch keiner von den allerschlimmsten gewesen war, derowegen, als mir zugleich die Geschicht
Josephs und seiner Brüder einfiel, jammerte mich seiner, so, daß ich ihn aufhub und sagte: Siehe, du weist

ohnfehlbar, welches dein Lohn seyn würde, wenn ich die
an mir begangene Boßheit gehöriges Orts anhängig machen wolte; Allein, ich vergebe dir alles mit Mund und
Hertzen, wünsche auch, daß dir GOtt alle deine Sünde
vergeben möge, so du jemahls begangen. Mercke das Exempel der Rache GOttes an deinen unglückli-[451]chen
Mitgesellen, wo du mich anders nicht beleugst, und bessere dich. Mit mir habt ihrs böse zu machen gedacht, aber
GOtt hats gut gemacht, denn ich habe voritzo mehr Geld
und Güter, als ich jemahls gehabt habe. Hiermit zohe ich
ein Gold-Stück, am Werth von 20. deutschen Thalern, aus
meinem Beutel, verehrte ihm dasselbe, und versprach,
noch ein mehreres zu thun, wenn er mir diejenigen
herbringen könne, welche sich nebst ihm von dem verunglückten Schiffe gerettet hätten. Der neubelebte arme
Sünder machte mir also aufs neue die demüthigsten und
danckbarlichsten Bezeugungen, und versprach, noch vor
Abends zwey von den erwehnten Personen, nehmlich
Philipp Wilhelm Horn, und Adam Gorques, zu mir zu bringen, den dritten aber, welches Conrad Bellier gewesen,
wisse er nicht mehr anzutreffen, sondern glaubte, daß
derselbe mit nach Gröenland auf den Wall-Fisch-Fang
gegangen sey. Ich hätte nicht vermeynet, daß der Vogel
sein Wort halten würde, allein, Nachmittags brachte
er beyde erst erwehnten in mein Logis, welche denn, so
bald sie mich erblickten, mir mit Thränen um den Halß
fielen, und ihre besondere Freude über meine Lebens-
Erhaltung nicht genug an den Tag zu legen wusten. Ich

hatte ebenfalls nicht geringe Freude, diese ehrlichen Leute zu sehen, weiln gewiß wuste, daß sie nicht in den Rath der Gottlosen eingestimmet hatten, sonderlich machte mir Horns Person ein grosses Vergnügen, dessen Klugheit, Erfahrenheit und Courage mir von einigen Jahren her mehr als zu bekandt war. Er hatte sich ohnlängst wiederum [452] in Qualität eines Quartiermeisters engagiret, und zu einer frischen Reise nach Batavia parat gemacht, jedoch, so bald er vernahm, daß ich ebenfalls wiederum ein Schiff ausrüsten, und eine neue Tour nehmen wolte, versprach er, sich gleich morgenden Tag wiederum loß zu machen, und bey mir zu bleiben. Ich schenckte diesen letztern zweyen, so bald sich der erste liederliche Vogel hinweg gemacht, jeden 20. Ducaten, Horn aber, der zwey Tage hernach wieder zu mir kam, und berichtete, daß er nunmehro frey und gäntzlich zu meinen Diensten stünde, empfing aus meinen Händen noch 50. Ducaten zum Angelde, und nahm alle diejenigen Verrichtungen, so ich ihm auftrug, mit Freuden über sich.

Ich heuerte mir ein bequemer und sicherer Quartier, nahm die vor etlichen Jahren in Banco gelegten Gelder zwar nicht zurück, assignirte aber dieselben an mein Geschwister, und that denselben meine Anwesenheit in Amsterdam zu wissen, meldete doch anbey, daß ich mich nicht lange daselbst aufhalten, sondern ehestens nach Ost-Indien zurück reisen, und alldorten Zeit Lebens bleiben würde, weßwegen sich niemand zu mir bemühen, sondern ein oder der andere nur schreiben dürffte, wie sich die Meinigen befänden. Mittlerweile muste mir Horn die Perlen und einige Gold-Klumpen zu gangbaren Gelde machen, wovor ich ihm die vortrefflichen Felsenburgischen Rosinen zur Ergötzlichkeit überließ, aus welchen er sich denn ein ziemlich Stück Geld lösete.

Hierauf sahe ich mich nach einem Nagel-neuen [453] Schiffe um, und da ich dergleichen angetroffen und baar bezahlet hatte, gab ich ihm den Nahmen *der getreue Paris*, Horn aber empfing von mir eine punctation, wie es völlig ausgerüstet, und mit was vor Leuten es besetzt werden solte. Ob ich nun schon keinen bösen Verdacht auf diesen ehrlichen Menschen hatte, so muste er doch alle hierzu benöthigten Gelder von einem Banquier, der mein vertrauter Hertzens-Freund von alten Zeiten her war, abfordern, und eben diesen hatte ich auch zum Ober-Aufseher meiner Angelegenheiten bestellet, bevor ich die Reise, mein Eberhard, nach eurer Geburths-Stadt antrat. Dieselbe nun erreichte ich am verwichenen 6ten Maji. Aber, o Himmel! wie erschrack mein gantzes hertze nicht, da ich auf die erste Frage, nach dem reichen Kauffmanne Julius, von meinem Wirthe die betrübte Zeitung erfuhr, daß derselbe nur vor wenig Wochen unvermuthet banquerot worden, und dem sichersten Vernehmen nach, eine Reise nach Ost- oder West-Indien angetreten hätte. Ich kan nicht anders sagen, als daß ein jeder Mensch, der auf mein weiteres Fragen des Gast-Wirths Relation bekräfftigte, auch dieses redlichen Kauffmanns Unglück beklagte, ja die vornehmsten wolten behaupten: Es sey ein grosser Fehler und Übereilung von ihm, daß er sich aus dem Staube gemacht, immassen allen seinen Creditoren bekandt, daß er kein liederlicher und muthwilliger Banquerotteur sey, dahero würde ein jeder gantz gern mit ihm in die Gelegenheit gesehen, und vielleicht zu seinem Wiederaufkommen etwas beygetragen haben. Allein, was konten mir nunmehro [454] alle diese sonst gar wohl klingenden Reden helffen, der Kauffmann Julius war fort, und ich konte weiter nichts von seinem gantzen Wesen zu meinem Vortheil erfahren, als daß er einen eintzigen Sohn habe, der auf der Universität in Leipzig studire. Demnach ergriff ich Feder und Dinte, setzte einen Brief an diesen mir so fromm beschriebenen Studiosum auf, um zu versuchen, ob ich der selbst eigenen Reise nach Leipzig überhoben seyn, und euch, mein Eberhard, durch Schrifften zu mir locken könte. Der Himmel ist selbsten mit im Spiele gewesen, darum hat mirs gelungen, ich setzte euch und allen andern, die ich zu Reise-Gefährten mitnehmen wolte, einen sehr kurtzen Termin, glaubte auch nichts weniger, als so zeitlich von Amsterdam abzusegeln, und dennoch muste sich alles nach Hertzens Wunsche schicken. Meiner allergrösten Sorge aber nicht zu vergessen, muß ich melden, daß mich eines Mittags nach der Mahlzeit auf den Weg machte, um dem Seniori des dasigen Geistl. Ministerii eine Visite zu geben, und denselben zu bitten, mir einen feinen Exemplarischen Menschen zum Schiffs-Prediger zuzuweisen; weil ich aber den Herrn Senior nicht zu

Hause fand, und erstlich folgenden Morgen wieder zu ihm bestellet wurde, nahm ich einen Spatzier-Gang ausserhalb der Stadt in einem lustigen Gange vor, allwo ich ohngefähr einen schwartz-gekleideten Menschen in tieffen Gedancken vor mir hergehend ersahe. Derowegen verdoppelten sich meine Schritte, so, daß er von mir bald eingeholet wurde. Es ist gegenwärtiger Herr Mag. Schmeltzer, und ohngeacht ich [455] ihn zuvor niemahls gesehen, sagte mir doch mein Hertze so gleich, daß er ein Theologus seyn müste. Wir grüsseten einander freundlich, und ich nahm mir die Freyheit, ihn zu fragen: Ob er ein Theologus sey. Er bejahete solches, und setzte hinzu, daß er in dieser Stadt zu einer Condition verschrieben worden, durch einen gehabten Unglücks-Fall aber zu späte gekommen sey. Hierauf fragte ich weiter: Ob er nicht einen feinen Menschen zuweisen könne, der da Lust habe, als Prediger mit mir zu Schiffe zu gehen. Er verfärbte sich deßwegen ungemein, und konte mir nicht so gleich antworten, endlich aber sagte er gantz bestürtzt: Mein Herr! Ich kan ihnen bey GOtt versichern, daß ich voritzo allhier keinen eintzigen Candidatum Ministerii Theologici kenne, denn ich habe zwar vor einigen Jahren bey einem hiesigen Kauffmanne, Julius genannt, die Information seines Sohnes gehabt, da aber nach der Zeit mich wiederum an andern Orten aufgehalten, und nunmehro erstlich vor 2. Tagen, wiewohl vergebens, allhier angekommen bin, ist mir unbewust, was sich anitzo von dergleichen Personen allhier befindet.

Ich gewann den werthen Herrn Mag. Schmelzer unter währenden diesen Reden, und zwar wegen der wunderbaren Schickung GOttes, dermassen lieb, daß ich mich nicht entbrechen konte, ferner zu fragen: Ob er nicht selbsten Belieben bey sich verspürete, die Station eines Schiffs-Predigers anzunehmen, zumahlen da ich ihm dasjenige, was sonst andere zu geniessen hätten, gedoppelt zahlen wolte? Hierauf gab er zur Antwort: GOtt, der [456] mein Hertze kennet, wird mir Zeugniß geben, daß ich nicht um zeitlichen Gewinstes willen in seinem Weinberge zu dienen suche, weil ich demnach dergleichen Beruff, als itzo an mich gelanget, vor etwas sonderbares, ja Göttliches erkenne, so will nicht weigern, demselben gehorsame Folge zu leisten, jedoch nicht eher, als biß ich durch ein behöriges Examen darzu tüchtig befunden, und dem heiligen Gebrauche nach zum Priester geweyhet worden.

Es traten unter diesen Reden mir und ihm die Thränen in die Augen, derowegen reichte ich ihm die Hand, und sagte weiter nichts als dieses: Es ist genung, mein HErr! GOtt hat Sie und mich berathen, derowegen bitte, nur mit mir in mein Logis zu folgen, allwo wir von dieser Sache umständlicher mit einander sprechen wollen. So bald wir demnach in selbigem angelanget, nahm ich mir kein Bedencken, ihm einen wahrhafften und hinlänglichen Bericht von dem Zustande der Felsenburgischen Einwohner abzustatten, welchen er mit gröster Verwunderung anhörete, und betheurete, daß er bey so gestallten

Sachen die Reise in besagtes Land desto vergnügter
unternehmen, auch sich gar nicht beschweren wolte,
wenn er gleich Zeit Lebens daselbst verbleiben müste,
daferne er nur das Glück hätte, dem dort versammleten
Christen-Häuflein das Heil ihrer Seelen zu befördern.
Hierauf, da er mir eine kurtze Erzehlung seiner Lebens-
Geschicht gethan, nahm ich Gelegenheit, ihn wegen des
Kauffmanns, Franz Martin Julii, und dessen Familie ein
und anderes zu befragen, und er-[457]fuhr, daß Herr
Mag. Schmelzer von Anno 1716. biß 1720. bey demselben
als Informator seines Sohns Eberhards und seiner Tochter
Julianæ Louise in Condition gewesen wäre, ja er wuste, zu
meinem desto grössern Vergnügen, mir die gantze Geschicht des im 30. jährigen Kriege enthaupteten Stephan
Julii so zu erzehlen, wie ich dieselbe von dem lieben Alt-
vater Alberto in Felsenburg bereits vernommen hatte,
und zu erweisen, daß Franz Martin Julius des Stephani äch-
ter Enckel im dritten Gliede sey, immassen er die gantze
Sache von seinem damahligen Patron Franz Martin Julio
sehr öffters erzehlen hören, und im guten Gedächtnisse
erhalten.

Ich entdeckte ihm hierauff treuhertzig: wie ich den jungen Eberhard, der sich sichern Vernehmen nach, itzo in
Leipzig aufhielte, nur vor wenig Tagen durch Briefe und
beygelegten Wechsel zu Reise-Geldern, nach Amsterdam in mein Logis citiret hätte, und zweiffelte nicht, daß
er sich gegen Johannis Tag daselbst einfinden würde, wo
nicht? so sähe mich genöthiget selbst nach Leipzig zu rei-

sen und denselben aufzusuchen. Nachdem wir aber gantz biß in die späte Nacht von meinen wichtigen Affairen discuriret, und Herr Mag. Schmeltzer immer mehr und mehr Ursachen gefunden hatte, die sonderbaren Fügungen des Himmels zu bewundern, auch mir eydlich zusagte: seinen Vorsatz nicht zu ändern, sondern GOTTES Ehre und den seligen Nutzen so vieler Seelen zu befördern, mir redlich dahin zu folgen, wohin ich ihn haben wolte; legten wir uns zur Ruhe, und giengen folgenden Tag in [458] aller Frühe mit einander zum Seniori des geistlichen Ministerii. Dieser sehr fromme Mann hatte unsern Vortrag kaum vernommen, als er noch 3. von seinen Ammts-Brüdern zu sich beruffen ließ, und nebst denselben Herrn Mag. Schmeltzern, in meiner Gegenwart 4. Stunden lang aufs allerschärffste examinirte, und nach befundener vortrefflicher Gelehrsamkeit, zwey Tage darauff in öffentlicher Kirche ordentlich zum Priester weyhete. Ich fand mich bey diesem heiligen Actu von Freude und Vergnügen über meinen erlangten kostbaren Schatz dermassen gerühret, daß die hellen Thränen die gantze Zeit über aus meinen Augen lieffen, nachdem aber alles vollbracht, zahlete ich an das geistliche Ministerium 200. spec. Ducaten, in die Kirche und Armen-Casse aber eine gleichmäßige Summe, nahm also von denen Herrn Geistlichen, die uns tausendfachen Seegen zu unsern Vorhaben und Reise wünschten zärtlichen Abschied.

Herrn Mag. Schmeltzern hätte ich zwar von Hertzen gern sogleich mit mir nach Amsterdam genommen, da

aber derselbe inständig bat ihm zu vergönnen, vorhero
die letzte Reise in sein Vaterland zu thun, um von seinen
Anverwandten und guten Freunden völligen Abschied
auch seine vortreffliche Bibliothec mitzunehmen, zahlete
ich ihm 1000. Thlr. an Golde, und verabredete die Zeit,
wenn und wo er mich in Amsterdam antreffen solte, so,
daß ich noch biß dato Ursach habe vor dessen accuratesse
danckbar zu seyn.

Ich vor meine Person setzte immittelst meine Rück-
reise nach Amsterdam gantz bequemlich fort, [459]
und nahm unterwegs erstlich den Chirurgum Kramern,
hernach Litzbergen, Plagern, Harkert und die übrigen
Handwercks-Leute in meine Dienste, gab einem jeden 5. Frantzösische Louis d'or auf die Hand, und sagte
ihnen ohne Scheu, daß ich sie auf eine angenehme
fruchtbare Insul führen wolte, allwo sie sich mit ihrer
Hand-Arbeit redlich nehren, auch da es ihnen beliebig,
mit daselbst befindlichen schönen Jungfrauen verheyrathen könten, doch nahm ich von jedweden einen
Eyd, diese Sache weder in Amsterdam, noch bey dem
andern Schiffs-Volcke ruchtbar zu machen, indem ich
nur gewisse auserlesene Leute mit dahin zu nehmen
vorhabens sey. Zwar sind mir ihrer 3. nachhero zu Schelmen worden, nemlich ein Zwillich-macher, Schuster und
Seiffensieder, allein sie mögen diesen Betrug bey GOTT
und ihren eigenen Gewissen verantworten, ich aber habe
nachhero erwogen, daß ich an dergleichen Betrügern
wenig eingebüsset, immassen unsere Insulaner diese

Künste nach Nothdurfft selbst, obschon nicht so zierlich und leicht verrichten können.

Am 11. Jun. gelangete ich also mit meinen angenommenen Leuten glücklich in Amsterdam an, und hatte eine besondere Freude, da mein lieber getreuer Horn und Adam Gorques, unter Aufsicht meines werthen Freundes des Banquiers G. v. B. das Schiff nebst allem Zubehör in völlige, ja bessere Ordnung als ich vermuthet, gebracht hatten. Demnach kaufften wir noch das Vieh und andere Sachen ein, die ich mit anhero zu nehmen vor höchst nöthig hielt. Ein jeder von meinen Neu angeworbe-[460] nen Künstlern und Handwerckern bekam so viel Geld, als er zu Anschaffung seines Werckzeugs und andern Bedürffnissen begehrte, und da, zu meinem gantz besondern Vergnügen, der liebe Eberhard Julius sich wenig Tage nach meiner Ankunfft bey mir einfand, bekam er etliche Tage nach einander ebenfalls genung zu thun, die ihm vorgeschriebenen Waaren an Büchern und andern nöthigen Stücken einzuhandeln. Endlich am 24. Jun. gelangte die letzte Person, auf die ich allbereit mit Schmertzen zu hoffen anfieng, nemlich Herr Mag. Schmeltzer bey mir an, und weil Horn indessen die Zahl der Matrosen und Freywillig-Mitreisenden voll geschafft hatte, hielt ich des folgenden Tages General-Musterung im Schiffe, und fand weiter nicht das geringste zu verbessern, demnach musten alle Personen im Schiffe verbleiben, und auf meine Ankunfft warten, ich aber machte meine Sachen bey der Ost-Indischen Compagnie vollends richtig, empfieng meine sichern Pæsse, Handels- und Frey-Briefe, und konte solchergestalt, über alles Verhoffen, um eben dieselbe Zeit von Amsterdam ablauffen, als ich vor etlichen Monaten gewünschet hatte.

Auf der Insul Teneriffa, allwo wir nach ausgestandenen hefftigen Sturm unser Schiff auszubessern und uns mit frischen Lebens-Mitteln zu versehen, einige Tage stille lagen, zohe ich eines Abends meinen Lieutenant Horn auf die Seite, und sagte: Höret mein guter Freund, nunmehro ist es Zeit, daß ich mein gantzes Hertz offenbare, und euch zum wohlhabenden Manne mache, daferne ihr mir vor-[461]hero einen leiblichen Eyd zu schweren gesonnen, nicht allein dasjenige Geheimniß, welches ich sonsten niemanden als euch und dem redlichen Gorques anvertrauen will, so viel als nöthig, zu verschweigen, sondern auch die billige Forderung so ich an euch beyde thun werde, zu erfüllen. Horn wurde ziemlich bestürtzt, doch auf nochmahliges Ermahnen, daß ich von ihm nichts sündliches, unbilliges oder unmögliches verlangte, schwur er mir einen leiblichen Eyd, worauff ich ferner also redete: Wisset mein Freund, daß ich nicht Willens bin mit nach Ost-Indien zu gehen, sondern ich werde mich ehester Tages an einem mir gelegenen Orte nebst denen darzu bestimmten Personen und Waaren aussetzen lassen, euch aber will ich nicht allein das Schiff, sondern auch alles darzu gehörige erb- und eigenthümlich schencken, und eure Person statt meiner zum Capitain und Patron denen übrigen vorstellen, weil ich hierzu laut meiner Pæsse und Frey-Briefe von denen Häuptern der Ost-Indischen Compagnie sattsame Gewalt und Macht habe. Hergegen verlange ich davor nichts, als daß ihr dem Adam Gorques, welcher an eure statt Lieutenant werden soll, nicht allein seinen richtigen Sold zahlet, sondern ihm auch den 3ten Theil von demjenigen, was ihr auf dieser ersten Reise profitiret, abgebet, auf der Rückreise aber, die ihr doch ohnfehlbar binnen 2. oder drittehalb Jahren thun werdet, euch wiederum durch etliche Canonen-Schüsse an demjenigen Orte meldet, wo ich mich werde aussetzen lassen, im übrigen aber von meinem Auffenthalt weder in Europa noch sonst anderswo ruchtbar machet. [462]

Der gute Horn wuste mir anfänglich, ohne Zweiffel wegen verschiedener deßfalls bey ihm entstandener Gemüths-Bewegungen, kein Wort zu antworten, jedoch nachdem ich mich noch deutlicher erkläret, und ihm eine Specification derer Dinge eingehändiget, welche er bey seiner Rück-Reise aus Ost-Indien an mich mitbringen solte; schwur er nochmals, nicht allein alles, was ich von ihm begehrte, redlich zu erfüllen, sondern danckte mir auch dermassen zärtlich und verbindlich, daß ich keine Ursache habe, an seiner Treue und Erkänntlichkeit zu zweiffeln. Ich habe auch die Hoffnung daß ihn GOTT werde glücklicher seyn lassen, als den Bösewicht Jean le Grand, denn solchergestallt werden wir, durch seine Hülffe, alles was wir etwa noch in künfftigen Zeiten aus Europa vonnöthen haben möchten, gar beqvem erlangen

können, und uns darbey keiner Hinterlist und Boßheit
sonderlich zu befürchten haben.

Wie es mit unserer fernern Reise und glücklichen Ankunfft auf dieser angenehmen Insul beschaffen gewesen,
ist allbereit bekannt, derowegen will nur von mir noch
melden, daß ich nunmehro den Haafen meiner zeitlichen
Ruhe und Glückseligkeit erreicht zu haben verhoffe,
indem ich den lieben Altvater gesund, alle Einwohner
in unveränderten Wohlstande, und meine liebe Sophia
getreu und beständig wieder gefunden. Nunmehro aber,
weil mir der liebe Altvater, und mein gutes Gewissen,
alle glücklich ausgelauffene Anstalten auch selbsten
Zeugniß geben, daß ich alles redlich und wohl ausgerichtet habe, werde ein Gelübde thun: ausser der äusersten
[463] Noth und besonders wichtigen Umständen nicht
wieder aus dieser Gegend in ein ander Land zu weichen,
sondern die übrige Lebens-Zeit mit meiner lieben Sophie
nach GOTTES Willen in vergnügter Ruhe hinbringen.
Der liebe Altvater inzwischen wird mir hoffentlich gütig
erlauben, daß ich künfftigen Sonntags nach vollbrachten
GOttes Dienste mich mit meiner Liebsten durch den
Herrn Mag. Schmeltzern ehelich zusammen geben lasse,
anbey das Glück habe, der erste zu seyn, der auf dieser
Insul, christlichem Gebrauche nach, seine Frau von den
Händen eines ordinirten Priesters empfängt. Thut was
euch gefällig ist, mein werther Hertzens Freund und
Sohn, antwortete hierauff der Altvater Albertus, denn
eure Redlichkeit verdienet, daß ihr allhier von nieman-

den Erlaubniß bitten oder Befehle einholen dürffet, weil wir allerseits vollkommen versichert sind, daß ihr GOTT fürchtet, und uns alle hertzlich liebet. Diesem fügte der Altvater annoch seinen kräfftigen Seegen und sonderbaren Wunsch zu künfftigen glücklichen Ehe-Stande bey, nach dessen vollendung Herr Mag. Schmeltzer und ich, ebenfalls unsere treugesinnten Glückwünsche bey dem Herrn Wolffgang abstatteten, nachhero aber ihm einen schertzhafften Verweiß gaben, daß er weder unterwegs, noch Zeit unseres hierseyns noch nicht das allergeringste von seinen Liebes-Angelegenheiten entdeckt, vielweniger uns seine Liebste in Person gezeiget hätte, welches doch billig als etwas merckwürdiges angeführet werden sollen, da wir am verwichener Mittwochen die Pflantz-Stadt Christians-[464]Raum und seines Schwieger-Vaters Wohnung in Augenschein genommen.

Herr Wolffgang lächelte hierüber, und sagte: Es ist, meine werthesten Freunde, aus keiner andern Ursache geschehen, als hernach die Freude unter uns auf einmal desto grösser zu machen. Meine Liebste hielt sich an vergangener Mittewochen verborgen, und man hat euch dieserwegen auch nicht einmal entdeckt, daß die neu erbaute Wohnung, welche wir besahen, Zeit meines Abwesens vor mich errichtet worden. Doch diesen Mittag, weil es bereits also bestellet ist, werden wir das Vergnügen haben, meinen Schwieger-Vater Christian Julium, nebst meiner Liebsten Sophie bey der Mahlzeit zu sehen.

Demnach aber der bißherige Capitain, Herr Leonhard

Wolffgang, solchergestallt seine völlige Erzehlung geendiget, mithin die Mittags-Zeit heran gekommen war,
stelleten sich Christian Julius und dessen Tochter Sophie
bey der Mahlzeit ein, da denn, so wohl Herr Mag. Schmeltzer, als ich, die gröste Ursach hatten, der letztern
besondere Schönheit und ausnehmenden Verstand zu
bewundern, anbey Herrn Wolffgangs getroffene Wahl
höchst zu billigen.

Gleich nach eingenommener Mittags-Mahlzeit, begleiteten wir ingesammt Herrn Mag. Schmelzern in die
Davids-Raumer Alleé, um abgeredter massen das Glau-
bens-Bekänntniß aller dererjenigen öffentlich anzuhören, die des morgenden Tages ihre Beichte thun, und
folgendes Tages das Heil. Abendmahl empfangen wolten, und vermerckten [465] mit grösten Vergnügen: daß
so wol Alt als Jung in allen Haupt-Articuln und andern
zur christlichen Lehre gehörigen Wissenschafften vortrefflich wohl gegründet waren. Als demnach alle und
jede ins besondere von Herrn Magist. Schmeltzern aufs
schärffste tentiret und examiniret worden, welches biß zu
Untergang der Sonnen gewähret hatte, confirmirte er
diese seine ersten Beicht-Kinder durch ein andächtiges
Gebeth und Auflegung der Hand auf eines jeglichen
Haupt, und nach diesen nahmen wir mit ihm den Rück-
Weg nach der Albertus-Burg.

In der Mittags-Stunde des folgenden Tages, als Sonnabends vor dem I. Advent-Sonntage, begab sich Herr
Mag. Schmeltzer in die schöne Lauber-Hütte der Davids-

Raumer Alleé, welche unten am Alberts-Hügel, vermittelst Zusammenschliessung der dahin gepflantzten
Bäume, angelegt war, und erwartete daselbst seine bestellten Beicht-Kinder. Der Altvater Albertus war der
erste, so sich in heiliger Furcht und mit heissen Thränen
zu ihm nahete und seine Beichte ablegte, ihm folgten
dessen Sohn, Albertus II. David Julius, Herr Wolffgang
nebst seiner Liebsten Sophie, ich Eberhard Julius und
diejenigen so mit uns aus Europa angekommen waren,
hernachmals aus den Alberts- und Davids-Raumer Gemeinden alle, so 14. Jahr alt und drüber waren.

Es daurete dieser Heil. Actus biß in die Nacht, indem
sich Herr Mag. Schmeltzer bey einem jeden mit dem
absolviren sehr lange aufhielt, und sich dermassen abgemattet hatte, daß wir fast zweiffel-[466]ten, ob er Morgen im Stande seyn würde eine Predigt zu halten. Allein
der Himmel stärckte ihn unserm Wunsche nach aufs
allerkräfftigste, denn als der erste Advent-Sonntag ein-
gebrochen, und das neue Kirchen-Jahr mit 6. Canonen-
Schüssen allen Insulanern angekündiget war, und sich
dahero dieselben an gewöhnlicher Stelle versammlet
hatten, trat Herr Mag. Schmeltzer auf, und hielt eine
ungemein erbauliche Predigt über das gewöhnliche
Sonntags Evangelium, so von dem Einzuge des Welt-
Heylandes in die Stadt Jerusalem handelt. Das Exordium
generale war genommen aus Ps. 118. v. 24. Diß ist der
Tag, den der HERR macht, lasst uns freuen &c. Er
redete in der Application so wohl von den Ursachen,

warum sich die Insulaner freuen solten, als auch von der geistl. Freude, welche sie über die reine Predigt des Worts GOttes, und andere Mittel des Heyls, so ihnen in Zukunfft reichlich würden verkündiget und mitgetheilet werden, haben solten. In dem Exordio speciali, erklärete er die Worte Esaiä c. 62. v. 11. Saget der Tochter Zion &c. Wieß in der Application, daß die Insulaner auch eine geistliche Tochter Zion wären, zu welchen itzo Christus mit seinem Worte und Heil. Sacramenten käme. Darauff stellete er aus dem Evangelio vor:

Die erfreute Tochter Zion,

und zwar:

(1) Worüber sich dieselbe freuete? als:

    (a) über den Einzug des Ehren-Königs JEsu Christi [467]

    (b) über das Gute, so sie von ihm geniessen solte, aus den Worten: Siehe dein König &c.

(2) Wie sich dieselbe freuete? als:

    (a) Wahrhafftig.

    (b) Hertzlich.

Nachdem er alles vortrefflich wohl ausgelegt, verschiedene erbauliche Gedancken und Ermahnungen angebracht, und die Predigt also beschlossen hatte, wurde das Lied gesungen: GOTT sey danck durch alle Welt &c. Hierauff schritt Herr Magist. Schmeltzer zur Consecration der auf einer güldenen Schale liegenden Hostien, und des ebenfalls in einem güldenen grossen Trinck-Geschirr zu rechtgesetzten Weins, nahm eine Hostie in seine Hand, und sprach: Mein gecreutzigter Heyland, ich empfange anitzo aus deinen, wiewohl unsichtbaren Händen, deinen wahrhafftigen Leib, und bin versichert, daß du mich, jetzigen Umständen nach, von den gewöhnlichen Ceremonien deiner reinen Evangelisch-Lutherischen Kirche entbinden, anbey mein Dir geweyhetes Hertze und Sinn betrachten wirst, es gereiche also dein heiliger Leib mir und niemanden zum Gewissens-Scrupel, sondern stärcke und erhalte mich im wahren und reinen Glauben zum ewigen Leben Amen!

Hierauff nahm er die gesegnete Hostie zu sich, und bald darauff sprach er: Auf eben diesen Glauben und Vertrauen, mein JESU! empfange ich aus deinen unsichtbaren Händen dein warhafftes Blut, welches du am Stamm des Creutzes vor [468] mich vergossen hast, das stärcke und erhalte mich in wahren Glauben zum ewigen Leben Amen! Nahm also den gesegneten Wein zu sich, kniete nieder und Betete vor sich, theilete hernachmals das Heil. Abendmahl allen denenjenigen aus, welche gestriges Tages gebeichtet hatten, und beschloß den Vormittäglichen Gottesdienst nach gewöhnlich Evangelisch-Lutherischer Art.

Nachmittags, nachdem wir die Mahlzeit ingesammt auf Morgenländische Art im grünen Grase, bey ausgebreiteten Teppichen sitzend, eingenommen, und uns hierauff eine kleine Bewegung gemacht hatten, wurde zum andern mahle GOttes-Dienst gehalten, und nach Vollbringung dessen Hr. Wolffgang mit Sophien ehelich zusammen gegeben, auch ein paar Zwillinge, aus dem Jacobischen Stamme, getaufft, welche Tab. VII. bezeichnet sind.

Solchergestallt wurde alles mit dem Lob-Gesange: HERR GOTT dich loben wir &c. beschlossen, Mons. Litzberg und ich gaben, mit Erlaubniß des Altvaters, noch 12. mal Feuer aus denen auf dem Albertus-Hügel gepflantzten Canonen, und nachdem Herr Wolffgang verkündigen lassen, wie er G. G. den 2ten Januar. nächstfolgenden 1726ten Jahres, von wegen seiner Hochzeit, allen Insulanern ein Freuden-Fest anrichten wolte, kehrete ein jeder, geistlich und leiblich vergnügt, in seine Wohnung.

Herr Mag. Schmeltzer hatte bereits verabredet: Daß die Stephans- Jacobs- und Johannis-Raumer Gemeinden, den Andern Advent-Sonn-[469]tag, die Christophs- und Roberts-Raumer den 3ten, und letzlich die Christians- und Simons-Raumer, den 4ten Advent zum Heil. Abendmahle gehen solten, daferne sich jede Gemeinde die Woche vorhero behörig versammlen, und die Catechismus-Lehren also, wie ihre Vorgänger, die Alberts- und Davids-Raumer, annehmen wolte; Weil nun alle hierzu eine heisse Begierde gezeiget hatten, wartete der unermüdete Geistliche alltäglich seines Ammts getreulich, wir andern aber liessen unsere aller angenehmste Arbeit seyn, den Kirchen-Bau aufs eiferigste zu befördern, worbey der Altvater Albertus beständig zugegen war, und nach seinem Vermögen die materialien herbey bringen halff, auch sich, ohngeacht unserer trifftigen

Vorstellungen wegen seines hohen Alters, gar nicht davon abwenden ließ.

Eines Morgens, da Herr Mag. Schmeltzer unsere Arbeit besahe, fiel ihm ein: daß wir vergessen hätten einige schrifftliche Urkunden, der Nachkommenschafft zum Vergnügen, und der Gewohnheit nach, in den Grund-Stein einzulegen, da nun der Altvater sich erklärete, daß hieran noch nichts versäumet sey, sondern gar bald noch ein anderer ausgehölter Stein, auf den bereits eingesenckten gelegt werden könte, auch sogleich den Seinigen deßwegen Befehl ertheilete, verfertigte indessen Herr Magist. Schmeltzer eine Schrifft, welche in Lateinischer, Deutscher und Englischer Sprache abgeschrieben, und nachhero mit Wachs in den ausgehölten Grund-Stein eingedruckt wurde. Es wird hoffentlich dem geneigten Leser nicht zu wider seyn, wenn ich dieselbe Lateinisch und Deutsch mit beyfüge: [470]

Hic lapis

ab

ALBERTO JULIO,

Vero veri Dei cultore,

Anno CIƆIƆCCXXV.

d. XVIII. Novembr.

fundamenti loco positus,

ædem Deo trinuno consecratam,

sanctum cœlestium ovium ovile,

inviolabile Sacramentorum, baptismi & sacræ

cœnæ domicilium,

506

immotamque verbi divini sedem,
suffulcit ac suffulciet:
Machina qvot mundi posthac durabit in annos,
Tot domus hæc duret, stet, vigeatque Dei!
Semper sana sonent hic dulcis dogmata Christi,
Per qvem credenti vita salusque datur!

Deutsch:
Dieser
von ALBERTO JULIO
Im Jahr Christi 1725. den 18. November.
gelegte Grund-Stein,
unterstützet und wird unterstützen:
eine dem Dreyeinigen GOTT gewidmete Kirche,
einen heiligen Schaaf-Stall christlicher
Schaafe,
eine unverletzliche Behausung der Sacramenten
der Taufe und des Heil. Abendmahls,
und einen unbeweglichen Sitz des Worts
GOTTES. [471]
So lange diese Welt wird unbeweglich stehen
So lange soll diß Haus auch nicht zu Grunde
gehen!
Was hier gepredigt wird, sey Christi reines
Wort,
Wodurch ein Gläubiger, erlangt den Himmels-
Port!

* * *

507

Herr Wolffgang bezohe immittelst, mit seiner Liebste, das in Christians-Raum vor dieselben neuerbauete Hauß, ließ aber nicht mehr als die nöthigsten von seinen mitgebrachten mobilien dahin schaffen, und das übrige auf der geraumlichen Albertus-Burg in des Altvaters Verwahrung. Unsere mitgebrachten Künstler und Handwercks-Leute bezeugten bey solcher Gelegenheit auch ein Verlangen den Ort zu wissen, wo ein jeder seine Werckstatt aufschlagen solte, derowegen wurden Berathschlagungen angestellet, ob es besser sey, vor dieselben eine gantz neue Pflantz-Stadt anzubauen? oder Sie in die bereits angebaueten Pflantz-Städte einzutheilen? Demnach fiel endlich der Schluß dahinaus, daß, da in Erwegung des vorhabenden Kirchen-Baues anitzo keine andere Bau-Arbeit vorzunehmen rathsam sey, die Neuangekommenen an solche Orte eingetheilet werden möchten, wie es die Umstände ihrer verschiedenen Profeßionen erforderten.

Diese Resolution war ihnen sämtlich die allerangenehmste, und weil Herr Wolffgang von dem [472] Altvater freye Macht bekommen hatte, in diesem Stücke nach seinem Gutbefinden zu handeln, so wurden die sämtlichen neu-angekommenen Europäer folgender massen eingetheilet: Mons. Litzberg der Mathematicus bezohe sein Quartier in Christophs-Raum bey Herr Wolffgangen. Der wohlerfahrne Chirurgus Mons. Kramer, in Alberts-Raum. Mons. Plager, und Peter Morgenthal der Kleinschmidt, in Jacobs-Raum. Harckert der Posamen-

tirer, in Roberts-Raum. Schreiner der sich bey dem Tohne
als ein Töpffer selbst einlogirt hatte, in Davids-Raum.
Wetterling der Tuchmacher, in Christophs-Raum. Kleemann der Pappier-Müller, in Johannis-Raum. Herrlich
der Drechßler, und Johann Melchior Garbe der Böttcher,
in Simons-Raum. Lademann der Tischler, und Philipp
Krätzer der Müller, in Stephans-Raum.

Solchergestalt blieben Herr Magist. Schmeltzer und
ich Eberhard Julius nur allein bey dem Altvater Alberto
auf dessen so genannter Alberts-Burg, welcher annoch
beständig 5. Jünglinge und 4. Jungfrauen von seinen
Kindes-Kindern zur Bedienung bey sich hatte. Herr
Mag. Schmeltzer und Herr Wolffgang ermahneten die ab-
getheilten Europäer, eine Gottesfürchtige und tugendhaffte Lebens-Art unter ihren wohlerzogenen Nachbarn
zu führen, stelleten ihnen dabey vor, daß: Daferne sie
gesinnet wären, auf dieser Insul zu bleiben, sich ein jeder
eine freywillige Ehe-Gattin erwehlen könte. Derjenige
aber, welchem diese Le-[473]bens-Art nicht anständig
sey, möchte sich nur aller geilen und boßhafften Auß-
schweiffungen gäntzlich enthalten, und versichert seyn:
daß er solchergestalt binnen zwey oder 3. Jahren nebst
einem Geschencke von 2000. Thlrn. wieder zurück nach
Amsterdam geschafft werden solte.

Es gelobte einer wie der andere dem Altvater Alberto,
Hrn. Mag. Schmeltzern als ihren Seel-Sorger, und Herrn
Wolffgangen als ihren leiblichen Versorger, treulich an,
sich gegen GOTT und den Nächsten redlich und ehr-

lich aufzuführen, seiner Hände Werck, zu GOTTES Ehren und dem gemeinschafftl. Wesen, ohne Verdruß zu treiben, übrigens den Altvater Albertum, Hrn. Wolffgangen, und Herrn Magist. Schmeltzern, vor ihre ordentliche Obrigkeit in geistlichen und weltlichen Sachen zu erkennen, und sich bey ein und andern Verbrechen deren Vermahnungen und gehörigen Strafen zu unterwerffen.

Es soll von ihrer künfftigen Aufführung, und Vereheligung, im Andern Theile dieser Felsenburgischen Geschicht, des geneigten Lesers curiosität möglichste Satisfaction empfangen. Voritzo aber habe noch zu melden, daß die sämtlichen Bewohner dieser Insul am 11. Decembr. dieses ablauffenden 1725ten Jahres, den allbereit vor 78. Jahren, von dem Altvater Alberto angesetzten dritten grossen Bet- und Fast-Tag biß zu Untergang der Sonnen celebrirten, an welchen Herr Mag. Schmeltzer den 116ten Psalm in zweyen [474] Predigten ungemein tröstlich und beweglich auslegte. Die übrigen Stämme giengen an den bestimmten Sonntagen gemachter Ordnung nach, aufs andächtigste zum Heil. Abendmahle, nach diesen wurde das eingetretene Heil. Christ-Fest erfreulich gefeyret, und solchergestalt erreichte damals das 1725te Jahr, zu aller Einwohner hertzlichen Vergnügen, vorjetzo aber bey uns der Erste Theil der Felsenburgl. Geschichts-Beschreibung sein abgemessenes

ENDE.

AVERTISSEMENT.

MAn ist zwar, Geneigter Leser, anfänglich Willens gewesen diese Felsenburgische Geschichte, oder dasjenige, was auf dem Titul-Blate versprochen worden, ohne Absatz, en Suite heraus zu geben, allein nach fernern reiffern Uberlegungen hat man sich, en regard ein und anderer Umstände, zu einer Theilung verstehen müssen. Dem Herrn Verleger wäre es zwar weit angenehmer gewesen, wenn er sofort alles auf einmahl haben können; jedoch wenn ich nur dieses zu betrachten gebe: Daß des Herrn Eberhard Julii Manuscript sehr confus aussiehet, indem er zuweilen in Folio, ein ander mahl in 4to, und wieder ein ander mahl in 8vo geschrieben, auch viele marquen beygefügt, welche auf fast unzehlige Beylagen kleiner Zettel weisen, die hier und anderswo einzuflicken [475] gewesen, so habe den stylum unmöglich so concise führen können, als mir anfänglich wohl eingebildet hatte. Im Gegentheil ist mir das Werck unter den Händen unvermerckt, ja fast täglich angewachsen, weßwegen ich denn vors dienlichste erachtet, ein kleines Interstitium zu machen. Anderer Vortheile, die so wohl der geneigte Leser, als der Herr

511

Verleger und meine ohnedem niemahls müßige Feder
hierbey geniessen können, voritzo zu geschweigen. Ist
dieser Erste Theil so glücklich, seinen Lesern einiges
Vergnügen zu erwecken und derselben Beyfall zu erhalten, so kan dabey versichern, daß der andere Theil,
den ersten, an curiositäten, wo nicht übertreffen, doch
wenigstens nichts nachgeben wird. Denn in selbigem
werden nicht allein die theils wunderbaren, theils lächerlichen, theils aber auch merckwürdigen Fata ausführlich
vorkommen, welche denen letztern Felsenburgl. Ein-
kömmlingen von Jugend auf zugestossen sind, sondern
ich will über dieses keinen Fleiß sparen, Mons. Eberhard
Julii Manuscripta ordentlich zusammen zu lesen, und daraus umständlich zu berichten: In was vor einen florisan-
ten Zustand die Insul Felsenburg, durch den Fleiß der
neuangekommenen Europäischen Künstler und Handwercker, binnen 3. folgenden Jahren gesetzt worden;
Wie Mons. Eberhard Julius seine Rückreise nach Europa
angestellet, seinen Vater wieder gefunden, selbigen
durch seinen kostbaren Schatz in vorige Renommée
gesetzt, und endlich in Begleitung seines Vaters, und
der aus Schweden zurück verschriebenen Schwester, die
andere Reise nach Felsenburg angetreten hat. [476]

Hält oft erwehnter Mons. Eberhard Julius seine Parole
so treulich, als er versprochen, nach und nach die fernern
Begebenheiten der Felsenburger, entweder Herrn Ban-
qvier G. v. B. in Amsterdam, oder Herrn W. in Hamburg
schrifftlich zu übersenden, so kan vielleicht der dritte

Theil dieses vorgenommenen Wercks auch noch wohl zum Vorscheine kommen.

Ubrigens bitte mir von dem geneigten Leser, vor meine deßfalls angewandte Mühe, und wiewol gantz unvollkommene Schreib-Art, nochmahls ein affectionirtes, wenigstens unpassionirtes sentiment aus, und beharre

Desselben

dienstwilligster

GISANDER.

Genealogische TABELLEn

über das

ALBERT-JULIsche Geschlechte,

Wie solches aus Europa herstammet, und biß
zu Ende des 1725ten Jahres auf der Insul
Felsenburg fortgeführet, und vorn p. 106.
versprochen worden.

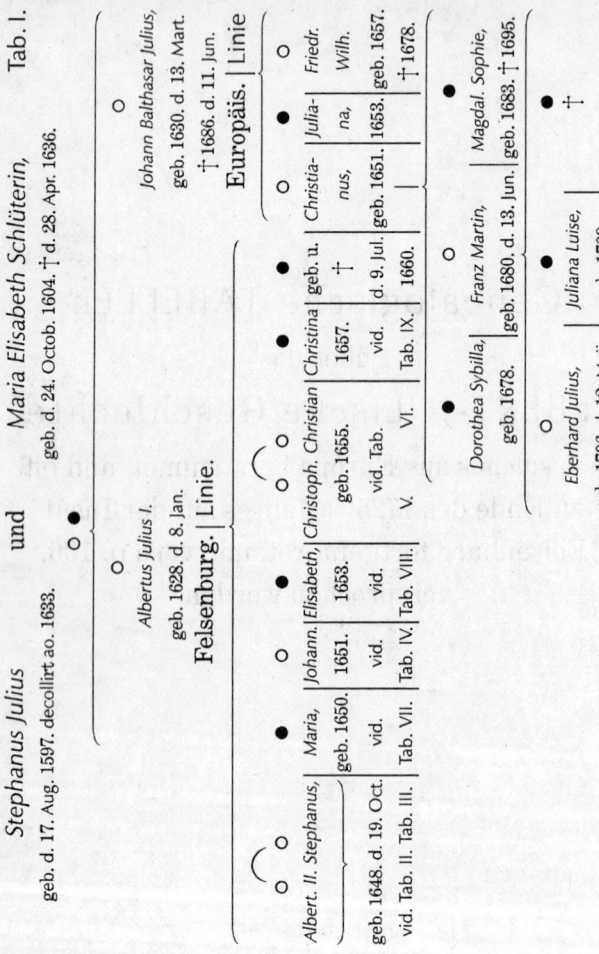

Tab. I.

Stephanus Julius *und* Maria Elisabeth Schlüterin,
geb. d. 17. Aug. 1597. decollirt ao. 1633. geb. d. 24. Octob. 1604. † d. 28. Apr. 1636.

Albertus Julius I.
geb. 1628. d. 8. Jan.
Felsenburg. | Linie.

Johann Balthasar Julius,
geb. 1630. d. 13. Mart.
† 1686. d. 11. Jun.
Europäis. | Linie.

Albert. II. Stephanus,	Maria,	Johann,	Elisabeth,	Christoph.	Christian	Christina		Christia-	Julia-	Friedr.
geb. 1648. d. 19. Oct.	geb. 1650.	1651.	1653.	geb. 1655.	geb. u.	1657.		nus,	na,	Wilh.
vid. Tab. II. Tab. III.	vid.	vid.	vid.	vid. Tab.	†	vid.		geb. 1651.	1653.	geb. 1657.
	Tab. VII.	Tab. IV.	Tab. VIII.	V.	d. 9. Jul.	Tab. IX.				† 1678.
					1660.					

| Dorothea Sybilla, | Franz Martin, | Magdal. Sophie, |
| geb. 1678. | geb. 1680. d. 13. Jun. | geb. 1683. † 1695. |

Eberhard Julius,
geb. 1706. d. 12. Maji.

Juliana Luise,
geb. 1709.

516

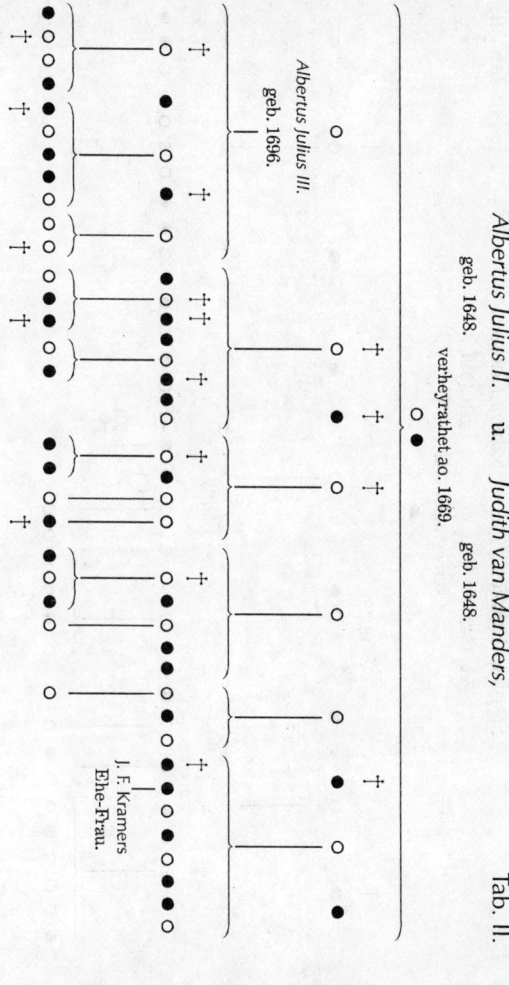

Tab. II.

Albertus Julius II. u. *Judith van Manders,*

geb. 1648. geb. 1648.

verheyrathet ao. 1669.

Albertus Julius III.
geb. 1696.

J. F. Kramers
Ehe-Frau.

Dieser Stamm bestehet demnach aus 69. nemlich 35. Manns- und 34. Weibs-Personen.

Hiervon sind seit ao. 1668. gestorben 17. - - - 8. - - - 9. - - -

Sind also ao. 1725. noch am Leben 52. - - 27. - - - 25.

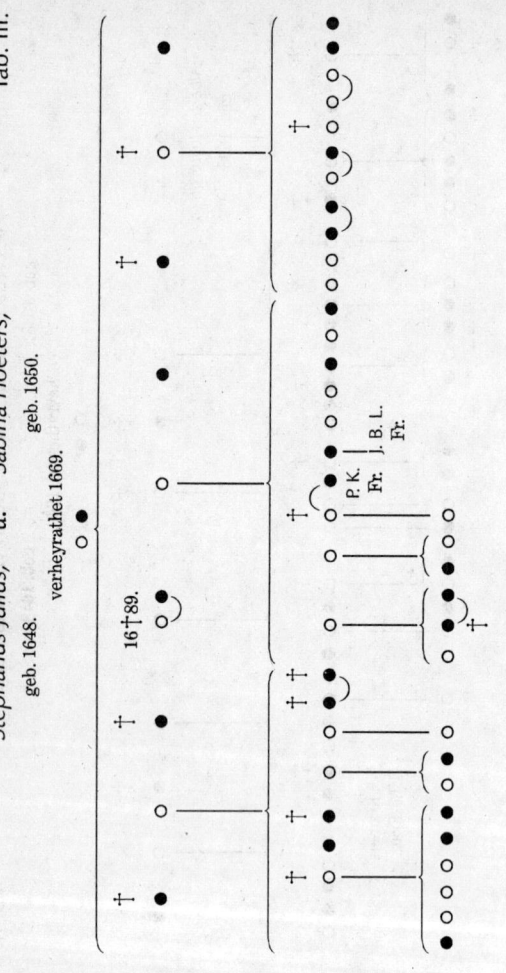

Tab. III.

Stephanus Julius, u. Sabina Floeters,
geb. 1648. geb. 1650.
verheyrathet 1669.

Dieser Stamm bestehet aus 55. nemlich 27. Manns- und 28. Weibs-Personen.
Hiervon sind seit ao. 1668. † 12. - - 5. - - - 7. - - -

Also noch am Leben 43. - - 22. - - - 21.

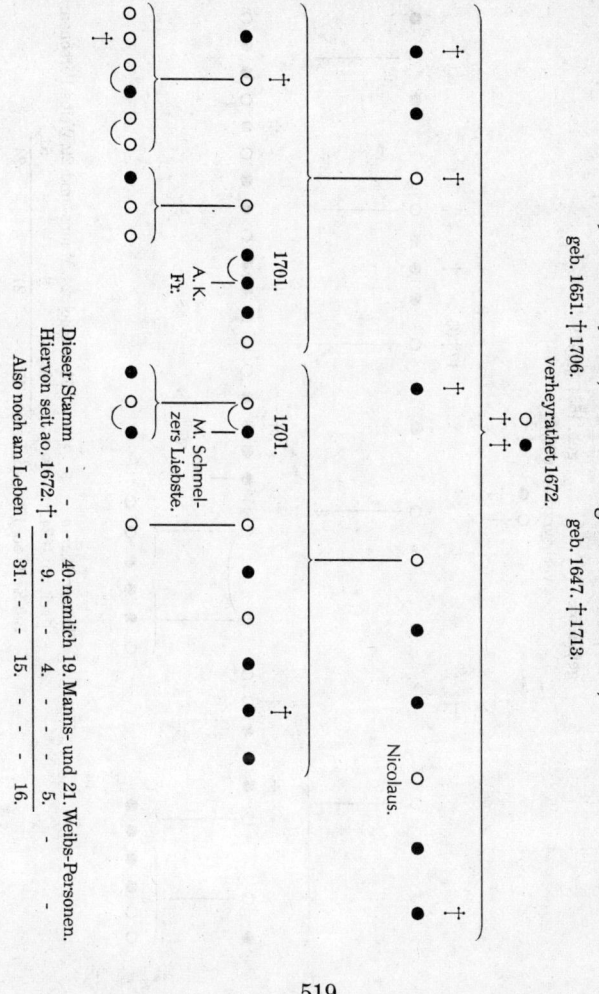

Tab. IV.

Johannes Julius, und Virgilia van Cattmers,
geb. 1651. † 1706.   geb. 1647. † 1713.
verheyrathet 1672.

Nicolaus.

1701.

1701.

A. K.
Fr:

M. Schmel-
zers Liebste.

Dieser Stamm   -   -   -   40. nemlich 19. Manns- und 21. Weibs-Personen.
Hiervon seit ao. 1672. †   -   9.   -   4.   -   -   5.   -
Also noch am Leben - 31. - 15. - - 16. -

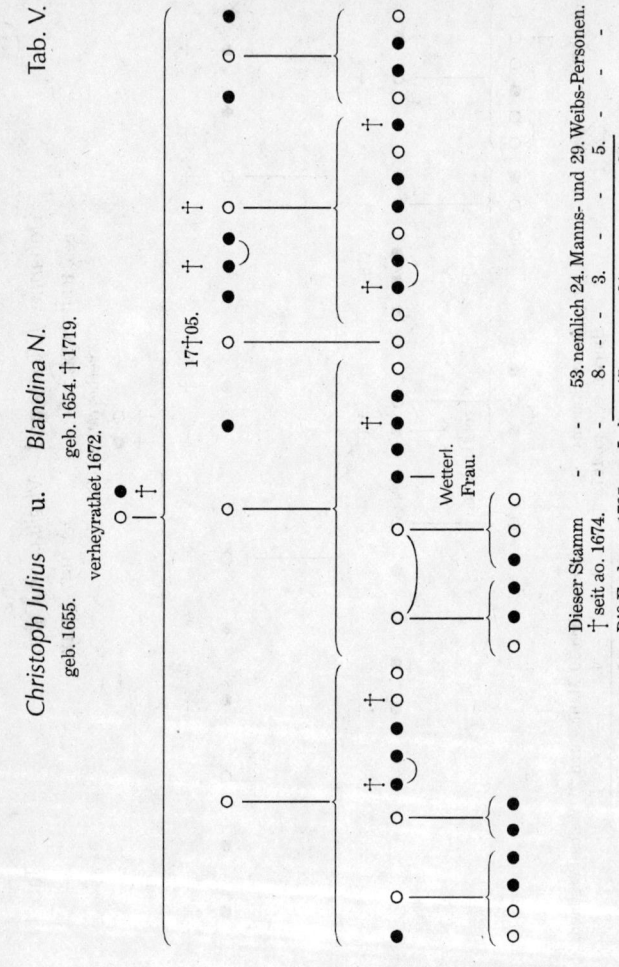

Tab. V.

Christoph Julius   u.   Blandina N.
geb. 1655.   geb. 1654. † 1719.

verheyrathet 1672.

Wetterl. Frau.

Dieser Stamm   -   -   53. nemlich 24. Manns- und 29. Weibs-Personen.
† seit ao. 1674.   -   -   8. - - 3. - - 5. - -
Biß Ende ao. 1725. am Leben 45. - - 21. - - 24.

520

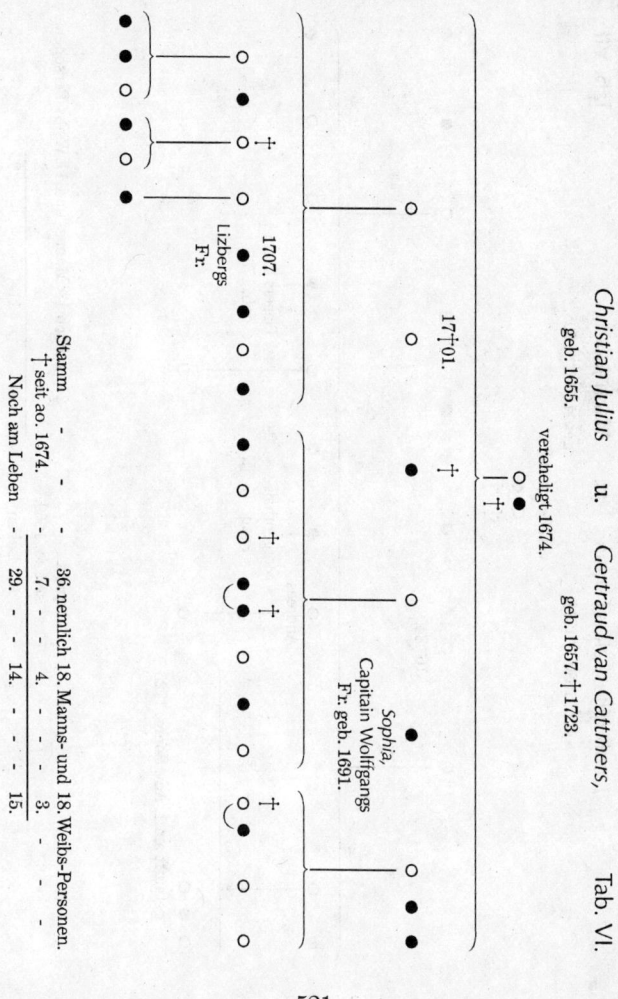

Tab. VII.

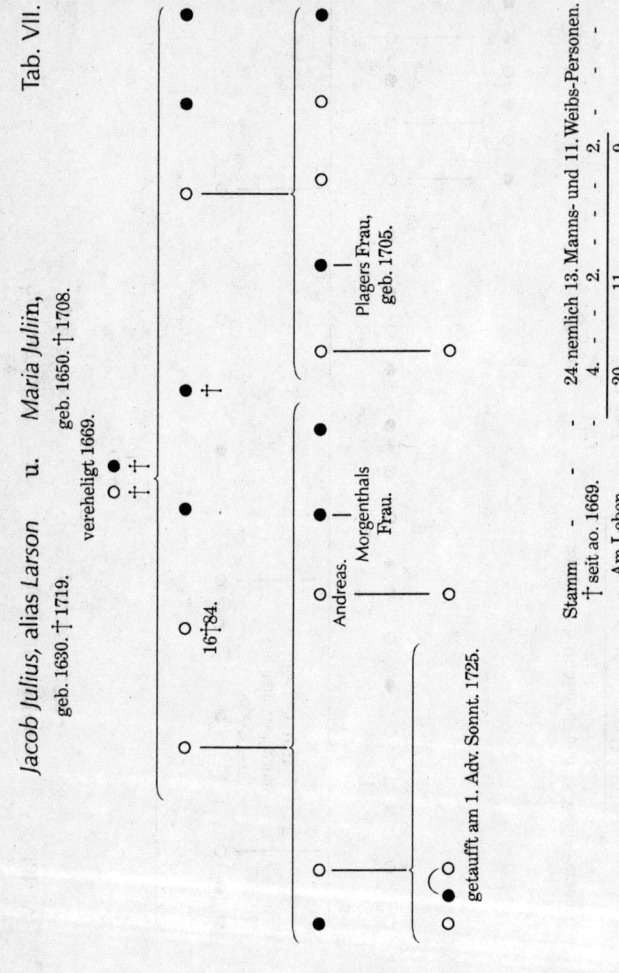

Jacob Julius, alias Larson   u.   Maria Juliin,
geb. 1630. † 1719.   geb. 1650. † 1708.

vereheligt 1669.

16⁵⁄₁₁84.

Andreas.

Morgenthals Frau.

Plagers Frau, geb. 1705.

getaufft am 1. Adv. Sonnt. 1725.

Stamm - - -   24. nemlich 13. Manns- und 11. Weibs-Personen.
† seit ao. 1669.   4. - - - 2. - - - - 2. - - -
Am Leben   20. - - 11. - - - - 9.

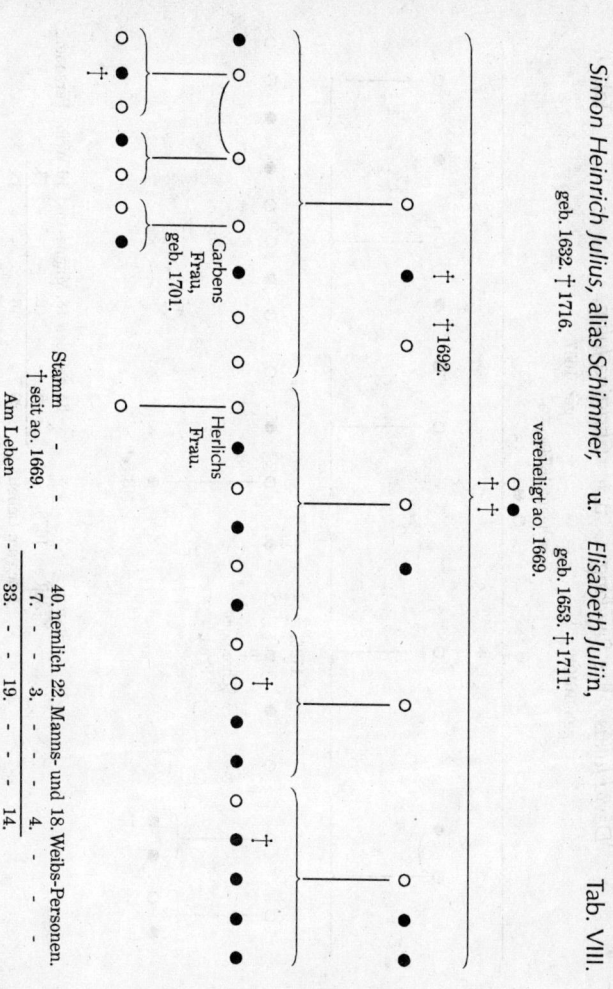

Tab. VIII.

Simon Heinrich Julius, alias Schimmer,   u.   Elisabeth Juliin,
geb. 1632. † 1716.   geb. 1653. † 1711.

verehligt ao. 1669.

Garbens
Frau,
geb. 1701.

Herlichs
Frau.

† 1692.

Stamm - -   40. nemlich 22. Manns- und 18. Weibs-Personen.
† seit ao. 1669. - 7. - - 3. - - - 4. - - -
Am Leben -   33. - - 19. - - - 14.

523

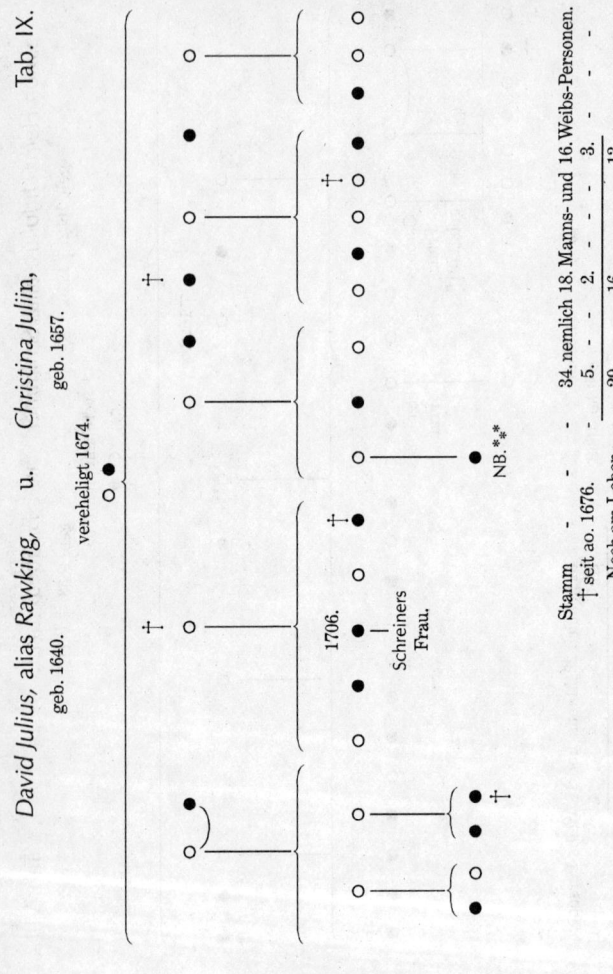

Tab. IX.

David Julius, alias Rawking,   u.   Christina Juliin,
geb. 1640.   geb. 1657.

vereheligt. 1674.

NB.***

1706.

Schreiners
Frau.

Stamm -   -   -   -   34. nemlich 18. Manns- und 16. Weibs-Personen.
          -   -   -   5. -   -   2. -   -   -   3. -   -   -
† seit ao. 1676. -   -   29. -   -   16. -   -   13. -   -   -
Noch am Leben

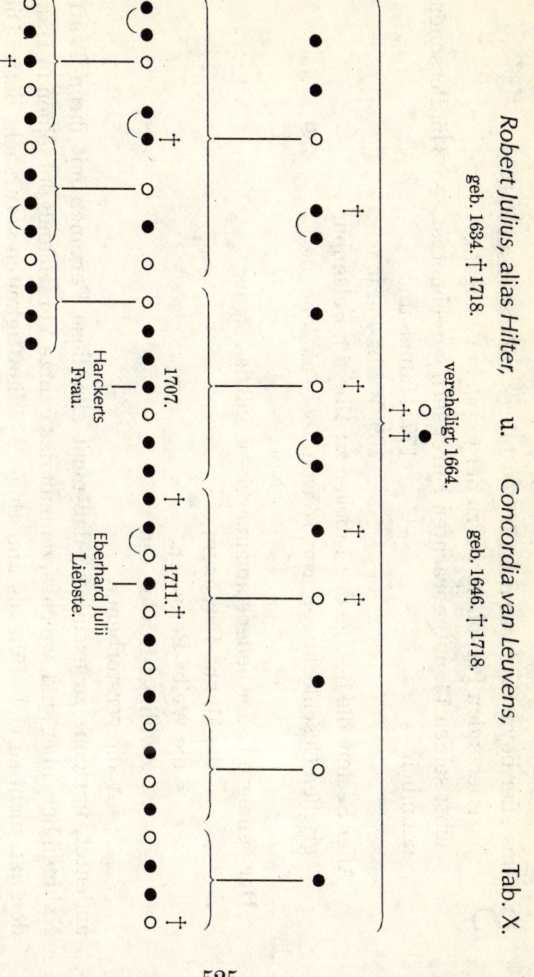

Robert Julius, alias Hilter, u. Concordia van Leuvens, Tab. X.
geb. 1634. † 1718. geb. 1646. † 1718.

verehligt 1664.

Harckerts
Frau.

1707.

Eberhard Julii
Liebste.

1711.†

Stamm	-	-	60.	nemlich 22. Manns- und 38. Weibs-Personen.
† seit ao. 1665.	-	-	11.	-	-	5.	-	-	6.	-	-
Also biß 1725. noch am Leben	49.	-	-	17.	-	-	32.

525

Summa aller beym Schlusse des 1725ten Jahres auf der Insul Felsenburg lebenden Personen, worzu der Capitain Wolffgang nebst seinen 14. mitgebrachten Europäern gerechnet ist, - 346. Personen.

nehmlich   - - -   177. Manns- und

                    169. Weibs-Personen.

Aller Seelen, die besage der Tabellen zu Alberti I. Felsenburgischen Geschlecht gehören, so wohl todte als lebende   - 429.

                            Not.

Der geneigte Leser beliebe anzumercken, daß das Signum

    ○ die Manns-Personen,

    ● die Weibs-Personen,

    ⌣ Zwillings-Kinder, und

    † die verstorbenen

andeutet, übrigens zu excusiren, daß nicht alle diese Personen mit ihren Tauff-Nahmen benennet sind, welches, da man das gantze Verzeichniß derselben in Händen hat, nicht so viel Mühe als unnöthige Weitläufftigkeiten verursacht hätte. Die übrigen wenigen Merckmahle werden gantz klar in die Augen fallen, wenn sich derselbe vorhero den ersten und andern Theil der Geschlechts-Beschreibung bekandt gemacht hat.

Anhang

Der Pag. 182.

versprochenen

Lebens-Beschreibung

Des

DON CYRILLO

DE

VALARO,

aus seinem Lateinischen Ma-

nuscript ins deutsche übersetzt.

D. C. de Valaro.

ICh Don Cyrillo de Valaro, bin im Jahr nach Christi Gebuhrt 1475. den 9. Aug. von meiner Mutter Blanca de Cordoua im Feld-Lager unter einem Gezelt zur Welt gebracht worden. Denn mein Vater Don Dionysio de Valaro, welcher in des neuen Castilianischen Königs Ferdinandi Kriegs-Dienste, als Obrister über ein Regiment Fuß-Volck getreten war, hatte meine Mutter mit sich geführet, da er gegen den Portugisischen König Alphonsum mit zu Felde gehen muste. Dieser Alphonsus hatte sich mit der Joanna Henrici des IV. Königs in Castilien Tochter, welche doch von jederman vor ein Bastard gehalten wurde, verlobet, und dieserwegen nicht allein den Titul und Wapen von Castilien angenommen, mithin unserm Ferdinando die Crone disputirlich gemacht, sondern sich bereits vieler Städte bemächtiget, weilen ihn, so wohl König Ludwig der XI. aus Franckreich, als auch viele Grandes aus Castilien starck zu secundiren versprochen. Nachdem aber die Portugiesen im folgenden 1476ten Jahre bey Toro ziemlich geklopfft worden, und mein Vater vermerckte: Daß es wegen des vielen hin und her marchirens nicht wohl gethan sey, uns länger bey sich zu behalten, schaffte er meine Mutter und mich zurück nach Madrit, er selbst aber kam nicht ehe wieder zu uns, biß die Portugiesen 1479. bey Albuhera totaliter geschlagen, und zum Frieden gezwungen worden, worbey Alphonsus nicht allein auf Castilien, sondern auch auf seine Braut renuncir-[491]te, Johanna aber, der man jedoch unsern Castilischen Printzen Johannem, ob selbiger gleich noch ein kleines Kind war, zum Ehe-Gemahl versprach, gieng aus Verdruß in ein Closter, weil sie vielleicht gemuthmasset daß sie nur vexiret würde.

Ich weiß mich, so wahr ich lebe, noch einigermassen der Freude und des Vergnügens, doch als im Traume, zu erinnern, welches ich als ein 4. jähriger Knabe über die glückliche Zurückkunfft meines lieben Vaters empfand, allein wir konten dessen erfreulicher Gegenwart sehr kurtze Zeit geniessen, denn er muste wenige Wochen hernach dem Könige, welcher ihn nicht allein zum General bey der Armee, sondern auch zu seinem Geheimbden Etaats-Ministre mit ernennet, bald nach Arragonien folgen, weiln der König, wegen des Absterbens seines höchst seel. Herrn Vaters, in diesem seinen Erb-Reiche die Regierung gleichfalls antrat. Doch im folgenden Jahre kam mein Vater nebst dem Könige abermals glücklich wieder zurück, und erfreuete dadurch mich und meine Mutter aufs neue, welche ihm mittler Zeit noch einen jungen Sohn gebohren hatte.

Er hatte damals angefangen seine Haußhaltung nach der schönsten Beqvemlichkeit einzurichten, und

weil ihm nicht so wohl der Krieg, als des Königs Gnade
zu ziemlichen Baarschafften verholffen, verschiedene
Land-Güter angekaufft, indem er auf selbigen sein
gröstes Vergnügen zu empfinden verhoffte. Allein da
mein Vater in der besten Ruhe zu sitzen gedachte, nahm
der König Anno 1481. einen Zug wider die Granadischen
Mauros vor, und mein [492] Vater muste ihm im folgenden 1482ten Jahre mit 10000. neugeworbenen Leuten
nachfolgen. Also verließ er uns abermals zu unsern
grösten Mißvergnügen, hatte aber vorhero noch Zeit
gehabt, meiner Mutter Einkünffte und das, was zu seiner
Kinder Standesmäßiger Erziehung erfodert wurde,
aufs Beste zu besorgen. Im Jahre 1483. war es zwischen
den Castilianern und Mohren, bey Malacca zu einem
scharffen Treffen gekommen, worbey die Erstern ziemlich gedränget, und mein Vater fast tödtlich verwundet
worden, doch hatte er sich einigermassen wieder erholet,
und kam bald darauff nach Hause, um sich völlig aus-
heilen zu lassen.

Der König und die Königin liessen ihm beyderseits
das Glück ihres hohen Besuchs geniessen, beschenckten
ihn auch mit einer starcken Summe Geldes, und einem
vortrefflichen Land-Gute, mich aber nahm der König,
vor seinen jungen Printzen Johannem, der noch 3. Jahr
jünger war als ich, zum Pagen und Spiel-Gesellen mit
nach Hofe, und versprach, mich bey ihm auf Lebens-Zeit
zu versorgen. Ob ich nun gleich nur in mein zehendtes
Jahr gieng, so hatte mich doch meine Mutter dermassen

gut erzogen, und durch geschickte Leute erziehen
lassen, daß ich mich gleich von der ersten Stunde an,
nicht allein bey den Königl. Kindern, sondern auch bey
dem Könige und der Königin selbst, ungemein beliebt
machen konte. Und da sich eine besondere natürliche
Fertigkeit bey mir gezeiget, hatte der König allen
Sprach- und Exercitien-Meistern ernstlichen Befehl ertheilet, an meine Person so wohl, als an seinen eigenen
Sohn, den allerbesten Fleiß zu wen-[493]den, welches
denn nebst meiner eigenen Lust und Beliebung so viel
fruchtete: Daß mich ein jeder vor den Geschicktesten
unter allen meinen Cammeraden halten wolte.

Mittlerweile war mein Vater aufs neue wieder zu
Felde gegangen, und hatte, nicht allein wegen seiner
Verwundung, an denen Mohren in etlichen Scharmützeln
ziemliche Rache ausgeübt, sondern auch vor den König
viele Städte und Plätze einnehmen helffen, bey welcher
Gelegenheit er auch zu seinem Theile viele Schätze erobert, und dieselben nach Hause geschickt hatte. Allein
im Jahr 1491. da die Stadt Granada mit 50000. Mann
zu Fuß, und 12000. zu Roß angegriffen, und der König
Boabdiles zur Übergabe gezwungen wurde, verlohr mein
getreuer und Heldenmüthiger Vater, sein edles Leben
darbey, und zwar im allerletzten Sturme auf den er-
stiegenen Mauren.

Der König bekam die Briefe von dieser glücklichen
Eroberung gleich über der Tafel zu lesen, und rieff
mit vollen Freuden aus: GOTT und allen Heiligen sey

gedanckt! Nunmehro ist die Herrschafft der Maurer, welche über 700. Jahr in Spanien gewähret, glücklich zu Grunde gerichtet. Derowegen entstunde unter allen, so wohl hohen als niedrigen Bedienten, ein allgemeines jubiliren, da er aber die Liste von den ertödteten und verwundeten hohen Kriegs-Bedienten zur Hand nahm, und unter andern lase: Daß Don Dyonisio de Valaro, als ein Held mit dem Degen in der Faust, auf der Mauer gestorben sey, vergiengen mir auf einmahl alle meine 5. Sinne dermassen, daß ich hinter dem [494] Cron-Printzen ohnmächtig zur Erden niedersincken muste.

Es hatte dem mittleydigen Könige gereuet, daß er sich nicht vorhero nach mir umgesehen, ehe er diese kläg-liche Zeitung, welche ihm selbst sehr zu Hertzen gieng, laut verlesen. Jedoch so bald mich die andern Bedienten hinweg und in mein Bette getragen, auch in etwas wie-der erfrischet hatten, besuchte mich nicht allein der Cron-Printz mit seiner 13. jährigen Schwester Johanna, sondern die Königin selbst mit ihrem vornehmsten Frau-enzimmer. Dem ohngeacht konte ich mein Gemüthe, wegen des jämmerlichen Verlusts meines so lieben und getreuen Vaters, nicht so gleich besänfftigen, sondern vergoß etliche Tage nach einander die bittersten Thrä-nen, biß mich endlich der König vor sich kommen ließ und folgendermassen anredete: Mein Sohn Cyrillo de Valaro, wilstu meiner fernern Gnade geniessen, so hem-me dein Betrübniß wenigstens dem äuserlichen Scheine nach, und bedencke dieses: Daß ich an dem Don Dionysio

de Valaro, wo nicht mehr, doch eben so viel als du verlohren, denn er ist mein getreuer Diener gewesen, der
keinem seines gleichen den Vorzug gelassen, ich aber
stelle mich selbst gegen dich an seine Stelle und will dein
Versorger seyn, hiermit sey dir sein erledigtes Regiment
geschenckt, worüber ich dich gleich jetzo zum Obristen
bestellen und zum Ritter schlagen will, jedoch sollstu
nicht ehe zu Felde gehen, sondern bey meinem Cron-
Printz bleiben, biß ich euch beyde ehestens selbst mit
mir nehme. Ich that hierauff dem Könige zur Danckbarkeit einen Fußfall, und empfohl mich seiner be-[495]
ständigen Gnade, welcher mir sogleich die Hand darreichte, die ich in Unterthänigkeit küssete, und von
ihm selbst auf der Stelle zum Ritter geschlagen wurde,
worbey ich die gantz besondere Gnade hatte, daß mir
die Princeßin Johanna das Schwerdt umgürtete, und der
Cron-Printz den rechten Sporn anlegte.

Solchergestallt wurde mein Schmertzen durch Königliche besondere Gnade, und durch vernünfftige Vorstellungen, nach und nach mit der Zeit ziemlich gelindert,
meine Mutter aber, nebst meinem eintzigen Bruder und
zweyen Schwestern, konten sich nicht so bald beruhigen,
und weil die erstere durchaus nicht wieder Heyrathen
wolte, begab sie sich mit meinem Geschwister aus der
Residentz-Stadt hinweg auf das Beste unserer Land-
Güter, um daselbst ruhig zu leben, und ihre Kinder mit
aller Vorsicht zu erziehen.

Immittelst ließ ich mir die Ubung in den Waffen, wie

auch in den Kriegs- und andern nützlichen Künsten dermassen angelegen seyn, daß sich in meinem 18den Jahre kein eintziger Ritter am Spanischen Hofe schämen durffte mit mir umzugehen, und da bey damahligen ziemlich ruhigen Zeiten der König vielfältige Ritter- und Lust-Spiele anstellete, fand ich mich sehr eiffrig und fleißig darbey ein, kam auch fast niemals ohne ansehnlichen Gewinst darvon.

Am Geburts-Tage der Princeßin Johanna wurde bey Hofe ein prächtiges Festin gegeben, und fast die halbe Nacht mit Tantzen zugebracht, indem aber ich, nach dem Abschiede aller andern, mich eben-[496]falls in mein Zimmer begeben wolte, fand ich auf der Treppe ein kleines Päcklein, welches in ein seidenes Tüchlein eingewickelt und mit Gold-Faden umwunden war. Ich machte mir kein Bedencken diese so schlecht verwahrte Sache zu eröffnen, und fand darinnen, etliche Elen grün mit Gold durchwürcktes Band, nebst dem Bildnisse einer artigen Schäferin, deren Gesicht auf die Helffte mit einem grünen Schleyer verdeckt war, weil sie vielleicht nicht von allen und jeden erkannt werden wolte. Uber dieses lag ein kleiner Zettel mit folgenden Zeilen darbey:

Geliebter Ritter!

Ihr verlanget von mir mein Bildniß nebst einer Liberey, welches beydes hiermit aus gewogenen Hertzen übersende. Seyd damit bey morgenden Turnier *glücklicher, als voriges mahl, damit ich eurentwegen von andern* Damen *keine Stichel-Reden anhören darff, sondern das Vergnügen habe, eure sonst gewöhnliche Geschicklichkeit mit dem besten Preise belohnt zu sehen. Lebet wohl und gedencket eurer*

Freundin.

Meine damahlige Schalckhafftigkeit wiederrieth mir denjenigen auszuforschen, wem dieses Paquet eigentlich zukommen solte, bewegte mich im Gegentheil diese Liberey, nebst dem artigen Bildnisse der Schäferin, bey morgenden Lantzenbrechen selbst auf meinem Helme zu führen. Wie gedacht, so [497] gemacht, denn am folgenden Morgen band ich die grüne Liberey nebst dem Bildnisse auf meinen Helm, legte einen gantz neuen Himmelblauen mit goldenen Sternlein beworffenen Harnisch an, und erschien also gantz unerkannt in den Schrancken mit meinem Schilde, worinnen ein junger Adler auf einem ertödten alten Adler mit ausgebreiteten Flügeln sitzend, und nach der Sonne sehend, zur Devise gemahlt war. Die aus dem Horatio genommene Beyschrifft lautete also:

Non possunt aquilæ generare columbam.

Deutsch:

Es bleibet bey dem alten Glauben,

Die Adler hecken keine Tauben.

Kaum hatte ich Zeit und Gelegenheit gehabt meine Kräffte an 4. Rittern zu probiren, worvon 3. wanckend gemacht, den 4ten aber gäntzlich aus dem Sattel gehoben und in den Sand gesetzt, als mir ein unbekand-

535

ter Schild-Knabe einen kleinen Zettel einhändigte, auf welchen folgende Zeilen zu lesen waren.

Verwegener Ritter,

ENtweder *nehmet sogleich dasjenige Bildniß und Liberey, welches ihr unrechtmäßiger Weise auf eurem Helme führet, herunter, und liefert es durch Uberbringern dieses seinem Eigenthums Herrn ein, oder seyd gewärtig, daß nicht allein euern bereits ziemlich erworbenen Ruhm, bey diesem Lust-Rennen nach allen Kräfften verdunckeln, sondern euch Morgen Früh auf* [498] *Leib und Leben ausfodern wird: Der Verehrer der schönen Schäferin.*

Auf diese trotzige Schrifft gab ich dem Schild-Knaben mündlich zur Antwort: Sage demjenigen, der dich zu mir geschickt: Woferne er seine Anfoderung etwas höflicher an mich gethan, hätte ich ihm mit Vergnügen willfahren wollen. Allein seiner unbesonnenen Drohungen wegen, wolte ich vor heute durchaus meinen eigenen Willen haben.

Der Schild Knabe gieng also fort, und ich hatte die Lust denjenigen Ritter zu bemercken, welchem er die Antwort überbrachte. Selbiger, so bald er mich kaum ein wenig müßig erblickt, kam gantz hochmüthig heran getrabet, und gab mir mit gantz hönischen Stellungen zu verstehen: Daß er Belieben habe mit mir ein- oder etliche Lantzen zu brechen. Er trug einen Feuerfarbenen silber gestreifften Harnisch, und führete einen blaß blauen Feder-Stutz auf seinem Helme, welcher mit schwartz

und gelben Bande umwunden war. In seinem Schilde
aber zeigte sich das Gemählde des Apollinis, der sich
einer jungen Nymphe, Isse genannt, zu gefallen, in einen
Schäfer verstellet, mit den Bey-Worten: Similis simili
gaudet, als wolte er deutlich dieses zu verstehen geben:

Isse meine Schäferin
Machts, daß ich ein Schäfer bin.

Ich vermerckte sogleich bey Erblickung dieser Devise,
daß der arme Ritter nicht allzuwohl unter dem Helme
verwahret seyn müsse. Denn wie schlecht reimete sich
doch der Feuerfarbene Harnisch nebst dem blaulichen
Feder-Stutze, auch gelb und [499] schwartzen Bande zu
der Schäferischen Liebes-Grille? Indem mir aber das
fernere Nachsinnen durch meines Gegners Anrennen
unterbrochen wurde, empfieng ich ihn mit meiner hurtig
eingelegten Lantze zum ersten mahle dermassen, daß er
auf beyden Seiten Bügel loß wurde, und sich kaum mit
Ergreiffung seines Pferdes Mähne im Sattel erhalten
konte. Dem ohngeacht versuchte er das andere Rennen,
wurde aber von meinem hefftigen Lantzen-Stosse so gewaltig aus dem Sattel gehoben, daß er halb ohnmächtig
vom Platze getragen werden muste. Solchergestalt war
der verliebte Feuerfarbene Schäfer vor dieses mahl abgefertiget, und weil ich mich die übrige Zeit gegen andere noch ziemlich hurtig hielt, wurde mir bey Endigung
des Turniers von den Kampf-Richtern der andere Preiß
zuerkannt, welches ein vortrefflicher Maurischer Säbel
war, dessen güldenes Gefässe mit den kostbarsten Edel-

Steinen prangete. Die Printzeßin Johanna hielt mir denselben mit einer lächlenden Geberde schon entgegen, da ich noch wohl 20. Schritte biß zu ihrem auferbaueten Throne zu thun hatte, indem ich aber auf der untersten Staffel desselben nieder kniete, und meinen Helm abnahm, mithin mein blosses Gesichte zeigte, stutzte nicht allein die Princeßin nebst ihren andern Frauenzimmer gewaltig, sondern Dero liebstes Fräulein, die Donna Eleonora de Sylva, sanck gar in einer Ohnmacht darnieder. Die Wenigsten mochten wohl errathen können, woher ihr dieser jählinge Zufall kam, und ich selbst wuste nicht, was es eigentlich zu bedeuten hatte, machte mich aber in noch währen-[500]den Auflauffe, nachdem ich meinen Gewinst empfangen, ohne von andern Rittern erkannt zu werden, gantz hurtig zurücke.

Zwey Tage hernach wurde mir von vorigen Schild-Knaben ein Cartell folgendes Innhalts eingehändiget:

Unredlicher Ritter,

SO kan man euch mit größtem Rechte nennen, indem ihr nicht allein einem andern, der Besser ist als ihr, dasjenige Kleinod listiger Weise geraubt, welches er als seinen kostbarsten Schatz geachtet, sondern euch überdieses frevelhafft unterstanden habt, solches zu seinem Verdruß und Spott öffentlich auf dem Helme zu führen. Jedoch man muß die Boßheit und den Unverstand solcher Gelb-Schnäbel bey zeiten dämpffen, und euch lehren, wie ihr mit würdigen Leuten umgehen müsset. Es ist zwar leichtlich zu erachten, daß ihr euch wegen des letztern ohngefähr erlangten Preises beym Lantzenbrechen, das Glücke zur Braut bekommen zu haben, einbildet; Allein wo ihr das Hertz habt, Morgen mit Aufgang der Sonnen, nebst nur einem eintzigen Beystande, auf der grossen Wiese zwischen Madrit *und* Aranjuez *zu erscheinen; wird sich die Mühe geben, euch den Unterscheid zwischen einem lustbaren Lantzen-brechen und ernstlichen Schwerdt-Kampffe zu lehren, und den Kindischen Frevel zu bestraffen,*

euer abgesagter Feind. [501]

Der Uberbringer dieses, wolte durchaus nicht bekennen, wie sein Herr mit Nahmen hiesse, derowegen gab ihm nur an denselben folgende wenige Zeilen zurück:

Frecher Ritter!

WOferne *ihr nur halb so viel Verstand und Klugheit, als Prahlerey und Hochmuth besasset, würdet ihr rechtschaffenen Leuten wenigstens nur etwas glimpf-licher zu begegnen wissen. Doch weil ich mich viel lieber mit dem Schwerdt, als der Feder gegen euch verantwor-ten, und solchergestalt keine Ursach geben will, mich vor einen zaghafften Schäfer-*Courtisan *zu halten, so ver-spreche Morgen die bestimmte Zeit und Ort in acht zu nehmen, daselbst soll sich zeigen daß mein abgesagter Feind ein Lügner, ich aber sey*

Don Cyrillo de Valaro.

Demnach begab ich mich noch selbigen Abend nebst dem Don Alphonso de Cordua, meiner Mutter Bruders Sohne, den ich zum Beystande erwählet hatte, aus Madrit

in das allernächst der grossen Wiese gelegene Dorff,
allwo wir über Nacht verblieben, und noch vor Aufgang
der Sonnen die grosse Wiese betraten. Mein Gegner,
den ich an seinen Feuerfarbenen Harnisch erkannte, erschien zu bestimmter Zeit, und konte mich ebenfalls um
so viel desto eher erkennen, weil ich das grüne Band,
nebst dem Bilde der Schäferin, ihm zum Trotz abermahls
wieder auf den Helm gebunden [502] hatte. Er gab mir
seinen Verdruß, und die Geringschätzung meiner Person, mit den allerhochmüthigsten Stellungen zu erkennen, jedoch ich kehrete mich an nichts, sondern fieng
den verzweiffeltesten Schwerdt-Kampf mit meinem annoch unbekandten Feinde an, und brachte ihn binnen
einer halben Stunde durch verschiedene schwere Verwundungen dahin, daß er abermahls halb todt und gäntzlich Krafftloß zur Erden sincken muste. Indem ich aber
hinzu trat und seinen Helm öffnete, erkannte ich ihn
vor den Sohn eines vornehmen Königlichen Etaats-
Bedienten, Nahmens Don Sebastian de Urrez, der sich
auf die Gnade, so der König seinem Vater erzeigte,
ungewöhnlich viel einbildete, sonsten aber mehr mit
Geld und Gütern, als Adelichen Tugenden, Tapffer- und
Geschicklichkeit hervor zu thun wuste. Mir war bekannt,
daß ausser einigen, welche seines Vaters Hülffe bedurfften, sonst niemand von rechtschaffenen Rittern
leicht mit ihm umzugehen pflegte, derowegen wandte
mich mit einer verächtlichen Mine von ihm hinweg, und
sagte zu den Umstehenden: Daß es mir hertzlich leyd

sey, meinen allerersten ernstlichen Kampff mit einem Haasen-Kopffe gethan zu haben, weßwegen ich wünschen möchte, daß niemand etwas darvon erführe, setzte mich auch nebst meinem Secundanten Don Alfonso, der seinen Gegner ebenfalls sehr blutig abgespeiset hatte, sogleich zu Pferde, und ritten zurück nach Madrit.

Der alte Urrez hatte nicht bloß dieses Kampffs, sondern seines Sohnes hefftiger Verwundung wegen, alle Mühe angewandt mich bey dem Könige [503] in Ungnade zu setzen, jedoch seinen Zweck nicht erreichen können, denn wenig Tage hernach, da ich in dem Königl. Vor-Gemach aufwartete, rief mich derselbe in sein Zimmer, und gab mir mit wenig Worten zu verstehen: Wie ihm meine Hertzhafftigkeit zwar im geringsten nicht mißfiele, allein er sähe lieber, wenn ich mich vor unnöthigen Händeln hütete, und vielleicht in kurtzen desto tapfferer gegen die Feinde des Königs bezeugte. Ob ich nun gleich versprach, mich in allen Stücken nach Ihro Majest. allergnädigsten Befehlen zu richten; so konte doch nicht unterlassen, bey dem bald darauff angestellten Stier-Gefechte, so wohl als andere Ritter, einen Wage-Hals mit abzugeben, dabey denn einen nicht geringen Ruhm erlangete, weil drey unbändige Büffel durch meine Faust erlegt wurden, doch da ich von dem Letzten einen ziemlichen Schlag an die rechte Hüfften bekommen hatte, nöthigte mich die Geschwulst, nebst dem geronnenen Geblüte, etliche Tage das Bette zu hüten. Binnen selbiger Zeit lieff ein Schreiben folgendes Innhalts bey mir ein:

Don Cyrillo de Valaro.

WArum wendet ihr keinen bessern Fleiß an, euch
wiederum öffentlich frisch und gesund zu zeigen?
Denn glaubet sicherlich, man hat zweyerley Ursachen,
eurer Aufführung wegen schwere Rechenschafft zu fordern, erstlich daß ihr euch unterstanden, beym letztern
Turnier eine frembde Liberey zu führen, und vors andere,
daß ihr kein Bedencken getragen, eben dieselbe beym
Stier-[504]Gefechte leichtsinniger Weise zurück zu lassen. Uberlegt wohl, auf was vor Art ihr euch redlicher
Weise verantworten wollet, und wisset, daß dennoch mit
euren itzigen schmertzhafften Zustande einiges Mittleyden hat

Donna Eleonora de Sylva.

Ich wuste erstlich nicht zu begreiffen was dieses Fräulein vor Ursach hätte, mich, meiner Aufführung wegen
zur Rede zu setzen; biß mir endlich mein Leib-Diener aus
dem Traume halff. Denn dieser hatte von der Donna Eleonora vertrauten Aufwärterin so viel vernommen, daß Don
Sebastian de Urrez bey selbigen Fräulein bißhero in ziemlich guten Credit gestanden, nunmehro aber denselben
auf einmahl gäntzlich verlohren hätte, indem er sie wahn-
sinniger Weise einer groben Untreue und Falschheit
beschuldigte. Also könte ich mir leichtlich die Rechnung
machen, daß Eleonora, um sich rechtschaffen an ihm zu
rächen, mit meiner Person entweder eine Schertz- oder
Ernsthaffte Liebes-Intrigue anzuspinnen suchte.

Diese Muthmassungen schlugen keines weges fehl,

denn da ich nach völlig erlangter Gesundheit im Königlichen Lust-Garten zu Buen-Retiro Gelegenheit nahm mit
der Eleonora ohne beyseyn anderer Leute zu sprechen,
wolte sie sich zwar anfänglich ziemlich kaltsinnig und
verdrießlich stellen, daß ich mir ohne ihre Erlaubniß die
Freyheit genommen, Dero Liberey und Bildniß zu führen; Jedoch so bald ich nur einige trifftige Entschuldigungen nebst [505] der Schmeicheley vorgebracht, wie
ich solche Sachen als ein besonderes Heiligthum zu verehren, und keinem Ritter, wer der auch sey, nicht anders
als mit Verlust meines Lebens, zurück zu geben gesonnen wäre, fragte sie mit einer etwas gelaßnern Stellung:
Wie aber, wenn ich dasjenige, was Don Sebastian nachläßiger Weise verlohren, ihr aber zufälliger Weise gefunden, und ohne meine Vergünstigung euch zugeeignet
habt, selbst zurück begehre? So muß ich zwar, gab ich
zur Antwort, aus schuldigen Respect eurem Befehle und
Verlangen ein Genügen leisten, jedoch darbey erkennen,
daß ihr noch grausamer seyd als das Glücke selbst, über
dessen Verfolgung sich sonsten die Unglückseeligen eintzig und allein zu beklagen pflegen. Es ist nicht zu vermuthen, sagte sie hierauff, daß euch hierdurch eine besondere Glückseeligkeit zuwachsen würde, wenn gleich
dergleichen Kleinigkeiten in euren Händen blieben. Und
vielleicht darum, versetzte ich, weil Don Sebastian eintzig und allein bey eurer schönen Person glückseelig
seyn und bleiben soll? Unter diesen Worten trat der
Donna Eleonora das Blut ziemlich in die Wangen, so daß

sie eine kleine Weile inne hielt, endlich aber sagte: Seyd versichert Don Valaro daß Urrez Zeit seines Lebens weniger Gunst-Bezeugungen von mir zu hoffen hat, als der allergeringste Edelmann, denn ob ich mich gleich vor einiger Zeit durch gewisse Personen, die ich nicht nennen will, bereden lassen, vor ihn einige Achtbarkeit, oder wohl gar einige Liebe zu hegen, so ist mir doch nunmehro seine ungeschickte und pöbelhaffte Aufführung besser bekannt und zum rechten Eckel [506] und Abscheu worden. Ich weiß ihm, sprach ich darauff, weder böses noch guts nachzusagen, ausser dem, daß ihn wenig rechtschaffene Ritter ihres Umgangs gewürdiget. Allein er ist nicht darum zu verdencken, daß er dergleichen Schmach jederzeit wenig geachtet, indem ihn das Vergnügen, sich von dem allerschönsten Fräulein am gantzen Hofe geliebt zu sehen, dieserhalb sattsam trösten können.

Donna Eleonora vermerckte vielleicht, daß sie ihre gegen sich selbst rebellirenden Affecten in die Länge nicht würde zwingen können, denn sie muste sich freylich in ihr Hertz hinein schämen, daß selbiges bißhero einem solchen übel berüchtigten Ritter offen gestanden, der sich bloß mit seinem Weibischen Gesichte, oder etwa mit Geschencken und sclavischen Bedienungen bey ihr eingeschmeichelt haben mochte; Derowegen sagte sie mit einer etwas verdrießlichen Stimme: Don Cyrillo, lasset uns von diesem Gespräch abbrechen, denn ich mag den verächtlichen Sebastian de Urrez nicht mehr erwehnen hören, von euch aber will ich ausbitten, mir die nichts-

würdigen Dinge zurück zu senden, damit ich in Ver-
brennung derselben, zugleich das Angedencken meines
abgeschmackten bißherigen Liebhabers vertilgen kan.
Was soll denn, versetzte ich, das unschuldige Band und
das artige Bildniß den Frevel eines nichtswürdigen Menschen büssen, gewißlich diese Sachen werden noch in der
Asche ihren hohen Werth behalten, indem sie von so
schönen Händen gekommen, um aber das verdrießliche
Angedencken auszurotten, so erzeiget mir die Gnade
und gönnet [507] meinem Hertzen die erledigte Stelle
in dem eurigen, glaubet anbey gewiß, daß mein gantzes Wesen sich jederzeit dahin bestreben wird, eurer
unschätzbaren Gegen-Gunst würdiger zu seyn als der
liederliche Urrez.

Donna Eleonora mochte sich ohnfehlbar verwundern,
daß ich als ein junger 18. jähriger Ritter allbereit so
dreuste und alt-klug als der erfahrenste Liebhaber
reden konte, replicirte aber dieses: Don Cyrillo, eure besondere Tapffer- und Geschicklichkeit, hat sich zwar
zu fast aller Menschen Verwunderung schon sattsam
spüren lassen, indem ihr in Schertz- und Ernsthafften
Kämpffen Menschen und Thiere überwunden, aber mein
Hertz muß sich dennoch nicht so leicht überwinden lassen, sondern vielmehr der Liebe auf ewig absagen, weil
es das erste mahl unglücklich im wählen gewesen, derowegen verschonet mich in Zukunfft mit dergleichen
verliebten Anfällen, erfüllet vielmehr mein Begehren
mit baldiger Ubersendung der verlangten Sachen.

Ich hätte wider diesen Ausspruch gern noch ein und andere Vorstellungen gethan, allein die Ankunfft einiger Ritter und Damen verhinderte mich vor dieses mahl. So bald ich nach diesem allein in meiner Kammer war, merckete mein Verstand mehr als zu deutlich, daß der gantze Mensch von den Annehmlichkeiten der Donna Eleonora bezaubert wäre, ja mein Hertze empfand eine dermassen hefftige Liebe gegen dieselbe, daß ich diejenigen Stunden vor die allertraurigsten und verdrießlichsten hielt, welche ich ohne sie zu sehen hinbringen muste. Derowegen nahm meine Zuflucht zur Feder, und [508] schrieb einen der allerverliebtesten Briefe an meinen Leitstern, worinnen ich hauptsächlich bat, nicht allein mich zu ihrem Liebhaber auf und anzunehmen, sondern auch die Liberey nebst Dero Bildnisse zum ersten Zeichen ihrer Gegen-Gunst in meinen Händen zu lassen.

Zwey gantzer Tage lang ließ sie mich hierauff zwischen Furcht und Hoffnung zappeln, biß ich endlich die halb erfreuliche und halb traurige Antwort erhielt: Ich möchte zwar behalten, was ich durch Glück und Tapfferkeit mir zugeeignet hätte, doch mit dem Bedinge: Daß ich solches niemahls wiederum öffentlich zeigen, sondern vor jederman geheim halten solle. Uber dieses solte mir auch erlaubt seyn, sie morgenden Mittag in ihren Zimmer zu sprechen, allein abermahls mit der schweren Bedingung: Daß ich kein eintziges Wort von Liebes-Sachen vorbrächte.

Dieses Letztere machte mir den Kopff dermassen

wüste, daß ich mir weder zu rathen noch zu helffen wuste, und an der Eroberung dieses Felsen-Hertzens schon zu zweiffeln begunte, ehe noch ein recht ernstlicher Sturm darauff gewagt war. Allein meine Liebe hatte dermahlen mehr Glücke als ich wünschen mögen, denn auf den ersten Besuch, worbey sich mein Gemüthe sehr genau nach Eleonorens Befehlen richtete, bekam ich die Erlaubniß ihr täglich nach der Mittags-Mahlzeit aufzuwarten, und die Zeit mit dem Bret-Spiele zu verkürtzen. Da aber meine ungewöhnliche Blödigkeit nebst ihrem ernstlich wiederholten Befehle das verliebte Vorbringen lange genung zurück gehalten hatten, gab [509] die feurige Eleonora endlich selbst Gelegenheit, daß ich meine hefftigen Seuffzer und Klagen kniend vor derselben ausstieß, und mich selbst zu erstechen drohete, woferne sie meine alleräuserste Liebe nicht mit gewünschter Gegen-Gunst beseeligte.

Demnach schiene sie auf einmahl anders Sinnes zu werden, und kurtz zu sagen, wir wurden von derselben Stunde an solche vertraute Freunde mit einander, daß nichts als die Priesterliche Einsegnung fehlte, uns beyde zu dem allervergnügtesten Paare ehelicher Personen zu machen. Immittelst hielten wir unsere Liebe dennoch dermassen heimlich, daß zwar der gantze Hof von unserer sonderbaren Freundschafft zu sagen wuste, die Wenigsten aber glaubten, daß unter uns annoch sehr jungen Leuten allbereits ein würckliches Liebes-Verbündniß errichtet sey.

Es war niemand vorhanden der eins oder das andere zu verhindern trachtete, denn mein eintziger Feind Don Sebastian de Urrez hatte sich, so bald er wieder genesen, auf die Reise in frembde Länder begeben. Also lebte ich mit meiner Eleonora über ein Jahr lang in süßesten Vergnügen, und machte mich anbey dem Könige und dessen Familie dermassen beliebt, daß es das Ansehen hatte, als ob ich dem Glücke gäntzlich im Schoosse sässe.

Mittlerweile da König Carl der VIII. in Franckreich, im Jahr 1494. den Krieges-Zug wider Neapolis vorgenommen hatte, fanden sich verschiedene junge vornehme Neapolitanische Herren am Castilianischen Hofe ein. Einer von selbigen hatte die Donna Eleonora de Sylva kaum zum erstenmahle [510] erblickt, als ihn dero Schönheit noch geschwinder als mich zum verliebten Narren gemacht hatte. Ich vermerckte mehr als zu frühe, daß er sich aufs eiffrigste angelegen seyn ließ, mich bey ihr aus dem Sattel zu heben, und sich an meine Stelle hinein zu schwingen, jedoch weil ich mich der Treue meiner Geliebten höchst versichert schätzte, über dieses der Höflichkeit wegen einem Fremden etwas nachzusehen verbunden war, ließ sich mein vergnügtes Hertze dieserwegen von keinem besondern Kummer anfechten. Allein mit der Zeit begunte der hoffärtige Neapolitaner meine Höflichkeit vor eine niederträchtige Zaghafftigkeit zu halten, machte sich also immer dreuster und riß eines Tages der Eleonora einen Blumen-Strauß aus den Händen, welchen sie mir, indem ich hurtig

vorbey gieng, darreichen wolte. Ich konte damahls weiter nichts thun, als ihm meinen dieserhalb geschöpfften
Verdruß mit den Augen zu melden, indem ich dem Könige eiligst nachfolgen muste, allein noch selbigen Abend
kam es unter uns beyden erstlich zu einem hönischen,
bald aber zum schimpfflichsten Wort-Wechsel, so daß ich
mich genöthiget fand, meinen Mit-Buhler kommenden
Morgen auf ein paar spitzige Lantzen und wohlgeschlif-
fenes Schwerdt hinnaus zu fordern. Dieser stellete sich
hierüber höchst vergnügt an, und vermeinte mit einem
solchen zarten Ritter, der ich zu seyn schiene, gar bald
fertig zu werden, ohngeacht der Prahler die Jünglings-
Jahre selbst noch nicht gantz überlebt hatte; Allein noch
vor Mitter-Nacht ließ mir der König durch einen Officier
von der Leib-Wacht befehlen, bey Verlust aller seiner
Königl. Gnade u. mei-[511]nes zeitlichen Glücks, mich
durchaus mit dem Neapolitaner, welches ein vornehmer
Printz unter verdeckten Nahmen wäre, in keinen Zwey-
Kampf einzulassen, weiln der König unsere nichtswür-
dige Streit-Sache ehester Tages selbst beylegen wolte.

Ich hätte hierüber rasend werden mögen, muste
aber dennoch gehorsamen, weil der Officier Ordre hatte, mich bey dem geringsten widerwärtigen Bezeigen
sogleich in Verhafft zu nehmen. Eleonora bemühete sich,
so bald ich ihr mein Leyd klagte, durch allerhand
Schmeicheleyen dasselbe zu vernichten, indem sie mich
ihrer vollkommenen Treue gäntzlich versicherte, anbey
aber hertzlich bat, ihr nicht zu verargern, daß sie auf der

Königin Befehl, gewisser Staats-Ursachen wegen, dem Neapolitaner dann und wann einen Zutritt nebst einigen geringen Liebes-Freyheiten erlauben müste, inzwischen würde sich schon mit der Zeit noch Gelegenheit finden, deßfalls Rache an meinem Mit-Buhler auszuüben, wie sie denn nicht zweiffelte, daß er sich vor mir fürchte, und dieserwegen selbst unter der Hand das Königl. Verboth auswürcken lassen.

Ich ließ mich endlich, wiewohl mit grosser Mühe, in etwas besänfftigen, allein es hatte keinen langen Bestand, denn da der König die Untersuchung unserer Streit-Sache verzögerte u. ich dem Neapolitaner allen Zutritt bey Eleonoren aufs möglichste verhinderte, geriethen wir unverhofft aufs neue zusammen, da der Neapolitaner Eleonoren im Königlichen Lust-Garten an der Hand spatzieren führete, und ich ihm vorwarff: Wie er sich dennoch besser [512] anzustellen wisse, ein Frauen-zimmer, als eine Lantze oder blosses Schwerdt an der Hand zu führen. Er betheurete hierauff hoch, meine frevele Reden sogleich mit seinem Seiten-Gewehr zu bestraffen, wenn er nicht befürchtete den Burg-Frieden im Königl. Garten zu brechen; Allein ich gab mit einem hönischen Gelächter zu verstehen: Wie es nur bey ihm stünde, mir durch eine kleine Pforte auf einen sehr bequemen Fecht-Platz zu folgen, der nur etwa 100. Schritte von dannen sey, und gar nicht zur Burg gehöre.

Alsobald machte der Neapolitaner Eleonoren, die vor Angst an allen Gliedern zitterte, einen Reverentz, und folgte mir auf einen gleichen Platz ausserhalb des Gartens, allwo wir Augenblicklich vom Leder zohen, um einander etliche blutige Characters auf die Cörper zu zeichnen.

Der erste Hieb gerieth mir dermassen glücklich, daß ich meinem Feinde sogleich die wallenden Adern am Vorder-Haupt eröffnete, weil ihm nun solchergestalt das häuffig herabfliessende Blut die Augen ziemlich verdunckelte, hieb er dermassen blind auf mich loß, daß ich ebenfalls eine kleine Wunde über den rechten Arm bekam, jedoch da er von mir in der Geschwindigkeit noch zwey starcke Hiebe empfangen, davon der eine in die Schulter, und der andere in den Hals gedrungen war, sanck mein feindseeliger Neapolitaner ohnmächtig zu Boden. Ich sahe nach Leuten, die ihn verbinden und hinweg tragen möchten, befand mich aber im Augenblick von der Königl. Leibwacht umringet, die mir mein Quartier in demjenigen Thurme, wo noch andere Uber-[513] treter der Königl. Gebote logirten, ohne alle Weitläufftigkeit zeigeten. Hieselbst war mir nicht erlaubt an jemanden zu schreiben, vielweniger einen guten Freund zu sprechen, jedoch wurde mit den köstlichsten Speisen und Geträncke zum Uberflusse versorgt, und meine geringe Wunde von einem Chirurgo alltäglich zweymal verbunden, welche sich binnen 12. Tagen zu völliger Heilung schloß.

Eines Abends, da der Chirurgus ohne beyseyn der Wacht mich verbunden, und allbereit hinweg gegangen

war, kam er eiligst wieder zurück und sagte: Mein
Herr! jetzt ist es Zeit, euch durch eine schleunige Flucht
selbst zu befreyen, denn ausserdem, daß kein eintziger
Mann von der Wacht vorhanden, so stehen alle Thüren
eures Gefängnisses offen, darum eilet und folget mir!
Ich besonne nicht lange, ob etwa dieser Handel mit fleiß
also angestellet wäre oder nicht, sondern warff augenblicklich meine völlige Kleidung über mich, und machte
mich nebst dem Chirurgo in gröster Geschwindigkeit auf
den Weg, beschenckte denselben mit einer Hand voll
Gold-Cronen, und kam ohne eintzigen Anstoß in des
Don Gonsalvo Ferdinando de Cordua, als meiner Mutter
leiblichen Bruders Behausung an, dessen Sohn Don
Alphonso mir nicht allein den sichersten heimlichen
Auffenthalt versprach, sondern sich zugleich erboth,
alles auszuforschen, was von meiner Flucht bey Hofe
gesprochen würde.

Da es nun das Ansehen hatte als ob der König dieserwegen noch hefftiger auf mich erbittert worden,
indem er meine gehabte Wacht selbst gefangen zu setzen, und mich auf allen Strassen und im gan-[514]tzen
Lande aufzusuchen befohlen; vermerckte ich mehr als zu
wohl, daß in Castilien meines bleibens nicht sey, ließ mir
derowegen von meiner Mutter eine zulängliche Summe
Reise-Gelder übersenden, und practicirte mich, nach
verlauff etlicher Tage, heimlich durch nach Portugall,
allwo ich in dem nächsten Hafen zu Schiffe und nach
Engelland übergieng, um daselbst unter König Henrico

VII. der, der gemeinen Sage nach, mit den Schotten und einigen Rebellen Krieg anfangen wolte, mich in den Waffen zu üben. Allein meine Hoffnung betrog mich ziemlicher massen, indem dieses Kriegs-Feuer bey zeiten in seiner Asche erstickt wurde. Ich hatte zwar das Glück dem Könige aufzuwarten, und nicht allein seines mächtigen Schutzes, sondern auch künfftiger Beförderung vertröstet zu werden, konte aber leicht errathen daß das Letztere nur leere Worte wären, und weil mir ausserdem der Englische Hof allzuwenig lebhafft vorkam, so hielt mich nur einige Monate daselbst auf, besahe hierauff die vornehmsten Städte des Reichs, gieng nach diesen wiederum zu Schiffe, und reisete durch die Niederlande an den Hof Kaysers Maximiliani, allwo zur selbigen Zeit alles Vergnügen, so sich ein junger Ritter wünschen konte, im grösten Uberflusse blühete. Ich erstaunete über die gantz seltsame Schönheit des Käyserlichen Printzens Philippi, und weiln bald darauff erfuhr, daß derselbe ehestens mit der Castilianischen Princeßin Johanna vermählet werden solte, so preisete ich dieselbe allbereit in meinen Gedancken vor die allerglückseeligste Princeßin, wiewol mich die hernach folgenden Zeiten und Begebenheiten gantz anders belehreten. [515]

Inzwischen versuchte mein äusserstes, mich in dieses Printzen Gunst und Gnade zu setzen, weil ich die sichere Rechnung machen konte, daß mein König mich auf dessen Vorspruch bald wiederum zu Gnaden annehmen würde. Das Glücke war mir hierbey ungemein günstig, indem ich in verschiedenen Ritter-Spielen sehr kostbare Gewinste, und in Betrachtung meiner Jugend, vor andern grossen Ruhm erbeutete. Bey so gestallten Sachen aber fanden sich gar bald einige, die solches mit scheelen Augen ansahen, unter denen sonderlich ein Savoyischer Ritter war, der sich besonders Tapffer zu seyn einbildete, und immer nach und nach Gelegenheit suchte mit mir im Ernste anzubinden. Er fand dieselbe endlich noch ehe als er vermeinte, wurde aber, in Gegenwart mehr als tausend Personen, fast tödtlich verwundet vom Platze getragen, dahingegen ich an meinen drey leichten Wunden nicht einmahl das Bette hüten durffte, sondern mich täglich bey Hofe öffentlich zeigen konte. Wenig Wochen darnach wurde ein Gallier fast mit gleicher Müntze von mir bezahlet, weil er die Spanischen Nationen mit ehrenrührigen Worten, und zwar in meinem Beyseyn angriff. Doch eben diese beyden Unglücks-Consorten hetzten den dritten Feind auf mich, welches ebenfalls ein Neapolitaner war, der nicht so wohl den Savoyer und Gallier, sondern vielmehr seinen in Madrit verunglückten Lands-Mann an mir rächen wolte.

Er machte ein ungemeines Wesen von sich, bath unseres Zwey-Kampffs wegen bey dem Käyser selbst, nicht allein die Vergünstigung, sondern auch [516] frey und sicher Geleite aus, in soferne er mich entleibte, welches ihm der Käyser zwar anfänglich abschlug, jedoch endlich auf mein unterthänigstes Ansuchen zugestunde. Demnach wurden alle Anstallten zu unserm Mord-

Spiele gemacht, welchem der Käyser nebst dessen gantzer Hofstatt zusehen wolte. Wir erschienen also beyderseits zu gehöriger Zeit auf dem bestimmten Platze, mit Wehr, Waffen und Pferden aus dermassen wohl versehen, brachen unsere Lantzen ohne besondern Vortheil, griffen hierauff zun Schwerdtern, worbey ich gleich anfänglich spürete: Daß mein Gegner kein ungeübter Ritter sey, indem er mir dermassen hefftig zusetzte, daß ich eine ziemliche Weile nichts zu thun hatte, als seine geschwinden Streiche abzuwenden. Allein er war sehr starck und ungeschickt, mattete sich also in einer viertheils Stunde also hefftig ab, daß er lieber gesehen, wenn ich ihm erlaubt hätte, etwas auszuruhen. Jedoch ich muste mich dieses meines Vortheils auch bedienen, zumahlen sich an meiner rechten Hüffte die erste Verwundung zeigte, derowegen fieng ich an meine besten Kräffte zu gebrauchen, brachte auch die nachdrücklichsten Streiche auf seiner Sturm-Hauben an, worunter mir einer also Mißrieth, daß seinem Pferde der Kopf gespalten, u. er herunter zu fallen genöthiget wurde. Ich stieg demnach gleichfalls ab, ließ ihn erstlich wieder aufstehen, und traten also den Kampf zu Fusse, als gantz von neuen wieder an. Hierbey dreheten wir uns dermassen offt und wunderlich herum, daß es das Ansehen hatte als ob wir zugleich tantzen und auch fechten müsten, mittler-[517]weile aber drunge allen beyden das Blut ziemlicher massen aus den zerkerbten Harnischen heraus, jedoch mein Gegner fand sich am meisten entkräfftet, weßwegen er auf einige Minuten Stillstand begehrte, ich vergönnete ihm selbigen, und schöpffte darbey selbst neue Kräffte, zumahlen da ich sahe, daß mir der Käyserl. Printz ein besonderes Zeichen seiner Gnade sehen ließ. So bald demnach mein Feind sein Schwerdt wiederum in die Höhe schwunge, ließ ich mich nicht träge finden, sondern versetzte ihm einen solchen gewaltsamen Hieb in das Haupt daß er zu taumeln anfieng, und als ich den Streich wiederholet, endlich todt zur Erden stürtzte. Ich warff mein Schwerdt zurück, nahete mich hinzu, um durch Abreissung des Helms ihm einige Lufft zu schaffen, da aber das Haupt fast biß auf die Augen gespalten war, konte man gar leicht begreiffen, wo die Seele ihre Ausfarth genommen hatte, derowegen überließ ihn der Besorgung seiner Diener, setzte mich zu Pferde und ritte nach meinem Quartiere, allwo ich meine empfangenen Wunden, deren ich zwey ziemlich tieffe und 6. etwas geringere aufzuweisen hatte, behörig verbinden ließ.

Dieser Glücks-Streich brachte mir nicht allein am gantzen Käyserl. Hofe grosse Achtbarkeit, sondern des Käyserl. Printzens völlige Gunst zuwege, so daß er mich in die Zahl seiner Leib-Ritter aufnahm, und jährlich mit einer starcken Geld-Pension versahe. Hierbey erhielt ich Erlaubniß, nicht allein die vornehmsten teutschen Fürsten-Höfe, sondern auch die Königreiche Böhmen, Ungarn und Pohlen zu besuchen, worüber mir die Zeit geschwinder [518] hinlieff als ich gemeinet hatte, indem ich nicht ehe am Käyserl. Hofe zurück kam, als da

die Princeßin Margaretha unserm Castilianischen Cron-
Printzen Johanni als Braut zugeführet werden solte. Da
nun der Käyserl. Printz Philippus dieser seiner Schwester das Geleite nach Castilien gab, bekam ich bey solcher Gelegenheit mein geliebtes Vaterland, nebst meiner
allerliebsten Eleonora wieder zu sehen, indem mich König Ferdinandus, auf Vorbitte der Käyserl. und seiner
eigenen Kinder, zu Gnaden annahm, und den ehemals
begangenen Fehler gäntzlich zu vergessen versprach.

Es ist nicht zu beschreiben was die Donna Eleonora
vor eine ungewöhnliche Freude bezeigte, da ich den ersten Besuch wiederum bey ihr ablegte, hiernächst wuste
sie mich mit gantz neuen und sonderbaren Liebosungen
dermassen zu bestricken, daß meine ziemlich erkaltete
Liebe weit feuriger als jemahls zu werden begunte, und
ob mir gleich meine besten Freunde dero bißherige Aufführung ziemlich verdächtig machten, und mich von ihr
abzuziehen trachteten; indem dieselbe nicht allein mit
dem Neapolitaner, der sich, nach Heilung seiner von mir
empfangenen Wunden, noch über ein Jahr lang in Madrit aufgehalten, eine allzugenaue Vertraulichkeit solte
gepflogen, sondern nächst diesem auch allen andern
Frembdlingen verdächtige Zugänge erlaubt haben; so
war doch nichts vermögend mich aus ihren Banden zu
reissen, denn so offt ich ihr nur von dergleichen verdrießlichen Dingen etwas erwehnete, wuste sie von ihrer
verfolgten Unschuld ein solches Wesen zu machen, und
ihre Keuschheit so wohl mit [519] grossen Betheurungen

als heissen Thränen dermassen zu verfechten, daß ich ihr in allen Stücken völligen Glauben beymessen, und mich glücklich schätzen muste, wenn sich ihr in Harnisch gebrachtes Gemüthe durch meine kniende Abbitte und äusersten Liebes-Bezeugungen nur wiederum besänfftigen ließ.

Da nun solchergestalt alle Wurtzeln der Eifersucht von mir gantz frühzeitig abgehauen wurden, und sich unsere Hertzen aufs neue vollkommen vereinigt hatten, über dieses meine Person am gantzen Hofe immer in grössere Achtbarkeit kam, so bedünckte mich, daß das Mißvergnügen noch weiter von mir entfernet wäre, als der Himmel von der Erde. Nachdem aber die, wegen des Cron-Printzens Vermählung, angestelleten Ritter-Spiele und andere vielfältige Lustbarkeiten zum Ende gebracht, gab mir der König ein neues Regiment Fuß-Volck, und damit meine Waffen nicht verrosten möchten, schickte er mich nebst noch mehrern gegen die um Granada auf dem Gebürge wohnenden Maurer zu Felde, welche damahls allerhand lose Streiche machten, und eine förmliche Empörung versuchen wolten. Dieses war mein allergröstes Vergnügen, alldieweilen hiermit Gelegenheit hatte meines lieben Vaters frühzeitigen Tod an dieser verfluchten Nation zu rächen, und gewiß, sie haben meinen Grimm sonderlich im 1500ten und folgenden Jahre, da ihre Empörung am hefftigsten war, dermassen empfunden, daß dem Könige nicht gereuen durffte mich dahin geschickt zu haben.

Immittelst war Ferdinandus mit Ludovico [520] XII.
Könige in Franckreich, über das Königreich Neapolis,
welches sie doch vor kurtzer Zeit unter sich getheilet,
und den König Fridericum dessen entsetzt hatten, in
Streit gerathen, und mein Vetter Gonsalvus Ferdinandus
de Cordua, der die Spanischen Trouppen im Neapoli-
tanischen en Chef commandirte, war im Jahr 1502. so
unglücklich gewesen, alles zu verliehren, biß auf die eintzige Festung Barletta. Demnach schrieb er um schleunigen Succurs, und bat den König, unter andern mich, als
seiner Schwester Sohn, mit dahin zu senden. Der König
willfahrete mir und ihm in diesen Stücke, also gieng ich
fast zu Ende des Jahres zu ihm über. Ich wurde von
meinem Vetter, den ich in vielen Jahren nicht gesehen,
ungemein liebreich empfangen, und da ich ihm die
erfreuliche Zeitung von dem bald nachkommenden frischen Völckern überbrachte, wurde er desto erfreuter,
und zweiffelte im geringsten nicht, die Scharte an denen
Frantzosen glücklich auszuwetzen, wie er sich denn in
seinem Hoffnungs vollen Vorsatze nicht betrogen fand,
denn wir schlugen die Frantzosen im folgenden 1503ten
Jahre erstlich bey Cereniola, rückten hierauff vor die
Haupt-Stadt Neapolis, welche glücklich erobert wurde,
lieferten ihnen noch eine uns vortheilhaffte Schlacht bey
dem Flusse Garigliano, und brachten, nachdem auch die
Festung Cajeta eingenommen war, das gantze Königreich Neapolis, unter Ferdinandi Botmäßigkeit, so daß
alle Frantzosen mit grösten Schimpf daraus vertrieben

waren. Im folgenden Jahre wolte zwar König Ludovicus uns mit einer weit stärckern Macht angreiffen, [521] allein mein Vetter hatte sich, vermöge seiner besondern Klugheit, in solche Verfassung gesetzt, daß ihm nichts abzugewinnen war. Demnach machten die Frantzosen mit unserm Könige Friede und Bündniß, ja weil Ferdinandi Gemahlin Isabella eben in selbigem Jahre gestorben war, nahm derselbe bald hernach eine Frantzösische Dame zur neuen Gemahlin, und wolte seinen Schwieger-Sohn Philippum verhindern, das, durch den Tod des Cron-Printzens auf die Princeßin Johannam gefallene, Castilien in Besitz zu nehmen. Allein Philippus drunge durch, und Ferdinandus muste nach Arragonien weichen.

Mittlerweile hatte sich mein Vetter Gonsalvus zu Neapolis in grosses Ansehen gesetzt, regierte daselbst, jedoch zu Ferdinandi grösten Nutzen, als ein würcklicher König, indem alle Unterthanen Furcht und Liebe vor ihm hegten. Allein so bald Ferdinandus dieses etwas genauer überlegte, entstund der Argwohn bey ihm: Ob vielleicht mein Vetter dahin trachtete, dieses Königreich dem Philippo zuzuschantzen, oder sich wohl gar selbst dessen Krone auf seinen Kopf zu setzen? Derowegen kam er unvermuthet in eigner Person nach Neapolis, stellete sich zwar gegen Gonsalvum ungemein gnädig, hielt auch dessen gemachte Reichs-Anstalten vor genehm, allein dieser verschlagene Mann merckte dennoch, daß des Königs Freundlichkeit nicht von Hertzen gienge, dem ohngeacht verließ er sich auf sein gut Gewissen, und reisete, ohne einige Schwürigkeit zu machen, mit dem Könige nach Arragonien, allwo er vor seine treu geleisteten Dienste, mehr Hohn und [522] Spott, als Danck und Ruhm zum Lohne empfieng. Meine Person, die Ferdinando ebenfalls verdächtig vorkam, muste meines Vetters Unfall zugleich mit tragen, jedoch da ich in Arragonien ausser des Königs Gunst nichts zu suchen, sondern mein Väter- und Mütterliches Erbtheil in Castilien zu fordern hatte, nahm ich daselbst meinen Abschied, und reisete zu Philippo, bey dessen Gemahlin die Donna Eleonora de Sylva aufs neue in Dienste getreten, und eine von ihren vornehmsten Etaats-Fräuleins war.

Philippus gab mir sogleich eine Cammer-Herrens-Stelle, nebst starcken jährlichen Einkünfften, also heyrathete ich wenig Monathe hernach die Donna Eleonora, allein ob sich hiermit gleich ein besonders schöner weiblicher Cörper an den Meinigen fügte, so fand ich doch in der genausten Umarmung bey weiten nicht dasjenige Vergnügen, wovon die Naturkündiger so vieles Geschrey machen, und beklagte heimlich, daß ich auf dergleichen ungewisse Ergötzlichkeit, mit so vieljähriger Beständigkeit gewartet, und den ehemahligen Zuredungen meiner vertrauten Freunde nicht mehrern Glauben gegeben hatte.

Jedoch ich nahm mir sogleich vor, dergleichen unglückliches Verhängniß mit möglichster Gelassenheit zu verschmertzen, auch meiner Gemahlin den allzuzeitlich gegen sie gefasseten Eckel auf alle Weise zu verbergen, immittelst mein Gemüthe nebst eiffrigen Dienstleistungen gegen das Königliche Haus, mit andern vergönnten Lustbarkeiten zu ergötzen. [523]

Das Glücke aber, welches mir biß in mein dreissigstes Jahr noch so ziemlich günstig geschienen, mochte nunmehro auf einmahl beschlossen haben, den Rücken gegen mich zu wenden. Denn mein König und mächtiger Versorger starb im folgenden 1506ten Jahre, die Königin Johanna, welche schon seit einigen Jahren an derjenigen Ehe-Stands-Kranckheit laborirte, die ich in meinen Adern fühlete, jedoch nicht eben dergleichen Artzeney, als ich, gebrauchen wolte oder konte, wurde, weil man so gar ihren Verstand verrückt glaubte, vor untüchtig zum regieren erkannt, derowegen entstunden starcke Verwirrungen unter Grossen des Reichs, biß endlich Ferdinandus aus Arragonien kam, und sich mit zurücksetzung des 6. jährigen Cron-Printzens Caroli, die Regierung des Castilianischen Reichs auf Lebens-Zeit wiederum zueignete.

Ich weiß nicht ob mich mein Eigensinn oder ein allzu schlechtes Vertrauen abhielt, bey diesem meinem alten, und nunmehro recht verneuerten Herrn, um die Bekräfftigung meiner Ehren-Stelle und damit verknüpffter Besoldung anzuhalten, wie doch viele meines gleichen thaten, zumahlen da er sich sehr gnädig gegen mich bezeigte, und selbiges nicht undeutlich selbst zu verstehen gab; Jedoch ich stellete mich in diesen meinen besten Jahren älter, schwächer und kräncklicher an als

ich war, bath mir also keine andere Gnade aus, als daß
mir die übrige Zeit meines Lebens auf meinen Väterlichen Land-Gütern in Ruhe hinzubringen erlaubt seyn
möchte, welches mir denn auch ohne alle Weitläufftigkeiten zugelassen wurde. [524]

Meine Gemahlin schien hiermit sehr übel zu frieden zu
seyn, weil sie ohnfehlbar gewisser Ursachen wegen viellieber bey Hofe geblieben wäre, jedoch, sie sahe sich halb
gezwungen, meinem Willen zu folgen, gab sich derowegen gantz gedultig drein. Ich fand meine Mutter nebst
der jüngsten Schwester auf meinem besten Ritter-Gute,
welche die Haußhaltung daselbsten in schönster Ordnung führeten. Mein jüngster Bruder hatte so wohl als
die älteste Schwester eine vortheilhaffte und vergnügte
Heyrath getroffen, und wohneten der erste zwey, und die
letztere drey Meilen von uns. Ich verheyrathete demnach, gleich in den ersten Tagen meiner Dahinkunfft, die
jüngste Schwester an einen reichen und qualificirten
Edelmann, der vor etlichen Jahren unter meinem Regiment als Hauptmann gestanden hatte, und unser Gräntz-
Nachbar war, die Mutter aber behielt ich mit grösten
Vergnügen bey mir, allein zu meinem noch grössern
Schmertzen starb dieselbe ein halbes Jahr darauf plötzlich, nachdem sie mir die Freude gemacht, nicht allein
meinen Schwestern ein mehreres Erbtheil auszuzahlen,
als sie mit Recht verlangen konten, sondern auch dem
Bruder die Helffte aller meiner erblichen Ritter-Güter
zu übergeben, als wodurch diese Geschwister bewogen

wurden, mich nicht allein als Bruder, sondern als einen Vater zu ehren und zu lieben.

Nunmehro war die Besorgung der Ländereyen auf drey nahe beysammen gelegenen Ritter-Gütern mein allervergnügtester Zeitvertreib, nächst [525] dem ergötzte mich in Durchlesung der Geschichte, so in unsern und andern Ländern vorgegangen waren, damit mich aber niemand vor einen Geitzhalß oder Grillenfänger ansehen möchte, so besuchte meine Nachbaren fleißig, und ermangelte nicht, dieselben zum öfftern zu mir zu bitten, woher denn kam, daß zum wenigsten alle Monat eine starcke Zusammenkunfft vieler vornehmer Personen beyderley Geschlechts bey mir anzutreffen war.

Mit meiner Gemahlin lebte ich ungemein ruhig und verträglich, und ohngeacht wir beyderseits wohl merckten, daß eins gegen das andere etwas besonders müste auf dem Hertzen liegen haben, so wurde doch alle Gelegenheit vermieden, einander zu kräncken. Am allermeisten aber muste bewundern, daß die sonst so lustige Donna Eleonora nunmehro ihren angenehmsten Zeitvertreib in geistlichen Büchern und in dem Umgange mit heiligen Leuten beyderley Geschlechts suchte, dahero ich immer befürchtete, sie möchte auf die Gedancken gerathen, sich von mir zu scheiden, und in ein Kloster zu gehen, wie sie denn sich von freyen Stücken gewöhnete, wöchentlich nur zwey mahl bey mir zu schlaffen, worbey ich gleichwohl merckte, daß sie zur selbigen Zeit im Wercke der Liebe gantz unersättlich war, dem

ohngeacht wolten sich von unseren ehlichen Beywohnun-
gen gar keine Früchte zeigen, welche ich doch endlich
ohne allen Verdruß hätte um mich dulden wollen.

Eines Tages, da ich mit meiner Gemahlin auf dem
Felde herum spatziren fuhr, begegnete uns ein Weib,
welches nebst einem ohngefähr 12. biß 13. [526] jährigen
Knaben, in die nächst gelegene Stadt Weintrauben zu
verkauffen tragen wolte. Meine Gemahlin bekam Lust,
diese Früchte zu versuchen, derowegen ließ ich stille
halten, um etwas darvon zu kauffen. Mittlerweile sagte
meine Gemahlin heimlich zu mir: Sehet doch, mein
Schatz, den wohlgebildeten Knaben an, der vielleicht
sehr armer Eltern Kind ist, und sich dennoch wohl besser zu unserm Bedienten schicken solte, als etliche, die
des Brodts nicht würdig sind. Ich nehme ihn, versetzte
ich, so gleich zu eurem Pagen an, so ferne es seine Mutter
und er selbst zufrieden ist. Hierüber wurde meine Gemahlin alsofort vor Freuden Blut-roth, sprach auch nicht
allein die Mutter, sondern den Knaben selbst um den
Dienst an, schloß den gantzen Handel mit wenig Worten,
so, daß der Knabe so gleich mit seinem Frucht-Korbe
uns auf unser Schloß folgen muste.

Ich muste selbst gestehen, daß meine Gemahlin an
diesen Knaben, welcher sich Caspar Palino nennete,
keine üble Wahl getroffen hatte, denn so bald er sein
roth mit Silber verbrämtes Kleid angezogen, wuste er
sich dermassen geschickt und höfflich aufzuführen, daß
ich ihn selbst gern um mich leiden mochte, und allen

meinen andern Bedienten befahl, diesem Knaben, bey
Verlust meiner Gnade, nicht den geringsten Verdruß
anzuthun, weßwegen sich denn meine Gemahlin gegen
mich ungemein erkänntlich bezeugte.

Wenige Wochen hernach, da ich mit verschiedenen
Gästen und guten Freunden das Mittags-Mahl einnahm,
entstund ein grausames Lermen [527] in meinem Hofe,
da nun dieserwegen ein jeder an die Fenster lieff,
wurden wir gewahr, daß meine Jagd-Hunde eine Bettel-
Frau, nebst einer etwa 9. jährigen Tochter zwar um-
gerissen, jedoch wenig beschädigt hatten. Meine Gemahlin lieff aus mitleidigen Antriebe so gleich hinunter,
und ließ die mehr von Schrecken als Schmertzen ohn-
mächtigen Armen ins Hauß tragen und erquicken, kam
hernach zurück, und sagte: Ach mein Schatz! was vor
ein wunderschönes Kind ersiehet man an diesem Bettel-
Mägdlein, vergönnet mir, wo ihr anders die geringste
Liebe vor mich habt, daß ich selbiges so wohl als den
artigen Caspar auferziehen mag.

Ich nahm mir kein Bedencken, ihr solches zu erlauben,
da denn in kurtzen das Bettel-Mägdlein dermassen
heraus geputzt wurde, auch sich solchergestallt in den
Staat zu schicken wuste, als ob es darzu gebohren und
auferzogen wäre. Demnach konte sich die Donna Eleonora alltäglich so vieles Vergnügen mit demselben machen,
als ob dieses Mägdlein ihr leibliches Kind sey, ausserdem aber bekümmerte sie sich wenig oder gar nichts
um ihre Haußhaltungs-Geschäffte, sondern wendete die

meiste Zeit auf einen strengen GOttes-Dienst, den sie
nebst einer heiligen Frauen oder so genannten Beata
zum öfftern in einen verschlossenen Zimmer verrichtete.

Diese Beata lebte sonst gewöhnlich in dem Hospital der
Heil. Mutter GOttes in Madrid, hatte, meiner Gemahlin
Vorgeben nach, einen Propheten-Geist, solte viele Wunder gethan haben, und noch thun können, über dieses
fast täglicher Er-[528]scheinungen der Mutter GOttes,
der Engel und anderer Heiligen gewürdiget werden.
Sie kam gemeiniglich Abends in der Demmerung mit
verhüllten Gesichte, und brachte sehr öffters eine
ebenfalls verhüllete junge Weibs-Person mit, die sie
vor ihre Tochter ausgab. Ein eintziges mahl wurde mir
vergönnet, ihr blosses Angesicht zu sehen, da ich denn
bey der Alten ein ausserordentlich häßliches Gesichte,
die Junge aber ziemlich wohlgebildet wahrnahm, jedoch
nachhero bekümmerte ich mich fast gantz und gar nicht
mehr um ihren Aus- und Eingang, sondern ließ es
immerhin geschehen, daß diese Leute, welche ich so
wohl als meine Gemahlin vor scheinheilige Narren hielt,
öffters etliche Tage und Wochen aneinander in einem
verschlossenen Zimmer sich aufgehalten, u. mit den
köstlichsten Speisen und Geträncke versorget wurden.
Ich muste auch nicht ohne Ursach ein Auge zudrücken,
weil zu befürchten war, meine Gemahlin möchte dereinst
beym Sterbe-Fall ihr grosses Vermögen mir entziehen,
und ihren Freunden zuwenden.

Solchergestalt lebte nun biß ins vierdte Jahr mit der

Donna Eleonora, wiewohl nicht sonderlich vergnügt, doch auch nicht gäntzlich unvergnügt, biß endlich folgende Begebenheit meine bißherige Gemüths-Gelassenheit völlig vertrieb, und mein Hertz mit lauter Rach-Begierde und rasenden Eiffer anfüllete: Meiner Gemahlin vertrautes Cammer-Mägdgen, Apollonia, wurde von ihren Mit-Bedienten vor eine Geschwängerte ausgeschryen, und ohngeacht ihr dicker Leib der Sache selbst einen starcken Beweißthum gab, so verließ sie sich doch be-[529]ständig aufs Läugnen, biß ich endlich durch erleidliches Gefängniß, die Wahrheit nebst ihrem eigenen Geständnisse, wer Vater zu ihrem Hur-Kinde sey, zu erforschen Anstalt machen ließ. Dem ohngeacht blieb sie beständig verstockt, allein, am 4ten Tage ihrer Gefangenschafft meldete der Kerckermeister in aller Frühe, daß Apollonia vergangene Nacht plötzlich gestorben sey, nachdem sie vorhero Dinte, Feder und Pappier gefordert, einen Brief geschrieben, und ihn um aller Heiligen Willen gebeten, denselben mit gröster Behutsamkeit, damit es meine Gemahlin nicht erführe, an mich zu übergeben. Ich erbrach den Brief mit zitterenden Händen, weil mir mein Hertz allbereit eine gräßliche Nachricht propheceyete, und fand ohngefähr folgende Worte darinnen:

Gestrenger Herr!

VErnehmet hiermit von einer sterbenden ein Geheimniß, welches sie bey Verlust ihrer Seeligkeit nicht mit ins Grab nehmen kan. Eure Gemahlin, die

Donna Eleonora, *ist eine der allerlasterhafftesten Weibes-Bilder auf der gantzen Welt. Ihre Jungfrau-schafft hat sie schon, ehe ihr dieselbe geliebt, dem* Don Sebastian de Urrez *Preiß gegeben, und so zu reden, vor einen kostbarn Haupt-Schmuck verkaufft. Mit dem euch wohl bekandten* Neapolitaner *hat sie in eurer Ab-wesenheit den Knaben* Caspar Palino *gezeuget, welcher ihr voritzo als* Page *aufwartet, und das vermeynte Bettel-Mägdlein* [530] Euphrosine *ist ebenfalls ihre leib-liche Tochter, die sie zu der Zeit, als ihr gegen die* Maurer *zu Felde laget, von ihrem Beicht-Vater empfangen, und heimlich zur Welt gebohren hat. Lasset eures Verwalters* Menellez *Frau auf die Folter legen, so wird sie vielleicht bekennen, wie es bey der Geburth und Auferziehung dieser unehelichen Kinder hergegangen. Eure Mutter, die ihr gleich anfänglich zuwider war, habe ich auf ihren Befehl mit einem* subtilen *Gifft aus der Zahl der Leben-digen schaffen müssen, euch selbst aber, ist eben der-gleichen Verhängniß bestimmet, so bald ihr nur eure bißherige Gelindigkeit in eine strengere Herrschafft verwandeln werdet. Wie aber ihre Geilheit von Jugend auf gantz unersättlich gewesen, so ist auch die Zahl derjenigen Manns-Personen allerley Standes, worunter sich öffters so gar die allergeringsten Bedienten gefun-den, nicht auszusprechen, die ihre Brunst so wohl bey Tage als Nacht Wechsels-weise abkühlen müssen, indem sie den öfftern Wechsel in diesen Sachen jederzeit vor ihr allergröstes Vergnügen gehalten. Glaubet ja nicht, mein*

Herr, daß die so genannte Beata *eine heilige Frau sey,
denn sie ist in Wahrheit eine der allerliederlichsten
Kupplerinnen in gantz Madrit, unter derjenigen Person
aber, die vor ihre Tochter ausgegeben wird, ist allezeit
ein verkappter Münch, oder ein anderer junger Mensch,*
[531] *versteckt, der eure Gemahlin, so offt ihr die Lust
bey Tage ankömmt, vergnügen, und des Nachts an ihrer
Seite liegen muß, und eben dieses ist die sonderbare
Andacht, so dieselbe in dem verschlossenen Zimmer
verrichtet. Ich fühle, daß mein Ende heran nahet,
derowegen muß die übrigen Schand-Thaten unberühret
lassen, welche jedoch von des* Menellez *Frau offenbaret werden können, denn ich muß, die vielleicht noch
sehr wenigen Augenblicke meines Lebens, zur Busse
und Gebet anwenden, um dadurch von GOtt zu erlangen,
daß er mich grosse Sünderin seiner Barmhertzigkeit
geniessen lasse. Was ich aber allhier von eurer Gemahlin geschrieben habe, will ich in jenem Leben verantworten, und derselben von gantzen Hertzen vergeben,
daß sie gestern Abend die* Cornelia *zu mir geschickt,
die mich nebst meiner Leibes-Frucht, vermittelst eines
vergiffteten Apffels, unvermerckt aus der Welt schaffen
sollen, welches ich nicht ehe als eine Stunde nach Ge-
niessung desselben empfunden und geglaubet habe.* Don
Vincentio de Garziano, *welcher der* Donna Eleonora *seit*
4. *Monaten daher von der* Beata *zum Liebhaber zugeführet worden, hat wider meiner Gebietherin Wissen und
Willen seinen Muthwillen auch an mir ausgeübt, und*

mich mit einer unglückseeligen Leibes-Frucht belästi-
get. Vergebet mir, gnädigster Herr, meine Boßheiten
[532] und Fehler, so wie ich von GOTT Vergebung zu
erhalten verhoffe, lasset meinen armseeligen Leib in
keine ungeweyhete Erde begraben, und etliche Seel-
Messen vor mich und meine Leibes-Frucht lesen, damit
ihr in Zukunfft von unsern Geistern nicht verunruhiget
werdet. GOTT, der meine Seele zu trösten nunmehro
einen Anfang machet, wird euch davor nach ausgestan-
denen Trübsalen und Kümmernissen wiederum zeitlich
und ewig zu erfreuen wissen. Ich sterbe mit grösten
Schmertzen als eine bußfertige Christin und eure

unwürdige Dienerin

Apollonia.

Erwege selbst, du! der du dieses liesest, wie mir nach
Verlesung dieses Briefes müsse zu Muthe gewesen seyn,
denn ich weiß weiter nichts zu sagen, als daß ich binnen
zwey guten Stunden nicht gewust habe, ob ich noch auf
Erden oder in der Hölle sey, denn mein Gemüthe wurde
von gantz ungewöhnlichen Bewegungen dermassen gefoltert und zermartert, daß ich vor Angst und Bangigkeit
nicht zu bleiben wuste, jedoch, da aus den vielen Hin-
und Hergehen der Bedienten muthmassete, daß Eleonora erwacht seyn müsse, brachte ich dasselbe in behörige
Ordnung, nahm eine verstellte gelassene Gebärde an,
und besuchte sie in ihrem Zimmer, ich war würcklich
selbst der erste, der ihr von dem Tode der Apolloniæ die
Zeitung brachte, welche sie mit mäßiger Verwunderung

anhörete, und dar-[533]bey sagte: Der Schand-Balg hat sich ohnfehlbar selbst mit Giffte hingerichtet, um des Schimpffs und der Straffe zu entgehen, man muß es untersuchen, und das Aas auf den Schind-Anger begraben lassen. Allein, ich gab zur Antwort: Wir werden besser thun, wenn wir die gantze Sache vertuschen, und vorgeben, daß sie eines natürlichen Todes gestorben sey, damit den Leuten, und sonderlich der heiligen Inquisition, nicht Gelegenheit gegeben wird, vieles Wesen davon zu machen, ich werde den Pater Laurentium zu mir ruffen lassen, und ihm eine Summe Geldes geben, daß er nach seiner besondern Klugheit alles unterdrücke, den unglückseeligen Cörper auf den Kirchhof begraben lasse, und etliche Seel-Messen vor denselben lese. Ihr aber, mein Schatz! sagte ich ferner, werdet, so es euch gefällig ist, die Güte haben, und nebst mir immittelst zu einem unserer Nachbarn reisen, und zwar, wohin euch beliebt, damit unsere Gemüther, nicht etwa dieser verdrüßlichen Begebenheit wegen, einige Unlust an sich nehmen, sondern derselben bey lustiger Gesellschafft steuren können.

Es schien, als ob ihr diese meine Reden gantz besonders angenehm wären, auf mein ferneres Fragen aber, wohin sie vor dieses mahl hin zu reisen beliebte? schlug sie so gleich Don Fabio de Canaria vor, welcher 3. Meilen von uns wohnete, keine Gemahlin hatte, sondern sich mit etlichen Huren behalff, sonsten aber ein wohlgestalter, geschickter und kluger Edelmann war.

Ich stutzte ein klein wenig über diesen Vorschlag, Eleonora aber, welche [534] solches so gleich merckte, sagte: Mein Schatz, ich verlange nicht ohne Ursache, diesen übel-berüchtigten Edelmann einmahl zu besuchen, um welchen es Schade ist, daß er in so offenbarer Schande und Lastern lebt, vielleicht aber können wir ihn durch treuhertzige Zuredungen auf andere Wege leiten, und dahin bereden, daß er sich eine Gemahlin aussuchet, mithin den Lastern absaget. Ihr habt recht, gab ich zur Antwort, ja ich glaube, daß niemand auf der Welt, als ihr, geschickter seyn wird, diesen Cavalier zu bekehren, von dessen Lebens-Art, ausser der schändlichen Geilheit, ich sonst sehr viel halte, besinnet euch derowegen auf gute Vermahnungen, ich will indessen meine nöthigsten Geschäffte besorgen, und so dann gleich Anstalt zu unserer Reise machen lassen. Hierauf ließ ich den Kercker-Meister zu mir kommen, und erkauffte ihn mit 200. Cronen, wegen des Briefs und Apolloniens weitern Geschichten, zum äusersten Stillschweigen, welches er mir mit einem theuren Eyde angelobte. Mit dem Pater Laurentio, der mein Beicht-Vater und Pfarrer war, wurde durch Geld alles geschlichtet, was des todten Cörpers halber zu veranstalten war. Nach diesen befahl meinem allergetreusten Leib-Diener, daß er binnen der Zeit unserer Abwesenheit eine kleine schmale Thür aus einem Neben-Zimmer in dasjenige Gemach durchbrechen, und mit Bretern wohl verwahren solte, allwo die Beata nebst ihrer Tochter von meiner Gemahlin gewöhnlich ver-

borgen gehalten wurde, und zwar solchergestalt, daß
Niemand von dem andern Gesinde etwas davon er-[535]
führe, auch in dem Gemach selbst an den Tapeten nichts
zu mercken seyn möchte. Mittlerweile erblickte ich
durch mein Fenster, daß die Beata nebst ihrer verstellten Tochter durch die Hinter-Thür meines Gartens
abgefertiget und fortgeschickt wurde, weßwegen ich
meinen Leib-Diener nochmahls alles ordentlich zeigte,
und ihn meiner Meynung vollkommen verständigte,
nach eingenommener Mittags-Mahlzeit aber, mit Eleonoren zu Don Fabio de Canaria reisete.

Nunmehro waren meine Augen weit heller als sonsten,
denn ich sahe mehr als zu klärlich mit was vor feurigen
Blicken und geilen Gebährden Eleonora und Fabio einander begegneten, so daß ich leichtlich schliessen konte:
wie sie schon vor dem müsten eine genauere Bekandtschafft untereinander gepflogen haben, anbey aber wuste mich dermassen behutsam aufzuführen, daß beyde
Verliebten nicht das geringste von meinen Gedancken
errathen oder mercken konten. Im gegentheil gab ihnen
die schönste Gelegenheit allein zusammen zu bleiben,
und sich in ihrer verdammten Geilheit zu vergnügen,
als womit ich Eleonoren ausserordentlich sicher machte,
dem Fabio aber ebenfalls die Meynung beybrachte: ich
wolte oder könte vielleicht nicht Eiffersüchtig werden.
Allein dieser Vogel war es eben nicht allein, den ich
zu fangen mir vorgenommen hatte. Er hatte noch viele
andere Edelleute zu sich einladen lassen, unter denen

auch mein Bruder nebst seiner Gemahlin war, diesem
vertrauete ich bey einem einsamen Spatzier-Gange im
Garten, was mir vor ein schwerer Stein auf dem Hertzen
[536] läge, welcher denn dieserwegen eben so hefftige
Gemüths-Bewegungen als ich selbst empfand, jedoch wir
verstelleten uns nach genommener Abrede aufs Beste,
und schienen so wohl als alle andern, drey Tage nach
einander rechtschaffen lustig zu seyn. Am vierdten Tage
aber reiseten wir wiederum aus einander, nachdem mein
Bruder versprochen, alsofort bey mir zu erscheinen, so
bald ich ihm deßfalls nur einen Boten gesendet hätte.
Zwey Tage nach unserer Heimkunfft, kam die verhüllte
Beata nebst ihrer vermeynten Tochter in aller Frühe
gewandelt, und wurde von Eleonoren mit gröstem vergnügen empfangen. Mein Hertz im Leibe entbrannte
vom Eiffer und Rache, nachdem ich aber die Arbeit
meines Leib-Dieners mit Fleiß betrachtet, und die
verborgene Thür nach meinem Sinne vollkommen wohl
gemacht befunden, ließ ich meinen Bruder zu mir ent-
biethen, welcher sich denn noch vor Abends einstellete.
Meine Gemahlin war bey der Abend-Mahlzeit ausserordentlich wohl aufgeräumt, und schertzte wieder ihre
Gewohnheit sehr lange mit uns, da wir aber nach der
Mahlzeit einige Rechnungen durchzugehen vornahmen,
sagte sie: Meine Herren, ich weiß doch, daß euch meine
Gegenwart bey dergleichen ernstlichen Zeitvertreibe
beschwerlich fällt, derowegen will mit eurer gütigen Erlaubniß Abschied nehmen, meine Andacht verrichten,

hernach schlafen gehen, weil ich ohnedem heute ausserordentlich müde bin. Wir fertigten sie von beyden
Seiten mit unverdächtiger Freundlichkeit ab, blieben
noch eine kurtze Zeit beysammen sitzen, begaben uns
hernach mit zweyen Blend-Laternen und [537] blossen
Seiten-Gewehren, gantz behutsam und stille in dasjenige
Zimmer, wo die neue Thür anzutreffen war, allwo man
auch durch die kleinen Löcher, welche so wohl durch die
Breter als Tapeten geschnitten und gestochen waren,
alles gantz eigentlich sehen konte, was in dem, vor heilig
gehaltenen Gemache vorgieng.

Hilff Himmel! Was vor Schande! Was vor ein scheuß-
licher Anblick! Meine schöne, fromme, keusche, tugendhaffte, ja schon halb canonisirte Gemahlin, Donna Eleonora de Sylva, gieng mit einer jungen Manns-Person
Mutternackend im Zimmer auf und ab spatzieren, nicht
anders als ob sie den Stand der Unschuld unserer ersten
Eltern, bey Verlust ihres Lebens vorzustellen, sich gezwungen sähen. Allein wie kan ich an den Stand der
Unschuld gedencken? Und warum solte ich auch diejenigen Sodomitischen Schand-Streiche erwehnen, die
uns bey diesem wunderbaren Paare in die Augen fielen,
die aber auch kein tugendliebender Mensch leichtlich
errathen wird, so wenig als ich vorhero geglaubt, daß mir
dergleichen nur im Traume vorkommen könne.

Mein Bruder und ich sahen also diesem Schand- und
Laster-Spiele länger als eine halbe Stunde zu, binnen welcher Zeit ich etliche mahl vornahm die Thür

einzustossen, und diese bestialischen Menschen zu ermorden, allein mein Bruder, der voritzo etwas weniger
hitzig als ich war, hielt mich davon ab, mit dem Bedeuten: dergleichen Strafe wäre viel zu gelinde, über
dieses so wolten wir doch erwarten was nach dem saubern Spatziergange würde vorgenom-[538]men werden.
Wiewohl nun solches leichtlich zu errathen stund, so
wurde doch von uns die rechte Zeit, und zwar mit erstaunlicher Gelassenheit abgepasset. So bald demnach
ein jedes von den Schand-Bälgen einen grossen Becher
ausgeleeret, der mit einem besonders annehmlichen
Geträncke, welches die verfluchte Geilheit annoch vermehren solte, angefüllet gewesen; fielen sie, als gantz
berauschte Furien, auf das seitwärts stehende Huren-
Lager, und trieben daselbst solche Unflätereyen, deren
Angedencken ich gern auf ewig aus meinen Gedancken
verbannet wissen möchte. Nunmehro, sagte mein Bruder, haben die Lasterhafften den höchsten Gipffel aller schändlichen Wollüste erstiegen, derowegen kommet
mein Bruder! und lasset uns dieselben in den tieffsten
Abgrund alles Elendes stürtzen, jedoch nehmet euch so
wohl als ich in acht, daß keins von beyden tödtlich verwundet werde. Demnach wurde die kleine Thür in aller
Stille aufgemacht, wir traten durch die Tapeten hinein,
ohne von ihnen gemerckt zu werden, biß ich den verfluchten geilen Bock beym Haaren ergriff, und aus dem Bette
auf den Boden warff. Eleonora that einen eintzigen lauten
Schrey, und bliebe hernach auf der Stelle ohnmächtig

liegen. Die verteuffelte Beata kam im blossen Hembde mit einem Dolche herzu gesprungen, und hätte mich ohnfehlbar getroffen, wo nicht mein Bruder ihr einen solchen hefftigen Hieb über den Arm versetzt, wovon derselbe biß auf eine eintzige Sehne durchschnitten und gelähmet wurde. Ich gab meinem Leib-Diener ein abgeredetes Zeichen, welcher sogleich nebst 2. Knechten in dem Neben-Zimmer zum Vor-[539]scheine kam, und die zwey verfluchten Frembdlinge, so wir dahinein gestossen hatten, mit Stricken binden, und in einen sehr tieffen Keller schleppen ließ.

Eleonora lag so lange noch ohne alle Empfindung, biß ihr die getreue Cornelia bey nahe dreyhundert Streiche mit einer scharffen Geissel auf den wollüstigen nackenden Leib angebracht hatte, denn diese Magd sahe sich von mir gezwungen, ihrer Frauen dergleichen kräfftige Artzeney einzugeben, welche die gewünschte Würckung auch dermassen that, daß Eleonora endlich wieder zu sich selbst kam, mir zu Fusse fallen, und mit Thränen um Gnade bitten wolte. Allein meine bißherige Gedult war gäntzlich erschöpfft, derowegen stieß ich die geile Hündin mit einem Fusse zurücke, befahl der Cornelia ihr ein Hembd überzuwerffen, worauff ich beyde in ein leeres wohlverwahrtes Zimmer stieß, und alles hinweg nehmen ließ, womit sie sich etwa selbsten Schaden und Leyd hätten zufügen können. Noch in selbiger Stunde wurde des Menellez Frau ebenfalls gefänglich eingezogen, den übrigen Theil der Nacht aber, brachten ich und mein

Bruder mit lauter Berathschlagungen hin, auf was vor
Art nehmlich, die wohl angefangene Sache weiter auszuführen sey. Noch ehe der Tag anbrach, begab ich mich
hinunter in das Gefängniß zu des Menellez Frau, welche
denn gar bald ohne Folter und Marter alles gestund, was
ich von ihr zu wissen begehrte. Hierauff besuchte nebst
meinem Bruder die Eleonora, und gab derselben die Abschrifft von der Apollonie Briefe zu lesen, worbey sie
etliche [540] mahl sehr tieff seuffzete, jedoch unseres
Zuredens ohngeacht, die äuserste Verstockung zeigte,
und durchaus kein Wort antworten wolte. Demnach ließ
ich ihren verfluchten Liebhaber in seiner Blösse, so wohl
als die schändliche Beata herzu führen, da denn der Erste auf alle unsere Fragen richtige Antwort gab, und
bekannte: Daß er Don Vincentio de Garziano hiesse, und
seit 4. oder 5. Monaten daher, mit der Eleonora seine
schandbare Lust getrieben hatte, bat anbey, ich möchte in Betrachtung seiner Jugend und vornehmen Geschlechts ihm das Leben schencken. Es ist mir, versetzte
ich, mit dem Tode eines solchen liederlichen Menschen,
wie du bist, wenig oder nichts geholffen, derowegen
solstu zwar nicht hingerichtet, aber doch also gezeichnet
werden, daß die Lust nach frembden Weibern verschwinden, und dein Leben ein täglicher Tod seyn soll.
Hiermit gab ich meinem Leib-Diener einen Winck, welcher sogleich 4. Handfeste Knechte herein treten ließ,
die den Vincentio sogleich anpackten, und auf eine Tafel
bunden. Dieser merckte bald was ihm wiederfahren wür-

de, fieng derowegen aufs neue zu bitten und endlich zu drohen an: wie nehmlich sein Vater, der ein vornehmer Königl. Bedienter und Mit-Glied der Heil. Inquisition sey, dessen Schimpff sattsam rächen könte, allein es halff nichts, sondern meine Knechte verrichteten ihr Ammt so, daß er unter kläglichen Geschrey seiner Mannheit beraubt, und nachhero wiederum gehefftet wurde. Ich muste zu meinem allergrösten Verdrusse sehen: Daß Eleonora dieserwegen die bittersten Thränen fallen ließ, um deßwillen sie von mir mit dem Fusse [541] dermassen in die Seite gestossen wurde, daß sie zum andern mahle ohnmächtig darnieder sanck. Bey mir entstund dieserwegen nicht das geringste Mittleyden, sondern ich verließ sie unter den Händen der Cornelia, der Verschnittene aber muste nebst der vermaledeyeten Kupplerin zurück ins Gefängniß wandern. Nachhero wurde auch die Cornelia vorgenommen, welche sich in allen aufs Läugnen verließ, und vor die allerunschuldigste angesehen seyn wolte, so bald ihr aber nur die Folter-Banck nebst dem darzu gehörigen Werck-Zeuge gezeigt wurde, bekannte die liederliche Metze nicht allein, daß sie auf Eleonorens Befehl den vergiffteten Apffel zugerichtet, und ihn der Apollonie zu essen eingeschwatzt hätte, sondern offenbarete über dieses noch ein und anderes von ihrer verstorbenen Mit-Schwester Heimlichkeiten, welches alles aber nur Eleonoren zur Entschuldigung gereichen, und mich zur Barmhertzigkeit gegen dieselbe bewegen solte. Allein dieses war alles vergebens, denn mein Gemüthe war dermassen von Grimm und Rache erfüllet, daß ich nichts mehr suchte als dieselbe rechtmäßiger Weise auszuüben. Inmittelst, weil ich mich nicht allzusehr übereilen wolte, wurde die übrige Zeit des Tages nebst der darauff folgenden Nacht, theils zu reifflicher Betrachtung meines unglückseel. Verhängnisses, theils aber auch zur benöthigten Ruhe angewendet.

Da aber etwa zwey Stunden vor Anbruch des Tages im halben Schlummer lag, erhub sich ein starcker Tumult in meinem Hofe, weßwegen ich aufsprunge und durchs Fenster ersahe, wie meine Leute [542] mit etlichen frembden Personen zu Pferde, bey Lichte einen blutigen Kampf hielten. Mein Bruder und ich warffen sogleich unsere Harnische über, und eileten den unsern beyzustehen, von denen allbereit zwey hart verwundet auf dem Platze lagen, jedoch so bald wir unsere Schwerdter frisch gebrauchten, fasseten meine Leute neuen Muth, daß 5. unbekandte Feinde getödtet, und die übrigen 7. verjagt wurden. Indem kam ein Geschrey, daß sich auf der andern Seiten des Schlosses, ein Wagen nebst etlichen Reutern befände, welche Eleonoren und Cornelien, die sich eben itzo zum Fenster herab liessen, hinweg führen wolten. Wir eileten ingesammt mit vollen sprüngen dahin, und traffen die beyden saubern Weibs-Bilder allbereit auf der Erden bey dem Wagen an, demnach entstunde daselbst abermahls ein starckes Gefechte, worbey 3. von meinen Leuten, und 8. feindliche ins Graß beissen musten, jedoch letzlich wurden Wagen und Reuter in die Flucht geschlagen, Eleonora und Cornelia aber blieben in meiner Gewalt, und musten, um besserer Sicherheit willen, sich in ein finsteres Gewölbe verschliessen lassen.

Ohnfehlbar hatte Cornelia diesen nächtlichen Uberfall angesponnen, indem sie vermuthlich Gelegenheit gefunden, etwa eine bekandte getreue Person aus dem Fenster anzuruffen, und dieselbe mit einem Briefe so wohl an ihre eigene als Eleonorens Vettern oder Buhler abzusenden, welche denn allerhand Wagehälse an sich gezogen, und sie zu erlösen, diesen Krieg mit mir und den Meinigen angefangen [543] hatten, allein ihr Vortheil war sehr schlecht, indem sie 13. todte zurück liessen, wiewohl ich von meinen Bedienten und Unterthanen auch 4. Mann dabey einbüssete. Dieses eintzige kam mir hierbey am allerwundersamsten vor, daß derjenige Keller in welchem die Beata und der Verschnittene lagen, erbrochen, beyde Gefangene aber nirgends anzutreffen waren, wie ich denn auch nachhero niemahls etwas von diesen schändlichen Personen erfahren habe.

Ich ließ alle meine Nachbarn bey den Gedancken, daß mich vergangene Nacht eine Räuber-Bande angesprenget hätte, denn weil meine Bedienten und Unterthanen noch zur Zeit reinen Mund hielten, wuste niemand eigentlich, was sich vor eine verzweiffelte Geschicht in meinem Hause zugetragen. Gegen Mitternacht aber lieff die grausame Nachricht bey mir ein, daß sich so wohl Eleonora als Cornelia, vermittelst abgerissener Streiffen von ihren Hembdern, verzweiffelter Weise an zwey im Gewölbe befindliche Haken, selbst erhänckt hätten, auch bereits erstarret und erkaltet wären. Ich kan nicht läugnen daß mein Gemüthe dieserwegen höchst bestürtzt wurde, indem ich mir vorstellete: Daß beyde mit Leib und Seele zugleich zum Teuffel gefahren, indem aber nebst meinem Bruder diesen gräßlichen Zufall beseuffzete und berathschlagte, was nunmehro anzufangen sey, meldete sich ein Bothe aus Madrit, der sein Pferd zu tode geritten hatte, mit folgenden Briefe bey mir an: [544]

Mein Vetter.

ES hat mir ein vertrauter Freund vom Hofe in geheim gesteckt, daß sich entsetzliche Geschichte auf eurem Schlosse begeben hätten, worüber jederman, der es hörete, erstaunen müste. Ihr habt starcke Feinde, die dem, euch ohne dieses schon ungnädigen Könige, solche Sache noch heute Abends vortragen und den Befehl auswürcken werden, daß der Königl. Blut-Richter nebst seinen und des Heil. Officii *Bedienten, vermuthlich noch Morgen vor Mittags bey euch einsprechen müssen. Derowegen bedencket euer Bestes, machet euch bey Zeiten aus dem Staube, und glaubet sicherlich, daß man, ihr möget auch Recht oder Unrecht haben, dennoch euer Gut und Blut aussaugen wird. Reiset glücklich, führet eure Sachen in besserer Sicherheit aus, und wisset, daß ich beständig sey*

euer getreuer Freund,
Don Alphonso de Cordua.

Nunmehro wolte es Kunst heissen, in meinen verwirrten Angelegenheiten einen vortheilhafften Schluß zu
fassen, jedoch da alle Augenblicke kostbarer zu werden
schienen, kam mir endlich meines getreuen Vetters Rath
am vernünfftigsten vor, zumahlen da mein Bruder denselben gleichfalls billigte. Also nahm ich einen eintzigen
getreuen Diener zum Gefährten, ließ zwey der besten
Pferde satteln, und so viel Geld und Kleinodien darauf
pa-[545]cken, als sie nebst uns ertragen mochten, begab
mich solchergestallt auf die schnellste Reise nach Portugall, nachdem ich nicht allein meinem Bruder mein
übriges Geld und Kostbarkeiten mit auf sein Gut zu
nehmen anvertrauet, sondern auch, nebst ihm meinem
Leib-Diener und andern Getreuen, Befehl ertheilet, wie
sie sich bey diesen und jenen Fällen verhalten solten.
Absonderlich aber solte mein Bruder des Menellez Frau,
wie nicht weniger den Knaben Caspar Palino, und das
Mägdlein Euphrosinen heimlich auf sein Schloß bringen,
und dieselben in genauer Verwahrung halten, damit man
sie jederzeit als lebendige Zeugen darstellen könne.

Ich gelangete hierauff in wenig Tagen auf dem Portugisischen Gebiethe, und zwar bey einem bekandten
von Adel an, der mir auf seinem wohlbefestigten Land-
Gute den sichersten Auffenthalt versprach.

Von dar aus überschrieb ich meine gehabten Unglücks-Fälle mit allen behörigen Umständen an den
König Ferdinandum, und bat mir nichts als einen Frey-
und Sicherheits-Brief aus, da ich denn mich ohne Zeit-

Verlust vor dem hohen Gerichte stellen, und meine Sachen nach den Gesetzen des Landes wolte untersuchen und richten lassen. Allein ob zwar der König anfänglich nicht ungeneigt gewesen mir dergleichen Brief zu übersenden, so hatten doch der Eleonora und des Vincentio Befreundte, nebst meinen anderweitigen Feinden alles verhindert, und den König dahin beredet: Daß derselbe, nachdem ich, auf dreymahl wiederholte Citation, [546] mich nicht in das Gefängniß des Heil. Officii gestellet, vor schuldig und straffbar erkläret wurde.

Bey so gestallten Sachen waren alle Vorstellungen, die ich so wohl selbst schrifftlich, als durch einige annoch gute Freunde thun ließ, gäntzlich vergebens, denn meine Güter hatte der König in Besitz nehmen lassen, und einen Theil von den Einkünfften derselben dem Heil. Officio anheim gegeben. Ich glaube gantz gewiß, daß des Königs Geitz, nachdem er diese schöne Gelegenheit besser betrachtet, mehr Schuld an diesem meinen gäntzlichen Ruine gewesen, als die Verfolgung meiner Feinde, ja als die gantze Sache selbst. Mein Bruder wurde ebenfalls nicht übergangen, sondern um eine starcke Summe Geldes gestrafft, jedoch dieser hat meinetwegen keinen Schaden gelitten, indem ich ihm alles Geld und Gut, so er auf mein Bitten von dem Meinigen zu sich genommen, überlassen, und niemahls etwas zurück gefordert habe. Also war der König, der sich in der Jugend selbst zu meinen Versorger aufgeworffen hatte, nachhero mein Verderber, welches mich jedoch wenig

Wunder nahm, wenn ich betrachtete, wie dessen unersättlicher Eigen-Nutz nicht allein alle vornehmsten
des Reichs zu paaren trieb, sondern auch die besten
Einkünffte der Ordens-Ritter an sich zohe.

Dem ohngeacht schien es als ob ich noch nicht
unglückseelig genung wäre, sondern noch ein härter
Schicksaal am Leibe und Gemüth ertragen solte, denn
es schrieb mir abermahls ein vertrauter Freund: Daß
Ferdinandus meinen Auffenthalt in Portugal erfahren
hätte, und dieserwegen ehe-[547]stens bey dem Könige
Emanuel, um die Auslieferung meiner Person bitten wolte, im Fall nun dieses letztere geschähe, dürffte keinen
Zweiffel tragen, entweder meinen Kopf zu verlieren,
oder wenigstens meine übrige Lebens-Zeit in dem Thurme zu Segovia als ein ewiger Gefangener hinzubringen.
Da nun weder dieses noch jenes zu versuchen beliebte,
und gleichwohl eines als das andere zu befürchten die
gröste Ursach hatte, fassete ich den kurtzen Schluß:
mein verlohrnes Glück zur See wieder zu suchen, und
weil eben damahls vor 8. oder 9. Jahren die Portugiesen
in der neuen Welt eine grosse und vortreffliche Landschafft entdeckt, und selbige Brasilien genennet hatten,
setzte ich mich im Port-Cale zu Schiffe, um selbiges Land
selbst in Augenschein zu nehmen, und da es nur in etwas
angenehm befände, meine übrige Lebens-Zeit daselbst
zu verbleiben. Allein das Unglück verfolgte mich auch
zur See, denn um die Gegend der so genannten glückseeligen Insuln, wurden die Portugisischen Schiffe,

deren 8. an der Zahl waren, so mit einander seegelten, durch einen hefftigen Sturm-Wind zerstreuet, dasjenige aber, worauf ich mich befand, zerscheiterte an einem Felsen, so daß ich mein Leben zu erhalten einen Balcken ergreiffen, und mich mit selbigen 4. Tage nach einander vom Winde und Wellen muste herum treiben lassen. Mein Untergang war sehr nahe, jedoch der Himmel hatte eben zu rechter Zeit etliche Spanische Schiffe in diese Gegend geführet, welche nebst andern auch mich auffischeten und erquickten.

Es waren dieses die Schiffe des Don Alphonso [548] Hojez, und des Don Didaco de Niqvesa, welche beyde von dem Spanischen Könige, als Gouverneurs, und zwar der Erste über Carthago, der Andere aber über Caragua, in die neu erfundene Welt abgefertiget waren. Unter allen bey sich habenden Leuten war nur ein eintziger, der mich, und ich hinwiederum ihn von Person sehr wohl kennete, nehmlich: Don Vasco Nunez di Valboa, der unter dem Hojez ein Schiffs-Hauptmann war, dieser erzeigte sich sehr auffrichtig gegen mich, hatte vieles Mittleyden wegen meines unglücklichen Zustandes, und Schwur wider meinen willen, mich niemanden zu entdecken, also blieb ich bey ihm auf seinem Schiffe, allwo er mich, mit Vorbewust des Hojez, zu seinem Schiff-Lieutenant machte.

Wir erreichten demnach ohne ferneres Ungemach die Insul Hispaniolam, daselbst rüstete der Gouverneur Hojez, 4. grosse und starcke, nebst etlichen kleinen

Neben-Schiffen aus, auf welchen wir gerades Wegs
hinüber nach der Stadt Neu-Carthago zu seegelten. Hieselbst publicirte Hojez denen Einwohnern des Landes
das Königliche Edict: Wie nehmlich dieselben von ihrem
bißherigen Heydnischen Aberglauben ablassen, von
den Spaniern das Christenthum nebst guten Sitten und
Gebräuchen annehmen, und den König in Castilien vor
ihren Herrn erkennen solten, widrigen falls man sie
mit Feuer und Schwerdt verfolgen, und in die strengste
Sclaverey hinweg führen wolte.

Allein diese Leute gaben hierauff sehr freymüthig zur
Antwort: Daß sie sich um des Königs von Ca-[549]stilien
Gnade oder Ungnade gar nichts bekümmerten, nächst
diesen möchten sie zwar gern das Vergnügen haben in
ihrem Lande mit frembden Völckern umzugehen, und
denenselben ihre überflüßigen Reichthümer zuzuwenden, doch müsten sich selbige freundlich, fromm und
tugendhafft aufführen. Da aber die Spanier seit ihrer
ersten Ankunfft etliche Jahre daher nichts als Tyranney,
Geitz, Morden, Blutvergiessen, Rauben, stehlen, sängen
und brennen, nebst andern schändlichen Lastern von
sich spüren lassen, nähmen sie sich ein billiges Bedencken, dergleichen verdächtiges Christenthum, Sitten
und Gebräuche anzunehmen. Demnach möchten wir nur
alsofort zurücke kehren und ihre Gräntzen verlassen,
widrigenfalls sie sich genöthiget sähen ihre Waffen zu
ergreiffen, und uns mit Gewalt von dannen zu treiben.

Ich vor meine Person wuste diesen sehr vernunfftmäßigen Entschluß nicht im geringsten zu tadeln, zumahlen da die gottlose und unchristliche Aufführung meiner Lands-Leute mehr als zu bekannt worden. Dem ohngeacht ließ der Gouverneur alsobald sein Kriegs-Volck an Land steigen, fieng aller Orten zu sängen, zu brennen, todtzuschlagen und zu verfolgen an, verschonete auch weder Jung noch Alt, Reich noch Arm, Männ- oder Weibliches Geschlechte, sondern es muste alles ohne Unterscheid seiner Tyranney herhalten.

Meine Hände hüteten sich so viel als möglich war, dieses unschuldige Blut vergiessen zu helffen, ja ich beklagte von Grunde meiner Seelen, daß mich ein unglückliches Verhängniß eben in dieses jam-[550]mervolle Land geführet hatte, denn es bedünckte mich unrecht und grausam, auch gantz wieder Christi Befehl zu seyn, den Heyden auf solche Art das Evangelium zu predigen. Uber dieses verdroß mich heimlich, daß der Gouverneur aus purer Boßheit, das Königliche Edict, welches doch eigentlich nur auf die Caraiber oder Menschen-Fresser zielete, so muthwillig und schändlich mißbrauchte, und nirgends einen Unterschied machte, denn ich kan mit Wahrheit schreiben: daß die Indianer auf dem festen Lande, und einigen andern Insuln, nach dem Lichte der Natur dermassen ordentlich und tugendhafft lebten, daß mancher Maul-Christe dadurch nicht wenig beschämt wurde.

Nachdem aber der Gouverneur Hojez um Carthago herum ziemlich reine Arbeit gemacht, und daselbst ferner keinen Gegenstandt seiner Grausamkeit antreffen konte, begab er sich über die zwölff Meilen weiter ins Land hinein, streiffte allerwegen herum, Bekriegte etliche Indianische Könige, und verhoffte solchergestallt eine grosse Beute von Gold und Edelgesteinen zu machen, weil ihm etliche gefangene Indianer hierzu die gröste Hoffnung gemacht hatten. Allein er fand sich hierinnen gewaltig betrogen, denn da wir uns am allersichersten zu seyn bedüncken liessen, hatte sich der Caramairinenser König mit seinem außerlesensten Land-Volcke in beqveme heimliche Oerter versteckt, welcher uns denn dermassen scharff zusetzte, daß wir gezwungen wurden eiligst die Flucht zu ergreiffen und dem Meere zu zu eilen, nachdem wir des Hojez Obristen Lieutenant Don Juan de la Cossa, nebst [551] 74. der tapffersten Leute eingebüsset, als welche von den Indianern jämmerlich zerhackt und gefressen worden, woraus geurtheilet wurde, daß die Caramairinenser von den Caraibern oder Menschen-Fressern herstammeten, und derselben Gebrauche nachlebten, allein ich halte davor, daß es diese sonst ziemlich vernünfftigen Menschen damahls, mehr aus rasenden Eiffer gegen ihre Todt-Feinde, als des Wohlschmeckens wegen gethan haben mögen.

Dieser besondere Unglücks-Fall veruhrsachte, daß der Gouverneur Hojez in dem Hafen vor Carthago, sehr viel Noth und Bekümmerniß ausstehen muste, zumahlen da es uns so wohl an Lebens-Mitteln als andern höchstnöthigen Dingen zu mangeln begunte. Jedoch zu gutem

Glücke traff Don Didaco de Niquesa nebst etlichen Schiffen bey uns ein, welche mit bey nahe 800. guten Kriegs-Leuten und gnungsamen Lebens-Mitteln beladen waren. So bald er demnach den Hojez und dessen Gefährten aufs Beste wiederum erqvickt hatte, wurde berathschlagt, den empfangenen unglücklichen Streich mit zusammen gesetzter Macht an den Caramairinensern zu rächen, welches denn auch grausam genung von statten gieng. Denn wir überfielen bey nächtlicher Weile dasjenige Dorff, bey welchem de la Cossa nebst seinen Gefährten erschlagen worden, zündeten dasselbe rings herum mit Feuer an, und vertilgeten alles darinnen was nur lebendigen Othem hatte, so daß von der grossen Menge Indianer die sich in selbigem versammlet hatten, nicht mehr übrig blieben als 6. Jünglinge, die unsere Gefangene wurden. [552]

Es vermeynete zwar ein jeder, in der Asche dieses abgebrannten Dorffs, so aus mehr als hundert Wohnungen bestanden, einen grossen Schatz an Gold und edlen Steinen zu finden, allein das Suchen war vergebens, indem fast nichts als Unflat von verbrannten Cörpern und Todten-Knochen, aber sehr wenig Gold zum vorscheine kam, weßwegen Hojez gantz verdrießlich zurück zohe, und weiter kein Vergnügen empfand, als den Todt des de la Cossa und seiner Gefährten gerochen zu haben.

Wenige Zeit hernach beredeten sich die beyden Gouverneurs nehmlich Hojez und Niquesa, daß ein jeder diejenige Landschafft, welche ihm der König zu verwalten übergeben, gnungsam auskundschaffen und einnehmen wolte. Hojez brach am ersten auf, die Landschafft Uraba, so ihm nebst dem Carthaginensischen Port zustunde, aufzusuchen. Wir landeten erstlich auf einer Insul an, welche nachhero von uns den Nahmen Fortis erhalten, wurden aber bald gewahr, daß dieselbe von den allerwildesten Canibalen bewohnet sey, weßwegen keine Hoffnung, allhier viel Geld zu finden, vorhanden war. Jedoch fand sich über Vermuthen noch etwas von diesem köstlichen metall, welches wir nebst zweyen gefangenen Männern und 7. Weibern mit uns hinweg führeten. Von dar aus seegelten wir gerades Weges nach der Landschafft Uraba, durchstreifften dieselbe glücklich, und baueten Ostwärts in der Gegend Caribana einen Flecken an, nebst einem wohlbefestigten Schlosse, wohin man sich zur Zeit der feindlichen Empörung und plötzlichen Uberfalls sicher zurück ziehen und aufhal-[553]ten könte. Dem ohngeacht, ließ sich der schon so oft betrogene Hojez abermahls betriegen, indem ihn die gefangenen Indianer viel Wesens von einer austräglichen Gold-Grube machten, welche bey dem, 12000. Schritt von unserm Schloß gelegenen Dorffe Tirafi, anzutreffen wäre. Wir zogen also dahin, vermeynten die Einwohner plötzlich zu überfallen und alle zu erschlagen, allein selbige empfiengen uns mit ihren vergifteten Pfeilen dermassen behertzt, daß wir mit Zurücklassung etlicher Todten und vieler Verwundeten schimpflich zurück eilen musten.

Folgendes Tages kamen wir in einem andern Dorffe eben so übel, ja fast noch schlimmer an, auf dem Rück-Wege aber begegnete dem Gouverneur Hojez der allerschlimmste und gefährlichste Streich, denn es kam ein kleiner König, dessen Ehefrau von dem Hojez Gefangen genommen war, und gab vor, dieselbe mit 20. Pfund Goldes auszulösen, wie denn auch 8. Indianer bey ihm waren, welche, unserer Meynung nach, das Gold bey sich trügen, allein über alles Vermuthen schoß derselbe einen frisch vergiffteten Pfeil in des Gouverneurs Hüffte, und wolte sich mit seinen Gefährten auf die Flucht begeben, wurden aber von der Leib-Wacht ergriffen, und sämtlich in Stücken zerhauen. Jedoch hiermit war dem Gouverneur wenig geholffen, weiln er in Ermangelung kräfftiger Artzeneyen, die dem Giffte in der Wunde Widerstand zu thun vermögend, entsetzliche Quaal und Schmertzen ausstehen muste, wie er sich denn seiner Lebens-Erhaltung wegen, etliche mahl ein glüend Eisen-Blech auf die [554] Wunde legen ließ, um das Gifft heraus zu brennen, als welches die allergewisseste und sicherste Cur bey dergleichen Schäden seyn solte, jedennoch dem Hojez nicht zu seiner völligen Gesundheit verhelffen konte.

Mittlerzeit kam Bernardino de Calavera, mit einem starcken Schiffe, das 60. tapffere Kriegs Leute, nebst vielen Lebens-Mitteln aufgeladen hatte, zu uns, welches beydes unsern damahligen gefährlichen und bedürfftigen Zustand nicht wenig verbesserte. Da aber auch diese Lebens-Mittel fast aufgezehret waren, und das Krieges-Volck nicht den geringsten glücklichen Ausschlag von des Hojez Unternehmungen sahe, fiengen sie an, einen würcklichen Aufstandt zu erregen, welchen zwar Hojez damit zu stillen vermeynte, daß er sie auf die Ankunfft des Don Martin Anciso vertröstete, als welchem er befohlen, mit einem Last-Schiffe voll Proviant uns hierher zu folgen, jedoch die Kriegs-Knechte, welche diese Tröstungen, die doch an sich selbst ihre Richtigkeit hatten, in Zweiffel zohen, und vor lauter leere Worte hielten, beredeten sich heimlich, zwey Schiffe von den Unsern zu entführen, und mit selbigen in die Insul Hispaniolam zu fahren.

So bald Hojez diese Zusammen-Verschwerung entdeckt, gedachte er dem Unheil vorzubauen, und that den Vorschlag, selbst eine Reise nach Hispaniolam anzutreten, bestellete derowegen den Don Francisco de Pizarro in seiner Abwesenheit zum Obristen-Lieutenant, mit dem Bedeuten, daß wo er innerhalb 50. Tagen nicht wiederum bey uns [555] einträffe, ein jeder die Freyheit haben solte hin zu gehen wohin er wolte.

Seine Haupt-Absichten waren, sich in Hispaniola an seiner Wunde bey verständigen Aertzten völlig heilen zu lassen, und dann zu erforschen, was den Don Anciso abgehalten hätte, uns mit dem bestellten Proviant zu folgen. Demnach setzte er sich in das Schiff, welches Bernardino de Calavera heimlich und ohne Erlaubniß des Ober-Admirals und anderer Regenten aus Hispaniola entführet hatte, und seegelte mit selbigen auf bemeldte Insul zu.

Wir Zurückgebliebenen warteten mit Schmertzen auf dessen Wiederkunfft, da aber nicht allein die 50. Tage, sondern noch mehr als zweymahl so viel verlauffen waren, und wir binnen der Zeit vieles Ungemach, so wohl wegen feindlicher Anfälle, als grosser Hungers-Noth erlitten hatten; theilete sich alles Volck in des Hojez zurückgelassene zwey Schiffe ein, des willens ihren Gouverneur selbst in Hispaniola aufzusuchen.

Kaum hatten wir das hohe Meer erreicht, da uns ein entsetzlicher Sturm überfiel, welcher das Schiff, worinnen unsere Mit-Gesellen sassen, in einem Augenblicke umstürtzte und in den Abgrund versenckte, so daß kein eintziger zu erretten war. Wir übrigen suchten dergleichen Unglücke zu entgehen, landeten derowegen bey der Insul Fortis, wurden aber von den Pfeilen der wilden Einwohner dermassen unfreundlich empfangen, daß wir vor unser gröstes Glück schätzten, noch bey zeiten das Schiff zu erreichen, und von dannen zu seegeln. [556]

Indem nun bey solchen kümmerlichen Umständen die Fahrt nach Hispaniola aufs eiligste fortgesetzt wurde, begegnete uns über alles verhoffen der Oberste Gerichts-Præsident Don Martin Anciso, welcher nicht allein auf einem Last-Schiffe allerhand Nahrungs-Mittel und Kleider-Geräthe, sondern auch in einem Neben-Schiffe gute Kriegs-Leute mit sich führete.

Seine Ankunfft war uns ungemein tröstlich, jedoch da

er nicht glauben wolte, daß wir von unsern Gouverneur Hojez verlassen wären, im Gegentheil uns vor Aufrührer oder abgefallene Leute ansahe, musten wir uns gefallen lassen, erstlich eine Zeitlang in der Einfarth des Flusses Boyus zwischen den Carthaginensischen Port und der Landschafft Cuchibacoam bey ihm stille zu liegen, hernachmahls aber in seiner Begleitung nach der Urabanischen Landschafft zurück zu seegeln, weil er uns weder zu dem Niqvesa noch in Hispaniolam führen wolte, sondern vorgab, er müsse uns alle, Krafft seines tragenden Ammts und Pflichten, durchaus in des Gouverneurs Hojez Provinz zurücke bringen, damit dieselbe nicht ohne Besatzung bliebe.

Demnach richteten wir unsern Lauff dahin, allein es schien als ob das Glück allen unsern Anschlägen zuwider wäre, denn als des Anciso allerbestes Schiff in den etwas engen Hafen einlauffen wolte, gienge selbiges durch Unvorsichtigkeit des Steuer-Manns zu scheitern, so daß aller Proviant, Kriegs-Geräthe, Gold, Kleinodien, Pferde und andere Thiere zu Grunde sincken, die Menschen aber sehr [557] kümmerlich ihr Leben retten musten, welches wir doch ingesammt, wegen Mangel der nöthigen Lebens-Mittel und anderer Bedürffnissen ehestens zu verlieren, fast sichere Rechnung machen konten.

Endlich, nachdem wir uns etliche Tage mit Wurtzeln, Kräutern, auch elenden sauern Baum Früchten des Hungers erwehret, wurde beschlossen etwas tieffer ins Land hinein zu rücken, und viellieber Heldenmüthig zu ster-

ben, als so schändlich und verächtlich zu leben, allein da
wir kaum 4. Meilen Wegs zurück gelegt, begegnete uns
eine erstaunliche Menge wohl bewaffneter Indianer, die
den tapffern Vorsatz alsobald zernichteten, und uns über
Halß und Kopf, mit ihren vergiffteten Pfeilen, an das
Gestade des Meers allwo unsere Schiffe stunden, wieder
rückwarts jagten.

Die Bekümmerniß über diesen abermahligen Unglücks-Fall war dennoch nicht so groß als die Freude, so
uns von einigen gefangenen Indianern gemacht wurde,
welche berichteten, daß oberhalb dieses Meer-Busens
eine Landschafft läge die an Früchten und allen nothdürfftigen Lebens-Mitteln alles im grösten Uberflusse
hervor brächte. Don Anciso sahe sich also gezwungen,
uns dahin zu führen. Die dasigen Einwohner hielten sich
anfänglich ziemlich ruhig, so bald wir aber anfiengen in
diesem gesegneten Lande Häuser aufzubauen, und unsere Wirthschafft ordentlich einzurichten, brach der
König Comaccus mit seinen Unterthanen auf, und versuchte, uns frembde Gäste aus dem Lande zu jagen. Es
kam solchergestallt zu einem grausamen [558] Treffen,
welches einen gantzen Tag hindurch und biß in die späte
Nacht währete, jedoch wir erhielten den Sieg, jagten den
zerstreuten Feinden aller Orten nach, und machten alles, was lebendig angetroffen wurde, aufs grausamste
darnieder.

Nunmehro fand sich nicht allein ein starcker Uberfluß
an Brod, Früchten, Wurtzeln und andern nothwendigen

Sachen, sondern über dieses in den Gepüschen und sümpffichten Oertern der Flüsse, über drittehalb tausend Pfund gediehen Gold, nebst Leinwand, Bett-Decken, allerley metallenes, auch irrdenes und höltzernes Geschirr und Fässer, welches der König Comaccus unsertwegen dahin verstecken und vergraben lassen. Allhier ließ Don Anciso nachhero eine Stadt und Kirche, welche er Antiqua Darienis nennete, aufbauen, und solches that er wegen eines Gelübdes, so er der sancta Maria Antiqua die zu Sevilien sonderlich verehret wird, noch vor der Schlacht versprochen hatte. Mittlerzeit ließ Don Anciso unsere zurückgelassenen Leute, in zweyen Schiffen herbey holen, unter welchen sich auch mein besonderer Freund der Hauptmann Don Vasco Nunez di Valboa befand, welcher nunmehro an der, von einem vergifften Pfeile empfangenen Wunde wiederum völlig hergestellet war. Da es nun wegen der erbeuteten Güter zur behörigen Theilung kommen solte, und ein jeder vermerckte, wie Don Anciso als ein eigennütziger Geitzhals überaus unbillig handelte, indem er sich selbst weit grössere Schätze zueignete, als ihm von rechts wegen zukamen, entstund dieserwegen unter dem Kriegs-Volcke erstlich ein heimliches Gemurmele, welches [559] hernach zu einem öffentlichen Auffruhr ausschlug, da sich die besten Leute an den Don Valboa henckten, und ihn zu ihren Ober-Haupt und Beschützer aufwarffen. Des Don Anciso Anhang gab zwar dem Valboa Schuld: daß er von Natur ein auffrührischer und unnützer Mensch sey, dessen Regiersucht nur allerley Unglück anzustifften trachte; Allein so viel ich die gantze Zeit meines Umgangs bey ihm gemerckt, war er ein Mann von besonderer Hertzhafftigkeit, der sich vor niemanden scheute, und derowegen das Unrecht, so ihm und den Seinigen geschahe, unmöglich verschmertzen konte, hergegen selbiges auf alle erlaubte Art zu rächen suchte, wiewohl er hierbey niemals den Respect und Vortheil des Königs in Castilien aus den Augen setzte.

In diesem Lermen kam Don Roderiguez Colmenarez mit zweyen Schiffen aus Hispaniola zu uns, welche nicht allein mit frischen Kriegs-Volck, sondern auch vielen Proviant beladen waren. Dieser vermeynete den Hojez allhier anzutreffen, von dem er erfahren, daß er nebst seinem Volck in grosser Angst und Nöthen steckte, fand aber alles sehr verwirrt, indem sich Anciso und Valboa um die Ober-Herrschafft stritten, und jeder seinen besondern Anhang hatte. Um nun einen fernern Streit und endliches Blutvergiessen zu verhüten, schiffte Colmenarez zurück, seinen Vettern Don Didaco de Niquesa herbey zu bringen, welcher die streitenden Partheyen aus einander setzen, und das Ober-Commando über die andern alle annehmen solte.

Colmenarez war so glücklich den Niqvesa eben [560] zu rechter Zeit anzutreffen, und zwar in der Gegend die von ihm selbst Nomen Dei benahmt worden, allwo der arme Niqvesa nackend und bloß, nebst seinen Leuten halb todt gehungert, herum irrete. Jedoch nachdem ihn Colmenarez nebst 75. Castilianern zu Schiffe und auf die rechte Strasse gebracht, kam er unverhofft bey uns in Antiqua Darienis an. Hieselbst war er kaum an Land gestiegen, als es lautbar wurde, wie schmählich und schimpflich er so wohl von Anciso als Valboa geredet, und gedrohet, diese beyden nebst andern Haupt-Leuten, theils ihrer Aemter und Würden zu entsetzen, theils aber um Gold und Geld aufs schärffste zu bestraffen. Allein eben diese Drohungen gereichten zu seinem allergrösten Unglücke, denn es wurden solchergestalt beyde Theile gegen ihn erbittert, so daß sie den armen Niquesa nebst seinen Leuten wieder zurück in sein Schiff, und unbarmhertziger weise, ohne Proviant, als einen Hund aus derselbigen Gegend jagten.

Ich habe nach Verfluß einiger Monate etliche von seinen Gefährten auf der Zorobarer Landschafft angetroffen, welche mich berichteten, daß er nahe bey dem Flusse, nebst etlichen der Seinen, von den Indianern sey erschlagen und gefressen worden, weßwegen sie auch diesen Fluß Rio de los perditos, auf Teutsch den Fluß des Verderbens nenneten, und mir einen Baum zeigten, in dessen glatte Rinde diese Lateinischen Worte geschnitten waren: Hic misero errore fessus, DIDACUS NIQVESA infelix periit. Zu Teutsch: Hier ist der vom elenden herum schweiffen ermüdete, und unglückliche Didacus Niqvesa umgekommen. [561]

Jedoch ich erinnere mich, um bey meiner Geschichts-Erzehlung eine richtige Ordnung zu halten, daß wir nach des Niqvesa Vertreibung abermahls den grösten Kummer, Noth und Hunger leyden musten, indem des Colmenarez dahin gebrachter Proviant gar bald auffgezehret war, so daß wir als wilde Menschen, ja als hungerige Wölffe überall herum lieffen, und alles hinweg raubten was nur in den nächst gelegenen Landschafften anzutreffen war.

Endlich nachdem Valboa einen Anhang von mehr als 150. der außerlesensten Kriegs-Leute beysammen hatte, gab er öffentlich zu verstehen, daß er nunmehro, da der Gouverneur Hojez allem vermuthen nach umgekommen, unter keines andern Menschen Commando stehen wolle, als welcher ein eigen Diploma von dem Könige selbst aufzuweisen hätte. Anciso hingegen trotzete auf sein oberstes Gerichts-Præsidenten-Ammt, weiln aber sein Beglaubigungs Brief vielleicht im letztern Schiffbruche mit versuncken war, oder er nach vieler anderer Meynung wohl gar keinen gehabt hatte, fand Valboa desto mehr Ursach sich demselben nicht zu unterwerffen, und so bald Anciso sein Ansehen mit Gewalt zu behaupten mine machte, überfiel ihn Valboa plötzlich, ließ den Prahlhafften Geitzhals in Ketten und Banden legen, und theilete dessen Gold und Güter der Königlichen Cammer zu. Jedoch nachdem ich und andere gute Freunde dem Valboa sein allzuhitzges Verfahren glimpfflich vorstelleten, besann er sich bald eines andern, bereuete seine jachzornige Strengigkeit, stellete den Anciso wiederum [562] auf freyen Fuß, gab ihm sein Gold und Güter ohne

Verzug zurück, und hätte sich ohnfehlbar gäntzlich mit
Anciso ausgesöhnet, wenn derselbe nicht allzurachgierig
gewesen wäre. Wenig Tage hernach seegelte Anciso mit
seinen Anhängern von uns hinweg und hinterließ die
Drohungen, sich in Castilien, bey dem Könige selbst,
über den Valboa zu beklagen, jedoch dieser letztere kehrete sich an nichts, sondern brachte sein sämtliches
Kriegs-Volck in behörige Ordnung, setzte ihnen gewisse
Befehlshaber, auf deren Treue er sich verlassen konte,
als worunter sich nebst mir auch Don Rodriguez Colmenarez befand, und fieng alsobald an sein und unser aller
Glück mit rechten Ernste zu suchen.

Coiba war die erste Landschafft, welche von uns
angegriffen wurde, und deren König Careta, als er sich
mit dem Mangel entschuldigte, Proviant und andere Be-
dürfnissen herzugeben, muste sich nebst Weib, Kindern
und allem Hof-Gesinde nach Darien abführen lassen.

Mittlerzeit sahe Valboa so wol als alle andern vor nöthig an, den Valdivia und Zamudio nach Hispaniola zu
senden, deren der erstere bey dem Ober-Admiral, Don
Didaco Columbo, und andern Regenten dieser Lande,
den Valboa bestens recommandiren, und um schleunige
Bey-Hülffe mit Proviant und andern Bedürffnissen
bitten solte, Zamudio aber war befehligt eiligst nach
Castilien zu seegeln, und des Valboa mit Anciso gehabten
Händel bey dem Könige aufs eiffrigste zu vertheidigen.
Inzwischen wurde der Coibanische König Careta wieder
auf freyen Fuß gestellet, jedoch unter den Be-[563]

dingungen, daß er nicht allein unser Kriegs-Volck nach möglichkeit mit Speise und Tranck versehen, sondern auch dem Valboa in dem Kriegs-Zuge, wider den benachbarten König Poncha, beystehen, und die rechten Wege zeigen solte.

Indem nun Careta mit diesem seinen ärgsten Feinde Poncha beständig Krieg geführet, und von ihm sehr in die Enge getrieben worden, nahm er diese Gelegenheit sich einmahl zu rächen mit Freuden an, zog mit seinen Unterthanen, welche mit langen höltzernen Schwerdtern und sehr spitzigen Wurff-Spiessen bewaffnet waren, stets voraus, um den Poncha unversehens zu überfallen. Allein dieser hatte dennoch unsern Anzug bey zeiten ausgekundschafft und dieserwegen die Flucht ergriffen, dem ohngeacht fanden wir daselbst einen starcken Vorrath an Lebens-Mitteln und andern trefflichen Sachen, wie nicht weniger etliche 30. Pfund feines Goldes.

Nach diesem glücklichen Streiche wurde der König Comogrus überfallen, mit welchen wir aber auf des Königs Caretæ Unterhandlung Bündniß und Friede machten. Dieser Comogrus hatte 7. wohlgestallte Söhne, von welchen der Aelteste ein Mensch von gantz besondern Verstande war, und nicht allein vieles Gold und Kleinodien unter uns austheilete, sondern auch Anschläge gab, wo wir dergleichen köstliche Waaren im überflusse antreffen könten.

Es ließ sich der König Comogrus mit seiner gantzen

Familie zum christlichen Glauben bereden, weßwegen er in der Tauffe den Nahmen Carolus em-[564]pfieng, nachdem aber das Bündniß und Freundschafft mit ihm auf solche Art desto fester geschlossen worden, nahmen wir unsern Rückweg nach Antiquam Darienis, allwo der Valdivia zwar wiederum aus Hispaniola angelangt war, jedoch sehr wenig Proviant, hergegen starcke Hoffnung mit sich brachte, daß wir ehestens alles Benöthigte in desto grösserer Menge empfangen solten.

Das Elend wurde also abermahls sehr groß, dazumahlen unsere Erndte durch ungewöhnlich starcke Wasser-Fluthen verderbt, alle um und neben uns liegende Landschafften aber ausgezehret waren, derowegen trieb uns die Noth mit grosser Gefahr in das Mittel-Land hinein, nachdem wir am 9ten December des Jahrs 1511. den Valdivia mit vielen Gold und Schätzen, die vor den König Ferdinandum gesammlet waren, über Hispaniolam nach Spanien zu seegeln abgefertiget hatten.

In diesem Mittägigen Lande traffen wir etliche Häuser an, aus welchen ein kleiner König Dabaiba genannt, nebst seinen Hof-Gesinde und Unterthanen entflohen war, und wenig Lebens-Mittel, allein sehr viel Hauß-Geräthe, Waffen, auch etliche Pfund gearbeitetes Gold zurück gelassen hatte. Auf der weitern Farth brachte uns ein gewaltiger Sturm um 3. Schiffe, welche mit Volck und allen Geräthe zu Grunde giengen.

So bald wir mit Kummer und Noth zu Lande kamen, wurde der König Abenamacheius angegriffen, dessen

Hof-Lager in mehr als 500. wohlgebaueten Hütten bestand. Er wolte mit den Seinigen die Flucht nehmen,
muste aber endlich Stand [565] halten, und sich nach
einer blutigen Schlacht nebst seinen besten Leuten gefangen geben. Dieser König hatte in der Schlacht einem
von unsern Kriegs-Leuten eine leichte Wunde angebracht, welches dem Lotter-Buben dermassen verdroß,
daß er ihm, da er doch schon unser Gefangener war, so
schändlich als geschwind einen Arm vom Leibe herunter
hieb. Weil aber diese That dem Valboa hefftig verdroß,
wurde dieser Knecht fast biß auf den tod zerprügelt.

Nach diesem erlangten Siege und herrlicher Beute,
führete uns ein nackender Indianer in die grosse Landschafft des Königs Abibeiba, der seine Residenz auf einem sehr hohen und dicken Baume aufgebauet hatte,
indem er wegen öffterer Wassergüsse nicht wohl auf
dem Erdboden wohnen konte. Dieser König wolte sich
weder durch Bitten noch durch Droh-Worte bewegen
lassen von diesem hohen Gebäude herab zu steigen, so
bald aber die Unsern einen Anfang machten den Baum
umzuhauen, kam er nebst zweyen Söhnen herunter,
und ließ seine übrigen Hof-Bedienten in der Höhe zurück. Wir machten Friede und Bündniß mit ihm, und
begehrten eine billige Schatzung an Lebens-Mitteln und
Golde geliefert zu haben, indem er nun wegen des letztern seinen sonderlichen Mangel vorgeschützt, gleichwohl aber nur desto hefftiger angestrenget wurde etliche
Pfund zu verschaffen, versprach er nebst etlichen seiner

Leute auszugehen, und uns binnen 6. Tagen mehr zu bringen als wir verlangt hätten. Allein er ist darvon gegangen und nachhero niemahls wiederum vor unsere Augen ge-[566]kommen, nachdem wir uns also von ihm betrogen gesehen, wurde aller Vorrath von Speise, Wein und andern guten Sachen hinweg geraubt, wodurch unsere ermatteten Leiber nicht wenig erquickt und geschickt gemacht wurden, eine fernere mühsame Reise anzutreten.

Mittlerweile hatten sich 5. Könige, nehmlich letztgemeldter Abiebaiba, Cemacchus, Abraibes, dessen Schwager Abenamacheius und Dabaiba zusammen verschworen, uns mit zusammen gesetzten Kräfften plötzlich zu überfallen und gäntzlich zu vertilgen, jedoch zu allem Glücke hatte Valboa eine außerordentlich schöne Jungfrau unter seinen gefangenen Weibs-Bildern, welche er vor allen andern hertzlich liebte, diese hatte solchen Blut-Rath von ihrem leiblichen Bruder nicht so bald ausgeforschet, als sie von der getreuen Liebe getrieben wurde dem Valboa alle wider ihn gemachten Anschläge zu offenbahren. Dieser theilete sogleich sein Volck in zwey Hauffen, er selbst gieng nebst mir und etliche 70. Mann auf die vertheilten Hauffen der versammleten Indianer loß, zerstreuete dieselben und bekam sehr viele von der Könige Bedienten gefangen, die wir mit zurück in unser Lager führeten, Don Colmenarez aber muste mit 4. Schiffen auf den Flecken Tirichi loß gehen, allwo er so glücklich war denselben unvermuthet zu überfallen,

und der Indianer gantze Kriegs-Rüstung, die daselbst
zusammen gebracht war zu zernichten, auch eine grosse
Beute an Proviant, Gold, Wein und andern brauchbaren
Geräthschafften zu machen. Uber dieses hat er allen
Aufrührern und Feinden ein entsetz-[567]liches Schre-
cken eingejagt, indem der oberste Feld-Herr an einen
Baum gehenckt und mit Pfeilen durchschossen, nechst
dem noch andere Indianische Befehlshaber andern zum
Beyspiele aufs grausamste hingerichtet worden.

Solchergestallt verkehrte sich alle bißherige Gefahr,
Unruhe und kümmerliches Leben auf einmahl, in lauter
Friede, Ruhe, Wollust und Freude, denn da sich nach-
hero die vornehmsten Aufrührer gutwillig unter des
Valboa Gehorsam begaben, ließ er einen allgemeinen
Frieden und Vergebung aller vorgegangenen Wider-
spenstigkeit halber, ausruffen, sein Volck aber auf so
vieles ausgestandenes Ungemach eine Zeitlang der
Ruhe geniessen.

Hierauff nahmen wir unsern Rück-Weg nach der Urabanischen Landschafft, allwo nach vielen Berathschlagungen endlich beschlossen wurde, daß Don Rodriguez
Colmenarez nebst dem Don Juan de Quicedo nach Hispaniolam, und von dar zum Könige in Castilien abgesandt
werden solten, um an beyden Orten ordentlichen Bericht
von unsern sieghafften Begebenheiten abzustatten,
und die Sachen dahin zu veranstallten, daß wir mit etwa
1000. Mann und allen Zubehör verstärckt, den Zug in die
Goldreichen Landschafften gegen Mittag sicher unter-

nehmen, und dieselben unter des Königs in Castilien Bothmäßigkeit bringen könten, denn Valdivia und Zamudio wolten nicht wieder zum vorscheine kommen, woraus zu schliessen war, daß sie etwa auf der See verunglückt seyn möchten. Demnach giengen Colmenarez und Quicedo im October 1512. unter Seegel, nachdem sie versprochen [568] keine Zeit zu versäumen, sich so bald als nur möglich wiederum auf den Urabanischen Küsten einzustellen. Allein da Valboa dieser beyden Männer Zurückkunfft nunmehro fast 11. Monath vergeblich abgewartet, und in Erfahrung brachte, daß Don Pedro de Arias, ehestens als Königlicher Gouverneur über die Urabanische und angräntzende Landschafften bey uns eintreffen würde, trieb ihn so wohl die allbereits erlangte Ehre, als Verlangen die Mittäglichen Goldreichen Länder zu erfinden, so weit, daß er mit den Ober Häuptern der Landschafften zu Rathe gieng, und den gefährlichen Zug dahin mit etwa 200. Kriegs-Leuten vornahm, ohngeacht ihm nicht allein von des Comogri Sohne, sondern auch von andern Indianischen Königen gerathen worden, diesen Zug mit nicht weniger als 1000. Mann zu wagen, indem er daselbst ungemein streitbare Völcker antreffen würde.

Es war der 4te Sept. 1513. da wir mit 3. grossen und 10. sehr kleinen Schiffen abseegelten, und zum erstenmahle wiederum bey des Coibanischen Königs Caretæ Landschafft anländeten. Hieselbst ließ Valboa die Schiffe nebst einer Besatzung zurück, wir aber zogen 170. Mann starck fort, und wurden von des Caretæ uns zugegebenen Wegweisern in des Ponchæ Königreich geführet, welchen wir, nachdem er unsern ehemaligen Zuspruch erwogen, endlich mit grosser Mühe zum Freunde und Bundsgenossen bekamen. Nachhero haben wir viele andere Könige, als den Qvarequa, Chiapes, Coquera, und andere mehr, theils mit Güte und Liebe, theils aber auch mit Gewalt zum Gehorsam [569] gebracht, mittlerweile aber am 18. October desselbigen Jahres das Mittägliche Meer erfunden, und um selbige Gegend einen erstaunlichen Schatz an Gold und Edel-Steinen zusammen gebracht.

Bey so glückseeligen Fortgange unseres Vorhabens, bezeigte sich Valboa dermassen danckbar gegen GOTT und seine Gefährten, daß kein eintziger Ursach hatte über ihn zu klagen. Eines Tages aber, da er mich an einem einsamen Orte ziemlich betrübt und in Gedancken vertiefft antraff, umarmete er mich mit gantz besonderer Freundlichkeit und sagte: Wie so unvergnügt mein allerbester Hertzens-Freund, fehlet euch etwa Gesundheit, so habe ich Ursach euch zu beklagen, sonsten aber wo Gold, Perlen und edle Steine euren Kummer zu stillen vermögend sind, stehet euch von meinem Antheil so viel zu diensten als ihr verlanget. Ich gab ihm hierauff zu verstehen: daß ich an dergleichen Kostbarkeiten selbst allbereit mehr gesammlet, als ich bedürffte, und mich wenigstens 5. mahl reicher schätzen könte als ich vor dem in Castilien gewesen. Allein mein jetziges Miß-

vergnügen rühre von nichts anders her, als daß ich mich
vor der Ankunfft meines abgesagten Feindes, des Don
Pedro de Arias fürchtete, und indem ich noch zur Zeit von
dem Könige Ferdinando keinen Pardon-Brief aufzuweisen hätte, würde mir derselbe allen ersinnlichen Tort
anthun, und wenigstens verhindern, daß ich auch in dieser neuen Welt weder zu Ehren noch zur Ruhe kommen
könte. Valboa fieng hierüber an zu lachen und sagte:
Habt ihr sonst keine Sorge, mein werthester Freund, so
entschlaget euch nur auf einmahl aller [570] Grillen, und
glaubet sicherlich, daß es nunmehro mit uns allen beyden
keine Noth habe, denn diejenigen Dienste, so wir dem
Könige durch Erfindung dieses Mittägigen Meeres und
der Gold-reichen Länder geleistet haben, werden schon
würdig seyn, daß er uns alle beyde, jedweden mit einem
ansehnlichen Gouvernement, in diesen Landschafften
begabet, welche binnen wenig Jahren also einzurichten
sind, daß wir unsere übrige Lebens-Zeit vergnügter darinnen zubringen können, als in Castilien selbst. Es sey
euch, fuhr er fort, im Vertrauen gesagt, daß ich in kurtzer Zeit selbst eine Reise nach Spanien zu thun willens
bin, allda sollen mir eure Sachen noch mehr angelegen
seyn, als die meinigen, solchergestalt zweiffele auch im
geringsten nicht, euer und mein Glücke zu befestigen.

Diese wohlklingenden Zuredungen machten mein
Gemüthe auf einmahl höchst vergnügt, so, daß ich den
Valboa umarmete, mich vor seine gute Vorsorge im Vor-
aus hertzlich bedanckte, und versprach, Zeit Lebens sein

getreuer Freund und Diener zu verbleiben. Er entdeckte mir hierauf, wie er nur noch willens sey, den Mittägigen Meer-Busen, welchen er St. Michael genennet hatte, nebst den so reich beschriebenen Perlen-Insuln aus-zukundschafften, nachhero aber so gleich die Rück-Reise nach Uraba anzutreten, welches Vorhaben ich nicht allein vor billig erachtete, sondern auch alles mit ihm zu unternehmen versprach.

Dieser Meer-Busen solte sich, des Indianischen Kö-nigs Chiapes Aussage nach, 160. Meilen weit von dem festen Lande biß zu dem äusersten Meeres-[571]Schlun-de erstrecken. Derowegen wurde bald Anstalt gemacht, diese Fahrt anzutreten, und ohngeacht der König Chia-pes dieselbe hefftig wiederrieth, indem er angemerckt hatte, daß um diese Zeit zwey biß drey Monate nach einander die See entsetzlich zu stürmen und zu wüten pflegte, so wolte doch Valboa hiervon im geringsten nicht abstehen, sondern ließ etliche Indianische kleine Schifflein zurechte machen, in welche wir uns mit etliche 80. der muthigsten Kriegs-Leute setzten, und von dan-nen seegelten.

Allein, nunmehro hatte das unerforschliche Verhäng-niß beschlossen, mich vor dißmahl nicht allein von dem Valboa, sondern nach etlichen Jahren auch von aller andern menschlichen Gesellschafft abzusondern, denn wenige Tage nach unserer Abfahrt entstund ein entsetz-licher Sturm, welcher die kleinen Schifflein aus einander jagte, und unter andern auch das meinige, worauf ich nebst 9. Kriegs-Leuten saß, in den Abgrund des Meers zu versencken drohete. Indem nun kein Mittel zu erfinden war, dem jämmerlichen Verderben zu entgehen, überliessen wir uns gäntzlich den unbarmhertzigen Fluthen, und suchten allein bey GOtt in jenem Leben Gnade zu erlangen, weil er uns selbige in diesen zeitlichen abzuschlagen schien. Jedoch, nachdem wir noch zwey Tage und Nacht recht wunderbarer Weise bald in die erstaunlichste Höhe, bald aber in grausame Abgründe zwischen Fluth und Wellen hin verschlagen und fortgetrieben worden, warffen uns endlich die ergrimmten Wellen auf eine halb überschwemmte Insul, die [572] zwar vor das jämmerliche Ertrincken ziemliche Sicherheit versprach, jedoch wenig fruchtbare Bäume oder andere Lebens-Mittel zeigte, womit wir bey etwa langweiligen Aufenthalt unsern Hunger stillen könten.

Es war das Glück noch einem unserer Fahrzeuge, worauf sich 8. von unsern Kriegs-Leuten nebst zweyen Indianern befanden, eben so günstig gewesen, selbiges so wohl als uns auf diese Insul zu führen, derowegen erfreueten wir uns ungemein, als dieselben zwey Tage hernach zu uns kamen, und ihre glückliche Errettungs-Art erzehleten.

Wir blieben demnach beysammen, trockneten unser Pulver, betrachteten den wenigen Speise-Vorrath, brachten alle übrigen Sachen in Ordnung, und fingen hierauf an, die gantze Insul durch zu streiffen, worinnen wir doch weder Menschen noch Vieh, wohl aber einige

Bäume und Stauden antraffen, welche sehr schlecht nahrhaffte Früchte trugen. Demnach musten wir uns mehrentheils mit Fischen behelffen, welche die beyden Indianer, so sich in unserer Gesellschafft befanden, auf eine weit leichtere und geschwindere Art, als wir, zu fangen wusten. Da aber nach etlichen Tagen das Wasser in etwas zu fallen begunte, sammleten wir eine grosse Menge der vortrefflichsten Perlen-Muscheln, die das umgerührte Eingeweyde des Abgrundes auf diese Insul auszuspeyen gezwungen worden. Ich selbst habe an diesem Orte 34. Stück Perlen von solcher Grösse ausgenommen, und mit anhero gebracht, dergleichen ich vorhero noch nie gesehen oder beschreiben hören, doch nach [573] der Zeit habe auf andern Inseln noch mehr dergleichen, ja theils noch weit grössere gesammlet, welche derjenige, so diese meine Schrifft am ersten zu lesen bekömmt, ohnfehlbar finden wird.

Jedoch meinen damahligen Glücks- und Unglücks-Wechsel zu folgen, ersahe einer von unsern Indianern, der ein gantz ungewöhnlich scharffes Gesichte hatte, Süd-Westwerts eine andere Insul, und weiln wir daselbst einen bessern Speise-Vorrath anzutreffen verhofften, wurden unsere kleinen Schiffe bey damahligen stillen Wetter, so gut als möglich, zugerichtet, so, daß wir einsteigen, und besagte Insul nach dreyen Tagen mit abermahliger gröster Lebens-Gefahr erreichen konten. Uber alles Vermuthen traffen wir auch daselbst ein kleines Schiff an, welches das wütende Meer mit 11. unserer

Mit-Gesellen dahin geworffen hatte. Die Freuden- und Jammer-Thränen lieffen häuffig aus unsern Augen, ersten theils wegen dieser glücklichen Zusammenkunfft, andern theils darum, weil uns die letztern berichteten, daß Valboa nebst den übrigen ohnmöglich noch am Leben seyn könte, weil sie ingesammt durch den Sturm auf die gefährlichste und fürchterlichste Meeres-Höhe getrieben worden, allwo weit und breit keine Insuln, wohl aber bey hellen Wetter erschröckliche aus dem Wasser hervor ragende Felsen und Klippen zu sehen wären. Im übrigen war diese Insul so wenig als unsere vorige mit Menschen besetzt, jedoch liessen sich etliche vierfüßige Thiere sehen, welche theils den Europäischen Füchsen, theils aber den wilden Katzen gleichten. Wir nahmen uns kein [574] Bedencken, dieselben zu schiessen, und als vortreffliche Lecker-Bissen zu verzehren, worbey wir eine gewisse Wurtzel, die unsere Indianer in ziemlicher Menge fanden, an statt des Brodts gebrauchten. Nechst diesen liessen sich auch etliche Vögel sehen, die wir ebenfalls schossen, und mit grösten Appetit verzehreten, anbey das Fleisch der vierfüßigen Thiere dörreten, und auf den Nothfall spareten.

Ich konte meine Gefährten, ohngeacht sie mich einhellig vor ihr Ober-Haupt erkläreten, durchaus nicht bereden, die Rück-Fahrt nach St. Michaël vorzunehmen, weil ihnen allezeit ein Grausen ankam, so offt sie an die gefährlichen Klippen und stürmende See gedachten, derowegen fuhren wir immer gerades Weges vor uns von

einer kleinen Insul zur andern, biß uns endlich das Glück
auf eine ziemlich grosse führete, die mit Menschen besetzt war. Selbige kamen häuffig herzu, und sahen uns
Elenden, die wir durch 19. tägige Schiff-Fahrt gantz
krafftloß und ziemlich ausgehungert waren, mit gröster
Verwunderung zu Lande steigen, machten aber dieserwegen nicht die geringste grimmige Gebärde, sondern
hätten uns vielleicht gar als Götter angebetet, wenn unsere zwey Indianer ihnen nicht bedeutet hätten, daß wir
arme verirrete Menschen wären, die lauter Liebe und
Freundschafft gegen sie bezeugen würden, woferne man
uns nur erlaubte, allhier auszuruhen, und unsere hungerigen Magen mit einigen Früchten zu befriedigen. Ob
nun schon die Einwohner der unsern Sprache nicht völlig
verstunden, sondern das meiste durch Zeichen errathen
musten, so erzeigten [575] sich dieselben doch dermassen gefällig, daß wir an ihren natürlichen Wesen
noch zur Zeit nicht das geringste auszusetzen fanden.
Sie brachten uns gedörretes Fleisch und Fische, nebst
etlichen aus Wurtzel-Mehl gebackenen Brodten herzu,
wovor wir die gläsernen und meßingenen Knöpffe unter
sie theileten, so wir an unsern Kleidern trugen, indem
dergleichen schlechte Sachen von ihnen ungemein hoch
geschätzt, und mit erstaunlicher Freude angenommen
wurden. Gegen Abend kam ihr König, welcher Madan
genennet wurde, zu uns, dieser trug einen Schurtz von
bunten Federn um den Leib, wie auch dergleichen Crone
auf dem Haupte, führete einen starcken Bogen in der

rechten Hand, in der lincken aber einen höltzernen spitzigen Wurff-Spieß, wie auch einen Köcher mit Pfeilen auf dem Rücken. Ich hatte das Glück, ihm ein höchst angenehmes Geschenck zu überreichen, welches in einem ziemlich grossen Taschen-Messer, einem Feuer-Stahl und zweyen Flinten-Steinen bestund, und habe niemahls bey einer lebendigen Creatur grössere Verwunderung gespüret, als sich bey diesem Menschen zeigte, so bald er nur den Nutzen und Krafft dieses Werckzeugs erfuhr. Er bekam über dieses noch ein Hand-Beil von mir, dessen vortreffliche Tugenden ihn vollends dahin bewegten, daß uns alles, was wir nur anzeigen konten, gereicht und verwilliget wurde. Demnach baueten meine Gefährten ohnfern vom Meer-Ufer etliche Hütten auf, worinnen 4. 5. oder 6. Personen bequemlich beysammen ruhen, und den häuffig herzu gebrachten Speise-Vorrath verzehren konten. Von un-[576]sern Schieß-Gewehr wusten sich diese Leute nicht den geringsten Begriff zu machen, ohngeacht unsere Indianer ihnen bedeuteten, daß diese Werckzeuge Donner, Blitz und Feuer hervor bringen, auch sogleich tödtliche Wunden machen könten, da aber einige Tage hernach sich eine ziemliche Menge mittelmäßiger Vögel auf einem Baume sehen liessen, von welchen der König Madan in grössester Geschwindigkeit zwey mit einem Pfeile herunter schoß, ergriff ich ihn bey der Hand, nahm meine Flinte, und führete ihn biß auf etliche 30. Schritt, gegen einen andern Baum, auf welchen sich diese Vögel abermahls nieder gelassen hatten, und schoß, vermittelst eingeladenen Schrots, auf einmahl 6. von diesen Vögeln herunter. Kaum war der Schuß gethan, als dieser König nebst allen seinen anwesenden Unterthanen plötzlich zu Boden fiel, da sie denn vor Schrecken sich fast in einer halben Stunde nicht wieder erholen konten. Auf unser freundliches und liebreiches Zureden kamen sie zwar endlich wiederum zu sich selbst, bezeugten aber nach der Zeit eine mit etwas Furcht vermischte Hochachtung vor uns, zumahlen da wir ihnen bey fernerer Bekandtschafft zeigten, wie wir unsere Schwerdter gegen böse Leute und Feinde zu entblössen und zu gebrauchen pflegten.

Immittelst hatten wir Gelegenheit, etliche Pfund Gold, das auf eine wunderliche Art zu Halß- und Armbändern, Ringen und Angehencken verarbeitet war, gegen allerhand elende und nichts-würdige Dinge einzutauschen, auch einen starcken Vorrath von gedörreten Fleisch, Fischen, [577] Wurtzeln und andern nahrhafften Früchten einzusammlen. Nachdem wir aber 3. von den allerdicksten Bäumen umgehauen, und in wenig Wochen so viel Schiffe daraus gezimmert, die da weit stärcker als die vorigen, auch mit Seegel-Tüchern von geflochtenen Matten und zusammen gedreheten Bast-Stricken versehen waren, suchten wir mit guter Gelegenheit von diesen unsern Wohlthätern Abschied zu nehmen, und nach dem Furth St. Michael zurück zu kehren, allein, da meine Gefährten von den Einwohnern dieser Insul vernahmen, daß weiter in See hinein viel

grössere bewohnte Insuln anzutreffen wären, worinnen
Gold, Edle-Steine, und sonderlich die Perlen in gröster
Menge befindlich, geriethen sie auf die Verwegenheit,
dieselben aufzusuchen. Ich setzte mich zwar so viel, als
möglich, darwieder, indem ich ihnen die gröste Gefahr,
worein wir uns begäben, sattsam vorstellete, allein, es
halff nichts, ja es trat alsobald einer auf, welcher mit
gröster Dreustigkeit sagte: Don Valaro, bedencket doch,
daß Valboa nebst unsern andern Cameraden im Meere
begraben worden, also dürffen wir uns auf unsere geringen Kräffte so wenig, als auf die ehemahligen Bünd-
nisse und Freundschafft der Indianischen Könige verlassen, welche ohne Zweiffel des Valboa Unglück zeitig
genung erfahren haben, diesemnach uns Elenden auch
bald abschlachten werden. Lasset uns also viellieber
neue Insuln und Menschen aufsuchen, welche von der
Grausamkeit und dem Geitze unserer Lands-Leute noch
keine Wissenschafft haben, und seyd versichert, daß, so
ferne wir christ-[578]lich, ja nur menschlich mit ihnen
umgehen werden, ein weit grösseres Glück und Reichthum vor uns aufgehaben seyn kan, als wir in den bißherigen Landschafften empfunden haben. Kommen wir
aber ja im Sturme um, oder werden ein Schlacht-Opffer
vieler Menschen, was ists mehr? Denn wir müssen eben
dergleichen Unglücks auf der Rück-Fahrt nach St. Michael und in den Ländern der falsch-gesinneten Könige
gewärtig seyn.

Ich wuste wider diese ziemlich vernünfftige und sehr

tapffermüthige Rede nicht das geringste einzuwenden, weßwegen ich dieses mahl meinen Gefährten nachgab, und alles zur baldigen Abfahrt veranstalten ließ.

Der Abschied von dem König Madan und seinen von Natur recht redlichen Unterthanen ging mir wahrhafftig ungemein nahe, zumahlen, da dieselben auf die letzte fast mehr Speise-Vorrath herzu brachten, als wir in unsere kleinen Schiffe einladen konten, einer aber von ihnen, der vom ersten Tage an beständig um mich gewesen war, fing bitterlich zu weinen an, und bat, sonderlich da er vernahm, wie ich auf dem Rückwege allhier wiederum ansprechen wolte, ich möchte ihm vergönnen, daß er mit uns reisen dürffte, welches ich ihm denn auch mit grösten Vergnügen erlaubte. Er war ein Mensch von etwa 24. Jahren, wohl gewachsen und eines recht feinen Ansehens, zumahlen, da er erstlich etliche Kleidungs-Stück auf den Leib bekam, sein Nahme hieß Chascal, welchen ich aber nachhero, da er den christlichen Glauben annahm, [579] und von mir die heilige Tauffe empfing, verändert habe.

Solchergestalt fuhren wir mit diesem neuen Wegweiser, der aber wenigen oder gar keinen Verstand von der Schiff-Fahrt hatte, auf und davon, bekamen zwar in etlichen Wochen nichts als Himmel und Wasser zu sehen, hatten aber doch wegen des ungemein stillen Wetters eine recht ruhige Fahrt. Endlich gelangeten wir an etliche kleine Insuln, welche zwar sehr schlecht bevölckert, auch nicht allzusehr fruchtbar waren, jedoch hatten wir die Freude, unsere kleinen Schiffe daselbst aufs neue auszubessern, und mit frischen Lebens-Mitteln anzufüllen, biß wir endlich etliche, nahe an einander gelegene grosse Insuln erreichten, und das Hertz fasseten, auf einer der grösten an Land zu steigen.

Hier schienen die Einwohner nicht so guter Art als die vorigen zu seyn, allein, unsere 3. Indianischen Gefährten leisteten uns bey ihnen recht vortreffliche Dienste, so, daß wir in wenig Tagen mit ihnen allen recht gewünschten Umgang pflegen kunten. Wir erfuhren, daß diese Leute vor wenig Jahren grosse Mühe gehabt, sich einer Art Menschen, die ebenfalls bekleidet gewesen, zu erwehren, indem ihnen selbige die Lebens-Mittel, Gold, Perlen und Edlen-Steine mit Gewalt abnehmen und hinweg führen wollen, jedoch, nachdem sie unsere Freund- und Höfflichkeit zur Gnüge verspüret, wurde uns nicht allein mit gleichmäßiger Freundlichkeit begegnet, sondern wir hatten Gelegenheit, auf dieser Insul erstaunliche Schätze und Kostbar-[580]keiten einzusammlen, wie wir denn auch die andern nahgelegenen besuchten, und solchergestalt fast mehr zusammen brachten, als unsere Schiffe zu ertragen vermögend waren.* Meine Leute nahmen sich demnach vor, ein grosses Schiff zu bauen, in welchem wir sämmtlich bey einander bleiben,

* Es ist fast zu vermuthen, daß der Autor solchergestalt auf die jetziger Zeit so genannten Insulas Salomonis gekommen, jedoch in Erwegung anderer Umstände können auch wohl nur die Peru und Chili gegen über gelegenen Insuln gemeynet seyn.

und unsere Güter desto besser fortbringen könten, ich
selbst sahe dieses vor gut an, zumahlen wir nicht allein
alle Bedürffnisse darzu vor uns sahen, sondern uns auch
der Einwohner redlicher Beyhülffe getrösten konten.
Demnach wurden alle Hände an das Werck gelegt, welches in kürtzerer Zeit, als ich selbst vermeynte, zum
Stande gebracht wurde. Die Einwohner selbiger Insuln
fuhren zwar selbsten auch in einer Art von Schiffen,
die mit Seegeln und Rudern versehen waren, doch verwunderten sie sich ungemein, da das unsere ihnen, auf
so sonderbare Art zugerichtet, in die Augen fiel. Wir
schenckten ihnen zwey von unsern mit dahin gebrachten
Schiffen, nahmen aber das dritte an statt eines Boots mit
uns, wie wir denn auch zwey kleine Nachen verfertigten,
um selbige auf der Reise nützlich zu gebrauchen.

Nachdem wir uns also mit allen Nothdürfftigkeiten
wohl berathen hatten, seegelten wir endlich von dannen,
und kamen nach einer langweiligen und beschwerlichen
Fahrt an ein festes Land, allwo [581] wir aussteigen,
und uns abermahls mit frischen Wasser nebst andern
Bedürffnissen versorgen wolten, wurden aber sehr
übel empfangen, indem uns gleich andern Tages mehr
als 300. wilde Leute ohnversehens überfielen, gleich anfänglich drey der unsern mit Pfeilen erschossen, und
noch fünff andere gefährlich verwundeten. Ob nun schon
im Gegentheil etliche 20. von unsern Feinden auf dem
Platze bleiben musten, so sahen wir uns doch genöthiget,
aufs eiligste nach unsern Schiffe zurück zu kehren, mit

welchen wir etliche Meilen an der Küste hinunter fuhren, und endlich abermahls auf einer kleinen Insul anländeten, die zwar nicht mit Menschen, aber doch mit vielerley Arten von Thieren besetzt war, anbey einen starcken Vorrath an nützlichen Früchten, Wurtzeln und Kräutern zeigte. Allhier hatten wir gute Gelegenheit auszuruhen, biß unsere Verwundeten ziemlich geheilet waren, fuhren hernachmahls immer Südwerts von einer Insul zur andern, sahen die Küsten des festen Landes lincker Seits beständig mit sehnlichen Augen an, wolten uns aber dennoch nicht unterstehen, daselbst anzuländen, weiln an dem Leben eines eintzigen Mannes nur allzu viel gelegen war, endlich, nachdem wir viele hundert Meilen an der Land-Seite hinunter geseegelt, ließ sich die äuserste Spitze desselben beobachten, um welche wir herum fuhren, und nebst einer kalten und verdrüßlichen Witterung vieles Ungemach auszustehen hatten. Es war leichtlich zu muthmassen, daß allhier ein würckliches Ende des festen Landes der neuen Welt gefunden sey, derowegen machten wir die Rechnung, [582] im Fall uns das Glück bey der Hinauf-Fahrt der andern Seite nicht ungünstiger, als bißhero, seyn würde, entweder den rechten Weg nach Darien, oder wohl gar nach Europa zu finden, oder doch wenigstens unterwegs Portugisen anzutreffen, zu welchen wir uns gesellen, und ihres Glücks theilhafftig machen könten, denn es lehrete uns die Vernunfft, daß die von den Portugisen entdeckte Landschafften ohnfehlbar auf selbiger Seite liegen müsten.

Immittelst war die höchste Noth vorhanden, unser Schiff aufs neue auszubessern, und frische Lebens-Mittel anzuschaffen, derowegen wurde eine Landung gewagt, welche nach überstandener gröster Gefahr ein gutes Glücke versprach, daferne wir nicht Ursach gehabt hätten, uns vor feindseeligen Menschen und wilden Thieren zu fürchten. Jedoch die allgewaltige Macht des Höchsten, welche aller Menschen Hertzen nach Willen regieren kan, war uns dermahlen sonderlich geneigt, indem sie uns zu solchen Menschen führete, die, ohngeacht ihrer angebohrnen Wildigkeit, solche Hochachtung gegen uns hegten, und dermassen freundlich aufnahmen, daß wir uns nicht genung darüber verwundern konten, und binnen wenig Tagen alles Mißtrauen gegen dieselben verschwinden liessen. Es war uns allen wenig mehr um Reichthum zu thun, da wir allbereit einen fast unschätzbarn Schatz an lautern Golde, Perlen und Edelgesteinen besassen, bemüheten uns derowegen nur um solche Dinge, die uns auf der vorhabenden [583] langweiligen Reise nützlich seyn könten, welches wir denn alles in kurtzer Zeit gewünscht erlangten.

Die bey uns befindlichen 3. redlichen Indianer machten sich das allergröste Vergnügen, einige wunderbare Meer-Thiere listiger Weise einzufangen, deren Fleisch, Fett, und sonderlich die Häute, vortrefflich nutzbar waren, denn aus den letztern konten wir schönes Riemen-Werck, wie auch Lederne Koller, Schuhe, Mützen und allerley ander Zeug verfertigen.

So bald wir demnach nur mit der Ausbesserung und Versorgung des Schiffs fertig, dasselbe auch, wo nur Raum übrig, mit lauter nützlichen Sachen angefüllet hatten, traten wir die Reise auf der andern Land-Seite an, vermerckten aber gleich anfänglich, daß Wind und Meer allhier nicht so gütig, als bey der vorigen Seite, war. Zwey Wochen aneinander ging es noch ziemlich erträglich, allein, nachhero erhub sich ein sehr hefftiger Sturm, der über 9. Tage währete, und bey uns allen die gröste Verwunderung erweckte, daß wir ihm endlich so glücklich entkamen, ohngeacht unser Schiff sehr beschädiget an eine sehr elende Küste getrieben war, allwo sich auf viele Meilwegs herum, ausser etlichen unfruchtbaren Bäumen, nicht das geringste von nützlichen Sachen antreffen ließ.

Etliche von meinen Gefährten streifften dem ohngeacht überall herum, und kamen eines Abends höchst erfreut zurück, weil sie, ihrer Sage nach, ein vortrefflich ausgerüstetes Europäisches Schiff, in einer kleinen Bucht liegend, jedoch keinen eintzi-[584]gen lebendigen Menschen darinnen gefunden hätten. Ich ließ mich bereden, unser sehr beschädigtes Schiff dahin zu führen, und fand mit gröster Verwunderung, daß es die lautere Wahrheit sey. Wir bestiegen dasselbe, und wurden ziemlichen starcken Vorrath von Wein, Zwieback, geräucherten Fleische und andern Lebens-Mitteln darinnen gewahr, ohne was in den andern Ballen und Fässern verwahret war, die noch zur Zeit niemand eröffnen durffte. Tieffer ins Land hinein wolte sich keiner wagen, indem man von den höchsten Felsen-Spitzen weit und breit sonsten nichts als lauter Wüsteney erblickte, derowegen wurde beschlossen, unser Schiff, so gut als möglich, auszubessern, damit, wenn die Europäer zurück kämen, und uns allenfalls nicht in das Ihrige aufnehmen wolten oder könten, wir dennoch in ihrer Gesellschafft weiter mitseegeln möchten.

Allein, nachdem wir mit allem fertig waren, und einen gantzen Monath lang auf die Zurückkunfft der Europäer vergeblich gewartet hatten, machten meine Gefährten die Auslegung, daß dieselben ohnfehlbar sich zu tieff ins Land hinein gewagt, und nach und nach ihren Untergang erreicht hätten, weßwegen sie vors allerklügste hielten, wenn wir uns das köstliche Schiff nebst seiner gantzen Ladung zueigneten, und mit selbigen davon führen. Ich setzte mich starck wider diesen Seeräuberischen Streich, konte aber nichts ausrichten, indem alle einen Sinn hatten, und alle unsere Sachen in möglichster Eil in das grosse Schiff einbrachten, wolte ich also nicht alleine an einem [585] wüsten Orte zurück bleiben, so muste mir gefallen lassen, das gestohlne Schiff zu besteigen, und mit ihnen von dannen zu seegeln, konte auch kaum so viel erbitten, daß sie unser bißheriges Fahrzeug nicht versenckten, sondern selbiges an dessen Stelle stehen liessen.

Kaum hatten wir die hohe See erreicht, als sich die Meinigen ihres Diebstahls wegen ausser aller Gefahr zu

seyn schätzten, derowegen alles, was im Schiffe befindlich war, eröffnet, besichtiget, und ein grosser Schatz
an Golde nebst andern vortrefflichen Kostbarkeiten gefunden wurde. Allein, wir erfuhren leider! allerseits gar
bald, daß der Himmel keinen Gefallen an dergleichen
Boßheit habe, sondern dieselbe ernstlich zu bestraffen
gesinnet sey. Denn bald hernach erhub sich ein abermahliger dermassen entsetzlicher Sturm, dergleichen
wohl leichtlich kein See-Fahrer hefftiger ausgestanden
haben mag. Wir wurden von unserer erwehlten Strasse
gantz Seitwerts immer nach Süden zu getrieben, welches
an dem erlangten Compasse, so offt es nur ein klein
wenig stille, deutlich zu ersehen war, es halff hier weder
Arbeit noch Mühe, sondern wir musten uns gefallen
lassen, dem aufgesperreten Rachen der gräßlichen und
tödtlichen Fluthen entgegen zu eilen, viele wünschten,
durch einen plötzlichen Untergang ihrer Marter bald
abzukommen, indem sie weder Tag noch Nacht ruhen
konten, und die letzte klägliche Stunde des Lebens in
beständiger Unruhe unter dem schrecklichsten Hin-
und Wiederkollern erwarten musten. Es währete dieser
erste Ansatz des Sturms [586] 16. Tage und Nacht hinter einander, ehe wir nur zwey biß drey Stunden ein
wenig verschnauben, und das Sonnen-Licht auf wenige
Minuten betrachten konten, bald darauf aber meldete
sich ein neuer, der nicht weniger grimmig, ja fast noch
hefftiger als der vorige war, Mast und Seegel wurden
den erzürnten Wellen zum Opffer überliefert, worbey

zugleich 2. von meinen Gefährten über Boort geworffen,
und nicht erhalten werden konten, wie denn auch 3. ge-
quetschte und 2. andere krancke folgendes Tages ihren
Geist aufgaben. Endlich wurde es zwar wiederum vollkommen stille und ruhig auf der See, allein, wir bekamen
in etlichen Wochen weder Land noch Sand zu sehen, so,
daß unser süsses Wasser nebst dem Proviante, welchen
das eingedrungene See-Wasser ohnedem schon mehr als
über die Helffte verdorben hatte, völlig zum Ende ging,
und wir uns Hungers wegen gezwungen sahen, recht
wiedernatürliche Speisen zu suchen, und das bitter-
saltzige See-Wasser zu trincken. Bey so beschaffenen
Umständen riß der Hunger, nebst einer schmertzhafften
Seuche, in wenig Tagen einen nach dem andern hinweg,
so lange, biß ich, die 3. Indianer und 5. Spanische Kriegs-
Leute noch ziemlich gesund übrig blieben. Es erhub sich
immittelst der dritte Sturm, welchen wir 9. Personen, als
eine Endschafft unserer Quaal, recht mit Freuden ansetzen höreten. Ich kan nicht sagen, ob er so hefftig als
die vorigen zwey Stürme gewesen, weil ich auf nichts
mehr gedachte, als mich nebst meinen Gefährten zum
seeligen Sterben zuzuschicken, allein, eben dieser Sturm
[587] muste ein Mittel unserer dermahligen Lebens-
Erhaltung und künfftiger hertzlicher Busse seyn, denn
ehe wir uns dessen versahen, wurde unser jämmerlich
zugerichtetes Schiff auf eine von denenjenigen Sand-
Bäncken geworffen, welche ohnfern von dieser mit
Felsen umgebenen Insul zu sehen sind. Wir liessen bey

bald darauff erfolgter Wind-Stille unsern Nachen in See, das Schiff aber auf der Sand-Banck in Ruhe liegen, und fuhren mit gröster Lebens Gefahr durch die Mündung des Westlichen Flusses, welche zur selbigen Zeit durch die herab gestürtzten Felsen-Stücken noch nicht verschüttet war, in diese schöne Insul herein, welche ein jeder vernünfftiger Mensch, so lange er allhier in Gesellschafft anderer Menschen lebt, und nicht mit andern Vorurtheilen behafftet ist, ohnstreitig vor ein irrdisches Paradieß erkennen wird.

Keiner von uns allen gedachte dran, ob wir allhier Menschen-Fresser, wilde Thiere oder andere feindseelige Dinge antreffen würden, sondern so bald wir den Erdboden betreten, das süsse Wasser gekostet und einige fruchttragende Baume erblickt hatten, fielen so wohl die drey Indianer als wir 6. Christen, auf die Knie nieder und danckten dem Allerhöchsten Wesen, daß wir durch desselben Gnade so wunderbarer, ja fast übernatürlicher Weise erhalten worden. Es war ohngefähr zwey Stunden über Mittag, da wir trostloß gewesenen Menschen zu Lande kamen, hatten derowegen noch Zeit genung unsere hungerigen Magen mit wohlschmeckenden Früchten anzufüllen, und aus den klaren Wasser-Bächen zu trincken, nach diesen wurden [588] alle fernern Sorgen auf dieses mahl bey Seite gesetzt, indem sich ein jeder mit seinem Gewehr am Ufer des Flusses zur Ruhe legte, biß auf meinen getreuen Chascal, welcher die Schildwächterey von freyen stü-

cken über sich nahm, um uns andern vor besorglichen
Unglücks-Fällen zu warnen. Nachdem aber ich etliche
Stunden und zwar biß in die späte Nacht hinein geschlaffen, wurde der ehrliche Chascal abgelöset, und die Wacht
von mir biß zu Auffgang der Sonne gehalten. Hierauff
fieng ich an, nebst 4. der stärcksten Leute, einen Theil
der Insul durchzustreiffen, allein wir fanden nicht die
geringsten Spuren von lebendigen Menschen oder reis-
senden Thieren, an deren statt aber eine grosse Menge
Wildpret, Ziegen auch Affen von verschiedenen Farben.
Dergleichen Fleischwerck nun konte uns, nebst den
überflüßigen herrlichen Kräutern und Wurtzeln, die
gröste Versicherung geben, allhier zum wenigsten nicht
Hungers wegen zu verderben, derowegen giengen wir
zurück, unsern Gefährten diese frölich Bothschafft zu
hinterbringen, die aber nicht eher als gegen Abend anzutreffen waren, indem sie die Nordliche Gegend der
Insul ausgekundschafft, und eben dasjenige bekräfftigten, was wir ihnen zu sagen wusten. Demnach erlegten
wir noch selbigen Abend ein stück Wild nebst einer Ziege, machten Feuer an und brieten solch schönes Fleisch,
da immittelst die drey Indianer die besten Wurtzeln
ausgruben, und dieselben an statt des Brods zu rösten
und zuzurichten wusten, welches beydes wir so dann
mit gröster Lust verzehreten. In folgenden Tagen bemüheten wir uns sämtlich aufs [589] äuserste, die
Sachen aus dem gestrandeten Schiffe herüber auf die
Insul zu schaffen, welches nach und nach mit gröster

Beschwerlichkeit ins Werck gerichtet wurde, indem
wir an unser kleines Boot der Länge nach etliche Floß-
Höltzer fügten, welche am Vordertheil etwas spitzig zusammen lieffen, hinten und vorne aber mit etlichen darauff befestigten Queer-Balcken versehen waren, und
solchergestalt durfften wir nicht allein wegen des um-
schlagens keine Sorge tragen, sondern konten auch ohne
Gefahr, eine mehr als vierfache Last darauff laden.

Binnen Monats-Frist hatten wir also alle unsere
Güter, wie auch das zergliederte untüchtige Schiff auf
die Insul gebracht, derowegen fiengen wir nunmehro an
Hütten zu bauen, und unsere Haußhaltung ordentlich
einzurichten, worbey der Mangel des rechten Brodts uns
das eintzige Mißvergnügen erweckte, jedoch die Vorsorge des Himmels hatte auch hierinnen Rath geschafft,
denn es fanden sich in einer Kiste etliche wohl verwahrte
steinerne Flaschen, die mit Europäischen Korne, Weitzen, Gerste, Reiß und Erbsen, auch andern nützlichen
Sämereyen angefüllet waren, selbige säeten wir halben
Theils aus, u. ich habe solche edle Früchte von Jahr zu
Jahr mit sonderlicher Behutsamkeit fortgepflantzt, so
daß sie, wenn GOTT will, nicht allein Zeit meines Lebens
sich vermehren, sondern auch auf dieser Insul nicht gar
vergehen werden, nur ist zu befürchten, daß das allzu-
häuffig anwachsende Wild solche edle Aehren, noch vor
ihrer völligen Reiffe, abfressen, und die selbst eigene
Fortpflantzung, welche hiesiges Orts gantz sonderbar
zu bewundern ist, verhindern werde. [590]

* Du wirst, mein Leser, dir ohnfehlbar eine wunderliche Vorstellung von meinem Glauben machen, da
ich in diesen Paragrapho *die Vorsorge des Himmels*
bewundert, und doch oben beschrieben habe, wie
meine Gefährten das Schif nebst allem dem was
drinnen, worunter auch die mit Geträyde angefülleten Flaschen gewesen, unredlicher Weise an sich
gebracht, ja aufrichtig zu reden, gestohlen haben;
Wie reimet sich dieses, wirstu sagen, zur Erkäntniß
der Vorsorge GOttes? Allein sey zufrieden, wenn
ich bey Verlust meiner Seeligkeit betheure: daß so
wohl ich, als mein getreuer Chascal an diesen Diebs-
Streiche keinen gefallen gehabt, vielmehr habe ich
mich aus allen Kräfften darwieder gesetzt, jedoch
nichts erlangen können. Ist es Sünde gewesen,
daß ich in diesem Schiffe mitten unter den Dieben
davon gefahren, und mich aus dermahligen augenscheinlichen Verderben gerissen, so weiß ich gewiß,
daß mir GOTT dieselbe auf meine eiffrige Busse
und Gebeth gnädiglich vergeben hat. Inzwischen
muß ich doch vieler Umstände wegen die Göttliche
Vorsorge hiebey erkennen, die mich nicht allein
auf der stürmenden See, sondern auch in der grausamen Hungers-Noth und schädlichen Seuche erhalten, und auf der Insul mittelbarer Weise mit
vielem guten überhäufft. Meine Gefährten sind alle
in der Helffte ihrer Tage gestorben, ausgenommen
der eintzige Chascal welcher sein Le-[591]ben ohn-

gefähr biß 70. Jahr gebracht, ich aber bin allein am längsten überblieben, auf daß ich solches ansagte.

Wir machten uns inzwischen die unverdorbenen Güter, so auf dem gestohlenen Schiffe mitgebracht waren, wohl zu nutze, ich selbst bekam meinen guten Theil an Kleiderwerck, Büchern, Pappier und andern Geräthschafften davon, that aber dabey sogleich ein Gelübde, solcher Sachen zehnfachen Werth in ein geistliches Gestiffte zu liefern, so bald mich GOTT wiederum unter Christen Leute führete.

Es fanden sich Weinstöcke in ihrem natürlichen Wachsthume, die wir der Kunst nach in weit bessern Stand brachten, und durch dieselben grosses Labsal empfiengen, auch kamen wir von ohngefähr hinter den künstlichen Vortheil, aus gewissen Bäumen ein vortreffliches Geträncke zu zapffen, welches alles ich in meinen andern Handschrifften deutlicher beschrieben habe. Nach einem erleidlichen Winter und angenehmen Frühlinge, wurde im Sommer unser Getrayde reiff, welches wir wiewohl nur in weniger Menge einerndten, jedoch nur die Probe von dem künftig wohlschmeckenden Brodte machen konten, weil das meiste zur neuen Aussaat vor 9. Personen nöthig war, allein gleich im nächstfolgenden Jahre wurde so viel eingesammlet, daß wir zur Aussaat und dem nothdürfftigen Lebens-Unterhalt völlige Genüge hatten.

Mittlerweile war mein Chascal so weit gekommen, daß er nicht allein sehr gut Castilianisch reden, [592]

sondern auch von allen christlichen Glaubens-Articuln
ziemlich Rede und Antwort geben konte, derowegen
nahm ich mir kein Bedencken an diesem abgelegenen
Orte einen Apostel abzugeben, und denselben nach Christi Einsetzung zu tauffen, worbey alle meine 5. christlichen Gefährten zu Gevattern stunden, er empfieng
dabey, wegen seiner besondern Treuhertzigkeit, den
Nahmen *Christian Treuhertz*. Seine beyden Gefährten
befanden sich hierdurch dermassen gerühret, daß sie
gleichmäßigen Unterricht wegen des Christenthums von
mir verlangten, welchen ich ihnen mit grösten Vergnügen gab, und nach Verfluß eines halben Jahres auch
beyde tauffte, da denn der erstere *Petrus Gutmann,* der
andere aber *Paulus Himmelfreund* genennet wurde.

In nachfolgenden 3. oder 4. Jahren, befand sich alles
bey uns in dermassen ordentlichen und guten Stande,
daß wir nicht die geringste Ursach hatten über appetit-
liche Lebens-Mittel oder andern Mangel an unentber-
lichen Bedürffnissen zu klagen, ich glaube auch, meine
Gefährten würden sich nimmermehr aus dieser vergnügenden Landschafft hinweg gesehnet haben: wenn sie
nur Hoffnung zur Handlung mit andern Menschen, und
vor allen andern Dingen, Weibs-Leute, ihr Geschlechte
fortzupflantzen, gehabt hätten. Da aber dieses letztere
ermangelte, und zu dem erstern sich gantz und gar keine
Gelegenheit zeigen wolte, indem sie nun schon einige
Jahre vergeblich auf vorbeyfahrende Schiffe gewartet
hatten, gaben mir meine 5. Lands-Leute ziemlich trotzig

zu verstehen: daß man Anstalt machen müste [593] ein neues Schiff zu bauen, um damit wiederum eine Fahrt zu andern Christen zu wagen, weil es GOtt unmöglich gefallen könte, dergleichen kostbare Schätze, als wir besässen, so nachläßiger Weise zu verbergen, und sich ohne eintzigen Heil. Beruff und Trieb selbst in den uneheligen Stand zu verbannen, darbey aber aller christlichen Sacramenten und Kirchen-Gebräuche beraubt zu leben.

Ohngeacht nun ich sehr deutlich merckte, daß es ihnen nicht so wohl um die Religion als um die Weiber-Liebe zu thun wäre, so nahm mir doch ein Bedencken ihrem Vorhaben zu widerstreben, zumahlen da sie meinen vernünfftigen Vorstellungen gantz und gar kein Gehör geben wolten. Meine an sie gethane Fragen aber waren ohngefähr folgendes Innhalts: Meine Freunde bedenckt es wohl, sprach ich,

1. Wie wollen wir hiesiges Orts ein tüchtiges Schiff bauen können, das uns etliche hundert, ja vielleicht mehr als 1000. Meilen von hier hinweg führen und alles Ungemach der See ertragen kan. Wo ist gnugsames Eisenwerck zu Nägeln, Klammern und dergleichen? Wo ist Pech, Werck, Tuch, Strickwerck und anders Dinges mehr, nach Nothdurfft anzutreffen?

2. Werden wir nicht GOTT versuchen, wenn wir uns auf einen übel zugerichteten Schiffe unterstehen einen so fernen Weg anzutreten, und werden wir nicht als Selbst-Mörder zu achten seyn, daferne

uns die Gefahr umbringt, worein wir uns muthwillig begeben? [594]

3. Welcher unter uns weiß die Wege, wo wir hin gedencken, und wer kan nur sagen in welchem Theile der Welt wir uns jetzo befinden? auch wie weit die Reise biß nach Europa ist?

Solche und noch vielmehr dergleichen Fragen die von keinem vernünfftig genung beantwortet wurden, dieneten weiter zu nichts, als ihnen Verdruß zu erwecken, und den gefasseten Schluß zu befestigen, derowegen gab ich ihnen in allen Stücken nach, und halff den neuen Schiff-Bau anfangen, welcher langsam und unglücklich genung von statten gieng, indem der Indianer Paulus von einem umgehauenen Baume plötzlich erschlagen wurde. Dieser war also der erste welcher allhier von mir begraben wurde.

Im dritten Sommer nach angefangener Arbeit war endlich das Schiff so weit fertig, daß wir selbiges in den Fluß, zwischen denen Felsen, allwo es gnugsame Tieffe hatte, einlassen konten. Weiln aber zwey von meinen Lands-Leuten gefährlich Kranck darnieder zu liegen kamen, wurde die übrige wenige Arbeit, nebst der Einladung der Güter, biß zu ihrer völligen Genesung versparet.

Meine Gefährten bezeigten allerseits die gröste Freude über die ihrer Meynung nach wohlgerathene Arbeit, allein ich hatte an dem elenden Wercke nur allzuviel auszusetzen, und nahm mir nebst meinem getreuen Chri-

stian ein billiges Bedencken uns darauff zu wagen, weil
ich bey einer so langwierigen Reise dem Tode entgegen
zu lauffen, gantz gewisse Rechnung machen konte.

Indem aber nicht allein grosse Verdrießlichkeit, [595]
sondern vielleicht gar Lebens-Gefahr zu befürchten war,
soferne meine Gefährten dergleichen Gedancken merckten, hielt ich darmit an mich, und nahm mir vor auf
andere Mittel zu gedencken, wodurch diese unvernünff-
tige Schiffarth rückgängig gemacht werden könte. Allein
das unerforschliche Verhängniß überhob mich dieser
Mühe, denn wenig Tage hierauff, erhub sich ein grausamer Sturm zur See, welchen wir von den hohen Felsen-
Spitzen mit erstaunen zusahen, jedoch gar bald durch
einen ungewöhnlichen hefftigen Regen in unsere Hütten
getrieben wurden, da aber bey hereinbrechender Nacht
ein jeder im Begriff war, sich zur Ruhe zu begeben,
wurde die gantze Insul von einem hefftigen Erdbeben
gewaltig erschüttert, worauff ein dumffiges Geprassele
folgete, welches binnen einer oder zweyer Stunden Zeit
noch 5. oder 6. mahl zu hören war. Meine Gefährten, ja
so gar auch die zwey Krancken kamen gleich bey erster
Empfindung desselben eiligst in meine Hütte gelauffen,
als ob sie bey mir Schutz suchen wolten, und meyneten
nicht anders, es müsse das Ende der Welt vorhanden
seyn, da aber gegen Morgen alles wiederum stille war,
und der Sonnen lieblicher Glantz zum Vorscheine kam,
verschwand zwar die Furcht vor dasmahl, allein unser
zusammengesetztes Schrecken war desto grösser, da

wir die eintzige Einfahrt in unsere Insul, nehmlich den Auslauff des Westlichen Flusses, durch die von beyden Seiten herab geschossenen Felsen gäntzlich verschüttet sahen, so daß das gantze Westliche Thal von dem gehemmten Strome unter Wasser gesetzt war. [596]

Dieses Erdbeben geschahe am 18den Jan. im Jahr Christi 1523. bey eintretender Nacht, und ich hoffe nicht unrecht zu haben, wenn ich solches ein würckliches Erdbeben oder Erschütterung dieser gantzen Insul nenne, weil ich selbiges selbst empfunden, auch nachhero viele Felsen-Risse und herabgeschossene Klumpen angemerckt, die vor der Zeit nicht da gewesen sind. Der Westliche Fluß fand zwar nach wenigen Wochen seinen geraumlichen Auslauff unter dem Felsen hindurch, nachdem er vielleicht die lockere Erde und Sand ausgewaschen und fortgetrieben hatte, und solchergestallt wurde auch das Westliche Thal wiederum von der Wasser-Fluth befreyet, jedoch die Hoffnung unserer baldigen Abfahrt war auf einmahl gäntzlich zerschmettert, indem das neu erbaute Schiff unter den ungeheuern Felsen-Stücken begraben lag.

GOTT pflegt in der Natur dergleichen Wunder- und Schreck-Wercke selten umsonst zu zeigen. Dieses erkandte ich mehr als zu wohl, wolte solches auch meinen Gefährten in täglichen Gesprächen beybringen, und sie dahin bereden, daß wir ingesamt als Heilige Einsiedler unser Leben in dieser angenehmen und fruchtbarn Gegend zum wenigsten so lange zubringen wolten, biß uns

GOTT von ohngefähr Schiffe und Christen zuschickte, die uns von dannen führeten. Allein ich predigte tauben Ohren, denn wenige Zeit hernach, da ihnen abermahls die Lust ankam ein neues Schiff zu bauen, welches doch in Ermangelung so vielerley materialien ein lächerliches Vornehmen war, machten sie erstlich einen Anschlag, im Mittel der Insul den Nördlichen Fluß [597] abzustechen, mithin selbigen durch einen Canal in die kleine See zu führen, deren Ausfluß sich gegen Osten zu, in das Meer ergiesset.

Dieser letztere Anschlag war mir eben nicht mißfällig, weiln ich allem Ansehen nach, leicht glauben konte, daß durch das Nördliche natürliche Felsen-Gewölbe, nach abgeführten Wasser-Flusse, ohnfehlbar ein bequemer Außgang nach der See zu finden seyn möchte. Derowegen legte meine Hände selbsten mit ans Werck, welches endlich, nach vielen sauern vergossenen Schweisse, im Sommer des 1525ten Jahres zu Stande gebracht wurde. Wir funden einen nach Nothdurfft erhöheten und weiten Gang, musten aber den Fuß-Boden wegen vieler tieffen Klüffte und steiler Abfälle, sehr mühsam mit Sand und Steinen beqvemlich ausfüllen und zurichten, biß wir endlich sehr erfreut das Tages-Licht und die offenbare See ausserhalb der Insul erblicken konten.

Nach diesem glücklich ausgeschlagenen Vornehmen, solten aufs eiligste Anstallten zum abermahligen Schiff-Bau gemacht, und die zugerichteten Bäume durch den neu erfundenen Weg an den auswendigen Fuß des Fel-

sens hinunter geschafft werden; Aber! ehe noch ein
eintziger Baum darzu behauen war, legten sich die zwey
schwächsten von meinen Lands-Leuten darnieder und
starben, weil sie ohnedem sehr ungesundes Leibes waren, und sich noch darzu bißhero bey der ungezwungenen Arbeit allzuhefftig angegriffen haben mochten.
Solchergestallt blieb der neue Schiffs-Bau unterwegs,
zu-[598]mahlen da ich und die mir getreuen zwey Indianer keine Hand mit anlegen wolten.

Allein, indem ich aus gantz vernünfftigen Ursachen
dieses tollkühne Werck gäntzlich zu hintertreiben suchte, und mich auf mein gutes Gewissen zu beruffen wuste,
daß solches aus keiner andern Absicht geschähe, als den
Allerhöchsten wegen einer unmittelbaren Erhaltung
nicht zu versuchen, noch seiner Gnade zu mißbrauchen,
da ich mich aus dem ruhigsten und gesegnetesten Lande
nicht in die allersicherste Lebens Gefahr stürtzen wolte;
so konte doch einem andern gantz abscheulichen Ubel
nicht vorbauen, als worüber ich in die alleräuserste Bestürtzung gerieth, und welches einem jeden Christen
einen sonderbaren Schauder erwecken wird.

Es meldete mir nehmlich mein getreuer Christian, daß
meine 3. noch übrigen Lands-Leute seit etlichen Monathen 3. Aeffinnen an sich gewöhnet hätten, mit welchen
sie sehr öffters, so wohl bey Tage als Nacht eine solche
schändliche Wollust zu treiben pflegten, die auch diesen
ehemahligen Heyden recht eckelhafft und wider die Natur lauffend vorkam. Ich ließ mich keine Mühe verdries-

sen dieser wichtigen Sache, um welcher willen der Höchste die gantze Insul verderben können, recht gewiß zu werden, war auch endlich so glücklich, oder besser zu sagen, unglücklich, alles selbst in Augenschein zu nehmen, und ein lebendiger Zeuge davon zu seyn, worbey ich nichts mehr, als verdammte Wollust bestialischer Menschen, nechst dem, die ungewöhnliche Zuneigung solcher vierfüßigen Thiere, über alles dieses aber die besondere Langmuth GOttes zu bewun-[599]dern wuste. Folgendes Tages nahm ich die 3. Sodomiten ernstlich vor, und hielt ihnen, wegen ihres begangenen abscheulichen Lasters eine kräfftige Gesetz-Predigt, führete ihnen anbey den Göttlichen Ausspruch zu Gemüthe: Wer bey einem Viehe schläfft, soll des Todes sterben &c. &c. Zwey von ihnen mochten sich ziemlich gerührt befinden, da aber der dritte, als ein junger freveler Mensch, ihnen zusprach, u. sich vernehmen ließ, daß ich bey itzigen Umständen mich um ihr Leben u. Wandel gar nichts zu bekümmern, vielweniger ihnen etwas zu befehlen hätte, giengen sie alle drey höchst verdrießlich von mir.

Mittlerzeit aber, da ich diese Straf-Predigt gehalten, hatten die zwey frommen Indianer Christianus und Petrus, auf meinen Befehl die drey verfluchten Affen-Huren glücklich erwürget, so bald nun die bestialischen Liebhaber dieses Spectacul ersahen, schienen sie gantz rasend zu werden, hätten auch meine Indianer ohnfehlbar erschossen, allein zu allem Glücke hatten sie zwar Gewehr, jedoch weder Pulver noch Bley, weiln der wenige Rest desselben in meiner Hütte verwahret lag. In der ersten Hitze machten sie zwar starcke Gebärden, einen Krieg mit mir und den Meinigen anzufangen, da ich aber meinen Leuten geladenes Gewehr und Schwerdter gab, zogen die schändlichen Buben zurücke, dahero ich ihnen zurieff: sie solten auf guten Glauben herzu kommen, und diejenigen Geräthschafften abholen, welche ich ihnen aus Barmhertzigkeit schenckte, nachhero aber sich nicht gelüsten lassen, über den Nord-Fluß, in unser Revier zu kommen, widrigenfalls wir sie als Hunde darnieder schiessen wolten, [600] weil geschrieben stünde: Du sollst den Bösen von dir thun.

Hierauff kamen sie alle drey, und langeten ohne eintziges Wort sprechen diejenigen Geschirre und andere höchstnöthigen Sachen ab, welche ich durch die Indianer entgegen setzen ließ, und verlohren sich damit in das Ostliche Theil der Insul, so daß wir in etlichen Wochen nicht das geringste von ihnen zu sehen bekamen, doch war ich nebst den Meinen fleißig auf der Hut, damit sie uns nicht etwa bey nächtlicher Zeit überfallen und erschlagen möchten.

Allein hiermit hatte es endlich keine Noth, denn ihr böses Gewissen und zaghaffte Furchtsamkeit mochte sie zurück halten, jedoch die Rache folgte ihnen auf dem Fusse nach, denn die Bösewichter musten kurtz hernach einander erschröcklicher Weise selbsten aufreiben, und den Lohn ihrer Boßheiten geben, weil sich niemand zum weltlichen Richter über sie aufwerffen wolte.

Eines Tages in aller Frühe, da ich den dritten Theil
der Nacht-Wache hielt, höerte ich etliche mahl nach einander meinen Nahmen Don Valaro von ferne laut ausruffen, nahm derowegen mein Gewehr gieng vor die Hütte
heraus, und erblickte auf dem gemachten Damme des
Nord-Flusses, einen von den dreyen Bösewichten stehen, der mit der rechten Hand ein grosses Messer in die
Höhe reckte. So bald er mich ersahe, kam er eilends
herzu gelauffen, da aber ich mein aufgezogenes Gewehr
ihm entgegen hielt, blieb er etwa 20. Schritt vor mir
stehen und schrye mit lauter Stimme: Mein Herr! mit
diesem Messer habe ich in vergangener [601] Nacht meine Cameraden ermordet, weil sie mit mir um ein junges
Affen-Weib Streit anfiengen. Der Weinbeer und Palmen-
Safft hatte uns rasend voll gemacht, sie sind beyde gestorben, ich aber rase noch, sie sind ihrer grausamen
Sünden wegen abgestrafft, ich aber, der ich noch mehr
als sie gesündiget habe, erwarte von euch einen tödtlichen Schuß, damit ich meiner Gewissens-Angst auf
einmahl loß komme.

Ich erstaunete über dergleichen entsetzliche Mord-
Geschicht, hieß ihm das Messer hinweg werffen und
näher kommen, allein nachdem er gefragt: Ob ich ihn
erschiessen wolle? und ich ihm zur Antwort gegeben:
Daß ich meine Hände nicht mit seinem Blute besudeln,
sondern ihn GOTTES zeitlichen und ewigen Gerichten
überlassen wolle; fassete er das lange Messer in seine
beyden Fäuste, und stieß sich selbiges mit solcher

Gewalt in die Brust hinein, daß der verzweiffelte Cörper sogleich zur Erden stürtzen und seine schandbare Seele ausblasen muste. Meine verschiedenen Gemüths-Bewegungen presseten mir viele Thränen aus den Augen, ohngeacht ich wohl wuste, daß solche lasterhaffte Personen derselben nicht werth waren, doch machte ich, mit Hülffe meiner beyden Getreuen, sogleich auf der Stelle ein Loch, und scharrete das Aaß hinein. Hierauff durchstreifften wir die Ostliche Gegend, und fanden end-lich nach langem Suchen die Hütte, worinnen die bey-den Entleibten beysammen lagen, das teufflische Affen-Weib saß zwischen beyden inne, und wolte durchaus nicht von dannen weichen, weßwegen ich das schändliche Thier gleich auf der Stelle [602] erschoß, und selbiges in eine Stein-Klufft werffen ließ, die beyden Viehisch-Menschlichen Cörper aber begrub ich vor der Hütte, zerstörete dieselbe, und nahm die nützlichsten Sachen daraus mit zurück in unsere Haußhaltung. Dieses ge-schahe in der Weinlese-Zeit im Jahre 1527.

Von nun an führete ich mit meinen beyden Getreuen christlichen Indianern die allerordentlichste Lebens-Art, denn wir beteten täglich etliche Stunden mit ein-ander, die übrige Zeit aber wurde theils mit nöthigen Verrichtungen, theils aber in vergnügter Ruhe zu-gebracht. Ich merckte an keinen von beyden, daß sie sonderliche Lust hätten, wiedrum zu andern Menschen zu gelangen, und noch vielweniger war eine Begierde zum Frauen-Volck an ihnen zu spüren, sondern sie lebten in ihrer guten Einfalt schlecht und gerecht. Ich vor meine Person empfand in meinem Hertzen den allergrösten Eckel an der Vermischung mit dem Weiblichen Geschlechte, und weil mir ausserdem der Appetit zu aller weltlichen Ehre, Würde, und den darmit verknüpfften Lustbarkeiten vergangen war, so fassete den gäntzlichen Schluß, daß, wenn mich ja der Höchste von dieser Insul hinweg, und etwa an andere christliche Oerter führen würde, daselbst zu seinen Ehren, vermittelst meiner kostbaren Schätze, ein Closter aufzubauen, und darinnen meine Lebens-Zeit in lauter GOttes-Furcht zuzubringen.

Im Jahr Christi 1538. starb auch der ehrliche getauffte Christ, Petrus *Gutmann,* welchen ich nebst dem Christiano hertzlich beweinete, und ihn [603] aufs ordentlichste zur Erde bestattete. Er war ohngefähr etliche 60. Jahr alt worden, und bißhero gantz gesunder Natur gewesen, ich glaube aber, daß ihn ein jählinger Trunck, welchen er etwas starck auf die Erhitzung gethan, ums Leben brachte, doch mag er auch sein ihm von GOtt bestimmtes, ordentliches Lebens-Ziel erreicht haben.

Nach diesem Todes-Falle veränderten wir unsere Wohnung, und bezogen den grossen Hügel, welcher zwischen den beyden Flüssen fast mitten auf der Insul lieget, allda baueten wir eine geraumliche Hütte, überzogen dieselbe dermassen starck mit Laub-Werck, daß uns weder Wind noch Regen Verdruß anthun konte, und führeten darinnen ein solches geruhiges Leben, dergleichen sich wohl alle Menschen auf der gantzen Welt wünschen möchten.

Wir haben nach der Zeit sehr viel zerscheiterte Schiffs-Stücken, grosse Ballen und Pack-Fässer auf den Sand-Bäncken vor unserer Insul anländen sehen, welches alles ich und mein Christian, vermittelst eines neu-gemachten Flosses, von dannen herüber auf unsere Insul holeten, und darinnen nicht allein noch mehrere kost-bare Schätze an Gold, Silber, Perlen, Edlen-Steinen und allerley Hauß-Geräthe, sondern auch Kleider-Werck, Betten und andere vortreffliche Sachen fanden, welche letztern unsern Einsiedler-Orden von aller Strengigkeit befreyeten, indem wir, vermittelst desselben, die Lebens-Art aufs allerbequemste einrichten konten. [604]

Neunzehn gantzer Jahre habe ich nach des Petri Tode mit meinem Christiano in dem allerruhigsten Vergnügen gelebt, da es endlich dem Himmel gefiel, auch diesen eintzigen getreuen Freund von meiner Seite, ja von dem Hertzen hinweg zu reissen. Denn im Frühlinge des 1557ten Jahres fing er nach und nach an, eine ungewöhnliche Mattigkeit in allen Gliedern zu empfinden, worzu sich ein starcker Schwindel des Haupts, nebst dem Eckel vor Speise und Tranck gesellete, dahero ihm in wenig Wochen alle Kräffte vergingen, biß er endlich am Tage Allerheiligen, nehmlich am 1. Novembr. selbigen Jahres, früh bey Aufgang der Sonnen, sanfft und seelig auf das Verdienst Christi verschied, nachdem er seine Seele in GOttes Hände befohlen hatte.

645

Die Thränen fallen aus meinen Augen, indem ich dieses schreibe, weil dieser Verlust meines lieben Getreuen mir in meinem gantzen Leben am allerschmertzlichsten gewesen. Voritzo, da ich diesen meinen Lebens-Lauff zum andern mahle aufzuzeichnen im Begriff bin, stehe ich in meinem 105ten Jahre, und wünsche nur dieses:

Meine Seele sterbe des Todes der Gerechten, und mein Ende werde wie meines getreuen Christians *Ende.*

Den werthen Cörper meines allerbesten Freundes habe ich am Fusse dieses Hügels, gegen Morgen zu, begraben, und sein Grab mit einem grossen [605] Steine, worauf ein Creutz nebst der Jahr-Zahl seines Ablebens gehauen, bemerckt. Meine Augen sind nachhero in etlichen Wochen niemahls trocken von Thränen worden, jedoch, da ich mir nachhero den Allerhöchsten zum eintzigen Freunde erwehlte, so wurde auf gantz besondere Art getröstet, und in den Stand gesetzt, mein Verhängniß mit gröster Gedult zu ertragen.

Drey Jahr nach meines liebsten Christians Tode, nehmlich im Jahr 1560. habe ich angefangen in den Hügel einzuarbeiten, und mir auf die Winters-Zeit eine bequeme Wohnung zuzurichten. Du! der du dieses liesest, und meinen Bau betrachtest, wirst gnungsame Ursache haben, dich über die Unverdrossenheit eines eintzelen Menschen zu verwundern, allein, bedencke auch die

lange Weile, so ich gehabt habe. Was solte ich sonst
nutzbares vornehmen? Zu meinem Acker-Bau brauchte
ich wenige Tage Mühe, und bekam jederzeit hundert-
fachen Segen. Ich habe zwar gehofft, von hier hinweg
geführet zu werden, und hoffe es noch, allein, es ist
mir wenig daran gelegen, wenn meine Hoffnung, wie
bißhero, vergeblich ist und bleibt.

Den allergrösten Possen haben mir die Affen auf
dieser Insul bewiesen, indem sie mir mein Tage-Buch, in
welches ich alles, was mir seit dem Jahr 1509. biß auf das
Jahr 1580. merckwürdiges begegnet, richtig aufgezeichnet hatte, schändlicher [606] Weise entführet, und in
kleine Stücken zerrissen, also habe ich in dieser zweyten
Ausfertigung meiner Lebens-Beschreibung nicht so ordentlich und gut verfahren können, als ich wohl gewollt,
sondern mich eintzig und allein auf mein sonst gutes Gedächtniß verlassen müssen, welches doch Alters wegen
ziemlich stumpff zu werden beginnet.

Immittelst sind doch meine Augen noch nicht dunckel
worden, auch bedüncket mich, daß ich an Kräfften und
übriger Leibes-Beschaffenheit noch so starck, frisch und
ansehnlich bin, als sonsten ein gesunder, etwa 40. biß
50. jähriger Mann ist.

In der warmen Sommers-Zeit habe ich gemeiniglich in
der grünen Laub-Hütte auf dem Hügel gewohnet, zur
Regen- und Winters-Zeit aber, ist mir die ausgehaune
Wohnung unter dem Hügel trefflich zu statten gekom-

men, hieselbst werden auch diejenigen, so vielleicht wohl lange nach meinem Tode etwa auf diese Stelle kommen, ohne besondere Mühe, meine ordentlich verwahrten Schätze und andere nützliche Sachen finden können, wenn ich ihnen offenbare, daß in der kleinsten Kammer gegen Osten, und dann unter meinem Steinernen Sessel das allerkostbarste anzutreffen ist.

Ich beklage nochmahls, daß mir die leichtfertigen Affen mein schönes Tage-Buch zerrissen, denn wo dieses vorhanden wäre, wolte ich dir, mein zukünfftiger Leser, ohnfehlbar noch ein und andere nicht unangenehme Begebenheiten und Nachrichten beschrieben haben. Sey immittelst [607] zu frieden mit diesen wenigen, und wisse, daß ich den Vorsatz habe, so lange ich sehen und schreiben kan, nicht müßig zu leben, sondern dich alles dessen, was mir hinführo noch sonderbares und merckwürdiges vorkommen möchte, in andern kleinen Büchleins benachrichtigen werde. Voritzo aber will ich diese Beschreibung, welche ich nicht ohne Ursach auch ins Spanische übersetzt habe, beschliessen, und dieselbe bey Zeiten an ihren gehörigen Ort beylegen, allwo sie vor der Verwesung lange Zeit verwahrt seyn kan, denn ich weiß nicht, wie bald mich der Todt übereilen, und solchergestalt alle meine Bemühung nebst dem guten Vorsatze, meinen Nachkommen einen Gefallen zu erweisen, gäntzlich zernichten möchte. Der GOtt, dem ich meine übrige Lebens-Zeit aufs allereiffrigste zu dienen mich verpflichte, erhöre doch, wenn es sein gnädiger Wille, und meiner Seelen Seeligkeit nicht schädlich ist, auch in diesem Stücke mein Gebeth, und lasse mich nicht plötz- lich, sondern in dieser meiner Stein-Höle, entweder auf dem Lager, oder auf meinen Sessel geruhig sterben, damit mein Cörper den leichtfertigen Affen und andern Thieren nicht zum Spiele und Scheusal werde, solte auch demselben etwa die zukünfftige Ruhe in der Erde nicht zugedacht seyn: Wohlan! so sey diese Höle mir an statt des Grabes, biß zur frölichen Auferstehung aller Todten.

* *

*

[608]

SO viel ists, was ich Eberhard Julius von des seeligen Don Cyrillo de Valaro Lebens-Beschreibung aus dem Lateinischen Exemplar zu übersetzen gefunden, kömmt es nicht allzu zierlich heraus, so ist doch dem Wercke selbst weder Abbruch noch Zusatz geschehen. Es sind noch ausser diesem etliche andere Manuscripta, und zwar mehrentheils in Spanischer Sprache vorhanden, allein, ich habe bißhero unterlassen, dieselben so wohl als die wenigen Lateinischen ins Deutsche zu übersetzen, welches jedoch mit der Zeit annoch geschehen kan, denn sein Artzeney-Buch, worinnen er den Nutzen und Gebrauch der auf dieser Insul wachsenden Kräuter, Wurtzeln und Früchte abhandelt, auch dabey allerley Kranckheiten und Schäden, die ihm und seinen Gefähr-ten begegnet sind, erzehlet, verdienet wohl gelesen zu werden, wie denn auch sein Büchlein vom Acker- und Garten-Bau, ingleichen von allerhand nützlichen Regeln wegen der Witterung nicht zu ver-achten ist.

Johann Gottfried Schnabel

INSEL FELSENBURG

WUNDERLICHE FATA
EINIGER SEEFAHRER
Teil II

Wunderliche
FATA
einiger
See-Fahrer,
Zweyter Theil,
oder:
fortgesetzte
Geschichts-Beschreibung
ALBERTI JULII,
eines gebohrnen Sachsens
und seiner
auf der Insel Felsenburg
errichteten *Colonien*,
entworffen
von dessen Bruders-Sohnes-Sohnes-Sohne,
Monſ. Eberhard Julio,
Curieusen Lesern aber zum vermuthlichen
Gemüths-Vergnügen ausgefertiget/ auch par *Commission*
dem Drucke übergeben
Von
GISANDERN.

NORDHAUSEN,
bey Joh. Heinrich Groß, privil. Buchhändler.
Anno 1732.

Vorrede.

Geneigter Leser,

P *Romissa sunt servanda.* Dieses löbliche Sprichwort heisset in deutschen ungezwungenen Reim-Worten so viel, als:

> *Versprechen und halten*
> *Steht wohl bey Alt- und Jungen.*

Wiewohl nun ich, mich noch zur Zeit weder unter die Alten noch Jungen rechnen kan, so befinde mich dennoch schuldig, deinen curieusen Augen diesen Zweyten Theil der Felsenburgischen Geschichts-Beschreibung vorzulegen, zumahlen ich gewisser massen überzeugt bin, daß der [II^V] erste Theil, wenigstens von solchen Leuten, die quid Juris verstehen, vor passable erkannt und angenommen worden.

Es hat zwar Jemand, nachdem er Permission gebethen, meine Paruque ein wenig auf die Seite zu schieben, das Trommel-Fell meines Gehörs ziemlich gerühret, indem er mir das sonderbare Arcanum publicum anvertrauet: was maßen dieser Andere Theil vielen zum Plaisir, einem oder etlichen aber zum starcken Chagrin gereichen würde; Allein diese mit meiner Schreib-Feder poussirte Statue in octav (von deren groben oder subtilen

5

Ausarbeitung itzo die Rede nicht ist) flätzschet zwar eben die Zähne nicht, wenn ihr jemand in vorbey gehen eine freundliche Mine macht, ich aber kan doch auch nicht gut darvor seyn, daß die darinnen versteckte Orgel-Pfeiffe nicht brummen solte, wenn ein naseweiser, qveer Feld einblasender Wind deren Ventil mit Gewalt aufklappen wolte.

Per Tertium, Quartum & Quintum ist mir auch gesteckt worden, daß noch ein anderer Jemand (welchen man mir eben [IIIʳ] nicht nahmhafft machen wollen) wegen einer im Ersten Theile mit angeführten Liebes-Begebenheit, seinen unzeitigen Eiffer ausgeschüttet, dabey aber, ich weiß nicht, ob aus Einfalt oder Schein-Heiligkeit selbst gestanden, daß er dieserwegen so gleich einen Eckel am gantzen Buche empfangen, und weiter nichts darinnen lesen wollen.

Wiewohl man nun mit Leuten, die sich in ihren Beurtheilungen allzusehr zu übereylen gewohnt, ein billiges Mitleyden trägt, so sehe doch nicht, warum man sich eben scheuen dürffte, ihnen mit aller Höflichkeit eine Prise Schnupff-Toback zur Reinigung des Haupts anzubiethen.

Demnach möchte doch ein dergleichen unbestallter Censor, solche Sachen nicht schlechterdings auf der lincken Seite betrachten, und erstlich darthun: ob die im Ersten Theile pag. 35. seq. befindliche Liebes-Geschicht des Capitain Wolffgangs, propter imitationem von ihm erzehlet, und von mir nachgeschrieben worden? Oder ob Herr

Wolffgang, oder ein anderer dergleichen Ausschweiffungen approbiret [III^v] habe? Ich glaube, wenn man sich bemühen will pag. 54. von lin. 28. und pag. 85. von lin. 15. an, ein wenig fort zu lesen, so wird sich vermuthlich die Sache selbst defendiren, und mich einer Mühe, die mir ohnedem nicht hinlänglich bezahlet werden möchte, überheben.

Sonsten mag es doch wohl nicht gäntzlich unwahr seyn, daß sich heutiges Tages in der Welt eine gewisse Art von Sonderlingen und Super-klugen Leuten auffhalten soll, welche, wenn es allein nach ihren Köpffen gienge, wohl gar verschiedene Capitel der Heil. Bibel ausmertzen, ja die gantze reine und lautere Theologie, in eine andere, nach ihrer Phantasie gemachte Forme giessen möchte; Also nimmt es mich gar kein Wunder, daß etwa ein oder anderer von dieser Sorte an meinen guten Capit. Wolffgange und andern Seefahrern zum Ritter werden will, indem sie sich, wie mir gesagt ist, ungemein gern in alle und allerley Händel mengen. Jedoch nicht zu hitzig meine feine Herrn, mein Rath wäre, ihr liesset die Seefahrer und Felsenburgischen Einwohner, ihrer Lebens-Art und gemachten Anstallten halber, immer zu frie-[IV^r]den, denn sie befinden sich im Stande ihre eigenen Vertheydiger zu seyn.

Was diesem Geschicht-Buche auch von Jemanden vor ein sauberer Titul durch Briefe beygelegt und sonsten mit gemeldet worden, will dem Verleger zu Gefallen so deutlich nicht anführen. Aber mein Freund, sage mir, wer hat dich zum Ausgeber oder Wagmeister der göttlichen Gnade gemacht? oder wer bist du, daß du einen frembden Knecht richtest.

Deinen Principiis nach dörfften solchergestalt gar keine Historien von allerley Lastern, Mord, Diebs-streichen und dergleichen geschrieben werden, und zwar unter dem läppischen Vorwande, daß nicht etwa ein oder anderer zu dergleichen Lastern angereitzet wer-den möchte. Jedoch zur Zeit höret man nicht, daß sich jemand über etwas anders aufgehalten, als wenn etwa die Species facti eines Fehltritts über das 6te Geboth, ob schon in den allerverantwortlichsten Terminis aufs Tapet gekommen, hierbey aber werden die gezeigten üblen Folgerungen, Straffen, Erkänntniß und Reue über der-gleichen Sünden, [IVᵛ] als der eigentliche Spiegel in keine Consideration gezogen.

Könte es denn aber auch wohl möglich seyn, daß sich manche Leute in eingebildeter vollkomener Weiß-heit und Erkäntniß, von ihren schwermenden Affecten regiren liessen? Solte denn bey einem oder dem andern etwa der Pfahl gerüttelt seyn, der ihm im Fleische steckt? Man sagt zwar sonst: Wer gern tantzt, dem ist leicht gepfiffen. Wer ausserordentlich verliebt ist, findet leicht was in seinen Krahm dienet. Wer gern stiehlt, macht sich die Gelegenheit auch auf den schlechtesten Wochen-Märckten zu Nutze. Aber was kan denn ein Geschichtschreiber davor, wenn lasterhaffte Leute sein vorgestecktes Ziel mit Fleiß verfehlen, andere hingegen alles zu Poltzen drehen wollen.

Es würde zwar eben keine Herculeische Arbeit kosten, diese Materie etwas deutlicher, gründlicher und weitläufftiger auszuführen, jedoch weil ich eben itzo bald Mittags-Ruhe zu halten gesonnen bin, auch ausserdem den geneigten Leser nicht mit einer solchen Vorrede aufhalten mag, wel-[V^r]che durchzulesen, kaum der 20te Tag des Monats Junii lang genug seyn möchte, so will obgemeldten censirenden Mückenseigern an statt der Felsenburgischen Geschichte, das 23. Cap. Matthæi zum desto fleißigern Durchlesen und sich selbst zum aufrichtigen Erklären freundlich an recommendiret haben, sonsten aber versichern, daß es bey künfftigen Attaquen einiger Grillenfänger oder Mocqueurs halten werde, wie der weiland ehrliche Weidemann Erasmus. Denn dieser konte, jedoch sans comparaison, seinen Haasen nach belieben schiessen, oder auch lauffen lassen.

Tityre, tu patulae recubans sub tegmine fagi.

Liege nur immer stille und laß mich mit meiner Felsenburgischen Geschicht ungepfoppt, denn man wird zu weilen auch im Schatten von kleinen Mücken gestochen, welche sich nicht so leicht fangen und erdrücken lassen.

Basta! Ich muß aber noch mit we-[V^v]nigen melden, daß wenn 1.) ja jemand so curieus seyn solte zu fragen: Warum ich einige Nahmen der Länder, Städte und Menschen entweder gar aussen gelassen, verkehrt oder nur mit den Initial-Buchstaben und darzu gesetzten Sternleins ausdrucken lassen? ihm ad interim, bis wir einander mündlich sprechen, schrifftlich zur Antwort dienet: wie ich meine gewissen Raisons darzu gehabt, welche nach eingezogenen umständlichern Berichte hoffentlich kein Vernünfftiger tadeln wird. 2.) Dürffte vielleicht sich ein oder anderer an die im Ersten Theile mit eingeschlichenen Druck-Fehler gestossen haben, weil aber hoffe, daß dadurch eben keine blauen Flecke an den Schienbeinen oder verdrüßliche Excrescenzen an der Stirn verursacht worden, so bezeuge hingegen meine Unschuld, indem das Manuscript hoffentlich ziemlich Orthographice gewesen, der beste Setzer und Corrector aber auch leichtlich etwas übersehen kan. Im übrigen werden es wohl gar kleine Kleinigkeiten seyn, welche der Hauptsache keinen besondern Abbruch thun. 3.) Sage ich noch einmahl und bleibe dabey, daß es mir gleich viel gilt, es mag ein oder ander, viel, [VI^r] wenig, oder gar nichts von der Wahrheit dieser Geschichte glauben, oder darauf bestehen bleiben, daß ich mich in der Vorrede ziemlich verdächtig gemacht, als ob ich selbst nicht viel davon glaubte. Genug, es ist keine Gewissens-Sache, und ausserdem des Heil. Römischen Reichs Wohlfarth gar nicht damit verknüpfft. Bey Leuten aber, die mit läppischen Vorurtheilen schwanger gehen, auch so gar das, was doch vor aller Menschen Augen probabel ist, nicht einmahl in ihr viereckigtes Gefäße des Gehirns fassen können, nähme ich mir nicht einmahl die Mühe einen ad hunc actum nothwendigen Politischen Staar-Stecher abzugeben.

Noch etwas kömmt mir, indem ich dieses schreibe zu

Ohren, es sollen sich nehmlich ein paar Gelehrte über die in der Vorrede des Ersten Theils auf der vierdten Seite lin. 10. & seq. befindliche Zeilen: Wo mir recht ist, halten - - *sapienti sat:* aufgehalten und dieselben als etwas zu leichtsinnige beurtheilet haben; Allein an statt darauf zu antworten, will dieselben gantz freundlich auf die Vorreden des seeligen Herrn Doct. Lutheri [VI^v] über das Buch Judith und Tobiä verweisen, und damit Holla!

Ubrigens will diesen Andern Theil der Felsenburgischen Geschichte nicht weiter recommandiren, als nachdem ihn der geneigte Leser nach seinem Geschmack befinden möchte, zumahlen ich voritzo nicht mehr Zeit zu verliehren habe, als meiner Schuldigkeit nach annoch zu versichern, daß ich sey

Des geneigten Lesers

den 2. Dec.
1731.

bereitwilligster Diener
so weit es rathsam und möglich ist
GISANDER.

Kaum hatte Hn. Leonhard Wolffgangs kostbare Englische Uhr, welche nach Mons. Litzbergs in Felsenburg verfertigten Sonnen-Zeiger aufs accurateste gestellet war, Nachts zwischen dem 31. Dec. und 1. Jan. durch zwölff hellklingende Schläge den völligen Abschied des 1725sten Jahres angemeldet, als nur erwehnte zwey werthen Freunde, so wohl als ich Eberhard Julius, unsere bereits brennenden Zünd-Ruthen ergriffen, und 6. von den auf dem Alberts-Hügel gepflantzten stärcksten Canonen, binnen einer Stunde 4. mahl nöthigten: ihre scharff eingepreßte Ladung mit Blitz und Donnern von sich zu sprühen, da uns denn bey jeglicher Salve von den 4. Wacht-Häusern auf den Felsen-Höhen, jedes Orts aus 3. Canonen geantwortet wurde; wiewohl die auf der Nord- und Ost-Gegend stehenden, wegen eines starcken Süd-West-Windes sehr dumpffig, im Gegentheil die gegen Süden und Westen desto schärffer knalleten.

Nachdem aber solchergestallt das Neue 1726ste Jahr erfreulich bewillkommet und dessen Eintritt allen Felsenburgischen Einwohnern kund gethan worden, legten

wir uns noch einige Stunden zur Ru-[2]he, berufften aber
früh Morgens um 6. Uhr, durch 3. abermahlige Canonen-
Schüsse, alle andächtige Hertzen zum eiffrigen GOttes-
Dienste; welchen Herr Mag. Schmeltzer in einer herrlichen Predigt als die allervortrefflichste Sache zur
Erneuerung im Geist unseres Gemüths, nach den Worten Pauli Ephes. 4. v. 23. 24. aufs Beste recommendirte
und damit gewißlich bey allen und jeden starcken Eindruck that.

Gleich nach vollbrachten zweymahligen Gottes-Dienste, ließ Herr Wolffgang, nochmahls alle Insulaner auf
morgenden Tag, zu einer erlaubten christlichen Ergötzlichkeit, wegen seiner vor wenig Wochen getroffenen
Heyrath, einladen, welche denn alle, so wohl grosse als
kleine, nicht ermangelten, sich gegen die Mittags-Zeit
in ihrer reinlichsten Kleydung einzustellen. Es waren
hierzu bereits seit etlichen Tagen mit gröstem fleisse alle
behörige Anstallten gemacht worden, weßwegen sich in
jedem Stücke die schönste Ordnung zeigte. Denn auf der
schönen Ebene am Fusse des Alberts-Hügels zwischen
beyden Alleeen hatte Herr Wolffgang die Sitz-Städten
in die Erde eingraben, die Tische mit grünen Rasen er-
höhen und besetzen, rings herum aber alles mit grünen
Laubwerck verzäunen, und vor den heissen Sonnen-
Strahlen oben verdecken lassen, so daß es recht mit Lust
anzusehen war. Es wird dem geneigten Leser nicht
zuwieder seyn, daß ich einen kleinen Grund-Riß davon
beyfüge.

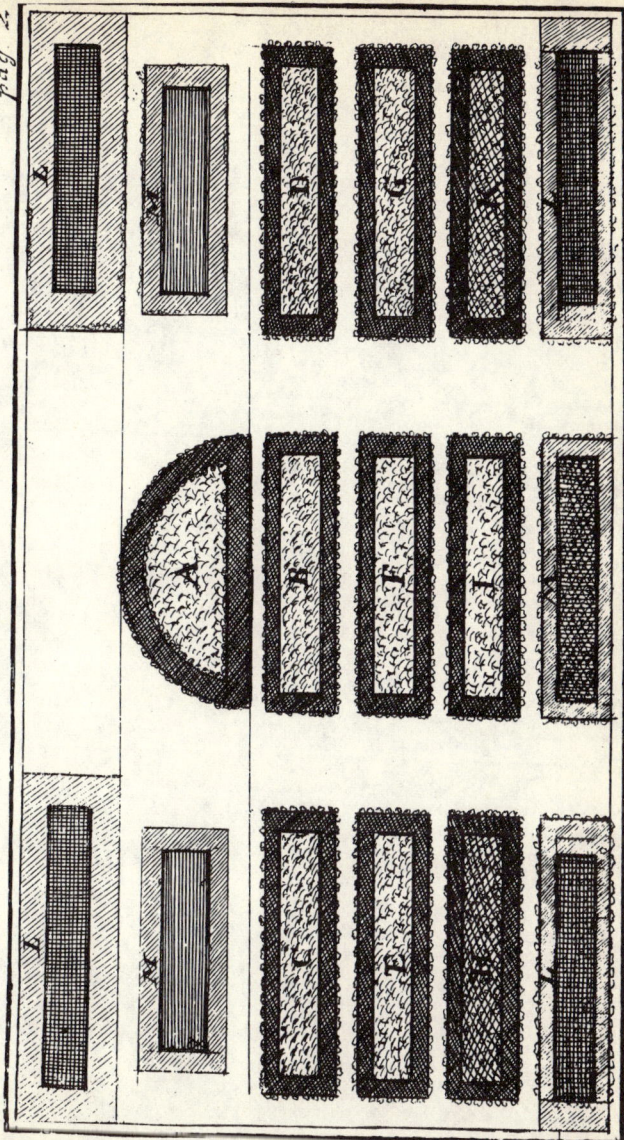

A. Die Braut-Tafel.

B. Der Christians-Raumer Tisch.

C. Der Alberts-Raumer Tisch. [3]

D. Der Stephans-Raumer Tisch.

E. Der Johannis-

F. Der Christophs-

G. Der Jacobs-

H. Der Simons-

I. Der Davids-

K. Der Roberts-Raumer Tisch.

L. 4. Koch- und Brat-Städten.

M. 3. tieffe und oben verdeckte Gruben, worinnen der
Wein und ander köstlich Geträncke vorräthig war.

An der Braut-Tafel sassen : 1. Herr Wolffgang, 2. dessen
Liebste Sophia, 3. Der Alt-Vater Albertus, 4. Der Braut-
Vater Christian Julius, 5. Hr. M. Schmeltzer, 6. 7. Albertus
Julius II. und dessen Ehe-Frau Judith, 8. 9. Stephanus Julius
und dessen Ehe-Frau Sabina, 10. Christoph Julius, 11. 12.
David Julius und dessen Ehe-Frau Christina, 13. Mons.
Litzberg, 14. Mons. Kramer, 15. Mons. Plager, 16. Ich Eber-
hard Julius. Jedoch wir 4. Letztern blieben die kurtzeste
Zeit sitzen, halffen vielmehr aus Liebe gegen den
Herrn Wolffgang, unsern andern letzt mit gekommenen
Cammeraden, die einheimischen Gäste bewirthen, wel-
che sich, wie aus dem gemachten Abrisse zu ersehen,
Geschlechter weise, jedes an einen besondern Tisch,
rangiret hatten. Der Alt-Vater aber hatte aus jedem Ge-
schlechte einige Manns- und Weibs-Personen, die sich

am besten auf die zubereitung der Speisen verstunden, auserlesen; weil nun an allerhand feisten Wildpret, zahmen und wilden Ziegen-Fleisch, grossen und kleinen Vögeln, vielerley arten von Fischen, Schild-[4]kröten, See-Kälbern, Vögel- und Schildkröt-Eyern, allerhand frischen und eingemachten Kräutern, Wurtzeln und köstlichen Früchten kein Mangel, sondern vielmehr alles zum überflusse bey Handen war, wurde gewißlich eine dermassen delicate Mahlzeit angerichtet, daß wir sämtl. Europäer zur Verwunderung gnungsame Ursache fanden. Ob nun gleich das Tafel-Zeug und andere Geräthschafften nicht so zierlich und überflüßig als in Teutschland und anderen wollüstigen Ländern bey dergleichen Gastereyen anzutreffen; so gieng doch alles sehr reinlich, ordentlich und vergnügt zu, zumahlen da eitler Pracht, Hoffart, Ehr-Geitz, Uppigkeit nebst der schändlichen Mocquerie von dieser Insul gäntzlich verbannet zu seyn schiene, hergegen lauter treuhertzigkeit und fromme Einfalt die dasige Lebens-Art desto lieblicher machte. Ich will aber eben keine unnöthige Beschreibung von den aufgesetzten vielerley Speisen Gebackens, Confituren und mancherley Arten von Geträncke machen, indem ich die Zeit, Dinte, Federn und Pappier an merckwürdigere Geschichte zu spendiren habe, also nur kürtzlich nochmahls bekräfftigen, daß bey der Mahlzeit alles vergnüglich, ehrbar und ordentlich zugieng.

Nach der Mahlzeit, welche über 4. Stunden lang gehalten war, stellete Herr Wolffgang vor die jungen Leute beyderley Geschlechts, ein Wettlauffen an, indem er etliche niedrige grüne Bäume aufrichten, und dieselben mit allerley artigen Europäischen Waaren behängen lassen, da denn die Hurtigsten ihre Mühe mit den besten Stücken belohnet fanden, die übrigen aber mit den geringern Sachen vorlieb [5] nehmen musten. Immittelst hatten die Alten ihr Vergnügen dieses Spiel mit anzusehen, welches biß nach untergang der Sonnen währete. Worauff von einem gantzen Centner gebrandter Caffee-Bohnen, nebst behöriger Quantität Zucker, ein angenehmes warmes Geträncke zubereitet wurde, ob aber gleich nicht gnugsame darzu gemachte Coffee-Schälchen vorhanden waren, so muste doch ein jeder, der diesen Nectar aus einem andern bequemen Geschirr zu trincken das eintzige Malheur hatte, bekennen: daß dem ohngeacht seiner delicatesse nicht das geringste abgienge. Da nun die Lustbarkeiten des ersten Hochzeit-Tages, mit eintretender geringen Demmerung ihre Endschafft erreicht, begaben sich die mehresten Hochzeit-Gäste auf den Weg ihre Nacht-Ruhe zu suchen, nachdem sie erinnert worden morgenden Tages, und zwar etwa 3. Stunden nach aufgang der Sonnen, wiederum auf dem Tafel-Platze zu erscheinen. Es nahmen aber die nächst gelegensten Geschlechter, als nehmlich die Alberts- Simons- Christians- und Stephans-Raumer, ihre etwas weiter abgelegenen Freunde mit in ihre Behausungen, wie denn auch eine ziemliche Anzahl der weit abgelegenen, ihr Logis auff der Alberts-Burg fanden.

Unser Altvater ließ sich zwar nebst den andern Aeltesten auch in seine Burg fahren, welchen wir Jüngern
biß in sein gewöhnliches Zimmer folgeten; da aber derselbe noch keine Lust zum Schlafen bezeugte, sondern
uns beredete mit ihm noch ein paar Pfeiffen Toback bey
einem Truncke seines wohl abgesottenen Gersten-Was-
sers, zu rauchen, war ein jeder [6] bereit dem Altvater,
der sich diesen Tag über alle massen vergnügt bezeigt
hatte, mit grössern Appetit zu gehorsamen. Selbst Herr
Mag. Schmeltzer, der doch sonsten eben kein sonderlicher Liebhaber vom Toback rauchen war, ließ sich diesen Abend bereden: ein Pfeiffgen mit anzustecken, worbey jedennoch allerhand erbauliche Gespräche geführet
wurden, biß endlich der Altvater Albertus, mit guter Art,
sein gantz besonderes Verlangen zu vernehmen gab,
nach und nach bey bequemer Gelegenheit eines jeden,
letzlich mit angekommenen, Europäers wahrhaffte Lebens-Geschicht anzuhören. Da nun Herr Mag. Schmeltzer so wohl als die andern alle, dessen Verlangen so
billig, als sich schuldig befanden, eine Höfflichkeit, nach
Vermögen, mit der andern zu vergelten, machte erst-
gemeldter ohne einziges Verzögern selbsten den Anfang,
und erzehlete folgender massen seine eigene, nehmlich:

Die Lebens-Geschichte Herrn Mag. Schmeltzers.

ICh Ernst Gottlieb Schmelzer, bin der zweyte Sohn
eines Evangelisch-Lutherischen Predigers, der in einem Pohlnisch-Preußischen, ohnweit Elbing gelegenen

Dorffe sein heil. Ammt zu verwalten hatte. Der 28. Aug.
des 1692sten Jahres ist mein Gebuhrts-Tag gewesen,
und von diesem Tage an, haben meine seel. Eltern keinen Fleiß gesparet, mich nebst meinem ältern Bruder
und einer älteren Schwester, so GOtt gefällig, als die
nachkommenden zwey jüngern Brüder und eben so viel
Schwestern auffzuziehen. Wir Kinder, bekamen gleich
[7] von zarter Kindheit an einen guten Informatorem,
nebst einer besondern Wart-Frau, denn meine Mutter
hatte eine sehr schwere Hauß-Wirthschafft zu besorgen,
zumahlen da mein Vater als ein exemplarischer Priester allzugewissenhafft war, sich um die Nahrungs-
Sorgen zu bekümmern, dahingegen er seinem Beruffe
auffs eiffrigste nachzukommen trachtete.

Allein eben dieser preißwürdige Eiffer, brachte meinen seel. Vater in seinen besten Jahren um das zeitliche
Leben, und zwar bey solcher Gelegenheit: Es hatten bey
denen, im Jahre 1703. vor Pohlnisch-Preussen sehr gefährlichen Krieges-Läufen, zwey schwedische Officiers,
ohnfern von unserm Dorffe Kugeln gewechselt; worvon
der eine sehr gefährlich, und zwar der Medicorum Aussage nach, durch den Magen und Unterleib geschossen
war. So wohl die Medici, als Chirurgi, hatten diesen elenden Patienten, nach vernünfftiger Untersuchung der
Blessur, so gleich das Leben abgesprochen; und zwar in
Erwegung seines jederzeit geführten ruchlosen Lebens,
ihn um so viel desto eher dahin zu reitzen; den wenigen
Rest seiner Lebens-Zeit, noch zur wahren Busse und

Versöhnung mit GOtt anzuwenden. Und eben dieser
Ursachen wegen, wird mein seel. Vater, von dessen guten Freunden, zu ihm beruffen, wiewohl die zwey ersten
Visiten gantz Fruchtloß abgehen, weilen dieser atheisti-
sche Patient, weder von der Busse und Bekehrung,
und noch vielweniger vom Tode und Sterben etwas hören will. Bald hernach überfällt ihn ein hitziges Wund-
Fieber, es fängt derselbe ziemlicher massen an zu rasen,
jedoch so bald der paro-[8]xismus vorüber, und er nur
einiger massen wiederum zu verstande kömt, lassen dessen Freunde nebst denen Medicis und Chirurgis, meinen
seel. Vater um Mitternachts-Zeit abermahls inständig
bitten, sich dahin zu bemühen und des Patienten Seele
aus des Teuffels Rachen zu reissen; weiln allen umständen nach, selbiger schwerlich noch einen Tag über leben
würde. Mein seel. Vater lässet an seiner Hurtigkeit und
allen ersinnlichen Arten der Uberredung nichts ermangeln, kan aber dennoch seinen Zweck nicht im geringsten erreichen, weiln der Patient ohnabläßig rufft: Man
solle ihm den schwartzen Pfaffen von Halse schaffen,
oder er müsse verzweiffeln. Mein werther Herr und
Freund, sagt endlich mein seel. Vater, ich wolte gern
einen weissen, blauen, rothen oder anders gefärbten
Rock anziehen, wenn es mir in solcher Kleydung möglich
wäre: eure arme Seele aus des Satans Netzen zu wickeln,
allein fasset alle eure Vernunfft zusammen und überleget: ob es nicht besser sey einen schwartz gekleydeten
Diener GOttes, der den Weg zum Himmel zeiget, als

unzählige höllische Geister, die auf die theuer erkauffte Seele lauren, vor seinen Sterbe-Bette zu dulden.

Kaum hat mein seel. Vater die letzte Sylbe seiner Worte ausgesprochen, als der vom Satan gestärckte Patient ohnvermuthet aus dem Bette springt, ihn samt seinen Sessel zu boden stösst, über meinen seel. Vater herfällt, und dessen Gesicht mit den Finger-Nägeln aufs grimmigste zerkratzt, über dieses ihm zwey Bisse in die Backen und den dritten in das lincke Ohr versetzt, ja endlich denselben ohn-[9]fehlbar erstickt hätte, wenn nicht 5. starcke Manns-Personen herzu gesprungen, und diesen Mord-Buben mit äuserster Gewalt zurück gerissen hätten.

Es brachten demnach etliche Leute meinen gantz ohn-mächtigen Vater nach Hause geführet, welcher sogleich ins Bette gelegt, und von den besten Medicis besucht und besorgt wurde. Der verzweiffelte Höllen-Brand hat-te noch vor Anbruch des Tages, seine durchteuffelte Seele, mit erschrecklichen brüllen ausgeblasen, mein seel. Vater aber bekam von dem gehabten Schrecken ein entsetzliches hitziges Fieber, worbey ihm der Kopf wegen der ohnfehlbar sehr gifftigen Bisse grausam auf-schwall, so daß er ohngeacht alles angewandten Fleisses der Medicorum und Chirurgorum, 7. Tage hernach seinen Geist aufgeben muste.

Also wurde ich in meinen 11ten Jahre nebst meinen 6. andern Geschwistern, von welchen der jüngste Bruder nur etliche Wochen alt war, plötzlich zur armen Waise

gemacht, denn obgleich mein Vater bey nahe 16. Jahr
in einer sonst sehr austräglichen Pfarre gesessen, so
war es doch wegen verschiedener Unglücks-Fälle, die
von den allgemeinen Landes-Plagen herrühreten, in seiner Haußhaltung endlich so weit gekommen: daß seine
beste Verlassenschafft dem gemeinen Sprichworte nach,
in libris & liberis, in Büchern und Kindern bestund. Meine liebe Mutter zohe gleich nach verflossenen Gnaden-
Jahre nebst uns Kindern in ihre Geburts-Stadt Elbing,
zumahlen da sie von ihrer Mutter Schwester, die eine
betagte und Kinderlose Frau war, auf begeben-[10]den
Sterbe-Fall noch eine ziemliche Erbschafft zu hoffen
hatte. Mein ältester Bruder, welcher keine Lust zum
Studiren, hingegen desto grössere zur Chirurgie und Barbier-Kunst bezeugte, wurde also in seinem 16ten Jahre
zu einem berühmten Meister dieser Profeßion gebracht.
Er reisete nach ausgestandenen 3. Lehr-Jahren in die
Welt, kam nach 6. jähriger Abwesenheit wieder zu Hause, nahm aber bald darauff Dienste auf der Schwedischen
Flotte unter dem Schout bey Nacht Ehrenschild, da aber
ein Theil gedachter Flotte am 27. Jul. 1714. von den Russen geschlagen wurde, hatte mein ehrlicher Bruder auch
das Unglück, sein junges leben darbey zu verlieren. Ich
meines Theils, war von Jugend an desto eiffriger auf die
Bücher erpicht, und mein getreuer Informator, gab sich
so wohl als mein leiblicher Vater die äuserste Mühe, so
bald ich nur das deutliche Reden erlernet, mir zugleich
mit der deutschen, auch die lateinische Sprache so zu

sagen in der Mutter-Milch einzuflössen. Weiln ich nun die Grund-Regeln derselben nach und nach recht spielende fassete, so setzten mich meine treuen Præceptores auf dem Elbinger Gymnasio in meinem 13den Jahre mit in Selectam, wodurch mein beständiger Fleiß um so viel desto mehr angefrischet wurde. Ausser diesem widmete ich meine Frey-Stunden der Choral- und Instrumental-Music, und brachte es durch unermüdete Lust und Liebe, ziemlich weit darinnen. Weiln aber ausser dem Geld-Beutel meiner lieben Mutter, die doch nebst denen noch übrigen 5. Kindern, selbst von der Schnure zehren muste; wenige Beyhülffe zu suchen wuste, indem unsere alte [11] Frau Muhme, als eine dem Geitze sehr ergebene Frau, bey ihren grossen Vermögen noch immer Hungers zu sterben befürchtete: und der Himmel auf einem andern Gymnasio, wegen meiner reinen und ziemlich manierlichen Singe-Stimme, sehr wichtige subsidia vor mich zeigte: schaffte mich meine liebe Mutter auf inständiges Anhalten, unter Vergiessung häuffiger Thränen, mit zufälliger guter Gelegenheit dahin, allwo sonderlich die herrlichen Testimonia meiner Præceptorum, und Recommendations-Schreiben anderer vornehmer Leute mir den profitablesten Unterhalt verschafften.

Es war kurtz nach Pfingsten des 1707den Jahres, da ich solchergestallt, eine gantz neue und verbesserte Einrichtung in meinem Studiren machte, und weiln mir das Glück favorisirte, mich bey dem ersten Examine so wohl im Peroriren, als in der Elaboration aller vorgegebenen

Exercitien, vor andern, die doch weit älter als ich waren, ziemlicher massen hervor zu thun: fiel mir die Gunst vornehmer Schul-Patronen und der neuen Præceptorum in reicherer Masse bey, als ich mir hätte einbilden können. Ein vornehmer Mann, mit dessen 12. jährigen artigen Sohne ich die Humanoria alltäglich, zu seinem und meinem Nutzen, aufs fleißigste repetiren muste, gab mir aus besonderer Liebe gegen meine Wenigkeit, freyen Tisch, Stube, Holtz, Licht, Wäsche und über dieses alles, noch manchen schönen Thaler an baaren Gelde; ja da er meine besondere Emsigkeit merckte, zohe er selbst noch 4. andere wohlgezogene Knaben zu dieser privat-Ubung, deren Eltern, als lauter vornehme und wohlhabende Leute, [12] mich unverdienter Weise mit Geschencken fast überhäufften. Nächst diesem brachte mir meine Singe-Stimme, die sich Wöchentlich im Chore, alle Sonntage bey der Kirchen-Musique, und dann auch öffters in vornehmer Leute Häuser hören ließ, ein starckes Accidens zu wege, weßwegen ich nach Verlauff des ersten halben Jahres, nach Abzug aller Bedürffnissen, meiner lieben Mutter 6. spec. Ducaten nach Hause schicken konte.

Solcher glückliche Zustand wurd mir aber, nach Verlauf weniger Zeit, durch eine odieuse Begebenheit mit desto grössern Jammer eingetränckt. Denn es ist zu wissen: daß an dem orte meines damahligen auffenthalts ein Collegium des Römisch-Catholischen so genandten Jesuiter-Ordens war, mit dessen Schülern meine

Commilitones, nehmlich die Evangelisch-Lutherischen Gymnasiasten, in beständigen Zwistigkeiten lebten. Ich habe mich vor meine Person niemahls bemühen wollen, zu untersuchen, welche Parthey der andern am meisten Gelegenheit zum Zancken und Streiten gegeben, weilen bekannt, daß gemeiniglich unter allen Heerden räudige Schaafe zu finden sind: Allein zu meiner Zeit weiß ich gewiß, daß uns die Jesuiter-Schüler allen ersinnlichen Verdruß anthaten, absonderlich kränckte uns nachfolgender Spott-Streich am aller empfindlichsten: Es befand sich ohnfern von der Stadt in einem lustigen Spatzier-Gange von Natur ein artiges Echo, welches die letztern etwas starck ausgerufften Sylben der Wörter, zu 2. 3. biß 4. mahlen ungemein vernehmlich repetirte. In dieser Gegend nun pflegten sich der Jesuiter-Schüler sehr öf-[13] ters aufzuhalten, so bald dieselben aber merckten, daß sich etwa ein oder anderer Gymnasiaste ebenfalls daherum divertirte, schrye gemeiniglich einer von unsern Feinden folgende läppische, jedoch sehr empfindliche Stichel-Worte aus:

Quid est Lutheranus?   *Echo resp.*   *Anus.*

Quid est Lutheri æmulus?   - - :   *Mulus*

Quomodo vocatur Lutheranorum

    studiosus?   -   -   -   : *O sus!*

Wir bemerckten zwar bald, daß dieses eine Parodie auf den lustigen Einfall eines längst verstorbenen protestantischen gelehrten Mannes wäre, nahmen uns aber nicht einmahl die Mühe andere dergleichen Schimpff-Sprüche

auszusinnen, jedoch waren einige der Unsern so hertz-
hafft, die eigenen Worte des vorerwehnten Gelehrten,
dem Echo entgegen zu ruffen:

Quid est Jesuitulus?   *Echo resp.*   *Vitulus.*
Nonne nequam est Jesuita?   -   -   *Ita.*

Hierüber kam es nun verschiedene mahl zum würcklichen Hand-Gemenge, worbey bald der Jesuiter-Schüler,
bald die Evangel. Gymnasiasten blutige Köpffe und blaue
Flecke darvon trugen. Einsmahls aber, da ich nebst
andern Concertisten auf eine Hochzeit, Music zu machen, beruffen war, befanden sich auch ein paar Jesuiter-
Schüler (oder Studenten wie sie gern heissen wolten)
daselbst gegenwärtig, welche, indem wir nebst andern
Musicanten bey Tische sassen und speiseten, nicht unterlassen konten ihre eingebildete Gelehrsamkeit mit vielen
lateinischen Stichel-Worten an Tag zu le-[14]gen, unter
andern brachte einer ex tempore folgendes lateinisches
Distichon zu Marckte:

Quo Lutheranus, dic possit nomine dici:
    Hæresium dici bibliotheca potest.

Es solte etwa auf Deutsch so viel zu verstehen geben:

Sag an: Was eigentlich ein Lutheraner sey?
Er ist der Inbegriff von aller Ketzerey.

Ich weiß nicht wie es kam, daß, indem ich unter Anhörung dieser Verse ein Spitz-Gläßgen Wein tranck,
meine Vena poetica gantz ausserordentlich begeistert
wurde, weiln, da ich solches nach 2. mahligen kurtzen
Absetzen gäntzlich ausgeleeret hatte, folgendes Disti-

chon nicht so bald fertig, als unbedachtsam von mir
heraus gesagt war:

Ordine nil melius; sed nil est ordine pejus,
Qui Jesu nomen, non tamen omen habet.

Deutsch:

Das ist der beste zwar doch auch der böste Orden,
Der sich nach JESU nennt, und ihm nie gleich
geworden.

Man ersahe augenblicklich an den ergrimmten Gesichtern unserer beyden Wiedersacher, daß ihnen die Galle
aufs gräulichste über die Gräntzen trat, indem sie von
einem sechzehendehalb jährigen Knaben, dermassen
häßlich abgekappt worden. Ein gewisser *Musicus* aber,
der ein sehr guter Lateiner war, bath mich, dieses *Disti-*
chon noch einmahl her zu sagen, und da mich dessen aus
Ubereilung nicht wegerte, [15] schrieben es so gleich,
nebst ihm, meine *Commilitones,* wie auch noch andere
dabey sitzende, in ihre Schreib-Tafeln; weßwegen unsere
Widersacher aus Boßheit mit den Zähnen knirscheten,
da sie aber selbiges Orts keinen kräfftigen Beystand
wusten, liessen sich die Buben ihre Rachgier auf frischer Farth auszuüben, vor dieses mahl vergehen, und
schlichen gantz stillschweigend davon.

Unser *Rector* hatte folgendes Tages diesen Streich
nicht so bald vernommen; als er mich nebst den andern
Gymnasiasten, die mit auf der Hochzeit *musiciret* hatten,
zu sich ruffen ließ. Nach seinem Befragen, geschahe
von uns allen ein offenhertziges Bekäntniß dessen, was

vorgegangen war. Er schrieb mein Distichon in sein
Diarium, schüttelte hernachmahls den Kopff und sagte:
Mein Sohn! euer gutes Ingenium ist so wenig zu tadeln
als das herrliche Naturell zur Poesie; allein gebraucht
dasselbe künfftig hin mit gröster Vorsicht, zumahl an
solchen Orten, wo gewisser massen Ecclesia oppressa
ist. Die Herrn Jesuiten sind so wohl, als ihre Schüler
sehr rachgierige Leute, solchergestallt köntet ihr gar
leicht euch, und uns allen, grossen Verdruß und Unglück
über den Hals ziehen. Wer weiß was sie dieser Affaire
wegen zusammen schmieden werden, indessen ist mein
getreuer Rath: daß ihr euch auf der Strasse, und sonderlich bey Abends-Zeit, sehr wohl in acht nehmet, um ihren
Schülern nicht in die Krallen zu gerathen.

Mein Principal nebst andern Patronen und guten
Freunden, gab mir eben dergleichen guten Rath und
Warnung zu vernehmen, immittelst ward mein Di-[16]sti-
chon fast in allen Evangelischen Häusern kundbar, jedoch die Herrn Jesuiter, stelleten sich an als ob sie diesen
Streich entweder nicht wüsten, oder nichts achteten,
derowegen fieng ich nach Verfluß eines gantzen Monaths
zu glauben an: meine Furcht und gebrauchte Vorsicht,
nicht etwa ein Schlacht-Opffer ihres Eiffers zu werden,
sey gantz und gar vergebens. Allein daß nicht alle schlaffen, welche die Augen zu thun, und daß die stillen Wasser
gefährlich und tieff sind, muste ich damals zu meinem
ziemlichen Unglück erfahren. Denn da ich eines Abends
vor der Hauß-Thür stund, kam ein grün gekleydeter

Laquey und bath mich, ihn zu berichten, in welchem
Hause der Gymnasiaste Schmeltzer anzutreffen; nachdem ihm nun vergewissert, daß ich selbsten derjenige
sey, welchen er suchte, sprach er mit sehr freundlichen
Geberden, ich solte so gut seyn und ihm in ein gewisses
Hauß, welches er mir nennete, folgen, weilen daselbst
zwey frembde Cavalier, meine, ihnen so sehr gerühmte
Singe-Stimme, bey einer doucen Abend-Musique zu hören verlangten, meine Mühe aber reichlich belohnen wolten. Allein, setzte er hinzu, ich dürffte mich nicht säumen, weil sie und die Musicanten selbst, mit schmertzen
darauff warteten. Zu meinem Unglück war mein Principal, nebst seiner Familie, bey einem vornehmen Freunde
zu Gaste, und weil ich über 2. oder 3. Stunden nicht
auszubleiben vermeynete, sagte ich dem Hauß-Gesinde,
gewisser Ursachen wegen, nicht wo ich hin wolte, sondern holete nur eiligst einige Musicalien von meiner Stube, mit welchen ich dann, ohne eintziges Nachdencken,
dem, unten vor der Thür auf mich warten-[17]den Laqueyen, sehr hurtig nachfolgte. Es traff ein, daß ein Paar
sehr proprè gekleidete Cavalier, in der Ober-Stube des
bezeichneten Hauses sassen, allein es waren nur zwey,
mir gantz unbekandte Musicanten bey ihnen, deren einer
eine Viol di Gamba, der andere aber eine Violine spielete.
Man bewillkommete mich aufs allerfreundlichste, und
sagte nach diesen: Monsieur! ihr hättet nicht nöthig
gehabt Musicalien mit zu bringen, weil wir allbereit
diejenigen Stücke, so wir längst gern hören mögen, bey

uns haben. Demnach legten sie mir, eine nicht uneben gesetzte Cantata vor, die ich ohne Bedencken annahm, und nach meinem besten Vermögen absunge. Sie bezeugten, so bald dieselbe zum Ende, ihr sonderliches Vergnügen darüber, und überreichten mir noch eine dergleichen, nach deren Absingung ich eine kurtze Zeit ruhen, auch ein paar Gläser Wein, nebst etwas Confect geniessen muste. Hierauff wurden noch andere lustige Arien und dergleichen Zeug hervor gesucht, doch weil alle gantz leicht gesetzt waren, hatte ich wenige Mühe, dieselben gehörig heraus zu bringen. Beyde Cavaliers legten mir also ein gantz besonderes Lob bey, so daß ich endlich bitten muste: mich nicht zu beschämen. Immittelst muste mir der Laquey mehr Wein und Confect bringen, weil ich aber sehr wenig trincken und essen wolte, sprach der eine Cavalier: Er wird vielleicht diesen Wein seiner Stimme nicht zuträglich befinden, Jacob! lange ihm ein Glas Canari Sect aus dem Flaschen-Futter, nebst zweyen von meinen köstlichen Morsellen, dieses wird ihm appetitlicher und nützlicher seyn. Ich deprecirte zwar [18] alles, da aber der Diener augenblicklich beyderley herbey brachte, liessen beyde Cavaliers nicht ab zu nöthigen, biß ich alles auf ihre Gesundheit verzehret hatte.

Mittlerweile zohe einer von den Musicanten eine Partitur aus dem Busen, und sagte zu beyden Cavaliern: Gnädige Herren! ich habe hier eine sehr artige, gantz nagelneu-componirte Cantata, mit Dero gnädigen Erlaubniß wollen wir doch dieselbe probiren. Da nun beyde, mit

Neigung der Häupter, ihren Wohlgefallen zeigten, muste
ich mich bequemen aus der Partitur zu accompagniren.
Die letzte Aria von dieser Cantata habe ich nach der Zeit
niemahls vergessen können, sie lautete aber also:

So muß man die Füchse fangen,
   Die so schlau und kühne sind.
Tölpel mercks! du bist betrogen,
Ja du bist ins Garn gezogen,
   Füchse riechen sonst den Wind:
Aber du bist fehl gegangen.   Da Capo.

Es handelte zwar die gantze Cantata durchgehends, von
einem ins Garn gebrachten Verächter der Liebe, allein
da ich nachhero der Sache besser nachgedacht, so habe
dieselbe zweydeutig befunden, denn unter dem gefangenen Fuchse, wurde wohl niemand anders verstanden: als
ich damahliger armer Schüler. Unter währender dieser
letzten Arie aber, lachten so wohl die beyden Cavalier, als
die Musicanten, dermassen, daß die letztern fast nicht
spielen konten, die erstern aber die Bäuche halten musten. Dennoch vermerckte ich nicht den gering-[19]sten
Unrath, weiln nichts weniger vermeynte: als daß ich mich
unter gantz verzweiffelt listigen Menschen-Fängern befände. Im Gegentheil wurde mir auf einmahl sehr übel im
Leibe, ein hefftiger Schwindel des Haupts verursachte:
daß ich bey nahe ohnmächtig zu Boden gesuncken wäre,
wenn mich der Laquey nicht aufgefangen, und auf ein, in
der Neben-Cammer stehendes Bette, getragen hätte.
So bald ich zu liegen kam, vergiengen mir vollends alle

Gedancken, ja ich verfalle in einen dermassen tieffen Schlaff, daß sich endlich, bey dessen allzu langen Anhalten, meine Feinde genöthiget sehen, mich, ich weiß nicht ob mit dem Dampffe von Schwefel, oder anderer häßlich stinckender Materie auffzumuntern. Allein nachdem ich völlig ermuntert war, wäre es kein Wunder gewesen, wenn ich aufs neue ohnmächtig worden, oder gar den Geist aufgegeben hätte. Denn ich befand mich in einem fürchterlichen unterirrdischen Keller-Gewölbe, und sahe 10. oder 12. wohlbekandte Jesuiter-Schüler, mit brennenden Pech-Fackeln, um mein Bette, (welches aus etlichen Halmen, auf der Erden ausgestreuten Strohes bestund,) als junge Teuffel mit Feuer Bränden gewaffnet, herum lauffen. Man hatte mich biß aufs blosse Hembde ausgezogen, und an statt der Kleider, mit einer alten Jesuiter-Kutte bedeckt, unter welcher ich aber bereits gantz starr gefroren war. Dem ohngeacht muste ein Knecht, der eine grosse Ruthe in Händen hielt, näher kommen, mir das Hembde über den Kopffe zusammen ziehen, und meinen Leib, von Schultern biß auf die Fuß-Sohlen, so lange geisseln, biß ich überall mit meinem Blute gefärbt war. Ich schrye und winselte der-[20]gestallt erbärmlich, daß die Steine hätten mögen zum Mitleyden bewogen werden, meine Felsenharten Peiniger aber, trieben ihr Gespötte drüber, und sagten endlich, da ihr Henckers-Knecht vom zuhauen Krafftloß war: Nun könte ich aus der Erfahrung reden, ob die Jesuiten gute oder böse Leute wären, und dasselbe in weitläufftigern

Versen außführen, giengen hiermit ingesamt davon, und liessen mich in der allerdicksten Finsterniß, im grösten Schmertzen alleine zurücke, doch kam nach Verlauff etlicher Stunden der Knecht, und brachte ein Stück Brodt, nebst einem Topffe Wasser zu meiner kümmerlichen Lebens-Erhaltung, wiewohl ich vor Angst und Schmertzen wenig oder gar nicht an die Nahrungs-Mittel gedachte.

Man solte zwar wohl meinen, daß diese grimmigen Furien solchergestallt ihr Müthlein sattsam an mir gekühlet hätten; allein nichts weniger als dieses, denn des andern Tages kamen dieselben um vorige Zeit wieder, und trieben eben dasselbe Mord-Spiel mit meinem schwachen Cörper. Am dritten Tage geschahe dergleichen, so daß nunmehr fast gar nichts gesundes am gantzen Leibe zu finden, sondern die etliche tausendmahl zerkerbte Haut überall mit Eyter und Blut unterlauffen war. Ach wie Betete ich so fleißig: daß mich ein baldiger seliger Todt, aus diesem peinlichen Zustande erlösen möchte, weil auf anderweitige Befreyung gantz und gar nicht zu gedencken war. Jedoch kein Selbst-Mörder zu werden, nahm ich in der dritten Nacht zum ersten mahle etwas Brod und Wasser zu mir, konte aber selbiges nicht bey mir behalten, sondern muste [21] es (s. v.) wiederum hinweg brechen, weßwegen meine Schwachheit in wenig Stunden dermassen zunahm, daß ich nicht noch eine Nacht zu leben vermuthete, gleich wohl kamen die Barbarn am 4ten Tage ebenfalls wieder mich zu quälen, derowegen redete ich sie gantz behertzt also an: So schlaget denn zu ihr Tyrannen, und weydet eure Augen an meiner zeitlichen Marter, wisset aber, daß dieser Tag vielleicht der letzte meines Lebens seyn wird, und daß ihr euch werdet bequemen müssen, mir dieses Tractaments wegen vor GOttes Richter-Stuhl Rede und Antwort zu geben. Die Lotter-Buben lachten dieserhalb überlaut, und stiessen über dieses die schändlichsten und Gotteslästerlichsten Reden aus ihren vermaledeyten Hälsen, befahlen auch dem Knechte, sein Amt nur getrost zu verrichten. Nachdem nun dieser, mein in die verwundete Haut gantz eingebackenes Hemde, mit Gewalt abgerissen, so daß gantze Flatschen daran hangen blieben, ich aber nicht die geringste Empfindung spüren ließ, sprach er: Meine lieben Herren, meine Mühe ist vergebens, der verteuffelte Ketzer fühlet voritzo nichts mehr, der Satan hat ihn abgehärtet, lasset ihn so lange Ruhe, biß er halb wiederum heil worden, was gilts, hernach sollen meine Streiche um so viel desto hefftiger anziehen.

Hierauff redete mich einer von der jungen Basilisken-Brut also an: Höre Hund! willstu dich entschliessen deinem Ketzerischen Glauben abzuschweren, so wollen wir alle vor dich bitten, daß dir die annoch zugedachten übrigen gerechten Strafen geschenckt werden; wo nicht, so wirstu in wenig Tagen [22] empfinden müssen daß alles bißherige Verfahren ein blosses Kinder-Spiel gegen diejenigen Martern zu achten sey, die dir annoch vorbehalten sind. Da behüte mich GOTT vor, gab ich zur

Antwort, daß ich meinen allein seligmachenden Glauben
verläugnen und verschweren solte, macht mit mir was
ihr wollet, GOTT kan und wird mich eher aus euern
Mord-Klauen erlösen als ihrs vielleicht glaubet. Dieser
Worte wegen stieß mich einer mit dem Fusse dermassen
in die Seite, daß mir fast aller Othem vergieng, meine
Peiniger aber verließen mich also vor dißmahl, ohne
mir fernere Marter anzuthun. Ich verhoffte gantz gewiß,
daß die folgende Nacht die letzte meines Lebens seyn
würde, allein selbige mochte kaum eingetreten seyn,
da mich zwey Knechte aus dem finstern Keller herauff
trugen, und in eine ziemlich gute Cammer zu Bette
brachten. Nachdem mir ein alter Chirurgus ein weisses
Hembde angezogen, und meinen gantzen Leib mit einer
Schmertz-stillenden und heilenden Salbe bestrichen hatte, brachte man mir auch eine gute warme Suppe, eine
halbe gekochte Taube, ingleichen etwas Wein, von welchen allen ich ein sehr Weniges zu mir nehmen konte,
jedoch in selbiger Nacht einige Ruhe genosse.

Folgenden Morgen kam nebst dem alten Chirurgo,
auch ein alter Jesuite mit vor mein Bette, da denn so
bald mich der erste abermahls mit der guten Salbe bestrichen, der andere so gleich ein Gespräch von meiner
Religions-Veränderung anfieng. Selbiges währete länger als 2. Stunden, weil er aber deßfalls lauter unwichtige Bewegungs-Gründe [23] aufs Tapet brachte, blieb
ich endlich bey dem Schlusse: daß mir gantz unmöglich,
eine andere Religion zu ergreiffen, so lange ich nicht der

Unrichtigkeit von der meinen vollkommen überzeugt sey. Dem ohngeacht gab mir der alte Pater, so wohl als der Chirurgus, lauter gute Worte, weil sie mich hiermit um so viel desto eher zu gewinnen vermeineten, wolten auch sagen: es hätten ihre Schüler wieder der Ehrwürdigen Patrum Wissen und Willen, mich elenden Menschen gefangen nehmen, und dermassen zurichten lassen, nachdem es aber einmahl geschehen, stünde es nicht zu ändern, jedoch solten sie nachdrücklich genung darvor gestrafft, mir aber alles Glück und Wohlseyn befördert werden, daferne ich mich nur gutwillig zu ihrer Religion bekennen, und denen Ketzereyen auf ewig abschweren wolte. Allein ich glaubte von allen so viel als ich nöthig zu seyn erachtete, und weiln meine Resolution bereits mehr als zu deutlich ausgesprochen war, übergieng ich das Ubrige alles mit Stillschweigen, welches sie mir denn auch in Betrachtung meiner grossen Schwachheit und Schmertzen, ziemlicher massen zu gute hielten, und mich mit fernern Anfällen einige Tage verschoneten.

Mittlerweile verschaffte mir der alte Chirurgus täglich die niedlichsten Speisen und Geträncke, sparete auch sonsten keinen Fleiß, meine Gesundheit wiederum herzustellen, woher denn kam, daß ich nach Verlauff dreyer Wochen ziemlich frisch und munter wurde. Von der Zeit an, stellete sich immer ein alter Pater um den andern in meiner Cammer ein, aus welcher ich keinen Fuß setzen, sondern als ein, auf [24] Leib und Leben gefangen sitzender Delinquente, Tags und Nachts hindurch verbleiben

muste. Dem ohngeacht fruchteten ihre beständig müh-
samen Lehren nicht das allergeringste bey mir, sondern
ich wurde nur immer desto mehr in meinem Vorsatze
bestärckt: die reine Evangelisch-Lutherische Lehre
nicht zu verschweren, und solte es auch gleich mein junges Leben kosten. Solchergestalt wurde mir nicht allein
aufs neue mit der täglichen Geisselung gedrohet, sondern man fienge auch würcklich an, mich wieder mit
blossen Wasser und Brod zu speisen, welches mir doch
der gütige Himmel weit besser als die andern Lecker-
Bissen gedeyhen ließ. Wenige Tage hernach, bekam ich
dennoch andere bessere Speisen, vermerckte aber in den
Gesichtern aller derer so bey mir aus- und eingiengen,
eine allgemeine Bestürtzung und etwas schwächern
Eifer, mich zu quälen oder umzukehren, glaubte derowegen, man würde mich vielleicht unter gewissen Bedingungen ehestens meiner Wege lauffen lassen. Allein
es war weit gefehlt, denn wie ich nachhero erfahren und
wohl erwogen, so sind meine Widersacher aus keiner
andern Ursache dermassen Bestürtzt gewesen, als weil
sich eine, in der Stadt grassirende gifftige Seuche, auch in
ihren Collegio angemeldet, und etliche, so wohl Junge als
Alte, plötzlich hinweg gerafft hatte. Endlich wurde ich in
einer gewissen Nacht unverhofft aus dem ersten Schlafe
gestöhret, und von einem Bedienten, der alle meine ordentlichen Kleider mit sich brachte, angestrengt, mich
aufs hurtigste anzukleiden. Die Einbildung, daß meine
Erlösungs-Stunde nunmehro erschienen sey, mach-[25]

39

te mich dergestalt frölich und hurtig, daß ich in wenig Minuten völlig fertig war. Demnach wurde in der Finsterniß hinunter geführet und in einen Wagen gebracht, worinnen allbereit 2. alte Patres und 2. mir an Jahren ziemlich gleiche, so genandte Studenten sassen, zwischen deren Füssen ich als ein Hund liegen, auch nicht selten von den jungen Bösewichtern empfindliche Tritte und Stösse erdulden muste. Der Wagen ware rings herum dichte zugemacht und verwahrt, derowegen konte und dorffte mich gar nicht umsehen, ohngeacht das Tages-Licht völlig angebrochen war, wiewohl es in den ersten zweyen Tagen entsetzlich starck regnete. So offt ein natürlicher Antrieb, mich oder die andern aus dem Wagen zu steigen nöthigte, kam mir nichts in die Augen als mehrentheils wüstes Feld, Wälder, und etwa sehr weit entlegene Dörffer oder kleine Städte. Niemahls sind wir vor dunckeler Nacht in ein Quartier gekommen, und mehrentheils früh vor Anbruch des Tages wieder fort gereiset, ich bemerckte aber: daß meine Führer lauter Klöster zu ihrem Abtritt erwehlet, und vermuthlich allezeit einen reitenten Bothen, der das Logis bestellen müssen, voraus geschickt hatten. Mittlerweile bekam ich so wohl des Abends im Quartiere, als bey Tage, im Wagen sehr gute Speisen, hatte aber sehr wenige Gelegenheit meinen Mund zum Reden auffzuthun, welches mir denn ungemein lieb war, meine Führer aber redeten eine selbst erdichtete, aus vielen andern vermischte Sprache, und zwar dermassen geläuffig mit einander, daß mir unmöglich war nur ein eintziges Wort davon zu verstehen. [26]

Nachdem wir nun solchergestallt 7. gantzer Tage die Reise ziemlich hurtig fortgesetzt hatten, wurden endlich in einem gantz grossen Closter zwey Tage zum Auß-ruhen angewendet, ich aber befand mich in einer festen Cammer eingesperret, durch deren wohl verwahrte Fen-ster eine grosse See, wohlbestelltes Feld, weit darvon aber ein grosser Wald zu betrachten war. Nachts, we-nig Stunden vor unsern wieder Abreisen, sagte einer von den jungen Jesuiten zu mir: Nun Ketzer-Hund! Nun hastu hohe Zeit dich zu bekehren, wiedrigen falls wirstu, ehe noch 3. Tage vergehen, an einen solchen Ort gebracht werden, wo allerhand schmertzliche Plagen deiner warten, Ich überlasse mich, war meine Antwort, der Fügung des Höchsten, der mir nicht mehr Trübsal aufflegen wird, als ich werde ertragen können, ja es ist ihm ein geringes, mich unschuldige Creatur aus den Händen meiner Peiniger, wo nicht auf andere Art, jedoch durch einen seel. Todt zu erlösen. Wie kan sich doch, versetzte der Bube hierauff, so eine verfluchte Ketzer-Seele der Hülffe des Höchsten getrösten? Unter diesen Worten aber schlug er mich mit der Hand dergestallt ins Angesicht, daß mir das helle Blut aus Mund und Nase lieff. Hierüber riß mein Gedult-Faden plötzlich entzwey, also nahm ich den frechen Buben beym Halse, riß ihn zu Boden und klopffte seine Nase mit der vollen Faust, so lange, biß sein Gesicht ebenfals über und über mit

Blut gefärbet war. Jedoch ich hatte bald hernach Ursach genung, meine Unbesonnenheit und jachzornige Ubereilung zu bereuen, denn als sein Camerad nebst den beyden Patribus herzu kam, und ihnen mein Feind berichtete: [27] daß ich ihn Meuchelmörderischer Weise überfallen und stranguliren wollen, ich aber auf meine Gegen-Klage nicht einmahl gehöret wurde, muste der Kutscher kommen, und mich mit einem dreyfach zusammen gedreheten Stricke so lange schlagen, biß ich gantz ohnmächtig auf dem Fuß-Boden liegen blieb.

Etwa zwey Stunden hernach, wurde ich dergestalt zerlästert, ja fast halb todt auf den Wagen getragen, und muste, den darauff folgenden Tag über rechte Höllen-Marter ausstehen, denn die beyden jungen Satans-Engel, traten und stiessen nicht allein, fast alle Augenblicke auf meinen, gantz mit Blut unterlauffenen Leib, sondern thaten mir ausserdem alle nur ersinnliche Schmach an, welches die zwey Ehrwürdigen Herrn Patres nicht nur geschehen liessen, sondern auch ihre hertzliche Freude darüber bezeugten. Selbigen gantzen Tag über, gönnete mir ihre Grausamkeit nicht das allerwenigste von Speise und Tranck, sie hergegen hatten etliche Flaschen Ungarischen Wein aufgetrieben, und soffen sich darinnen rasend voll. Abends im Logis gab mir der Kutscher etwas Brod und Wasser, zum Nachtische aber 30. Streiche mit vorerwehnten knotigen Stricke, welches unsäglich schmertzhaffte Tractament mir alle Nacht-Ruhe verwehrete, so daß ich gegen Morgen, ohne

einem eintzigen Augenblick geschlaffen zu haben, abermahls auf den Wagen geschleppt wurde.

Ohngeacht ich nicht schlafen konte, so hatte doch vor
meinen Peinigern in etwas Ruhe, weiln alle 4. des gestrigen Tages und Nachts in Uberfluß gesof-[28]fenen
Weins wegen, in einen tieffen Schlaff verfallen waren.
Die auffgehende liebliche Sonne schickte einen eintzigen
von ihren erwärmenden Strahlen, durch eine geringe
Oefnung des Wagens auff mein Gesicht und Hände, welches indem mir als etwas seltsames vorkam, mich von
der Sonne bescheint zu sehen, ein inner- und äuserliches
Vergnügen verursachte. Ich verrichtete derowegen mein
andächtiges Morgen-Gebet, und bat GOTT mit heissen
Zähren, daferne es sein Heil. Wille wäre, mich armes
Schlacht-Schaaf, auf was vor Art ihm beliebte, aus den
Händen meiner Feinde zu reissen, damit ich bey so starcken Anfechtungen, nicht etwa in Verzweiffelung fallen, oder gezwungener Weise, den wahren, allein seeligmachenden Glauben verläugnen möchte.

Dieses mein heimliches Schreyen war also noch ehe
ichs vermuthete erhöret, und der Tag meiner Erlösung
erschienen, denn ehe noch eine Stunde verlief, hielt unser Kutscher plötzlich stille, riß den Wagen auff, und
fragte mit ängstlichen Gebärden in Pohlnischer Sprache: Was er anfangen solte, indem er von ferne eine
Schwedische Parthey zu Pferde auf uns zu kommen
sähe? Ich verstund alles sehr wohl, ohne daß es meine
Feinde vermeinten, wünschte also von Hertzen, daß

uns die Herrn Schweden anhalten möchten. Die Patres
so wohl als ihre jungen Henckers-Buben, liessen deutlich mercken daß ihnen das Hertz im Leibe zittere, wenn
sie nur daß Wort, Schweden, nennen höreten, wurden
auch sämtlich so blaß wie Leichen, fasseten aber einen
kurtzen Schluß und sagten: der Kutscher solle nur
Lincks um ma-[29]chen, und aufs schnelleste dem dick-
sten Walde zu eilen. Dieserwegen schien die Hoffnung
meiner Erlösung in den Brunnen zu fallen, allein die
guten Herrn Patres hatten sich mit ihren Außweichen
selbst verdächtig gemacht, also vermerckten die Herrn
Schweden Unrath, gaben ihren Pferden die Sporn, jagten Quer-Feld ein, ertappten also unsern Wagen kurtz
vor dem Walde.

Wie ich nach der Zeit vernommen, haben wir uns
damahls eben in Pohlen auf der Land-Straß zwischen
Kruswick und Gnesen befunden, so bald aber die Herrn
Patres merckten, daß ihnen die Schweden auf dem Halse waren, und bereits dem Kutscher mit aufgezogenen
Carabinern bedroheten, ihn, bey verweigerten Stand
halten, vom Pferde herunter zu schiessen, stiegen alle
beyde aus dem Wagen, und vermeynten sich mit List von
den Schweden loß zu wickeln, indem sie vorgaben: daß
sie Kruswikische Geistliche, und in einigen daherum liegenden Dörffern Zinsen eintreiben wolten, hätten aber
noch zur Zeit keinen Choustack, (welches eine Pohlnische
Müntz-Sorte ist) einbekommen, allein der comman-
dirende Officier, nahm zwar diesen Bericht taliter qualiter

an, ließ sich aber dennoch die Lust ankommen zu sehen, ob sonsten etwas verdächtiges im Wagen anzutreffen sey. Als er demnach die Leder zurück risse und hinein schauete, raffte ich mich eiligst auf und schrye ihm entgegen: Ach mein Herr! ich zweiffele fast nicht, daß ihr ein guter Evangelischer Christ seyd, derowegen habt die Barmhertzigkeit einen armen Evangelischen Priesters Sohn, aus den Händen dieser grimmigen Leute [30] zu erretten, welcher schon viele Wochen daher, von ihnen entsetzliche Marter erdulden müssen, weil er dem Evangelisch-Lutherischen Glauben nicht abschweren will. Ja mein Herr, fuhr ich fort, ihre Reise ist voritzo hauptsächlich darum angestellet: mich in ein abgelegenes Closter zu stecken, allwo ich gewiß durch weit mehr Quaal und Marter zum Abfall gezwungen werden, oder darinnen jämmerlich sterben soll.

Wie klinget dieses, meine schönen Herrn Patres? fragte hierauff der Officier, indem er sie beyde mit einer martialischen Mine ansahe, hierauff gab der eine, welcher ein ausgelerneter Ertz-Vogel war, dem Scheine nach, gantz unpassionirt und lächelnd zur Antwort: Gestrenger Herr! Sie können nicht glauben, was massen dieser Bube eine rechte Quinta Essentia aller Schelmen ist, die nur auf der Welt leben können. Man bedencke nur, was vor eine verzweiffelte Lügen derselbe sogleich vorbringen kan, indem er eines Römisch-Catholischen Kauffmanns Sohn ist. Sein Vater hat sehr viel an ihn gewendet, der Bube hat auch so ziemlich was gelernet, dabey aber mit stehlen, rauben, huren, spielen, sauffen, ja mit allen Lastern seinem Vater dermassen viel Hertzeleyd zugefügt, daß dieser endlich die Patres de Societate Jesu um GOttes willen gebethen, ihn in ihre Zucht zu nehmen, damit er bekehret, und zuletzt nicht etwa an den Galgen gebracht werde.

Mentiris Cain! ja du gewissenloser Pfaffe, schrye ich ihm ins Angesicht hinein, du leugst dieses in deinen Halß, und wirst solches nimmermehr vor der redlichen Welt, vielweniger bey GOtt im Him-[31]mel verantworten können. Wandte mich hierauff abermahls zum Commandeur, und erzehlte demselben in aller Kürtze meinen gantzen Lebens-Lauff, auch warum, und auf was vor Art mich diese erbitterten Jesuiter in ihre Klauen bekommen hätten. Wie künstlich aber auch die Patres mich zum Lügner, sich aber selbst zu unsträfflichen Leuten machen wolten, so merckte doch der ihnen allzu kluge Commandeur, an ihrem gantzen Wesen gar leichtlich, daß sie ihres Ordens gewöhnliche Streiche gern fort spielen und ihm eine Nase drehen wolten, derowegen sprach er: Wohlan ihr Herrn! ich muß gestehen, daß es eine kitzliche Sache ist, einen von unsern Glaubens-Genossen dergestallt barbarisch zu tractiren, weiln nun diese Sache nach Würden zu untersuchen, bessere Gelegenheit erfordert wird, als sich hier auf freyen Felde zeiget, werde ich euch ingesammt mit zu unserer Armeé führen, soferne ihr aber die muthmaßliche Wahrheit reden und gestehen wollet: daß dem Jünglinge von euren Ordens-

Brüdern also mit gefahren worden, will ich ihn zwar mit mir nehmen, jedoch euch reisen lassen wo ihr hin wollet.

Solchergestallt liessen sich die super-klugen Patres fangen, und bekenneten, auf noch einiges gütliches Zu-reden der Herrn Schweden, endlich die klare Wahrheit. So so! sagte hierauff der Commandeur, wie artig könnet doch ihr heiligen Herrn dergleichen Kleinigkeiten an den armen Lutheranern rächen, und dieselbe zu eurer Kirche herein zu kommen nöthigen, doch ich will meine Parole halten und euch reisen lassen, wo ihr hin wollet. Allein vorhero müs-[32]set ihr von rechts wegen einiger massen zu gebührlicher Strafe gezogen werden. Dem-nach musten 12. Mann von seinen Dragonern absteigen, und die 4. Jesuiten dahin nöthigen, sich biß aufs blosse Hembde auszukleyden, mittlerweile schnalleten die Dra-goner ihre Steig Riemen ab, und schmiereten damit die unchristlichen Jesuiten-Cörper dermassen, daß sie end-lich, eben so wie ich vor diesen, halb todt zur Erden sincken musten.

Dem Kutscher wiederfuhr ein gleichmäßiges Tracta-ment, nachhero wurden ihre Kleyder visitiret und ihnen, ausser den besagten Kleydern, nicht das geringste von Gelde, oder Geldes-Werth gelassen, mithin setzte sich ein Dragoner auf den Platz des Kutschers, und führete mich gantz allein im Wagen sitzenden, unter Begleitung von 3. biß 400. Schweden auf und darvon, nachdem der Commandeur denen Patribus noch also zugesprochen hatte: Nun könnet ihr zu Fusse reisen wohin euch beliebt, und habt zweyerley Vortheil erhalten: erstlich daß ihr in Zukunfft wisset, wie mit denen Lutheranern, und andern Neben-Christen behörig umzugehen; vors andere erfahret, wie euern Glaubens-Brüdern, den Bettel-Mönchen zu muthe sey. Und dieses war der Abschied.

Mir wurde von denen Herrn Schweden alle erwünschte Güte und Freundschafft erzeigt, zumahlen da sie, nach einigen herum schweiffen, in einer ziemlich feinen Stadt etliche Rast-Tage hielten, bey welcher Gelegenheit sich meine Gesundheit wiederum in ziemlich guten Stand setzte. Der Commandeur, welchen ich nachhero als einen Schwedischen [33] Major kennen lernete, schenckte mir gleich anfänglich ein feines Kleid nebst 12. spec. Ducaten an Golde, betheurete auch höchlich, daß er von Grund der Seelen gern alle Kosten herschiessen wolte, mich nach Elbing zu meiner Mutter zu schaffen, allein es zeigte sich keine Gelegenheit darzu. Solche Reise aber allein zu Fusse oder zu Pferde vorzunehmen, wäre allzugefährlich ja thöricht gewesen. Demnach muste aus der Noth eine Tugend machen, und unter denen Soldaten bleiben, biß sich bessere Gelegengeit zeigte wiederum auf eine Evangelische Schule zu kommen. Immittelst da ich bey dem Major täglich freyen Tisch hatte, profitirte ich von denen hohen Officiers manchen schönen Ducaten wegen meines Singens, bekam auch von denen Herrn Feld-Predigern, allerhand schöne, so wohl deutsche als latei-

nische Bücher, um vermittelst selbiger, meine wenigen
Studia beständig in frischen Gedächtnisse zu erhalten.
Endlich aber da ich mit meinem Major nach Warschau
gereiset war, traff ich daselbst einen bekandten Breßlauer Kauffmann, gantz unverhofft, zu allergrösten
Freuden an, erzehlete demselben meine gehabten unglücklichen Avanturen, und fand ihn so gleich willig, mich
mit nach Breßlau zu nehmen, daferne er solches nur,
ohne mit dem Schwedischen Major Verdruß zu haben,
thun könte. Allein dieser redliche Herr, war viel zu Gewissenhafft und zärtlich, mich an meinen vorgesetzten
Studiren zu hindern, willigte derowegen gleich in mein
Ansuchen, ließ den Breßlauer selbst zu sich kommen,
empfahl mich demselben aufs beste, beschenckte mich
noch mit 12. spec. Ducaten, und verschaffte über die-[34]
ses: daß andere hohe Officiers, bey denen ich Abschied
nehmen muste, ihre milde Hand ebenfalls aufthaten, so
daß ich in allen, eine Gold-Bourse von etliche 80. Stück
spec. Ducaten, mit nach Breßlau brachte.

In selbiger Stadt schlug mir mein Patron, der wohlthätige Kauffmann, die schönsten Gelegenheiten vor,
meine Studia mit wenigen Kosten ersprießlich fort zu
setzen, allein weil ich eine grausame Furcht vor den
Catholiquen, und sonderlich vor den Jesuiten bey mir
spürete, also an keinen Orte leben wolte wo dergleichen
Leute anzutreffen wären, setzte ich mich auf die Post,
und gelangte gar bald in Sachsen auf einem berühmten
Gymnasio an, allwo, nachdem die Herrn Gymnasiarchen

und Præceptores meine Avanturen vernommen, ich mit Freuden auf- und angenommen wurde. Von nun an war meine erste Bemühung, meiner lieben Mutter, und dann auch demjenigen Patrone, aus dessen Hause ich listiger Weise entführet worden, Nachricht von meinem Leben, jetzigen Auffenthalt, gehabten Fatalitäten und künfftigen Vorsatze zu geben, jedoch bath ich in meinen Briefen jederseits, meine Affaire nicht kundbar zu machen, weiln man sich vor dergleichen Feinden als ich gehabt, nicht gnungsam in acht nehmen könte.

Meine liebe Mutter bezeugte nach Verlauff weniger Wochen, in einem zwey Bogen langen Brieffe, eine gantz ausserordentliche Freude darüber, daß, (wie sie schrieb,) ihr Sohn Joseph noch lebe, von dessen plötzlichen Verluste sie sich noch weit elendere Vorstellungen gemacht hatte, als der Ertz-Vater [35] Jacob wegen seines Sohns Joseph, den derselbe von einem wilden Thiere gefressen zu seyn glaubte. Nechst dem erfuhr ich, daß letzt erwehnter, mein Principal und Patron, vor wenig Monaten verstorben sey, jedoch kurtz vor seinem Ende, alle meine zurück gelassenen Sachen, an meine liebe Mutter geschickt hätte, welche mir dieselbe denn mehrentheils nebst einem Wechsel-Briefe à 100. Thl. übersendete, ja die hertzliche Mutter-Liebe trieb sie dahin: die sehr weite Reise auf sich zu nehmen, um mich um Michaelis 1709. am Gymnasio Persöhnlich zu besuchen, worbey ich erfuhr: wie sie vor kurtzen von der Verstorbenen Muhme ein Capital von 2800. Thl. geerbt, und

selbiges in der Alt-Stadt Elbing, so wohl angelegt, daß
sie davon nebst meinem Geschwister, ihr vergnügliches
jährliches Auskommen haben könte.

Solchergestallt befand ich mich nunmehro in allen
Stücken vollkommen vergnügt, und brachte durch unermüdeten Fleiß alles wiederum ein, was die Boßheit
meiner Feinde verhindert hatte, so daß ich um Ostern
1710. mit guten Gewissen, auf eine der berühmtesten
Universitäten ziehen konte, allwo ich durch Beyhülffe
getreuer Lehrer und vornehmer Gönner, die beste Gelegenheit fand, auf den wohlgelegten Grund der Theologie, ferner fort zu bauen.

Allein meine wertheste Herren und Freunde, sagte
hierauff Herr Mag. Schmeltzer, ich mercke zwar bey niemanden unter ihnen, einen Verdruß oder Müdigkeit, da
es aber bereits Mitternacht ist, werde ich wohl thun,
wenn, weder des lieben Altvaters [36] Ruhe, noch unser aller gute Ordnung nicht zu unterbrechen, meine
Lebens-Geschicht voritzo theile, und den übrigen Rest
derselben, Morgen G. G. erzehle, daferne es anders
Ihnen allerseits beliebig ist, selbige vollends anzuhören.

Wir danckten also ingesammt unsern liebsten Seel-
sorger, vor dessen gehabte Gütigkeit, und weiln die allermeisten Anwesende, bey Anhörung seiner kläglichen
Avanturen, sich der Thränen nicht enthalten können;
wurde derselbe von der gantzen Gesellschafft, desto um-
ständiger ersucht, uns auf die traurigen, auch seine hoffentlich frölichern Begebenheiten wissend zu machen,

wornach vor dieses mahl, ein jeder seine angewiesene Schlaff-Städte suchte.

Folgendes Tages etwa zwey Stunden vorher, ehe die Sonne ihren allerhöchsten Grad über unserer Insel erreicht, versammleten sich alle Einwohner, abgeredter massen, abermahls auf ihren angewiesenen Tafel-Plätzen, und wurden mit einer nicht weniger köstlichen Mahlzeit als vorigen Tages bewirthet. Nachdem dieselbe eingenommen war, schickte sich alle junge Mannschafft welche das Schieß-Gewehr wohl zu führen vermögend war, in zierlicher Ordnung auf denjenigen Platz zu ziehen, wo die Vogelstange auffgerichtet war, um daselbst nach einen grossen Höltzernen Kropff-Vogel zu schiessen, welchen unser Tischler Lademann, nebst dem Müller Krätzern, sehr künstlich ausgearbeitet, und mit schwartz und gelber Farbe angestrichen hatten. Wir zuletzt angekommenen Europäer, schossen mehrentheils auch mit, die jüngern und annoch kindischen [37] Leute aber theileten sich in verschiedene Hauffen, und nahmen allerhand Lust-Spiele vor, dahingegen die Alten, bald dieses bald jenes mit Vergnügen beschaueten. Mit Untergang der Sonnen wurde nicht allen das Spielen, sondern auch das Vogelschiessen geendiget, und weiln des Kropff-Vogels mehr als halber Leib, nebst einem Fusse, und gröstem Stücke des Schwantzes, noch sehr fest an der Stange hienge, nahmen wir Abrede, selbiges morgendes Nachmittags vollends herunter zu schiessen. Voritzo aber zogen die meisten, so wohl alte

als junge Leute, zurück auf den Speise-Platz, und wurden Herr Wolffgangs Veranstalltung nach, mit gekochten
Reiß, der mit Zucker und Zimmet starck bestreuet war,
ingleichen mit gebratenen Wildpret, Kuchen und Früchten bedienet. Mit dem Alt-Vater Alberto hingegen, begaben sich alle diejenigen, so gestriges Abends bey
ihm geblieben waren, auf seine Burg, allwo ein jeder
nach seinem Belieben entweder etwas zu speisen oder zu
trincken fand, nachhero das Vergnügen hatte, die

Fortsetzung von Herrn Mag. Schmeltzers

Lebens-Geschicht

mit anzuhören. Meine Werthesten! fieng also Hr. Mag.
Schmeltzer diesen Abend wiedrum zu sagen an, es werden in Teutschland wenig Menschen seyn, welche nicht
wissen solten, was vor eine wunderliche und mehrentheils leichtsinnige Lebens-Art, junge Studenten auf den
Universitäten zu führen pflegen, ich muß es selbst gestehen, daß unter so vielen mehrentheils sinnreichen und
begeisterten Cörpern, allerhand nützliche, unnützliche,
auch ziemlicher massen indifferente Streiche passiren;
allein ich vor meine [38] Person ließ, ohne Ruhm zu
melden, dieses meine eifrigste Sorge seyn, mich vor allen
verdächtigen Gesellschafften zu hüten, modest und mäßig zu leben, keine nützliche Doctrin zu verabsäumen,
und dann auf meiner Stube dasjenige fleißig zu wiederholen und zu untersuchen: was in den Collegiis so
wohl publice als privatim war vorgetragen worden. Es
gelückte mir in eine solche Compagnie zu gerathen,

welche gemeiniglich alle Woche ein oder zweymahl
Zusammenkunfft hielt, worbey ein jeder ein Specimen
seines Fleisses und Judicii auffzeigen muste, welches
denn aufs genauste erwogen, und von den andern nach
befinden bescheidentlich gelobet, oder carpirt wurde. Es
ist fast nicht zu glauben, was mit dieses feine Exercitium
vor gantz ungemeinen Nutzen schaffte, denn vermittelst
dessen, brachte ich binnen 3. Jahren, einen solchen starcken Vorrath von gelehrten Sachen in meinen Kopff, und
darzu gemachte Bücher, als wohl ohne dieses in 6. oder
mehr Jahren nicht geschehen wäre. Nach Verlauff selbiger Zeit aber, konte um so viel desto Hertzhaffter auff
der Cantzel erscheinen, und da sich sehr öfftere Gelegenheit zum predigen vor mich zeigte: so hatte dabey das
Glück, wenigstens von den meisten Leuten nicht ungern
gehöret zu werden. Jedoch einem weltberühmten Theologo zu gefalle, und denselben persönlich zu hören, begab
ich mich von der ersten hinweg, und auf eine andere
Universität, allwo binnen drittehalb jähriger Anwesenheit, meine Zeit dermassen wohl anzuwenden Gelegenheit fand, daß mich selbige, biß diese Stunde, nicht im
geringsten gereuen zu lassen Ursach habe. In der Michaelis [39] Messe aber des 1715ten Jahres, da ich von
einem guten Freunde zur mündlichen Unterredung nach
Leipzig verschrieben worden, gab mir derselbe die betrübte Zeitung zu vernehmen, daß meine liebe Mutter,
seit etlichen Wochen an einem auszehrenden Fieber darnieder läge, und zu ihren wieder auffkommen schlechte

Hoffnung vorhanden sey; derowegen dieselbe ein hertzliches Verlangen trüge, mich vor ihrem Ende noch einmahl zu sehen und zu sprechen, wie denn derselben an
mich abgelassenes Schreiben solches mit mehrern Umbständen bekräfftigte.

Demnach begab mich mit erst erwehnten guten
Freunde auf die Reise, und kam unterwegs mit dem
Kauffmann, Herrn Frantz Martin Julio in Bekandschafft,
welcher an meiner wenigen Person etwas ihm gefälliges
finden mochte, u. derowegen mir sogleich in seinem Hause, die Condition eines Informatoris vor seinen 10.jäh-
rigen Sohn, und 7.jährige Tochter, unter sehr profitablen
Vorschlägen antrug. Ich konte zwar damahls auf der
Reise, weder Ja noch Nein darzu sagen, nachdem aber
den Handschlag von mir gegeben, den Zustand der Meinigen erstlich zu erkundigen, so dann deßfalls weiter mit
ihm Briefe zu wechseln, reisete wenig Tage hernach, ein
jeder von uns seine Strasse.

Meine liebe Mutter traff ich in sehr schwachen Zustande an, und ob sie zwar in folgenden Tagen, durch
meine Gegenwart sehr gestärckt zu werden schien, so
nahm dennoch bald hernach das hectische Fieber, von
neuen dergestallt überhand, daß sie endlich am 4. Decembr. selbiges Jahres, bey vollem [40] Verstande,
nach gemachten unpartheyischen Testamente, sanfft und
seelig verschied.

Ich leistete dem entseelten Cörper die schuldige
Pflicht, ihrem letzten Willen aber eiffrigsten Gehorsam,

und weiln meine älteste Schwester bereits vor 4. Jahren, einen ansehnlichen und wohl bemittelten Bürger geheyrathet, überließ ich demselben die Sorge vor unsere gemeinschafftlichen wenigen Güter, ließ dem jüngern Geschwister Vormünder bestätigen, gab meinem 19. jährigen Bruder, der seit 4. Jahren bey einem Kauffmanne die Handlung zu erlernen, im Begriff war, und denen Schwestern, welche die älteste Schwester nicht von sich lassen wolte, gute Vermahnungen, den jüngsten Bruder aber, bey dem sich in seinem damahligen 12ten Jahre ein ausserordentlich aufgewecktes Naturell zum Studiren zeigte, verließ unter der Zucht eines exemplarischen und besonders wohl qualificirten Schul-Collegen, welcher ihn vor jährliche bedungene Gelder, als sein leibliches Kind zu halten versprach, ich aber gelobte diesem meinem jüngern Bruder, bey künfftigen wohlverhalten, alljährlich aus meinem eigenen Vermögen, wenigstens 20. Thlr. Zubusse zu geben, damit es nicht allzu starck über sein bißgen Erbtheil hergehen möchte.

Nachdem nun solchergestallt bey den Meinigen alles in gute Ordnung gebracht war, fieng ich auch an vor meinen eigenen künfftigen Auffenthalt zu sorgen. Es wurden mir in Elbing, ohne Ruhm zu sagen verschiedene Conditiones angetragen, allein die Conduite des Herrn Frantz Martin Julii, hatte mich dermassen eingenommen, daß ich alle andern [41] fahren ließ, und ihm nunmehro in einem Briefe, meine Person zu seinen Diensten offerirte, ohngeacht ich wuste, daß in seiner Stadt ein Jesuiter-

Collegium anzutreffen, und dieselbe ausser dem mit vielen Römisch-Catholischen Leuten angefüllet war, als vor welcher Art Menschen ich mich zu fürchten gnungsame Ursache fande.

Kaum hatte ich diesem redlichen Manne meine Meynung überschrieben, als er gleich folgenden Post-Tag mir 4. spec. Ducaten Reise-Gelder überschickte, und inständig bat, keinen Tag zu versäumen, sondern aufs eiligste bey ihm zu erscheinen, welchem Bitten ich denn auch, nach genommenen Abschiede von den Meinigen, billige Folge leistete.

Es war der 28. April. 1716. mein Eberhard Julius! (so redete damahls Herr Mag. Schmeltzer gegen mich,) und zwar Abends um 8. Uhr, da ich den ersten Fuß über eures Herrn Vaters Schwelle setzte, ihr waret als ein wohlgezogener Knabe, so gefällig, gleich bey dem ersten Eintritte mir entgegen zu lauffen und meine Hand zu küssen, welches mich dermassen afficirte, daß ich euch nachhero mit ungemeiner Treue geliebet, auch 4. Jahre lang, nach meinem besten Vermögen so gezogen habe, wie ich es vor GOtt, meinem Gewissen, euern Eltern, und vor euch selbst jederzeit zu verantworten getraue. Seiten meiner ist an euch, eurer frommen Schwester, und andern darzu gezogenen vornehmen Kindern, nicht das geringste versäumt worden, jedennoch habe dabey einige Zeit gehabt, meine eigene Studia zu beobachten, und mich sehr öffters in predigen zu üben, anbey unverdienter Weise vielen ungesuchten [42] Ruhm, auch manche unverhoffte Gunst, Bezeugungen und Geschencke von solchen Leuten zu empfangen; die ich öffters kurtz vorhero nicht einmahl gesehen oder gekennet hatte. Jedoch wir werden von unsern 4. jährigen Beysammen seyn, und dem was sich binnen der Zeit zugetragen, noch öffter mit einander zu sprechen, Gelegenheit haben, derowegen will voritzo nur in meinen Particulair-Geschichten fortfahren.

Vor Ostern 1720. schrieb mir ein gewisser vornehmer Universitäts-Patron, mit dem ich bißhero wenigstens monathlich Briefe gewechselt hatte: Ich solte meine Condition bey Herrn Frantz Martin Julio aufgeben, und je eher je lieber zu ihm kommen: weiln er verschiedene tüchtige Subjecta, in ein und anderes austrägliches Ammt vorzuschlagen, genöthiget worden, wannenhero er sonderlich auf mich, der ich doch würcklich kein Jüngling mehr sey, gantz besondere Reflexion gemacht habe, um GOtt und der Christl. Gemeinde, entweder auf der Cantzel oder auf dem Schul-Catheder meine möglichsten Dienste zu leisten. Ich konte dergleichen Ruff nicht anders als vor regulair erkennen, derowegen nahm kurtz vor Ostern von meinem bißherigen vortrefflichen Wohlthäter, Herrn Julio, wie auch allen andern Freunden, zärtlichen Abschied, und reisete mit der geschwinden Post, zu nur erwehnten meinem eingebildeten grossen Beförderer. Selbiger empfieng mich aufs allerfreundlichste, und gab mir nach Verlauff weniger Tage, vortreffliche Recommendations-Schreiben, an verschiedene Schul-Patronos

einer gewissen Stadt, von welchen ich mit Worten [43]
sehr höfflich an- und auffgenommen wurde, auch nebst
zweyen andern, zur Præsentation und Probe, wegen eines vacanten austräglichen Schul-Dienstes mit gelangete. Ein gewisser, ohnfehlbar hierzu abgeordneter Mann
wolte mich glaubend machen: ich hätte nicht nur unter
den letztern, sondern auch allen bißherigen Competenten am besten bestanden, derowegen fehlete es nur daran, daß ich dem Herrn Ephoro und regierenden Burgemeister, jedem etwa ein Dutzent Thaler, dem Herrn
Schul-Vorsteher halb so viel, dem Herrn Stadt-Schreiber
6. fl. und wo mir recht ist, noch andern etwas mehr oder
weniger in die Jacke würffe, so würde die gantze Sache
ihre gewisse Richtigkeit haben; Allein, da ich gantz einfältig heraus sagte: Wie es solchergestallt das Ansehen
haben könte: als ob ich mich in dergleichen Dienste ein-
kauffen wolte, wovor mich doch GOtt in Gnaden behüten
würde; bekam ich gleich folgendes Tages das Consilium
abeundi, unter dem Vorwande: daß ich kein Magister sey,
auch ihren ambitieusen Schülern nicht gravitätisch genung vorkommen möchte. Nun hätten zwar diese beyden
Scrupels gar leichtlich können gehoben werden, wenn ich
mir nehmlich binnen wenig Tagen ein Magister-Diploma,
vor etwa 30. Thlr. und dann eine geknüpffte Peruque vor
2. oder 3. Thlr. angeschafft hätte, denn NB. ich erschien
vor ihnen nur in einer kleinen naturell Peruque, allein weil
ich mich völlig persuadirte, daß diesen allzu gewissenhafften Herrn Patronis, mehr mit reichlichen Spendagen,

als mit einem neu gebackenen, und Etaats-peruquirten Magister gedienet sey: blieb ich bey meiner Einfalt, be-[44]danckte mich noch über dieses, vor erwiesene Ehre, ohngeacht mir kein Bissen Brod vorgesetzt, vielweniger aber die Reise-Kosten gut gethan worden, und eilete zurück, dem hohen Universitäts Patrone mein fehl geschlagenes Glück vorzustellen.

Dieser schüttelte mit dem Kopffe, und sagte weiter nichts als: *Mundus regitur opinionibus.* Der Herr thut wahrhafftig nicht übel, wenn er sich den längst verdienten Magister-Crantz auffsetzen läst, weiln ohnedem in wenig Tagen dergleichen öffentliche Promotion hiesiges Orts angestellet wird. Man muß sich freylich bey den wunderlichen Zeiten, so wohl in diese, als in die Leute zu schicken suchen.

Ich meines Orths begieng auf sein ferneres Zureden, würcklich die Thorheit vor etliche 30. Thlr. ein Candidatus Magisterii, ja was sage ich, nicht nur dieses, sondern ein leibhafftiger, erb- und eigenthümlicher Magister, auf meine Person und gantze Lebens-Zeit zu werden. Wiewohl, es sey ferne von mir diesen löblichen Ritum und das, was darmit verknüpfft ist, verächtlich durchzuhecheln, sondern ich will nur so viel sagen: daß mir das grosse M. vor meine Person nach der Zeit so viel nütze gewesen, als das 5te Rad am Wagen. Im Gegentheil hat es mich um das schöne Geld, welches ich ohnfehlbar besser anwenden können, und dann auch nachhero um etwas mehr Dinte und Federn gebracht.

Wenige Wochen hernach, recommendirte mich mein wohlmeynender Beförderer, an einem Edelmann auf dem Lande; von welchem er ersucht worden, ihm einen tüchtigen Menschen zu zu senden, der, [45] indem sein Pfarr-Herr und Seelsorger verstorben, mitlerzeit Predigten und Beth-Stunden, in seiner Dorff-Kirche halten könte, weiln die benachbarten Herrn Pastores, selbige allzu sparsam besuchten. Der Edelmann hatte zu Ende des Briefs noch die tröstliche Clausul angehenckt, daß wenn es ein gelehrter und habiler Mensch sey, man ihn en regard Ihro Magnificenz bey künfftiger Pfarr-Vergebung, vor allen andern in Consideration ziehen würde. Ich reisete demnach ohne Säumniß dahin, und wurde von dem alten Edelmanne, und seiner ebenfalls ziemlich bejahrten Gemahlin, allem Ansehen nach, recht treuhertzig bewillkommet, ja so bald ich nur meine erste Predigt abgelegt, dermassen mit Lob-Reden und täglichen Wohlthaten überhäufft, daß sie mehr vor einen Engel, als sterblichen Menschen zu betrachten, schienen. Ein vollkommenes viertel Jahr war ich also in dieses Edelmanns Hause und an seiner Tafel gewesen, binnen welcher Zeit ich nicht allein den Gottes-Dienst der Gemeine aufs eiffrigste befördert, sondern auch des Edelmanns zwey jüngste, sehr wild und übel erzogene Söhne, mit äuserster Treue und Liebe, auf bessere Wege zu bringen gesucht hatte; Als eines Abends mein am Podagra kranck liegender Edelmann, seinen Verwalter, welches ein betagter und ziemlich vernünfftiger Mann

war, an mich schickte und melden ließ: wie ich vor dieses
mahl auf die künfftige Sonntags Predigt zu studiren nicht
nöthig hätte, denn es würde kommenden Sonntag, nebst
andern Gästen, ein benachbarter Edelmann seinen Informatorem mit bringen, welchem der Principal eine [46]
Gast-Predigt, und zwar Ehrenhalber thun zu lassen, versprechen müssen. Ich gab zu verstehen: daß solches mir
von Hertzen angenehm sey, zumahlen da ich ohnedem
einen starcken Catharren auf der Brust hätte. Der Verwalter aber, der sich ein wenig bey mir auffzuhalten Lust
bezeugte, redete gantz treuhertzig fort: Mein lieber
Herr Magister, ich will ihnen im Vertrauen eröffnen, daß
eben dieser Informator auch ein Competent um den hiesigen Pfarr-Dienst ist, allein ich weiß gewiß, daß mein
Principal, den Herrn Magister vor allen andern erwehlen
wird, daferne sich derselbe nur in einem eintzigen
Stücke nach seinem, und sonderlich der Frau Principalin
Sinne richtet. Ich stellete mich recht sehr aufmercksam
an, einer Sache die ich bißhero nicht gemerckt oder mercken wollen, vollkommen vergewissert zu werden, im
Gegentheil wuste der gute Verwalter nicht Umschweiffe
genung zu machen, die ihm, von der Frau Principalin, in
den Mund gelegten Worte manierlich heraus zu bringen.
Jedoch ich will mich nicht lange bey dieser ärgerlichen
Sache auffhalten, sondern nur kurtz heraus sagen, daß
die Edel-Frau, welche nicht allein vom Jure Patronatus,
sondern auch von der gantzen Hauß-Herrschafft, den
grösten Zipffel in beyden Händen hielt, eine 35. jährige

Jungfer zur Außgeberin bey sich hatte, welche derjenige, so die Pfarr haben wolte, unumgänglich zu heyrathen, sich anheischig machen solte. Allein ich gab den
Verwalter hierauff gantz trocken und deutlich zu vernehmen: daß wenn auch dieses erwehnte Frauenzimmer,
ihr nicht eben heßliches Gesichte in ein englisches, und
ihr mittelmäßiges Naturell, in [47] die aller galanteste
Aufführung verwandeln könte, so hätte doch ich ein dermassen zartes Gewissen, daß ich eher Zeit lebens die
Schweine hüten, als mich solchergestallt in eine Pfarre
eindringen, und meine Vocation in eine Weiber-Schürtze
gewickelt, annehmen wolte. Will mich GOtt, sprach ich
ferner, zum Hirten einer christlichen Heerde haben,
wird er mich wohl durch reputirliche und erlaubte Wege
darzu führen, wo nicht, so wird er mir Gelegenheit zeigen, mein Brod auf andere ehrliche Weise zu verdienen.

Diese Erklärung war vermögend genung alle meine
kräfftigen Recommendationes, ja meine gantze Pfarr-
Hoffnung, hiesiges Orts, über einen hauffen zu werffen,
denn da ich gleich des andern Tages, so wohl von dem
Principal, als dessen Gemahlin, wie nicht weniger der
Jungfer Ausgeberin, die scheelesten Minen empfieng,
war gar leicht zu mercken, daß der Verwalter offenhertzig ausgebeichtet, mir aber würcklich damit den
grösten Gefallen erwiesen hatte.

Folgenden Sonntag, kam nebst denen vornehmen
Gästen, auch bereits erwehnter Informator an, welches
zwar ein wohl ansehnlicher, und mit einer ziemlich

starcken Sprache begabter Mensch, im übrigen aber ein
sehr schwacher Gelehrter war, wie denn alle seine Reden, und vornehmlich die erbärmlich zusammen gestop-
pelte Predigt, deßfalls sattsames Zeugniß ablegten. Dem
ohngeacht wurde in meines Principals Hause, ein ziemliches Wesen von diesem Menschen gemacht, jedoch keiner andern Ursache wegen: als weil er einige verliebte
Blicke auf die [48] Jungfer Ausgeberin gespielet, und
sich schon unterwegs gegen unsern Kutscher verlauten
lassen: derjenige Mensch hätte vom Glücke zu sagen,
welcher mit der Zeit die kluge, haußwirthliche, tugendhaffte und überhaupt wohl qualificirte Jungfer Ausgeberin zur Ehe bekäme, die er nur ein eintziges mahl von
ferne zu sehen die Ehre gehabt hätte.

Nächst folgendes Tages ließ mich der Principal selbsten vor sich kommen, und that denjenigen Vorschlag,
mit einer hochadelichen ernsthafften Mine, selbst un-
gescheut, welchen mir der Verwalter vor wenig Tagen
nur als im Vertrauen gesteckt hatte, betheurete anbey
hoch, daß ich Seiten seiner, den Vorzug vor allen andern
Competenten hätte, jedoch seine Gemahlin, und er
selbst, hielte vor höchst billig, ihre fromme und keusche
Hauß-Jungfer, wegen ihrer von Jugend auf geleisteten
treuen Dienste, zugleich mit zu versorgen. Allein ich
wiederholete meinen, dem Verwalter bereits eröffneten
Schluß, und bat: Seine Wohlgebohrnen möchten sich
solchergestallt meinetwegen nicht abhalten lassen, Dero
Pfarre zu geben wem sie wolten, ich gönnete gern

einem jeden das, was er sich wünschte, auch vor GOtt und seinen Gewissen zu verantworten getrauete, meines theils aber wäre sehr scrupulös, und wolte lieber mit guten Gewissen Betteln gehen, als mit schweren Gewissen in den vornehmsten Ammte sitzen. Die Frau Principalin kam ebenfalls darzu, und konte, nachdem sie ihre Hauß-Jungfer aufs Beste heraus gestrichen, fast nicht Worte genung ersinnen, meinen so genandten Eigen-Sinn zu brechen, allein ich verharrete bey meinem Entschlusse, und bat: so bald es [49] ohne Verhinderung des Gottesdienstes geschehen könte, mir meine Dimission zu geben.

Selbige bekam ich also noch an eben diesem Tage, jedoch mit der unerwarteten Erlaubniß, künfftigen Sonntag noch einmahl zu predigen, bey solcher Gelegenheit nahm von der gantzen christlichen Gemeine öffentlichen Abschied, und wünschte ihnen: daß die erledigte Seelen-Hirten-Stelle, mit einem rechtmäßiger weise beruffenen Diener des Worts ersetzt werden, und dessen Leben jederzeit mit Christi Lehre wohl überein stimmen möchte.

Es gab nach verrichteten GOttes-Dienst ein starckes Gemurmele unter der Gemeine auf dem Kirch-Hofe, allein, ich ließ mich nichts anfechten, sondern reisete mit Anbruch des folgenden Montags, nach genommenen freundlichen Abschiede von allen, die mir nur die geringste Güte erzeigt hatten, gantz vergnügt zu meinem Universitäts-Patrone.

Selbiger rieff, nachdem ich ihm meine Avanture erzehlet, abermahls aus: O tempora, o mores! lobte aber meine gefassete Resolution, und ermahnte mich, nur nicht zu verzagen, weiln sich mein Glücke noch zu rechter Zeit finden würde. Immittelst hatte letzt gedachter Edelmann keine andere Ursache meiner Dimission vorzuschützen gewust, als daß meine Sprache zu schwach sey, und seine Kirche nichtallzu wohl ausfüllen könte, welches doch ein lächerliches und wider die Wahrheit lauffendes Geschwätz war, seine Bauern aber, die etwan auch ein Wort bey der Wahl eines neuen Predigers zu sprechen hatten, setzten sich starck wider den Beruff des oberwehnten Informatoris, haben [50] auch, wie mir gesagt worden, die grobe Expression gebraucht: *Wenn es nur auf die starck-brüllende Stimme allein ankäme, so übertreffe ihr Dorff-Ochse den Informatorem bey weiten.* Allein, die armen Leute haben doch, nach vielen processiren, denselben endlich mit Gewalt annehmen, und er die Jungfer Ausgeberin ebenfalls gezwungen heyrathen müssen, nachdem er viele listige Streiche, sich von dem, mit ihr eingegangenen Verlöbniß loß zu wickeln, gespielet hatte.

Wenige Wochen nach meiner Zurückkunfft erhielt ich abermahls, und zwar ohne Zweiffel auf geheime Unterhandlung meines Patrons, ein Invitations-Schreiben zu einer Probe-Predigt in einer nahgelegenen mittelmäßigen Stadt, welchem zu Folge, mich denn zu gehöriger Zeit aufmachte, und selbige nach meinem Vermögen unerschrocken ablegte, auch nach dasiger gewöhnlichen Art ein ziemlich scharffes tentamen, und zwar haupt-

sächlich über den Locum de providentia divina auszustehen hatte. Ich muß abermahls hierbey, jedoch ohne
eitlen Ruhm, bekennen, daß mir viel gutes nachgesagt
wurde, so, daß ich in der Wahl die allermeisten Vota
gehabt haben soll, jedoch eine verzweiffelte Verleum-
dung, machte auch dasiges Orts alles wiederum rückgängig. Denn als ich eines Abends im Post-Hause, allwo
mein Logis war, unter etlichen daselbst einheimischen
Gelehrten, auch frembden sehr vernünfftigen Passagiers,
meinen Platz erhalten, und unvermerckt mit in den Discours de motu mechanico gezogen wurde, worbey ihrer
etliche einen berühmten Professorem, [51] wegen seiner
etwas hart lautenden Grund-Sätze, gantz und gar zum
Atheisten machen wolten; gab ich mir die Mühe, ihn dis-
putationes gratia zu defendiren, zeigte auch, daß derselbe
Grund-gelehrte Mann in vielen Stücken gantz anders
verstanden seyn wolte.

Da nun die darbey sitzenden einheimischen jungen
Gelehrten letztlich fast nichts mehr gegen meine, wiewohl mehrentheils schertzhaffte defension aufzubringen
wusten, mögen sie etwa aus Verdruß und Boßheit in der
gantzen Stadt aussprengen: Ich wäre ein Ertz-Anhänger
von dem oberwehnten Professore, und würde in dem
heiligen Predigt-Amte treffliche Streiche machen. Nun
muste mich zwar von rechtswegen das geistliche Ministerium, welches meine principia Theologica ernsthafftig
genug angehöret hatte, selbsten defendiren, allein ein
alter halb-gelehrter Compatronus, der eine starcke

Freundschafft in der Stadt hatte, und der, im Fall nur ich abgewiesen wäre, seinen nahen Vetter desto eher auf die Cantzel zu bringen gedachte, tritt so gleich auf und rufft: *O Domini! Domini! latet anguis in herba,* bedencket nach eurem Gewissen, was das beste sey, auch der geringste Verdacht in diesem Stücke, ist schon vermögend Irrthümer anzurichten, es sind noch genug andere untadelhaffte Leute in der Welt anzutreffen, ob sie gleich nicht in so vielen speculativischen Dingen geübt sind.

Einige mir ungemein wohlwollende, doch mehrentheils unbekandte Gönner, verursachten, daß ich dieser Blame wegen, noch einmahl vor dem dasigen Corpore Theologico erscheinen, und meines Glau-[52]bens wegen Rechenschafft geben muste, so bald dieses zu meiner Avantage geschehen war, bath ich mir als eine ausserordentliche Gütigkeit aus: daß mir vergönnet werden möchte: gleich morgendes Tages vor Gelehrten und Ungelehrten, an einem öffentlichen Orte, jedoch ausser der Kirche, meine Lehr-Art in einer sanfftmüthigen Deutschen Oration ordentlich vorzustellen. Solches wurde mir gewünscht erlaubt, und zwar in dem grossen Schul-Auditorio, allwo sich früh zwischen 8. und 9. Uhr, alle gelehrte und ungelehrte Honoratiores versammleten. Demnach fieng ich an zu peroriren, erzehlete meinen Lebens-Lauff gantz kurtz, that mein Glaubens-Bekäntniß desto weitläufftiger, und provocirte hernach meine boßhafften Calumnianten, mit sanfftmüthigen Geiste, sich allhier öffentlich meiner Lehre, Leben und Wandel

zu opponiren, und meiner fernern Erklärung gewärtig
zu seyn. Allein, ob gleich alle dieselben zugegen waren,
so wolte doch kein eintziger seinen Mund aufthun, derowegen sprach ich nach langen warten: Es ist genung
vor mich, daß sich mein gantzes Wesen hiesiges Orts ge-
rechtfertigt gefunden, derowegen will im Nahmen den
HErrn meine Strasse wiederum zurück ziehen, und
mein anderweitiges Glück mit ruhiger Gelassenheit erwarten, um denen, so an ihrer Beförderung verzweiffeln
wollen, so wohl als meinen Verleumdern keine fernere
Ungelegenheit zu verursachen. Dieserwegen wurde ich
folgenden Nachmittag in eine Versammlung verschiedener redlicher Leute geruffen, welche sich zwar, so wohl
als der Primarius des geistlichen Ministerii selbst, viele
Mühe gaben, [53] meine wieder Fort-Reise zu hintertreiben, hergegen fest versicherten, die Sache ohne meine geringste Bekümmerniß und ohne allen fernern Streit
auf erwünschten Fuß zu setzen; allein, da ich binnen wenig Tagen erfuhr, daß der oben erwehnte halb-gelehrte
Compatronus mit seinem Anhange allerhand verdrüßliche Händel in der Stadt anzuspinnen suchte, hergegen
von andern rechtschaffenen Patrioten allerhand Gegen-
Verfassungen gemacht wurden, nahm ich alles Bittens
und Zuredens ungeacht, von allen redlich-gesinneten
Gönnern und Freunden plötzlichen Abschied, und zwar
aus keiner andern Ursache, als meine Person nicht zur
Ursache des Zwiespalts, Zancks und Streits zu machen.
Meine Rückreise gieng abermahls zu dem offt-

erwehnten Universitäts-Patrono, welcher nach Anhörung meiner Fatalitäten diesen Virgilianischen Vers
ausrieff: Ah!

Discite justitiam, moniti, & non temnere divos.

der bey dieser Gelegenheit auf Deutsch so viel zu verstehen geben solte:

Ihr Richter lernt das Recht, und gebet GOtt die Ehre,
Verdammt nicht unerwegt gescheuter Leute Lehre.

Dem allen ohngeacht war dieser mein grosser Patron
sehr geflissen, ja gantz unermüdet, mich rechtschaffen
unterzubringen, da aber bey allen Gelegenheiten gantz
besonders scrupuleuse Umstände ver-[54]sirten, konte
ich nicht anders dencken, als daß es GOttes Wille nicht
sey, mich durch die Vorsorge dieses sonst sehr berühmten Mannes zu versorgen. Ihm also keine fernere Mühe
mehr zu verursachen, nahm von demselben auf etliche
Wochen Abschied, nachdem ich vor seine besondere
Mühwaltung gehorsamst-schuldigsten Danck abgestattet, u. mich seines beständigen Wohlwollens bestens
versichert hatte.

Meine Reise gieng mit einem guten Freunde, der viel
Lobens-würdiges an sich, und sehr fleißig Jura studiret
hatte, in seine Geburths-Stadt, allwo ich bey seinen vornehmen und überaus gutthätigen Eltern, etliche Wochen
als ein Gast zu verbleiben, mich fast gezwungen sahe.
Hieselbst fand nun mitlerweile gar leichtlich Gelegenheit, so wohl bey dem Ober-Pfarrer, als bey den andern
Herrn Geistlichen, einen freyen Zutritt zu erhalten, ja

weiln nur gemeldter Ober-Pfarrer ein ziemlicher Vale-
tudinarius war, ließ ich mich per tertium bereden: um ein
billiges Kost-Geld, eine Zeitlang den Aufenthalt in dessen Hause zu suchen, an seinem Tische mit zu speisen,
und ihm seine vielen Ammts-Verrichtungen, nach meinem Vermögen, und so viel als zuläßig war, besorgen
zu helffen. Der ehrliche Mann sahe wohl, daß ich mir in
keinem Stücke, auch so gar in einigen Haußhaltungs-
Geschäfften, einige Mühe verdrüssen ließ, wolte derowegen nicht das geringste von Kost-Gelde oder Stuben-
Zinse annehmen, allein seine Ehe-Frau, die eine Dame
von gantz wunderbarer Conduite, und schon ziemlich bey
Jahren war, wuste sich dennoch meines Geld-Beutels auf
so artige und uninteressirt-scheinende [55] Art zu bedienen, daß sie zuweilen ein mehrers aus selbigem Zog, als
das offerirte Honorarium austrug. Es war immer Schade
um diesen sonst aller Ehren würdigen Mann, daß er ein
Sclave der Affecten seines Weibes war, denn weil sie ihn
betäubt hatte, den Bischoffs-Stab nach ihrem Willen, als
eine Wünschel-Ruthe zu gebrauchen, so muste dieselbe
bey Besetzung ein und anderer geistlichen Aemter nur
auf diejenigen Personen schlagen, allwo diese geitzige
Frau, auf importante Spendagen sichere Rechnung machen konte. Hätte ich dieses vorher gewust, so würde
mich vor diesem Hause gehütet haben, so aber erfuhr
alles nur nach und nach. Von vielen Exempeln nur etliche
wenige zu erzehlen, so hatte um selbige Zeit ein gewisser
vornehmer Herrn Diener die Unzucht begangen, sich

mit einer Weibs-Person fleischlich zu vermischen, welchen Flecken abzuwischen, er endlich die Copulation
eingieng, und sich der gewöhnlichen Geld-Busse unter-
warff. Wegen der Copulation wurde ihm zwar gewillfahret, andern theils aber wolte der Herr Ober-Pfarre
aus gantz besondern Ursachen beyde Leute nicht eher
zum heiligen Abendmahle lassen, biß sie die ordentliche
Kirchen-Busse gethan, und der christlichen Gemeine
das gegebene Aergerniß, kniend abgebeten hätten. Der
Herr des erwehnten Dieners wolte selbigen nicht gern
vor allen Leuten prostituirt wissen, wandte derowegen
viele Mühe an, von dem Ober-Pfarrer dasjenige Benefi-
cium zu erhalten, welches bereits vielen andern privat-
Personen vor baares Geld angediehen war; allein, ziemlich lange Zeit gantz vergebens, endlich schlug [56] sich
die Frau Primariin ins Mittel, ließ erwehnten Herrn ersuchen, ihr vor ihren Sohn, der Auditeur unter der Soldatesque war, um Geld und gute Worte ein paar Hirsch-Häute
zum Collett und Hosen zu überlassen, da nun solchergestalt der Herr vermerckte, wo er Bartheln müste Most
holen lassen, gab er, dem im Kirchen-Bann sich befindlichen Diener, zwey Hirsch-Häute, selbige der Frau Primariin als ein Geschenck zu überbringen, die ihm denn
gleich augenblicklich völlige Abolition seines Verbrechens, nebst der Erlaubniß zu wege brachte, noch selbigen Tages in den Beicht-Stuhl und morgendes Tags
zum Tische des HErrn zu kommen. Dieses hieß nun freylich seine Affecten mehr als zu starck verrathen zu haben,

allein, der gute Mann muste ja wohl den Binde- und Löse-Schlüssel nach seiner Frauen Anweisung gebrauchen. Zur andern Zeit hatte abermahls ein im Ehestande lebender Mann sich gelüsten lassen, eine ledige Dirne zu Falle zu bringen, nachdem aber selbige die Zeichen ihrer Schwangerschafft, und über dieses leichtlich merckt: daß es am klügsten gehandelt sey, von ihrem Ehren-Schänder ein Stücke Geld zu nehmen, und auf einen andern zu bekennen, findet sie bald Gelegenheit, sich einem andern liederlichen Kerl zu unterwerffen, welchen sie auch hernach als Vater ihres Hur-Kindes angab. Beyde Schand-Schwäger kommen hierauf mit einander zum Streite, so, daß immer einer dem andern das Vater-Recht an den Halß wirfft, biß die Sache endlich an die Geistlichkeit gelanget. Der vereheligte mag ohnfehlbar bessern Bescheid wissen als der andere, [57] überbringt derowegen der Frau Primariin ein paar Päcklein feines Zeug, welches kaum mit der Elle ausgemessen, da schon der fröliche Geber von aller Schuld loß gesprochen ist, ja als der andere Mensch diesen Flecken nicht alleine wolte auf sich hafften lassen, giebt ihm der Herr Primarius noch diese tröstliche Vermahnung: Er solle es doch immer gut seyn lassen, es wäre ein menschlicher Fehler, welcher durch eine mäßige Kirchen-Censur abgethan werden könte, er wäre ein lediger Mensch, der aus Liebe zu seinem vereheligten Nächsten, dergleichen Sache eher auf sich nehmen könte, als der andere, mit dem es schon etwas mehreres auf sich hätte.

Man bedencke, ob allhier nicht eingetroffen, was GOtt durch den Propheten Micha, cap. 3. v. 11. redet: *Ihre Häupter richten um Geschencke, ihre Priester lehren um Lohn, und ihre Propheten wahrsagen um Geld.* Jedoch nur noch etwas weniges und wahrhafftes von meinem damahligen Patrono zu melden, so wuste er alles dermassen politisch zu spielen, daß niemand leichtlich einen Pfarr- oder Schul-Dienst in der Stadt oder auf dem Lande bekam, als wer sich vorhero quovis modo mit der Frau abgefunden, denn weil deren Mann die andern Kirchen- und Schul-Patronos dergestalt eingenommen hatte, daß sie ihn in allen dergleichen Handlungen fast nach eigenen Gefallen schalten und walten liessen, that er mehrentheils was er wolte, doch besser gesagt, was seiner Frauen gefiel. Ich weiß etliche arme Dorff-Prediger, die sich wehe genung haben [58] thun müssen, ehe sie das versprochene honorarium, theils mit Korn, Wäitzen, Gerste, Butter, Käse, Flachs, jungen Schweinen, Kälbern, Hünern, Gänsen, &c. theils mit baaren Gelde abtragen können, worüber dennoch die allzu nahrhaffte Frau das debet und dedit nach ihrer Autorität einrichtete. Ein gewisser noch ziemlich passabler Studiosus Theol. bekam den allerelendesten Schul-Collegen-Dienst in der Stadt, jedennoch aus lautern Gnaden, dieweil er ein sehr artiges, und von seinen eigenen Händen fabricirtes Poppen-Schränckgen mit Schublädgen zum Present überreichte. Ich glaube nicht ohne Ursach, daß in einem, solcher Schublädgen, etwa etliche geharnischte

74

Männer mit Schwerdtern, verarrestirt gelegen, kan es
aber dennoch nicht vor gantz gewiß aussagen. Die Herrn
Dorff-Schulmeisters oder Cantores, wie sie gern heissen
wolten, musten sich desto genereuser zeigen, ein oder ein
paar Bienen-Stöcke, etliche Kannen Honig oder Pflau-
men-Muß, Butter und Käse, wurden gantz negligent angenommen, derjenige aber, so einen oder ein paar fet-
te Consistorial-Vogel, wenigstens so viel Capaunen, eine
mit vielen Küchleins gesegnete Gluck-Henne, und dergleichen brachte, bekam nicht allein freundlichere Minen, sondern verblümter weise so gar spem successionis
auf die Pfarre. Sonsten war die Frau Primariin die Zuflucht aller Männer-begierigen Jungfern, denn wenn
diese nur erstlich die rechten Schliche zu Deroselben
Hertzen fanden, wurde ihnen nach Standes-Gebühr gar
bald mit einem Pfarrer, Kirchen- oder Schul-Diener
geholffen, und solcher [59] gestalt büssete der gute Sanct
Andreas, auch bey dem allerabergläubigsten Frauenzimmer, seinen völligen Credit ein. Denen Wittben und
Wäysen war diese Frau ungemein tröstlich, denn selbige
mochten hier oder dort eine gerechte oder ungerechte
Forderung anstellen, so muste ihnen dennoch das Urtheil favorabel gesprochen werden, daferne sie nur etwas im Vermögen und zu spendiren hatten. Denen alten
armen Leuten, aber nur weibliches Geschlechts, stund
ihre milde Hand täglich offen, weil selbige sonderlich
geschickt waren, alle neue Mähren, so in der Stadt und
auf dem Lande passirten, in ihr Cabinet zusammen zu

tragen, welches zu gewisen Tages-Stunden allen dergleichen Posten-Trägerinnen offen stund. Ubrigens, aller häuffigen Einkünffte ohngeacht, regierte doch Schmal-Hans, ihrer excessiven Nahrhafftigkeit wegen, in allen Ecken; so, daß kaum die Kinder, das Hauß-Gesinde aber um so viel desto weniger, satt zu essen bekamen, weßwegen denn selten eine Magd über ein Viertel Jahr bey ihr blieb. Recht ärgerlich war es, daß offtermeldte Frau ihre Kinder in allen nur ersinnlichen Thorheiten unterwieß, indem sie ihnen, ihrer Meynung nach, die Grund-Reguln der Politique beyzubringen gedachte. Konte der jüngste Sohn ex tempore eine Lügen aus der Lufft schnappen, so war es zwar nach ihrem Sinne eine Anzeigung eines inventieusen Kopffs, daferne er aber seine Lügen nicht mit besondern wahrscheinlichen Umständen unverschämter Weise defendiren und fortführen konte, muste er einen Verweiß einstecken, und aus ihrem mütterlichen Munde die [60] subtilesten Cautelen anhören und behertzigen. Den ältern Sohn unterwiese sie selbsten fast täglich in der Kunst, mit galanten Frauenzimmer zu conversiren, er muste lernen charmiren, obligante Complimente machen, eines Frauenzimmers Hand und Mund a la mode küssen, und hunderterley dergleichen Thorheiten mehr begehen, von welchem allen er denn bey der Frau Mamma offt wiederholte Proben ablegen muste. Die älteste von ihren Töchtern war würcklich ein sehr wohl qualificirtes Frauenzimmer, und läugnete selbst nicht, daß sie bereits seit einiger Zeit an einen

anständigen und Standes-mäßigen Liebsten versprochen
sey, ich habe aber einige Zeit nach meinem Hinwegreisen
vernommen, daß die Frau Fick-Fackerin, nach ihrer
eingebildeten Weißheit, ihren christlichen Mann endlich
beredet, aus gewissen Staats-Ursachen, solches Verlöbniß zu wiederruffen, und die Tochter an einen andern,
wiewohl eben nicht so gar angenehmen Mann, zu verheyrathen. Ich vor meine Person hatte zwar eben nicht
Ursach über mein Tractament zu klagen, allein, so bald
ich alle Anstalten dieses Hauses in genauere Betrachtung gezogen, über dieses erwogen hatte, daß ich hiesiges
Orts ebenfalls keine Beförderung, ohne sonderbare Knoten und Gewissens-Scrupel, erhalten würde, bedachte ich
mich kurtz, und trat, so bald mein voraus bezahltes Kost-
Geld verzehrt zu haben meynte, eine Reise nach meinem
Vaterlande an, mit dem Versprechen, nach Beschaffenheit meiner Umstände vielleicht bald zurück zu kommen.

Nun war es zwar an dem, daß ich die Meinigen, [61]
von welchen ich wenigstens monathlich Briefe empfieng,
einmahl besuchen, und sonderlich wegen meines jüngsten Bruders ein oder andere Anstalt machen wolte,
allein, es wurde mir unterwegs in einer berühmten
Stadt bey einem hochansehnlichen Manne die Condition
eines Informatoris seiner 3. wohlgezogenen Söhne angetragen, die ich ohne langes Bedencken annahm, und
meinen jüngsten Bruder auf der Post zu mir zu kommen
verschrieb.

Er gelangete nebst seinen Sachen bey mir an, und

weiln selbiges Orts eine sehr wohlbestellte Schule anzutreffen, sich auch verschiedene Wohlthäter fanden,
welche ihn mit freyem Tische und Stube begabten, muste
er fleißig in die Schule und bey mir zur privat-Information
gehen, welches denn so viel fruchtete, daß ich ihn endlich
um Michaëlis 1723. mit guten Gewissen auf die Universität, um daselbst ebenfalls Theologiam zu studiren, schicken konte. Mir gieng es immittelst sehr wohl in meines
dasigen Principals Diensten, ja ich hatte so wohl als derselbe mein besonderes Vergnügen, über die gute Aufführung und den besondern Fleiß meiner Untergebenen.
Endlich wurde mir gerathen, mich wegen einer erledigten Diaconats-Stelle, so wohl als andere ehrliche Leute
zu melden, weiln die Herrn Patroni doch auch, wie es
hieß, darum begrüßt seyn wolten, und nicht leichtlich die
Vocation einem entgegen zu schicken pflegten. Ich folgte, und hatte das Glücke, unter 24. Competenten selb4te
mit ausgelesen und examinirt zu werden, den Dienst
aber bekam einer meiner allerwerthesten Schul- und
Universitäts-Freunde, dem ich we-[62]gen seiner sonderbaren Meriten und unserer Freundschafft, die sich bey
unserer damahligen Zusammenkunfft gantz erneuerte,
sein Glück von Grund der Seelen gönnete.

Wenige Zeit hernach wurde das Schul-Rectorat vacant,
ich hielt auf Zureden meines Principals ebenfalls darum
an, wurde auch abermahls nebst 3. andern Candidaten
zum Examine beruffen, und hatte, wie ich es ohne eiteln
Ruhm meinem Principal nachrede, unter allen am besten

bestanden, dahero die gröste Hoffnung, diesen Dienst
gewiß zu erhalten, allein zu meinem Unglücke muste
mein Principal eben selbiges Jahr wenig in dergleichen
Sachen zu sprechen haben, und ob er zwar, gewisser
Ursachen wegen, nebst andern Gönnern dennoch zu
meinem Vortheil durchdringen können, so schlug sich
doch ein Höherer ins Mittel, welcher die hinlänglichen
Meriten seines seit 10. Jahren gewesenen Informations-
Raths in Consideration zog, hauptsächlich aber vorstellete: Wie derselbe sich anheischig gemacht, um die
Helffte der ordinairen Besoldung zu dienen, wannenhero man bey jetzigen erschöpfften Ærario, und Geld-
mangelnden Zeiten, vor das übrige, noch einen höchst-
bedürfftigen Schul-Collegen verschaffen und annehmen
könte.

Mein Principal war hiermit zwar sehr übel zu frieden,
suchte aber jedennoch mich zu bereden, diese Condition,
in spem futuræ promotionis, ebenfalls einzugehen, weil
ich solchergestalt dennoch vor jenem den Vorzug haben
solte; allein, weil ich mir ein Gewissen machte, derjenige
Mensch zu seyn, von welchem die Successores dieses
Dienstes, übel [63] reden, ihn auch vielleicht gar wegen seines übler ausgelegten Beginnens gar verfluchen
möchten, ausser dem gar nicht gesonnen war, eine verdächtige oder auf Schrauben stehende Vocation anzunehmen, so konte es nicht anders seyn, als daß ich
abermahls leer ausgehen muste. Jedoch wurde mir von
allen sanctissime versprochen, daß ich von nun an die

erste die beste Vocation, und zwar ohne eintziges ferneres Tentamen, Examen und alles empfangen solte.

Also blieb ich bey meinem Principal nach wie vor zufrieden, obschon dessen zwey ältesten Söhne bald hernach auf eben die Universität, wo mein jüngster Bruder
lebte, geschickt wurden. Eben dieser mein Bruder hatte
sich gleich anfangs sehr wohl bey ihnen insinuiret, wurde
derowegen von diesen zweyen Wohlthätern, auf Befehl
ihres Vaters, in allen defrayret, welches ich vor meine
Person mit besondern Freuden und allem ersinnlichen
Dancke erkandte. Ich hatte mit dem jüngsten Sohne
wenig Arbeit, und doch eben die vorige Besoldung, da ich
aber mittlerzeit, mein Eberhard Julius, mit eurem Herrn
Vater, und andern werthen Freunden in eurer Geburths-
Stadt, zum öfftern Briefe gewechselt, und ihnen den Ort
meines Auffenthalts jederzeit bekandt gemacht hatte,
bekam ich am 3ten Martii des abgelauffenen 1725ten
Jahres, von einem derselben, ohnverhofft solche Briefe,
worinnen ich gebethen wurde, aufs eiligste bey ihnen zu
erscheinen, weil vor meine Person eine gantz besonders
treffliche Condition offen sey, ich will nicht sagen, worinnen dieselbe bestanden, sondern aus [64] schuldiger
Demuth melden, daß ich mich derselben unwürdig zu
schätzen so wichtige Ursachen, als desto weniger zu
befürchten gehabt, vergebliche Ansuchung zu thun.

Allein das unerforschliche Verhängniß hatte gantz
widerwärtig-scheinende Schlüsse gegen mich gefasset,
denn, nachdem ich von meinem Principal etliche Wochen

Erlaubniß zur Heim-Reise ausgebethen, und bereits auf
der geschwinden Post bey nahe 20. Meilen zurück gelegt
hatte, schlug einsmahls mitten in der Nacht der Post-
Wagen dergestalt unglücklich vor mich um, daß nicht
allein durch die nachschiessenden aufgepackten Kasten
meine beyden Beine sehr geschellert, sondern über dieses der rechte Arm schmertzlich zerbrochen wurde. Einem andern Passagier gieng es noch erbärmlicher, indem
er im stürtzen das Halß-Genicke zerbrochen, und augenblicklich seinen Geist aufgab, zwey noch andere aber,
waren fast ebenso unglücklich worden als ich. Der Wagen wurde zwar endlich mit größter Mühe wieder aufgerichtet, und wir elenden, von 3. annoch gesunden Personen, wiederum drauf gesetzt, allein ich weiß es am
allerbesten, was ich, binnen etlichen Stunden, vor grausame Schmertzen ausgestanden, und zwar so lange, biß
wir endlich nach angebrochenen Tage, eine mittelmäßige
Stadt erreichten, und uns von einem daselbst wohnhafften Chirurgo und darzu beruffenen Medico, konten
zu Hülffe kommen lassen.

Ich war der elendeste unter allen, wurde zwar am Arm
und Beinen behörig verbunden, empfand auch an selbigen einige Linderung, jedoch die starcke Contusion am
Rückgrad, mochte eine innerliche [65] Inflammation verursacht haben, weßwegen mich wenig Tage hernach ein
hitziges Fieber überfiel, woran ich biß in die 4te Woche
höchst gefährlich darnieder lag. Die Heilung meines zerbrochenen Arms, wie auch der angeschellerten Beine,

wurde hierdurch um ein mercklisches verzögert, endlich aber befand mich in der siebenden Woche wiederum kräfftig genung, die fernere Reise anzutreten. Mitlerweile hatte zwar zwey Briefe an euern Herrn Vater, mein liebster Eberhard, schreiben lassen, und demselben mein zugestossenes Unglücke, so wohl auch nachgehends die ziemliche Besserung zu wissen gethan, allein ich habe nicht erfahren, ob dieselben richtig eingelauffen oder verlohren gegangen sind, denn bey meiner Ankunfft fand ich alles verändert in eures Vaters Hause, derselbe war bereits verreiset, niemand aber konte mich berichten wohin. Dieses sonst mehr als zu redlichen Mannes besondere Fatalität kränckte mich fast noch mehr, als mein eigenes gehabtes Unglück, welches doch zugleich verursacht hatte: daß ich abermahls um eine schöne Condition gekommen, weil selbige wegen meines allzu langen aussen bleibens allbereit mit einem andern Subjecto besetzt war.

Wer hätte wohl bey dergleichen offt wiederhohlten Streichen des falschen Glücks nicht endlich ungeduldig und zaghafft, ja gar zweiffelhafft an seiner Beförderung werden wollen? Doch GOTT sey Lob, ich bin in geziemender Gelassenheit verblieben, und habe beständig geglaubt: daß die rechte Stunde zu meiner Beförderung noch nicht erschienen sey. Nun hatte mir zwar vorgenommen, nur wenige [66] Tage von der kümmerlichen Reise auszuruhen, hernach zu meinen, in Elbing befindlichen Geschwister zu reisen, allein es fügte sich

unverhofft, daß ich vorhero von gegenwärtigen Herrn
Wolffgang muste ins Predig-Ammt beruffen werden. Es
hat derselbe mir neulichst alles umständlich erzehlet,
was zwischen und mit uns vorgegangen, derowegen will
Weitläuftigkeit zu vermeiden, solches nicht noch einmahl wiederholen, sondern nur melden, daß so bald unter uns alles richtig verabredet worden, ich die Reise zu
meinem Geschwister aufs eiligste vornahm. Dieselben
fand ich zwar nicht alle beysammen, denn der nach mir
folgende Bruder, welcher die Handlung erlernet hatte,
war nach Coppenhagen gereiset, und daselbst so glücklich gewesen, eine sehr begüterte junge Wittbe zu heyrathen, die zweyte Schwester, war allbereits dem sub-
stituirten Sohne des jenigen Priesters angetrauet, der
meinen seel. Vater in der Pfarre succedirt hatte, der
jüngste Bruder aber befand sich schon seit anderthalb
Jahren auf der Universität, dem ohngeacht erfreute ich
mich hertzlich Nachricht zu erhalten, daß es einem jeglichen meiner Geschwister wohl gienge. Die älteste und
jüngste Schwester empfiengen mich so wohl als mein
Schwager selbst, mit freudigen Thränen, selbige aber
wurden in Jammer und Klagen verwandelt, so bald sie
meinen Vorsatz vernommen, eine sehr weite Reise zur
See anzutreten, derowegen suchte ich sie aufs möglichste zu besänfftigen, reisete auch gleich folgendes Tages
nach meiner Ankunfft, in ihrer Gesellschafft zur mittlern
Schwester aufs Land. Daselbst giengen die hertzlichen
Freu-[67]den-Bezeugungen aufs neue an, und ich hatte

noch selbigen Abend das Vergnügen, meine jüngste
Schwester an einen jungen wohlhabenden Frey-Sassen
zu verloben, welcher schon seit etlichen Wochen bey
ihren Geschwister um sie geworben, jedoch bißhero eintzig und allein auf meine schrifftliche Einwilligung vertröstet worden. Nach diesen theilete ich mein weniges
Vermögen, nebst noch 500. Thlr. von demjenigen Gelde,
so mir Herr Wolffgang geschenckt hatte, unter meine
Geschwister in so weit zu gleichen Theilen aus, daß nur
der jüngste Bruder 200. Thlr. mehr als die andern bekam, um seine Studia desto besser fortzusetzen. Diesem
übersandte, bey dem schrifftlich von ihm genommenen
Abschiede, eine sorgfältige Instruction wie er seine Zeit
auf Universitäten nützlich anwenden und sich in den
Stand setzen solte, mit der Zeit ein rechtschaffener Arbeiter in dem Weinberge GOttes zu werden. Von dem
Coppenhagner Bruder nahm ich ebenfalls schrifftlichen
Abschied, der Mündliche aber bey den Schwestern und
Schwägern war desto zärtlicher, jedoch ich sahe mich
verbunden dem Göttl. Ruffe zu folgen, ließ mich derowegen nichts anfechten, sondern brachte alle diejenigen
Sachen, so ich mitzunehmen vor höchst nöthig erachtete
eiligst in Ordnung, und reisete mit guten Winde zur See
biß Lübeck, weiln mich aber daselbst muste außsetzen
lassen, und vernahmen: daß dem Winde nicht allerdings
zu trauen, von ihm zwischen dato und Johannis-Tage
nach Amsterdam geführet zu werden, also viel besser
gethan wäre, die Reise zu Lande fortzusetzen; versuchte

ich solches biß Hamburg, jedoch da [68] mich selbiges
Orts andere Leute versicherten, daß ich am allergeschwindesten und beqvemsten zu Schiffe fortkommen
würde, ließ ich mich abermahls zur Einschiffung bereden, gelangete auch solchergestallt am 22. Jun. gegen
Abend, glücklich in Amsterdam an. Den folgenden Tag
wendete zu Ausschiffung meiner Sachen, und nach diesen, höchst ermüdet, zum Ausruhen an, am Fest-Tage
Johannis des Täuffers aber, begab mich zu dem ehrlichen Herrn Wolffgang, bey dem ich meinen ehemaligen
Schüler, den lieben Eberhard, mit allergrösten Vergnügen antraff, und so wohl von einem als dem andern recht
hertzlich bewillkommet wurde. Nun solte zwar noch erwehnen, welchergestallt mich Herr Wolffgang in Amsterdam, mit verschiedenen kostbaren und höchstnöthigen
Sachen, recht im Uberflusse beschenckt, so daß ich, nur
seiner damahligen Gütigkeit wegen, in vielen Jahren weder an Kleider, Wäsche, noch andern unentbehrlichen
Dingen Mangel zu haben, befürchten dürffte, daferne
nur GOtt solche Sachen vor Feuer und Wasser bewahret;
Allein ich weiß, daß es ihm verdrüßlich fällt, seinen
Ruhm selbst mit anzuhören. Welcher Mensch auf der
Welt solte nun wohl zweiffeln, daß ein solcher Pfarr-
Dienst, wie der meinige, als der allervergnügteste in der
gantzen Welt zu achten sey? ich vor meine Person, spüre
nicht die geringste Lust, mit dem allervornehmsten
Theologo, er sey ein Königl. oder Fürstl. Hof-Prediger,
ein General-Superintendens, Doctor oder Professor, oder

was er sonsten wolle, Ammts, Ehre oder Einkünffte halber umzutauschen, habe also die gröste Ursache, gleichwie [69] bey allen, mir zugestossenen Fatalitäten, also auch bey meinem itzigen vergnügten Zustande, und zum Beschluß meiner bißherigen Lebens-Geschichte dieses mein Symbolum auszuruffen: *Der Nahme des HErrn sey gelobet.*

* * *

Hiermit endigte unser werthester Seelsorger vor dieses mahl seine Erzehlung, und vergönnete uns allen, die wir ihm aufs alleraufmercksamste zugehöret hatten, noch ein und andere Gespräche darüber zu führen, worbey wir sonderlich die wunderbaren Wege des himmlischen Verhängnisses betrachteten, endlich aber, um Mitter-Nachts Zeit, unsere Ruhe-Städten suchten, und auf selbigen biß zu Aufgang der Sonnen verweileten. So bald demnach dieses grosse Welt-Licht, den 3ten Tag des Woffgangischen Hochzeit-Fests zu beleuchten angefangen, vertrieben wir uns, nach verrichteter Morgen-Andacht, meistentheils die Zeit mit spatzieren gehen, hielten hernach, so bald sich die sämtlichen Einwohner herbey gefunden hatten, dieses mahl die Mittags-Mahlzeit etwas früher als gewöhnlich, um hernach desto länger Zeit zu haben, den Rest von dem höltzernen Kropff-Vogel herab zu schiessen. Selbiger aber ließ sich durch den ernsthaften Fleiß der lustigen Schützen, binnen 4. Stunden bewegen, völlig herunter zu fallen, demnach wurden die Haupt-Gewinnste folgender Gestalt ausgetheilet: 1.) vor die Crone empfieng ein Simons-Raumer Junggeselle, eine saubere leichte Vogel-Flinte. 2.) Vor den Kopff ein Stephans-Raumer, einen ziemlich grossen küpffer-[70]nen Kessel. 3.) Vor den Kropf-Hals, ein Johannis-Raumer, eine schöne zinnerne 6. Maas-Flasche. 4.) Vor den rechten Flügel, abermahls ein Simons-Raumer Junggeselle: ein künstlich ausgearbeitetes Schreib-Zeug, nebst allen zur Schreiberey gehörigen Instrumenten. 5.) Vor den lincken Flügel, Herr Chirurgus Kramer: ein Futterall mit Messer und Gabel, nebst einen silbernen Löffel. 6.) Vor den rechten Fuß, ein Davids-Raumer junger Geselle: 2. grosse zinnerne Schüsseln. 7.) Vor den lincken Fuß: 6. zinnerne Teller, ein junger Geselle aus Roberts-Raum. 8.) Vor den Schwantz, Mons. Litzberg, einen schönen mittelmäßigen grossen Spiegel. 9.) Das letzte Stück aber, als den Haupt-Gewinst, schoß eben derselbe junge Geselle aus Roberts-Raum herunter, welcher allbereits den lincken Flügel-Gewinnst überkommen hatte, und empfieng davor: ein feines Zeug zum neuen Kleide, nebst im Feuer verguldeten Knöpffen, und allen andern Zubehör, ausser diesem verschiedene Stücke allerley höchst-nützlichen Hauß-Geräths, wie auch die Ehre, das gantze Jahr über, der Schützen König genennet zu werden. Hiernächst wurden auch etliche 20. Span-Gewinste ausgetheilet, welche ich Weitläufftigkeit zu vermeiden, nicht Specificiren will, sie bestunden aber mehrentheils in verschiedenen zur Hauß-Wirthschafft dienlichen Instrumenten, als Aexten, Sägen, Schnittemessern, Hämmern, Zangen, Meisseln, Grabscheitern, Schauffeln und dergleichen, welches alles Herr Wolff-gang von den mitgebrachten Sachen, durch seine Liebste Sophie austheilen ließ, hernach noch eine köstliche Abend-[71]Mahlzeit gab, auch sonsten allerhand Confec-turen und andere Sachen unter die Tisch-Gesellschafften vertheilen ließ, worauff der Freuden-Becher noch ein-mahl herum gieng, und so dann ein jeder seinem Logis zu eilete, welches etliche kaum um Mitternacht erreichen konten, jedoch weil es um diese Zeit die gantze Nacht hindurch ungemein helle ist, kam es niemanden sonder-lich beschwerlich vor.

Der hierauff folgende Sonnabend, wurde zum Aus-ruhen, und der Sonntag mit welchem zugleich das Fest der Heil. 3. Könige einfiel, mit eifrigem Gottes-Dienste zugebracht. Dienstags, nehmlich den 8. Januar. feyreten wir sämtl. Insulaner den Geburths- und Vereheligungs-Tag unseres liebsten Altvaters, welcher an eben diesem Tage, vor nunmehro 98. Jahren das Licht dieser Welt erblickt, und sich vor 78. Jahren mit der Stamm-Mutter Concordia verehligt, also einen glückseligen Anfang zur Bevölckerung dieses gesegneten Landes gemacht hatte.

Es wurden, dieses Fest zu beehren, früh Morgens 12. Stück-Schüsse gethan, der Altvater tractirte auf sei-ner Burg die Stamm-Väter und letzt angekommenen Europäer mit einer guten Mahlzeit, worbey verabredet wurde, daß von nun an der Kirchen-Bau mit allen ernst-lichen Fleisse fortgesetzt, und jede Gemeinde alltäglich

4. Manns- und 2. Weibs-Personen zur Bau-Arbeit stellen solte, die andern aber möchten zu Hause bleiben, und die Feld-Früchte, wie auch übrigen Haußhaltungs-Geschäffte besorgen.

Allein es blieb bey dieser gemachten Ordnung [72] nicht, denn diese Leute, welche etwas weniges von den Europäischen Kirch-Gebäuden erzehlen hören, waren dermassen begierig, ihr Gottes-Hauß in behörigen Stande zu sehen, so daß sie häuffig ja fast überflüßig herzu gelauffen kamen, und eher die sonst gewöhnlichen Feyerabend-Stunden, zu ihrer Hauß-Arbeit und Erndte anwendeten; als des Vergnügens beraubt seyn wolten, ihren Schweiß beym Kirchen-Bau zu vergiessen. Jedoch da die Stamm-Väter, und sonderlich der Altvater Albertus, endlich gewahr wurden, daß die all zu vielen Arbeiter einander sehr öffters nur verhinderten, anbey befürchteten, wie solchergestallt ein und andere Feld-Früchte zu Schaden kommen könten, machten sie die klügsten Anstallten, eins so wohl als das andere zu besorgen, woher denn kam, daß zu Außgange des April-Monats, das Mauerwerck der Kirche und des Thurms, seine völlige Höhe erreichte. Dannenhero waren 12. ziemlich geübte Zimmer-Leute, unter Beyhülffe und richtiger Anweisung unseres Tischlers und Müllers, nehmlich Lademanns und Kräzers bemühet, das Sparrwerck und Dach-Gestühle, aus den allbereit zugerichteten und behauenen Bäumen zu verfertigen, auch einen feinen höltzernen Aufsatz und zierliche Haube auf den Thurm zu

bringen. An statt der Schiefer oder Ziegel-Steine zum
Dachdecken, wurden von einem leicht zu spaltenden Holtze, Schindeln verfertiget, selbige aber mit dem Schlam-
me aus denen östlichen See-Lachen, bestrichen, welcher,
so bald ihn die Sonne getrocknet, einen solchen Glantz
von sich gab, wie das Spieß-Glaß in Europa, auch so fest
als ein Kitt auf [73] dem Holtze sitzen blieb, selbiges
lange Zeit vor der Vermoderung bewahrete, und nachdem es einmahl recht eingetrocknet, sich durch keine
Feuchtigkeit von dem Holtze oder Steinen abziehen ließ.
Solchergestallt warff unser Kirch und Thurm-Dach,
nachdem selbiges am 14. Julii vollkommen fertig worden,
bey Sonnenschein, einen artig durch einander spielenden
Glantz von sich, welches sehr angenehm anzusehen war,
derowegen beredeten sich Mons. Litzberg und Plager, ob
es nicht practicable sey, aus dieser Materie mit der Zeit,
und zwar durch den Zusatz anderer Leimen- oder Thon-
Erde, Ziegel- und Back-Steine zu brennen. Jedoch hiervon wird künfftighin ein mehreres zu melden seyn, voritzo fahre fort zu erzehlen, welchergestallt Lademann,
Krätzer und Herrlich, die geschicktesten Holtz-Arbeiter
unter den Insulanern außlasen, um nach Mons. Litzbergs
gemachten Abrisse, den Altar, Cantzel, Tauff-Stein,
Empor-Kirchen vor die Männer, und dann die Stühle
vor die Weibs-Personen zu verfertigen, mittlerweile die
andern, die sich am besten aufs Mauern verstunden,
den Fuß-Boden, von glatt abgeriebenen, viereckigten
Sand-Steinen legten, die Mauern mit Kalck tünchten,

und wiederum andere, die Oberdecke, oder den so
genandten Himmel zurichteten. Diese Mäurer und Tün-
cher, brachten ihr Werck in den angenehmsten Früh-
lings-Tagen, und zwar zu Ende des Monats Septembris,
völlig fertig, mit der Holtz-Arbeit aber gieng es nicht so
hurtig von statten, jedennoch ließ uns ihr unermüdeter
Fleiß hoffen, mit Eintritt des neuen Kirchen-Jahres, unser neues GOttes Hauß [74] als völlig fertig einzuweyhen.
Der ehrliche Peter Morgenthal, ließ es sich bey diesem
Baue auch hertzlich sauer werden, denn durch seine
Hände gieng alles Eisenwerck, so darbey gebraucht wurde, selbst Mons. Plager, der seine Hände auch nicht in
Schooß legte, wunderte sich über dessen besonders saubere Schlösser- und Kleinschmidts-Arbeit, und dennoch
war er auch unverdrossen, die beschwerlichste Grob-
Schmiede-Arbeit, auch Nägel, ja fast alles zu machen was
man ihm nur vorlegte, denn er hatte sich des seel. Jacob
Larsons Werckstadt aufs allerbeqvemste eingerichtet,
auch drey junge starcke Pursche aus dem Jacobs Raumer
Geschlechte, in die Lehre genommen, die sich sehr wohl
zu dieser Profession anschickten.

Jedoch es scheinet mir nöthig zu seyn, diese Bau- und
Arbeits-Erzehlung in etwas zu unterbrechen, um auch
andere Merckwürdigkeiten beyzubringen, welche sich
binnen der Zeit zugetragen haben. Am 22. Febr. fanden
etliche Knaben aus dem Simons- und Alberts Raumer
Geschlecht, da sie an der See, Austern und Muscheln zu
suchen, herum lieffen, einen halb verfaulten Menschen-

Cörper männliches Geschlechts, demselben war mit einem Stücke meßingenen Drats ein durchlöcherter Französischer Louis d'or an den Halß gehenckt, woraus zu schliessen: daß diejenigen, so diesen Cörper in die See geworffen, selbigen gern wolten begraben wissen. Derowegen erkannten wir uns, auch ohne dieses Gold-Stück empfangen zu haben, vor schuldig, ihm diesen christlichen Liebes-Dienst zu erweisen, bedeckten also den annoch auf einem Brete fest [75] angebundenen Cörper, mit einer Matte, und begruben ihn ehrbarlich an die Seite unsers GOttes-Ackers.

Wir bekamen sonsten selbiges Jahr, nach aussage der Aeltern, einen mittelmäßigen Geträyde, doch ziemlich starcken Trauben-Seegen, die wilden Affen wolten sich hierbey ziemlich dreiste machen, uns berauben, und unsere mit allerhand farbigen Halß-Bändern gezeichneten Affen, verfolgen, jedoch ich, Mons. Harckert und andere Europäer, so bey der Kirchen-Arbeit wenig wichtige Hülffe leisten konten, legten den äusersten Fleiß an, unsere dienstbarn Affen zu schützen, und die Frembden mit Feur und Schwerdt zu verfolgen. Jedoch wendeten wir nicht alle unsere Zeit hierauff, sondern besorgten auch andere nützliche Dinge, absonderlich war meine Arbeit, Herrn Mag. Schmeltzern bey seiner auf sich genommenen Mühe täglich 4. Stunden abzulösen, selbige aber bestund darinnen: Es hatte ermeldter Herr Mag. Schmeltzer eine Schule von achtzehen Knaben, die ohngefehr 12. biß 14. Jahr alt waren, angelegt, so daß sich von jeder Gemei-

ne zwey darinnen befanden, diese fieng er an, nicht allein
in den aller nachsinnlichsten Puncten der Theologie, sondern auch in den Grund-Sprachen zu informiren, ich aber
muste täglich zwey Stunden zum Latein, eine Stunde zum
schreiben, und eine Stunde zum rechnen mit ihnen anwenden, so daß diese Knaben früh von 6. biß 10. Uhr, und
Nachmittags von 1. biß 5. Uhr, in beständigen Fleisse
verharren musten, also hatte ich früh von 8. biß 10. Uhr
das Latein, Mittags von 1. biß 2. Uhr das Schreiben, und
[76] von 2. biß 3. Uhr das Rechnen mit ihnen vor. Es kostete gewiß ein wenig Mühe, allein der Nutzen war dieser, daß aus diesen Knaben solche Leute werden solten,
welche hernachmals vermittelst ihrer erlangten habiliteé
in ihren Geschlechtern wiederum die andere Jugend
lehren könten. Ausser diesen hielt Herr Mag. Schmeltzer
nicht allein alle Sonntage Nachmittags, sondern auch
Mittwochs, auf Herrn Wolffgangs Taffel-Platze, oder in
der Davids-Raumer Alleé, vor die Simons- Alberts- Davids-
und Stephans-Raumer- und Freytags im grossen Garten vor die Christians- Roberts- Christophs- Johannis- und
Jacobs-Raumer Jugend, eine 3. stündige Kinder-Lehre,
um selbige von zarter Kindheit an, in den Glaubens-
Articuln der christlichen Lehre recht zu gründen. Mons.
Litzberg hatte gleichergestallt 4. geschickte Knaben zu
sich in seine Wohnung genommen, welchen er nach und
nach die Matthesin von Stück zu Stück, nebst der Latinität
beyzubringen suchte, als in welcher Letztern ihm Herr
Wolffgang nach Vermögen hülffliche Hand reichte.

Der Chirurgus Mons. Kramer, welcher seinen Sitz in Alberts-Raum genommen hatte, war ungemein eiffrig, die Kräffte und Tugenden, der auff dieser Insul befindlichen Dinge, so wohl in regno animali als minerali und vegetabili auszuforschen, und eben hierzu wurden ihm so wohl des Don Cyrillo de Valaro, als des Altvaters Alberti Schrifften und Observationes communiciret. Er sagte öffters, sein, obschon sehr starcker Vorrath an Medicamenten, den er auf Vorschub Herrn [77] Wolffgangs mitgebracht hätte, könnte dennoch wohl mit der Zeit, theils verderben, theils alle werden, ob er schon nicht wünschen oder hoffen wolte, daß GOtt diese Insul, wegen der frommen Einwohner, mit bösen Seuchen oder besondern Schäden straffen würde, es wäre inzwischen aber keine Sünde, sondern höchst nöthig, in seiner Profession immer mehr und mehr zu untersuchen. Zu dem Ende hatte er sich 3. habile Knaben zur Hand gewöhnet, mit welchen er täglich botanisiren gieng, und sich nebst dem die gröste Mühe gab: ihnen die Theoriam von seiner Profession bey zu bringen, weil es damahliger Zeit in Praxi vor ihn nicht viel zu thun gab, als wovor wir GOtt besondere Ursach zu dancken hatten, sintemahl es kein grosses Wunder gewesen, wenn bey dergleichen schweren Bau jemand zu Schaden kommen wäre.

Ausser seiner Profession war Mons. Kramer ein grosser Liebhaber vom Garten-Werck und Vieh-Zucht, weßwegen Mons. Litzberg die Helffte, von dem aus Europa mitgebrachten Vieh und Geflügel, unter seiner Auffsicht in Alberts-Raum überließ, die andere Helffte aber war nach Christophs-Raum gebracht worden, allwo Herr Wolffgang nebst Litzbergen, ihr Vergnügen hatten: dessen ordentliche Verpflegung ihren Freunden zu lehren. Weiln aber doch voritzo eben von unsern Thieren zu schreiben im Begriff bin, wird es vielleicht nicht allzu unangenehm seyn, wenn ich beyläuffig melde, wie starck sich dieselben binnen der ersten Jahres-Frist unseres daseyns, vermehret haben. Von rechtswegen hätte zwar erstlich von Vermehrung der Menschen ge-[78]dencken sollen, allein ich spare solches nicht unbillig biß zum Beschluss des Kirchen-Jahres, da Herr Mag. Schmeltzer christlicher Gewohnheit nach, die Specification der gebohrnen, gestorbenen, copulirten und confirmirten, öffentlich von der Cantzel verlaß. Demnach gebe zu erwegen, daß der Göttliche Macht-Spruch: Seyd fruchtbar und vermehret euch &c. sich auch in diesem kleinen Welt-Theile, dessen Erde wohl dergleichen Thier-Arten noch niemahls getragen, noch eben so kräfftig, ja recht wunderbar Seegenreich erzeiget. Denn 1.) Von den jungen Zucht-Stuten waren 2. Füllen gefallen. 2.) 4. Kühe hatten so viel Kälber gebracht. 3.) 3. Zucht-Sauen hatten ingesammt 33. junge Schweine geworffen, und 4.) Fünff Schaafe 7. Lämmer erzeugt, die übrigen waren verunglückt. 5.) Zwey Eselinnen gaben auch so viel junge Esel. 6.) 4. Welsche Hüner hatten ingesammt ohne die verunglückten, 42. junge aufgebracht. 7.) Von 18. Hauß-Hünern waren 4. Stück umkommen, und bey denen noch übrigen 14. alten, und 3. Hähnen, befanden sich ingesammt 123. junge Hühnlein. 8.) Bey 6. alten Gänsen, lieffen 39. junge Gänse herum. 9.) 6. alte Endten führeten 34. junge. 10.) 6. paar alte Tauben hatten 14. paar lebendige junge geheckt. 11.) Zwey Hündinnen hatten 9. junge Hunde und 12.) 2. Katzen 8. junge Kätzlein. 13.) Wie viele junge aber die 3. paar Caninichen zur Welt gebracht, konte man nicht wohl bemercken, denn sie waren alle weiß, und kamen niemahls auf einmahl zum Vorscheine.

Demnach hatten wir im November 1726. an [79] Europäischen Viehe, 6. Pferde, als nehmlich 3. Hengste und 3. Stuten, 10. Stücken Rind-Vieh, und zwar zwey Ochsen, und ein Ochsen-Kalb, 4. Kühe und 3. Zucht-Kälber. 15. Schaafe, worunter 2. alte und 3. junge Böcke. 6. Esel. 39. alte und junge Schweine. 48. Welsche Hüner und Hähne. 140. Hauß-Hüner und Hähne. 45. Gänse. 40. Endten. 20. paar Tauben. 13. Hunde. 12. Katzen, und eine ungewisse Anzahl von Caninichen, die ihre Wohnungen ohnfern von Alberts-Raum, unter einem mäßigen Hügel, in lockern Boden selbst gebauet hatten, und sich auch ohne unsere Hülffe selbst ernehreten.

Mons. Plager war ausserdem, wenn er nicht bey dem Kirchen-Bau mit Rath und würcklicher Hülffe beschäfftiget war, beständig fleißig seine in Jacobs-Raum, nahe bey Morgenthals Wohnung angelegte Werkstatt, nach seinem etwas eigensinnig scheinenden Kopffe einzurichten. Sein hauptsächliches Dichten und Trachten war dahin gerichtet, so bald als möglich, eine grosse

Schlage-Uhr auf des Alt-Vaters Wohnung zu setzen,
auch selbsten eine proportionirliche Glocke darzu zu giessen. Er hatte auch zwey feine 18. jährige Pursche, einen
aus Jacobs- und den andern aus Simons-Raum an sich
gezogen, welche seine Kunst zu erlernen, ein grosses
Verlangen bezeugten.

Harckert der Posamentirer, Klemann der Pappiermacher, Wetterling der Tuchmacher und Garbe der Böt-
tiger, konten bis dato in ihrer Handwercks-Probe noch
nicht zeigen, was sie gelernet hatten, halffen derowegen
mittlerzeit fleißig, alles verrichten was ihnen vorkam
und zu thun möglich war, [80] der Töpffer Schreiner
aber, hatte seine Werckstatt, so wohl als den selbst er-
bauten Brenn-Ofen, bereits in sehr guten Stande, auch
schon eine grosse Menge allerley Sorten von Töpffer-
Geschirr verfertiget, welche er mit Freuden unter die
Stämme vertheilete und damit nicht geringen Danck verdienete, wie sich denn auch zu seiner, etwas schmutzig
scheinenden Profession, schon 3. Knaben angegeben, denen er selbige mit gröster Lust zu lehren, Mine machte.

Jedoch nachdem ich, um unserer zu letzt angekommenen Europæer Aufführung einiger massen zu beschreiben, mich mit Fleiß ein wenig verirret, muß ich
nunmehro meinen Leser wiederum in etwas zurück führen, und demselben die fernern Begebenheiten so viel
als möglich, ordentlicher eröfnen.

Im Monat Junio mochte ein gewaltiger Sturm ohnfehlbar auf der See gegen Norden zu, einige Schiffe

zerscheitert haben, weilen 3. grosse Mast-Bäume nebst vielen andern Schiff-Holtze, auf unsern Sand-Bäncken anländeten, wir fuhren derowegen dahin, holeten selbiges herüber, fanden auch 2. Fässer voll Nelcken und andere Gewürtze, konten aber wenig davon nutzen, weilen das meiste im See-Wasser verdorben war.

Im August-Monat, hatte ich das Glück, auf meinen ausgesteckten Leim-Ruthen, unter andern einen besonders schönen Vogel zu fangen, er war wie ich von klügern Leuten hörete, noch etwas kleiner als die kleineste Art von Papegeyen, mochte aber dennoch wohl aus derselben Geschlechte seyn, weil seine Federn am gantzen Leibe, die schönste vermischung von hell- und [81] dunckel-roth, grün, blau und Silber-Farbe zeigten, auf dem hell-grünen Kopffe prangete eine Zinnober-rothe Kuppe, der Schnabel war in etwas dicke, jedoch nicht so sehr als eines Papegeyen, dem aber seine Füsse vollkommen gleichten. Ich machte diesem schönen Vogel, mit Beyhülffe Mons. Harckerts, in gröster Geschwindigkeit einen Bauer, und nachdem ich gemerckt, daß das weisse in Milch getauchte Brod ihm eine angenehme Speise war, setzte ich ein darmit angefülltes Gefässe zu ihm hinein, hieng aber den Bauer zun Füssen meines Bettes, nahe an das Fenster, damit ich diesen, wegen seiner schönen Gestalt, liebens-würdigen Vogel, nur so offt ich etwa Ruhe-Stunde machte, im Gesichte haben könte. Jedoch ich werde Gelegenheit suchen, das Ergötzen, so mir dieser Vogel nachhero unverhofft gemacht, ebenfalls anzuführen,

voritzo fällt mir der Ordnung gemäß, nichts merckwür-
digers vor, als daß am 10. Sept. Abends sehr späte, Herrn
Wolffgangs allerliebste Sophie mit einem jungen Sohne
ins Wochen-Bette kam. Wir hatten eben selbigen Tag
einen grossen Buß- Bet- und Fast-Tag gehalten, und
zwar zum Gedächtnisse dessen, daß unser Alt-Vater vor
nunmehro 80. Jahren, und zwar an eben diesem Tage,
die Insul Felsenburg zum ersten mahle betreten. Derowegen gab es allerhand Gelegenheit, diesem Kinde,
wegen seines merckwürdigen Geburths-Tags, ein und
andere Glückseligkeiten zu præominiren. Der Alt-Vater
wurde also nächstfolgenden 12. Sept. nebst seiner Hauß-
hälterin, Christiana Virgilia Juliin, (welche seines seel.
Sohns Johannis, zweyten Sohnes, äl-[82]teste Tochter
war) und Mons. Litzbergen zu Tauffzeugen erwehlet. Also
fuhren der Alt-Vater, Herr Magister Schmeltzer, Christiana und ich auf dem mit Hirschen bespanneten Wagen
hinab. Dem Kindlein wurden in der heiligen Tauffe die
Namen Albertus Friedrich gegeben. Herr Mag. Schmeltzer
hielt nach vollbrachten Tauff-Actu einen schönen Sermon, und wünschte zuletzt: daß dieses ein rechter GOtt-
beliebter Sohn werden möchte, weiln es sich ohnedem
so wohl gefügt, daß er an einem so merckwürdigen Tage
gebohren, und am Nahmens-Tage Gottlieb, welcher im
Calender am 12. Sept. bemerckt war, getaufft worden.

Herr Wolffgang tractirte hierauf uns, und alle Christians-Raumer Einwohner, mit gantz vortrefflichen Speisen und Geträncke, gegen Abend aber, da der Alt-Vater

etwas lustiger, als gewöhnlich, wurde, verschaffte er uns
allerseits das Vergnügen

Mons. Litzbergs Lebens-Geschicht,

aus dieses werthen Freundes eigenen Munde dermassen
anzuhören:

Ich bin, fieng er an, im Jahr 1694. am 17. Octobr. in der
Käyserlichen Residentz-Stadt Wien, einem Evangelisch-
Lutherischen Vater und einer Römisch-Catholischen
Mutter, zu vermuthlich nicht geringen Vergnügen, als
die erste Frucht ihrer ehelichen Liebe, zur Welt gekommen. Mein Vater war ein guter Ingenieur und dabei
Stück-Lieutenant bey der Käyserlichen Artollerie, da sich
aber der Rußische Czaar im Jahr 1698. kurtze Zeit in
Wien aufhält, lässet er sich auf zureden desselben gelüsten, seine Dimission zu fordern, und dem Czaar [83]
mit Weib und zweyen Kindern nach Moscau zu folgen.
Nun hatte sich zwar mein Vater nicht allein wegen der
höhern Charge, sondern auch wegen der Gage um ein
wichtiges verbessert, allein es wäre vielleicht besser vor
ihn und uns gewesen, wenn er die Käyserlichen Dienste
nicht quittiret hätte. Denn als wir uns mit ihm in der
Belagerung Narva befanden, und der König in Schweden
diese Vestung im Novembr. Ao. 1700. mit 8000. Mann
entsetzte, und das gantze Rußische Lager, nebst aller
Artollerie eroberte, wurde mein guter Vater, von den
Schweden, in der ersten Hitze so wohl als andere darnieder gehauen. Wo meine Mutter nebst der kleinen

4.jährigen Schwester hingekommen, habe nach der Zeit niemahls erfahren können, wie groß auch deßfalls meine Bemühung gewesen. Ich vor meine Person aber, der ich unter währenden grausamen Blutvergiessen aus dem Lager gelauffen, und meine Sicherheit in einem hohlen Graben gesucht hatte, wurde, nachdem ich die gantze Nacht darinnen gelegen, Hunger und Durst gelitten, auch fast gäntzlich erfroren war, von zweyen Schwedischen Musquetiern aufgehoben, zum Feuer geführet, und mit gnungsamer Speise und Geträncke erquickt. Hierauf wurde ich ihrem Obristen vorgestellet, welcher einem Marquetender Befehl gab, mich zu sich zu nehmen, und so gut, ja noch besser als seine eigenen Kinder zu halten, weiln er, der Obrister, davor bezahlen wolte. Ich konte, ohngeacht meiner Jugend, diesem Obristen dennoch hinlängliche Nachricht von meinen Eltern, und von meines Vaters Charge geben, derowegen ließ er unter allen ge-[84]fangenen Russen, fleißig nach meinen Eltern forschen, allein, dadurch erfuhr ich eben die jämmerliche Zeitung, daß mein Vater unter den Todten gelegen, von der Mutter aber konte niemand von allen gegenwärtigen das geringste berichten. Mittlerweile da wir selbigen Winter wenig Wochen in Quartieren stunden, ließ mir der Obriste ein sauberes Schwedisches Soldaten-Kleid nach meinen kleinen Cörper machen, nahm mich in sein eigen Quartier, allwo ich aufs beste verpflegt wurde, und weil er mich gern um sich leiden konte, durffte mir kein Mensch eine scheele Mine machen. Der Obriste verstund

und redete zwar sehr gut Deutsch, sonsten aber waren sehr wenige unter seinen Leuten anzutreffen, die meine Sprache verstehen konten, vor mich aber war es desto elender, daß ich die ihrige gleichfalls nicht verstund. Nun hätte sich dieses zwar wohl mit der Zeit gelernet, allein der vortreffliche Obriste, war so gnädig, nicht allein zu Beförderung dessen, sondern auch wegen meiner anderweitigen Information einen feinen Menschen von einer andern Compagnie zu sich zu nehmen. Es war selbiger, wo ich nicht irre, von Geburth ein Holsteiner, und hatte einige Jahre auf deutschen Universitäten zugebracht, ich glaube aber, nachdem ich seinem gantzen Wesen etwas weiter nachgedacht, daß er vielleicht jemanden erstochen, oder eine andere sonderbare Fatalität gehabt, weßwegen er seine Sicherheit unter der Schwedischen Armee in Pohlen gesucht, wie ich denn auch zweiffele, daß der Nahme *Schwedeke*, sein rechter Zunahme hergegen vielmehr ein selbst angenommener Nahme gewesen. [85]

Jedoch es ist nicht nöthig, dieserwegen eine genaue Untersuchung anzustellen, genung, weiln dieser Mensch gut Schwedisch, Deutsch, Lateinisch und Französisch verstund, nahm in der Obriste zu seinem Secretario und zu meinem Informatori an. Ich konte (es meinem seel. Vater nicht zur Schande nachzureden) zur selben Zeit, wenig mehr beten als das Vater Unser, und etliche Reim-Gebetlein, im A.B.C.-Buche aber war mir noch kein eintziger Buchstabe bekandt, vielweniger andere Sachen,

worinnen sonst andere 6. biß 7.jährige Knaben schon
ziemlich geübt sind. Allein, weil Mons. Schwedeke die
gelegene Zeiten und Stunden vortrefflich wohl in acht zu
nehmen und zu nutzen wuste, ich auch eine grosse Begierde zeigte, lernete ich binnen einem Jahr vollkommen
Deutsch, Lateinisch und Schwedisch lesen, auch in allen
drey Sprachen ziemlich schreiben, welches letztere aber
in folgenden Jahre sich weit verbesserte. Derowegen
muste nunmehro auch anfangen die Lateinische Sprache
fundamentaliter zu erlernen, worinnen ich denn meinen
Fleiß nicht im geringsten sparete, ohngeacht die starcken Märsche und andere Fatiguen, wie auch die blutigen Schlachten in Pohlen, viele Verhinderungen darein
brachten. Ich blieb zwar mit meinem Informatore beständig bey der Bagage, jedoch weil die Schweden mehrentheils siegten, hatten wir nicht selten Gelegenheit,
den allerschrecklichsten und jämmerlichsten Zustand
auf den Wahlstädten zu betrachten. Zeit Lebens aber
werde ich an den grausamen Anblick des Wahlplatzes,
bey einem Groß-Pohlnischen Städtgen, Fraustadt genannt, geden-[86]cken, allwo die guten Sachsen eine er-
bärmliche Niederlage erlitten hatten. Meine Haut schau-
dert sich noch, wenn ich daran gedencke. Ich wolte meine
Augen immer davon abwenden, jedoch wohin? denn
überall zeigte sich Blut und Mord. Die erschlagenen Russen und Sachsen jammerten mich weit mehr, als die
Leichen der Schweden, und zwar aus keiner andern Ursache: als weil die letztern meinen seel. Vater ermordet

hatten, und in Erwegung dessen konte nicht umhin, auf diesem Wahl-Platze häuffige Thränen zu vergiessen.

Jedoch ich will die gräßlichen Umstände dieser kläglichen Schlacht zu anderer Zeit erzehlen, und voritzo nur melden, daß ich in meinem 12ten Jahre, nehmlich Ao. 1706. unter denen Schweden gleichfalls mit in Sachsen kam.

Mein Obrister bezoge sein Quartier auf einem vortrefflichen Adel. Ritter-Gute, ohnweit Torgau, hieselbst bekam ich nun zwar ein neues, starck mit Gold bordirtes Kleid, wie auch eine etwas schlechtere Wochen-Livreé, allein dieses war mir in meiner Seele ungemein empfindlich, daß er zuweilen frembden Leuten gantz negligent erzehlete, wie mein Vater vor Narva massacriret, meine Mutter entlauffen, und ich solchergestalt sein Leibeigner Knecht worden wäre. Jedoch fand sich schon so viel Verstand bey mir, daß ich meine deßfalls aufsteigenden Affecten bestmöglichst zu verbergen suchte. Mons. Schwedeke nahm mittlerweile dasiges Orts die Gelegenheit in acht, mich aufs eiffrigste zur Latinität, Geographie, Historie, Schreib- und Rechen-Kunst anzuhalten, weil ich mich nun mit Lust zu al-[87]lem dem, was er mir vorlegte, beqvemete, auch seiner übrigen Zucht gehorsamste Folge leistete, kan ich mich nicht erinnern, von ihm mehr als ein eintzig paar Ohrfeigen bekommen zu haben, und zwar darum: daß ich aus Frevel eine überladene Musquetier-Flinte abgeschossen hatte, die gar leichtlich springen, und mir den Kopff zerschmettern

können. Mein Herr, der Obrister, hatte gleichfalls noch
niemahls Ursach gehabt, mich etwa über eine Boßheit,
welche sonsten gemeiniglich den Knaben in Hertzen
steckt, straffen zu lassen, doch endlich wachte bey ihm
unverhofft eine grausame Tyranney wider mich auf, und
zwar durch folgende Gelegenheit: Ich war eines Tages
bey den sämtlichen Adelichen Kindern dasiges Orts,
spielete erstlich, und speisete hernach mit ihnen. Hierbey bat mich die Edel-Frau, ihnen meine Avanturen, von
der Zeit an, als ich in meine Kindheit zurück dencken
könte, nebst dem, was ich in meinem jungen Soldaten-
Leben seltsames gesehen, zu erzehlen. Indem nun kein
Bedencken trug, dieser, mir sehr gewogen scheinenden
Dame Gehorsam zu leisten, war ich dabey so unbedachtsam, folgende Reden auszustossen: Wolte GOtt, es wären an statt der lieben Sachsen lauter Schweden erschlagen worden; denn diese bösen Leute haben mir meinen
lieben Vater ermordet, und ich erinnere mich noch, wiewohl als im Traume, etliche mahl von ihm gehört zu
haben, daß er auch ein gebohrner Sachse gewesen, ich
weiß aber nicht, aus welcher Stadt. Ja! rieff ich in meinen
kindischen Eyffer noch darzu aus: Wolte GOtt, ich könte
erfahren, wer ihn getödtet hätte, ich wagte mein Leben
an dem [88] Mörder, meines Vaters jämmerlichen Todt
zu rächen, und wenn es auch des Obristen selbst eigne
Person betreffen solte.

Nun hatten zwar verständige Leute ein grosses
Mitleyden wegen meines Unglücks, gaben sich auch

die Mühe, meinen ohnmächtigen Eiffer mit den Vorstellungen zu bezähmen: daß es im Kriege nicht anders
her zu gehen pflegte, und daselbst kein Ansehen der
Person gelte; letztlich wurde auch gewarnet, sonderlich
wegen meines Obristen, nicht also frey zu sprechen,
allermassen mich sonsten gar leichtlich in Ungnade und
bösen Verdacht bey ihm stürtzen könte, hergegen solte
erwegen, daß derselbe doch voritzo meines Vaters Stelle
verträte. Diese Reden überzeugten mich nicht wenig
meines Unverstandes, nahm mir derowegen vor, in zukunfft klüger zu sprechen, aber vor einmahl war es schon
zu späte, denn ein verzweiffeltes Cammer-Kätzgen bey
dieser Adelichen Dame, hatte alle meine Reden noch
selbigen Tages, einem von unsers Obristen Laquayen,
mit welchem sie vielleicht in heimlicher Liebe lebte,
gantz im Vertrauen wieder gesagt. Dieser Kerl war wegen seines liederlichen Lebens sehr übel beym Obristen
angeschrieben, und stunde es damahls eben darauf, daß
er die Musquete auf dem Buckel nehmen solte, derowegen suchte er sich zu meinem Unglücke, aufs neue
einzuschmeicheln, und unter dem Schein der Treue und
des Rechts, dem Obristen die gantze Sache nebst vielen
beygefügten Lügen, dergestalt plausibel vorzustellen;
daß derselbe würcklich auf die Gedancken verfiel: wie er
vielleicht an mir eine Schlange in [89] seinem Busen
erzöge, welche ihn mit der Zeit meuchelmörderischer
weise schaden, oder wohl gar den Tod anthun könte. Ich
wurde demnach, gleich darauf folgenden Morgen in aller

frühe, von Herr Schwedeken und des Obristen Cammer-
Diener, wegen meiner geführten Reden examinirt, da
aber diese beyden aus Liebe ziemlich gelinde verfuhren,
trat der Obriste, der in einem Neben-Zimmer alles mit
angehöret hatte, selbst hinein, und zwar mit dermassen
ergrimmten Gesichte, daß ich vor Schrecken in die Erde
zu sincken vermeynte, solchergestalt sahe ich mich gezwungen, auf sein zorniges Befragen alles zu gestehen,
was ich gestriges Tages unbedachtsamer weise heraus
geplaudert hatte. Die zugesetzten Lügen aber ebenfalls
ein zu gestehen: Konte mich kein Mensch bewegen, wie
ich denn deßfalls immer auf meine Adelichen Zuhörer
provocirte, allein es halff dieses so viel als nichts, hergegen wurde ich eine Stunde hernach, von des Obristen
Knechten, im Pferde-Stalle mutternackend ausgezogen,
mit grossen Ruthen biß aufs Blut gepeitscht, und in den
ältesten zerlumpten Kleidern fortgejagt. Ich konte vor
grossen Schmertzen nicht weiter kommen, als biß in
eines Bauern Garten, woselbst mich in das Gepüsche
verkroch, und den gantzen Tag über, ohne Speise und
Tranck, sehr unruhig, darinnen ruhete, da aber gegen
die Nacht ein grausames Donner-Wetter und schreck-
licher Platz-Regen einfiel, gieng ich sehr matt und
furchtsam, ja mit zitterenden Gliedern in das Bauer-
Hauß hinein, allwo zu meinen Glücke die zwey darinnen
liegenden Schweden nicht zu Hause, sondern auf etliche
Tage auscomman-[90]diret waren. Die guten Bauers-
Leute hatten von meinem gehabten Unglücke bereits

ziemliche Nachricht, und zwar aus der Edel-Frauen eigenen Munde, bey welcher die Bäurin ohnlängst als Magd in Diensten gewesen, beklagten derowegen zwar mein unschuldig erlittenes Elend, wusten sich aber nicht zu resolviren, ob sie es aus Furcht vor den Obristen wagen dürfften, mir ein Nacht-Lager im Hause zu verstatten. Endlich überwog doch die Barmhertzigkeit alle Furcht, so, daß ich nicht allein Speise und Tranck, sondern auch Erlaubniß von ihnen erhielt: diese Nacht, ja so lange in ihren Hause zu bleiben, biß sie vernommen, ob etwa die Edel-Frau vor mich sorgen wolte. Dieses zu erfahren, gieng die Bäurin, noch ehe es völlig Nacht wurde, zur Edel-Frau, kam aber bald zurück, und brachte dieses gnädige Dame selbsten zu mir geführet, welche, so bald sie mich dergestalt jämmerlich in einem Winckel sitzen sahe, augenblicklich helle Thränen zu vergiessen anfieng. Ich weinete ebenfalls, hörete aber, daß sie folgende Worte zu mir sprach: Ach mein Kind! verzeyhet! ja verzeyhet mir, ich bin schuld an eurem Unglücke, denn hätte ich euch nicht zur Erzehlung eurer Geschichte beredet, so hättet ihr nicht dergleichen kindische unbedachtsame Reden fliegen lassen, ich wünsche hertzlich, zu erfahren, wer euch verrathen hat, denn es muß ohnfehlbar einer von unsern Bedienten dieses Schelmenstücke verübet haben. Der Himmel lindere eure Schmertzen, vertrauet auf GOtt und meine möglichste Beyhülffe, denn ich will euch morgende Nacht an einen Ort bringen lassen, wo es euch wohl gehen soll, so bald [91]

uns aber GOtt von den Schweden befreyet, will ich euch
in mein Hauß als ein Kind aufnehmen. Hiermit klopffte
sie mich sanfft auf den Backen, ich aber küssete und
benetzte ihre Hand mit meinen Thränen, weßwegen sie
mir desto mehr Trost zusprach, und sich nichts abhalten
ließ, meinen jämmerlich-verwundeten Leib selbst zu besichtigen. Ach! schrye sie, ist dieses eine Marque der
Schwedischen Frömmigkeit und GOttes-Furcht? O ihr
Tyrannen! o ihr Türcken! ist es zu verantworten, einen
unmündigen Knaben, um eines unbesonnenen Worts willen, welches ihm der Jammer wegen des Angedenckens
seines entleibten Vaters ausgetrieben, dergestalt zu tractiren? Ach! wo ist hier die Proportion zwischen der Straffe und dem Verbrechen zu finden? Ach! das arme Kind
hätte sich, wenn es recht unterrichtet und zu Verstande
gebracht worden, wohl 1000. mahl anders bedacht, und
die einfältige Hitze seiner Jugend hernachmahls selbst
gemißbilliget. Solche und dergleichen Reden führete sie
noch einige Zeit, nahm endlich Abschied von mir, die
Bäurin aber mit sich auf ihren Hof, von wannen dieselbe
vor mich ein weisses Hembde, nebst etlichen köstlichen
Confituren und einer Flasche Wein mitbrachte, anbey
Befehl erhalten hatte: selbigen zu wärmen, und meinen
gantzen Leib damit abzuwaschen, welches zwar anfänglich sehr schmertzhafft, jedoch nachhero ungemein
schmertz-stillend war, und da ich nachhero auch ein paar
Gläser Wein darauf getruncken, verschlieff ich in folgender Nacht den grösten Theil meiner Plagen und Sorgen.

So bald sich gegen Mittag meine Augen wieder [92] eröffneten, verrichtete ich mein Morgen-Gebet, und danckte, ohngeacht meiner aufwachenden Schmertzen, dem Allmächtigen, daß er mich, von denen, mir niemahls anständigen Kriegs-Gurgeln, erlöset, hergegen Hoffnung zu einer ruhigern Lebens-Art verliehen hatte. Nachdem die Bäurin aber meine Verpflegung den gantzen Tag hindurch aufs beste besorgt, kam die guthertzige Edel-Frau, die pro forma ihre Ländereyen zu Fusse besucht hatte, gegen Abend durch den Garten zu uns, ließ durch die Bäurin, aus ihrem Hofe, einen Korb abholen, in welchem sich ein schönes Kleid, nebst vieler Wäsche, Büchern und andern Bedürffnissen befande. Mit diesen Sachen beschenckte sie mich, und sagte, wie sie gesonnen: mich künfftige Nacht, durch meinen Wirth von hier hinweg, und zu einem ihrer Befreundten, der seine Hofhaltung in Chur-Brandenburgischen Landen hätte, fahren zu lassen, bey diesem solte ich mich nur fein stille und fromm verhalten, fleißig beten und lernen, so würde ich keine Noth leyden, vielmehr alles Vergnügen finden. Immittelst möchte ich öffters, so gut als ich könte, an sie schreiben und versichert leben: daß ich so gleich nach dem Abmarch der Schweden, würde zurück geholet, um nebst ihren eigenen Kindern behörig auferzogen, und in allen nöthigen Wissenschafften unterrichtet zu werden.

Wie hätte eine leibliche Mutter vor ihr eintziges Kind bessere Sorge tragen und klügere Anstalten machen

können? Ist dieses nicht als ein Exempel der göttlichen
Vorsorge vor arme, sonst von aller Welt verlassene Wäysen zu erkennen und zu admiriren? [93] Jedoch weil ich
gesonnen bin, mich in meiner Lebens-Lauffs Erzehlung
möglichster Kürtze zu befleißigen, will nur berichten,
daß nach genommenen zärtlichen Abschiede von dieser
Liebes-vollen Pflege-Mutter, der Bauer als mein Wirth
gegen Mitternacht seinen Wagen anspannete, mich wohl
verdeckt darauf packte, und mit möglichster Behutsamkeit darvon fuhr, ohne von einem oder dem andern
Schwedischen Soldaten befragt oder angehalten zu werden. Wir säumeten uns an keinem Orte über die dringende Noth, gelangeten also dritten Tages gegen Abend
bey demjenigen Edelmanne im Brandenburgischen an,
der unserer Edel-Frauen Schwester zur Ehe hatte, welcher mich denn auch so wohl als seine, nicht weniger guthertzige Gemahlin, nach Verlesung der mitgebrachten
Briefe sehr liebreich auf- und annahm, den Uberbringer
aber folgenden Tages mit behörigen Antworts-Schreiben
wiederum zurück fertigte. Ich wurde in Wahrheit nicht
als ein armer verlauffener Junge, sondern so gut als ein
Adeliches Kind gehalten, ein jeder, so meine erlittenen
Fatalitäten anhörete, warff eine, mit vielen Mitleyden
vermischte Liebe auf mich, und weil das ausgestandene
Creutz mir eine gantz besonders sittsame und submisse
Lebens-Art hinterlassen, wurde ich bey jederman nach
und nach immer mehr beliebt. Es hatte dieser Edelmann
3. Söhne, von welchen der älteste 16, der jüngste aber wie

ich, in seinem 12ten Jahre war, hiernächst 2. Töchter, davon die älteste ins 10te und die jüngste ins 8te Jahr ging. Ausserdem waren noch zwey Vater- und Mutterlose Adeliche Kinder bey ihnen, nemlich ein [94] Juncker von 13. und ein Fräulein von 11. Jahren, welche letztere den Nahmen Charlotte führete. Ein ungemein wohlqualificirter Informator hatte also seine volle Arbeit uns 8. Kinder in stetigem Fleisse und guter Zucht zu erhalten, doch weil er ein sehr aufgeweckter Kopff war, der seinen Untergebenen alles spielende beyzubringen, über dieses die rechten Mittel zu gebrauchen wuste, uns in beständiger Furcht und Liebe zu erhalten, hatten unsere Studia auf allen Seiten einen recht erwünschten Fortgang, weßwegen sich der Adel. Principal nebst seiner Gemahlin so wohl über die Aufführung des Lehrers, als der Lernenden recht ungemein vergnügt bezeigten.

Wenige Wochen aber nach dem Abzuge der Schweden aus Sachsen, kam meine vorherige Wohlthäterin mit ihrem Ehe-Herrn dahin gereiset, um ihren Befreundten eine Visite zu geben, und zugleich mich, mit Sack u. Pack zurück zu nehmen, allein meine itzigen Versorger, sonderlich aber das umständige Anhalten meiner Schul- und Spiel-Gesellschafft, und dann die starcke Vorbitte, des mir sehr gewogenen Informatoris, brachten es endlich so weit, daß ich noch auf eine Zeitlang Erlaubniß erhielt, zu bleiben wo ich war, worbey zugleich von der Gütigkeit meiner ersten Gönner 20. Thlr. zu Kleidung, Wäsche und Büchern erhielt, ohngeacht mein itziger Patron sich erkläret, alles benöthigte selbst herzugeben, und solches nur darum, weil seine beiden jüngsten Söhne durch mein Exempel angefrischet wurden, dem ältesten Bruder, der ungemeine Lust zum Studiren erwiese, auf dem Fusse nachzufolgen. [95]

Beyläuffig muß ich mit erwehnen, daß selbigesmahl die Nachricht erhielt: wie mein Obrister, wenig Tage nach meinem Hinwegseyn, und nachdem er meine Erzehlung von seinem Hospite, und dessen Gemahlin, aufrichtiger und wahrhaffter vernommen, sich des mir zugefügten übeln Tractaments habe gereuen und verlauten lassen: er wolle demjenigen 10. spec. Ducaten geben, welcher Nachricht von mir bringen und mich ihm wieder schaffen könne, allein die redlichen von Adel, hatten dennoch dem Land-Frieden nicht trauen wollen, sondern alle Vorsicht gebraucht, meinen Auffenthalt verschwiegen zu halten, da auch kurtz hernach die Rede gegangen, es sey jenseit des Elb-Stroms ein ersoffener Knabe gefunden worden, hat man ihn bey den Gedancken gelassen, daß ich ohnfehlbar zufälliger weise in solches Unglück gerathen, welches sich denn der Obrister sehr zu Gemüthe gezogen, seinen Zorn aber endlich an dem lügenhafften und verrätherischen Laqueyen ausgelassen, allermassen er demselben 200. Hiebe mit dünnen Spieß-Ruthen, und hernachmahls die Musquete auf dem Buckel geben lassen. Das verhurte und klatschhaffte Cammer-Mädgen hatte gleichfalls ihren Lohn bekommen, denn nachdem sie den Schwedischen Trouppen

etliche Tage-Reisen als eine liederliche Hure nachgefolget, war sie endlich biß aufs Hembde ausgezogen und
zurück gepeitschet worden.

Mein Fleiß, wurde durch die unverdienten Wolthaten
solcher vornehmen Gönner, dergestalt en-[96]couragi-
ret, daß ich so gar Abends und früh Morgens meinem
Schlaffe abbrach, um nur dem ältesten Juncker nachzukommen, denn der Patron hatte mir versprochen, daferne meine Aufführung in bißherigen guten Stande bliebe, mich so dann nebst und bey seinen Söhnen etliche
Jahr auf der Universität frey zu halten, und zwar nicht als
einen Bedienten, sondern als einen guten Compagnon.

Meine erste Wohlthäterin, starb zu Ende des 1709ten
Jahres, und zwar zu meinem grösten Leydwesen, hatte
mir aber mit Genehmhaltung ihres Gemahls 200. Thlr.
vermacht, die ich auch 3. Jahre hernach cum Interesse
richtig erhalten habe. Immittelst ruckte, unter allen täglichen Vergnügen, die Zeit heran, da der Patron seine
3. Söhne, nebst seinem jungen verwäyseten Vetter und
mir, unter der Aufsicht des Informatoris, der nunmehro
den Character als Hof-Meister bekam, auf die Universität
nach Halle sendete. Es geschahe solches um Michaelis
des 1711ten Jahres, wir bekamen in einem Hause 3. Zimmer zu unserer Bequemlichkeit, die zwey ältesten Junckers legten sich hauptsächlich auf die Jurisprudenz, haben es darinnen auch so weit gebracht, daß sie nachhero
alle beyde sehr honorable Königliche Bedienungen erhalten, der jüngste nebst dem Vater- und Mutter-losen

August aber, deren Sinn von Jugend an auf das Soldaten-Leben gerichtet war, wolten sich nur zu den galanten Studiis, als Historie, Geographie, Genealogie, Mathesi, Tantzen, Reuten, Voltoisiren, [97] Fechten und dergleichen bequemen, ich hielt es mit den letztern, am allermeisten aber legte ich mich auf die Mathesin, besuchte deßfalls eines berühmten Professoris Collegia mit allergrösten Vergnügen, und wandte über dieses einem Extraordinario den meisten Theil meiner Spiel-Gelder zu, um privatim desto hurtiger in dieser Wissenschafft, und was derselben anhängig, zu avanciren. Hiernächst hatte nun zwar auch Gelegenheit genung, mir, auf Kosten meiner Compagnons, ein und andere vergnügte Veränderung, so wohl in der Stadt, als auswärtig zu machen, allein es war dennoch mein allergröstes Plaisir, auf der Stube in meiner Einsamkeit zu sitzen, und mit den mathematischen Instrumenten zu arbeiten, wiewohl ich auch die Stunden auf der Reit-Bahn, Tantz- und Fechtboden selten versäumte, mithin in dergleichen Exercitiis vor andern einigen Vortheil erlangete. Kurtz ich studirte immer auf einen General-Lieutenant loß, weil es mir an Courage, mein Glück unter der Soldatesque zu suchen, gar nicht fehlete, über dieses ein und andere falsche Vor-Urtheile in meinem Gehirne schwermeten; daß ich mich weit geschwinder mit dem Degen in der Faust, als Feder hinter dem Ohre zu Ehren schwingen könte, zumahln wenn ich etwas rechts in der Architectura militari gethan hätte. Mittlerweile lieffen 3. Universitäts-Jahre geschwinder hin als ich vermuthet. Binnen selbiger Zeit war ich mit meinen Junckers nur ein eintziges mahl zu Hause gewesen. Ich sage mit allem Fleiß, zu Hause, weil mich meine Wohlthäter noch biß auf denselben Tag, als ein leibliches Kind hielten. Um Michae-[98]lis 1714. giengen wir abermahls dahin, die angenehme Herbst-Zeit daselbst zu passiren, und weil die galanten Fräuleins meines Principals, ingleichen die ungemein wohlgebildete Charlotte, eine ziemliche Anzahl junger Cavalier dahin zogen, war an täglich vergnügten Veränderungen und Lustbarkeiten nicht der allergeringste Mangel zu spüren. Jedoch nachdem ich überlegt, daß es meine Schuldigkeit sey, den verwittbeten Gemahl meiner ersten Wohlthäterin, die gehorsamste Aufwartung zu machen, bat ich mir dieserwegen bey dem itzigen Versorger ein Pferd aus, und ritte zum ersten mahle die Strasse zurück, auf welcher mich vor etlichen Jahren ein Bauer-Wagen in schmertzlichen Zustande, meinem Glücke entgegen geführet hatte: Der alte rechtschaffene von Adel empfieng mich so wohl, als der eine zu Hause lebende Herr Sohn ungemein freundlich und complaisant, man tractirte mich unverdienter weise würcklich als einen Cavalier, und wolte mir glaubend machen: ich hätte ein solches gutes Ansehen und Geschicklichkeit erworben, daß ich nunmehro im Stande sey, in zukunfft ohne andere Recommendation mein Glücke selbst zu befördern, und allen Wiederwärtigkeiten Trotz zu biethen. Nachdem ich aber dem jüngern Herrn etliche wohlgemachte Zeich-

nungen von Landschafften, Städten, Fortificationen und
dergleichen gezeiget, und bey vermerckung seiner Begierde, selbige mir abzuhandeln, ihm ein angenehmes
Præsent damit gemacht hatte, überkam ich nicht allein
sofort die von seiner verstorbenen Mutter, mir vermach-
ten 200. Thlr. baar bezahlt, sondern von ihm 2. vortreffliche, fast [99] noch gantz neue Kleider, wovon das eine
starck mit Golde bordirt war. Der alte von Adel aber
beschenckte mich, vor das ihm gemachte Præsent, welches in allerhand Arten geschliffener vergrösserungs
Gläser, curiösen Sonnen-Uhren und dergleichen Plunder
bestund mit 50. spec. Ducaten, also konte nach etlichen
Tagen in einer, seiner Carossen, sehr vergnügt wiederum
zu meinen Compagnons reisen.

Diesen zeigte ich mich nun, wenig Tage hernach, in
meinen wohl aptirten neuen Staats-Kleidern, und bekräfftigte dadurch das alte Sprichwort: Kleider machen
Leute. Hiernächst inspirirte mir meine Gold-Bourse einen
solchen unverzagten Muth, daß ich fest glaubte, es könne
einen mit so vielen Glücks-Gütern überhäufften Avan-
turieur unmöglich etwas in der Welt fehl schlagen. Allein
bey mir traff solchergestallt auch ein, was geschrieben
stehet: Des Menschen Feinde sind seine eigene Hauß-
genossen, worunter ohnfehlbar die thörichten Affecten
eines Menschen zu verstehen sind. Denn ich hatte zwar
bißhero, ohngeacht der, um diese Jahre sonst meistentheils schwermenden Jugend, meine Affecten ziemlicher
massen moderiren können, doch unverhofft fieng sich ein

gantz besonderer Affect an zu regen, und mich plötzlich dergestallt zu übermeistern, daß ich denselben, weder mit dem Zaume der Klugheit, noch mit dem Gebisse der Renommeé, zu regieren vermögend war. Kurtz zu sagen: Ich wurde verliebt gemacht, und zwar von dem ausbündig schönen Fräulein Charlotte, wiewohl nicht vorsetzlicher und freventlicher weise, sondern vermit-[100] telst folgender Umstände: Wir wurden fast täglich von einem benachbarten Land-Juncker besucht, welcher Charlottens Gewogenheit zu erwerben, sich die gröste Mühe gab. Dieser war sonsten ein Mensch von ziemlich guten Ansehen und Eigenschafften, hatte auch zu seinem Stande hinlängliche Einkünffte, jedoch schon verschiedene mahl das Malheur gehabt: seine Ausgeberinnen, Köchinnen, und so gar die Vieh-Mägde, in den Stand der Ammen zu versetzen, wie ihm denn nur noch vor weniger Zeit eine Vieh-Magd, die er ohngeacht ihres starck geschwollenen Leibs, von sich geprügelt, zur Revange auf einmahl ein paar Zwillinge vor die Thür præsentiret hatte. Nun waren zwar nachhero alle diese Händel mit Gelde geschlichtet und abgethan, dem ohngeacht machten ihm selbige aller Orten, wo dieser Herr Ferdinand von H.** seinen Haaken ehelicher Liebe einzuschlagen suchte, die allergröste Verhinderung. Bey Charlotten hergegen vermeynete er doch am allerersten anzukommen, weil selbige ein zwar schönes, darbey aber sehr armes Fräulein ware, die wohl kaum 500. Thlr. im Vermögen hatte.

Eines Tages wurde er so treuhertzig gegen mich, mir

sein gantzes Geheimniß, bey Gelegenheit eines einsamen
Spatzier-Ganges zu offenbaren, und meine Person also
unverschuldeter Weise zu seinem Liebes-Vertrauten zu
machen, auch sich meinen Vorspruch bey Charlotten auszubitten; indem er glaubte, daß ich nicht allein bey derselben, sondern auch des Principals Herrn von V**. Fräulein Töchtern in sehr guten Credite stünde, und zwar
darum, [101] weil wir vor der Zeit mit einander in die
Schule gegangen wären. Anfänglich machte mir zwar
ein starckes Bedencken den Character eines Copulations-
Raths anzunehmen, jedoch da er mir eine silberne Englische Uhr præsentirete, und vor dißmahl weiter nichts
verlangte, als daß ich Charlottens Bruder Augustum,
welcher bißhero sehr wiederwärtig geschienen, dahin
bringen möchte, in zukunfft bessere Freundschafft zu
pflegen, ließ ich mich endlich bereden, und machte den
Anfang ein Liebes-Garn zu spinnen, worein sich mein
Hertz in wenig Tagen selbst verstrickte. Mons. August
ließ sich, weil wir jederzeit sehr gute Freunde gewesen
waren, endlich behandeln, mit Ferdinando ziemlich vertraulich scheinende Freundschafft einzugehen, allein
was die Schwägerschafft anbelangete, merckte ich gar
bald, daß August als ein ambitieuser, ja extraordinair
capricieuser Kopff, schwerlich seinen Consens darzu geben würde, jedoch es gieng mich nichts an, derowegen
war nur froh, daß Ferdinand sich der ersten wohl aus-
gerichteten Commission wegen sehr vergnügt bezeugte,
und zur überflüßigen Danckbarkeit, mich mit einem wohl

proportionirten Reit-Kläpper nebst Sattel und Zeuge beschenckte, anbey bath: ich möchte mir die Mühe geben, in seinen Nahmen einen Liebes-Brieff, nebst beygelegten Versen, an Charlotten zu verfertigen. Auf die Verse solte ich auch eine feine Melodey componiren, damit er sie Abends unter Charlottens Fenster, welches in den Baum-Garten stieß, absingen könte, da ich denn seiner angenehmen Stimme mit meiner Laute accompagniren solte, um solcherge-[102]stallt conjunctis viribus, Charlottens bißheriges Felsen hartes Hertze zu brechen. Ich machte abermahls unzählige Einwürffe, daß solches erstlich gar keine Art und Geschicke haben würde, andern theils könte ich vielen Verdruß darvon haben, auch awäre ich ein schlechter Lauteniste, und noch schlechterer Componiste, allein es halff da kein Einreden, der, von dem Liebes-Gotte vollkommen angeschossene, Ferdinand, wolte rasend werden, wenn ich ihm meine Hülffe versagte, um deren Beschleunigung er mir abermahls ein Præsent machte, welches in einer verguldeten silbernen Schnupff-Tobacks Dose bestund.

Demnach ergriff ich endlich das Schreibe-Zeug, und setzte an Charlotten einen Brieff auf, dessen Copie ich zwar annoch biß diese Stunde in meinem Brief-Couvert bey mir trage, allein es wird unnöthig seyn, dergleichen Thorheiten der Jugend, bey reiffern Verstande zu repetiren.

Hiermit wolte Mons. Litzberg in seiner Erzehlung einen Sprung machen, allein der Altvater sagte mit hertzlichen Lachen: Halt Mons. Litzberg! so haben wir nicht gewettet, es heisset: Narravere patres & nos narramus omnes. Ich habe das Vertrauen zu eurem, mir allzu redlich vorkommenden, Gemüthe, daß ihr keine ausserordentlichen ärgerlichen Streiche werdet vorgenommen haben, was aber die Thorheiten der Jugend anbelanget, daran wird sich von uns niemand ärgern, derowegen könet ihr dieselben zum erlaubten Schertze wohl erzehlen, zumahlen da ich in meiner eigenen Geschichts-Erzehlung die meinigen selbsten nicht verschwie-[103] gen habe. Solchergestallt wurde Mons. Litzberg genöthiget seine Brieff-Tasche hervor zu langen, und uns aus selbiger das Concept eines Briefes folgendes Innhalts vorzulesen.

Allerschönstes Fräulein,

MEin äuserst verliebtes Hertze, hat zwar dem Munde und Augen unzehlige mahl Ordre gegeben, Ihnen die Beschaffenheit desjenigen Feuers, welches Dero unvergleichlichen Augen in dem innersten meiner Seelen angezündet haben, zu entdecken; allein wenn bey aller erwünschten Gelegenheit, der Mund zu blöde, so sind hingegen die Augen desto unglücklicher gewesen; weiln mein anbetens-würdiges Fräulein, deren Sprache niemahls verstehen wollen. Jetzo wagt es meine Hand, dem beklemmten Hertzen einige Linderung zu suchen, welches ohnfehlbar in weniger Zeit gäntzlich verzehret wird, daferne Sie, allerschönstes Fräulein, als die Uhrheberin solcher Glut, demselben nicht Dero unschätz-

bare Gegen-Gunst zur Erquickung gönnen wollen. Ich
erwarte also zwischen Furcht und Hoffnung von Ihnen
den Ausspruch: ob ich Liebe oder Haß, Leben oder Todt
zu finden habe, und bin demnach bey allen

Meines allerwerthesten Fräuleins

biß ins Grab getreuer

Ferdinand von H**. [104]

Anbey hatte meine übel exercirte poetische Feder folgende Aria ausfliessen lassen:

ARIA.

1.

I Sts wahr, ihr allerschönsten Augen,
   Daß ihr charmant *und grausam seyd?*
Nein! dieses schickt sich nicht zusammen,
Drum, stifftet ihr gleich Gluth und Flammen:
   So laßt doch endlich mit der Zeit
Aus euren Blicken Kühlung saugen. Da Capo.

2.

Erwegt, daß meine treue Seele
   Durch euren Strahl entzündet ist,
Betrachtet doch in meinem Hertzen
Den Einfluß aller Angst und Schmertzen,
   Wo Gram und Furcht das Hertze frißt,
Seht an! Ach seht wie ich mich quäle! Da Capo.

3.

Drum laß ihr schönsten Augen-Sonnen
   Euch endlich zur Erbarmung ziehn,

Vergöttert euch durch Huld und Güte,
So kömmt mein Hoffen bald zur Blüthe.
So muß der Schmertz von hinnen fliehn,
So hat mein treues Hertz gewonnen. Da Capo.

Kaum hatte der äuserst-verliebte Ferdinand das Concept von beyden sich vorlesen lassen, als er gleich decken-hoch auffsprunge, und mich unter den aller sensiblesten Umarmungen unzählige mahl küssete, weiln, wie er sag-te, seine Gedancken dermassen darinnen ausgedrückt wären, als ob ich selbsten in das innerste seiner Seelen hinein geschauet hätte, wan-[105]nenhero ich ihm sel-biges alsofort zur Abschreibung überlassen wolte; allein hier stack der Knoten, denn der gute Edelmann konte nebst seinen Nahmen, wenig mehr als die deutschen Ziefern mahlen, also muste ich nolens volens, mit etwas veränderter Hand, die Sache selbst in Ordnung brin-gen, und zu allem Uberflusse, auch den Brief, nach der Mittags Mahlzeit, an Charlotten übersenden.

Hiermit war aber dennoch lange nicht alles ausgerich-tet, sondern nunmehro muste der gezwungene Versifex, sich erstlich par force zu einem Capell-Meister nothzüch-tigen lassen, und gantz erbärmlich lautende Noten über den jämmerlichen Text setzen. So bald dieses geschehen, lieffen wir mit ein ander eine halbe Meilwegs fort ins Holtz, allwo ich dem lichter-loh brennenden Venus-Bruder, die Melodey etliche hundertmahl vorsingen mu-ste, ehe er dieselbe auswendig lernen und sich getrauen

konte, selbige en faveur der dunckeln Nacht, unter Charlottens Fenster abzusingen. Wir kamen Abends nicht zu
Tische, sondern truncken uns in einer nah gelegenen
Schencke erstlich einen halben Rausch, um desto mehrere Courage zu kriegen, unsere Abend-Musique ohne
Pudeley abzulegen. So bald es aber völlig Nacht worden,
schlichen wir uns, ohne Licht, gantz sachte auf meine
Stube, von dar ich meine, bey Tage schon zu recht ge-
stimmte Laute abholete, um mich mit dem, von dem
Cupido jämmerlich gepeitschten Gefährten, zwischen etliche, noch ziemlich belaubte Hasel-Nuß-Sträucher verfügte, die Charlottens Schlaf-Cammer gerade gegen über
gewachsen waren. Ich hatte kaum angefan-[106]gen auf
der Laute ein wenig zu præludiren, da dieselbe das Fenster hurtig eröffnete und sich in ihren Nacht-Habite persönlich præsentirte. Der erhitzte Wechselbalg der Liebe,
Ferdinand, gab mir dergleichen vortrefflichen Aspect, als
ein glückliches Omen, seines hoffentlichen Vergnügens,
mit einem höchst empfindlichen Rippen-Stosse zur fernern Uberlegung. Da aber ich solchergestallt, um frischen Othem zu schöpffen, etwas inne halten muste, vermeynete er, es sey nunmehro Zeit den Text anzufangen,
erhub also seine Hoch-Adeliche Stimme, auf eine dergestallt affectuese Art, daß es kein Wunder gewesen,
wenn sich die gantze Esels-Zunfft, Europäischer Nation
gratuliret hätte, ihn als einen Virtuosen in ihre Capelle
auf- und anzunehmen. Ich konte seinen Thon auf keinerley Weise finden, und weil er so wohl den Text als die

Melodey vergessen oder versoffen hatte, fingen wir die zwey ersten Zeilen der Arie wohl 6. mahl da Capo an, biß uns endlich Charlottens überlauts Gelächter, eine Pause von etlichen Tacten auferlegte. Allein hiermit entfiel dem sterblich verliebten Ferdinando, zusammt der Stimme, auf einmahl alle Courage; wolte aber ich nicht in der Schande stecken bleiben, so muste, nach einem aber-mahligen kurtzen Præludio die gantze Arie selbsten ab-singen, worauff Charlotte zum Zeichen ihres Vergnügens in die Hände klatschte, und in Frantzösischer Sprache, welche Ferdinand nicht verstund, folgende Worte sprach: Cela m'a donné à ce soir un double contentement. Dor-mez bien: auf Teutsch: Ich bin diesen Abend auf ge-doppelte Art ergötzt worden, ruhet wohl! [107]

Er fragte mich, so bald sie hierauff ihr Fenster zu-geschlagen, was sie gesprochen? ich merckte aber den Braten einigermassen, und gab vor: Sie hätte sich be-danckt, und uns eine geruhige Nacht gewünscht. Dem-nach hieng sein Liebes-Himmel überall voller Geigen, er drückte mir auf der Stelle 2. spec. Ducaten in die Hand, und weiln seine Geschäffte durchaus nicht erlauben wol-ten, diese Nacht ausser seinem Hause zu schlaffen, ließ er sich in aller Stille sein Pferd bringen, und ritte darvon, mit dem Versprechen: über morgen Mittags, gantz ge-wiß wiederum bey uns zu seyn, da ich ihm denn die vermuthliche Antwort des Fräuleins einhändigen und erklären solte.

Ich versprach seine Liebes-Affairen bestens zu be-

obachten, legte mich hernach aufs Ohr, stund aber
gewöhnlicher weise sehr früh auf, und divertirte mich auf
dem, im Garten befindlichen Vogel-Heerde, allwo mir
durch eine, Charlotten sehr getreue Magd, nachfolgende
Zeilen eingehändiget wurden, die ich also nothwendiger
weise ebenfalls ablesen muß:

Monsieur

*VErstellet eure Hand wie ihr wollet, seyd aber ver-
sichert, daß* Charlotte *dieselbe unter tausenden, dennoch erkennen wird. Allein saget mir, warum ihr so
verrätherisch handeln, und auf die Seite meiner Feinde
treten könnet? da doch ich von Jugend auf, meines Wissens, lauter Redlichkeit und unsträfliche Liebe gegen
eure Person bezeuget habe, und wenn ich offenhertzig
schreiben soll, biß* dato [108] *noch mehrern* Estim *vor
euch hege, als vor alle andere, mir zur Zeit bekandte
Manns-Personen. Betrachtet demnach selbst, ob es mir
nicht schmertzlich fällt, mich von einem eingebildeten
auffrichtigen Freunde, unverschuldeter weise hintergangen zu sehen? Jedoch seyd ihr vielleicht verführet,
und etwas unschuldiger als ich noch zur Zeit glauben
kan, so ists vergönnet, euch gegen Abend im Lust-
Garten bey ersehener Gelegenheit, und ohne Beyseyn
anderer zu entschuldigen. Immittelst gebet dem abgeschmackten* Ferdinand *nur dieses zur Antwort: daß ich
endlich noch die gantze Schrifft als einen angenehmen
Schertz aufgenommen hätte, daferne nur an statt seines,
mir biß in den Todt verhaßten Nahmens, die zwey Buch-*

126

staben F. L. *gestanden hätten. Saget ihm nur* franchement, *daß mein fester Schluß sey: Ehe einen ehrbaren
Bürger, als dergleichen Edelmann, wie er ist, zu heyrathen. Der Adeliche Stand ist mir ein Greuel, daferne
derselbe nicht die Helm-Decken der Tugend und Geschicklichkeit im Wapen, und zugleich im gantzen Wesen auffzuzeigen hat, hergegen ist eine, mit diesen beyden Stücken gezierte* Civil-*Person, in meinen Augen des
vortrefflichsten Adels würdig, ja noch weit höher geschätzt. Uberlegt selbst was ich hiemit gesagt haben will,
erweiset mir hierauff die Gefälligkeit, diesen Brieff zu
verbrennen, damit der sonsten nicht etwa in verdächtige* [109] *Hände falle, und glaubet, daß auch in zukunfft, ohne muthwillig gegebene Ursach, und zugefügte
Beleydigung euch niemahls hassen wird*

Charlotte R. von M.

Hierbey lagen folgende Verse:

Arie.

1.

W*En ich durchaus nicht lieben kan,*
Der suche mich nur nicht zu quälen,
Es muß sich fein ein jederman
Das, was ihm gleicht, zur Lust erwehlen.
Mir ist die Geilheit ärgerlich,
Wer diese liebt,
Und täglich übt:
Der packe sich.

127

2.

Ich soll und muß doch eben nicht
Des Standes wegen Eckel freyen,
Denn weil der Himmel selber spricht:
Man soll sich vor den Lastern scheuen;
So lieb ich nur was tugendhafft,
Und beuge vor,
Wenn sich ein Thor
In mich vergafft.

3.

Erlang ich nicht was mich charmirt,
So bleibt die Freyheit mein Vergnügen,
Wer keinen keuschen Wandel führt,
Wird nimmermehr mein Hertz besiegen, [110]
Und dennoch bleib ich immer froh.
Wer mich verdenckt
Sey ungekränckt,
Ich bin nun so.

Gleich unter Lesung dieser auffrichtigen Zeilen wurde
mein Hertze dergestallt mit heisser Liebe erfüllet, daß
ich vor Freuden ja recht innerlichen Vergnügen gleichsam in einer Entzückung sitzen blieb. Denn kurtz von
der Sache zu reden, was konte wohl deutlicher seyn, als
daß mir Charlotte den Schlüssel zu ihren Hertzen zeigte,
und sich nach einem kühn gewagten Anfalle auf Discretion zu ergeben Mine machte. Läugnen kan ich zwar im
geringsten nicht, daß ich dieses artige Fräulein noch als

128

ein Kind, von dem ersten Tage unserer Bekandschafft an,
vor andern recht hertzlich, doch heimlich geliebt, allein
diese Liebe war, in Betrachtung meines Zustandes, mit
so viel Respect und Hochachtung begleitet, daß mir niemahls in die Gedancken kam, von ihr einige Gegen-Liebe
zu verlangen. Nunmehro aber wurde, besagter massen,
dergestallt aus mir selbst, und in die Betrachtung aller
ihrer Annehmlichkeiten versetzt, daß ich auch die Mit-
tägige Speise-Glocke darüber verhörete, und erstlich ab-
gerufft werden muste. Charlotte und ich konten, bey der
Tafel, einander ohne merckliche Gemüths-Bewegungen,
nicht lange ansehen, derowegen passireten lauter ver-
stohlene Blicke: biß ich endlich die Gelegenheit beobachtete, gegen Abend im spatzieren gehen, das gantze Geheimniß von der mit Ferdinando gemachten Kundschafft
zu offenbahren, dieserwegen um Verzeyhung zu bitten,
ihr meinen künfftigen gehorsamsten Re-[111]spect zu
versichern, und endlich mit diesen Worten zu schliessen:
Es liegt mir aber, Gnädiges Fräulein, noch ein eintziger
Punct auf dem Hertzen, den ich jedoch seiner Wichtigkeit wegen unmöglich offenbaren kan, so lange ich zu befürchten habe, daß uns etwa jemand von ferne observiren möchte, über dieses erfordert meine Blödigkeit eine
bequemere Zeit und Gelegenheit des Orts: ein vor alle
mahl etwas zu sagen, welches mein Gnädiges Fräulein
vielleicht nicht errathen wird. Das muß was besonderes
seyn, versetzte Charlotte hierauff, allein mein Freund!
euer Wesen kömmt mir heute in allen Stücken, ohnedem

gantz anders vor als sonsten, derowegen wäre um so viel
desto curieuser, solches Anbringen zu vernehmen, jedoch
ich wüste mich auf keine euch beliebige Gelegenheit ohne Verletzung meiner Ehre, zu besinnen, seyd ihr in diesem Stücke ingenieuser als ich, so meldet es, aber, voraus
gesagt, ohne Verdacht und Nachtheil meiner Renommée,
sonsten will mir viellieber alle Curiositée auf einmahl
vergehen lassen. Behüte der Himmel, gnädiges Fräulein, war meine Gegenrede, daß ich Ursache seyn solte
nur den geringsten Schein des Verdachts wieder Dero
unvergleichliche Tugend zu stiften, jedoch wo mir erlaubt ist, eine Gelegenheit vorzuschlagen, so wird sich
eines von Dero Cammer-Fenstern, welches in den Baum-
Garten stösset, am besten darzu schicken, es ist ja selbiges nicht gar hoch, mit festen eisernen Stäben verwahret, und in einem solchen Winckel befindlich, allwo
ich auf einer kleinen Leiter biß dahin gelangen und aufs
geheimste mit ihnen sprechen kan, daferne nur mein gnädiges [112] Fräulein eine gewisse Stunde bestimmen will,
wenn ich die Freyheit nehmen darff, mich zu näheren.

Charlotte schüttelte den Kopff hierzu, besonn sich eine
lange Zeit, endlich aber verwilligte sie: daß ich künfftige Nacht, wenn der weisse Vorhang heraus hienge, um
11. Uhr vor diesem Auditorio erscheinen dürffte, ausser
diesem Zeichen aber durchaus nicht. So bald demnach
andere Leute zu Bette waren, schlich ich mich gantz
heimlich in den Garten, bauete mein Catheder auf, und
fassete endlich das Hertze, Charlotten, so bald sie sich

am auffgemachten Fenster præsentirte, durch die engen
eisernen Stäbe meine Liebes-Declaration zu thun.

Es ist unnöthig den Innhalt derselben voritzo weitläufftig anzuführen, denn wer nur ein eintzig mahl verliebt gewesen, wird sich gar leichtlich einbilden können:
was man bey dergleichen Zeiten und Gelegenheiten vor
Fleiß anwendet, seinen Vortrag auf recht hertzbrechen-
de Art einzurichten. Kurtz, Charlotte und ich, wurden des
Handels binnen zwey Stunden vollkommen einig, verwechselten unsere Hertzen, schwuren einander ewige
Treue, und verabredeten: daß ich erstlich nach Wien
reisen, und auskundschaffen solte, ob noch etwas von
meinem Väterlichen oder Mütterlichen Erbtheile zu erhalten sey, da denn hernach etwas Geld an eine sichere
Officiers-Charge spendiren, und meine Geliebte öffentlich
zur Ehe begehren könte. Doch dieses war an uns beyden
eben nicht zu loben: daß wir uns beredeten Ferdinanden
so lange bey der Nase herum zu führen, biß ich von Wien
glücklich wiederum zurück gekommen wäre. [113]

Ich hatte damahls zum allerersten mahle das Vergnügen diejenigen Süßigkeiten, sehr offt wiederholt zu
kosten, welche sich eine Manns-Person von den recht
purpur farbenen Lippen eines ungemein schönen Frauenzimmers würcklich zu geniessen, einbilden und wünschen kan; denn die, zwar sehr engen eisernen Gitter,
waren dennoch so raisonable beschaffen: mir diese Ergötzlichkeit auf den Lippen und zarten Händen meiner
Geliebten, wiewohl sehr gezwungen zu erlauben. Nach-

dem aber alles, was uns bey dieser ersten geheimen Zusammenkunfft eingefallen, aufs genauste verabredet worden, war ich so höfflich Charlottens Nacht-Ruhe nicht gäntzlich zu verderben, sondern begab mich um 2. Uhr zurück in mein Apartement.

Folgendes Tages stellete sich Ferdinand versprochener massen sehr zeitig ein, erhielt von mir die tröstliche Nachricht, daß seine Sachen bey Charlotten ein ziemlich gutes Ansehen gewonnen, und ob sie gleich verredet hätte, zeit Lebens keine Liebes-Briefe an eine Manns-Person zu schreiben, so würde er doch in ihren Reden, Minen und fernern Umgange, solche Vortheile vor seine Liebe finden, daß er sich meines Vorspruchs bedient zu haben, nicht dürfte gereuen lassen. Allem Ansehen nach, fand er sich dieserwegen unbetrogen, denn Charlotte wuste ihm dergestallt politisch zu begegnen, daß er mit ihrer vermeintlich aufkäumenden verliebten Aufführung vollkommen zufrieden war. Sie muste recht gezwungener weise, ein kostbares Præsent von ihm annehmen, welches am Werthe bey nahe 100. Ducaten betraff, hergegen ließ sie sich durchaus nicht bere-[114]den, den Vortrag eines baldigen Verlöbnisses, und kurtz darauff anzustellender Hochzeit anzunehmen, indem sie nebst andern erheblichen Ursachen, vornehmlich diese anführete: daß sie ihn wenigstens erstlich Jahr und Tag, wegen seiner Treue auf der Probe halten müsse. Ihren Bruder hatte er durch Geschencke und andere Gefälligkeiten, nach und nach dermassen eingenommen: daß es

schiene, als ob sie ein Hertz und eine Seele wären, wie
denn auch dieser August, mehr bey ihm als bey uns war,
und ohnfehlbar sein natürliches Geschlechte, bey Ferdi-
nands Köchinnen und Mägden vermehrete. Im Gegentheil wurde meine Copulations-Raths-Charge gäntzlich
cassirt, weil Ferdinand seiner Meynung nach, keinen fer-
neren Vorsprecher mehr bedürffe, doch bekam ich zum
höfflichen Abschiede noch 12. Stück spec. Ducaten, welche vielleicht das Æquivalent des gebräuchlichen Kuppel-
Peltzes seyn solte.

Immittelst kamen Charlotte und ich, fast alle Nacht an
dem vorerwehnten Orte zusammen, denn unsere brennende Liebes-Hitze, konte der damahligen kälte des
Winters, noch ziemlichen widerstand thun, doch musten
wir uns sehr genau in acht nehmen, daß die, durch offt
wiederholtes Küssen befeuchte Lippen, nicht etwa ihr
zartes Häutlein an den unbarmhertzigen eisernen Stäben hängen liessen, welches ich nur ein eintziges mahl
mit ziemlicher Empfindlichkeit gewahr wurde, allein die
hefftige Liebe verschmertzte alles, in Betrachtung daß
man vor dergleichen Delicatesse auch etwas ausstehen
müsse.

Ich wuste inzwischen nicht zu begreiffen, warum [115]
der Herr von V** seine Söhne so lange von der Universität zurücke hielt, da doch selbige fast täglich wiederum
nach Halle zu kommen wünschten. Ich, der ich mich täglich in der Mathematique mit ihnen exercirte, wurde bis
dato noch von allen lieb und werth gehalten, doch an al-

lerliebsten von meiner englischen Charlotte; Inzwischen giengen wir beyde vor andern Leuten dermassen unpassionirt mit einander um, daß auch die Allerklügsten nichts weniger, als eine würckliche Liebes-Verbindung von uns præsumiren konten, ohngeacht Charlotte den von mir empfangenen Diamantenen Verlöbniß-Ring, täglich an ihren Finger trug, worgegen sie mir einen kostbaren Petschafft-Ring verfertigen, und verblümter weise den mehresten Theil von ihren Stamm-Wapen, wiewohl nach eigener Invention etwas verändert, hinein setzen lassen.

Solchergestallt verfloß die Helffte des strengen Winters, derowegen hielt ich mit meiner Geliebten geheimbden Rath, worinnen endlich das, auf beyden Seiten schmertzlich fallende Urtheil gesprochen wurde: daß ich um Fast-Nachten, meine Reise nach Wien antreten, und dieserwegen von meinen Patrons beglaubte Attestate, Reise-Pæsse und Recommendations-Schreiben auswürcken solte. Ich observirte also eines Tages die gute Gelegenheit, meinem Principalen vorzustellen: Wie nunmehro, da ich durch seine unverdiente gnädige Hülffe in solchen Stand gesetzt worden: mein Brod in Zukunfft selbst zu verdienen; es mir zur Sünde und Schande gereichen würde, wenn ich dessen Gnade ferner mißbrauchen, und nicht allein hier auf der [116] Bären-Haut liegen und die guten Tage zählen, sondern um auch mein ferneres Aus- und Einkommen unbekümmert seyn wolte. Weßwegen ich um gnädige Erlaubniß bäthe, in meinen eigenen Standes- und Etaats-Affairen eine Reise nach

Wien anzutreten, worbey mir sonderlich durch dessen gnädige Vorschrifft und selbst eigene Recommendation ein sicheres Conto zu finden getrauete.

Der gute alte Herr wandte zwar viel darwieder ein, schlug mir auch vor: von Ostern an, noch ein Jahr oder wohl länger bey seinen Söhnen auf der Universität zu bleiben, mittlerweile er auf allerhand Mittel bedacht seyn wolle, mich nach meinen Meriten behörig zu versorgen; Allein die Liebe, ach die hefftige Liebe zu Fräulein Charlotten, stack mir einmahl im Kopffe, und machte mich dermassen beredsam, daß ich dadurch endlich meinen Zweck erreichte, und 2. Tage nach Faß-Nachten 1715. mit 100. Thlr. Geld und einem propren Kleide von ihm abgefertiget wurde.

Nichts auf der Welt kam meinem Hertzen empfindlicher vor, als das klägliche Scheiden, ich wandte alle meine Beredsamkeit und beweglichsten Caressen an mein Fräulein Charlotte, dahin zu bewegen: mir in der letzten Nacht einen geheimen Zutritt in ihren Schlaf-Gemache zu erlauben, betheurete auch bey allen dem was heilig gehalten wird, weder mit Worten, Gebärden oder Wercken nicht das geringste wieder ihre Ehre und Tugend zu tentiren, allein dieselbe war in diesem Stücke ein wenig allzu strenge, also muste nur vergnügt seyn, daß meine Abschieds-Küsse, in grimmiger Kälte, [117] durch das umbarmhertzige eiserne Gatter nehmen durffte.

Demnach nahm meinen Weg, nebst einen zu meiner Bedienung angenommenen Reit-Knechte, der meine

Reise-Sachen hinter sich auf dem Pferde in zwey, starck angefüllten, Mantel-Säcken führete, erstlich noch einmahl auf Halle zu, allwo mein annoch daselbst befindliches Geräthe und Bücher, einem redlichen Freunde in Verwahrung, selbigen auch zu Unterhaltung meiner Correspondenz mit Charlotten, hinlängliche Instruction gab, nachhero meine Reise so hurtig als es meine zwey ziemlich tauerhafften Reit-Kläpper ausstehen konten, über Leipzig und Prag nach Wien fortsetzte. Selbige Weltberühmte Stadt erreichte ich endlich, gleich am Sonntage Judica, also 14. Tage vor dem Oster-Feste, hieselbst kostete es nun nicht wenig Mühe, das Geschlechte meiner Mutter auszuforschen, jedoch nach vielen vergeblich angewandten Kosten, traff ich endlich meine Groß-Mutter mütterlicher Seite, bey einer ihrer Töchter an, die an einen Zeugwärter bey der Käyserl. Artollerie verheyrathet war, und mit selbigen 5. lebendige Kinder erzeuget hatte. So bald ich mich kund gegeben und alle ausgestandene Fatalitäten ausführlich erzehlet hatte: umarmete mich meine Großmutter aufs allerliebreichste, und erkandte mich aus allen Umständen, sonderlich aber an den Gesichts-Zügen, und dem Muttermahle, welches ich am Halse unter dem Halßtuche auffzuweisen habe, vor den leiblichen Sohn ihrer ältesten Tochter. Hergegen wurde ihr, und mein eigenes Betrübniß gantz sonderbar er-[118]neuert, da keins von allen nur die geringste Nachricht zu geben wuste, wo meine Mutter mit der jüngsten Tochter müsse hingekommen seyn.

Meine Großmutter aber, hatte nebst dieser Tochter, bey welcher sie lebte, annoch zwey andere an Käyserliche Officiers verheyrathete Töchter, und einen Sohn, der unter der Käyserl. Infanterie als Capitain in Ungarn stunde. Nun erkandten mich zwar anfänglich alle 3. Muhmen, vor den Sohn ihrer ältesten Schwester, nachdem sie aber die Sache mit ihren Männern etwas reifflicher überlegt, und sich leichtlich die Rechnung gemacht, daß ich mein Muttertheil prætendiren würde, spieleten sie das Lied aus einem gantz andern Thone, zuckten die Achseln und gaben zu vernehmen, wie sie dennoch verschiedene trifftige Ursachen hätten zu zweiffeln: ob ich derjenige Vetter sey, vor welchen ich mich ausgäbe, man hätte sehr viele Exempel, daß die Leute von dergleichen listigen Landstreichern hintergangen worden; derowegen müste ich mich erstlich besser legitimiren, vor allen dingen aber die Römisch-Catholische Religion annehmen, so dann solten mir nicht allein von jedweden, meiner Mutter Geschwister, 200. Käyser-Gulden baar Geld gezahlt, sondern auch über dieses vor mich gesorget werden, daß ich, durch Vorschub meines Vetters, in Ungarn etwa einen Ober-Officiers oder Ingenieurs-Platz erhielte. Was war hierbey zu thun? mehrere Beweißthümer meines rechtmäßiger weise führenden Geschlechts-Nahmens beyzubringen, fiel mir unmöglich, der Evangelischen Religion abzuschweren, und die Römisch-Catholische, des zeitlichen schlechten Gewinsts wegen [119] anzunehmen, schien bey GOtt und Menschen unverantwortlich, einen

Process aber gegen meine dasigen Bluts-Freunde zu formiren, war gantz und gar nicht rathsam, sondern in Betrachtung meiner wenigen Mittel, allzu gefährlich. Derowegen nahm ich meine einzige Zuflucht zur Groß-Mutter, und verhoffte: dieselbe solte durch ihre Autorität meine Sachen auf guten Fuß setzen, allein selbige stund selbst gar auf schwachen Füssen, denn die gute Alte war fast ein Spott ihrer bösen Kinder und Kindes-Kinder, ihr Vermögen hatte sie biß auf wenige zurück behaltene Gold-Stücken und Jubelen, schon vor etlichen Jahren unter dieselben vertheilet, muste also meistentheils deren Gnade leben, über dieses war sie sehr eiffrig Catholisch, und sagte mir ausdrücklich: wie sie mich ebenfalls nicht mit rechten guten Gewissen vor ihren Enckel erkennen und sich meiner annehmen könte, so lange ich mich in meinen irrigen ketzerischen Glauben befände. Jedoch war sie endlich so mitleydig mir 30. Stück spec. Ducaten, nebst einem ziemlich kostbarn Diamant-Ringe und silbernen Degen zu verehren, meldete mir anbey denjenigen Fürstl. Sächsischen Hof, allwo meines Vaters leiblicher Vater, vor vielen Jahren in Diensten gestanden, rieth mir anbey dahin zu reisen und zu versuchen, ob noch etwas von meinem väterlichen Erbtheile zu erhalten sey, mittlerweile hätte auch Zeit und Gelegenheit zu überlegen, ob ich den Vorschlägen meiner mütterlichen Anverwandten Folge leisten, und mir ihr Anerbiethen zu Nutz machen wolte, solchergestallt ich denn mit ehesten zurück kommen und sie allerseits gedoppelt erfreuen könte. [120] Ich war von Hertzen, doch nicht halb so sehr über das empfangene Geschencke erfreuet, als da ich nunmehro die Geburths-Stadt meines Vaters ausgekundschafft hatte, versprach zwar alles wohl zu erwegen, reisete aber unter dem Vorsatze fort, mit Göttlichen Beystande mein anderweitiges Glück zu suchen, und dergleichen falsch- und halßstarrig gesinneten Bluts-Freunden nimmermehr wiederum vor die Augen zu kommen, noch vielweniger sie um einige Bey-Steuer anzusprechen, weil mich lieber zeitlicher weise von ihnen verlassen, als geistlicher weise ins Verderben gestürtzt wissen wolte.

Also trat ich in der angenehmsten Sommers-Zeit meine Rück-Reisen an, und erreichte wenig Tage nach Johannis-Feste, meines seel. Vaters Geburths-Stadt, jedoch in selbiger war mein Geschlechts-Nahme, vor wenig Jahren, mit dem Groß-Vater gäntzlich ausgestorben, ingleichen meines Vaters älteste Schwester nebst ihrem Ehe-Manne, mit hinterlassung dreyer Töchter verschieden, die andere aber lebte annoch mit einem Fürstlichen Secretario, in sehr vergnügter Ehe, und hatte zwey erwachsene Töchter, auch so viel Söhne, die etwa 12. biß 15. Jahr alt waren. Diese Leute konten sich zwar wohl ihrem Stande gemäß aufführen, hatten aber allem Ansehen, und ihrem eigenen Geständnisse nach, wenig übrig, wie sich denn auch vermuthlich dieser Ursachen wegen, keine anständige Freyer vor die sonst ziemlich fein aussehenden, und desto besser gezogenen Jungfern

anfinden wolten. Zu bejammern war es, daß meine Groß-
Eltern nicht in stärckern Mitteln gesessen, sondern im
hohen Alter [121] vor ihrem Ende fast alles zugesetzt, so
daß meines Vaters beyde Schwestern nach Abzug der
Begräbniß-Kosten, kaum 100. Thlr. werth an Meublen
ererbt hatten. Mein Vetter der Secretarius war so redlich,
daß er ohne mein geringstes Suchen, augenblicklich vor
billig erkandte, was massen der dritte Theil der Verlassenschafft mir zugehöre, derowegen erbötig, mir denselben, vor sich und seines Schwagers Töchter, über
welche er Curator war, auszuliefern, allein solche Redlichkeit afficirte mich dermassen, daß ich nicht nur alles
deprecirte, sondern über dieses, meine Vettern und Muhmen, mit ein und andern artigen Sachen beschenckte.

Es begab sich aber dieser mein Vetter, nachdem er
vermerckt, wie meine Absichten zukünfftiger Lebens-
Art eintzig und allein auf eine Militair-Bedienung gerichtet wären, alle Mühe, mich hiervon abzuziehen, und
zu einem ruhigern Stande zu persuadiren, allein vors
erste wuste er nicht, daß mich eine besondere Liebes-
Intrigue darzu antriebe, und vors andere wurde alle seine
Vorsorge, mich bey dem Fürstl. Hofe zu engagiren,
durch einen Widersacher zernichtet. Selbiger war ein
Mensch von erbärmlicher Conduite, seiner Einbildung
nach aber, ein anderer Richelieu oder Mazarini. Er hatte
etwas, wiewohl nichts sonderliches fundamentelles in der
Mathesi gethan, konte jedoch ein und andere Risse aus
diesem und jenen Kupfferstiche zusammen klauben,

ziemlich sauber aufs Pappier bringen, und selbige
hernach mit hochtrabenden Gebärden, vor seine eigene
sonderbare Invention ausgeben. Er glaubte: daß er sonderlich glücklich sey, von allen Dingen, [122] die nur aufs
Tapet kommen könten, ein ausserordentlich geschick-
liches Judicium zu fällen, und davon noch vortrefflichere
Specimina abzulegen, es kamen aber selbige zuweilen
nicht allein sehr unglücklich, sondern offtermahls gar
absurd heraus. Jedoch hätte seine Theorie in ein und
andern Stücken endlich noch so hingehen mögen, allein
in der Praxi hatte er sich bereits zu verschiedenen mahlen verlachungs-würdige Prostitution zugezogen, so daß
ein vornehmer und grund-gelehrter Mann, ein solches
Judicium von ihm gefället: dieser Künstler versuchte auf
des Fürsten Unkosten und mit dessen nicht geringen
Schaden erstlich hinter die rechten Sprünge zu kommen;
welches denn in der That und Wahrheit mehr als zu
gewiß eintreffen mochte. Nechst dem war dieser Mensch
der Philautie oder Eigenliebe im höchsten Grad ergeben,
indem nun aus selbiger gemeiniglich ein enormer
Hochmuth, und aus diesen wiederum, nicht selten eine
Charlatanerie zu entstehen pflegt, so konte man an
diesem Subjecto eins wie das andere nur gar zu deutlich mercken, denn wie mein Vetter sagte, so wisse er
mit seinen blonden Haaren nicht sattsam zu haseliren,
bald trüge er dieselben Krause, bald schlecht, bald
steckte er alle mit einander in einen mit gläntzenden
schmeltzbekleckten Sammet-Beutel, bald knüpffe er sie

in 1. 2. oder 3. Knoten, bald ließ er sie auf lächerliche und wunderliche Art in Zöpffe flechten, bald trüge er gar eine kohl-pechschwartze Peruque, die er zuweilen sehr weiß, zu weilen auch in 4. Wochen gar nicht pouderte, endlich abermahls wechselte, selbige wegwürffe, und sein blondes Haar wiederum zum Vor-[123]scheine kommen liesse. Anderer Grimacen, gezwungener Complimenten, affectirter Redens-Arten, Gebärden und Leibes-Stellungen nicht zu gedencken. Kurtz! dergleichen Wesen gab auch einem frembden annoch von ferne zu verstehen, daß eine starcke Sympathie zwischen ihm und denjenigen Creaturen sey, welche im Mertzen am meisten zu schertzen pflegen, ja man hat, ich glaube aber zum Schertz versichern wollen, daß er nicht nur beständig einen Zahn-Stocher von dergleichen Creatur, sondern so gar einen gantzen Laufft desselben im Schubsacke bey sich führete.

Diesem artigen Herrn nun mich adjungiren zu lassen: gab sich mein Vetter bey dem Fürsten die gröste Mühwaltung. Da man aber gewisser Ursachen wegen, gantz besondere consideration vor diesen allzuartigen Herrn bezeigte, und, damit er sich ja nicht etwa disjoustirt befinden möchte, erstlich Gelegenheit abwarten wolte, ihm solches mit einer Manier bey zu bringen, vermuthete ich, daß mir solchergestallt die Zeit etwas zu lang währen, auch da es endlich ja angehen solte, keine gar zu gute Seide mit diesem, meinem Temperamente durchaus contrairen Menschen spinnen würde, ließ mich also bereden,

mit dem eintzigen Sohne eines vornehmen Ministers,
noch einmahl nach Halle zu gehen, und folgenden Herbst
und Winter über noch recht fleißig zu studiren.

Es war dieses keine unebene Sache vor mich, denn
ausser dem, daß ich vor die Privat-Information des jungen
Cavaliers in allen defrayrt wurde, und noch über dieses
wöchentlich einen Thaler bekam, [124] getrauete ich mir
den Winter über mit meinem Handwercks-Zeuge, und
zwar nur zum Feyerabende, wenigstens 50. Thlr. zu verdienen, derowegen verkauffte meine zwey Pferde, den
Bedienten aber weil er sehr getreu war, behielt ich bey
mir, zumahl da ihm der junge Cavalier Logis und Kost
ebenfalls frey gab, ich also nur dessen Liberey zu bezahlen hatte.

Mit meinem Fräulein Charlotte hatte ich indessen, so
offt als es nur möglich gewesen, Briefe gewechselt, und
von den ihrigen einen so starcken Vorrath in Händen,
daß ich fast zwey Stunden Zeit nehmen muste, wenn ich
mir das gröste Vergnügen mit Durchlesung derselben
machen wolte. So bald mich aber nur etwas weniges aufs
neue in Halle eingerichtet hatte, trieb mich die hefftige
Begierde, selbige wiedrum einmahl zu sehen, dahin, dem
Herrn von V** meine Aufwartung zu machen. Ich wurde
seiner angebohrnen Gütigkeit nach, hertzlich wohl empfangen, stattete Rapport von meiner Reise und gehabten Verrichtungen ab, und hatte das Vergnügen meinen
Engel an dem alten Orte außführlich zu sprechen und
zu küssen. Sie erzehlete mir mit Lachen: daß Ferdinand

abermahls eine Vieh-Magd, seiner Meynung nach in aller Stille mit 50. Thlr. abgefertiget hätte, dem ohngeacht, weil sie sich nichts darvon mercken liesse, begegnete er ihr noch immer mit den äusersten Liebkosungen, und dränge scharff darauff: daß ihre Vermählung noch vor Weyhnachten vor sich gehen möchte. Allein sie bliebe beständig darbey, daß es in ihren Hertzen vorlängst beschworen sey, vor Verlauf ihres 20sten Jah-[125]res keinen Mann zu nehmen, also müsse er sich gezwungener weise, von einer Zeit zur andern, mit Gedult schmieren, woferne ihm nicht gelegen sey, bey ihr auf einmahl durch den Korb zu fallen.

Mir gab anbey mein liebstes Fräulein einen Verweiß, daß ich mich nicht emsiger um einen Officiers-Platz bemühete, ja sie durffte fast auf die Gedancken gerathen: als ob mir an ihrer, desto baldigen Besitzung, gar wenig, oder wohl gar nichts gelegen sey. Derowegen hatte genung zu thun, ihr solche Gedancken auszureden und zu erweisen, daß die itzigen Friedens-Zeiten, mich dermassen verwirrt machten, daß ich fast nicht wüste unter welche Trouppen ich mich wenden solte. Demnach schlug sie mir die Sächsische Soldatesque vor, welche damahls eben mit den Pohlnischen Confœderirten im Kriege verwickelt war, erboth sich auch mir so gleich mit 200. Thlr. an heimlich gesammleten Gelde und Geschmeide an die Hand zu gehen. Hieraus ware nun Dero gantz besonders treue Liebe sattsam zu spüren, derowegen versprach ich nur noch biß gegen den Frühling zu verweilen, nachhero so gleich meine Reise zu der Sächsischen in Pohlen stehenden Armeé anzutreten.

Hierbey blieb es vor dieses mahl, doch hatte noch binnen zween Tagen, und des Nachts vor dem eisernen Gatter, die schönste Gelegenheit, derselben meine inbrünstige Liebe mit beweglichen Worten vorzustellen, welche denn von beyden Seiten mit unzähligen Küssen aufs neue befestiget und versiegelt wurde.

Des Herrn von V** Herrn Söhne, waren auf [126] die Universität Leipzig gezogen, derowegen konte mich Ehrenhalber nicht länger bey dem alten Herrn aufhalten, nahm also vor dißmahl Abschied, empfing abermahls eine Ritter-Zehrung von 6. Ducaten, und kehrete wieder zu meinem jungen Cavalier nach Halle. Selbiger brachte so wohl als ich seine Zeit, den gantzen Herbst und Winter über, sehr fleißig zu. Im Februario des 1716. Jahres aber, verkauffte ich alle meine unnöthigen Sachen mit guten Vortheil, erhandelte abermahls ein paar gute Klöpper, und wartete nur auf das Fräulein Charlotte, welche selbsten nach Halle zu kommen versprochen hatte. Sie stellete sich endlich im Mittel des Februarii ein, überlieferte mir 100. Thlr. baar Geld, und vor so viel Geld allerley Geschmeide, welches ich gar bequem bey mir führen konte, da aber meine Allerliebste vielerley zu verrichten hatte; und sich noch selbigen Tages auf die Rückreise begeben muste, wurde unser Abschied kürtzlich, jedoch dermassen zärtlich gemacht: daß wir beyderseits in Thränen zu zerfliesen vermeynten, doch da es nicht anders seyn wolte, schwuren wir einander nochmahls ewig feste Treue, und schieden von einander.

Noch selbigen Abend setzte ich einen Brieff an den Herrn von V** auf, ihm mein Vorhaben zu eröffnen und zugleich schrifftl. Abschied zu nehmen, weil ich von dessen Güte dermassen überhäufft worden, daß mich schämen müste, wiederum vor seine Augen zu kommen, biß ich eine würckliche Ober-Officiers Bedienung erhalten. Von meinem jungen Cavalier nahm ich gleichfalls recht zärtlichen Abschied, empfieng von ihm über meinen versproche-[127]nen Verdienst, noch ein schönes rothes Reise-Kleid, nebst 30. Lüneburgischen Gulden, reisete also mit meinen Bedienten, dem ich mittlerweile gut lesen, schreiben und rechnen lernen lassen, wohl gespickt und höchst vergnügt die Strasse nach Pohlen zu.

Durch Sachsen und Schlesien war gut reisen, allein so bald ich auf den Pohlnischen Boden kam, wurde in einer Stadt von etlichen Lutheranern gewarnet, wohl Achtung zu haben, weil es Kunst kosten würde: bey dermahligen Troublen mich biß in die Sächsische Armeé durch zu practiciren. Allein ich muste mehr Glücke als Verstand haben, denn medio Aprilis, gelangete ich ohne einige gehabte Verdrießlichkeit, glücklich bey der Sächsischen Infanterie an, engagirte mich anfänglich bey einem Regimente als Voluntair, bekam aber, ehe 2. Monat vergiengen, einen erledigten Fähndrichs Platz, und zwar ohne grosse Kosten, sondern mehrentheils aus besonderer Gnade eines genereusen Obristen, der noch darzu meinen Schwedischen tyrannischen Obristen sehr speciell gekennet hatte, welcher letztere, wie damahls erstlich erfuhr, bey Pultawa in der Schlacht von den Moscovitern massacriret worden.

Plus ultra, war von nun an mein ernstliches Symbolum, derowegen suchte meinem Character, durch möglichste accuratesse, in allen Stücken behörige Satisfaction zu geben. Immittelst war mir von Grund des Hertzens leyd, daß ich nicht ein oder anderthalb Jahr früher unter die Sachsen gegangen, denn die delicatesten Expeditiones waren mehrentheils vorbey, und passireten dermahlen nur aller-[128]hand kleine Scharmützels, worbey sich dennoch einige Gelegenheit dargab meine Courage zu zeigen. Es würde hoffentlich die Erzehlung derselben nicht so verdrießlich als langweilig fallen, derowegen will diese Materie biß auf eine andere Zeit versparen, und voritzo nur berichten: daß, nachdem der Friede zwischen beyden streitenden Partheyen am 1. Febr. anno 1717. in Warschau ratificirt worden, ich unter den Königl. Truppen ebenfalls mit zurück und mein Quartier in Sachsen beziehen muste. Selbiges war etwa 14. biß 16. Meilen von meiner liebsten Charlotte Auffenthalt entlegen, doch weilen so gleich keinen Uhrlaub bekommen konte, eine persönliche Visite bey ihr abzulegen; muste ich die Zuflucht zu meinem Correspondenten in Halle nehmen, und in dessen Brieff ein Schreiben an meinen Engel einlegen, allein 14. Tage darauff erhielt von ermeldten guten Freunde die sichere Nachricht, daß sich meine

Schöne nicht mehr bey dem Herrn von V.** aufhielte,
sondern an einem andern, ihm unwissenden Ort, geschafft wäre.

Mir war hierbey nicht bange, sondern ich vermeynete
wenn ich nur einen Brieff an den alten Herrn von V.**
ingleichen an dessen Söhne schriebe, mich um ihrer allerseits, und beyläuffig um Charlottens gutes Auffbefin-
den erkundigte, so würde doch wohl einer von ihnen,
ohngefähr auf die Gedancken gerathen, mir Charlottens
Auffenthalt zu vermelden, zumahlen da ich glaubte: daß
sie nunmehro um so viel desto mehr Estim gegen meine
Personalität bezeugen würden, weiln ihnen zugleich avi-
sirte daß ich Hoffnung hätte: binnen wenig Wochen in die
[129] Lieutenants Charge zu treten, aber weit gefehlt,
denn in einigen Tagen lieff folgender verzweiffelt eckele
Brieff bey mir ein:

Monsieur,

und Insonders Hochgeehrter Herr Fähndrich.

D*Erselbe nehme mir nicht übel, daß ich auf expressen
Befehl meines gestrengen Herrn, des Wohlgebohrnen Herrn von V.** welcher das Jus Patronatus in unsern
Dorffe hat, diese eigenhändige Zeilen an Denselben ab-
senden thue. Sintemahl und demnach es nunmehro leyder schon vor etlichen Wochen ans Licht gekommen, daß
Er die Wohlgebohrne Fräulein Charlotte verführen, und
wie vermuthet wird, wohl gar um ihre Fräuleinschafft
bringen wollen, doch sit ferbis fenia, wo ich mich irre,
hat es nach dem Ausspruche des Terentius wohl recht*

148

*geheissen: Tembus omnia padefacit, welches in Teutschen
Reimen also klingen und lauten thut:*

Es ist so kleine nichts gesponnen,

Das nicht käm mit der Zeit zur Sonnen.

*Der wohlgebohrne Herr nebst seiner gantzen Hoch Ade-
lichen* Familie *mänliches und weibliches Geschlechts ist
grausam erbittert und im Zorne ergrimmet auf ihn, und
so gar etliche Bauren selbst wollen das Ding gar nicht
billigen, daß er als einer den der gestrenge Herr den
Bettel Stabe entrissen, und ihn erstlich zum rechtschaffenen Kerl gemacht hat, ist so undanckbar gewesen, und
hat aus dem* [130] *Staube seine Augen an den Hoch
Adelichen Stern-Himmel gehoben, und mit einem solchen* Venus-Sterne *geliebäugelt. Aber* Amor fincit omnia,
*das heist die Liebe ist blind. Ich habe solches wohl dem
gestrengen Herrn auch vorgehalten, allein ich bekam
ein zorniger Gesichte, als wenn ich seinen Ketten-Hund
mit einem Steine geworffen hätte. So wahr ich ein ehrlicher* Cantor *bin, Herr Fähndrich Litzberg, der Juncker*
August *und der Juncker* Ferdinand *haben euch alle beyde
den Todt geschworen, ich rathe euch nicht, daß ihr ihnen
auf den Felde begegnet, denn sie gehen mit unsern jüngsten Juncker alle Tage mit der Flinte* spaziren herum.
Cavete vos, *Das heisset hütet euch. Aber doch will euch
noch der gestrenge Herr, die Gnade erzeigen und thun,
und euch euren Kuffert, den ihr hier stehen gelassen,
hin schicken lassen, wo ihr ihn hin haben wollet, denn
ich habe den Kuffert schon in meinem Hause unter*

meinem Bette stehen, da soll ihn leichtlich kein Dieb hervor langen, ich will nur wissen wo ich ihn hin schicken soll, auf der Post oder durch einen Bothen, welchen ihr aber bezahlen müsset, denn es heisset ein Arbeiter, also auch ein Bothe ist seines Lohnes wehrt. Ja ich hätte es bald vergessen, ich soll euch auch schreiben, daß ihr nur nicht gedencken sollet das Fräulein Charlotte *wieder zu sehen, ehe sie einen Edelmann gekriegt hat. Denn eine solche schöne Fräulein soll* [131] *nun durchaus vor keinen andern Menschen als vor einen Edelmann gewachsen seyn, welches auch niemand verdencken wird, denn es heist* simulus similus gautet *auf Teutsch:*

    Gleich und gleich gesellt sich gern,

    Ein' Qvetschk hat keinen Schleen-Kern.

Ich solte zwar auch was neues berichten, aber ich weiß nichts sonderliches, doch ja, vor 3. Vertel Jahren da ich Toffel Zaunsteckens Tochter Annen, *welche mit Melcher Truthahns Sohne* Tönnigesen *in ein christlich Ehe-Gelöbniß getreten war, in die Braut-Messe läuten sollen, fuhr der Klöppel aus der Glocke zum Schall-Loche heraus, und hat Nachbar Erbs Micheln ein jung Schwein todt geschlagen, das war aber nur eins, mir aber sind diesen Winter 3. Ferckel auf einmahl erfroren, wodurch in sehr grosses Leydwesen gesetzt worden, doch was hilffts* hodie michi cras tibe. *Mein lieber Sohn ist von dem Hällischen* Gymnastio *wieder nach Hause gekommen, er hat zwar nur biß in* quinda *gesessen, kan aber mehr als der beste Primanner, die Leute sprechen nun, ich soll ihn*

auf die Unstædt schicken, aber er hats nicht nöthig,
ich will ihn lieber mir substiren lassen, denn ich werde
doch alle Tage älter, bin ich in den Dienste nicht ver-
hungert, wird er auch nicht verhungern. Ich schriebe
gerne noch etwas mehr, habe aber gewiß und wahrhafftig
kein Schnippelgen Pappier mehr im Hause, und in der
Schencke sind sie schon zu Bette. [132] *Wenn ich an-*
fanges was geschrieben habe, daß euch etwa verdrießen
thut, so rechnet es mir nicht zu, denn ich bin ein Mensch
darzu der Obrigkeit unterthan, die hat mirs befohlen
fein Teutsch raus zu schreiben. Tic cur hic pflegen wir
Gelehrten an unsere Studier-Stuben zu schreiben, und
also habe ich thun müssen, was mir der gestrenge Herr
befohlen hat, wir bleiben deßwegen doch gute Freunde,
ihr habt mir nichts zu Leyde gethan, und ich euch auch
nicht, ein Schelm ders böse meynt. Fale amice ich ver-
bleibe desselben

Monsieur
und Insonders Hochgeehrter Herr Fähnrich
Dienstwilliger Freund
N. N. R.
Cantor und Ludimoder: in N.

Wer gläubts wohl nicht, (sprach hierauf Mons. Litzberg, nachdem er uns diesen Brieff nochmahls vorlesen
und Zeit lassen müssen, die von Lachen gantz zerschüttelten Cörper wieder in Ordnung zu bringen,) daß ich
über diese verzweiffelte Schreib-Art hätte halb toll und
halb närrisch werden mögen, doch ich will mich mit Wie-

derholung meiner entsetzlich verwirrt-aufgestiegenen
Affecten gantz und gar nicht aufhalten, sondern nur die
listigen Anschläge entdecken, welche ich Tag und Nacht
schmiedete, um den gewissen Auffenthalt des Fräuleins
Charlottens zu erfahren. Der Schulmeister, den ich wegen seines schändlichen Briefes in der ersten Furie den
Hals zerbrochen, jedoch wenn ich ihn nur erstlich bey
mir gehabt hätte, wurde nach und nach [133] in meinen
Augen und Gedancken eine vortrefflich nützliche Creatur, kurtz! ich war auf lauter Streiche bedacht, durch ihn
zu erfahren, wohin man meine andere Seele geschafft
hätte, setzte mich derowegen auf die Post, und richtete
meine Reise also ein: daß ich accurat Freytags Abends in
demjenigen Sächsischen Städtgen eintraff, welches nur
eine kleine Meil wegs von des Herrn von V.** Guthe
entlegen war. Ich hatte mich mit allen Dingen, welche ich
zu Ausführung meines Vorhabens nöthig hielt, sehr wohl
versehen, und weiln gewiß versichert war, daß sich der
vertrackte Cantor gemeiniglich des Sonnabends, einen
guten halben Tag, in dem Städtgen zu machen pflegte,
wenn er nehmlich den Communicanten Wein von dar-
selbst abholete, und sich den Rantzen bey solcher Gelegenheit recht voll gutes Stadt-Bier soff, so verfärbte
mein Gesichte so schwartz-braun, als es sich schickte,
zog einen braunen Rock an, setzte eine schwartz-braune
liederliche Peruqve über meine zusammen gebundenen
Haare, legte einen grossen Schwedischen Degen auf die
Schulter, und einen grünen Qveer-Sack drüber, band

auch einen mit etwas versilberten Meßing beschlagenen
Streich-Riemen vorn an die Brust, machte also eine Figur, wie ein liederlicher Scheer-Knecht oder Barbier-
Geselle, gieng Vormittags um 10. Uhr, des halben Wegs,
auf diejenige Strasse, wo ich wuste, daß der Schulmeister von rechts wegen herkommen muste, legte mich
hinter ein Gesträuche, und wartete mit Schmertzen auf
dessen Ankunfft, war auch um 12. Uhr so glücklich, denselben zu erblicken, stund [134] derowegen auf, und
gieng sachte vorher, weil mir seine Art bekandt, daß er
sehr neugierig war, und jederman gern kennen und aus-
fragen mochte. Es schlug mir in diesem Stücke nichts
fehl, denn er verdoppelte seine Schritte so lange, biß
er mich einholte, auf Befragen: Wer ich sey, und wo ich
hin wolte? Bekam er zur Antwort: Ich sey ein ehrlicher
Barbiers-Geselle, eines Schulmeisters Sohn aus West-
phalen, und suchte Condition, aber in keiner kleinen,
sondern in einer grossen Stadt, weiln ich ohngeacht meiner liederlichen Kleidung etliche 20. Ducaten bey mir
hätte, die ich ihm auch zeigte, und bath: mich in einen
Gasthoff zu führen, wo ich eine Stube allein haben könte.
Er erboth sich in allen zu meinen Diensten, zumahl da ich
mich verlauten ließ, es müsse heute ein Ducaten in Wein
und Biere versoffen werden, und wenn ich auch den
Nacht-Wächter zum Sauff-Bruder herzu ruffen solte. Allein der Herr Schulmeister, den ich seit langen Jahren
aus- und inwendig, er aber vor dißmahl mich nicht kannte, versicherte mich, daß es an Compagnons nicht fehlen

würde, und solte er auch allenfalls selbst einen abgeben, derowegen eileten wir fort ins Quartier, allwo ich so gleich eine besondere Stube bekam, und zum Willkommen 6. Maaß Wein, so viel Bier, nebst andern Delicatessen, die in der Eil zu haben waren, herbey bringen ließ, die Stuben-Thür abschloß, und mich mit dem Herrn Schulmeister en deux rechtschaffen lustig machte. So bald ich einen halben Tummel bey ihm verspürete, rieb ich mein Gesicht mit einen besondern Pulver ab, ließ meine Haare, nach weggeworffener [135] Peruqve, herab fallen, weßwegen er mich augenblicklich erkandte, und vor Angst nicht wuste, wie ihm geschahe. Allein ich machte ihm alle ersinnliche Caressen, nennete ihn meinen allerliebsten Freund und Vater, drückte einen spec. Ducaten in seine Hand, soff den Hansen brav aufs Leder, machte sein Hertze zur welcken Rübe, und erfuhr endlich, nicht nur meiner liebsten Charlotte wahrhafften Auffenthalt, sondern auch alles andere, was er von meinen und ihren Affairen vernommen hatte. Hierauf inponirte ich ihm altum silentium, versprach in zukunfft davor weit bessere Erkänntlichkeit zu erzeigen, und ließ ihn durch einen zugegebenen Bothen mit aufgehenden Monde, biß vor sein Hauß begleiten.

Noch selbige Nacht nahm ich eine Extra-Post, und reisete wiederum meinem Quartier zu, weiln nicht länger als auf 5. oder 6. Tage Uhrlaub genommen hatte, nunmehro aber, bath auf einen oder 2. Monath Uhrlaub aus, muste jedennoch 14. Tagen warten, ehe mir abzureisen

erlaubt wurde, binnen dieser Zeit, schrieb ich einen
abermahligen Brief an den Herrn von V.** excusirte das,
mir so hoch aufgemutzte Verbrechen, schützte vor: daß
es gar nichts unerhörtes sey, wenn ein Fräulein einen
Officier heyrathete, der zumahlen die gröste Hoffnung
hätte, durch seinen Degen, sich des Adelichen Standes
vollkommen würdig zu machen, übrigens wolte vor dieses mahl dasjenige Touchement, so mir durch die thörichte Zuschrifft des einfältigen Schulmeisters zugefügt
worden, en regard dessen, daß ich dem Herrn von V.**
gantz besondern Respect [136] restire, durch Klugheit
überwinden, mir aber dabey ausbitten: daß von jungen
Edelleuten nicht mechant von mir gesprochen würde,
wiedrigenfalls ich mich genöthiget sähe, einen oder den
andern auf ein paar Pistolen zu Gaste zu bitten, oder den
Injurianten dergestalt zu prostituiren, daß sich endlich
zeigen müste, wer das beste Adeliche Hertze im Leibe
hätte.

An meinen vielgeliebten Herrn Schulmeister schrieb
ich aber einen gantz andern höchst-verbindlichen Brief,
schickte ihm auch noch einen Ducaten, und bath durch
den abgefertigten Expressen, mir nicht allein meinen
Coffre zu senden, sondern über dieses auch noch sonsten
schrifftlich zu berichten, was er etwa damahls vergessen
hätte.

Der Herr von V.** war dennoch so eigensinnig, mir
auch auf dieses Schreiben nicht zu antworten, hingegen
schrieb mir der Herr Schulmeister desto hertzbrechen-

dere Zeilen, jedoch weil nichts remarquables darinnen
befindlich, will voritzo die Zeit menagiren, und selbigen
Brief nicht einmahl hervor suchen, sondern nur sagen:
daß ich endlich Erlaubniß zum Hinwegreisen erhielt. Ich
hatte biß zu meines Fräuleins Auffenthalt 26. Meilen
zurück zu legen, die ich ebenfalls auf der Post antrat,
jedoch nicht weiter gehen wolte, biß in die letzte nächst
gelegenste Stadt, ich kam hurtig genug daselbst an, und
zwar eben an einem solennen Jahrmarckts-Tage. Allein
wie erschrack ich nicht, da, indem ich von der Post abstieg, August und Ferdinand ohnfern vor mir vorbey giengen, jedoch zu guten Glück meiner nicht gewahr wurden.
O Himmel! [137] wie geschwind griff ich nach meiner
Büchse, worinnen die vortreffliche Salbe verwahret war,
wodurch man sich in der Geschwindigkeit zum halben
Zigeuner machen konte. Ich folgete dem Postilion in den
Stall, und beschmierete mich unvermerckt so viel als
nöthig war an Gesicht und Händen, ließ geschwind meinen Coffre abpacken, zohe ein fahles Kleid an, setzte eine
braune gute Peruqve auf, und gieng eiligst auf dem
Marckte herum spaziren, allwo mir nach einer halben
Stunde mein Fräulein Charlotte unter etlichen andern
Adelichen Dames in die Augen fiel. Vor Freude und Bekümmerniß war ich fast halb todt, jedoch, da sie bald
hernach in ein grosses Gast-Hauß giengen, vor welchen
ihre Carossen unangespannet stunden, schlich ich mich
gegen über in ein Wein-Hauß, forderte Feder und Tinte,
hatte immer ein Auge aufs Fenster, das andere aber aufs

Pappier gerichtet, und schrieb in der Geschwindigkeit
ohngefähr folgende Zeilen:

Allerschönstes Fräulein.

E*Uer allergetreuster Verehrer F. L. ist allhier zugegen, und hat bereits das Glück gehabt, euch als
seine Sonne unter andern blossen Sternen von ferne zu
sehen. Lasset ihm wissen, ob er sich noch den Eurigen
nennen darff, oder ob derjenige Sturm, welchen seine
Seele, auch entfernet, ebenfalls empfunden, die Wurtzel
der zu ihm getragenen Gunst aus Eurem Hertzen gerissen hat. Ich muß selbiges zwar nicht ohne Ursache
befürchten, kan es aber fast unmöglich glau-[138]ben,
weil Euer, sonst in allen billigen Sachen beständiges
Gemüthe, mir jederzeit vor Augen schwebt. Verkürtzet
derowegen meine Quaal und Marter, entdeckt mich entweder meinem anwesenden Mit-Buhler, der mir den
Todt geschworen hat, oder zeiget mir Gelegenheit, wo,
und wann das Vergnügen, Euch in Geheim zu sprechen,
haben kan, der im Post-Hause in verstellter Kleidung
auf Antwort wartende*

bekümmert-Verliebte

Litzberg.

Geschrieben war der Brief, ich sahe auch mein Fräulein nebst andern Dames gegen über im Fenstern liegen,
allein, wie ihr derselbe unvermerckt in die Hände zu
spielen sey, wolte mir gar nicht einfallen. Endlich da
sich ohngefähr ein mäßiger Pursche vor mir præsentirte,
und allerhand Galanterie-Waaren zum Verkauffe anboth,

merckte ich gleich an seinem gantzen Wesen, daß er ein durchtriebener Schalck seyn müsse, zohe ihn derowegen auf die Seite, kauffte vor einen Ducaten nöthige Waaren, zeigte ihm hernach das im Fenster liegende, sehr betrübt aussehende Fräulein, und versprach ihm einen spec. Thaler zu verehren, wenn er derselben, ohne daß es andere Leute merckten, diesen Brief einhändigen, und ihr heimlich zu verstehen geben könte: so bald es ihr gelegen, Antwort abzuholen, zu welchem Ende ich ihm denn eine kleine Schreib-Taffel nebst Bleystifft gab, die er ihr ebenfalls überreichen, zur Losung aber nur die bey-[139]den Buchstaben F. L. schreiben oder reden könte, so würde sie alsofort mercken, was es zu bedeuten hätte.

Der lose Vogel war mehr als zu dreuste, schleicht sich also gantz leise in dasjenige Zimmer, wo die Adelichen Personen befindlich, zupfft das Fräulein gelinde beym Ermel, und da sie sich, ohne daß es die andern gewahr werden, umwendet, giebt er ihr alsofort den Brief so wohl als die Schreib-Taffel, mit verzweiffelten Gebärden und Augen-Wincken in die Hände, erhält so viel von ihr, daß sie es stillschweigend verbirget, nachhero legt er seinen Waaren aus, da immittelst Charlotte einen Abtritt nimmt, endlich wieder zurück kömmt, ihm ein und anderes abkaufft, und die Schreib-Taffel gantz unvermerckt wiederum zustellet. Selbige brachte er zu meinem grösten Vergnügen eiligst zurück, denn ich war noch nicht wiederum ins Post-Hauß gegangen, sondern wolte nunmehro im Wein-Hause erstlich abwarten, was ferner passiren würde, fand demnach in der Schreib-Taffel folgende Antworts-Zeilen:

Mein Werthester!

Dieses ist versichert die erste vergnügte Stunde, so ich nach euren genommenen Abschiede in Halle, wiederum zu empfinden habe. Ihr bleibet, so lange ein Othem in mir ist, dennoch der Meinige und ich die Eurige, und wenn sich gleich die gantze Welt darwieder setzte. Seyd so gütig, und traget im Post-Hause noch in etwas Gedult, Morgen mit den allerfrühesten, wird mein Bruder mit seinem unflätigen Compagnon *abreisen, gegen* [140] *Abend aber sollet ihr von meinem getreuen Mägdgen fernere mündliche und schrifftliche Nachricht empfangen, Lebet wohl mein Hertzens-Schatz, ich bin*

eure getreue

Charlotte.

Niemahls habe ich einen spec. Thaler mit grössern Vergnügen ausgegeben, als denjenigen, welchen mein glücklicher Liebes-Courier, nehmlich der Galanterie-Händler, itzo von mir empfieng, so lange aber meiner Augen höchst ergötzliche Weyde, sich noch am Fenster blicken ließ, gieng ich nicht von der Stelle, sondern wartete so lange im Wein-Hause, biß sie sich endlich in den Wagen setzte, und davon fuhr, da ich denn wiederum zurück ins Post-Hauß gieng, und meine Zeit mit verliebter Sehnsucht so lange vertrieb: biß folgenden Tages fast gegen Abend Charlottens Getreue mir folgende Zeilen überbrachte:

159

Mein Liebster!

*F*Olget der Uberbringerin dieses, meinem getreuen
*Mägdgen ohne Scheu an denjenigen Ort, wo sie
euch hinführet, damit ich das Vergnügen habe, euch auf
einige Stunden zu sprechen. Nehmet mir immittelst
nicht ungütig, daß voritzo nicht weiläufftiger geschrieben, denn eine gute Freundin hat mich auch bey nächtlicher Weile, an dieser mir sonst höchst ergötzlichen
Arbeit verhindert. Meine Peiniger sind fort. Adieu mon
coeur.* [141]

Dieser angenehmen Ordre schuldige Folge zu leisten,
begab ich mich mit herein brechender Abend-Demmerung, nebst meiner Führerin, auf den Weg, und wurde,
nachdem wir eine starcke Stunde Wegs zurück gelegt,
durch einen Bauern-Garten in ein dergleichen Hauß geführet, woselbst mich ein alter 70. jähriger Mann nebst
einer, vielleicht um sehr wenig Jahre jüngern Bauer-
Frau, nach ihrer Art sehr höflich und freundlich bewillkommeten. Mein englisches Fräulein stellete sich um
die Mitternachts-Zeit auch daselbst ein, fuhr aber entsetzlich zusammen, da sie von mir, als einem Zigeuner
ähnlichen, schwartz-braunen Peruqven-Hanse, empfangen wurde. Jedoch ich ließ sie nicht lange in dieser Verwirrung stecken, sondern, war bemühet durch die Krafft
meines Pulvers, und etwas warmen Wassers, meine natürliche Gestalt herzustellen, welche nach abgelegter
Peruqve, ein unzweiffelhafftes Attestat von meinen eigenen Haaren empfieng.

Wir belachten hierauf diesen Spaaß eine kurtze Zeit, liessen die alten Leute immerhin bey den Gedancken: daß ich mehr als Brod fressen könte, und fiengen hernach in ihrer Gegenwart unsern Discours in Frantzösischer Sprache an: Dergestalt erfuhr ich nun, daß unser geheimes Liebes-Verständniß, durch niemand anders als durch Charlottens eigenen Bruder entdeckt und ausgebreitet worden, denn dieser liederliche Wildfang, hatte einsmahls durch einen Ritz in Charlottens Stube geguckt, und observiret: daß dieselbe mit weinenden Augen, einige, aus ihrem Chattoull hervor gelangte Briefe gele- [142]sen, hernachmahls selbige verschiedene mahl geküsset und wiederum aufs sorgfältigste verwahret hatte. Da nun Ferdinand gleichfalls ein Zeuge darvon gewesen, gehen sie mit einander zu rathe, und erbrechen nachhero einsmahls unter der Kirche Charlottens Stube und Chatoull, finden alle meine Briefe nebst den meisten Concepten ihrer Antwort, und zeigen dieselben, um Charlotten nur recht zu prostituiren, erstlich allen Leuten, und auf die letzte auch dem Herrn von V.**

Was die gute Charlotte dieserwegen vor Verdruß und Qvaal ausstehen müssen, und wie es über mich armen Schöps hergegangen, ist leichter zu vermuthen als zu erzehlen. Ferdinand, dessen Liebe dieserwegen dennoch nicht verschwindet, sondern um so viel desto mehr Nahrung empfängt, weil er nunmehro versichert ist, daß Charlotte gar wohl lieben kan, wenn sie nur will, vermeynet bey solchen Umständen im trüben zu fischen, und es dahin zu bringen: daß Charlottens Ausschweiffung, (wo es anders menschlicher weise also zu nennen) sich mit seinen groben Schand-Flecken compensiren soll. Allein diese fasset einen Helden-Muth, und saget franchement heraus: daß sie 1000. mahl eher einen gemeinen Musquetier von guter Conduite, als einen solchen Edelmann heyrathen wolle, der sich mit allen Vieh-Mägden auf dem Miste herum gewelzt, und so viel Hur-Kinder zu ernähren hätte, daß in zukunfft seine Korn- und Wäitzen-Erndte nicht einmahl hinlänglich seyn würde, selbigen die veraccordirten Mund-Portiones zu reichen.

Der Herr von V.** fasset sich dieses einiger mas-[143] sen zu Hertzen, und weil er Charlotten, von Jugend auf nicht viel geringer als seine eigene Kinder geliebt, erlaubt er zwar, daß sich Ferdinand weiter um sie bemühen möchte, gibt aber anbey zu verstehen: daß er das Fräulein zu keiner Heyrath zwingen, jedennoch auch bey seinen Lebzeiten nicht erlauben wolte, daß sie mich, oder einen andern, der nicht Adeliches Herkommens sey, zum Manne bekommen solte.

Solcher gestalt wird die liebe Charlotte auf allen Seiten, und zwar von ihren leiblichen Bruder am meisten geplagt, biß endlich die Zeitung von dem Rück-March der Sächsischen Trouppen einläufft. Mein Avancement ist ihnen allerseits schon bekandt, derowegen befürchten sie nicht ohne Ursache, daß es Händel setzen möchte, schaffen also Charlotten bey Zeiten weiter fort, zu einer ihrer Anverwandten im Anhältischen. Allein die guten

Leute hatten doch ihre Sachen nicht klug genug angestellet, weil ich, wie bereits gemeldet worden, gar bald
alles auskundschaffte. Ferdinand und August die man vor
ein paar veritable Krippen-Reuter und Schmarotzer halten konte, hatten einmahl patroulliren und erkundigen
wollen, ob Charlotte etwas ferneres von mir vernommen,
oder ob ich mich etwa um selbige Gegend gezeiget, ihr
auch vorgeschwatzt, ich hätte Regiments-Gelder angegriffen, und wäre mir dieserwegen der Degen, vom
Stecken-Knecht vor dem Knie zerbrochen, um die Ohren
geschlagen, ich also als ein Schelm vom Regiment verjagt
worden, allein sie kommen in allen Stücken blind, Litzberg aber hatte das Vernü-[144]gen, damahls und nachhero seine Feinde öffentlich zu schanden zu machen,
denn mein, von dem General eigenhändig unterschriebener Reise-Pass, konte dißmahl Charlotten, mein Degen
und Pistolen aber weiterhin allen andern das Gegentheil
zeigen.

Auf solche Art wurde die Zeit unserer ersten Wiederzusammenkunfft, mit lauter ernsthafften Gesprächen
verbracht, doch weil ich meinen getreuen Engel umständig bat, mir wenigstens noch zweymahl an selbigen
Orte eine Nacht Visite zu gönnen, um unsere fernern
Anstalten zu überlegen, hatte ich dennoch die erwünschte Lust, auf ihren Rosen-Lippen die meinigen zu weyden, ausser diesen aber wurde von beyden Theilen die
strengste Keuschheit observirt, denn Charlotte hatte in
Wahrheit ein vollkommen Tugendhafftes Gemüthe, und

ich hätte lieber sterben, als mich mit dem geringsten
Zeichen der Geilheit bey ihr verdächtig machen wollen.
Unsere Abrede war demnach diese: daß ich sehr fleissig
an sie schreiben, jedoch den Titul des Briefs an ein gantz
unbekandtes Fräulein machen, die Briefe auch ohne
Scheu an den Post-Meister des nächstgelegenen Städt-
gens addressiren, ihm aber nichts darvon melden solte,
weil sie bereit sey, um besserer Sicherheit willen, diesen
Mann selbst auf ihre Seite zu ziehen, und ihm einzubilden: daß ihrer Baasen eine, ein Geheimes Liebes-
Verständniß mit einem gewissen Cavallier hätte, worinnen Charlotte Unterhändlerin wäre. Mit dem veränderten Nahmen und Petschafften, nahmen wir auch
indessen völlige Abrede, und nachdem sie mir abermahls
100. Thlr. baar Geld offerirt, ich aber [145] selbiges ohne
dringende Noth nicht annehmen wolte, hingegen ihr
eine, in Pohlen erbeutete goldene Uhr, nebst einem kostbaren Diamantenen Creutze einhändigte, wurde, um keinen besorglichen Verdacht zu erwecken, mit Endigung
der dritten Nacht-Visite der Abschied gemacht. Die guten ehrlichen Bauers-Leute empfingen von mir, vor
ihre gehabte Beschwerlichkeit, einen Ducaten, und also
reisete ich per Posto wiederum in mein Stand-Quartier.

Ich mercke, verfolgete hierbey Mons. Litzberg seine
Rede, daß ich meine Liebes-Händel ihnen, meine Herrn,
vielleicht zum Verdruß etwas zu weit ausdehne, jedoch
ich werde mich im Rest derselben desto mehr auf die
Kürtze befleißigen, woferne dieselben sich bemühen

wollen, mir noch ein halbes Stündgen zuzuhören. Der Alt-Vater Albertus versetzte hierauf: Mons. Litzberg! ihr macht mir diesen Abend eine besondere Ergötzlichkeit, ich gestehe, daß dergleichen Geschicht bey eurer so sehr stillen Gemüths-Art nicht gesucht hätte, nunmehro aber habt die Güte fortzufahren, denn mich gelüstet das Ende abzuwarten, solte ich auch einen Excess begehen, und vor anbrechenden Tage nicht schlaffen, denn ich bin heute ohnedem ausserordentlich munter. Ich werde, replicirte Mons. Litzberg, dennoch von nun an allen Excess zu verhüten suchen, jedoch in meinem Fortsatze nicht zu viel, auch nicht zu wenig thun. Demnach fuhr er also fort:

Das Glücke favorisirte mir in so weit, daß ich zu Ende des 1717den Jahres den Lieutenants-Platz erhielt, wie ich denn auch durch meine wenige Wis-[146]senschafft in der Mathesi allein, mir nicht nur einige vornehme Gönner, sondern in kurtzen auf die 300. Thlr. erwarb, also um Ostern 1718. ein Capital von 800. Thlr. baar beysammen, und meine Eqvippage ohne diß, in vollkommen guten Stand gesetzt hatte. Mitlerweile ging die Correspondenz mit meinem liebsten Fräulein nach Wunsche von statten, da ich aber eben im Begriff war, eine frische Reise zu ihr vorzunehmen, lieff die ängstliche Nachricht von derselben ein, wasmassen der Herr von V.** einen Cavalier, Nahmens A. W. v. P.** als Bräutigam zu ihr gebracht, und weil sie selbigen zu verwerffen, keine erhebliche Ursachen vorbringen können, wäre sie

gezwungen worden: sich mit ihm zu verloben, doch auf
solche Art, daß ihr Vormund, ihre Hand mit Gewalt in
des Cavaliers Hand gelegt, und da sie sich geweigert, das
Ja-Wort zu geben, er an statt ihrer Ja gesagt hätte.
Binnen 14. Tagen solte sie demnach wieder zurück auf
des Herrn v. V.** Güter geholet werden, wolte ich also
sie nicht auf ewig verliehren; müste ich eiligste Anstalten
zu ihrer Entführung machen.

Bey solchen Umständen war nun nicht lange zu zau-
dern, derowegen setzte mich nebst meinem Bedienten
noch selbigen Abends, ohne Uhrlaub und alles, zu Pferde, und jagte binnen drittehalb Tagen, ohne gewechselte
Pferde, zu dem, Charlotten sehr getreuen Post-Meister.
Darauf folgende Nacht, machte ich Anstalten: daß meine
Charlotte von meiner Anwesenheit Nachricht bekam, wir
sprachen einander in der andern Nacht, nahmen Abrede,
wie wir unsere Sachen aufs klügste [147] einfädeln wolten; in der dritten Nacht aber die Flucht, weil ich ohnweit von dem Dorffe eine Extra-Post bestellet, und so
wohl meine als ihre Sachen darauf geschafft hatte. Es
gieng alles, gebrauchter Vorsicht nach, glücklich von
statten, und ich brachte vermittelst verschiedener Extra-
Posten meine Geliebte glücklich zu meines Vaters
Schwester-Manne dem oben-erwehnten Secretario, selbiger hatte die Beschaffenheit des gantzen Handels
kaum überlegt, da er uns nebst andern klugen Vorstellungen, den nicht unebenen Rath gab, eine Reise an
einen sichern Ort zu thun, und uns daselbst von einem

Römisch-Catholischen Priester copuliren zu lassen, weil, wegen des allzu scharffen Verboths kein Lutherischer solches wagen dürffte, mithin würde solcher gestalt der gröste Scrupel gehoben, und wegen des übrigen könte mit der Zeit schon ein Vergleich, zwischen den Hoch-Adelichen eigensinnigen Befreundten, getroffen werden.

Ach wolte GOtt! meine Charlotte hätte sich entschliessen können, diesem gegebenen Rathe zu folgen, allein sie war nicht zu erweichen, sondern schützte vor: Nunmehro da ich dem Herr von V.** Trotz biethen, und seinen Consens mit Gewalt zu erlangen, mich getrösten könte, dörffte ich mich ja nur bemühen, ihn aus falschen Hertzen und verstellter Submission, zu meinem Willen zu disponiren. Solchergestalt verführen wir, ihrer Meynung nach, ordentlich, hätten vielleicht keine scrupulöse Copulation nöthig, könten auf dessen Verweigerung dennoch thun was wir wolten; zumahlen da sie sich [148] in stiller Sicherheit befände, und so zu sagen, unmöglich ausgeforscht werden könte.

Ich sahe mich gezwungen, meiner Gebietherin zu gehorsamen, reisete derowegen in das, ohnweit des Herrn von V.** gelegene Städtgen, suchte von daraus durch Briefe, und einen abgeschickten sehr klugen Advocaten, zu tractiren, jedoch es war in allen Stücken Hopffen und Maltz verlohren, an statt der Anwort ließ man mir die schändlichsten Injurien sagen, von welchen mich nichts ärger verdroß, als daß ich ein Bettler, barmhertziger

Officier und Fräuleins-Räuber wäre, oder doch zum wenigsten den Spitz-Buben Geld gegeben hätte, das Fräulein Charlotte zu entführen. Ja Ferdinand hatte in Gegenwart des Cavaliers Herrn von P.** und verschiedener anderer von Adel dennoch behaupten wollen: Ich wäre cum infamia von dem Regiment verjagt worden. Nun war zwar P.** noch so klug gewesen, in diesem Stücke das Gegentheil zu erweisen, jedennoch desto unbesonnener meinen Stand und Wesen aufs allerverächtlichste durchzuhecheln, und weiln mir solches gleich andern Tages von andern vernünfftigen Edelleuten, die sich ein Plaisir aus meinem Umgange machten, gesteckt wurde; setzte ich so gleich ein Cartell auf, welches ich mutatis mutandis eigenhändig schrieb und unterschriebe, einem jeden von diesen beyden, durch zwey junge Cavaliers überschickte, die sich selbst nicht allein zu Uberbringern, sondern auch zu meinen Secundanten erbothen:

Verwegene Massette,

So bald ich vernommen, daß deine canail-[149]leuse Zunge, meine Renommeé aufs allerempfindlichste angetastet, hat meine Hand die Feder ergriffen, dir zu vermelden: wie ich die Auslegung deiner schelmischen Worte nicht anders als durch den raisonanz des Degens oder der Pistolen zu hören und zu sehen verlange. Hastu demnach nur etwa ein halbes Quentlein Adeliches Blut im Leibe, woran aber nicht ohne Ursache zu zweiffeln ist, so zeige dich Morgen frühe um 4. Uhr auf dem - - - Platze, allwo einen Cujon nach dem andern abzu-

*fertigen, oder aus Liebe zu der englischen Charlotte, sein
Leben zu lassen, gesonnen ist*

der Lieutenant

Friedrich Litzberg.

Folgenden Morgen machte ich mich also nebst zweyen
Secundanten und eben so viel Adelichen Zuschauern auf,
traff an statt des von P.** welcher schon verreiset gewesen, Charlottens Bruder Augustum an, der sich zu seiner Lust den Degen erkiesete, Ferdinand hingegen bezeugte Appetit Kugeln zu wechseln. Es wurde demnach
wenig Federlesens gemacht, sondern August, welcher
seyn Heyl am ersten versuchen wolte, wurde mit einem
sehr gefährlichen Stiche in die Seite bezahlt, Ferdinand
aber erstickte an meiner zweyten Pistolen-Kugel, weil
ihm dieselbe accurat über der Brust die Lufft-Röhre abgerissen hatte. Diesem nach hielt ich nicht vor rathsam,
länger in dieser Gegend zu verweilen, sondern beschleu-
nigte meine Reise, um Charlotten [150] meine Begebenheiten selbsten mündlich zu hinterbringen, war aber 4.
Tage hernach so unglücklich mit dem Pferde zu stürtzen,
und die Rippen der lincken Seite dermassen anzuschel-
lern, daß ich vor grausamen Seitenstechen und Schmertzen auf keiner Stätte liegen bleiben, vielweniger das Reisen fortsetzen konte, hergegen 4. volle Wochen auf meine
Cur wenden muste. Meine zwey Secundanten, welches ein
paar junge hertzhaffte Sächsische Edelleute waren, verliessen mich nicht in dieser Noth, sondern blieben bey
mir, biß ich mich völlig curiert, wiederum auf den Weg

machen konte, reiseten auch mit biß zu meinem Vetter,
allwo ich Charlotten ohnfehlbar noch anzutreffen vermeynete. Allein zu meiner allergrösten Bestürtzung muste
erfahren: daß der Herr von V.** Charlottens Auffenthalt
ausgekundschafft, dero Auslieferung von dem regierenden Landes-Herrn durch unterthänigste Vorstellungen
erhalten, und endlich den Cavalier P.** abgeschickt hätte,
seinen kostbarn Schatz abzuholen, und zu führen, wohin
ihm beliebte. Dieser wäre nun auch allererst gestern Mittags, auf einen commoden Wagen, in aller Sicherheit davon gefahren, weiln er leichtlich muthmassen können,
daß, da ich seiner Meynung nach Land-flüchtig werden
müssen, ihm sonst niemand Verdruß machen würde. Zu
meinem vermeinten grösten Glücke, fand sich jemand,
der mir seine erwehlte Strasse mit Anführung glaubhaff-
ter Umstände sehr klüglich bezeichnete, derowegen setzte mich, ohne den Rath meines Vettern anzuhören, nebst
meinen beyden Compagnons, die so wohl als [151] ich junge Wagehälse waren, eiligst wiederum zu Pferde, ritten
fort, nahmen, um Tag und Nacht hindurch desto besser
nachzueilen, aller Orthen frische Pferde, und erreichten
endlich am 5ten Tage, auf dem Heßischen Grunde und
Boden, den Wagen, worinnen Charlotte bey dem von P.**,
ihr Mägdgen aber rückwerts saß. Ich hieß dem Kutscher
stille halten, und rieff: Heraus aus dem Wagen, Mons. von
P.**, und überlasset mir meine Braut, mit welcher ich seit
längerer Zeit verlobet bin, oder greifft zum wenigsten
nach euren Pistolen. Nun ritten zwar drey Hand-feste

Kerls hinter dem Wagen her, allein meine Compagnons und die Diener hatten ein scharffes Auge auf ihre Bewegung. Der von P.** aber sprach zu Charlotten: Mein Engel, kennen sie diesen Herrn? Warum nicht? antwortete Dieselbe, es ist ja würcklich mein Schatz, mein Lieutenant Litzberg. Hierauf sprung er aus dem Wagen, und sagte: Ha! ha! Monsieur, so ists doch wohl billig, daß wir um die Braut tantzen, stieg hiermit auf sein Reit-Pferd, welches ein Kerl an der Hand führete, ergriff seine Pistolen, und streiffte auf den ersten Schuß, meinen lincken Arm mit einer blutigen Wunde, ich hingegen traff ihn, indem sich sein Pferd etwas ungeschickt wendete, durch den hohlen Leib dermassen: daß er an seinen baldigen Tode zu zweiffeln, wenig Ursach haben mochte. Dem ohngeacht hatte der verzweiffelte Mensch noch die Macht, sein anderes Pistol zu spannen, womit er schändlicher weise auf Charlotten zielete, und diesen irrdischen Engel augenblicklich eine Kugel durch die rechte Brust [152] jagte, wovon sie sogleich ohnmächtig vor sich nieder auf ihr Mägdgen fiel. Der von P.**, indem er seinen Leuten zurieff: Schiesset zu! gebt Feuer! rächet meinen Todt! sanck ebenfalls vom Pferde herunter, jedoch von seinen Leuten unterstund sich kein eintziger, eine Hand aufzuheben, ihre Pistolen aber liessen sie ohne eintzige Widerrede von meinen Leuten ab- und in die Lufft schiessen, auch die Steine abschrauben, da ich mittlerweile die in jämmerlichen Zustande befindliche Charlotte, mit Beyhülffe ihres Mägdgens, wiederum dahin brachte, daß sie ihren Mund und Augen öffnete, und mich mit diesen kläglichen Worten anredete: Ich sterbe, mein Litzberg! und zwar durch Mörders Hand, GOtt hat nicht gewolt, daß unsere Leiber also wie die Gemüther sollen vereiniget werden, derowegen fasset euch mit Geduld. Habet Danck vor eure getreue Liebe, nehmet diese Stücke zurück, daß sie nicht in andere Hände kommen. Und hiermit zohe sie alle ihre Ringe von den Fingern, band das Diamant-Creutz vom Halse, langete die goldene Uhr, wie auch ihren Coffre-Schlüssel hervor, welchen letztern sie ihrem Mägdgen gab, mit dem Befehle, ihre rothe gestickte Sammet-Tasche aus dem Coffre zu langen, welches denn augenblicklich geschahe, und also überreichte mir das getreue Hertze nebst vorerwehnten Kostbarkeiten, auch diese Tasche, worinnen etliche Kleinodien nebst 56. spec. Ducaten stacken, mit folgender Ansprache: Kräncket mich nicht, mein Engel! mit Verschmähung dieser Kleinigkeiten, welche ich in keinen andern als euern Händen wissen will, zu meinem Begräbniß [153] und vor meine Getreue, wird sich noch hinlängliches Geld und Geldes werth in meinem Coffre finden. Lebet wohl und gedencket zuweilen an eure getreue Charlotte, die euch biß in den Todt vollkommen keusch geliebet hat. Ich vermeynte bey diesen letztern Worten gäntzlich in Verzweiffelung zu fallen, nahm auch Dinge vor, die man sonsten wohl bey rasenden Personen, aber an keinem Christen wahrzunehmen pfleget. Da nun hierauf Charlotte mich um GOttes, ihrer Seelen-Seligkeit

und getreuer Liebe wegen bat, dieses unglückliche Verhängniß mit besserer Standhafftigkeit zu ertragen, ihre
Schmertzen nicht zu vergrössern, sondern die noch wenigen Augenblicke über, so sie noch zu leben hätte, ihr einige Ruhe zu gönnen, damit sie sich in ihren Hertzen mit
GOtt versöhnen und zum seeligen Sterben anschicken
könte, wolte ich Anstalt machen, sie an den nächsten Ort
führen zu lassen; allein sie verlangte: daß wir ihr aus den
Wagen, unter einen schattigen Baum verhelffen solten,
allwo sie ein wenig ausgestreckt liegen könte, wie nun
dieses geschehen, und ich ihr Haupt auf meinen Schooß
gelegt, sie aber eine gute halbe Stunde in stillen und eiffrigen Gebeth zugebracht hatte, fieng sie aufs hefftigste
an Blut auszubrechen, und gab bald darauf mit fest zusammen gefaltenen Händen ihren Tugendhafft Geist auf.

Biß hieher hatte sich Mons. Litzberg bey Erzehlung
seines jämmerlichen Zufalls, ungemein standhafft erzeigt, nunmehro aber traten die Thränen auf einmahl
plötzlich in seine Augen, so, daß er ziemlich lange inne
halten, und unser aller Weich-[154]hertzigkeit ebenfalls
gewahr werden muste, ehe er sein Gespräch also fortsetzen konte.

Sie werden, meine Herrn, ohne schwer selbst begreiffen, wie mir elenden und alles Trosts unfähigen Menschen zu Muthe gewesen, derowegen will nichts davon
gedencken. Der von P.** hatte sich einige Minuten eher
als meine Charlotte verblutet, mithin zugleich die Bitter-
keit des zeitlichen Todes überstanden, ob ihm vor seinem

Ende diese verdammte Mordthat gereuet hat: weiß ich nicht, denn ich habe weiter kein Wort aus seinem Munde gehört, doch soll er zu seinem Diener, der ihm die Wunde zustopffen wollen, gesagt haben: Laß mich in Ruhe, es ist alles umsonst, ich muß sterben.

Ich vor meine Person, wolte durchaus den entseelten Cörper meiner hertzlich Geliebten in das nächste Dorff oder Stadt begleiten, und daselbst zur Erden bestatten lassen; Allein meine zwey Compagnons wandten allen Fleiß an, mich daran zu verhindern, vielmehr zur schleunigen Flucht zu bereden, selbst die Diener meines entleibten Mit-Buhlers sagten: Ach Monsieur! rettet in GOttes Nahmen euer Leben mit der Flucht, denn uns wird mit eurem Blute wenig gedienet seyn, bekommt man euch in hiesigen Landen einmahl in Arrest, so siehts um euren Kopff gefährlich aus. Endlich kam ich mit grosser Mühe zu einigen Verstande, zohe das Mägdgen meiner seeligen Liebste auf die Seite, und gab derselben ein und andere verwirrte Rathschläge, bath sie, wenn ihrer Gebietherin der letzte Liebes-Dienst geleistet worden, [155] bey meinem Vetter Rapport von ihren Verrichtungen abzustatten, küssete den erblasseten Mund und Hände meines liebsten Engels noch zu guter letzt unzählige mahl, setzte mich hernach auf inständiges Anhalten nebst meinen Compagnons zu Pferde, und suchte aufs eiligste über die Gräntzen dieses mir höchst fatalen Ländgens zu kommen.

Wir hielten uns ohne die äusserste Noth in keinem

Quartiere sehr lange auf, biß endlich die berühmte Stadt
Strassburg erreicht war. Von hier aus schrieb ich an meinen Vetter den Secretarium, berichtete demselben das
mir zugestossene Unglück mit behörigen Umständen,
und bat, so ferne meiner seeligen Fräulein Bediente bey
ihm angelanget, mir ihren abgestatteten Rapport aufs
eiligste zu überschreiben, weil ich an ermeldten Orte biß
zu Einlauff seiner Antwort verziehen wolte. Vier Wochen
hernach bekam ich also sein Antworts-Schreiben, und
erfuhr, daß kein Mägdgen zu ihm gekommen, sondern
dieselbe vermuthlich des nächsten Wegs nach ihrer Heymath gereiset wäre, immittelst hätte er so viel vernommen, daß so wohl mein seel. Fräulein als der Cörper
des entleibten von P.** in eine kleine Dorff-Kirche, vor
dem Altar nahe beysammen begraben worden, welches
Glück ich dem Stöhrer meines Vergnügens durchaus
nicht gönnete, und solches dennoch leyden muste. Im
übrigen hatte mein Vetter ausgekundschafft, daß meine
Angelegenheiten beym Regiment auf sehr schlimmen
Fusse stünden, sintemahl ich ohne Uhrlaub hinweg gereiset, und über dieses dergleichen blutige Tragoedien
angestifftet [156] hätte. Demnach wäre sein getreuer
Rath, daß ich die Sächsischen, Brandenburgischen, Anhältischen und angräntzende Länder gutwillig vermeiden, ja viel lieber mein Glück ausserhalb des Römischen
Reichs suchen, und die zurück gelassenen Sachen nur
immer vergessen möchte.

Dieser Rath war bey so gestalten Sachen wohl der be-

ste, derowegen nahm von meinen beyden Compagnons,
welche sich zurück in Käyserliche Guarnisons-Dienste
begeben wolten, Abschied, und reisete mit meinem Diener nach Paris, allwo ich denselben bey einem vornehmen
Teutschen Herrn als Laqvey anbrachte, mich auch selbsten in dessen Dienste en qualité eines Reise-Secretarii
begab. Dieser mein neuer Herr war im Begriff, incognito
frembde Länder zu besehen, wannenhero ich das Glück
hatte, bey solcher Gelegenheit von seiner Curiositée zu
profitiren, und sonsten wenig andere Arbeit zu haben,
als seine Rechnungen über Einnahme und Ausgabe, ingleichen ein accurates Journal über alles dasjenige, was
uns remarquable vorkam, zu führen. Wir besahen demnach erstlich Franckreich, hernach Italien, Spanien,
Portugall, Engelland, und letztlich die Spanischen Niederlande. Es sind gewißlich in allen diesen Ländern,
verschiedene theils angenehme, theils verdrüßliche Begebenheiten, aufzuzeichnen vorgekommen, wie denn
mein eigenes vor mich geführtes Journal solches mit mehrern besaget, jedoch ich werde in zukunfft bey Gelegenheit, solches Stückweise communiciren, und voritzo nur
zum Schlusse meiner heutigen Erzehlung eilen. [157]

Diesemnach muß ich melden, wie mein vornehmer
Principal, nach Besehung der besten Städte in Holland,
Braband und Flandern, seine Retour antreten wolte, ich
gantz unterthänigst um meine Dimission bath. Nun wuste er zwar wohl die Ursach, warum ich mich nicht wiederum nach Teutschland wagen wolte, versprach dero-

wegen, seinen eignen Credit und Kosten anzuwenden, mir alle Sicherheit zu verschaffen, und die vielleicht ohnedem mehrentheils vergessenen Händel gäntzlich beyzulegen, allein der Teutsche, vor mich unglückseelige Boden, war mit ein vor allemahl höchst zum Eckel worden, und weil ich ausserdem, seit dem Absterben meiner Geliebten keine rechtschaffen fröliche Stunde gehabt, machte ich mir die Vorstellung, daß sich mein stilles Wesen endlich wohl gar in eine würckliche Melancholie verwandeln könte, wenn ich den Tummel-Platz meines widerwärtigen Glücks aufs neue beträte. Solcher gestalt bekam ich, nebst meinem honorablen Abschiede, eine Summe von 400. Thlr. theils verdienten, theils geschenckten Geldes, mit welchen ich mich auf die Reise machte, annoch die beyden Nordischen Cronen, nehmlich Dännemarck und Schweden zu sehen, und zu versuchen: ob ich unter deren Schatten etwa eine Kühlung, meiner annoch beständigen Schmertzen finden könte. Im Junio des 1722ten Jahres kam ich also in Coppenhagen an, allwo ich mich auf dem neuen Königs-Marckte einlogirte, doch in wenig Tagen bey einem berühmten Mathematico bekandt und in sein Hauß genommen wurde: dessen 15. jährigen Sohn in der Französischen [158] Sprache, wie nicht weniger in der künstlichen Zeichnung, privatim zu informiren. Weiln sich nun in kurtzen noch einige andere Scholairs darzu fanden, konte ich ohne die Kost und andere Bequemlichkeit, bloß durch das informiren jährlich fast mehr als 150. Thlr. verdienen.

Uber dieses hatte noch Zeit genung übrig, auf dasiger Universität meine ziemlich verwelckten Studia in etwas wiederum zu erfrischen, und mir die vortreffliche publique Bibliothec, worinnen ich sonderlich des berühmten Mathematici Tychonis de Brahe und anderer Mathematicorum Bücher fleißig durchsuchte, gar sehr zu Nutze zu machen. Selbige ist in einem runden Thurme verwahret, auf welchen man von unten an biß oben aus, mit Wagen und Pferden fahren kan. Der Eingang in die Bibliothec aber ist wöchentlich zweymahl erlaubt. So lange ich frey und ungebunden leben konte, war mein Sinn noch ziemlicher massen vergnügt, ohne wenn ich dann und wann mit den Gedancken auf meine Hertz-kränckende Avanturen verfiel, und mich nicht selten gantze Nächte, mit dergleichen melancholischen Grillen herum schlug. Allein, so bald mir einige nicht übelgesinnete Freunde, das Seil über die Hörner werffen, und mich durch die Heyrath mit einer von meines Patrons Töchtern in ein gar honorables und austrägliches Amt ziehen wolten; vergieng mir auf einmahl alle Lust, länger in Coppenhagen zu bleiben, nahm dannenhero plötzlich Abschied, und war gesinnet, nach Stockholm zu reisen, allein, wie ich nachhero erwogen, muste ich mich durch den Schluß des unergründlichen Verhäng-[159]nisses, zu meinen nachherigen grösten Vergnügen, von einem guten Freunde, ich weiß aber selbst nicht warum, gantz leicht bereden lassen: mit ihm über Lübeck, abermahls eine Reise nach Amsterdam anzutreten, welche schöne Stadt ich doch

schon vor 3. Jahren gesehen hatte. Dieser gute Freund
ist niemand anders als Mons. Plager gewesen, als mit
welchem ich, wegen seiner besondern Geschicklichkeit in
Verfertigung Mathematischer Instrumente seit 2. Jahren
her eine genaue Freundschafft errichtet hatte. Unter
wegs, nehmlich in Lübeck, geriethen wir als Passagiers in
einige Bekandtschafft mit dem Herrn Capitain Wolffgang, und setzten die weitere Reise in seiner vergnügenden Gesellschafft fort, nachdem er aber uns, ein und
anderes von seinen curieusen Avanturen, und wir im gegentheil, ihm das meiste von unsern biß daherigen Le-
bens-Läufften erzehlet, that er uns endlich mit guter
Manier den Vortrag: daß, weil wir beyderseits wenig
Vergnügen in Europa zu finden vermeyneten, würde
kein besserer Rath seyn, als in seiner Gesellschafft die
Reise in ein ander Welt-Theil vorzunehmen, kämen wir
glücklich an denjenigen Ort, wohin er gedächte, so möchten wir uns binnen 2. oder 3. Jahren entweder zum beständigen Dableiben, oder da solches nicht beliebig, zur
Rück-Reise resolviren, und vollkommen versichert seyn,
daß er einem jeden, vor jedes Jahr 1000. Thlr. baar Geld
geben, und zwar ohne das, was wir selbst erwerben könten, auch die freye Rückreise befördern wolte.

Ich kan nicht läugnen, daß Mons. Plagern und [160] mir
dergleichen profitable Promessen anfänglich etwas verdächtig vorkamen; wir bathen uns also Zeit zur Uberlegung aus, und endlich da Mons. Wolffgang unser Verständniß etwas besser öffnete, sein redliches Gesichte

auch eine sattsame Caution gegen alles Mißtrauen stellete, wurde der Handel völlig geschlossen, ehe wir noch nach Amsterdam kamen.

Hieselbst legten Plager und ich ausser denen 1000. Ducaten, die uns Mons. Wolffgang zu Erkauffung allerley Kunst- und Handwercks-Zeuges auszahlete, unser meistes Vermögen an eben dergleichen, wie auch an nützliche Bücher und andere nothdürfftige Sachen, welche so wohl als unsere Personen auf dieser schönen Insul glücklich angekommen sind.

Nunmehro dancke ich dem Himmel, allen meinen gegenwärtigen Wohlthätern und guten Freunden aus treuem Hertzen und von Grunde meiner Seelen vor das bißhero und noch jetzo geniessende Vergnügen. Ich schwere, daß mein Hertz vollkommene Zufriedenheit empfunden, so bald ich dieses gesegnete Erdreich betreten habe, von welchen mich, ob GOtt will, weder zeitliche Ehre, Wollust, Reichthum, oder was nur angenehmes genennet werden kan, hinweg, und in ein ander Land reitzen soll. Ich habe nach dem kläglichen Abschiede von dem Cörper meiner seeligen Charlotte gantz ein ander Leben angefangen, mein Dichten und Trachten auf beständige wahre Busse gerichtet, stehe auch, GOtt Lob, noch täglich darinnen, und zweiffele nicht im geringsten an Göttlicher [161] Vergebung der grossen Sünden und Fehler meiner Jugend. Andere Specialia von meiner heutigen summarischen, jedoch ziemlich lange gewährten Erzehlung, werde, wie schon gemeldet, zu anderer Zeit kund zu machen Ge-

legenheit haben, vorjetzo aber schliesse dieselbe mit meinem jederzeit im Hertzen tragenden Gedenck-Spruche:

O quam fausta viro labuntur sidera tali,
    Qui tempestivis crimina delet aquis!
Wie glücklich steht es nicht um einen solchen Mann,
Der seine Sünden läst, wenn er noch sünd'gen kan!

*
    *   *

Wir danckten allerseits dem guten Mons. Litzberg, vor
das, durch seine mühsame Erzehlung, uns gemachte Vergnügen, wünschten ihm in folgenden Lebens-Jahren alle
ersprießliche Gemüths- und Leibes Ruhe, wolten hierauff von Herrn Wolffgangen und seiner geliebten Wöchnerin Abschied nehmen, und auf die Burg zurück fahren,
allein dieselben hatten so wohl vor den Altvater als vor
uns, in einem andern Gemache, das trefflichste Nacht-
Lager zubereiten lassen; weßwegen sich der Altvater
zum dableiben bereden ließ, und erstlich folgenden Tages, nach eingenommenen Früh-Stücke wiederum zurücke fuhr, so dann fast alle Tage von Morgen an biß
gegen Abend, den fleißigen fortsatz des Kirchen-Baues
betrachtete. Weilen aber die hauptsächlichsten Anstallten desselben, meines erachtens, oben zur gnüge
beschrieben habe, unnöthige Weitläuf-[162]figkeiten zu
machen Bedencken trage, und von damahliger Zeit, keine besonders merckwürdige Sachen zu erinnern weiß, so
will ohne weitere Umstände melden, daß unser neues
Gottes-Hauß accurat in derjenigen Woche fertig wurde,
in welcher wir Europäer nunmehro vor einem vollen Jah-

re, dieses Land betreten hatten. Zwar will nicht läugnen, daß an den Zierathen und einigen andern, zu besserer Beqvemlichkeit gereichenden Stücken noch verschiedenes auszubessern übrig geblieben, allein solches alles war eben so besonders nöthig nicht, und konte mit guter Musse vollends zugerichtet werden. Genung, daß nicht die geringste Hinderniß mehr im Wege lag, den Gottes-Dienst aufs ordentlichste darinnen abzuwarten. Nun hatte zwar der Altvater mit Herr Mag. Schmeltzern verabredet: daß die Einweyhung biß auf den 1. Advent ausgestellet seyn solte, allein folgender Umstand veranlassete sie, selbige 8. Tage früher anzustellen, denn am 17den Novembr. Sonntags den 22. post Trinitatis, da gegen Abend nach verrichteten Gottes-Dienste der Altvater, Herr Mag. Schmeltzer, Herr Wolffgang, Mons. Litzberg und ich nach der Kirche zu spatzirten, kam ein frischer, Alberts-Raumer Junggeselle, hinter uns her gelauffen, und brachte an: Wie Mons. Kramer nebst seinen Europäischen Cameraden und einigen andern, sich die Erlaubniß ausbitten liessen: dem Altvater und Herr Mag. Schmeltzern einen besondern Vortrag zu thun. Es wuste niemand von uns zu errathen was sie damit haben wolten, da aber der Altvater den Jungen-Gesellen mit lächlenden Munde und der Ant-[163]wort abgefertiget: daß sie in GOttes Nahmen kommen und ihr Verlangen zu verstehen geben möchten; selbiger auch kaum bey dem Trouppe angelanget war, kam Mons. Kramer, mit einem Frauenzimmer an der Hand, voran gezogen, dem

182

die andern Europäer und noch etliche Felsenburgische
Junggesellen auf gleiche Art, jeder ein Frauenzimmer an
der Hand führend, in richtiger Ordnung folgeten. Hinter
ihnen her, kam auch noch ein grosser Hauffe von alten
und jungen Leuten, ebenfalls gantz ordentlich gezogen.
Herr Mag. Schmeltzer sagte lachend: Ich wolte fast rathen, daß diese 22. Paar, so ich zehle, ebenfalls so viel
ehelige Verbindungen zu stifften, Erlaubniß suchen werden. GOtt gebe, versetzte hierauff der Altvater mit einer
frölichen Geberde, daß es wahr ist, und daß ein jedes
von ihnen wohl gewehlt habe. Mittlerweile kamen die
22. Paar heran, und schlossen einen Kreyß um uns herum, Mons. Kramer, trat nach gemachten Reverenz etwas
näher zum Altvater, und gab mit wohlgesetzten Worten
ohngefähr folgendes zu vernehmen: Nachdem nehmlich
die Fügung des Himmels und kluge Führung des Herrn
Wolffgangs sie auf diese unvergleichliche Insul gebracht,
welches ihre Hertzen nunmehro binnen Jahr und Tag als
eine gantz besondere Glückseeligkeit zu erwegen gnungsame Gelegenheit, nur aber allzuwenig Vermögen gehabt
ihre Danckbarkeit dagegen vollkommen abzulegen; der
theure Altvater auch, nebst allen seinen werthen Angehörigen, ihnen nicht nur bißhero alle unbeschreibliche
Liebe und Treue erzeiget, sondern über dieses bey allen
Umständen mercken lassen: wie [164] ihm zum sonderbaren Vergnügen gereichen würde, wenn die sämmtlichen vor Jahres-Frist angekommenen Europäer, beständig auf der Insul Felsenburg verbleiben wolten, so

wären sie nun allhier gegenwärtig, nicht nur selbst nochmahls um dasjenige zu bitten: was ihnen so guthertzig
angebothen worden, und da es verlangt würde einen heiligen Eyd zum Pfande ihrer beständigen Liebe, Treue
und Redlichkeit abzulegen, sondern ausserdem, von
dem lieben Altvater als dem Ober-Haupte dieser Insul,
gütige Erlaubniß zu bitten: daß sich ein jedweder mit
demjenigen Frauenzimmer, welches er an er Hand führete, durch ihren allgemeinen Seelsorger Herrn Mag.
Schmelzern öffentlich und ehelich dürffe zusammen geben lassen. Immassen biß auf diese Condition, die Bräute, deren Eltern und Verwandte, ihr Ja-Wort bereits von
sich gegeben hätten. Wird nun unser Suchen (setzte er
hinzu) vor billig erkandt, so getrösten wir uns baldiger
geneigter Willfahrung, und zwar noch vor Eintritt der
Heil. Advents-Zeit, in welcher man bey den Lutheranern, löblicher Gewohnheit gemäß, nicht leichtlich zu
heyrathen pflegt; Ist aber an einem oder dem andern
unter uns etwas auszusetzen, so bitten wir ihm seine Fehler in Liebe und Güte zu entdecken, denn in dem Stücke
sind wir alle eines Sinnes: unser Leben immer tugend-
haffter anzustellen, damit wir desto eher den frommen
eingebohrnen Felsen-Bürgern gleich werden mögen.

Der gute Altvater, fieng unter Mons. Kramers wohl-
gegebenen Reden, vor Freuden hertzlich an zu weinen,
und gab hernach zur Antwort: Lieben [165] Freunde, ich
finde an eurer keinem eintzigen, seinem Verstande und
Wesen nach, nicht das geringste auszusetzen. Habet

Danck vor alle Liebe, Treue und Redlichkeit, so ihr mir
bißhero erwiesen, und Zeit Lebens zu erweisen ver-
sprechet, doch erlaubet, daß ich vorhero, eines jeden
gethane Wahl etwas genauer betrachte. Hiermit gieng er
von einem Paare zum andern, und da er jedes sehr wohl
zusammen treffend befand, Küssete er alle im gantzen
Creyse herum, und sagte nach ausgesprochenen Väterlichen Seegen: Es soll geschehen, meine Kinder, was ihr
wünschet, machet euch diese Woche geschickt, heute
über 8. Tage geliebtes GOtt, wird euch Herr Mag.
Schmelzer ehelich zusammen geben, und Tages darauff
sollet ihr euer Hochzeit-Fest ingesammt auf Herrn
Wolffgangs darzu bestimmten Platz celebriren. Hierauff
stattete Mons. Kramer in einer abermahligen wohl gesetzten doch kurtzen Rede, im Nahmen aller, verbindliche Dancksagung ab, und nachdem sie den Altvater auf
die Burg begleitet, einen Trunck Wein zu sich genommen
und sich beuhrlaubt hatten, führete ein jeder seine Braut
in Gesellschafft ihrer Befreundten nach Hause.

Herr Wolffgang blieb nebst seiner liebsten Sophie
und kleinen Sohne noch in etwas bey uns, und weiln er
sonderbare Lust zu schertzen hatte, brach er in diese
belachens-würdigen Reden aus: Wenn alle Jahre eine
Anzahl solcher dreusten Europäer auf diese Insul käme,
dürfften die Jungfrauen bald rar werden, mein Rath
wäre: Herr Mag. Schmeltzer, Mons. Litzberg und Mons.
Eberhard suchten sich bey zeiten etwas Liebes aus, damit sie nicht hernach [166] etwa das Nachsehen haben

müssen. Herr Mag. Schmeltzer muste selbst über dessen Worte lachen, sagte aber: Mein Herr Wolffgang! eure treuhertzige Sorgfalt solte mich fast dahin verleiten, euch zu meinem Vorsprecher bey der artigen Christiana Virgilia anzunehmen, denn ich bin in Liebes-Sachen sehr blöde, über dieses weiß auch nicht, ob ich es wagen dürffte, dem werthen Altvater seine klügste Hauß-Wirthin abspenstig zu machen. Der Altvater lächelte hierzu, Herr Wolffgang aber fragte gantz dreuste: Ob es Ernst wäre? so wolte er die Commission mit Freuden auff sich nehmen, indem er sich zum voraus versichert hielte, dabey nicht unglücklich zu seyn. Ja, ja! Antwortete der Herr Magister, es ist der wahrhaffte Ernst, Ernst Gottlieb Schmeltzers, die schöne und tugendhaffte Christiana Virgilia zu heyrathen, daferne sich dieselbe darzu entschliessen will, und gegenwärtiger werthe Altvater, nebst ihren leiblichen Eltern darein consentiren. Auf diese Worte reichte der Altvater Herr Mag. Schmeltzern die Hand, und sagte: Mein liebster Herr! Christiana ist euch seiten meiner zugesagt, welche sich nicht wegern wird, einen solchen schätzbaren Ehe-Gatten anzunehmen, morgen geliebtes GOTT will ich, nebst Herr Wolffgangen, bey ihren Eltern so wohl, als bey ihr selbst, vor euch werben, daferne sie sonsten von eurer keuschen Liebe noch keine nähere Kundschafft hat. Daß nun dieses letztere unmöglich seyn könne, versicherte Herr Mag. Schmeltzer sonderlich, indem, wie er sagte: auch seine Augen so behutsam gewesen, ihr nicht das gering-

ste mercken zu lassen. Da aber hierauff Herr Wolff-
[167]gang seinen Schertz mit Mons. Litzbergen fortsetzte,
brach der letztere endlich unverhofft freymüthig heraus:
daß er sich in die, ihm vor allen andern gefällige Helena,
der Sophien ältesten Bruders, zweyte Tochter verliebt,
auch bereits ihrer Gegengunst versichert wäre, in so
ferne es ihre Eltern, der Großvater Christian, und vornehmlich der liebe Altvater Albertus erlauben würden.
Des Altvaters Consens erhielt also Mons. Lizberg gleich
auf der Stelle, demnach reichte ihm Herr Wolffgang die
Hand und sagte: So seyd mir demnach willkommen mein
lieber Herr Schwager, Vetter und guter Freund, ich
mercke fast, daß ihr auf der Christians-Raumer-Erde
meine Schliche gefunden, und fein selbst auf die Heyrath
gegangen seyd, damit euch nicht etwa der Bothe betrügen möchte. Was aber, fuhr Herr Wolffgang fort, werden wir uns nun von unsern lieben Eberhard zu getrösten
haben? Alles guts mein Herr! antwortete ich, meine Geliebte ist bereits nicht allein in die Augen, sondern auch
ins Hertze gefasset, jedoch wegen ihrer annoch ziemlich
zärtlichen Constitution, werde mich noch 3. oder 4. Jahr
gedulden, denn mittlerweile wird mein Ansehen vielleicht auch etwas männlicher, zu dem so rathen die Phy-
sici, daß es nicht allezeit wohl gethan sey, wenn zwey gar
zu junge Leute einander heyrathen, allermassen selbige
der hitzigen Liebe nicht allemahl mit behörigen Verstande Einhalt zu thun wissen. Ich habe wieder eure vernünfftigen Reden nichts einzuwenden, versetzte Herr

Wolffgang, allein verzeyhet meiner Curiositeé, welche unmöglich ruhen kan, biß sie den Nahmen eurer Geliebten erfahren. Wie-[168]wohl ich nun anfänglich nicht Willens war, selbige heutigen Abend zu befriedigen, so quäleten mich doch alle Anwesenden so lange: biß ich endlich ausbeichten muste: daß es die niedliche kleine Cordula, aus dem Robertischen Geschlechte sey, mit welcher ich mich in ein tugendhafftes Liebes-Versprechen eingelassen, jedoch da wir uns beyderseits beredet, die Vollziehung desselben wenigstens noch 3. oder 4. Jahr hinaus zu setzen, hätten wir auch aus Schamhafftigkeit, bißhero noch nicht um den Consens unserer Vorgesetzten Ansuchung thun können. Der Altvater tadelte meine getroffene Wahl so wenig als Herr Wolffgang und Mons. Litzberg, welche mich vor einigen Tagen mit meiner Schöne am Canal spatzieren gehend angetroffen hatten, und bekräfftigten sonderlich, daß man nicht leichtlich ein Frauenzimmer von angenehmer Gesichts-Bildung und netteren Gewüchse antreffen könne, ja der Altvater gab hierbey zu vernehmen: daß sie das vollkommene Bildniß ihrer Großmutter, nehmlich seiner überaus schön gewesenen, nunmehro aber seel. Stief-Tochter, der jüngern Concordia, in ihren Gesichts-Lineamenten vorstellete. Wie denn Cordula auch erstlich von ihrer Aelter-Mutter, der ältern Concordia, biß in ihr 4tes Jahr, so dann von der Großmutter, nehmlich der jüngern Concordia, biß in ihr siebendes Jahr wohl erzogen worden, ehe beyde die Schuld der Natur bezahlet hätten.

Unter solchen Gesprächen ruckte endlich die Nacht
heran, weßwegen Herr Wolffgang nebst seiner Liebste,
und Mons. Litzbergen nach Hause, wir aber bald darauff zur Ruhe giengen. In folgender Wo-[169]che wurden nicht allein alle Anstallten zu Beruhigung der Verliebten Hertzen, sondern hauptsächlich zu Einweyhung
des Gottes-Hauses gemacht, so daß Sonnabends vor dem
23. Sonntage p. Trinit. noch mehr aber des darauff folgenden Sonntags, mit der solennen Einweyhung selbst, unser aller Arbeit und sorgfältige Bemühung den höchst
gewünschten Endzweck erreichte.

Es ist nicht zu beschreiben was des Herrn Mag.
Schmeltzers religieuse Anordnung und selbst eigenes andächtiges Bezeugen beym Altar und auf der Cantzel,
vor gantz ausserordentlichen Eindruck in aller gegenwärtigen Hertzen that. Ich und viele andere musten offenhertzig bekennen, daß wir die geistlichen Lieder:
Komm heiliger Geist HErre Gott &c. Allein GOtt in der
Höh sey Ehr &c. O HERRE Gott dein Göttlich Wort &c.
den christlichen Glauben &c. Das Te Deum laudamus und
dergleichen, noch niemahls bedachtsamer und auff-
mercksamer gesungen hätten, als in dieser, gegen andere, gantz einfältig aussehenden Kirche, ja es kam mir
vor, als wenn ich nunmehro erstlich zu erkennen an-
fienge, was ein rechtschaffener Gottes-Dienst sey. Herr
Mag. Schmeltzer verlaß und erklärete nebst dem gewöhnlichen Sonntags-Evangelio, das 6te Cap. des 2. Buchs
der Chron. worinnen das Gebeth enthalten, welches

Salomo bey der Tempel-Weyhe zu GOtt abgeschickt, anbey wuste derselbe das Capitel und Evangelium ungemein erbaulich und gelehrt zu vereinigen, denn er nahm zur [170]

Propos. *Den Zins-Groschen welchen ein*
jeder Mensch dem höchsten GOtte
zu geben schuldig ist.

Hierbey wurde gezeigt:

1.) *Das* Metall, *woraus selbiger geprägt sey.*

2.) *Das Gepräge welches darauff befindlich sey.*

3.) *Die Art und Weise wie er zu geben sey.*

Die Ausführung und Application, auf unsern gegenwärtigen Stand und Wesen, war dergestallt wohl elaborirt daß ich mich nicht erinnern konte, zeit Lebens eine herrlichere Predigt gehört zu haben. Nachdem aber der Vormittägliche GOttes-Dienst mit dem Liede: Es woll uns GOtt genädig seyn &c. welches des Altvaters alltäglicher Gesang war, beschlossen worden, begab sich die gantze Versammlung, auf den, von Herrn Wolffgang angelegten Speise-Platz, der von neuen ausgeputzt und mit frischen grünen Laubwerck umzäunet war. Hieselbst hatte der Altvater die Veranstalltungen gemacht: daß alle Einwohner, groß und klein, nothdürfftige Speisen und Geträncke zu sich nehmen konten. Da nun auch dieses mit gröster Mäßigkeit geschehen, wurde das Zeichen gegeben, wiederum in die Kirche zu gehen, allwo nach einigen abgesungenen Liedern, und kurtzem Sermone, Herr Mag. Schmeltzer erstlich ein Töchterlein

aus dem Stephans-Raumer Geschlechte tauffte, worbey
Jacob Bernhard Lademann nebst seiner Braut und deren Groß-Mutter [171] Sabina, gebohrne Fleuters, zu Gevattern stunden. Nach diesem Heil. Actu, machte sich
Herr Mag. Schmeltzer vor dem Altare fertig, die Trauung
der bereits in Ordnung sitzenden Verlobten vorzunehmen, demnach wurde erstlich Mons. Litzberg von Herr
Wolffgangen und mir, dessen Braut (a) Helena aber von
ihrem leiblichen Vater und dem Groß-Vater Christian Julio zum Altar geführet, und auf Evangelisch-Lutherische
Art zusammen gegeben. Hierauff folgete der Chirurgus,
Herr Johann Ferdinand Kramer, der ebenfalls von Herr
Wolffgangen und mir, dessen Braut (b) Maria Albertina
aber, von ihrem leiblichen Vater und Groß-Vater Alberto
II. geführet wurde. Mons. Plager ließ sich von Mons. Litzbergen und mir begleiten, dessen Braut (c) Dorothea
Jacobine aber von ihrem Vater und dessen eintzigen leiblichen Bruder. In folgender Ordnung wurden demnach
weiter von abwechselenden Personen herbey geführt,
Mons. Philipp Harckert mit seiner Liebste (d) Anna Rober-
tina, die meiner Liebsten Cordula Vaters, Bruders-Toch-

Alle Bräute dieser unserer mitgebrachten Europäer, sind in den
beygefügten Genealog. Tabellen des ersten Buchs, genau be-
merckt, und nach Belieben aufzuschlagen: als (a) vid. Tab. VI.
Litzbergs Fr.   (b) Tab. II. J. F. Kramers Ehe-Fr.   (c) Tab. VII.
Plagers Frau.   (d) Tab. X. Harckerts Fr. (e) Tab. IV. A. K. Fr. (f)
Tab. VIII. [172] Herrlichs Fr.   (g) Tab. VII. Morgenthals Fr.
(h) Tab. V. Wetterl. Fr.   (i. und k.) Tab. III. P. K. Fr. und J. B.
L. Fr.   (l) Tab. VIII. Garbens Fr.   (m) Tab. IX. Schreiners Fr.

ter war. Andreas Kleemann mit seiner Braut (e) Catharina
Johanna. Willhelm Herrlich mit (f) Magdalenen. Peter Mor-
gen-[172]thal mit seiner (g) Susanna. Lorentz Wetterling
mit seiner (h) Blandina. Philipp Andreas Krätzer und Lademann, welche beyde zwey Schwestern und zwar der erste
die älteste (i) Rosinen der andere aber (k) Margaretham
erwehlet. Johann Melchior Garbe mit (l) Maria Elisabeth.
Und Nicolaus Schreiner mit (m) Eva Christinen.

Auf diese nunmehro völlig vergnügten 12. Paar, folgten annoch 11. Paar aus den eingebohrnen Geschlechtern, daß also Herr Mag. Schmeltzer über 4. Stunden Zeit
zu bringen muste, ehe er mit diesen 23. Copulationen
fertig werden konte, zuletzt aber vollzohe er auch sein
eigenes eheliches Verbündniß mit der tugend vollen
Christiana Virgilia, welche auf der IV. Tabelle unter der
andern Linie bezeichnet stehet. Der Altvater Albertus,
verrichtete zwar eigentlich den Haupt-Actum der Copulation, gab auch beyden seinen Stamm-Väterlichen Seegen, jedoch die übrigen andächtigen Gebräuche, hielt
Herr Mag. Schmeltzer selbst, u. zwar auf eine recht
bewegliche Art, so daß den meisten Anwesenden die
Thränen in den Augen stunden, und endlich wurde der
gantze heutige, höchst wichtige Actus, mit dem Liede:
Nun dancket alle GOtt &c. und nachherigen hertzlichen
Glückwünschen beschlossen.

In gleich darauff folgender Nacht wurden aus allen
Pflantz-Städten gnugsame Victualien her-[173]bey geschafft, so daß wir ingesammt, drey Freuden-Tage mit

ungemeiner Ergötzlichkeit, so wohl bey guten Speisen und Geträncke, als andern vergnügten Zeit-Verkürtzungen, recht ergötzlich hinbringen konten. Jedoch sahe und hörete man im geringsten nichts von einiger Unmäßigkeit und andern ärgerlichen Bezeugen, sondern wir genossen dasjenige Vergnügen, welches GOtt seinen Kindern auf der mühseeligen Welt nicht mißgönnet, als gute Christen, danckten dem Höchsten davor, bedachten hernach auch: daß nach der Lehre Salomonis, alles seine Zeit, und ein jedes Vornehmen unter der Sonnen seine gewissen Stunden habe; weßwegen sich mit Ablauff des dritten Tages, ein jeder an seinen gehörigen Ort verfügte, und nicht allein seine eigene nöthige Hauß-Arbeit, sondern auch dasjenige nach allen Kräfften besorgen halff, was zu Verbesserung des gemeinschafftlichen Wesens, hier und dar am nöthigsten zu seyn, erachtet wurde.

Mit dem ersten Advent-Sonntage des nunmehro sich zum Ende neigenden 1726ten Jahres, wurde zugleich der Eintritt eines neuen christl. Kirchen-Jahres mit eiffriger Andacht celebriret, Herr Mag. Schmeltzer hatte seinen neuen Jahr-Gang aus den Worten Pauli, 1. Corinth. 3. v. 16. 17. genommen, die also lauten: Wisset ihr nicht, daß ihr GOttes Tempel seyd &c. und wolte hinfüro in allen Predigten von Stück zu Stück zeigen: Wie man den geistl. Tempel GOttes in seinem Hertzen nicht nur erbauen, sondern auch im baulichen Stande und Wesen erhalten solle; welches gewiß bey damahligen Zeiten [174] eine sehr feine Materie war. Nach der Predigt empfiengen etliche 60. Personen das Heil. Abendmahl und solchergestallt wurde auch dieses mahl der GOttes-Dienst in gebührlicher Andacht beschlossen.

Jedoch ich erinnere mich, oben versprochen zu haben, eine Specification, von der Vermehrung des Felsenburgl. Geschlechts, auf das Jahr 1726. beyzufügen, derowegen will, um vielleicht die Curiositeé einiger, obschon nicht aller Leser zu vergnügen, mein Wort, vermittelst einer Tabelle erfüllen, die ich aus Herrn Mag. Schmeltzers Kirchen-Register extrahirt habe.

Vom I. Advent-*Sonntage* 1725. *biß dahin* 1726. *wurden* in den						
Gemeinden	gebohren		confirmirt		copulirt	begraben.
	Knab.	Mägdl.	Knab.	Mägdl.	Paar	
Alberts- – –	5.	3.	-	2.	2.	-
Stephans- – –	6.	2.	1.	2.	5.	-
Johannis- – –	1.	4.	-	1.	4.	-
Christophs- – –	3.	3.	1.	-	2.	1. Mägdl.
Christians- { Raum	1.	3.	1.	-	2.	- von 5.
Jacobs- – –	1.	1.	-	-	3.	- Wo-
Simons- – –	4.	3.	1.	-	3.	- chen.
Davids- – –	1.	4.	2.	-	2.	-
Roberts- – –	4.	1.	2.	-	2.	1. Mägdl.
						von 2.
Sum.	26.	24.	8.	5.		Jahren
Sum. Summar.	50.		13.		25.	2.

[175] Solchem nach befanden sich um selbige Zeit auf der Insul Felsenburg, an Jungen und Alten, Einheimischen

194

und Ausländischen lebendigen Menschen: 394. nehmlich 203. Manns- und 191. Weibs-Personen, die in aller Frömmigkeit, Liebe und Einigkeit mit einander lebten, und nach dem Exempel der ersten christl. Kirche eine treuhertzige Gemeinschafft der zeitlichen Güter untereinander hielten, keinen Eigennutz, auch im allergeringsten Dinge zeigten, sondern ihren Nächsten und sich selbst zu dienen, alles mit Lust verrichteten, worzu sie sich geschickt befanden. Man sage mir welcher vernünfftiger Mensch Scheu tragen und nicht vielmehr hertzlich wünschen solte, seine gantze Lebens-Zeit an dergleichen ergötzlichen Orte zu zu bringen.

Jedoch ich bin nicht gesonnen, hiervon viel zu philosophiren, sondern erkenne mich schuldig, die fernern Geschichte vorzutragen: Nach nunmehro glücklich vollbrachten Kirchen-Bau, machten sich die allermeisten und besten Holtz-Arbeiter über die Auffrichtung einer Mehl-Mühle her, welche allererst Philipp Krätzer auf dem Stephans-Raumer Grund und Boden, mit Beyhülffe Mons. Litzbergs, Lademanns, Plagers, Herrlichs und Morgenthals angelegt hatte. Der Altvater sahe diesem Baue nebst mir fast alle Tage zu, wenn die Lufft gegen Abend etwas kühle zu werden begunte, besuchte auch dann und wann seine Kinder in den andern Pflantz-Städten. Eines Tages aber, da uns Herr Kramer eine Menge vortrefflich grosser Zucker-Schoten gesendet hatte, kam dem Altvater die Lust an, dieses guten Haußwirths wohl angelegten Küchen- und [176] Lust-Garten in genauern

Augenschein zu nehmen, derowegen reisete er nebst Mons. Wolffgangen, Litzbergen, mir und andern hinnunter nach Alberts-Raum in dessen Wohnung, und traffen denselben bey seiner Maria Albertina in einer schönen mit grossen Kürbis-Rancken bedeckten Laub-Hütte sitzend an, allwo sie den Safft aus etlichen guten Kräutern und Blumen presseten, um solchen seiner Kunst gemäß, zur Artzeney zu gebrauchen. Es war so zu sagen fast in einem Augenblicke alles bereit, uns, als seine angenehmsten Gäste aufs Beste zu tractiren. Sein Geträncke schmeckte sonderlich sehr angenehm, und hatte darbey die Tugend, daß es keine Incommoditée im Leibe oder im Kopffe machte, derowegen sassen wir sehr vergnügt beysammen. Endlich aber bezeugte der Altvater ein besonderes Verlangen, des Chirurgi Monsieur

Johann Ferdinand Kramers
Lebens-Geschicht

ebenfalls zu wissen, dahero sich derselbe, nach einigen nöthigen, gefallen ließ, uns dieselbe folgendergestallt zu erzehlen:

Ich bin, fieng er an, von Geburth ein Westphälinger, mein Vater und Mutter, von denen ich im Jahr 1692. erzeuget worden, waren ehrliche Leute, und etwas mehr als Bürgerlichen Standes, starben aber beyde, ehe ich noch das 10te Kinder-Jahr überschritten hatte, weßwegen mich, meines Vaters Freunde, als das eintzige hinterlassene Kind meiner Eltern, zu sich nahmen, und zu guter

Aufferziehung anfänglich die besten Minen machten; Allein es gieng mir nicht anders, als es gemeiniglich allen [177] Elterlosen Waisen zu gehen pfleget. Denn so bald sie nur mein Vermögen, welches sich etwa auf 1500. Thlr. belieff, unter das ihrige vermischt, niemanden aber zur Zeit Rechnung abzulegen hatten, als sich selbst, schien es nicht anders, als ob sie mich um GOttes Willen bey sich duldeten, ja mit der Zeit fiel ihnen gar meine Person, ob-schon nicht mein Gut, ziemlich beschwerlich, derowegen ich unter solchem Vorwande in eine andere Stadt ge-schafft wurde: daß in selbiger weit civilisirtere Leute be-findlich, von denen ich besser gezogen werden könte, denn wenn die Freunde, wie sie sagten, einen jungen wil-den Knaben nur ein wenig scharff angriffen, müste es gleich ein Hundemäßiges Tractament heissen, zumahl bey solchen Leuten, die sich ein Vergnügen machten, derglei-chen Bösewichter zu verziehen. Ich wuste zwar damahls nicht auf wen sie stichelten, kan auch im geringsten nicht läugnen, daß ich ein wildes und etwas allzu feuriges Tem-perament hatte, allein es war dennoch, ohne eigenen Ruhm zu melden, gewiß, daß unter meinen lustigen Strei-chen, die ich täglich anzustellen beflissen, sehr selten et-was boßhafftes zu finden war, wenn man anders, nicht mit Gewalt eine Boßheit daraus erzwingen wolte. Von ver-schiedenen Streichen, nur in aller Kürtze etliche wenige anzuführen, so wird daraus zu schliessen seyn, daß ich zwar zuweilen etwas spitzfindig, zum öfftern auch sehr einfältig gewesen. Eines Tages, da mein Vetter mit einer

Gerichts-Person lange Zeit ein geheimes Gespräch gehalten, hörete ich beym Abschied nehmen von ihm diese Worte: Ja Herr Gevatter! wenn sich nur jemand unterstehen wolte der [178] Katze die Schelle anzuhängen, ich wolte ihm gerne alle Gefälligkeit darvor erzeigen, und - - - weiter konte ich nichts vernehmen, denn sie redeten wiederum heimlich, verstund aber dieses Sprichwort in sensu proprio, holete mir bey einem Schul-Cameraden eine grosse Schelle, versteckte selbige in mein Bette, wartete biß die Katze des Nachts zu mir hinnein kam, hieng dieser sonst wilden Bestie, die sich leichtlich von niemanden als von mir angreiffen ließ, andere aber grimmig biß und kratzte, ohne besondere Mühe die grosse Schelle an, und warff sie zu meiner Kammer hinaus. Was dieses Thier hernachmahls die gantze Nacht hindurch vor ein grausames Lermen, mit springen, poltern und herum lauffen im gantzen Hause verführet, ist nicht auszusprechen, ich schlieff zwar darüber ein, allein mein Vetter und die meisten andern, im Hause wohnenden Leute, vermeynen nicht anders, als daß es ein teufflisches Gespenst sey, wollen derowegen sich mit selbigen nicht vermengen, sondern bringen die gantze Nacht mit grosser Furcht in ängstlichen Schweisse zu. Endlich früh Morgens hat sich das Gespenst gefunden, ich wurde darum befragt, und so bald nur ja gesagt war, mein Hinter-Castell, ohne mir fernere Defension zuzulassen, dermassen mit Ruthen gestrichen, daß ich in etlichen Tagen keine Banck damit drücken konte. Das war also nicht allein der Danck vor meine einfältige Treuhertzigkeit, sondern es wurde dieser Streich sogar vor die aller-erschrecklichste Boßheit ausgeschrien. Ein andermahl fand ich einen Tobacks-Brieff, worauff mit ziemlich grossen Buchstaben diese Worte gedruckt waren: *Wer* [179] *mich wird versuchen und proben, wird mich rüh-men und loben.* Nachdem ich nun von diesem Tobacks-Briefe das andere unnütze Bilderwerck abgeschnitten, beschmierte ich denselben auf der lincken Seite mit Vogel-Leim, und legte das Blätgen hinter dem Ofen, auf denjenigen Sessel, welchen unsere faule Magd ge-meiniglich des Tages sehr offte zu besitzen pflegte, und zwar also, daß die Schrifft, nachdem die Magd auff-gestanden, accurat auf ihren Wulste des Rocks zu lesen war. Selbige wurde kurtz hernach zu Marckte geschickt, in unsern Hause hatte kein Mensch diese Inscription be-merckt, allein auf dem Marckte finden sich desto mehr curieuse Leute solche zu betrachten. Was es vor ein Ge-lächter gegeben, zumahlen da einige Schüler darzu kom-men, und darüber glossiren, ist leicht zu erachten, allein mir bekam diese Naseweisigkeit sehr übel, denn mein hitziger Vetter schlug mir, so bald ich nur vor den Thäter ausgeruffen worden, dieserwegen in der Furie den lin-cken Arm entzwey. Daß dieses von mir eine grosse Leichtfertigkeit, aber doch keine gar zu grausame Boß-heit gewesen, kan jedweder so leicht begreiffen, als eine proportionirliche Strafe darauff dictiren, allein ob diese Strafe mit dem Verbrechen quadriret? gebe ich zur Uberlegung anheim. Immittelst hatte die Curiositee zu empfinden, wiewohl es düncke wenn man 6. Wochen unter den Händen eines unverständigen, Tölpelhaften, dabey aber dennoch unbarmhertzigen Chirurgi liegt, denn mein krum geheilter Arm muste noch einmahl zerbrochen und durch einen geschicktern Mann geheilet werden. Noch eins! Meine Muhme hatte [180] einen mittelmäßigen Hund, der im Sommer alle 4. Wochen auf Löwen-Art glatt geschoren wurde, dieser war bey ihr in grösserer Achtbarkeit als ich und viele andere Leute, weßwegen er auch seinen besondern ledernen gepolsterten Stuhl in der Stube stehen hatte, und grausam brummete, wenn ich selbigen zur Abends-Zeit nur ein klein wenig zur Ruhe brauchte, denn NB. sonsten pflegte sich kein anderer Mensch drauff zu setzen. Also war ich besorgt mein Müthlein an dieser eigensinnigen Bestie zu kühlen, besonn mich endlich, etliche spitzige Steck-Nadeln von unten auf durch den Stuhl, doch also zu schlagen, daß die Spitzen dem Hunde nur ein klein wenig in die Haut gehen, hingegen keinen Menschen, der nur gut gefütterte Bein-Kleider an hatte verletzen konten. Demnach fieng der Hund, so offt er sich durch einen schnellen Sprung auf den Stuhl warff, jederzeit erbärmlich an zu schreyen, wolte auch endlich gar nicht mehr auf dem Stuhle liegen, dahingegen ich mit desto grössern plaisir darauff sitzen konte. Meine Muhme merckte vielleicht etwas, konte aber erstlich nichts am Stuhle finden, denn er war hoch ausgestopfft, und man muste das Polster gar sehr scharff

nieder drücken, wenn die Spitzen, eine Empfindlichkeit
verursachen solten; endlich aber kam es dannoch ans
Licht, und meine artige Invention wurde mit dem Ochsen-
Ziemer dermassen recompensirt, daß ich mich fast in
14. Tagen nicht recht bewegen konte. Dieses Verbrechen
wurde solchergestallt abermahls allzu hart gestrafft,
denn Salomo lehret zwar: daß die Ruthe der Zucht, die,
im Hertzen eines Knaben steckende Thorheit, ferne von
ihm trei-[181]ben werde; allein auf die Art wars, wie gesagt, zu scharff, und weiln ich fast täglich gantz sonderbaren Zuschlag von allen Seiten zu hoffen hatte, derowegen fast gäntzlich in Verstockung gerieth, fügte sichs
zu meinem Glücke, daß man mich in eine andere Stadt zu
frembden, aber doch verständigen Leuten brachte.

Daselbst war eine sehr berühmte Schule, welche ich
mit grösten Vergnügen sehr fleißig besuchte, und mich
in kurtzen vor andern, die doch noch älter als ich waren,
distinguirte, so daß ich, in meinem 14den Jahre, unter den
öbersten Primanern zu sitzen kam. Zwar ist nicht zu
läugnen, daß ich auch daselbst manchen lustigen Streich
spielte, jedoch weil dasige Herrn Præceptores die Boßheit und den Muthwillen eines Knaben besser zu unterscheiden wusten, als meine Anverwandten; kam ich
mehrentheils mit einem starcken Verweise, oder aufs
höchste mit einer gelinden Strafe darvon, und zwar in
Betrachtung dessen, daß ich meine Lectiones jederzeit
behörig observirte, und zuweilen mehr that als von mir
verlanget wurde. Ich mag niemanden mit der Erzehlung

meiner Schul-Possen verdrüßlich fallen, jedoch ein eintziger kurtzweiliger Streich meritirt vielleicht gemeldet
zu werden. Einmahls stund ich, nach geendigter Lection,
noch eine gute weile im Creutzgange stille, und hatte
mich, weiß aber selbst nicht warum, gantz besonders
in meinen Gedancken vertiefft, dieses merckt der Cantor als dasiger Collega III. von ferne, kömmt derowegen
gantz sachte auf mich zugeschlichen, fragte mich aber
gantz unverhofft, worauff ich spintisirte? Da nun bereits
wuste, daß er [182] ein curieuser Kopff und mir nicht
so gewogen als der Rector und Con-Rector wäre, jedoch eben denselben Respect verlangte, und vor einen
gantz besonders gelehrten Mann angesehen seyn wolte,
war ich so schalckhafft, ihn mit folgenden Griechischen
Worten anzureden: Τιμιώτατε Διδάσκαλε, Δίδοτι ἐμοὶ
συγγνώμην, σήμερον, ἐκ τοῦ κήπου σάκκον τῶν μήλων
πλήρη ἐκφέρειν. Teutsch: *Hochgeehrter Herr* Præceptor!
*Ich bitte, mir heute zu erlauben, einen Sack voll Aepffel
aus dem Garten zu holen.*

Nun ist zu mercken, daß die drey obersten Herrn
Schul-Collegen dasiges Orts einen vortrefflichen Baum-
Garten zu nutzen hatten, aus welchen sie allerjährlich
das Obst in drey gleiche Theile unter sich zu theilen
pflegten, allen Schülern aber, war bey harter Strafe ver-
bothen, diesen Garten, ohne besondere Erlaubniß des
Garten-Inspectoris, nicht zu betreten, vielweniger das
geringste Stücke von Obste anzurühren, dieses Jahr
hatte der Herr Cantor die Inspection darüber, und war

gewißlich der geitzigste unter allen, derowegen muste
derjenige, welcher Appetit bekam, nur in den Garten ein
wenig spaziren zu gehen, ihm gewißlich mit den elegan-
testen lateinischen Schmeichel-Worten zu begegnen wissen. Ich aber vermeynte meine Captationem benevolen-
tiæ jocosam desto glücklicher anzubringen, wenn ich ihn
auf Griechisch anredete, und damit seiner Erfahrenheit
in dieser Sprache, schmeichelte. Er lächelte derowegen
sehr gravitätisch und gab zur Antwort: Θια μοῦ ἔξεςι.
Teutsch: *Es ist von mir erlaubt.* Allein der gute Mann
mochte meine Anrede nicht völlig verstanden haben,
wolte aber dennoch darvor [183] gehalten seyn, das Griechische so gut als seine Mutter-Sprache zu wissen, hatte mich also gantz kurtz mit diesen drey, vermuthlich
aufgeschnappten Worten abgefertiget. Demnach gieng
ich ohne Scheu mit einem grossen Qver-Sacke in den
Obst-Garten, pflückte die allerbesten Aepffel da hinein,
trug selbige öffentlich heraus, und theilete meinen Mit-
Schülern reichlich mit. Doch solches kam gar bald vor
den Rector, weßwegen meine Person, vor dem Schul-
Gerichte, wegen der, wie sie sagten, gestohlnen Aepffel,
gleich morgenden Tages zur Inquisition gezogen wurde.
Ich protestirte solennissime wieder alle falsche Anklage
und gedrohete Strafe, berieff mich auch lediglich darauff: daß ich, von dem Herrn Cantore selbst, Erlaubniß
darzu bekommen hätte. Dieser aber wolte von nichts
wissen, jedoch da sich 4. oder 5. Zeugen angaben, daß ich
ihn in Griechischer Sprache mit vorerwehnten Worten

angeredet, und besagte Antwort erhalten hätte: muste
ich einen Abtritt nehmen, wurde nachhero auch dieserwegen nicht im geringsten mehr befragt, hergegen kam
der expresse Befehl heraus, daß in Zukunfft die Schüler sich keiner andern, als der lateinischen Sprache gebrauchen solten, wenn sie von den Præceptoribus etwas
ausbitten wolten.

Bey so gestallten Sachen, konte leichtlich ein jeder
mercken was die Glocke geschlagen habe, und daß der
Herr Cantor ein sehr schwacher Græcus sey, ich aber
muste dieserwegen dessen völlige Ungnade ertragen,
welches mein freyer Sinn doch wenig æstimirte, sondern
zufrieden war, daß sich der Rector- und Conre-[184]ctor
desto gütiger gegen mich erzeigten, und in allen Stücken
meines Wohlseyns wegen gute Vorsorge trugen, wie
denn ich auch keinen Fleiß sparete, mich so viel als
möglich, nach dieser beyden Gönner Sinne zu richten,
sonderlich aber meine Studia eiffrig fortzusetzen. Mittlerweile erhielt mein Vetter, meines Wohlverhaltens wegen, immer ein gutes Testimonium über das andere, doch
weil er selbsten 3. Söhne auf der Schule hatte, selbige
aber mehr Wercks vom liederlichen Leben, als von den
Büchern machten, trieb ihn ohnfehlbar der Neid an,
mein propós zu verrücken, und mich von der Schule hinweg zu nehmen, um durch mich seinen Söhnen, bey der
fleißigen Welt, keinen Vorwurff zu machen. Demnach
kam er um Johannis an. 1707. unverhofft, kündigte dem
Rectori meinetwegen das Logis, Kost- und Schuld-Geld,

ja alles auf, was zu meiner grösten Bequemlichkeit bißhero gereicht hatte, mir aber die Rückfarth nach seinen
Hause abermahls an, und zwar unter dem Vorwande, daß
mein weniges Vermögen nicht hinlänglich, mich etliche
Jahr auf Universitäten zu erhalten, derowegen wäre es
klüger gehandelt dahin zu gedencken: daß ich eine reputirliche Profession ergriffe, selbige bey einem wohl ver-
suchten und berühmten Meister, redlich lernete, und den
meisten Theil meines Vermögens solchergestalt erspah-
rete, welches ich mit der Zeit zu meinem Haußhaltungs-
Anfange höchst nöthig genung brauchen würde.

Hierwieder mochten nun, nebst mir, alle meine guten
Gönner einwenden, was sie immer wolten, es halff nichts,
ja das gute Anerbiethen der Præcepto-[185]rum, mir alle
Information frey zu geben, über dieses zu Ersparung meines Erbtheils gute Hospitia und andere Accidentia zu verschaffen, wurde von diesem lieblosen Freunde und Vormunde unverantwortlicher weise verworffen, hergegen
muste ich mich mit aller Gewalt beqvemen, auf den Wagen zu steigen und die Reise mit Sack und Pack zurück
in seine Behausung anzutreten. Ich merckte daselbst in
kurtzen, daß er gesinnet sey mich nur zu einem Hauß-
Püffel aufzuziehen, denn ich wurde täglich zum Bier-
Brauen, Branteweins-Brennen, Vieh-Mästen und anderer groben Hauß-Arbeit angewiesen, allein dergleichen
kam mit meiner schwachen Leibes-Constitution schlecht,
und mit meinem Genie noch schlechter überein, derowegen begehrte ich durchaus meine Bücher, des Willens,

wiederum auf vorige Schule zu lauffen, verlangte auch
weder Geld noch Kleid darzu, sondern hatte das gute
Vertrauen: GOTT würde schon Leute erwecken, die einen Knaben, der so grosse Lust zum studiren bezeugte,
mit guten Rath und würcklicher Hülffe begegneten. Allein mein Suchen war vergebens, hergegen schlug man
mir, da ich mich durchaus um die Oeconomie nicht mehr
bekümmern wolte, bald dieses bald jenes Handwerck
vor, jedoch alle solche waren mir zu schlecht. Man brachte mich zur Handlung auf die Probe, bey einen sehr
bemittelten Kaufmann, da ich aber gleich in den ersten
6. Wochen als ein Hund aus einem Winckel in den andern
gestossen wurde, und diese Marter 6. Jahr gedultig auszustehen Befehl bekam, lieff ich darvon. Man brachte
mich zu einem Gold-Schmiede, da ich aber [186] merckte,
daß mir in künfftigen Jahren, das sitzen so beschwerlich
als die gegenwärtige schmutzige Arbeit fallen würde,
über dieses in Gefahr stehen müste gantz frühzeitig blind
zu werden, lieff ich darvon. Man brachte mich auf die
Apotheke, hieselbst war die Arbeit vor den jüngsten Jungen noch schmutziger, meine Hände wurden so garstig,
daß ich mich selbst scheuete daraus zu essen, muste auch
den gantzen Tag biß in die späte Nacht, die gröste Kälte
an Händen und Füssen ausstehen, und durffte, bey allen
meinen Schmertzen, nicht einmahl eine betrübte Mine
machen, derowegen lieff ich auch da darvon. Kurtz! Mein
Vormund mochte mich hinbringen, wohin er wolte, ich
lieff darvon und wolte nirgends bleiben als auf der

Schule, da aber selbiger dennoch bey seinem Schlusse blieb: mich durchaus nicht studiren zu lassen, sondern meine Kleider verschloß, und mich mit Stuben-Arrest, Schlägen, Hunger und andern Plagen so lange quälete, biß ich endlich versprach mir selbsten eine Profeßion auszusinnen und darbey gut zu thun, erwehlete ich endlich die Chirurgie und Barbier-Kunst, und wurde zu einem berühmten Meister derselben gebracht, in dessen Gegenwart mich mein Vormund aufs ernstlichste ermahnete und bedrohete, so ferne ich auch allhier darvon lieffe, mich alsofort in ein Zucht-Hauß zu bringen. Besondere Ursache hatte ich nun eben nicht an Erfüllung dieses tröstlichen Versprechens zu zweiffeln, denn meine Frau Vormundin die mir so feind als einer Spinne war, lag ihm dieserwegen beständig in Ohren, und hätte lieber gesehen wenn ich nur ihres Hundes wegen, bereits etliche Jahr im Zucht-Hause [187] gesessen hätte. Jedoch da mir die erwehlte Profession nach und nach, und zwar je länger je besser zu gefallen begunte, der Herr auch nur zuweilen etwas wunderlich, sonsten aber ein ziemlich gütiger Mann war, suchte ich mich, so viel als möglich, unter die Hand meines Verhängnisses zu demüthigen, und befand das gemeine Sprichwort: *Lust und Liebe zum Dinge, macht alle Arbeit geringe,* in der That wahr zu seyn. Denn ich fassete nicht allein alle bey dieser Profession mir gezeigten Vortheile, weit leichter als andere so mit mir certirten, sondern machte mir die treffliche Gelegenheit, in Anatomicis einen guten Grund zu legen, sehr wohl zu Nutze, wendete die, wiewohl selten müßigen Tages-Stunden, auf Lesung nützlicher Bücher, brach auch nicht selten früh Morgens ein paar Stunden vom Schlafe ab, um nur bey Zeiten was rechts zu begreiffen.

Inzwischen, machte nun zwar, welches nicht zu läugnen, auch in meiner Lehre allerhand lustige Possen, jedoch weil keine Boßheit, noch besonderes Nachtheil des Nächsten darunter versirte, ließ es mein Vorgesetzter, so dann und wann ohne Strafe hingehen, und wenn zuweilen etwas ingenieuses passirt war, merckte ers zwar, und that doch als ob ers nicht merckte. Ich trage ein billiges Bedencken viel von solchen Jugend- und Jungens-Possen zu recapituliren, doch einen einzigen nicht gar wohl überlegten lustigen Streich, muß ich wohl melden, weil selbiger die einzige Ursache war, daß mich mein Herr zum ersten und letzten mahle mit dem Spanischen Rohre, und zwar wohl verdienter massen tractirte. [188]

Ich muste einmahls in aller Frühe bey dem Kohlen-Verkauffer einen Handkorb voll Schmiede-Kohlen holen, da mich nun unter wegs jemand in sein Hauß ruffte, setzte ich vorhero meinen mit Kohlen gehäufften Korb, am Rathhause in einen Winckel, und gieng davon, muste aber bey meiner Zurückkunfft, den Korb über die Helffte ausgeleeret erblicken, dahero Noth halber zurück gehen, und denselben vor mein eigen Geld wieder häuffen lassen. Nachhero legte starcke Kundschafft auf diesen Diebstahl, und erfuhr: daß die am Marckte, täglich sitzenden und allerhand Nasch-Waaren verkauffenden,

naseweisen Mägde, benebst den alten Weibern, sich vereiniget hatten, mir diesen Streich zu spielen, welches um
so viel desto eher zu glauben war; weil, so oft ich diesen
Weg sonsten mit Kohlen gieng, und ein oder zwey aus
dem Korbe fallen ließ, selbige gleich herzu lieffen wie die
Katzen nach den Mäusen, denn sie wusten diese guten
Kohlen, gar zu wohl in den unter sich habenden Kohlen-
Töpffen zu gebrauchen. Demnach war ich Tag und Nacht
auf Revange, wegen des letzt gespielten groben Possens,
bedacht, und endlich wurde folgender Streich so verbracht wie ausgesonnen. Ich nahm etliche Kohlen, hölete
dieselben aus, und setzte kleine Schwermer mit geriebe-
nen Schieß-Pulver hinnein, vermachte die Löcher wiederum so, daß an den Kohlen kein Betrug zu mercken
war, legte hernach selbige, indem ich abermahls Kohlen
vor den liederlichen Weibs-Bildern vorbey tragen wolte,
gantz zu oberst auf den Korb, that als ob ich stolperte,
und ließ dieselben gantz unachtsam herunter fallen, welche denn von ihnen begie-[189]rig auffgehoben und in die
Kohlen-Töpffe gelegt wurden. Ich lieff gegen über in ein
bekandtes Hauß und wartete daselbst die Zeit ab, biß das
sprudelnde Pulver Feuer fieng, und ein verzweiffeltes
Lermen, doch aber weiter keinen Schaden anrichtete.
Allein da die Sache zu meinen Herrn gelangete, bekam
der künstliche Feuerwercker seinen verdienten Lohn.

Nach ausgestandenen Lehr-Jahren ergriff ich den
Wander-Stab, und reisete von meinem Vormunde mit
10. Thlr. Gelde und nöthigster Equippage abgefertiget

in die Welt, weiln ich aber in meiner Lehre von der Generositeé einiger vornehmen Patienten, welchen ich unermüdet aufgewartet, bey nahe 50. Thlr. profitiret und heimlich gesammlet hatte, schien es mir ungemein despectirlich und beschwerlich zu Fusse zu reisen, und noch viel verdrüßlicher, der Professions-Gewohnheit nach, bey andern Chirurgis das Gnaden- oder wie es etwas ehrbarer klingt, das Frembd-Gesellen-Brod zu essen, reisete derowegen so lange mit der Post herum, biß mein unüberwindlich scheinendes Capital, dermassen auf die Neige kam, daß ich nunmehro an statt der Thaler kaum so viel Groschen zählen konte.

Da! war der Haase gefangen, die Gelder verschwunden, die Kleider auf dem Post-Wagen ziemlich verschabt, der Winter vor der Thüre, zu guter Condition kein Anblick, hergegen desto mehr Ambition vorhanden, dem Vormunde meinen Fehler zu entdecken, und von ihm etwas Geld zu verlangen. Jedoch ich fassete kurtze Resolution, entschloß mich nunmehro post Festum zu Fusse zu gehen, erreichte [190] eine berühmte Residentz-Stadt, weil aber in selbiger vor mich keine Condition offen, kein eintziger Barbier-Geselle auch so höfflich seyn, und mir die seinige abtreten wolte, sahe ich mich genöthiget, aus dringender Noth, bey einem so genandten Bein-Haasen, der eine Gnaden-Barbier-Stube in der Vorstadt hatte, Condition anzunehmen. Es war derselbe, ohngeacht ihn die andern Chirurgi sehr hasseten, ein ehrlicher, vernünfftiger und wohlerfahrner Mann, der seine Profession nicht allein Zunfftmässig gelernet, sondern auch in verschiedenen Feld-Zügen sehr wohl excoliret hatte, seine Praxis gieng sehr starck, woher denn kam, daß ich binnen anderthalb Jahren nicht allein ein sehr vieles in der Kunst und Wissenschafft von ihm profitirte, sondern auch meine Kleidung und Sachen wiederum in guten Stand setzte, über dieses alles, etliche 60. Thlr. baares Geld sammlete, worzu die Verachtung meiner Professions-Genossen, kein geringes beytrug, denn selbige achteten mich darum, weil ich bey einem Pfuscher servirte, vor einen infamen Kerl, welcher nicht würdig wäre: daß redliche Barbiers-Gesellen eine Kanne Bier mit ihm träncken. Mittlerzeit aber sparete ich mein Geld, entgieng vielen Verführungen, und konte zuletzt, meinen so genandten abscheulichen Schand-Fleck, sehr leicht vermittelst eines halben Fasses Bier wieder abwaschen, welches die Herrn Cameraden noch lange nicht gantz ausgesoffen hatten; da ich schon wieder so ehrlich, ja ich glaube, in ihren Hertzen vor noch weit ehrlicher als vorhin geachtet war. Nichts als die Curiositee, noch mehr grosse Städte zu sehen, trieb mich von diesem Manne [191] hinweg, derowegen ergriff abermahls meinen Wander-Stab, setzte mich aber nicht wie ehermahlen auf die geschwinde Post, sondern glaubte dem experto Ruperto, und marchirte per pedes Apostolorum fort, nachdem ich meinen Coffre zurück in Verwahrung gelassen. Die am Rhein, Neckar, Mosel und Mäyn gelegenen Städte, waren mir sehr herrlich beschrieben worden, und

weiln ich ohne dem lieber Wein als Wasser trincken
mochte, gieng die Reise darauff zu. Nun fand mich zwar,
wegen des so sehr gerühmten Weins gar nicht betrogen,
allein wo ich nur hin kam, muste ich vernehmen, daß es
wegen der Conditionen ausser der Zeit und wenigstens in
einem halben Jahre nichts zu hoffen sey, über dieses war
kein eintziger Professions-Genosse der Ehren, mir nur
einen Bissen Brod vorzusetzen, sondern ich muste überall vor mein baares Geld zehren. Hierbey befand sich nun
der Magen, welcher auch den allerbesten Wein ziemlich
vertragen lernete sehr wohl, allein der Beutel bekam
nach und nach den stärcksten Ansatz zur Schwindsucht,
so daß ich dieses Land aufs eiligste zu verlassen, und die
Lufft zu verändern suchen muste, woferne besagter mein
Beutel, nicht seyn gantzes Eingeweyde außspeyen solte.
Demnach wanderte auf den Saal-Strohm loß, und demselben so lange entgegen, biß sich endlich in einer Fürstl.
kleinen Residentz-Stadt, Condition vor mich fand. Mein
Herr war Hof- Ammts- und Stadt-Chirurgus, über alles
dieses noch Cammer-Diener bey dem Fürsten, und hatte
solchergestallt mehr Glücke als Verstand, denn ich nicht
leichtlich einen Chirurgum angetroffen, der, der leidigen
[192] Trunckenheit mehr ergeben gewesen, als eben er.
In Praxi war ihm ein und andere Cur von ohngefähr noch
so ziemlich eingeschlagen, doch in Theoria alles sehr
schwach und elend bestellet, woher denn kam: daß sein
gantzer Professions-Bau auf einem wacklenden Grunde
ruhete. In der Prahlerey, Aufschneiderey und läppischen

Raisonir-Kunst hatte er hingegen einen dermassen starcken Habitum, daß er sich auch nicht scheuete vor geschickten und gelehrten Leuten, ohne Scheu, alles heraus zu platzen was ihm nur vors Maul kam, es mochte
practicable, wahrscheinlich, und vernünfftig seyn oder
nicht. Einsmahls wolte er einem gestürtzten Patienten,
ein grosses Stück des Cranii ausgehoben, duram matrem
zerschnitten, piam matrem aber vom cerebello abseparirt,
und das geronnene Geblüth, wie auch 1½ Loth vom
Gehirne selbst mit dem Thee-Löffel heraus genommen
haben. Einem andern Patienten hatte er, seinem sagen
nach, einen Polypum cordis, oder so genandten Hertz-
Wurm per sedes abgetrieben, und zeigte denselben annoch in einem mit Spiritu Vin. angefülleten Glase. Wieder
einem andern solte durch seine Geschicklichkeit, und
künstliche Hefftung, die mit groben Schrot durchschos-
senen dünnen Gedärmer, und des Magens, das liebe Leben erhalten seyn. Alle Arten der Blindheit, so gar auch
des schwartzen Staars, vermaß er sich ohne eintzige innerliche oder äuserliche Medicin, bloß vermittelst eines
Geheimniß-vollen sympathetischen Schnupff-Tobacks zu
curiren: allein ich habe niemand ausforschen können, der
eine Probe davon gesehen oder empfunden. [193]
    Indem aber, mehrere Exempel seiner Quacksalbe-
rischen Prahlereyen anzuführen, vor allzu weitläufftig
halte, muß ich doch ein und andere eigenhändige Probe seiner jämmerlichen Chirurgischen Berichte, Wund-
Zeddel und Recepte aufzeigen. Hiermit stund Mons. Kra-

mer auf, und holete einige Scripturen, welche, nachdem er uns dieselben vorgelegt, wir also gesetzt befanden:

(*l.*) *Bericht: Num. 9. anno 1710. den 5. Sept.*

Auf Begehren eines Hochlöbl. Amts-Gerichts alhier u. auch auf gnädigen Specigal Befehl des - - - - meines gnädigen Herrn, habe Ich Endes unterschriebener Chyrugus N. N. obigen datum, NachMittage um Eins den entleibeten Körber des verstorbenen und vorhero unwissend von wem ermordet worden, - - - - in seiner Behausung auf einer Taffel, nebst meinem Gesellen und Lehr-Jungen, nechst diesen in Beyseyn des Herrn Stadt- und Land-Fisicus Herr D. N. N. zu seciren und antomiren angefanget, und habe also an selbigen Körber wie folget angemerckt und obselviret.*

1. *Mag ihn der Mörder einen Schlag etwa mit einem Stuhl-Beine auf das Cranigum gegeben haben, denn es war die gantze Schwarte auf dem Kopffe sehr mit Blut unterlauffen, derowegen habe ich das Cranigum Kunstmäßig abgesegt, aber innwendig nicht beschädiget gefunden, sondern es war alles* [194] *gut und die turra mater und bia mater frisch, ausgenommen daß das Cereberum und die meningnes nieder gesuncken waren, welches von Schrecken hergerühret hat, es war sehr viel von den Cereberum im Kopffe, also kein Wunder, daß der Mann sehr klug gewesen ist.*

2. *War ihm die rechte clavic*ulam *entzwey geschmissen geworden.*

3. *Hatte er 5. Stiche auf den Ossa sternium und auf der Pectus wovon aber nur zwey durch die costa veræ gegangen und nachdem ich die cartilago welche das Ossa sternium mit den costas verbinden (und welche Verbindung oder Zusammenfügung die anatomicis Synchonderosis nennen) kunstmäßig durchschnitten und das Ossa sternium aufgehaben, ging der rechte Stich durch den Musculus serratus major anticus oder pectoralis in einen globum pulmonis, durch und durch und hinten bey den vertebras torsis wieder heraus, es war auch ein ramum von der vena pulmonaris abgeschnitten, und schrecklich viel Blut in der cavitatis torazcis gelauffen. Der andere lædale Stich ging durch die Vena pulmonala oder arteria pulmonala welches ich wahl haben will, und durch das lincke auriculæ cordis ins Cor hinnein und blieb in den Ventriculus sinistri cordis sitzend, welches wohl hauptsächlich causa mordis seyn möchte, doch sind die andern vulneris auch dabey in consiteratigon zu ziehen.* [195]

4. *Die Mörder mochten ihn auch brav auf den Leibe herum gesprungen seyn, denn die Urin Vesica war ihm im Leibe geplatzt und der Scrotus sehr geschwollen auch mit vielen geronnenen sangvinis unterlauffen und die Testiculis und vasa spergematica jämmerlich zerqvetzt. Die Hepar und die Splen oder Lien sahen auch nicht natürlich aus, in summa es war dem, in seinem Leben ehrlichen Körber, noch elender mit gespielet als dem der zu Jericho unter die Mörder gefallen war. Da aber er doch nicht zu curiren gewesen wäre wenn er gleich noch*

*einige Tage gelebt hätte, indem man zu seinen haupt-
sächlichen* Vulnera *nicht hinzu kommen und weder in-
gectigon noch Wund-Balsam abbliciren können, so folget
daraus daß diese* lesionen *ber se & absolud ledal zu nennen zu achten und zu halten seyn, und hoffe ich, daß alle*
Vaculteten *es mag hin geschickt werden wo es hin will
mit mir darinnen überein stimmen werden, es müste
denn jemand Lust zu* disbutiren *haben. Uhrkundlich
habe ich diesen* chyrurgischen *Bericht eigenhändig unterschrieben und mit meinen gewöhnlichen Petschafft
bestärckt, verbleibe auch*

Des HochLöbl. Amts-Gerichts

Dienstwilliger

(L. S.)   N. N.

- - - - wohlbestalter Hof- Stadt- und Land-
Chyrurgus juratius. [196]

(II.) Wund-Zettel Num. 86. *den* 13. Jan. 1712.

ICh *Endes unterschriebener bekenne hiermit daß ich
vergangene Nacht etwa um 2. Uhr N. N. in die Cur bekommen und an ihn folgende* Plessuren *befunden: Erstlich einen gefährlichen Hieb über den lincken Elbogen,
worbey die* Tenda *und* Flexores *gäntzlich zerschnitten
einfolglich die* Gunctura *nicht wieder wird curiret werden
können, sondern er wird einen lahmen Arm behalten,
den ich ihn nach den Regeln der Kunst krum heilen
werde. Ich werde aber auch viel Mühe haben das Glied-
Wasser zu stillen. Vors andere einen Hieb auf das* Sinsci-

216

put und Ossa frondale über die sutura coronale her, es wird wenig fehlen daß die oberste dabula des Cranigums nicht gäntzlich durch gehauen ist. Vors dritte weil er seit etlichen Jahren her ein Gewächse an Occiput gehabt, welchen tumor wir Chirurgos Anteroma, Steccatoma oder Glicirrice zu nennen pflegen, ist ihm daßelbe ebenfalls aufgeschlagen, daß es nunmehro auch vollends muß heraus geschnitten werden. Sonsten ist bereits an allen Vulnera starcke Geschwulst und imflamatio gewesen, die ich zu vertreiben grossen Fleiß Mühe und Kosten anwenden werde. Uhrkundlich habe diesen Wund-Zettel unter meiner eigenen Hand u. Petschafft ausgestellet Dat: ut sapra

(L.S.)   N. N. [197]

(III.) Specificatigon was ich Endes Unterschriebener wegen der glücklich gethanen Cur an N. N. vor Medicamentis und Artzlohn zu fodern habe:

Vor Speciges zur Fomentation - -	1 *Thl.* 16 *gr.*		
Vor Spec: per Thecoct: Vulneraria -	3 - - -		
Vor innerliche Medicin die nach der medode medende eingerichtet gewesen - - -	2 - 12 -		
Vor Balsamus vulneraria - -	1 - 8 -		
Vor Emplastrum und Ungevent. -	2 - - -		
Pro lapora & studia - - -	6 - - -		
den 16. Decempr.	16 *Thl.* 12 *gr.*		
1711.	N. N.		

(IV.) Recepte.

℞. *Succg Limonia ℥ij*

Bals. Sulpher: ʒj

Sal praunelli

saturnus. aa. ʒij

Camphorat. ʒß

Ol: Terpenthin. q. s.

M. f. Mixtura dentur in Vitrum.

℞. *Rad. Hippekanne gr. 15.*

Mercur: dulcius. gr. viij

Concerv: Ros. q. s.

M. d. in Schatulam.

Monsieur Kramer hatte zwar noch einen starcken Vorrath von dergleichen lächerlichen Scripturen dieses
Künstlers, doch weil er sich dabey nicht lange aufhalten
wolte, übergab er mir selbige auf [198] mein Bitten gantz
und gar, weil ich mir zuweilen daraus mit Herrn Wolffgangen und Litzbergen, einen lustigen Zeit-Vertreib zu
machen suchte. Ich habe aber auch mit allem Fleisse
allhier nichts mehr von dergleichen Possen anführen
wollen, erstlich darum: weil dem Gen. Leser mit dem
Uberflusse ein Eckel erweckt werden möchte, vors andere weil mir Mons. Kramer selbst gestanden, daß er
die Abschrifft von allen diesen Raritäten, wenige Zeit
hernach, einen guten Universitäts-Freunde anvertrauet,
welcher dadurch bewogen worden, die Delicias Medicas
& Chirurgicas des berühmten Leipziger Chirurgi Mone-

tons alias Müntzer seel. zu continuiren, ob es geschehen weiß ich nicht, Mons. Kramer aber fuhr damahls in seiner Erzehlung also fort:

Meine Condition bey diesem Manne war endlich noch so ziemlich passable, weil ich sehr selten zu Hause auf der Barbier-Stube seyn konte, sondern von Morgen an biß gegen Abend mehrentheils meine bestellte Arbeit, an Barbiren und Verbinden bey der Hoffstatt, auch das meiste Brod auf dem Schlosse zu essen hatte, wohinnauf mein Herr sehr selten kam, als wenn er etwa gerufft wurde, denn deutsch von der Sache zu reden, so bekam er die Besoldung nur aus puren Gnaden und wegen seiner in den jüngern Jahren wohlgeleisteten Dienste, die er nunmehro, als ein gar zu starcker Liebhaber des Sauffens, nicht wie vor der Zeit, verrichten durffte und konte. Zu seinem desto grössern Unglück starb der alte regierende Fürst, und weil mein Principal bey dessen Beysetzung sich gantz ausserordentlich lieder-[199]lich aufgeführet hatte, bekam er wenig Wochen hernach seine völlige Dimission, mithin traten auch die besten Kund-Leute bey Hofe und in der Stadt zu einem andern über. Er wurde solchergestalt nur desto desperater im sauffen, spielen und andern liederlichen Streichen, ruinirte sich und die seinigen immer mehr und mehr, so daß ich den Jammer bey seiner sehr vernünfftigen Frau und 6. Kindern nicht mehr ansehen konte, sondern meinen Abschied nahm, und nachhero erfuhr, daß ihn der Wein, Bier und Brandtewein, noch zu rechter Zeit ins Grab gebracht hatten, wie seelig er aber gestorben, weiß ich nicht.

Mich führete ein glückliches Fatum von dieser Residenz-Stadt hinweg und auf eine berühmte Universität, allwo ich zwar so gleich keine Condition zu hoffen hatte, jedoch von einem genereusen Lands-Manne, auf seine Stube genommen und ausser der Kost und Kleidung in allen defrayret wurde. Dieser mein Lands-Mann studirte Medicinam, und da ich kaum zwey Tage bey ihm gewesen, erwachte bey mir auf einmahl wiederum die Lust zum Studiren. Mein Vormund wegerte sich nicht, mir nunmehro, da ich majorennis worden, und ihm doch nicht gleich zu Halse gelauffen kam, 100. Thlr. zu schicken, welches aber auch das letzte Geld war, welches ich von meinen Väterlichen und Mütterlichen Erbtheile empfangen habe, ohngeacht ich meiner gemachten Rechnung nach, wenigstens noch 800. Thlr. rückständig zu haben vermeynete. Jedoch da ich mich weder einiges Betrugs, noch andern Unglücks befürchtete, machte sich mein, auf [200] das Studiren so sehr erpichtes Gemüthe deßfalls keinen Kummer oder Argwohn, sondern ich repetirte, mein bißhero immer sehr warm gehaltenes Latein, aufs allerfleißigste, mit einem zwar armen, jedoch gelehrten Studenten, welchen ich alle Tage einmahl gratis mit zu Tische führete, und ausserdem, wöchentlich einen halben Thaler Geld, vor tägliche 4. stündige Information, im Latein- und Griechischen, bezahlete. Solcher gestalt konte mich nun mit ziemlicher Renommeé in den Catalogum

dererjenigen inscribiren lassen, die unter Hygææns Pa-
nier ihr Heil versuchen wolten. Das ist so viel gesagt, ich
changirte die Bartschererey, und wurde ein ernstlicher
Studiosus Medicinæ. Durch treulichen Vorschub meines
Stuben-Purschen und gute Recommendation bekam ich
Erlaubniß, verschiedene Collegia frey zu besuchen, die
übrigen höchst nöthigen aber vor halbes Geld. Weilen
nun albereits ratione meiner Profession und fleißigen Bü-
cher-Lesens einen guten Vorsprung vor andern hatte,
brauchte es bey mir halbe Arbeit, derowegen wendete
die beste Zeit darauf an, die Anatomie, Physicam experi-
mentalem, Materiam medicam und die Botanic gründlich
zu fassen. Inmassen es nun an keiner Gelegenheit fehlete, mich in allen solchen Stücken aufs beste zu exerciren, anbey unter der Hand durch heimliche Chirurgische
Curen, mit Beyhülffe meines Lands-Mannes, manchen
schönen Thaler Geld zu verdienen, so wurden die ersten
5. Viertel-Jahre ungemein fleißig und stille verbracht,
so bald aber die Wissenschafften dergestalt etwas zugenommen, wuchs auch die Ambi-[201]tion, mich unter
andern eingebildeten Gelehrten, ebenfalls etwas breit zu
machen, und weil die douce Praxis, immer mehr Geld
einbrachte; fieng ich an, ein und andern Schmause beyzuwohnen, selbsten dergleichen auszurichten, und mir
vor allen Dingen etwas Liebes anzuschaffen, denn zur
selbigen Zeit konte niemand vor einen galanten Purschen
passiren, der nicht zum wenigsten eine Spaß-Courtoisie
mit einem oder andern Frauen-Zimmer unterhielt. So

bald ich mir also nur ein roth Kleid geschafft, und auch
in anderer Aufführung einigen Etaat blicken lassen, zeigten sich also bald ein paar Syrenen von nicht geringen
Stande, welche meiner Meynung nach, ihre charmanten
Blicke und Minen nur darum gegen meine Person spieleten, daß sie einen so galanten Herrn, der aufs längste
binnen anderthalb Jahren den Doctor-Hut auf dem Schä-
del haben müsse, ja fein bey Zeiten zur Gegen-Liebe
bewegen möchten, um mit der Zeit sein Hertz zu er-
beuten, und durch ihn Frau Doctorin genennet zu werden. Etwas verzweiffeltes war es, daß ich so wohl als
andere Leute, die um mein Wesen Bescheid wusten, in
der Persuasion stund: mein Vormund müsse mir wenigstens noch 8. biß 900. Thlr. baar Geld auszahlen, denn ich
glaube, bloß dieses war genung, mir den Zutritt bey vielen Frauenzimmer von Condition zu verschaffen, allein
ich gieng doch in diesem Stück noch ziemlich behutsam,
und nahm mich sehr genau in acht, nicht etwa unbesonnener weise einzuplumpen, und meine Freyheit einer
zukünfftigen vielleicht allzu späten Reue aufzuopffern,
zumahlen da die tägliche Erfahrung [202] lehret: daß das
Universitäts-Frauenzimmer gemeiniglich von Flandern,
und selten länger getreu zu lieben pflegte, als man bey
ihnen sitzt und spendiret. Endlich vermeynete ich doch
eine gantz besonders getreue Seele angetroffen zu haben, weil sich selbige in ihren gantzen Wesen ungemein
still und sittsam, gegen mich aber sehr keusch und züchtig verliebt anstellete. Derowegen riß sich meine hin und

her wanckende Liebe, von allen andern Gegenständen loß, und blieb eintzig und allein, an dieser Schönen hangen, die sich Eleonore nennete. Ja! nachdem sich mein Lands-Mann von dieser Universität hinweg, und auf eine andere begeben, war ich meiner Einbildung nach, vor hundert andern, so ungemein glücklich, bey der Liebenswürdigen Eleonore ein Hauß-Pursche zu werden. Die Gelegenheit war also recht erwünscht vor mich, indem ich nicht allein die Beqvemlichkeit hatte, meine Liebe durch tägliche Hertz-brechende Unterredung auf festen Fuß zu setzen, sondern nechst dem, bey einem solchen Manne im Hause zu wohnen, welcher das Studium anatomicum als sein Hauptwerck triebe, und darinnen etliche 50. Studenten privatim informirete, hierzu sein eigenes compendieuses Theatrum anatomicum angelegt hatte, und sich die gröste Mühe gab, an den Leibern aller Thiere, so er nur habhafft werden kunte, das merckwürdigste und nützlichste zu zeigen. Ich war hierbey dermassen geschäfftig, daß ich in kurtzen sein Prosector wurde, welche Ehre und Vorzug mir bey einigen andern ziemlichen Neid und Verfolgung erweckte, zumahlen da mit der Zeit, mein [203] geheimes Liebes-Verständniß mit Eleonoren ruchtbar zu werden begunte. Jedoch ehe ich meine eigenen fernern Geschichte verfolge, und eben itzo noch von der Anatomie gedacht habe, muß ich einer seltsamen Begebenheit erwehnen, welche beweiset, daß die Lust zur Anatomie, oder welches fast glaublicher, der Geld-Mangel, den Affect der Liebe eines Kindes gegen seine Mutter, allem Ansehen nach sehr zu mindern, ja gäntzlich auszurotten vermögend ist.

Es wohnete in dasiger Vorstadt ein armer Studiosus Medicinæ, nebst seiner bey nahe 70. jährigen Mutter und leiblichen Schwester, in einem kleinen Hause zur Miethe, und erhielt dieselben von den wenigen Geldern, die er sich etwa mit seiner schwachen Praxi, und Information einiger Kinder erwerben konte, wiewohl die Schwester mit ihrer Hand-Arbeit auch etwas beygetragen haben mag. Nachdem aber endlich die Mutter verstorben, muß er alle seine und ihre fahrende Haabe, entweder verkauffen oder versetzen, um dieselbe nur mit Ehren unter die Erde zu bringen, welches dem armen Schlucker dermassen zu Hertzen gehet, daß er, indem das Begräbniß etliche Tage aufgeschoben werden muß, vor Sorgen und Grillen sich nicht zu lassen, auch nirgends Trost zu suchen weiß. Doch in der letzten Nacht vor dem mütterlichen Begräbnisse, fällt ihm ein, daß unser Anatomicus, dessen Privat-Collegia er fleißig besuchte, nur vor wenig Tagen uns folgender gestalt angeredet: Messieurs! Sie reiten, fahren und spaziren ja doch immer auf den Dörffern herum, solte denn niemand unter ihnen [204] so geschickt seyn, einmahl einen menschlichen Cörper auf unser Theatrum anatomicum zu verschaffen, damit wir an selbigen, diejenige curositeé untersuchen können, welche sich der Professor einer benachbarten Universität jüngsthin gantz neu erfunden zu haben rühmet? Es giebt ja Leute genung, die sich eben kein überflüßiges Gewissen machen solten, uns einen todten Cörper zu verkauffen, daferne man ihnen nur die gute Manier inspiriret, wie es zu practiciren und heimlich zu halten ist. Und wir werden ja alle zusammen auch noch etwa ein 100. Thlr. daran spendiren können, ich gebe 10. Thlr. vor meine Person, hoffe, die Herrn werden ein paar Lumpichte Thaler auch nicht æstimiren, und sich die Sache angelegen seyn lassen, denn es ist hierbey Ehre, Ruhm und Nutzen zu erwerben.

Wie gesagt, dieser Vortrag fällt dem armen Studioso eben in der letzten Nacht ein, da er die Wache gantz allein bey der im Sarge liegenden Mutter halten muß, und weil seine Schwester sehr feste schläfft, nimmt er den todten Leichnam aus dem Sarge heraus, wickelt denselben in ein altes Tuch, versteckt ihn auf dem Boden hinter das Feuer-Gemäuere, an dessen Stelle aber legt er etwas Heu, Stroh und Steine in den Sarg, und vernagelt denselben aufs allerfesteste. Folgenden Morgen kam er in aller Frühe zu unsern Professore gelauffen, meldet, daß er ein Subjectum anatomicum humanum ausgekundschafft habe, selbiges aber unter 100. Thlr. nicht erhandeln können, derowegen er sich bey ihm erkundigen wolle: ob es davor anständig sey oder nicht. Viele haben nachhero [205] zwar statuiren wollen, daß er dem Professori das gantze Geheimniß ohne Scheu entdeckt, ich aber lasse solches dahin gestellet seyn. Kurtz! unser Professor ist mit dem Quanto zu frieden, giebt ihm so gleich 50. Thlr. in Abschlag, und verspricht den Rest, so

gleich bey Empfang des Cadaveris zu bezahlen, welches
dieser arme Schlucker folgendes Abends selbst zu überbringen, und in seine Hände zu liefern angelobet. Vorhero aber, ließ er Nachmittags, an statt seiner Mutter,
den mit Steinen und Stroh gefüllten Sarg, öffentlich und
mit allen gewöhnlichen Ceremonien zur Erden bestatten,
und so bald es dunckel worden, steckt er den bereits wohl
eingewickelten mütterlichen Cörper, in einen alten Sack,
um damit nach des Professoris Hause zu zu wandern.
Unter wegs begegnet ihm ein anderer bekandter Studiosus, der, ohngeacht er sich möglichst zu verstellen gesucht, ihn dennoch erkennet, und nicht ablässet zu fragen: was er unter dem Mantel trüge? über dieses gar,
den Mantel aufzudecken, Miene macht. Allein der arme
bestürtzte Schlucker wickelt sich endlich doch von ihm
loß, und giebt zur Antwort: Herr Bruder! laß mich nur
zu frieden, ich trage eine alte Bass-Geige. Solchemnach
kömmt er, ohne fernern Anstoß, glücklich in unsern
Hause an, und empfängt von dem Professore die annoch
restirenden 50. Thlr. als womit er sich vor dasmahl aus
aller seiner Noth und Schulden gerissen, vielleicht auch
noch etwas erübriget hat. Folgenden Tages fanden wir
sämmtlichen Interessenten, ein so lange gewünschtes
menschliches Cadaver, bezahleten derowegen des Professoris Vor-[206]schuß reichlich wieder, und machten uns
an die Arbeit, der arme Schlucker zahlete zwar pro forma
auch 2. Thlr. 16. Gr. darzu, und halff getrost mit in seiner
Mutter Haut und Fleisch hinein schneiden, vermeynete

auch, die Sache solte um so viel desto mehr unverdächtig und verschwiegen bleiben, allein da der Professor bey Demonstration der partium genitalium in etwas moralisirte, beym Utero aber solche Worte gebrauchte: Dieses ist der Gelehrten und Ungelehrten allererste Studier-Stube; Ein anderer aber hinzu setzte: Welche der grimmige Nero in seiner eigenen Mutter zu betrachten, so unmenschlich curieux gewesen; fand sich offt erwehnter Mutter-Verkäuffer, dermassen betroffen, daß er bey nahe in Ohnmacht gesuncken wäre, da doch zur selbigen Zeit noch niemand als ich und ein anderer guter Freund um den gantzen Handel Bescheid wusten. Nachhero wurde das vermeynte Geheimniß, zwar freylich etwas weiter fortgeweltzt, ob es aber völlig ruchtbar und Stadtkündig worden: weiß ich nicht, weil mich nach diesem, selbiges Orts nicht lange aufgehalten habe.

Meine Particulair-Avanturen nunmehro weiter zu verfolgen, muß ich berichten: daß bald hernach zwey reichere, dabey aber ungezogenere Pursche, als ich, von der Magd im Hause erfuhren: wie Eleonore mich vor allen andern wohl leyden könte, und weil deren Vater sich sonderlich gütig gegen meine Person bezeigte, wäre leicht zu vermuthen, daß ich diese artige Schöne biß auf weitern Bescheid mir zu eigen machen könte. Da nun diese beyde, recht ernsthaffte Neben-Buhler waren, fand [207] sich bald Gelegenheit, einander die Degen-Spitzen zu zeigen. Jedoch ich war so glücklich, in einer Woche alle beyde mit blutigen Denckmahlen abzufertigen, derowegen entbrandte ihr Grimm nur um so viel desto hefftiger, so, daß sie noch etliche so genannte, aber nur eingebildete Renommisten zu sich nahmen, und unter dem prahlhafften Titul: *Die heroische Brüderschafft,* manche Nacht durch die Strassen schwermeten, allen eintzelen Leuten Verdruß und Schmach anthaten, unter andern aber auch ein blutiges Absehen auf meine Person hatten, und mich, bey Gelegenheit tüchtig zu zeichnen, sich verlauten liessen. Nun brauchte ich zwar alle behörige Vorsicht, mich nicht leichtlich in muthwillige und unnöthige Händel einzumischen, jedoch da ich einsmahls zur Nachts-Zeit, von einem wohlbekandten Freunde aufgeruffen worden, um einen gefährlich-blessirten Studenten eiligst zu verbinden, und wir beyderseits im Begriff waren, in sein, mir wohlbekandtes Logis zu gehen, kam uns die heroische Brüderschafft unverhofft über den Halß, mit Ausstossung dieser empfindlichen Worte: Canaille steh! Mein Begleiter sagte zu mir: Monsieur, ich bitte gar sehr, daß sie auf meine Verantwortung nur eiligst zu meinem blessirten Stuben-Purschen lauffen wolten, ich will diese Canaillen schon abfertigen. Allein ehe ich noch Zeit hatte ihm zu antworten, rieffen etliche Stimmen nochmahls: Hundsf: steh! Gedult! Gedult! rieff ihnen mein Compagnon entgegen, ich stehe schon. Unter diesen Worten aber, zohe er seinen Rock aus, legte denselben ohnfern des Superinten-[208]dentens Wohnung in eine Thor-Fahrt, entblößte seine Esquadronir-Klinge, und hieb, auf dermassen verzweiffelte Art, die creutze

228

und die qveere in die heroische Brüderschafft hinnein,
daß selbige an nichts weniger als an die Gegenwehr zu
gedencken schien; sondern sich auf die Flucht begab.
Hiermit aber war es noch nicht genung, sondern er
verfolget dieselbe dermassen furieus, daß von 10. oder
12. Personen, nicht zwey bey einander bleiben dürffen,
worauf er sans passion zurücke gehet, und seinen Rock
wieder anziehet, mich aber bey seinen blessirten Stuben-
Purschen antraff, und die gantze Geschicht ohne eintzige
Prahlerey erzehlete. Dergleichen Courage hätte ich meines theils bey keinem Menschen, am allerwenigsten aber
bey diesen gesucht, denn er schien eben der stärckste
nicht zu seyn, war aber doch mittlerer Taille ziemlich
untersetzt, und etwas unter 3. Jahren auf der Universität,
vorhero aber auf dem Gymnasio zu Zeitz gewesen, allwo
er verschiedene mahl Gelegenheit gehabt, sich mit den
Soldaten herum zu schlagen, welches die häßlichen Nar-
ben auf seinem Kopffe des mehrern bezeugten. Wie gesagt, ich hätte dergleichen hertzhafften Streich nimmermehr geglaubt, wenn nicht das meiste selbst mit Augen
gesehen, und in darauf folgenden Tagen die Confirmation von allen, die um selbige Gegend wohneten, gehöret
hätte.

Inzwischen war die gantze heroische Brüderschafft
zum grösten Gelächter aller Menschen auf einmahl zerstreuet worden, ich aber machte mit diesem resoluten
Studioso die vertrauteste Freundschafft, weil selbiger,
meinen Gedancken nach, mir [209] zum Schilde wider

alle dergleichen Verfolgungen dienen konte. Er hatte
nicht sonderlich viel in bonis, da ich aber durch ihn in
kurtzen zu schönen Geld-Verdienste gelangete, wurde er
von mir nicht allein nach meinem Vermögen dann und
wann mit Gelde fournirt, sondern in allen Compagnien,
wo er bey mir war, frey gehalten. Jedoch auf solche
Manier, lernete ich wöchentlich zwey, drey, auch wohl
4. mahl auf die Dörffer spaziren, und meinen bißherigen Fleiß, der wegen täglicher Liebes-Grillen ohnedem
schon einigen Abbruch gelitten, noch weit stärcker hemmen. Aber was wurde draus? erstlich ein lustiger Pursche, hernach ein nasser Bruder, weiter ein Craqveler,
und endlich ein desperater Kerl. Denn einsmahls, da ich
mich auf einem nahgelegenen Dorffe unter lustiger Compagnie befand, kamen auch ihrer fünffe von der ehemahligen heroischen Brüderschafft in unsern Saal getreten.
Mir machten sie keine Sorge, denn da ich dero besondere
Hertzhafftigkeit einmahl auf der Probe gesehen, trug
mein, von Bier und Wein ziemlich angefeureter Geist,
nicht das allergeringste Bedencken, mit ihnen anzubinden, ohngeacht mein ehemaliger Vorfechter dieses mahl
nicht mit zugegen war. Es währete nicht lange, so wurden allerhand Stichel-Reden gewechselt, welche ich und
meine Anhänger mit gleicher Müntze bezahleten, endlich aber, da die Worte fielen: daß sich heute zu Tage ein
jeder Bartscheerer vom Doctor-Hute wolte träumen lassen, wurde dem Fasse der Boden ausgestossen. Meine
3. Anhänger waren so glücklich, ihre 4. Gegner zur Thür

hinnaus zu fuchteln, [210] ich aber so unglücklich, demjenigen, der mich touchirt hatte, einen solchen Circumflexum über den Hirnschädel zu schreiben, wovon er augenblicklich zu Boden sincken, und als ein halb-todter Mensch aufs Stroh gelegt werden muste.

Wäre ich so vernünfftig gewesen, gleich meines Wegs über die Gräntze zu gehen, so hätte es seiten meiner weiter nichts zu bedeuten gehabt, denn meine Sachen, die in lauter Büchern und Kleidern bestunden, würden meine guten Freunde gar bald in Sicherheit gebracht haben; Allein meine Thorheit bildete sich, noch Recht überley zu haben, ein, derowegen ging ich ohne Scheu in mein Logis, erzehlete die gehabten fatalitäten, trunck mit meiner Amasia noch einen Coffeé, und legte mich hernach aufs Ohr. Da aber mein guter Kramer kaum zwey oder drey Stunden geschlaffen hatte, meldete sich der Herr Pedell, nebst hinter sich habenden Handgreifflichen Anwalden, (denn solchen Titul haben sich in diesem Seculo die Herrn Häscher beygelegt) und führeten ihn in die Custodiam.

Es brauchte kein langes Kopffbrechens und Fragens nach den gewöhnlichen Oratorischen Behelffs-Worten: Quis? quid? ubi? quibus auxiliis? cur? quomodo? quando? sondern ich konte mir leicht die Rechnung machen: daß mein kunstmäßig gezogener Circumflexus, diese üblen Suiten nach sich gezogen, und vielleicht noch üblere nach sich ziehen könte, zumahl da es hieß, daß an des Patienten Aufkommen gar sehr gezweiffelt würde. Man vergönnete mir zwar, aus meinem Logis die Speisen zu empfangen, doch durffte der Uberbringer kein Wort [211] mit mir reden, denn meine 4. Wächter, die allem Ansehen und Vermuthen nach, in linea obliqva von den grossen Goliaths Waffenträger herstammeten, waren in den ersten 9. Tagen, ich glaube, eines besondern Aberglaubens wegen, dermassen unerweichlich, daß sie auch kaum einer Fliege vergönnen wolten, aus meinem Glase zu trincken, indem sie befürchteten, ich möchte durch dieselbe etwa eine geheime Correspondenz, meiner Befreyung wegen, anzuspinnen suchen, dem ohngeacht war doch meine Eleonora endlich so inventieus, dieselben zu betriegen, denn sie hatte auf gantz subtile Art, ein kleines Briefgen folgendes Innhalts mit dem Messer in mein mittägiges Dreyer-Brod geschoben:

Mon Ami,

IHr könnet seit der fatalen Nacht, eurer Händel wegen, unmöglich in grössern Aengsten geschwebt haben, als ich eurer Person wegen. Zumahlen da die verfluchten Creti und Plethi, meinen Abgeschickten so wenig, als andern guten Freunden, erlauben wollen, euch zu sprechen, oder einen Brief zuzusenden, doch fasset nunmehro guten Muth, denn mein Papa hat heute den Patienten selbst besucht, und ihn besser befunden, als die Rede gehet, derowegen hat bald Hoffnung, in erwünschter Freyheit einen Kuß von euch zu empfangen

vôtre amie

Eleonore N. [212]

Gleich nach Verlesung dieses, mit meinem Brod-
Messer unversehener weise durchschnittenen Briefs,
wurde mir das Hertze um etliche Centner leichter, ich
muste aber doch überhaupt 5. Wochen weniger 2. Tage
pausiren, ehe sich meine Freyheit vor 53. Thlr. Unkosten
und Straff-Gelder erhalten ließ. Allein was halffs? da
ich nunmehro den Vorsatz gefasset, wieder umzukehren,
meine vorige fleißige Lebens-Art von neuen anzufangen,
und die Tochter dem Vater nach Jacobs Weise abzuverdienen, wurde ich eines Abends, da ich mit meiner
Liebste in der Hauß-Thür stund, von einem vorbey gehenden Meuchelmörder, unversehens durch und durch
gestochen, so, daß ich augenblicklich zu Boden sanck,
weil aber der Mord-Stich nur durch die Weichen gegangen war, und keine von den edelsten Theilen berüh-
ret hatte, wurde ich binnen 6. Wochen wiederum in den
Stand gesetzt, auszugehen. Jedoch gleich am ersten
Abende meines Ausgangs, hatte ein unbekandter Bothe,
einen an mich gestelleten Brief ins Hauß gegeben, den
ich also gesetzt befand:

Monsieur,

W*enn euch eures Lebens wegen zu rathen stehet, so
fasset entweder den Schluß, aufs eiligste diesen
Ort zu verlassen, oder eure, der Sage nach, höchst-gelieb-
te Eleonora gäntzlich, und zwar vermittelst einer öffentlichen prostitution zu quittiren. Das letztere wird euren,
vermuthlich redlichen, Gemüthe vielleicht unmöglich
seyn, derowegen überleget das erste, und bedenckt euer*

bestes, denn einer solchen Zusammen-Verschwerung, als eurent-[213]wegen geschehen, seyd ihr und alle eure Gönner, in Wahrheit nicht capable *zu widerstehen. Gebrauchet Raison, Monsieur, und machet von dieser meiner Schrifft kein Bruit, sonsten wird der Verdacht ohnfehlbar auf eine Person fallen, die nur das Plaisir gehabt hat, euch von ferne kennen zu lernen, sich aber dennoch nennet*

Monsieur,

eurer Liebsten und eure

gute Freundin in N. N.

Bey so gestalten Sachen konte ich wohl ohne Schertz sagen: Inter sacrum & saxum sto! Friß Vogel oder stirb. Jedoch muste die Sache erstlich mit meinen, in Hoffnung habenden Schwieger-Eltern, so wohl als mit der Liebste selbst überlegen, und da diese ingesamt riethen: nur aufs eiligste abzureisen, und nicht eher wieder zu kommen, biß sie mir die Versicherung überschrieben, daß sich der itzige Sturm gelegt, oder ich mir selbst eine gute bleibende Stätte ausgemacht hätte, gieng ich mit der ersten Post auf mein Vater-Land zu, nachdem mir Eleonore die kräfftigsten Versicherungen gegeben: nimmermehr keinen andern als mich zu heyrathen, sondern viel lieber Zeit Lebens ledig zu bleiben.

Zum grösten Unglücke war ich auf die Gedancken gerathen: meinem Vormunde einen Brief voraus zu schicken, und ihm den Post-Tag zu melden, an welchen ich bey ihm eintreffen, mich aufs eiligste mit ihm berechnen, und so dann die Reise nach einer andern Universität fortsetzen wolte, denn es wurde [214] mir mein Concept gewaltig verrückt, da mich ohngefähr 8. oder 9. Meilen vor meiner Geburths-Stadt, beym Post-Wechsel, ein Troupp Soldaten umringete, nebst meinen bey mir habenden Sachen, auf einen andern Wagen setzte, über Stock und Stiel fortführete, und endlich in einer ziemlichen Vestung auf die Haupt-Wache lieferte. Was mir daselbst vor Schmach und Qvaal angethan worden, da ich durchaus nicht willigen wolte, eine Musquete auf die Schulter zu nehmen, ist wahrhafftig nicht auszusprechen, mein Vorschlag war jedennoch, 500. Thlr. vor den Abschied zu geben, und da solches verweigert wurde, einen Feldscheers-Dienst anzunehmen, auch auf 3. oder 4. Jahr zu capituliren, allein es war alles vergebens, denn die Officiers sagten mir frey ins Gesichte: daß sie eben keine lang gewachsenen Feldscheers, wohl aber lange Musquetirs brauchten. Endlich da ich 2. Tage und 3. Nacht krumm zusammen gebunden, unter der Pritsche schwitzen müssen, und kein anderes Laabsal oder Nahrungs-Mittel empfangen hatte, als Heerings-Köpffe, welche mir einmahl über das andere in den Mund gesteckt wurden, war es unmöglich, die Marter länger auszustehen, sondern ich muste mich endlich entschliessen, einen höchst-gezwungenen Eid zur Kriegs-Fahne abzulegen. Nun hätte sich zwar nach und nach vielleicht die Gedult bey mir eingefunden, diesem widerwärtigen Verhängnisse so lange stille zu halten, biß sich mit der

Zeit Gelegenheit gefunden, selbiges mit guter Manier zu verbessern, allein das unerhört grausame Tractament, welches ich alltäglich von den Unter-Officiers, und [215] sonderlich dem Sohne meines Vormundes, der Corporal hieß, erdulden muste, war abermahls unerträglich. Ich glaube, daß letzt erwehnter Bösewicht, mir lediglich auf Anstifften seiner vergällten Mutter, so viel Hertzeleyd zufügte, und auch seine andern Cameraden darzu anreitzte, denn wenn ich beym privat-exerciren nur das Weisse in den Augen ein wenig verwendete, geschweige denn sonst etwas unmögliches recht zu machen wuste, muste mein Rücken dermassen viel Stock-Schläge fühlen, dergleichen er sich empfangen zu haben nicht erinnern konte, seit dem ich der Katze die Schelle angehängt, der Magd den Zettel angeklebt, des Hundes Stuhl mit Steck-Nadeln gefüttert, und den alten Weibern das curieuse Feuerwerck præparirt hatte.

»Wir musten über die besonders lustige Art, womit Mons. Kramer dieses letztere vorbrachte, von Hertzen lachen, ohngeacht die Beschreibung seines angetretenen Soldaten-Lebens eben nicht lächerlich war, so bald er sich aber selbst mit uns satt gelacht hatte, fuhr er in Erzehlen also fort:«

Solchergestalt müste ich sehr einfältig gewesen seyn: wenn ich nicht gemerckt, daß mir mein Vetter und Vormund dieses Bad selbst zubereitet hätte, um nur desto länger mit dem verdrüßlichen Spruche: *Thue Rechnung von deinem Haußhalten &c.* verschonet zu bleiben. Derowegen war eben im Begriff, etwa einen höhern Officier, durch Geschencke, und Versprechung eines mehrern, auf meine Seite zu bringen, der mir nicht allein einige Linderung, sondern auch von meinem ungetreuen Vormunde hinlängliche Satisfaction verschaffen solte; [216] als mir ein anderer unglücklicher Streich begegnete, und zwar bey folgender Gelegenheit: Es schlugen sich eines Abends etliche Handwercks-Pursche auf der Strasse mit Knütteln weidlich herum, da nun ich dieses Spectacul mit anzusehen, in voller Montur, nebst meinem Wirth um die Ecke des Quartiers spazirt war, kam der Corporal, mein Herr Vetter, ohnverhofft auf mich zu, und fragte: was ich hier zu stehen, und ob ich etwa Lust mit zu machen hätte? Nichts weniger als dieses, gab ich zur Antwort, denn ich menge mich nicht gern in frembde Händel. So scheert euch, sprach er, in euer Quartier, und legt euch auf den - - - - denn Morgen habt ihr die Wache. Es wird, versetzte ich, Morgen an mir nicht fehlen, heute aber habe nicht eher Ursach, mich nieder zu legen, biß der Zapffen-Streich geschlagen ist. Canaille, wilst du lange raisoniren, schrye er hierauf, und schlug mich dermassen mit dem Stocke über den Kopff, daß mir augenblicklich das Blut über die Nase lieff, weßwegen ich von einem recht rasenden Eiffer angeflammt, augenblicklich meinen Pallasch zohe, dem schändlichen Bluts-Freunde etliche Hiebe in den Kopff und Schultern versetzte, letztlich aber die rechte Hand dergestalt streiffte, daß sie nur noch an einer eintzigen Flächse behangen blieb. Dieserwegen kam ich erstlich in Arrest, bald hernach aber ins Verhör und Krieges-Recht, allwo mir das tröstliche Urtheil gefället wurde: Drey Tage nach ein ander, und zwar alle Tage 12. mahl durch die Spitz-Ruthen zu lauffen. Dieses kam meiner Seele weit unerträglicher vor, als der Tod selbsten, ja der Satan war so geschäfftig, [217] mir einzugeben, daß ich mich lieber selbst ermorden, als dergleichen Marter ausstehen solte, weil ich doch so wohl davon crepiren müste als ein anderer, der nur vor wenig Tagen eben dergleichen Straffe erlitten. Jedoch dieser desperate Entschluß wurde noch bey Zeiten von christlichern Gedancken erstickt, hergegen fiel mir ein anderer Hazard ein, der doch zum wenigsten nicht so gar verzweiffelt und sträfflich zu achten war. Diesemnach, da ich wuste, daß bey dem heimlichen Gemache, welches zu der Corps de Garde, da ich gefangen saß, gehörete, eine schmale Schlufft den Wall hinab, nach dem Wasser-Graben zu, gieng, observirte ich Sonntags, nehmlich des Tags vorhero, da ich Spitz-Ruthen lauffen solte, alle Gelegenheit, wie auch die Gegend jenseit der Vestung sehr genau, simulirte Nachts ein hefftiges Reissen im Leibe, ließ mich etliche mahl hinaus bringen, so lange biß meine Begleiter darüber verdrüßlich wurden, und mir alleine an den Ort zu gehen erlaubten, wo man seinen Vortrag mit gebogenen Knien zu thun obligirt ist, in Meynung, daß ich doch unmöglich entwischen könte, weiln ohnedem 4. Schild-Wachen um diese Gegend stünden, die man nicht so leicht vorbey passiren könte. Allein ich ersahe meinen Vortheil, Nachts gegen 12. Uhr, rutschte durch die enge Schlufft den Wall hurtig hinnab, sprung eine 8. biß 9. Elen hohe Mauer hinunter in den Graben, so, daß mir das Wasser über den Kopffe zusammen schlug, rieff den Höchsten, um Erhaltung meines Lebens, an, begab mich aufs Schwimmen, kam glücklich hindurch, und erreichte endlich nach Ubersteigung vieler Abschnitte und Pallisaden die freye Landstrasse. [218]

Vor allen Dingen fiel ich nunmehro erstlich nieder auf meine Knie, und bat GOtt um gnädige Vergebung meiner Sünden, indem mich die gröste Noth getrieben hatte, einen, obschon aufgezwungenen, Eyd zu brechen, hiernächst daß mich derselbe ferner gnädiglich führen, und lieber mit anderweitigen väterlichen Züchtigungen belegen, als wiederum in die Hände meiner tyrannischen und unmenschlichen Lands-Leute geben wolle. Da nun unter diesen eiffrigen Gebethe ein wenig verschnaubt hatte, begab ich mich aufs Lauffen, weilen allbereit ausgekundschafft hatte, daß die Gräntze des benachbarten Landes-Herrn nicht über 4. Meilen von dieser Stelle entlegen sey. Wie mir zu Muthe gewesen, da ich einen, oder, wo mir recht ist, zwey Canonen-Schüsse aus der Stadt, und dann in allen umliegenden Dörffern, die Sturm-Glocken läuten hörete, lasse ich ihnen, meine Herrn, selbst erwegen, denn dieses war das gewöhnliche Zeichen, daß ein Deserteur aus der Vestung entsprungen, und daß jede Dorffschafft obligirt sey, denselben zu verfolgen. Früh Morgens gegen Aufgang der Sonnen, da ich mich auf einer weiten Ebene befand, und mir unmöglich fiel, ohngeruhet weiter zu lauffen, zwängete sich mein ermüdeter Cörper in einen aufgesprungenen hohlen Weyden Baum, der da weit von allen Strassen, nebst unzähligen andern, auf einer Viehtrifft stund. Etwa eine Stunde hernach, da ich schon in stando ein wenig geschlummert hatte, passirte der Vieh-Hirte vor mir vorbey, war aber, wie ich glaube, mit Blindheit geschlagen, weil er mich so wenig sahe als sein Knabe, der ebenfalls sehr öffters bey meinem Schlaff-Gemache vorbey [219] lieff. Jedoch so bald er nur etwa hundert Schritt von mir, sich nebst seinem Knaben in die Sonne gelegt, fieng ich von neuen an zu schlummern, wurde aber nochmahls durch das Getöse etlicher Reuter gestöhret, welche, wie ich durch ein Spalt-Loch sehen konte, sich dem Hirten näherten, und fragten: ob er keinen Deserteur, in solcher Kleidung, wie sie ihm die meinige beschrieben, vorbey lauffen sehen. Er konte freylich wohl mit guten Gewissen Nein sagen, berichtete auch auf ferneres Befragen, daß nur noch eine gute Stunde Wegs biß zur Gräntze sey, weßwegen die Reuter ihre Pferde desto schärffer anspornten, und zwischen den Bäumen, nicht 12. Schritt vor meinem Behältnisse, hinritten. Mein Hertze klopffte inzwischen so lange, biß ich dieselben aus dem Gehöre und Gesichte verlohr, endlich aber verlohr sich auch zugleich die allergröste Angst, in darauf folgenden mehr als 6. stündigen Schlaffe. Nachdem ich aufgewacht war,

fieng mich der Hunger ziemlich zu plagen an, jedoch der
Magen muste vor dieses mahl durchaus Raison annehmen, weil ich nicht vor rathsam hielt, diesen sichern
Ort zu verlassen, ohngeacht derselbe vor menschlichen
Augen sehr unsicher zu seyn schien. Der Hirte, welcher
binnen der Zeit weit im Felde gewesen, kam endlich
gegen Abend wiederum zurück, und setzte sich etwa
20. Schritt von meinem Baume nieder, bald darauf kam
auch sein Knabe, der vermuthlich Tags über im Dorffe
gewesen war, setzte sich neben ihn, und fragte unter
andern: ob die Reuter wieder zurück gekommen wären,
die dem entlauffenen Lands-Knechte nachgesetzt hätten. Der Alte bejahete solches, meldete darbey, daß er
aber-[220]mahls mit ihnen gesprochen, und erfahren,
wie sie heute einen vergeblichen Ritt gethan hätten. Es
ist Schade Vater, sagte hierzu der Knabe, daß wir den
Schelm nicht haben ansagen können, denn sonst hätten
wir gewiß einen Thaler Geld dabey verdienet, oder wohl
gar zwey. Ach Töffel! versetzte der Alte, behüte uns
GOtt vor solchen Blut-Gelde, es kan vielleicht wohl ein
gut ehrlich Mutter-Kind gewesen seyn, wer weiß, wie sie
ihn gecreutziget haben, ich wolte lieber einen Pfenning
oder wohl gar nichts nehmen, und einen solchen armen
Kerl 10. Meilen fort bringen, als vor 10. Thlr. Geld ihn
den Soldaten verrathen, denn diese machen nicht viel
Federlesens, sondern lassen auch die besten Kerls an
den Galgen hencken. O du redliches Blut! gedachte ich in
meinen Hertzen, GOtt wird dir deine christliche Liebe,

wo nicht zeitlich, doch dort ewig zu vergelten wissen.
Jedoch ich hielt mich noch beständig in aller Stille, biß
endlich, nach verschiedenen andern Gesprächen, der
Knabe weit ins Feld lieff, um das zerstreute Vieh zusammen zu treiben. Da nun bald hernach der Hirte etwas
näher an meinen Baum kam, rieff ich ihn an, klagte
seiner Treuhertzigkeit meine Noth, überreichte ihm einen Ducaten, und bat, mir davor, so bald es möglich, nur
einen Trunck Bier, nebst einem Stücke Brod zu verschaffen. Er zeigte grosses Mittleyden bey meinem Elende,
überreichte mir indessen ein Stück Brod nebst einem
Käse, und versprach, binnen zwey Stunden mit besserer
Speise und Geträncke bey mir zu erscheinen, wolte aber
durchaus kein Gold, sondern sagte: ich möchte ihn nur
etliche Groschen Silber-Geld geben, um die Speisen davor zu kauffen, weil er in seinem gantzen [221] Leben
voritzo nicht mehr als 10. Pfennige baares Geld aufzubringen wüste. Demnach überreichte ich ihm eine gantze
Hand voll Silber-Geld, wovon er aber nicht mehr als
etliche Groschen auslase, und das übrige durchaus nicht
annehmen wolte, sondern mit starcken Kopffschütteln
davon gieng, nachdem er versprochen, binnen einer
Stunde wieder bey mir zu seyn. Er hielt seyn Wort redlich, kam mit der Abend-Demmerung zurück, brachte einen halben Schincken, ein starck Stücke Wurst, ein halbes Brod, eine Flasche Bier, wie auch Butter und Käse
in seinem Rantzen getragen, ließ mich nach Belieben
davon speisen, er aber setzte sich etliche Schritt von

mir hinweg, und erzehlete binnen der Zeit, seiner Einfalt nach, verschiedene kluge Streiche, die von einem Manne, der täglich mit niemanden, als unvernünfftigen Vieh um- gieng, nicht leicht zu vermuthen waren. So bald die Nacht herein brach, führete er mich glücklich über die Gräntzen meines verhaßten Vaterlandes, ruhete hernach über 3. Stunden, in einem dicken Gepüsche, an meiner Seite, und zeigete mir hernach die richtige Strasse, wor- auf ich ohnfehlbar binnen 3. oder 4. Stunden eine kleine Stadt erreichen würde, in welcher nicht die geringste Gefahr vor mich zu befürchten, hergegen alle Sicherheit anzutreffen sey. Ich fragte, was er vor seine Bemühung haben wolte, und der gute Mann forderte nicht mehr als 2. Groschen, welches mich dermassen afficirte, daß ich ihm 2. spec. Ducaten gab, die er vermuthlich nicht an- genommen, wenn die Dunckelheit ihn nicht verhindert hätte, Gold- und Silber-Geld zu unterscheiden. [222]

Nunmehro setzte ich meine Reise in gröster Ge- schwindigkeit nach bezeichneter Stadt fort, und erreich- te dieselbe noch vor anbrechenden Tage. Mein gantzes Vermögen belieff sich auf 43. spec. Ducaten, und etwa 12. biß 15. Thl. Silber-Geld, derowegen konte noch wohl das Hertz haben, mich in einen reputirlichen Gasthoff einzulogiren, allwo ich ebenfalls sehr gutthätige Leute antraff, mich mit reinlicher neuer Kleidung und Wä- sche versorgte, nach Mühlhausen zu einem weitläuffti- gen Befreundten reisete, und von dar aus, an meinen ungewissenhafften Vormund schrieb, um zu vernehmen, ob er mir noch etwas von meinem Erbtheile heraus geben wolte oder nicht. Allein ich hatte die gröste Ursache, das daran gewendete Post-Geld zu bedauren, denn die Antwort fiel accurat also, wie ich mir dieselbe eingebildet hatte, nehmlich, ich solte erstlich kommen, mich mit ihm berechnen, seinem Sohne, die, meuchelmörderischer weise abgehauene Hand, bezahlen, und so dann den Galgen, wegen meiner Desertion an statt des Rests zu fordern haben. Derjenige Brief, welchen ich ihn hierauf geschrieben, wird schwerlich einem andern lebendigen Menschen, als uns beyden, vors Gesichte gekommen seyn, mich aber gereuet es fast, daß das Concept nachhero von mir verbrandt worden.

Diesemnach hieß es nun mit mir: Omnia mea mecum porto, wiewohl ich dieserwegen den Muth gantz und gar nicht sincken ließ, sondern mein niedergedrucktes Glücke, an einer andern Universität wiederum aufzurichten verhoffte; Allein die Herrn Soldaten verrückten mein Concept zum andern mahle, und forcirten mich bey damahliger starcken [223] Recreutirung, mit Gewalt Dienste zu nehmen, doch war diese Art gegen die vorige Englisch zu nennen, denn ich konte und durffte bey ihnen doch dasjenige, wovon ich Profession machte, unter einer reputirlichen Charge practiciren, bekam auch von einem recht liebreichen Officier hinlänglichen Sold, und machte mir also nicht das geringste Bedencken, hinkünfftig ein oder etliche Campagnen mit zu wagen.

Inmittelst waren nunmehro 7. Monath verstrichen,

244

seit dem ich von meiner allerliebsten Eleonore Abschied
genommen, und ihr binnen der Zeit mehr als 8. Briefe
geschrieben, jedoch nicht die geringste Antworts-Zeile
erhalten hatte. Ich habe von meiner allerliebsten Eleonore geredet, nehmlich von derjenigen Eleonore, welche
mir mit unverlangten grausamen Eyd-Schwüren versprochen: ehe 1000. mahl zu sterben, als sich, Zeit meines Lebens, an eines andern Seite zu legen, ja man solte
sie eher in Stücken zerreissen, als mit einer anderen
Manns-Person ins Braut-Bette bringen. Uber dieses hatte sie jederzeit eine dermassen strenge Tugend gegen
mich bezeuget, daß meine Caressen bey ihr niemahls
einen höhern Grad erreichen dürffen, als ihre Hand und
Mund zu küssen. Allein nunmehro berichtete mich ein
guter Freund: daß dieselbe noch kein eintziges mahl
gestorben, vielweniger, seines Wissens, ein eintziges
Stück von ihrem Leibe abreissen lassen, und dennoch
bereits vor 3. Monathen, ohne allen Zwang, einen Licen-
tiaten geheyrathet hätte. [224]

Eben da dieser Brief bey mir einlieff, war ich im Begriff, eine Comœdie, von dem philosophischen Harleqvin
Diogene, und zwar diejenige Passage zu lesen, da man
ihm berichtet: wie sein Knecht Manes darvon gelauffen
sey. Worauf er zur Antwort gegeben: Kan Manes ohne
Diogene, so kan auch wohl Diogenes ohne ihn leben.
Derowegen applicirte ich dieselbe Passage auf mich und
meine ungetreue Liebste, imitirte also diesen klugen
Narren zu meiner ungemeinen Gemüths-Befriedigung.

Weil ich mich aber erinnerte: ihr, nebst einer Englischen
Uhr, noch andere pretieuse Sachen, die am Werth mehr
als 150. Thlr. betrugen, auf die Treue gegeben zu haben; so konte doch nicht unterlassen, einen stacheligen
Gratulations-Brief an dieselbe zu schreiben, und meine
Sachen wieder zurück zu verlangen, mit der Bedrohung,
daß ich auf den Verweigerungs-Fall, andere, ihr vielleicht nicht sonderlich renommirliche Messures nehmen
würde. Mein Special-Freund hatte diesen Brief der Dame zu eigenen Händen geliefert, und durch mündliches
Zureden so viel ausgewürckt, daß sie mir endlich meine Uhr nebst 100. Thlr. baaren Gelde remittirte. Ihren
mit allerhand kahlen Entschuldigungen und läppischen
Fratzen angefülleten Brief, habe kaum des Lesens gewürdiget, hergegen kam mir das überschickte desto besser à propôs. Denn ich konte damit meine Equippage,
gegen bevorstehende Campagne, nicht allein in desto
bessern Stand setzen, sondern auch in gegenwärtigen
Winter-Quartiere, eine solche Figur machen: daß sonderlich das Frauenzimmer besondern Estim vor meine
Person zeigte. [225]

Weil nun die Liebe durchaus, an Eleonoren, Revange
zu nehmen, verlangte, um selbiger ungetreuen Person
zu zeigen, daß ihr Verlust sehr leicht und zwar weit
vortheilhaffter zu ersetzen sey; ließ ich mir durch die
Reitzungen einer artigen Rosine, abermahls das Hertze
rauben, und weil dieselbe von guten Geschlechte, ziemlichen Vermögen, darbey auch recht artiger Bildung,

und sonderlich eines aufgeweckten und klugen Geistes war, schlossen wir, mit Genehmhaltung ihrer Eltern, ein festes Liebes-Verbindniß, worbey mir jedoch erlaubet wurde, vor Vollziehung desselben ein oder etliche Campagnen unter der Soldatesque zu thun, indem mein Schatz nur erstlich 17. Jahr alt, also wohl noch einige Jahr warten konte. Nach glücklicher Zurückkunfft, solte mir von meines Schwieger-Vaters Bruder, der keine Erben hatte, die Stadt-Apotheke zugeschlagen werden, damit ich, nach Belieben, alle drey Species der Medicin, nehmlich Medicinam selbst, anbey auch Chirurgiam und Pharmacopœam practiciren könte.

Solchergestallt gieng ich im darauff folgenden Früh-Jahre, mit vergnügen zu Felde, in Meynung folgenden Winter, oder doch aufs längste binnen zwey oder drey Jahren wieder bey meiner Braut zu seyn. Allein es wurden vollkommene 5. Jahr daraus, binnen welcher Zeit ich zwar etliche Briefe an dieselbe und ihre Eltern schrieb, auch auf alle die angenehmsten Antworten erhielt; jedoch da vor gäntzlicher Beylegung des Kriegs, keine Hoffnung zum Abschiede vorhanden, musten wir uns auf allen Seiten mit Gedult schmieren. Nun solte Ihnen, meine [226] Herren, sagte hierbey Mons. Kramer, auch eine ausführliche Beschreibung von meinen zugestossenen Kriegs-Begebenheiten machen, allein ich fürchte, es möchte selbige auf einmahl, wegen der Langweiligkeit verdrüßlich fallen, derowegen will dergleichen, biß auf eine andere Zeit versparen, und voritzo nur melden:

daß, nach glücklich abgelegten Rück-March, kaum mein Stand-Quartier bezogen hatte, da ich sogleich um Uhrlaub bath, und die Reise zu meiner Liebsten antrat. Aber, aber! indem ich dieselbe unverhofft zu überfallen, und desto mehr Freude zu verursachen gedachte, traff ich im Hause alles consternirt, betrübt und gegen mich kaltsinnig an. Meine Braut solte vor wenig Wochen zu einer ihrer Muhmen gereiset seyn, welche selbige nicht so bald wieder hätte von sich lassen wollen; Ich machte mir allerhand Gedancken bey solchen verwirreten und kaltsinnigen Wesen, jedoch was will ich itzo viele Umschweiffe machen? die saubere Rosine hatte bey ihrer grossen Klugheit ins Nest hofieret, deutlich aber zu sagen: ein Jungfer-Kindgen bekommen, und zwar von einem solchen Spaas-Galane, der sie Standes wegen nicht heyrathen durffte oder wolte.

Ihre Eltern liessen mir dieses Malheur, durch den dritten Mann, in einem Säfftgen beybringen, welcher hoch und theuer versicherte: daß diese Sache gantz und gar noch nicht kundbar wäre, sondern gantz artig vermäntelt werden könte, wenn ich vor 1000. Thlr. besondere Discretion, mich ins Mittel schlagen, Vater des Kindes heissen, u. die Geschwächte heyrathen wolte. Allein hierzu war der gantze [227] Kerl, über alle massen delicat, und ohngeacht die schwangere Jungfer vor gantz ausserordentlich schön ausgeschryen, auch mir eine noch stärckere Discretion angebothen wurde, so blieb ich dennoch bey meinem Eigensinne, verlangte nicht mehr

als 300. Thlr. vor meine ehemals gegebenen Geschencke
und Reise-Kosten, versprach auch davor alle honette
Verschwiegenheit zu halten, und reisete, nachdem ich
solch gefordertes Geld, ohne die geringste Weigerung,
gegen einen ausgestelleten Revers erhalten, fast noch
vergnügter zurück, als ich daselbst angelanget war.
Zwar kan ich nicht läugnen, daß mir das wohlgebildete
Gesichte und artige Conduite meiner gewesenen Liebste, dergestallt vor Augen und in Gedancken schwebete, daß ich nachhero lange Zeit nicht ohne besondere
Betrübniß an ihr Malheur gedencken konte, jedoch
wenn ich im Gegentheil bedachte: daß dergleichen Aufführung eines verlobten Frauenzimmers, eine verzweiffelte Leichtsinnigkeit und liederliche Lebens-Art an-
zeigte, begunte nach und nach die Empfindlichkeit zu
verschwinden.

Nachdem hierauff etliche Monate verstrichen waren,
erhielt ich endlich den inständig gesuchten Abschied,
und war nunmehro gesonnen, ein Oerthgen auszusuchen
wo ich mein Leben in guter Bequemlichkeit hinbringen
könte, weil sich das Vermögen an baaren Gelde und
andern Mobilien, doch auf 800. Thlr. belieff. Mein miß-
günstiges Verhängniß aber hatte das Wieder-Spiel beschlossen, denn ich ließ mich von einem gewissen Cavalier, der eine hohe Charge an einem, der vornehmsten
Höfe in Deutschland bekleidete, in Dienste zu treten,
be-[228]reden. Selbiger war in der That ein ungemein
wohl conduisirter Herr gegen seine Bedienten, absonder-

lich konte ich mit Recht, vor andern, mich gantz sonderbarer Gnade von ihm flattiren, denn er tractirte mich jederzeit mit solcher Gefälligkeit, die den Character, unter welchen ich mich bey ihm engagirt hatte, sehr weit überstieg. Binnen etlichen Jahren, hätte ich durch seine Unterstützung, mein Glück zum öfftern durch Heyrathen und mittelmäßige Aemter gar wohl machen können, allein er inspirirte mir selbsten immerfort die Hoffnung, auf etwas noch besseres. Aber, aber! da ich solchergestallt dem Glücke am allerbesten im Schoosse zu sitzen vermeynte, wurde mein Herr des Nachts plötzlich von etlichen Officiers und Soldaten überfallen, in einen verdeckten Wagen gesetzt, und nach einem festen Schlosse in Arrest gebracht. Meine Person muste unvermutheter Weise par Compagnie auch mit, wurde gleichfalls in das wohl verwahrte Zimmer eines Thurms gesetzt, und zwar ein Stockwerck höher als mein Herr, mit dem ich in folgender Zeit kein Wort zu sprechen Gelegenheit nehmen durffte. Ich habe niemahls erfahren können, was ihm eigentlich und hauptsächlich vor ein Verbrechen schuld gegeben worden, aus denenjenigen Articuln aber, worüber man mich vernahm, konte ich leichtlich schliessen, daß es Sachen von grosser Wichtigkeit sein müsten. Nachdem ich nun ein halbes Jahr weniger 4. Tage gefangen gesessen, unschuldig befunden, und endlich frey gelassen worden, also nichts mehr abzuwarten hatte, als die Auslieferung meiner Gelder und Sachen, welche unter meines Herrn Meublen [229] mit hinweg geschafft waren, die Zeit aber mir deßfalls verzweiffelt lang gemacht wurde, steckte mir eines Tages ein Soldat einen kleinen Brieff in die Hand, den ich nach Eröffnung also gesetzt fand:

Mein liebster Kramer!

NEhmet euch meiner in dieser Noth an, und zweiffelt im geringsten nicht an meiner raisonablen Erkänntlichkeit, denn ihr wisset ja selbst, daß ich ausserhalb Landes, an sichern Orten solche Capitalia zu heben habe, wovor ich und ihr Zeit Lebens gnugsamen Unterhalt finden können. Es wird euch weiter keine Mühe machen, als mir an denjenigen Faden, den ich folgende Nacht um 1. Uhr aus meinem Fenster hinab lassen werde, eine lange doch NB. feste Leine anzuknüpffen: vermittelst welcher ich mich hinunter auf die Strasse zu kommen getraue, kauffet oder bestellet indessen ein paar flüchtige Pferde, und lasset dieselben Nachts zwischen den 11. und 12ten huj. vor der Stadt hinter den Gärten ohnweit der K. - - - Strasse warten. Lasset euch die wenigen Sachen, welche ihr etwa zurück lassen müsset, nicht abhalten, mir die allerstärckste Probe, der jederzeit verspürten Liebe und Treue zu zeigen, ja würcklich zu leisten. So bald ich nur den - - - Hof erreicht, hat es mit uns weder Gefahr noch Noth. Erweiset euch als einen Mann, und wisset, daß ihr solchergestallt das Leben erhaltet

eurem
Freunde. - - - [230]

Allem Ansehen nach, war dieser Brief, vielleicht in Ermangelung der Dinte, mit Blut, und zwar durch eine ungewöhnliche Feder geschrieben, welches den Affect des Mitleydens und der Erbarmung dergestallt in meiner Seelen erregte, daß ich ohne alles fernere überlegen den Schluß fassete: demjenigen meine Hülffe nicht zu versagen, welcher sich seithero so ungemein auffrichtig gegen mich bezeigt hatte.

Von Stund an machte ich also die klügsten Anstallten hierzu, und weil mein Geld-Beutel nicht zureichen wolte, fassete ich das Hertze, von einem Manne, der meines Herrn und mein eigener heimlicher guter Freund war, noch 30. Thlr. auffzunehmen, gab also einem Reit-Knechte meines Herrn, der sich seit etlichen Tagen bey mir gemeldet hatte, und sonsten ein sehr getreuer Mensch war, 60. Thlr. zu Erkauffung drey tüchtiger Kläpper, mit völliger Instruction, wie er sich damit verhalten solle, mittlerweile besorgte ich alles übrige selbsten aufs beste, und nachdem mir der Kerl von seiner guten Verrichtung, am bestimmten Abende, behörigen Rapport abgestattet, auch weitere accuratesse zu beobachten versprochen, legte ich die letzte Hand an das Werck, brachte auch meinen Herrn glücklich zur Stadt hinaus, und zu Pferde. Aber! aber! da wir uns in der sehr dunckeln Nacht verirreten, erschien zu unsern allergrösten Schrecken, hinter uns ein Troupp Reuter mit vielen Fackeln, der Reit-Knecht und ich, setzten über einen Graben, mein Herr aber, der doch das allerbeste

Pferd ritte, mochte wohl das Tempo nicht recht in acht
genommen haben, stürtzte [231] also hinein und wurde
gefangen, des Reit-Knechts Pferd unter seinem Leibe
erschossen, ich aber entkam en faveur der dunckeln
Nacht glücklich, ohngeacht mir 3. oder 4. Kugeln nahe
an den Ohren vorbey sauseten. Das arme Pferd muste so
lange lauffen, biß es endlich folgenden Vormittags in
einem dicken Walde unter mir nieder sanck, weßwegen
ich abstieg, Graß ausrauffte und ihm selbiges zu fressen
gab, auch in meinem Hute Wasser vorhielt, wodurch es
sich binnen etlichen Stunden wiederum erholte, so daß
ich, nachdem mein hefftiger Hunger mit etwas Brod und
Erdbeeren gestillet war, die fernere Reise antreten und
Abends ein Dorff erreichen konte, allwo die Leute meine
Sprache nicht einmahl recht verstunden. Bey allen meinem Unglücke schätzte ich es dennoch vor das allergröste Glücke, daß mich nach eingezogener gewisser
Kundschafft, auf solchem Grunde und Boden befand,
da meine Verfolger sich nicht hinwagen durfften, derowegen begab mich in das nächst gelegenste Städlein,
allwo nicht allein die Posten durch passireten, sondern
auch gute deutsche Leute anzutreffen waren. Von dar
aus, überschrieb ich unsere unglückliche Avanture, an
meines Herrn Gemahlin und leiblichen Bruder, und bat
dieselben, mich wegen meiner treu geleisteten Dienste,
und starcken Verlusts mit etwas Gelde zu secundiren,
indem ich in Wahrheit nach verkauffung meines Pferdes,
nicht mehr als etwa noch 35. Thlr. baar Geld, nebst sehr

schlechten Kleidungs-Stücken besaß. Jedoch ich bekam von der geitzigen Gemahlin nicht mehr als 100. spec. Ducaten überschickt, nebst dem Versprechen, daß so bald ihr Herr [232] seine Freyheit erhalten hätte, welches vielleicht in wenig Wochen geschehen könte, indem seine Affairen nicht so gefährlich stünden als man wohl vermeynete, mir mein Verlust gedoppelt ersetzt werden solte. Allein ich konte nach der Zeit keinen Heller mehr erhalten, ohngeacht ich binnen 3. Jahren mehr als 50. Briefe an diese Dame abschickte. Vorerwehnten guten Freunde übermachte ich die von ihm geborgten 30. Thlr. redlich wieder, erhielt von demselben eine sehr verbindliche Dancksagungs-Schrifft, nebst der Nachricht: daß von meinem Herrn sehr klägliche Gespräche roulirten, denn selbiger wäre auf ein anderes Schloß in weit strengere Verwahrung gebracht, welches gar keine gute Anzeigung sey, ich aber hätte zu meinem grösten Glücke das beste Theil erwehlet, und möchte mich ja hüten, den vor mich gefährlichen Boden wiederum zu betreten.

Wenige Wochen hernach hat mich geträumet: daß meinem guten Herrn der Kopff abgeschlagen sey, ob es würcklich also geschehen, kan ich nicht sagen, jedoch es gieng mir auch dieses geträumte Trauer-Spectacul dermassen nahe, daß ich um selbige Gegend, zumahl da ich weder von meinem guten Freunde, noch von meines Herrn Anverwandten einige Antwort erhalten konte, nicht länger zu bleiben wuste, sondern die Reise nach

einer berühmten Hansee-Stadt antrat. Daselbst sahe ich
mich, wegen ziemlich zerschmoltzenen Geldes genöthiget, Condition bey einem sehr berühmten Chirurgo zu
acceptiren, der aber nunmehro auch sehr alt und stumpf
zu werden begunte, dahero sich in allen Stücken auf mich
[233] verließ, und da er binnen anderthalb Jahren meiner
Dienstfertigkeit und Treue wegen, sattsame Proben erhalten, vermachte er mir vor seinem bald darauff folgenden Ende, seine 24. jährige und sehr tugendhaffte
Frau, nebst zweyen Kindern, die er mit der ersten Frau
gezeuget hatte.

Da nun selbige artige Frau an meiner Person und
Wesen nichts auszusetzen hatte, vielmehr nach abgelauffenen Trauer-Jahre den Anfang machte: mir mit allen
honetten Liebes-Bezeugungen zu begegnen, hielten wir
endlich um Licht-Messe, öffentliches Verlöbniß, und waren gesonnen, selbiges gleich nach den Oster-Ferien,
durch Priesterliche Copulation vollziehen zu lassen.

Solchergestallt vermeynete ich nunmehro den Hafen
meines zeitlichen Vergnügens, vermittelst einer erwünschten glücklichen Heyrath und wohlbestellten Barbier-Stube, gefunden zu haben, bekümmerte mich auch
gantz und gar nichts mehr, um mein, durch verschiedene
Unglücks-Fälle eingebüßtes ziemliches Vermögen, sondern hielt davor: ich wäre von dem Verhängnisse mit
allen Fleiß forcirt worden: vorhero so viel an mein beständiges Wohlseyn zu spendiren, um solches desto erb-
und eigenthümlicher zu erkauffen. Aber, aber! selbiges

war noch lange nicht ermüdet mich zu verfolgen, sondern mir nunmehro erstlich den aller empfindlichsten Streich zu spielen, denn meine hertzlich geliebte Witt-Frau bekam 14. Tage vor Ostern einen gefährlichen Anfall vom hitzigen Fieber, und schloß 2. Tage nach Ostern ihre schönen Augen zu.

Ich gestehe nochmahls, daß mir dieser Unglücks-[234] Fall unter allen denen, die mir von Jugend auf begegnet, der Allerschmertzlichste gewesen, und zwar dergestallt, daß recht bittere Thränen aus meinen Augen gepresset wurden. Nichts war vermögend mich zu trösten, am allerwenigsten aber die Barbier-Stube, nebst denen 300. Thlr. baaren Gelde, welche mir meine seel. Liebste im ordentlichen Testamente vermacht hatte. Das Letztere wurde mir gleich nach verlauff der ersten 4. Trauer-Wochen eingehändiget, wegen der Barbier-Stube aber, wolten die Vormünder der Kinder, Advocaten-Streiche machen, jedoch nachdem mir dieselbe von der Obrigkeit des Orts adjudicirt worden, war ich so genereus den beyden Kindern die Barbier-Stube gegen Erlegung des halben Werths an 450. Thlr. zu überlassen, weilen mir ohnmöglich schien an diesen, vor mich ebenfalls fatalen Orte zu bleiben, ohngeacht sich viele Freunde die Mühe gaben, meiner seel. Liebsten leibliche Schwester, mit mir zu verkuppeln.

Der gantze deutsche Erdboden kam endlich bey reifflicher Uberlegung, meinem Gemüthe unglücklich und verdrüßlich vor, derowegen brachte alle meine Sachen in

Ordnung, reisete erstlich nach Lübeck, und war gleich im Begriff demselben auf ewig Abschied zu geben, hergegen mein Glück in Schweden oder Dänemarck zu suchen; als der Himmel gegenwärtigen Herrn Wolffgang darzwischen führete, dessen Ansinnen mir augenblicklich das gröste Vergnügen erweckte, mein anderweitiges Project verrückte, und mich animirte: seinen redlichen Vorschlägen willige Folge zu leisten. Der Himmel ge- [235]be ihm selbst die Belohnung davor, weil ich mich nicht im Stande befinde, meine schuldige Danckbarkeit sattsam auszudrücken. Nunmehro aber kan ich mit bessern Recht sagen, daß ich unter dem Schatten des Allerhöchsten, in den süssen Umarmungen meiner allerliebsten Mariæ Albertinæ, bey der liebreichen Gesellschafft frommer Leute und getreuer Freunde, endlich durch viele Unglücks-Wellen den Haafen eines irrdischen Paradieses gefunden, allwo mein Gemüthe täglich den Vorschmack himmlischer Ergötzlichkeiten findet. Und also hat das, schon in meiner Jugend erwehlte Symbolum:

Tandem bona causa triumphat.

Deutsch:

Ein redlich Hertze wird gedrückt, doch nicht erstickt,
Und endlich auf Verdruß mit Lust-Genuß erquickt.

eine glückseelige Erfüllung nach sich gezogen, und in meinen besten Jahren hergestellet, da ich doch ordentlicher weise kaum die Helffte meiner Tage erreicht habe.

Hiermit schloß Mons. Kramer die Erzehlung seiner curieusen Lebens-Geschicht, die man aus seinem äuser-

lichen Wesen nicht leicht judiciret hätte, allein er war
gewißlich ein gantz besonders artiger Kopff, der seines
gleichen wenig hatte, so daß man ihn zuweilen vor einen
melancholischen Grillen-Fänger, zuweilen hergegen, vor
einen ausserordentlich auffgeweckten Menschen halten
muste, jedoch war in seiner Aufführung gantz nichts
pedantisches [236] oder haselirendes, sondern er wuste
im Umgange, seine Gemüths-Bewegungen mit einer besondern Klugheit zu temperiren, seinen Gesprächen und
Erzehlungen aber zu zuhören, konte man nicht leicht
müde werden, denn er hatte die Gabe bey allen Passagen den Affect vollkommen auszudrücken, und mit ein-
gemischten Schertz-Worten und artigen Geberden nicht
selten ein Gelächter zu erregen, welches durch sein eigenes sauer sehen gemeiniglich vermehret wurde.

Wir hätten ihm vor dieses mahl, da es ohnedem noch
hoch Tag war, wenigstens noch ein paar Stunden mit dem
allergrösten Plaisir zugehöret, allein er wolte durchaus
nichts mehr erzehlen, sondern bemühete sich mit andern
ergötzlichen Veränderungen und Delicatessen, die seine
Liebste indessen bereitet hatte, uns aufs herrlichste zu
bewirthen, worbey jedennoch manch lustiges Gespräch
geführet wurde. Endlich nachdem wir auch seine gantze
Oeconomie in Augenschein genommen, und darinnen
gantz besonders inventieuse Sachen angemerckt hatten,
bestimmten wir ihn auf Morgen, in Jacobs-Raum zu
erscheinen, um zu versuchen, ob wir, den, sonst sehr
eigensinnig scheinenden Mons. Plager dahin bewegen

könten: uns gleicher Gestallt seine Lebens-Geschicht zu
erzehlen. Nachdem nun Mons. Kramer, sich daselbst einzustellen versprochen, nahmen wir Abschied und reiseten mit einbrechenden Abend ein jeder an seinen Ort.

Herr Mag. Schmeltzer, der diese Spatzier-Farth, wegen anderer wichtigerer Verrichtungen nicht mit antreten wollen, empfieng uns nebst seiner [237] Liebste,
die, dem ohngeacht die Alberts-Burgische-Oeconomie
noch beständig fortführete, unten am Berge bey der
Kirche, oben aber fanden wir einen zubereiteten Caffee-
Tranck, worzu wir eine Pfeiffe Toback ansteckten, ich
aber muste Herrn Mag. Schmeltzern einen concisen Bericht von dem Kramerischen Lebens-Lauffe abstatten,
worüber wir zum Ruhme dieses werthen Freundes unsere Penseen ausschütteten, und uns hernach zur Ruhe
legten. Selbige Nacht aber passirte mir ein poßierlicher
Streich: denn früh Morgens da kaum der Himmel zu
grauen begunte, erweckte mich eine Stimme mit diesen
Worten aus dem Schlaffe: Eberhard *mein Sohn!* weil nun
selbige mit des Altvaters Stimme eine genaue Gleichheit
hatte, sprung ich augenblicklich aus dem Bette, warff
meinen Nacht-Rock über, gieng durch die offen stehende
Thür in des Altvaters Cammer, tratt vor sein Bette und
fragte: liebster Pappa was ist zu euern Diensten? Allein
der Altvater lag in seinem natürlichen süssen schlaffe,
weßwegen ich mir die gäntzliche Einbildung machte, daß
ich geträumet hätte, und mich wiederum zu Bette legte,
auch gar bald wiedrum einschlieff. Jedoch bald hernach

rieff es abermahls: Eberhard *mein Sohn!* Derowegen lieff
ich zum andern mahle vor des Alt-Vaters Bette, und that
vorige Frage, da derselbe aber sehr stille lag und nicht
das geringste Schnauben von sich hören ließ, ergriff ich
ihn bey der Hand und drückte selbige so lange, biß er
sich aus seinem süssen schlaffe ermunterte, und mich
fragte: was mein Begehren sey? lieber Pappa! gab ich zur
Antwort, ich zittere vor Bangigkeit, [238] weil ich ver-
muthe daß euch ein übler Zufall im Schlaffe begegnet
sey, denn ihr habt mich nun zweymahl geruffen! Eberhard *mein Sohn!* die zu euren Füssen liegenden Knaben
aber, schlaffen wie die Ratzen. Nein! mein Kind, versetzte der Altvater, ich habe euch mit meinem wissen nicht
geruffen, sondern sehr vergnügt und wohl geruhet, es
muß euch geträumet haben, gehet in GOttes Nahmen
wiedrum zu Bette, denn die Sonne wird in drey Stunden
noch nicht auf unsere Insul scheinen. Ich gehorsamete,
jedoch etwa eine Stunde hernach, erweckte mich eben
dieselbe Stimme zum dritten mahle. Ich stund wieder
auf, gieng vor des Altvaters Bette fand denselben im
süssen Schlummer liegen, trat derowegen an das Fenster, öffnete selbiges und sagte mit ängstlicher Stimme:
Mein GOTT! bin ich denn heute gantz und gar bethört,
es ist ja unmöglich daß ich dreymahl hinter einander also
geträumet habe. Hierüber konte endlich der Altvater
sein heimliches Lachen nicht länger verbergen, sondern sagte: Mein Sohn! macht euch keine kümmernden
Gedancken, ich bin wahrhafftig unschuldig, aber legt

euch noch einmahl stille hin und wachet, so werdet ihr erfahren wer der Stöhrer eurer Ruhe sey. Ich wuste mich auf keinerley Weise aus dem Handel zu finden, gehorsamete aber seinem Befehle, legte mich in aller Stille nieder, und blieb munter.

Ehe ich mich nun dessen versahe, ließ sich oberwehnte Stimme mit eben denselben Worten zum vierdten mahle hören, und also kam es endlich heraus, daß mein schöner Vogel, den ich vor einigen Wochen in des Altvaters Cammer-Fenster ge-[239]hängt hatte, diese Worte, mit welchen mich der Altvater gemeiniglich zu ruffen pflegte, auffgefangen, und auswendig gelernet hätte. Kein Fürstenthum oder Königreich wäre nunmehro capable gewesen, bey mir ein Æquivalent, gegen diesen vortrefflichen Vogel abzugeben, ja ich war dermassen vergnügt über diese Curiositee, daß nicht viel fehlete, ich hätte deßwegen an alle Insulaner ausserordentliche Notifications-Schreiben abgesendet. Der Altvater selbst hatte eine solche Freude über meine Freude, daß er von nun an, niemanden als sich selbst, die Sorge vor diesen unvergleichlichen Vogel anvertrauen wolte.

Ich will diejenige Lust, welche mir der poßirliche Vogel nachhero gemacht, biß zu gehörigen Platze versparen, voritzo aber berichten: daß wir folgendes Tages Mons. Plagern in seiner Werckstadt plötzlich überfielen, ihm vor dißmahl Feyerabend zu machen, und uns aufs beste zu bewirthen gebothen, auch alle Anstallten selbst besorgen halffen, biß sich endlich Mons. Kramer ebenfalls

noch zu rechter Zeit bey der Tafel einstellete. Nach eingenommener Mahlzeit, da sich unser guter Wirth sehr
vergnügt und gefällig bezeigte, ließ der Altvater nicht
ab, denselben so lange mit freundlichen Bitt-Worten
zu unterhalten, biß er sich endlich beqvemete in unser
aller Verlangen zu willigen. Und also setzten wir uns
zusammen, und höreten mit auffmercksamen Ohren auf

Mons. Plagers Lebens-Geschicht.

WEnn ich ihnen, meine Herrn! fieng er an, eine
auffrichtige Erzehlung meines bißherigen Le-
[240]bens-Lauffs abstatten soll, so bitte im voraus, nicht
übel auszulegen, wenn ich die Fehler und Verbrechen
meiner Eltern und Freunde mit lebendigen Farben ab-
mahle, auch die Sünden und thörichten Streiche meiner
selbst eigenen Jugend nicht heuchlerischer weise zu vermänteln suche. Anbey aber bitte den Unterscheid zu
betrachten, was ich nehmlich vor diesem vor ein Frücht-
gen gewesen, und wie ich dargegen itzo gesinnet bin.
GOtt lob! mein Sinn hat sich bereits vor etlichen Jahren
zu bessern angefangen, und ich verhoffe nunmehro im
Stande zu bleiben, mich biß an mein Ende vor allen
muthwilligen Sünden zu hüten, auch GOTT und meinem
Nächsten desto eiffriger und nützlicher zu dienen. Mein
Vater war von Geburth ein Augspurger, und von solchen
Eltern gezeuget, welche die Evangelisch-Lutherische
Religion äuserst bekenneten, auch alle ihre Kinder dar-
innen wohl erzogen hatten. Da aber mein Vater nach-

hero, als ein junger Goldschmidts-Geselle in die Frembde reiset, und zu Schaafhausen in der Schweitz, sein
zeitliches Glück, vermittelst einer reichen Heyrath zu
machen, Gelegenheit findet, lässet er sich verblenden,
die Lutherische Religion mit der Reformirten zu verwechseln. Zehen biß zwölff Jahr hat er nachhero zwar in
ziemlich ruhigen vergnügen gelebt, und drey Kinder mit
der erheyratheten Wittfrau gezeugt, nehmlich mich, einen ältern Bruder, und dann auch eine jüngere Schwester, anbey als ein besonderer Künstler, durch fleißiges
Arbeiten sein Vermögen um ein merckliches vergrössert, so daß mehr Uberfluß als Mangel in unserm Hause
zu spüren, und in keinem Stücke Noth vor-[241]handen
war. Allein so bald meiner Mutter Bruder, als ein alter Vagaband von seinen 15. jährigen Reisen zu Hause
kömmt, und meiner Mutter allerhand verzweiffelte
Lufft-Schlösser ins Gehirne bauet, läst dieselbe nicht
nach meinem Vater so lange in den Ohren zu liegen, biß
er sich mit demselben als einem vermeinten Alchymisten
in verschiedene chimische Processe verwickelt. Ob nun
schon die ersten Versuche sehr unglücklich ablauffen,
und bereits etliche 1000. Thlr. theils an das Laboratorium
und andere requisita verwendet, theils aber in die Lufft
verflogen sind, mein Vater also mit gröster Raison die
Hand von der Butte ziehen, und fernerem Unglücke
vorbauen können; findet sich dennoch in seinem Gemüthe das klare Gegenspiel, kurtz zu sagen, es ist nach
diesem ersten verunglückten Processen, kein Mensch

begieriger, erpichter und versteuerter auf das Goldmachen, als mein Vater.

Ihr werdet vielleicht gedencken, meine Herrn, mein
Vater müsse ein alberner Schöps oder liederlicher Hauß
Wirth gewesen seyn, allein solchergestallt irret ihr gar
sehr, denn ohne Flatterie, kan ich ausser demjenigen,
was den Punct des Goldmachens anbelanget, theur versichern: daß er einen ausserordentlich guten Verstand
gehabt, zwischen der Verschwendung und dem Geitze
aber, die Mittel-Strasse dergestallt zu wandeln gewust,
daß ich ihn seiner nachherigen Thorheiten wegen, weit
mehr verdacht, oder gar eine Hirn-Wandelung vermuthet hatte, wenn ich mit der Zeit nicht an meinem
eigenen Exempel erfahren: welchergestallt die Alchymie
die allerentsetzlichste Art einer Gelben-Sucht [242] des
Gemüths, ja ein solch verzweiffelt ansteckendes pesti-
lentialisches Fieber, welches sehr selten gäntzlich zu
vertreiben, palliative aber durch nichts als Armuth und
Mangel zu curiren sey.

Jedoch zur Sache. Mein Vater fieng zum grösten Vergnügen seiner Frauen und deren Bruders, das Werck
weit kostbarer und arbeitsamer an als vorhero, ließ seine schöne Profession, die ihm doch jährlich ein gewisses
und ansehnliches Interesse vor Aufwand und Mühe einbrachte, gäntzlich liegen, schaffte Gesellen und Lehr-
Jungen ab, und gab bey andern Leuten vor, sein übriges
Leben in Ruhe und Friede hinzubringen. Jedoch es geschahe nichts weniger als das letzte, denn er kunte sich

kaum Zeit zum essen, noch weniger aber zum schlaffen nehmen. Bald darauff wurde ein Gemurmele unter den Leuten, welche curieus waren zu wissen: worzu doch wohl mein Vater so grausam viele Kohlen und andere Materialien gebrauchen müsse? Dieserwegen hielt er vor rathsamer und desto unverdächtiger, die Gold-Schmidts Werckstädten wiedrum anzulegen, neue Gesellen und Jungen anzunehmen, und weit fleißiger als jemahls arbeiten zu lassen, nur damit die Leute nicht in ihren, ihm vielleicht schädlichen Urtheilen, gestärckt würden. Allein was halffs? Es war bey aller Arbeit und bey allen Vornehmen nunmehro weder Seegen, Glück noch Stern, denn binnen wenig Jahren wurde mein Vater an auswärtige und einheimische Creditores, mehr schuldig als sein gantzes Vermögen betrug, daß, so zu sagen kein Ziegel auf dem Dache, weder ihm noch meiner Mutter annoch zugehörete. Also war es an dem, [243] daß entweder sehr schleunig, Gold, oder Banqverott gemacht würde, indem ein oder zwey Creditores schon von ferne in etwas zu brummen anfiengen, derowegen gehet meine Mutter mit ihren Bruder zu rathe, drehen die Poltzen, welche mein Vater nachhero verschiessen muß. Kurtz zu sagen: weil das *Goldmachen* nicht gerathen will, verfallen sie auf das gefährliche Mittel: *Geld zu machen*. Denn vor das viele verlaborirte schöne Geld und Gut, hatten sie dennoch eine betrügliche Massam erfunden, welche dem Golde aufs genauste ähnlich sahe, eine ziemliche Geschmeidigkeit hatte, den Strich auch vollkommen hielt,

allein im Schmeltz-Tiegel, und zwar erstlich im dritten
Gradu des Feuers, zu einer nichts nützigen schwartzen
Schlacke wurde. Die Sache gieng ihrer Meynung nach
herrlich und gut von statten, mein Vater muß die Stem-
pel zu Frantzösischen und andern Gold-Müntzen schneiden, die Mutter hilfft mit müntzen, deren Bruder aber,
nachdem er eine starcke Quantität von der saubern Massa gemacht, begiebt sich, mit einer grossen Summe solches neu geprägten Geldes, auf die Reise, um selbiges zu
vertreiben und gute Sorten davor einzuwechseln, ist auch
so glücklich binnen zwey Jahren, allein in Franckreich,
vor 20000. Thlr. dergleichen falsche Müntze anzuwer-
den, ohne was nach Holland oder Deutschland gegangen
war. Solchergestallt rissen sich meine Eltern sehr geschwind aus allen ihren schulden, und hatten mehr als
30000. Thlr. werth an baaren Gelde und Meublen beysammen, über dieses, so war zu damahliger Zeit noch
nicht der allergeringste Verdacht auf den Unwerth solcher fal-[244]schen Müntze, und noch viel weniger auf
sie, geworffen; derowegen wäre es annoch hohe Zeit
gewesen sich zu retiriren, allein sie werden blind, verstockt, und desto muthiger ihre gefährliche Handthierung so lange fortzutreiben, biß endlich mein respective
super kluger Herr Vetter, in Flandern mit 15000. Thlr.
solcher falschen Gold-Müntze ertappt, gefangen gesetzt,
und endlich durch grosse Marter dahin gebracht wird:
meinen Vater als seinen Complicen anzugeben.

Nun wäre es zwar ein leichtes gewesen meinen Vater,

in gröster Sicherheit, auf frischer That zu ertappen, allein zu seinem Glücke, entdecket ein alter mit in den Gerichten sitzender Susannen-Bruder, ich weiß aber nicht aus was vor Affection, den gantzen Handel, vielleicht aus besondern Absichten meiner Mutter, und zwar annoch zur höchsten Zeit, diese aber hat doch noch die eintzige Barmhertzigkeit, ihren Eh-Gatten, der auf ihr Zureden, sein Alles in die Schantze geschlagen, mit etwa 500. Thlr. abzufertigen, und ihn auf einer schnellen Post des Landes auf ewig zu verweisen. Meiner Mutter Bruder hat nachhero an einem sehr gewaltsamen hitzigen Fieber, und zwar auf einem, von Holtz und Stroh gemachten Sterbe-Bette, die Seele im Dampf und Rauche von sich blasen müssen. Ob ihm eine solche Todes-Art allzuschmertzlich angekommen? solte man fast zweifeln, weil Feuer, Dampff, Rauch und Gestanck, so zu reden, sein Element auf dieser Welt gewesen. Meine Mutter als ein sehr verschlagenes Weib, gedencket zwar, nachdem sie den Vater fort, und die meisten verdächtigen Sachen beyseits ge-[245]schafft, den Kopff aus der Schlinge zu ziehen, und das Ihrige in Friede und Ruhe zu besitzen, jedoch sie kömmt dem ohngeacht in die Inquisition, überstehet alle angethane Marter heldenmüthig, ohne das Geringste von ihrer Mit-Wissenschafft zu bekennen, schweret sich durch ein cörperliches Eid von der gantzen Sache loß, allein was halff ihr solches viel? denn alle ihre Güter wurden confisciret, meine Schwester in ein Waisen-Hauß zur Aufferziehung gebracht, sie aber selbst zu ewiger Gefängniß condemniret, dahingegen mein Vater seine Flucht an einen solchen Ort genommen, wo er nicht leicht auszuspüren war.

So ergieng es den Meinigen, die sich von einem gottlosen Buben und Land-Streicher, und dann durch die schnöde Gold- und Geld-Sucht ins Verderben stürtzen liessen. Ich habe ihnen aber, meine Herren, sagte hierbey Mons. Plager, diese Geschichte dergestallt erzehlet, als ob ich bey allen gegenwärtig gewesen wäre, jedoch nichts weniger als dieses, denn ich bin von meinem 11ten Jahre an, auf inständiges Verlangen meiner Groß-Eltern, bey ihnen in Augspurg erzogen worden, und in meinem 17den Jahre, lieff daselbst die betrübte Zeitung von meines Vaters Gefahr und Flucht ein, jedoch alles was ich ihnen voritzo gemeldet, ist mir einige Jahre hernach von meinem Vater selbst, und zwar kurtz vor seinem Ende offenbaret worden, wie der Verfolg meiner Lebens-Geschicht mit mehrern zeigen wird, als welche ich nunmehro so ordentlich als möglich fortsetzen will.

Mein Geburths-Tag war den 21. Decembr. des [246] 1691sten Jahres, und die Aufferziehung also beschaffen, wie selbige von so wohlhabenden Leuten, als unsere Eltern zu seyn schienen, verhofft werden konte. Da aber im Jahr 1702. mein Groß-Vater als ein noch sehr frischer Mann, meinen Vater besuchte, und mit heimlichen Verdruß wahrnahm: wie derselbe seine Kinder ebenfalls in der Reformirten Religion auferzöge, indem mein 15. jähriger Bruder bereits etliche mahl zum Tische des HErrn

gegangen war, und ich ihm ebenfalls bald nachfolgen
solte; verfällt mein treuer Groß-Vater gleich auf ein
gutes Mittel, mich in den Schoß der reinen Evangelisch-
Lutherischen Kirche einzulegen, erhält derowegen nach
vielen gütigen Versprechungen endlich so viel von meinem Vater, daß er mich etwa auff ein halbes Jahr lang,
zu seinem, und der Groß-Mutter Vergnügen, mit nach
Augspurg nehmen darff.

Er mein Groß-Vater war ein berühmter Mechanicus,
und wuste mich durch allerhand Liebkosungen dergestallt an sich zu ziehen, daß ich mich nicht allein zu
seiner Profession applicirte, sondern auch zur Evangelisch-Lutherischen Religion bekennete, und durchaus
nicht wieder zurück zu meinen Eltern verlangete. Mit
den Jahren nahm die Lust zu denen Wissenschafften,
und der Fleiß bey der Arbeit dermassen zu, daß mein
Groß-Vater nicht nur ein ungemeines Vergnügen dieserwegen bezeigte, sondern auch den Trost gab: wo ich also
fort führe, würde wegen meines guten Ingenii und geschickter Faust, mit der Zeit ein guter Meister aus mir
werden. Die Großmutter hatte ihre eintzige Freude an
[247] mir, weil sie noch kein eintziges von ihren Kindes-
Kindern, als mich eintzig und allein zu sehen, das Glück
gehabt, denn ihre andern zwey Söhne waren ebenfalls
in der Ferne verheyrathet, die eintzige Augspurgische
Tochter aber unfruchtbar. Allein da, wie bereits gemeldet habe, in meinem 17den Jahre die erschreckliche
Zeitung von dem Unglücke meines Vaters einlieff, zog

sich die Großmutter selbiges dermassen zu Gemüthe:
daß sie darüber ihren Geist aufgab, ja es fehlete wenig,
meinem lieben Groß-Vater wäre ein gleiches wiederfahren, jedoch der Himmel ließ ihn vielleicht zu meinem
Troste noch eine Zeitlang leben. Wir hoffeten nach der
Zeit immer auf Briefe von meinem Vater, allein gantz
vergebens, endlich aber da im Jahre 1713. mein Groß-
Vater vor genehm hielt, daß ich mich in frembde Länder
begeben, und die Inventiones anderer geschickten Leute
in Augenschein nehmen solte; trieb mich dennoch die
Liebe zum Vater-Lande in meine Geburths-Stadt, wiewohl ich mich daselbst unter einem andern Nahmen,
gantz incognito auffhielt, und meine Mutter zu sprechen
trachtete, allein selbiges war nicht möglich, dahingegen
kundschaffte ich meine Schwester aus, die bey einer vornehmen Dame als Aufwarte-Mägdgen in Diensten stund,
und gewann dieselbe mit leichter Mühe, sich mit mir auf
die Post zu setzen und den Groß-Vater zu zu eilen. Sie
hatte ihre Mutter ebenfalls seit 5. Jahren nicht gesehen,
sondern war, nachdem sie 3. Jahr im Waisen-Hause zugebracht, von besagter Dame heraus, und in ihre Dienste
genommen, auch noch so mittelmäßig tractiret worden,
weßwegen sie von [248] derselben schrifftl. Abschied
nehmen, und sich vor erzeigte Güte bedancken, ihre
plötzliche Abreise aber bestens excusiren muste. Mein
ältester Bruder war als ein Goldschmidts-Geselle, etwa
ein halbes Jahr vor meines Vaters Falliment, nach
Welschland gegangen, und hatte sich seit der Zeit noch

nicht wieder gemeldet. Meinem Groß-Vater war es von
Hertzen angenehm, daß ich ihm so unverhofft die Schwester ins Hauß brachte, indem er lauter frembde Leute zu
seiner Bedienung und Wirthschafft halten muste. Sie hat
sich jederzeit sehr wohl auffgeführet, die Lutherische
Religion angenommen, und nachhero eine glückliche
Heyrath getroffen. Ich aber trat meine ernsthaffte Reise
aufs neue an, und zwar in die Residentz-Stadt eines gewissen deutschen Fürsten, bey dem sehr viele Leute von
meiner Profession ihren Auffenthalt gefunden, und vortreffliche Werckstädten angelegt hatten. Bloß meines
Nahmens und meines Groß-Vaters wegen, der weit und
breit berühmt war, fand ich sehr bald was ich suchte, der
Fürste selbst aber, sahe und merckte so wohl als seine
Directeurs, daß ich mein Geld und Brod nicht mit Sünden
verdienete, sondern ohne Ruhm zu melden, mehr Kunst
und Geschicklichkeit als Jahre besaß, wannenhero ich
binnen 3. Jahren Gelegenheit genung fand, mir ein ansehnliches Stücke Geld zu sammlen. Nach der Zeit da
unser Fürst einen andern grossen Fürsten mit einer
besonders künstlichen Machine beschenckte, muste ich
nebst zweyen unter mir stehenden Gesellen, selbige
dahin überbringen und behörig auffrichten, wovor mir
ein Recompens von 2000. Thl. zu Thei-[249]le wurde,
mit welchem schönen Capitale ich eben meine Rück-
Reise anzutreten im Begriff war, da mich eines Abends
ein Knabe auf der Strasse anredete und bat, ihm in
ein gewisses, in der Vorstadt gelegenes Häußlein, zu

folgen, allwo mich ein kranckliegender Lands-Mann zu
sprechen verlangete. Diesem Ruffe folgte ich ohne Bedencken, weilen vielleicht Gelegenheit zu finden vermeinete, einem armen bedürfftigen Landes-Manne, meine freygebige Hand zu zeigen, traff auch würcklich einen
Menschen daselbst an, der in einer besondern Stube, bey
dunckel brennenden Lichte, auf seinem Siech-Bette sehr
schwach und Elend darnieder lag. Jedoch da er mich im
propern rothen Kleide, mit einer geknüpfften Perruque
zu seiner Thür hinein treten sahe, richtete er sich ein
wenig auf, betrachtete mich eine lange Zeit, und sagte
endlich, nachdem ich ihn gegrüsset: Monsieur Sie vergeben mir, daß ich ihnen die Mühe gemacht, mich elenden an diesen schlechten Orte zu besuchen. Ists wahr,
daß sie ein Enckel des berühmten Augspurgischen
Mechanici NB. sind? Ich weiß nicht anders, war meine
Antwort. Und von welchem Sohne? redete er weiter, vielleicht von dem Schweitzer? Da nun ich solches bejahete,
fragte er nach meinem und meines Vaters, auch meiner
Mutter und Geschwister Nahmen, welche ich ihm in gröster Verdrüßlichkeit meldete, jedoch solches nicht wohl
abschlagen konte, weiln vermuthete, daß dieser Mann allem Ansehen nach, vielleicht die gantze Historie von meinen Eltern, besser als ich wissen möchte. Er lag hierauff
eine ziemliche Weile sehr stille, weßwegen ich endlich zu
fragen anfieng, [250] ob er meinen Groß-Vater von Person wohl kennete. Seine Antwort war: Ja! mein Freund,
sehr wohl, aber euren leiblichen Vater noch weit mehr,

thut so wohl und eröffnet mir, wo sich derselbe voritzo
auffhält, und welchergestallt er in so grosses Unglück
gerathen, denn ich versichere, daß derselbe mein aller-
vertrautester Freund gewesen. Mein Herr! versetze ich,
den Auffenthalt meines unglückseeligen und dennoch
geliebten Vaters zu erfahren, habe ich seit etlichen Jahren, sehr viele vergebliche Mühe angewendet, sonsten
ist es leyder an dem, daß er sich, von einem gottlosen und
ehrvergessenen Land-Streicher, der noch darzu meiner
Mutter Bruder gewesen, ins Unglücke führen und um
sein zeitliches Glück bringen lassen, da er doch sonst
jederzeit, und von jederman vor einen redlichen, geschickten und vernünftigen Mann gehalten worden.
Hierauff fragte der Patient: Ob ich nicht wisse wie es
meiner Mutter und Geschwistern ergienge, und ich berichtete ihm die Wahrheit, daß nehmlich die Mutter meines wissens, annoch in gefänglicher Hafft, mein ältester
Bruder noch nicht aus Welschland zurück gekommen,
die Schwester aber von mir vor einigen Jahren nach
Augspurg geführet sey. GOtt sey gelobt, schrye er hierauff mit weinender Stimme, der doch zwey von meinem
lieben Kindern aus dem Verderben gerissen hat. Ich
wuste nicht so gleich was ich aus solchen Worten schliessen solte, so bald ich aber das Licht genommen, und dem
Patienten unter die Augen geleuchtet hatte, erkannte ich
ohngeacht seiner starck veränderten Gestallt, meinen
leiblichen Vater, fiel ihm um den Halß, und benetzte sein
An-[251]gesicht mit vielen heissen Thränen. Er weinete

273

gleichfalls überlaut, da aber mittlerweile sein Aufwärter
in die Stube trat, wurde derselbe abermahls in die Stadt
geschickt, vor mich eine Bouteille Wein zu langen. Also
blieben wir allein beysammen, und mein Vater fieng an,
mir eine ausführliche Erzehlung seiner Glücks- und Unglücks-Fälle zu thun, jedoch weil ich das meiste bereits
gemeldet habe, so will voritzo nur berichten, daß er auf
seiner Flucht von Schaafhausen, gerades Wegs nach
Holland gereiset, und daselbst unter gantz veränderter
Tracht, auch unter dem veränderten Nahmen Plager,
etliche Jahr ziemlich ruhig hingebracht, indem er seiner
Profession eiffrig obgelegen, und sich schönes Geld verdienet. Jedoch der Satan hat aufs neue sein Spiel, indem er sich zum andern mahle von einem so genandten
Adepto verführen lässet: seine gantze Baarschafft an die
Alchymisterey zu legen, und mit ihm in Compagnie zu
treten. Seinem bedüncken nach, gehet der angefangene
Process glücklich genung von statten, da sie aber ehester
Tages den erwünschten Azoth oder Mercurium Philosophorum Catholicon, nach welchen ihnen die Schrifften
des Welt bekandten Henrici Kunradi, die Mäuler so trefflich wäßrig gemacht, mit Augen zu sehen und mit Händen zu greiffen gedencken, zerspringt ohnverhofft eine
Phiole auf dem Feuer, dem Haupt-Artisten aber springt
ein groß Stücke Glaß dermassen tieff ins Auge, daß er
etliche Tage hernach elendiglich crepiren muß. Solchergestallt fällt der gantze kostbare Process auf einmahl in
den Qvarck, mein Vater erbet etwas Geld und Mobilien

von diesen unglück-[252]seeligen Artisten, an statt aber,
sich dessen Schaden zur Warnung dienen zu lassen, verwendet er alles sein Haab und Gut auf einen nochmahligen Process, geräth darüber in die gröste Armuth,
so, daß er fast das Bettel-Brod darüber essen muß, endlich aber bringet er dennoch ein mercurialisch metal-
lisches Liquidum zur Perfection, durch dessen Hülffe wie
er mir gesagt, er die fixen Gold- und Silber-Strahlen im
offenen Tiegel, auf dem Feuer, ohne alles corrosiv von
ihrem Corpore absondern kan, also fehlet ihm nichts
mehr als die volatilischen mercurialischen, zu einer philosophischen truckenen Tinctur zu zwingen, welches ihm
aber nach der Zeit niemahls recht gerathen wollen,
gleichwohl verdienet er sich bey etlichen Adeptis durch
Eröffnung dieses Arcani mehr als 1000. Thlr. und gehet
aus besondern Ursachen aus Holland nach Ungarn,
hält sich daselbst auch etliche Jahre auf, und verlabo-
riret abermahls sein gantzes Vermögen, muß sich also
aus Ungarn biß nach Deutschland, als wohin er ein besonderes Verlangen getragen, mit Betteln behelffen. Er
kömmt nach langen herum vagiren endlich an denjenigen
Hof, allwo ich, wie oben bereits gemeldet, meine Machine
zu præsentiren hatte, vermeynet durch Entdeckung seiner Inventorum und Arcanorum ein Stücke Geld zu erhaschen, allein dieses ist am selbigen Hofe zu der Zeit
schon etwas bekandtes, weil der Principal vor den einzigen Process des mercurialisch-metallischen Liquidi mehr
als 5000. Thlr. gezahlet, und zwar an eben diejenigen

Kerls, welche denselben meinem Vater sämmtlich vor 1000. Thlr. abgekaufft hatten. Jedoch da [253] der Principal ohnedem einen grossen Schwallich eingebildeter kluger Adeptorum sitzen hat, und doch bey meinem Vater ein und andere, sonst noch nie erfahrne und gesehene Curiosa antrifft, weiset er ihm in seinem Laboratorio eine Stelle an, nebst jährlicher mittelmäßiger Pension. Mein Vater hilfft eine ziemliche Zeit lang sehr getreu arbeiten, trifft aber solche Künstler an, die von sich ausgeben, daß sie nur noch einer eintzigen Haare breit von dem Astro auri entfernet wären, in der That aber sind es eitel Betrüger, ausgenommen ein eintziger, welcher nicht so viel Boßheit als einfältigen Hochmuth in sich hat. Er giebt aber allen um so viel desto genauer Achtung auf die Finger, mercket eines jeden Schelmerey mit der Zeit sehr klüglich ab, und entdecket endlich den Principal gantz treuhertzig: daß er unter seinen 21. Laboranten oder Goldmachern, wenigstens 19. Schelme und Spitzbuben ertappen könne. Dieser hält hierauff eine General-Musterung läst alles genau untersuchen, und nach glücklich entdeckten Betrügereyen, schöpfft er auf einmahl einen dermassen hefftigen Eckel gegen diese gefährliche Kunst, welche ihn binnen etlichen Jahren nicht allein um ein entsetzliches Capital, sondern über dieses noch in mehr als 2. Tonnen Goldes Schulden gebracht, so daß er das gantze Laboratorium zerstöhren, meinem Vater aber nebst seinem eintzigen, noch etwas ehrlichen Consorten 2000. Thlr. reichen lässet, mit dem Bedeuten,

daß sie selbiges Geld in ihren selbst beliebigen Nutzen
verwenden möchten, auch die Freyheit haben solten, in
seiner Residentz und Landen zu bleiben, doch mit dem
Beding: daß keiner, der [254] da ferner zu laboriren gesonnen, sich unterstehen möchte, von ihm hinführo einen
eintzigen Pfennig zu fordern, biß er den veritablen Lapidem Philosophorum auffzuweisen hätte, und sich eine
unverdächtige Probe damit zu machen getrauete. Im Gegentheil werden die andern 19. Haupt-Betrüger, nebst
ihren Handlangern, in aller Stille des Landes auf ewig
verwiesen, weil der allzugütige Herr seiner gerechten
Rache nicht den völligen Zügel schiessen, oder vielleicht
andern Leuten keine fernere Materie zu verdrüßlichen
Sentiments überlassen wollen.

Wiewohl hätte doch mein armer Vater gethan, wenn
er seinen Theil à 1000. Thlr. auf Zinsen gelegt, und als
eine Privat-Person von dem jährlichen Interesse gelebt
hätte, zumahl da er ausserdem noch ein paar hundert
Thlr. Geld in Händen gehabt, und sich an einem solchen
Orte befunden, wo seine Ruhe leichtlich von niemanden
wäre gestöhret worden. Allein es ist ihm unmöglich, die
Hand von demjenigen Pfluge abzuziehen, mit welchen er
noch immer den Stein der Weisen, die Tinctur der Phy-
sicorum das Astrum Metallorum das Mysterium magnum,
ja die Himmlische Sophiam, oder wie das Ding sonsten
noch genennet werden mag, auszuackern gedenckt.
Kurtz zu sagen, er legt nebst dem Compagnon sein noch
übriges alles aufs neue an, miethet sich in der Vorstadt

ein Garten-Hauß zum Laboratorio, und arbeitet Tag und Nacht mit solchen unermüdeten Fleisse: biß ihn endlich der Dampf von einer gewissen communicirten Massa, nicht allein gantz contract an allen Gliedern macht, sondern auch eine dermassen hefftige Schwindsucht zu-[255]ziehet, daß er bey annoch gantz frischen Hertzen, Lunge und Leber auszuspeyen gezwungen ist. Er hatte trifftige Ursachen zu glauben gehabt, daß ihm ein böser Bube, diesen Streich muthwilliger und mörderischer weise gespielet habe, jedoch erträgt er sein Creutz mit ziemlicher Gelassenheit, und eben in diesem Zustande erfährt er meine Anwesenheit zufälliger weise, schicket derowegen seinen Aufwarte-Knaben so lange nach mir aus, biß selbiger mich endlich antrifft und zu ihm bringt.

Ich bejammerte meines Vaters elenden Zustand, und erfuhr, daß er keines Thalers mehr mächtig wäre, sondern einzig und allein von der Gnade, seiner, selbst sehr armseelig lebenden, vermeintlichen Artisten, dependiren muste, weiln er ihrer Meynung nach, noch ein und andere Arcana auf dem Hertzen, so wohl auch in Schrifften verborgen hätte, die sie nach und nach von ihm heraus zu locken gedachten. Ich hergegen machte nunmehro alle Anstallten meinen Vater aufs beste zu verpflegen, jedoch durffte ich ihn in Anwesenheit anderer Leute, nicht Vater, sondern nur Vetter nennen, damit sein veränderter Nahme nicht verdacht erweckte. Wiewohl die Hoffnung zu seiner Genesung, schien gantz vergeblich zu seyn, und binnen Monats-Frist wurde sein Zustand

dermassen schlecht, daß er selbsten zu verstehen gab:
welchergestallt sein Ende heran nahete, derowegen
möchte ich mir weiter keine grössere Mühe geben, als
ihm einen Lutherischen Prediger zuzuführen, der ihn
täglich etliche Stunden zum seel. sterben præpariren,
und mit dem letzten Zehr-Pfennige, nehmlich dem
heil. Abendmahle, welches er seit 5. [256] Jahren nicht
empfangen, versehen möchte. Dennoch erkundigte ich
mich mit allem Fleisse, nach einem recht exemplarischen
Priester, war auch so glücklich einen solchen anzutreffen, und nachdem ich ihm den leiblichen und geistlichen
gefährlichen Zustand meines Vaters, als ein besonderes
Geheimniß anvertrauet, ließ er sich gefallen, denselben
täglich, wenigstens 4. Stunden zu besuchen. Ich weiß
nicht ob sich mein Vater mehr über die Gesellschafft seines Seelsorgers, oder dieser über das offenhertzige Bekänntniß, wahre Reue, ernstliche Busse und festen Glauben, des bißhero verirrt gewesenen Schaafs erfreuet;
genung ich kan mich nicht erinnern, Zeit Lebens zwey
vergnügtere Personen gesehen zu haben. Endlich aber
da sich mein Vater wiederum völlig zur Evangelisch-
Lutherischen Religion gewendet, auch das heil. Abendmahl empfangen hatte, brach er bey immer mehr und
mehr abnehmenden Kräfften in beyseyn des Priesters
und meiner, in folgende Worte aus: GOTT sey gelobet!
der mich armen fast gäntzlich verlohrnen Sünder wieder zu Gnaden auf und angenommen hat, ja! nunmehro
weiß ich gewiß, daß ich von den verguldeten Ketten des

Teuffels befreyet bin, und die gewisse Hoffnung habe, ein
Erbe der ewigen Seeligkeit zu werden. O du verdammter
Gold- und Geld-Durst! O du verfluchte Begierde! hät-
testu mich nicht bald mit Leib und Seele in den ewig brennenden höllischen Schwefel-Pfuhl gestürtzt? Ja! bey
nahe wäre ich aus dem zeitlichen ins ewige Verderben
verfallen. Spiegle dich mein Sohn! sprach er zu mir, an
meinem Exempel, und laß dich die zeitlichen Kostbarkeiten, [257] Künste und Wissenschafften, die ich in Wahrheit nunmehro erstlich vor Koth, Eitelkeit und Stück-
werck erkenne, niemahls verleiten: GOttes darüber zu
vergessen, oder solche Güter höher, als die unvergänglichen zu achten. Bleibe, mein Sohn! beständig bey der einmahl erkandten Evangelischen Wahrheit, so wirst du auf
deinem Todt-Bette nicht Ursache haben: dich, halb verzweiffelt, mit dem Teuffel und deinem bösen Gewissen
herum zu schlagen, wie du leyder, an mir zur Gnüge verspüret. Laß dich nicht zu solchen Sachen verführen, die
dir zu hoch sind, sondern bleibe viel lieber in deinem
Stande und Beruff, lege dein Geld nicht an etwas unge-
wisses, zum wenigsten nicht mehr, als du ohne deinen
Schaden verschencken oder verlieren kanst, sondern halt
dasselbe zu rathe, weil du an mir vermerckest, daß Armuth im Alter und auf dem Siech-Bette wehe thut. Ja
mein Sohn! strebe nicht so eiffrig nach Reichthum, denn
es bleibt ewig wahr, was die heil. Schrifft sagt: die da
reich werden wollen, fallen in Versuchung und Stricke,
u.s.f. Hüte dich ein Weib zur Ehe zu nehmen, die anderer

Religion ist als du, hauptsächlich aber vor einer Reformirten. Glaube mir, da ich jetzo zwischen Tod und Leben
stehe, daß ein Reformirtes Weib den Grund-Stein zu meinem zeitlichen Verderben gelegt, GOtt erbarme sich
ihrer und bekehre sie, wo sie anders noch am Leben ist.
Uberhaupt laß dir gesagt seyn, daß du dich nicht leicht
einem andern Glaubens-Genossen anvertrauest, ich vor
meine Person weiß gewiß, daß ich unter hunderten kaum
einen angetroffen, der ohne Falsch-[258]heit gewesen.
Die wenigen Scripturen so unter meinem Haupt-Küssen
liegen, verbrenne viel lieber, als daß du dich selbst, oder
deinen Neben-Christen zu der betrüglichen Kunst, ich
meyne die Alchymie, verleiten lässest. Deiner vollkommenen kindlichen Liebe bin ich mehr als zu viel versichert, dieses ist auch mein eintziges zeitliches Vergnügen, so ich noch vor meinem Ende empfinde und GOtt
hertzlich davor dancke, dieserwegen will ich auch alle
Sorge vor meinen entseelten Cörper, deiner Treue einzig
und allein überlassen, und dir den väterlichen Seegen
ertheilen, welchen GOtt wegen meiner Busse und Bekehrung bekräfftigen wird, theile du denselben mit deinen
Geschwistern, daferne sie in der Gottesfurcht stehen,
wo nicht, so bleibe derselbe allein auf deiner Scheitel.

Nach diesen und noch vielen andern treuhertzigen
Vermahnungen, empfieng ich den väterlichen Seegen
mit weinenden Augen, hierauf befahl er noch kürtzlich:
was ich meinem Groß-Vater und der Schwester vermelden solte, bekümmerte sich weiter aber um keine

zeitlichen Dinge, sondern verharrete nebst dem Prediger, noch etliche Stunden im eifrigen Gebeth, biß er
endlich bald nach Mitternacht sanfft und selig einschlieff.
Ich ließ den entseelten Cörper, auf Einrathen des redlichen Priesters, Abends in der Stille auf dem Gottes-
Acker an einen reputirlichen Ort begraben, bezahlete alle
diejenigen, welche damit zu thun gehabt reichlich, nahm
meines Vaters hinterlassenes Geräthe zu mir, packte
selbiges in einen besondern Kasten, und war willens
mit ehester Post zurück an denjenigen Hof [259] zu reisen, allwo ich meine Pension zu ziehen hatte; als Tages
vor Abgang der Post, ein unbekannter schlecht gekleideter Mann in meine Cammer trat, und mich ohngefähr
also anredete: Monsieur nehmet mir nicht ungütig, daß
ich euch unangemeldet Beschwerlichkeit verursache, ich
trage hertzliches Mitleyd über den kläglichen Todes-Fall
eures Vettern und bedaure sonderlich, daß ich heute mit
der Post zu späte gekommen bin, denselben vor seinem
seeligen Ende noch einmahl mündlich zu sprechen, denn
wir sind in Wahrheit jederzeit sehr gute Freunde gewesen, ich bin gewißlich fast um keiner andern Ursache
willen verreiset, als einen Gottes-Mann her zu führen,
der euren Vetter von dem Irrwege auf die rechte Strasse
führen, und ihn zu einem wiedergebohrnen Menschen
und rechtschaffenen Christen machen solte, da ich aber
von einem meiner Mittbrüder, nur vor wenig Stunden
vernommen, daß er als ein bußfertiger und bekehrter
Christ von der Welt geschieden, gönne ich ihm die seelige

Ruhe von Grunde meiner Seelen gern, euch aber, mein
Herr, will ich freundlich ersucht haben, mir um eine billige Bezahlung, dieses euren seel. Vetters hinterlassene
chymische Schrifften zu überliefern, weil sie doch vermuthlich euch schlechten Nutzen schaffen werden. Ich
gab hierauff zur Antwort: daß mir an etlichen Thalern
Geldes wenig gelegen sey, jedoch weil ich dergleichen
betrüglichen Plunder gantz und gar nichts achtete, wäre
ich bereit ihm die Schrifften meines Vetters sehr gern zu
überlassen, wenn erwehnter mein Vetter mit nicht vor
seinem Ende befohlen, diese Schrifften viel lieber [260]
zu verbrennen, als mich selbst oder meinen Neben-
Christen dadurch zu der gefährlichen und betrüglichen
Goldmacher-Kunst zu verleiten. Ich halte euch, mein
Herr! war des Frembden Gegenrede, euer Gespräch dißfalls zu gute, weil ich höre, daß ihr so wenig Wissenschafft
von der himmlisch Göttlichen Kunst habt; als ein rechtschaffener wiedergebohrner Mensch seyd. Jedoch übereilet euch nicht, mein Freund, dasjenige zu unterdrücken, was Gott durch seine unerforschliche Barmhertzigkeit, zur Vergrösserung seiner Herrlichkeit, auch einem
schlechtglaubigen Menschen erfinden lassen, glaubet
anbey sicherlich, daß euer Vetter den Welt beruffenen
Stein der Weisen vor 1000. andern Artisten würde gefunden haben, woferne er nur etliche Jahre zeitiger Busse
gethan, und mit feuriger Andacht im lebendigen Glauben
und Gebet, die Gnade des heil. Geistes angesucht, ja ich
will fast glauben, daß er diesen kostbaren Schatz schon

würcklich in seiner Gewalt gehabt, allein weil er bey
seiner Arbeit nicht auf Theosophische Weise durch geheime Gespräche mit Jehova, eine reine Gottesfurcht geübt
hat, so sind ihm von der himmlischen Sophia die Augen
seines Leibes und Gemüths gehalten worden, dasjenige
nicht zu sehen, und zu begreiffen, was er doch würcklich
vor Augen und unter seinen Händen gehabt hat.

Ich wurde über diesem Gespräche dermassen verwirrt, daß ich nicht wuste, was ferner antworten solte,
endlich aber fragte ich, gantz in Gedancken vertiefft:
Mein Herr, wie ist euer Nahme? Mein gewöhnl. Name,
sprach er, ist euch zu wissen ohne eintzigen Nutzen,
[261] mein Kunst-Nahme aber heisst Elisæus, habt ihr
selbigen bereits erwehnen hören? Nein versetzte ich,
sonsten aber fällt mir bey, in einem Tractætlein von einem
Adepto gelesen zu haben, der sich Elias Artista genennet,
bereits vor etlichen 40. oder 50. Jahren dem berühmten
Haagischen Chymico Helvetio erschienen seyn, und demselben den Lapidem Philosophorum nicht allein gezeigt,
sondern auch etwas davon mitgetheilt haben soll. Eben
dieser Elias, sprach der Frembde, ist mein Meister, er
lebt biß diese Stunde noch in seinem 94ten Jahre, dermassen gesund und frisch, daß er itzo vor einen Mann von
etliche 40. Jahren anzusehen ist, denn die aus dem Lapide
præparirte universal Medicin, bewahret ihn nicht allein
vor aller Kranckheit, sondern auch die Theile seines Leibes vor aller Ungestaltniß, Runtzeln und andern gewöhnlichen Beschwerlichkeiten. Mein Freund, rieff ich

endlich aus, wenn ihr mir diesen Wunder-Mann, so wohl
als sein arcanum nebst der Probe davon zeigen wollet,
so bin ich nicht allein erböthig euch völlig Glauben zu
zustellen, sondern über dieses meines Vettern hinterlassene Schrifften zu übergeben, welche euch aber meines Erachtens wenig nützen können indem, wie ihr sagt,
euer Meister den Lapidem schon würcklich besitzet. Ich
könte euch, sagte der Frembde, durch eine kurtze Erzehlung sehr wunderbarer Geschichte, gar bald aus dem
Traume helffen, allein derjenige Eyd, welchen ich meinem Meister geschworen; verbiethet mir solches zu thun,
doch verzeyhet mir, daß ich mich über eure Einfalt wun-
dere: ihr erbiethet euch, daferne ihr meinen Meister
nebst der [262] Probe von dem himmlischen Arcano zu
sehen bekommet, der Sache völligen Glauben zu geben,
und die Schrifften eures Vettern auszuliefern. Ist dieses
auch etwas besonderes? O ihr thörichter Mensch! warum
woltet ihr euch nicht vielmehr bestreben sein Jünger
und mein Mitschüler zu werden? Wie viel Könige, wie
viel Fürsten, wie viel tausend gelehrte und ungelehrte
solten sich ein solches Glück nicht wünschen, und es mit
der Helffte ihres Bluts erkauffen? Lebet wohl! Ich ver-
lasse euch und zweiffele, ob ihr mich nur ein einzig mahl
wieder zu sehen das Glück haben werdet.

Ich meines Theils weiß biß diese Stunde noch nicht, ob
mich dieser Mensch mit seinen blossen Worten bezaubert, oder als ein Basilißke durch das Ansehen vergifftet
hatte, denn so bald er mir nur den Rücken zukehren

wolte, wurde mein gantzes Wesen dergestalt verändert, daß ich augenblicklich aufsprung, ihm um den Hals fiel, und hertzlich bat, mich als einen verwirrten Menschen, der da nicht wisse, was er glauben solle, um des Himmels willen nicht zu verlassen, sondern meiner Schwachheit zu Hülffe zu kommen, und wenigstens Morgen, nachdem ich meine 5. Sinne wiederum in einige Ordnung gebracht, noch ein einzigs mahl bey mir einzusprechen. Er versprach solches zwar, jedoch mit einer solchen Gebärde, daß ich daraus die stärckste Ursache nahm, an der Erfüllung seines Worts zu zweiffeln, weßwegen ich mit Bitten nicht abließ, biß er endlich den Schwur that, mir, so wahr er ein wahrhafftiger Anbeter des grossen Jehova wäre, sein Wort zu halten. [263]

Wenn ich erzehlen solte, wie mir in folgender Nacht zu Muthe gewesen, und welchergestalt alle meine Affecten und Gedancken durch einander her gegangen, so müste mehr als einen Tag Zeit darzu haben. Kurtz! ich bleibe fast darbey, daß mein gantzer Verstand bezaubert worden. Die Vermahnungen meines sterbenden Vaters, zerschmoltzen wie Butter an der Sonnen, und wie sehr ich sonsten auf die betrügerischen Alchymisten erbittert gewesen, so sehr wünschte ich nunmehro den wundervollen Elias und den frommen Elisæum zu umarmen, an die Abreise aber wurde gar im geringsten nicht gedacht.

Etwa zwey Stunden, nachdem ich von meinem Lager aufgestanden, stellete sich der so sehnlich gewünschte Elisæus ein, fragte gantz devot, ob ich wohl geruhet und

Belieben hätte ihm zu folgen. Derowegen warff ich mit
erfreuten Hertzen, in gröster Geschwindigkeit, meinen
Mantel um mich, und folgete meinem Führer, welcher
sich durchaus nicht erbitten ließ, etwas von meinem delicaten Früh-Stücke einzunehmen, indem er einen halben
Fast-Tag zu haben vorschützte. Er führete mich jenseit
der Stadt ebenfalls in ein kleines Häußlein, allwo ein etliche 40. Jahr alt scheinender Mann, in der Stube herum
gieng, und mich ohne besondere Ceremonien willkommen hieß. Selbiger redete erstlich weiter nichts, Elisæus
aber fieng einen sonderbaren geistlichen Discours an,
worinnen er die vermeinte Göttliche Kunst, biß in den
Himmel erhub, und beyläuffig den gegenwärtigen so genandten Elias, noch höher als alle heil. Propheten und
Evangelisten erhub, endlich gab er zu vernehmen, [264]
wie mir die Probe von der Transmutation der Metallen,
noch in dieser Stunde gezeigt werden solte; daferne ich
kein Bedencken nähme eine Eydes-Formul abzuschweren, welche ohngefähr folgendes Innhalts war: 1.) Solte
ich mit andächtigen und Gottesfürchtigen Hertzen meine Augen auf das grosse Welt-Wunder richten. 2.) Dem
Meister Elias und seine Jünger so wenig, als das Wunder
selbst, verrathen und ausplaudern. 3.) Daferne ich ja so
glückseelig werden solte, bey ihnen unter die Zahl der
Lernenden aufgenommen zu werden, mich aus allen
Kräfften der Seelen, dahin zu bestreben, als ein wiedergebohrner heiliger Mensch zu leben, auch wie es der Zustand rechtschaffener Christen erforderte, alles das mei-

nige, und hingegen auch alles das ihrige gemeinschafftlich zu halten. 4.) Dem Artisten Elia alle Huld, Treue und
Gehorsam zu leisten, oder da mir solches nicht länger an-
stünde, und ich etwa vor mich allein leben und arbeiten
wolte, ihm vorhero danckbarliche Aufkündigung zu thun.

Kan man wohl glauben, daß ich so thöricht gewesen,
dergleichen Eyd zu schweren, welchen gemäß zu leben,
doch eine weit andere als menschliche Krafft erfordert
wurde. Allein man bedencke nur, daß mein Verstand, in
Wahrheit durch die hefftige Begierde nach dem Steine
der Weisen, nicht um ein kleines verrückt worden, derowegen hätte ich wohl noch weit unmöglichere Dinge angelobet, um nur desto hurtiger meine Neugierigkeit
zu befriedigen. Endlich wurde ich in ein kleines Laboratorium geführet, allwo ein bereits angemachtes Kohl-
[265]Feuer, überall aber lauter chymisches Geschirr zu
sehen war. In der Wand stunden etwa 7. oder 8. kleine
Schmeltz-Tiegel, derowegen sagte Elisæus: Mein Freund,
leset euch einen von diesen Schmeltz-Tiegeln aus, be-
sehet ihn, ob er tüchtig ist, und setzt denselben ins Feuer, denn ich und mein Meister werden euch gantz allein
handthieren lassen und allhier vor der Thür stehen bleiben, damit ihr völlig versichert seyn möget, daß alles
ordentlich und richtig zugehe. Ich zitterte vor Freuden,
gehorsamete aber und setzte den Tiegel in die Gluth.
Habt ihr etwas Bley oder Zinn bey euch, fragte Elisæus,
so wäget dort auf der Wage 1. Loth ab, und werfft es in
den Tiegel. Ich hatte einen bleyernen Griffel in meiner

Schreib-Taffel, weil aber selbiger noch kein Loth wuge,
so muste noch einen zinnernen Knopff von meinen Bein-
Kleidern reissen, etwas davon abschneiden und hinzu
legen, damit ein accurates Loth-Gewicht heraus kam. So
bald ich gesagt, daß es zerschmoltzen sey, fiel Elias auf
seine Knie nieder, schlug mit der Hand an die Brust,
kehrete die Augen gen Himmel, murmelte etliche un-
verständliche Worte her, zog immittelst ein klein Büchs-
lein hervor, und nahm aus selbigen ein röthliches Stücklein Hartz, oder was es sonsten seyn mochte, etwan einer
halben Erbsen groß, schabte so viel darvon, als ein halber kleiner Stecke-Nadels-Knopff beträgt, und fragte,
ob ich etwas Wachs bey mir hätte? Da nun ich solches
verneinete, sprach Elisæus, sehet hier ist Wachs genung,
damit euch aber wegen unserer Materialien kein Verdacht erweckt werde, so nehmet ein wenig [266] Ohren-
Schmaltz, machet mit Kothe aus der Hand eine Massam
daraus, damit ihr dieses kleine Stäublein von dem Lapide
darein kleiden und in das geschmoltzene Bley werffen
könnet. Nachdem solches geschehen, und ich die vortreffliche Pille hinein geworffen, muste ich ein bey der
Hand liegendes, etwa halben Fingers dickes, Eisen nehmen, ein einzig mahl damit auf den Boden des Schmeltz-
Tiegels, und zwar nicht gar zu gelinde stossen, worauf
alsobald ein starckes Getöse im Tiegel entstund, jedoch
Elisæus erinnerte mich das Gesicht hinweg zu wenden,
und hernachmahls gar eines Schritts breit davon, auf den
Sessel nieder zu lassen, allwo ich etwa eine halbe Stun-

de pausiren muste, ehe Elias sich mit besonderes andächtigen Gebärden von der Erden aufhub, mir den Tiegel
aus dem Feuer zu heben, und das, was darinnen, auf die
Steine zu schütten befahl. Indem ich solches verrichtete,
giengen sie beyderseits in die Stube, ich aber folgte ihnen nicht eher nach, biß ich den erkalteten Guß, unter
dem Kothe hervorziehen, und zur eigentlichen Betrachtung in die Stube tragen konte. Ach Himmel, wie erfreut
war mein Hertz, da sich ein Stück, aus Bley gemachtes
Gold, in meinen Händen befand. Elias fragte: Kennet ihr
nun das gemachte Gold? Glaubt ihr nun, daß die Transmutation keine Hirn-Geburth ist? Haltet ihr nun darvor,
daß Elias Artista ein von GOtt auserordentlich begnadig-
ter Mann sey? Ja, lieber Herr! ich glaube alles, war meine Antwort, lege mich derowegen zu euren Füssen, und
bitte, mich Unwürdigen in die Lehre zu nehmen. Pfuy!
schrye [267] er, betet GOtt an, und nicht mich als seinen
unwürdigsten Knecht, dancket dem Höchsten, der euch
das Geheimniß mit sichtbaren Augen anzusehen, und zu
gleich eine solche Glückseligkeit vergönnet hat, welche
so viel hundert Kayser und Könige vergeblich gewünscht
haben. Allein mein Sohn, fuhr er fort, ihr seyd dennoch
viel zu leichtgläubig, woher könnet ihr wissen, daß dieses
würckliches und aufrichtiges Gold sey, da selbiges noch
von keinem Unpartheyischen, sattsam probirt ist, gehet
derowegen hin, ich schencke euch das gantze Stück,
lasset es von allen Goldschmieden examiniren, bedencket
aber dabey euren gethanen Eyd, und kommet in dreyen

Tagen wiederum an diesen Ort, so dann wollen wir weitläufftiger mit einander sprechen. Um keine Grobheit gegen diesen capricieusen Kopff zu begehen, bequemte mich augenblicklich zum Gehorsam, gieng auch zu allen Goldschmieden in der gantzen Stadt, ließ mein Stück probiren, und erhielt das allgemeine Zeugniß, daß selbiges vom allerschönsten Kremnizer-Ducaten-Golde wäre.

Nunmehro beklagte ich erstlich: daß mein seel. Vater nicht noch am Leben seye, um dieses unvergleichliche Kunst-Stück mit Augen anzusehen. Nunmehro bedaurete ich meine vormahlige Einfalt und dummes Judicium von der Transmutatione Metallorum. Ja nunmehro war ich entschlossen alle andern Wissenschafften an den Nagel hängen zu lassen, und mich eintzig und allein auf das laboriren zu legen. Allein, wie wurde mein gantzes Gemüthe doch in das allergröste Betrübniß ver-[268]setzt? da ich am dritten Tage, das leere Nest, und weder den Elias, noch den Elisæum antraff, auch in nachfolgenden 8. Tagen nicht die geringste Nachricht von allen beyden erhalten konte. Ich blieb gantz ohne Trost in meinem Logis, brachte die meiste Zeit als ein, am Leibe und Gemüthe krancker Mensch auf meinem Lager zu, lieff doch täglich 3. oder 4. mahl in das kleine Hauß, allwo ich das grosse Geheimniß erfahren, fand aber selbiges von solchen Leuten bewohnet, welche weder den Eliam noch Elisæum kennen, oder nur das geringste von ihnen gesehen haben wolten. Endlich da ich mir die gäntzliche Rechnung gemacht, daß sie mich nicht würdig geschätzt

in ihre Gesellschafft aufzunehmen, und darüber fast in
Verzweiffelung fallen wolte, kam am Abende des 8ten
Tages Elisæus, ohnangepocht in meine Stube getreten,
fragte, wie ich mich befände, und entschuldigte hernach,
ziemlich freundlich, daß er und sein Meister wichtiger
Ursachen wegen sich einige Tage verborgen halten müssen, meldete auch: daß sie binnen 3. Tagen diese Stadt
gäntzlich verlassen, und sich in ein ander sicherer Land
begeben würden, allwo weit frömmere Leute, als hiesiges Orts anzutreffen wären. Ich fiel dem Elisæo um den
Halß, bat ihn aufs flehentlichste, mich nicht zu verstossen, sondern bey dem Artisten Elia allen Vorspruch
anzuwenden: Daß mir vergönnet werden möchte, in seiner Gesellschafft mit zu reisen. Endlich wurde mein Bitten erhöret, und ich zu einem Mitgliede ihrer Kunst-
genossenschafft auf und angenommen, sie schwuren mir,
welches erstaunlich zu erwegen, beyderseits einen [269]
theuern Eyd: Mich in keinem Glücks- oder Unglücks-
Falle zu verlassen, sondern mir jederzeit mit treuer Lehre, auch Gut und Blut zu dienen, ich hergegen muste alle
meine Mobilien zu Gelde machen, einen niederträchtigen
Habit anziehen, und alles in Gold verwechselte Geld,
welches sich ohngefähr auf 2300. Thlr. belieff, darein
vernehen. Hierauf traten wir die Reise zu Fuß an, und
zwar an denjenigen Fürstl. Hof, wo ich meine mecha-
nische Werckstadt hatte, daselbst nahm ich meinen Abschied, unter dem Vorwande eine Reise nach Engelland
anzutreten, verkauffte alle noch übrigen Geräthschaff-

ten, und lösete 530. Thlr. daraus, hatte also ein Capital
von 2830. Thlr. beysammen, welches ich dem Elisæo halb
zu tragen gab, und mit meinen Führern immerfort reisete, ohne mich zu bekümmern, wohin. Uberall wo wir nur
einkehreten, musten die aller delicatesten Speisen aufgetragen werden, ohngeacht aber alles aus meinem Beutel bezahlet wurde, bekümmerte ich mich doch sehr wenig um das eitele Geld, weilen mich versichert hielt, daß
so bald selbiges verzehret sey, Elias den Schaden schon
durch einen wichtigen Gold-Klumpen ersetzen könte.
Endlich gelangeten wir in einem Holländischen Dorffe
an, allwo unser Wirth den Elisæum und Eliam als wohl-
bekannte Freunde empfieng, und mir ebenfalls alle Höfflichkeit erzeigte, es fand sich daselbst ein unterirrdi-
sches weitläufftiges Laboratorium, in welchen Elias Artista
mit mir zu laboriren anfieng, und zwar keine andern, als
diejenigen Processe, welche mein seel. Vater schrifftl.
hinterlassen, Elisæus aber [270] muste eine Reise antreten, um ein und andere Materialien herbey zu schaffen, hierzu nahm er mein Geld mit, warum ich mir aber
nicht die geringste Sorge machte. Mittlerzeit war der
vortreffliche Lehrmeister so gnädig, mir dann und wann
ein Stücke von seinem Lebens-Lauffe zu erzehlen, und
gab vor: er sey ein Nord-Holländer, im Jahr 1622. gebohren, hätte von Jugend auf bey einem seiner Verwandten
dem laboriren beygewohnet, und zum Scheine das Roth-
Giessen gelernet, nach der Zeit wäre er durch die Zubereitung verschiedener trefflicher chymischer Artze-

neyen in starcken Ruff kommen, so daß ihm viele
berühmte Künstler besucht, und ihres Vorhabens wegen
seinen Rath verlanget hätten. Endlich aber sey, bey sehr
schlimmen Wetter, einsmahls ein unbekandter Mann
zu ihm gekommen, den er wegen seiner Erfahrenheit
im laboriren etliche Tage beherberget, wohl gepfleget
und von ihm letzlich die Præparation des Schatzes aller
Schätze nehmlich des Lapidis philosophici erhalten hätte,
jedoch mit dem Bedinge, selbigen keinen Menschen völlig zu offenbaren, als welcher gewisse Merckmahle, die
mir aber Elias nicht sagen wolte, in seinem Gesichte,
Gebärden und gantzen Wesen von sich blicken liesse.

Hierauf muste ich recht erstaunliche Geschichte von
seinen durch alle Europæische Länder gethanen wundervollen Reisen anhören, die ich voritzo beliebter Kürtze
wegen übergehen will, sonsten aber betheurete er hoch,
daß von 6. Personen, denen er seit etliche 60. Jahren
her, dieses Geheimniß mit guten Gewissen offenbaren
dürffen, kein eintziger [271] mehr am Leben sey, ihn
aber habe der Himmel durch die Kräffte und Tugenden
seiner universal Medicin, stets gesund, frisch und starck
erhalten, so daß er sich über dieses Wunder, selbst niemahls genung, verwundern könte.

Ich weiß, sprach er hierauf, aus einer himmlischen
Offenbahrung gewiß, daß sich mein Leben noch etwas
über 120. Jahr erstrecken wird. Der Vorrath von meinem
kostbaren Schatze ist zwar annoch so groß, daß ich mehr
als vor 100000. Thlr. Gold aus blossen Bley machen kan;

allein erschrecket nicht mein Sohn, wenn ich euch offenhertzig gestehe, daß mir nunmehro bey nahe seit zehen
Jahren her, nicht ein einzigmahl möglich gewesen, den
Lapidem so rite zu præpariren als vor dem. Höret, was ich
euch sage: Ach leyder! ich bin vor fast zehn Jahren, in
eine gantz besondere Sünde gefallen, die niemand leichtlich errathen wird, derowegen straffte mich der Himmel
auf frischer That, dergestalt, daß mir, so zu sagen, nur
ein kleiner Funcke von meinem sonst so vortrefflichen
Gedächtnisse übrig blieb. Dem Himmel sey 1000. mahl
gedanckt, daß ich diesen kleinen Funcken nur noch darzu
anwenden können, mich in der strengesten Busse und
Casteyung des Leibes vor dem Himmel zu demüthigen,
und eine neue heilige Lebens-Art an zufangen, denn
nachhero, erlangete ich zwar binnen zweyen Jahren, meinen ziemlichen Verstand und Gedächtniß wieder, allein,
die Præparation des Lapidis war unmöglich wieder auszusinnen; Derowegen brachte meine Zeit in tieffster Traurigkeit des Geistes zu, ja ich hatte die [272] allergröste
Mühe der gäntzlichen Verzweiffelung zu wiederstehen,
welche mir eines Tages folgende Worte auspressete:
Herr! ist es möglich, daß du um einer eintzigen über-
eilten Sünde willen, mir das grosse Siegel und Zeugniß
deiner Gnade zurück ziehen kanst? laß entweder dieses
nicht von mir geschieden seyn, oder scheide meinen Leib
und Seele gleichfalls von einander. Gleich nach Aussprechung dieser Worte wurde mein Geist entzückt, an
einen solchen Ort, der wegen seiner Klarheit und Zierde

nicht zu beschreiben ist, auch sind die Worte nicht nachzusagen, die ich daselbst gehöret habe, es kam mir aber
eine diamantene Taffel vor die Augen meines Gemüths,
auf welcher folgende Worte geschrieben stunden: *Elias
Artista hat auf einmahl* 10. *Sünden begangen, derohalben
muß er zur Straffe,* 10. *gantzer Jahr, der gäntzlichen Zubereitung des himmlischen Kleinods beraubt seyn, ohngeacht an seiner eiffrigen Busse und völliger Bekehrung
kein Zweiffel ist.* So bald ich, fuhr der verzweiffelte
Wind-Beutel Elias fort, diese Schrifft tieff in meine Seele
eingedrückt, fuhr dieselbe eiligst zurück in ihren Cörper,
welcher auf dem Boden der Cammer ausgestreckt lag.
Eines theils befand sich derselbe etwas getröstet, andern
theils wurde er zum öfftern wieder mit neuer Traurigkeit
überfallen, so daß ich die allereinsamsten Oerter suchte,
mich zur Erden niederwarff und ohne Unterlaß schrye:
Ach HErr, wie so lange? Wende dich HErr! Ists nicht genung 3. Jahr? Ists nicht genung 4. Jahr? Ists aufs [273]
höchste nicht genung 5. Jahr? Endlich da ich mich unter
solchen Klagen fast sehr ausgezehret hatte, trat ein unbekandtes Männlein zu mir, und sprach: Elias höre mir zu!
reitze mit deiner Ungedult, die himmlische Gerechtigkeit, welche dein Urtheil mit ihren Finger geschrieben,
nicht zum Zorne, sondern ertrage mit Gedult, was sie dir
auferlegt hat, so werden deine Jahre auf 120. verlängert
werden. Du hast ja von dem himmlischen Kleinode, Vorrath genung, dich annoch 7. biß 8. Jahre vor Armuth und
Kranckheit zu bewahren, denn es sind ja nunmehro bey

nahe 3. Jahre von deiner Straf-Zeit verflossen. Zeuch armselige Kleidung an, und wandere als ein Pilgrim durch die Welt, wende die Helffte deines Schatzes an das Armuth, von der übrigen Helffte nimm deine Artzeney und Nahrung, und lobe beständig den Höchsten. Erinnere dich, daß dieses Geheimniß nirgends anders zu finden sey, als bey Jehova saturniné collocato in centro mundi, derowegen läutere deine Seele, damit die himmlische Sophia aufs neue deine Freundschafft suche, und dir die niemahls auszuschöpffenden Ströme ihrer Gnade und Gütigkeit noch reichlicher, als vorhero anbiethe.

Ich Elias, fand mich durch die Rede des Männleins sehr beruhiget und gestärckt, fragte aber also: Was soll das Zeichen seyn, daß deine Reden wahrhafftig, und daß die himmlische Sophia nach Verfluß der 10. Straff-Jahre wiederum vollkommene Freundschafft mit mir machen werde? Die Zeichen, gab es zur Antwort, sind folgende: Vor Ablauff dieses dritten Jahres wirst du wiederum aufs [274] neue entdecken und zu beschauen haben: der nackenden Dianæ Bad, des Narcissi Brunnen, worinnen er sich nach langen Bespiegeln selbst ersäufft. Im vierdten Jahre: die abgezehrte Echo in hohlen Klüfften, und die Scyllam, wegen übermäßiger Sonnen-Hitze, ohne Kleider, in der offenbahren See herum spaziren. Im fünfften Jahre: das zusammen gelauffene Blut von Pyramo und Thisbe, durch welches die weisse Maulbeeren roth gefärbt werden, ingleichen des Adonidis Blut, wie solches von der herabsteigenden Venere in die Rose Anemone verwandelt wird. Im sechsten Jahre: die schöne Hyacinth-Blume, welche von Ajacis Bluthe entsprossen, ingleichen das Blut der Himmelstürmenden Riesen, welches ihnen Jovis Donner-Keil abgezapffet. Im siebenden Jahre: die häuffigen Thränen der Althææ, indem sie ihr güldenes Kleid ausziehet, und von sich legt. Im achten Jahre: den Garten Hesperidum, in welchen die güldenen Aepffel von den Bäumen gebrochen werden. Den Hippomenes, welcher mit der Atalanta um die Wette läufft, und die Venus, welche 3. güldene Aepffel darzwischen wirfft, den Lauff zu hemmen. Im neundten Jahre: die von der Göttin Venere, in einen Cometen verwandelte, und unter die Sterne versetzte Seele, des Julii Cæsaris. Das Feuer, woran Medea 7. Lichter anzündet, ingleichen die von Phaëtontis Wagen entzündete und brennende Lunam. Im zehendten Jahre: den verdorreten Oelzweig, so aufs neue mit Beeren grünet, ja den neuen und jungen Oel-Baum. Plutonis Wohnung, vor deren Thoren der dreyköpffige Cerberus [275] liegt. Den Scheiterhauffen, worauf Hercules seine von der Mutter empfangenen sterblichen Theile verbrennet, die Väterlichen unsterblichen Theile aber, unverbrennlich erhält, also nichts von seinem Leben verliehret, sondern endlich selbst in einen GOtt verwandelt wird.

Nach Verfluß dieser 10. Jahre, redete das Männlein weiter, wirstu Elias Artista wiederum eingeführet werden in den Tempel des Bäurischen verwandelten Hauses, dessen Deckel aus puren lautern Golde bestehet, du wirst

darinnen die philosophische Königin waschen und baden,
oder deutlicher zu sagen: die terram virgineam catholicam
in crystallino artificio Physico-magico circuliren lassen, du
wirst den Philosophischen, inwendig feurigen König mit
seiner Crone aus dem Braut-Bette seines crystallinischen
Grabes herauf steigen sehen, in seinem glorificirten feurigen höchst vollkommenen Leibe, mit allen Farben der
Welt geschmückt, gleich einem hell-leuchtenden Car-
funckel und Wasser-speyenden Salamander. Ja deine Augen werden aufs neue in den tieffsten Abgrund der spo-
gyrischen Kunst sehen, als in welchem sichern Schoosse
die übermenschlichen Geheimnisse bewahret liegen.

Nachdem das Männlein, fuhr Elias fort, seine Rede ge-
endet, und mir ausserdiesem, noch verschiedene, euch
mein Sohn, annoch zu wissen undienliche Wahrzeichen
und Lehren gegeben, schied es plötzlich von mir, ich habe
mich nach der Zeit in allen sehr genau nach seinen Worten gerichtet, und befunden: daß biß auf diesen Tag alles
sehr wohl [276] eingetroffen ist. Euer Vater seel. hätte
ein grosses Licht der Welt werden können, allein er hat
die Vermählung mit der himmlischen Sophia selbst ver-
schmähet, ich habe ihn zwar von Person nicht gekennet,
doch Elisæus hat mir die unbetrüglichen Wahrzeichen, die
ich auch an euch, als seinem Sohne, mit grösten Freuden
spüre, Haar-klein erwiesen, mich auch aus einem fernen
Lande beruffen, eurem seel. Vater in der wahren Theosophie zu unterrichten, und mit Jehova zu vereinigen,
allein der Geist zeigte mir in einer Entzückung an, daß

ich denselben nicht mehr lebendig, gleichwohl aber seinen darzu tüchtigen Sohn antreffen würde, welches auch
geschehen, denn es ist zu mercken, daß ich ohne gantz besondern Antrieb des Geistes, niemanden dasjenige, was
ich weiß, zu lehren Erlaubniß habe, ihr aber, mein Sohn,
seyd so wohl als Elisæus vom Himmel darzu auserkohren.
Nunmehro ist das zehendte Jahr biß auf wenige Wochen
verlauffen, es fehlet mir also in diesem Jahre weiter
nichts an der Propheceyung des Männleins, als des Her-
culis Scheiterhauffen und dessen Vergötterung erfüllet
zu sehen, welches ich mit Beyhülffe der Schrifften eures
Vaters in kurtzen vergnügt zu finden verhoffe.

Was dündet euch, meine Herren? fragte hierauf
Mons. Plager, indem er einen kleinen Absatz seiner Erzehlung gemacht, und einige Erfrischungen vor seine
Gäste herbey gebracht hatte, solten dergleichen Redens-
Arten eines durchteuffelten Menschen, nicht kräfftig genung seyn, einen bethörten Kerl, wie ich damahls war,
vollends gantz närrisch [277] zu machen? Ich muß bekennen, daß selbige von mir mit solcher Attention angehöret
und erwogen wurden, als ob sie vom Himmel herab geredet würden, denn mein Gehirne war mit der allerstärcksten Hoffnung, in wenig Monathen ein vollkomm-
ner Gold-Macher zu seyn, dergestalt angefüllet, daß
wenig andere vernünfftige Gedancken oder Beurthei-
lungs-Kräffte darinnen Platz hatten. Wir laborirten indessen immer drauf loß, warteten aber mit Schmertzen
auf des Elisæi Zurückkunfft, Elias reisete zwar auch zu-

weilen 3. 4. biß 8. Tage hinweg, kam aber immer mit allerhand Materialien und andern leckerhafften Sachen zurücke, welche Kosten doch alle aus meinem Beutel bezahlet werden musten, weil Elias sein ungemüntztes Gold nicht ehe verwechseln wolte, biß es die höchste Noth erforderte.

Eines Tages aber fiel mir ein verzweiffelt schändlicher Streich in die Augen, denn da ich Nachmittags des Eliæ Cammer-Thür eröffnete, traff ich denselben in dem ärgerlichsten Zustande, mit einer liederlichen Schand-Metze auf seiner Schlaff-Stätte liegend an. Daß ich über diesen heiligen Mann grausam erschrocken seyn müs-se, ist leicht zu erachten, jedoch ich machte die Thür so gleich wieder zu, wünschte, daß selbige nicht eröffnet worden, gieng in den Garten, legte mich unter einen grü-nen Baum, und verfiel über diese Affaire in ein sehr tieffes Nachsinnen. Bald darauf kam Elias zu mir, und sagte mit gantz unpassionirten Gebärden: Mein Sohn, der Geist hat mir eingegeben, daß ihr euch in dieser Stunde zum ersten mahle an meinem Wesen geärgert habt, derowe-[278]gen ist mir auferlegt, euch eines bessern zu unterrichten. Wisset demnach, daß dergleichen Handlung, als ich anitzo mit einer Weibs-Person gepflogen, demjenigen Leibe, dessen Seele bereits in der Vergötterung stehet, nicht zur Unfläterey und Sünde zugerechnet wird, son-dern dieser Auswurff ist in keine andere Betrachtung zu ziehen, als die übrigen natürlichen Auswürffe des Un-flats, Urins, Schweisses und des Speichels, diejenigen

Lüste auch, so darbey empfunden werden, gehen eintzig und allein den Leib, im geringsten aber nicht die Seele an. Mit unwiedergebohrnen Leuten aber, deren Seelen noch in keiner Vergötterung stehen, hat es eine gantz andere Beschaffenheit, denn weil deren Seele, mit dem Leibe zugleich, Theil an den Lüsten nimmt, so gereicht es dem gantzen Menschen zur Schande, Unfläterey und straffbarer Sünde. Der tausende Mensch kan dieses nicht recht begreiffen, ihr aber, mein Sohn, sollet hinführo noch mehr sichere Gründe deßfalls erfahren.

Mein GOtt! rieff Mons. Plager aus, hätte ich nicht gleich mercken sollen, daß dieses eine der allerverfluchtesten Teuffels-Lehren sey, welche schnurstracks wider die heilige Göttl. Schrifft lieffe, zumahlen ich als ein guter Lutheraner kein Frembdling in der Bibel und der reinen Augspurgischen Confession war. Allein der Satan verblendete auf GOttes Verhängniß ohnfehlbar meine Augen, verstopffte meine Ohren vor der Stimme des heiligen Geistes, und verfinsterte meinen Verstand dergestalt, daß ich einem verfluchten Ketzer mehr [279] glaubte, als allen dem, was ich von Jugend auf aus dem Worte GOttes gelernet hatte.

Ich dancke GOtt tausendmahl, der mich hernach noch zu rechter Zeit aus diesen verdammlichen Irrthümern gerissen, und will nicht weiter an diejenigen Greuel gedencken, die ich noch von dem schändlichen Elia anzuführen wüste, deren mich aber doch, GOtt sey gelobt, nicht selbst theilhafftig gemacht, sondern immer einen geheimen Abscheu dargegen geheget habe. Hergegen will ich erzehlen, welchergestalt ich armer Schöps endlich von ihm betrogen worden.

Elisæus kam wieder zu uns, und also wurde das Laboriren mit aller Gewalt fortgesetzt, so, daß ich mich zu Ende des Jahres ein starcker Chymicus zu seyn bedüncken ließ. Elias zeigte mir nunmehro seine verfluchten Hirn-Geburthen im lebendigen Feuer, nehmlich den neuen jungen Oelbaum, des Plutonis Wohnung, den Cerberum und den Herculem auf den Scheiter-Hauffen, es war ihm aber ein leichtes, mich zum völligen leichtgläubigen Narren zu machen, weil ich Zeit Lebens wenig oder gar nichts vom Laboriren gesehen als bey ihm. In den letzten Tagen des Jahres, muste Elisæus vor mein Geld eine neue Reise antreten, mit dem Befehl, aufs längste in einem Monate wieder zu kommen, weil Elias so dann den Anfang machen wolte, die Terram virgineam catholicam circuliren zu lassen, und den Philosophischen König aus seinem Grabe herauf zu holen: Zwey Wochen hernach nahm Elias ebenfals eine Reise nach der nächsten Stadt vor, und versprach binnen 9. Tagen wieder [280] da zu seyn, mittlerweile gab er mir ein mächtiges Stück chymischer Arbeit vor, ausserdem muste ich ihm alle meine Gold-Müntze auszahlen biß auf 100. spec. Ducaten, dahingegen gab er mir von seinem durch Kunst gemachten Golde 8. Platten in Verwahrung, worvon die 4. grösten 1¼. Pfund, die 4. kleinesten aber 4. 6. biß 8. Loth am Gewichte hielten. Da nun, wie bereits sehr öffters ge-

meldet, bey mir nicht der geringste Verdacht wegen
eines Betruges herrschete, ließ ich auf Katzen- und
Mäuse-Art immer mit mir hin spielen, verrichtete die
aufgegebene Arbeit mit grösten Fleisse, wartete 9. Tage,
verzog noch einen gantzen Monat, allein vergeblich,
denn es wolte weder Elias noch Elisæus wieder zum Vorscheine kommen, endlich empfing ich von dem erstern
einen Brieff, worinnen er mir mit grossen Schmeicheleyen berichtete, daß er wichtiger Ursachen wegen die
Reise nach Amsterdam fortsetzen müssen, also solte ich
mich nicht säumen, aufs eiligste nachzukommen, die
ausgearbeiteten Sachen aber, an ihren Orthe wohl verschlossen stehen lassen, weil er Elisæum unterwegs angetroffen und mit sich genommen hätte. Wer war hurtiger als ich, mich auf die Reise nach Amsterdam zu
begeben, und dennoch kam ich um drey Tage zu späte,
weil in dem angewiesenen Logis einen Brief von dem
Elia fande, worinnen er mit sehr ungeduldigen Ausdrückungen betheurete: daß er ohnmöglich länger auf
mich warten können, sondern sich genöthigt befunden,
die Reise nach London in Engelland aufs eiligste anzutreten, ich möchte demnach, so lieb mir alle meine
Wohlfarth sey, ihm auch dahin fol-[281]gen, in einem
gewissen Hause nach ihm fragen, doch solte ich mich
ja hüten, ihn Eliam Artistam, sondern an statt dessen,
Curt van Delfft zu nennen. Ich kam sehr geschwind nach
London über, traff in dem bezeichneten Hause zwar
verschiedene Leute an, die ich mit guten Gewissen vor

Laboranten oder Adeptos halten konte, bekam aber unter ihnen weder meinen Eliam noch Elisæum zu Gesichte, und da ich nach dem Curt van Delfft fragte, machten alle zusammen grosse Augen, bekannten auch, daß sie zwar sehr viel von dem Curt van Delfft gehöret, selbigen aber zu sehen das Glück noch niemahls gehabt. Wer mir im Hause vorkam, den fragte ich so gut als es die Vermischung allerley Sprachen zuließ, nach dem Curt van Delfft, biß mich endlich der Wirth durch einen Dollmetscher abhören ließ, was ich von dem Curt van Delfft haben wolte. Ich gab vor, daß derselbe mein grosser Freund sey, mit dem ich seit einiger Zeit starcken Verkehr gehabt, und daß er mich aus Holland an diesen Ort und in dieses Hauß beruffen, mithin bereits da seyn, oder doch bald anhero kommen müste. Hierauf ließ mir der Wirth sagen, wenn die Sachen eine solche Bewandniß hätten, möchte ich nur eine eintzige Stunde Gedult haben, indessen ein Glaß Wein trincken, er wolte den Curt van Delfft so gleich aufsuchen lassen. Ich ließ mir solches gefallen, und mich so lange bey der Nase herum führen, biß es finstere Nacht wurde, endlich ließ mich der Wirth in ein Zimmer seines Hinter-Gebäudes ruffen, mit dem Bedeuten: daß sich mein Freund schon daselbst befände. Aber, ach Himmel! kaum hatte mein Fuß die [282] Schwelle des Zimmers überschritten, da mich etliche gewaffnete Leute überfielen, zu Boden warffen, meine Hände und Füsse mit gräßlichen eisernen Ketten belegten, und also gerades Weges, in eins von den allerschlimmsten Gefängnisse schleppten. Hier hatte ich Zeit genug, nachzugrübeln, warum man doch so unbarmhertzig mit mir umgehen möchte, indem ich mich keines Haupt-Verbrechens schuldig wuste, denn binnen 3. Wochen kam kein anderer Mensch zu mir, als derjenige, welcher täglich einmahl Wasser und Brod zu meiner Nahrung brachte, und auf mein jämmerliches Klagen in gebrochener Holländischer Sprache nichts anders zur Antwort gab: als daß man in Engelland die Spitz-Buben nicht anders zu tractiren pflege. Ich will mich bey dieser kläglichen Begebenheit nicht lange aufhalten, sondern nur sagen, daß zur selbigen Zeit ein beruffener Spitz-Bube in der Welt herum flanquirte, der sich bald diesen, bald jenen, unter andern aber auch den Nahmen Curt van Delfft beygelegt hatte. Vor dessen Complicen mich zu erkennen, hatten die Herrn Engelländer die allergröste Ursache, da ich mich selbst gerühmt mit ihm in genauer Bekandtschafft zu stehen. So bald ich demnach zum Verhör kam, wurden mir die allererschröcklichsten und empfindlichsten Fragen vorgelegt, und weil die Antwort darauf nicht nach der Richter Verlangen ausschlug, fiengen sie sehr frühzeitig von der Tortur zu schwatzen an, da nun solchergestalt das Wasser biß an die Seele ging, konte ich nicht umhin, meinen gantzen Lebens-Lauff, so viel nehmlich davon zu meiner Vertheidigung nö-[283]thig achtete, zu erzehlen, welches aber dennoch die Richter vor ein erdichtetes Werck hielten, und mich gantz gewiß in den elendesten Zustand gesetzt hätten, wenn sich zu meinem

Glücke nicht unvermuthet ein reicher Correspondent meines Groß-Vaters ins Mittel geschlagen, Caution vor mich gemacht, und endlich die gantze Sache zu meinem Vortheile ausgeführet hätte.

Wer solte wohl zweiffeln, daß ich den Eliam so wohl als Elisæum nunmehro würde vor Spitz-Buben gehalten haben? Aber weit gefehlt, im Gegentheil glaubte ich dennoch steiff und feste, daß Elias ein ehrlicher Mann, und nunmehro schon wieder ein vollkommener Goldmacher sey, ich glaubte auch, daß ihm vielleicht der berüchtigte Spitz-Bube den Nahmen Curt van Delfft abgeborgt, daß Elias entweder schon in London sey, und vielleicht von meinem Unglück nichts wisse, oder daß er bald kommen, oder wenigstens, mir weitere schrifftliche Nachricht von seinem Auffenthalt geben würde, woferne ihn nicht ein und andere wichtige Umstände noch eine Zeitlang daran verhinderten. Jedoch mein Hoffen war gantzer 6. Monath vergebens, ohngeacht ich in demjenigen Hause, wo er mich zu meinem Unglücke hingewiesen, beständig logirte, und alle Tage wohl hundert mahl nach ihm umsahe. Mittlerzeit aber gerieth ich mit einem andern Adepto in Kundschafft, welcher die Redlichkeit selbst zu seyn schien, dieser verwunderte sich nicht wenig über meine Erfahrenheit in der Alchymie, und bekennete: daß ich keinen ungeschickten Lehrer müsse gehabt haben, nachdem er mich aber endlich [284] gantz und gar treuhertzig gemacht, und das Geheimniß von dem Elisæo und Elia ausgeforschet, auch meine Gold-Platten probiret

hatte, zeigte er mir den offenbaren Betrug, daß nehmlich
unter allen meinen 8. Platten, kaum vor 8. Ducaten Gold
zu finden, ich auch unter ein paar hocherfahrne, aber
dabey Spitz-Bübische Laboranten gerathen wäre, die
mich mit meinem Braten-Fette ein wenig betreuffelt,
den Braten selbst aber, nehmlich mein schönes Geld,
listiger weise entwendet hätten. Doch unverzagt, mein
lieber Lands-Mann, sprach dieser mein neuer Freund,
der sich Meschner nennete, und vor einen Pfältzer ausgab, wo ihr Lust habt, eure Kunst, Geld und andere
Haabe mit mir zusammen zu setzen, so weiß ich etliche
Tage-Reise von London, einen solchen Herrn anzutreffen, der uns Vorschuß genung thun soll, den Lapidem
Philosophorum auszufinden. Man saget sonst im gemei-
nem Sprüchworte: Wer gerne tantzt, dem ist leicht gepfiffen, also ergieng es auch mit mir, denn ich nahm
augenblicklich das Erbiethen dieses redlichen Mannes
an, und reisete mit ihm fort. Es gefiel mir, daß er sich
vor den Meister und mich nur vor seinen Handlanger
ausgab, also erlangeten wir in wenig Wochen eine vortreffliche Condition, laborirten aufs fleißigste, biß endlich
der so genannte Meister, binnen anderthalben Jahren
eine Untze Tinctur zu wege brachte, mit welcher er in der
Probe, vor des Principals Augen drittehalb Untzen Bley
in Gold verwandelte. Vor dieses Experiment erhielten wir
beyde 500. Stück spec. Ducaten zum Gratial. Der Meister machte ein neues Feuer an, und ver-[285]sprach,
die Probe binnen 6. Monathen erstlich noch einmahl im

Kleinen zu machen, brachte es auch glücklich zu wege, ich aber wuste noch zur Zeit nicht, wie es zugienge, denn mein Compagnon schien nicht mehr so aufrichtig als anfangs, zu seyn, ohngeacht er mir von dem andern Gratial, welches in 1000. spec. Ducaten bestund, ebenfalls die redliche Helffte gegeben, so, daß ich nun wiederum ein Capital von mehr als 800. Ducaten, nebst andern feinen Sachen vor mich gesammlet, und davon 500. Ducaten an meinen Groß-Vater per Wechsel übermacht hatte. Nun solte es auf den grossen Haupt-Einsatz loß gehen, worzu der Meister 12000. spec. Ducaten verlangete, weil aber der Principal diese Gelder allererst binnen 3. Monaten zu heben hatte, so befahl er uns den Process im Kleinen, indessen noch einmahl zu machen, als worzu der Meister nun nicht mehr als 6. Wochen Zeit zu gebrauchen, sich rühmete. Es wurde demnach zum dritten mahle angefangen, mein Compagnon aber tractirte ein und andere Dinge vor mir dergestalt heimlich, daß ich mich endlich hefftig mit ihm zu zancken und vorzuwerffen anfieng, wie er allem Ansehen nach, mich, in der Kunst zu betrügen, vorhabens sey. Endlich brach er loß, und vielleicht nur darum, weil er sich mehr vor meiner Stärcke und Hertzhafftigkeit, als dem übel-verdorbenen Verstande fürchtete, und beichtete aus: daß er es vor eine, uns unmögliche Sache hielte, das Arcanum Philosophicum magnum zu finden, immittelst weil er allhier ein Mittel sähe, uns beyden auf listige Art ein solches Stücke Geldes zu verschaffen, wovon wir Zeit Lebens [286] hinlängliche

Zehrung nehmen könten, hätte er allen seinen Verstand angewendet, die Sache auf einen guten Fuß zu setzen.

Und also erfuhr ich aus offenhertziger Erzehlung: daß mein Compagnon ein Spitz-Bube sey, der des Nachts mit gröster Lebens-Gefahr sich an einem Seile durch den Schorrnstein in das Laboratorium, welches der Principal jederzeit selbst verschloß und versiegelte, hinunter ließ, die unanständigen Materialien aus den Gefässen heraus- und davor hinein schüttete, was ihm beliebte, und zu seinem Betruge dienlich war. Ich erstaunete gewaltig über dergleichen Boßheit, ließ mich aber gegen ihm nichts mercken, sondern forschete mit aller verstellten Treuhertzigkeit so lange, biß er gestund: daß sein völliger Vorsatz wäre, mit den zu hoffen habenden 12000. Ducaten nebst mir nach Franckreich, Spanien oder Portugall zu seegeln. Meine Redlichkeit und der Abscheu vor dem Diebstahle war noch nicht erstorben, weil auch über dieses bey so desperaten Unternehmen, der Galgen immerfort vor meinen Augen schwebete, überlegte ich die gantze Sache etliche Tage und Nachte lang sehr wohl. Den Compagnon zu bekehren, schien eine vergebliche Sache zu seyn, von dem, durch Spitz-Büberey erworbenen Gelde, hatte ich selbst schon eine starcke Summe participiret, derowegen fassete den Schluß, mein Gewissen und Hände zu reinigen, und dem Principal, der ein sehr gütiger Herr war, vor fernern Unglück zu warnen. Zu allem Glücke wurde mein Compagnon nach London verschickt, derowegen ergriff ich die schöne Gelegenheit

mit beyden [287] Händen, und redete den Principal, welcher selbigen Tages ungemein vergnügt zu seyn schien,
folgendergestalt an: Edler Herr! ich befinde mich, vor
die viele genossene Gnade, schuldig, euch vor einem
grossen Unglück zu warnen, worein ihr von einem eurer
Bedienten, vielleicht in kurtzen gestürtzt werden könnet,
jedoch weil dem Ubel annoch vorzubauen ist, so habt
die Gnade, mir zu versprechen: daß ihr den Ubelthäter
nicht am Leben straffen, sondern ihn nach euren Gefallen nur in solchen erleidlichen Stand setzen wollet, euch
und keinem andern redlichen Manne mehr zu schaden.

Der Principal verwandelte seine Farbe ziemlich, über
diesen meinen unverhofften Vortrag, erholte sich aber
bald, nahm mich mit in sein geheimes Zimmer, præsentirte mir einen Stuhl, und sagte: Eröffnet mir, mein
Freund, das Geheimniß, so auf eurem redlichen Hertzen
liegt, ich versichere bey GOtt, daß ich solches nach seinen
Würden belohnen werde. Hierauf erzehlte ich ihm die
verdammten Anschläge meines Compagnons, nebst meiner eigenen Lebens-Geschicht, worüber dieser Herr in
eine besondere Erstaunung gerieth, mich aber letztlich
umarmete, und bat, ich möchte nur auf alles fleißig Acht
haben, ihm richtigen Rapport abstatten, an seiner Erkänntlichkeit aber nicht den geringsten Zweiffel tragen.

Ich versprach darbey, binnen wenig Wochen, die, an
meinen Augspurgischen Groß-Vater übermachten Gelder, nebst denen, so ich noch bey mir hätte, wieder zurück zu liefern, weil ich so übel erworbenes Gut unmög-

lich behalten könte, allein der [288] Principal widersetzte sich diesem Anerbiethen, und versprach: noch über dieses, mich mit einem guten Præsent zu begnadigen, wenn ich ferner redlich handeln würde.

Mein Compagnon stellete sich wieder ein, setzte ein völliges Vertrauen auf meine Treue, deutlich aber zu sagen, so hielt er mich vor einen nicht viel geringern Spitz-Buben als sich selbst, die Tinctur wurde abermahls zur vermeintlichen Perfection gebracht, er that den Einsatz von 3. Untzen Bley, in des Principals Gegenwart bey späten Abend, der Principal muste den Beysatz der Tinctur selbsten thun, hernachmahls das Laboratorium abermahls verschliessen und versiegeln, damit es die Nacht über ungestöhrt digeriren könne. Der künstliche Meister trat in den Mitternachts-Stunden, da alles, seinem Bedüncken nach, im festen Schlaffe lag, die Fahrt durch den Schorrnstein an, schüttete die unnützen Sachen aus dem Tiegel heraus, legte davor 3. Untzen gutes Gold hinnein, allein der Principal, dem ich das verabredete Zeichen gegeben, hatte nicht nur durch ein verborgenes Loch alle seine Hand-Griffe selbst in Augenschein genommen, sondern über dieses das Seil, durch einen Bedienten, gantz gelinde zurück hinauf ziehen lassen, also stack die Maus in der Falle, und muste im Laboratorio pausiren, biß der Tag anbrach, da endlich der Principal die Siegel und Schlösser eröffnete, den Spitz-Buben in schwere Ketten schlagen, und in das tieffste Gefängniß werffen ließ.

Wie es ihm ferner ergangen, weiß ich nicht zu sagen,

denn ich bekam wenige Tage darauf meine [289] Abfertigung mit 100. spec. Ducaten, über alles dasjenige
Geschenck, was ich vorhero empfangen hatte, und reise damit nach London, des willens, ehestens zurück
nach Holland zu gehen, und den Eliam und Elisæum aufzusuchen. Zweymahl war ich nun solchergestalt sehr
häßlich angeführet worden, hätte derowegen die gröste Ursache gehabt, diesen betrüglichen Künsten auf
ewig abzuschweren; allein, ich ließ mich von einem Ertz-
Betrüger aufs neue fangen, mit ihm und noch zwey andern bey einer sehr vornehmen Englischen Witt-Frau
in Bestallung zu treten. Dieser Schelm, welcher sich
Renard nennete, hatte einen nicht weniger abgefeimten
Spitzbuben zu seinem Vertrauten bey sich, der ein Ita-
liæner von Geburth seyn, und Merillo heissen wolte. Ein
Kerl von schlechter Erfahrung doch grossen Prahlen
und Windmachen, war der dritte, und meine eigene Person der vierdte, bey dieser löblichen Gesellschafft. Renard und Merillo, verfertigten binnen Jahr und Tag ein
rothes, wie auch ein schwartzes Pulver, und gebrauchten das erstere aus Bley Gold, das letztere aber aus
Kupffer Silber zu machen, legten auch verschiedene Proben, zu der Dame allergrösten Vergnügen, damit ab, so
daß sie sich endlich kein Bedencken nahm, ihnen beyden
50000. Thlr. zu zahlen, um das Werck en gros anzufangen, allein Renard und Merillo nahmen das Geld und
begaben sich auf die Flucht, der letztere ist mit etlichen
1000. Thlr. glücklich durchgekommen, und wie ich nach-

hero erfahren, laborirt er an einem vornehmen deutschen Hofe sehr scharff, Renard aber wurde auffgecapert, zurück gebracht, und [290] muste nolens volens am Galgen zappeln, weil seine roth und schwartzen Pulver nicht allein betrüglich erfunden, sondern auch an statt der 50000. Thlr. nur vor 20. tausend Thaler Wechsel-Briefe bey ihm angetroffen wurden. Mein annoch übriger Compagnon und ich, hatten vom Glück zu sagen, daß wir dem Stricke, oder wenigstens der Stäupung entgiengen, ohngeacht ich sonderlich, mich der Spitzbüberey im geringsten nicht theilhafftig gemacht, sondern mein Brod mit täglichen redlichen arbeiten wohl verdienet hatte. Allein die Dame war ungemein erbittert, jagte uns beyde zum Hause hinaus, behielt alle unsere Sachen, gab aber endlich doch mir, von dem meinigen auf allerkläglichstes Flehen, noch 50. spec. Ducaten auf die Reise.

Was war zu thun? einen Process gegen eine solche hohe Person anzustellen, schien mir eine lächerliche Sache zu seyn, von kahlen 50. Duc. konte in Engelland nicht lange zehren, derowegen setzte mich zu Schiffe, und gieng zurück nach Holland, an denjenigen Ort, wo ich meinen Eliam zuletzt gesehen hatte. Daselbst traff ich zwar eben das Laboratorium, jedoch einen gantz andern Haußwirth, ingleichen gantz frembden Laboranten an, kein Mensch wolte weder von Elia, noch vom Elisæo etwas wissen, doch war der Meister von den Laboranten, nachdem er mein Malheur erfahren, so gütig, mir Condition, freye Kost, und Wöchentlich einen spec. Ducaten Lohn, zu geben.

Selbiges war ein sehr frommer und gelehrter Mann, der die köstlichsten Artzneyen bereitete, ausserdem aber auch sehr eiffrig das grosse Philosophi-[291]sche Geheimniß zu erfinden suchte, jedoch auf eine weit vernünfftigere Art, als alle diejenigen, so ich bißhero gesehen. Ich war so glücklich binnen weniger Zeit, mich in seine völlige Gunst zu setzen, denn weil er in allen seinen Wesen vollkommen redlich, so merckte er auch gar bald, daß bey mir der Verstand zwar ziemlich verdorben, im übrigen keine Schalckheit und Betrügerey anzutreffen wäre. Dennoch wendete dieser vortreffliche Mann allen Fleiß an, mich sowohl in der christlichen Lehre, als auch in andern Wissenschafften aufs allertreulichste zu unterrichten, und solchergestallt geschahe es, daß ich innerhalb 2. Jahren gantz ein anderer und klügerer Mensch wurde.

Mittlerweile aber waren alle diejenigen Processe, welche mein Principal, und so zu sagen, anderer Vater, den Stein der Weisen auszufinden, angestellet hatte, fruchtloß abgelauffen, weßwegen er einen kleinen Tractat in die Welt fliegen ließ, unter dem Titul: *Schwer auffzulösende zweiffels Knoten über die Frage: Ob der beruffene Stein der Weisen, jemahls von einem sterblichen Menschen erfunden sey?* Etwa ein halb Jahr hernach, kam ei nes Montags früh, ein ehrbarer etliche 50. Jahr alt scheinender Mann, der das Ansehen eines Reichs-städischen reputirlichen Pfahl-Bürgers hatte, vor unsere Thür, und verlangete mit dem berühmten Chymico, nehmlich mit meinem Principal zu sprechen. Ich wolte denselben unter

dem Vorwande, daß mein Herr noch nicht auffgestanden
sey, mit einem halben Frantz-Gulden abweisen, weil er
mir nicht anders, als ein Allmosen-Su-[292]cher in die
Augen leuchtete, allein er bedanckte sich, und gab vor:
wie er meinem Herrn nicht beschwerlich fallen, sondern
nur ein kurtzes Gespräch von chymischen Geheimnissen
mit ihm halten, dieserwegen auch in einer Stunde wie-
derkommen wolte. Hiemit gieng er fort, ich aber muste
in meinem Hertzen lachen, daß ein solcher einfältiger
Mensch, sich in so wichtige und hohe Dinge mischen
wolte, denn ohne Schertz, dieser Mann schien in meinen
Augen ein gantz ausserordentlicher Einfalts-Pinsel zu
seyn. Ich sagte meinem Principal nicht einmahl etwas
davon, da aber der Mann in einer guten Stunde wieder
kam, war der erstere so gütig, denselben in sein geheimes Cabinet zu führen. Sie waren 3. gute Stunden in
sehr ernsthafften Gesprächen begriffen, wovon aber ich
wenig oder nichts deutliches verstehen konte. Nachhero speisete der Gast mit meinem Principal gantz allein,
nach Tische aber muste ich ein grosses Feuer-Becken,
einen mittelmäßigen Schmeltz-Tiegel, einen Blasebalg,
wie auch ein Pfund-Stück Bley in das geheime Cabinett
bringen, indem ich aber bey dem Feuer-Becken stehen
blieb und die Kohlen anbließ, gab der Frembde meinem
Principal einen Winck, der so viel bedeutete, daß er mich
hinaus schaffen solte. Der Principal aber sagte darauff:
Mein Herr! wenn ihr sonsten keine besondere Ursachen
habt, euch vor diesen Menschen zu fürchten, so lasset ihn

in GOttes Nahmen die Wunderwercke des Allerhöchsten beschauen, ich bin Bürge vor seine Gottes-Furcht und Redlichkeit, denn er ist in der Creutz-Schule gewesen, und nach vielen Thorheiten zu sehr guten Verstande gekommen. [293]

Demnach ließ sich der Frembde gefallen, daß ich da blieb, mein Principal legte das Pfund-Stück Bley in den Schmeltz-Tiegel, weil aber selbiger, als ein untüchtiges Gefässe zersprunge, muste ich etliche andere herbey bringen, wovon wir den besten auslasen, und ein ander Stück Bley hinnein warffen. So bald es zergangen war, sagte der Frembde: werffet noch ein Pfund Bley zum Geschenck vor diesen redlich scheinenden Menschen hinein. Mittlerweile mein Principal dieses that, langete der Frembde aus seinem Brustlatze eine kleine Helffen-beinerne Büchse hervor, worinnen ein Rubin-rothes Pulver war, von diesem nahm er etwas weniges auf die Spitze eines Messers, schüttete dasselbe auf ein Wachs-Küchlein, so etwa eines Holländischen Düttchens groß, aber sehr dünne war. Mein Principal, der ihm das Wachs-Küchlein vorhielt, machte selbiges mit dem inwendigen Pulver zu einer Kugel, und warffs in das bereits völlig zerschmoltzene Bley. Alsobald erhub sich im Tiegel ein starckes Gezische, das Bley schien mit seinem Ober-Herrn zu kämpffen, konte aber nichts anders ausrichten: als unzehlige Wind-Blasen, welche die wunderwürdigsten Farben hatten, in die Höhe werffen. Nachdem es Stillstand worden, zeigte die Massa im Tiegel, die allerschönste grüne Farbe, beym ausschütten schien sie Blut-Roth, endlich aber kam in dem Gieß-Becher die vortrefflichste Gold-Farbe zum vorscheine.

Mein Principal, welcher das Probiren aus dem grunde verstund, befand es alsobald vor ein solches Gold, das von keinem andern in der gantzen Welt [294] übertroffen würde, derowegen war er so wohl als ich, gantz ausser sich selbst gesetzt, ja wir wusten vor Verwunderung, Freude und Schrecken nicht was wir reden oder gedencken solten. Der Gast saß inzwischen mit gefalteten Händen auf seinem Stuhle gantz stille, da aber mein Principal und ich, uns an der wunderbaren Veränderung nicht satt sehen konten, unterbrach er endlich das Stillschweigen, und sagte mit einer gelassenen Mine: Wie nun, mein Herr! werdet ihr auch nunmehro euren letzthin geschriebenen Tractat wiederruffen, oder ihn zum wenigsten verbessern? Ach ja, mein allerwerthester Freund, versetzte mein Principal, ich werde in Zukunfft entweder klügere Sachen oder gar nichts mehr schreiben. Thut was ihr wollet, sagte der Frembde, voritzo aber erlaubet mir, daß ich mit euch beyden ein wenig ins Feld spatzieren gehe, denn die Bewegung ist nach der Mahlzeit meine beste Sache. Mein Principal war bereit seinem unvergleichlichen Gaste alle Gefälligkeit zu erweisen, gieng derowegen in ein anderes Zimmer, um bessere Kleider anzuziehen. Immittelst that ich meinen Mund auf, und sagte zu dem Frembden: Mein Herr! ihr habt eure Kunst besser und auffrichtiger gezeigt als mein Meister Elias Artista, welcher mich eben allhier in diesem Hause vor wenig Jahren aufs allerschändlichste betrogen, und um ein schönes Stücke Geld gebracht hat. Mein Sohn! gab er zur Antwort, ihr seyd sehr übel berichtet, denn der wahrhaffte Elias Artista, welcher mein eigener Lehr-Meister gewesen, ist bereits vor etliche 20. Jahren den Weg aller Welt gegangen, und von mir in aller Stille, auf sein eige-[295]nes Verlangen, an einen solchen Ort begraben worden, den ausser mir kein Mensch auf der gantzen Welt weiß. Ich weiß aber wohl, daß sich seit vielen Jahren, ein anderer Elias Artista gezeiget, und vorgegeben hat, wie er eben derselbe sey, der sich durch die Krafft und Tugend seines philosophischen Steins, biß zu so hohen Alter gebracht hätte, allein der Kerl ist ein Spitzbube und Leute-Betrieger, ich kenne ihn so wohl als seine Eltern, er ist kein Holländer von Geburth, wovor er sich ausgiebt, sondern ein Deutscher, (hierbey sagte mir der redliche Gast, auf mein Bitten, die Geburths-Stadt, und alle andern Uhrkunden des verteuffelten Spitzbubens, welches ich alles sehr eigentlich anmerckte,) Elisæus sein Diener aber, ein getauffter Jude, es wäre mir an verschiedenen Orten ein leichtes, ihm seine Tücken auffzudecken; allein wieder meinen Beruff gewesen, denn die Liebe muß allezeit von sich selbst anfangen. Seine verzweiffelt gespielten Streiche sind außerordentlich boßhafft und guten theils lächerlich, ich aber bemühe mich gar selten, daran zu gedencken. Hierauff erzehlete ich unserm Gaste so kurtz als möglich,

welchergestallt ich von dem falschen Elia und Elisæo
hintergangen worden, wünschte letzlich aber nichts
mehr, als zu wissen wie es zugegangen wäre, daß er mich
so wahrscheinlich mit der ersten Probe, seines darvor
ausgegebenen Weisen-Steins, übertäuben können. Mein
Freund, sprach der Gast hierauff, es ist zu verwundern,
daß euch die Spitzbuben ihre Künste nicht gelernet, ihr
müsset ihnen in Wahrheit zu ehrlich und einfältig geschienen haben, ich wolte euch sehr viele von ihren [296]
subtilen Taschen-Spieler-Künsten auffdecken, allein voritzo leydet es die Zeit nicht, doch was die Art anbelanget,
mit welcher euch der falsche Elias bethöret hat, so wisset,
daß er seine Schmeltz-Tiegel, worinnen er die Probe
machen will, dergestallt zurichtet, daß auf dem inwendigen Boden derselben, nach proportion der Grösse des
Tiegels, 2. 4. 6. auch wohl mehr Loht reines Gold-Staubs
zu liegen kömmt, nachhero überziehet er selbst den Tiegel mit einer undurchsichtigen Lasur, die sich in starcken Feuer verzehrt, das Bley, so er in den Tiegel zu
legen befiehlet, muß ebenfalls verbrannt und verzehret
werden, so dann kan ohne seinen betrüglichen Stein, das
verborgen gewesene Gold, welches in der Glut, von Natur am Gewichte und Güte nichts fallen läst, zum vorscheine kommen, setzt ihm aber jemand einen andern
Tiegel vor, so weiß er seine Streiche schon dermassen
einzurichten, daß selbiger ohnfehlbar zerspringen muß.
Ach! schrye der gute Gast hierauff, die Welt will betrogen seyn, mit euch als einem zu der Zeit Unerfahrnen

nimmt es mich wenig Wunder, allein unter so vielen
Europäischen Liebhabern dieser Kunst, sind seit etlichen Seculis, schon so unzählig viele betrogen worden,
und dennoch lassen es sich die wenigsten nicht ehe zur
Warnung dienen, biß sie den Betrug nicht nur mit Augen sehen, sondern mit Händen greiffen, und die Nach-
Wehen in ihren Geld-Kasten fühlen können.

Ich hatte nicht Zeit hierauff zu Antworten, vielweniger
meine Flüche über den falschen Eliam und alle andere
spitzbübischen Gold-Macher auszustossen, denn mein
Principal kam darzwischen und [297] führete den Gast
aufs freye Feld spatzieren, und zwar einen solchen Weg,
den der Gast selbst erwehlete, ich hatte die Erlaubniß
neben ihnen her zu gehen, und vortreffliche Lehren aus
ihren erbaulichen Gesprächen zu ziehen. Indem wir nun
ohngefähr eine Stunde von unserer Wohnung entfernet
waren, kam seitwärts in der Land-Strasse eine schneller
Post-Wagen gefahren, auf welchen zwey Passagiers sassen. Unser Gast schien nicht darauff Achtung zu haben,
gieng aber etwas auf die Seite, als ob er andere Verrichtungen hätte; allein er zohe ein Blat Pappier aus dem
Busen, legte ein kleines Buch auf das Knie, beschrieb das
Blat mit Bleystiffte, legte ein ander Pappierlein hinein,
rollete es zusammen, und behielts in der Hand. Mein
Principal und ich, stunden und warteten auf seine Wiederkunfft, mittlerweile kam auch der Post-Wagen sehr
nahe, und hielt zu unserer Verwunderung stille. So bald
aber der Gast zurück kam, umarmete und küssete er so

wohl mich als meinen Principal, und sprach: Meine Freunde! seyd bedanckt vor die mir angethane Ehre, ich sehe mich vor dieses mahl gezwungen von euch zu scheiden, beurtheilet mich ohne trifftige Ursachen zu keinem Verbrechen, überlegt diese meine Schrifft aufs allergenauste, der Himmel segne euch, daß ihr vergnügt leben möget, biß wir uns vielleicht, so GOTT will, bald wieder sehen. Unter diesen Worten gab er meinem Principal das zusammen gelegte Pappier in die Hand, wartete auf keine Antwort, sondern gieng gantz hurtig nach dem Wagen zu, und fuhr in gröster Geschwindigkeit davon. Wir beyde blie-[298]ben als ein paar geschnitzte Bilder auf unsern Stellen so lange gantz unbeweglich stehen, biß der Wagen gäntzlich aus unserm Gesichte verschwunden war, ja ich glaube wir hätten uns noch in langer Zeit nicht geregt, wenn nicht ein von ferne heran kommendes Donnerwetter, unsere zerstreuten Gedancken und Sinnen wieder zusammen getrieben hätte. Mein Principal sahe mich und ich ihn mit seufftzen an, endlich öffnete er die Schrifft, und fand selbige also gesetzt:

Meine Freunde!

ICh will mich um eure vielerley Gedancken, die ihr wegen meiner unverhofften Ankunfft und plötzlichen Abreisens hegen werdet, voritzo nicht bekümmern. Schlaget in Lutheri deutscher Bibel den 3ten Versicul des 28. Cap. im Buch Hiob auf, in selbigem ist durch ein reines Anagramma, der richtige Process zu finden, wie man auf die allerleichteste Weise den Lapidem Philoso-

phorum finden kan. Hat euch GOTT diese Gnade zuge-
dacht, so wird er den Fleiß nicht vergeblich seyn lassen,
den ihr zu Ausforschung des versteckten Geheimnisses
anwendet, oder es fügen, daß ich euch vielleicht in wenig
Monaten wieder besuchen darff. Inzwischen empfanget
so viel von dem unschätzbarn Schatze, als euch hier
beygelegt und nöthig ist, die Wahrheit des göttlichen
Geheimnisses vor allen Verläumdern zu rechtfertigen.
Seyd jederzeit fromme Kinder GOTTES, vergesset die
Armen nicht, und bleibt mir so, wie ich euch gewogen,

Daniel Artista. [299]

Es fehlete wenig, daß wir beyderseits überlaut zu weinen
angefangen hätten, weil aber dennoch nicht alle Hoffnung abgeschnitten war, den theuren Mann wieder zu
sehen, über dieses die tröstliche Zuschrifft, und denn
das innliegende Pulver, welches ohngefähr 6. Gran am
Gewichte hielt, uns einigen Muth machte, so erreichten
wir endlich ziemlich beruhigt, unsere Wohnung. Gleich
Tages darauff, machte der Principal die Probe, mit einem viertheils Gran des Arcani, und proportionirlicher
Quantität Bleyes noch einmahl, und also sahen wir mit
wiederholter Verwunderung: daß das Bley abermahls ins
feinste Gold verwandelt wurde, und sonsten alles seine
vollkommene Richtigkeit hatte.

Nach der Zeit wandte so wohl der Principal als ich, die
meiste Zeit auf die Ausfindung des Anagrammatis, allein
wir konten binnen 5. oder 6. Monaten wenig oder gar
nichts kluges zu Marckte bringen. Der theure Mann,

Daniel Artista, wolte nicht wieder zum Vorscheine kommen, dem ohngeacht war mein Principal nur immer desto
erpichter auf die Arbeit, so, daß er des Nachts kaum
2. oder 3. Stunden zu schlaffen pflegte. Endlich, zu Ende
des 8ten Monats, brachte er folgendes Anagramma zu
wege, welches ich nicht allein im guten Gedächtnisse,
sondern auch unter meinen geschriebenen Sachen auffbehalten habe, und solches euch, meine Herrn, augenblicklich zeigen will.

Unter diesen Worten zohe Mons. Plager ein Blat aus
seiner Schreib-Tafel hervor, gab es in unsere Hände, und
wir fanden auf selbigen folgende Schrifft: [300]

Hiob. XXVIII. 3.

*Es vvird ie des finstern etvva ein Ende, und iemand findet ia
zuletzt den Schieffer tieff verborgen.*

Per Anagramma purissimum:

*Diamant, Weinstein, Federvveiss, nuzzen Gold, vierfach
Feur bereitet, der Feind findet den Stein.*

Nachdem wir es alle gelesen und wohl überlegt, unser
Urtheil aber dieserhalb biß auf eine andere Zeit ausgesetzt, fuhr Mons. Plager in seiner Erzehlung folgender
Gestalt fort: Ich will jetzo nicht weitläufftig erweisen, ob
wir klug, oder entschuldigen, daß wir thöricht gehandelt
haben, da uns dieser halb deutlich und halb dunckele
Spruch, zum Grunde aller Mühe und Arbeit dienen
muste. Genung, wir setzten nach selbst gemachter
vortheilhaffter Auslegung, unser gäntzliches Vertrauen
darauff, allein es zerbrach ein sehr starcker Pfeiler

meiner Hoffnung, da der Principal, wegen sich selbst
verursachter Strapazen im zehendten Monat nach des
Daniels Abreise, vom Schlage gerühret wurde, und wenig
Tage darauff im 62sten Jahre seines Alters plötzlich den
Geist aufgab. Wenn ich nicht allzu ehrlich gewesen, so
hätte nicht allein den Rest des Geheimnis-vollen Pulvers,
sondern auch ein ziemlich Stück Geld auf die Seite schaffen können, dergestallt aber muste mich von seinem, in
der nächsten Stadt wohnhafften Bruder, der ein ziemlicher Geitzhals seyn mochte, mit 400. Gulden vor rück-
ständiges Lohn [301] und alles, abspeisen lassen, und da
derselbe über dieses so eigensinnig und argwöhnisch
war, mir, des verstorbenen Principals kleines Hand-
Apotheckgen, worinnen auch das Geheimnis-volle Pulver
befindlich, vor die gebothenen 200. fl. zu überlassen, so
machte auch ich mir ein Bedencken, ihm die Kräffte und
Nutzen der ihm unbekandten Sachen zu offenbaren.
Gleichwohl fragte er mich, wie viel wohl Zeit erfordert
werden möchte: die annoch im Feuer stehenden Materien
zu perfectioniren, und ob ich mich wolte darzu gebrauchen lassen? Ich erklärte ihm also, daß wenigsten
3. Monat Zeit darzu gehöreten, und wie ich zwar nach
vorgeschriebener Art und eigener Erfahrung selbige zu
gute machen, jedoch so wenig vor die Verunglückung,
als andere dabey zuweilen entstehende Gefährlichkeiten
oder Schaden hafften könte und wolte. Wie ich hernach bedacht, so wäre es mir ein leichtes gewesen, ihm,
unter diesen oder jenem Prætext, das kostbare Pulver

abzuschwatzen, allein ich muß glauben, daß es solchergestallt mein Verhängniß selbsten hintertrieben hat. Inzwischen nahm ich den Accord an, vor Monatl. 50. fl. noch
eine Zeitlang da zu bleiben, so lange nehmlich, biß in
allen reine Arbeit gemacht wäre. Demnach war ich meiner andern Mit-Gesellen vorgesetzter, der neue Principal
aber, welcher von der Kunst wenig oder gar nichts verstund, kam gemeiniglich nur Wöchentlich zwey mahl,
uns zu besuchen. Eines Tages, da ich mich der kühlen
Abend-Lufft, ohnfern von der Wohnung, unter den grünen Bäumen bedienete, kam ein frembder Mann zu mir
und fragte: ob mein Principal, den er bey seinem gantzen
Nah-[302]men nennete, zu Hause sey? und ob es ihm
würde gelegen seyn, sich diesen Abend sprechen zu lassen? Ich gab hierauff zur Antwort, daß derjenige, nach
welchem er fragte, nur vor wenig Wochen gestorben,
erkannte aber auf einmahl an seinem Gesichte, daß dieser, einer von den zweyen Passagiers, welche, nunmehro
bey nahe vor einem Jahre, mit dem Daniel auf der schnellen Post davon gefahren. Derowegen fieng ich vor Freuden an zu zittern, zumahlen da er sich stellete, als ob er
nach Anhörung so unverhoffter Zeitung, wieder Abschied nehmen wolte, jedoch auf mein inständiges Bitten
ließ er sichs endlich gefallen, bey mir ein Nacht-Quartier
zu nehmen. Ich ließ nebst dem köstlichsten Weine, die
besten Delicatessen aufftragen, so nur zu haben waren,
that hernach dem Frembden, eine ausführliche Erzehlung von meines Herrn Leben und Tode, hernachmahls

auch von meinem eigenen Wesen, und wie weit ich es in
der Kunst aller Künste gebracht hätte. Indem ich ihm
das Anagramma vorlegte, vermerckte ich, daß er unter
dem lesen Blutroth im Gesichte wurde, letzlich aber
ein klein wenig die lincke Schulter zuckte. Auf mein Befragen, was er von diesem Anagrammate urtheilete, gab
er diese Antwort: Mein werther Herr und Freund! verzeyhet mir, ich darff gegen euch, biß auf expressen Befehl
meines Meisters des Danielis Artistæ, von diesen Sachen
kein positives Urtheil fällen, allein ich werde ihm die
gantze Beschaffenheit gewissenhafft referiren. Beliebt
euch nicht, versetzte ich, diesen Zeddul mit dem Anagrammate beyzustecken, oder eine Abschrifft davon zu
nehmen? Es ist nicht nöthig, sprach er, denn [303] bekandte Sachen lassen sich um so viel desto leichter in
meinem ohnedem sehr guten Gedächtnisse erhalten.
Hierauff veränderte er das Gespräch, jedoch nur in etwas, und gab mir vortreffliche Lehren, diejenige Arbeit,
welche ich unter Händen hatte, mit Renomme zu absolviren. Auf Befragen aber, wie ich mich in der Haupt-Sache
zu verhalten hätte, sprach er: Seyd nicht so ungestüm,
mein Herr, sondern erwartet die Zeit. Morgen früh
werde ich euch noch einige gefällige Dienste erzeigen,
voritzo aber erlaubt mir einige Stunden zu schlafen.

Es wäre eine Grobheit gewesen, den Gast weiter zu
incommodiren, derowegen legten wir uns in zwey besondere Betten nieder, ich kunte vor Freude, Furcht
und Warten der Dinge die kommen solten, kein Auge

zu thun, biß mein Gast, so bald der Himmel grauete,
aufstund, mich gleichfalls weckte, und sich ankleidete.
Nachdem verrichte er sein Morgen-Gebet kniend sehr
stille am Cammer-Fenster, mittlerweile hatte ich einen
glüenden Wein bereitet, von welchen er 4. oder 5. Tassen
zu sich nahm, und mich nachhero bat mit ihm ins Feld zu
spatzieren. Ich fragte: ob er denn vielleicht schon Abschied von mir nehmen, und nicht noch einen Tag und
Nacht ausruhen wolte? Seine Antwort war: Ich kan nicht
länger bleiben, mein Freund, habt Danck vor euren
guten willen, unterwegs auf freyem Felde werde noch etwas weniges von eurem Vergnügen sprechen. Solchergestallt sahe mich betrübter weise gezwungen, ihm
zu gehorsamen, und auf den Weg zu begleiten, unterwegs offenbarete er mir noch verschiedene chymische
treffliche Vortheile, allein we-[304]gen der Haupt-Sache
blieb es darbey: daß er erstlich mit seinem Meister
Daniel sprechen, und demselben meinetwegen einen
Gewissenhafften Bericht abstatten müsse, worauff ich
die Antwort, oder vielleicht den Meister Daniel selbst
zu sprechen, bekommen solte; wenn ich mich bemühen
wolte, mich auff künfftigen ersten Christ-Tag in Cassel
bey einem gewissen Gastwirth, den er mir sehr eigentlich
bezeichnete, zu melden.

Also schied dieser Gast, dessen Nahmen ich nicht
erfahren konte, von mir, ich gieng zurück an meine Arbeit, und blieb biß zu Ende des Novembris in meiner
Station, brachte alle unter der Hand gehabte Massen und

Mixturen so weit zu rechte, daß sie bey genauer Untersuchung nicht getadelt werden konten, kauffte mir ein
gutes Pferd und reisete darvon, ohngeacht mich der neue
Patron sehr inständig zum längern dableiben animiren,
und meinen Lohn um die Helffte verbessern wolte.

In Hoffnung war ich nunmehro ein sehr reicher
Mensch, an baaren Gelde aber hatte doch auch so viel,
daß mich in Deutschland auch an dem aller vornehmsten
Orte zu etabiliren getrauen konte. Allein die Sache bekam in wenig Tagen ein gantz anderes Ansehen, denn auf
der Reise nach Cassel zu, wurde ich eines Morgens gar
früh, und zwar im Walde, bey sehr strenger Kälte, von
4. Strassen-Räubern angehalten und genöthiget, ihnen
alles bey mir habende Geld, nebst andern Sachen, und so
gar den Mantel-Sacke zu überlassen, denn zwey von diesen Buben setzten mir ihr aufgezogenes Gewehr in die
Seiten, da inzwischen die beyden andern mein [305] Vermögen auspresseten. Dem ohngeacht muste es vor eine
besondere Gnade passiren, daß sie mir nicht allein mein
Pferd, sondern auch ein klein Paquet gediehenes Gold,
nicht abnahmen, welches letztere ich, ihnen unbewust,
auf der Brust an einer güldenen Kette hangen hatte.

Ich machte unterwegens nicht viel Wesens von diesem mir passirten Streiche, um desto sicherer vor den
Nachstellungen solcher Leute zu seyn, nahm mich aber
besser in acht, und reisete niemahls alleine, biß ich endlich 12. Tage vor Weyhnachten, die Residentz-Stadt
Cassel erreichte, und mich bey dem bezeichneten Wirth

einlogirte. Allda verkauffte ich mein Pferd mit Sattel und Zeug vor 62. Thlr. zehrete sehr spaarsam, und wartete mit Schmertzen, nicht so wohl auf das erfreuliche Weyhnachts-Fest, sondern vielmehr auf die erqvickende Gegenwart des unvergleichlichen Daniels.

Der erste Christ-Tag lieff vorbey, es meldete sich meinetwegen niemand, derowegen nahm Gelegenheit, meinen Wirth, Abends sehr spät in geheim zu sprechen, und von ihm zu erfahren: Ob er mir keine Nachricht von dem berühmten Chymico Daniel, oder seinen Consorten geben könne. Der Wirth stellete sich anfänglich sehr frembde, und animirte mich zu einer etwas deutlicherern Erklärung, worauf er endlich sagte: Habt nur Gedult, mein Herr, der Tag ist vielleicht heute zu heilig gewesen, eure Freunde werden sich wohl Morgen oder Uber-Morgen melden, inzwischen blieb er dabey, daß er weder den, von mir gerühmten Daniel noch seine Consorten kenne, oder jemahls, seines [306] Wissens, einigen Umgang mit ihnen gehabt. Der andere Feyertag verstrich auch zu meinem grösten Leydwesen, allein am dritten bekam ich früh Morgens, von einem unbekandten Knaben folgende Zeilen eingeliefert:

Monsieur,

Mein abgeschickter Freund hat mit eures Wesens halber wahrhafften Bericht abgestattet, ich erkenne daraus, daß ihr nur noch sehr wenig Schritte von dem benebelten güldenen Hause der himmlischen Weißheit entfernet seyd, jedoch durch die allergeringste Un-

behutsamkeit, gar leichtlich in einen solchen Irr-Garten gerathen könnet, worinnen ehe der Todt als der gewünschte richtige Rück-Weg zu finden ist. Mir ist nicht erlaubt, euch weitere Nachricht zu geben als diese: Erweget denjenigen Zweck sehr wohl, wornach ihr so begierig zielet, und fraget euer Gewissen ohne Heucheley, was geschehen soll, wenn derselbe getroffen ist. Lasset euch im übrigen meine und meines Freundes gehaltenen Reden nicht aus den Gedancken fallen. Ist eure Absicht ohne Tadel, so wird euer Thun gelingen, wo nicht? so schlägt es fehl. Inzwischen habt ihr von eurem Wirth, ein versiegeltes Paqvet *abzufordern, worinnen* 500. *Stück Ducaten sind, die euch nach Erfahrung dessen, daß ihr unterwegs von den Räubern geplündert worden, zu einiger* Recreation *überreicht, und im Zweiffel stehet, ob er ferner mit euch handeln darff, dennoch* [307] *aber die Pflege des höchsten Gebers aller Güter empfiehlet*

euer Freund

Daniel Artista.

Ich wurde von Wehmuth und Bangigkeit gantz aus mir selbst gesetzt, nachdem ich diese bedenckliche Zeitung erfahren, und die gäntzliche Rechnung zu machen hatte, daß der vortreffliche Meister Daniel mich mit seiner Conversation nicht ferner beglückseeligen wolte, doch weil mit übrigen Sorgen und Grämen mein Schicksaal nicht verbessert werden konte; so gab mich endlich geduldig drein, foderte das Päcklein Geld von dem Wirth, welcher selbiges diesen Morgen von einem

frembden Menschen empfangen zu haben vorgab, und
war willens, eine Reise zu meinem Groß-Vater zu thun,
an welchen ich nicht geschrieben, seit der Zeit ich ihm
die 500. spec. Ducaten aus Engelland per Wechsel übermacht hatte, setzte mich auch wenig Tage nach dem
Feste auf die Post, und reisete fort. Indem nun einigen
Umweg nahm, und zwar aus keiner andern Ursache, als
einige berühmte Städte und Residenzen in Augenschein
zu nehmen, fiel mir in einer derselben, da ich im
Post-Hause durchs Fenster guckte, von ohngefähr mein
ehemaliger sauberer Meister Elias nebst seinem schelmischen Consorten Elisæo in die Augen, welche ich, ohngeacht sie sich ziemlich verstellet, rothe Kleider, weisse
Peruquen und Tressen-Hüte trugen, augenblicklich erkandte, und bemerckte, daß sie am Marckte vor dem
Laden eines Materialisten stehen blieben. Demnach fragte ich den bey mir stehenden Post-Meister, nach den
Nah-[308]men und Stande dieser beyden Stutzer, und
erfuhr sub rosa von ihm, daß es ein paar berühmte Laboranten wären, deren Nahmen aber er so genau nicht
sagen könne. Wenige Zeit hernach kamen beyde Stutzer
selbst auf die Post, da ich denn die allerbeste Gelegenheit hatte, selbige desto genauer zu erkennen, mich aber
konten sie nicht wahrnehmen, indem ich meine schwartze Schaaf-Peruque gantz über die Backen gezogen, und
mich in den Reise-Rock verhüllet, auf einem, im dunckeln Winckel stehenden Groß-Vater-Stuhl gesetzt, und
eine Stellung gemacht, als ob ich schlieffe.

Sie hielten sich zu meinem Vergnügen nicht lange auf, sondern löseten ihre, auf der Post mit gekommenen Paqveter und Briefe ab, welche ein Knecht hinter ihnen her auf die Burg tragen muste, ich aber erfuhr bey solcher Gelegenheit auf der Stätte, was vor erdichtete Nahmen sich diese beyden Hängens-würdigen Spitz-Buben gegeben hatten. Das Vergnügen, so mir dieses unvermuthete Antreffen verursachte, läst sich nicht mit Worten ausdrücken, um aber ihnen beyden zu meiner Revange einen wichtigen Streich zu spielen, stellete ich mich an: als ob mir eine hefftige Colica die weitere Reise verböthe, ließ also die Post fahren, und zu meiner Verpflegung alles dienliche herbey schaffen. Gegen Abend befand ich mich vollkommen gesund, konte gut speisen, und bedaurete zum Scheine, daß die Post allbereit fort wäre, allein dem Herrn Post-Meister schien eben nicht ungelegen zu seyn, daß ich 3. oder 4. Tage bey ihm auf die andere warten muste, und mir war es gleichfalls lieb, daß sich noch [309] selbigen Abend eine Compagnie von 5. oder 6. honetten Personen zusammen, unter selbigen aber zwey Hof-Bediente fanden, die, wie ich aus ihren Gesprächen hörete, täglich sehr nahe um den Lands-Herrn waren.

Das Gespräch kam endlich auf die beyden Laboranten, und da ich ihre Haupt-Streiche ausgekundschafft, und in Erfahrung gebracht: daß ein gewisser Minister von ihren Künsten gäntzlich bezaubert sey, auch nicht das geringste Mißtrauen in sie setzte, hergegen der meiste

Hauffe, diese Kerls vor Land-Läuffer und Betrüger hielte, kartete ich mit vorerwehnten beyden Hof-Bedienten,
noch selbigen Abend die Sache dergestalt heimlich, ab,
daß sie mich bey Nachts-Zeit mit auf die Burg führeten,
ihrem Principal mein hertzhafftes Unternehmen vorstelleten, und es endlich dahin brachten, den beyden
berüchtigten Spitz-Buben entgegen gestellet zu werden,
welche den strengesten Befehl erhielten: ihre gerühmte
Probe in meiner Gegenwart zu machen, und sich von mir
tentiren zu lassen.

Ey Himmel! wie erschracken Meister Elias und Elisæus
nicht, da ich ihnen so unvermuthet vor die Augen kam,
allein die abgefeimten Betrüger wusten sich augenblicklich in den Handel zu finden und anzustellen, als ob sie
mich Zeit Lebens nicht mit Augen gesehen hätten. Ich
sparete keine Mühe, den Eliam wegen seiner Verjün-
gerung, Entzückungen, geheimen Offenbahrungen und
andern von ihm selbst erzehlten Streichen aufs allerempfindlichste zu schrauben, welches er aber alles ohne
besondere Passion zu zeigen, einfraß, und sich nur darauf
ver-[310]ließ, mir mit seiner listigen Probe das Maul
desto nachdrücklicher zu stopffen. Allein, darbey kamen mir des Meister Danielis Lehren trefflich zu statten,
denn es traff alles accurat ein, was mir derselbe von des
Eliæ Spitz-Buben-Streichen offenbahret hatte. Kurtz zu
sagen: Elias konte zwar die Probe in seinem selbst zubereiteten Schmeltz-Tiegel zu wege bringen, und 2. Loth
Bley in Gold verwandeln, allein in keinem andern, ohn-

geacht ihm die allerstärcksten dargereicht wurden.
Derowegen nahm ich mit Erlaubniß des Principals drey
von des Eliæ Schmeltz-Tiegeln, setzte zwey ins Feuer,
und ließ, ohne daß jemand weder Bley noch sonsten
etwas hinnein geworffen hatte, nachdem sie eine Zeitlang wohl geglüet hatten, aus jedem, 2. Loth feines Gold
auf die Steine schütten, den dritten Schmeltz-Tiegel
aber schlug ich mit einem Hammer in Stücken, entdeckte
den darein gegossenen Gold-Staub und zugleich den gantzen Betrug, so, daß die beyden eingebildeten Künstler
wie Butter an der Sonne bestunden. Nachhero da ich
eine hinlängliche Nachricht, von den, mir und andern
Leuten gespielten Schelm-Streichen abgestattet, und
die am letztern Orte vorgehabte grausame Filouterie darzu kam, hatte ich das Vergnügen, die beyden grossen
Alchymistischen Welt-Lichter an zwey Schutt-Karne
schmieden zu sehen, auf welchen sie den Unflath, in
und um der Burg, hinweg schaffen musten. Auf ihren
hocherfahrnen Häuptern prangete eine grosse eiserne
Sturm-Haube, mit angeschnallten würcklichen Esels-
Ohren, über diesen ein eiserner proportionirlicher Galgen, in welchem eine kläg-[311]lich lautende Kuh-Schelle
hing. Das war also der Lohn solcher verzweiffelten Ertz-
Bösewichter, denen alles gleich viel geschienen, ob sie
hohe, mittelmäßige, geringe, kluge oder einfältige Personen zu betrügen vor sich finden konten, eine grosse
Gnade hieß es, daß sie wegen ihrer erstaunlichen Verwegenheit nicht Hangel-Beeren fressen musten, wie mein

ehemaliger Compagnon Renard in Engelland, jedoch ich halte davor: das dergleichen Straffe, vor Menschen von solcher Gattung, noch weit empfindlicher sey als der Todt selbst.

Mir wurde an diesem Hofe eine nicht unebene Bedienung angetragen, allein ich deprecirte dieselbe aus keiner andern Ursache, als meinen Groß-Vater in seinem Alter zu assistiren, und meine Goldmacher-Streiche in Geheim darbey fortzuführen, reisete also mit einem guten Recompens von dannen.

Wenige Tage hernach ließ ich mich an einem andern Orte dennoch überlistigen auf eine Zeit lang, als Mechanicus und Chymicus zugleich, in die Dienste einer gewissen Standes-Person zu treten, weil selbige ungemein vortheilhafftig vor mich schienen. Zwar nahm ich erstlich noch eine Reise zu meinem Groß-Vater vor, allein, derselbe war bereits gestorben, und zu Vergrösserung meines Unvergnügens war, mein aus Engelland an ihn übermachter Wechsel, wegen des Banquerots des Wechsel-Herrens mit Protest zurück gegangen, derowegen muste mich mit 600. Thlr. ererbeter Groß-Väterlicher Gelder begnügen lassen, und wieder zurück an denjenigen Ort reisen, wo ich mich engagirt hatte. Ich etabilirte meine Haußhaltung sehr wohl, ließ mich [312] auch bereden, ein junges rasches Frauenzimmer zu heyrathen, die der gemeinen Sage nach über 4000. Thlr. im Vermögen haben solte, allein, da es nach der Hochzeit zur Untersuchung kam, fanden sich kaum 400. Thlr. Heyraths-Gut,

welches den ersten Grund-Stein zu unserm Mißvergnügen legte. Uber dieses führete meine Frau einen
ungemeinen Etaat, lebte herrlich, und hatte täglichen
Besuch von guten Freunden, so wohl männliches als
weibliches Geschlechts, die sie als ein gewesenes Hof-
Frauenzimmer entweder bey Hofe oder sonst von Jugend auf gekannt haben wolten. Solchergestalt war ein
starcker Aufgang in meiner Haußhaltung, mein meistes
Geld aber, hatte ich in ein kostbares Hauß, und dann in
das pestilentialische laboriren gesteckt, um nunmehro den
Stein der Weisen mit Gewalt heraus zu zwingen.

Bey sothaner doppelten Arbeit und Sorgen, konte nun
freylich auf meiner jungen Frauen Wirthschafft, nicht
sattsame Achtung geben, und ob ich gleich dieselbe auch
nicht alle Stunden mit den zärtlichsten Caressen über-
häuffte, so ließ ich ihr dagegen in allen ihren Willen,
nicht vermeynend, daß sie von der Art derjenigen Weiber sey, welche die, in dem Liebes-Wercke nachläßigen
Männer mit Hirsch-Geweyhen zu crönen pflegen. Allein,
ich erfuhr selbiges leyder zu meinem allergrösten Unglücke mehr als zu wahrhafftig, denn da ich mich eines
Tages wegen hefftiger Kopff-Schmertzen ohnbewust
meiner Frauen, im Cabinet der obern Stube, ein wenig
aufs Faulbette gelegt, kam meine Frau gantz eilig auf
eben dieselbe Stube gelauf-[313]fen, klapperte mit den
Schlüsseln, und schloß einen von ihren Wäsch-Kastens
auf, der gantz nahe bey meinem getäffelten Cabinet
stunde, krahmete mit ein und andern Sachen, und

sunge inzwischen etliche schändliche Verse eines geilen Buhler-Liedes, welches sich vor eine reputirliche Frau gantz und gar nicht geziemete. Indem nun eben im Begriff war, sie dieserwegen zu reprimandiren, hörete ich eine gantz leise herbey schleichende Person folgende Worte sprechen: Ihr Knecht, Madame! wie stehts, werden sie bald fertig seyn? Mademoiselle N. wartet mit Schmertzen auf sie, und die übrigen sind schon voraus. Lasset sie seyn, gab meine Frau zur Antwort, wir wollen noch zeitig genung nachkommen, das Nickelgen muß wohl warten, allein, mein Kind, du darffst nicht halb so ehrbar thun, denn wir sind alleine. Wo ist denn dein Mann? mein Engel, fragte der Courtoisan ferner, ich bin gekommen, ihn ehrenthalber auch zu dieser Lust zu inviiren. Ach! schrye meine Frau, laß den Unflath ja zu frieden, der wird vor Mitternachts nicht aus dem Kohlen-Staube gekrochen kommen, denn er hat sich Essen und Trincken genung ins Laboratorium bringen lassen. Das ist ja vortrefflich, versetzte der Courtoisan, allein, solchergestalt wäre nicht uneben, wenn wir uns nach abgeschlossenen Thüren ein kleines Vergnügen machten. Ists nicht zu viel, sagte meine Frau, dergleichen bey hellen lichten Tage vorzunehmen? Hierauf antwortete der Ehebrecher mit verschiedenen Küssen, die ein lautes Geklatsche verursachten. Bald hernach gingen beyde hin, verschlossen und verriegelten die Thüren, [314] worbey meine geile Bestie noch diese Worte von sich hören ließ: Mein Engel! wenn ja jemand anpochen solte, so

kanstu dich nur durch jene Kammer über den Gang in
den Hof reteriren, du must dich aber ja in acht nehmen, denn die Breter sind auf dem Gange noch nicht
angenagelt, und könten leichtlich aufküpffen. Gut, gut!
sprach der Cujon, führete hiermit das schändliche Weib
zum Bette, und nahm eine solche verfluchte Arbeit mit
derselben vor, die mich, der ich durch eine Spalte guckte,
zu recht rasender Wuth verleitete. Solchemnach ergriff
ich ein an der Wand hangendes scharff-geschliffenes
Couteau de chass, stieß die Thür auf, und versetzte meinem Ehren-Schänder, der eben zurück springen, und
seinen auf den Tisch gelegten Degen ergreiffen wolte,
einen kräfftigen Hieb über den Kopff und gleich darauf
einen Stich in die Brust, daß er augenblicklich zu Boden
stürtzte, und in einer häßlichen Positur mit herabgefal-
lenen Beinkleidern liegen blieb. Das ehebrecherische
Weib sprung darvon, hatte sich aber doch nicht gnugsam
vor demjenigen Unglücke hüten können, wovor sie nur
kürtzlich ihren Schand-Bock gewarnet hatte, sondern
war mit etlichen Bretern herab auf den scharffen Rand
eines Brau-Bottichs gefallen, die nachschiessenden Breter und kleinen Schwellen aber hatten ihr gleich auf der
Stelle das Hals-Genick und Rück-Grad abgestossen.

In meinem gantzen Hause war keine eintzige Seele,
welche nur das geringste von diesem Unheil gemerckt
oder gehöret hätte, derowegen bedeckte ich den in seinen Sünden zerqvetschten und entseelten [315] Cörper
mit Bretern und Fässern, verschloß den Stall so wohl als

alle andere Thüren zur Stube, worinnen der auch bereits
verreckte Ehebrecher lag, aufs beste, nahm von meinem
noch übrigen Gelde, Geschmeide und andern nöthigsten
Sachen so viel zu mir, als ich in und unter den Kleidern
verbergen konte, und begab mich schleunigst auf die
Flucht, war auch so glücklich, vor der Stadt einen geschwinden Post-Wagen anzutreffen, dem ich mich an-
vertrauete, und wenig Tage hernach eine sonst wohl
bekandte Stadt erreichte, allwo ich meine Kleider veränderte, und en Courier die Reise nach Hamburg antrat,
von wannen ich bald hernach zu Schiffe nach Coppenhagen überging, mithin mein Hauß und übriges Vermögen alles im Stiche ließ, um auch desto unbekandter
zu leben, meinen ordentlichen Geschlechts-Nahmen veränderte, und mich Plager nennete. Wie es in meinem
Hause weiter zugegangen, zumahlen da man die entleibten Cörper gefunden, weiß ich nicht, habe mich auch
niemahls darum bekümmern wollen, hergegen zog ich
mir die grausame jachzornige Ubereilung dermassen zu
Gemüthe, daß ich fast in die allerelendeste Verzweiffelung gefallen wäre, jedoch ein vortrefflicher Priester in
Coppenhagen, dem ich alles, was ich auf dem Hertzen
liegen hatte, aufrichtig erzelete, hat mich endlich in den
Stand gesetzt: den Verzweiffelungs-vollen Versuchungen des Satans jederzeit kräfftigen Widerstand zu thun,
und mit ernstlicher Busse, bey GOtt die Vergebung aller
begangenen Sünden zu suchen. Ja eben dieser gottselige
Priester, hat nachhero in meinem Hertzen einen voll-

kommenen [316] Eckel gegen die betrüglichen Gold-
macher-Künste angezündet, und mir zu täglichen Denck-
Sprüchen unter andern auch folgende Lateinische und
Deutsche Verse recommandiret:

Auri sacra fames quid non mortalia cogis
Pectora? res fallax, cognita sero, vale!
Verdammter Gold-Durst, hastu nicht so manches Hertz
in Schmertz gebracht?
Nun kenn' ich dich, du falsche Kunst, zwar etwas spät,
drum gute Nacht!

Ich habe nach der Zeit die Transmutationem Metallorum zwar vor kein solches Geheimniß betrachtet, welches GOtt durchaus keinen sterblichen Menschen offenbahret habe oder offenbahren wolle, allein doch auf
gründliche Vorstellungen des gottseeligen Priesters und
Uberlegung meiner eigenen Erfahrung, dieserwegen
gantz andere, als vormahlige Concepte gefasset, welche
ich zu anderer Zeit eröffnen will.

Von selbiger Zeit an ergriff ich meine ordentliche
Profession, nehmlich die Mechanic, wieder, und habe, so
lange ich nachhero in Coppenhagen war, täglich sehr
fleißig darinnen gearbeitet, wie mir solches gegenwärtiger Mons. Litzberg, der mich ohngefähr 2. Jahr lang
in Coppenhagen gekennet, aufrichtig und wohl bezeugen wird. Da aber nach der Zeit in Amsterdam an einer
gewissen Welt-berühmten Machine gearbeitet wurde,
worbey ich vor meine, vielleicht nicht unangenehme Invention und Handanlegung, so wohl als andere Künstler,

ein gut Stück Geld zu verdienen vermeynete, nahm ich die Reise dahin vor mich, beredete auch Mons. [317] Litzbergen, einen beliebten Reise-Gefährten abzugeben. Allein die Führung des Himmels hat es besser mit uns gemeynet, denn wie bereits bekandt ist, sind wir in Lübeck an den Herrn Wolffgang gerathen, der uns nebst andern Gefährten, auf diese glückseelige Insul geführet hat, allwo ich nunmehro, dem Himmel sey Danck, ein dermassen ruhiges und vergnügtes Leben führe, welches gegen keinen philosophischen Stein vertauschen wolte, und wenn derselbe gleich den allergrösten Mühlstein am Gewicht überträffe, wünsche also weiter nichts mehr, als meine übrige Lebens-Zeit in wahrer Frömmigkeit zuzubringen, auf der Insul meinen liebsten Freunden nützliche Dienste zu leisten, und endlich in den Armen meiner liebsten Dorothee Jacobine, ruhig und seelig zu sterben.

Solchergestalt, meine Herrn und Freunde! sagte nunmehro Mons. Plager zum Beschlusse, habe ich ihnen einen offenhertzigen Bericht, meines von Jugend auf geführten Wandels abgestattet, ich weiß aber nicht, ob ich wünschen darff, daß sie demselben ferner nachdencken, oder zum wenigsten meine Thorheiten und Ubelthaten gantz und gar wieder vergessen möchten, jedoch mein bester Trost ist dieser: daß ich ein besserer Christ geworden, und auch vollkommen gesonnen bin, mich Zeit-Lebens also aufzuführen, da ich, GOtt Lob, im Stande lebe, meinen ehemaligen Affecten ein Gebiß anzulegen, und sie nicht über mich herrschen zu lassen.

Also endigte Mons. Plager die Erzehlung seiner Lebens-Geschicht, aus welcher wir, an seiner Person und
gantzen Wesen, nichts anders zu tadeln fan-[318]den: als
daß er sich der hefftigen Gold-Begierde, und denn dem
Jäh-Zorne allzu starck überlassen, den Vermahnungen
seines sterbenden Vaters nicht besser nachgelebt, und
sich an dessen Exempel gespiegelt hätte, denn wie er
annoch selbst bekennete, so hatte er die meiste Gesellschafft mit unchristlichen Leuten, Qvackern und Menno-
nisten gepflogen, wie denn auch sein ehebrecherisches
Weib eine übel conduisirte Reformirte gewesen war. Es
gab auch viel Disputirens unter uns: ob er recht oder
unrecht gethan, den leichtfertigen Ehebrecher so plötzlich zu überfallen und zu ertödten? allein, endlich fiel
doch der Schluß dahinnaus, daß es christlicher gehandelt
gewesen, wenn die Selbst-Rache unterblieben wäre.

Nachdem aber unter dergleichen Gesprächen der
Abend einzubrechen begunte, nahm ein jeder die Rück-
reise zu seiner Wohnung vor sich, mit dem Verlaß,
ehester Tags, wenn es dem Alt-Vater beliebte, in Stephans-Raum zu erscheinen, um daselbst des Tischlers
Lademanns und des Müllers Krätzers Lebens-Läuffte anzuhören.

Solches verzohe sich nun zwar auf etliche Tage,
weil der Alt-Vater einen schlimmen Zufall von Stock-
Schnupffen und truckenen Husten bekam, allein, nachdem er endlich durch gute Wartung und Bey-Sorge
Mons. Kramers, der ihn mit den herrlichsten Medi-

camenten zu Hülffe kam, wiederum völlige Besserung verspürete, und ihm von dem letztern selbst, eine kleine Spazier-Fahrt zur Motion, angerathen wurde, begaben wir uns in seiner Gesellschafft nach Stephans-Raum, nahmen erstlich den neuen Mühl-Bau in Augenschein, und bezeug-[319]ten eine besondere Freude darüber, denn das gantze Gebäude stund schon völlig unter dem Dache, mittlerweile aber, da andere dasselbe vollends tünnchten und ausputzten, arbeiteten Lademann, Krätzer und Herrlich, nebst ihren Lehrlingen an den Mühl-Rädern, welche sie aufs längste binnen 14. Tagen einzulegen vermeinten, nachhero Mühl-Steine aus dem Alberts-Hügel, als welcher Stein sich am allertüchtigsten darzu anließ, aushauen, so dann gleich nach vollbrachter Erndte, zu mahlen anfangen wolten. Allein, weil der Alt-Vater freundlich zu vernehmen gab, wie er dieses mahl in Lademanns Wohn-Hause abzutreten gesonnen sey, und gegen Abend das Vesper-Brod bey ihm speisen wolte, gaben die Meisters ihren Lehrlingen und Handlangern ein abgemessenes Stück Arbeit auf, und begleiteten uns alle drey in Lademanns Wohn-Hauß, allwo sich auch in kurtzen Herr Wolffgang, Litzberg und Plager einstelleten, weil wir selbigen unsere Dahin-Reise zu wissen thun lassen. Wir labeten uns an einen wohlschmeckenden und sehr kühlen Hauß-Truncke, rauchten, weil es etwa 3. biß 4. Stunden nach der Mittags-Mahlzeit war, Toback darbey, da aber unser Wirth mit seiner jungen Hauß-Frauen das Vesper-Brod aufgetragen, und der Alt-Vater mit freundlichen

Worten zu vernehmen gab, wie er wünschte, seine, nehmlich

Des Tischlers Lademanns Lebens-Geschicht

anzuhören, machte sich derselbe alsofort bereit darzu, und fieng seine Erzehlung also an:

Ich Johann Bernhard Lademann, bin vor nun-[320]mehro 36. Jahren, auf einem Dorffe ohnweit Altenburg, zur Welt gebohren worden. Mein Vater hatte zwar ein kleines Hauß, nebst etlichen Ackern Feld, überließ aber die Wirthschafft deßfalls meiner Mutter, und verdiente sein Geld hier und dar mit der Geige, Schalmeye, und sonderlich mit dem Hacke-Brete, welches er, in Betrachtung, daß alles ein von sich selbst gelernetes Werck war, sehr gut spielen kunte, und dieserwegen unter noch 6. andern dergleichen Dorff-Musicanten, der so genannte Premieur wurde. Seiner Kinder waren 5. nehmlich drey Töchter und zwey Söhne, mein ältester Bruder, der in der Schule mit gröster Mühe, nebst dem Catechismo, etwas weniges lesen und schreiben gelernet, wolte sich zu nichts anders als dem Acker-Baue beqvemen, wurde derowegen darbey gelassen, ich als der jüngste aber, hätte es vermuthlich etwas weiter bringen können, wenn mich der Vater nicht sehr frühzeitig mit auf die Hochzeiten und andere Aufwartungen genommen; alwo ich die Pratsche par force mit spielen muste, es mochte auch klingen oder klappen, jedoch ausser der Zeit, wenn nehmlich nichts zu thun war, hatte doch mein Vater die Sorgfalt, mich dann und wann wieder in die Schule zu schicken, und weil ich eine Sache weit leichter, als mein Bruder, fassen konte, so geschahe es, daß mir nebst dem Lesen, Schreiben und Rechnen etwas weniges vom Donate in den Kopff gebracht wurde. Um die Hauß-Arbeit aber durffte ich mich wenig oder nichts bekümmern, sondern ausser den Schul-Stunden, meine Zeit auf das Hacke-Bret, Schall-meye und Discant-Geige wenden, und [321] solcher-gestalt sahe ich schon in meinem 12ten Jahre, einen halb vollkommenen musicalischen Pfuscher so ähnlich, als ein Ey dem andern.

Mein Vater hatte eine besondere Freude: daß ich in seiner Profession so trefflich wohl einschlug, und bey so jungen Jahren mein Brod, nicht allein mit musiciren, sondern vielmehr mit haseliren verdienen konte. Denn ich machte mich mit den vornehmsten Lieder-Trägern bekandt, kauffte ihnen jederzeit die neusten und lustigsten Lieder ab, lernete dieselbe aufs beweglichste singen, auf dem Hacke-Brete selbst darzu spielen, verdiente also, zumahlen wenn der Vater den Bass darzu brummete, manchen schönen Groschen besonders, welches Geld ich aber mehrentheils dem Schulmeister zuwendete, der mir die Noten und das Orgel-Spielen lernen muste.

Dem Schulmeister, stund mein anschlägischer Kopff vor allen andern sehr wohl an, denn ich lernete einen feinen Discant singen, also konte er mich bey seiner Kirchen-Music, die mein Vater und seine Consorten, wenn sie mitspielen solten, vorhero auswendig lernen

346

musten, sehr gut brauchen, vor allen Dingen war ich
ihm ein sehr nützlicher Pursche, wenn wir um die neue
Jahrs-Zeit stapuliren giengen, und auf den umliegenden
Dörffern das neue Jahr sungen, denn solches währete
gemeiniglich 14. Tage, biß 3. Wochen, wir nahmen aber
täglich, selten mehr als ein oder ein halbes Dorff vor,
setzten uns hernach Abends in die Schencke, allwo ich
gemeiniglich mein kleines Hacke-Bret und des Schulmeisters Geige aufzuheben gegeben [322] hatte, fiengen
an zu singen und zu musiciren, nahmen uns öffters auch
kein Bedencken, zum Tantze aufzuspielen, da denn alt
und jung, Geld über Geld gab, und darzu Maul und Nase
über solche Virtuosen aufsperrete. Von allem was wir
verdienten, bekam ich den halben Theil, es müste denn
seyn, daß der Schulmeister die Theilung nach seinem
Gefallen gemacht hätte, wie ihm denn mein Vater, da er
sich hernachmahls mit ihm zanckte, deßfalls eines offenbaren Betrugs beschuldigte, jedoch ich, meines Orts war
vollkommen zu frieden, wenn ich so lange es währete,
alle Tage 8. 10. ja gar biß 12. Groschen verdienen konte, wovor mir meine Mutter rothe Brust-Lätze, schöne
Schuh und Strümpffe kauffen muste, bundte Bänder
aber bekam ich zur Gnüge von den Bauers-Töchtern auf
den Hochzeiten geschenckt.

Allein der Handel zwischen mir und dem Herrn Schul-
Meister kam endlich vor unsern Pfarr-Herrn, der dem
erstern das Cantate legte, meinen Vater und mich
aber ebenfalls zu sich beschied, den erstern einen derben

Verweiß gab: daß er mich in allen ärgerlichen Leben erzöge und allerley Schand-Lieder zu singen erlaubte, ja noch seine Freude darüber bezeugte, mir aber drohete er mit der Zurückstossung vom Beicht-Stuhl und heil. Abendmahle, (als welches ich in meinem 14ten Jahre zum erstenmahle empfangen wolte,) woferne ich mich nicht bessern, und in der Güte von solchen Schand-Possen ablassen würde. Diese Drohungen verursachten unserseits doch so viel, daß wir dieses beste Stück unserer Profession etwas heimlicher trieben, [323] hergegen desto mehr Geld damit verdienten, und weil der Pfarrherr einige Kundschafft darauff gelegt und erfahren hatte, daß ich an etlichen Orten, wo ich aber wohl wuste, daß ich meine Aufseher hatte, durchaus keine Zoten-Lieder singen wollen, hielt er mich vor einen bekehrten Sünder, mithin vor seinen besten Beicht-Sohn. Aber der fromme Mann erfuhr bald, wie er sich in seiner Meynung schändlich betrogen, denn gleich des Tages darauf, nachdem ich zum heil. Abendmahl gewesen, wurde ich von meinem Vater in die nächst gelegenste Stadt geschickt, um Säyten und Colofonium einzukauffen, der Pfarrer hatte selbiges erfahren, gab mir also einen Brieff an den Buchdrucker selbiger Stadt mit, nebst dem Befehle, ihm von besagten Buchdrucker einen Pack gedruckter Sachen mit zurück zu bringen. Nachdem ich nun meine Dinge in der Stadt meistens ausgerichtet, bey dem Buchdrucker aber eine gute Zeit aufgehalten wurde, indem er eine starcke Parthey Bettel-Leute eben-

falls mit gedruckten Sachen abzufertigen hatte, welche
Sachen ich aber nicht so genau bemercken konte, weil er
in seiner Kammer alles gar heimlich mit ihnen tractirte,
in der Stube aber nur sein baares Geld, vor die zusammen gepackten Sachen in Empfang nahm, erblickte ich
doch endlich einen bedruckten Bogen unter dem Titul:
Vier schöne weltliche lustige Lieder, das Erste: *Lisettgen
hat Studenten-Gut im Arme &c.* Das andere: *Wer kan
die krancken Jungfern trösten? der &c.* Das dritte: *Mei
Hanns komm met mer ins Korn &c.* Das vierdte: *Ae
Schmätzgen* [324] *schmeckt wie Zucker-Cand, &c.* Gedruckt zu Cölln am Rhein, da die wackern Mädgens seyn.
Mein Hertz im Leibe fieng vor Freuden zu hüpffen an, da
ich diese allerneusten noch nie erhörten vortrefflichen
Lieder, nebst beygesetzten bekandten Melodeyen ins
Gesichte bekam. Ich fragte mit ängstlichen Gebärden
den Buchdrucker-Gesellen, ob er diese Lieder zu verkauffen hätte, und was sie kosteten? Er forderte einen
Groschen, und da ich fragte: wie es käme, daß diese so
theuer, andere solche Stücke Pappier aber, um 8. oder
9. Pf. wohlfeiler waren? gab er zur Antwort: Ja mein
lieber Sohn, neue Sachen gelten allezeit mehr und
noch 4. mahl so viel als die alten, ein anderer als ihr
müste wohl 18. Pf. darvor geben. Derowegen zahlete ich
ihm 1. gl. steckte den halben Bogen zu mir und fragte: ob
keine andere Sorten von dergleichen Liedern vorhanden
wären, indem ich, als ein junger Musicus dergleichen
Sachen höchst von nöthen hätte, und mein baares Geld

schon wieder heraus zu bringen wüste. Sogleich meldete sich der Meister oder Herre selbst, brachte eine unzählige Zahl von noch mehrern allerneusten Liedern, ließ sich aber besser behandeln als der Geselle, denn ich bekam vor 16. Groschen einen dermassen starcken Pack Lieder, daß ich denselben kaum ertragen konte.

Vor diese 16. Groschen solte ich meiner Schwester 2. Ellen blauen Cattun mitbringen, allein ich gedachte: Cattun ist alle Tage zu bekommen, dergleichen vortreffliche Lieder aber sehr selten, und also legte ich mein Geld mit desto grössern Freuden an, [325] in Hoffnung mich mit meiner Schwester deßfalls schon zu vergleichen. Im Hinweggehen, steckte mir der Buchdrucker noch ein ziemlich Paqvet von dergleichen trefflichen Liedern in den Busen, und sagte darbey: Mein Sohn, saget eurem Herrn Pfarrer ja nichts, daß ihr diese Lieder von mir gekaufft habt, auch sonsten niemanden etwas davon, sondern haltet dieselben heimlich, so will ich euch in zukunfft mehr dergleichen vor halb Geld zukommen lassen, denn ich habe fast alle Wochen gantz spannagel neue, und zwar die allervortrefflichsten, welche ein berühmter guter Meister in der Vers- und Singe-Kunst macht, und wenn ihr verschwiegen seyd, will ich euch jederzeit ein Stück oder 6. in den Kauff geben. Ich versprach alles wohl zu mercken, was er mir sagte, und reisete über meinen erhandelten Schatz, höchst vergnügt von dannen. Kurtz vor der Stadt begegnete mir mein Bruder und brachte an: daß mein Vater nahe bey der Stadt, auf

einem Vorwerge, Auffwartung hätte, weßwegen ich sehr
eiligst dahin kommen solte. Diesemnach gab ich meinem
Bruder so wohl des Herrn Pfarrers, als mein eigenes
Paquet von gedruckten Sachen, befahl ihm das meinige
in seine Lade zu schliessen, dem Herrn Pfarrer aber das
seinige auf die Pfarr-Wohnung zu tragen, und band ihm
darbey sehr ernstlich ein, die Paqueter nicht zu verwechseln, ich aber machte lincks um, und lieff auf das Vor-
werck zu, allwo ich meinen Vater nebst zweyen seiner
Consorten in voller Arbeit antraff, hergegen um so viel
desto freundlicher bewillkommet wurde, weilen die
Kindtauffens-Gä-[326]ste wenig Lust mehr zum Tantzen, hergegen desto grössere, mich singen zu hören,
bezeugten, und an meiner Ankunfft allbereits gezweiffelt
hatten. Ich verdiente vermittelst der Zugabe von den
neuen Liedern, welche mir der Buchdrucker in den Busen geschoben hatte, diesen ersten Abend redliche
18. Pf. über das Capital von 16. gl. welches ich meiner
Schwester an statt des Cattuns wieder zu geben schuldig
war, andern Tages kam noch ein halber Thaler darzu,
also konte ich nebst meinem Vater, der auf seine Portion
auch über zwey Thaler verdienet hatte, nach Mitternacht
vergnügt nach Hause gehen. Wir legten uns also, da der
Himmel schon zu grauen anfieng, sehr ermüdet nieder,
und ich wäre gewiß, sonst durch nichts, als die klap-
perenden Teller zum Aufstehen bewogen worden, wenn
mich nicht einer von unsers Herrn Pfarrers Söhnen
erweckt, und mit auf die Pfarre zu gehen beredet hätte.

Ich kam dahin, und zwar eben, da der Herr Pfarrer
von der Mittags-Mahlzeit aufstund, dessen erste Frage
war: Von wem ich das Paquet gedruckte Sachen an ihn zu
bestellen empfangen hätte. Ich konte nicht anders, als
der Wahrheit gemäß, antworten: Von dem Buchdrucker.
Hierauff passireten noch viele andere Fragen und Antworten, endlich aber kam es zu meinem allergrösten
Schrecken heraus, daß mein dummer Bruder, die Paqueter verwechselt, meine Lieder dem Herrn Pfarrer gegeben, und hingegen dessen Sachen, vermuthlich in seine Lade geschlossen hatte, welches ich nicht eigentlich
wissen konte, weiln [327] er bey meiner Heimkunfft bereits im Bette, vor meinem Aufstehen aber schon mit
dem Pfluge ins Feld gezogen war. Ich zittere noch biß
dato, wenn ich daran gedencke, wie mir der fromme
Pfarrherr die Hölle so heiß, und mich gantz und gar zu
einem Teuffels-Kinde machte, worinnen er auch, wie ich
nachhero wohl erwogen, das allergröste Recht hatte,
jedoch endlich, nachdem ich ihn alles offenhertzig bekennet, und mich rechtschaffen zu bessern versprochen,
auch dabey die bittersten Thränen vergossen, fieng er
mich wiederum an zu trösten und zu vermahnen, nahm
aber das Paquet der weltlichen Lieder, führete mich in
die Küche und verbrandte es in meiner Gegenwart auf
dem Feuer-Herde, hergegen beschenckte er mich mit
einer Bibel, Gebet- und Gesang-Buche, dergleichen Sachen in unserm Hause, theils schlecht, theils gar nicht
anzutreffen waren.

Mein armer einfältiger Bruder muste zwar nachhero das Gelach bezahlen, indem Vater, Mutter und alles, über ihn allein her war, allein was halffs? geschehene Dinge konten nicht geändert werden. Ich trug dem Herrn Pfarrer sein Paquet hin, und bekam von demselben eine nochmahlige gute Vermahnung, ihm mein Wort zu halten, und ja bey Leibe keine Zoten-Lieder mehr zu lesen, vielweniger zu singen. Allein, ob ich auch schon den ernstlichen Vorsatz gefasset hatte, so wurde doch derselbe des leidigen Geld-Verdienstes wegen, nicht allein von üppigen Leuten, sondern so gar von meinem Vater selbst, in wenig Tagen dergestalt zernichtet, daß ich nicht allein meine alten Lieder wie-[328]der hervor suchte, sondern auch gegen die Herbst-Zeit, da es die meisten Hochzeiten zu geben pfleget, einen eigenen Weg in die Stadt vornahm, um von dem Buchdrucker etwa vor einen halben Thaler neue Lieder zu kauffen.

Jedoch ich kam bey demselben sehr übel an, denn so bald ich mein Gewerbe mit der grösten Freundlichkeit vorgebracht, stieß der Buchdrucker die schändlichsten Läster-Reden gegen mich aus, und schloß endlich mit solchen tröstlichen Worten: Geh du Spion, du Schelm an den hellen lichten Galgen, und sage dem, der dich abgeschickt hat: er soll sich um seine Postillen-Reuterey und um die weiten Ermel am Pfaffen-Rocke bekümmern, andere ehrliche Leute in ihrer Nahrung aber ungehudelt lassen. Da ich nun bald merckte, wohin der erboste Mann zielte, und was er vor einen wunderlichen Argwohn auf meine Unschuld gelegt hätte, eröffnete ich ihm das Verständniß, mit treuhertziger Erzehlung meiner neulichen Verdrüßlichkeiten, und erhielt endlich mit grosser Mühe von ihm, was ich so eiffrig suchte.

Es ist aber hierbey zu mercken, daß, wie ich nachhero erfahren, dieser Buchdrucker jederzeit vor einen besonders frommen Mann gehalten seyn, und dem Scheine nach, allen Heiligen die Füsse abbeissen wollen, wie er sich denn auch überall gerühmet, er liesse seine Schrifften durchaus zu keinen ärgerlichen Sachen gebrauchen, und wenn er vor jeden Bogen 1000. Thlr. zu verdienen wüste, in der That aber war er ein Ertz-Heuchler, der, wie man nachhero erfahren, die allerliederlichsten Sachen [329] von der Welt gedruckt hat, und zwar um einen weit geringern Preiß, als andere seines gleichen. Wegen meiner Begebenheit, hatte ihm unser Pfarrherr, in einem Brieffe, das Gewissen ziemlich geschärfft, und solchergestalt seine Galle über alle massen aufgerühret, jedoch letztlich, nachdem ich ihm meine Unschuld mit den glaubenswürdigsten Eyd-Schwüren dargethan, wurden wir wiederum gute Freunde, und ich bekam die neue Versicherung, ihm jederzeit willkommen zu seyn, wie er denn auch nachhero durch mich allein, manches hundert von dergleichen und andern Lust erweckenden Sachen loß wurde.

Unter dergleichen löblicher Lebens-Art, war nun fast mein 15des Lebens-Jahr verstrichen, und weil ich schon ziemlich kunstmäßig auf der Orgel und andern Instru-

menten spielen konte, ließ sich mein Vater endlich durch
das Zureden reputirlicher Leute bewegen: mich zu einem
Stadt-Pfeiffer in die Lehre zu verdingen, damit ich nach
ausgestandenen 5. Lehr-Jahren, vor einen zukünfftigen Kunst-Pfeiffer-Gesellen passiren könte. Mein Lehr-
Printz nahm mich mit Freuden vor ein Blut-weniges
Lehr-Geld an, in Erwegung dessen, da ich schon geschickt war, ihm gute Dienste zu leisten, allein weil ich
mich bey den blasenden Instrumenten allzuscharff angriff, ausserdem das starcke Bier- Wein- und Brandte-
wein-Trincken allzusehr liebte, stelleten sich gleich
nach Verlauff meines ersten Lehr-Jahres hefftige Blut-
stürtzungen ein, welche mich dergestalt ausmergelten,
daß sich endlich mein Vater gezwungen sahe, seinen
liebsten Sohn [330] wieder nach Hause zu nehmen. Es
sahe eine Zeitlang sehr schlimm mit mir aus, ja der
Doctor, welchen mein Vater mehrentheils alle Woche aus
der Stadt holen ließ, zweiffelte selbst an meiner Wieder-
genesung, jedoch nachdem ich über andert-halb Jahr
gekränckelt, fand sich die Besserung nach und nach vollkommen wieder.

Währender meiner Kranckheit hatte mich unser Herr
Pfarrer sehr fleißig besucht, und einen ziemlich veränderten Menschen aus mir gemacht, so daß ich durchaus kein musicalisch Instrument, zu Beförderung üppiger
Lüste mehr anrühren wolte, ja es stellete sich bey mir
ein Eckel, fast überhaupt gegen alle Music ein, wovon ich
doch sonsten ein so grosser Liebhaber gewesen. Mein

Vater wolte zwar durchaus haben, daß ich wieder zum
Stadt-Pfeiffer in die Lehre gehen solte, da aber der
Pfarrherr ohngefähr in einer Predigt den Spruch mit
anbrachte: Siehe zu, du bist gesund worden, sündige
hinfort nicht mehr, auf daß dir nicht etwas ärgers wie-
derfahre; ging mir derselbe dermassen zu Hertzen: daß
ich augenblicklich noch in der Kirche den Schwur that,
die Music liegen zu lassen, hergegen ein anderes ehr-
liches Handwerck zu erlernen. Noch selbigen Sonntags
gegen Abend ging ich zu dem Pfarrherrn, mich wegen
dieses Vorsatzes seines Raths zu erholen, dieser schlug
mir sehr erfreuet die Organisten-Kunst vor, weiln ich
doch schon etwas davon gefasset hätte, allein auch darzu
war bey mir alle Lust verschwunden. Andere Künste zu
erlernen, schien etwas allzu kostbar, derowegen fiel mir
endlich das Tischler-Hand-[331]werck ein, und zwar bey
der Gelegenheit, da unsers Pfarrherrns Bruder, als ein
berühmter Meister, in dasiger Kirche einen neuen Altar,
Cantzel, Tauffstein und Orgel bauen halff.

Anfänglich wolte zwar, so wohl bey dem Pfarrherrn als
bey dem Meister, ein Zweiffel entstehen, ob ich wegen
ausgestandener gefährlichen Kranckheit, der, mit diesem Handwercke verknüpfften schweren Arbeit gewachsen seyn möchte, jedoch ich befand mich innerlich und
äuserlich dermassen wohl aus curirt, daß ich ihnen diesen
Zweiffel mit gutem Recht ausreden konte, und also wurde ich um ein billiges Lehr-Geld, welches der Pfarrer zur
Helffte aus seinem Beutel bezahlete, meinem Vater zum

ziemlichen Verdruß in die Lehre genommen, kan auch nicht anders gedencken, als daß dergleichen Resolution dem Himmel gefällig gewesen, weil seit der Zeit nicht den geringsten Anfall von einer innerlichen Kranckheit gehabt habe. Mein Meister war, wie gesagt, ein sehr künstlicher Mann, sonderlich im fourniren und anderer subtiler und künstlicher Tischer-Arbeit, ausserdem nahm er wenig andere als Kirchen-Arbeit an, von gemeinen und groben Sachen aber gar nichts. Ich fand mich währender Lehrzeit in den allermeisten nach seinem Wunsche, nachdem ich aber ausgelernet, blieb ich noch zwey Jahr um halbes Lohn bey ihm, und zwar darum, weil er sich keine Mühe verdriessen ließ, mich in den Haupt-Stücken der Architectur zu unterrichten, als welche er sehr wohl verstund.

Mittlerweile war mein Vater gestorben, die Mutter abgebrandt, also hatten wir Kinder, ein [332] jedes vor sein Theil, kaum 20. Gülden zu fordern, derowegen schenckte ich der Mutter meine Portion der Erbschafft, und reisete etliche 30. biß 40. Meilen in die Welt hinnein. Alldieweiln ich nun, ohne Ruhm zu melden, etwas rechtschaffenes in meiner Profession gelernet zu haben, ziemlich versichert war, so suchte keine andere Arbeit, als in den grösten Städten, und zwar bey solchen Meistern, die keine Marckt- oder Bauer-Arbeit machten, hatte auch immer das Glück, nicht lange auf der Bären-Haut zu liegen.

Meine stille und ziemlich melancholisch scheinende Lebens-Art, die aber einen desto stärckern Fleiß bey der

Arbeit beförderte, erwarb mit gemeiniglich die Gunst
der Meister, hergegen einen heimlichen Haß bey den
Mittgesellen, jedoch ich machte mir dieserwegen nicht
die geringste Sorge, im Gegentheil hatte mehrern Vortheil davon, weil ich solchergestalt von vielen Ungelegen-
heiten, die durch das Sauffen, Spielen und anderes liederliches Leben zu entstehen pflegen, befreyet blieb.

Diesemnach kan mich keiner besondern Avanturen
rühmen, es müsse denn seyn, daß folgende, einen Platz
unter den besondern Begebenheiten eines reisenden
Handwercks-Purschen verdieneten:

Mein Meister, welches der vornehmste Tischler in der
berühmten Residentz eines Römisch Catholischen Bi-
schoffs war, schickte mich eines Tages nebst einem
Jungen in das Hauß eines sehr reichen Mannes, um das
Täffel-Werck aus seiner Wohn-Stube zu reissen, hergegen selbige Stube aufs neue mit Nuß-Baum-Holtze
auszutäffeln. Indem [333] nun der Lehr-Junge eben im
Begriff war, eine Kanne Bier von der Ausgeberin, ich
aber indessen das aus Holtz geschnitzte Bild des heil. Bonifacii, welches oben in einer Ecke angenagelt war, herunter zu langen; brach mir dieser wurmstichige Heilige
unter den Händen entzwey und schüttete aus seinem
ausgehölten Leibe eine grosse Menge Gold-Stücker über
meinen Kopff, weßwegen ich ungemein erschrack, jedoch
das Bild vollends herunter hub, die ausgestreuten Gold-
Stücke alle zusammen in meine Mütze sammlete, und befand, daß es 632. Stück lauter Kremnizer Ducaten waren.

Diese Arbeit war vollbracht, ehe mein Lehr-Junge
mit dem Biere, und der Hauß-Knecht mit dem Mittags-
Brodte ankam, welchen letztern ich bat, dem Hauß-
Herrn meinetwegen zu sagen: daß er augenblicklich zu
mir in die Stube kommen möchte, weil ihm etwas besonders anzuzeigen hätte. Da aber der Hauß-Herr eben
bey der Mittags-Mahlzeit gesessen, so kam er nicht eher
zur Stelle biß nach aufgehobener Taffel, fragte auch so
gleich: was es besonders gäbe? Mein Herr! gab ich ihm
zur Antwort, es wird euch bewust seyn, daß die Lutheraner, als zu welcher Parthey ich mich bekenne, nicht glauben, daß die verstorbenen Heiligen den annoch lebenden
Menschen einige Wohlthaten erzeigen können; allein
euer heiliger Bonifacius, dessen vortrefflichen Nahmen
ich zu seinen Füssen angeschrieben sehe, hat mich heute
eines andern überzeugt. Denn ohngeacht ich so unglücklich gewesen, seinen, von Würmern gantz durchfresse-
nen Cörper, zu zerbrechen, so hat er mir dennoch dieses
Geschen-[334]cke, euch als dem Hauß-Herrn zu überreichen anvertrauet. Unter Aussprechung dieser letztern
Worte, setzte ich meine, mit Ducaten ausgestopffte Mütze vor ihn auf den Tisch, und indem er selbige eröffnete,
erstaunete der Mann gantz ungemein, sagte aber weiter
nichts als: Verziehet ein klein wenig, ich muß doch dieses
Heiligthum meiner Frauen zeigen: Und darauf lieff er
eiligst fort. Ich wartete länger als eine Stunde auf seine
Zurückkunfft, und stund in der gäntzlichen Hoffnung er
würde mir zum wenigsten etliche Stück Ducaten Trinck-

Geld einhändigen; allein statt dessen kam bald hernach die Wache und führete mich mit samt dem Lehr-Jungen in Arrest.

So lange ich auf der Welt gelebt hatte, war mir kein Zufall unvermutheter und wundersamer vorgekommen, als dieser, jedoch, weil ich ein gut Gewissen hatte, blieb ich eine gantze Nacht hindurch, obgleich nicht ohne Verdruß, dennoch ohne grosse Bekümmerniß. Folgenden Morgen aber wurde der Junge von mir hinweg, ich selbst etwa eine Stunde darauff, in Ketten geschlossen und vor das Geistl. Gerichte geführet. Allwo mich der Hauß-Herr nicht allein auf einen vermuthlichen Diebstahl, sondern auch wegen Lästerung GOttes und seiner Heiligen angeklagt hatte. Ich verantwortete mich nach meinem guten Gewissen, so gut als ich konte, erzehlete die gantze Sache mit ihren wahrhafften Umständen und wurde wieder zurück geführet, eine halbe Stunde hernach aber noch einmahl so hart geschlossen.

Mein Meister, der jedoch ein sehr eiffriger Ca-[335] tholic war, hatte kaum Erlaubniß bekommen können, mich mündlich zu sprechen, erforschete derowegen desto genauer, was die Sache nach meinem Vorgeben, vor eine Bewandniß habe, und da er endlich den Verlauff von mir vernommen, sprach er: Traget nur Gedult und bleibet bey der reinen Wahrheit, ich hoffe, ihr sollet Morgen oder Uber-Morgen bey dem Bischoff selbst zum Verhör kommen. Solches traff ein, denn nach Verlauff zweyer Nächte, wurde ich von den Ketten befreyet, und gerades

Wegs in den Bischöfflichen Pallast, ja so gar in dessen
Zimmer geführet, allwo derselbe auf seinem Stuhle saß,
und das wurmstichige Bildniß des heil. Bonifacii, auf einem kleinen Tische, vor sich liegen hatte. Zu seiner Seiten stunden verschiedene Bediente, etwas weiter unten
aber mein Ankläger, der meine Mütze mit den Kremnizer
Ducaten in Händen hatte, und denn mein Meister. So
bald ich meinen Reverenz gemacht, fragte der Bischoff
mit einer zornigen Geberde: Bist du der frevele Ketzer,
welcher das wunderthätige Bild des heil. Bonifacii, boßhaffter weise zerbrochen, und über dieses schimpfflich
von demselben gesprochen hat? Hochwürdigster, Gnädigster Herr! gab ich zur Antwort, ich ruffe denjenigen
GOtt, den so wohl die Lutherisch- als die Römisch-Catholischen Christen anbeten, zum Zeugen an, daß ich dieses
Heiligen Bild nicht muthwilliger oder boßhaffter weise
zerbrochen, sondern gleichwie es dem Augenscheine
nach, gar sehr wurmstichig, ist es mir unter den Händen
entzwey gegangen, und zwar vermuthlich nicht ohne sonderbare Göttliche Fü-[336]gung, damit der darinnen verborgene Schatz, an 632. Stück Kremnitzer Ducaten, dem
Hauß-Herrn zu gute kommen solte. Ich bin allein gewesen, und hätte mit leichter Mühe dieses Geld bey seite
schaffen können, allein mein Gewissen ist zu enge, dergleichen Gut, so mich nicht vor den Eigenthums-Herrn
erkennet, an sich zu bringen, hergegen hat es mich angetrieben, solches dem Hauß-Herrn einzuliefern, und auf
eine, ihm selbst beliebige Discretion zu warten, jedoch

meine Redlichkeit ist mir übel belohnet worden! Hierauf sahe der Bischoff meinen Ankläger an, welcher in diese mir höchst empfindliche Worte ausbrach: Hochwürdigster! Dieser Kerl ist ein Schelm, wie alle Ketzer sind. Man lasse ihn auf die Tortur bringen, so wird er nicht allein gestehen, daß er das heilige Bild, welches ich höher als eine Tonne Goldes geschätzt und ihm täglich hundert Küsse gegeben, muthwilliger weise zerbrochen, sondern mir, daraus mehr als 1300. Ducaten entwendet hat. Denn da mein seel. Groß-Vater auf dem Todt-Bette lag, seine Erben aber bey Vermissung 2000. Stück Kremnitzer Ducaten, ihn befragten, wo er dieselben hingelegt hätte, wiese er beständig mit dem Finger auf den heil. Bonifacium, konte auch, weil ihm ein Schlag-Fluß die Zunge gelähmet, weiter nichts mehr heraus stammlen, als: San-ctus Bo-ni-fa-ci-us San-ctus Bo-ni-fa-ci-us hat-al-les. Dieses, sagte mein Ankläger weiter, weiß ich mich in meinem itzigen 68sten Jahre annoch wohl zu erinnern, als ob es vor acht Tagen geschehen wäre, ohngeacht ich damahls nur ein [337] Knabe von 14. Jahren war. Wir sämtlichen Erben haben zwar nach der Zeit rund um das heil. Bild herum gesucht, aber nichts gefunden, biß es dieser diebische Ketzer endlich entdeckt, und mehr als die Helffte davon genommen hat. Gerechter Himmel! rieff ich hierauf aus, ist wohl möglich, daß in einer so kleinen Hölung mehr als so viel Ducaten Raum haben? man lasse das Bild zertheilen und nachsehen, ob sich vielleicht noch mehr geheime Oeffnungen darinnen finden, ich

bezeuge nochmals vor allen dem, was heilig ist, daß mir
nicht mehr als 632. Gold-Stücke zu handen kommen sind,
kan auch unmöglich glauben, daß etwa ein oder etliche
Stück auf dem Boden des Zimmers sich verlauffen hätten, denn es ist alles glatt, eben und ohne Löcher. Der
Bischoff betrachtete hierauff das Bild etwas genauer,
und befand, daß die weiteste Hölung, in der Brust desselben war, von der Scheitel aber gieng ein Loch herunter, dergleichen in den Spaar-Büchsen zu seyn pfleget,
welches zu alleroberst sehr dünne, und mit gelben Wachs
voll gegossen war. Derowegen ließ er alles Wachs heraus
schmeltzen, das Bild im Bruche ordentlich auf einander
setzen, und die 632. Stück Ducaten, einem nach dem andern, hinein zehlen. Da dieses geschehen, das Loch aber
noch nicht erfüllet war, mußte sein Schatz-Meister einen
grossen Beutel mit Kremnitzer Ducaten herbey bringen,
deren etliche gezeichnet und hinnein gesteckt wurden,
allein da der Schatz-Meister den dreyzehenden Ducaten hinnein gesteckt, war das Loch schon biß oben angefüllet. Nachhero muste mein [338] Meister eine saubere Säge herbey schaffen, und das Bild von unten auf,
in 4. Theile schneiden, allein es fand sich weder Gold noch
fernere Hölung darinnen. Mein Ankläger bestund also
wie Butter an der Sonnen, und ob er gleich noch viele
Winckel-Höltzer machen wolte, so kehrete sich dennoch
der Bischoff nicht im geringsten daran, sondern that
zu meiner, und aller Menschen grösten Verwunderung
diesen unerwarteten Ausspruch: Höret mein Freund!

also redete er meinen Ankläger an, es erhellet aus allen
Umständen, daß ihr ein unersättlicher Geitzhals, und mit
dem Schatze, den euch dieser ehrliche Kerl eingeliefert,
aus keiner andern Ursache nicht zufrieden seyd, als weil
ihr euch verbunden gesehen: ihm ehrenthalber ein ansehnliches Geschenck davon zu geben, jedoch ich werde
dieserwegen sprechen, was rechtens ist: Es werde diese Summe in drey gleiche Theile getheilet, der erste
Theil gebühret vor allen Dingen dem heil. Bonifacio, der
die gantze Summe seit so langen Jahren, in den gefährlichen Kriegs-Läufften vor den Raub-Klauen der Frantzösischen Soldaten, vor den langen Fingern der Diebe,
vor Feuer, Wasser und andern Unglücke sicher erhalten
hat. Der andere Theil kömmt von rechtswegen dem
Haußwirthe zu, der dritte aber ohne allen Streit dem
glückseeligen Finder des Schatzes, und schadet hierbey
gar nichts, daß er seinem eigenen Geständnisse nach ein
Ketzer ist, denn man muß die Treue und Redlichkeit, als
eine von den vornehmsten Haupt-Tugenden, auch in den
Feinden belohnen. Es fehlete wenig, mein Ankläger wäre
über diesen Urtheils-Spruch in Ohn-[339]macht gefallen, er wolte zwar noch sehr viel Einwendens machen,
allein es blieb darbey, und zum grösten Gelächter aller
Anwesenden, wurde der letzte Betrug ärger als der erste, denn indem mein Ankläger mit zitterenden Händen zugreiffen, und seinen abgezehlten dritten Theil
hinweg nehmen wolte, sprach der Bischoff: Haltet inne
mein Freund, ich habe noch etwas zu erinnern. Der hei-

lige Bonifacius ist durch eure ungestüme Anklage mehr beleydiget, als durch die leichtsinnigen Reden gegenwärtigen Ketzers, denn um eurent willen ist man genöthiget worden, denselben zu viertheilen. Sehet er wird in Zukunfft Kleider vonnöthen haben, solche ihm unschuldig zugefügte Schmach zu bedecken, auch ists billig, daß man ein so uhraltes wunderthätiges Heiligen-Bild wieder zusammen leime, und ihm zur Erstattung seiner Ehre, einen Altar auffrichte. Zu diesem heil. Gestiffte werdet ihr euren Antheil des Geldes, am allerbesten anzulegen wissen, und damit eure Schuld büssen. Gegenwärtiger Ketzer aber soll von seinem Antheil ebenfalls 50. Ducaten darzu geben, damit er in zukunfft bescheidener und andächtiger von den verstorbenen Heiligen reden lerne.

Hierbey muste es bleiben, mein Ankläger mochte sich auch so verzweiffelungs-voll anstellen als er immer wolte, ich aber bekam zu meinem Theile 160. Kremnitzer Ducaten, 2. Käyser-Gulden und etliche Patzen richtig in den Hut gezehlt, und zugleich die Freyheit hin zu gehen wo mir beliebte. Dieser Streich gab in der Stadt zu vielen lustigen Gesprächen Anlaß, unter andern hatte ein spitzfindiger Kopf folgende Verse darauff gemacht: [340]

MADRIGAL.
DU armer Bonifacius,
Ist das der Danck vor deine Treue?
Sonst werden nur die Leiber
Der Mörder und der Strassen-Räuber,

Gevierteilt und aufs Rad gelegt.
Dich setzt man zwar
Auf den geschmückten Bet-Altar;
Jedoch wer weiß, was dir dein Hauß-Wirth gönnt,
So offt er sieht, wie schön dein Wachs-Licht brennt:
Denn sein Verdruß
Ist alle Morgen neue.
Ach! fahre fort den Ketzern guts zu thun,
Die Päbstler lassen dich ja keine Stunde ruhn,
Zuletzt heists doch: (sic mos est horum,)
Undanck in fine laborum.

Weil aber dergleichen Sachen mir verschiedene Verdrüßlichkeiten zuzogen, setzte ich meinen Stab etliche
20. Meilen weiter, und kam bey einem Meister in Arbeit, der im Nonnen-Closter die Tischler-Arbeit zu einer
Orgel, zugleich auch viele andere Dinge im Closter
und in der Kirche zu machen hatte. Von dar aus, schickte ich 120. Stück Ducaten an den Pfarr-Herrn meines
Geburths-Dorfs, überschrieb ihm meinen gehabten wunderlichen Zufall, und bat: daß er das meinetwegen ausgelegte Lehr-Geld davon zurück nehmen, meiner Mutter
50. fl. zu völliger Ausbauung des abgebrandten Hauses
und besserer [341] Nahrung auszahlen, das übrige aber
biß zu meiner Zurückkunfft, in seiner Verwahrung behalten solte.

Wenig Wochen hernach, bekam ich von diesem lieben
Manne, eine eigenhändige Schrifft, worinnen er mir

nicht allein alles, was Zeit meiner Abreise veränderliches vorgegangen war, berichtete, sondern auch eine
Gerichtliche Abschrifft von derjenigen Qvittung überschickte, die er meiner Mutter wegen des Empfangs der
120. Ducaten, und der, ihr davon ausgezahlten 50. Gülden, zur sichern Verwahrung gegeben hatte, das vor
mich ausgelegte Geld aber, wolte er biß zu meiner
Zurückkunfft ausgesetzt lassen, und mittlerweile mein
übriges, an sichere Orte auf Zinsen austhun.

Ich hatte indessen Geld genung zurück behalten, mir
recht saubere Kleidung, Wäsche und andere Bedürffnissen anzuschaffen, verdiente auch unter dem neuen
Meister, bey dem Orgel- und Closter-Bau von Zeit zu
Zeit, ein schön Stück Geld, wovon ich den meisten
Theil darzu anwendete, bey einem Bau-Meister, in der
Architectur die neusten und besten Stücke zu erlernen,
und denn auch bey dem Orgel-Bauer, die, mir noch
unbewusten Vortheile seiner Kunst auszuforschen. Es
gieng mir auf beyden Seiten alles sehr wohl von statten, weil diejenigen müßigen Stunden, welche andere
zum sauffen, spielen und spatzieren gehen anwendeten,
besser zu gebrauchen wuste. Mit dem ältesten Orgel-
Bauers-Gesellen, der bereits capable war einen Meister
abzugeben, stifftete ich binnen wenig Wochen eine vollkommene Freundschafft, erlernete also von dem-[342]
selben diejenigen Vortheile, welche er und sein Meister
sonsten als Geheimnisse zu halten pflegten. Nachdem
ich aber eigentlich vermerckt, daß dieser mein Freund

zum öfftern in eine grosse Tieffsinnigkeit verfiel, und
darbey unzählige Seuffzer außstieß, lag ich ihm so lange
an, biß er mir endlich offenbarete, daß er sich aufs
äuserste in eine Nonne verliebt, mit welcher er zwar
noch kein eintziges Wort gesprochen, jedoch bereits
mehr als 12. Liebes-Briefe gewechselt hätte. Ich belachte diesen Streich von Hertzen, und wolte ihn, als meinen
Glaubens-Genossen, von solcher Gefahr bringenden Liebe abmahnen, allein, er seuffzete und sprach: Ach mein
werthester Freund! wenn ihr meine Nonne, welches die
vornehmste Sängerin ist, und denn diejenige, welche
itzo, in Ermangelung der Orgel, das Clavicien spielet,
nur ein eintzig mahl sehen soltet, würdet ihr gantz anders reden, und ich bin versichert: daß diese schönen
Kinder so gern Männer hätten als wir das Leben haben,
allein ich weiß mich auf kein Mittel zu besinnen, meine
Liebste aus diesem verzweiffelten Käffige zu entführen.

Meine Neugierigkeit erstreckte sich so weit, ihn zu
ersuchen, mir die Gelegenheit zu zeigen, wie man diese
gerühmten Schönheiten zu sehen bekommen könte, er
versprach mir binnen 3. Tagen zu willfahren, allein ich
müste mir die Mühe nicht verdrüssen lassen, in einem
engen Behältnisse, mit einiger unbequemlichkeit, eine
gantze Nacht auf diesen vortrefflichen Anblick zu warten. Ich versprach alles zu thun, was er von mir verlangen und selbst thun könte. Demnach sperrete er mich
und sich, eines A-[343]bends, nachdem wie alle unsere
Mit-Arbeiter fortgeschickt, die Kirch-Thüren alle ver-

schlossen, uns beyde aber selbst eingeschlossen hatten, in ein enges Behältniß des neu-gebauten Orgel-Gehäuses ein, allwo wir sehr unbequem sitzen, und kaum unsere mit hinein genommene Wein-Bouteille nebst dem Zwiebacke zum Munde führen konten. Jedoch weiln um damahlige Jahrs-Zeit sehr warme Nächte waren, kam uns dergleichen Nacht-Wache nicht eben allzu beschwerlich an, nur dieses machte mir bange, daß wenn wir in diesem Gehäuse betroffen würden, uns vielleicht ein grösseres Verbrechen, nehmlich die Kirchen-Räuberey schuld gegeben werden könte, über dieses war mir um die Mitter-Nachts-Zeit ziemlich bange vor Gespenstern und Bethörungen, jedoch alle dergleichen fürchterliche Gedancken verschwanden, da gegen Morgen das gantze Orgel-Chor von musicalischen Nonnen angefüllet wurde, denn es war eben das Fest der Heimsuchung Mariä zu feyern. Zeit Lebens hatte ich keine angenehmere Music gehört als diese, welche von alten und jungen Nonnen gemacht wurde, jedoch ich glaube, daß die Einbildung auch sehr viel bey der Sache gethan hat. Sie spieleten nicht allein allerhand Arten von Instrumenten, sondern die Vocal-Music war dermassen bestellet, daß ich vor Vergnügen immer in einen Klumpen zu sincken vermeinete, jedoch die Vernunfft raffelte sich endlich zusammen, da eine alte sehr runtzelige Nonne, mit der penetrantesten Bass-Stimme, eine Arie solo sunge, so bald aber eine andere, welche als Capel-Meisterin den Tact führete, mit einer, der allervortrefflichsten Nachtigall gleichenden Discant

Stimme, das dar-[344]auff folgende Recitativ heraus drechselte, und mein Gefährte, mir das verabredete Zeichen gab, daß dieses seine verliebte Correspondentin sey, hätte ich abermahls vor übermäßiger Verwunderung aus der Haut fahren mögen. Inzwischen stund mir der alte Zeisel-Bär, nehmlich die alte Nonne, welche den Bass sunge, mit ihrer Concerte beständig im Wege, die, auf dem Clavicien spielende Nonne, im Gesichte zu sehen, so lange biß endlich dieses Stück völlig abgethan war.

Indem das alte Brum-Eisen nun auf die Seite trat, war die wunderschöne Organistin eben im Begriff, die bey ihr stehenden zwey Wachs-Lichter zu putzen, und also fiel mir ihre unvergleichliche Gesichts-Bildung auf einmahl vollkommen in die Augen. Dieser eintzige allererste Anblick war vermögend, mein Hertz vollkommen verliebt zu machen, so daß ich kein Auge von derselben verwenden konte, biß mir endlich andere darzwischen tretende, den Prospect aufs neue verhinderten. Mittlerweile sahe ich die charmante Seele meines Gefährten desto genauer an, und befand: daß die Gesichts-Bildung derselben, nicht halb so angenehm als der schönen Organistin Gestallt war, allein wie ich nachhero an ihm vermerckt, so hatte er im Gegentheil vor seine Liebste eben so vortheilhaffte Gedancken, als ich vor die meinige. Nachhero, da ich die eingebildete Glückseeligkeit aufs neue hatte, die letztere frey zu betrachten, wurde meine hefftige Liebe dermassen befestiget, daß ich beschloß so gar mein Leben daran zu wagen, um nur fein offte den Vortheil zu erlangen, [345] mit ihr, gleich wie mein Gefährte mit der seinigen, Briefe zu wechseln.

Die Früh-Mette gieng endlich, zum wenigsten mir, mehr als zu hurtig vorbey, weßwegen die Kirche so wohl von denen Nonnen als allen andern Leuten verlassen wurde. Mein Gefährte fragte mich, ob wir uns davon schleichen, oder noch etliche Stunden verziehen, und die hohe Messe abwarten wolten, ich erwehlete das letztere, und gab vor: daß ich ehe 3. Tage und Nacht ohne Essen, Trincken und Schlafen verbleiben, als dieses Vergnügens, welches so wenig Mühe kostete, beraubt leben wolte; woraus derselbe so gleich vermerckte, daß Cupido in meiner Person einen verliebten Haasen getroffen hätte, und mich dieserwegen nicht wenig vexirete. Jedoch weil er vermerckt: daß seine Geliebte denjenigen kleinen Brief, welchen er unter ihr Singe-Pult versteckt, zu sich genommen hatte, sagte er gantz leise zu mir: Mein Freund wo es wahr ist, daß ihr in die schöne Clavicien-Spielerin verliebt seyd, so bin ich deßfalls bereits euer Frey-Werber gewesen, und versichert, daß diese vertrauten Schwestern eben itzo im Begriff seyn werden, meinen Brief zu lesen, seyd ihr aber ja bey einer solchen Schönheit von Eisen und Stahl, so stellet euch zum wenigsten eine Zeit lang verliebt, damit ihr mir mein Spiel nicht verderbet, denn da meine Liebste einmahl die Unbehutsamkeit gehabt: ihr Liebes-Geheimniß ihrer vertrauten Gespielin zu offenbahren, muß ich in beständigen Furchten schweben, daß die letztere nicht

verschwiegen genung sey, sondern aus Neid eine Ver-
rätherin werden möchte, welches aber nicht leichtlich
[346] geschehen kan, wenn sie selbsten etwas Liebes
weiß. Ach mein Freund, gab ich zur Antwort, mein Hertze brennet vor Liebe lichterloh, allein ich zweiffele sehr,
daß mich die schöne Nonne zu ihrem Liebsten annehmen
möchte, denn sie scheinet mir, ihrer Geberden wegen,
von etwas hohen Sinnen und vornehmen Stande zu seyn.
Schweiget von diesen, versetzte mein Gefährte, ich weiß
es besser, sie ist zwar eines Patricii Tochter, aber wegen
der vielen Geschwister und unzulänglicher Mittel, von
ihrer Mutter, nach dem Tode des Vaters mit Gewalt ins
Closter gesteckt worden. Ach, ach! fuhr er fort, die Liebe
zur Freyheit, und anderthalb Centnern Manns-Fleische,
kan ein Frauenzimmer leicht dahin bringen, die Eitel-
keiten eines etwas höhern Standes hindan zu setzen,
und einen ansehnlichen rechtschaffenen Kerl, der seine
Profession aus dem Grunde verstehet, zu heyrathen,
über dieses weiß ich gewiß, daß sie zum wenigsten auf die
300. spec. Thaler am Gelde und kostbaren Geschmeide
haben wird, welches, wenn wir Gelegenheit zur Flucht
finden können, durch kluge List leichtlich mit fort-
zuschaffen ist. Ach, sprach ich, wenn ich nur die Person
erstlich in meiner Heymath hätte, ich würde mir wenig
oder nichts aus dem Heyraths-Gute machen, weil ich zu
meinem Anfange schon Geld genung weiß.

Indem ich ferner reden wolte, wurde die hinterste
Thür, welche aus dem Closter aufs Orgel-Chor führete,

geöffnet, weßwegen wir uns sehr stille hielten, und endlich mit zitterenden Freuden unsere beyden Geliebten
ankommen sahen. Sie machten sich alle beyde über das
Clavicien her, und stimmeten [347] dasselbe, zogen auch
etliche Säyten auf, endlich aber zog die Sängerin, welche
Caroline hieß, ein Schreibzeug nebst einem Blat Pappier
hervor, und beschrieb das letztere auf dem Pulte, da ihr
immittelst meine Schöne, die sich Lucia nennete, über
die Achsel sahe, und endlich sagte: Schwesterchen du
schreibst zu viel, ich habe ja den lieben Menschen noch
nicht ein eintzig mahl recht im Gesichte gesehen, vielweniger ein Wort mit ihm gesprochen, laß ihn doch, sich
zum wenigsten erstlich einmahl, auf einer angemerckten
Stelle zeigen. Schweig mein Schatz! gab Caroline zur
Antwort, ich weiß schon im voraus, daß er dir im Hertzen
wohl gefallen wird, so bald du ihn nur von ferne sehen
wirst, und wo dieses heute nicht geschicht, solstu doch
aufs längste Morgen einen Brief von ihm haben. Gleich
mit endigung dieser Worte, ließ mein Gefährte die oberste Klappe von dem Vorschlage herunter fallen, in welchen wir uns versteckt hatten, und sagte: Erschrecket
nicht schönsten Kinder, euer allergetreusten Liebhaber
sind allhier gegenwärtig, und haben von gestern Abend
an, auf das Vergnügen gehofft, euch durch diese kleinen
Löcher nur zu sehen, nunmehro aber da wir den erwünschten Vortheil haben, euch persönlich zu sprechen,
so erkläret euch, ob ihr unsere hefftige Liebe auf ehrliche und eheliche Weise vergnügen wollet, daferne wir

erstlich Gelegenheit genommen, euch aus diesem Kercker in unser Vaterland zu führen. Die guten Kinder erschracken zwar anfangs hefftig, erholeten sich aber gar bald, und führeten das treuhertzigste Gespräch mit uns allen beyden. Kurtz! da keines an dem andern etwas [348] auszusetzen hatte, wurde das Verlöbniß in der Geschwindigkeit geschlossen, wir schwuren unsern Geliebten ewig feste Treue zu, und sie im Gegentheil versprachen zu folgen, wohin wir beliebten. Nach fernerer genommener Abrede aber, kehreten sie zurück, und wir practicirten uns, ohne von jemand vermerckt zu werden, sehr glücklich zur Orgel und Kirche heraus, und zwar noch wohl eine gute Stunde vor Anfang der hohen Messe.

Wenn ich betrachtete, daß sich binnen so wenig Stunden meine gantze Natur in einen äuserst verliebten Haasen-Safft verwandelt hatte, muste ich mich selbst auslachen, es fielen mir zwar ein und andere Scrupels, wegen dieser so plötzlichen Verbindung in die Gedancken, allein, das, stets vor meinen Augen schwebende Gesicht der schönen Lucia, und dann die hefftige Liebe, wären vermögend gewesen, meinen gantzen Verstand, vielweniger dergleichen gering scheinende Grillen zu vertreiben. Nach diesen lieffen bey nahe vier Monat vorbey, binnen welcher Zeit wir unsere Geliebten zwar öffters sehen und Briefe mit ihnen wechseln, aber nur zweymahl auf wenige Minuten sprechen konten. Derowegen begunte uns auf allen Seiten die Liebe immer hefftiger anzufechten. Die meiste Arbeit an der Orgel war gethan, also zu befürchten, daß uns in zukunfft die allerbeste Gelegenheit abgeschnitten werden möchte, über dieses rückte die rauhe Herbst-Zeit immer stärcker heran, also schafften wir unsere besten Sachen immer nach und nach fort in eine andere Stadt, zu dem Anverwandten meines Cameradens. Unsere beyden Liebsten machten sich auch [349] kein Bedencken, ihr Geld, Geschmeide, und andere leicht fort zu bringende Sachen bey nächtlicher Weile in unsere Hände zu liefern, derowegen liessen wir ein rothes und ein blaues Officier-Kleid verfertigen, kaufften 2. Degen, Stöcke, Hüte, und alles was ein paar Cavalier nöthig haben. Vor uns beyde aber liessen wir ein paar Laqveyen-Kleider machen. Kurtz! wir fädelten alle Anstallten, die beyden Nonnen in Officiers Habiten fortzubringen, dermassen klüglich und listig ein: daß wir an glücklicher Ausführung unseres Vorhabens nicht im geringsten zweiffeln konten. Mein Compagnon bestellete also nach völlig genommener Abrede, in der nächsten Stadt eine Extra-Post, welche auff einen gewissen Tag und Stunde parat stehen solte, ein paar Officiers mit ihren Dienern abzuführen. In unserer Vorstadt aber miethete er einen Lohn-Wagen, schaffte unsere übrige Sachen hinaus, und konte sich darauff verlassen, daß derselbe alle Minuten wenn es ihm beliebte, abfahren wolte. Die Officiers-Kleider und darzu gehörigen Sachen, practicirten wir bey Tage in die verschlossene Orgel, Abends aber verschlossen wir uns selbst mit Feuerzeugen und Blend-Laternen hinein. Unsere Nonnen versäumeten nicht, sich zu bestimmter Zeit einzustellen, verschlossen sich mit den empfangenen Officiers-Kleidern, weissen Peruquen und allen Zubehör, in die Blasebalgs-Cammer, kleideten sich um, und wurden hernach von uns glücklich zur Kirche, und in die Vorstadt hinnaus begleitet, worbey wir zugleich ihre eingepackten Nonnen-Kleider, nebst noch einigen andern mitgebrachten Sachen, unter unsern Mänteln mit fort trugen. [350]

Es war Abends noch nicht völlig 10. Uhr, da wir die Stadt unseres bißherigen Auffenthalts verliessen, mit anbrechenden Tage aber, bey der bestellten Extra-Post eintraffen, welche, immittelst wir nur einige Erfrischungen zu uns nahmen, sich völlig fertig machte, und aufs allergeschwindeste davon fuhr. Nachdem wir aber noch zwey frische Extra-Posten genommen, erreichten wir einen solchen Ort, allwo, unter der Bothmäßigkeit eines protestantischen Landes-Herrn, sattsame Sicherheit anzutreffen war, derowegen liessen wir die allzukostbare Extra-Post zurück gehen, um etliche Tage daselbst auszuruhen. Binnen selbigen, hatten wir Zeit genung die Priorin und andern Closter-Schwestern ins Fäustgen auszulachen, zumahlen da unsere Geliebten erzeleten, wie sie beyderseits ihre Zellen aufs allerfesteste verschlossen, die Schlüssel aber so wohl als die Kirch-Schlüssel, nebst zweyen Abschieds-Briefen in ein Schnupff-Tuch gebunden und zwischen die Blasebälge gesteckt hätten, allwo sie die Schwester Calcantin mit der Zeit schon finden würde. Ich und mein Compagnon liessen bey der

Gelegenheit vor unsere Liebsten feine Frauenzimmer-
Kleider zu rechte machen, weil wir selbige in Officiershabiten nicht weiter sicher durchzubringen getraueten,
dieselben sich auch selbst ein Gewissen machten, ohne
Noth dergleichen Kleider ferner zu tragen, denn ich kan
zu ihrer beyder besondern Ruhme nicht anders sagen,
als daß sie sich ungemein fromm, keusch und züchtig
auffgeführet haben. Mein Compagnon, der ein Hesse von
Geburth war, trennete sich nebst seiner Liebste in selbigen Lande von mir, und zwar in [351] einer solchen
Stadt, wo sich viele Studenten befanden. Der Abschied,
welchen die zwey Closter-Schwestern von einander nahmen, war ungemein zärtlich, denn solchergestallt solten
sie sehr weit von einander zu wohnen kommen, weil aber
ich mit meinem guten Freunde die Abrede genommen,
an selbigen Orte so lange zu verweilen, biß unsere, bey
dessen Anverwandten eingesetzten Sachen ankämen,
und ihm seinen Coffre nach zu schicken, bewegte mich
meine Liebste selbst öffters zu einem Spatzier-Gange,
worbey sie nicht selten wünschte: bereits an Ort und
Stelle zu seyn, damit wir uns ordentlich copuliren lassen,
und die Haußhaltung anfangen könten, inzwischen aber
war sie dermassen eigensinnig, daß mir mit guten Willen
niemahls erlaubt wurde, sie als meine verlobte Braut auf
den Mund zu küssen, sondern sie sprach beständig: dergleichen Caressen gehöreten sich nicht ehe anzustellen,
als nach beschehener Copulation.

Mittlerweile traff ich von ohngefähr einen ehemah-

ligen Neben-Gesellen an, welcher in dieser Stadt Meister
geworden, und eine reiche Heyrath getroffen hatte, derselbe ließ nicht ab, biß ich versprach: folgenden Abend
sein Gast zu seyn. Meine Liebste erlaubte mir dieses,
da ich aber bey guter Zeit wieder in unser Logis kam,
traff ich sie mit einem schwartz gekleideten Menschen,
der sehr wohl aussahe im eiffrigen Gespräch, bey einem
kleinen Neben-Tische sitzend an, ohngeachtet nun noch
etliche Personen in der Stube gegenwärtig waren, so
entfärbte sich doch meine Liebste ziemlich bey meiner
Ankunfft, jedoch ich gab ihr die freundlichsten Minen,
[352] bat auch um Erlaubniß mich bey ihnen niederzulassen, und dem schwartzgekleideten Herrn eine Pfeiffe
Toback zu præsentiren, welche er mit gröster Freundlichkeit annahm, und darbey mich und meine Liebste so
treuhertzig machte, ihm und den andern Anwesenden
unsere gantze Lebens-Geschichte zu erzehlen. Er bedanckte sich, da es fast Mitternacht war, vor die erzeigten Gefälligkeiten, wünschte sehr viel Glück zu unsern fernern Vorhaben, und bat: daß er sich die Freyheit
nehmen dürffte, uns morgen früh mit einem Caffeé und
Bouteille Wein zu tractiren, welches ich indessen annahm.
Weilen aber dieses Menschen Conduite mir besonders
artig vorkam, ließ ich sehr frühzeitig alles zurechte
machen, womit er uns tractiren wolte, und tractirete ihn
den gantzen Tag hindurch aufs allerbeste. Nachmittags
kamen meine und meines gewesenen Compagnons
Sachen mit der Post an, welche letztern ich auslösete,

fortschaffte, und zu meiner morgenden Abreise Anstallt machte, dieserwegen auch gegen Abend ausgieng, um von ersterwehnten guten Freunde Abschied zu nehmen.

Den ehrlich scheinenden Schwartz-Rock, traff ich bey meiner Zurückkunfft, abermahls bey meiner Liebste in eiffrigen Gespräch begriffen an, er nahm aber bald darauff Abschied, wünschte uns darbey auch eine glückliche Reise, und meine Liebste, die ich um die, mit ihm geführten Reden, sehr freundlich befragte, gab zur Antwort: daß er ihr die Irrthümer der Römisch-Catholischen Kirche entdecket hätte, welches mir sehr lieb zu vernehmen war. Allein meine Leichtgläubigkeit zeigte mir hernach gantz an-[353]dere Irrthümer, denn da ich früh Morgens nach meiner Liebste sehen ließ, die in der Höhe ihre besondere Cammer hatte, war dieselbe über alle Berge, und hatte den Schlüssel zu unsern Reise-Coffre, in einen auf den Tisch gelegten Brief gesiegelt, der folgendes Innhalts war:

Monsieur Lademann,

*I**ch habe euch biß auf diese Stunde vor einen frommen, tugend- und gewissenhafften Menschen erkannt, der allein, wegen seiner Treue und Redlichkeit, von der schönsten Person auf der Welt geliebet zu werden verdienet. Allein, nehmet mir nicht übel, daß ich, euren Gedancken nach, eine Untreue an euch ausübe. Es ist mir unmöglich, mich mit euch zu verehligen. Solte ich dieserwegen eine Ursache anzugeben gezwungen seyn; so wüste keine andere vorzubringen als diese: daß es mir* *unmöglich ist: ohngeacht ich an euren gantzen Wesen nichts auszusetzen weiß. Ich glaube, daß euch der deßfalls verursachte geringe Verdruß weit leichter vorkommen wird, als wenn ihr Zeit-Lebens mit mir in einer unvergnügten Ehe leben soltet. Eures mir gethanen Schwures seyd ihr hiermit quittirt, quittiret dargegen auch meine leichten Versprechungen. Macht euch keine Mühe, mich aufzusuchen, denn ich weiß gewiß, daß ihr meine Person so wenig finden als zwingen sollet. Von euren Sachen habe mit Wissen und Willen nichts mitgenommen, hergegen* [354] *etwas von den meinigen zum Andencken, nebst* 200. *Thlr. vor gehabte Mühe und Reise-Kosten, in* Coffre *zurück gelassen. Lebet wohl, vergebet mir meinen Fehler, den ich als eine* Sclavin *des Schicksaals zu begehen, mich gezwungen sehe, und glaubet, daß ausserdem Zeit-Lebens verbleibet*

eure danckbare Freundin

Lucia N.

Ich hätte verzweiffeln mögen, da ich diesen Brief, so zu sagen, in einem Athem mehr als 10. mahl überlesen hatte, die Post rückte angespannet vor die Thür, ich aber konte mich unmöglich resolviren, mit zu reisen, sondern blieb noch da, in Hoffnung, meine Geliebten auszuforschen, allein die Mühe war vergebens, über dieses, weil die Wirths-Leute ein heimliches Gespötte über meine Klagen trieben, so merckte ich gar bald, daß die Karte falsch gespielet worden, ärgerte mich zwar nicht wenig darüber, bedachte aber doch letztlich: daß bey unveränderlichen

Sachen die Vergessenheit das beste Mittel sey, und reisete gantz verwirrt in mein Geburths-Dorff, allwo mich
mein getreuer Vormund, der gute Pfarr-Herr, durch vernünfftige Vorstellungen, endlich bald wieder zu frieden
stellete. Meine Mutter war mittlerweile gestorben, zwey
Schwestern sehr gut verheyrathet, die jüngste dienete
beym Pfarr-Herrn, der Bruder aber, welcher ebenfalls
geheyrathet, und bereits zwey Kinder gezeuget, hatte
das Väterliche Hauß angenommen, worauf mein Erbtheil
noch stund, weil ich aber über 400. Thlr. Geld mit [355]
brachte, legte ich selbiges meistentheils an Feld-Güter,
übergab selbige dem Bruder zur Verwaltung, weil sich
der Pfarr-Herr zum Aufseher erboth, und mir ausserdem mein Capital nebst den Zinsen vorlegte, welches
ich jedoch, nachdem ich der jüngsten Schwester 30. Thlr.
und jeder andern 20. Thlr. zum Hochzeit-Geschencke
vermacht, unter seinen Händen ließ, zur Danckbarkeit
aber ihm verschiedene ansehnliche Hauß-Raths-Stücke
fournirte, und nachhero wieder in die Welt gieng.

Es begegnete mir binnen etlichen Jahren nichts besonders, ausserdem daß ich von meinem Verdienste noch
ein klein Capital von 140. Thlr. an meinen lieben Herrn
Pfarrer übersandte. Bald darauf kam mir die Lust an:
meinen ehemaligen Compagnon, den Orgel-Bauer im
Hessen-Lande zu besuchen, um zu erfahren, wie vergnügt er mit seiner lieben Nonne lebte, auch ob er
nichts von meiner Begebenheit vernommen hätte. Allein, unterwegs hatte ich im Walde das Unglück, von den

Zigeunern ausgeplündert und biß aufs Hembde ausgezogen zu werden. Die etliche 20. Thlr., so ich bey mir
hatte, wären endlich, in Betrachtung daß ich mein Leben
als eine Beute darvon trug, zu vergessen gewesen, allein es kränckte schmertzlich sehr, daß ich von einem
Dorffe biß zum andern betteln muste, und doch kaum so
viel erbetteln konte, meine Blösse mit alten Lumpen zu
bedecken. Endlich kam ich in ein grosses Dorff, allwo
meine erste Frage nach der Pfarr-Wohnung war, weil
doch von rechtswegen die Einwohner derselben am
barmhertzigsten seyn sollen. [356]

Ich pochte an, eine Magd öffnete die Thür, und hieß
mich, auf mein Anbringen: daß der Herr Pfarrer, einem von den Zigeunern ausgeplünderten Handwercks-
Purschen, mit ein paar alten Schuen helffen solte; ein
wenig warten. Die Thür blieb etwas offen stehen, derowegen konte ich von ferne die Priester-Frau im Hause
sitzen sehen, welche ein kleines Kind auf dem Schosse,
ein ander grösseres aber vor sich stehen hatte, und mit
beyden aufs liebreichste spielete. Aber, ach Himmel, wie
wurde mir zu Muthe, da ich an dieser Priester-Frau,
meine ehemalige Geliebte Lucia erkandte. Ja, sie war es
selbst leibhafftig, und also fehlete wenig, daß ich nicht in
Ohnmacht gesuncken wäre, jedoch ob schon dieses nicht
geschahe, so blieb ich hergegen gantz entgeistert, mit
halb hinweg gewendeten Gesichte vor der Thüre stehen,
konte mich auch kaum ermuntern, da mir die Magd ein
paar gantz feine Schue, ein paar schwartze Strümpffe

und dann ein Heßisches 3. Ggr.-Stück brachte. Die gute Pfarr-Frau konte mich unmöglich erkennen, weil mein Bart und die Haare sehr verwildert waren, sie auch mich nicht einmahl recht im Gesichte hatte, derowegen ware ihre Mildigkeit aus der reichlichen Gabe mehr als zu klar zu spüren. Mir wurden durch verschiedene Gemüths-Bewegungen die hellen Thränen-Tropffen aus den Augen getrieben, so daß, nachdem ich meine Dancksagung der Magd mit jämmerlichen Gebärden aufgetragen hatte, dieselbe mich fragte: ob ich etwa kranck oder beschädigt wäre? Ich beantwortete solches mit Seuffzen und Thränen, suchte aber mit betrübten Hertzen [357] den Rückweg, jedoch da ich kaum hundert Schritte hinweg war, kam mir die Magd mit einem halben Brodte und zweyen Knackwürsten nach gelauffen welche mir die Frau Pfarrerin auf ihren Bericht, daß ich vielleicht hungerig seyn würde, übersendete. Saget eurer Frauen, sprach ich, daß ich ihr von Grund des Hertzens danckte, und alle beständige Glückseligkeiten anwünschte, denn die Zeiten sind veränderlich, wie an mir zu sehen ist, da ich eure Frau vor etlichen Jahren am Fest Mariæ Heimsuchung zum ersten mahle musiciren sahe, hätte ich nicht vermeynet, dereinst vor ihre Thür betteln zu kommen. Die Magd lieff fort, und ich machte mich in die Schencke, nicht so wohl aus Appetit zum Essen und Trincken, als, etwa in einem Winckel, ein wenig zu ruhen, und meinem Unglücke in der Stille nachzudencken.

Allein, ich hatte wenig Ruhe, denn erstlich wurde von

vielen Leuten vexiret, ihnen die Art meiner letztern Plünderung zu erzelen, und hernachmahls schickte der Pfarrer etliche mahl, und ließ mich bitten, nochmahls in seinem Hause einzusprechen, weil er aus gewissen Umständen, einen verunglückten bekandten Freund an mir vermerckte. Ich entschuldigte mich zwar mit einer Unpäßlichkeit, allein gegen Abend kam der Pfarrer mit seiner Liebsten selbst, mich aus der Schencke in ihr Hauß abzuführen. Solchergestalt wurde das Rätzel, warum ich mir seit 6. Jahren den Kopff ziemlich zerbrochen, sehr plötzlich aufgelöset, denn dieser Herr Pfarrer war kein anderer als derjenige Schwartz-Rock, welcher mir im Post-Hause meine Liebste abspen-[358]stig gemacht hatte, und zwar unter dem Scheine, daß er ihr die Irr-thümer der Römischen Kirche entdecken wollen, allein, er hatte unter solchem Deck-Mantel, seine Liebe ent-deckt, und meine Liebste, als eine von Jugend auf delicat erzogene Person, war freylich eben nicht zu verdencken, daß sie sich von einem reichen Priesters-Sohne, der eben im Begriff war, seinem Vater substituirt zu werden, ein-nehmen lassen, da er ohnedem vor einen sehr ansehn-lichen Menschen passiren konte. Der listige Betrug biß mich zwar immer noch am Hertzen, allein, was war nun-mehro besser zu thun, als sich in die Zeit zu schicken? Demnach konte ich ihren unabläßigen Nöthigen endlich keinen fernern Widerstand thun, sondern ließ mich von diesen beyden Ehe-Leuten, an beyden Händen in ihr Hauß führen.

Man bedencke was dergleichen Aufzug, wenn nehmlich ein ansehnlicher Priester, nebst seiner schönen
Ehe-Frau, einen jämmerlich zerlumpten Handwercks-
Purschen, ja besser gesagt, Bettler, bey den Händen
in ihr Hauß einführen, vor ein Aufsehen in einem sehr
volckreichen Dorffe machen kan. Ich schämete mich
mehr als sie selbsten, allein versichert, solche Humaniteé
veränderte mein Gemüthe dergestalt, daß ich allen Kummer und Verdruß schwinden ließ, und zu ihrer vergnügten Ehe, aus getreuen Hertzen gratulirte, und mich glücklich schätzte, ein Werckzeug zum Wohlstande solcher
Personen gewesen zu seyn.

Ich will, um fernere Weitläufftigkeit zu vermeiden,
nicht anführen, wie die Gespräche unter uns [359] gefallen sind, sondern nur melden, daß die wohlthätigen
Leute gleich folgenden Tages, einen Schneider aus der
nächsten Stadt kommen liessen, welcher alles Behörige
mitbringen, und mir in der Geschwindigkeit ein vortreffliches neues Kleid verfertigen muste, welches wenigstens auf etliche 20. Thlr. zu stehen kam, über dieses
versorgte mich meine ehemalige Liebste mit sauberer
Wäsche und andern höchstnöthigen Sachen, dem ohngeacht muste ich einen gantzen Monath bey ihnen bleiben, da mir aber unmöglich war, fernere Ungelegenheit
zu verursachen, und ich mich verlauten ließ: ehe heimlich
fort zu gehen, als Dero Güte noch länger zu mißbrauchen, wurde ich endlich mit 30. Frantz-Gulden abgefertiget, und gebethen, so bald es meine Gelegenheit zuliesse,

ihnen wieder zuzusprechen. Ich wegerte mich durchaus, mehr als einen eintzigen Gulden Zehr-Geld anzunehmen; allein, der treuhertzige Pfarrer sagte: Mein Freund, ich bitte gar sehr, macht keine Weitläufftigkeiten, dieses Bagatell anzunehmen, welches wir euch aus besten Gemüthe geben und gönnen, ich bin euch ein weit mehreres schuldig, allein bedencket: daß ich seit wenig Jahren her ein grosses durch Rauberey und andere Unglücks-Fälle verlohren habe, indessen weil ich nicht zweiffele, daß mir GOtt, vermittelst meines sehr austräglichen Pfarr-Diensts, den Schaden gar bald wieder ersetzen wird, so stehet euch mein Hauß, Küche und Geld-Beutel jederzeit offen, kommet alle Jahr etliche mahl, und verlanget einen Theil unseres Vermögens, es soll euch mit grösten Vergnügen gereicht werden, denn meine [360] Liebste und ich lieben euch als einen leiblichen Bruder. Auf dergleichen redliches Anerbiethen, konte ich mit nicht so viel Worten als Thränen antworten, küssete derowegen beyden Ehe-Leuten die Hand, und nahm mit den hertzlichsten Glückwünschungen, nebst dem offerirten Geschencke, danckbarlichen Abschied.

Ob eine grosse Anzahl solcher redlichen Leute, auch so gar unter den Geistlichen in der Welt anzutreffen, will ich eben nicht auscalculiren, sondern folglich berichten: daß meine Reise von daraus, zu meinem ehemahligen Compagnon, dem Orgel-Bauer, ging. Diesen ehrlichen Mann traff ich zwar seiner Handthierung wegen, in sehr guten Stande an, denn er hatte volle Arbeit und starcken

Verdienst, allein, was seine Ehe anbetraff, so lebte er im grösten Unvergnügen, denn weil er, seiner Profession gemäß, zum öfftern etliche Tage ausserhalb des Hauses seyn muste, hatte sich seine allzuhitzige Frau, indessen andere Bedienung angeschafft, der gute Mann hatte sie zwar zu verschiedenen mahlen bey nahe auf der That erwischt, allein doch keine hinlängliche Ursachen zur Ehescheidung und völligen Beweiß ihrer übeln Aufführung wegen beybringen können. Derowegen ist leichtlich zu erachten, was vor gut Geblüte aus dergleichen herrlicher Lebens-Art entstehen kan? Ach wie froh war ich, daß die unerforschliche Fügung des Himmels mein Hertze von dergleichen Kummer frey gehalten hatte, denn meiner Lucia wäre wegen dergleichen um so viel desto weniger zu verdencken gewesen, weil die von Jugend auf zu allem Staat und Deli-[361]catessen erzogen, des armen Orgel-Bauers Frau aber, war nur eine Schusters-Tochter, und als ein armes Mägdgen, wegen ihrer schönen Stimme, aus Gnaden ins Closter genommen worden.

Ich sahe kein Mittel, diese beyden Ehe-Leute zu vereinigen, muste im Gegentheil vermercken: daß eins dem andern die empfindlichsten Hertzens-Stiche, mit Worten und Gebärden versetzte, derowegen nahm in wenig Tagen Abschied von ihnen, und muste mir wider meinen Willen, von dem annoch beständigen Hertzens-Freunde, 10. harte Thaler zum Geschencke aufdringen lassen. Dieses Geld aber war mir nicht so lieb, als die vortrefflichen Risse und neuen Erfindungen in seiner

Profession, welche er mir schrifftlich communicirte, und
deßfalls ferner mit mir zu conversiren versprach.

Von dar aus setzte ich meine Reise eiligst fort, um
noch vor dem Winter, etwa in einer Niederländischen
grossen Stadt, Arbeit zu bekommen. Es traff auch ein,
nachhero hielt vor rathsam, die vornehmsten Holländischen Städte zu besehen, und in dieser oder jener, etwa
auf ein halbes Jahr oder weniger, Arbeit anzunehmen,
solches habe so lange getrieben, biß mir endlich gegenwärtiger Herr Capitain Wolffgang in Amsterdam, die
allergröste Begierde erweckte, unter ihm eine Reise zur
See zu thun, welches mich denn biß auf diese Stunde
nicht gereuet hat, auch wohl nimmermehr gereuen wird,
weil ich einen solchen ergötzlichen Ort, solche vortreffliche Leute, und denn ein solches liebes Weib gefunden,
dergleichen Kostbar-[362]keiten sonsten sehr schwerlich in andern Welt-Theilen beysammen anzutreffen
sind. Also ist mein eintziger Wunsch, mich der erlangten
Glückseeligkeit durch meiner Hände Werck vollkommen
würdig zu machen, und dann, wo es möglich seyn könte, meinem lieben Vormunde, dem Pfarr-Herrn meines
Geburths-Dorffs, so wohl auch denen Geschwistern einige Nachricht von meinem Zustande, das zurück gelassene Geld aber ihnen zur Theilung anheim zu geben.

Hiermit endigte unser ehrlicher Lademann die Erzehlung seiner Lebens-Geschicht, seine geliebte Hauß-
Frau Margaretha deckte derowegen den Tisch, und
bewirthete die sämmtlichen Gäste, worzu noch der Groß-

Vater Stephanus aus dem Felde kam, aufs herrlichste. Nach der Mahlzeit aber, da es noch sehr hoch Tag war, verschaffte der Alt-Vater Albertus uns versammleten annoch die Lust

Des Müllers Krätzers Lebens-Geschicht

zu vernehmen, als welcher dieselbe folgender massen her erzehlete:

Ich bin, meine Herrn, nunmehro ein Mann von 37. Jahren, mein Vater war ein Fluß-Müller an der Mulda, der in meinem 4ten Jahre, und zwar in seinen besten Jahren, im Flusse, da er dem Grund-Eise fort helffen wollen, das Leben eingebüsset, derowegen nahm meine Mutter einen andern Mann, ich aber nebst zwey ältern Geschwistern bekam an demselben einen sehr strengen Stief-Vater, der, weil er ein Reformirter, meine Mut-[363] ter aber, so wie ihr voriger Mann, Lutherisch, und uns 3. Kinder auch in solcher Religion auferziehen wolte, seinen deßfalls geschöpfften Verdruß nicht bergen konte, sondern bald nach der Hochzeit Mutter und Kinder wie die Hunde tractirete, so lange, biß sich dieselbe endlich beqvemete, ihm nach zu geben, und uns Kinder in dem Reformirten Glauben aufzuziehen. Sie hatte solchergestalt so wohl als wir, eine Zeit lang Friede im Hause, jedoch nicht gar lange, denn weil mein Stieff-Vater den verzweiffelten Brandtewein allzu sehr liebte, wurde derselbe, wenn er sich zuweilen darinnen übernommen, fast gantz rasend, so, daß sich keins von den Seinigen im

Hause durffte sehen lassen. Meine Mutter war also, und zwar mit ihrem mercklichen Schaden, zu spät innen worden: daß sie das Abrathen guter Leute, wegen der Heyrath mit diesem Menschen, verlacht hatte; Allein, nunmehro halff nichts als die liebe Gedult. Den ältesten Bruder hatte dieser böse Mann gantz zu Schande geschlagen, so, daß er wegen Gebrechlichkeit zu keiner starcken Arbeit etwas nutzte, sondern das Schneider-Handwerck lernen muste. Mit mir wäre er ohnfehlbar auf gleiche Weise verfahren, allein, ich lieff mit heimlicher Bewilligung meiner Mutter, im zwölfften Jahre darvon, wurde von meines Vaters Bruder, der ebenfalls ein Müller, und zwar an der Saale, von guten Mitteln war, aufgenommen, und nicht allein zum Handwercke angeführet, sondern auch zur Lutherischen Schule gehalten, so, daß ich bald hernach zum heiligen Abendmahle gehen konte. [364]

Es schien, als ob ich zum Müller gebohren wäre, denn das Handwerck kam mir gantz und gar nicht sauer zu lernen an, noch weniger aber die Kunst mit dem Zirckel und andern Bau-Instrumenten umzugehen. Hierbey hatte mich die Natur mit einer ausserordentlichen Stärcke begabt, so, daß ich schon in meinem 16ten Jahre, fast mehr heben und tragen konte, als zwey andere Kerls. Einsmahls machte sich ein grosser Baum-starcker Mühl-Pursche breit darmit, daß er in jeder Hand ein anderthalb Centner-Stücke auf einmahl in die Höhe heben konte, ich aber that ihm nicht allein dieses gleich auf der

Stelle nach, sondern hub noch zugleich das dritte mit den
Zähnen auf, nachdem ich nur ein wenig Leinewand um
den Rincken gewickelt hatte; welches aber der Baum-
starcke Kerl unterweges lassen muste. Andere dergleichen Proben will ich nicht erwehnen, denn es ist aus
diesem eintzigen schon zu mercken, daß ich eine ziemliche Force, und zwar in so jungen Jahren, gehabt haben
müsse, welche sich nachhero, da ich etwas mehr Geschicke kriegte, und hinter ein und andere Vortheile
kam, dergestalt vermehrete, daß ich in selbiger Gegend
ziemlich berühmt wurde. Nachdem aber mein neun-
zehendes Jahr verstrichen war, ließ ich mich nicht länger
aufhalten, dem Wasser nachzulauffen, nahm also von
meinem Vetter, wie auch von der Mutter und dem mur-
rischen Stief-Vater abschied, und reisete nebst zwey andern Mühl-Purschen fort. Weil ein jeder unter uns mehr
als 12. Thlr. Geld im Schubsacke hatte, war unsere Meynung, nicht so gleich Arbeit zu suchen, [365] sondern wir
liessen uns die freye Zehrung, so wir jedes Orts fanden,
anreitzen, vorhero die Welt ein wenig zu besehen, waren
aber eben noch nicht allzuweit gelauffen, da uns eines
Abends in einer Dorff-Schencke, 6. oder 8. Soldaten
überfielen, und mit Gewalt hinweg nehmen wolten, jedoch ich und meine zwey Hand-festen Cameraden lachten die guten Leute nur aus, und bathen sie, uns mit
dergleichen Zumuthungen zu verschonen, oder wir würden, jeder, einen von ihnen beym Kragen anfassen,
und die andern damit zur Thüre hinnaus stossen. Diese

Worte gaben so gleich Feuer, die Soldaten zohen vom Leder, wir aber ergriffen unsere Mühl-Aexte, und stäuberten sie ohne besondere Mühe zum Hause hinnaus, setzten uns darauf hin, und fiengen erstlich an recht lustig zu sauffen. Jedoch mit einbrechender Nacht wurden wir aufs neue durch 12. oder mehr andere Soldaten beunruhiget, welche sich anfänglich zwar stelleten, als wüsten sie von den, bey Tage vorgegangenen Händeln, gar nichts, es zeigte sich aber bald, daß sie ebenfalls aus keiner andern Ursache angekommen wären, als uns hinweg zu holen, denn nachdem einer von meinen Cameraden, welches ein ziemlich langer und wohlgewachsener Kerl war, das, ihm in die Mütze gesteckte Hand-Geld, unter den Tisch schüttete, und selbiges mit den Füssen fort stieß, kam es augenblicklich zum Streichen, die Soldaten hieben mit ihren Degens auf uns, wir aber mit unsern Mühl-Axten auf sie, dergestalt verzweiffelt loß, daß es auf jener Seite ziemlich Blut setzte, indem wir uns aber sehr vortheilhafftig gestellet, und im [366] Auspariren alle drey sehr fix waren, lieffen die Sachen noch ziemlich gut, biß endlich 3. Soldaten zu Boden suncken, etliche zur Thür hinaus gefeget wurden, die 4. tapffersten aber annoch Stand hielten. Einem von diesen wurde sein Degen aus der Hand geschmissen, derowegen bekam ich Lust, etwas von den Klopfechter-Künsten an ihm zu versuchen, welche mir ein alter weit und breit gereiseter Mühl-Pursche, der sich gemeiniglich nur Pumphat nennen ließ, gelernet hatte, ergriff derowegen den Soldaten vortheilhafft beym rechten Arme, und brach ihm denselben ohne besondere Mühe entzwey. Da dieses so leichtlich angegangen war, trieb mich der Grimm auch dahin, selbiges Kunst-Stück an seinem lincken Arme zu versuchen, und solches gelunge mit solcher Hefftigkeit, daß die eine Arm-Röhre durch das Camisol hindurch stach. Der Kerl fieng vor Schmertzen überlaut an zu schreyen, und ich bekam mittlerweile von einem andern, einen geringen Streiff-Hieb über den Kopff, weil mir der Hut abgefallen war. Hierdurch entbrannte meine Wuth vollends dergestallt, daß ich meinen Beleydiger die Klinge unterlieff, ihn dermassen hefftig in die Arme fassete, und an meine Brust drückte, daß ihm augenblicklich der Athem stehen blieb, und er als ein Wasch-Lappen zu Boden fiel, da nun indessen meine zwey Cameraden reine Arbeit gemacht hatten, mein letzter Beleidiger aber sich in etwas wieder erholet, brach ich ihm, zum Andencken, auf der Erde noch ein Bein entzwey, und nachdem in jeder von uns dem Wirthe einen Gulden vor die Zeche zugeworffen, nahmen wir unsere Sachen, und [367] marchirten bey Nacht und Nebel unserer Wege.

Dieser Streich war also mein Eintrit in eine solche Lebens-Art, worüber der Teuffel in der Hölle seine eintzige Freude haben mag, allein, weil mich meine Cameraden, der bezeigten Tapfferkeit wegen, fast auf den Händen trugen, und überall ein grosses Wesen davon machten, so, daß die Handwercks-Genossen selbst fast

Maul und Nase über mich aufsperreten, bedünckte mir
alles mein Thun sehr löblich und wohlgethan zu seyn, ja
in die Länge wurde ich dermassen stoltz und barbarisch,
daß mich niemand krumm ansehen durffte, wenn er nicht
von Arm- Bein- und Halß-Brechen hören wolte.

Nach langen Herumschwermen zwang uns endlich der
Geld-Mangel Arbeit zu suchen, ich fand dieselbe bald in
der grossen Mühle einer Welt-berühmten Stadt, wuste
mich auch so wohl mit dem Meister als den Mahl-Gästen
dermassen wohl zu vertragen, daß sich sonderlich die
letztern um meine Arbeit drängeten, denn es bekam von
meinen Kund-Leuten ein jeder mehrentheils etwas mehr
Mehl, als er mit Recht verlangen konte, allein, hieran
war meine Redlichkeit am wenigsten Ursache, denn weil
der Mit-Gesellen noch etliche waren, so wuste ich ihnen
von dem Geträyde ihrer Kund-Leute, auch wohl zuweilen
aus des Meisters Sacke selbst, immer so viel hinweg zu
parthieren, daß ich nicht allein solchergestalt Ruhm und
Ehre, sondern auch gute Trinck-Gelder erwarb.

Weil aber doch alle mein Verdienst nicht hin-[368]
länglich war, ein solches herrliches Leben auszuführen,
dergleichen mir im Kopffe schwebete, so suchte ich andere Gelegenheiten, mir gnugsames Geld in den Beutel
zu schaffen. Das Würffel- und Karten-Spiel fiel mir als
die aller reputirlichste Art in die Gedancken, derowegen
besuchte zum öfftern die Spiel-Gelacke, jedoch mehrentheils mit dem allergrösten Schaden, weil gemeiniglich
alles Geld, was die gantze Woche zusammen gesparet

war, des Sonntags Abends auf einmahl drauf zu gehen pflegte. Jedoch durch folgende Gelegenheit, bekam mein Spielen bald ein gantz anderes Ansehen: Es hatten nehmlich etliche Degen tragende Handwercks-Pursche, eines Abends einen starcken Verlust auf dem Spiele erlitten, gaben derowegen dem Schilderer oder Spielhalter ein und andern Betrug Schuld. Dieses war sonst ein Kerl, der sich nicht leichtlich auf der Nasen trommeln ließ, allein voritzo waren ausser mir 9. Kerls gegenwärtig, von welchen allen er sich nichts, oder wenigstens nicht viel Guts zu versehen hatte. Es daurete mich, daß der Kerl, von diesen Purschen, worunter einige waren, denen noch der Milch-Brey am Munde klebte, so viele Schnupff-Fliegen einfressen muste, ohngeacht ich ihm sonst ebenfalls nicht allzugünstig war, derowegen legte ich mich darzwischen und sagte: Ihr Herren, haltet das Spiel nicht auf, gefällt jemanden aber nicht mehr zu spielen, der halte sein naseweise Maul, oder ich werde mir die Mühe nehmen, ihm zum Fenster hinaus auf die Strasse zu werffen. Es war, wo [369] mir recht ist, ein Stück von einem Apothecker-Gesellen darbey, der vielleicht mir wenig Courage zutrauen mochte, oder wenigstens ein gut Theil mehr als ich zu haben vermeynete, dieser führete das Wort, und gab mit verächtlichen Geberden zu vernehmen, daß ich keine Ehre zu reden hätte. Monsieur sprach ich, den Augenblick marchirt zur Thüre hinaus, oder es soll mich sehr jammern, wenn ich euch in den Stand setzte, wenigstens in 4. Wochen keine Büchse

zu binden zu können. Der Eisenfresser zog vom Leder,
ich ließ ihn zweymahl auf mein Spanisch Rohr hauen,
hierauf konte er sich nicht so geschwind umsehen, als
sein rechter Arm schon morsch entzwey gebrochen war.
Demnach entblößeten die andern 8. alle ihre Degen gegen mich, der Spiel-Halter wolte mir zu Hülffe kommen,
allein ich stieß ihn zurück, und prügelte, binnen einer
Zeit von weniger als 5. Minuten, mit meinem Spanischen
Rohre alle zur Stube hinaus, biß auf den letzten, welchen,
um mein Wort zu halten, seines naseweisen Mauls wegen zum Fenster hinaus auf die Strasse steckte. Dieser
Streich brachte mir bey allen Kunst- und Handwercks-
Gesellen, eine grosse Ehrfurcht, und dann, welches
der beste Vortheil zu seyn schien, des ermeldten Spiel-
Halters vollkommene Freundschafft zu wege, so daß er
mir alle seine subtilen Griffe, sich und diejenigen, welche es mit ihm hielten, zu bereichern, der Länge nach
heraus beichtete, und mich solchergestalt zu seinen al-
lervertrautesten Dutz-Bruder machte. Demnach gieng
keine Woche hin, daß ich nicht auf dem Spiel-Tische,
10. 20. biß 30. Thaler gewonnen [370] hätte, wovon
mein Dutz-Bruder wenigstens den 3ten Theil haben
muste. Hergegen, weil er ein guter Fecht-Meister war,
erlernete ich von ihm bey täglicher Ubung, das Fechten
mit dem Degen und Pallasch nach der Kunst, weßwegen
ich mich ein vollkommen geschickter Kerl zu seyn bedüncken ließ. Er wolte mich zwar auch das zierliche
Tantzen lehren, allein, weil ich ein gantz besonderer

Feind vom Weibs-Volcke, und mit ihnen umzugehen, fast
wieder meine Natur war, so gereichte mir auch das Tantzen zum Eckel, hergegen war spielen, sauffen und schlagen mein einziges Vergnügen, als welche drey S. mehr
als zu starck sind, einen jungen Menschen um das 4te
gedoppelte S. nehmlich die Seelen-Seeligkeit zu bringen.

Allein dazumahl gedachte ich nicht einmahl daran,
daß eine Seele in meinem Cörper stäcke, geschweige
denn, daß ich mich bemühen müste: durch Gebet und
Christlichen Wandel, derselben nach dem Tode ein gutes
Quartier zu bereiten, ja es war schon dahin mit mir
gekommen, daß ich weder an den Morgen- noch Abend-
Seegen gedachte, die Tisch-Gebethe mit grösten Verdruß anhörete, ausser diesem, bereits seit zwey Jahren oder etwas länger, in keine Kirche, vielweniger zum
heil. Abendmahle gegangen war.

Ein schönes Leben vor einen Menschen, der in seinen
besten Jünglings-Jahren stund. Wäre es auch zu bewundern gewesen, wenn GOtt mich dieserwegen in der
besten Blüthe meines Lebens, aufs schändlichste ver-
dorren lassen, jedoch seine Langmuth erstreckte sich
noch weiter. Denn so bald ich [371] ein ansehnliches
Stücke Geld auf solche subtile Diebes-Art, nehmlich
durch lauter betrügliches Spielen zusammen gescharret
hatte, ließ ich mir ein paar Edelmanns Kleider machen,
kauffte Peruquen, Tressen-Hüte, einen silbernen Degen,
ja alles ein, was zur Ausstafierung eines jungen Edelmanns gehörete, packte die Sachen in einen Coffré,

reisete etliche 30. Meilen weiter in die Welt, blieb endlich in einer Stadt bekleben, wo sich viel dergleichen Leute zeigten, als ich vor mir zu haben wünschte.

Ich gab mich daselbst vor einen Menschen von Sächsischen guten Geschlechte aus, der sich unter verdeckten Nahmen, so lange an frembden Orten aufzuhalten gezwungen sähe, biß er eine gewisse verdrüßliche Affaire, die er mit einem Cavalier gehabt, durch seine Anverwandten und guten Freunde ausmachen lassen. In der That aber, war ich mit Wahrheit und ohne Ruhm zu melden, damahls ein subtiler Spitz-Bube. Und gewißlich es solte wenig gefehlet haben, mich in die völlige Diebs- und Spitz-Buben Zunfft zu ziehen, als worzu sich sehr sonderbare Gelegenheit-Macher anmeldeten, wenn ich nicht in meiner Jugend eine besondere Aversion vor dergleichen Leuten bekommen hätte, und zwar bey der Gelegenheit: da ich etliche solche Galgen-Vögel erstlich erbärmlich martern, und hernachmahls theils rädern, theils aufhencken sahe. Wiewohl ich will selbst nicht Bürge davor seyn, daß dergleichen Eckel, durch das fernere Zureden solcher saubern Gesellen endlich nicht hätte können vertrieben werden, wenn die [372] subtilen Säyten auf der Geige meines liederlichen und GOttes vergessenen Lebens nicht mehr hätten klingen wollen. So aber konte zu damahliger Zeit mit dem aller listigsten Kunst-Griffen beym Würffel, Basset- und andern kostbaren Karten-Spielen, mein annoch beständiges gutes Conto finden, wie ich denn eines Abends bey einer

Assambleé so glücklich war, von einem gewissen Major 1000. Thlr. baar Geld zu gewinnen. So viel Geld getrauete ich mich unmöglich alleine durchzubringen. Derowegen verschrieb meinen zurückgelassenen Kunst- Lehr- und Fecht-Meister zu mir, übersandte ihm 200. Thlr. von dem gewonnenen Gelde, mit dem Unterricht: daß er sich bey seiner Ankunfft, vor allen Dingen einen adelichen Nahmen geben müsse, vor unsern Staat zu führen, solte er hingegen, mich alleine sorgen lassen.

Er säumete nicht sich unter einem vornehmen Adelichen Geschlechts-Nahmen der Eustachius von S** lautete, einzustellen, gleichwohl muste er das Ansehen bey allen andern haben, als ob wir beyde einander niemahls mit Augen gesehen hätten, jedoch in wenig Tagen, errichteten wir die allervertrauteste Freundschafft, und bezogen zusammen ein Logis. Es ist mir unmöglich alle Arten der List und Boßheit auszuführen, durch welche wir binnen wenig Monaten ein Capital von mehr als 2000. Thlr. zusammen brachten, jedoch der Krug gieng so lange zu Wasser, biß endlich der Henckel abbrach; denn mein Compagnon wurde eines Abends, von einem Cavalier, auf frischer That des falsch Spielens, ertappt, und bekam von demselbigen eine tüchtige Maulschelle. [373]

Dieser Schimpff konte nun mit nichts anders, als Blute abgewaschen werden, derowegen ließ mein Camerad Stax, dem Cavalier folgenden Morgen durch mich vor die Spitze fordern, selbiger war keine feige Memme, sondern erschien mit seinem Secundanten auf dem bestimm-

ten Platze, hatte aber das Unglück, von meinem Cameraden auf der Stelle erstochen zu werden. Wir hatten
uns vorigen Abend auf dergleichen Streich schon gefast gemacht, derohalben unsere besten Sachen vor angebrochenen Tage mit der Post fort, und in eine Französische Gräntz-Stadt geschafft, mithin wurde nicht lange
gesäumet, biß dahin nachzueilen, wir kamen auch, ohngeacht uns ein Commando Reuter nachgeschickt worden, um eine halbe Stunde eher, als dieselben, glücklich
über die Teutsche Gräntze. Die Reise gieng ohne fernere
Sorge auf Paris zu, in welcher reichen Stadt wir unsere
Streiche am allerbesten fortzuführen gedachten, allein
zu gröster Verwunderung fanden sich daselbst unzehlig
viele solche Leute, die unter dem Cavaliers-Habite dergleichen Künste, wo nicht besser, doch wenigstens so gut
als wir, verstunden. Derowegen musten wir ungemein
behutsam, und nur an solche Orte gehen, wo etwas geringere Personen über den Tölpel zu werffen waren.

Mittlerweile erwarben wir dennoch von Zeit zu Zeit so
viel, daß es nicht nöthig war die mitgebrachten Gold-
Beursen anzugreiffen, wiewohl mein Stax mehr als ich
verthat, indem er beständig den Huren nachlieff, und
sich gegen selbige sehr spendable erzeigte, da im Gegentheil ich mich auf die [374] Französische Sprache befliß;
auch was weniges von dasiger Baukunst begriff, um
zum wenigsten doch etwas löbliches in Franckreich vorzunehmen. Bey solcher Gelegenheit gerieth ich in die
Bekandschafft zweyer Mecklenburgischer junger Edel-

leute, die von einem Hofmeister geführet wurden; Weil
nun der letztere sich durch meine redliche Stellung betrügen ließ, so erlaubte er mir zum öfftern diese beyden
jungen Herrn spaziren zu führen, zumahl, wenn er Lust
haben mochte seinen eigenen Streichen nach zu gehen.
Sie führeten starcke Gelder bey sich, welches mir eine
höchst vergnügliche Sache war, sie derowegen in solche Compagnien führete, wo sich vor dergleichen junge
Lecker allerhand Ergötzlichkeiten fanden, hergegen
stellete ich mich an als ob das Spielen mir eine wiederwärtige Sache sey, zumahl, da leicht zu mercken, daß sie
beyderseits starcke Liebhaber davon wären. Mein Camerad Stax muste endlich auch in ihre Bekandschafft
kommen, dieser ließ einen stärckern Appetit zum Spiele
blicken, jedoch bey dem ersten, andern und dritten Umgange, die jungen Herrn so wohl als ihren Hoffmeister
mehr als zwey oder drittehalb hundert Frantz Gulden
gewinnen. Ich bekam davor, daß ich sie an einen so profitablen Ort geführet, von dem ältesten eine kostbare
Englische silberne Uhr, von dem jüngsten aber einen
silbernen Degen geschenckt, wurde auch gebethen: sie
ferner in andere dergleichen Compagnien zu führen, und
auf ihre Schantze so treulich wie bißhero Achtung zu
geben. Dieses geschahe einsmahls, und zwar da der Hofmeister wegen einiger Kopff-Schmer-[375]tzen im Logis
zu bleiben gesonnen war, allein die beyden guten Herrn
wurden von meinem Stax nicht allein um 200. fl. bey sich
habende Silber-Müntze, sondern über dieses noch um

300. halbe Louis d'or geschneutzet, ich selbst, der aber
mit dem Stax unter einem Hütgen spielete, hatte zum
Scheine auch 50. Louis d'or nebst 100. Frantz-Gulden mit
verlohren, hörete aber auf zu spielen, weil, wie ich sagte,
heute kein Glück vor mich vorhanden wäre, allein die
jungen Herrn spieleten mit dem ernsthafften und sehr
raisonable scheinenden Stax, auf Conto weiter fort. Ich
hielt nicht vor rathsam diese melckenden Kühe auf einmahl zu ruiniren, schlich mich derowegen heimlich zu
ihrem Hoffmeister, erzehlete demselben mit verstellter
Treuhertzigkeit, daß die beyden jungen Herrn heute
sehr unglücklich gewesen, und dem ohngeacht durchaus
nicht nachlassen wolten, bath ihn derowegen um Gottes
Willen, seine Autorität zu gebrauchen, und sie darvon
abzuziehen, weil heute doch weder Glück noch Stern
vor sie sey. Der gute Pursche merckte nunmehro zu
spät, daß er seinen Untergebenen allzuviel Willen, und
was das gröste Versehen war, den Schlüssel zum Geld-
Chatoul überlassen hatte, derowegen warff er in grösten
Aengsten seine Kleider über sich, erfuhr aber zu seinem
allergrösten Schrecken, daß seine Untergebenen Zeit
meines Abwesens noch 200. Louis d'or verspielet hatten,
weßwegen Stax, bey ein und andern empfindlichen Reden
des Hoffmeisters, das rauche heraus zu kehren begunte,
und entweder auf der Stelle sein Geld oder wenigstens
einen tüchtigen Bürgen verlangte. [376] Indem er nun
gantz allein im Stande war, dem Hoffmeister und seinen
beyden jungen Herrn, Angst und Schrecken einzujagen,

musten sich diese auf gute Worte befleissigen, um mit
der Helffte davon zu kommen, allein er war nicht zu
erweichen, biß ich mich ins Mittel schlug, und so viel
auswürckte, daß er endlich mit 100. Louis d'Or zufrieden
war, welche der Hoffmeister alsofort aus dem Logis langen und ihm bezahlen muste. Die guten Herrn stelleten
sich zwar nach der Zeit noch ziemlich gefällig, allein
ich weiß nicht, ob der Hoffmeister einigen Verdacht auf
mich legen mochte, weil er sich sehr kaltsinnig stellete, auch bey meiner Ankunfft, seine Untergebenen entweder verleugnete, oder ihnen doch im geringsten nicht
erlauben wolte, ferner mit mir aus zu spaziren.

Demnach that es mir von Hertzen leyd: daß ich sie
nicht noch besser berupfft, sondern so gnädig durch-
gelassen hatte, jedoch es passirten in nachfolgenden
3. Jahren, so lange nehmlich mein Stax und ich uns noch
in den vornehmsten Französischen Städten umsahen,
unzählige dergleichen Streiche, welche alle haarklein zu
erzehlen, ich wenigstens eine gantze Woche Zeit haben
müste. Endlich zerfiel ich mit diesem meinen bißherigen
Hertzens-Freunde, um einer sehr geringen Sache willen,
worinnen er sich, in Beyseyn vieler andern Leute, einer
sonderbaren Autorität über mich anmassen wolte, allein
weil ich etwas zu viel Wein getruncken hatte, blieb ich
ihm an allerhand empfindlichen Redens-Arten nichts
schuldig, dahero er endlich auf die Thorheit gerieth:
mit Kreide eine [377] Mühl-Axt auf den Tisch und ein
NB. darüber zu mahlen. Es wuste zwar kein Mensch,

was dieses eigentlich bedeuten solte, mich aber verdroß dieser Streich dergestalt, daß ich ihn augenblicklich forciren wolte: mir mit seinem Degen gegen den meinigen, eine vollkommene Auslegung zu thun, allein wir wurden, von etlichen sich darzwischen Legenden Cavaliers, abgehalten und ermahnet, dergleichen Vornehmen biß auf den morgenden Tag zu versparen.

Stax gieng in seiner Maitresse Logis den Rausch auszuschlaffen, und vermeynte vielleicht, wenn ich dergleichen gethan, würde sich der gestrige Eiffer wohl gelegt haben, allein die Galle gieng mir dergestalt im Eingeweyde herum, daß ich kaum den Morgen erwarten konte. So bald derselbe angebrochen war, kauffte ich mir von einem Pferde-Händler ein gut Pferd mit schönen Sattel und Zeuge, schickte den nunmehrigen ärgsten Feinde ein Cartell zu, Nachmittags um zwey Uhr eine Meile vor der Stadt auf einem bewusten Tummel-Platze zu erscheinen. Weil mir aber sogleich ein Unglück ahndete, kauffte ich noch einen leichten Klöpper vor einen deutschen Laqueyen, den ich, weil er von seinen Herrn verlassen worden, nur vor wenig Tage in meine Dienste genommen hatte, ließ meine besten Kleider und Sachen in zweyen Mantel-Säcken darauf packen, befahl dem Kerl auf etliche 100. Schritt voraus zu reiten, und zu erwarten, wie mein vorhabendes Duell ablieffe, ich aber setzte mich gleichfalls zu Pferde, und gelangte bald auf den Platz, allwo sich mein Gegner zu bestimmter Zeit [378] einstellete. Nehmet euch in Acht! rieff er mir zu, so bald wir einander das Weisse im Auge sehen konten, denn die Meisters behalten gemeiniglich die beste Finte vor sich. Es ist gut, gab ich gantz gelassen zur Antwort, in kurtzen wird sich zeigen, wer des andern Meister ist. Hiermit giengen wir nach abgeworffenen Kleidern auf einander loß, und mein Gegner wurde im zweiten Gange ein wenig in den Arm verwundet, da er aber dieserhalb nur desto hitziger wurde; und sein Hohn in der Geschwindigkeit zu rächen vermeynte, auch vor der mir selbst gezeigten Finte sich nicht versahe, lieff er sich meinen Degen dermassen gewaltsam unter dem Arme in die Brust hinnein, daß er, vermuthlich wegen einer Hertz-Wunde augenblicklich umfiel, und nach wenigen Zucken die Seele ausbließ. Ich sprach zu den beyden Anwesenden Secundanten: Messieurs nehmet euch so viel, als es seyn kan, dieses entleibten Deutschen an, denn ich weiß, daß der Gürtel, den er auf seinem blossen Leibe trägt, die Mühe belohnen wird. Hiermit bekümmerte mich weiter um nichts, sondern gab meinem Pferde die Sporn, und jagte nebst meinem Diener so hurtig als möglich nach den Gräntzen der Oesterreichischen Niederlande zu. Selbige erreichten wir ohne eintzigen Anstoß, da doch sonsten ohne Pass hindurch zu kommen eine ziemliche Kunst war.

Ich hätte die gröste Ursache und schönste Gelegenheit gehabt, dasiger Orten die bißherige schändliche Lebens-Art zu quittiren, und hergegen eine honorable Kriegs-Charge anzunehmen; allein die gebundene Lebens-Art schien mir ein Eckel zu [379] seyn. Jedoch, weil ich über 3000. Thaler an Golde und Jubelen bey mir führete, gefiel mir endlich: Bald bey diesen, bald jenen Käyserlichen Regimente Curassirer, als Volontair herum zu schwermen, worbey meine Profession, nehmlich das verfluchte Spielen zu exerciren, sich tägliche Gelegenheit fand.

Endlich nachdem ich von dem vielen Gelde nicht mehr als 200. spec. Ducaten an meinen Vetter und Lehr-meister übermacht, stieß mir ohnweit Luxemburg die abermahlige Fatalitæt zu, einen Officier, des beym Spiele entstandenen Streits wegen, zu erstechen, also nahm ich die Flucht aufs neue nach Franckreich, streiffte erstlich in vielen andern Städten herum, und kam endlich im Winter des 1720ten Jahres wieder nach Paris, allwo da-mahliger Zeiten, lauter Lermen, wegen der so frevelen Spitzbuben war. Um nun nicht etwa in dergleichen Ver-dacht zu kommen, miethete ich mich bey einem deut-schen Zucker-Becker ein, und führete wieder meine Ge-wohnheit ein ziemlich ordentliches Leben, ließ mich aufs neue in ein und andern, zur Mathesi gehörigen und mir beliebigen Künsten unterrichten, da aber das Spielen nicht unterlassen konte, so spielete jedennoch fast ge-zwungen, ziemlich ehrlich, war auch darbey zuweilen ungemein glücklich. Mein Wirth war, ohngeacht dessen, daß er die Protestantische mit der Catholischen Religion verwechselt hatte, in allen seinen äuserlichen Wesen ein grund redlicher Mann, und erzeigte mir gegen bil-lige Bezahlung alle Gefälligkeit, ich bedaurete selbst

zum öfftern, wenn sich ein klein Fünck-[380]lein recht
gesunde Vernunfft bey mir spüren ließ, daß ich mich
nicht entschliessen könte nach Hause zu reisen, und eine
ordentliche Lebens-Art anzufangen, denn das Hertze
wolte mir zum voraus sagen, daß dergleichen Aufführ-
rung endlich ein beklecktes Ende nehmen würde. Allein
solche gute Gedancken wurden fast augenblicklich als
von einem Sturmwinde zerstreuet, hergegen kam mir
die eingewohnte Weise immer süsser vor, so lange biß
ich eines Abends, ebenfalls des Spiels wegen, in einer
Rencontre, mit zweyen Degens zugleich durchstochen,
sonsten am Leibe auch sehr übel zerhauen wurde.

Man schaffte mich vermittelst einer Sänffte andern
Tages in mein Logis, allwo ich die Ehre hatte, von vielen
deutschen Cavaliers besucht zu werden, weil ein jeder
glaubte, ich sey derjenige, vor welchen ich mich ausgab,
und weil keine sonderlichen Schrifften unter meinen
Sachen angetroffen wurden, so konte deßfalls um so viel
weniger verrathen werden. Es waren ein Medicus und
2. Chirurgi über mir, welche aber wieder die gewöhnliche
Art der Franzosen schlechten Trost gaben, derowegen
begunte mein Gewissen auf einmal aufzuwachen, so
daß ich vor Angst in gäntzliche Verzweiffelung gefallen
wäre, wenn nicht ein gewisser Cavalier meine Hertzens-
Bangigkeit gemerckt, und mir dieser wegen den Prediger eines gewissen Lutherischen Abgesandtens zugebracht hätte. Selbiges war ein ungemeiner Mann, der
mein Gewissen solchergestalt zu rühren wuste, daß ich

ihm endlich, wie fast alle Zeichen meines heran nahenden Todes vorhanden waren, ein offenhertziges Bekäntniß meiner [381] bißherigen Lebens-Art, und darbey den
grossen Zweiffel zu vernehmen gab: Ob ein solcher
Mensch wie ich, annoch Vergebung und Gnade bey GOtt
erlangen könne? Demnach war er fast eine gantze Nacht
hindurch bemühet, mich aus der Verzweiffelung zu reissen, und auf die rechte Strasse zu bringen, da ich nun
gegen Morgen, eine ernstliche Reue, Buße und Glauben
durch Worte und Gebärden zeigte, absolvirte er mich,
und reichte mir nachhero in aller Stille das Hochwürdige
Abendmahl, worauf ich ungemeine Linderung, so wohl
an den Leibes- als Gewissens-Wunden fühlete, und ein
Gelübde that, welches so viel in sich hielt: Daß, wenn
mich GOtt diesesmahl beym Leben erhalten würde, ich
so gleich nach wieder erlangter Gesundheit, alles mein
Geld und Gut unter die Armen theilen, und nichts mehr
davon übrig behalten wolte; als was ich zur Reise in
mein Vaterland höchst vonnöthen hätte, daselbst wolte ich denn auch, die, meinem Vetter übermachten
200. spec. Ducaten und den Werth von den übrigen übel
erworbenen Reste, an Kirchen, Schulen, und arme Leute
verwenden. Bald nach diesem gethanen Gelübde, ließ
sichs mit meinen Schäden zu schleuniger Besserung an,
die Aertzte fiengen an besser zu trösten, sagten aber
frey heraus, daß wenn ich vollkommen curiret seyn wolte,
sie, um den Eyter aus der Brust-Höle zu zapffen, über
den kurtzen Rippen eine Oeffnung machen müsten.

Ich gab meinen Willen drein, stund die höchst schmertzliche Cur aus, und wurde also nach wenig Wochen vollkommen gesund. Allein wer solte es [382] wohl glauben? daß, so bald sich die verlohrnen Kräffte wieder eingestellet, ich nicht allein mein gethanes Gelübde vergessen, sondern mir auch nicht das geringste Gewissen gemacht hätte, die vorige Lebens-Art wiederum zu ergreiffen.

Unter andern gerieth ich mit einem sehr artigen Frantzosen in Bekandtschafft, der sich La Rosée nennete, und wie ich merckte, die Spiel-Künste ungemein wohl verstund, derowegen hütete mich ihm keinen Verdruß, mir aber keinen Schaden zu zu ziehen, nicht zwar aus einiger Furcht, sondern weil ich diesem Menschen, unwissend, warum, gewogen seyn muste. Er im Gegentheil vermerckte bey mir gnugsame Hertzhafftigkeit, zugleich auch, daß ich seine künstlichen Streiche guten Theils abgemerckt, dem ohngeacht die Gefälligkeit vor ihm gehabt, und stille geschwiegen hatte. Derowegen suchte er mir bey andern Gelegenheiten allerhand Vergnügen zu machen, tractirte mich öffters in seinem Logis mit den herrlichsten delicatessen, und ich bewirthete ihn gleichfalls öffters in meinem Hause, worbey er mir zu vernehmen gab: Wie er die stärckste Anwartung auf einen Officiers-Dienst in einer benachbarten Guarnison hätte, und mich zugleich bereden wolte, ebenfalls Dienste unter der Miliz zu suchen, allein ich zuckte die Achseln hierzu und sagte: daß, wenn mir mein freyer und ungebundener Stand nicht lieber gewesen, ich schon vorlängst unter den Kayserl: Trouppen eine Compagnie haben können. Hierauf sprach er: ja Monsieur, es wäre mir zwar auch also zu Muthe, allein, wo wollen die Mittel allezeit herkommen? [383] Monsieur, versetzte ich, dergleichen Künste als ihr im Spielen gezeiget habt, müssen ihren Mann niemahls fallen lassen. Ach! sprach er, es ist zwar etwas, jedoch nicht hinlänglich, denn in Paris ja in gantz Franckreich werden die Reichen immer klüger, die Armen aber immer ärmer, und ich glaube, ehe ein Jahr verstreicht, wird fast niemand mehr spielen wollen, derowegen muß man sich auf andere Künste legen. Unter diesem Gespräche fiel mir ein eiserner etwa 2. Ellen langer Guardinen Stab, vom Fenster herunter auf den Kopff, jedoch ohne besondern Schaden, dem ohngeacht brach ich denselben aus Boßheit, als einen Tobacks-Pfeiffen-Stiel in mehr als zwantzig Stücke. La Rosée sperrete darüber Maul und Nase auf, vermeynete auch, daß ich vielleicht ein Hexen-Meister sey, allein ich bezeugte ihm mit vielen mir gar nicht schwer ankommenden Eydschwüren, daß dieses meine angebohrne Stärcke also mit sich brächte, zerbrach auch vor seinen Augen einen mehr als 6. mahl dickern Fenster-Stab in etliche Stücken, worüber La Rosée in noch stärckere Verwunderung gerieth, und mich zu einem seiner besten Freunde mit zu gehen bat, welchem er heute eine Visite zu geben versprechen müssen. Ich ließ mich leicht bereden, zumahlen da selbigen Abend sonsten keine tüchtige Compagnie

wuste. Demnach führete er mich in die Vorstadt St. Mar-
cel und zwar in ein nicht allzu ansehnliches Hauß, allwo
in der Unter-Stube des Hinter-Gebäudes, zwey ansehnliche Cavaliers im Brete mit einander spieleten, jedoch
bey des La Rosée und meinem Eintritt alsobald aufsprun-
gen, und uns aufs höfflichste bewillkommeten. [384]

Sie liessen so gleich den köstlichsten Wein, nebst
andern Delicatessen auftragen, und weil noch ein ansehnlicher feiner Herr darzu kam, sassen wir da, liessen
die Gläser tapffer flanquiren und raisonnirten von lauter
Etaats-Affairen, so daß ich diese Herrn vor vollkommene
Etaats-Leute gehalten, wenn mir la Rosée nicht gesagt
hätte, daß sie Officiers von demjenigen Regiment wären,
worunter er sich halb engagirt hätte. Der Wein hatte
wegen seines gantz besonders trefflichen Geschmacks,
mir allbereits einen halben Tummel zu gezogen, als
plötzlich ein scheinbarer Officier mit 6. Mann in die Stube trat, und mit brüllender Stimme sprach: Messieurs
gebt euch auf Befehl des Königs in Arrest! Ich vor meine
Person, der dieses Tags wegen ein ziemlich gutes Gewissen hatte, wuste nicht, was es bedeuten solte, sahe derowegen meine Zech-Gesellen an, und fragte in aller Stille:
Ob wir diesen Kerlen nicht die Hälse brechen wolten? La
Rosée sprach: Allerdings, sonst sind wir verlohren.

Auf dieses Wort, sprunge ich als eine Furie hervor,
riß den Officier plötzlich zu Boden, stieß einen andern
mit dem Kopffe wieder die Wand, daß er ohnmächtig
wurde, den dritten aber mit einem ausgezogenen Stillet

auf der Stelle todt. Meine Zechbrüder brachten die übrigen 4. zwar glücklich zur Thür hinaus, ersahen aber, daß noch mehr als 12. Mann im Hofe parat stunden, uns zu attaquiren. Jedoch zu allem Glücke war die Stuben-Thür inwendig mit starcken eisernen Bändern und Riegeln versehen, derowegen wurde dieselbe, aufs beste verwahret, hergegen schien meinen Com-[385]pagnons das Durchwischen unmöglich, weil die 3. Fenster mit eisernen Stäben allzu fest besetzt waren. Allein hierzu wurde bald Rath, denn ich riß einen nach dem andern aus der Mauer, und also sprungen wir auch einer nach dem andern zum Fenstern heraus. Diese waren nun zwar auch mit einer geringen Manschafft besetzt, allein ich schlug mich glücklich durch, und kam ohnbeschädigt in meinem Logis an.

Folgenden morgen besuchte mich einer von den gestrigen Zechbrüdern, der sich, le Pressoir nennete, und berichtete: daß la Rosée nebst noch einem andern dennoch von der Wacht attrapirt und ins Chastelet geführet worden, über dieses wäre auch der Kerl, welchen ich mit dem Kopffe so hart an die Mauer gestossen, crepiret, derowegen der beste Rath, wenn ich mein Quartier veränderte, weil man mich hier leicht ausforschen und zu dem la Rosée setzen könte. Demnach ließ ich mich von diesem Schein-Freund bereden, mit in sein eigenes Logis zu ziehen, allwo ich schöne Gelegenheit, aber fast täglich solche Personen um mich hatte, welche den Krams-Vögeln gar nicht, den Galgen-Vögeln aber desto ähnlicher sahen. Le Pressoir brach endlich beym Truncke, und zwar, da wir gantz allein beysammen waren, mit dem gantzen Geheimnisse heraus, daß nehmlich er und seine Gefährten Cartouchianer, auf deutsch Mitgesellen der aller berühmtesten Spitz-Buben-Bande unter allen wären, die dermahlen auf der gantzen Welt florirten.

Ich erschrack hierüber von Hertzen, und zwar der-massen, daß mir der kalte Schweiß austrat, denn [386] im Augenblicke stelleten sich alle Gehenckten, Geräderten, Geviertheilten, Gebrandmarckten, Gestäupten und der-gleichen vor mein Gesichte, die ich nicht nur von eben dieser Bande in Paris, sondern von Jugend auf an andern Orten Mord und Diebstahls wegen executiren sehen. Le Pressoir merckte einige Bestürtzung an mir, sagte dero-wegen: Schämet, euch, Monsieur! bey so vortrefflichen Leibes-Gaben ein solch feiges Gemüthe zu haben. Be-dencket doch wer heute bey Tage sein Glück auf festen Fuß setzen will, muß wahrhafftig viel Geld haben, die Art, womit wir selbiges zu erwerben suchen, scheinet zwar etwas desperat und schimpflich, allein das letztere zumahl, ist eine leere Einbildung, weil einige von den grösten Monarchen das Gewerbe, sich mit Gewalt zu bereichern, öffentlich, wir armen Schlucker aber das-selbe nur heimlich treiben. Ach! sprach er noch, es sind viele von unserer Bande hinweg geschlichen, die mit ih-rem darbey erworbenen Gute, theils in Deutschland, En-gelland, Holland und andern Ländern, sich auf Lebens-Zeit vergnügte Ruhe-Städte zubereitet haben.

Solche Gespräche führeten wir biß in die Mitter-Nacht, ich versprach dem le Pressoir die Sache zu be-schlaffen, und deßfals Morgen mit dem frühesten den Schluß zu fassen, ob ich mich ihrem Obristen wolte præ-sentiren lassen. Allein mein Sünden-Maaß lief ohnedem schon über, und weil die Göttliche Barmhertzigkeit viel-leicht noch viele Grausamkeiten zu verhüten, mich aber zu einiger Erkäntniß zu bringen gesonnen, fügte es die-selbe dergestallt, daß le Pressoir diese Nacht ausgekund-schafft, nebst mir [387] im ersten Schlaffe überfallen, gebunden und ebenfalls ins Chastelet geführet wurde.

Hieselbst wurden mir alle meine Kleider biß auf die Hosen und Hembde abgezogen, ingleichen der Barchent Gürtel, worin mein Gold und Kleynodien vernehet wa-ren, und den ich jederzeit auf dem blossen Leibe trug, abgerissen, so daß von allen übel-erworbenen Gute nichts in meiner Gewalt blieb, als ein kleiner Diamant-Ring etwa 15. thaler werth und dann 6. gehenckelte Gold-Stücke, die in einer verborgenen Hosen-Ficken stacken, und etwa 30. thaler austrugen. Man warff mir zwar an statt meiner schönen Kleider etliche andere Stücke zu, welche ohnfehlbar etwa ein gehenckter oder gerädeter Dieb zurück gelassen hatte, allein ich wolte selbige nicht eher anziehen, biß mir endlich des Nachts die grimmige Kälte allen Eckel vertrieb, denn es war gar ein verzweiffelt kaltes, stinckendes und niedriges Gewölbe im untern Stockwercke, worinnen man mich an entsetzlich starcken Ketten gefangen hielt.

Wenig Tage hernach wurde ich ins Verhör gebracht, allwo ich mich zwar, was die Cartouchianer anbetraff, aufs beste zu verantworten suchte, allein um so viel desto schlechter Gehör fande, ja die Sache wurde dergestallt eiffrig getrieben, daß ich zu meinem Trost, ein vor allemahl den Bescheid bekam, entweder binnen dreyen Tagen reinen Wein einzuschencken oder der allerentsetzlichsten Tortur gewärtig zu seyn, zu desto grösseren Schrecken aber muste dabey seyn, da ein anderer, mir unbekanter Cartouchianer von zweyen Henckern aufs allerentsetzlichste gefoltert wurde, welches mir eine dermas-[388]sen hefftige Empfindlichkeit verursachte, daß ich auf der Stelle hätte verzweiffeln mögen.

Nunmehro, so bald ich wieder in mein dunckeles Gefängniß geführet worden, hielt mir erstlich der Satan die Kuh-Haut, ja ich möchte sagen eine Elephanten-Haut vor, worauf alle meine von Jugend auf begangenen Sünden, mit den aller kläresten aber desto nachdrücklichsten Schrifften angezeichnet waren. Das Eisen-Geschmeide an meinen Händen, Füssen und gantzen Leibe zu zerbrechen, war mir eine gantz leichte Sache, ja ich trug dasselbe deutlich zu sagen meinen Verwahrern nur zum Spotte. Alleine durch die Mauer zu brechen schien desto unmöglicher, derowegen bewegte mich die ausserordentliche Gewissens-Angst zur völligen Verzweiffelung, so daß ich gäntzlich beschloß, mich in folgender Nacht ohne ferneres Bedencken selbst ums Leben zu bringen, es geschehe auch auf was vor Art als

es wolle. Denn, ohngeacht ich in meinen Gewissen der
Cartouchianer wegen ziemlich reine war, so propheceyete mir doch die Tortur, und dann das gemeine Sprichwort:
Mit gefangen mit gehangen, ein klägliches Ende. Demnach erwartete ich mit Schmertzen, biß der Kercker-
Meister Nachts, um etwa 10. Uhr, zum letztenmahle
nach mir gesehen hatte, wandte hierauf mittelmäßige
Kräffte an, und zerbrach binnen einer halben Stunde,
nicht allein alles an mir habende Eisenwerck, sondern
drehete auch die Schlösser und gelencke von den Hand-
und Bein-Schellen glücklich ab, so daß ich mich hiervon
völlig befreyet befand. Hierauf tappte mit den Händen
nach einem Haacken herum, woran ich [389] mich vermittelst meiner Strumpff-Bänder zu hängen suchte,
indem aber warff der Mond seine Strahlen durch ein
Viertheil-Elen breites Lufft-Loch, welches jedennoch
mit einem starcken eisernen Stabe verwahret war. Selbigen Stab riß ich mit äuserster Mühe aus den Steinen
heraus, weltzte einen grossen Klotz an das Lufft-Loch
und bemerckte: daß selbiges nicht über 6. oder 8. Elen
hoch von der Erde sey, derowegen setzte die Henckers-
Gedancken etwas bey seite und versuchte, ob das Loch
nicht etwa binnen etlichen Stunden dergestallt auszubrechen und zu erweitern wäre, daß ich hindurch wischen könte; die Steine waren ziemlich mürbe, also fing
ich mit Hülffe des eisernen Stabes, die Arbeit dermassen
hitzig an; daß endlich binnen 2. oder drey Stunden das
Loch durch die Mauer so groß als nöthig wurde.

Nunmehro hielt ich freylich das fernere Uberlegen vor einen unnützen Zeit-Verlust, warff derowegen den eisernen Stab, als ein höchstnöthiges Faust-Gewehr voraus, und schlupffte hinter drein. Der Sprung war höher herunter geschehen, als ich mir dem Augenmasse nach eingebildet hatte, demnach prasselten alle Rippen in meinem Leibe, weil ich sehr unsanffte auf das Stein-Pflaster gefallen war. Jedoch die weit grössere Angst erstickte endlich diese etwas kleinere und stärckte mich dermassen, daß ich nicht allein, noch eine 6. Elen hohe Mauer überklettern, sondern auch vor anbrechenden Tage, im freyen Felde, einen Erdfall erreichen konte, in dessen nicht allzu wohl verwahrte Höle ich meinen zerstauchten Cörper schmiegte und denselben fast über [390] und über mit Erde bedeckte. Nachdem die Sonne bereits etliche Stunden geschienen, und ich mich ziemlich weit ausser denen ordentlichen Strassen zu liegen vermerckte, das kalte Lager aber fast nicht mehr ertragen konte, zerriß ich meinen ohndem genung zerfleischten Bettlers-Kittel noch mehr, und brachte alles in eine dermassen unordentliche Ordnung, daß mich ein jeder nicht nur vor den allerärmsten Bettler, sondern so gar vor einen rasenden Menschen ansehen muste. Wer mir begegnet, lieff entweder aus dem Wege, oder warff beyzeiten ein Stück Geld, Brod oder andere Victualien entgegen, nur damit ich ihm vom Halse bleiben solte, und solchergestallt practicirte mich glücklich über die Französischen Gräntzen, biß an den Rheinstrom, allwo mir, von dem annoch bey mir habenden Gelde, nunmehro erstlich wieder ein Mühl-Purschen Kleid, Axt, nebst allem andern, was zu solchen Stande gehörete, anschaffte.

Es liessen sich zwar immittelst in allen meinen Gliedern die Zeichen einer bevorstehenden Kranckheit mercken, allein weil ich durchaus keine Lust hatte an Catholischen Orten stille zu liegen, so setzte dennoch meine Reise biß in die Wetterau fort, und fand daselbst bey einem gutthätigen Müller, Gelegenheit, etwas Artzeney zu gebrauchen, welche auch in so weit anschlug, daß ich nachhero die Reise biß in meine Heymath mit ziemlichen Kräfften überstehen konte.

Mein ernstlicher Vorsatz war: von nun an meine Sünden zu bereuen, und so bald ich mich zu Hause mit einem frommen Seelsorger bekandt gemacht, [391] ein christliches und GOtt wohlgefälliges Leben anzufangen, jedoch weil dieser Vorsatz dem Teuffel ohnfehlbar hefftig verdroß, warff er mir eine abermahlige Verhinderung darzwischen. Denn so bald ich in meiner Mutter Hauß eintrat, machte der nunmehro ziemlich alte und desto schlimmere Stief-Vater scheele Augen, und gab unter seinen brummenden Worten so viel zu verstehen: daß ich bey demjenigen, welchen ich vor etlichen Jahren das gute Geld geschickt, nunmehro auch die Bären-Haut suchen, und darauf liegen könte, so lange als ich wolte. Denn er könte leichtlich mercken daß ich mehr Ungeziefer als Ducaten mit brächte, welches doch würcklich erlogen war. Jedoch meine sehr alte unvermögliche Mutter

empfing mich desto freundlicher, und sagte: ich solte
mich nichts anfechten lassen, denn der böse Mann, welcher sie seit so vielen Jahren her als einen Hund tractiret
hätte, wäre nur darum so rasend, daß sie mit ihm kein
Kind gezeuget, vor weniger Zeit aber ein Testament gemacht, ihm nur 100. fl. und mir und meinen Geschwistern
hingegen nicht allein die Mühle, sondern auch alle beweglichen und unbeweglichen Güter vermacht hätte. Ich
ließ also des Stief-Vaters verdrüßliche Reden zu einem
Ohre ein, und zum andern wieder heraus gehen, begegnete ihm auch mit möglichster Höfflichkeit, allein da ich
eines Tages darzu kam, und sahe: wie er meine arme alte
Mutter aufs aller erbärmlichste tractirte, so, daß ihr das
klare Bluth über das Gesichte lieff und demnach des
erbärmlichen Schlagens kein Ende werden wolte; fassete ich den Mörder beym Arme und stieß ihn zur Thür
hinaus, mei-[392]ne Mutter aber hatte ich kaum ins Bette getragen und einigermassen von Bluthe gereiniget, da
der erboste Stief-Vater zurück kam und mich mit einem
grossen Prügel dermassen über den Rücken schlug, daß
ich fast verzweiffeln mögen, jedoch ehe er noch dergleichen Schlag wiederholen konte, stieß ich ihn zur Thür
hinaus, so daß er rücklings eine kleine Treppe herunter
stürtzte und ohnmächtig liegen blieb.

Es waren etliche Mahl-Gäste gegenwärtig, welche,
das mir und meiner Mutter zugefügte Unrecht mit angesehen hatten, also meinen Jachzorn um so viel desto weniger mißbilligen, dem ohngeacht meinen Stief-

Vater mit Eßig und andern starcken Sachen wieder
erquicken wolten, allein ob derselbige gleich die Augen
auf zuthun und sich in etwas zu regen begunte, so wolte
doch kein Verstand wieder kommen, wir schickten nach
dem Bader des Dorffs, der ihm eine Ader öffnen und
sonsten mit Artzeneyen zu Hülffe kommen solte, allein
ehe die Mitternachts Stunde einbrach, starb er unverhofft und plötzlich, weil, wie ich nachhero erfahren,
ihm das Rückgrad entzwey gebrochen war. Solchergestallt muste ich mich auf Zureden meiner Mutter und
anderer guten Freude eiligst aus dem Staube machen,
und weil mir die erstere einen guten Zehr-Pfennig auf
die Reise gab, zugleich ein gut Pferd aus dem Stalle mit
zu nehmen erlaubte, erreichte ich gar bald einen sichern
Ort, allwo biß zu Ausmachung dieser Sache in Sicherheit
leben könte.

Allein mein Gewissen fand sich von so häuffigen Blut-
Schulden und andern nicht viel geringern, [393] dermassen bedrängt, daß ich erstlich in eine grosse Tieffsinnigkeit, und bald hernach auch in ein gefährliches
hitziges Fieber verfiel, und binnen 14. Tagen, da solches
an allerhefftigsten gewütet, nicht gewust, wie mir zu
Muthe gewesen. Ich habe mittlerweile nicht nur phan-
tasiret, sondern dergestallt hefftig geraset, daß öffters
8. biß zehen der stärcksten Manns-Personen mich kaum
bändigen und vor dem Selbst-Morde bewahren können.
Endlich sehen sich die guten Leute gezwungen, mich mit
starcken Stricken und Seilen im Bette anzubinden, die

ich aber nicht anders als vermodert Garn zerrissen habe. Ein gleiches ist nachhero auch unterschiedliche mahl mit denen angelegten Ketten und Banden geschehen, jedoch endlich hat ein Schmid die stärcksten eisernen Bande verfertiget, auch die Mühe auf sich genommen, nebst seinen Gesellen bey mir zu wachen, und meine Hände, so offt sie sich an dem Eisenwercke vergreiffen wollen, mit Brenn-Nesseln so lange zu peitschen, biß mir die Lust zum Zerbrechen nach und nach verschwunden.

Hätte mich GOtt in diesem Zustande dahin sterben lassen, so wäre mein Leib und Seele gantz gewiß ewig verdammt und verlohren gewesen, allein seine Barmhertzigkeit, die auch die allergrösten Sünder, auf allerhand Arten zur Busse zu reitzen suchet, hat sich auch bey mir auf eine gantz besondere Art offenbaret, und zwar unaussprechlich mehr als ich verdienet gehabt. Da ich also einst in der Nacht, meinen völligen Verstand wieder bekam, und mich dergestallt gefesselt und verwahret befand, anbey nicht anders glaubete: die Gerichten hätten wegen des [394] meinem Stief-Vater verursachten Todes, diese Sorgfalt, mich fest zu halten, angewendet, fing ich aufs erbärmlichste zu seuffzen und zu klagen an und bat die Anwesenden mit Thränen, mir die Hände und Füsse nur auf eine eintzige Stunde frey zu lassen, damit ich so lange Zeit ein wenig auf der Seite liegen könte, denn mein Rücken war fast lauter roh Fleisch, und brennete dermassen schmertzlich, als ob lauter glüende Kohlen unter mir gelegen hätten. Allein man trauete mir nicht, sondern ich muste die Marter noch so lange erdulden biß, des Morgens früh noch etliche starcke Leute ankamen, um meiner Gewalt auf den Noth-Fall desto besser zu wiederstehen. Aber die guten Leute hätten dergleichen Furcht nicht nöthig gehabt, denn ich war nunmehro weit unkräfftiger als eine Fliege, und gab die vernünfftigsten und besten Worte, erfuhr immittelst zu einiger Beruhigung, daß ich keines Verbrechens, sondern nur meiner Raserey wegen geschlossen worden. Man legte mich auf die Seite, weßwegen ich in etwas Ruhe und Linderung empfand, bald darauf aber folgende Gedancken bekam: Du gerechter GOtt! wie lang und grausam schmertzlich ist mir nicht die vergangene halbe Nacht vorgekommen, da ich mich doch nur auf den Rücken etwas durchgelegen habe? was ist dieses kurtze Stück der Zeit gegen die unendliche Ewigkeit, und was sind diese Schmertzen gegen die unaussprechliche Pein zu rechnen, die allen Gottlosen, ja allen solchen, die noch wohl 1000. mahl weniger Sünde als ich begangen haben, bereitet ist. Nun fiel mir auf einmahl wieder ein, was ich in meiner Jugend von dem jüngsten Gerich-[395]te, von der ewigen Höllen-Quaal und Straffe der Gottlosen, predigen, singen und sagen hören, ingleichen præsentirten sich vor meinen Augen alle diejenigen Personen, die ich im Zorn ums Leben gebracht, verwundet, bevortheilet, oder sonsten beschädiget hatte, welches alles in meinem Gemüthe einen dermassen hefftigen Auflauff verursachte, daß mir der Angst-Schweiß ausbrach, und ich mich vor Schrecken, Furcht und Elende nicht zu lassen wuste, ja weil ich erwog wie schändlich ich das, bey ehemaliger Kranckheit gethane Gelübte gebrochen, so zweiffelte fast, daß GOtt mein ferneres Gebeth anhören, vielmehr mich, als einen unnützen Knecht, der sich niemahls ein rechtes Gewissen gemacht GOtt, seine Diener und Nächsten zu betrügen, dem Teuffel in die Klauen und in den ewig brennenden Höllen-Pfuhl übergeben und verstossen würde.

Meine verpfleger vermeyneten vielleicht, es rühre dieser Zufall von dem, aufs neue ausbrechenden Fieber her, liessen derowegen den Artzt ruffen, welcher, da ich mich gantz und gar nicht begreiffen konte, mir mit Gewalt einige starcke Artzeneyen eingoß, jedoch da sich meine Sinnen nur ein klein wenig erholet, verlangete ich nach einem Priester, so bald derselbe kam, muste man mich mit ihm alleine lassen, und nach dem ich ihm ein offenhertziges Bekändtniß meiner Gewissens-Marter abgelegt, wie nehmlich dieselbe mich weit hefftiger quälete als die leiblichen Schmertzen, wandte dieser erleuchtete Mann das äuserste an mir, die Verzweiffelung aus dem Sinne, hergegen neue Busse, neuen Glauben und neue jedoch ernstliche Lebens-Besserung einzu predigen. [396] Es hat GOtt sey tausendmahl Danck, ihm und mir gelungen, denn nachdem er alle Zeichen eines verbesserten Gemüths wahrgenommen, reichte er mir das heil. Abendmahl, besuchte mich auch so lange, biß die Kranckheit gäntzlich vorüber war, und ich wiederum in die freye Lufft gehen konte. Nunmehro war die Haupt-Sache zwar gehoben, jedoch erregte der Satan fast täglich noch einen zweiffel in meiner Seelen, an der vollkommenen Begnadigung GOttes und Vergebung meiner Sünden, derowegen besuchte ich den Frommen Priester fast täglich ein oder ein paar Stunden, und bekam von ihm die allerkräfftigsten Tröstungen, ausser diesen schenckte er mir eine kleine Hand-Bibel, ein Gesang Buch, worinnen er mir die kräfftigsten Buß- und Trost-Lieder ordentlich bezeichnete, Joh. Arends Paradieß-Gärtlein, dann noch das vortreffl. Buch: Mayers verlohrnes und wieder gefundenes Kind GOttes, recommendirte mir auch über diese noch einige andere erbauliche Bücher, die er schrifftl. aufsetzte. Ich folgte seinen gegebenen Rath aufs allergenauste und habe nach der Zeit fast keinen Tag versäumet, in dergleichen Büchern sehr fleißig zu lesen und meinen Lebens-Wandel darnach einzurichten, wie ich denn auch alle dieselben mit auf diese Insul gebracht habe, und sie vor meinen allerbesten Schatz halte.

Der vortreffliche Geistliche wolte durchaus keine Belohnung vor seine mit mir gehabte Mühe von mir annehmen, ich habe ihm aber dennoch, nachdem ich albereit mit thränenden Augen Abschied von ihm genommen, 20. harte Thaler von demje-[397]nigen Gelde, welches mir meine Mutter mit auf die Reise gegeben, durch die Post übersendet, und hertzlich gebethen, sich zu meinem Angedencken andere geistl. Bücher darvor zu kauffen. Die andern ehrlichen Leute, die mich in meiner Kranckheit so wohl besorgt, habe ich auch von dem Gelde, welches ich vor mein verkaufftes Pferd eingenommen, erkäntlich bezahlet, also nicht mehr als noch etwa 30. Thl. übrig behalten. Dieses wenige, aber mit guten Gewissen besitzende Vermögen, beschloß ich zurahte zu halten, mich vor allen Gottlosen liederlichen Leben, sonderlich vor dem verdamten Spielen und Sauffen, Zeit Lebens zu hüten, hergegen mein Brod, auf dem, von Jugend auf ehrlich erlernten Handwercke, zu gewinnen, und zu erwarten, ob mir GOtt etwa hier oder dar in einem frembden jedoch Lutherischen Lande, etwa eine beständige Ruhe-Städte verschaffen wolle: damit ich nicht Ursach hätte selbige in meinem Vaterlande, als welches mir nicht allein der letzten verdrüßlichen, sondern auch anderer ärgerlichen Begebenheiten wegen, eckel war, zu suchen. Unter solchen Absichten schrieb ich meinem Vetter, das an ihm übersandte Capital halb an eine arme Kirche und die andere Helffte an ein gewisses übel besorgtes Hospital zu wenden. Meine Mutter bath ich gleichfalls dasjenige, was sie mir an Erbtheile zugedacht, an geistliche Stifftungen zu legen, indem ich entweder gar nicht, oder doch nur deßwegen wieder eine Reise in meine Heymath vornehmen würde: zu vernehmen ob man in diesem Stücke meinem Willen nachgelebt hätte; denn die Sache wegen meines Stief-Vaters, war [398] schon mit 120. Thl. baaren Gelde vor den Gerichten völlig ausgemacht worden, weiln mehr als 7. Zeugen vorhanden gewesen, die mit Wahrheit bekräfftigen können: daß ich weder muthwillige Händel an ihm gesucht, noch ihm freventlicher hergegen recht abgenöthigter weise und recht wieder meinen Willen, zum Tode befördert hätte.

Demnach hielt ich mich bey nahe noch anderthalb Jahr in einer berühmten Fluß-Mühle auf, legte bey deren neuer Erbauung nicht allein viel Ehre ein, sondern bekam auch von dem Eigenthums Herrn ein ansehnliches Stücke Geld. Indem mich aber ein junger Norwegischer reicher Mühl-Pursche inständig bat: mit in sein Vater-Land zu reisen und seine Erb-Mühle, die noch weit mehrere Einkünffte als erwehnte hätte, auf eben die Art einrichten zu helffen. Ließ ich mich bereden mit ihm nach Norwegen zu reisen. Allein der gütige GOtt, den ich von weniger Zeit her täglich inbrünstig anbetete, führete mich unterweges zu dem Herrn Capitain Wolffgang, dessen unvergleiche Beredsamkeit mein Vorhaben verrückte, und mir die Reise zur See, als das allerangenehmste Pflaster zur Heilung, meiner in Europa selbst verursachten alten Schäden, darlegte. Derowegen nahm mir kein Bedencken, meinem Gefährten die Zusage aufzukündigen, und diesem vollkommen redlich scheinenden Manne zu folgen, der mich auch in der gemachten Hoffnung keines Wegs betrogen, sondern noch vielmehr gehalten, als er versprochen hat.

Zu ihnen, meine Herrn! sagte nunmehro unser guter Müller, habe ich aber hierbey das vollkom-[399]

mene Vertrauen, daß sie mich wegen meines aufrichtig-
erstatteten Berichts, der meine Person bey manchen
Europæer vielleicht verächtlich machen würde, um so viel
desto besser achten werden, denn ein Mensch, der vorhero ein Schelm gewesen und nachhero fromm worden
ist, nach dem Winckel-Masse der Vernunfft vor besser
zuhalten, als 1000. andere, die sich zwar fromm und
ehrlich stellen und doch Schelme in der Haut bleiben. Es
hat mich niemand gezwungen ihnen die wahrhafften
Umstände meiner begangenen Boßheiten zu erzehlen,
ich habe auch dieserwegen hiesiges Orts keine Zeugen,
als den einigen GOtt, und mein Gewissen über mich zu
fürchten gehabt. Sie aber sollen hinfüro allerseits Zeugen, meines, nach menschlicher Möglichkeit zu führenden, christlichen Wandels seyn; weiln ich von der ersten
Minute an, da mein Fuß diese glückselige Insul beschrit-
ten: allererst eine vollkommene Gemüths-Beruhigung
gefunden und nunmehro auch dieselbe durch eine glückliche Heyrath, leiblicher weise, im höchsten Grad erreicht habe. GOtt segne meiner Hände-Werck allhier, zu
ihrer aller und meinem fernern Vergnügen, dergestallt,
daß ich der mir erzeigten Freundschafft und Güte immer würdiger werde, denn nichts als der Todt soll mich
ungeschick machen, ihnen meine beständige Ergebenheit spüren zu lassen. Indessen will ich ihnen doch den
Gedenck-Spruch, den mir mein lieber Beicht-Vater nach
der letzten kranckheit eingeprägt, zum beschluß meiner
Erzehlung melden, er lautet also: [400]

Sprich, Teuffel, was du wilst, ich falle
GOtt zu Fusse.
Das Böse nicht mehr thun ist doch die beste
Busse
Hinfüro tugendhafft, dem Nechsten
nützlich seyn
Tilgt alte Schulden aus und macht mich
Engel-rein.

Der Alt-Vater nahm hierauf unsern Philipp Krätzer bey der Hand und sagte: Mein lieber Sohn! Unser Heyland thut uns in der heil. Schrifft klärlich zu wissen, was vor Freude im Himmel sey über einen Sünder der Busse thut; derowegen müste derjenige ein Gottesvergessener ruchloser Mensch seyn, welcher euch als einen solchen Menschen, an dem GOtt seine heilsame Gnade gantz sonderbar offenbahret hat, geringer als andere Menschen achten wolte. Wenn wir ingesammt unser Gewissen fragen und nach dem Gesetze prüfen, so wird sich wohl kein einziger finden, der sich eines besondern Vorzugs vor andern sündhafften Menschen rühmen kan. Ach ich befürchte leyder, daß Manasse, Paulus und andere dergleichen Heilige, an jenem Tage zwar genung Sünden- aber nicht so viel Buß-Genossen antreffen werden.

Unter solcherley Gesprächen rückten endlich die düstern Abend-Stunden herbey, weßwegen alle Auswärtigen von den werthen Stephans-Raumer Freunden, vor alles genossene Vergnügen, danckbarlichen Abschied nahmen, und sich auf den Weg zu ihren eigenen Wohnungen begaben. Derge-[401]stallt erreichte nun auch der Altvater nebst seinen Hauß-Genossen seine Beqvemlichkeit auf der Alberts-Burg, indem wir uns ingesammt bald darauff zur Ruhe begaben. Einige Tage hernach, da der Drechsler Herrlich, mir einen wohlgemachten Bauer vor meinen schönen Vogel überbrachte, und zur Danckbarkeit von dem Altvater mit dem allerbesten Weine tractiret wurde, ließ sich derselbe von mir bereden, dem Altvater zum Zeitvertreibe seine, nehmlich

Des Drechßlers Herrlichs Lebens-Geschicht

zu erzehlen, und zwar folgender massen:

Ich bin fieng er an, im Jahr 1693. in einem kleinen Städtgen, von armen Eltern erzeuget worden, denn mein Vater ernehrete sich, meine Mutter und mich, als sein eintziges Kind, mit Handlangen und Botschafft lauffen, brachte aber doch damit immer so viel vor sich, daß wir nicht allein satt zu essen, sondern auch nothdürfftige Kleider anzuziehen hatten, so bald aber ich kaum mein zehendtes Jahr erreicht, spannete mich mein Vater schon zu allerhand Arbeit an, hergegen wurde an gar kein Schulgehen gedacht, sondern mein Vater war vollkommen zufrieden, daß mir die Mutter das Vater Unser, den christlichen Glauben, die Tisch- und etliche andere Gebete nach der Larve herbeten gelernet, meynete auch, mit den übrigen Glaubens-Articuln hätte es schon noch Zeit, biß das Jahr herzu käme, da dergleichen Jungens zum Abendmahle gehen müsten, denn seine Eltern waren mit ihm auf gleiche Weise ver-[402]fahren, und hatten ihm weder schreiben noch lesen lernen lassen.

Mittlerweile fügte sichs: daß mein Vater, bey einem vornehmen Manne, der ein neues Hauß bauen ließ, ein gut Stück Arbeit bekam, woran meine Mutter und ich mit Hand anlegen musten, weil nun dessen Kinder, wenn ihr Informator dieselben in das neue Hauß spatzieren führete, sich öffters mit mir ins Gespräch einliessen, so bat ich einsmahls den jüngsten, mir ein fein groß Buch zu schencken, denn ich hätte gute Lust das Lesen zu erlernen. Der Knabe fragte mich, ob ich denn in die Schule gienge, und wer mir das Lesen lernen solte? Ich aber gab zur Antwort: zum Schulgehen hätten wir kein Geld, dem aber ohngeacht, wolte ich das Lesen doch wohl lernen, wenn ich zusähe wie es andere Leute machten. Er fieng an zu lachen, und erzehlete mein Gespräche seinen zweyen andern Brüdern, welche mir ein schön groß Buch zu schencken versprachen, wann ich auff den Abend vor ihre Thür kommen, und selbiges abholen wol-te. Ich war nicht faul, sondern gieng zu bestimmter Zeit hin, empfieng auch, von ihnen einen sehr grossen Folian-ten von zusammen gebundenen Leichen-Predigten, und versteckte selbigen, aus Furcht vor meinem Vater, zu Hause unter die Treppe.

So bald mein Vater früh Morgens um die gehörige Zeit an die Arbeit gegangen, mir und meiner Mutter nach-zukommen befohlen, nahm ich mein Buch unter den Arm, gieng nach der Stadt-Schule zu, und erkundigte mich, in welcher Stube der oberste Schulmeister Schule hielte. Indem mich nun [403] ein jedweder, und zwar nicht ohne trifftige Ursachen, vor einen einfältigen, ja sehr dummen Jungen hielt, und vermeynete, ich hätte das grosse Buch etwa an den Rector zu bringen, so wiese man mich in Prima, allwo ich nach zweymahligen Anklopffen, die Thüre selbst eröffnete, mit baarfussen Beinen und abgenommener Mütze hinein trat, dem Rector aber gantz dreuste und ohne alle Weitläufftigkeit, mit diesen Worten anredete: Guten Tag Herr! die Leute haben mir gesagt, daß ihr der oberste Schulmeister seyd, und den Jungens mehr lernet als die andern kleinen Schulmeisters, darum wolte ich euch bitten, ihr soltet mich vor Geld und gute Worte lesen lernen, denn ich habe mir 5. Groschen weniger einen Dreyer Geld gesammlet, das will ich doch dran wagen, wenn es fein bald geschehen kan, weil ich nicht viel Zeit drauff wenden kan, denn mein Vater braucht mich alle Tage nothwendig, daß ich ihm muß helffen Steine auslesen, und in den Schubkarn schmeissen. Die in der Classe sitzenden grossen Kerls, fiengen über meine kauderwelsche Rede, gräulich zu lachen an, jedoch nachdem ihnen der Rector mit einer ernsthafften Gebärde das Stillschweigen auferlegt, fragte er mich sehr freundlich: Mein Sohn, wer hat dich hergeschickt? Es hat mich niemand hergeschickt gab ich zur Antwort, sondern ich bin von mir selbst gekommen, weil ich Lust habe vor Geld und gute Worte in diesem Buche lesen zu lernen. Es ist gut, mein

Sohn, versetzte der Rector, allein gehe hin und bringe erstlichen ein kleines A.B.C. Buch her, so will ich vor dich sorgen, [404] daß du lesen lernest. Nein! sprach ich, das ist mir ungelegen, ich mag mich mit keinem kleinen Buche herum hudeln, sondern ich will gleich aus diesem grossen Buche lesen lernen, und zwar vor mein gut Geld, welches ich euch den Augenblick geben will, so bald ich nur erstlich so gut, als die grossen Bengels, lesen kan, die dort herum sitzen. Die Schüler fiengen aufs neue zu lachen an, und der Rector selbst wurde ein wenig zum lächeln bewogen, welches mich dermassen verdroß, daß ich mit zornigen Geberden sprach: Ich habe gedacht an einen klugen Ort zu kommen, und treffe doch alberne Leute an, wollet ihr mich nicht lesen lernen, so laßt es bleiben, und lachet über euch Narren selbst, so lange ihr könnet. Hiermit setzt ich meine Mütze auf und wolte wieder fort gehen, allein der Rector nahm mich beym Arme und sagte: Mein Sohn, werde nicht böse, sondern setze dich hier auf diese kleine Banck, ich will dich das Lesen umsonst lehren, und dir noch Geld darzu geben. Ich sahe ihn starr in die Augen, um zu erforschen ob es sein Ernst sey, ließ mich aber endlich bereden ihm zu gehorsamen, da er denn alsobald den Folianten selbst auffschlug, mir zuerst 4. Buchstaben zeigte und befahl, dieselben wohl zu mercken, noch mehr dergleichen in dem grossen Buche zu suchen, und ihm nachhero dieselben zu weisen. In einer Viertheils-Stunde hatte ich nicht nur alle wohl ins Gedächtnis gefasset, sondern auch auf allen Seiten des Buchs, noch viele dergleichen mit den Nägeln gezeichnet, weßwegen mir der Rector vier neue, und bald hernach abermahls 4. neue kennen lernete, so daß ich binnen einer Stunde schon das halbe A.B.C. inne [405] hatte. Mittlerweile setzte er seine Lection bey den grossen Schülern immer fort, und nachdem die Stunde verflossen, gab er ihnen die ernstliche Vermahnung mich nicht auszuhönen, weil er seine besondern Absichten auf mein besonderes Naturell hätte; ich aber hatte auch meine besondern Gedancken und merckte wohl, daß dieses kein Lesen hiesse, konte also nicht umhin, ihm ins Gesichte zu sagen: Er möchte mich mit vielen Weitläufftigkeiten verschonen, denn ich hätte keine Zeit zu verliehren, sondern wolte fein bald fertig seyn, damit mich mein Vater bey seiner Hand-Arbeit brauchen könte. Hierauff führete er mich bey der Hand in sein Hauß, erkundigte sich nach meinen Eltern, und ließ in der Mittags-Stunde meinen Vater und Mutter zu sich kommen. Was er mit ihnen gesprochen, habe ich nicht angehöret, denn ich muste unterdessen mit seinen zwey, 8. biß 10. jährigen Kindern, essen, nachhero aber sagte mein Vater und Mutter: Ich solte hinfüro nicht mehr Handlangen helffen, sondern bey dem Herrn Rector bleiben, und ihm in allen gehorsam seyn, so lange biß ich vollkommen lesen könte. Wer war froher und vergnügter als ich, zumahlen da mir der gute Rector ein abgelegtes Kleid von seinem ältesten Sohne zurechte machen ließ, und mich also vom Haupte biß auf die Füsse recht reputirlich bekleidete. Ein grosser Schüler, der des Rectors Kinder täglich ein paar Stunden informirte, muste auch allen Fleiß an mich wenden, welches denn so viel verursachte, daß ich binnen wenig Wochen nicht allein vollkommen lesen, sondern auch etwas weniges schreiben lernete. Der gute Rector selbst sparre-[406]te keinen Fleiß noch Kosten, mich zu fernern Studiren anzuhalten, in Meynung, daß hinter der grossen Lust welche ich zum lesen und schreiben bezeuget, vielleicht noch eine höhere verborgen stäcke; er fand sich aber betrogen. Denn so leichte mir biß daher alles angekommen war, so schwer fiel mir nachdem, das Latein in den Kopff zu bringen, ja ich konte mit Mühe und Noth kaum so viel fassen, endlich in meinem 15ten Jahre in Secunda zu kommen. Zu Hause rühreten meine Hände aus eigener Bewegung kein Buch an, hergegen war mein eintziges Vergnügen, ein und andere Stückgen Holtz auszusuchen, und recht verwunderens-würdige Narren-Possen daraus zu schnitzen.

Jedoch weil ich mich sonsten in des Rectors Hause jederzeit dienstfertig, gehorsam und getreue finden lassen, nahm mich derselbe eines Tages vor, uns sagte: Mein lieber Junge! ich habe nunmehro wieder mein Vermuthen vollkommen angemerckt, daß aus dir schwerlich ein Gelehrter werden wird, denn du bist ein Holtz-Wurm, und hast mehr Lust zu schnitzeln und hacken, als zum Latein und andern gelehrten Ubungen, derowegen sage nur frey heraus, ob dir beliebig ist ein Zimmermann, Tischler, Drechßler, Bildhauer oder dergleichen

zu werden, so will ich nebst andern guthertzigen Leuten
Sorge tragen, daß du zu einem guten Meister, von dieser
Professionen einer gethan wirst, und dieselbe Zunfft-
mäßig erlernest. Ich war vor Freuden gantz ausser mir
selbst, da ich den Rector also reden hörete, bat derowegen mich entweder zu einem Drechsler oder Bildhauer zu bringen, weil sich zu diesen beyden Professionen [407] bey mir die meiste Lust fände, also wurde
meinem eigenen Triebe gewillfahret, und ich bey einem
Drechßler auffgedungen, weil der Bildhauer vors erste
allzuviel Lehr-Geld forderte, vors andere aber zu verstehen gab, daß er, als ein betagter Mann, keine besondere Lust mehr hätte Jungens anzunehmen, indem er
schwerlich glaubte, noch 5. Jahre, als so lange ich stehen
solte, zu überleben. Zum Lehr-Gelde und Bette durfften
meine Eltern nicht eines Hellers werth Beytrag thun,
denn mein gutthätiger Rector, legte in aller Stille, unter
einigen, so wohl einheimischen als auswärtigen guten
Freunden, eine kleine Lotterie zum Lust-Spiele an, worbey die Einlage 3. Ggr. der beste Gewinst aber 12. Thlr.
war, und von diesem Spiele tröpffelte also so viel ab,
jedoch mit vorbewust aller Interessenten, denen die richtige Eintheilung vorgelegt wurde, daß mein völliges
Lehr-Geld heraus kam. Ich gewann mit 2. Loosen selbst
2. Thl. 16. Ggr. darbey, bekam auch von einigen Wohlthätern so viel geschenckt, daß davon, in den ersten
2. Jahren, nothdürfftige Kleidung und Wäsche anschaffen konte.

Nachdem meine Lehr-Jahre verflossen, und ich noch etwas Zeit darüber, bey dem Lehr-Meister geblieben, anbey im Stande war, hinfüro meinen Lohn in der Frembde redlich zu verdienen, begab ich mich endlich auf Reisen, und war binnen 11. Jahren immer so glücklich bey den besten Meistern Arbeit zu bekommen, sonderlich aber die künstlichsten Sachen aus Helffenbein und Meßing drehen zu lernen, über alles dieses, hieng ich meiner ehemaligen Lust zur Bildhauerey annoch sehr nach, und machte bey [408] müßigen Stunden genaue Kundschafft mit einem alten beweibten Bildhauer-Gesellen, der mir vor ein leichtes Geld, die Kunst zu zeichnen, nebst den besten Vortheilen in ihrer Arbeit lehrete, und weil ich, wie bereits gemeldet, nicht allein gute Lust, sondern auch ein natürliches Geschicke darzu hatte, so brachte es nachhero darinnen ziemlich weit. Endlich da ich mir binnen besagter Reise-Zeit ein Capital von fast anderthalb hundert Thalern gesammlet, kam mir die Lust, meine Vaters-Stadt zu sehen, wieder an. Meine Mutter war bereits vor etlichen Jahren gestorben, der Vater aber hatte sich seines Alters und Unvermögens wegen, vor alle sein erspaartes Gut ins Hospital eingekaufft, mein Wohlthäter und Rector aber lebte, ohngeacht seines hohen Alters, mit seiner Frauen annoch sehr vergnügt, und bezeugte eine besondere Freude, da er mich in so guten Stande wieder kommen sahe, welche Freude nicht um ein geringes vermehret wurde, da ich ihm unterschiedliche Raritäten nicht allein von

künstlichen, sondern auch natürlichen Sachen mit brachte, indem mir bewust war: daß er selbst eine artige com-
pendieuse Naturalien-Cammer besaß, und dergleichen
Sachen wegen, mit den vornehmsten Leuten Correspondenz führete. Der ehrliche Mann gestunde mir etwa ein
halbes Jahr hernach, daß er aus meinen Sachen bey nahe
hundert Thaler gelöset, both mir derowegen die Helffte
solches Geldes zu meinem Bürger- und Meister-Rechte
in selbiger Stadt an, da ich aber durchaus nichts annehmen wolte, sondern zu erkennen gab, wie er nächst
GOtt allein derjenige sey, welchem ich alles was ich im
[409] Kopffe und im Leben hätte zu dancken schuldig, so
versprach er dagegen meinen alten Vater, Wöchentlich
3. Tage von seinem Tische zu speisen, auch ihm, wie
bißhero schon geschehen, alle Sonntage ein Nössel Wein
zur Stärckung, und zwar auf Lebens-Zeit zu reichen.
Allein mein lieber alter Vater starb etwa 8. Monat hernach, ich aber erhielt mit grosser Mühe die Erlaubniß,
ihm auf dem Hospitals Kirch-Hofe eine Gedächtniß-Tafel,
die ich mit eigener Hand so künstlich als mir möglich war
verfertigte, auffzurichten. Selbige Tafel, war 2. Ellen
hoch, fast eine Elle breit, und zeigete in einer ausge-
schnitzten Devise das Bildniß Christi, vor welchem mein
Vater, nach allen seinen Lineamenten abgebildet, auf den
Knien lag, und mit den Händen 4. Gewicht-Stücken, auf
deren jeden das Zeichen 1. Centn. bemerckt, an ihren
Rincken hielt. Von seinem Munde an, waren in zweyen
Zeilen folgende Worte ausgeschnitzt: *HErr! du hast mir*

zween Centner gethan; siehe da, ich habe mit denselben
zween andere gewonnen. Aus dem Munde des Welt-
Heylandes aber, der in seiner rechten Hand einen Oehl-
Zweig, und in der lincken einen Reichs-Apffel hielt, flossen diese Worte: *Ey du frommer und getreuer Knecht,*
du bist über wenig getreu gewesen; ich will dich über viel
setzen. Gehe ein zu deines HERRN Freude. Zu oberst
hatte ich die himmlische Glorie, unten auf der Erden herum aber, meines Vaters Handwercks-Zeug, nehmlich einen Bothen-Spieß, Grabscheit, Schauffel, Hacke, Schubkarn und dergleichen, sehr sauber ausgeschnitzt, ferner
einige Nachricht von sei-[410]ner Person, Geburths- und
Sterbens-Zeit und endlich folgenden Biblischen Spruch
gesetzt: 1. Cor. 1. v. 26. - - 29. »Nicht viel Weisen nach
dem Fleisch, nicht viel Gewaltige, nicht viel Edele sind
beruffen; Sondern was thöricht ist vor der Welt, das hat
GOTT erwählet, daß er die Weisen zu schanden mache;
und was schwach ist vor der Welt, das hat GOTT erwählet, daß er zu schanden mache was starck ist, und
das Unedle vor der Welt, und das Verachtete hat GOTT
erwählet, und das da nichts ist, daß er zunichte mache
was etwas ist: Auf das sich vor ihm kein Fleisch rühme.«

Wie gesagt, es hielt gleich anfänglich sehr hart, ehe ich
die Erlaubniß bekam, einem so schlechten Manne, wie
mein Vater gewesen, dergleichen Ehren-Gedächtnis aus
kindlicher Liebe zu setzen, nachdem ich aber dieserwegen 12. Thaler in die Hospitals-Kirche gezahlet, bekümmerte sich weiter niemand drum. So bald ich nun

selbiges mit standhafften Farben zierlich ausgemahlet,
die Schrifften mit feinem Golde vergüldet, und das gantze Stück Morgens in aller früh, durch einen Schlösser
an die Mauer hefften lassen, gab es gleich, noch ehe
es Mittag wurde, einen ziemlichen Lermen bey einigen
Geistlichen, noch mehr aber bey den vornehmsten Personen in der Stadt; so daß mich gleich nach der Mahlzeit
der Ober-Pfarrer zu sich ruffen ließ, und in Gegenwart
des regierenden Burgemeisters, wie auch des Hospital-
Vorstehers befragte: Wer mir die Erlaubniß gegeben vor
meinen Vater, der zwar ein ehrlicher Mann, jedoch nur
ein armer Tagelöhner gewesen, ein so prächtiges und
kostbares Epi-[411]taphium zu setzen? Ich gab hierauff
zur Antwort, daß damit nicht der geringste Pracht,
sondern nur eine Marque meiner kindlichen Liebe, und
nechst diesen meiner wenigen erlangten Geschicklichkeit, gesucht würde, die Kostbarkeit wäre sehr geringe,
indem ich nicht mehr als etwa 20. Ggr. vor Farben und
Gold dran gewendet, die Arbeit aber vor gar nichts rech-
nete, über dieses, da mein Vater nach Aussage seines
Beicht-Vaters, und zwar in Erwegung dessen, daß er
kein Schrifftgelehrter gewesen, ein besonderes löbliches
Ende genommen, als ein frommer Christ auf das Verdienst Christi gestorben, auch ihrem eigenen Zeugnisse
nach als ein redlicher Mann gelebt, so sähe ich nicht,
warum man ihm und mir dergleichen Ehren-Gedächtniß
nicht gönnen wolle. Sie fertigten mich hierauff mit dem
Bescheide ab: Die Sache käme ihnen etwas spitzig und

verdächtig vor, erforderte also fernere Uberlegung und Untersuchung, ich solte inzwischen gehen und weiterer Verordnung gewärtig seyn. Wenig Tage hernach, schickte mir der Burgemeister einen schrifftlichen Befehl zu, des Innhalts: Ich solte ohne ferneres Einwenden, und zwar bey 10. Thlr. Strafe, binnen 24. Stunden, das Väterliche Epitaphium selbst herunter nehmen; alldieweilen selbiges, bey ein und andern Leuten, viele anzügliche Reden und Anmerckungen, nebst diesen noch andere Bedencklichkeiten verursachte: oder gewärtig seyn, daß solches auf den Verweigerungs-Fall, durch andere Personen abgeworffen würde. Ich konte mich gantz und gar nicht darein finden was die eigensinnigen Leute darunter suchten, zog derohalben nicht allein mei-[412]nen Pflege-Vater den Rector, sondern auch den untersten Stadt-Priester, als meinen Beichtvater, ingleichen einen klugen Advocaten zu Rathe, welche mich sämmtlich instigirten, deßfalls von dem Burgemeister nähere Erklärung zu fordern, immittelst aber allenfalls, wieder die Herabwerffung des Bildes solennissime zu protestiren, und mich auff den Ausspruch des Ober-Consistorii zu beruffen, worbey sich der Advocat sogleich erboth, meine Sache den Rechten nach auszuführen, und mir vor allen Schaden zu stehen. Demnach wurde ich ohnvermuthet in einen Process verwickelt, und zwar gegen sehr gewaltige Leute, jedoch ich gewann denselben, solchergestallt: daß nicht allein meines Vaters Epitaphium stehen bleiben, sondern auch mein Gegenpart mir alle verursachten

Kosten ersetzen muste. Ich hätte damit zufrieden seyn, und fein geruhig leben können, zumahlen da die Leute der Stadt, ein gutes Concept von meiner wenigen Geschicklichkeit fasseten, und mir nach und nach viel Geld zuwendeten, allein eine heimliche Rachgier verleitete mich zu allerhand losen Streichen. Denn als mir hernachmahls ein und andere in die Stadt-Kirche bedürfftige Drechsler-Arbeit verhandelt worden, konte ich meinen Lohn nicht eher empfangen, biß mich, auf des Ober-Pfarrers und des Kirchen-Vorstehers ungestümes Zureden, endlich erklärete in den Kauff, noch ein ausgschnitztes Bild über den Beicht-Stuhl zu machen. Man gab mir dieserwegen einen Kupffer-Stich vom Pharisäer und Zöllner im Tempel, ich wandte vielen Fleiß dran, muß aber [413] selbst offenhertzig bekennen, daß unter dem Bilde des Pharisäers: unser Ober-Pfarrer, und dann unter dem Zöllner: der Kirchen-Vorsteher, beyde nach ihrer eigentlichen Physiognomie, dergestallt accurat getroffen waren, als ob sie leibeten und lebten. Es fehlete nicht viel, man hätte mir dieserwegen einen neuen Process an den Halß geworffen, denn der Burgemeister war mein abgesagter Feind geworden, jedoch es mochte ein gewisser kluger Mann ins Mittel getreten seyn, welcher durch einen andern Bildhauer und Mahler die Gesichter gantz und gar verändern lassen, so daß sich weiter niemand beschweren durffte. Bey herannahenden Weyhnachts-Feste, da meine Handwercks-Genossen gemeiniglich allerhand Spiel- und Possenwerck vor die Kinder

zu machen pflegen, war ich auch nicht der letzte meine
curieusen Inventionen, deutlicher aber zu sagen Schrau-
bereyen, auf den Laden heraus zu setzen, ich will aber
nur diejenigen beschreiben, welche mir den meisten
Verdruß verursachten. Es præsentirte sich demnach die
Gerechtigkeit auf einer Schaukel sitzend. An statt der
Binde, welche sie sonsten um die Augen zu tragen pflegt,
hatte ich ihr eine Brille ohne Gläser auf die Nase gesetzt.
In der rechten Hand führete sie: ein in der Scheide
steckendes Schwerdt, wenn aber die Scheide abgezogen
wurde, kam ein ordentlicher Pflug-Reidel zum Vorscheine. Die lincke Hand hielt eine Wage, deren eine Schale,
von dem darinnen liegenden Zehl-Brete, aufs tieffste
niedergezogen war; da hingegen in der andern hoch hinauff gezogenen Schale, ein Buch mit der Auffschrifft
Corpus Juris lag. Auff [414] beyden Seiten dieser in der
Schwebe hangenden Gerechtigkeit stunden zwey kleine
Knaben, welche, so offt man unten an der Machine ein
Rädgen drehete, die Gerechtigkeit hinter und vorwärts
schauckelten, der zur rechten hatte das Wort: *Gunst*, der
zur lincken aber *Ungunst* an seiner Brust geschrieben
stehen. Ferner hatte ich einen Mann in Priester-Habite,
dessen Meß-Gewand von Schaafs-Felle gemacht, der
Priester-Rock aber mit Wolffs-Peltze gefüttert war. An
dem Buche, welches er unter dem Arme trug, hingen
zwey recht naturell nachgemachte Fuchs-Schwäntze.
Noch ferner hatte ich einen Ziegen-Bock nach dem
Leben abgebildet, der darauff sitzende Ritter führete in

der rechten Hand eine Schneider-Scheere, an der Seite statt des Degens, eine Elle, und hielt den Ziegen-Bock mit der lincken Hand im Kap-Zaume, der von einer wollenen Tuch-Schrote gemacht war, an statt der Steig-Bügel sahe man zwey Bügel-Eisen, u. wo die Sporn an Stiefeln stehen solten, befanden sich etliche, wunderlich durch einander gesteckte Neh-Nadeln. Die Hörner des Bocks waren verguldet, Sattel und Chaberaque von Bärenheuter-Zeuge, und mit Schellen behangen, in den Pistolen-Holfftern aber stacken 2. dergleichen Pfrimen, womit die Schnür-Löcher ausgebohret werden, ja ich weiß mich fast selbst nicht mehr zu entsinnen, was ich sonsten an diesem Ziegen-Bocke, so wohl auch noch an verschiedenen andern dergleichen thörichten Inventionen vor Gauckeleyen ausgeübt habe. Nun ist leicht zu erachten daß dieserwegen gar bald Lerm in der Stadt worden, es stund dermassen viel Volck um meinen [415] Laden herum, als ob ein armer Sünder abgethan werden solte, meine Sachen giengen alle reissend weg, jedoch an die verdächtigen Stücken wolte sich niemand wagen, weil sie vorerst ziemlich theuer gebothen wurden, vors andere dem Käuffer, ein nicht unbilliges Bedencken verursachten. Endlich meldeten sich unverhofft etliche Mit-Glieder der löblichen Schneider-Zunfft, und machten nicht unebene Minen, meinen Laden zu stürmen, jedoch da ich ein paar Pistolen und eine Flinte zurechte legte, im übrigen aber einem jeden nach Würden höflich und freundlich begegnete, vergieng ihnen die Lust

mich zu attaquiren. Bald hernach kam fast die gantze
Schneider-Zunfft mit den Handgreifflichen Anwalden
angestochen, welche letztern oberwehnte anzügliche
Stücke, auf Befehl des Bürgermeisters von mir abfordern wolten. Allein es war nur wenig Augenblicke zuvor,
mein guter Advocat, der meinen ersten Process gewonnen, in den Laden getreten, um vor seine Kinder etwas
auszulesen, dieser merckte sogleich was die Ankommenden suchen würden, warff mir also 4. gantze Gulden auf
den Tisch und sprach: Meister Drechsler! also sind wir
richtig, und ich bekomme nur noch 8. Ggr. zurück. Hierbey konte ich, aus seinem Augen-wincken, sogleich mercken, was die Glocke geschlagen hätte, nahm derowegen
sein Geld und Sachen hinnein in die Stube. So bald nun
die Raths-Diener den Burgemeisterlichen Befehl angebracht hatten, schlug sich mein Advocat ins Mittel
und sagte: Mein Freund! vermeldet dem Herrn Burgemeister nebst meinem Grusse, daß die verlangten Sachen, kein Kauffmanns-Gut [416] mehr wären, sondern
ich hätte dieselben bereits vor meine Kinder zum Spiele
erhandelt und bezahlt, wie ihr denn sehet, daß mir der
Meister hier auf 4. Gulden, 8. Ggr. zurücke giebt, mir
aber ist dergleichen vor keine 10. Thlr. feil, ich weiß
auch, daß sich der Herr Burgemeister hüten wird, solche
mir mit Gewalt abzunehmen. Sie schwiegen hierzu stille,
fragten aber mich: warum ich Pistolen und Flinten im
Laden liegen hätte? Sie sind, gab ich zur Antwort, zu
verkauffen, denn es sind kostbare Stücke, die ich mit aus

444

der Frembde gebracht habe. Hierauff zog die sämmt-
liche Procession mit der langen Nase zurücke, gleich
nach den Feyertagen aber gieng ein dreyfacher Process
wider mich an, den jedoch mein Advocat dergestallt geschicklich durchführete, daß ich nicht viel über 5. Thlr.
dabey verlohr. Hergegen gereichte mir zu desto grösserer Lust und Ehre, daß mein Advocat, die beruffenen
Stücke, listiger weise, so wie sie von mir gemacht waren,
an das allerhöchste Ober-Haupt des Landes zu spielen
wuste, welches ein besonderes Vergnügen darüber bezeigt, und alles zur Rarität in Dero berühmte Kunst- und
Naturalien-Cammer zu setzen befohlen hat.

Mein Advocat hat ohnfehlbar den besten Zug hierbey
gethan, allein ich gönnete ihm selbigen von Hertzen
gern, zumahlen da er mir dann und wann einen schönen
Verdienst zuwiese. Es durffte sich nun zwar auch in der
Stadt niemand öffentlich an mir reiben, allein es ist doch
leicht zu erachten: daß ein junger Bürger, der das freye,
aus der Frembde mitgebrachte Wesen noch nicht aus
dem Sinne [417] schlagen kan, und der den Rath so
wohl als die oberste Geistlichkeit gegen sich erbittert
gemacht hat, ungemein behutsam gehen muß, wenn er
heutiges Tages in Teutschland, allwo ohnedem in vielen
Städten das Kirchen- und Regierungs-Schiff, von lauter
Affects-Winden hin und her getrieben wird, sichern und
geruhigen Auffenthalt finden will. Ich will mich zwar
eben nicht so gar weiß und unschuldig brennen, sondern viellieber gestehen, daß ich mich starck vergangen

gehabt, denn es war ein schlechter Verstand, auf solche spitzige Art, denenjenigen Ursach zu hadern zu geben, die da höher waren als ich. Und ausserdem, was hatten mir die armen Schneider gethan, daß ich sie mit dem Ziegen-Bocke ärgerte? Wahrhafftig, ich wuste nichts anders auf sie zu bringen, als daß der Burgermeister eines Schneiders Sohn, und mit vielen andern Schneidern beschwägert war, sonsten muste ich sie so wohl damahls, als wie annoch biß auf diese Stunde, in ihrem Handwercke, vor rechtschaffene, ehrliche und brave Leute erkennen. Aber was nimmt ein junger Toll-Kopff, der die Hörner noch nicht völlig abgelauffen, zuweilen nicht vor thörichte Händel vor?

Kurtz von der Sache zu reden, ohngeacht ich, jedoch mit der ausdrücklichen Weisung: hinfüro alle spitzfündigen Streiche zu vermeiden, in höhern Schutz genommen war, so muste doch von Zeit zu Zeit allerhand Verdruß erdulden, unter welchen mich aber nichts mehr kränckte, als daß mir meine Liebste, die eines reichen Bürgers Tochter, und sonsten ein Mägdgen von feiner Gestalt und herr-[418]lichen Tugenden war, abspenstig gemacht, und an einen andern verheyrathet wurde. Ich war schon gewisser massen mit derselben würcklich versprochen, that derowegen einen Einspruch, konte aber nichts erhalten, weil sich die Eltern aufs Läugnen legten, und die Tochter, welche es doch im Hertzen treulich mit mir meynen mochte, ebenfalls zum Lügen verführeten. Da nun vollends bey der letztern vermerckte, daß sie ihren Bräutigam gezwungener weise annehmen müsse, trieb mich die Eyffersucht so weit, daß ich denselben Nachts vor der Hochzeit erstechen wolte, allein, GOtt verhütete dieses Unglück, solchergestalt, daß ich ihn nur durch das dicke Bein stach, mich nachhero auf die Flucht begab, und vieles von meinem Handwercks-Geräthe zurück ließ. Jedoch hatte die Vorsicht gebraucht, alles mein Geld zu mir zu nehmen, und die besten Sachen, bey meinem Advocaten in Verwahrung zu geben, denn der Rector, mein Pflege-Vater, war nur vor wenig Wochen im hohen Alter verstorben. Der Advocat war dennoch so ehrlich, mir die Sachen auf der Post biß Braunschweig nachzuschicken, nebst einer schrifftlichen Erinnerung: daß ich in GOttes Nahmen, mein Glück in einer andern Stadt suchen möchte, weil es im Vaterlande nicht zu blühen, sondern wegen der letzten Affaire vollends gäntzlich verdorret zu seyn, schiene. Ich gieng nachhero auf Bremen zu, allwo ich bey dem Meister, der mir vor etlichen Jahren sehr gewogen gewesen, eine junge, schöne und reiche Tochter wuste, die ich ihm abzuverdienen gedachte. Der schlaue Fuchs merckte [419] mein Absehen wohl, stellete sich auch, so lange er mich nothwendig brauchte, sehr gefällig an, allein, ehe ich mich dessen versahe, wurde mir die Rahel entzogen, und einem andern gegeben, ich aber solte auf die Lea warten, welches mir solchen Verdruß verursachte, daß ich gleich noch selbigen Tages Abschied nahm, und nach Holland reisete, allwo ich kurtz darauf so glücklich war, von

dem Herrn Capitain Wolffgang zur Reise auf diese glückseelige Insul beredet und angenommen zu werden. Wie
vergnügt sich hieselbst mein Hertze, nicht allein wegen
einer wohlgetroffenen Heyrath, sondern auch sonsten in
allen andern Stücken befindet, ist leichtlich aus meiner
gantzen Lebens-Art abzunehmen. GOtt erhalte uns allerseits nur beständig in dergleichen Vergnügen, und
gebe, daß auch ich mit meiner erlernten Profession nützliche Dienste leisten kan, damit sie, meine Herrn, mich
ihrer fernern werthen Freundschafft würdig schätzen.

Also endigte unser lieber Freund, der Drechßler
Herrlich, die Erzehlung seiner Lebens-Geschicht, unter
welcher, der sonsten gar ernsthaffte Alt-Vater, selbst
etliche mahl zum Lachen bewogen worden, und begab
sich mit untergehender Sonne auf den Weg nach seiner
Behausung.

Um selbige Jahrs-Zeit waren die meisten eingebohrnen Insulaner beschäfftiget, die bereits völlig reiffen
Geträyde-Früchte einzusammlen, worbey zu bemercken,
daß diese Erndte um die Helffte reicher als die im vorigen Jahre gewesen, ohngeacht eben dasselbe Maaß
ausgesäet worden. Wir wünschten wohl tausend mahl,
unsern Uberfluß un-[420]ter bedürfftige Leute vertheilen zu können, allein, solche Wünsche waren unter die
vergeblichen zu zählen. Demnach that Mons. Litzberg den
Vorschlag, auf dem Albertus-Hügel, hinter der Burg, mit
der Zeit, und so bald die andern nöthigsten Gebäude und
Werckstätten fertig wären, ein etwas grosses Magazin

aufzubauen, um daselbst das überflüssige alte Geträyde
zu verwahren, weil man doch nicht wissen könne, ob
GOtt nach so vielen fetten- etwa etliche magere Jahre
schicken möchte. Solcher Rathschlag gefiel dem Alt-
Vater sehr wohl, es wurde auch würcklich, jedoch fast
zwey Jahr hernach, und kurtz vorhero, ehe ich Eberhard
Julius die Rückreise nach Europa antrat, der Grund zu
besagten grossen Korn-Hause gelegt.

Nachdem aber mit Ablauff des Monaths Januarii die
Geträyde-Erndte vorbey, und mittlerweile unser Müller
Krätzer die neuerbaute Mehl-Mühle gäntzlich zum Stande gebracht, wurde am 3. Febr. 1727. in Gegenwart fast
aller erwachsenen Insulaner, die Probe auf allen beyden
Gängen, mit 2. Maaß Rocken, gemacht, welches ohngefähr so viel als einen Dreßdner Scheffel betrug. Es ist
unmöglich zu beschreiben, was die sämmtlichen Insulaner vor eine gantz besondere Freude über diese, von
ihnen noch nie gesehene Machine, bezeugten. Da sie
wohl erwogen, was es ihnen bißhero vor grausame Mühe
und Arbeit gekostet, dieses fast unentbehrliche Nahrungs-Mittel zu gute zu bringen, derowegen gaben sich
bey dem ehrlichen Meister Krätzer, fast zehnmahl mehr
Lehrlinge an, als er zu unterweisen Zeit und Gelegenheit
[421] hatte; jedoch suchte er sich voritzo 4. der stärcksten und geschicktesten Pursche aus, und versprach dieselben aufs treulichste in seiner Profession zu unterrichten, daferne ihm aber GOtt das Leben gönnete, in wenig
Jahren, noch eine dergleichen Mühle, jenseit des Canals,

vor die, über dem Nord-Flusse gelegenen Einwohner zu erbauen. Immittelst sey nicht zu zweiffeln, daß er mit dieser Mühle allen sämmtlichen Insulanern, Jahr aus Jahr ein, gnungsames Mehl verschaffen wolle, wie denn dieselbe von erwehnten Tage an, ausser denen Sonn- und Fest-Tagen, selten stille stund, so, daß auch der Alt-Vater, vor sich und seine Haußhaltung, in wenig Wochen von allen Stämmen sein Deputat überhaupt wohl zubereitet empfieng.

Wenige Zeit nach der reichen Geträyde-Erndte, trat die ergötzliche Weinlese ein, welche nicht geringer war als voriges Jahrs. Unser Böttcher Garbe, hatte biß anhero seine Hände nicht in Schooß gelegt, um bey dieser Zeit, mit seiner Arbeit Ehre zu erwerben, schaffte derowegen in alle Weinberge, nicht nur viel alte ausgebesserte, sondern auch gantz neue Wein-Fässer, welche letztern er, als ein guter Wein-verständiger Küffer, bereits ausgelöhrt und zugerichtet hatte. Wie nun um diese Zeit alle diejenigen Insulaner, welche in ihren eigenen Fluren keinen besondern Weinwachs hatten, denen Nachbaren zusprachen, den reichen Seegen einsammlen halffen, und zuletzt ihren beschiedenen, ja überflüßigen Theil davon bekamen, so brachte ich bey der Gelegenheit die meisten Tage in Roberts-Raum bey meiner Liebsten Cordula und Monsieur Har-[422]ckerten zu, der, zu meiner grösten Verwunderung in aller Stille, selbsten zwey Stühle verfertiget hatte, auf welchen er seiner Frauen und meiner Liebste, das Bänder- und Bortenwürcken lehrete. Ich sahe mit besondern Vergnügen zu, wie geschickt sich meine artig Cordula hierbey zeigte, allein Harckert gab mir zu vernehmen: daß es bey dieser Arbeit nicht bleiben solte, sondern er wolle ehestens mit Hülffe anderer guten Freunde viel grössere Stühle verfertigen, auf welchen er dem Frauenzimmer weit schönere Zeuge zu würcken, Anweisung zu geben gesonnen, denn so viel nöthiges Bandwerck, als man auf dieser Insul jährlich brauchte; könten zwey Personen fast in 2. Monathen allein verfertigen, die Staats-Bänderey aber, als eine zur Hoffarth und Thorheit reitzende Sache, nicht rathsam einzuführen, also wäre er in zukunfft bereit, an statt solcher, in Europa sehr beliebter Dinge, seine Profession weiter auszudehnen, und allerhand zur Reinlichkeit und Beqvemlichkeit dienliche Zeuge, aus Baum-Wollen und Flächsen-Garne zu machen, und die Seyde, als eine Sache, die wir ohnedem hiesiges Orts sehr sparsam hätten, zu vermeyden.

Ich konte Mons. Harckerts Gedancken nicht anders als sehr vernünfftig und klug erachten, denn was war uns in diesem ohnedem mehr warm als kalten Lande wohl nützlicher, als das saubere Baum-Wollen- und Leinen-Geräthe, welches er auf Zwillich- Barchent- Cannefas- und andere Arten zuwege zu bringen vermeynte. Es hatte zwar der Alt-Vater Albertus so wohl als Herr Wolffgang, [423] noch einen ziemlichen Vorrath von kostbarn seydenen Zeuge, allein, es war schon verabredet, dergleichen Waaren, sonderlich, den zur Tändeley geneig-

451

ten Frauenzimmer, also vorzubilden, als ob die bundten
Farben nur vor kleine Kinder, die schwartzen und dunckeln aber vor alte Leute gehöreten, den Jungfrauen
hingegen stünde die weisse Farbe als ein Zeichen ihrer
Keuschheit, und denn denen Weibern andere modeste
Zeuge am besten, welche ein jedes aus dem Sode von
unterschiedenen Baum-Rinden, Blättern und Kräutern
mit leichter Mühe selbst färben konte. Von Spitzen,
Bändern, vielen Kräuseleyen, Fontangen, Armbändern,
Ohren-Gehencken und dergleichen unzähligen Staate,
welchen das Europäische Frauenzimmer sich anzuschaffen pflegt, wurde ihnen selten etwas vorgeschwatzt, und
da solches ja dann und wann geschahe, wenn ein oder
ander Frauenzimmer zugegen war, so wusten wir doch
unsere eigenen Europäischen Lands-Leute, aus vernünfftigen Ursachen, in diesem Stücke als leibliche
Schwestern oder Töchter der Frau Thorheit abzumahlen.

Jedoch ich werde von unserer Kleider-Ordnung weitern Bericht zu erstatten ohnfehlbar bessere Gelegenheit finden, derowegen will vorjetzo, um keine Verwirrung in meinem Gedächtnisse anzurichten, vermelden:
daß annoch währender Weinlese-Zeit, eines Tages der
Alt-Vater und Herr Magist. Schmeltzer nebst seiner
Liebste, mir zu gefallen mit nach Roberts-Raum reiseten,
um Monsieur Harckerten in seinem Hause zu besuchen.
Unterwegs sprachen wir bey Herrn Wolffgangen und
Mons. [424] Litzbergen an, um dieselben nebst ihren Weibern ebenfalls mitzunehmen, der erste ließ sich gleich

bereden, Mons. Litzberg aber, der den Tischler Lademann bey sich hatte, und vorgab, daß ihm derselbe
etwas bequemes in seine Wohnung zu machen versprochen, gelobte doch an, nebst seiner Frauen und diesem
guten Freunde etwa in ein paar Stunden nachzukommen.
Allein, nachdem wir uns fast den gantzen Tag über,
biß etwa 2. Stunden vor Untergang der Sonnen, im Weinberge aufgehalten hatten, Mons. Litzberg aber noch nicht
angekommen war, nahmen wir die von meiner Liebsten
und Mons. Harckerts Frau zubereitete Abend-Mahlzeit
ein, und höreten darauf zum noch übrigen Zeitvertreibe

Des *Posamentirers* Harckerts Lebens-Geschicht

aus eigener Erzehlung folgender massen an:

Ich bin, meine Herren! ließ er sich vernehmen, eines
Dorff-Schulmeisters Sohn aus der Ober-Laußnitz, und
im Jahr 1702. gebohren. Mein Vater hatte dreyerley
Professionen, er war nicht allein Schulmeister, sondern
zugleich auch Schneider und Leinweber im Dorffe, so
daß er, als ein sehr arbeitsamer Mann, sein Brodt wohl
verdienen konte, denn wenn ein Handwerck nicht gehen
wolte, so nahm er das andere vor. Ich war sein eintziger,
jüngster und liebster Sohn, weil er ausser mir lauter
Töchter gezeuget hatte, wovon jedoch nur 4. am Leben
blieben. Seines herannahenden hohen Alters ohngeacht,
vermeynte mein Vater dennoch, so [425] lange zu leben,
meine Gelahrsamkeit sich zum Stubtifuten setzen zu lassen, derowegen muste ich gleich von der Wiege an, nicht

nur die Principia von der Schulmeisterey, sondern auch
von der Schneider- und Leinweberey lernen. Ja mein
Vater wuste, um mich zu einem recht tüchtigen Manne
zu machen, die Tages-Stunden dermassen einzutheilen,
daß mir würcklich sehr wenig Zeit zum Spielen übrig
blieb. Was dieses vor eine Marter vor einen solchen Jungen, wie ich, war, ist nicht auszusprechen, denn mein
gröstes Vergnügen bestund darinnen, mit den Bauer-
Jungens auf dem Dorffe, die Saue und den Kräusel zu
treiben, oder solche Spiele zu spielen, welche die Jahrs-
Zeit unumgänglich zu erfodern schien. Mein Vater
hingegen war dergestallt umbarmhertzig, daß er mir
wöchentlich kaum zwey Stunden darzu vergönnete, und
zwar auf allerhöchste Vorbitte meiner Mutter, welche
befürchtete, das liebe Kind möchte gantz und gar zusammen wachsen. Selbst das verdrüßliche Schicksaal
konte den harten Sinn meines Vaters, aus mir, einen
recht vollkommenen Schulmeister zu machen, nicht brechen, denn ohngeacht in meinem 12ten Jahre die Künste
schon am gantzen Leibe, dergestalt auszubrechen begunten, daß es schien, als ob ich lauter Gelencke, und in
jedem Gelencke doppelte und dreyfache Courage hätte,
so erbarmete sich doch mein Vater nur in so weit, mich
zwar eine Zeit lang mit der Schneider- und Leinweberey
zu verschonen, hergegen muste ich von Morgen an biß
auf den Abend dermassen über den Büchern liegen, daß
meiner Mutter [426] angst und bange wurde: ich möchte
mit der Zeit etwa gar ein Advocat oder ein Narr werden,

als welchen Leuten sie am allergrämsten war, denn ein
Advocat hatte sie um eine reiche Erbschafft gebracht,
und ihr erster Mann war von einer liederlichen Vettel,
vermittelst eines Liebes-Truncks, zum Narren gemacht
und angereitzt worden, meine Mutter zu verlassen, und
mit der Hure davon zu lauffen. Indem ich nun ein rechtes, so zu sagen, Pferde-mäßiges Gedächtniß hatte, konte
ich nicht allein in meinem 13ten Jahre fast alle Evangelia
und Episteln, sondern über dieses, welches zu verwundern, alle Declinationes und Conjugationes auf dem Nagel
herbeten, der lieben Psalmen zu geschweigen, denn mein
Vater ärgerte sich solchergestalt fast über nichts mehr,
als daß der König David nicht zum wenigsten noch ein
paar hundert mehr gemacht hätte. In der Schneider- und
Leinweber-Kunst war ich auch, seinen Gedancken nach,
weit avancirt, daß er mich ohne ferneres Bedencken
hätte können zum Meister machen lassen, derowegen
fehlete nichts weiter, meine erfahrne Person sich substituiren zu lassen, als das eintzige, nehmlich, daß ich nicht
8. oder 10. Jahre früher auf die Welt gekommen wäre.

Mittlerweile sahe der Pfarrer und die Gemeine, ich
weiß nicht aus was vor Ursachen, meinen 63. jährigen
Vater vor älter an, als er sich selbst zu seyn bedünckte,
und da sonderlich der Gemeine nicht anstund: daß ich
fast alle Sonntage an seiner statt cantorirte, meine Mutter aber wöchentlich mehr als 5. Tage den Schulmeister
agirte, weil [427] der Vater indessen die bestellte Schnei-
der- oder Leinweber-Arbeit abwarten muste; so kam es

durch ein und andere Verdrüßlichkeiten endlich dahin,
daß meinem Vater aus dem Consistorio ein Substitute
gesetzt wurde, und zwar, dem Vorgeben nach, aus keiner
andern Ursache, als: weil sich die Gemeine anheischig
gemacht, in ihre Kirche eine Orgel bauen zu lassen, die
mein Vater gar nicht, der Stubtifute aber desto besser
spielen könte.

Mein Vater wolte diesen Schimpff durchaus nicht
verdauen, so bald aber unsere Gemeine den Anfang zum
Orgel-Baue machen ließ, lieff er mit mir, fast alle Tage,
3. Viertel Meilwegs in die nächste Stadt, um in seinem
hohen Alter, annoch das Orgel-Spielen zu erlernen, und
hiermit bey bevorstehender Orgel-Probe seinen Stubtifuten über den Tölpel zu werffen, meine Gelahrthafftig-
keit, muste von dem höchst intonirten Stadt-Organisten,
vor wöchentliches baares Geld, Käse, Butter, junge Hühner und andere Dinge ohngerechnet, auch lectiones nehmen, allein, wir hatten kaum die Claves kennen, und den
Choral: *O wir armen Sünder &c.* spielen lernen, als mein
Vater, der täglichen Strapazen wegen, bettlägerig wurde,
und bald hernach verstarb. Mit ihm wurde zugleich
meine Hoffnung auf den zukünfftigen Schul-Dienst unseres Dorffs, nebst meiner gantzen Organisten-Kunst zu
Grabe getragen, und so bald meine Mutter nebst den
zwey jüngsten, annoch unverheyratheten Schwestern,
das Schul-Hauß quittiren muste, muste auch ich mich
beqvemen, bey dem Manne meiner ältesten Schwester,
der ein [428] Schneider-Meister in der Stadt war, in die

Lehre zu treten, ohngeacht mein gantzes Hertze, ich weiß nicht warum, einen hefftigen Eckel vor diesem Handwercke hatte.

Es verdroß mich hefftig, daß ich nunmehro erstlich gantz von neuen anfangen, und einen Schneider-Jungen abgeben solte, allein, die Lehre währete nicht viel über 6. Wochen, denn so bald sich mein hochtrabender Herr Schwager ein wenig zu mausig machen, und mich, der ich schon vor Geselle arbeiten, auch zur Noth ein Kleid zuschneiden konte, allzu Jungenhafft tractiren wolte, warff ich ihn eines Tages die Scheere nach dem Kopffe, und lieff zu meinem andern Schwager dem Leinweber. Dieser mißbilligte des Schneiders hochtrabendes Verfahren, und beredete mich, bey ihm als Leinweber in die Lehre zu treten, mit dem Versprechen, mich täglich noch ein paar Stunden im Schreiben, Rechnen und Latein informiren zu lassen, damit ich mit der Zeit etwa die Hand nach einem Ehren-Amte ausstrecken könte. Uber dieses ließ er mich, aus seinem alten blauen Mantel, von Fuß auf neue kleiden, und diese Manu mea gemachte Montur, stund mir in meinen eigenen Augen dermassen wohl an, daß ich nicht geringe Ursache zu haben vermeynete, mir etwas rechts einzubilden.

Immittelst schien es doch, als ob es mir bey diesem Schwager besser gefallen wolte als bey dem ersten, denn ich durffte nur nach Belieben, so viel als ich wolte, arbeiten, und weil er etliche Gesellen sitzen hatte, die die schönsten Arten von Damaßken [429] und andern

Zeugen machten, so fielen mir dabey verschiedene Kunst-Griffe in die Augen.

Bey so gestallten Sachen war es Schade, daß mein Schwager ein gantz heimlicher Narre war, denn weil er etwas weniges schreiben und im Donate Mensa decliniren gelernet, ließ er sich den Dünckel einkommen, es wäre niemand als er, würdiger, mit ehesten ein Viertels-Meister, hernach Raths-Herr, und endlich gar Burgemeister in der Stadt zu werden. Alldieweiln aber sein gantzes Vermögen nur in einem kleinen Hause und dann in den Weber-Stühlen versteckt war, gleichwohl zu dergleichen Aemtern, ein grosses Hauß, nebst Brau-Ackern und andern liegenden Gründen erfordert wurden, mochte er sich vielleicht im Traume haben vorkommen lassen: als ob in seinem Keller ein Schatz vergraben wäre. Derowegen streckte der arme Schlucker sein gantzes Vermögen dran, diesen Schatz, von berühmten Schatz-Gräbern heben zu lassen, allein, je mehr er sich darbey in recht hefftig drückende Schulden gesetzt, je stärcker fand er sich auf die letzte betrogen, so daß er, ehe man sich dessen versahe, nebst meiner Schwester, 4. Kindern und allen Hauß-Gesinde, worunter auch meine Personalität begriffen war, gantz plötzlich aus dem Hause gestossen wurde, und kaum die auf dem Leibe tragenden Kleider mit hinweg nehmen durffte.

Demnach sahe ich mich genöthiget, meiner Mutter, welche sich nebst meinen beyden jüngsten Schwestern, in der Stadt bey einem Posamentirer, der zugleich ein

Raths-Herr war, eingemiethet hatte, die besten Worte
zu geben, daß sie mir nur die [430] tägliche Kost und
einigen Vorschub reichte, mich in der Stadt-Schule auf
das Studiren zu legen. Sie ließ sich beschwatzen, kauffte
mir einen alten blauen Mantel, nebst etlichen darzu
gehörigen Büchern, und ich fieng solchergestalt ohne
allen Schertz an, auf einen Dorff-Priesters-Dienst loß zu
studiren, hatte jedoch den beständigen Trost darbey, daß
zum wenigsten ein Dorff-Schulmeister aus mir werden
müste, weil ich aus vielen Umständen vermerckte, daß
meines Vaters Geist zweyfältig in mir wohnete.

Jedoch, ehe ich von meinen eigenen Angelegenheiten
weiter rede, muß ich vorhero melden, wie es meinem
ehrlichen Herrn Schwager Leinweber ergangen: Dieser
nun fand sich nicht allein von seiner Schwieger-Mutter,
dem Schwager Schneider; sondern auch von allen andern
Befreundten, seines thörichten Wesens halber, gäntzlich
verlassen, muste dahero nebst seiner Frauen bey andern
Meistern ums Lohn arbeiten, damit nur das tägliche
Brod vor ihre, und der 4. Kinder Mäuler verdienet würde. Ich glaube, der arme Tropff zog sich diese verdrüßliche Lebens-Art dergestalt zu Gemüthe, daß er vollends
ein, oder etliche Sparren zu viel oder zu wenig bekam,
welches daraus abzunehmen, weil er kurtze Zeit hernach um den erledigten Calcanten-Dienst, bey der Geistlichkeit und dem Stadt-Rathe, ein selbst elaborirt und
eigenhändig-geschriebenes Memorial folgendes Inhalts
eingab: [431]

Hoch-Ehrwürdige, Hochgelahrte,
Hoch-Achtbare, Hochweise, Hocherfahrne,
Hochgeehrteste Herren und mächtige
Beförderer.

ICh Endes unterschriebener Bürger, Zeug- und Leinweber allhier, bin in Erfahrung kommen, daß der
menschenfreßende Todt, welcher nach Syrachs und an-
derer frommen Lehrer Ausspruche, keine Person an-
siehet, vor etlichen Tagen ihren dahero gewesenen Cal-
canten oder Orgel-Bälgen-Treter, den Wohlerbaren und
Nahmhafften, Meister N. N. mit seiner Sense, als einen
frischen Kraut-Strunck abgehauen und ins Grab ge-
worffen hat; als worüber Dieselben, wie nicht unbillig,
in großes Leydwesen versetzt worden, denn es verdrießet
ja wohl dem Müller, wenn ihm ein Esel umfällt, warum
solte es denn nicht nahe gehen, wenn ein ehrlicher Mann
und frommer Kirchen-Bedienter, in seinen besten Jah-
ren, die Beine, wormit er, wie mir gesagt worden, die
Bälge über 13. Jahr getreten, in die Höhe reckt. Ich will
zu ihrer eigenen Hochpreißlichen Untersuchung an-
heim gestellet und gegeben seyn lassen, ob ihn der Doc-
tor, durch das vor etlichen Wochen eingegebene Vomitiv
oder Brech-Pulver, die Schwindsucht verursacht, oder
ob er sich dieselbe, vielleicht durch seinen überflüßigen
Fleiß, an den Halß getreten hat. Denn der gute Mann
[432] *wolte zwar, wie ich selbst öffters gesehen habe,*
seine Geschicklichkeit gar zu sehr zeigen, allein es fehle-
te ihm am besten, denn er war nicht musicalisch. Mit mir

460

hat es gar eine andere Beschaffenheit, denn ich kan nicht allein alle Chorale nach der Tabulatur und Noten auswendig, sondern spiele auch selbst etwas auf der Geige, wiewohl ohne Ruhm zu melden. Ew. Hochwürdi-gen, Hochgelahrtheiten &c. &c. werden also nach ihren ziemlichen Verstande gleich mercken, daß ich um den Calcanten-Dienst anhalten will, und hierinnen fehlen sie nicht, denn es ist bey meiner höchsten Treue mein rechter Ernst, weil ich durch böse Leute-Beschmeißer vor kurtzer Zeit sehr ins Armuth gebracht worden bin. Ich weiß zwar aus gewissen Uhrkunden sehr wohl, daß auch ein anderer Bürger und Schneider alhier, und denn wiederum ein Holtzhauer, um dieses Ehren-Aemtgen herum gehen, wie die Katzen um den heißen Brey, allein, ich kan es Meinen Hochgeehrtesten Herrn mit guten Gewissen nicht rathen, mir diese Leute vor-zuziehen, denn wenn der erste sein Bügel-Eisen nicht in der Ficke hat, möchte er zu leichte seyn, und vielleicht, wenn zumahl der Hencker seyn Spiel hätte, wohl gar einmahl in das Ventil hinnein geschluckt werden. Mit dem andern groben Bengel aber ist es gar nichts, und was das Hauptwerck abermahls ist, so sind beyde auch nicht musicalisch, wie ich. Derowegen glaube steiff und feste, Ew. [433] Hochwürd. und Hochgelahrtheiten, wer-den in Betrachtung meiner Person und angebohrnen Geschicklichkeit, mir dieses Kirchen- und Ehren-Amt, vor allen andern gönnen, wie ich mich denn dieserwegen gleich zum voraus bedancken will, damit Sie der Mühe überhoben sind, noch eine Dancksagungs-Schrifft von mir durchzulesen, ich aber ebenfalls fernerer Schreiberey und Aufwands entübriget sey. Wegen der Bestallung, die sich jährlich auf 10. fl. etliche Scheffel Getrayde ohne die Accidentien von Braut-Messen und dergleichen beläufft, will ihnen die Sorge alleine überlassen, weil ich schon weiß, daß sie an dieser alten Stifftung, die noch aus den catholischen Wesen herrühret, keine Aenderung machen, sondern es bey den alten Löchern lassen werden, doch bleibet ihnen unverwehret, eine Zulage entweder an baaren Gelde oder Geträyde zu thun, weil ich von dato an beständig seyn und bleiben will

Ew. Hochwürd. und Hochgelahrtheiten

Meiner insonders Hochgeehrsten Herren
und mächtigen Beförderer

gehorsamer Bürger und Calcante
bey Freude und Leyd

Michel Conrad N. [434]

Es ist leicht zu erachten, daß die mächtigen Beförderer über dergleichen einfältiges und doch hochtrabendes Memoriale nicht wenig werden gelacht haben, jedoch er bekam das Fiat gleich auf der Stätte, mit der einzigen Bedingung, daß er sich von dem Stadt-Organisten erstlich solte tentiren lassen. Dieser nun war ein gantz besonderer Spaas-Vogel, und mochte entweder das Memoriale selbst gelesen, oder wenigstens den gantzen Innhalt gehöret haben, mithin wurde mein Schwager, der vielleicht noch nicht Zwirn genung im Kopff hatte, vollends zum Narren gemacht, denn weil er wegen seiner Probe durchaus ein schrifftliches Attestat von dem Organisten verlangete, erhielt er endlich folgendes:

ICh Endes unterschriebener bekenne durch dieses, daß Meister Michel Conrad N. bey seiner abgelegten Calcanten-Probe sehr wohl, und fast besser, als seyn Antecessor bestanden, denn nachdem er von mir durch alle musicalische Regeln, die einem Kunsterfahrnen Calcanten zu observiren nöthig sind, durchgenommen worden, so habe an ihm nichts auszusetzen gefunden, als daß er nicht so leicht moll als dur treten, oder, nach der Kunst zu schreiben, spielen kan, welches sich aber bey fernern Exercitio schon geben wird, denn der Mann hat in Wahrheit sehr feine Maniren an sich, welche sich ein anderer, der nicht von Jugend auf die Füsse unter dem Weber-Stuhle gehabt, nicht so leicht angewöhnen möchte. Ubrigens ist er auch gegen andere [435] gantz Unwissende in der Music gar sonderlich erfahren. Welches alles zu Steuer der Wahrheit mit Hand und Siegel bekräfftiget

N.N.

bestalter Stadt-Organiste.

In folgenden Zeiten hat dieser Organist fast immer seinen Schertz mit diesem gelehrten Calcanten getrieben, und ihm gemeiniglich die Thone angezeiget, aus welchen er treten solle, so daß derselbe auf die Gedancken geräth, das Werck könne unmöglich recht gehen, wenn er nicht vorhero mit dem Organisten behörige Abrede genommen hätte. Jedoch einesmahls, da der Organist unpaß, und der Cantor, welcher ein sehr mürrischer Mann war, die Orgel zur Music selbst spielen muste, kam mein Schwager eiligst hervor gelauffen, und fragte den Cantor: aus welchem Tone das Stücke gienge, ob es dur oder moll, auch was es vor Tact wäre? der Cantor, welchem der Kopff eben nicht recht stund, wurde desto verdrüßlicher, und sagte: was hudelt ihr euch um das Stück? gehet hin, und tretet eure Bälge, oder ich werde euch die Wege weisen. Mein Schwager wolte dem ohngeacht lange nicht von der Stelle gehen, biß ihn endlich des Cantors zornige Gebärden zurück in die Bälg-Kammer trieben, dieserwegen aber rührete er dennoch keinen Balg an, worüber der Cantor, welcher wohl zehn mahl geklingelt hatte, immer rasend zu werden gedachte, denn die Music solte angehen, und in der Kirche wunderte sich ein jeder Mensch über das lange Stillschweigen. Er schickte einen Schüler [436] nach dem andern fort, um den Calcanten zum Treten anzumahnen, oder selbst die Bälge zu treten, allein dieser stieß einen jeden zurück, der ihm ins Handwerck fallen wolte, schwur auch hoch und theuer, er träte eher keinen Balg, biß ihm der Cantor sagen lassen, aus welchem Tone die Music gehen, und was es vor Tact seyn solte. Ich erbarmte mich endlich, nachdem ich erfahren, woran es läge, über meinen wurmsichtigen Schwager, that, als ob ich dem Cantor gefragt und erfahren hätte: daß das musicalische Stücke aus dem fis moll gienge, und ⁵⁄₄tel Tact wäre, dahero er sich endlich bewegen ließ, die Bälge zu treten, der Cantor aber war dergestalt zum

Eyffer, hergegen die Musicanten und Concertisten zum greulichen Gelächter gereitzt worden, so, daß immer eine Saue nach der andern heraus kam, biß endlich alles stecken blieb, und das gantze Stück von neuen angefangen werden muste. So bald endlich die Music mit Kummer und Noth verbracht war, ließ der Cantor einem Schüler den Glauben spielen, er aber lieff als eine Furie hinter in die Balg-Kammer, um meinen Schwager einen tüchtigen Ausputzer zu geben, da ihm nun dieser kein Wort verschwieg, ließ sich der Cantor vom Zorne dergestalt übermeistern, daß er dem Calcanten ein paar Maulschellen gab, dieser restituirte dieselben cum Interesse, warff auch des Cantors schwartze Peruque zum Schall-Loche auf den Kirchhoff hinnunter ihn aber selbst endlich zur Balg-Kammer hinaus, worüber eine abermahlige Unordnung entstund, denn mittlerweile waren die Bälge aufgelauffen, weßwegen die Orgel stille schwieg, jedoch [437] ich schlug mich noch ins Mittel, und vertrat die Vices meines Schwagers, welcher sich so wohl als der Cantor dergestalt ergifftet hatte, daß er kein Glied stille halten konte. Die Sache kam zur Klage und Untersuchung, mein Schwager aber war nicht faul, seine Defensions-Schrifft in folgenden Zeilen einzugeben.

P.P.

DEr weise Hauß- Zucht- und Sitten-Lehrer *Syrach schreibt im ersten Versicul des 8ten Capitels seines Büchleins die nachdencklichen Worte:* Zancke nicht mit einem Gewaltigen, daß du ihm nicht in die Hände fallest.

Hätte dieses unser Herr Cantor *bedacht, und keine Ursache, mit mir zu zancken, vom Zaune gebrochen, auch mich mit den* Tractamenten, *womit er seine Schul-Jungens zu* beneventiren *pfleget, ich meyne, ein paar Maulschellen, verschonet, so würde mich schwerlich jemand haben bereden können, dem ehrlichen Manne durch ein paar Dutzend Ohr- und Augen-Feigen, blaue Fenster zu machen, und ihm, in dem Grimme meines Zorns die schwartze Zodel-Peruque zum Schall-Loche hinnaus zu werffen. Der Geitz ist eine Wurtzel alles Ubels, und also auch der Ehr-Geitz, wäre der* Cantor *nicht so ehrgeitzig und eigensinnig gewesen, sondern hätte mit mir, als einer Haupt-Person bey der Kirchen-Music, fein überlegt, wie das Stücke am besten zu* practiciren *und* tractiren *wäre, so wären viele* [438] *Solennitäten unterwegens geblieben, nehmlich, es wären keine Sauen gemacht worden, und die übrige* Prostibulation *hätte auch unterwegens bleiben können. Davor muß ich sagen, daß der* Organiste *1000. mahl mehr Verstand in seinem kleinen Finger hat, denn es wird mir und ihm, sonderlich, so lange ich die* Calicanten Charge *verwaltet habe, kein Mensch nachsagen können, daß wir nur das geringste Ferckel, geschweige denn solche Sauen in der* Music *gemacht hätten, als am vergangenen Sonntage herum gelauffen sind. In der* Musica *ist die* Harmonica *die allerschönste Tugend und diese muß sich nicht allein in den Geigen und Pfeiffen, sondern auch unter den Personen finden lassen, aber ich weiß gar wohl, daß es grobe Fle-*

gels giebt, welche den Calicanten weit geringer schätzen wollen, als einen Stadt-Pfeiffer-Jungen, der kaum in die Lehre getreten ist, welcher Unverstand aber von der löblichen Stadt-Obrigkeit, billig nach befinden, mit ein paar Alten oder wohl gar Neuen-Schock-Straffe belegt werden solte. Ich hoffe also meine Unschuld klar genung dargethan zu haben, und weil ich ohnedem gewohnt bin, meine schrifftlichen Sachen sehr kurtz zu fassen, so bitte Ew. HochEhrwürd. und Hochgelahrtheiten, mir in allen Dingen Recht zu sprechen, und dem Cantor, wenn sie ihm ja die Straffe schencken wollen, dahin anzuweisen, daß er sich in zukunfft besser mit mir con-[439]firmire, damit keine fernern Solennitäten verübt werden, denn wenn es auf das Punct horis kömmt, bin ich freylich sehr kützlich, und lasse mir nicht gern im Maule mähren, vielweniger ins Amt greiffen, wie die Schüler am ver-gangenen Sonntage mit der Balgtreterey thun solten. Schließlich habe noch zu erinnern, daß mir der Cantor am Sonntage Schuld gegeben, ich hätte mich im Brand-teweine vollgesoffen wie ein Schwein, welches aber vor aller Welt erstuncken und erlogen ist, weil nicht mehr als vor einen Dreyer in mein Maul gekommen, verlange derowegen eine Abbitte, Ehren-Erklärung und Bezah-lung des Schimpffs vor allen Leuten, die in der Kirchen gewesen sind. Ubrigens wünsche Ew. HochEhrw. und Hochgelahrtheiten wohl zu leben, und verbleibe &c. &c.

Dieses machte aber so wohl meinem Schwager als dem Cantori vielen Verdruß, und fehlete wenig, daß der erste

nicht sehr zeitig wiederum den Dienst verlohren hätte,
der andere aber sonsten gestrafft worden; Jedoch endlich wurde alles in der Güte beygelegt, ich weiß aber
selbst nicht auf was vor Art, weil mich etliche aufrühri-
sche Schüler beredeten, mit ihnen fort zu gehen, und
eine andere Schule zu suchen, wo die Schüler nicht so
strenge, als von unsern Schul-Collegen gehalten würden.

Ich war um selbige Zeit gleich 16. Jahr alt, und sung
eine ziemlich feine Stimme, wormit ich mich bey dem
Cantore dasiges Orts ziemlich recommendirte, so, daß er
mir sehr gute Hospitia aus-[440]machte, und allen Fleiß
anwandte, mich zu einem perfecten Concertisten zu machen; worbey ich denn auch, was die Latinitæt unter
dem Rectore und Conrectore anbetraff, nicht unter die
schlimmsten, jedoch auch nicht unter die besten zu rechnen war. Immittelst konte doch Jahr aus Jahr ein so viel
verdienen, mich in Kleidung, Wäsche und dergleichen
selbst frey zu halten. Da aber drittehalb Jahr hernach eben derselbe Schulmeister, welcher in meinem
Gebuhrts-Dorffe an meines Vaters Stelle gekommen
war, verstarb, ließ mir meine Mutter solches so gleich
schrifftlich berichten und rathen: ich solte eiligst nach
Hause kommen, und um den Dienst anhalten, denn sie
zweiffelte im geringsten nicht, daß ich so wohl im Orgel-
spielen, als andern darzu gehörigen Wissenschafften, so
viel würde begriffen haben, noch eines weit wichtigern
Dienstes würdig zu seyn.

Diese Post war kaum eingelauffen, als in meinen

Gedancken schon alles richtig war, bedaurete also nichts, als daß ich mir nur vor wenig Wochen ein Spannagel neues Farben-Kleid angeschafft hatte, jedoch mein bester Trost war, daß es könte schwartz gefärbet werden. Meine Mutter, die mich in so langer Zeit nicht gesehen, erfreuete sich hertzlich einen dergestalt ansehnlichen Sohn zu haben, wie nicht weniger unser Herr Hospes der Posamentirer, der einen besondern Estim und Liebe vor mich bezeigte. Ja, was noch mehr, so verliebte sich noch selbigen ersten Tages, dessen jüngste Jungfer Tochter in mich, zu mahlen, da sie vernahm, daß ich anitzo in Begriff sey, um einen [441] Schuldienst auf dem Dorffe anzuhalten, und mir dabey das Prædicat als Herr Cantor und Organiste geben zu lassen.

Ich machte nicht viel Schwürigkeiten, diesen gantz feinen Mädgen meine Gegen-Liebe zu erkennen zu geben, überreichte immittelst mein Bitt-Schreiben um den Schul-Dienst, gehöriges Orts, und bekam sehr gute Vertröstungen, wie denn auch der Raths verwandte Herr Posamentirer, sich viele Mühe gab, mich bey den Herrn Patronis bestens zu recommendiren, u. endlich selbst die sichere Nachricht brachte, daß mir seines Vorspruchs wegen der Dienst unmöglich entgehen könte. Ich wuste zur schuldigen Danckbarkeit vor seine vielfältige Mühwaltung nichts bessers zu ersinnen, als ihn um seine 17. jährige jüngste Jungfer Tochter anzusprechen. Der gute Mann machte nicht viel Umschweiffe, sondern richtete gleich folgenden Tages einen kleinen Schmaus aus, worbey ich und dessen Jungfer Tochter ordentlich mit einander verlobt wurden. Lange Zeit hernach habe ich erstlich erfahren, daß er die gröste Ursach gehabt also zu eilen, und seine Tochter mit Ehren unter die Haube zu bringen, denn weil sie jederzeit eine ungemeine Liebhaberin von Mannes-Fleisch gewesen, und er, der Vater selbst, die Tochter sehr offt des Nachts mit den Schülern auf der Strasse, nicht selten auch einen oder den andern in ihrer Schlaff-Kammer angetroffen hatte, so mochte derselbe befürchten, seiten ihrer, ehe als es ihm angenehm sey, Groß-Vater zu werden. Solchergestalt wurde ich in allergröster Geschwindigkeit ein Bräutigam, und [442] schätzte mich bey einer so schönen Liebste der glückseligste Mensch von der Welt zu seyn, weil aber Glück und Unglück sehr selten weit von einander entfernet ist, so muste auch ich armer Schelm, solches zu meinem grösten Verdrusse erfahren, denn da ich schon alle Anstalten zu meiner bevorstehenden Cantors-Haußhaltung machte, bekam ein anderer den Dienst, und ich das Nachsehen.

Dieser Streich verdroß mich dergestalt hefftig, daß ich so gleich noch in der ersten Boßheit einen Schwur that, nimmermehr wiederum um einen Kirchen- oder Schul-Dienst anzuhalten, sondern bey meinem Schwieger-Vater das Posamentir-Handwerck zu erlernen, nach ausgestandenen Lehr-Jahren, Geselle und Meister auf einmahl zu werden, und hernach meine Braut darauf zu nehmen und zu ernehren. Mein Schwieger-Vater war

zwar so wohl als die Braut ziemlich stutzig, jedoch das
Verlöbniß war ein vor allemahl geschehen, und ohnmöglich zu wiederruffen, weiln in Gegenwart sehr vieler Leute alle Ceremonien darbey observirt waren. Endlich muste sich auf Zureden meiner Mutter und anderer guten
Freunde alles geben, denn mein Schwieger-Vater versprach: daferne ich mit seiner Tochter fein keusch und
züchtig leben würde, er binnen zwey Jahren alles dahin
bringen wolte, mich so wohl zum Meister, als vergnügten
Ehe-Manne zu machen. Demnach wurde ich in meinem
19ten Jahre zum drittenmahle als ein Lehr Junge auf-
gedungen, und kame nachhero fast niemahls aus dem
Hause, weil ich mich vor den Spott-Reden der Schneider
und Leinweber-Jun-[443]gen, am meisten aber vor den
leichtfertigen Schülern furchte. Dieses nutzte indessen
so viel, daß ich, ehe ein Jahr vergieng, das gantze Handwerck besser begriffen, als mancher, der schon etliche
Jahr darauf gereiset war, denn mein Meister und
Schwieger-Vater, ließ wahrhafftig die schönsten und besten Sachen arbeiten, und hatte beständig 8. biß 9. gang-
bare Stühle, auch gemeiniglich 4. biß 5. recht wohl erfahrne Gesellen, die mir vor öfftere freye Bier-Zechen,
die künstlichsten Sachen machen lerneten. Meine Liebste inzwischen war sehr übel zufrieden, daß diese Jahre
länger als 14. Tage lang daureten, und mochte wohl desto
unvergnügter seyn, daß ich mich gar zu genau an meines
Schwiegers-Vaters Lehren band, und ihr, ausser einem
keuschen Kusse, weiter keine nachdrücklichern Lieb-

kosungen erwiese, jedoch, ich glaube mein Schutz-Engel
hat mich deßfalls von vielen Verdrüßlichkeiten zurück
gehalten, denn, da mein anderes Lehr-Jahr schon etwas
über die Helffte verlauffen war, kam erstlich meine jüngste Schwester, und 5. Tage hernach, meine Liebste, jede
mit einem jungen wohlgestalten Söhnlein darnieder. Die
erste bekandte auf meinen Herrn Schwieger-Vater, und
die letztere auf meine Personalität. Ich, der ich mich in
meinem Gewissen von dieser Schuld vollkommen rein
befand, wurde dergestalt ergrimmt, daß meinen alten
Degen ergriff, und so wohl den Schand-Mutz in ihrem
Wochen-Bette, als auch den Schwieger-Vater selbst
erstechen wolte. Jedoch meine Mutter schlug sich ins
Mittel, und eröffnete mir das Verständniß, durch den
Be-[444]richt, daß der alte Susannen-Bruder meine
Schwester zu heyrathen, mir aber 200. Thlr. im Voraus
zu geben versprochen, wenn ich seiner losen Tochter
Kind, vor das meinige annehmen wolte; welches ihr
eigentlich ein abgereiseter Schüler hinterlassen hätte.

Wider den ersten Punct, daß nehmlich aus dem
Schwieger-Vater ein Schwager werden solte; hatte ich
nicht das geringste einzuwenden, allein vor meine Person fand ich höchst unbillig, eines andern Schand-Balg
anzunehmen, vielmehr verschwur ich mich hoch und
theuer, diesen Schimpff mit Blute auszuwischen, wenn
man mich nicht, noch ehe es Abend würde, mit baaren
Gelde befriedigte, und den Leuten den rechten Vater
des Hur-Kindes bekandt machte. Uber dieses sprach ich

ferner, wäre es nicht genung, daß der alte geile Bock
meine Schwester nunmehro als eine geschändete heyrathete, denn da sie ihm als Frau gut genug zu seyn
geschienen, hätte er sie wohl in Ehren darzu verlangen,
und annehmen können, weil sie ehrlicher Leute Kind,
und noch bessern Herkommens, als er selbst sey. Ich
wuste aber schon, war mein Zusatz, was ich vor einen
Streich zu spielen bey mir beschlossen hätte. Diese und
dergleichen Drohungen, worbey ich den blossen Degen
nicht von abhänden kommen ließ, würckten so viel, daß
ich binnen wenig Stunden von dem Alten durch meine
Mutter 100. Thlr. baar Geld ausgezahlet bekam, mit dem
Bedeuten, daß wenn ich das Hauß verlassen, und die
übrigen wenigen Lehr-Monate bey einem andern Stadt-
Meister ausstehen wolte, ich [445] noch ein Stücke Geld
auf die Reise bekommen solte.

Das war Wasser auf meine Mühle, derowegen nahm
kein Bedencken, meiner Mutter Zuredungen gehorsame
Folge zu leisten, begab mich auch also fort zu einem
andern Meister, stund meine Zeit vollends aus, empfieng
hernach von dem neuen Schwager, welcher meine
Schwester würcklich geheyrathet hatte noch 50. Thlr.
ohngeacht ich nach der Zeit seine Schwelle nicht wieder
betreten, vielweniger meine gewesene Liebste des Ansehens gewürdiget hatte, und reisete zu Ende des
1721ten Jahres in die Frembde, ließ auch keinen Heller
von meinem Gelde zu Hause, ausgenommen das wenige
Erbtheil, welches meiner Mutter verblieb, weil ich den

gäntzlichen Vorsatz hatte, nimmermehr wieder in mein Vaterland zurück zu kehren, doch habe drey Jahre hernach von einem Lands-Manne in Hamburg erfahren, daß mein Mitbuhler und Vorfischer, etwa anderthalb Jahr hernach, seine Geschwächte nebst dem Kinde abgeholet, und sich mit ihr trauen lassen; weil er den Organisten-Dienst in einer kleinen Stadt nebst der Stadtschreiberey überkommen. Also muste diese Jungfer scil. dennoch auf einen Gelehrten fallen.

Ich habe nachhero in meiner 3. biß vierdtehalbjährigen Reise-Zeit manchen lustigen Streich gespielet, indem ich mich zuweilen vor einen verdorbenen Studenten, zuweilen vor einen Schneider- oder Leinweber-Purschen ausgegeben, so lächerlich aber dieselben Streiche gewesen, so weiß ich doch, daß mein Gewissen von groben Sünden und Boßheiten befreyet geblieben. Es mögen dieselben biß [446] auf andere Gelegenheiten zum Erzehlen ausgesetzt bleiben, voritzo will zum Beschlusse nur noch melden, daß nachdem ich mir an verschiedenen Orten ein mäßiges Stückgen Geld zu demjenigen, welches ich von Hause mitgenommen, gesammlet hatte, ich mir endlich in Hamburg die Lust ankommen ließ, eine Reise nach Ost-Indien vorzunehmen, weil ich vernommen, das offt ein armer Schelm, der keinen Thaler im Vermögen gehabt, binnen 3. oder 4. Jahren etliche hundert biß 1000. Thaler mit zurück gebracht. In solchen Absichten reisete ich also nach Amsterdam, erkundigte mich nach Schiffen, die nach Ost-Indien reiseten, und

wurde endlich unvermuthet zu des Herrn Capitain Wolffgangs bevollmächtigten Mons. Horn geführet, der mich
biß auf die Zurückkunfft des Herrn Capitains mit Warte-
Geldern versahe, und endlich in Dienste brachte, denn
gegenwärtiger Herr Wolffgang ließ sich mein immer auf-
geräumtes Humeur vor andern wohlgefallen und sagte,
daß er mir sonderlich wegen der Profession gewogen, weil
er selbsten eines Posamentirers Sohn sey. Ich kan nicht
anders sagen, sondern muß es vielmehr mit schuldigsten
Danck erkennen, daß er mich auf dem Schiffe vor verschiedenen andern Mit-Reisenden sonderlich distinguirt,
und endlich auf dieser Insul vollkommen glücklich gemacht hat. Der Himmel gebe ihm die Vergeltung davor,
ich aber werde Zeit Lebens bemühet seyn, mich hiesiges
Orts so auf zuführen, daß ihnen, meine Herrn, hoffentlich nicht gereuen soll, meine Wenigkeit in ihre Freund-
und Schwiegerschafft aufgenommen zu haben. [447]

Hiermit beschloß Mons. Harckert die Erzehlung seiner
Lebens-Geschicht, und wir waren eben im Begriff uns
zur Abreise zu schicken, da der Tischler Lademann kam,
und nach Mons. Litzbergen fragte, welcher schon vor
länger als einer Stunde nach Roberts-Raum voraus gegangen sey. Indem wir aber von demselben weder etwas
gesehen noch gehöret hatten, war die Verwunderung
desto grösser, und wir fiengen fast an, uns ein oder
andere Sorge über dessen Aussenbleiben zu machen,
schickten auch einen Bothen in die Weinberge um zu
erfahren, ob er sich etwa bey dasigen Wächtern befände,

um die frembden Affen vertreiben zu helffen, allein
unsere Bekümmerniß war nicht allein vergebens, sondern verwandelte sich endlich in das allerangenehmste
Vergnügen, denn nachdem sich der Alt-Vater durch
Mons. Harckerts, und anderer, vielfältiges Bitten endlich
bereden lassen: diese Nacht nebst uns allen seinen Gefährten in Roberts-Raum zu schlaffen, ließ sich mit her-
einbrechenden Abend, im dicken Gebüsche des Gartens,
ein Säytenspiel hören, welches wir in möglichster Stille
bewunderten, und nach langen præludiren endlich von
einer artigen Tenor-Stimme, folgende Cantata unter dem
Säyten-Klange vernahmen.

Aria.

N*Icht alles und doch alles haben,*
Scheint zwar ein dunckler Spruch zu seyn;
Doch trifft er bey Vergnügten ein. [448]
Die alle, lernen viel verachten,
Da viele sonst nach allen trachten,
Denn vielen ist die Welt zu klein,
Ihr Lecker-Maul recht wohl zu laben.

Da Capo.

Recit.

Wir Felsenburger sind
Die Reichsten auf der Welt
Das macht, wir lassen uns begnügen
Mit dem, was unser Feld,
Wald, Fluß und See zur Nothdurfft reicht.

Hier weht kein seichter Wollust-Wind.
Hier kan so leicht kein eitler Wahn betrügen.
Hier wird die schwerste Arbeit leicht.
Hier ist ein irrdisch Paradieß.
Hier schmeckt, was andern bitter scheint,
Recht Zucker süß.
Hier wird der Nahme, Freund,
Mit Ernst und Wahrheit ausgesprochen;
Hier ist ja, ja, und nein ist nein.
Hier wird durch falschen Schein
Kein zugesagtes Wort gebrochen,
Hier hört man nichts von Gräntz' und andern Streite.
Denn kurtz gesagt: wir sind vergnügte Leute.

Aria.

Wucher, Hoffart, eitler Tand,
Setzen sonst das beste Land
Leicht in volle Glut und Brand.
Himmel steure diesen Feinden,
Daß sie uns vertrauten Freunden
Niemahls ins Gehege gehn. [449]
Laß uns nach der alten Weise,
Uns zum Nutzen, dir zum Preise
Ihnen kräfftig widerstehn.

Da Capo.

Recit.

Bleib weg von uns du toller Kleider-Pracht!
Hier wird dein Gauckel-Spiel ins Fäustgen ausgelacht.
Was helffen uns Brabandsche Spitzen,

Die nicht einmal zu guten Zunder nützen?
Was sollen Frantzen, Knötgen, Gold und Silber Band?
Was nützt die Seyden-Waare?
Was, die gekräuselten und falschen Haare?
Hat nicht so mancher kluger Geist
Dergleichen Werck, auch wo es Mode heist:
Vor Quackeley und Affen-Spiel erkannt?
Drum wollen wir bey unsrer Einfalt bleiben,
Und doch die Zeit
In süssester Zufriedenheit
Gantz fein vertreiben?
Die Frömmigkeit sey unser schönstes Feyer-Kleid,
Und Tugend unser alle Tags-Gewand;
Hiernächst wird See und Land
Schon so viel Flachs und Thiere geben:
Worvon, so lange wir auf Erden leben,
Weib, Kind und Mann
Die Kleidung rein und zierlich haben kan. [450]

Aria.

So sind wir denn alle nach Wunsche zufrieden,
So lange die Wurtzel des Ubels nicht grünt.
Zwar sind wir nicht alle von Fehlern befreyet,
Der Saame, den Satan in Eden gestreuet,
Wird wider Vermuthen gar öffters erquickt;
Jedennoch durch Fasten und Beten erstickt.
Indessen wird vieles was Eitel vermieden,
Das manchen vor diesen zum Falle gedient.

Da Capo.

Es ist unbeschreiblich, was diese unvermuthete Neu-
igkeit vor ein gantz besonderes Vergnügen in aller Anwesenden Hertzen verursachte, ja es ist leichtlich zu
glauben, daß die auf der Insul gezogen und gebohren,
unsern lieben Litzberg, als welcher eben die vortreffliche
Music machte, gantz erstaunend bewundert haben, denn
weilen seit anno 1661. da ein naseweiser Affe des Alt-
Vaters eintziges musicalisches Instrument, nemlich die
vom Lemelie ererbte Cyther zerlästert, niemand weiter
das geringste von einem Säyten-Spiele gehöret hatte,
war die Verwunderung desto grösser. Es hatte aber
Mons. Litzberg nebst dem Tischler Lademannen, schon
seit einem halben Jahre her, jedoch in aller Stille und
Heimlichkeit an diesem Instrumente gearbeitet, ehe sie
dasselbe, sonderlich der Säyten [451] wegen zum Stande
gebracht, jedoch dergleichen inventieusen Köpffen wie
diese beyden hatten, muste so zu sagen alles nach Wunsche gehen, denn wie ich nachhero gesehen, war von
ihnen eine solche Menge allerley Säyten bereitet worden, und zwar aus den Därmen der wilden und zahmen Ziegen, wie auch anderer Thiere, daß man wohl
noch 200. dergleichen Instrumente, als dieses, welches die
ziemliche, doch in etwas weniges veränderte Gestalt
einer Laute zeigte, hätte damit beziehen können.

Mons. Litzberg spielete hierauf, zu unserm Vergnügen,
noch verschiedene andere artige Stücke, und accom-
pagnirte wechselsweise mit seiner anmuthigen Stimme,
bis endlich der liebe Alt-Vater gegen Mitternacht hier-

durch in einen süssen Schlaff gebracht wurde, weßwegen wir übrigen uns nach ihm richteten, und sämtlich die Ruhe suchten, folgenden Tages aber nach eingenommenen Frühe-Stücke erstlich gegen Mittag wiederum von einander reiseten.

Zeitwährender Wein-Lese machten wir uns sämtlich bald in dieser, bald in jener Pflantz-Stadt ein und andere vergnügte Veränderung, so bald aber dieselbe vorbey, alles eingesammlet, und zur neuen Bestell-Zeit behörige Anstalt gemacht war, ersuchte ich den Alt-Vater mir nebst andern Europäern und denen, so ausser dem noch Lust darzu hatten, eine Fahrt zur See auf die benachbarte Insul Klein-Felsenburg zu thun. Er ließ sich durch unabläßiges Anhalten endlich bereden, zumahlen da der Vater David Julius, alias [452] Rawkin, sich zum Schiffs-Patrone anboth, derowegen wurde das in der Bucht liegende Schiff, binnen wenig Tagen völlig ausgebessert, worauf wir sämtlichen letzt angekommenen Europäer, ausgenommen Herr Mag. Schmeltzer und Herr Wolffgang uns am 28. Apr. 1727. embarquirten, und die Reise bey guten Wetter und Winde antraten. Es war eben kein allzustarcker Hazard dergleichen Fahrt vorzunehmen, denn wir gelangeten in wenig Stunden auf der lustigen Insul Klein-Felsenburg, und zwar in dem vortrefflichen Hafen an, welcher auf dem beygefügten Kupffer-Stiche mit A. bezeichnet ist. Der Ort, wo wir bequemlich aussteigen konten, ist mit B. bemerckt, und hieselbst baueten wir sämtlichen an der Zahl 36. Personen, in

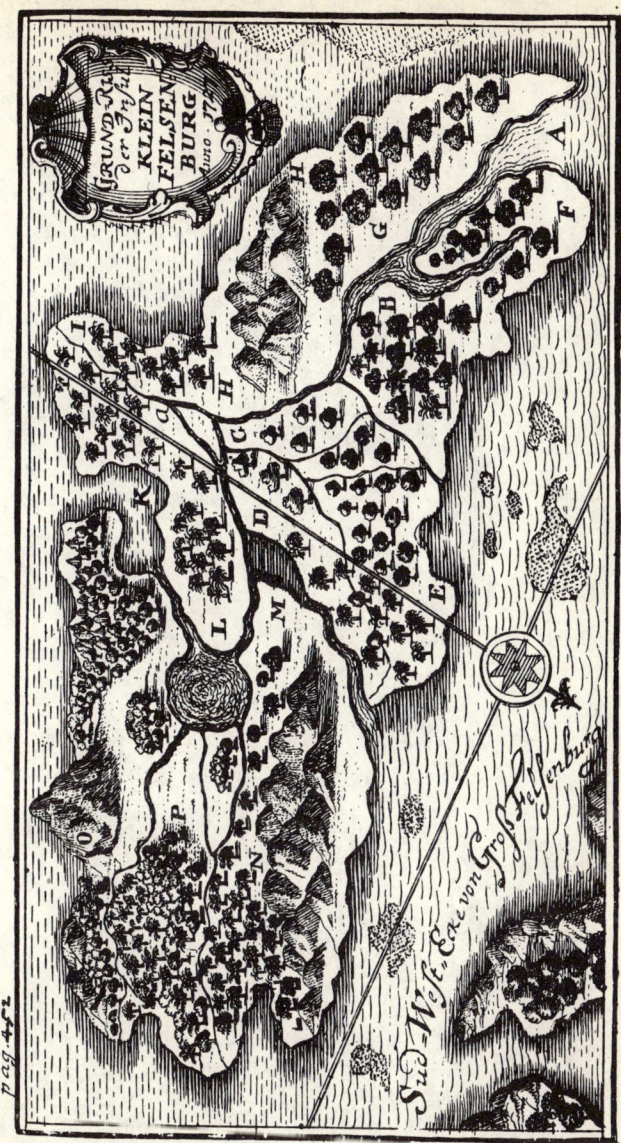

der Geschwindigkeit 6. geraumliche Lauber-Hütten von abgehauenen Baum-Aesten auf, vergassen auch nicht, aus denen 3. mitgenommenen kleinen Canonen, eine drey-mahlige Salve zu geben, um unsern Freunden in Groß-Felsenburg kund zu thun: daß wir glücklich angelandet wären, worauf uns dieselben gleichfalls dreymahlige Antwort gaben.

Diesen ersten halben Tag brachten wir also mit Unter-suchung der Nordlichen Gegend zu, durchstreifften die-selbe, so weit uns die ziemlich angelauffenen Wasser-Flüsse das Gehen erlaubten, nehmlich wie auf dem Kupffer-Stiche zu sehen, von B. zu C.D.E.F. und kamen mit einbrechender Nacht sehr ermüdet zurück an den Ort B, allwo unsere Hütten aufgebauet waren. Wir hat-ten, ausser unzähligen fruchtbaren Bäumen vortreff-licher [453] Gräserey, süssen Wasser-Bächen und der mit D. bezeichneten saltzigen See, worinnen sich eine grosse Menge Fische aufhielt, nichts sonder- und wun-derbares angemerckt, als einen unvergleichlich fetten Erdboden, der ungemein geschickt wäre seinen Art-Leuten die angewandte Mühe und Bestellungs-Kosten zu ersetzen, ingleichen eben die Arten von Wildprät, Zie-gen und Vögeln, wie sich dieselben auf der Insul Groß-Felsenburg befanden, jedoch wir stelleten keinen nach, indem wir Proviant zur Gnüge bey uns führeten, auch zum Zugemüse noch allerhand frische Früchte, Kräu-ter und Wurtzeln erblickten. Kurtz zu melden, dieses Land hatte mit den Groß-Felsenburgischen fast einerley Art, nur daß allhier die blosse Natur, dorten aber zugleich die menschlichen Künste und Wissenschafften mit würckten. Folgendes Tages fuhren wir mit zwey kleinen Booten in die durch den Meer-Busen abgesonderte Westliche Gegend G. wanderten hinunter biß an die Nord-Spitze, von dar mehrentheils am Gestade, zurück biß an das Gebürge H. allwo wir die Mittags-Stunden über ausruheten, etwas von unsern mitgenommenen Speisen zur Erquickung nahmen, hernach das Gebürge umgiengen, die Sud-Ecke I. betrachteten, abermahls einen grossen Meer-Busen K. und weiter hin die grosse See L. antraffen, und endlich zurück an den Ort kamen, wo der in die kleine See lauffende Fluß die kleine Insul C. macht. Allhier überfiel uns die Nacht, weßwegen wir uns bey einem angemachten Feuer niederlagerten, und in guter Ruhe biß zu Aufgang [454] der Sonne schlieffen. Wir hatten also nur noch das Oestliche Theil der Insul zu betrachten, vor uns, weil aber der Strohm, der sich aus der grossen in die kleine See ergoß, gestriges Tages allzu breit und tieff befunden worden, solte, um alle Gefahr zu vermeiden, der Rückweg zu den Booten angetreten werden; Allein der Tuchmacher Lorenz Wetterling und der Bötticher Melchior Garbe, hiessen uns ohne alle Sorge auf der Stätte warten, und sie nur machen zu lassen, indem sie durch den Strohm schwimmen, und ehe 2. Stunden verlieffen, mit den Booten bey uns sein wolten. Es wolte zwar keiner von uns darein willigen, sondern viel lieber den Rückweg in Compagnie antreten, allein sie

liessen sich nicht wehren, schwummen auch bey der kleinen Insul um die Gegend a. glücklich durchhin, und kamen noch, ehe wir uns dessen versahen, in einem Boote
den Fluß herunter gefahren, schleppten auch das andere
angebundene Boot hinter sich her, nahmen uns ein, so
daß wir die kleine See durchpassiren, und in der Gegend
M. aussteigen konten. Nachdem die Boote befestiget,
besahen wir erstlich die grosse See von dieser Seite,
kosteten deren Wasser, und befanden dasselbe, ohngeacht verschiedene süsse Bäche hinein flossen, gantz
grausam saltzig, weßwegen Mons. Litzberg par curioseè
ein Feuer anmachte, eine kupfferne Schaale mit diesem
See-Wasser angefüllet, darauf setzte, selbiges verrauchen ließ, und gar bald das vortrefflichste Saltz abschäu-
mete. Nach diesen schlugen wir uns lincker Hand, nach
dem grossen Gebürge N. zu, umgiengen und bestiegen
dasselbe, [455] fanden zwar Merckmahle, das selbiges
Ertz oberhalb aber keine Weinstöcke, wie das Unserige
in Groß-Felsenburg trüge. Hierauf vertheileten wir uns
öffters in 2, öffters auch in 3. Partheyen, durchstreifften
den Wald und die steilen Klippen am Ufer gegen Osten
zu, fanden aber nichts besonderes als eine ungemeine
hohe Felsen-Spitze, welche entsetzlich hoch in die Höhe
lieff, und kaum auf die Helffte zu erklettern war. Mons.
Litzberg, Lademann, Plager und ich waren dennoch so
curieux so weit hinauf zu steigen, als ohne allergröste Gefahr möglich war, unsere Mühe aber war nicht gäntzlich
vergebens, denn wir entdeckten durch ein mitgenomme-

nes 8. Fuß langes Perspectiv, gegen den Süder-Pol zu, ein groß Stücke Land, welches nach Mons. Litzbergs Meynung ohngefehr 40. biß 50. Meilen von uns entfernet, und dem Augenmasse nach wenigstens etliche 30. oder mehr Meile in der Breite halten müsse, die Länge aber, von uns gegen Süden zu, war nicht anzumercken. Alle unsere Gefährten, die etwas von der Geographie verstunden, glaubten fest, daß dieses ein den Europäern noch gantz unbekandtes Land seyn müsse, weil man auf keiner eintzigen Land- oder See-Carte um diese Gegend etwas angemerckt befunden. Wäre es nach unsern Köpffen, und nicht wieder des Alt-Vaters expressen Befehl gegangen, so hätten wir gleich folgenden Tages unsere Seegel dahin gerichtet, so aber muste es unterbleiben. Immittelst kamen wir auf dem Platze P. alle 36. Mann ohnbeschädigt wieder zusammen, [456] kochten ein Gerichte Fische, welche etliche der Unsern aus den Bächen gefangen hatten, hielten noch ein und anderes Gespräch über das neu-erblickte Land, und schlieffen mit einbrechender Nacht bey dem Feuer ohn alle Sorgen ein.

Am vierdten Tage unseres Daseyns wurde endlich der übrige Theil der Oestl. Gegend vollends ausgekundschafft, da aber weiter nichts sonderliches merckwürdiges zu betrachten vorkam, machten wir beyzeiten Feyerabend, schossen jedoch ein kleines Wild, um das auf dieser Insul erzeugte Wildprät theils gekocht, theils gebraten zu versuchen, befanden aber gegen unser Groß-Felsenburgisches nicht den geringsten Unterschied.

Nächstfolgenden fünfften Tages setzten wir uns bey der kleinen See in aller Frühe wieder in unsere Boote, ruderten den Strohm hinauf, wendeten uns aber über der kleinen Insul um, und kamen gegen Mittag auf der mit B. bezeichneten Städte an, allwo unser Schiff vor Ancker liegend, und die aufgebaueten Lauber-Hütten annoch unversehrt angetroffen wurden. Es gefiel uns allen noch eine Nacht in diesen, noch ziemlich frischen Laub-Hütten zu schlaffen, derowegen wendeten wir den übrigen Theil des Tages darzu an, eine grosse Menge derer besten Früchte, Kräuter und Wurtzeln aufs Schiff zu schaffen, um solches unsern Freunden zum Schertz als etwas seltsames mitzubringen. Lademann, Herrlich und andere mehr machten sich indessen ebenfalls unnöthige Mühe, indem sie verschiedene gerade Bäume und Stangen umhieben, und dieselbe zum mitnehmen mit gröster Mühe aufs Schiff schafften. Mons. Litzberg [457] nahm zur Curioiteé sein gesottenes Saltz, Plager aber eine grosse Menge Ertzhaltige Steine aus dem Gebürge mit, als woran er sich nebst etlichen andern fast halb kranck getragen hatte, wir lachten ihn dieserwegen ziemlich aus, allein er lachte wieder und sagte: Meine lieben Herren, es wird schon die Zeit kommen, da ihr oder eure Kinder Glocken, Brau-Pfannen, Kessel und anderes Kupffer- und Meßing-Geschirr verlangen werdet, ists nun nicht gut, wenn man weiß, wo das darzu benöthigte Ertz zu suchen ist? Solchergestalt musten wir ihm in Wahrheit recht geben.

Nachdem aber alles seine Richtigkeit, auch Mons. Litzberg den ohngefähren Abriß von dieser kleinen Insul,
welche er auf dem Gebürge völlig übersehen können,
verfertiget hatte, kehreten wir Sonnabends den 3ten
Maji wiederum zurück aufs Schiff und bald Nachmittags
zu der Insul Groß-Felsenburg, allwo uns unsere Freunde, erstlich, nachdem wir sie mit 3. Salven gegrüsset,
gleichfalls mit etlichen Stück-Schüssen, bey glücklicher
Anländung aber dergestalt hertzlich bewillkommeten,
als ob wir 10. Jahr aussen gewesen wären, und die halbe
Welt umseegelt hätten. Ein jeder, der sich herbey nahete, wurde mit ausländ. sogenandten Früchten beschenckt, welches ein hertzliches Gelächter, sonderlich
bey dem Alt-Vater erweckte, denn er bekam den besten
Theil, über dieses statteten wir ihm einen richtigen Rapport von unserer Untersuchung der kleinen Insul ab. Da
aber Mons. Litzberg auf das erblickte unbekandte Land
kam, und zu vernehmen gab: wie er sehr grosse Lust
hätte [458] selbiges genauer zu betrachten, sprach der
Alt-Vater: Mein Sohn! dieses Land haben ich und der
alte Amias schon vor vielen Jahren, nur aber zu gewissen
Zeiten, wenn das Wetter nicht allzu klar und auch
nicht gantz trübe gewesen, ohne Perspectiv gesehen. Ich
glaube selbst, daß es eines von den gegen der Süder-
Pol gelegenen unbekandten Ländern auch vielleicht un-
bewohnt und dennoch fruchtbar, aber auch wol nur ein
blosser Schatten oder Blendwerck der Augen seyn kan.
Allein, gesetzt auch, daß es ein würckliches gutes Land

wäre, was nützet uns, sonderlich anitzo, dergleichen
Untersuchung, genung wenn wir unsern Nachkommen
hiervon einige Nachricht hinterlassen. Es wird, wie ich
glaube, noch eine ziemliche Zeit hingehen, ehe sich meine Geschlechter dergestalt vermehren, daß sie auf Groß-
und Klein-Felsenburg nicht mehr Platz und Nahrung
haben können, alsdenn ist es erstlich Zeit, daß sie sich
nach andern Insuln oder festen Ländern umsehen. Bey
jetzigen Umständen aber und ferner in einem Seculo
oder noch länger, wäre es mit unter die eiteln Lüste zu
rechnen, wenn sich jemand grosse Mühe dieserhalb geben wolte. Denn was solte wohl an solchen Orten zu
suchen seyn, welches wir nicht in grossen Uberfluß
besässen, oder wenigstens entrathen könten. Demnach
schämeten wir uns wegen des neuentdeckten Landes
sämtlich dermassen, daß hinführo in Gegenwart des Alt-
Vaters, ferner kein eintziger ein Wort davon erwehnen
wolte, zumahlen da uns itzo Herr Mag. Schmeltzer und
Herr Wolffgang ziemlich damit aufzogen. [459]

Immittelst war doch nunmehro auch diese Neugierigkeit und Lust gebüsset worden, bald hernach rückte die
etwas rauhere Herbst- und Winters-Zeit heran, welche
aber unser Vergnügen keinesweges stöhrete, denn nunmehro war ein jeder, sonderlich zur Regen-Zeit desto
fleißiger seine Hauß-Arbeit, die unter dem Dache verrichtet werden konte, vorzunehmen.

Monsieur Litzberg, Lademann, Plager und Herrlich
brachten bey dieser Zeit zwey vollkommen gute Clavicor-

dia zuwege, und schenckten eins darvon auf die Albertus-Burg, damit zuweilen Herr Mag. Schmeltzer oder ich, uns darauf üben und dem Alt-Vater die lange Weile vertreiben konten. Die Drat-Seyten hatte Mons. Plager hierzu gezogen, und guten Theils übersponnen, als warum Lademann anfänglich die meiste Sorge getragen. Ausser diesen wurden auch bald 2. Violinen und eine Baß-Geige fertig, welche zwar nicht alle Europäische Zierrathen, jedoch einen sehr guten Klang hatten. Demnach befanden wir uns im Stande eine vollstimmige Music zu machen, wenn nehmlich Mons. Litzberg die Laute, Kramer und Harckert die Violinen, Lademann den Violon, ich aber das Clavier spielete, und weil Mons. Litzberg, sonderlich aber Herr Mag. Schmeltzer etwas von der Composition verstunden, so wurde gar bald Anstalt zu einer Kirchen-Music gemacht, und selbige auch nicht selten zu allerseitigen Vergnügen abgelegt. Unter unserer studirenden Jugend fanden sich gar geschwind tüchtige Subjecta, so wol zur Vocal- als Instrumental-Music, und weil Lademann nebst seinen Lehrlingen nach [460] und nach immer mehr dergleichen Instrumente verfertigten, war kein Zweiffel binnen weniger Zeit ein vollkommenes Chor zu bestellen.

Endlich ließ sich der künstliche Lademann gar in den Sinn kommen, eine Orgel in die Kirche zu bauen, indem er sich derer, in der Nonnen-Kirche erlernten Wissenschafften, annoch sehr wohl erinnerte, und da ihm vollends Herr Mag. Schmeltzer in vielen Stücken und sonderbaren Vortheilen Rath zu geben, auch würckliche Hülffe zu leisten versprach, ließ er alle andere nicht so gar nöthige Arbeit liegen, und fieng mitten im Winter an das Holtz zum Gehäuse zuzurichten. Die Pfeiffen solten erstlich von ordinairen Orgel-Bauer-Metall gemacht werden, nachdem aber weiter von der Sache gesprochen worden, ließ der Alt-Vater durch mich, aus seiner Schatz-Kammer, verschiedene Silber-Klumpen hervor langen, da sich denn Mons. Plager so gleich verobligirte: mit Morgenthals und ihrer beyder Lehrlinge Hülffe, die Platten zu den Pfeiffen behörig auszuarbeiten, und nach Lademanns Anweisung zusammen zu löthen. Jedoch weil dieses vortreffliche Werck im 1728. Jahre noch nicht einmal zur Helffte gebracht war, und ich Eberhard Julius darüber nach Europa gereiset bin, kan ich dessen Zustand der Gebühr nach voritzo nicht beschreiben, hoffe aber selbiges, bey meiner Zurückkunfft meistens fertig, zu finden, da ich denn nicht ermangeln werde, meinem Europäischen Herrn Correspondenten, durch den Capitain Horn auch deßfalls sichern Bericht abzustatten.

Hergegen hatte Mons. Plager zu Ausgange des Monaths Julii 1727. seine vor einiger Zeit ange-[461]fangene grosse Uhr vollkommen zur Richtigkeit gebracht, auch bereits zwey Schaalen oder Glocken darzu gegossen, worvon die Vierthel-Seiger-Glocke 55, die vollschlagende aber 112. Pf. wog. Es war unter seiner zugerichteten Glocken-Speise mehr als die Helffte Silber, woher dann ein vortrefflich rein und heller Klang entstund. Demnach

wurde die Uhr in den ersten Tagen des August-Monaths
oben auf die Albertus-Burg gestellet, und konte solchergestalt fast von den meisten Einwohnern gehöret werden, welches eine unaussprechliche Freude unter dem
gantzen Volcke verursachte.

Von allen unsern Europäern war nunmehro um diese
Zeit kein eintziger mehr übrig, der seine besondere Profession nicht behörig hätte treiben können: als Kleemann
der Pappier-Müller, und Wetterling der Tuchmacher,
dem letztern zu Gefallen brach Lademann von seinem
höchst-fleißigen Orgelbauen einige Tage ab, und verfertigte ihm in kurtzer Zeit 2. tüchtige Tuchmacher-
Stühle, vor das übrige war der Meister Tuchmacher
selbst besorgt, brachte es auch in wenig Wochen dahin,
so viel Baumwollen-Garn aufzuziehen, darvon er zur ersten Probe wenigstens 80. Ellen Zeug oder Tuch, wovor
man es halten wolte, darlegen konte. Spinnerinnen fanden sich zur Gnüge an, wie denn auch zwey tüchtige
Lehr-Pursche, derowegen wünschte Wetterling, daß sich
nur unsere Schaaffe täglich vermehren möchten, um
sattsame Wolle zu rechtschaffenen Tüchern zu bekommen, auch war der Drechsler so behülfflich, ihm etliche
Woll-Räder zu machen, worauf er die Weibs-[462]Perso-
nen spinnen lehrete, und also war der Wunsch dieses
fleißigen Arbeiters zum wenigsten auf die Helffte erfüllet, indem er mittler weile entweder lauter Baumwollen,
oder zur Helffte leinen Garn würcken konte.

Uber den Pappiermüller Kleemann erbarmete sich

unser ehrlicher Müller Krätzer, und machte den Anfang,
ihm eine Papier-Mühle bauen zu helffen, welche der
gute Kleemann zwar bey seiner Wohnung selbst errich-
ten, aber nicht zum Stande bringen können. Jedoch weil
es noch zur Zeit ohnedem an gnugsamen Materialien zur
Pappiermacherey fehlete, gieng es nicht eben allzu hurtig mit dem Mühlen-Baue zu; allein er hat dennoch endlich im Mittel des 1728ten Jahres seine erste Probe so
wol mit sehr feinen weissen, als auch andern schlechten Sorten von Pappier abgelegt, welches uns allen zu
sonderbaren Vergnügen gereichte, zumahlen da auch er
seine Profession auf die Insulaner fortzupflantzen bereit
war, und dieserwegen gleich anfänglich 3. junge Pursche
auf ein mahl in die Lehre nahm.

Also stunde es nun um damahlige Zeit mit unsern
Künstlern und Handwercks-Leuten, denn indem dieselben ihren Fleiß den sämmtlichen Gemeinden zum besten anwendeten, so waren im Gegentheil nicht allein
ihre Weiber besorgt, die Haußhaltungs- und Nahrungs-
Mittel anzuschaffen, sondern es wurde einem jeden
an Geträyde und Victualien durch ihre Nachbarn und
Freunde dermassen viel zugetragen, daß sie in allen
Dingen beständigen Uberfluß hatten.

Herr Mag. Schmeltzer, Monsieur Litzberg, [463] Herr
Wolffgang und ich waren immittelst täglich bemühet,
unsere angenommenen Schüler auf solche Art wie schon
oben erwehnet, zu informiren, und weilen nunmehro seit
kurtzem auch das Studium musicum darzu gekommen

war, brachten wir sämtlich sehr wenig Stunden müssig zu, der Alt-Vater hatte sein innigliches Vergnügen, die Jugend also fleißig zu sehen, besuchte derowegen sehr öffters die Schul-Stuben, ausser dem aber vertrieb er seine Zeit mit Lesung geistlicher Bücher, ingleichen seine Chronicke ordentlich fort zu schreiben, weil ihm biß dato die Augen noch sehr klar und helle waren.

Solchergestalt befand sich das Kirchen- Schul- und Hauß-Wesen eins so wol als das andere in vollkommen guten Stande, Kummer, Sorge und andere Verdrüßlich-keiten aber, waren uns gäntzlich unbewust. Nur allein befand sich in meiner Seele sehr öffters eine grosse Betrübnis, wenn ich an meine zurückgelassene Schwe-ster, vornehmlich aber an meinen lieben Vater Franz Martin Julium gedachte, als von welchem ich nicht wuste ob er unter die Todten oder Lebendigen zu zählen sey. Demnach wartete ich in Wahrheit mit einiger Ungedult auf die Zurückkunfft des Capitains Horns, und beschloß gäntzlich, daß wo derselbe aufs längste vor Ablauff des 1728ten Jahres nicht käme, ich sodann dem Alt-Vater keine Ruhe lassen wolte, bis er mich mit benöthigter Fracht an Gold, Perlen und Edlen-Steinen auf die Insul St. Helenæ schiffen liesse, von wannen ich dann schon weiter zu kommen trauete, um zu erfahren, ob sich mein lieber Vater bey unsern guten Freunden nicht et-[464]wa gemeldet hätte; oder da ich ja nicht so glück-lich seyn solte, von ihm sichere Nachricht einzuziehen; so war doch mein ernstlicher Vorsatz durch Bezahlung

seiner Schulden ihn von aller üblen Nachrede zu befreyen, nächst dem bey ein oder andern guten Freunde
ihm einen schrifftlichen Bericht von meinem erlangten
Glücke und dem Orte meines Aufenthalts zu hinterlassen, nächst diesen allen Fleiß anzulegen, meine
Schwester zur Reise-Gefährtin auf die Insul Felsenburg
zu bereden, jedoch daferne sich dieselbe annoch in ihrem
ledigen Stande befände, widrigenfalls ich ihr nicht das
geringste von meinem Schicksaal zu eröffnen, sondern
sie nur mit einem kostbaren Geschencke abzufertigen
beschloß. Dieses waren also meine eintzigen Grillen,
welche durch Gedult zu unterdrücken, ich genugsame
Mühe anwenden muste, jedoch die täglich sehr vielfältig
abwechslenden Geschäffte musten die besten Sorgen-
Vertreiber seyn, und außer diesen konten die musicalischen Instrumenta, sonderlich aber mein Vogel mir manches Vergnügen erwecken. Denn dieses artige Thier
hatte sich sehr viel vergnügende Redens-Arten, auch
andere lustige Streiche angewöhnen lassen, und guten
Theils selbst aufgefangen, welche es zuweilen von ohngefehr zu gröster Verwunderung und Gelächter aller
Anwesenden sehr artig anzubringen wuste. Ich hätte
meiner liebsten Cordula ungemein gern ein Præsent mit
diesen schönen Vogel gemacht, weil aber der Alt-Vater
sich selbst fast täglich mit ihm besprachte, und allerhand
Schertz trieb, wolte ich demselben in seinem hohen Alter
dieses Vergnügens nicht berauben. [465]

Jedoch des Alt-Vaters Vergnügen zeigte sich desto

völliger, da mit Ausgange des Monats Augusti, bey denen am 23. p. Trin: voriges Jahrs copulirten, Europæischen und Felsenburgl. Eheleuten, der erfreuliche Ehe-Seegen immer nach und nach zum Vorscheine zu kommen begunte. Denn es war recht zu bewundern, wie auf der Alberts-Burg immer eine erfreuliche Zeitung nach der andern, von der glücklichen Niederkunfft einer oder der andern Wöchnerin, einlieff. Unter denen letzt angekommenen Europäern traff das Glück am ersten Mons. Kramern, der am 28. Aug. eine junge Tochter bekam. Hierauff erhielt am 29. dito früh, Herrlich eine Tochter, und gegen Abend Morgenthal einen Sohn. Den 30ten Mons. Plager und Schreiner jeder eine Tochter. Den 1. Sept. Herr Mag. Schmeltzer einen Sohn, und der Müller Krätzer, eine Tochter. Den 3ten Sept. Mons. Litzberg einen Sohn, den 4ten Sept. Melchior Garbe eine Tochter. Den 6ten Sept. Lademann einen Sohn, und Wetterling eine Tochter. Den 8ten Sept. Kleemann eine Tochter, und den 9ten dito Mons. Harckert einen Sohn. Die Liebes-Pfänder der eingebohrnen Ehe-Leute aber, halte voritzo zu specificiren nicht rathsam, sondern will selbige biß zur Jahr-Rechnung auffbehalten. Immittelst hatte Herr Mag. Schmeltzer bey dieser Zeit fast tägliche Ammts-Geschäffte, indem er die neugebohrnen Kinder zu tauffen, immer von einem Orte zum andern reisen muste, dieweil nicht rathsam schien: die allzuweit entlegenen in die Kirche zur Tauffe zu bringen. Jedoch Kramers, Litzbergs, Krätzers [466] und Herr Mag. Schmeltzers Kin-

der, empfiengen wegen der nächstgelegenheit, die Heil.
Tauffe in der Kirche, meine Cordula aber hatte nebst
dem Altvater und Herrn Mag. Schmeltzers Schwieger-
Vater die Ehre, von diesem unsern werthen Seel-Sorger
mit zur Tauff-Zeugin seines jungen Söhnleins erwehlet zu werden, welches die Nahmen Albertus Georgius
empfieng.

Nachdem aber die Sechswöchnerinnen allerseits einen
frölichen Kirch-Gang gehalten, wurde bald hier bald dort
von den erfreuten Kind-Tauffen Vätern eine kleine Collation angestellet, worzu ein jeder vornehmlich den Alt-
vater und Herr Mag. Schmeltzern, nächst diesen aber
seine Nachbarn, und dann die letzt angekommenen Eu-
ropoäer zu bitten pflegte. Demnach hatten wir auch in
diesem Früh-Jahre vielerley vergnügende Veränderungen. Unter andern war mein Gevatter Peter Morgenthal
beschäfftiget gewesen, seine erbethenen Gäste bestens
zu bewirthen, denn derselbe hatte ohngeacht seines täglichen Fleisses in der Werckstadt, dennoch immer so viel
Zeit abgebrochen: seine Hauß-Wirthschafft im Acker-
Garten-Bau und Vieh-Zucht aufs ordentlichste einzurichten, er war auch der erste gewesen, der sich von
Herrn Kramern allerley Sorten, der aus Europa mitgebrachten Thiere ausgebethen, die sich denn allbereits
in seinem Revier nicht wenig vermehret hatten. Jedoch
ich besinne mich, daß um diese Zeit, schon alle Arten
von Viehe unter die 9. Gemeinden vertheilet waren, biß
auf das Rind-Vieh, und Pferde, welche letztern Mons.

Wolffgang, Litzberg und Kramer um bes-[467]serer Zucht
willen, annoch in Alberts- und Christians-Raum vertheilt
hielten. Zur Zeit war noch kein Pferd, weder zum reiten, fahren, vielweniger zum pflügen gebraucht worden:
allein eben bey dieser Collation, beredete sich Morgenthal mit Mons. Litzbergen, Lademannen und andern geschickten Holtz-Arbeitern, ehestens etliche Pflüge zu
verfertigen, welche von Pferden und Ochsen, auch wohl
vielleicht von zahm gemachten Hirschen gezogen werden könten, hiernächst den Insulanern das Pflügen und
Aegen zu lehren, damit ihnen in Zukunfft, bey stärckerer
Vermehrung der Menschen und Thiere, der Feld-Bau
erleichtert werden möchte. Der Altvater hörete diese
Invention, als eine Sache, worvon er mit Herrn Wolffgangen schon zum öfftern gesprochen, mit grösten
Vergnügen an, lobete derowegen den guten Vorsatz.
Nach fernern ernsthafften Gesprächen aber, bezeugte
derselbe ein besonderes Verlangen, auch dieses unseres
guten Wirths,

Peter Morgenthals Lebens-Geschicht

anzuhören; wie nun selbiger unserer allereinstimmiges
Begehren merckte, machte er sich so gleich bereit, seine
Gäste vermittelst folgender Erzehlung zu beruhigen:

Mein Geburths-Ort ist die berühmte Stadt Magdeburg, allwo mein Vater als ein Zimmermann viele Jahre
nach einander gearbeitet, eine Frau genommen, zwey
Kinder mit derselben gezeuget, und endlich bey einem

schweren Baue sein Leben eingebüsset hat. Ich war damahls etwa 9. mein [468] jüngster Bruder aber 6. Jahr alt, und weil mein Vater durch seine Arbeit, die er unter andern Zimmer-Meistern nur als Geselle verrichtet, wenig Schätze sammlen, sondern mit genauer Noth die Seinigen erhalten können, musten wir uns, nachdem das wenige Geräthe verkaufft und auffgezehret war, bequemen, nebst unserer Mutter den Bettel-Stab zu ergreiffen, denn weil meine Mutter eine arme frembde Dienst-Magd, mein Vater aber ebenfalls ein frembder gewesen, so fand sich kein eintziger Freund, der eines oder das andere Kind auffnehmen oder ernähren wolte. Dennoch suchten wir unser Brod, von einem Dorffe und Stadt zur andern, mit Beten und Singen vor der Leute Thüren; daß aber solchergestallt, zuweilen viel Kummer und Noth mit untergelauffen, ist leichtlich zu erachten, jedoch meine Mutter, welche um selbige Zeit etwa 32. biß 33. Jahr alt war, gedachte sich ihr Elend zu erleichtern, indem sie einen abgedanckten Soldaten heyrathete, welcher seines abgeschossenen Beins wegen, zu Pferde im Lande herum bettelte. Ob sie sich ordentlich mit ihm copuliren lassen, weiß ich zwar nicht, aber allen Ansehen nach, waren sie rechte Ehe-Leute, u. meine Mutter erzeigte ihrem neuen, wiewohl sehr wunderlichen und jachzornigen Manne alle gehorsamliche Ehr-Furcht, so daß sie wegen der allzustarcken ehelichen Liebe, die Kindliche gegen uns ihre beyden Söhne zu vergessen schien, dessen die täglichen Schläge ein sattsames

Zeugniß abstatteten, zumahlen wenn wir armen Knaben,
des Abends, nicht gnugsame Pfennige, Brod und andere
Victualien-Stücken einbrachten; denn es ist zu mercken,
daß ich [469] und mein Bruder bereits gewohnet worden,
gantz besondere Streiffereyen zu thun, und Abends in
der bestimmten Bettel-Herberge einzutreffen. Die verfluchte Schind-Mehre, nehmlich das Pferd unsers Stief-
Vaters, verfraß fast mehr als wir sämmtlich erbetteln
konten, und dennoch ließ sein Hochmuth nicht zu, selbiges zu verkauffen, endlich aber, da der Klapper-Storch
bey meiner Mutter einkehren wolte, und sie fast nicht
mehr fort kommen konte, blieben wir ohnweit Zörbig in
einem Dorffe, Radegast genannt, liegen, allwo der Stieff-
Vater sein Pferd an einem Bauer vor 11. Thlr. verkauffte,
sich nebst uns in ein klein Bauer-Hauß einmiethete, und
nebst meiner Mutter das Korbmacher Handwerck anfieng, als in welchem er ziemlich erfahren zu seyn schien.
Wenige Zeit hernach kam meine Mutter in die Wochen,
und wie ich hörete, so setzte es, noch ehe das neugebohr-
ne Schwesterlein gebohren wurde, bey dem Pfarrer
ziemliche Verdrüßlichkeiten, des Trau-Scheins wegen,
jedoch weil sich meine Eltern, ich weiß nicht auf was vor
Art zu entschuldigen wusten, wurde zwar endlich das
Kind getaufft, ihnen aber auferlegt, entweder binnen
6. Wochen ihren Trau-Schein und andere gute Zeugnisse
zu schaffen, oder sich aus dem Dorffe zu packen. Meine
Mutter gab vor, so bald es ihre Kräffte zuliessen, selbst
eine Reise nach Magdeburg zu thun, um von dar die

Zeugnisse ihres ehrlichen Lebens und Wandels, unterwegs auch einen neuen Trau-Schein, von demjenigen
Dorff-Priester, der sie getrauet, abzuholen; weil sie den
ersten ohngefähr verlohren hätte. Jedoch weil es noch
vor Weyhnachten also im härte-[470]sten Winter war,
verzog sich ihre Reise biß kurtz vor den Oster-Feyer-
tagen, da sie denn endlich nebst ihrem kleinen säu-
genden Kinde dieselbe antrat, und noch vor dem Feste
wieder zu kommen versprach. Der Stief-Vater war inzwischen sehr fleißig, und machte in der nahgelegenen
Stadt Zörbig, alle seine Korbmacher-Arbeit zu Gelde.
Mittwochs vor Ostern aber, da die Mutter noch nicht zu
Hause war, schaffte er die letzten Stücke in die Stadt,
und welches mir am bedencklichsten vorkam, so packte
er so wohl meiner Mutter, als sein eigenes angeschafftes
Geräthe, in einen grossen Deckel-Korb, verband denselben sehr fest, und ließ ihn mit in die Stadt fahren:
hätten ich oder mein Bruder gefragt was dieses bedeuten
solte; würde es ohnfehlbar entsetzliche Schläge geregnet
haben, derowegen schwiegen wir stille, er aber gab uns
gute Worte, und versprach: noch vor Abends wieder zu
kommen, wir solten aber ja durchaus nicht aus dem Hause gehen, sondern fein fleißig Korb-Höltzer schnitzeln,
denn die Mutter würde heute oder Morgen gantz gewiß
zurück kommen, und uns Magdeburger Semmeln mitbringen. Demnach gaben wir uns zufrieden, zumahl da er
wieder seine Gewohnheit, den Brod-Kammer Schlüssel
stecken gelassen, in welcher noch 4. Haußbackene Brod-

te, nebst ein halb Schock Käse, etwa zwey Pfund Butter, nebst Möhren, Rüben und andern Koch-Speisen lagen.

Wir kochten, speiseten, und bedieneten uns alle beyde nach Hertzens-Lust, sahen auch öffters zur Thür hinaus nach der Mutter, allein es wolte sich [471] selbige, so wohl als der Stief-Vater, weder diesen noch folgenden Tag einstellen. Wir schlieffen am Char-Freytage, biß fast gegen Mittag, da ich mich aber endlich befürchtete, der Vater oder Mutter möchten mir bey ihren plötzlichen Eintritte in die kalte Stube, einen übeln guten Morgen biethen, erhuben sich die ausgeruheten Glieder aus dem, nicht mit Schwans- sondern Schweins-Federn aus-gestopfften Bette, worauff ich mich bemühete eine tüch-tige warme Stube zu machen, jedoch, weil ich ein wenig gar zu viel dürres Reiß-Holtz und Späne in den Ofen mochte gesteckt haben, schlug die Flamme dergestallt plötzlich zum Ofen heraus, daß ich mich genöthiget sahe, vor Angst und Schrecken, Feuer zu schreyen. Mein jün-gerer Bruder lieff im blossen Hembde zum Hause heraus in eine andere Wohnung, mir aber, der ich schon etwas Wasser in den Ofen gegossen, kamen noch andere Leute, und zwar eben zu rechter Zeit zu Hülffe, denn das Feuer hatte schon oben zwey oder drey Balcken angezündet, jedennoch wurde in der Geschwindigkeit alles völlig ge-löschet. Dem ohngeacht kam fast alles Volck aus dem Dorffe zusammen gelauffen, ihrer etlichen schryen: Werffet die Mord-Brenner ins Feuer! andere: Lasst uns die Bettel-Bagage ins - - Nahmen verbrennen! wieder

andere, die mich von ferne, als einen Koch, der den
Brey verdorben, mit niedergeschlagenen Kopffe stehen
sahen, rieffen: Haschet, haschet doch jenen grösten
Schelm, haltet ihn fest, daß er nicht entlauffe!

Bey so gestallten Sachen, hielt ich, meiner damahligen
grossen Einfallt ohngeacht, dennoch dar-[472]vor, daß
es die gröste Thorheit wäre, wenn ich mich hiesiges Orts
lange auffhielte, machte mich derowegen auf die baarfussen Beine, und lieff über einen sehr langen Stein-
Damm, dermassen hurtig nach der Stadt zu, als ob das
angezündete Feuer selbst hinter mir drein schlüge. Da
ich aber auf der Höhe vor der Stadt endlich keine Verfolger hinter mir sahe, vergieng die Angst ziemlicher
massen, ja ich gieng gantz getrost eine lange Strasse in
der Stadt hinauff, und bemerckte, indem die Leute gleich
aus der Kirche gegangen kamen, daß viele darunter
waren, welche sich sehr mitleydig über meine elende
Bekleidung und gantz blossen Füsse bezeigten, denn
bey damahliger, annoch anhaltenden starcken Kälte, lag
noch ziemlich viel Schnee und Eiß auf den Strassen.
Endlich war ein Apothecker, den ich Herr Stolle nennen
hörete, so barmhertzig mich vor seinen Laden zu ruffen,
und mir ein paar alte Strümpffe und Schue zu zu werffen.
Auf sein Befragen, wegen meiner Eltern und anderer
Beschaffenheiten, erzehlete ich ihm alles auffrichtig, biß
auf die eintzige letzte Feuer-Begebenheit, weßwegen er
nicht allein aus fernern Mittleyden, mir ein noch sehr
gutes Camisol gab, sondern auch verursachte: daß die

503

daherum wohnenden Nachbarn, ihre milde Hand auch aufthaten, und mich mit ein paar alten Hembden, einer rauchen alten Mütze, Handschuen, auch noch mehrern Strümpffen beschenckten.

Ein Gastwirth am Marckte erlaubte, mich in seiner Stube zu erwärmen, und ließ mir Speisen und Geträncke reichen, worbey ich abermahls genöthiget wurde, meine Begebenheiten zu erzehlen, da aber [473] solches noch nicht einmahl geschehen, berichteten etliche dabey sitzende reisende Leute: daß ihnen schon gestern, ein solcher Mann wie ich meinen Stief-Vater beschrieben hatte, nahe vor der Stadt Halle begegnet wäre, wie nun auf mein ferneres Befragen, mit dem Steltz-Fusse und dem Deckel-Korbe, welchen er auf einem Holtz-Wagen sitzend neben sich stehen gehabt, alles sehr eigentlich zutraff, durffte ich keinen fernern Zweiffel tragen, daß dieses mein ungetreuer Stief-Vater gewesen, der allem Ansehen nach, uns armen Kinder verlassen wolle.

Jedoch ich fassete einen behertzten Schluß denselben zu verfolgen, reisete derowegen in Gesellschafft vieler andern Leute, noch diesen Tag auf Halle zu, konte aber die Stadt nicht völlig erreichen, sondern muste in dem nächst gelegenen Dorffe bleiben. Am Oster heil. Abend früh aber, kam ich nicht nur in die Stadt Halle, sondern erfuhr auch nach vielen herum lauffen, von zweyen seit etlichen Jahren her wohl bekandten lahmen Bettel-Leuten, daß sie meinen Stief-Vater so wohl als meine leibliche Mutter mit dem kleinen Kinde, in dieser Stadt

Allmosen einsammlend, angetroffen; weil es aber schon ziemlich späte, und die Stadt mir allzuweitläufftig vorkam, versparete ich das fernere Auffsuchen biß auf Morgen. Allein, ohngeacht ich am ersten und andern Oster-Feyertage, allen möglichen Fleiß anwandte, meine Eltern anzutreffen; so war doch alles vergebens, weßwegen bey herein dringender Nacht in einer jenseitigen Vorstadt mein Nacht-Qvartier suchen muste. Ich hatte den Tag über nicht nur verschiedene mahl gute Leute angetroffen, welche [474] mich mit überflüßigen Speisen versehen, sondern auch über dieses bey nahe 3. Ggr. an kleiner Müntze eingesammlet, weßwegen ich in der Herberge gar wohl vor mein Geld zehren konte. Nachdem sich aber bey später Nacht noch viele andere Bettel-Leute daselbst versammlet, und ich ihnen die Ursach meiner Reise entdeckt, versicherten mich einige, daß ihnen dieses vergangenen Nachmittags mein steltz-füßiger Stief-Vater nebst Mutter und Kinde in einem Dorffe zwischen Halle und Qverfurth begegnet, und zu vernehmen gegeben hätten, wie sie gesonnen wären, den berühmten Qverfurthischen Marckt auf der Esels-Wiese abzuwarten. Demnach machte ich mich mit anbrechenden Tage in Gesellschafft eines blinden Mannes, den ein Junge von meinem Alter führete, und noch zweyer andern Land-Streicher auf den Weg nach Qverfurth, und erreichte nebst ihnen vor Abends ein Dorff, welches kaum eine halbe Stunde von der berühmten so genandten Esels-Wiese abgelegen war.

Ich machte mich Mittwochs am ersten Jahr-Marckts-Tage sehr früh auf, und war so glücklich binnen zwey oder drey Stunden, von vornehmen Staats- und andern Leuten, mehr als 5. Ggr. zusammen zu betteln, worbey meine Augen sich sehr fleißig nach meinen Eltern um-sahen, und endlich mit gantz besondern Freuden die-selben auf dem Roß-Marckte erblickten, allwo mein Stief-Vater, der einen feinen weissen Rock mit blauen Auffschlägen anhatte, um ein Pferd handelte, dasselbe auch endlich mit baaren guten Gelde bezahlete. Meine Mutter, die nicht weniger ziemlich gut bekleidet war, und [475] ihr kleines Kind im Korbe auf den Rücken trug, wurde meiner mit grösten Schrecken am ersten gewahr, gab mir aber mit einem Wincke zu verstehen, daß ich zurück bleiben solte. Ich gehorsamete und blieb von fer-ne stehen, nachdem aber der Pferde-Handel völlig ge-schlossen war, und der Stief-Vater selbiges schon auf die Seite geführet hatte, mochte ihm die Mutter meine Anwesenheit mit Manier wissend gemacht haben, weß-wegen sie mir beyderseits winckten zu ihnen zu kommen.

Aus den Augen meines Stief-Vaters strahlete mir ein grimmiger Zorn-Blitz entgegen, um nun den vermuth-lich darauff folgenden Schlägen vorzubeugen, zohe ich meine gantze zusammen gebettelte Baarschafft hervor, und trug dieselbe meinen ergrimmt scheinenden Eltern entgegen. Der Stief-Vater riß mir das Geld aus den Hän-den, warff es ohngezählt in seine Tasche, und bewillkom-mete mich mit folgenden liebreichen Worten: Wo führen

dich verfluchte Bestie alle 1000. - - - her? Ich erzehlete
mit zittern, wie es mir in Radegast mit dem Feuer ergangen, daß ich meinen kleinen Bruder daselbst zurück
gelassen, und ihm nachgelauffen, auch so glücklich gewesen sie beyde zu finden. Hierauff sagte er nichts weiter, knirschete aber dergestallt mit den Zähnen, daß mir
hören und sehen vergieng, jedoch auf meiner Mutter
inständiges Bitten, sich nicht allzusehr zu ärgern, gab er
mir endlich sein Pferd mit Befehl selbiges hinter einer
Mühle herum zu führen, und am Wege nach der Stadt
etwas Gras fressen zu lassen. Wiewohl nun um selbige
Zeit das Gras kaum ein klein wenig aus der Erden [476]
käumete, so daß das hungrige Pferd selbiges mit seinen
Zähnen kaum fassen konte, bemühete ich mich dennoch,
um meines Stief-Vaters Gnade zu erwerben, selbiges an
die besten Oerter zu bringen; allein da ich diesen Un-
glücks-Gaul mit Gewalt über einen Steg führen wolte, riß
sich derselbe loß, und lieff qveer Feld ein, ich und viele andere Bettel-Jungens marchirten hinter drein, weil
aber diese Henckers-Buben nicht so wohl gesinnet waren, mir das Pferd wieder fangen zu helffen; als dasselbe
nur desto rasender zu machen, scheuchten sie so lange,
biß es in einen holen Weg stürtzte, und ein paar Beine
entzwey brach. Ich war noch im Begriff das Pferd mit
Hertzbrechenden Worten zum Auffstehen zu bewegen,
als mein Stief-Vater herzu trat, dessen Ankunfft ich
aber nicht ehe gemerckt, biß er mir etliche Streiche
mit seinem knolligen Stocke auff den Kopff und Rücken

versetzt hatte. Mein Leben würde gantz gewiß so dünne als ein seidener Faden worden seyn, wenn nicht einige guthertzige Leute darzwischen getreten und meine Schutz-Engel gewesen wären, meine treuhertzige Mutter kam endlich ebenfalls herbey, und stellete sich an, als ob sie mich in ihren Schutz nehmen wolte; gab mir aber unvermuthet einen dermassen hefftigen Streich mit der vollen Faust auf die Nase, daß mir nicht allein der Geruch sondern auch die übrigen 4. Sinne vergiengen, ja ich habe auch fast nicht einmahl gefühlet, wie sie mir mit einem auffgehobenen Steine ein grosses Loch in den Kopff geworffen.

Die Ankunfft des Gerichts-Knechts hatte endlich meine tyrannischen Eltern verjagt, mir aber satt-[477]same Sicherheit verschafft, hiernechst fand sich ein barmhertziger Wund-Artzt an, welcher meine sehr starck blutende Haupt-Wunde mit dienlichen Balsam und Pflastern verband, wie denn auch unzehlige vorbey gehende Leute, mir immer ein Geld-Stück zuwarffen, so daß ich durch dieses Unglück reicher an Gelde wurde, als ich Zeit lebens noch nicht gewesen, denn es war, nachdem ich selbiges gezählet hatte, über 3. Thlr. Endlich kam ein Cavalier, der schon in Halle im Gasthofe meine Avanturen mit angehöret, mich auch mit einem 6. Pfenning Stücke beschenckt hatte und fragte, indem er meine Person so gleich erkannte: auf was vor Art ich zu diesen Schaden gekommen? Ich gab ihm von allen richtigen Bescheid, ließ es auch an grausamen Schimpff-Worten, die meinen steltzbeinigen Stief-Vater betraffen, nicht ermangeln. Ja, sprach ich, GOTT wird mir helffen, daß ich noch ein paar Jahr hinlebe, und tüchtig werde eine Musquete und einen Degen zu tragen, so dann will ich den verlauffenen Mörder das andere Bein auch vom Leibe herunter hauen. Der Cavalier fieng hierüber hertzlich an zu lachen, und sagte: Junge, dein Vorsatz ist dieserwegen löblich, weil es doch scheinet, daß du Courage im Leibe hast, wenn ich mich auf deine Treue und Redlichkeit zu verlassen wüste, wolte ich dich augenblicklich in meine Dienste nehmen, und dir ein Hand-Pferd zu reiten geben. Ich sprang augenblicklich von der Erden auf, und bat diesen Herrn mit heissen Thränen, mich armen Schelmen anzunehmen, weil ich mich eher 10. mahl todt schlagen lassen, als ihm ein eintzig mahl ungetreu seyn wolte. Demnach befahl er [478] mir ohne fernere Weitläufftigkeit ihm zu folgen, kauffte Tuch, Futter und alles, mich von Fuß auf neue kleiden zu lassen, und gebrauchte mich von dato an würcklich, nicht so wohl zu seinem Pferde-Jungen, sondern als einen Aufwärter, indem er nebst mir noch einen Reit-Knecht hatte.

Ich war um selbige Zeit wenig über 14. Jahr alt, jedoch von dem Bettel-Brodte dermassen wohl gemästet worden, daß mich meiner Länge und starcken Leibes-Gestalt wegen, jedermann vor einen 18. jährigen Purschen ansahe, wuste mich auch in meines Herrn Weise dermassen wohl zu schicken, daß er mir von Tage zu Tage immer günstiger wurde. Derselbe hielt sich

niemahls lange an einem Orte auf, sondern reisete
beständig bald hier bald dort hin, ausgenommen, wenn
er etwa in diesem oder jenen Gast-Hofe einen guten
Wirth, und ihm gefällige Gesellschafft antraff, zuweilen
reisete er auch auf etliche Tage alleine weg, oder nahm
nur den Reit-Knecht mit sich, mich aber musten mitlerweile die Wirths-Leute aufs beste tractiren. Am allermerckwürdigsten war: daß er sehr öffters seinen Nahmen veränderte, und sich bald vor einen Herrn von
Franckenstein, Lilienfeld, Rothenstein, Grünenthal,
bald wiederum anders nennen ließ, als worzu er so wohl
mich, als den Reit-Knecht vorhero abrichtete und befahl:
daß wir uns durchaus von niemanden ausforschen lassen,
sondern vorwenden solten, wir wären nur allererst wenig Wochen bey ihm gewesen. Ich war noch viel zu einfältig, dieserhalb ein weiteres Nachdencken zu haben,
lebte aber seinen Befehlen desto genauer nach, zumahlen [479] da mich wegen der täglich geniessenden
Wohlthaten verbunden zu seyn erachtete, ihm, mehr als
andern Menschen, getreu und hold zu seyn.

Etwas über ein Jahr mochte ich etwa in seinem Dien-
ste gewesen seyn, da wir endlich auch in meine Geburths
Stadt Magdeburg reiseten. Ich hatte eine besondere
Freude, da ich nicht allein meine ehemahligen Spiel-
Plätze, sondern auch das Hauß wieder fand, worinnen
mein seel. Vater gewohnet hatte, ohngeacht sich itzo
gantz andere Leute in demselben befanden. Nach wenig
Tagen aber traff ich von ohngefähr denjenigen Zimmer-

mann auf der Strasse an, von welchen mein Vater oder Mutter gewöhnlich das Wochen-Lohn geholet hatten. Es war mir fast unmöglich diesen Mann unangeredet passiren zu lassen, und da solches geschehen, erkante er mich so gleich vor denjenigen, vor welchen ich mich ausgab, nahm mich auch mit in ein Bier-Hauß, allwo ich nicht unterlassen konte ihm meine und meiner Mutter, nach des Vaters Tode geführten Lebens-Art, sonderlich aber das letztere übele Tractament meines Stief-Vaters, zu berichten. Er wunderte sich höchlich darüber, nachdem er aber auch die Nachricht von meinen gegenwärtigen guten Zustande erhalten, ermahnete mich der gute Mann sehr treuhertzig, meinen Herrn ja mit beständiger Liebe und Gehorsam zugethan zu verbleiben, weil ein solcher vornehmer Herr ohnfehlbar mich auf Lebens-Zeit glücklich machen könte. Wir sassen also biß es Nacht wurde beysammen, ich macht mir ein Vergnügen, vor diesen alten Bekandten, wieder seinen Willen, die Zeche bezahlt zu haben, wovor er mich [480] zur Erkänntlichkeit auf Morgen in seine Behausung nöthigte, worinnen ich ihm denn zu willfahren versprach.

Mein Herr hatte sich mitlerweile im Gasthofe höchlich über mein langes aussenbleiben verwundert, da ich aber halb berauscht nach Hause kam, und auff sein Befragen ihm die wahre Ursache erzehlet, war er sehr wohl zufrieden und sagte: Es ist gut mein Sohn, daß du mich an einer nöthigen Sache erinnerst, hier hastu zwey Ducaten, gehe Morgen hin zu dem Zimmer-Meister, und bitte

denselben, daß er dir vor dieses Geld einen Gerichtlichen
Geburths-Brief wegen deines ehrlichen herkommens
verschaffe, denn ich bin gesonnen, dich ein Handwerck
lernen zu lassen, als worzu dergleichen Brieff höchst
nöthig ist. Solte, sprach er ferner, dieses Geld nicht zureichen, so kanst du mehr fordern. Ich war von Hertzen
erfreuet über dieses Anerbiethen, denn ich hatte in
Wahrheit grössere Lust ein ehrlich Handwerck zu lernen, als ein Laqvey oder Pferde-Knecht zu werden,
danckte derowegen meinem Herrn aufs verbindlichste,
und gelobte an, mich in allem nach seinen Befehlen zu
richten.

Es passirten nicht die geringsten Weitläufftigkeiten
wegen meines Geburths-Brieffs, denn der Zimmer-
Meister nahm mich folgenden Tages nur zu zwey oder
drey Personen mit, auf welchen dergleichen Sachen zu
beruhen pflegen, also wurde derselbe binnen 24. Stunden ausgefertiget, und meinem Herrn überliefert, welcher dem Zimmer-Meister noch einen Gulden Trinck-
Geld gab, den Brieff selbst in seine Verwahrung nahm,
und wenige [481] Tage hernach die fernere Reise fort
setzte. Auf selbiger bekam ich weit vortrefflichere
Oerter als bißhero zu sehen, endlich aber blieben wir in
Ulm hafften, um daselbst eine Zeitlang auszuruhen. Allhier fragte mich nun mein Herr ob ich bereit sey ein
Handwerck anzutreten? Meine Antwort war: daß ich,
in so ferne es ihm beliebig, gleich diese Stunde bereit
darzu wäre. Was hastu dir, sprach er, vor ein Handwerck

ausgesonnen? Noch keins, erklärte ich mich, sondern ich
erwarte worzu mich Ew. Gn: bestimmt haben. Ich will,
fragte er ferner, doch erstlich wissen worzu du am meisten Lust hast? derowegen sage deine Meynung nur
ohne Scheu. Wenn es bey mir allein stünde, versetzte ich
demnach, so wehlete ich das Zimmer-Handwerck, weil
mein Vater ein Zimmermann gewesen ist. Hierüber fing
mein Herr hertzlich an zu lachen und mir vorzustellen,
warum ich so ein einfältiger Tropff sey und dergleichen
beschwerliche und verdrüßliche Profession erwehlete, die
ausserdem nicht das gantze Jahr hindurch gangbar sey,
endlich sprach er: Höre mein Sohn, meine eigenthümlichen Güter die ich an den Böhmischen Gräntzen liegen
habe, sind etwas weit von der Stadt abgelegen, derowegen macht es mir und den meinigen viel Verdruß,
wenn etwa ein Schlüssel verlohren oder sonsten ein oder
andere Schlösser-Arbeit nöthig ist, also halte vors rathsamste, daß du das Schlösser Hand-Werck erwehlest,
und dasselbe recht wohl erlernest, solchergestallt will
ich dir dein gutes Auskommen biß in den Todt versprechen. In Wahrheit es schien mir diesen Augenblick
das Schlösser-Handwerck [482] das allerangenehmste zu
seyn, derowegen war so gleich bereit darzu, mein Herr
ließ sich von dem Gast-Wirthe einen guten Schlösser
zuweisen mit welchen er wegen des Lehr-Geldes und
jährlich benöthigter Kleidung so gleich einig wurde, die
Helffte von dem veraccordirten Geldern voraus bezahlete, mich aufdingen ließ und wenig Tage hernach fort

reisete, mit dem Versprechen, in wenig Wochen wieder
zu kommen und zu vernehmen, wie ich mich bey diesem
Handwercke aufführete.

Mein Meister fand an mir einen Jungen, der recht
nach seinem Kopffe und Wunsche war, denn weil er so
wohl als seine gantze Familié sehr selten an das Beten,
Singen, Kirchen-gehen und andere christliche Ubungen
gedachte, so bekümmerte ich mich auch wenig oder gar
nichts drum, u. verlernete so gar die schönen Gebete und
Lieder, die ich vor diesen, um mein Brod damit heraus zu
pressen, nicht aus Vorsorge meiner Eltern, sondern aus
dringender Noth auswendig lernen müssen. Etwa ein
halbes Jahr nach meinem Aufdingen kam mein Herr
wieder nach Ulm, und vernahm von dem Meister mit
grossen Vergnügen, daß ich mich ungewöhnlich wohl
beym Handwercke gebrauchen liesse, und ein Ding
nachzumachen nur ein oder zweymahlige Unterweisung
bedürffte. Ich wuste dazumahl nicht wie es kam, daß
mein Herr, der dieses mahl nur gantz allein auf der Post
angekommen war, mit meinem Meister ungemein ver-
traut umzugehen anfieng, sich auch in dessen Hause mit
einer gar schlecht ausgezierten Stube behalff und von
der Meisterin, so gut als dieselbe konte, beköstigen ließ,
da ich doch eine gros-[483]se Katze voll Gold-Stücke,
nebst einem noch grössern Sacke voll grob Silber-Geld
in seinem Coffre liegen, und ihn selbiges zählen, gesehen
hatte. Mein Meister arbeitete um selbige Zeit meistens
um Mitternacht, wenn die andern Gesellen und Jungen

im festen Schlaffe lagen, nebst mir an allerhand Arten
ungewöhnlicher Schlüssel und andern, mir unbekandten
Instrumenten, verboth mir aber aufs Leben, keinen Menschen hiervon etwas zu sagen, denn es wären sehr geheime künstliche Sachen, die mein Herr mit nach
Franckreich nehmen wolte. Eben derselbe that dergleichen Verboth an mich, mit der Bedrohung, woferne
er erfahren solte: daß ich von meines Meisters künstlicher Nacht-Arbeit nur ein einzig Wort ausgeplaudert
hätte, er mich also fort nackend und bloß ausziehen, zum
Hencker jagen, und nimmermehr wieder in seine Gnade
aufnehmen wolte. In der Gottlosigkeit hatte ich es damahliger Zeit schon so weit gebracht, ihm meiner beständigen Treue und Verschwiegenheit mit den aller-
grausamsten Flüchen und Schwüren zu versichern,
weßwegen er biß auf fernern Bescheid zufrieden war,
mich mit 6. gantzen Thalern beschenckte, und darbey
ausdrücklich befal, daß ich mir dann und wann an Son-
und Fest-Tagen einen Rausch sauffen solte.

Nachdem also mein Herr fast einen gantzen Monat
lang zu gegen gewesen, nahm er Abschied, unter dem
Vorwande: eine Reise in Franckreich zu thun, und gegen
die Zeit meines Loßsprechens schon wiederum in eigener Person nach Ulm zu kommen. Bey [484] meinem
Meister hatte ich nach wie vor gute Zeit, und ausser den
Arbeits-Stunden meine völlige Freyheit hinzugehen und
zu machen was ich wolte. Da aber einige Wochen über
mein erstes Lehr-Jahr verflossen waren, trat der Lehr-

Meister eine Reise an, von welcher er noch biß auf diese Stunde zurück in sein Hauß kommen soll. Drey oder 4. Monat hernach machte sich die Frau auch aus dem Staube und überließ die Haußhaltung ihrer Schwester, welche sich von einem liederlichen Schlösser Gesellen schwängern lassen, der immittelst des Meisters Stelle vertreten solte, jedoch dermassen übel hausete, daß die andern Gesellen nebst einem Lehr-Jungen fort und zu andern Meistern giengen. Mit mir konte er sich noch etwas länger vertragen, jedoch da er eines Abends sehr besoffen nach Hause kam, und so wohl Frau als Magd und mich mit einem Stabe Eisen jämmerlich zerprügelte: verursachte dieses mir gantz ungewöhnliche Tractament, daß ich gleich mit anbrechenden Tage ebenfals Abschied nahm, und mich zu dem Handwercks-Meister begab, welcher in Erwegung meiner Umstände, es gantz leicht dahin brachte, daß ich biß zur Wiederkunfft meines ersten Meisters, woran jedoch viele, aus wichtigen, mir damahls unbekandten Ursachen, zweiffeln wolten, zu einem andern Meister gebracht werden solte, um meine Lehr-Jahre vollends richtig auszustehen. Bey diesem andere Meister traff ich auch eine gantz andere Hauß-haltungs-Verfassung an denn weil derselbe ein sehr frommer und GOttesfürchtiger Mann war, so hielt er auch sein Gesinde zum fleißigen Bethen, Singen und Kirchen-ge-[485]hen an, verhütete auch unter ihnen, so viel als möglich war, alles Vollsauffen und anderes liederliche Leben. Nachdem er mich im Christenthume

examiniret, erstaunete der ehrliche Mann und weinete
fast die bittersten Thränen über den jämmerlichen Zustand meiner Seelen, that auch dieserwegen solche Vorstellungen, daß mir die Haare zu Berge stunden, und
mein Gewissen auf einmahl plötzlich rege gemacht wurde. So bald er dieses merckte, sprach er mir etwas ge-
linder zu, ermahnete mich nur zum fleißigen Beten und
Kirchen-gehen im übrigen versprach er, wegen meiner
fernern Unterweisung alle Anstallten zu machen.

Wenig Tage hernach nahm er einen geistlichen Studenten in sein Hauß, der nicht allein seine 4. Kinder
informiren, sondern auch alle Morgen und Abends Beth-
Stunde halten muste. Welcher von seinen Gesinde dergleichen nicht mit Andacht besuchen und abwarten wolte; durffte auch weder zur Arbeit noch zu Tische kommen. Ich vor meine Person hatte den besten Vortheil
darbey, denn vors erste erlangte ich nunmehro erstlich
einen rechten Begriff vom Christenthum, vors andere
war mein Meister so gütig, mir bey müßigen Stunden
das Lesen, Schreiben und Rechnen umsonst lernen zu
lassen, als wovor ich ihm noch in dieser Stunde nebst
seiner Familié tausendfachen geist. und leibl. Seegen
wünsche. Anbey versäumete ich aber im Hand-Wercke
wenig Stunden, sondern hielt mich dermassen wohl, daß
mein Meister vollkommen zufrieden war, es rückte zwar
die Zeit meines Loßspre-[486]chens allgemach herbey,
allein es wolte sich so wenig mein Herr als der erste
Meister wieder einstellen. Dem ohngeacht wurde mein

frommer Lehr-Meister gar nicht verdrüßlich darüber, sondern ließ mich gehöriger Zeit zum Schlösser-Gesellen machen, jedoch mit dem Vorbehalt, daß ich ihm noch anderthalb Jahr um halbes Lohn dienen solte.

Ich konte zwar mich nicht genungsam verwundern, daß mein Herr seine Parole nicht besser hielte, da mir aber vorgestellet wurde, wie derselbe in frembden Ländern durch besondere Angelegenheiten gar leichtlich aufgehalten werden könte, gab ich mich zufrieden, erzeigete meinem Wohlthäter allen schuldigen Gehorsam, hatte auch hierbey nicht den geringsten Schaden, indem mich mein Meister in die andere Werckstadt setzte, allwo ich nicht allein das Stahl- und Eisen-Schneiden, sondern auch nebst diesen, andere künstliche Arbeit verfertigen lernete.

Demnach blieb ich an statt der anderthalb-gantzer drey Jahre, über meine Lehr-Zeit, bey dem Meister, sammlete auch binnen der Zeit über 40. thl. baar Geld, weil ich mich in keine liederlichen Compagnien eingelassen, sondern die müßigen Stunden auf das Schreiben, Rechnen u. Lesung guter Bücher gewendet, ausserdem aber eine solche christliche Lebens-Art angenommen hatte; wie mir solche nicht allein von meinem frommen Lehr-Meister, sondern auch von Gottseeligen Lehrern und Predigern angewiesen worden.

Nach Verlauff dieser Jahre rieth mir mein ehrli-[487] cher Meister selbst, die Wanderschafft anzutreten, mich einige Zeit in der Frembde umzusehen, nachhero wieder

zu ihm zu kommen, da er denn allenfalls nach Möglichkeit vor mein Glück sorgen wolte.

Ich will ihnen, meine Herrn, mit Erzehlung meines hin
und wieder lauffens und anderer Begebenheiten, welche gemeiniglich den reisenden Handwercks-Purschen
vorzustossen pflegen, nicht verdrüßlich fallen, weilen
solche wenig besonderes in sich halten, jedoch kan nicht
unangemerckt lassen, daß ich etliche Jahr hernach meine Mutter ohnweit Dreßden in sehr erbärmlichen Zustande antraff. Denn der steltzbeinige Bösewicht hatte
sie nicht allein durch tägliches prügeln endlich gantz
krum und lahm gemacht, sondern hernachmahls gar mit
3. Kindern sitzen lassen. Sie erkante selbst, daß sie diese
Straff-Gerichte gewissermassen mit ihrer unziemlichen
Aufführung verdienet, gestund auch, daß sie von dem
Bösewichte beredet worden, mich und meinen Bruder,
als eine rechte Raben-Mutter, sitzen zu lassen, worüber
sie nachhero tausend Thränen vergossen, zumahlen da
ihr das letztere grausame Verfahren bey Qverfurth auf
dem Jahrmarckte, nicht aus den Gedancken kommen,
vielemehr das Hertze immer sagen wollen, ich hätte mich
aus Verzweiffelung selbst ersäufft. Von meinem jüngsten Bruder konte sie mir ebenfalls Nachricht geben,
daß derselbe sich in Leipzig bey einem vornehmen Manne als Laqvay in Diensten befände, wie und von wem
derselbe erzogen worden, wuste sie aber nicht zu sagen,
indem ihr böses Gewissen nicht zu gelassen hätte, sich
ihm zu erkennen zu geben. [488]

Die bittern Thränen meiner leiblichen Mutter lösche-
ten in einem Augenblicke das verhassete Angedencken
ihres mir und meinem Bruder zugefügten Jammers aus,
so daß ich mein halbes Vermögen an baaren Gelde an sie
und mein Stieff-Geschwister wandte, indem ich 60. thl.
baar Geld in ein Spital zahlete und nach Versprechung,
hinfüro nebst meinem Bruder ein mehreres zu thun, die
Versicherung erhielt, daß meine Mutter nicht allein biß
an ihr Ende wohl verpflegt, sondern auch vor ihre drey
Kinder gesorgt werden solte, dieselben, mit zunehmenden Jahren, bey gute Leute zu bringen.

Nachdem solches alles wohl bestellet war, reisete ich
hurtig nach Leipzig und traff daselbst meinen Bruder in
einer grauen Liberey mit gelben Aufschlägen an. Er war
von Hertzen erfreuet, mich wieder zu sehen und eben so
begierig die Historie von meiner Auferziehung, als ich,
die von der seinigen anzuhören. Solchergestallt berichtete er mich: wie er, nachdem auch ich ihn verlassen, um
sein Brod zu verdienen erstlich die Gänse, hernach die
Schweine hüten müssen, wäre aber jederzeit so unglücklich gewesen, daß ihm ein oder etliche Stück an der Zahl
gefehlet, weßwegen ihn endlich die Leute fortgejagt hätten. Also muß er sich von neuen aufs Betteln legen, ist
auch so glücklich in die Weltberühmte Stadt Leipzig zu
kommen, allwo er seine Nahrung in der Leute Häusern
sehr behutsam sucht, um den Feinden der Bettel-Leute
nicht in die Hände zu fallen. Eines Tages bettelt er in
dem Hause sehr reicher und vornehmer Leute, indem

aber das Gesinde wegen [489] vieler Geschäffte sich nicht bemühen will ihm eine Gabe zu reichen, kömt ein kleiner Knabe, der meinem Bruder gern ein Allmosen gegeben, wenn er nur Geld bey sich gehabt hätte, wie er denn alle seine Schubsäcke aussucht, aber nichts finden können. Demnach laufft das Kind in die Stube, holet zwey silberne Löffel und heisset meinen Bruder damit fortgehen. Dieser gehet zwar in etwas auf die seite, biß der kleine Knabe von seiner, die Treppe herunter kommenden Mutter in die Stube gejagt ist, macht sich darauf an die vornehme Frau, überreicht derselben die von ihrem kleinen Sohne empfangenen Löffel und bittet sich davor etwas zu Essen aus, weil er wohl merckte, daß diese Gabe vor ihm zu kostbar wäre, und vielleicht Gefahr bringen könte.

Die vornehme Dame ziehet sich die Redlichkeit, und den Verstand meines Bruders dermassen zu Gemüthe, daß, nachdem sie diesen Streich ihrem Ehe-Herrn erzehlet, beyderseits Ehe-Leute die Güte haben, meinen damahls etwa 15. jährigen Bruder, zu ihren Bedienten auf zu nehmen, von Fuß auf neu kleiden, hiernächst im Lesen, Schreiben und Rechnen informiren zu lassen. Er war noch biß auf selbigen Tag in Diensten dieser vortrefflichen Leute, welche seine auf vielerley Art probirte Treue, alljährlich reichlich belohneten, und weil er ausserdem so glücklich gewesen, bey einer Lotterie über anderthalb hundert Thaler zu gewinnen, befand er sich in sehr guten Stande.

Nachdem ich ihm aber erzehlet, auf was vor Art ich

unsere Mutter und Stief-Geschwister versorgt, [490] war dieser mein Bruder nicht allein so redlich mir 30. thl. baar Geld wieder zurück zu geben, sondern versprach auch, gleich nach geendigter Messe, eine Reise an den Ort ihres Auffenthalts zu thun und zu ihrer desto bessern Verpflegung fernere Anstallten zu machen. Wir blieben also über 14. Tage beysammen, binnen welcher Zeit ich der Herrschafft meines Bruders, meine Avanturen eigenmündig erzehlen, und davor ein Geschencke von 12. harten Thalern annehmen muste. Es fehlete mir an keiner Gelegenheit in Leipzig Arbeit zu bekommen, weil ich aber grosse Lust hatte die berühmtesten Städte in Böhmen und Schlesien zu besehen, nahm ich den Verlaß mit meinem Bruder ihm fleißig zu schreiben, nachhero aber Abschied und reisete meinem Vorsatze zu folgen fort. Es begegnete mir binnen zwey Jahren eben nichts besonders, nach der Zeit aber der allersonderbarste Streich. Denn als ich eines Tages in einer Römisch Catholischen Stadt in der Marter-Woche den Processionen zusahe, wurde ich von ohngefehr meinen ehemaligen Herrn unter der grossen Versammlung des Volcks gewahr, wuste aber anfänglich nicht ob ich meinen Augen trauen solte, biß mir endlich sein alter Reut-Knecht, Martin genannt, hinter ihm zu Gesichte kam. Ich verwandte kein Auge von beyden, biß ich sie als Leute, die einander gantz und gar nichts anzugehen schienen, in den besten Gasthof eintreten sahe, allwo sich gleich ein grün und weiß gekleideter Laqvay zum Dienst des Herrn præsentirte.

Ich erkundigte mich so gleich bey vielen Leuten, wer dieser Herr sey, und erfuhr: daß er sich vor [491] einen Schwedischen Baron von Lilienfeld ausgäbe. In betrachtung daß, es seine alte Weise gewesen, bald diesen bald jenen Nahmen zu führen, verursachte mir dieses, daß er sich letztens in Ulm vor einen Herrn von Franckenstein ausgegeben, weniges Nachdencken, nahm aber Gelegenheit den alten Martin auf zu suchen und mit ihm in Geheim zu sprechen, auch denselben zu bitten, mich bey seinem Herrn zu melden. Martin erfreuete sich von Hertzen über meine Gegenwart, eröffnete von seinen und seines Herrn Zustande so viel, als er sich bey demselben zu verantworten getrauete, warnete mich aber in zeiten, gegen niemanden mercken zu lassen, daß er, nehmlich Martin, in des Baron Lielienfelds Diensten stünde, oder gestanden hätte, noch vielweniger solte ich von dessen voriger Lebens-Art etwas erzelen, biß mir der Herr selbst mündlichen Unterricht gegeben hätte. Solchem nach kam ich bey spätem Abende zur Audience, der Herr Baron war gantz allein in seinem Zimmer, verschloß dasselbe gleich nach meinem Eintritte und empfieng mich nicht etwa als einen ehemaligen Bedienten oder Bettel-Jungen, sondern als seinen leiblichen Sohn oder Bruder. Ich wurde allerdings beschämt über dergleichen unerwartete Höflichkeit und Liebes-Bezeugungen, nachdem er mich aber ein grosses Glaß Wein aus zu trincken genöthiget, muste ich ihm erzelen wie es mir seit seiner Abreise so wohl in Ulm als anderer Orten ergangen sey.

Er stellete sich, da ich mit Reden fertig war, höchst vergnügt über mein gantzes Wesen an, erzehlete mir auch, wie er damahls auf seiner Rück-Reise aus Franck-reich [492] von Hertzen gern wieder in Ulm bey mir seyn und mir aus der Lehre helffen wollen; allein er hät-te ohnweit Ulm das Unglück gehabt einen Deutschen Ca-valier im Duell zu erstechen, weßhalben er sich nach der Zeit vor der gantzen umliegenden Gegend hüten müssen. An meinen Meister hätte er zwar mehr als 12. Briefe ab-gesendet, jedoch da derselbe, wie er itzo von mir vernom-men, darvon gelauffen, so wäre kein Wunder, daß er nicht die geringste Antwort darauf erhalten. Nach fer-nern weitläufftigen und biß in die späte Nacht gewährten Gesprechen fragte er mich kurtz, ob ich mir indessen, biß er sich auf seine Güter zur Ruhe begäbe, wolte gefallen lassen, bey ihm Laqvayen-Dienste anzunehmen, weil der Kerl, den er itzo bey sich hätte, nichts nützte, dieser-wegen morgendes Tages seinen Lauf-Zettel haben solte. Ich erkandte mich schuldig demjenigen, der den ersten Grund-Stein zu meiner zeitlichen Wohlfahrt gelegt, alle Gefälligkeit zu erweisen, zumahlen da mir, meinen Ge-dancken nach, die sichere Rechnung machen konte; von ihm auf Lebens-Zeit wohl versorgt zu werden. Demnach wurde sein bißheriger Laqvay abgeschafft und ich bekam nebst der Charge, eine kostbar starck mit Silber bor-dirte Liberey, wöchentlich aber auf meine Person 2. thl. Zehrungs Geld und in Hoffnung 20. thl. Jahr-Lohn.

Mein Herr hielt sich bey nahe 3. Monat in selbiger

Stadt auf, reisete zwar zuweilen auf etliche Tage mit
leeren Coffre und Mantel-Sacke hinweg, kam aber gemeiniglich wohl bepackt zurücke, ausserdem sprachen
fast wöchentlich verschiedene [493] Cavaliers in unseren
Gast-Hoffe ein, mit welchen derselbe so gleich in Be-
kanndschafft gerieth und tapffer schmausete, worbey es
vor meine Person keine geringen Accidentien setzte, allein ich hütete mich sonderlich vor dem überflüßigen
Trincken und führete überhaupt eine sehr stille Lebens-
Art, so daß mein Herr, wenn er mich über dem Lesen der
Bibel oder anderer Gottseeligen Bücher antraff, sehr
spöttisch darüber wurde, und es endlich durch sein tägliches Raisoniren dahin brachte, daß ich mich ihm zu
gefallen stellete, als ob mir die Lust zum beten und
singen vergangen wäre, im gegentheil zeigete ich mich
manchen Abend als eine besoffene Bestie, und bermerck-
te, daß er darüber eine gantz besondere Freude hatte.
Indem aber mein Sinn zu der Zeit gantz anders als in
vorigen Jahren war, und mich das Gewissen überzeugte,
daß dergleichen Lebens-Art den nächsten Weg zur Höl-
len führete, denn ich täglich nichts als sauffen, schwermen, hurrn, spielen und dergleichen feine Tugenden ersahe, begunte es mir von Hertzen leyd zu werden, daß ich
mich in dergleichen Laqvayen-Dienste begeben, ja ich
schätzte es nun schon vor kein Glück und Vergnügen
mehr, meinen Herrn so unverhofft angetroffen zu haben,
sondern hätte lieber gesehen, wenn ich bey einem guten Meister in der Werckstadt arbeiten dürffen und

können. Jedoch mein Verdruß verwandelte sich nach und
nach in eine grosse Hertzens-Bangigkeit, als ich aus
gewissen Umständen immer mehr und mehr abnehmen
konte, daß mein Herr nichts weniger als eine vornehme
Standes-Person, sondern ei-[494]ner der allerärgsten
Spitz-Buben, wo nicht gar das Ober-Haupt einer solchen
Bande seyn müsse. Da aber endlich derselbe eines
Abends, mir dieses bißherige Geheimniß, mit seinen
eigenen Munde eröffnete, und im sichern Vertrauen
auf meine Treue und Verschwiegenheit, die stärcksten
Bewegungs-Gründe brauchte, meine sehr nützliche Person in die Diebs- und Spitz-Buben-Zunfft einzuverleiben;
wurde ich dermassen verwirret, daß mir unmöglich war
ein eintziges Wort auf zu bringen, sondern ich zitterte an
allen Gliedern dergestallt, daß ich nicht mehr auf den
Füssen stehen, sondern mich niedersetzen muste. Mein
Herr wurde dieserwegen von rasender Wuth dergestallt
eingenommen, daß er Augenblicklich seinen Hirsch-
Fänger entblössete, mich bey den Haaren ergriff, und,
indem er mir die Spitze auf die Brust setzte, sprach:
Canaille! bete ein Vater unser in der Stille und gib nicht
den geringsten Laut von dir, denn du must sterben; weil
ich mercke, daß du eher ein Verräther und Schelm an mir
werden, als dich meines Glücks theilhafftig zu machen
und mir gefällig zu leben trachten wirst. Ich fieng, so viel
ich mich besinnen kan, gleich an meine Seele in GOTTES
Hand zu befehlen, und ein andächtiges Vater Unser zu
beten, sanck aber mitlerweile ohnmächtig zu Boden,

weiß auch nicht was man mit mir vorgehabt hat; biß
endlich um Mitternachts-Zeit mein Verstand wieder
kam, indem ich auf meines Herrn Bette lag und so wohl
von meinem Herrn selbst, als dem Reut-Knecht Martin
mit starcken Wassern bestrichen wurde. [495]

So bald mich der erstere wiederum ziemlich bey Kräfften zu seyn vermerckte, sprach er: Peter! sey kein Narre,
was ich dir zu Leyde gethan habe, ist in Trunckenheit und
zum Schrecken geschehen, ich mercke, daß du ein Kerl
bist, der wenig Courage hat, jedoch dieselbe soll sich finden, folge nur mir, denn ich habe es seit etlichen Jahren
her besser, als ein leiblicher Vater mit dir gemeinet, es
kömmt nur darauf an, daß du mir etwa noch zwey oder
drey Streiche vollbringen hilffst, hernach wollen wir
ohnfehlbar so viel beysammen haben, Zeit Lebens vollkommen vergnügt zu leben, denn ich schwere, so bald mir
nur noch dieses gelungen, daß ich mich von Stund an in
ein frembdes Land zur Ruhe begebe, und hernach biß an
meine Ende ein stilles Leben führen will, zumahlen da ich
schon über 12000. Thlr. an Gelde und Kostbarkeiten be-
sitze. Gnädiger Herr, gab ich zur Antwort, ihr seyd etwas
grausam mit mir umgegangen, da euch doch bewust, wie
ich alle Augenblicke bereit bin, mein Leben vor und bey
euch zu lassen, in andern Dingen bin ich freylich etwas
feige und zaghafft, allein, was kan denn ich davor, daß ich
niemahls zur Tapfferkeit angeführet worden, mit euch,
und wo ihr darbey seyd, will ich alles wagen, was nur ein
Mensch sich unterstehen kan, ich wolte, auf euren Befehl,

einem das Hertze aus dem Leibe reissen, aber vor mich allein etwas zu thun, schätzte ich mich zu einfältig und zaghafft, nehmet mich derowegen nur erstlich mit, und zeiget mir, wie ich mich verhalten soll, so werdet ihr bald erfahren, daß euer Peter kein Schaafs-Kopff ist. [496]

Durch diese Reden ließ sich mein Herr dermassen zum Mitleyden bewegen, daß er mich hertzlich umarmete, er selbst schenckte mir ein Glaß über das andere vom allerbesten Weine ein, gab mir anbey etliche Stücke vom Hertz-stärckenden Confecte, kurtz! mein Herr, Martin und ich lebten die gantze Nacht hindurch dergestalt lustig und brüderlich zusammen, daß wir mit anbrechenden Tage so voll als die Bestien waren. Nachdem der Rausch ausgeschlaffen war, fiengen wir aufs neue an, mit dreyen, mittlerzeit angekommenen Ertz-Dieben, zu fressen und zu sauffen, jedoch in aller Stille, so, daß weder der Wirth noch jemand anders wahrnahm, daß Herrn und Knechte in so genauer Freundschafft und ohne alle Ceremonien lebten. Es erzehlete, so bald die Nasen begossen waren, ein jeder seine hier und dort erwiesenen Helden-Thaten und klugen Streiche, die er seit vielen Jahren erwiesen hatte, und es würde keine geringe Erstaunung verursachen, wenn ich dasjenige, was mir annoch davon in Gedancken schwebt, voritzo mit erwehnen wolte, allein, solches mag biß auf eine andere Zeit versparet bleiben, weil es allzu viele Ausschweiffung in meiner eigenen Geschichte machen möchte, derowegen will nur sagen: daß mein Herr, wegen seiner ausgeführten

recht seltsamen unzähligen Händel, den besten Preiß
darvon trug, unter welches Erzehlung ich angemerckt,
daß er grausame Vergifftungen und andere Mordthaten
theils angestifftet, theils selbst begangen, und durch
subtile und grobe Diebstähle ein grosses Gut erbeutet
hätte. Ich armer Schelm war von ihm nicht etwa aus
einer [497] besondern Barmhertzigkeit aufgenommen,
und zum Schlosser-Handwercke befördert worden, sondern eintzig und allein aus der Ursache, damit er einen
Leib-eigenen Schlösser haben möchte, der ihm, so offt
es von nöthen, allerley, vorhero in Wachs abgedruckte,
Schlüssel und andere Diebs-Instrumenta verfertigen könte. Meinen ersten Meister hatte er seit vielen Jahren zu
dergleichen künstlicher Arbeit gebraucht, ohngeacht er
sich damahls in Ulm anfänglich gestellet, als ob er ihn
erstlich kennen gelernet. Der arme Schelm hatte sich
auch belieben lassen, meinem Herrn in das Elsaßische
Gebiethe zu folgen, um daselbst durch verwegene Diebs-
Streiche auf einmahl reich und glücklich zu werden; allein der gute Schlucker war gleich in dem ersten Lehr-
Jahre gefangen und aufgehenckt worden, und hatte noch
darzu meinem Herrn sein bestes Spiel verdorben, so, daß
sich derselbe über Halß und Kopff auf- und in ein ander
Land machen müssen.

Die Haare stunden mir bey Anhörung aller dieser
entsetzlichen Streiche zu Berge, jedoch da ich bey der allergeringsten Bezeugung eines Abscheus, den schmertzlichsten Todt befürchten muste, stellete ich mich der-

massen dreuste und begierig zu diesem saubern Handwercke an, daß mein Herr binnen wenig Tagen nicht allein
ein vollkommen gutes Concept von mir fassete, sondern
auch sein gantzes Hertze gegen mich ausschüttete, und
meine Person zu seinem vertrautesten Freunde machte.

Solchergestalt brachte ich nicht allein sein gantzes
Vorhaben, sondern auch die Nahmen und den Auffenthalt aller seiner Mit-Brüder in Erfahrung, [498] erstaunete aber ziemlich darüber: daß sich in dieser Stadt, welche doch keine von den allergrösten war, eine Compagnie
von 17. wohl exercirten Haupt-Dieben aufhielt, die theils
in Cavalliers-Kleidern, theils in ehrbarer Bürger- oder
anderer Tracht, bald in diesem, bald in jenem Wirths-
Hause meinem Herrn ihre Aufwartung machten, ihren
Bericht abstatteten, und fernerweitige Ordre holeten.

So lange man mich nicht anstrengete, mit auf die
Rauberey auszugehen, ließ ich alles gehen wie es gieng,
bemerckte jedoch inzwischen, daß mein Herr starcke
Einkünffte von seinen Untergebenen zu geniessen hatte, welche ihn nicht eher zu beunruhigen pflegten,
als wenn ein schweres und gantz sehr profitables Werck
obhanden war.

Indem sie aber einen gewissen Einnehmer des Orts,
der ohngefähr 16. biß 18. tausend Thlr. baar Geld im
Vorrathe liegen hatte, nicht allein selbiges hinweg
nehmen, sondern auch allenfalls Mord und Todtschlag
auszuüben, alle Anstalten machten, und mich so wohl
bey dem ersten Angriffe, als vornehmlich die Schlösser

und Thüren hurtig aufzumachen, gebrauchen wolten, fiel mir auf einmahl aller Muth, zumahlen da dieser Haupt-Diebstahl in kurtzen, nehmlich gleich in der zweyten Nacht, vor sich gehen solte. Ich wuste gewiß, daß mein Leben an einem seidenen Faden hienge, wenn ich von meiner Bangigkeit etwas mercken liesse, oder die geringste Miene machte, mich den Vorschlägen meines Herrn zu widersetzen, derowegen stellete mich an als ein begieriger Löwe, und brachte in meines Herrn Stube einen gantzen Tag mit [499] nichts anders hin, als die künstlichsten Instrumenta und Brech-Eisen zu Aufmachung aller Schlösser und Thüren zu verfertigen.

Mein Herr sprach zu mir: Mein Peter, halte dich auf morgende Nacht wohl, ich versichere, daß zum wenigsten auf deinen Theil 6. biß 800. Thlr. fallen. Herr! sprach ich, und wenn ich nur Ein- oder 200. Thlr. zu bekommen weiß, so will ich mir kein Bedencken nehmen, alle diejenigen, so mir entgegen kommen, mit diesem Instrumente, (welches ein dreyzackiges Brech-Eisen war) mit einem eintzigen Schlage in die andere Welt zu schicken. So recht! sprach er, du bist nach meinem Sinne. Ach, daß ich dich nicht schon seit 10. Jahren bey mir gehabt habe, wir wolten gewiß um 20000. Thlr. oder etwas weniger reicher seyn, denn der Himmel hat mich immer mit dergleichen Kerlen belästiget, die zwar viel Courage im Maule, aber desto weniger im Hertzen gehabt haben, bey dir aber, mein Peter, mercke ich nunmehro mehr Courage im Hertzen als im Maule.

Es muß sich ohnfehlbar wunderlich schicken, ja ich glaube vielmehr, der Allmächtige GOtt muß einen Menschen sonderlich verblenden, wenn er ihn reif zur Straffe befindet, denn mein Herr, der doch sonsten der Ausbund eines erfahrnen und klugen Menschen zu seyn schien, hätte mich nur ein klein wenig genauer betrachten dürffen, so würde er in meinen Augen und zerrütteten Gebärden, alle Merckmahle der Angst, Furcht, wenigstens der Verstellung erblicket haben, allein, wie gesagt, sei-[500]ne Augen wurden ohnfehlbar gehalten, derowegen blieb ich sein vertrautester Peter. Zu mehreren Beweiß, daß GOtt seinen bißherigen Mord- und Diebs-Streichen einmahl Einhalt thun wolte, muste er auf die Gedancken gerathen, mich Tages vorhero, ehe der grausame Diebstahl geschehen solte, zum Stadt-Richter zu senden, um vor ihm und mich einen Reise-Paß nach Wien auszulösen, als worzu er mir zwey spec. Ducaten mitgab. Indem ich hingieng, mein befohlenes Geschäffte auszurichten, war noch nichts weniger in meinen Gedancken als die gantze Karte zu verrathen, sondern ich hatte mir vorgenommen, gegen Abend, vorsichtiger weise die Treppe herunter zu purtzeln, und mich zu stellen, als ob ich sehr beschädigt, also untüchtig wäre, mit auf Parthie auszugehen, nachdem ich aber bey dem Stadt-Richter meines Herrn Compliment angebracht, die Reise-Pässe erhalten, und ihm darvor die 2. spec. Ducaten dargelegt hatte, sprach dieser ehrliche Mann: Ach mein Freund, nehmet in GOttes Nahmen euer Geld zurücke, ich ver-

lange nichts, und wünschte von Hertzen, daß ich eurem
Herrn diesen Dienst schon vor etlichen Wochen leisten
können, wo es anders sein Ernst ist, von hier abzureisen.
Ich stutzte ziemlich über dergleichen Redens-Art, da
aber vermerckte: daß dieser Mann ohnedem kein gut
Concept von meines Herrn Lebens-Art gefasset hatte,
brach ich auf einmahl loß, und sagte: Woferne ich
mich auf seine augenscheinliche Redlichkeit verlassen
dürffte, so, daß mir, als einem ehrlichen Handwercks-
Purschen, der, [501] ob er gleich itzo Laqveyen-Kleider
anhätte, dennoch lieber auf seiner Profession arbeiten,
als Herren dienen wolte, kein unschuldiger Tort angethan würde, ich im Stande sey, ihm ein solches Geheimniß zu offenbahren, wodurch vielleicht einem grausamen Ubel vorgebauet werden könte. Solchergestalt
sahe mich der Stadt-Richter etwas eigentlicher an, bath
aber mich, ihm auf seine geheime Stube zu folgen. Daselbst fieng er so gleich also zu reden an: Mein Freund,
ich mercke, daß ihr ein redlich Hertze im Leibe habt,
scheuet euch derowegen nicht, mir alles zu vertrauen,
was so wohl eure Person als andere gefährliche Sachen
betrifft, und glaubet, daß ich nebst meiner Haabe und
Gütern, auch mein Leib und Leben, ja meinen Theil,
den ich an der ewigen Seeligkeit dermahleins zu haben
verhoffe, zum Pfande setze, wenn ich nicht alle Mittel
vorkehre, euch in allen Schadloß zu halten, ihr möchtet
auch die allergrösten Verbrechen begangen haben, denn
mein Hertze sagt mir im Voraus, daß ihr den hiesigen

Löbl. Stadt-Gerichten ein solches Licht anzünden könnet, welches wir längstens vergeblich gesucht haben.

Hierauf brach ich loß, erwiese erstlich meine Unschuld
durch kurtze Erzehlung meines Lebens-Lauffs, nachhero aber eröffnete der Länge nach, alles, was mir von
meines Herrn Wesen und itzigen Vorhaben wissend war,
worüber der Stadt-Richter zwar ziemlich erstaunete,
jedoch sich bald zu fassen und Mittel zu ersinnen wuste,
die frechen Diebe gantz artig in die Falle lauffen zu lassen. Immittelst be-[502]fahl er mir, nur wieder zu meinem Herrn zu gehen, und, um ihn keinen Verdacht zu
erwecken, lustig und gutes Muths zu seyn, daferne ich
aber in zukünfftiger Nacht ja allenfalls mit auf Parthie
ausgehen müste, solte ich nur ein weiß Schnupff-Tuch
um den rechten Arm binden, damit mir so dann die
plötzlich heraus brechende Schaar-Wache nicht etwa
Leydes zufügen möchte. Ich nahm alles wohl in acht, und
verfügte mich aufs eiligste zu meinem Herrn, der meines langen Aussenbleibens wegen schon allerhand Gedancken gehabt hatte, und sehr scharff nach des Stadt-
Richters Aufführung forschete, allein ich berichtete, daß
derselbe ausser dem weitläufftigen Complimenten, welche er mir an Ihro Gn. zu machen befohlen, wenig oder
gar nichts anders geredet, doch wäre er anfänglich nicht
gleich zu Hause gewesen, weßwegen ich in dem Bier-
Hause gegen über, auf ihn gewartet hätte. Er war also
zu frieden, befahl mir noch, die Extra-Post zu bestellen,
welche früh um 2. Uhr absolut parat stehen müste, und

da auch dieses geschehen, wurde die übrige Zeit biß in die späte Nacht, theils mit Einpacken, theils mit Verabredung unseres mächtigen Vorhabens hingebracht. Schon um 11. Uhr brachten die von meinem Herrn ausgestelleten Spions die Nachricht ein, daß bereits seit 9. Uhren, in des Einnehmers Hause alles ruhig und stille, auch zu noch besserer Anzeigung eines guten Glücks, nicht das geringste Licht zu sehen wäre, welches doch sonsten in der Eck-Stube die gantze Nacht hindurch zu brennen pflegte, vor [503] dießmahl aber ohngefähr ausgegangen seyn müsse. Dem ohngeacht befahl mein Herr, noch so lange gute Schildwacht zu halten, biß der Seiger zwey Viertel auf 1. Uhr schlüge, um welche Zeit er sich nebst mir bey dem Hinter-Gebäude des Einnehmers einfinden wolte, um daselbst, als an dem beqvemsten Orte, einzubrechen, und so dann in aller Stille die vordersten Hauß-Thüren zu eröffnen, oder sich nach andern Retiraden umzusehen.

Kurtz von der Sache zu reden, unser Vorhaben schien nach Wunsch von statten zu gehen, indem wir in aller Stille nicht allein das Hinter-Gebäude durchbrachen, sondern auch alle Thüren im Hause ohne das geringste Getöse eröffneten, worbey ich mir mit Fleiß einen Riß in die rechte Hand gab, daß das Geblüte häuffig hervor quall, mithin desto bessere Ursache hatte, eine grosse weisse Serviette so wohl um die Hand als um den Arm zu binden. Es waren unserer 13. bemühet, die letzte Thür zu der Cammer, worinnen der Einnehmer mit dem Gelde

anzutreffen seyn solte, vollends aufzubrechen, erreichten
auch nach vieler Bemühung unsern Zweck. Allein, indem
die Thür völlig aufgethan wurde, geschahe nicht allein in
der Cammer ein Pistolen-Schuß, sondern es zeigten sich
auch bey dem Bette des Einnehmers 12. Geharnischte-
Männer, die entsetzlich grosse Säbels an der rechten
Hand hangen, ihre Büchsen aber im Anschlage liegen
hatten. Ich war, ohngeacht meines guten Gewissens, dennoch fast halb todt bey diesem Anblicke, hörete aber aus
der Cammer eine [504] Stimme ruffen: Ihr ungebethenen
Herrn Gäste, gebt euch gefangen oder sterbet! Bey so gestallten Sachen hielt ich nicht vor rathsam, lange Stand
zu halten, sahe mich derowegen nach dem Rückwege um,
wurde aber auf der Treppe von zweyen Knechten, ohngeacht meines weissen Arm-Bandes, bey der Kähle genommen, und gantz stillschweigend in einem finstern
Keller gestossen, aus welchen über 24. Mann wohl bewaffneter Bürger herauf stiegen. Solchergestalt sahe ich
weiter nichts, hörete aber unter einem starcken Tumulte
etliche Schüsse, und habe hernach erfahren, daß mein,
biß dahin gewesener Herr, als er gesehen, daß unmöglich
zu entkommen sey, sein Terzerol hervor gezogen, und
damit Feuer auf den Einnehmer gegeben, indem er
aber fehl geschossen, treffen ihn die Geharnischten mit
drey Kugeln desto gewisser, so, daß er augenblicklich
todt darnieder fällt, die übrigen 11. Cameraden, werden
nach allerstärckster Gegenwehr, so wohl als zwey andere, die auf der Strasse Schildwacht gestanden hatten,

gefangen und gebunden, ich aber wurde, so bald der Tumult vorbey, noch vor Tages Anbruch aus dem finstern Keller hervor gelanget, in des Stadt-Richters Behausung geführet, und daselbst aufs allerbeste verpflegt.

Ich will mich mit dem Bericht, wie es denen auf frischer Fahrt ertappten Ertz-Dieben ferner ergangen, voritzo nicht aufhalten, zumahlen ich ohnedem selbiges erstlich nach einiger Zeit bald so, bald anders erzehlen hören, denn nachdem meine wohlbedächtige Aussage binnen 4. Wochen von Tage zu [505] Tage nieder geschrieben worden, brauchten mich die Gerichts Herrn zu keinem fernern Beweise, sondern liessen mich endlich mit einem Geschencke von 500. Thalern hinreisen wohin ich wolte, jedoch bath mich der ehrliche Stadt-Richter, ihm dann und wann von meinem Auffenthalte Nachricht zu geben, welches ich auch nachhero zweymahl aus Stettin und Rostock gethan, allein, keine Antwort erhalten habe, ohngeacht mein Auffenthalt an beyden Orten über 2. Jahr lang gewesen. Endlich resolvirte ich mich, wieder zurück in mein Vater-Land zu reisen, war auch schon würcklich biß Berlin gekommen, jedoch weil ich daselbst einen verfluchten Ertz-Dieb erblickte, der mit meinem Herrn in sehr genauer Freundschafft gestanden hatte, merckte ich so gleich, daß diese Rotte noch nicht gantz ausgerottet wäre, befürchtete also leichtlich erkandt, und als ein Diebs-Verräther von diesen rachgierigen Mord-Gesellen ermordet zu werden. Demnach nahm ich aufs eiligste die geschwinde Post über Braunschweig nach Holland zu, und weil mir dem ohngeacht immer zu Muthe war, als ob ich von Mördern verfolgt würde, erwehlete ich endlich eine Reise zu Schiffe zu wagen, etliche Jahr aussen zu bleiben, und mit der Zeit, wenn GOtt Leben und Gesundheit verliehe, mein Vaterland wieder zu suchen, weiln doch vermuthlich binnen der Zeit diese Mörder- und Diebs-Bande entweder würde abgethan oder zerstreuet werden. Allein, der Himmel hat durch seine glückliche Führung zu dem Herrn Wolffgang, mich nunmehro auf dieser In-[506]sul in eine solche vergnügte Sicherheit gesetzt, daß ich mein Vaterland sehr wohl entrathen kan, weßwegen ich nicht unterlassen werde, nach Möglichkeit, mich gegen GOTT, den Herrn Wolffgang und alle hiesige getreue Freunde, Zeit-Lebens dergestalt danckbar und erkänntlich zu erzeigen, als es meine Schuldigkeit erfordert.

Und also endigte der ehrliche Gevatter, Freund und Schwager, Peter Morgenthal, die Erzehlung seiner Lebens-Geschicht, als vor welche wir ihm so wohl als vor alle andere erwiesene Gefälligkeit vielen Danck sagten, und uns sämmtlich zurück in unsere verschiedenen Wohnungen begaben.

Not. Hier hat Mons. Eberhard Julius, der Ordnung gemäß, die Lebens-Geschichte der übrigen letzt mit angelangeten Europäer, nehmlich des Pappier-Müllers Kleemanns, des Tuchmachers Wetterlings, des Böttchers Garbens, und des Töpffers Schreiners mit eingeflochten, weiln ich Gisander aber befürchte, daß, wenn ich selbige gleichfalls beybrächte, vielleicht dieser andere Theil des Wercks, den Ersten um viele

Bogen übertreffen dürffte, so will die Erzehlungen besagter Avanturiers entweder, wo Platz vorhanden, zum Anhange, oder biß in den ohnfehlbar bald folgenden dritten Theil versparen, indessen, den proprio ausu begangenen Fehler, (wo es anders ein Fehler zu nennen) feyerlichst depreciren, die Haupt-Sache aber selbst-erwehlter Ordnung nach also fortsetzen: [507]

Am 13. Octobr. passirte in Stephans-Raum ein erbärmlicher Streich, indem sich ein 6. jähriger artiger Knabe allzu weit in das Fluth-Bette der Mühle wagte, dahero schnell fortgeführet, und von dem Mühl-Rade dermassen starck gegen die gleich über liegenden Steine geworffen wurde, daß man ihn von der Stelle mit zerschmetterten Kopffe, todt aufgehoben.

Den 7. Nov. stürtzte sich eine entsetzlich-grosse Felsen-Spitze zwischen Osten und Süden mit grausamen Krachen in die See. Es verursachte dieses ein sehr grosses Schrecken auf der gantzen Insul, jedoch, nachdem wir Jüngern, solches in Augenschein genommen, und dem Alt-Vater Rapport abgestattet hatten, sagte derselbe, daß er diesen Abfall schon seit etliche 20. Jahren vermuthet, indem sich diese Spitze immer nach und nach tieffer geneigt hätte.

Den 22. Novemb. wurde in Christians-Raum ein Knabe von einem Füllen darnieder gerennet, sehr zertreten, und am Schenckel starck verwundet, so, daß man an dessen Aufkommen zweiffelte, jedoch Mons. Kramer hat denselben binnen kurtzer Zeit wiederum völlig gesund hergestellet.

Die See ist in diesem Früh-Jahre dermassen aufge-
schwollen gewesen, daß wir sehr selten, kaum 50. Schritt
lang auf dem Sande vom Felsen hingehen können. Hergegen haben wir bey der Gelegenheit eine grosse Menge
von Austern, Muscheln, Fischen und Meer-Thieren eingefangen. [508]

Andere geringe Veränderungen, die sich noch in diesem 1727ten Jahre zugetragen haben, will beliebter Kürtze wegen nicht berühren, jedoch befinde mich schuldig,
ein abermahliges Verzeichniß der copulirten, gebohrnen,
confirmirten und begrabenen, vermittelst nachstehender
Tabelle, darzulegen:

Im abgewichenen 1727ten *Jahre wurden*							
In	copulirt	gebohren		confirmirt		begraben.	
	Paar	Knab.	Mägdl.	Knab.	Mägdl.	Knab.	Mägdl.
Alberts-Burg	-	1.	-	-	-	-	-
Alberts-	1.	3.	2.	1.	-	-	1.
Stephans-	-	3.	3.	1.	-	1.	-
Johannis-	-	2.	1.	-	-	-	-
Christophs-	-	1.	-	1.	1.	-	-
Christians-	-	1.	-	-	-	-	-
Jacobs-	-	2.	2.	-	1.	-	-
Simons-	1.	1.	2.	1.	-	-	1.
Davids-	-	2.	1.	-	1.	-	-
Roberts-	-	2.	1.	1.	1.	-	-
		18.	13.	5.	4.	1.	2.
Summa.	2.	31.		9.		3.	

Solchem nach sind die Felsenburgischen Bewohner in ob erwehnten Jahre vermehret worden um 28. Personen, als 17. Männliches und 11. Weibliches Geschlechts.

Mithin wurde das neue 1728. Jahr mit vollem Seegen und Vergnügen angetreten, der GOttes-Dienst vor allen andern Dingen wohl abgewartet, [509] im übrigen aber alle andere erlaubte Christliche Freuden-Bezeugungen und Lustbarkeiten, so, wie im vorigen Jahre, ja noch viel ordentlicher angestellet, von welchen ich aber voritzo keine verdrüßliche Wiederholung anstellen, sondern von etwas merckwürdigern Sachen schreiben will.

Unser Böttcher Melchior Garbe hatte binnen etlichen Wochen nebst verschiedenen Gehülffen, 4. ordentliche Wagens mit Rädern und allen Zubehör, so, wie dieselben in Deutschland gesehen werden, verfertiget, welche, bey der, dieses Jahr ungemein gesegneten Erndte, treffliche Dienste thaten, indem Herr Wolffgang und Mons. Kramer die tüchtigsten Pferde darzu hergaben, und bald diesen bald jenen Pflantz-Stätten die Früchte einführen liessen, solchergestalt hatten nun nicht allein die Menschen, sondern auch die armen Affen, welche bißanhero nebst den wenigen zahm-gemachten Hirschen, dergleichen Einfuhre verrichten müssen, eine grosse Erleichterung zu spüren.

Die wilden Affen waren hingegen durch bißheriges tägliches Verfolgen sehr vermindert, und die übrigen wenigen dergestalt in die Enge getrieben worden, daß man, und zwar nur in den alleräusersten und wilden Oertern der Insul, sehr selten ein paar oder etliche beysammen fand. Ich habe bey den Merckwürdigkeiten des vorigen Jahres zu melden vergessen: daß diese wilden zornigen Bestien einen von den Roberts-Raumer jungen zahmen Affen, der sich allein etwas zu weit ins Geholtze gewagt, schändlich zerfleischt, und die Stücken auf dem Fuß-Stege hin, biß nahe an die Pflantz-Stadt Roberts-[510]Raum ausgestreuet hatten, welches ein starckes Merckmahl war, daß sie unserer zahmen Hauß-Affen geschworne Feinde gewesen. Jedoch wir hatten dieses letztern wegen noch viel deutlichere Wahrzeichen, welche ich doch beliebter Kürtze wegen übergehe.

Die Weinlese war in diesem Jahre nicht weniger Segenreich, als die Geträyde Erndte, weil sich sonderlich die letzt angekommenen Europäer sehr bemühet hatten, die Weinberge zu verbessern, und weiter auszubreiten, ingleichen geriethen die Cocos-Nüsse und andere vortrefflichen Früchte, dermahlen in ungemeiner Menge, fast ausserordentlich wohl und köstlich, so daß es aller Orten alle Hände voll zu thun gab, eine jede Sache zu ihren Nutzen zuzurichten, und gehöriges Orts zu verwahren. Von immer besserer Einrichtung unserer Schulen, Künstler und Handwercks-Leute, ingleichen von ein und andern Bau-Sachen annoch zu reden, halte ebenfalls vor überflüssig und unnöthig, weil die Haupt-Stücke schon oben, meines Erachtens, ziemlich deutlich vorgestellet habe, derowegen will nur einige Denckwürdigkeiten des 1728ten Jahres nebst andern Sachen vortragen, die obgleich nicht alle von sonderbarer Wichtigkeit sind, jedoch vielleicht diesem oder jenem Leser nicht so gar verdrüßlich fallen werden.

In spätester Herbst-Zeit wurden fast die meisten Einwohner der Insul eines Abends in besonderes Schrecken gesetzt, denn wie ich theils selbst gesehen, theils aus dem Berichte dererjenigen, welche auf dem Nord-Felsen die Wacht gehabt, vernom-[511]men, kam anfänglich zwischen West und Nord eine dicke blaß-feuerige Pyramide aus der See am Himmel herauf gestiegen, welche sich zumahlen an denjenigen Stellen, wo etwas dicke Wolcken waren, recht gräßlich ansehen ließ. Bald kamen sehr viele Strahlen oder Pfeile, auf die Art, wie die Donner-Pfeile gemahlet zu werden pflegen, heraus geschossen, bald aber sprungen einzelne groß und kleine helleuchtende Funcken heraus, dergleichen man in den Feuer-Eßen der Schmiede siehet. Binnen einer Stunde verlohr sich die Pyramiden-Gestalt, hergegen zohe sich eine Streiffe, die ohngefähr 5. oder 6. mahl breiter, als ein gewöhnlicher Regenbogen zu seyn schien, erstlich gantz biß an den Polar-Stern hinauf, zertheilete sich so dann der Länge nach in etliche schmählere Streiffen, die da ingesammt gegen Osten zu, wieder biß in die See reichten, und sich gantz wunderbar unter einander verzogen. Hierbey sahe man unter diesen lichten Streiffen ein öffteres Zucken, ungewöhnliches Blitzen, und Flimmern, welches aber doch nicht also in die Augen fiel, als ein ordentliches Wetterleuchten und Blitzen, so vor dem Donner herzugehen pfleget. Um Mitternachts-Zeit erhub sich ein mittelmäßiger Wind, der die Streiffen aus ein ander trieb, an deren Stelle sich fast am gantzen Himmel sehr wunderbare Figuren zeigten, die aber nicht gar lange in einerley Stellung blieben, worbey das Zucken, Flimmern oder Blitzen beständig fort dauerte, je näher aber der Tag heran ruckte, je blasser begunten die feurigen Strahlen und andere Figuren zu werden, biß endlich mit anbrechenden Tage das gantze Gesichte verschwand. [512]

Wie ich bereits oben gemeldet, waren nicht allein die allermeisten Einwohner hierüber hefftig erschrocken, so daß auch fast kein eintziger Mensch an das Schlaffen gedacht, sondern das Ende abgewartet hat, sondern es wurde auch davor gehalten, daß dieses Feuerzeichen eine vorher Verkündigung gantz besonderer Zufälle seyn müsse; allein da Herr M. Schmelzer, Mons. Litzberg, Herr Wolffgang nebst dem Alt-Vater, und andern, die sich von der Physic einen rechten Begriff machen konten, die Sache weiter überlegten; und darinnen einig wurden, daß dieses Wunder vor ein starckes Meteoron oder Nord-Licht zu achten sey, Herr Mag. Schmelzer auch nächst darauf folgenden Sonntage Nachmittags einen erbauli-chen Sermon darüber gehalten, und die Wunder GOttes, welche er in die Natur gelegt, anbey die vernünfftigen Ursachen solcher Feuerzeichen angezeigt hatte, ver-wandelte sich der meiste Theil des Schreckens bey al-len in eine Gottesfürchtige Bewunderung, so daß wir dergleichen Meteora, welche sich nachhero noch etliche mahl, wiewohl nicht gar so sehr fürchterlich zeigten, sämtlich mit mehrerer Gelassenheit betrachteten.

Mons. Eberhard Julius hat bey dieser Passage einen gar feinen und gelehrten Discours, den die Felsenburgischen Herrn Naturkündiger dieses Meteori wegen gehalten, beygebracht, weil aber derselbe gar zu weitläufftig, über dieses seit wenig Jahren fast aller Orten verschiedene Observationes und Abhandlungen von solcher Materie, in deutscher, Lateinischer und andern Sprachen gedruckt zum Vorscheine [513] gekommen sind, so daß fast ein jeder gemeiner Mann in Deutschland ziemlich wohl darvon zu raisoniren weiß, als habe mich unterstanden, selbigen aussen zu lassen.*

Am 15. May kam in Alberts-Raum durch Verwahrlosung eines kleinen 4. jährigen Mägdleins, welches in Abwesenheit der Eltern einen glüenden Feuer-Brand zu nahe an den gedörreten Flachs getragen, ein Hauß dergestalt geschwind in Brand, daß, ohngeacht aller angewandten Arbeit, keine Rettung zu thun war, sondern dasselbe, nebst Scheunen und Ställen zum Aschen-Hauffen werden muste, jedoch, ausser dem am allermeisten Haußgeräthe dieser guten Leute, war nichts beklagenswürdiger, als ein junges Rind, und 13. Stück Hüner, welche, weil man in der Angst nicht an dieselben gedacht, mit verbrandt waren.

Die klare Wahrheit zu sagen, so war uns allen an

diesen jungen Stück Rind-Vieh, und den Hünern dermassen viel, ja weit mehr gelegen, als an einem gantzen
Hause und allen darzu benöthigten Hauß-Rathe, denn
dergleichen Hauß war bey so redlicher Handreichung,
binnen kurtzer Zeit wieder aufgebauet, der Hauß-Rath
aber konte in einem eintzigen Tage, ohne jemands Schaden, zehnfach, ja was sage ich? hundertfach ersetzt werden. O! wie mancher Bösewicht in Deutschland solte sich
mit grösten Vergnügen, ohne eintzigen Gewissens-Scrupel zu machen, sein Wohnhauß selbst über dem Kopffe
anzünden, und nackend und bloß heraus lauffen, wenn er
sich nur dergleichen Beneficien zu getrösten hätte. Sonsten, weil ich eben jetzo ge-[514]dacht, in was vor sonderbaren Werthe das Europæische Vieh auf unserer Insul
gewesen, fällt mir bey, daß als eines Tages Herr Wolffgang den Alt-Vater, nebst einigen andern guten Freunden zu Gaste, und unter andern Gerichten, etliche
gekochte junge Hüner nebst einem Kalbs-Braten aufgesetzt hatte, war der Alt-Vater dermassen eigensinnig,
daß er weder von dem einem noch dem andern Gerichte
etwas kosten wolte, sondern es dem ehrlichen Herrn
Wolffgang vor eine unverantwortliche Verschwendung
auslegte, indem sich selbige Thiere noch lange nicht so
starck vermehret hätten, daß man sie mit Recht zu Le-
ckerbissen brauchen dürffte. Herr Wolffgang aber zeigte sich hierauff dermassen gefällig gegen den Alt-Vater,
daß er ihm angelobte binnen Jahr und Tag kein einzig
Stück Feder-Vieh, binnen 5. Jahren, auch kein vierfüssi-

ges Europæisches Thier schlachten zu lassen, ohngeacht
wir damahliger Zeit schon eine ungemein starcke Anzahl
von Hünern, Gänsen, Tauben und dergleichen halten.

Am 23. May wurde ein junger Mann aus Simons-Raum,
welcher zur unrechten Zeit etwas von sehr feinen Thone
aus den Thon-Gruben hauen wollen, plötzlich verschüttet
und sehr zerdrückt, jedoch weil es andere Leute zeitig
wahrgenommen, annoch vom jämmerlichen Ersticken
errettet, und von Mons. Kramern wiederum völlig aus
curiret. Acht oder 10. Tage hernach fiel unsers ehrlichen
Töpffers, Meister Schreiners, Brenn-Ofen ein, so, daß
alles darinnen befindliche Töpffer-Zeug zerschlagen, einer von seinen Lehrlingen aber durch einen Stein auf
dem Kopffe sehr beschädiget wurde. [515]

Zu Ende des Monats Julii brachte in Davids-Raum ein
Schaaf ein monstreuses Lamm zur Welt, mit zwey Köpffen, 4. Beinen und zwey Schwäntzen, am 5ten Tage wurde selbiges von Mons. Kramern geschlachtet, anatomirt,
und dessen Haut zur Raritæt ausgestopfft, auch die Gebeine ausgekocht, und ordentlich an einander gehefftet,
gleicher gestalt wie die aufgerichteten Scelata in den
Europæischen Anatomie-Cammern gesehen werden.

Am 16. Augusti etwa zwey Stunden vor dem Mittage,
höreten wir auf der Insul ein starckes Donnern von ab-
gefeuerten Canonen aus Osten her erschallen, weßwegen
sich die hurtigen Roberts-Raumer sogleich auf die
Felsen-Höhen begeben, und unsern dahin abgefertigten
Bothen die Nachricht entgegen gebracht hatten, daß auf

dem hohen Meere ein Schiff vor Ancker läge, welches
einmahl über das andere sein Geschütz lösete. Ich
sprung vor Freuden in die Höhe, weil mir sogleich
ahndete, daß es vielleicht der aus Ost-Indien zurückkommende Capitain Horn seyn werde, indem sich aber
Herr Wolffgang und Mons. Litzberg bey uns einstelleten,
nahm mir der erstere das Wort aus dem Munde, und
erinnerte, daß es rathsam sey, unser leichtes Schiff aus
der Süd-Bucht heraus zu langen, und diesen Frembden
mit einigen Erfrischungen entgegen zu fahren, weiln
doch zu vermuthen, daß es Christen-Leute wären, die
von unsern hiesigen Auffenthalt einige Nachricht hätten, im Fall ja der Capitain Horn selbst nicht gegenwärtig sey. Auserdiesen könte auch wohl seyn: daß die
vor Ancker liegenden in grossen Nöthen stäcken, und
durch Ab-[516]feuerung ihrer Canonen Hülffe rieffen.
Der Alt-Vater hielt Herrn Wolffgangs Meynung vor billig, und weiln der Stamm-Vater David eben zu rechter
Zeit ankam, nahm derselbe, ohngeacht seines hohen Alters, die Mühe über sich, nebst erforderlicher Mannschafft unser Schiff hervor zu führen, und in aller Eil ein
und andere gute Lebens-Mittel einzuladen. Allein, wenig
Stunden hernach, landete ein von dem frembden
Schiffe ausgeworffenes Boot, an der Nord-Seite bey unsern Felsen an, und wir erkannten so gleich von der
Höhe herab die Person des Capitain Horns, welcher noch
3. andere Personen bey sich hatte. Demnach stiegen
Herr Wolffgang, Mons. Litzberg, Mons. Kramer und ich

so gleich hinnab, und empfiengen denselben auf eine solche zärtliche Art, als ob er unser leiblicher Bruder gewesen wäre.

Die drey bey ihm seyenden, waren seine auf den Philippinischen Insuln erkauffte Sclaven, konten aber jedoch schon ziemlich gut Holländisch sprechen, weil uns nun etliche junge Männer mit einigen Flaschen Wein, weissen Brodte, gebratenen Fischen und Fleische, auch allerley Früchten beladen, nachgestiegen waren, musten ihrer 6. die 3. frembden Gäste, in diejenige, von der Natur wohl zubereitete, Felsen-Höle führen, worinnen ehemahls noch vor Entdeckung des Landes, der Alt-Vater Albertus nebst Franz van Leuven, Concordien und Lemelie viele Tage lang ihren Auffenthalt genommen hatten, und sie daselbst aufs beste bewirthen, denn Mons. Wolffgang wolte ohne specielle Erlaubniß des Alt-Vaters, keinen andern Frembden als den [517] Capitain Horn, auf die Insul führen. Die drey guten Menschen, welche seit etlichen Wochen keine recht schmackhafften Speisen, vielweniger dergleichen köstliches Geträncke zu sich zu nehmen, Gelegenheit gehabt, waren vor Vergnügen gantz ausser sich selbst, also weiter um keine anderen wichtigen Sachen bekümmert, als ihres Leibes zu pflegen. Mittlerweile waren oben auf dem Lande die Schleusen zugesetzt worden, und das Wasser im Felsen-Gange abgelauffen, weßwegen wir den Capitain Horn, nachdem er etwas Speise und Tranck zu sich genommen, auch seinen Sclaven befohlen, seinethalben ohne alle

Sorgen zu leben, biß er wieder zurück käme, hinauf führeten, vor Nachts noch etliche Gebund Stroh, Bett-Decken, nebst noch mehrern Lebens-Mitteln vor die drey Frembden hinunter tragen liessen, und den lieben Gast, auf der Albertus-Burg dem Alt-Vater in seinem Zimmer vorstelleten.

Der Alt-Vater saß in seinem Groß-Vater-Stuhle, welchen ihm Lademann sehr bequehm gezimmert, mit Tuch beschlagen, und mit Wild-Haaren ausgestopfft hatte. Mons. Horn erstaunete recht bey seinem Eintritte, einen solchen venerablen Greiß mit dem weissen langen Barthe zu sehen, der eine schwartze Sammet-Mütze, und einen langen Schlaff-Rock von braunen Atlas trug, machte ihm aber ein solches höffliches Compliment, als man sonsten gegen Fürsten und Herrn zu thun pflegt, indem er sich aber näherte, stund der Alt-Vater auf, und empfieng ihn mit einem Kusse.

Des Capitain Horns Anrede bestund ohngefähr [518] in folgenden Worten: Ehrwürdiger Alt-Vater! Ich komme zu ihm als einem Manne, den der Himmel durch seine besondere Fügung vor andern Menschen in einen bewunderens würdigen Stand gesetzt, mit Erzeigung des schuldigen Respects, und dancke gehorsamst davor, daß mir die Erlaubniß gegeben worden, dieses sonderlich glückseelige Erdreich, so gar auch sein Zimmer zu betreten, will aber bey dieser ersten Zusammenkunfft weiter nichts melden, als, daß ich ehe mein Leben, wenn es möglich wäre, tausendmahl verliehren, als des löblichen ewigen Nachruhms entübriget seyn wolte, ein getreuester Knecht und Freund von ihm und allen dessen Angehörigen zu seyn.

Des Alt-Vaters Gegenrede lautete ohngefähr also, Mein Herr und Freund! ich lobe den Allerhöchsten, daß er euch nach einer bey nahe dreyjährigen, und ohnfehlbar mit vielen Gefährlichkeiten verknüpfften Reise, gesund zu uns geführet hat. Herr Wolffgang und andere von meinen lieben Angehörigen haben mir dermassen viel von eurer sonderbaren Treu und Redlichkeit vorgesagt, daß ich, in eure Person das geringste Mißtrauen zu setzen, eine Missethat begehen dürffte, derowegen habt ihr keine Ursach euch bey uns als einen Knecht, sondern vielmehr als einen werthen Hertzens-Freund auszugeben, wollet ihr aber mir und den Meinigen nach Gelegenheit ein oder andere Gefälligkeit erzeigen, so versichere dagegen, daß ich im Stande bin, euer zeitliches Glück, daferne es anders die Göttliche Vorsicht nicht verhindert, auf solchen Fuß zu setzen, daß ihr vor vielen, ja etlichen [519] 1000. andern Europäern auf diese oder jene Art sehr vergnügt leben könnet.

Es wären freylich noch ein- und andere höffliche Reden gewechselt worden, allein Herr M. Schmeltzers Liebste hatte die Abend-Mahlzeit in dem grösten Zimmer bereits auftragen lassen, weßwegen wir uns in Begleitung der mehresten Aeltesten der Geschlechter, und einiger naturalisirten Felsenburger dahin verfügten, unsern neu-angekommenen Gast best möglichst zu bewirthen. Herr Wolffgang allein war nicht zu bereden, sich mit zu Tische zu setzen, sondern er ließ sich ein Pferd satteln, jagte damit nach der mittägigen Seite, und halff dem Alt-Vater David alle diejenigen Sachen einschiffen, welche denen vor Ancker liegenden gleich mit anbrechenden Tage überbracht werden solten, unterrichtete auch einen jeglichen mitfahrenden, was er gegen die Frembden sprechen, und wie er sich gegen dieselben aufführen solte.

Immittelst speiseten wir andern in guten Vergnügen, vermerckten aber, daß sich Mons. Horn fast mehr nach einer sanfften Ruhe, als nach leckerhafften Speisen und Geträncke sehnete, denn er hatte würcklich etliche Tage daher nicht allein einen mittelmässigen Sturm ausgestanden, sondern war wegen wieder Antreffung dieser Insul dergestalt besorgt gewesen, daß er bereits seit etlichen Wochen sehr wenig schlaffen und ruhen können. Derowegen wurde er bald nach aufgehobener Taffel, und nachdem wir uns ingesamt eine kleine Bewegung gemacht, in meine Cammer auf ein besonders gutes Lager geführet, und ermahnet, ohne alle Sorgen [520] so lange ruhig zu schlaffen, als es ihm selbst möglich wäre, ich aber bestellete ein paar geschickte Knaben zu seiner Bedienung, welche ihm, so bald er aufgestanden, behörig bedienen, hernach zu Herr Mag. Schmeltzern zum Caffeé führen solten, und begab mich, ohngeacht es fast Mitternacht war, nebst Mons. Litzbergen, Kramern und Lademannen auf den Weg nach der Ostlichen Höhe, um auf derselben kommenden Morgen unser Schiff bey dem vor Ancker liegenden anfahren zu sehen. Wir erreichten das Wacht-Hauß auf der Ostlichen Höhe noch lange vor anbrechenden Tage, legten uns derowegen noch auf ein paar Stunden zur Ruhe, und schlieffen so lange, biß wir durch die Donnernden Canonen, wormit so wohl unser als das vor Ancker liegende Schiff einander begrüsseten, aufgeweckt wurden. Es mochte wohl ohngefähr 8. Uhr seyn da sich die Unsern an das Gast-Schiff anhingen, weßwegen wir durch überflüßige Neugierigkeit sattsam vergnügt zurück kehreten, und noch mehr ermüdet um Mittags-Zeit auf der Alberts-Burg wieder eintraffen, allwo Herr Wolffgang ebenfalls zurück gekommen war.

Nachdem wir die Mittags-Mahlzeit eingenommen hatten, bath sich der Capitain Horn von selbsten die Freyheit aus, eine so kurtz als möglich gefassete Relation von seiner Reise, seit dem er im Novembr. 1725. von uns Abschied genommen, abzustatten, weiln nun alle Anwesende höchst begierig waren, selbige mit anzuhören, als setzten wir uns sämtlich in bequehmliche Ordnung, worauf Mons. Horn folgendergestalt zu reden anfieng: [521]

Nachdem ich vor nunmehro 3. Jahren auf der Reise aus Amsterdam, biß Angesichts dieser glückseeligen Insul, von meinem allerbesten und werthesten Patrone, gegenwärtigen Herrn Wolffgang sattsame Instructiones, wegen meiner künfftigen Aufführung, fortzusetzenden Reise und endlichen Rückkehr erhalten; auch wie ihnen allerseits wissend seyn wird, behörigen Abschied

genommen hatte, führete, mich ein nicht allzugütiger
Wind bey nahe zwey Monat fort, ohne das geringste
Ungemach zu empfinden, endlich aber wurde uns bange,
da das süsse Wasser, und das Brenn-Holtz gantz auf die
Neige gekommen war, und wir nicht wusten zu welcher
Seite wir uns wenden solten, etwa eine Insul anzutreffen,
auf welcher dieser Mangel ersetzt, und auch sonsten
ein oder andere nöthige Verbesserung am Schiff vorgenommen werden könte. Ehe aber unser Wunsch erfüllet wurde, musten wir einen entsetzlichen Sturm
ausstehen, welcher biß in den 11ten Tag anhielt, und
uns nicht allein dergestalt abgemattet, sondern auch
das Schiff, ohngeacht es ungemein dauerhafft gebauet
war, also zugerichtet hatte, daß wo sich nicht bald Land
zeigte, nichts gewissers als das Verschmachten und
Versincken zu vermuthen war.

Zwey Tage nach dem gewünschten Abschiede des
Sturms traffen wir ein in letzten Zügen liegendes Portu-
giesisches Schiff an, dessen Gefahr wir dennoch weit
grösser als die Unsrige befanden, denn es saß auf einer
verdeckten Sandbanck dergestalt feste, als ob es angenagelt wäre, und einen Flinten-Schuß davon, rageten
die Masten eines andern [522] versunckenen Schiffs aus
dem Wasser heraus. Wir waren sämtlich nicht allein wegen unserer eigenen Noth, sondern aus mitleydigen
Triebe so gleich bereit diesen Elenden unsere Hülffe anzubieten, brachten auch des Portugiesen beste Ladung,
so wohl, als die darauf befindliche Menschen, in unser

Schiff, und das Portugiesische Schiff glücklich von der Sandbanck ab, worein sich aber niemand mehr wagen wolte, weiln es bey dem geringsten Ungestüme ausein ander zu gehen drohete. Das versunckene war ein Englisches Schiff, von welchem der Portugiese den Capitain nebst 6. Mann die sich noch bey zeiten ins kleinste Boot werffen können, auffgenommen hatte, hingegen war den guten Engels-Männern ihr Vermögen mit versuncken.

Ich und die Meinigen waren nur in diesem Stück sehr vergnügt, daß wir von dem Portugiesen frische Kost und süsses Wasser bekamen, denn derselbe hatte sich nur neulichst auf dem Cap der guten Hoffnung mit allen Bedurffnissen wohl versorgt. Nachdem uns derselbe aber angezeigt, daß wir, nach kurtzen herum creutzen, ohnfehlbar ein oder die andere kleine obschon unbewohnte Insul in dieser Gegend antreffen müsten, folgten wir seinem Rathe, traffen auch würcklich nach dreyen Tagen zwey derselben mit den Augen an, wovon wir die nächste und kleineste zu unserm Trost- und Ruhe-Platze erwehleten. Des Himmels-Vorsorge ließ uns auf derselben dasjenige antreffen, was wir am allernöthigsten brauchten, nehmlich süß Wasser und ziemlich gutes Holtz zu ausbesserung der Schiffe, ausserdem reichte uns nicht allein die See vielerley Fisch-Arten, son-[523]dern auch das Land einige Früchte und Fleisch Werck, jedoch was das letztere anbetraff, nicht sonderlich überflüßig.

Wir machten uns meistentheils vor allererst über das Portugiesische sehr zerlästerte Schiff her, und brachten dasselbe nach vieler sauern Arbeit endlich in vollkommen guten Stand, hierauff wurde das Unserige vorgenommen, welches mit leichterer Mühe und in kurtzer Zeit völlig ausgebessert war.

Immittelst begegneten uns auf dieser Insul zweyerley Unglücks-Fälle, denn beym Holtz abhauen fuhr einem von unsern Leuten ein scharff zugespitztes Beil vom Handgriffe ab, und dem gegen über sitzenden, der seine Axt auf dem Schleiffsteine wetzte, solchergestallt gerade und tieff in das lincke Auge hinein, daß er, ohngeacht alles angewandten Fleisses dreyer Wund-Aertzte, nehmlich des unsern, wie auch des Portugiesischen und Englischen, zwey Tage hernach sterben muste. Er hieß Johann Tobias Fasert, meines behalts von Minden an der Weser gebürtig, seiner Profession ein Becker, sonsten ein feiner arbeitsamer und behertzter Mensch von etwa 26. Jahren.

Das andere Unglück begab sich folgender gestallt: zwey Portugiesen, 2. von meinen Leuten, und ein Engelländer, streifften eines Tages etwas weit in die Insul hinnein, und brachten gegen Abend zwey junge Stücken Wild, 6. geschossene Vogel, die an Grösse den Amseln gleichten, und dann einen ziemlichen Sack voll delicater Wurtzeln, von welchen man ein überaus wohlschmeckendes Gemüse kochen [524] konte. Sie gaben alles Preiß, behielten auch nur etwas weniges von Wurtzeln, nebst den 6. Vogeln, und bereiteten daraus vor sich eine besondere Abend-Mahlzeit, giengen auch alle 5. in eine

besondere Hütte, um vor ihre gehabte Mühe sich etwas
a partes zu gute zu thun. Indem sie nun ihr zubereitetes
Gemüse, nebst den gebratenen Vogeln angerichtet haben, gehet von ohngefähr der sehr betrübte Englische
Capitain Wodley vorbey, weßwegen seyn Lands-Mann zu
den übrigen Compagnons spricht: Sehet, meine Herrn!
wie betrübt mein Capitain daher spatzieret, wolte der
Himmel er hätte nicht mehr verlohren als ich: so würde
ihm das versunckene Schiff lange nicht mehr im Kopffe
herum schiffen, aber wenn es euch nicht zuwieder, so will
ich ihn auf den 6ten gebratenen Vogel zu Gaste bitten,
denn wir behalten dennoch der Mann noch einen Vogel.

Meine Leute lassen sich dieses so wohl als die Portugiesen gefallen, derowegen wird der Capitain Wodley,
der doch sonsten bey mir speisete, zu Gaste gebethen,
und weil er ein sehr liebreicher Mann war, schlägt er solches nicht ab, sondern isset so wohl etwas von dem Gemüse, als den ihm zugetheilten Vogel mit gutem Appetite,
so wohl als die andern, welche noch selbigen Abend lustig
und guter dinge waren, und an keine Kranckheit gedachten. Allein folgenden Morgen wurden meine zwey Deutschen, der Engelländer und ein Portugiese auf ihrem
Lager todt gefunden, der Capitain Wodley aber und der
andere Portugiese, waren erbärmlich dicke geschwollen,
und konten kaum ein Glied am gantzen Leibe regen. [525]

Daß unser allerseitiges Schrecken über diese Begebenheit nicht geringe gewesen seyn müsse; ist leicht
zu erachten, jedoch da unsere Schiffs-Barbiers herzu

kamen und die Meynung bestärckten, daß so wohl die
Verstorbenen als die noch etwas lebenden Patienten ein
starckes Gifft genossen haben müsten, wurden alle möglichen Mittel vorgekehret, die letztern von dem augenscheinlichen Tode zu retten, welche denn auch so gut
anschlugen, daß so wohl der Capitain als der Portugiese,
binnen 14. Tagen gäntzlich ausser Gefahr gesetzt wurden. Die Verstorbenen begruben wir, jeden in ein besonderes Grab, doch nahe beysammen, unter einem sehr
dicken, ohnfern vom Ufer stehenden Baum, ich aber
bejammerte sonderlich meine zwey wackern Leute, deren einer ein verunglückter Handelsmann aus dem Lüneburgischen war, Nahmens Georg Ulrich Vorberg, seines Alters 52. Jahr, der andere ein Fleischhauer aus dem
Anhältischen, Nahmens Johann Martin Stahlkopff, von
29. Jahren.

Es entstund unter uns viel Disputirens, woran sich
eigentlich diese Personen die Kranckheit und den Todt
gegessen hätten, denn die meisten von uns, hatten so
wohl als jene, von den Wurtzel-Gemüse, obschon keine
Vogel gespeiset, als auf welche letztern niemand einigen
Verdacht legte, sondern vielmehr vermeynte: es müsse
etwas sehr gifftiges in ihren Gemüse-Topff, oder in die
Anrichte-Schüssel gefallen seyn, allein der Capitain
Wodley halff uns aus dem Traume, denn derselbe hatte
beobachtet, daß die 4. Verstorbenen, die Magens und
das meiste vom Eingeweide ihrer gebratenen Vogel
mit ge-[526]speiset, welches er und der eine Portugiese

zu allem Glück unterlassen hatten. Zu noch stärckern Beweißthume aber dienete, des Capitain Wodley Hund, welcher nicht das geringste vom Gemüse, jedoch die zwey hinweg geworffenen Eingeweyde, nebst den Knochen der Vogel gefressen hatte, und noch in selbiger Nacht gestorben war:

Ich habe etliche Tage hernach in Gesellschafft unsers Chirurgi selbst 8. Stück von eben dergleichen Art Vogeln geschossen, dieser secirte derselben 3. und fand in ihren Mägen eine gewisse Sorte grünlicher Beeren, nebst einem dicken sehr scharffen Saffte, welcher so gleich sein Incision-Messer blau anlauffend machte, und zwar so, daß es nicht wieder blanck zu machen war. Mich daureten unsere 4. getreuen bey uns befindlichen Hunde, sonst hätte ich so fort ein paar Vogel braten und die Probe machen lassen, allein der Chirurgus Mons. Brachmann, war dennoch so neugierig und schalckhafft gewesen, ein paar zu braten, und dieselben unvermerckt eines Portugiesen Hunde vorzuwerffen, welcher dieselben begierig gefressen hatte, und noch vor Abends verreckt war.

Nachdem aber so wohl das Portugiesische als unser eigenes Schiff völlig Seegelfertig gemacht war, nahmen wir, auf inständiges Anhalten des Engelländers, unsern Weg zurücke nach dessen versunckenen Schiffe, denn er hatte sich mit dreyen bey mir befindlichen Täuchern beredet, und nicht allein ihnen, sondern uns allen ansehnliche Geschencke versprochen, wenn ihm die besten Sachen aus seinen so tieff unter Wasser stehenden Schiffe herauff geho-[527]let würden. Der Portugiese sahe solches ungern, allein weiln er mir und den Meinigen selbst vielen Danck schuldig war, konte er sich nicht wohl entbrechen meine Zuredungen statt finden zu lassen, und dem gantz verarmten Engelländer eine der allergrösten Hülffe mit zu leisten. Wir funden aber das versunckene Schiff in weniger Zeit glücklich wieder, unsere 3. Taucher machten sich und ihre Gehäuse, vermittelst deren sie von uns wolten in die Tieffe hinnab gelassen werden, alsobald fertig und traten dergleichen gefährliche Farth wechels-weise binnen 5. Tagen so offt an, biß sie des Engelländers beste Sachen nach und nach in die hinnab gelassenen Haaken eingehängt hatten, welche so dann von uns hinnauff gewunden, und ihm zugestellet wurden. Er hätte vermuthlich nicht ungern gesehen, wenn wir nicht nur noch 5. Tage, sondern so lange gearbeitet hätten, biß nicht das geringste von guten Waaren mehr in seinem Schiffe geblieben wäre; allein weilen er selbst gestunde, daß die grösten Schätze und Kostbarkeiten nunmehro auffgefischt, wurden meine Leute des gefährlichen Handels überdrüßig, also fuhren wir, nachdem er dem Portugiesen ein reichliches Geschencke an baaren Gelde, vor die erste Aufnahme gegeben, und sich nebst seinen Sachen bey mir eingeschifft hatte, von dannen, und setzten unsere fernere Reise nach Ost-Indien fort.

Ich will alle Weitläufftigkeiten vermeiden, sonsten müste mein Tage-Buch zur Hand nehmen, wenn alle Kleinigkeiten bemerckt werden solten, da nun aber wohl weiß, daß solche den allermeisten Zuhörern verdrüßlich zu fallen pflegen, so will berichten, [528] daß wir ohne fernere allzugefährliche Beunruhigung wohl vergnügt bey der Insul Java anlangeten. Der Portugiese blieb, ich weiß nicht ob vielleicht aus besondern Ursachen, eine ziemliche Weite zurücke, ich aber ließ mich von dem treuhertzigen Engelländer bereden, in dem Bantami-schen Haafen einzufahren und daselbst mein Gewerbe zu treiben, welches mich auch nicht gereuet hat, denn meine Leute, so wohl als ich selbst, zogen an diesem Orte einen ungemeinen Profit.

Hergegen war der gute Capitain Wodley desto un-glücklicher, inmassen seine gemachten Anschläge, sich allhier wieder in guten Stand zu setzen, das gewünsch-te Ziel nicht erreichten. Denn seine übrig gebliebenen 5. Gefährten, spieleten ihm gar garstige Streiche, und brachten den ehrlichen Mann um sehr viel Vermögen, derowegen, ob er schon noch eine ziemliche Geld-Summe vor sich hatte, wolte er dennoch mit selbiger keinen andern Hazard wagen, als sich mit mir in Compagnie einzulassen, und meiner Redlichkeit anzuvertrauen.

Mir und den Meinigen war dieses ein gefundener Han-del, denn er besaß im Seefahren und Handelen eine weit stärckere Erfahrung und Wissenschafft, als wie alle mit einander, derowegen nahmen wir ihn, seinen Feinden und Verfolgern zum Possen, uns aber zum Vortheil mit Freuden auff, und fuhren mit ihm ohne viel Wesens zu machen, von dannen nach der grossen Insul Borneo zu.

Daselbst ließ es sich vor mich und die Meinigen zu einer sehr profitablen Handlung an, denn die-[529]jenigen Waaren, welche mir Herr Wolffgang in Commission anvertrauet, und auch dasjenige, was ich so wohl als viele andere vor mich selbst mit genommen hatte, fand überall Liebhaber genung, da aber der Capitain Wodley merckte, daß ich gegen Gold und Specereyen, sonderlich aber gegen ungemein schöne Diamanten allzuviel loßschlagen wolte, sprach er in geheim zu mir: Mein Freund, übereilet euch nicht mit Verstechung eurer Waaren, vor welche ihr anderer Orten weit mehr Gold, die Specereyen aber fast umsonst bekommen könnet, was aber die Diamanten anbelanget, so kauffet die schönsten auf, denn in gantz Ost- und West-Indien werdet ihr dergleichen nicht leicht feiner und wohlfeiler finden, eure Leute aber lasset von ihren Gütern immerhin verhandeln so viel als sie wollen, denn auf solche Art wird euer Schiff lediger, und desto bequemer, andere nützliche Waaren vor euch selbst einzunehmen.

Ich vor meine Person konte mir fast nicht einbilden, irgendswo eine vortheilhafftere Handelschafft anzutreffen als allhier, allein da der ehrliche Capitain Wodley sein gantzes Hertze gegen mich ausschüttete und sich sehr obligirte, uns auf einige kleine Insuln in der Gegend der Philippinischen zu führen, allwo wir Gold und Specereyen zur gnüge antreffen würden; folgte ich nicht allein dem guten Rathe, sondern überließ mich seiner guten Vorsorge fast gäntzlich.

Meine Gefährten, die etwas zu verhandeln hatten, aber, wie dem Herrn Wolffgang bekandt ist, mehrentheils junge unerfahrne Kauffleute waren, [530] schlugen gewaltig loß, weil sie die Messe zu versäumen vermeyneten, anbey sich einbildeten ich würde mich eben nicht allzulange in Ost-Indien auffhalten, sondern meine Waaren an einem gewissen Orte auf einmahl loßschlagen und verstechen, hernach wiederum auf den eiligen Rückweg dencken. Allein es war gefehlt, und meine Versicherungen, die ich ihnen aus auffrichtigen Gemüthe that, halffen nichts.

Nachdem ich mich aber ihnen zu gefallen lange genug daselbst auffgehalten, das Schiff auch mit allen Bedürffnissen wohl versehen hatte, fuhren wir endlich Sud-Ostwerts ausserhalb der langen Reihe, kleiner, mehrentheils unbewohnter Insuln um Borneo herum, immer gerades Wegs auf die Philippinischen Insuln loß, wurden aber bald hernach, durch Sturm, an die Macassarischen Küsten verschlagen.

Nicht so wohl die Noth als der Vorwitz trieb uns daselbst auszusteigen, zumahlen da der Capitain Wodley berichtete: daß die Holländer dieser Orten mehrentheils den Meister spieleten, und nicht allein die Hauptstadt in Besitz, sondern auch andere Vestungen darauff hätten. Meine doppelten Pässe, die mir so wohl den Respect eines freyen Kauffmanns, als Holländischen Schiff-Capitains zu wege brachten, kamen uns daselbst nicht wenig zu statten, meine Leute handelten und wucherten, aber nicht anders als Juden, und weil die Wollüstigen etwas erworben hatten, geriethen sie in ein liederliches und schändliches Leben, welches verursachte, daß sich ihre Zahl unglücklicher weise um 5. Mann ver-[531]ringerte, und zwar solchergestallt: Es befanden sich auf diesem Lande in Wahrheit sehr viele, vor andern Indianerinnen wohlgebildete Weibs-Personen, welche sonderlich die Europäer, der weissen Haut wegen, wohl leyden können. Ob nun schon dieselben von ihren Eltern, Befreundten und Männern ziemlich gehütet werden, so wissen sie doch so gut als unser Europäisches Frauenzimmer, leichtlich heimliche Zusammenkünffte anzustellen, zumahlen wenn sich die weissen Manns-Personen fein freygebig gegen dieselben anstellen. Nun hatte sich einer von meinen Leuten, nehmlich Jonas Branckel, ein junger liederlicher Kauffmanns Sohn aus Rotterdam, der sein väterliches Erbtheil biß auf etliche 100. Thlr. verthan, und dieserwegen die Reise nach Ost-Indien angetreten, in eine junge Ehe-Frau sterblich verliebt, auch bereits verschiedene mahl Gelegenheit gefunden selbige nach seinem Wunsche zu bedienen. Dieses merckt ein daselbst in Besatzung liegender Holländischer Soldat, der ohnfehlbar vorhero ebenfalls mit dieser Ehe-Frauen in schändlicher Bekandschafft mag gelebt haben, steckt es derowegen ihrem Ehe-Manne, welcher so gleich auf Rache bedacht ist, und noch selbigen Tages einen Meuchelmörder erkaufft, um den frembden Liebhaber seiner Frauen hinzurichten.

Jonas Branckel wurde folgendes Tages durch eines unbekandten Zuschrifft gewarnet, sich bey zeiten aus dem
Staube zu machen, oder wenigstens seine Maitresse zu
qvittiren, allein er lachte darzu, und machte aus der gantzen Sache einen Spaaß, etwa zwey oder 3. Tage hernach
aber, da er nebst 4. [532] seiner Cameraden aus einem
Schenck-Hause gehet und sich, ohngeacht es kaum Mittag war, schon ziemlich berauscht hatte; kömmt plötzlich
ein toller Maccassarischer Bube aus einem andern Hause
gesprungen, und indem er etliche mahl Moka! Moka!
schreyet, läufft er hurtig auf Branckeln zu, und legt denselben mit einem eintzigen Dolch-Stiche zu Boden. Bran-
ckels Cameraden ziehen zwar vom Leder und wollen ihres Zech-Bruders Todt rächen, stechen auch gewaltig
auf den Macasser loß, der aber, weil er nicht nur unter
den Kleidern geharnischt, sondern auch durch einen, bey
ihnen gebräuchlichen starcken Tranck zur ausserordentlichen Tollkühnheit gereitzt ist, sich nicht das geringste
darum bekümmert, sondern seine 4. Gegner mit dem
grossen Seiten-Gewehre dergestallt zurichtet, daß sie
noch vor Anbruch des andern Tages, so wohl als Jonas
Branckel, ihren Geist auffgeben musten. Denn es ist zu
mercken, daß diejenigen Macasser, oder Celebes, welche
auf das Moka-Schreyen, oder deutlicher zu sagen, Mord-
und Todtschlagen ausgehen, ihre Dolche, Schwerdter
und Pfeile dergestallt vergifften, daß ein damit Verwun-
deter nicht leicht beym Leben bleibt, wenn ihm nicht mit
dem Saffte aus den Blättern eines gewissen Baumes bey

zeiten Hülffe gethan wird. Wir brauchten zwar durch
Vorschub etlicher redlicher Leute dieses Mittel auch, allein die Wunden waren entweder zu groß, oder die Artzeney war bereits zu spät angekommen.

Am allermerckwürdigsten kam mir dieses bey der
gantzen Sache vor, daß Jonas Branckeln, wie er uns allen
wenige Monate vorher erzehlet hatte, [533] durch einen
Nativität-Steller war Propheceyet worden: Er würde in
Rotterdam erstochen werden, um nun so wohl diesen
Propheten zum Lügner zu machen, als auch aus einiger Furcht, vor seinen vielen Feinden, hatte er seine
Geburths-Stadt Rotterdam verlassen, und einen grossen
Schwur gethan, selbige gutwillig nimmermehr wieder zu
betreten, allein der elende Mensch konte seinem Verhängnisse solchergestallt so wenig entgehen, als den Nativität-Steller auf das mahl zum Lügner machen, denn
diese Vestung auf der Insul Celebes, in welcher er erstochen wurde, führete ebenfalls den Nahmen Rotterdamm.

Es wird leichtlich zu glauben seyn, daß mir diese
klägliche Begebenheit viele Versäumniß, Mühe und Sorgen zugezogen habe, zumalen da mich alle meine übrigen
Leute forciren wolten, durchaus ohne Satisfaction nicht
von dannen zu weichen; Allein es war nichts zu thun,
denn den Thäter wolte oder konte niemand finden, dannenhero gaben mir einige daselbst einquartirte redliche
Holländer den Rath, ich solte, um mein Leben selbst
nicht in Gefahr zu setzen, in GOTTES Nahmen fort reisen, denn die Macasser wären eingefleischte Teufel, und

sehr schwer zur Raison zu bringen, also kauffte ich den Holländern noch 4. Sclaven vor eine ziemliche starcke Summe Geldes ab, und seegelte weit verdrüßlicher als vormahls, auf die Philippinischen Insuln zu.

Wir waren noch nicht zwey Nacht unter Seegel gewesen, als mir durch das verdammte Laster der Geilheit, eine neue Verdrüßlichkeit zugezogen [534] wurde. Denn Lorentz Wellingson ein Schwede, und Gürgen Frisch ein Hollsteiner, hatten vor sich allein, jedoch mit meiner Erlaubniß, einen jungen 18. jährigen Sclaven gekaufft, und wo mir recht ist, 60. oder 80. Ducaten davor gegeben. Sie warteten und pflegten denselben aufs allerbeste, um wie sie vorgaben einen rechten Kerl aus ihm zu ziehen, denn der Pursche sahe sehr wohl aus von Gesichte, und zeigte, allen Anzeigungen nach, einen sehr gelehrigen Kopff, auch gantz geschickte Hände. Endlich kam ich hinter ihre Schelm-Streiche, und merckte, daß sie mich betrogen hatten, denn es war keine Manns- sondern eine Weibs-Person, welche sie beyde vor sich zur gemeinschafftlichen Unzucht halten wollen, jedoch sich biß dato noch nicht vereinigen können, eines theils aus Eiffersucht, andern theils, weil das Mädgen wieder alles Vermuthen ihre jungfräuliche Keuschheit gantz sonderlich bewahret hatte. Ich ließ beyde Buhler so wohl des mir gespielten Betruges, als des vorgehabten ärgerlichen Lebens wegen, in Ketten und Banden legen, laß ihnen darbey das Capitel ziemlicher massen, und bedrohete sie mit einer behörigen Strafe, wodurch denn heraus kam, daß ein jeder dieselbe, ihrer sonderbaren Keuschheit wegen, zur ehelichen Frau haben, und dem andern die vorgeschossene Helffte des Geldes wieder erstatten, auch wegen der ehelichen Verbindung und Beyschlaffs, so lange Gedult haben wolte, biß das Mensch getaufft und zum christl. Glauben bekehret wäre. Ein jeder war bereit dem andern das Geld auszuzahlen, keiner aber wolte dem andern die Braut überlassen. Ich fragte das Mensch, welche [535] ziemlich gut Holländisch verstehen, aber annoch sehr schlecht reden konte, ob sie lieber den 43. jährigen Schweden, oder den 31. jährigen Hollsteiner zum Eh-Manne verlangte; allein sie bezeugte zu dem einen so wenig Lust als zum andern, sondern bat, ich möchte ihr darzu behülfflich seyn, daß sie eine Jungfrau biß in ihr zwantzigstes Jahr bleiben dürffte. Auf die Frage aber, warum eben biß in ihr zwantzigstes Jahr? wolte sie durchaus keine richtige Antwort geben. Der Capitain Wodley, Adam Gorqves mein Lieutenant, und alle andere verwunderten sich ungemein über dieses Mägdleins scheinbare Tugend, ich aber wolte selbiger eher keinen Glauben beymessen, biß sie eine stärckere Probe ausgestanden hätte, legte es also mit Wodley, Gorqves und etlichen andern ab, daß sie sich in meiner Cammer heimlich verbergen musten, um alles mit anzusehen und anzuhören, was ich vorzunehmen willens war.

Demnach ließ ich gegen Abend die Talli, denn so war ihr Nahme, in meine Cammer ruffen, und indem ich auf meinem Bette saß, sie aber, neben mich zu sitzen, halb

gezwungen hatte, fieng ich dem Scheine nach, aufs aller-
verliebteste mit derselben zu sprechen an, præsentirte
ihr sehr vielerley Sorten von den besten Confituren und
Früchten, nebst Wein und andern starcken Geträncke,
allein sie genoß alles dergestallt mäßig, daß sich darüber
zu verwundern war, und meine verliebten Reden wurden
mit lauter kaltsinnigen aber doch sehr höflichen Gegen-
Gesprächen erwiedert. Nach und nach stellete ich mich
etwas dreuster, zeigte ihr vortreffliche kostbare Zeu-
[536]ge zu Kleidungen, nebst allerhand Gold-Stücken
und Edelsteinen, mit dem Versprechen ihr selbiges alles zu verehren, wenn sie sich entschliessen wolte, mir
die Haupt-Probe ihrer Gegen-Liebe zuzustehen, aber sie
blieb hierbey gantz unbeweglich, weßwegen ich mich
endlich anstellete, als ob ich das gesuchte Vergnügen
mit Gewalt finden wolte; Allein die keusche Seele fiel
zu meinen Füssen nieder, umfassete meine Knie, und
bat mich unter Vergiessung häuffiger Thränen, ihrer
Keuschheit vielmehr ein Beschützer als Verfolger zu
seyn. Diese seltsame, und von einer Heydin niemahls
vermuthete tugendhaffte Aufführung, gieng mir dergestallt zu Hertzen, daß ich mich nicht länger halten
konte, sondern ihr das gantze Geheimniß eröffnete, auch
die versteckten Zeugen ihrer besondern Keuschheit herbey rieff. Die Sachen wurden nachhero dahin verglichen,
daß Wellingson und Frisch, mit einander um die Braut
loosen, der Gewinner aber dieselbe nicht eher als nach
Verlauff zweyer Jahre heyrathen solte, binnen welcher

Zeit sie nicht allein den christl. Glauben, sondern auch nachhero, den ihr vom Glück zugetheilten Ehe-Mann anzunehmen, selbst versprach.

Solchergestallt wurden die beyden Arrestirten, ohne weitere Strafe wieder auf freyen Fuß gestellet, und liessen sich den Vorschlag des Loosens endlich auch in so weit gefallen, daß der Gewinner nicht allein die Braut behalten, sondern auch nicht schuldig seyn solte, dem andern das geringste vom Kauff-Gelde heraus zu geben, sondern selbiges als eine Morgen-Gabe zu behalten.

Das Glücke wendete sich im Loosen, auf des Hol-[537] steiner Frischens Seite, wir wünschten ihm allerseits Glück darzu, Wellingson aber suchte seine Bekümmerniß aufs möglichste zu verbergen, denn er mochte die Indianerin, welche, ohngeacht ihrer bräunlichen Farbe, von nicht gemeiner artigen Gesichts-Bildung war, recht hefftig lieben. Immittelst war auf allen Seiten guter Friede, wir wendeten auch ingesammt grossen Fleiß an, unsere Talli nicht allein in der Holländischen Sprache, sondern auch in Kocherey und Wirthschafft, hauptsächlich aber im Christenthume, nach besten Vermögen zu unterrichten, welches alles sie mit leichter Mühe und grossen Vergnügen erlernete. Allein der Satan war geschäfftig ihrentwegen ein neues Mord-Spiel anzustifften, denn als wir nach etlichen Wochen auf einer kleinen Insul ausgestiegen waren, um etwas Holtz nebst frischen Wasser einzunehmen, vornehmlich aber frisches Wildpret und Vögel zu schiessen, die Talli aber eines Tages etwas

tieff ins Gesträuche gehet, um allerhand schmackhaffte
Koch-Speise einzusammlen, schleicht ihr Lorentz Wellingson so lange nach, biß sich dieselbe an einem beqvemen Orte, seinen Muthwillen an ihr auszuüben, befindet.
Er trägt ihr seine Leidenschafft mit freundlichen Worten, Gebärden und Anerbiethung etlicher Gold-Stücke
vor, da sie aber von nichts hören will, sondern seine
schandbaren Forderungen mit sehr harten Worten be-
strafft, wird er endlich desperat, und will alle seine Kräffte anwenden das gute Mädgen mit Gewalt zu nothzüchtigen. Talli hingegen wehret sich tapffer, und versetzt ihm
mit einem leichten Grab-Stichel einen kräfftigen Stoß
[538] ins Angesichte, wovon er gantz betäubt wird, sie
aber Zeit bekömmt, sich gäntzlich von ihm loß zu reissen
und fort zu lauffen. Zu allem Unglück kömmt ihr sogleich
ihr Bräutigam frisch entgegen, dem sie das leichtfertige
Vorhaben erzehlet, und ihn dergestallt zum Zorne rei-
tzet, daß er so gleich den Wellingson auffsucht und mit
ihm anbinden will, allein dieser Bösewicht läßt den armen Frisch, nicht einmahl gantz an sich kommen, sondern wirfft ihm sein in Händen habendes scharff gespitzt
und geschliffenes Beil dergestallt tieff in den Leib hinnein, daß sogleich das Eingeweide durch die heßlich
grosse Oeffnung heraus dringet.

Wir hatten nicht so bald Nachricht von diesem abermahligen Unglück empfangen, als wir den tödtlich Verwundeten auf einer Trage-Baare in die Hütten trugen,
vermeynten anbey Wellingson, würde nicht wieder zum

Vorscheine kommen, sondern sich vielleicht des bösen
Gewissens wegen in der Wildniß verbergen, allein er
kam noch ehe es Abend wurde, und stellete sich mit
ergrimmten Gebärden an, als ob er noch Recht überley
hätte, ich ließ ihn aber so gleich fest machen, und biß auf
fernern Bescheid krum zusammen schliessen.

Frisch starb dritten Tages nach empfangener Wunde
recht erbärmlich, und so zu sagen mit gesunden und
frischen Hertzen, nachdem wir ihn aber mit grossen
Leydwesen begraben hatten, traten wir die fernere Reise an, und erreichten endlich, nach vielen ausgestandenen Widerwärtigkeiten von Wind und Wetter, die grosse
Philippinische Insul Mindanao. [539]

Indem nun der Capitain Wodley allhier bereits Bescheid wuste, fuhren wir biß an den Ort, allwo wir einen
mittelmäßigen Fluß aus der Insul in die See fallen sahen,
warffen daselbst etwa auf anderthalb Meilwegs von der
Küste die Ancker aus, steckten grosse neue Englische
Flaggen auf, und gaben den Mindanaern unsere Anwesenheit durch 6. Canonen-Schüsse zu verstehen. Es
wurde uns von der Insul mit dreyen geantwortet, bald
aber kam ein kleines Fahrzeug an, worauff sich ein Ober-
Officier nebst 4. Mindanaischen Soldaten und einem Dollmetscher, der ein Engelländer war, befanden. Capitain
Wodley kante den letztern seit etlichen Jahren her,
weßwegen sie einander mit höfflichen Worten hertzlich
bewillkommeten. Er nöthigte nicht allein diesen seinen
Lands-Mann, sondern auch den Officier nebst seinen

Leuten zu uns an Boord zu kommen, allein die letztern entschuldigten sich damit, daß ihnen solches bey ihrem Sultan Verantwortung bringen möchte, dem Engelländer aber wurde das Herauff steigen erlaubt, mit welchen sich Wodley in ein ernstliches Gespräch einließ, da inzwischen ich und einige der Meinigen, den Officier nebst seiner Mannschafft, mit Wein und Confect tractirten, und einen jeglichen reichlich beschenckten.

Mittlerweile ruffte mich Wodley auf die Seite und sagte: Mein Freund, jetzo ist es Zeit darvon, daß wir einige Kostbarkeiten in die Schantze schlagen, und den Sultan in Mindanao nebst seiner Familie, sonderlich auch seinen Groß-Vetzir der sein naher Vetter ist, ansehnliche Geschencke schicken, [540] denn ich versichere, daß wir hundertfältigen Nutzen davon ziehen können.

Ich ließ mir solches gefallen, suchte derowegen aus meinen besten Sachen hervor: erstlich eine güldene Halß-Kette, an welchen Wodley eine 12. Ducaten schwere güldene Medaille befestigte, auf welcher das Brust-Bild Sr. Königl. Maj. in Engelland Georg des Ersten abgedruckt war. Zum andern eine kostbare Flinte mit zwey Schlössern und Läufften, 12. Elen Violet-Sammet, und 24. Elen güldene Spitzen, ein Fäßlein Canari-Sect, nebst einer kleinen Rolle Canaster-Toback, und vielerley Arten Europäischer Confituren. Capitain Wodley legte nicht weniger kostbare Sachen bey, vor des Sultans vornehmste Gemahlin, und deren 5. Kinder, welches 3. Printzeßinnen und 2. Printzen waren, ingleichen vor den Groß-Vetzier,

und dieses alles muste Adam Gorqves, welcher sehr gut
Spanisch und Englisch reden konte, nebst noch einem
andern Engelländer von des Capitains Wodley über-
bliebenen Leuten, auf einem besondern kleinen Fahrzeuge, in Begleitung des Officiers überbringen, wir aber
schossen wacker mit denen Canonen hinter ihnen her.

Unsere Abgesandten waren nicht allein ungemein
wohl empfangen, und nebst den Geschencken angenommen worden, sondern der Groß-Vetzier kam gleich darauff folgenden Tages gantz früh zu uns an Boort, und
brachte ein Gegen-Geschencke, dieses bestund in zwey
Püffel-Ochsen, zwey jungen Kühen, 6. Ziegen, 3. Körben
schön Mehl, 15. grossen [541] Brodten, 6. Körben mit
allerley Koch-Speisen, und Früchten, 6. Körben mit
Reiß, und in etliche 60. Krügen eines wohlschmeckenden
kostbarn Geträncks. Anbey brachte er uns die Erlaubniß
mit, unser Schiff den Strohm hinauff ziehen zu lassen,
und unser Gewerbe nach allen eigenen Gutbedüncken zu
treiben.

Der Capitain Wodley gab sich hierauff dem Groß-
Vetzier zu erkennen, wie er nehmlich bereits vor 12. Jahren mit dessen Vater, ja ihm den Groß-Vetzier selbst, als
einen damahligen Jüngling von etwa 14. biß 16. Jahren
sehr wohl bekandt gewesen, welches dem letztern, als
er sich der Wahrheit an ein und andern Merckmahlen
erinnerte, eine ausserordentliche Freude erweckte. Er
ließ demnach nicht ab zu bitten, sich aufs baldigste mit
ihm zum Sultan zu begeben, als welches des itzigen Groß-

Vetziers Vaters-Bruders-Sohn war, und ich sahe nicht ungern daß ihm Wodley dahin folgte. Mittlerweile aber war ich nebst den Meinigen beschäfftiget unser Schiff an einen solchen Ort zu bringen, wo es vor den Sturm-Winden und den Würmern, welche sich um dasige Gegend sonderlich auffhalten, und binnen weniger Zeit einen Schiffs-Boden gäntzlich durchzufressen vermögend sind, in sicherer Verwahrung liegen konte.

Am zweyten Tage kam der Capitain Wodley wieder zurück, und führete uns sämmtlich in die Residentz des Sultans, biß auf einige Mannschafft, welche zur Besatzung und Verwahrung des Schiffs und unserer Sachen zurück bleiben musten. [542]

Ich würde aber länger als zwey biß drey Tage Zeit haben müssen, sagte hierbey der Capitain Horn, wenn ich der Länge nach alles erzehlen wolte, wie uns allhier von den Mindanäern und etlichen daselbst gegenwärtigen Engel- und Holländern begegnet worden, denn es hatten sich verschiedene, welche des herum schweiffens überdrüßig gewesen, daselbst fest gesetzt, Weiber genommen und Kinder gezeuget, wie sie denn auch zwey Englische Priester bey sich, und ein besonderes Hauß zu Haltung des Gottes-Dienstes erbauet hatten, jedoch fanden sich viele unverheyrathete Mannes-Personen unter ihnen, welche mit dem dasigen Zustande nicht allerdings zu frieden waren. Immittelst ging unsere Handlung daselbst sehr profitabel von statten, das meiste was wir eintauschten, bestund in lautern Golde, Wachs, treff-

lichen Toback, Nägel-Rinde und andern Specereyen.
Nachdem wir uns aber eine gantz neue Barque gebauet,
fuhren wir mit diesem Leichten Schiffe auf andere um-
liegende Insuln, und zogen aus selbigen einen ungemeinen Nutzen, indem wir die Näglein und Muscaten-Nüsse
ausser dem ohne dieses wohlfeilen Preise halb umsonst
bekamen, anbey alle Gelegenheit flohen, unsern Lands-
Leuten den Holländern, welche sich auf die Moluccischen Insuln feste gesetzt, vor die Augen zu kommen.

Indem aber ich und die arbeitsamsten von meinen
Leuten unter Anführung des Capitains Wodley allen
möglichsten Fleiß und Mühe anwendeten, die völlige Ladung auf das Schiff und die Barque zu schaffen, muste
Adam Gorques nebst einer hin-[543]länglichen Mannschafft auf Mindanao, in unserer Niederlage als Ober-
Aufseher zurück bleiben. Allein da wir einsmahls nach
4 Monatlicher Abwesenheit wieder zurück kamen, fand
sich alles in sehr verwirreten Zustande, denn Adam Gorques war so wohl als seine Untergebenen in ein sehr liederliches Leben gerathen, hatte nicht allein sein gantzes
Vermögen durchgebracht, sondern nebst seinen übrigen
liederlichen Gesellen von unsern Gütern und Sachen genommen, verkaufft oder verschenckt was ihnen beliebt
hatte. Dieserwegen erhub sich ein starcker Streit unter
uns, und wenn ich so hitzig als Gorques und sein Anhang
gewesen wäre, dürffte es leichtlich zu einem blutigen Gefechte unter uns selbst gekommen seyn. Allein weil der
Capitain Wodley merckte, daß sich Adam Gorques einen

starcken Anhang unter den Mindanäern gemacht, und
ein gantz besonderes Vorhaben aus zuführen willens hatte, stifftete er einen Vergleich unter uns allen, so daß wir
denen Rebellen annoch etwas Gewisses heraus gaben und
zufrieden waren, daß sie sich von uns trenneten und als
Leute, die hinfüro beständig auf dieser Insul zu bleiben
Lust hatten, ihre Haußhaltungen einzurichten anfingen.

Adam Gorques war einzig und allein Schuld und
Ursach an dieser Trennung, denn er hatte sich in die
Tochter eines daselbst wohnenden Engelländers verliebt, mit der er sich auch bald hernach trauen ließ, und
unter allerhand süssen Vorstellungen, begaben sich nach
und nach die allermeisten auf seine Seite, so daß aus der
höchstnöthigen Anzahl annoch getreuer Schiff-Knechte,
letzlich [544] nicht mehr als 8 Personen und der Capitain
Wodley mit seinen Engelländern auf meiner Seite blieben und mit mir zurück gehen wolten. Dieses ging mir
sehr verdrüßlich im Kopffe herum, jedoch der Capitain
Wodley sprach mich zufrieden, und gab den Anschlag,
wie wir, durch Geld und eine kluge List, Leute genung
zur Rück-Farth erlangen könten. Er sprach demnach
etliche mißvergnügte Holl- und Engelländer an, welche,
wie ich bereits gemeldet, schlechte Lust länger auf Mindanao zu bleiben hatten, und machte den Handel in geheim mit ihnen richtig! daß sie ohnbewußt der Mindanäer
und unserer Rebellen heimlich mit uns abfahren solten,
ich aber kauffte, nicht allein hier, sondern hernach auch
anderer Orten so viel Sclaven auf, als zu besetzung des

Schiffs und der Barque nöthig waren, machte aber durch getreue Beyhülffe des Capitain Wodley unser Schiff mit guter Musse seegelfertig, überredete so wohl den Sultan nebst seinen Unterthanen, als auch unsere Abtrünnigen, denen Holländer als unsern eigenen Lands-Leuten auf dieser oder jener Specerey-Insul noch etwas abzuzwacken, und so dann wieder nach Mindanao zu kommen, fuhren also mit ziemlichen Vergnügen von dannen, des Willens so bald nicht wieder daselbst zu erscheinen.

Nunmehro erzehleten diejenigen, welche der Capitain Wodley von Mindanao abspenstig gemacht hatte, öffentlich, daß alle daselbst zurück gebliebenen Europæer eine Zusammenverschwerung unter sich errichtet hätten, und nach und nach immer mehr Volck an sich zu ziehen, Schiffe und Vestungen [545] zu bauen, in Summa lauter solche Anstallten zu machen, daß sie den Sultan von Throne stossen, nebst seiner gantzen Familie und vornehmsten Bedienten ermorden, ja in der gantzen Stadt und Lande, ein grausames Mord-Spiel anrichten und solchergestallt wenigstens den grösten Theil der Insul unter ihre Bothmäßigkeit bringen wolten, Adam Gorques aber sey das Haupt dieser Zusammenverschwornen und vermeynte König darauf zu werden, hätte aber aus keiner andern Ursache das Geheimniß gegen uns verschwiegen, als weil er entweder vermeynet der Capitain Wodley und ich möchten uns in diesen gefährl. Handel nicht mischen, oder ihm nach glücklichen Ausschlage etwa die Ehre disputirlich machen wollen.

Wir, die solches zum ersten mahle höreten, stauneten über solche tollkühne Anschläge, propheceyeten aber dem Adam Gorques und seinen Anhängern wenig guts, und danckten dem Himmel, daß diese zusammen Verschwerung nicht bey unsern Daseyn verrathen worden, weil es sonsten gar leichtlich unser Leben mit kosten können, ohngeacht wir unschuldig waren.

Immittelst führete uns der Capitain Wodley einen gantz besondern Weg nach der Küste von Neu-Guinea hin, und brauchte alle Behutsamkeit, die mit Holländern oder Portugiesen besetzte Insuln zu vermeiden, doch stiegen wir bald bey dieser, bald bey einer andern unbewohnten, oder einer solchen Insul aus, allwo Wodley gewiß wußte, daß keine Gefahr zu befürchten war, um uns mit frischen [546] Wasser, Holtz und andern nützlichen Sachen, wie vorhanden waren, zu besorgen. Hierauf schlugen wir uns gantz weit nach der Küste von Neu-Holland hinnüber, weilen aber einem jeden schon bekandt war, daß dieses Land eines von den allerelendesten der gantzen Welt sey, betraten wir dasselbe nicht, besuchten aber etliche nicht weit davon liegende Insuln und fanden dieselben wenig besser, wie denn auch die dasigen Menschen fast den unvernünfftigen Thieren gleichen. Wenig Zeit hernach überfiel uns ein erschrecklicher Sturm, der die Barque, worauf sich nebst den Ruder-Knechten 4 Mann von meinen Europæischen Passagiers befanden, von uns hinweg geführet hat, ob dieselbe untergegangen oder irgend an einem Ort in Sicher-

heit gekommen ist, weiß der Himmel, denn ohngeacht
wir bey nahe 6 Wochen auf der Cocos-Insul stille gelegen
und unser Schiff daselbst calfatert auch derselben viele
Losungen aus den Canonen gegeben haben, so ist sie
doch nachhero nicht wieder vor unsere Augen gekommen. So bald wir die Cocos-Insul zurück gelegt, entdeckte ich dem Capitain Wodley, als einem Manne, der mir die
allerstärcksten Proben seiner Redlichkeit, bey so vielfältigen Gelegenheiten geleistet hatte, mein Vorhaben, wie
ich nehmlich nicht gesonnen sey auf das Cap der guten
Hoffnung zu, sondern ferne bey demselben vorbey zu
fahren und auf einer gewissen unbenahmten Insul Rast-
Tage zu halten, allwo ich gantz besondere Freunde wüste, die sich vor einigen Jahren daselbst in geheim etabi-
liret und Vorrath genung [547] hätten, uns mit allen
Bedürffnissen reichlich zu versorgen. Er legte seine Verwunderung deßfalls zur gnüge an Tag, und ließ nicht ab,
biß ich ihm, nachdem er mir den Eyd der Verschwiegenheit über gewisse Puncte geleistet, so viel erzehlte,
als mir Hr. Wolffgang selbst von dem Felsenburgischen
Staat eröffnet hat. Sein Vergnügen über dergl. Geschichte war unbeschreiblich und wünschte derselbe so wohl als
ich, nur fein bald dieses glückseelige Land zu erblicken,
welches ich ihm indessen auf meiner, nach besten Vermögen selbst gezeichneten Land- und See-Carte, wiese.
Wir brauchten hierauf unsere mathematischen Instrumenta fast täglich, um ja nicht etwa auf einen Irrweg zu
gerathen und der Insul Felsenburg zu verfehlen, allein

es hat uns dennoch Kummer, Sorge und Gedult genung gekostet, durch alle Verdrüßlichkeiten, die sonderlich Wind und Wetter verursachten, hindurch zu dringen, biß uns endlich gestern früh bey aufgehender Sonne, die, durch deren Strahlen erleuchtete Felsen-Spitzen, zu unaussprechlicher Freude in die Augen fielen.

Solchergestallt habe ich von allen Personen die mit uns aus Amsterdam gefahren sind, nicht mehr zurück gebracht als 6 Boots-Knechte, und 4 Freywillige nehmlich den Nadler Johann George Bucht aus dem Hildesheimischen, den Hut-Staffier Michael Eichert von Bremen, den Handels-Diener Friedrich Christian Fleischmann aus Glaucha, und den Peruquen-Macher August Dietrich von Erffurt. Die übrigen so sich vor itzo bey mir befin[548]den sind alle unterwegs eingenommen oder als Sclaven von mir erkaufft worden, unter den erstern befindet sich, nebst 9 Holländern 7 Engelländern und zweyen Deutschen, der Capitain Wodley mit seinen 5 Engelländern, die letztern aber, nehmlich meine Sclaven, deren annoch 9 an der Zahl sind, weiln auf der Cocos-Insul einer davon gestorben, haben sich biß anhero dermassen wohl aufgeführet, daß mich die angewandten Kosten nicht im geringsten gereuen, ohngeacht sie mich über 1500 Rthl. zu stehen kommen. Uber diese alle habe ich auch die Talli annoch bey mir, die sich ungemein fromm, keusch und redlich aufgeführet hat, sie ist in allen Articuln des christl. Glaubens ziemlich wohl unterrichtet, zur Zeit aber noch nicht getaufft.

Von meinen eigenen und auch gemeinschafftl. Waaren ist mit der Barque ein ziemlicher Theil verlohren gegangen, und wir sind insgesammt noch nicht im Glauben einig, ob die Barque vom Wellen verschlungen, oder bey Gelegenheit des Sturms leichtfertiger weise von denen darauf befindlichen Personen entführet worden, um die darauf befindlichen Güter an einen sichern Orte unter sich zu theilen.

Jedoch bekümmern ich und alle die bey mir sind uns nicht halb so viel um das verlorne, als um die armen Leute, wenn sie ja verunglückt oder ertruncken seyn solten, denn biß hieher haben wir sämmtlich noch so viel Gut und Geld, daß uns die überstandenen Gefährlichkeiten eben nicht verdrüssen dürffen, der Himmel helffe weiter.

Hiernächst habe vermuthlich alles wohl ausge-[549] richtet und eingekaufft was mir Herr Wolffgang vor die werthgeschätzten Einwohner der Insul Felsenburg aus Ost-Indien mit zu bringen befohlen hat, erwarte also nur Befehl, wenn und wo ich alles aussetzen und wie mich in allem übrigen verhalten soll, denn vielleicht werden Dinge dabey seyn, an welche sie allerseits nicht gedacht haben, und dennoch theils zum Nutzen, theils besondern Laabsal, theils aber nur zur Lust gereichen.

Hiermit endigte der Capitain Horn den kurtz gefaßten Bericht von seiner gethanen Reise, mit dem Versprechen, selbigen bey bequemen Gelegenheiten von Stück zu Stück weitläufftiger zu erzehlen, worauf beschlossen

wurde, daß er morgendes Tages zurück auf seyn Schiff
gehen, mit selbigen um die Süd-Seite der Insul Felsenburg herum fahren, und bey der andern Insul klein Felsenburg anländen solte, unser Schiff aber wurde bestellet, bey dessen Ankunfft voraus zu fahren, und ihm
den sichersten Weg biß in die Bucht zu zeigen, allwo
seine Leute aussteigen und auf etliche Wochen Da-
bleibens, Hütten bauen konten, weilen ohne dem voritzo
die allerschönste Jahrs-Zeit im völligen Anzuge war. Von
der Insul Groß-Felsenburg aber solten sie wöchentlich ja
fast täglich mit allen Bedürffnissen reichlich Versorget
werden. Anbey wurde auch verabredet, daß biß auf fernern Bescheid noch niemand anders mehr unsere Insul
betreten solte als der Capitain Wodley und die Talli.

Gleich darauf folgenden Tages früh ging also der Capitain Horn nebst seinen 3 Sclaven, welche [550] sich ungemein wohl gepflegt, auch von Herrn Wolffgangen gantz
neue Kleidungen empfangen hatten, zurück nach seinem Schiffe und landete gantz zeitig bey der Insul Klein-
Felsenburg an. Ich Eberhard Julius war nebst Mons. Liz-
bergen, Harckerten und Lademannen mit auf unsern
Schiffe unter denen, die ihm den Weg und alle nöthige
Anstallten zeigeten. Bucht, Eichert, Fleischmann und
Dietrich, wie auch die annoch bekandten Boots-Knechte
umarmeten uns hertzlich, und vergossen mehrentheils
Thränen vor allzugrossen Freuden, wegen vergnügter
Zusammenkunfft, ohngeacht wir noch nicht einmahl völ-
lig 3 Jahr von einander geschieden gewesen. Sie erzeh-

leten uns ihre gehabten privat Avanturen und suchten in
gegentheil zu erforschen, wie es uns gegangen, auch was
es eigentlich vor eine Beschaffenheit auf der gegen über-
liegenden Insul wäre, allein wir sagten anfänglich nicht
mehr als ihnen zu wissen dienlich war, liessen inzwischen
aus unsern Schiffe die mitgebrachten Delicatessen herbey bringen, und weil der Felsenburgische Wein ihre
Kähle sonderlich wohl zu statten kam, betruncken sie
sich grösten theils dermassen, daß sie fast nicht mehr
sitzen oder stehen konten, derowegen übergaben die Capitains Horn und Wodley, einem alten ansehnlichen Engelländer, welcher die Stelle des Ober-Steuermanns begleitete, daß völlige interims Commando und fuhren mit
beyden Schiffen, nach dem eines jeden nothwendigste
Sachen heraus getragen waren, mit Anbruch folgendes
Tages zurück nach Groß-Felsenburg. [551]

Die Verwunderung des Capitain Wodley und der Talli,
welche sie beyderseits beym Eintritt auf unsrer Insul,
noch mehr aber im fernern Fortgange und endlicher Ankunfft auf der Albertus-Burg spüren liessen, ist nicht wohl
zu beschreiben. Die letztere konte nicht allein vollkommen gut Holländisch, sondern fast noch besser Deutsch
reden, weil sie selbiges von dem Capitain Horn und seinen bey sich habenden Deutschen, als zu welchen sie jederzeit die gröste Neigung getragen, aufgefasset hatte.

Man merckte eine grosse Blödigkeit an derselben,
ohngeacht sie sich schon so lange unter so vielen Manns-
Personen allein befunden hatte, derowegen wurde sie

von Herr Mag. Schmeltzers und Mons. Wolffgangs Liebste
in eine besondere Cammer geführet, und daselbst auf die
Felsenburgische Frauenzimmers Art, von Fuß auf neu
angekleidet, wodurch ihre feine Gesichts-Bildung und
übriges gutes Ansehen, noch weit besser als vorhero aus
nahm.

Immittelst aber der Capitain Wodley, von dem Alt-
Vater und andern Aeltesten der Stämme aufs beste bewirthet und mit Gesprächen unterhalten wurde, war der
Capitain Horn nebst Herrn Wolffgangen und uns andern
Europæern, unten an der Nord-Seite auf seinen Schiffe
gegenwärtig, um die Ausladung, welche durch unsere
Leute verrichtet wurde, zu befördern. Es würde sehr
weitläufftig fallen, wenn ich alle mit gebrachten Güter
der länge nach specificiren wolte, jedoch kan nicht umhin
zu [552] melden was uns am angenehmsten in die Augen
fiel, als 1.) 4 Chinesische unvergleichlich schöne Zucht-
Pferde, 2.) 4 Stücken Rind Vieh worunter zwey trefflich
grosse Büffel. 3.) 8 Mindanaische Schaafe. 4.) 2 junge
Maulthiere. 5.) 6 Chinesische Schweine. 6.) 2 paar Pappe-
gayen von besonderer Art, nebst verschiedenen andern
raren und uns unbekandten Vögeln. 7.) 12 stück Indianische Hühner und Hähne. 8.) 5 paar Turteltauben. Dieses
hielt ich meinen Gedancken nach vor die vornehmsten
Stücke, nechst dem war etwas höchst verwunderbar-
liches, daß er auf einer so fernen Reise 3 Bienen-Körbe
mit lebendigen Bienen fortbringen können, es hatte aber
dem guten Capitain Horn nicht wenig Mühe gekostet

dieselben zu erhalten, wie ihm denn von 12 körben, die er eingeschifft, nur diese 3 übrig geblieben, die andern aber ausgestorben waren. Uns gereichten diese, wegen ihres mehr als zu wohl bekandten Nutzens zum gantz besondern Vergnügen, weilen bey des Alt-Vaters Lebzeiten noch niemahls eine Biene auf der Insul Felsenburg gesehen worden. Indem aber der Pappiermacher Klemann eine sonderliche Wissenschafft von Verpflegung der Bienen zu haben vorgab, so wurde ihm erlaubt die drey Bienen-Körbe nebst einen Fäßlein Honig mit sich nach Johannis-Raum abzuführen. Sonsten hatte der Capitain einen starcken Vorrath von Honig, Wachs, Zucker, Taback, Theé, Coffeé, Muscaten-Nüssen, Näglein und andern Specereyen, feinen Zeugen, Chinesischen Porcellain und andern Geschirre, eine grosse Quantitæt Eisen-Stä- [553]be, sehr viel gegossene Kupffer-Klumpen, allerley Sämereyen, worunter sonderlich Mindanaischer Taback-Saamen, Thee-Saamen &c. &c. vielerley Frucht-Kernen, dergleichen bey uns nicht zu finden, in Summa lauter solche Sachen, die den Felsenburgern ungemein zu statten kamen, wiewohl was die Gewürtz-Waaren it. allerley Chinesische Zeuge, Tapeten, Decken und d. gl. anbelangte, so behielt er mehr als die Helffte nach Europa mit zu nehmen, weiln der Alt-Vater, Herr Mag. Schmeltzer und Hr. Wolffgang nicht vor rathsam hielten, die Insulaner mit allzuvielen unnöthigen und überflüssigen Sachen, die zumahl mit der Zeit im langen liegen verderben könten, zu überhäuffen.

Solchergestallt wurden fast 3 volle wochen, mit Ausladung und Hinaufschaffung der Sachen, die in Felsenburg bleiben solten, zugebracht, nachhero verlieff fast
eben so viel Zeit, ja wohl noch mehr, biß jede Sachen an
ihren gehörigen Orth gesetzt und meistentheils unter die
Familien vertheilet wurden, denn es bekam ein jeder
Hauß-Wirth seinen bescheidenen Theil, nachdem er viel
oder wenig Kinder, oder sonsten Lust und Gelegenheit
hatte, dieses oder jenes zu nutzen.

Ich muß aber ein wenig zurück gehen und melden, daß
es der 13. Sontag p. Trinit. war, da die Capitains Wodley
und Horn nebst der Talli in unserer Kirche dem öffentl.
Gottesdienste beywohneten. Sie bezeugten ein ungemeines Vergnügen, vornehmlich bey Hrn. Mag. Schmeltzers
Predigt ü-[554]ber das Evangelium von Barmhertzigen
Samariter, die Talli sonderlich, stellete sich dergestallt
andächtig, daß jedermann glauben muste, wie es ihr ein
rechtschaffener Ernst sey den christlichen Glauben anzunehmen. Herr Mag. Schmeltzer ließ sich nach gehaltener Nachmittages-Predigt mit derselben in ein ernst-
hafftes Gespräch ein, und befand in der That warhafftig
zu seyn, daß sie des Capitain Horns Bericht nach, schon
einen ziemlichen Begriff von dem christlichen Glauben
hätte, und nun auf diesen Grund ferner fort zu bauen,
nahm Herr Mag. Schmeltzer selbige von dato an täglich etliche Stunden vor, die übrige Zeit aber wurde ihr
von dessen und Mons. Wolffgangs Liebste der Catechis-
mus, nebst verschiedenen schönen Gebethern auswendig

herzusagen gelehret, so daß sie binnen 4 Wochen hinlänglich zubereitet erfunden wurde die Heil. Tauffe zu
empfangen.

Eines Abends, da nach der Mahlzeit der Alt-Vater vor
der Burg auf dem Hügel in der Lufft saß, u. von vielen
seinen Angehörigen umgeben war, sahen wir die Talli mit
Herr Mag. Schmeltzers Liebste von Christians-Raum her
spazirt kommen, weil sie daselbst die Frau Wolffgangin
besucht hatten, weßwegen der Alt-Vater den neben
ihm sitzenden Capitain bey einer Pfeiffe Toback also anredete: mein Herr; nehmet doch meine Neugierigkeit
nicht übel auf, wenn ich frage: was ihr doch eigentlich in
zukunfft mit und aus eurer Sclavin der Talli zu machen
willens seyd? Capitain Horn gab hierauf geschwind zur
Antwort: wenn mein Herr erlauben [555] wolte, daß die
Talli ihre Lebenszeit auf dieser glückseligen Insul zubringen dürffte, so wäre ich gesonnen diese mir zugefallene Sclavin, und das an ihrer Person habende Recht an
des Herrn Mag. Schmeltzers Liebste abzutreten, weilen
vermercke, daß die Frau Magisterin selbige wohl leyden
mag, und mir deucht sie solte sich in kurtzer Zeit bald
darein finden lernen, eine gute Köchin abzugeben, ob sie
nunmehro aber etwa Lust zu heyrathen bekommen hat,
kan ich nicht sagen, weilen in langer Zeit von dieser
Materie nichts mit ihr gesprochen habe.

Der Alt-Vater wurde über diese Antwort sehr erfreuet
und versprach nicht allein die Talli von Hertzen gern auf
der Insul zu dulden, sondern das an die Frau Magisterin

gethane geschencke aus seiner Schatz-Cammer zu recompensiren.

So bald nun beyde auf dem Hügel anlangeten, und
sich bey uns niederliessen, sagte der Capitain Horn: höre
meine gute Talli! mache dich fertig, denn wir werden ihn
wenig Tagen wieder zu Schiffe gehen. Talli verbarg zwar
ihr Betrübniß wegen dieses plötzlichen Befehls, sagte
aber mit einem tieff geholten Seuffzer: mein Herr! Leute
die so wenig Sachen haben als ich, können sich gar bald
fertig machen, allein erzeiget mir die Gnade und lasset
mich bey diesen vortrefflichen Leuten, in ihrer Kirche
die Heil. Tauffe empfangen, damit wenn ich ja auf einer
abermahligen langwierigen Reise sterben solte, ich doch
nicht als eine Heydin, sondern als eine getauffte Christin
sterben möge. Sie begleite-[556]te diese letztern Worte
mit einigen Thränen, welches verursachte, daß dem Alt-
Vater und vielen andern ebenfals die Augen übergingen,
wenigstens wurden alle Anwesende sehr bewegt. Der
Capitain Horn aber fuhr im Fragen fort: höre Talli deine
Bitte ist schon gewähret, du wirst ehester Tags, so bald
es dem Herrn Mag. Schmeltzer gefällig ist, getaufft werden, allein sage mir aufrichtig verlangestu nicht viellieber allhier auf dieser Insul zu bleiben, als wiederum zu
Schiffe zu gehen? einer Sclavin, gab Talli zur Antwort,
gebühret dem Befehle ihres Herrn Gehorsam zu leisten, wenn ich aber eine freye Person wäre, so würde
allerdings weit lieber an einem solchen Orte bleiben, wo
mehr Weibs-Personen, vornehmlich aber Grund fromme

Leute wohnen; als unter lauter Manns-Personen im wilden Meere herum schiffen. Meine gute Talli, rieff demnach der Capitain Horn, deine Aufrichtigkeit verursacht, daß ich mich nach deinem Vergnügen bequeme, und mein, an deiner Person habendes Recht, an gegenwärtige Frau Magisterin verschencke, die ich zugleich gehorsamst ersuche diese meine bißherige Sclavin, welche ich aber, da der Himmel mein Zeuge ist, nicht als eine Sclavin, sondern als eine leibliche Schwester tractirt habe, zu meinem Angedencken auf- und anzunehmen. Talli wuste vor Freuden nicht was sie thun oder sagen solte, nachdem aber die Frau Mag. Schmeltzerin ihre verbindliche Dancksagung dieserhalb bey dem Capitain Horn abgelegt hatte, fiel die Talli hurtig vor des Capitains Füsse, und danckte vor die er-[557]zeigte Gnade, da er sie aber aufgehoben und ihr viel Glück und Seegen gewünscht, küssete sie der Frau Mag. Schmeltzerin die Hand, und wolte derselben ebenfalls einen Fußfall thun, allein diese verhinderte solches, küssete die Talli auf den Mund und erklärete sie augenblicklich vor eine freye Person, sagte anbey sie hätte vernommen, daß die Sclaverey unter den Christen nicht erlaubt wäre.

Nächst darauf folgenden Sonntags nehmlich am 17 p. Trinit. wurde die Talli Nachmittags in Gegenwart fast aller Insulaner getaufft, ihre Tauff-Zeugen waren: der Alt-Vater Albertus, die Frau Mag. Schmeltzerin und die Frau Wolffgangin, welche ihr die Nahmen Albertina Christiana Sophia beylegten. Herr Mag. Schmeltzer hielt darbey, an statt der Mittags-Predigt, einen erbaulichen Sermon und stellete nach Gelegenheit des Sonntags Evangelii in artiger Vergleichung vor: die durch Christum verrichtete Heilung des Wassersüchtigen, und die Reinigung, welche durch das Wasser-Bad der Heil. Tauffe geschicht &c. &c.

Bald nach empfangener Tauffe legte sie im Beicht-Stuhle ihre Beichte ab, und hierauf wurde ihr das Heil. Abendmahl gereicht, in dem sie sich den gantzen Tag der Speise und Trancks enthalten, auch vor Untergang der Sonnen nicht essen oder trincken wolte, ohngeacht ihre Pathen eine köstliche Mahlzeit vor alle Anwesenden Insulaner auf Herrn Wolffgangs Taffel-Platze zugerichtet hatten.

Immittelst daß dieses alles in Groß-Felsenburg [558] vorgieng, wolten die Frembden auf der Insul Klein-Felsenburg vor Neugierigkeit fast die Schwindsucht kriegen, da sich der Capitain Horn bey ihnen von einer Zeit zur andern entschuldigte, daß er von dem Gouverneur der grossen Insul keine Erlaubniß bekommen könte frembde Leute hinnein zu führen, und weilen sie nicht das geringste Land, sondern rings herum lauter steile wüste und unförmliche Klippen gesehen hatten, gleichwohl aber wöchentlich die allerschönsten frischen Victualien, lebendiges Wildpret und andere Thiere bekamen, mochte ihr verlangen alles in Augenschein zu nehmen um so viel desto grösser seyn, allein der Capitain wuste sie von einer Zeit zur andern zu trösten, und ihnen das gute Leben, so sie allhier hätten, nebst der Hoffnung reichlicher Beschenckung, dergestallt süsse vorzumahlen, daß sie von einer Zeit zur andern bey der Güte erhalten wurden, wie sie sich denn sehr bequeme Hütten gebauet, und ihre Wirtschafft aufs beste eingerichtet, auch Gelegenheit genung hatten, sich bey der allerschönsten Jahres-Zeit, den vergnügtesten Zeit-Vertreib mit jagen, fischen, spielen und dergleichen zu machen.

Zwischen der Zeit musten unsere Schiffs-Bau-Leute das frembde Schiff aufs Trockene bringen, den Boden nebst allem was wandelbar daran gefunden wurde, unter Anweisung Herrn Wolffgangs und der beyden Capitains von gantz ebenen Holtze machen und solches auf eine ferne Reise vollkommen wohl zubereiten, worauf der Capitain Horn, der nunmehro nicht mehr volle Ladung hat-[559]te, eine grosse Quantitæt Reiß und Rosinen von den Felsenburgl. einlude, und sich immer allmählig bereit machte, aufs längste im künfftigen November Monat von dannen zu fahren. Wir hätten sonsten den Frembdlingen gern das Vergnügen gegönnet, unsere Insul und alle Anstallten derselben zu besichtigen, allein Ratio status erfoderte vor diesesmahl ein anders, doch da einsmahls der Capitain Horn seine gantze Gesellschafft noch einmahl herrechnete, und darbey ihre Professionen und Lebens-Arten erwehnte, hielt sich Herr Wolffgang bey nachfolgenden auf, die uns auf dieser Insul noch fehleten und vielleicht gute Dienste leisten könten, nehmlich, 1) ein Gürtler. 2) ein Nadler, 3) ein Gerber, 4) ein

Hutmacher. 5) ein Seyler. 6) ein Kupfferschmidt. Weilen nun der Capitain Horn versicherte, daß dieses alles gantz feine unveralterte Kerls wären, die sich leichtlich würden bereden lassen auf dieser Insul zu bleiben, indem er von ihnen vernommen, daß keiner in seiner Heymath viel zu suchen wüste, als wurde beschlossen, dieselben gleich morgendes Tages mit guter Manier und, wo möglich, ohne Vorbewust der andern herüber zu holen.

Der kluge Capitain Horn legte auch in diesem Stücke eine Probe seiner Verschlagenheit ab, denn er hatte einen nach den andern heimlich vorgenommen, und mit ihnen verabredet, daß, mittlerweile er sich nebst allen andern auf den Weg ins Gebüsche, um das Land auszukundschaffen, begeben würde; sie sich indessen heimlich zurück schleichen, und ins Schiff verstecken solten, damit er gegen Abend un-[560]vermerckt mit ihnen abfahren könte. Diese List war also glücklich von statten gegangen, ausgenommen daß sich ein eintziger ungebethener, gleichfalls mit eingeschlichen hatte, den der Capitain, um das gantze Spiel nicht zu verderben, auf sein unabläßiges Bitten fast mit Gewalt mitnehmen müssen. Demnach bekamen wir bey schon gantz später Nacht in Groß-Felsenburg folgende fremde Gäste zu sehen:

1. Johann George Bucht, ein Nadler aus Deutschland, 27. Jahr alt.
2. Balthasar Gottfried Herbst, ein Gürtler aus Deutschland, 35. Jahr alt.

3. Johann Conrad Rümpler, ein Gerber aus Schlesien, 31. Jahr alt.

4. Heinrich Tau ein Hutmacher aus Engelland, 29. Jahr alt.

5. Matthäus Pür, ein Kupfferschmidt aus Engelland, 32. Jahr alt.

6. Michael Bertholt, ein Seyler aus Holland, 28. Jahr alt.

7. August Dietrich, ein Peruquenmacher aus Deutschland, 32. Jahr alt.

Der siebende und letzte, war derjenige, welcher sich mit Gewalt eingeschlichen hatte, jedoch weil der Mensch gantz fein und redlich aussahe, wurde ihm die gebrauchte Verwegenheit, benebst dem gantzen Fehler, vergeben. Sie wurden aber alle zusammen bey Mons. Kramern in Alberts-Raum [561] aufs beste tractiret, in folgenden Tagen aus einer Pflantz-Stadt in die andere geführet, um alle dasige Anstalten wohl in Obacht zu nehmen, nach diesen præsentirte Mons. Horn dieselben dem Alt-Vater, und zuletzt nahmen wir sie mit in unsere Kirche dem Gottesdienste beyzuwohnen.

Rümpler, Herbst, Dietrich und Bucht hielten bald darnach bey Herrn Magist. Schmeltzern an, ihnen das Heil. Abendmahl zu reichen, worinnen ihnen auch gewillfahret wurde, weil sie gute Lutheraner waren, Bertholt der Holländer aber, ingleichen die beyden Engelländer, Tau und Pürr wurden nicht so bald darzu gelassen, ohngeacht sie es verlangeten, denn der erste, der sich zu der Secte der

Calvinisten bekennete, hatte einen sehr elenden Begriff von Glaubens-Sachen, die andern beyden aber schienen Indifferentisten zu seyn, weil sie selbsten nicht eigentlich wusten, zu welcher von den dreyen Haupt-Secten des Christenthums sie sich zählen solten. Herr Mag. Schmeltzer hingegen fieng von selbigen dato an, sich täglich ein paar Stunden von der reinen Glaubens-Lehre, mit ihnen zu besprechen, brachte auch alle drey noch vor meiner Abreise so weit, daß sie einige, bißanhero, ja von Jugend auf gehegten irrigen Meynungen erkandten, selbigen absagten, und sich zu der reinen und unverfälschten Evangelischen Wahrheit bekandten, und darauf das Heil. Abendmahl nach Christi Einsetzung empfingen. [562]

Es wurde immittelst auf eines jeden Thun und Lassen sehr genau Achtung gegeben, da wir aber vermerckten, daß einer so wohl als der andere die allergröste Lust bezeigte, auf dieser Insul zu verbleiben, wurden die 6. erstgemeldten Handwercker eines Tages zum Alt-Vater beschieden, welcher ihnen durch Herrn Wolffgangen seine Meynung vortragen ließ: ob sie nehmlich, wo nicht auf Lebens-Zeit, jedoch etwa auf 3. oder 4. Jahr, in dieser Insul zu verharren, und ihre Professionen den Unsern zu lehren Belieben trügen, da ihnen denn letztern Falls, die freye Abfuhre nach Europa nebst einem Geschencke von 2000. Thlr. zu statten kommen solte; Sie nahmen also den Vorschlag ohne eintziges Bedencken sämmtlich mit Vergnügen an, und legten gleich darauf folgenden Tages, den, ihnen allen zur Uberlegung aufgeschriebenen und zugestelleten Eyd der Treue ab, wurden auch also fort unter die Zahl der Felsenburgischen Einwohner gerechnet.

Dietrich der Peruquier hatte dieses kaum vernommen, als er mit gantz betrübten Gebärden zu mir kam, und fragte: warum denn er unter seinen 6. übrigen Cameraden allein vor so unwürdig und verächtlich geachtet, und nicht auch auf dieser Insul geduldet werden solte, da er doch aus Liebe zu dieser angenehmen Lebens-Art nicht allein seine Eltern, Geschwister, Erbschafft und alles zurück setzen, und sich so ehrlich, als wohl einer von den andern sechsen, aufführen wolte? Ich gab ihm hierauf zur Antwort: Mein werther Freund, an eurer [563] Person und Redlichkeit hat niemand das geringste auszusetzen, allein, wie ich vermercke, so ist dem Befehlshaber dieses kleinen Landes eure Profession zuwider, wie ihr denn selbst absehen könnet, daß selbige allhier gantz nichts nützig ist, weil kein eintziger eine Peruque trägt, ich vor meine Person habe zwar selbst so wohl als Herr Mag. Schmeltzer, Mons. Litzberg und andere mehr, in Europa auch Peruquen getragen, allein auf Zureden Herrn Wolffgangs, warffen wir dieselben hinweg, so bald wir in Amsterdam zu Schiffe gegangen waren, und liessen unsere Haare, der Natur gemäß, wachsen, demnach hat von hiesigen eingebohrnen Insulanern niemahls einer eine Peruque gesehen, es sollen auch dergleichen niemahls eingeführet werden. Saget demnach, was ihr uns auf dieser Insul vor Nutzen schaffen köntet, und ob es nicht besser vor euch sey, wenn ihr ein ansehnliches Geschencke empfanget, wodurch ihr euch, so bald wir in Europa anländen, an irgend einem guten Orte niederlassen, und eure Profession treiben könnet? Der gute Dietrich wurde dieser Reden wegen noch betrübter, und gab zu vernehmen, wie auf der gantzen Welt wohl kein Mensch zu finden, der des Herumschweiffens überdrüßiger wäre als er, derowegen er inständig bitten wolte, es doch auf eine Person mehr oder weniger nicht ankommen zu lassen, sondern ihm das Dableiben zu erlauben, indem er sich so hertzlich sehr nach dergleichen ruhigen und vergnügten Leben sehnete, er wolte hingegen an seine Peruquenmacher-Profession gantz und gar nicht mehr gedencken, son-[564]dern sich bey Mons. Plagern in die Lehre begeben, und demselben aufs fleißigste arbeiten helffen, wie er sich denn völlig versichert hielte, daß ihn dieser gute und ehrliche Freund an- und aufnehmen, und in allerley Künsten unterrichten würde. Ausserdem, setzte er hinzu, wäre ja diese Insul groß genung, noch mehr als 1000. Menschen zu ernehren, die zumahlen ihr Brod nicht mit Müßiggehen zu verdienen gesonnen, in Europa hergegen, wäre man tausenderley Verdrüßlichkeiten unterworffen, man möchte auch gleich viel oder wenig Geld haben.

Die aufrichtige Art, womit Dietrich dieses alles vorbrachte, bewegte mich dahin, daß ich so gleich bey dem Alt-Vater, Mons. Wolffgangen und Herr Mag. Schmeltzern sein Wort redete, und endlich zuwege brachte, daß ihm erlaubt wurde, auf der Insul zu bleiben. Mons. Plager nahm ihn mit Freuden zu sich in seine Behausung, und man merckte binnen wenig Wochen, daß sich Dietrich nicht allein sehr wohl zu dieser Profession schickte, sondern sich auch alle Mühe gab, Mons. Plagers seiner Frauen jüngste Schwester, welches ein artiges Mägdlein von 14. Jahren war, bey Zeiten zu seiner Braut zu erwerben. Es ist auch dieser beyden Verlöbniß noch vor meiner Abreise gehalten worden.

Beyläuffig muß ich auch melden, daß sich Heinrich Tau sonderlich in die Talli verliebt hatte, allein er war unglücklich, denn vors erste schützte die Talli vor: daß sie ihn nicht lieben könte, und vors andere hätte der Alt-Vater auch ungern gesehen, [565] wenn zwey frembde Personen ein besonderes Geschlechte auf der Insul errichtet hätten. Demnach fand sich ein junger Gesell aus Simons-Raum zu ihrem Liebsten an, welchen sie, allem Ansehen nach, etwas besser leyden konte, allein, vor meiner Abreise wuste man noch nicht gewiß, ob ein Paar aus ihnen werden würde.

Mit Eintrit des Monath Novembris war endlich der Capitain Horn am eiffrigsten beschäfftiget, alles das, was er mit nach Europa nehmen solte, gäntzlich einzuschiffen, weil es demnach nur an meiner Equippage fehlete, ersuchte der Alt-Vater Mons. Wolffgangen einen Aufsatz von denenjenigen Sachen zu machen, welche zu meiner Abfertigung und Besorgung aller fernern Angelegenheiten unumgänglich erfordert würden, und da dieses geschehen, bekam ich aus des Alt-Vaters Schatz-Cammer eine überflüßige Quantität von gemüntzt und ungemüntzten Gold, Silber, Perlen, Edelsteinen und dergleichen Kostbarkeiten, nächst dem eine weitläufftige schrifftliche Instruction, dessen, was ich mit Beyhülffe des Capitain Horns zum weitern Behuff und Nutzen der Felsenburgischen Einwohner anschaffen und bestellen solte. Hierbey gab mir nicht allein Herr Mag. Schmeltzer ein groß Paqvet Briefe mit, um dieselben an die Seinigen zu übersenden, sondern es folgten dessen Exempel auch verschiedene von den andern letzt eingekommenen Europäern, als welche Commissionen ich von einem so wohl als dem andern mit besondern Freuden übernahm, und alles bestens auszurichten versprach. [566]

Am 14. Novembr. nehmlich am 25. Sonntage p. Trinit. nachdem uns Herr Mag. Schmeltzer in öffentlicher Predigt tausendfaches Glück auf die Reise gewünschet, auch versprochen hatte, so wohl mich als den Capitain Horn ins gewöhnliche Kirchen-Gebeth biß zu glücklicher Wiederkunfft mit einzuschliessen, nahmen wir Mittags nach verrichteten GOttes-Dienste von allen Stämmen, die sich auf dem Kirch-Hofe in besondere Hauffen getheilet, und ihre Aeltesten vor sich stehen hatten, zärtlichen Abschied, empfiengen ihre hertzlichen Glück-Wünsche auf die Reise, und begaben uns hernach mit den sämmtlichen Aeltesten auf die Albertus-Burg, allwo noch ein und anderes erinnert wurde, welches ich, um in Europa nichts zu vergessen, in meine Schreib-Taffel eintragen muste.

Hierauf setzten wir uns zu Tische, die Valet-Mahlzeit einzunehmen, worbey verschiedene Gespräche vorfielen, unter andern sagte der Capitain Wodley zu Herrn Wolff-gang und dem Capitain Horn: Meine Herren, ich habe ihnen meines Wissens alles mein baares Geld und Gut gezeiget, was meynen sie wohl, wie hoch sich dasselbe belauffen solte? Indem nun beyde einstimmig waren, daß er selbiges, inclusive der vielen Edelgesteine und andern Kostbarkeiten, die zwar von kleinem Gewichte, aber desto grössern Werthe wären, schwerlich unter dreymahl hundert tausend Reichs-Thaler hingeben würde; sprach Wodley ferner: Sie haben richtig genung taxiret, meine Herren, [567] wolte aber der Himmel! es wäre solches hinlänglich, mich damit in diese glückseelige Insul ein-zukauffen, denn ich habe Zeit meines Hierseyns, bey der vergnügten Lebens-Art hiesiger Einwohner, einen sol-chen Eckel gegen andere Gesellschafft geschöpfft, daß ich nicht anders als mit betrübten Hertzen zurück in mein Vaterland gehen kan, allwo voritzo mehr Laster als Tugenden zum Vorscheine kommen. Ich läugne zwar nicht, daß ich von Jugend auf derjenigen Secte, welche man in Engel- und Schottland Presbyterianer nennet, zugethan gewesen, als welche den hiesigen Religions- und Kirchen-Gebräuchen, um ein nicht geringes entgegen ist, allein, die erbauliche Lehr-Art des Herrn Mag. Schmeltzers, hat mein Hertz dergestalt gerühret, daß ich wünschen möchte, von ihm weiter unterrichtet, und end-lich einmahl auf meinem Todt-Bette zum seeligen Sterben bereitet zu werden, denn ohngeacht ich ein Mann von nur etliche 50. Jahren bin, der sonsten eine von den stärcksten und gesündesten Naturen gehabt, so glaube doch, daß der vor wenig Jahren genossene vergifftete Vogel, selbige dergestalt geschwächt hat, daß ich mein Leben wohl nicht allzu hoch bringen möchte. Sonsten bin ich mein Leb-Tage niemahls verheyrathet gewesen, habe auch keine andere Freunde und Erben, als einen eintzigen leiblichen Bruder, der ein Kupfferstecher in Yarmouth ist, und etliche 100. Pfund Sterlings im Vermögen haben mag, welchem ich doch wohl etliche kostbare Jubelen zum Andencken meiner, wünschen möchte, [568] daferne ich ja so glücklich seyn solte, von dem vortrefflichen Alt-Vater und Herrn dieses Landes, Erlaubniß zu erhalten, den Rest meines Lebens unter möglichster Arbeit, auf dieser glückseeligen Insul zuzubringen.

So bald der Capitain Wodley seine Rede geendiget, sahen wir alle mit verlangenden Augen den Alt-Vater an, um zu vernehmen, was derselbe darauf antworten würde, selbiger aber reichte, ohne langes Besinnen, dem, ihm zur Rechten sitzenden Capitain Wodley, die Hand, und sagte: Bleibet hier, mein Freund, im Nahmen des Herrn, denn weil diese Insul zum Ruhe-Platze redlicher Leute von dem Himmel bestimmt zu seyn scheinet, so wäre es ein unverantwortliches Verbrechen, wenn ich euch den beliebigen Auffenthalt versagen wolte, von aller verdrüßlichen Mühe und Arbeit werdet ihr jederzeit befreyet leben können, an meinem Tische und in dieser

Burg, so lange ich lebe, vor lieb nehmen, nach meinem Tode aber werden euch die redlichen Meinigen auch niemahls Noth leyden lassen, denn ich bin versichert, daß sie den Befehle ihres Alt-Vaters nimmermehr so starck zuwider handeln können. Was aber eure Schätze anbelanget, so wendet dieselben in GOttes Nahmen euren leiblichen Bruder zu, mein Eberhard kan ihn zu sich nach Amsterdam oder einen andern Holländischen Ort verschreiben, und demselben alles einhändigen, denn wir haben dergleichen zeitliche Güter, nach hiesiger Beschaffenheit, in solchem Uberflusse, daß wir nichts mehr bedürffen. [569] Im übrigen aber, mein Freund, erweget nochmahls wohl, ob ihr ohne eintzigen Gewissens-Scrupel, euch so wohl unseren Satzungen, als hauptsächlich der Religion, gemäß und gleichförmig, nicht allein jetzo, sondern jederzeit, bezeigen könnet und wollet.

Capitain Wodley küssete hierauf des Alt-Vaters Hand, und nach weitläufftiger Dancksagung, betheurete er hoch, daß er seit etlichen Wochen, alles wohl überlegt, und den festen Schluß, sich erwehnter Lebens-Art gleichförmig zu bezeigen, gefasset, doch beständig gezweiffelt hätte, ob man ihm auf sein inständiges Ansuchen, und zwar in Betrachtung seines Alters, das Dableiben erlauben würde. Nachhero wendete er sich zu mir, und sagte: Mons. Eberhard! alle meine Sachen sind bereits eingeschifft, biß auf ein kleines Kästlein, welches ich noch bey mir habe, ich will aber von allen nichts zurück nehmen, als einen eintzigen Kasten, worinnen zwar wenig kostbare, jedoch solche Sachen verwahret liegen, welche vielleicht den Einwohnern dieser Insul auch lange Jahre nach meinem Tode angenehm und nütz- lich seyn werden. Ausser diesen will ich sie, mein Herr, bitten, eine schrifftliche und versiegelte Instruction we- gen meiner übrigen Sachen anzunehmen, dieselbe aber nicht ehe zu erbrechen, biß sie in Europa zu Lande ge- kommen sind, hergegen meiner Verordnung aufs aller- genaueste nachzuleben, denn ich versichere, daß sie ih- nen keinen Gewissens-Scrupel, auch nicht allzu grosse Mühe verursachen wird. [570]

Ich versprach dem Capitain Wodley mit Hand und Munde, seiner Verordnung aufs genaueste nachzuleben, und ihm jederzeit alle möglichsten Gefälligkeiten zu er- zeigen, indem aber unter solchen Gesprächen die Mahl- zeit geendigt, und das übrige abgetragen war; hatte Mons. Litzberg das gantze Collegium Musicum zusammen beschieden, um uns Abreisenden noch zu guter letzt ein musicalisches Vergnügen zu machen, welches dem Alt- Vater so wohl als allen andern hertzlich wohl gefiel. Ich durffte vor dieses mahl nicht mit musiciren, indem Herr Mag. Schmeltzer selbst den General-Bass zu vielen mora- lischen und andern Lobens-würdigen Cantaten spielete, saß derowegen bey meiner liebsten Cordula im stillen Vergnügen, und trocknete ihr zuweilen einige Thränen ab, die sie meiner fernen Reise wegen vergoß. Zum Be- schluß aber der gantzen Music sunge Mons. Litzberg noch folgende selbst gemachte und componirte Cantata ab:

JOHANN GOTTFRIED SCHNABEL

CANTATA.

Aria.

Adieu, das herbe Wort
Thut treu-gesinnten Hertzen
Nach keusch-verliebten Schertzen
Den allergrösten Tort. [571]
Auf Scheiden reimet sich das Leyden,
Denn, muß man sein Geliebtes meiden,
So gönnt die Sehnsucht immerzu
Wenig Ruh.

Recit.

Ach Eberhard und Cordula!
Ihr allerliebsten Beyde,
Mich düncket, eure Freude
Ist jetzo sehr vergällt,
Doch wenigstens verstellt,
Warum? die Abschieds-Zeit ist da.
Der liebste Eberhard
Muß sich den Wellen anvertrauen,
Die wir so offt von hier mit Furcht beschauen;
Der frohe Muth erstarrt,
Wenn wir an die Gefahr gedencken,
Jedoch des Himmels Macht,
Die stets vor unser Glücke wacht,
Kan alle Noth zurücke lencken.

Aria.

Sorge nicht, getreue Seele,
Angenehme Cordula!

604

Laß dein halbes Hertze fahren,
Denn der Himmel will es ja
Auf der Reise wohl bewahren,
Daß, nach überstandner Pein,
Deine Lust kan völlig seyn.

Da Capo. [572]

Recitativ.

Verbeiße deinen Schmertz
Mein Eberhard, und laß den Himmel walten,
Der kan und will und wird dich wohl erhalten.
Bleibt gleich dein halbes Hertz
Auch hier bey deiner Cordula zurücke;
So büssestu an solchen schönen Stücke
Doch gar nichts ein,
Ein gantzes Hertzgen soll davor dein eigen seyn,
So bald der Himmel dich, nach unsern Hoffen,
Gesund zurück gebracht;
Drum sey auf lauter Trost und keinen Schmertz
bedacht
Ein frischer Muth hat stets das beste Ziel
getroffen.

Aria.

So reise denn, geliebter Freund!
Und komm und eile bald zurücke.
Der Himmel, der dir günstig scheint,
Verdopple stets die Sonnen-Blicke.
Regen, Winde, Sturm und Wellen,
Die sich dir entgegen stellen,

605

Müssen so, wie Sonnenschein,
Deiner Groß-Muth Zeugen seyn;
Biß daß wir dich wieder in Felsenburg haben,
Allwo dich dein Hertzgen mit Küssen kan
laben. [573]

Diese Cantata, ohngeacht sie sich in der Music vollkommen wohl ausnahm, that dennoch bey meiner Cordula einen wiedrigen Effect, indem selbige dadurch in
völlige Wehmuth gesetzt wurde, so daß ihre Thränen
noch viele 1000. andere Thränen von abwesenden Personen beyderley Geschlechts, heraus lockten. Selbige
Nacht aber, muste bey allen auf der Alberts-Burg versammleten Freunden, ihren behörigen Zoll einbüßen,
weilen kein eintziger, auch so gar der Alt-Vater nicht
zu bereden war, sich einige Stunden der Ruhe zu bedienen. Um Mitternachts-Zeit wurden, bestelltermaßen, die
Schleußen des Nord-Flusses niedergelassen, so bald
aber der Himmel zu grauen anfing, nahm ich erstlich von
dem Alt-Vater und von meiner Cordula den allerzärtlich-
sten Abschied, hernach beuhrlaubte mich von Herr Mag.
Schmeltzern, Herr Wolffgangen und allen anwesenden
getreuen Freunden, Mons. Horn that dergleichen, und
also marchirten wir unter starcker Begleitung durch den
Wasser-Fall hinunter an das Meer-Ufer, allwo die Boote
bereits fertig stunden uns in die grossen Schiffe über-
zuführen.

Mons. Wodley fuhr nebst denen 7. neu eingenommenen Europæern mit hinüber auf die Insul Klein-Felsenburg, um den daselbst einlogirten, denen aber die Ordre zur Abreise albereit kund gethan war, zu zeigen, daß sie mit guten Willen zurück blieben. Diese Verlassenen schienen anfänglich sehr müßvergnügt zu seyn, nachdem aber ich auf Verordnung des Alt-Vaters, einen jeden durch [574] die Banck hinweg und ohne Ansehn der Person 2. Pfund Gold und ein Sächsis. Nößel der schönsten Orientalischen Perlen eingehändiget, auch versprochen hatte, daß nach glücklicher Anländung in Europa, daferne sie sich wohl aufführeten, ein jeder noch 100. spec. Duc. von mir empfangen solte; war alles lustig und guter dinge, ausser diesem machte ihnen ein paar Fässer des mitgebrachten allerbesten Felsenburgischen Weins, doppelte Courage, so daß wir den 16. Novembr. Nachts etwa um 1. Uhr, wohl besorgt abfahren konten.

Wir gaben aber unsere Abfahrt den Groß-Felsenburgern durch eine Salve von 12. Canonen zu verstehen, worauf uns aus allen auf den Felsen-Höhen stehenden Geschütze, drey mahl hinter einander nochmahls Glück auf die Reise gewünschet wurde, nachhero höreten wir biß über Mittag des zweyten Tages ordentlich alle zwey Stunden, 3. Canonen-Schüsse von der Felsenburg, worauf wir, wegen Sparsamkeit des Pulvers jedesmahl nur mit einem Schusse antworteten, jedoch nach der Zeit erhub sich ein etwas stärckerer Wind, welcher unser Schiff mit fast unglaublicher Geschwindigkeit dergestalt fortführete, daß wir die Insul St. Helenæ fast

14. Tage eher, als den ordentlichen Vermuthen nach, erreichten.

Wie glücklich aber die biß daherige gantze Fahrt gewesen war, so unglücklich war hingegen die Einfahrt in dasigen Hafen, denn unser Schiff wurde, wie die meisten sagten, aus Versehen des Steuer-Manns dergestalt gegen eine Klippe geworffen, daß [575] wegen des grausamen Krachens und Erschütterens, ein jeder nicht anders vermeynete, als daß es augenblicklich zerfallen, und zu Grunde sincken würde, allein der Himmel verhütete selbiges Unglück, und halff uns glücklich zu Lande, allwo wir, um den genommenen Schaden auszubessern, fast 6. Wochen lang stille liegen musten.

Es ist dieses, wie ich, wo mir recht ist, schon ehemahls gemeldet, eine anzügliche und gefährliche Insul vor lüsterne und Geldhabende See-Leute, derowegen hatte der Capitain Horn die gantze Zeit über wenig Ruhe, weil er stets besorgt war, der Seinigen Schaden zu verhüten, dem ohngeacht konte er folgendes Unglück nicht ablencken: Des zurück gebliebenen Capitains Wodley Schiffs-Barbier, der ein Engelländer von Geburth war, hatte ein junges Mägdlein von 16. Jahren, in ihrer Eltern Behausung zu seinen Willen beredet, auch seine Wollust täglich mit ihr fortgetrieben, und zwar unter dem Versprechen, sie voritzo gleich mit sich nach Engelland zu ihren annoch lebenden Groß-Eltern zu führen, und daselbst sich mit ihr ehelich verbinden zu lassen, der liederliche Mensch aber hat nicht so bald vernommen, daß wir

608

binnen 3. oder 4. Tagen abseegeln wollen, als er seine gethanen Eydschwüre, so wohl, als das geschwängerte Weibs-Bild ins Buch der Vergessenheit schreibt, und sich bey Zeiten aus dem Staube und auffs Schiff macht. Die Eltern und Befreundte der Geschwängerten kamen und suchten ihn mit Erlaubniß des Capitain Horns auf unsern Schiffe, fanden [576] aber nicht die geringste Spur, weil er sich ungemein klüglich verborgen hatte. Zu seinem Unglücke aber, kam er Tags vor der angestellten Abfahrt, hinter mir und dem Capitain hergegangen, eben, da wir im Begriff waren, noch zum letzten mahle auf die Insul zu gehen, wir riethen ihm, er solte alle Weitläufftigkeiten zu vermeiden, zurück bleiben, allein er hatte seinen Spaaß darüber, kaum aber waren wir 200. Schritt weiter fort gegangen, als der Vater nebst dreyen Brüdern der Geschwächten herzu kamen, und den wollüstigen Barbier ermahneten, er möchte sein Wort halten, und seiner geschändeten Liebste der Ehre ersetzen, jedoch der Barbier lachte darzu, und sagte: Die Ehre wäre theuer genug bezahlet, indem er ihr bey nahe 10. Ducaten werth davor gelassen hätte. Das ist nicht genung, sagte der Vater, sondern ich will, daß ihr entweder meine Tochter heyrathen, oder ihr 200. Ducaten vor den Jungfer-Crantz bezahlen sollet. Nicht 200. Kieselsteine antwortete der Barbier. Der Vater war ziemlich raisonable, ließ immer weiter nach, biß es endlich auf 50. Duc. herunter kam, welche aus zu zahlen, der Capitain Horn, dem Barbier selbst zuredete, auch sich erboth, ihm dieselben gleich auf dem Platze vorzustrecken, daferne er allenfalls kein Geld bey sich hätte. Allein der eigensinnige und tollkühne Mensch wolte durchaus nicht, sondern sagte mit Ausstossung eines schrecklichen, den Engelländern aber sehr geläuffigen Schwures: Ich gebe nicht 50. Pfifferlinge, denn vor dergleichen Hure, sind 10. Ducaten schon mehr [577] als zu viel gewesen. Kaum aber war das letzte Wort ausgesprochen, als er schon 3. Dolche auf einmahl im Leibe stecken hatte, welche die 3. Brüder der Geschwächten dergestalt hurtig auf ihn zuckten, daß der Capitain Horn so wenig, als ich vermögend war, der plötzlichen Rache Einhalt zu thun. Die Mörder hielten sich so wohl, als ihr Vater nicht lange bey uns auf, indem aber etliche von unsern Leuten herzu kamen, wolten wir Anstalt machen, den, allem Ansehen nach tödtlich verwundeten Barbier auf unser Schiff zu schaffen, allein er starb uns gleich unter den Händen, und so bald etliche Einwohner der Insul solches vermerckten, gaben sie nicht einmahl zu, daß wir des Entleibten Kleider aussuchten, sondern schlossen einen Creyß um den Cörper, und jagten uns mit ziemlichen Ungestüm zurück in unser Boot.

Capitain Horn versuchte zwar dieses Streichs wegen von dem Gouverneur Satisfaction zu erhalten, merckte aber sehr zeitig, daß derselbe ziemlich partheyisch, auch nicht ungeneigt wäre, uns unschuldigen viele Händel und Weitläufftigkeiten zu verursachen, derowegen schien am klügsten gethan zu seyn, wenn wir stille schwiegen, und uns mit guter Manier aus dem Staube machten, weil in Wahrheit der entleibte Barbier auch wenig Recht überley hatte.

Unsere weitere Fahrt gieng hernachmahls desto glücklicher von statten, denn wir traffen bey der Insul Ascension 5. aus Ost-Indien zurückkommende Holländische Kauffarthey-Schiffe, unter [578] einer starcken Convoye an, zu welchen wir uns nach abgegebenen billigen Discretion-Geldern schlugen, und ohne die geringste Gefahr auszustehen, erstlich die Insuln des grünen Vorgebürges, hernachmahls aber die Canarischen erreichten, allwo abermahls Rast gehalten, und eine kleine Ausbesserung des Schiffs vorgenommen wurde. Die bey uns befindlichen Engelländer wären dahier hertzlich gern von uns ab und nach ihren Vaterlande gegangen, allein der Capitain Horn hatte seine besondern Ursachen, warum er dieselben nicht ehe, als in Amsterdam von sich lassen wolte, immassen nun ein jeder annoch 100. spec. Ducaten rückständig wuste, musten sie sich um so viel desto mehr nach des Capitains Willen bequemen. Demnach lieffen wir endlich am 24. Mart. des 1729. Jahres im Texel ein, und kamen 12. Tage hernach glücklich in Amsterdam an, in welcher Stadt der Capitain Horn und ich Herrn Wolffgangs ehemahliges Quartier bezogen. Wir lieferten vor allererst Herrn Wolffgangs vornehmen Patronen und andern guten Freunden, die an sie gestelleten Brieffe und kostbarn Geschencke ein, erhielten nachhero besondere Erlaubniß, unser Gut aus

zu laden, ohne dasselbe von einem oder dem andern
eröffnen und besichtigen zu lassen. So bald dieses geschehen, zahlte der Capitain einem jeden nicht nur den
rückständigen Sold, sondern auch das versprochene Geschenck an 100. spec. Ducaten aus, die Engelländer begaben sich so gleich von dannen in ihr Land, die übrigen
bathen sich mehrentheils Pässe vom Capitain Horn aus,
um die ihrigen zu [579] besuchen, versprachen aber mehrentheils aufs längste gegen das Ende des August-
monats sich wiederum anzumelden, und noch eine Fahrt
mit uns zu wagen, solchergestalt blieb niemand von allen
mitgekommenen bey uns, als drey Schiffs-Officiers, und
die 9. Sclaven, welchen letztern der Capitain allen überein graue Kleider mit gelben Aufschlägen machen, auch
einen Evangelischen Studiosum aufsuchen ließ, der sie
sämtlich, täglich 6. Stunden, in der deutschen Sprache,
welche einer vor dem andern schon ziemlich gut reden
konte, unterrichten, und den Lutherischen Catechismum
nebst der Auslegung mit ihnen tractiren muste.

Jedoch von meinen eigenen Angelegenheiten etwas zu
melden, so war mein allererstes Vornehmen, nach Hamburg an Herrn W. als meines Vaters getreusten Freund
zu schreiben, um von demselben zu vernehmen, ob ihm
nichts von dem Auffenthalte und Zustande meines Vaters bekandt wäre. Es begleitete diesen Brieff eine Kiste, worinnen vor mehr als 1000. Thlr. Ost-Indianische
Raritæten und Kostbarkeiten lagen, um denselben zu desto geschwinderer Antwort zu bewegen. Mittlerweile ich

aber recht mit Schmertzen auf dessen Antwort wartete,
fiel mir die von dem Capitain Wodley empfangene schrifftliche Instruction in die Gedancken, die ich ohne ferneres
Bedencken erbrach, und also gesetzt befand: [580]

Monsieur Eberhard Julius!

*Die mir zugehörigen auf dem Schiff befindlichen
Güter werden euch ohnfehlbar durch den Capitain
Horn ausgeliefert werden. Derowegen habt die Gutheit,
die mit 1. W. W. No. 3. bezeichnete Kiste, meinem Bruder in Yarmouth den Kupfferstecher Melchior Jacob Wodley zuzustellen, denn es befindet sich alles darinnen, was
ihm von mir zugetheilet ist, mehr aber soll er aus gewissen Ursachen, durchaus nicht haben und ich hoffe, daß
er damit völlig zufrieden seyn kan und wird. Alles übrige
stelle zu eurer freyen Disposition, denn ich weiß im Voraus, daß ihr es entweder den Felsenburgern zum Nutzen,
oder wenigstens also anwenden werdet, daß ich keine Ursache, es zu bereuen, haben kan. Ich beschwere euch demnach bey der Felsenburgischen Treue und Redlichkeit,
das mir gethane Versprechen zu erfüllen, und dieser
meiner kurtzen Instruction genug zu thun. Geschrieben
auf der Insul Groß-Felsenburg den 15. Novembr. 1728.*

Anbey lag dessen eigenhändiges an seinen Bruder
gestelltes Schreiben, welches ich mit dem nechst abgehenden Post-Jagt-Schiffe nach Yarmouth abschickte,
nachdem ich einen Umschlag darum gemacht und darinnen den Kupffer-Stecher, entweder selbst zu kommen, oder einen Gevollmächtigten an mich zu schicken,

ersucht hatte. Es stellete sich auch derselbe binnen weniger Zeit persönlich ein, [581] nahm das brüderliche Geschencke mit grossen Vergnügen in Empfang, stellete davor an mich ein Recipisse aus, und war eifrig bemühet seines Bruders des Capitain Wodley eigentlichen Zustand von mir auszuforschen, allein weilen ihn derselbe alle Umstände zu offenbahren einiges Bedencken getragen, so erfuhr er auch von mir nicht mehr als ich ihm zu wissen nöthig erachtete.

Mittlerweile erhielt ich von Hamburg die Antwort: daß mein Vater seinen Banquerot durch eine glückliche Avanture bey nahe drittentheils remedirt, und vielleicht seine gantze Sache auf neuen guten Fuß gesetzt, wenn ihm nicht ein plötzlicher melancholischer Zufall daran verhindert hätte. Hr. W. schrieb ferner, daß so wohl des Herrn Wolfgangs als meine eigene an meinen Vater zurück gelassene Briefe, demselben nicht anders als Fabelhafft vorgekommen wären, so daß seine Melancholie nur um so viel desto mehr zugenommen, weilen er aber, ohne wenigstens eins von seinen leiblichen Kindern um sich zu sehen, nirgends einige Ruhe finden können, als habe er, Hr. W. sich seiner erbarmet, und ihn vor nunmehro einem halben Jahre nach Schweden hinüber zu meiner Schwester bringen lassen, allwo es binnen 3. oder 4. Monaten bald sehr schlimm, bald aber ziemlich gut mit ihm gewesen, allein nach der Zeit habe Hr. W. keine weitere Nachricht von ihm erhalten, wisse also nicht gewiß, ob er noch lebendig oder todt sey.

Ich war dieses letztern wegen dergestallt consternirt in meinem Gemüthe, daß fast nicht wuste [582] worzu ich am ersten schreiten solte, nachdem ich aber den Capit. Horn zu Rathe gezogen, so übermachte an den Hrn. *W.* in Hamburg sehr starcke Wechsel-Briefe, bath denselben in Person nach meiner Geburths-Stadt zu reisen, daselbst meines Vaters sämtlichen Creditores mit allem Interesse, so dieselben nur mit Recht fordern könten, zu befriedigen, seine eigenen Reise-Kosten inne zu behalten, mir die Gerichtliche General-Quittung nach Schweden zu senden, und so lange in meiner Geburths-Stadt zu verharren, biß ich mit meinem Vater daselbst anlangete oder ihm wenigstens schrifftliche fernere Nachricht gäbe. Hr. *W.* that mir seine Willfährigkeit vermittelst einer der schnellesten Staffeten zu wissen, weßwegen ich mich alsofort zu Schiffe und auf die Fahrt nach Schweden begab. Zu Gothenburg ließ ich mich ausschiffen und setzte meine Reise zu Lande biß nach Stockholm fort, indem ich aber daselbst vernahm, daß sich meine Anverwandten von dar hinweg und nach Nyköpping gewendet hatten, muste ich einen verdrüßlichen Rückweg biß dahin vor mich nehmen, allwo mir zwar die Wohnung meiner Befreundten gar bald angewiesen wurde, allein in selbiger war niemand anders als das Hauß-Gesinde anzutreffen, welche mich berichteten, daß ihre Herrschafft vor zweyen Tagen verreiset sey, es wisse aber keines von ihnen eigentlich wohin. Ich fragte weiter ob die Mademoiselle Juliin auch zugleich mit gereiset wäre, und ob sich etwa deren Vater bey ihr befände, man sahe mich aber dieser Fragen wegen, noch um so viel mehr [583] vor einen Spion an, ohngeacht ich endlich meldete, daß ich ein naher Anverwandter von ihrer Herrschaft wäre. Kurtz, es war bey dem entweder allzugetreuen oder allzueigensinnigen Hauß-Gesinde nicht das geringste auszulocken, weßwegen ich mich mit nicht geringen Verdruß in das fast gegen über liegende Wirths-Hauß begab, und daselbst allerley Calender machte.

Es war mir höchst verdrüßlich, daß ich die Schwedische Sprache nicht selbst reden und verstehen konte, sondern alles durch einen Dollmetscher, welchen ich nebst zweyen von des Capitain Horns Indianischen Sclaven aus Holland mitgenommen, abhandeln muste, jedoch eben dieser Dollmetscher welches der Ausbund eines verschlagenen Kopffs war, brachte mir noch selbigen Abend das gantze Geheimnüß nebst dessen völliger Erklärung zu Ohren, indem er sich mit einer jungen Magd in ein vertrauliches Gespräch eingelassen, und nachdem er vermerckt, daß ihr so wohl meiner Schwester, als der Anverwandten Wirthschafft und gantzes Wesen sehr genau bewust, sie durch gute Worte und Geschencke dahin gebracht, daß sie ihm den Ort gemeldet, wohin man meine Schwester geführet, welche sich daselbst mit einem reichen Kauffmanne verloben solte, dem das gantze Untermaul vor einiger Zeit abgehauen worden. Von meinem Vater hatte dieses junge Mensch zwar nichts gewisses zu melden gewust, als dieses, daß sich gleichfals vor

einiger Zeit ein kräncklicher Mann in dem Hause meiner
Baase aufgehalten, von dem gesagt worden, daß [584] er
sehr viel schuldig sey, sie wisse aber nicht ob er noch in
selbigem verborgen, oder bereits wieder fortgeschafft
wäre.

Ich ließ demnach gleich ohne ferneres Uberlegen eine
schnelle Post bestellen, setzte mich mit meinem Dollmetscher und zweyen Bedienten drauff, und gelangete
Nachts um ohngefähr Ein Uhr in dem bezeichneten Orte
an. Der Postillon muste im Wirthshauß ausspannen unter dem Befehle, so lange zu verziehen, biß ich ihn selbst
abfahren hiesse, ich aber wanderte nebst meinen Leuten
nach einem grossen Hofe zu, in welchem alles, wie von
aussen zu hören war, herrlich und in Freuden hergieng.
Wir schlichen so lang um den Pallast herum, biß mein
Dollmetscher einen Domestiqen antraff, von welchen er
nicht allein erfuhr, daß der Hauß-Herr seinen Verlöbniß-
Schmauß ausrichtete, sondern auch daß die Braut
Madem. Juliin hiesse. Mir pochte das Hertz im Leib ungemein starck, ehe ich das Glück oder Unglück haben
konte, meinen neuen und einzigen Herrn Schwager
kennen zu lernen, schickte aber alsofort den Dollmetscher an denselben, ein gehorsamstes Compliment abzustatten, und zu vernehmen, ob einem der allernechsten
Bluts-Freunde der Jungfer Braut, erlaubet wäre, seine
Aufwartung bey ihnen zu machen? Im Augenblicke wurde im gantzen Hause alles noch einmahl so lebhafft,
als es vorhero gewesen war, zugleich kamen mehr als

30. Lichter und Laternen, welche meine Personalitæt besichtigen und nach Befinden an diejenige Treppe begleiten musten, alwo das halb vergnügte und halb [585] unvergnügte Braut-Paar sich auf der obersten Stuffe præsentirte. Kaum hatte ich meine liebste Schwester nur durch einen eintzigen Blick erkannt, als mich, im andern Blicke, die entsetzliche häßliche Gesichts-Bildung und gantze Leibes-Gestallt ihres mir bereits einiger massen beschriebenen Liebsten, dergestallt erschreckte, daß ich die Augen sogleich niederschlagen muste, und dieselben kaum empor heben konte, da ich mich bereits auf der obersten Stuffe bey ihnen befand.

So bald mir meine Schwester ins Gesichte gesehen, fiel sie nach den ausgeschryenen Worten: Ach mein Bruder Eberhard! augenblicklich ohnmächtig zurücke. Ich befand mich am allermeisten hierdurch bewegt, und war nicht im Stande die höfflichen Complimente zu beantworten, mit welchen mich so wohl der Hr. Schwager als meine Frau Baase, nebst andern unbekandten Personen überschütteten, sondern hatte beständig die Augen auf meine Schwester gerichtet, welche doch von den Anwesenden Dames in kurtzen völlig wieder zu sich selbst gebracht wurde.

Ein jedes solte zwar von rechtswegen glauben, diese Ohnmacht wäre ihr von gar zu jählinger Freude zugestossen, allein es stack ein mehreres darhinter. Inmittelst war dieses Zufalls wegen die gantze Lust unterbrochen, ohngeacht man mir aber, unter dem Vorwande einer sorgfältigen Bewirthung, alle Gelegenheit abschneiden wolte mit meiner Schwester etliche Wort in geheim zu sprechen, so ließ ich mich doch nicht eher von ihrer Seite bringen, biß [586] mir so viel Nachricht, so wohl von ihr als meiner Baase gegeben worden, daß mein Vater nur vor wenig Tagen nach meiner Geburts-Stadt abgereiset wäre, um daselbst noch einen grossen Theil seiner Schulden zu bezahlen, und mit einem neuen Compagnon in frische Handlung zu treten, auch seine gantze Haußhaltung daselbst von neuen wieder anzufangen.

Man machte sich hierauf viele Mühe, mich als der Braut Bruder aufs beste zu verpflegen, allein weil es bereits sehr späte war, hatte ich die beste Gelegenheit, mich dieses mahl gar bald von dem verdrüßlichen Herrn Schwager, so wohl als der andern Ruh bedürfftigen Gesellschafft loß zu wickeln, und den übrigen Theil der Nacht mit sehr verdrüßlichen Gedancken zu zubringen.

Kaum war der Tag völlig angebrochen als meine Schwester nebst ihrer Aufwarte-Frau, die in der Kindheit ihre Amme gewesen war, zu mir in die Schlaf-Cammer kamen, und nach gebothenen guten Morgen, an statt fernerer Worte häuffige Thränen hervor brachten. Die erstere setzte sich auf mein Bette nieder, und sagte endlich mit kläglichen Seufftzen: Ach mein allerliebster Bruder, ist noch ein eintziger Trost in meinem Jammer zu finden, so ist es gewiß dieser, daß doch ihr selbsten Zeuge seyd und mit sichtlichen Augen sehet, wie bloß um meines Vaters Renommé einigermassen wieder herzustellen, ich mich in den aller beklagens-würdigsten Zustand setze. Inmassen nun ich mich gegen meine Schwester weiter mit nichts heraus lassen wolte, biß ich der Haupt-[587]Sache wegen völlige Nachricht eingezogen, so erzelete sie mir auf mein Bitten in aller Kürtze, daß ihr par force Bräutigam vor einen der allerreichsten Handels-Leute, nicht allein in diesen, sondern auch in andern Landen, geschätzt würde. Unser Vater wäre auf der Reise mit ihm bekandt worden, und hätte denselben vor Jahres-Zeit mit sich nach Stockholm gebracht, allwo dieser Mensch sie nicht so bald gesehen, als er sich schon auf eine recht närrische Weise in ihre Person verliebt gehabt. Sein Ansehen wäre damals zwar vor ein junges Frauenzimmer übel genung aber des tausenden Theils nicht so heßlich gewesen als anitzo, so bald er ihr aber seine hefftige Liebe angetragen, hätte sie ihn ein vor allemal zu verstehen gegeben: daß sie Zeit Lebens mit guten Willen nicht dahin zu vermögen seyn würde, einen Mann zu nehmen der mehr 1000. als sie 100. Thlr. im Vermögen hätte. Nun wäre zwar leichtlich zu mercken gewesen, daß er mit ihren Vater in sehr wichtigen Handlungs-Tractaten gestanden, endlich aber sey es heraus gekommen, daß eben unser Vater sich von der Noth gedrungen gesehen, zwischen seiner eintzigen Tochter und einem sehr ecklen Menschen, seines Vortheils wegen, eine Verbindung gut zu heissen, die er in seinem Wohlstande, ehe mit etlichen 1000. Thlr. zu hintertreiben, gesucht hätte.

Mittlerweile wäre ein gewisser Cavalier der Hr. von L** ebenfals mit verliebten Regungen gegen diese meine Schwester angefüllet worden, der sich, so bald er nur gehöret, daß sie dem Kauffmanne (wel-[588]chen ich gewisser Ursachen wegen nur Peterson genennet haben will) versprochen werden solte, aufs grausamste vermessen, dem, wie er gesagt, wurmstichigen Kerle, ehe 1000. mahl den Halß zu brechen, als zu vergönnen, daß er die schöne Preußin, (denn unter diesem Nahmen war meine Schwester in Stockholm bekandt, jedoch nicht offt zu sehen gewesen) ins Braut-Bette führen solte.

Kurtz von der Sache zu reden, es war endlich dahin gekommen, daß der Herr von L** Gelegenheit gesucht, dem Peterson ein wichtiges anzuhängen, und sein nicht lobenswürdiger Anschlag war ihm in so weit gelungen, dz er demselben unter vielen starcke Verwundungen, fast das gantze Unter-Maul hinweg gehauen hatte, welches den armen Menschen vollends ungemein verstellete. Weilen sich aber mein Vater mit Peterson allbereit zu tieff verwickelt, so soll dem ohngeacht die Verbindung desselben mit meiner Schwester vor sich gehen, und da dieselbe solcher Ursachen wegen vor Jammer fast vergehen will, ziehet es sich mein Vater dergestallt zu Gemüthe, daß er gantz melancholisch wird, derowegen schlagen sich unsere so genandten Freunde ins Mittel, welche, aus lauterm Eigen-Nutz, meine Schwester unter den trifftigsten Vorstellungen dahin bewegen, daß sie um unsers Vaters Leibes- und Gemüths-Kranckheit, ingleichen dessen Renommé wieder herzustellen, sich endlich entschliesset: mit dem eckelhafften Peterson, ein, auf die Ehe abzielendes Verlöbniß einzugehen, jedoch bedinget sie sich erstlich noch so lange Zeit aus, biß sie sähe, ob ihr Vater [589] seine völlige Gesundheit wieder erlangen und Peterson sein Wort halten könte, demselben so viel Gelder herzuschiessen, als zu Wiederauffrichtung seiner vorigen Handelschafft und gantzen Wesens erfodert würde.

Indem nun meine Schwester ihren geheimen Kummer sonderlich zu verbergen, und sich anzustellen weiß, als ob ihr mit dergleichen Heyrath gantz wohl gedienet sey, wird der Vater nach und nach völlig gesund, so bald Peterson dieses merckt, giebt er sich alle Mühe dessen Creditores dahin zu behandeln, daß sie mit der Helffte der zu fodern habenden Capitalien zufrieden seyn, und ihn vor voll quittiren wollen, weßwegen er meinen Vater die darzu benöthigten Gelder auszahlet, sich als Compagnon mit ihm zu handeln engagiret, und nachdem er so wohl dieser, als meiner Schwester wegen einen schrifftl. Contract mit dem Vater geschlossen; selbigen dahin bewegt, immer nach Hause in meine Geburths-Stadt zu reisen, und alle Sachen richtig zu machen, binnen welcher Zeit Peterson mit meiner Schwester ordentlich Verlöbniß und Hochzeit halten, und bald darauff nachfolgen wolle. Demnach war gestern Abend das Verlöbniß celebrirt, und meiner Schwester Hand in Petersons Hand gelegt worden, jedoch weil dieselbe dabey gantz ohnmächtig gewesen, und auf öffteres Befragen, kein Ja-Wort sagen können oder wollen, hatte der dabey anwesende Priester den Kopff geschüttelt und gesagt: Mit dergleichen Verlöbnissen habe ich nichts zu thun; war auch alsobald zum Hause hinaus ge-[590]gangen. Dem ohngeacht wenden unsere bestochenen Freunde allen Fleiß an, meine Schwester nur dahin zu vermögen, daß sie, um den Peterson nicht gäntzlich zu prostituiren, sich endlich mit zu Tische setzt, auch nachhero etliche Reyhen mit ihm und andern anwesenden Gästen tantzet, wiewohl ihr eben nicht gar täntzerlich zu muthe gewesen. Peterson hatte sich sonsten bey dieser verdrüßlichen Affaire ziemlich politisch und vernünfftig auffgeführet, jedoch sich etliche mahl gegen die alte Amme verlauten lassen: Er wolle seine Liebste in zukunfft schon anders gewöhnen.

Dieses war also der kurtze Haupt-Innhalt von meiner Schwester damahligen unglückseeligen Zustande, welchen sie mir nicht so bald erzehlet hatte, als ich ihr den allerkräfftigsten Trost zusprach, und die Versicherung gab: mein alleräuserstes anzuwenden, sie aus dieser Noth zu erlösen, indem mir der Himmel so viel Vermögen zugewendet, nicht allein meines Vaters gäntzliche Schulden damit zu bezahlen, sondern auch ihren ungestallten Liebsten mit seiner Haabe und Gütern vielleicht wohl zwey oder mehrmahl auszukauffen.

Sie hörete dieses mit bangen Hertzen als ein blosses Mährlein an, jedoch nachdem ich ihr noch weit theurere

Versicherung gegeben, und nicht ehe aus diesem Hause
zu weichen versprochen, biß ich sie mit mir hinweg führen könte; fieng sie an etwas stärckere Hoffnung zu
schöpffen, und schlich sich mit ihrer Amme gantz sachte
wieder in ihre Cammer, ehe noch jemand von Petersons
Leuten auffgestanden, [591] und unserer Zusammenkunfft inne worden war.

Etwa eine Stunde hernach, wurde alles völlig munter,
und die Musicanten liessen sich zu meinem damahligen
grösten Verdruß tapffer wieder hören, ich war bereits
angekleidet, trat derowegen aus meiner Cammer heraus,
und fragte nach meiner Schwester Zimmer, als wohin
mich die bereits abgerichtete Amme so gleich führete.
Es befand sich niemand bey ihr, als unsere Baase, indem
ich aber meine Schwester weinend antraff, fragte ich
alsobald, was ihre gestrige und noch itzige betrübte Aufführung zu bedeuten hätte. Indem nun meine Schwester
vor Thränen nicht antworten konte: nöthigte mich die
Baase zum niedersitzen, und fieng eine weitläufftige
Erzehlung an, von derjenigen Glückseeligkeit, worein
meine Schwester nicht allein sich selbst, sondern auch
meinen Vater und meine eigene Person setzen könte,
daferne sie ihren Eigensinn bräche, ein wenig in einen sauern Apffel bisse, und den Peterson sich gefällig
bezeugte; dessen verlobte Braut sie nun ohnedem
schon wäre. Was? rieff ich aus, soll meine Schwester
etwa mit Gewalt den ungestallten Menschen heyrathen?
Das wolle der Himmel nimmermehr. Es ist nun nicht

anders, antwortete meine Baase, denn gestern Abend vor eurer Ankunft, mein Vetter, ist das Verlöbniß schon geschehen. Ey was Verlöbniß? fieng nunmehro meine Schwester zu reden an, wer hat von mir ein Ja-Wort gehört? hat man nicht meine Hand mit Gewalt in seine Hand geleget? Man frage doch den dabey gewesenen Priester, was der darzu sagt. Sie [592] beruffen sich alle auf den Contract den Peterson mit meinem Vater geschlossen, allein ich glaube die Obrigkeit in Schweden wird nicht billigen, daß ein Vater seine Tochter als eine leibeigene Sclavin verkauffen kan.

Unter diesen Gesprächen trat Peterson, mit dem gantzen Gefolge seiner Freunde oder Anhänger, ins Zimmer, und weil er uns ohnfehlbar behorcht hatte; mengete er sich alsofort in unser Gespräch und sagte zu mir: Monsieur! ich hätte vermeynet, ihr wäret als ein getreuer Sohn eures Vaters, und als ein guter Freund gekommen, dessen Glück und mein Vergnügen zu befördern, allein wie ich aus wenigen Worten gemerckt, so raisoniret ihr so unglücklich als eure capriçieuse Schwester. Monsieur! gab ich etwas hitzig zur Antwort, wir haben vielleicht, als freygebohrne Kinder ehrlicher Eltern, nicht geringe Ursache eurer Aufführung, Person und gantzen Wesens wegen, capriçieus zu seyn, und mich wundert nicht wenig, daß ihr euch des besitzenden Reichthums wegen unterstehen wollet, ein honettes Frauenzimmer mit Gewalt in euer Ehe-Bette zu zwingen.

Es geschicht nicht mit Gewalt, versetzte er, sondern

sehet! hier ist der mit mir geschlossene Contract eures leibl. Vaters, und hier sind die Handschrifften über diejenigen Gelder, welche ich ihm bereits vorgeschossen habe, auch noch ein weit mehrers vorzuschiessen willens bin. Hiermit zohe er etliche Briefschafften aus seiner Tasche hervor, welche ich mit flüchtigen Augen überlase, jedoch bald darauff sagte: Der Väterliche Contract kan meine Schwester [593] zu nichts verbindlich machen, unterdessen ist es billig daß euch eure vorgeschossenen Gelder mit Dank und Interesse wieder bezahlet werden. Seyd ihr, sprach er hierauff mit einer hönischen und häßlichen Gebärde, etwa ein solcher Capitaliste, der diese Gelder heute, oder längstens binnen 8. Tagen an mich bezahlen, oder einen Bürgen schaffen kan, so nehmet eure Schwester und reiset mit derselben wohin ihr wollet, ausser diesem lasset sie hier, und packet euch augenblicklich zum Hause hinaus.

Holla! nicht so hitzig, vermeintlicher Herr Schwager, versetzte ich, wie man merckt so beruhet euer gantzer Vorschuß in allen, etwa auf kahlen 70. oder 80000. Thlrn. Hiermit zohe ich vor 120. tausend Thlr. Wechsel-Briefe, die Hr. G. v. B. in Amsterdam ausgestellet hatte hervor, und fragte ob er diese vor gültig erkennete, darauff Geld heraus geben, oder vor so viel Werth an Diamanten annehmen, oder noch heute vor Abends in Nyköpping sein baares Geld eincassiren wolte. Er stutzte gewaltig bey diesem unvermutheten Erbiethen, zumahlen, da ich ihm den Ernst zu zeigen, eine güldene, und mit den

allerkostbarsten Edelgesteinen angefüllete Dose aus der
Tasche zohe, und selbige zur Schaue darlegte.

Es befand sich ein Jubelier unter Petersons Beyständen, der, als ein Habicht über meine Kleinodien und
Edelgesteine herfiel, und dieselben mit begierigen Augen beschauete, indem er vielleicht muthmassete, daß es
falsche und betrügerische Waaren wären, nachdem er
aber alle und jede ächt und recht be-[594]funden: sprach
er mit ziemlich bestürtzten Gebärden, als welche Zeugen
seiner Boßheit waren: die Sachen sind zwar gut, allein
aufs höchste taxirt, so werden sie wenig über 40000. Thlr.
betragen. Mein Herr! gab ich zur Antwort, lernet entweder solche Sachen besser kennen, oder redlicher taxiren, denn ihr habt in Wahrheit mit ehrlichen Leuten und
mit keinen Juden zu thun. Indem nun Peterson von dergleichen Sachen ebenfalls gute Wissenschaft zu haben
vorgab, und sich verlauten ließ, daß er dieselben kaum
vor 30000. Thlr. annehmen könte, sprach ich: Mein Herr,
ihr thut euch selbsten Schaden, denn in Betrachtung
eures guten Gemüths, welches ihr gewisser massen gegen meinen Vater und Schwester blicken lassen, hätte
ich euch alle diese Sachen nebst der güldenen Dose,
welche unter Brüdern eine Tonne Goldes werth sind,
theils zu Bezahlung der Väterlichen Schuld, theils zum
guten Andencken überlassen, bey so gestallten Sachen
aber, werdet ihr euch gefallen lassen, daß ich meine
Schwester, als eine freye Person, mit mir hinweg führe,
euer Geld aber könnet ihr noch vor Abends in Nyköpping,

entweder selbst, oder durch einen Bevollmächtigten in Empfang nehmen, und mich meines Vaters gemachten Contracts wegen, völlig qvittiren. Mithin sehet ihr, daß ich ein solcher Capitaliste bin, der eure Prætensiones aufs genauste erfüllen kan. Peterson wuste vor Verwirrung nicht was er antworten solte, indem er sich dergleichen Schicksal nimmermehr eingebildet hatte, wolte also vorwenden er hätte nichts mit dem Sohne, sondern [595] mit dem Vater allein zu thun, allein ich sprach dargegen: Mein Herr! ich bitte euch nochmahls, machet keine Weitläufftigkeiten, denn ein vor allemahl habt ihr das Wort von euch gegeben, daß ich euch meines Vaters Schuld bezahlen, u. mit meiner Schwester hinreisen soll, wohin ich will, ausser dem glaubet mir nur sicherlich, daß ich mehr Tonnen Goldes an meiner Schwester Vergnügen zu wenden habe, als ihr vielleicht meynet. Peterson ließ zwar hierauf einige empfindliche Reden fliegen, konte sich aber zu nichts gewisses entschliessen, sondern ging mit seinen Anhängern davon, und ließ mich nebst meiner Schwester und Baase gantz allein im Zimmer zurücke. Die letztere wuste nunmehro nicht was sie vor Worte zu Marckte bringen solte, jedoch weil ich vorher aus allen Umständen vermerckt, daß sie gäntzlich auf Petersons Seite hinge, sprach ich: Liebste Schwester, wir sind hiesiges Orts so zu sagen verrathen und verkaufft, kommet wir wollen unsere Affairen auf einen kurtzen Spazier-Wege in geheim überlegen. Gut mein Bruder! versetzte sie, allein thut so wohl, und schreibet vorhero ein paar

Zeilen an Peterson, daß er binnen Zeit von einer oder
zwey Stunden seine völlige Erklärung von sich geben
solle, damit wir hernach unsere anderweitigen Messures
nehmen können. Ich hielt diesen Vorschlag vor höchst
billig, folgte derowegen, schrieb wenige Zeilen an Peterson, übersendete ihm selbige durch die alte Amme,
nahm hierauf meine Schwester bey der Hand, um mit
derselben einen Spatzier-Gang auf die [596] freye Straße
zu thun, allein ob schon die Hauß-Thüren offen stunden,
so waren doch alle Thore und Thüren des Hofes verschlossen. Wir merckten also wie es gemeynet war, da
aber eben eine Magd mit einem Bunde Graß, aus dem
weitläufftigen Baum-Garten heraus trat, drungen wir
uns neben derselben hinein und gingen biß an das Ende
desselben, welches mit starcken Pallisaden versetzet
war. Glaubet sicherlich Bruder! sagte meine Schwester,
Peterson will uns allhier im Arreste behalten, er ist ein
sehr untugendhaffter Mensch, wer weiß was ihm der
Satan vor Bosheiten eingiebt sich an uns zu rächen:
Wolte GOtt! wir könten nur diese Pallisaden übersteigen
und uns in des Priesters Behausung begeben, daselbst
verhoffte ich weit sicherer als in Petersons 4. Pfählen zu
seyn. Meiner Schwester Gedancken konten mir nicht
anders als sehr vernunfftmäßig vorkommen, derowegen
versuchte ich bald hier bald dort ein paar Pallisaden
auszubrechen, und war endlich, nach allen angewandten
Leibes-Kräfften so glücklich, solches ins Werck zu
richten. Wir schlupfften alle beyde durch die gemachte

Oefnung, und vermerckten im nochmahligen Umsehen, daß der Peterson mit vielen von seinen Hauß-Gesinde hinter uns her gelauffen kam, und dieses bewegte uns, daß wir ebenfalls hurtiger lieffen, auch das Pfarr-Hauß glücklich erreichten, da Peterson mit den seinen noch weiter als 50. Schritte zurücke war. [597]

Es blieben viele Leute auf der Strasse stille stehen, welche vermeyneten, wir hätten sämmtlich aus Wollust ein Wett-Rennen angestellet, allein da Peterson grausam zu fluchen, lästern und schimpffen anfing, merckten sie bald Unrath, der Zulauff aber wurde nur desto grösser, zumahlen da Peterson als ein rasender Mensch in des Priesters Hauß gelauffen kam, und meine Schwester mit Gewalt heraus zu reissen Mine machte. Der Priester, ohngeacht er mich nicht kannte, zeigte sich bey seiner Bestürtzung sehr höflich, ich gab ihm in lateinischer Sprache, ohngefähr so viel zu verstehen, daß ich und meine Schwester unter seinem Dache Schutz suchten, gegen einen irraisonablen Menschen, der die letztere, wieder alle Rechte, seine Ehe-Frau zu werden, zwingen wolte. Wie ihm nun dieses genung gesagt war, so wende-te er sich alsofort zu Peterson, und redete denselben, wie mir hernachmahls verdeutscht wurde, also an: Mein Herr, ihr wisset die Gesetze dieses Landes vielleicht nicht völlig, allein woferne euch eure rechte Hand lieb ist, so hütet euch in meinem Hause den geringsten Unfug anzufangen, ihr habt in Wahrheit nicht viel gerechte Sache vor euch, derowegen lasset entweder fremden

Personen ihre Freyheit, oder der Policey Richter anhero
beruffen, welcher einem jeden sein Recht sprechen wird,
wo nicht, so will ich selbsten einen Bothen nach ihm
senden, wollet ihr euch aber nicht warnen lassen, so
kan ich mein Hauß-Recht zu beschützen, durch wenige
Glocken-Schläge die Nachbarn bald zusammen ruffen
lassen, werdet ihr als-[598]denn prostituirt oder in Schaden gebracht, so habt ihr niemanden als euch selbst die
Schuld beyzulegen. Nach Anhörung dieser guten Erinnerung zog Peterson alsobald gelindere Saiten auf, und
da er mich so wenig als meine Schwester bereden konte,
wieder mit ihm zurück auf sein Guth zu kehren, begab er
sich mit seinem Gefolge von dannen, ohne zu melden, ob
er meine ihm gethane Vorschläge in der Güte annehmen
wolle oder nicht. Mir war es immittelst eine besondere
Freude, daß der Schwedische Priester sehr gut deutsch
sprechen konte, denn er hatte nicht allein auf der Universität Wittenberg drey Jahr lang studiret, sondern auch
als Feld-Prediger im Jahr 1707. in Sachsen ohnweit Bitterfeld im Quartiere gelegen. Ich erzehlete ihm von meines Vaters und meinen eigenen Geschichten so viel als
vor nöthig hielt, machte mich auch seines guten Raths
sehr wohl bedient, indem mir die Schwedischen Reichs-
Gesetze, so wohl als dasiger Nation Lebens- und Gemüths-Art nicht sonderlich bekant waren, denn Peterson
wolte sich durchaus nicht mit uns vergleichen, sondern
stellete eine würckliche Klage wieder meine Schwester
an, allein selbige lief nicht so glücklich, als er wünschte,

sondern wurde zu unsern grossen Vergnügen, gleich im
ersten Termino beygelegt, so daß ich an Peterson, die,
meinen Vater vorgeschossene Gelder, so viel er darthun
konte, bezahlen, er hingegen mir den väterlichen Contract nebst den Obligationen zurück liefern muste. Solchergestalt nahm ich von dem Priester, bey dem wir uns
biß zu ausgemachter [599] Sache aufgehalten hatten,
liebreichen Abschied, beschenckte ihn und seine gantze Familie reichlich, und reisete unter ausgebethener
gerichtlichen Begleitung in guter Sicherheit nach Nyköpping zurücke, allwo wir nur wenige Tage auf ein
Seegelfertiges Schiff warten musten, nachhero aber auf
selbigen in unsere Gebuhrts-Stadt überführet wurden.
Ich trat mit meiner Schwester, dem Holländisch-Schwe-
dischen Dollmetscher und denen zweyen Bedienten, in
einem der vornehmsten Wirthshäuser ab, allwo ich mich
durch den Dollmetscher vorhero unter der Hand erkundigen ließ, wie es um meines Vaters Wesen stünde, erfuhr aber zu meinen grösten Freuden gar bald, daß derselbe nicht nur seine Schulden völlig bezahlet, sondern
auch bereits sein ehemahliges Hauß wieder bezogen und
das Gewölbe eröffnet hätte. So bald die Abend-Demmerung eintrat, nahm ich meine Schwester an die Hand und
führete dieselbe zu unser beyderseits unbeschreiblichen
Vergnügen nach demjenigen Hause hin, in welchen wir
zum ersten das Licht dieser Welt erblickt hatten. Es war
eben an einem Sonntags Abend, als wir bey unserm
lieben Vater gantz unverhofft in die Stube traten, da er

mit einem alten guten Freunde am Tische saß und im Schach spielete. Er fieng hertzlich an zu weinen, als wir ihm fast beyde zugleich um den Halß fielen, so daß sich unsere Freuden-Thränen, mit den seinigen, die von Kummer und Freude zugleich ihren Ursprung nahmen, vermischeten, jedoch da ich dieses merckte, erkante ich [600] mich schuldig, ihm so gleich, vor allen andern Dingen, zu eröffnen, daß meine Schwester annoch ledig und frey wäre, auch sich wegen des verdrießlichen Petersons nichts mehr zu besorgen hätte. Worbey ihm zugleich den durchrissenen Contract nebst Petersons Quittungen in die Hände lieferte, worüber mein Vater vor Freuden fast aus sich selbst gesetzt wurde. Hierauf erzehlete er von des Herrn W. aus Hamburg unverhoffter Ankunfft, und wie derselbe alles was ich ihm aufgetragen treulich ausgerichtet, auch nur vor etwa drey Wochen zurück nach Hamburg gereiset wäre, immittelst hätte so wohl Herr W. als mein Vater selbst, verschiedene Briefe an mich und meine Schwester nach Schweden abgeschickt, es hätten uns aber selbige theils unmöglich antreffen können, theils möchten auch wohl von Peterson und unserer Baase unterschlagen seyn, denn weil die letztere, biß auf die letzte Stunde Petersons Parthie hielt, so war ihr noch vor dem Abschiede alle fernere Freundschafft von uns beyden aufgekündigt, die meiner Schwester anderweitig erzeigten Gefälligkeiten aber, zehnfach bezahlet worden.

Folgendes Tages ließ mein Vater Anstalt zu einer grossen Gasterey machen, worzu nicht allein alle seine

getreu verbliebenen Freunde, sondern auch viele andere
geladen wurden, die ihm bißhero Tort gethan hatten,
nunmehro aber Zeugen seines neuen guten Wohlstandes
seyn musten. Ein jeder war begierig einen umständlichen Bericht von meiner Reise und den darauf erworbenen fast erstaun-[601]lichen Reichthümern anzuhören, denn mein Vater sagte unverhohlen, daß er nur
durch den zwantzigsten Theil meiner Baarschafften und
Kostbarkeiten, wieder in vorigen, ja noch weit bessern
Stand gesetzt worden, allein ich nahm mir vor dißmahl
ein Bedencken, allzu aufrichtig im Erzehlen zu seyn,
sagte derowegen nicht mehr als ihnen allen zu wissen
dienlich, mir aber unschädlich seyn möchte, und gab vor,
ich hätte auf einer gewissen Insul einen vergrabenen
Schatz gefunden, auch ein ansehnliches von einem unterwegs verstorbenen speciellen Freunde ererbet, der ein
Deutscher von Geburth gewesen, und mich als seinen
Lands-Mann in Ermangelung anderer Anverwandten zu
seinem Erben eingesetzt hätte. Ubrigens bekümmerte
ich mich sehr wenig darum ob man mir vollkommenen
Glauben zustellete oder nicht. Hergegen entdeckte ich
meinem Vater und Schwester allein das gantze Geheimniß, und setzte damit beyderseits in die gröste Verwunderung, beyde bezeugten nicht geringe Lust die Insul Felsenburg und unsere dasige starcke Freundschafft
selbsten in Augenschein zu nehmen, nur der ferne Weg
schien ihnen so beschwerlich als gefährlich, jedoch auf
mein hefftiges Zureden und Bitten, versprach endlich

mein Vater sich weiter darauf zu bedencken, binnen welcher Zeit ich eine Reise nach Herrn Mag. Schmeltzers Anverwandten vornahm, um vornehmlich dessen jüngsten Bruder zu sprechen, als welchen ich bereits bey seinen Schwestern und Schwägern eingetroffen zu seyn vermuthete, indem [602] ich des Hrn. Mag. Schmeltzers und meine eigenen beygelegten Briefe schon vor etlichen Wochen, durch Herrn W. aus Hamburg, dahin bestellen lassen.

Mein Wünschen war nicht vergebens, denn ich traf nicht allein Mons. Schmeltzern, sondern auch noch einen Candidatum Theologiæ, bey des erstern Herrn Schwager dem Dorff-Prediger an. So bald meine Ankunfft kundbar worden, versammlete sich Herr M. Schmeltzers gantze Freundschafft, um von ihren werthesten Bruders und Freundes vergnügten Zustande ausführlichen Bericht zu vernehmen, weil aber Herr M. Schmeltzer den Ort seines Auffenthalts so wenig, als eine gar zu genaue Beschreibung von dasiger Lebens-Art kund gethan, als nahm auch ich mich in acht, nicht über meine Instruction zu schreiten, jedoch so bald ich vergewissert wurde, daß Mons. Jacob Friedr. Schmeltzer, nebst dem andern Candidaten, der sich Joh. Friedr. Hermann nennete, die allergröste Lust bezeugten, mit mir dahin zu reisen, wo sich Herr Mag. Ernst Gottl. Schmeltzer aufhielte; ließ ich ihnen etwas mehr von dem Geheimnisse als andern wissen, und versprach die völlige Entdeckung zu thun, so bald wir uns eingeschifft hätten.

Nachdem mich die lieben Leute 14. Tage bey ihnen zu bleiben fast gezwungen hatten, trat ich die Rück-Reise mit diesen beyden Theologis nach meiner Vater-Stadt an, und fand daselbst meinen Vater und Schwester annoch in der grösten Bestürtzung, denn der oberwehnte Schwedische Edelmann Herr von L** welcher eine unbesonnene [603] Liebe auf meine Schwester geworffen, auch ihrenthalben Peterson so schändlich zugerichtet hatte, war, nachdem er bey dem Vater um dieselbe angehalten, jedoch so wohl von ihm als ihr eine höflich abschlägige Antwort erhalten, auf die Thorheit gerathen, meiner Schwester, durch eine heimliche Entführung, sich theilhafftig zu machen. Jedoch dieser Anschlag mißlinget ihm noch zu allem Glücke, ohngeacht er meine Schwester in einem zugemachten Wagen, bereits auf eine halbe Stunde von der Stadt hinweg gebracht hat, indem dieselbe, als sie durch einen kleinen Spalt etliche Fracht-Wagens hintereinander herfahrend gewahr wird, ein plötzliches Zeter-Geschrey zu machen anhebt, wodurch die Unarth vermerckenden Fuhr-Leute bewogen werden, mit ihrem Hand-Gewehr die Carosse anzuhalten, und meine kläglich um Hülffe bittende Schwester zu befreyen, Mons. L** ist noch so glücklich auf eins seiner Bedienten Pferde zu kommen, und sich mit denenselben auf die Flucht zu begeben, sonsten würden ihn ohnfehlbar die Fuhr-Leute so wohl als seinen Lohn-Kutscher ziemlich garstig zugerichtet, und in die Hände der Obrigkeit geliefert haben. Immittelst hat

mein Vater nichts von der Entführung seiner Tochter
gewust, sondern vermeynet, sie wäre mit einer guten
Freundin spatziren gefahren, biß ihm dieselbe von den
ehrlichen Fuhr-Leuten vors Hauß gebracht wird, denen
er nebst vieler Dancksagung 100. spec. Duc. vor gehabte
Mühe giebt, und sie dabey bittet, kein weiters Lermen
von dieser Sache zu machen, [604] weil sonderlich die
Edelleute sehr rachgierig zu seyn pflegten.

Dieser Zufall machte meine Schwester um so viel desto begieriger, wenigstens auf eine Zeitlang mit nach
Felsenburg zu reisen, indem ich aber wohl gedencken
konte, daß dem Capitain Horn in Amsterdam die Zeit
ungemein lang düncken würde, ehe ich mich wiederum
bey ihm einfände, so war meine stätige Beschäfftigung,
der in Händen habende Alt-Väterlichen Instruction gemäß, alles dasjenige einzukauffen, was ich in meiner
Geburths-Stadt am bequemsten und aufrichtigsten erlangen konte. Hierauff offenbahrete ich meinem Vater,
wie mir mein ehemaliger Informator und jetziger Felsen-
burgischer Seelsorger, Herr Mag. Schmeltzer aufgetragen, seinen jüngern Herrn Bruder dahin zu bereden, daß
er entweder selbst mit mir dahin reisen möchte; da aber
derselbe etwa bereits im Amte säße, zwey andere oder
wenigstens einen Candidatum Theologiæ, der also beschaffen wie Herr Mag. Schmeltzer, in dem, an seinen
Bruder abgelassenen Schreiben, den Abriß gemacht,
mir vorzuschlagen und zuzuweisen, damit ich dieselben
an demjenigen Orte, wo er, der Herr Mag. Schmeltzer,

ordinirt worden, ebenfalls ordiniren lassen, und zum Kirchen-Dienste der Felsenburgischen Gemeinden mit mir führen könte. Nun hatte sich nicht allein Mons. Schmeltzer, so bald er seines Herrn Bruders und mein beygelegtes Schreiben erhalten, alsobald aus der Marck-Brandenburg, allwo er in Condition gestanden, bey seinen Freun-[605]den, allwo ich ihn zu sprechen hin beschieden, selbst eingestellet, sondern auch gegenwärtigen Candidatum Herrn Herrmannen, der seit etlichen Jahren sein Hertzens-Freund gewesen, mitgebracht, und zwar aus keiner andern Ursache, als weil er ihn also zu seyn befunden, wie ihm Herr Mag. Schmeltzer verlangete, überdieses zumahlen da derselbe die allergröste Lust bezeugt einen geistlichen Missionarium abzugeben, indem er bißhero wenig Beförderer und noch weniger zeitliche Güter vor sich gehabt. Mein Vater bezeugte hierüber ein vergnügtes Nachsinnen, und nachdem ich ihm noch ein und anderes von der Einrichtung unseres dasigen Gottesdienstes, dem neuen Kirch-Baue, den Schulen und andern dazu gehörigen Ubungen wiederhohlungs weise desto deutlicher erzehlet, resolvirte er sich in der Geschwindigkeit nebst meiner Schwester einen Reise-Gefährten nach der glückseeligen Insul Felsenburg abzugeben, weswegen ich vor Vergnügen fast gantz ausser mir selbst gesetzt wurde. Wie nun, um die Herrn Candidaten, desto baldiger ordiniren zu lassen, keine Zeit versäumen wolte, so ließ mein Vater den dasigen Seniorem des geistlichen Ministerii, eines Sonntags

Abends aufs freundlichste durch mich und meine Schwester, welche mit dessen Töchtern in genauer Freundschafft stund, zur Abend-Mahlzeit invitiren, und dieser
Exemplarische Priester ließ sich endlich auf oft wiederholtes Bitten bewegen, nebst seiner gantzen Familie um
bestimmte Zeit zu erscheinen. Die beyden Herrn Candidaten, nehm-[606]lich Mons. Schmeltzer und Mons. Herrmann, befanden sich auch mit zu Tische, sonsten aber
niemand mehr von den Stadt-Leuten als meines Vaters
eintziger vertrautester Freund Herr O.** Unter vielerley Gesprächen wurde auch von meinem Studiren und
dann von meinem ehemahligen Informatore Herrn Mag.
Schmeltzern erwehnet, worbey der Senior meldete, daß
er denselben vor länger als drey Jahren alhier ordini-
ret, indem er sich resolvirt gehabt mit einem Ost-Indien-
Fahrer zu Schiffe zu gehen, und auf einer gewissen Insul
das Wort GOttes zu predigen.

Demnach bedünckte es mich die bequehmste Zeit zu
seyn, mit denen Brieffen heraus zu rücken, welche mir
Herr Mag. Schmeltzer und Herr Wolffgang an den
Herrn Seniorem mitgegeben hatten, und solches verrichtete ich bey Auftragung des Confects, bemerckte
auch, daß der Herr Senior so viel Vergnügen als Verwunderung unter währendem Lesen schöpffte, indem
ihm aber beyde zugleich ersucht hatten, von der gantzen
Sache unnöthiger weise nichts zu melden, weiln zu befürchten, daß die dadurch erregte Neugierigkeit einiger
See-Fahrer denen Felsenburgischen Einwohnern nur

allerhand Verdrüßlichkeiten verursachen möchten; so
legte er die Brieffe stillschweigend zusammen, bewun-
derte die sonderbaren Führungen des Himmels, und versprach sich ein und anderer Dinge wegen, ingeheim mit
uns zu unterreden, daferne wir uns wolten belieben lassen, nach aufgehobener Mahlzeit ihn in ein anderes Zimmer zu führen. Mein Vater [607] bezeigte sich gäntzlich
nach seinem Gefallen, demnach gieng der Herr Senior
nebst ihm und mir in ein Nebenzimmer, allwo ich ihm
bey einem Glase des besten Ungarischen Weins den
haupt-Inhalt der Felsenburgischen Geschichte erzehlete, nachhero von ihm verlangete, so bald als es nur möglich wäre, die bey mir habenden zwey Herrn Candidaten
nach vorhergegangenen scharffen Examine zu ordiniren,
damit ich mit selbigen des ehesten meine Rückreise antreten könte, er versprach das Examen gleich folgenden
Tages anzustellen, und weil die Herrn Candidaten mit
seiner Erlaubniß herbey geruffen wurden, ließ er sich
vorläuffig mit denenselben in ein genaues Gespäch ein,
welches biß um Mitternachts-Zeit daurete, worauf der
Herr Senior nebst seinen lieben Angehörigen nach Hause fuhr. Binnen dreyen Tagen bekam ich also an offt
erwehnten beyden Herrn Candidaten zwey geweyhete
Priester, beschenckte derowegen das Geistl. Ministerium, die Haupt-Kirche, das Waysen-Hauß, Hospital
und andere Armen dergestalt, daß von einem erhobenen
Wechselbrieffe à 10000. Thlr. ordentlich gemachter Eintheilung nach, nichts übrig bleiben durffte.

Mein Vater war inzwischen nebst meiner Schwester aufs eifrigste bemühet, seine neu-errichtete Handlung und Wirthschafft, meiner Mutter-Bruders-Sohne auf Rechnung zu übergeben, und denselben vor seiner Abreise mit einer tugendhafften Ehe-Gattin zu berathen, denn er war ein sehr feiner, geschickter, vernünfftiger und wohl ge-[608]reiseter Mensch, der aber kaum tausend Thaler Erbtheils-Gelder im Vermögen hatte. Indem er nun seit etwa zweyen Jahren bey einem der vornehmsten Kauff-Leute meiner Gebuhrts-Stadt, als Buchhalter in Condition gestanden, mochte sich der gute Mensch die Rechnung gemacht haben, seinem Herrn, durch beständige Treue und Redlichkeit mit der Zeit eine von seinen dreyen Töchtern abzuverdienen, deren geschicktes Wesen nebst der starcken Morgengabe die Schönheit der Gesichter bey weiten zu übertreffen schien, allein so bald er sich dieses gegen einen vermeintlichen guten Freund mercken läst, dieser aber nicht reinen Mund hält, wird mein ehrlicher Vetter dergestalt hönisch und spröde von seinem Herrn und dessen gantzer Familie tractiret, daß er vor Verdruß und Kummer, eine Ferne Reise anzutreten, den Schluß fasset. Hiervon hält ihm nun die plötzliche Ankunfft meines Vaters zurücke, und weilen derselbe bald hernach seine Handlung von neuen aufzurichten anfängt, quittiret er die ersten, und giebt sich zu meinem Vater in Dienste. So wohl meines Vaters als mein eigenes Vorhaben war, dieses Menschen zeitliches Glück so viel möglich zu befestigen, und

ohngeacht wir ihm nicht gäntzlich zugesagt, daß er unser
aller eintziger Erbe, in Deutschland, seyn und bleiben
solte, indem mein Vater noch nicht völlig resolvirt war,
Zeit Lebens in Felsenburg zu bleiben, so bekam er doch
von uns solche starcke Geschencke und sonderbare Vortheile in die Hände, daß er ohngescheut wagen durffte,
auch den vornehmsten Capitalisten [609] um seine Tochter anzusprechen. Sein voriger Herr roch den Braten gar
balde, suchte derowegen zum Scheine, unter diesen und
jenen Vorschlägen gantz genaue Freundschafft zu stifften, ließ aber auch unter der Hand meinem Vetter die
Wahl anbieten, sich eine von seinen Töchtern zur Frau
auszulesen; allein derselbe war ohngeacht der zu hoffen
habenden starcken Mitgifft so capricieus, daß er zur Antwort gab: wer seine redliche Affection der Zeit nicht
æstimirt hätte, da er kaum etliche 100. Thlr. im Vermögen gehabt, dessen Schwiegerschafft achtete er nunmehro auch nicht, da ihm der Himmel durch die Gene-
rositee redlicher Bluts-Freunde in den Stand gesetzt,
daß er nicht die geringste Ursache hätte sich nach einer
bemittelten, wohl aber tugendhafften Braut umzusehen.

Diese Resolution gefiel uns ungemein, indem er aber
zu vernehmen gab, wie er eine besondere Affection auf
die tugendhaffte jüngste Tochter des Herrn Senioris
geworffen hätte, ohngeacht, er wohl wisse, daß wegen
der vielen Kinder von dem Ehrwürdigen Herrn kein
starckes Heyraths-Gut zu hoffen sey, als ließ sich mein
Vater dieses von Hertzen angenehm seyn, begab sich

selbst zum Herrn Seniori, und brachte auf einmahl das Jawort, so wohl von dem Herrn Schwieger-Vater, als der Jungfer Braut mit nach Hause.

Indem aber ich von dem Capitain Horn aus Amsterdam immer Brieffe über Brieffe bekam, meine Zurückkunfft zu beschleunigen, damit uns nicht die verdrüßliche Witterung vor völliger [610] Einrichtung unserer Sachen über den Halß kommen möchte, als trieb ich auch die Meinigen an, sich aufs schleunigste wegfertig zu machen.

Demnach wurde meines lieben Vetters Verlöbniß und Hochzeit auf einen Tag in aller Stille celebrirt, ich schenckte den beyden Verliebten vor annoch 12000. Thlr. Jubelen, versprach, wo es nur möglich seyn wolte, in zukunfft ein 10. mahl mehreres zu thun, und war nachhero beschäfftiget, alle eingekauffte Waaren in das bedungene Schiff einzuschiffen. Ich erstaunete anfänglich gewaltig über die entsetzliche Quantität gedruckter Bücher, welche Herr Schmeltzer jun. und Herr Herrmann vor diejenigen Gelder, welche ich zu ihrer Disposition überlassen, eingekaufft hatten, ja ich hätte fast vermeynet, daß in allen Städten auf 20. Meilwegs herum, nicht so viel Bücher anzutreffen wären, machte mir aber eine hertzliche Freude daraus, zumahlen, da sie einen feinen Buchbinders-Gesellen Johann Martin Rädler aus dem Hildesheimischen gebürtig, in ihren Dienst genommen, auch eine ungemeine Quantität Buchbinder-Materialien darzu angeschafft hatten.

Am 12. Julii langeten endlich die letztern Fracht-

Wagens mit Kupffer, Zinn, Meßing, Bley und andern Materialien an, welche ich zum Mitnehmen bestellet, und alles so gleich einschiffen ließ, so daß wir am 28. Julii nach genommenen zärtlichen Abschiede von allen treugesinneten Freunden, aus meiner Geburths-Stadt abreisen, und uns auf die Farth nach Hamburg begeben konten, allwo von [611] dem redlichen Herrn W. ebenfalls Abschied zu nehmen, es unsere Schuldigkeit so wohl, als ein und andere Nothwendigkeit erforderte. Wir hatten eine ungemeine, bequeme und vergnügte Reise, überrumpelten auch den Herrn W. in Hamburg zum grösten Vergnügen, da er sich unserer am wenigsten versahe, ich will mich aber mit einer weitläufftigen Erzehlung seiner vielfältigen Anstalten, die er binnen 14. Tagen zu unser trefflichsten Bewirthung blicken ließ, nicht aufhalten, sondern nur melden, daß er eine uninteressirte vollkommene Freundschafft gegen uns bezeugte, welche wir auf alle möglichste Art zu erwiedern bedacht waren.

Etwa 6. oder 8. Tage vor unserer Abreise kam ein armer Studiosus in des Herrn W. Behausung, der so wohl bey ihm, als dessen Informatore um ein Viaticum Ansuchung that. Ich erkante denselben sogleich vor denjenigen, der er würcklich war, nemlich vor einen meiner ehemahligen besten Universitäts-Freunde in Kiel. Diesen ehrlichen Menschen (*) hatte ich in ungemeinen

---

(*) Dieses ist der gute Mensch, welcher, wie in der Vorrede des ersten Theils gemeldet worden, so unglücklich gewesen, vom Post-Wagen herunter zu stürtzen, und das Leben zu verlieren.

Wohlstande verlassen, verwunderte mich derowegen nicht wenig, ihn also verändert anzutreffen, zumahlen, da seine Meriten eines besondern Glücks würdig sind. Es hielt mich weiter nichts ab, als seine kränckliche, zur Schwindsucht und Blutauswerffen sehr geneigte [612] Leibes-Constitution, dergleichen Personen sich zu See-Fahrern gar nicht schicken, sonst hätte ich ihn leichtlich zur Mit-Reise nach Felsenburg persuadiren wollen; Solchergestalt aber sahe vor besser an, demselben ein ansehnliches Capital zu Beförderung seiner zeitlichen Wohlfarth in die Hände zu liefern, wovor er mir weiter keine andere Danckbarkeit erweisen, als diese gegenwärtige Geschichts-Beschreibung der Felsenburger, jedoch nicht eher biß nach meiner Abreise, förmlich in Druck geben solle.

Ich glaube, daß es ihm zwar einige Mühe kosten wird, meine confuse Schreib-Art auseinander zu finden, denn meine Umstände haben noch niemahls zulassen wollen, selbige durch eigenen Fleiß in behörige Ordnung zu bringen, jedoch wird es curieusen Leuten, ob gleich kein vollkommenes, dennoch einiges Vergnügen erwecken, wenn ihnen nur die Haupt-Sachen bekandt gemacht werden. Ists möglich, so soll binnen zwey oder drey Jahren der andere Theil (**) zum Vorscheine kommen, worinnen ich meine Verrichtungen in Amsterdam, die zweyte Abfahrt von dar nach Felsenburg, und die Lebens-

(**) Solcher wird, Gisanders gemachter Ordnung nach, bey uns der 3te Theil werden.

Geschichte meines Vaters, meiner Schwester und anderer Reise-Gefährten, etwas deutlicher und ordentlicher, als bißhero geschehen, beschreiben will. Denn ich verhoffe auf dem Schif-[613]fe, und nach G. G. glücklicher Ankunfft in Felsenburg, gnugsame Zeit u. Bequemlichkeit darzu zu finden. In Erwegung meiner wichtigen Beschäfftigung, wird mir niemand übel nehmen, daß ich voritzo so kurtz abbreche, und nicht einmahl die gewisse Zeit meiner Abreise melde, denn ich lasse, wie gesagt, meine gantzen Manuscripta, dem geliebten Freunde in Hamburg zurücke, welcher sich nicht wagen will, mir das Geleite biß nach Amsterdam zum Capitain Horn zu geben. Jedoch werde nicht unterlassen, demselben noch vor unserer Abfahrt Briefe zuzusenden, um zu bezeugen, daß ich sey

Dessen, wie auch aller geehrten
künfftigen Leser meiner ent-
worffenen Felsenburgischen
Geschichts-Beschreibung
ergebener Diener
Eberhard Julius, D. B.

Nun folgen die Copien einiger Briefe, welche Mons. Eberhard Julius an seinen Freund, der das gantze Werck ediren sollen, annoch vor seiner Abreise aus Amsterdam geschrieben, ingleichen einige von Herrn W. aus Hamburg: [614]

I.

Monsieur,

& tres cher ami.

Wie ich nicht zweiffele, es werde sich dessen Maladie
gezeigter Besserung nach bald verlohren haben,
so wünsche zu einer völligen Cur allen himmlischen
Seegen. Ein fleißiges Gebeth, ordentliche Lebens-Art
und Verbannung alles Chagrins wird vielleicht bey den
zu brauchenden Artzeneyen das beste thun. Wir sind
den 8. Octobr. glücklich in Amsterdam eingetroffen,
und dürfften uns wenigstens noch 5. biß 6. Wochen allhier zu bleiben gemüßiget finden, denn es fehlen uns
nicht allein noch einige verschriebene Leute und
höchst-nöthige Sachen, sondern wir haben auch ausserdem wichtige Ursachen, nicht ehe von dannen zu
fahren. Hierbey folget noch eine kurtze Beylage zur
Geschicht, welche ich annoch in meinem Chatoull gefunden, und die sie gehöriges Orts anzubringen wissen
werden. Herr Herrmann ist etwas unpaß, wir hoffen
aber dessen baldige Genesung, so wohl als meiner lieben
Schwester, welche von einem leichten Fieber befallen
war, jedoch gäntzlich restituirt ist. Die Mathematischen
Instrumenta, welche sie an Herrn G. v. B. addressirt uns
nach-[615]senden sollen, sind etliche Tage eher als wir
selbst angelanget, also dancke nochmahls vor ihre Bemühung. Innliegende Briefe an meinen Vetter, wie auch
andere Personen an verschiedenen Orten, bitte, jedoch
die letztern nicht ehe, als nach 3. biß 4. Wochen, richtig

zu bestellen, denn ich habe dißfalls meine besondern Ursachen.

Von der vortrefflichen Hällischen Medicin hätten wir gern noch etliche vollständige Apotheckgen, sie wären zwar allhier auch zu haben, allein, es hat mir ein besonderer Freund die Furcht wegen einer Verfalschung eingejagt, derowegen versäumen Sie keine Zeit, uns wenigstens noch 12. St. anhero zu senden, indem ich nicht zweiffele, daß sie noch zu recht kommen werden. Von noch einigen andern besondern Sachen, die wir in Hamburg am füglichsten einzukauffen vergessen haben, wird sich Herr W. ohnfehlbar mit Ihnen besprechen, als an welchen ich voritzo zugleich ausführlich geschrieben habe. Inmittelst empfehle Dieselben Göttl. Schutzwaltung, und verharre beständig

Monsieur & tres honore Amy
le Votre
Eberhard Julius. [616]

II.

Monsieur, mon cher Ami.

Die Versicherung von Dessen itzigen Wohlbefinden hat mich ungemein vergnügt, wünsche, daß selbiges viel und lange Jahre biß an das ordentliche Lebens-Ziel bestand haben möge. Die Medicamenta habe in 8. Kästlein wohl erhalten, bedaure, daß nicht wenigstens noch 4. dabey seyn können. Hoffe aber, die Göttliche Vorsorge werde solchen Mangel unmittelbarer weise ersetzen, so

*lange wir derselben mit reinem Hertzen vertrauen. Es
ist mir sonsten noch ein und anderes beygefallen, worinnen sie uns vor unserer Abreise besondere Gefälligkeiten erweisen können, allein, weiln die Zeit nunmehro
verflossen, indem wir uns keine 10. oder 12. Tage länger
alhier zu bleiben vermuthen, so halte vor unnöthig, etwas davon zu melden. Capitain Horn hat wegen seiner
Schiff-Farth einige Verdrüßlichkeiten, jedoch weil man
klärlich siehet, daß es eine blosse Geldschneiderey zu
bedeuten hat, wird wohl alles ohne besondern Schaden
beyzulegen seyn. Am verwichenen Sonntage hat unser
lieber Prediger, Herr Jacob Friedrich Schmeltzer, zu meines Vaters und meinem selbst eigenen Vergnügen sich
mit meiner Schwester Juliana verlobet, die Priesterliche
Copulation [617] aber ist verschoben worden, biß wir
glücklich in Felsenburg angelangt seyn. Auch hat meine
Schwester zwey arme, aber sehr artige und tugendhaffte
Freundinnen gefunden, welche sich als ein paar Vater-
Mutter- und Freund-lose Waisen belieben lassen, mit
uns nach Felsenburg zu reisen. Sonsten weiß voritzo
nichts sonderbares zu berichten, bitte aber, sich so lange
noch in Hamburg aufzuhalten, biß sie vor dieses mahl
das letzte Schreiben von mir erhalten haben, welches am
Tage unserer Abfahrt ausgefertiget werden soll, womit
unter Empfehlung Göttlicher Obhut beharre*

Monsieur, mon cher Ami
le Votre
Eberhard Julius.

III.

Monsieur, mon cher Ami.

Endlich nach Uberwindung noch vieler Verdrüßlichkeiten, die wir uns nicht eingebildet hätten, und die
ich ihnen weitläufftig zu berichten, jetzo vor unnöthig
halte, sondern solches biß zu seiner Zeit versparen will,
sind wir resolvirt, diesen Nachmit-[618]tag, als den
27. Nov. uns zu Schiffe zu begeben, und unter Göttl.
Geleite abzuseegeln, weßwegen mit diesem Schreiben,
auf dieses mahl, mein letztes Adieu von Ihnen nehme,
und mit kurtzen Worten, jedoch getreuen Hertzen, Sie
der Göttl. Vorsorgen empfehle, als in welcher alles unser
zeitliches und ewiges Glück und Vergnügen beruhet, wie
denn auch nicht zweiffele, daß sie uns Reisende mit in
ihr tägliches andächtiges Gebet einschliessen werden.
So ferne es mit Erlaubniß unserer Aeltern und Obern
geschehen darff, vornehmlich aber es dem Himmel gefallen will, verspricht sich der Capitain Horn, ehe zwey
Jahr völlig verlauffen, wieder an den Europäischen
Ufern zu seyn, ob er aber eben in Amsterdam wieder anländen möchte, zweiffelt er annoch selbst. Ihnen, mein
Herr, stehet nunmehro frey, in ihr Vaterland zu reisen,
so bald es beliebig, doch bitte, mit dem Herrn G. v. B. und
Herrn W. stets fleißig zu correspondiren, denn so bald
sich der Capitain Horn selbst, oder ein anderer von uns
Abgeordneter, bey einem von diesen beyden Herrn melden wird, soll er auch zugleich den fernern Verfolg unserer Geschichte mit sich bringen, welche ich ordentlich

auszuarbeiten mir hinfüro noch mehr Mühe, als biß-
hero, geben werde. Tragen sie doch mittlerweile in ihrem
Patria einige Sorge, uns eine hinlängliche Buch-[619]
druckerey nebst darzu behörige Personen zu procuriren,
jedoch nur auf den Fall, wenn der Capitain Horn oder
jemand anders von uns sich bey ihnen meldet, damit es
zu solcher Zeit nicht allzu grosse Weitläufftigkeiten und
langes Warten verursachet. Denn ich halte davor, daß
uns oder unsern Nachkommen, in zukunfft, obgleich
eben itzo nicht, eine Buchdruckerey sehr nöthig seyn
möchte. Vor innliegenden Wechsel-Brieff â 5000. Thlr.
den ich Ihnen zum Abschiede verehrt haben will, wird
Herr W. die Gewähre leisten, worbey nicht zweiffele, daß
Sie solches Geld zu ihren guten Nutzen anwenden, an-
bey die Beförderung der Ehre GOttes, auch die Liebe des
Nächsten nicht vergessen werden, ich vor meine Person
verlange weder mündlichen noch schrifftlichen Danck,
sondern eine getreue Freundschafft davor, die zu recom-
pensiren alle fernere Sorge tragen werde, wofern der
Himmel die Gelegenheit befördert. Solte mittlerweile et-
was von besondern mechanischen oder andern curieusen
Sachen beschrieben und ausgearbeitet werden, so bitte
alles wohl zu notiren, auch wo möglich, in naturâ parat zu
halten, damit unsere Gesandten keine Zeit zu verspielen
nöthig haben. Bey künfftigen Geld-Mangel, zu derglei-
chen wird Herr G. v. B. Herr W. und mein Vetter in
meiner Geburths-Stadt hoffentlich jederzeit zu helffen
nicht verweigern, [620] *welchem letztern beyliegendes*

Paquet *Abschieds-Briefe, mit nächster Post zuzusenden
sind, wie ich denn selbigen bey Gelegenheit, und so offt
es möglich, zu besuchen bitte. Ich schliesse, weil mich
alles an weitern Schreiben verhindern will, empfehle
Sie derowegen nochmahls der guten Hand Gottes, und
verbleibe,*

Monsieur,

votre fidele Ami
Eberhard Julius.

P. S.

*So gleich bey Zusammenlegung des Briefes erfahre,
daß einer von unsern 3. angenommenen Glaßmachern
entlauffen ist, und den* Capitain Horn *mehr als* 500.
*Ducaten entwendet habe, jedoch wir wünschen, daß sie
ihm nicht nach Verdienste gedeyhen.* [621]

IV.

Monsieur,

D*essen glückliche Ankunfft in Zell, erfreuet mich
noch vielmehr, als daß meine Ihm aufgetragene*
Commission *nach Wunsche ausgerichtet worden, wovor
aber höchlich verbunden bin. Die Pack-Fässer werden
nunmehro vielleicht schon vor einigen Tagen in Magdeburg angelanget seyn. Hätte ich gewust, daß Sie Ihren
anfangs gemachten Reise-Cours verändern würden, so
hätte man etliche Thlr. Fracht-Gelder menagiren können. Die eingelauffenen Antworts-Schreiben folgen
hierbey, ingleichen ein Päcklein vermuthlich vergeßnes*

652

Zeuges, welches des Post-Geldes werth ist. Zukünfftiger
Correspondentz wegen erwarte von Zeit zu Zeit Addresse,
und verbleibe unter Empfehlung Göttl. Schutzes

M. H. Hn.

Hamburg, den 4.
Jan. 1730.

bereitwilligster Diener
H. W. [622]

V.

Edler &c.

Insonders Hochgeehrter Herr.

*V*or das übersandte dancke freundlichst, und suche
Gelegenheit, mich hinlänglich zu revangiren, wo-
von anbey eine geringe Marque gebe, bitte mir aber da-
bey aus, ehestens den Ort zu benahmen, wo Sie sich
beständig aufzuhalten belieben werden; weiln ver-
mercke, daß sie dißfalls noch nicht schlüßig sind. Bey-
kommendes sub J. B. F. hat schon über 14. Tage in meiner
Verwahrung gelegen, was es ist, weiß ich nicht. Mit
Verlangten will nach erhaltener Nachricht ihres Auff-
enthalts hertzlich gern dienen, und dabey desto aus-
führlicher schreiben, jetzo fehlet Zeit, doch bin

Ew. Edl.

Hamburg, den 8.
Febr. 1730.

aufrichtiger Freund
H. W.

HAIDNISCHE ALTERTHÜMER

Literatur
des 18. und 19. Jahrhunderts
Herausgegeben
von Hans-Michael Bock
Hamburg

Johann Gottfried Schnabel

INSEL FELSENBURG

Wunderliche Fata
einiger Seefahrer

Anhang

Zweitausendeins

Ausgabe in drei Bänden.
Mit einem Nachwort von Günter Dammann.
Textredaktion von Marcus Czerwionka
unter Mitarbeit von Robert Wohlleben.

Herstellung: Dieter Kohler & Bernd Leberfinger, Nördlingen.
Satz: fulgura frango, Hamburg.
Satzbelichtung: H & G Herstellung, Hamburg.
Druck: Wagner GmbH, Nördlingen.
Einband: G. Lachenmaier, Reutlingen.
Printed in Germany.

Diese Ausgabe gibt es nur bei Zweitausendeins
im Versand (Postfach, D-60381 Frankfurt am Main) oder
in den Zweitausendeins-Läden in Berlin, Düsseldorf, Essen, Frankfurt,
Freiburg, Hamburg, Köln, München, Nürnberg, Saarbrücken, Stuttgart.

In der Schweiz über buch 2000, Postfach 89, CH-8910 Affoltern a. A.

ISBN 3-86150-171-6

INHALTSVERZEICHNIS

Günter Dammann
Über J. G. Schnabel
Spurensuche, die Plots der Romane und die Arbeit am Sinn

I: Die Biographie

Zur Standardausstattung eines runden Geburtstages von fünfzig aufwärts gehört heute die Kopie einer Zeitungsseite mit dem Datum des Tages, an dem das Geburtstagskind auf die Welt kam. Toten kann man ein solches Blatt nicht mehr auf den Geschenktisch legen. Gleichwohl mag es für uns als Nachgeborene seinen Reiz haben, einen Blick in die Zeitung zu werfen, die am 7. November 1692, heutiges Tempo der Distribution unterstellt, im Pfarrhaus zu Sandersdorf bei Bitterfeld eingetroffen sein könnte, als der Frau Hedwig Sophie geb. Hammer und dem Pastor Johann Georg Schnabel der erste (und einzige) Sohn geboren wurde.

Die *Historische Erzählung derer im Churf. Sächs. Ober-Post-Ampt zu Leipzig einlauffenden Welt-Begebenheiten und anderer denckwürdigen Sachen* – so der damalige komplette Titel der Zeitung Sachsens – zeigt uns mit ihrem »I. Stück der XLV. Woche/ Montags 7. Novembris 1692« zunächst einmal, daß es mit dem Datum seine spezielle Bewandtnis hat. Wenn die aus den verschiedenen Orten eingegangenen Nachrichten, die im

damaligen Journalismus je nach Entfernung üblicherweise eine bis drei oder vier Wochen alt sind, im Leipziger Blatt auf den 28. 10. (Rom), 4. 11. (Paris) oder gar
9. bis 10. 11. (Den Haag und Amsterdam) datiert erscheinen, dann macht dieser Befund darauf aufmerksam,
daß im Kurfürstentum Sachsen noch gut protestantisch
der julianische Kalender galt. In Italien, Frankreich und
den Niederlanden ebenso wie in Österreich (und Spanien), kurz und gut, im Rest der Welt, wo die neue gregorianische Zeitrechnung bereits eingeführt war, schrieb
man an dem Tag, an dem Johann Gottfried Schnabel
geboren wurde, nicht mehr den 7., sondern schon den
17. November.

Das demnach auf den 7. und den 17. des Monats zu
datierende Blatt aus Leipzig leitet die Nachrichten ein
mit einem Bericht aus Rom über einen ganzen Schwung
von Entscheidungen des Papstes Innozenz XII. und über
die Publikation der Bulle gegen die Simonie. Was folgt,
ist ein aus verschiedenen Orten für den Leser sich zusammensetzendes Bild vom aktuellen Stand des seit
wenigen Jahren gegen Frankreichs Expansionspolitik
geführten Koalitionskrieges: Von Turin, London, Den
Haag, Lüttich und Köln wird aus alliierter Sicht, von
Paris, Charleroi und Ryssel-Lille in französischer Perspektive berichtet. Allzu Spektakuläres gibt es, da der
Herbst sich zum Ende neigt und die Truppen in die
Winterquartiere gehen, nicht zu melden; immerhin ist
man hier mit dem Bau von Kriegsschiffen beschäftigt,

werden dort französische Waffen in einem Laderaum entdeckt und beschlagnahmt, Scharmützel überall ausgefochten und Gerüchte über die Kampagne des nächsten Frühjahrs ausgestreut. Von der zweiten Front des Reiches und der Erblande, derjenigen im Südosten gegen die Osmanen, erfahren wir an diesem Tage aus Wien auch nicht viel mehr als die Verlegung in die Winterquartiere und die Vorbereitungen zum künftigen Feldzug.

Hätte Schnabel in späteren Jahren das Zeitungsblatt seines Geburtstages in die Hände bekommen, dann müßte ihm die Welt als eine erschienen sein, in der sich wenig verändert. In den 1730er Jahren steht sein eigener ältester Sohn in Ungarn und Serbien gegen die osmanischen Truppen; Kriege mit Frankreich um die spanische Erbfolge, die polnische Thronfolge und die österreichische Erbfolge hat er selbst teils als Zwanzigjähriger hautnah erlebt, teils als Zeitungsredakteur journalistisch traktiert. Ein letztes Detail der Leipziger Zeitung vom 7./17. November 1692 hätte den älteren Johann Gottfried Schnabel, den Biographen *Eugenii Francisci Printzen von Savoyen und Piemont* wohl besonders berührt, wird doch ausgerechnet an diesem Tag aus Turin gemeldet, der Prinz Eugen habe jüngst einen Fieberanfall gehabt, »von welchem er sich aber nun wieder frey befindet«.[1]

Das am 7. November um 10 Uhr vormittags geborene »Söhnlein« des Sandersdorfer Pastors Schnabel wird

»Donnerstags drauff, als den 10 Nov. dem Herrn Christo
in der h. Tauffe vorgetragen«. Paten sind Catharina Elisabeth Meßner, Tochter des Pastors zu Salzfurtkapelle,
die im Kirchenbucheintrag zugleich als »unsere Lieb-
wehrteste J[ungfer] Schwägerin« firmiert, Christian
Beutnitz, »P[oeta] l[aureatus] c[aesareus]« und Pastor in
Priorau, seinerseits ein »Herr Schwager«, sowie Wolffgang Rose, Verwalter auf dem Freiherrlich Plothoschen
Rittersitz Weißandt; alle Paten kommen aus Orten ganz
in der Nähe Sandersdorfs.[2]

Das hier erkennbare Netzwerk aus verwandtschaft-
lichen Beziehungen und lokaler Vertrautheit wird gegriffen haben, als Johann Georg Schnabels dem Tauf-
protokoll beigefügtes Gebet, Gott möge fernerhin »alles
Guts an uns« und dem »Kindlein« tun, anderthalb Jahre
später jäh konterkariert wird. Am 17. April 1694
stirbt die Mutter, am 17. Juni desselben Jahres, knapp
26jährig, folgt ihr der Vater. Die Alltagswirklichkeit
der Frühen Neuzeit steht solchen Fällen nicht unvor-
bereitet gegenüber; die stete Präsenz der Not hat ein
insgesamt funktionsfähiges System sozialer Mechanis-
men eingeübt. Für den jungen Pfarrerssohn haben wir,
wie nicht anders zu erwarten, freilich keinerlei Beleg
darüber, welche Instanz ihn aufgefangen hat. Zuerst
wäre daran zu denken, daß einer der im Geburtsregister
genannten Paten, der Pflicht dieses Amtes gemäß,
die Aufgabe übernommen hat, sich um den verwaisten Johann Gottfried zu kümmern. Nachdem indessen

Gerd Schubert neuerdings biographische Forschungen
wiederentdeckt hat, die bereits 1941 veröffentlicht wurden, gibt es einige Gründe zu der Vermutung, der in Alt-
Jeßnitz lebende Großvater Georg Schnabel, seinerseits
ein Pfarrer, habe sich des Kindes angenommen. Dieser
Mann hatte schon drei eigene jüngere Söhne auf die
»Latina« nach Halle gegeben, und dieselbe Schule bezieht, nachdem er offensichtlich eine zureichende Ele-
mentarausbildung erhalten hat, am 9. Januar 1702 auch
der neunjährige Johann Gottfried. Am Eintrittsalter
des Jungen ins Höhere Schulwesen ist nichts eigentlich
Auffälliges, wie ein Vergleich mit der Biographie Adam
Bernds, der aus bildungsfernen kleinbäuerlichen Schichten stammte, kontrastiv deutlich macht. Als nämlich
dieser 1687 auf sein eigenes Drängen und elfjährig von
der bis dahin besuchten deutschen Schule ins Breslauer
Elisabeth-Gymnasium wechselt, sagt ihm der Rektor,
»zum Studiren wäre es mit mir zu späte, und zu lange
geharret, weil ich schon 11 Jahr alt wäre«.[3]

Die »Latina«, in die der junge Schnabel eintritt, ist
eine Neugründung. Halle verfügte seit der nachreforma-
torischen Zeit, also seit dem 16. Jahrhundert, über ein
lutherisches Gymnasium, das in den Räumlichkeiten des
damals aufgelösten Franziskanerklosters eingerichtet
worden war. In der zweiten Hälfte des folgenden Jahrhunderts zeigte sich, daß die oberen vier Klassen dieser Schule als die eigentlichen gymnasialen Klassen
»den Wünschen der höheren Beamten und vornehmeren

Bürger nicht völlig genügten«. Während also das alte
Gymnasium einem Prozeß des Verfalls entgegenging,
ist den Hallensern durch die Gründungen August Hermann Franckes, die großenteils den 1690er Jahren
entstammen, ein Komplex von Bildungseinrichtungen
zugewachsen, die zusammen mit der just in denselben
Jahren gegründeten Universität die Stadt an der Saale
zu einem bedeutenden Schulort der Aufklärung machen
sollten. Im Jahr 1697 entsteht so die neue Lateinschule,
die 1699 drei Klassen, 1704 sechs Klassen umfaßt und
1705 insgesamt 158, 1706 schon 210 Schüler zählt.

Die meisten der auswärtigen Zöglinge, zu denen der
junge Johann Gottfried Schnabel ja gehört, wohnen im
Schulgebäude selbst, einem ehemaligen Wirtshaus. Im
billigsten Fall kann man als Auswärtiger mit rund 50
Talern im Jahr für Miete, Verpflegung und Schulgeld
auskommen. Den Unterricht erteilen, von zwei Inspek-
toren beaufsichtigt, Studenten, die mit den Schülern
zusammenwohnen und für ihre Tätigkeit kostenlose
Unterkunft, Mahlzeiten und Wäsche erhalten. Unterrichtet wird vormittags ab sieben und nachmittags bis
sechs, am Mittwoch und am Sonnabend nur bis vier
Uhr; das Fachsystem besteht aus Latein, Religion und
Schreiben/Rechnen bzw. Mathematik (dies am Vormittag), Geschichte/Poesie, Griechisch, Hebräisch, Phy-
sik/Musik/Geographie (dies am Nachmittag). Sonntags
wird die Kirche besucht. Vier Prüfungen im Jahr,
Schulakte mit rhetorischen Darstellungen und halb-

jährliche Versetzungen bieten ehrgeizigen Schülern
genügend Anreize, sich auszuzeichnen. Dies ist die Lebensform, die Johann Gottfried Schnabel von 1702 ab für
vermutlich vier Jahre durchläuft.[4]

Die Gründe, aus denen ein Heranwachsender mit
einem solchen Start in die Ausbildung, Zögling einer attraktiven, modernen und effektiven Schule, dann doch
nicht zum Studium kommt, kennen wir wiederum nicht.
Die »Lebens Geschicht« des Chirurgen Johann Ferdinand Kramer aus dem 2. Teil der *Insel Felsenburg*, die
Selmar Kleemann im Stil des späten 19. Jahrhunderts
subsidiär zur Rekonstruktion von Schnabels Vita herangezogen hat, läßt dessen Gymnasiallaufbahn durch den
»Neid« des Pflegevaters mutwillig Mitte 1707 in der Prima abbrechen; apodiktisch schließt Kramers »Vetter«
zugleich einen Besuch der Universität unter Hinweis auf
den Mangel an Vermögen aus (II,204).[5] Die Versuchung
liegt nahe, hier eine ganz unvermittelte Darstellung eigener Schlüsselerfahrungen zu sehen, zumal der Groß-
vater, den wir als Johann Gottfrieds Vormund vermuten,
im Mai 1704 gestorben ist. Aber da bis auf das Geburts-
jahr 1692 bisher kein Detail der Kramerschen »Lebens
Geschicht« genau mit Schnabels Biographie übereinstimmt, auch die Beschreibung der Schule nicht, deren
Lehrpersonal und Szene »im Creutzgange« (II,202)
allenfalls auf das Hallenser lutherische Gymnasium
passen könnte, haben wir keinen hinreichenden Grund,
gerade an dieser Stelle lebensgeschichtliche Wahrheit

anzunehmen. Das einzige, was wir zur Hälfte wissen, zur Hälfte erschließen können, ist die Entscheidung des abgehenden Lateinschülers, eine Barbierlehre anzutreten, die er dann wohl von 1706 bis 1709 absolviert hat.

Aus heutiger Sicht (auch schon aus der des 19. Jahrhunderts) gibt es kaum ein kurioseres Berufsprofil als das, an das der junge Schnabel sein Herz (unter welchen Zwängen auch immer) gehängt hat. Im Vergleich zu den meisten, öfter hochspezialisierten Handwerksberufen seiner Zeit, ob sie wie die Posamentierer oder Nadler auf Felsenburg erwünscht oder wie die Perückenmacher nicht erwünscht sind, zeichnet sich das Tätigkeitsfeld eines Barbiers durch geradezu archaische Universalität aus. Etwa um 1500 hat sich das Barbierhandwerk aus dem Betrieb des Baders ausgegliedert und in einer eigenen Zunft organisiert. Dieser Prozeß wurde für Erfurt detailliert nachgezeichnet, ist aber für Deutschlands Städte allgemein anzusetzen.[6] Die Ausdifferenzierung von Arbeiten, »die auch ohne Badestube möglich waren, wie Scheren, Schröpfen und Wundbehandlung«, verdankt sich nicht der Notwendigkeit von Arbeitsteilung und Spezialisierung, sondern entspringt lediglich dem Druck in der ökonomischen Situation der Gesellen. Die neuen Barbiermeister ohne aufwendige Badestube und die traditionellen Bader nehmen auch bei getrennten Zünften großenteils ähnliche bis gleiche Tätigkeiten wahr: In ihren Aufgabenbereich fallen, salopp gesprochen, alle Arten von Hantierung am menschlichen

Körper. Es kann daher nicht wundernehmen, daß die Institutionen der beiden Berufe ständig im Konflikt miteinander liegen und die Obrigkeit zu akribischen Abgrenzungen der jeweiligen Tätigkeitsfelder provozieren. Ein Dekret des Herzogs Anton Ulrich zu Braunschweig und Lüneburg aus dem Jahre 1688, um nur ein Beispiel zu zitieren, regelt, daß den Barbieren erlaubt (und den Badern untersagt) sei, »frische Wunden zuheilen« sowie »außerhalb Ihren Häusern zu Putzen oder Barbieren«; beide Berufe hingegen dürften (und das heißt: auch die Bader dürfen) innerhalb ihrer Häuser barbieren und zur Ader lassen sowie »Alte Schäden, fistulen undt Frantzosen außerhalb Ihren Häusern [...] curiren«.[7] Der Konflikt ist auch ein Konflikt der Denominationen. Um 1700 haben die Berliner Barbiere ihre Berufsbezeichnung bereits in ›Chirurg‹ geändert. Die Bader, die sich in der Gefahr sehen, von zukunftsträchtigen Entwicklungen abgekoppelt zu werden, beanspruchen ihrerseits gerade um 1700 offensiv diesen neuen Titel.

Solcher Statuskämpfe unerachtet, hat das Berufsprofil von Barbier wie Bader eine abenteuerliche Breite, mit der nun auch der zeitgenössische Reformdiskurs schon längst nicht mehr zufrieden war. Dringlich erscheint die Ausdifferenzierung der Chirurgie aus dem Handwerk des Haarschneidens und Bartscherens und ihre Anbindung an die seit alters an den Universitäten gelehrte Medizin. »Die Chirurgia ist eine Schwester der Medicin, und kan keine ohne die andere seyn«, postuliert kurz und knapp in seinem ansonsten endlos langen *Chirurgus*-Roman von 1698 Johann Christoph Ettner, wohl wissend, daß er eine Forderung und keinen Befund ausspricht, gerade für »Teutschland«, wo immer noch »ein jeder Bartscherer/ Bader/ und Schäfer/ sich in die edle Chirurgie einmischt«. Er möchte wohl wissen, läßt Ettner einen seiner Protagonisten loslegen, woher denn den Barbieren und Badern,

die nun durchaus Chirurgi seyn wollen/ [...] die Experienz zufliessen wolle/ zumahl wann sie in ihren Lehr-Jahren kaum so vil begreiffen/ daß sie ein Pflaster recht streichen lernen/ nach denen Lehr-Jahren aber sich auf das Haar-krausen/ Paruquen kämmen und dergleichen/ nur denen Courtisanen zu gefallen/ legen/ und wann sie so denn eine Lohn-Stelle erwischen kön-nen/ sich in H[eiligen] Ehestand einlassen/ hernach denn ein Buch vor sich nehmen/ in Meinung/ die Chirurgie und deren zugehörige Handgriffe können von denen gedruckten Blättern genommen und erlernet werden. Gar recht und löblich ist es in Italien, Schweitz/ Franckreich/ Engel- und Holland/ daß die Bartscher- und Schröpff-Kunst von der wahren Chirurgie ab-gesondert ist/ denn wie will der den presthafften Personen ab-warten/ welcher nicht mehr erlernet als Bart-putzen und denen Leuten mit der Fliete auf dem Leibe herum zu picken.[8]

Ein Dreivierteljahrhundert später sind, auch wenn sich in der Zwischenzeit gerade in Brandenburg-Preußen ei-niges gebessert hat, die Monita des preußischen Gene-ralchirurgen Johann Christian Anton Theden noch die gleichen:

Unsere deutsche Wundärzte werden, leyder! größtentheils beym Barbierbecken gebildet. Drey Jahre stehen sie bey den

Barbierern und Badern in der Lehre. Nach Verlauf dieser Zeit werden sie Gesellen, und haben weiter nichts gelernt, als den Bart putzen, Pflasterstreichen und Aderlassen, und das letztere oft Handwerksmäßig genug, wovon viele betrübte Beyspiele zeugen. Viele können nicht einmahl lesen, und wenn sie auch dieses können, so wissen sie oft eben so wenig, als ihr Lehrer, was sie lesen sollen.

Dem ganzen Uebel wäre freilich gleich auf einmahl abgeholfen, wenn man die Wundarzeneykunst von dem elenden Handwerke der Bartscheerer, wie in anderen Ländern geschiehet, trennen könnte. Sie ist von eben dem Umfange, wie ihre Schwester, die Arzeneykunst, und erfordert, wie jene, eine Menge Kenntnisse und Hülfswissenschaften, welche man am allerwenigsten auf der Barbierstube erlernet. Aber was nutzen gute Wünsche [...] die Barbierer haben in den mehresten Städten das monopolium, welches man ihnen nicht gar wohl nehmen kann, um sie für die mit einem nahmhaften Capital erkaufte Barbierstube, und für das vor Geld erlangte Privilegium, schadlos zu halten.[9]

So ist es ein Beruf, auf den man herabzusehen geneigt war und für den dennoch die Besten gerade gut genug gewesen wären, ein Beruf, in dem ein nahezu illiterater Bartscherer neben einem wissenschaftlich kompetenten Wundarzt stehen konnte, den der Absolvent der Hallenser »Latina« sich als künftige Profession erkoren hat.

Schnabels Lehrzeit ist für den Zeitraum Anfang 1706 bis Anfang 1709 zu erschließen. Um diese Rekonstruktion und die der Logik seiner Biographie bis gegen das Ende der 1710er Jahre vorzuführen, muß abermals weiter ausgeholt werden. Die Lehrzeit eines Barbiers umfaßt, wie in der Äußerung von Theden beiläufig

zu sehen, drei Jahre. Nach der Lossprechung, die in
vielen Fällen wenigstens faktisch ohne ein Examen erfolgt, hat der junge Mann eine siebenjährige ›Servierzeit‹ in der Praxis abzuleisten; danach kann er sich um
die Zulassung bemühen, als ›Meister‹ selbst eine Barbierstube, die im allgemeinen gekauft werden muß, zu
eröffnen.[10]

Hält man diesen Zeitplan hinter die dokumentierten
Daten von Schnabels Biographie aus den ersten beiden
Jahrzehnten des Jahrhunderts, dann wird die planvolle
Konsequenz seines Lebensweges sofort ersichtlich. Der
erste entscheidende Beleg, über den wir verfügen, entstammt den Musterlisten der kursächsischen Armee. Bei
der am 28. Februar 1717 abgehaltenen Musterung des
Infanterieregiments 2. Garde findet sich unter dem seit
der vorigen Musterung vom 9. September 1715 unveränderten Mannschaftsteil der Kompanie Philipp Wilhelm
Consbruck als Feldscher dieser Kompanie Johann Gottfried Schnabel, »Balbier«, aus Bitterfeld in Sachsen. Die
Rubrik, »wie lange er gedienet«, vermerkt: »3 Jahr Wolfenbüttel« und »3. Jahr Sachsen«. Bei der vorhergehenden Musterung der Kompanie am 25. September 1713
war Schnabel noch nicht, bei der nächsten Musterung am
10. Mai 1719 ist er nicht mehr dabei.[11]

Nimmt man zu diesen Angaben die seit langem bekannte autobiographische Notiz des Schriftstellers aus
der Vorrede zu seiner *Lebens- Helden- und Todes-
Geschicht* des Prinzen Eugen von Savoyen hinzu, nach

der er »in 3. Brabandischen Campaignen« den Prinzen persönlich »zu sehen« Gelegenheit gehabt habe, dann steht außer allem Zweifel, daß der junge Johann Gottfried Schnabel als Angehöriger der von Anton Ulrich zu Braunschweig und Lüneburg vertraglich den niederländischen Generalstaaten überlassenen Truppen am Spanischen Erbfolgekrieg teilgenommen hat. Leider liegen die einschlägigen Musterlisten Wolfenbüttels nicht mehr vor. Belegt ist, daß zwei Infanterieregimenter, die Regimenter Bevern und Erbprinz, nach Brabant gingen; sie marschierten im März 1709 ab und kehrten 1713 nach Braunschweig zurück.[12] Wenn Schnabel ihnen, die aus jeweils acht Kompanien bestanden, als Feldscher einer Kompanie angehört hat, dann sieht es allerdings so aus, als wäre er vier Jahre im Wolfenbüttelschen Militärdienst gewesen. Dem steht der Vermerk in der sächsischen Musterrolle entgegen, dem scheint aber vor allem die autobiographische Notiz im *Eugen*-Buch zu widersprechen. Ist Schnabel also erst 1710 nach Brabant gekommen? Oder hat er die dortige Armee bereits 1712 wieder verlassen?

Eine aufmerksame Lektüre der Passage in der Vorrede zur *Lebens- Helden- und Todes-Geschicht* zeigt, daß wohl weder das eine noch das andere, daß vielmehr sehr wahrscheinlich ist, den jungen Feldscher im gesamten Zeitraum von 1709 bis Mitte 1713 beim Regiment Bevern oder Erbprinz in den Niederlanden zu vermuten. Man muß dafür wissen, daß die beiden Wolfenbüttel-

schen Regimenter einerseits in der Tat zur Armee des
Prinzen Eugen (und nicht zu der des Herzogs von Marl-
borough) kamen, daß aber andererseits der Prinz nur
1709, 1710 und 1712 während der Feldzüge in Brabant
war, während die Kampagne des Jahres 1711 bei Abwesenheit Eugens allein unter dem Oberbefehl Marl-
boroughs stand.[13] Vor diesem Hintergrund bezieht sich
Schnabels Formulierung, »in 3. Brabandischen Campaignen« dem Prinzen nahe gewesen zu sein, ganz offensichtlich auf die »Campaignen« von 1709, 1710 und 1712,
während die anschließende Erinnerung, er habe »in
den 3 letztern Brabandischen Campaignen« ein eigenes
Tagebuch geführt, die Feldzüge von 1710–1712 meinen muß, mit denen der Spanische Erbfolgekrieg abgeschlossen wird. Der Utrechter Friede vom 11. April
1713 setzt ihm ein Ende; für das Jahr 1713 gibt es keine
›Campaigne‹ mehr.

Schnabel, um die erschlossenen Daten nochmals zu
nennen, muß nach dem Verlassen der Hallenser »Latina« von Anfang 1706 bis Anfang 1709 seine Barbierlehre
absolviert haben. Er hat sich anschließend entschieden,
die weitere Berufsqualifikation der ›Servierzeit‹ im Amt
des Feldschers zu erwerben. Unter den im März 1709
in die Niederlande abgehenden Wolfenbüttelschen
Truppen erhält er eine Stelle; im Sommer 1713 kehrt er
mit den beiden Regimentern wieder nach Braunschweig
zurück. Um seine restliche ›Servierzeit‹ abzuleisten,
nimmt er spätestens Anfang 1714 eine Bedienung in

20

der sächsischen Armee an. Seinem Ausbildungsstand
entsprechend, wird er – wie mit Sicherheit auch in
Brabant – auf der untersten Ebene eingestellt: als Feldscher einer Kompanie, weisungsgebunden durch den
Feldscher des Regiments.

Hier lernt er nach dem Westen nun auch den Osten
Europas kennen. Der sächsische Kurfürst, der seit 1710
als August II. wieder zugleich König von Polen ist, sieht
sich ab 1715 in militärische Auseinandersetzungen mit
seinen innenpolitischen Gegnern in Polen verwickelt.
Aufschlußreicher als diese nachzuzeichnen ist es für den
Blick auf Schnabel, den Weg seines Regiments zu verfolgen.[14] So ist das Standquartier der 2. Garde Infanterie
im Winter 1713/14 die Stadt Sandomir am Oberlauf der
Weichsel. Die Musterung vom September 1715 wird in
Warschau abgehalten. Von Ende 1715 bis Januar 1716
rückt das Regiment im Verlaufe von Kriegshandlungen
über Rawa Ruska bis nach Lemberg vor. Im Februar
und März 1717 geht es dann zurück; die zitierte Musterung vom 28. Februar 1717 findet in Meseritz statt,
einem Ort zwischen Posen und der Oder. Im Frühjahr
des Jahres ist nach dem Ende des Krieges in Polen
Schnabels Regiment 2. Garde zusammen mit den meisten anderen wieder in Sachsen.

Rund acht Jahre Tätigkeit als Barbier und Wundarzt
im Felde liegen damit hinter Johann Gottfried Schnabel.
Man wird sich sein Leben vor allem in den Kampagnen
von Brabant nicht zu harmlos vorstellen dürfen. Das

Tagebuch, das er in den letzten drei Kriegsjahren geführt hat, ist verloren. Vielleicht kann aber eine Passage aus der Autobiographie eines Berufskollegen, des eine Generation älteren Johann Dietz, die dessen Feldscherstätigkeit während der Türkenkriege schildert, stellvertretend für die Wirklichkeit des Spanischen Erbfolgekrieges in der Sicht eines Wundarztes stehen:

Mein Gott, was war da vor ein Geschrei und Lamentieren von den Blessierten von allerhand Nationen. Etlichen waren die Arme, Beine weg, etlichen die Köpfe entzwei, die untern Kinn weg, daß die Zunge da hing. [...] Manch Größerer würde schrecken und grauen, als ich in die Approchen hineinkam. Da gingen die Kugeln und pfiffen umb und neben mir; da sahe ich, wie hie und da einer nach dem andern umbfiel und schrie. Da hieß es: »Feldscher!« von dem und dem: »Raus, verbinde! und solltu auch drüber totgeschossen werden!« Wie es denn etlichen begegnet.[15]

Schnabels Erfahrungen sind dann aber auch Erfahrungen europäischer Welt in eigentümlichen Gegensätzen. West und Ost, Seenähe und Binnenkontinent hat er kennengelernt. Er ist im Umkreis der wirtschaftlich modernsten und der am weitesten zurückgeblieben Regionen Europas gewesen. Ausgespannt ist der Horizont des mittlerweile etwa 25 Jahre alten Barbiers von den Niederlanden, dem Platz des Überseehandels und der großen Vermögen, dem Zentrum der avancierten Industrie und Brennpunkt der Kultur, bis nach Galizien, der Landschaft armer Bauern und kleiner Händler in politisch überholten Strukturen, jener Provinz, die noch mehr als anderthalb Jahrhunderte später Karl Emil Franzos, der ihr entstammt, ›Halb-Asien‹ nennen wird. Die andere Achse Europas freilich, die der Opposition von Nord und Süd, bleibt für Schnabels erlebte Welt ohne Bedeutung. Italien hat er, dessen Orientierung sich nun nach Ableistung der ›Servierzeit‹ sogleich auf die Etablierung richtet, nicht erfahren.

Frühestens Mitte 1717, spätestens Anfang 1719, ein genaues Datum läßt sich nicht ermitteln, scheidet Johann Gottfried Schnabel aus der Armee aus. 1719 findet er sich am ersten Ziel seines beruflichen Lebensweges. Er ist Barbiermeister in Querfurt geworden. Die Dokumente, über die wir für diese Zeit verfügen, zeigen nun mit großer Deutlichkeit, daß der spätere Autor der *Insel Felsenburg* alles andere als ein haltloser und desperater Abenteurer, daß er vielmehr ein seine Existenz mit Zielstrebigkeit und Sorgfalt aufbauender Mann war.

Verfolgen wir zunächst Schnabel in seinem Beruf.[16] Aus dem Jahre 1719 ist ein Aktenstück überliefert, in dem Herzog Christian von Sachsen-Weißenfels,

demnach Uns Unsere Liebe Getreue: Andreas Stock, Johann Gottfried Schnabel und Johann August Herlitz zu Qverfurth, unterthänigst zu erkennen gegeben, welcher gestallt sie sich um künfftiger guter Ordnung Willen einiger gewißen Innungs Articul unter einander verglichen, mit gehorsambster Bitte, Wir wolten solche beÿ Uns von dem Beambten und Stadt-Rathe zu gedachten Qverfurth unterthänigst eingereichte Articul zu Confirmiren und zu bestätigen, und ihnen dadurch eine geschloßene

Innung von Dreÿ Meistern beÿ besagten unseren Amte und der Stadt Qverfurth zu ertheilen geruhen,

eben diese Innung mitsamt ihren Artikeln bestätigt. Den Regelungsgehalt der Urkunde, die im einzelnen zu beschreiben unnötig ist, faßt der Beamte zu Querfurt in einer Durchführungsverordnung vom 30. Dezember 1719 an die Schultheißen der betroffenen Gemeinden in der Weise zusammen, daß außer den Innungsmeistern Stock, Schnabel und Herlitz

keinen andern zu gelaßen seÿn, auff allhiesigen Ambts Dörffern sich einer euserlichen cur, und was zur Chirurgie gehörig, zu unterziehen, sondern allhiesige Ambts unterthanen an die allhiesigen Barbierer, daferne sie solche nöthig, gewiesen seÿn sollen.

Der zünftische Charakter des von dem damals 40jährigen und schon 1712 in Querfurt als »Ambts und Stadt Chirurgus« nachgewiesenen Andreas Stock mit den beiden jüngeren Kollegen eingerichteten Instituts soll, wie sich versteht, alle weitere Konkurrenz ausschalten und den drei Meistern den Lebensunterhalt sichern. Zeittypisch, wie solches Handeln ist, erzeugt es die entsprechenden Konflikte. Ein Aktenstück vom 19. Mai 1721, aufgesetzt vom Syndikus der Stadt Querfurt, protokolliert, daß der Rat der Stadt seine Barbiere zitiert habe, um ihnen zu eröffnen, »wie sie sich« während einer aktuellen Epidemie nach dem kürzlich eingeholten Gutachten eines Halberstädter Mediziners »mit den Aderlaßen verhalten solten«. Es antworten die Barbiere

Andreas Stock und Johann Gottfried Schnabel (Herlitz ist nicht oder nicht mehr dabei),

wie sie zwar ihres Orths nichts ermanglen laßen wolten, nach ihrer Pflicht, und wie es aus den vorgelesenen Judicio Medico ihnen deutlich vorgehalten worden, das Aderlaßen behuthsam zu thun und zu beobachten, alleine wenn sie auch darbeÿ alle behuthsamkeit observiren wolten, würde es doch vergebens seÿn, indem Friedrich Reinthaler, welcher biß anhero zwar in ihrer Profession sich eingemischet, und ihnen Eintrag gethan, sich aber gleichwohl noch nicht ratione der erlerneten Chirurgie legitimiret, und mit der Innung hiesiger Barbierer verglichen, diesemnach aber, den größten Schaden wegen des Aderlaßens causiren würde, wie denn auch eben derselbe nur letztens auff des Hn. Hauptmanns von Sandersleben Hoffe allhier zweÿn Mägden auff beÿden Beinen die Ader gelaßen, und dergleichen thäte er promiscuè.

Der in das Innungsmonopol unbefugt eingreifende Wundarzt ist, wie aus einem Schreiben des Rats hervorgeht, der sofort die Gerechtsame seiner Barbiere in dieser Sache in einer Bitte an den Herzog vertritt, der Feldscher einer bei Querfurt einliegenden Garnison. Mit solchen Fällen unliebsamer (und illegaler) Konkurrenz mußte man rechnen (und leben), wenn man Barbier war: Nicht nur die Feldschere (und die Bader), sondern die unterschiedlichsten Leute dubioser Qualifikation, Schäfer und Okulisten, Wunderdoktoren und weise Frauen, traten auf dem Feld der medizinischen Praktiken als Mitbewerber auf. Das mag auch das Klima in den Innungen selbst beeinträchtigt haben. Johann Dietz wird seine Gründe gehabt haben, als er notierte, er »glaube, daß unter keiner Profession mehr Nahrungsneid als damals unter den Barbierern« geherrscht habe.[17]

Schnabel steht zu diesem Zeitpunkt unmittelbar vor der Ehe. Am 17. Juni 1721 heiratet er, »Bürger und Stadt Chirurgus alhier«, in der Schloßkapelle von Querfurt Johanna Sophia Dietrich, »Herrn Andreä Dietrichs fürnehmen des Raths, wie auch bey der Hochfürstl. SchloßCapelle alhier Kirchen Vorstehers eheleibliche eintzige Jungfer Tochter«. Der Vater der Braut ist nach dem Zeugnis einer Chronik von 1714/15 »Postverwalther« und Besitzer des unmittelbar hinter dem Rathaus der Stadt gelegenen Gasthofs »Zum güldenen Stern«, den er »vor etlichen Jahren« neu hatte erbauen lassen. Ein gutes Jahr nach der Hochzeit seiner Tochter Johanna Sophia wird er das Wirtshaus für die (nicht übermäßig hohe) Summe von 1.630 Reichstalern plus Naturalien verkaufen. Das junge Ehepaar bekommt schon zweieinhalb Monate nach der Heirat das erste Kind: Der am 30. August 1721 geborene Sohn Johann Friedrich wird am 1. September getauft. Der Eintrag im Taufregister nennt neben dem Vater (hier versehentlich zu Johann Friedrich Schnabel geworden wie das Söhnchen) und der Mutter (Johanna geb. Dietrich) als die drei Paten lauter Personen aus Querfurt: einen Apotheker und Ratsherrn, einen Bürger und Hofbildhauer und schließlich die Frau des Ratskellerpächters.

Zwei Jahre später, 1723, trifft die Familie erstes Leid. Abermals wird ein Sohn geboren, der den Namen Fried-

rich August erhält, aber nach zwei Wochen und einem
Tag am 30. Oktober stirbt. »Herr Johann Gottfried
Schnabel«, vermerkt das Totenregister, »Sachsen-Weis-
senfelß. Hoff-Chirurgus alhier«, läßt das Kind »Abends
in der Stille beysezen, u. bezahlte die halbe Schule«.

Der mittlerweile 30jährige Barbier und Chirurg, so
erfahren wir beiläufig aus diesem Eintrag, ist von der
Stadt- in die Hofbedienung avanciert. Über die Umstände, die zu dieser Veränderung seines Status geführt haben, läßt sich wegen fehlenden Aktenmaterials
nichts sagen. Man wird aber wohl berechtigt sein, den
Vorgang zu registrieren und ihn einer Disposition
Schnabels zuzurechnen: Dieser Mann, weit entfernt von
allem Abenteurertum, orientiert sich zeitlebens an Institutionen, will abgesichert sein, sucht die Nähe höfischer
Strukturen.[18]

Als Schnabel mitsamt Familie 1724 Querfurt verläßt
und nach Stolberg geht, findet sich in seinem Gepäck
auch ein aus einigen Quartblättern bestehendes Manuskript, das erst 1939 der wissenschaftlichen Öffentlichkeit bekanntgemacht wurde (und das sich übrigens heute
nicht mehr auffinden läßt). Es ist wohl im September
1723 begonnen und in Stolberg noch fortgesetzt worden.
Das Konvolut enthält Gedichte, durchweg Epigramme,
soweit nach den knappen Angaben in der Edition von
Günther Deneke zu schließen, und einige Sonette. Jedenfalls zeigt es, daß »G. J. Schnabel«, wie er auf dem Titelblatt zeichnet, in Querfurt, wo er sich als Meister des

Barbierhandwerks niedergelassen und wo er geheiratet hat, bereits literarisch zu arbeiten beginnt.[19]

1724 also wechselt der 31jährige Barbier mit Frau und Kind nach Stolberg im Harz. Das Bürgerbuch der Stadt vermerkt: »Den 4. August 1724 hat Hr. Johann Gottfried Schnabel, hiesiger Hoffbalbier den Bürger Eydt abgeschworen und ist zum Bürger aufgenommen worden«.[20] Adolf Stern hat eine ansprechende Skizze des regionalpolitischen Umfeldes gegeben, in das der künftige Autor der *Insel Felsenburg* jetzt übergesiedelt ist. Hier, in Westen des obersächsischen Kreises, zeigt sich, so Stern,

das dem alten Reiche eigentümliche Bild der seltsamsten Mannichfaltigkeit kleiner zerrissener Gebiete, wirr durcheinandergestreuter Voll-, Halb- und Viertelssouveränetäten. Da lagen im und neben dem sächsischen Thüringen [...] die sequestrierten Lande der Grafen von Mansfeld, die Grafschaften Stolberg und Wernigerode, die Abtei Quedlinburg, die zwar von einem preußischen Stiftshauptmann regiert wurde, aber doch für ein selbständiges Gebiet galt, da grenzte kurmainzisches Gebiet, ›das Eichsfeld‹, an den Kreis, da ragten kurbraunschweigische, herzoglich braunschweigische Landesteile herein, da lagen, wenn auch nicht zum Kreise gehörig, in nächster Nähe die Freien Reichsstädte Mühlhausen und Nordhausen.

Die Grafschaft Stolberg, deren wirtschaftliches Fundament immer der Bergbau und die Verhüttung von Eisen- und dann Edelmetallerzen gewesen war, hatte sich 1645 in die Grafschaften Stolberg-Wernigerode und Stolberg-Stolberg, letztere 1706 nochmals in Stolberg-

Stolberg und Stolberg-Roßla geteilt. Damit war das Territorium des politischen Gebildes, in das Schnabel kam, auf ganze 110 Quadratkilometer geschrumpft: Anders gesagt, wenn man um die Stadt Stolberg einen Kreis mit dem Radius von sechs Kilometern zieht, hat man die Größe Stolberg-Stolbergs nach 1706. Diesem Kleinststaat bläst der Wind der Zukunft immer stärker ins Gesicht. Das mächtige Kursachsen hatte schon im 16. Jahrhundert versucht, die Miniatur-Grafschaften an seinen westlichen Grenzen aus ihrer Reichsunmittelbarkeit zu hebeln. Im 18. Jahrhundert, und zwar just zu Schnabels Zeit, kommt der entscheidende Angriff. Die Skizze dieser Auseinandersetzung liest sich in einer Denkschrift des 19. Jahrhunderts so:

Es folgten Gewaltschritte gegen Gräfliche Diener, die sich noch steigerten, als der Graf den Schutz des Reichshofrathes und die Intervention von Kur-Mainz nachgesucht hatte. [...] Der Schluß des Drama's war, daß am 29. Juli 1730 ein Kursächsischer Commissar mit militärischer Gewalt in Stolberg einfiel, das Gräfliche Schloß besetzte, Gräfliche Beamte gefangen nahm und fortführte und diese Maaßregeln so lange fortsetzte, bis der regierende Graf am 11. August 1730 einen ihm vorgelegten Revers unterzeichnete. Diesem mußte er am 5. April 1738 noch einen zweiten nachfolgen lassen, um eine ausführliche Declaration seiner Rechte von dem König, Kurfürsten August (dem Starken), unter dem 16. Mai 1738 zu empfangen, welche bis zum Jahre 1815 als Basis der beiderseitigen Rechtsverhältnisse ohne wesentliche Aenderung gedient hat.[21]

Das regierende Haus der Grafen von Stolberg, politisch auf diese Weise unter Druck, residiert in einem beeindruckenden Schloß, das um 1700 noch einmal in einer späten Bauphase tiefgreifend renoviert worden ist. Die ökonomische Grundlage der Herrschaft scheint sich, nach einem Verzeichnis der Einkünfte zu urteilen, das 1736 erstellt wurde, mittlerweile von der Montan- auf die Forstwirtschaft verlagert zu haben. Der Hofstaat der Grafen, vom adligen Jägermeister bis zum Schornsteinfeger, vom Kanzleidirektor über die Reitknechte bis zu den Kanzleiboten reichend, zählt 1737 insgesamt etwa 65 männliche und 15 weibliche Personen sowie einige auswärtige Bedienstete, deren Geldbesoldung sich in diesem Jahr auf knapp über 5.700 Taler beläuft.[22]

Unterhalb des Schlosses erstreckt sich das Fachwerkstädtchen Stolberg mit weniger als zweitausend Einwohnern. Sein Rat und seine Bürgerschaft liegen mit der gräflichen Herrschaft und deren Kanzlei just zu Schnabels Zeiten, wie jedenfalls die Aktenüberlieferung für 1732–1735 ausweist, in recht grundsätzlichen Konflikten. Die Herrschaft will in die städtischen Angelegenheiten der Stadt Stolberg hineinregieren, und Rat und Bürgerschaft wehren sich. Unter der geänderten Großwetterlage trägt man seine Gravamina jetzt dem Kurfürsten von Sachsen vor. »Die großen Eingriffe, und Beeinträchtigungen«, so leitet der Rat etwa einen Brief vom 12. November 1734 nach Dresden ein,

damit wir Uns [...] von Tag, zu Tag belästiget sehen müßen, wollen nicht gestatten länger zu schweigen, weiln wir anderer gestallt [...] eine gänzl. Zerrüttung des Gemeinen Stadt-Wesens besorgen müßen.[23]

So also sieht, grob skizziert, das räumliche, gesellschaftliche und politische Feld aus, in das Johann Gottfried Schnabel eingetreten ist. Seine berufliche Stellung ist zunächst die eines Hofbarbiers. Von 1725 bis 1731 verzeichnet das Stolberger Kirchenbuch im Abstand von jeweils zwei Jahren die Geburt von vier Kindern, zwei Söhnen und zwei Töchtern. Der Vater erscheint hier zunächst, nämlich im Juni 1725 und Juli 1727, als Barbier; im Oktober 1729 wird er dann als »Herrschaftlicher Cammerdiener«, im März 1731 als »Gräflicher Cammerdiener« geführt. Im ersten Jahrzehnt seines Lebens in Stolberg schließt sich der Autor der *Insel Felsenburg* mithin in der für ihn typischen Weise enger an den Hof an. Der Barbier und Chirurg ist nach wenigen Jahren Kammerdiener bei der Herrschaft geworden.

1733 verliert Schnabel nach knapp zwölfjähriger Ehe seine Frau infolge der Geburt eines weiteren, offenbar toten Kindes. Die Eintragung im Sterberegister lautet:

Frau Johanna Sophia, Johann Gottfried Schnabels, hochgräflichen Kammerdieners Ehefrau, eine Sechswöchnerin 26. Februar auf gnädigste concession bey Laternen begraben. Die Gebühren sind wie bey einer halben Schule gezahlt worden.[24]

Wenn auch diese Beerdigung, wie seinerzeit in Querfurt die des bald nach der Geburt gestorbenen Sohns, wiederum abends »bey Laternen« stattfindet, so muß das im vorliegenden Fall ungewöhnlich gewesen sein, ist

doch ausdrücklich eine »concession« des Grafen vonnöten. Tatsächlich stellt die Sitte, Leichenbegängnisse
auf den Abend zu verlegen, eine Neuerung des 17. und
vor allem des 18. Jahrhunderts mit seltsam ambivalen-
tem Hintergrund dar. Einerseits sind die Bestattungen
in der Dunkelheit ein Versuch, das Aufgebot an Gefolge
und die damit verbundenen Kosten zu beschränken;
andererseits können Beisetzungen am Abend mit gran-
dioser Illumination zu beeindruckendem Pomp entfaltet
werden. Für den Luxus, der mit »Abendleichen« zu
verbinden ist, wird uns noch das Beispiel der Feierlichkeiten zum Tod des Grafen Christoph Friedrich in Stolberg selbst begegnen, die im September 1738 statt-
finden. Die Sparsamkeit dagegen mag ein literarisches
Exempel illustrieren. Der Vater der Heldin, die dem anonymen Roman *Die schöne und galante, doch tugendhafte Ober-Sachsin, Friderica* *** (1748) den Titel gibt, ein
Weißbäcker von Beruf, sagt auf seinem Sterbebett, er

verlange [...] nicht bey Tage begraben zu werden, sondern
Abends nur mit 33 Fackeln, welche meine Lebens-Jahre anzeigen sollen. Ich will blos mit einer schwartzen Nachtmütze,
schwartzen Strümpfen, doch aber in ein feines linnen Tuch
eingewickelt seyn, der übrige Staats-Todtenhabit, so allhier ge-
bräuchlich ist, kan zurück bleiben, und dessen Werth unter die
Armen vertheilet werden.

Was in diesem Falle Ausdruck von Bescheidenheit,
Tugend und Mildtätigkeit, ist im Fall Schnabels ganz
offensichtlich Zeichen materieller Dürftigkeit. Der

Kammerdiener muß seine Ehefrau mit besonderer Genehmigung der Herrschaft abends beisetzen lassen, weil er sich eine Bestattung am Tage nicht leisten kann. An Kurrendegeld bezahlt er übrigens, wie dem zitierten Auszug des Sterberegisters zu entnehmen, auch diesmal – wie bei seinem zweiten Sohn – nur den halben Satz.

Über die Stellung und die Aufgaben eines Hofbarbiers in Stolberg – damit seien Schnabels berufliche Stationen nun etwas genauer ins Auge gefaßt – unterrichtet uns ein Dokument, das undatiert ist, aber der zweiten Hälfte des 17. Jahrhunderts zugeschrieben werden kann. Es handelt sich um die Bestallungsurkunde für einen der Vorgänger Schnabels, die wohl als Muster aufbewahrt worden ist.[25] Die Aufgabenbeschreibung fordert, der Hofbarbier solle

erstlichen, vff iedes vnser oder Vnser herrn sohne erfordern, Vnd so balden Ihm sollches zu wißen gemacht wirt, sich bey unßer Hoffstadt gehorßamblichen einstellen, Das Barbiren, Aderlaßen oder was von Ihm, so zu seinem Dienst gehörig ist, gefordert vnd begert wirt verrichten, Doch fürs andere, wan einer oder d' andere bey vnßer Hoffstadt mit Plötzlicher Kranckheit befallen solte, soll vndt will er seinem besten Verstande nach sich alßobalden sollcher patienten annehmen, dießelbe besuchen, Auch dafern die Kranckheit oder schwacheit alßobewandt sein, Das die Noturfft erfordern will, einen Verstendigen erfahrnen Medicum zugebrauchen, soll er sollches in Zeithen vns offenbahren oder vnsern bedienten andeuten, damit keiner verseumbt werde, Wan wir nun Leuthe hierzu erfordern, die bey sollchen schwacheiten gebrauchen zulaßen beliebung

tragen werden, Soll er vf erfordern vndt begehren, Dehnen zur
hand gehen, Die patienten wie furgedacht bey vnser Hoffstadt
Vleißigk besuchen, keinen in der Cura gewinstes halber ge-
fehrlichen verlaßen, sondern sich allemahll ahn einem recht vndt
billigmaßigem lohn begnugen laßen.

Die Bestallungsurkunde regelt des weiteren, daß dem
Hofbarbier, wenn er an andere »ambder vndt öhrter«
verschickt werde, ein Pferd zur Verfügung zu stellen sei;
im Falle von Seuchen und Epidemien habe er sich vor
den »inficirten ohrten« zu hüten (»Damit wir Ihn sicher
gebrauchen konnen«). Auch gehöre zu seinem Aufgabenbereich die Aufsicht über die Hofapotheke. Der Katalog
schließt mit der üblichen Verpflichtung auf moralisches
und loyales Verhalten und kommt am Ende auf die Regelung der Versorgung:

Fur sollche seine dienste, wollen wier Jharlichen vndt iedes
Jhars besonder, nebst einem freyen dische zu hoffe freyer wohnung vndt holtz Ihme zuer Jharlichen besoldung reichen vndt
geben laßen [Leerraum]

Obwohl der zitierte Wortlaut nahelegt, daß neben der
Naturalentlohnung noch eine (in den Leerraum) ein-
zusetzende Geldsumme gezahlt werden soll, fehlt in der
überlieferten Personalliste von 1737 ein Hofbarbier. Es
ist unklar, wie das zu deuten ist. Auf jeden Fall aber
wurden Schnabels Vorgänger und wohl auch er selbst
wie seine Nachfolger – ob sie nun eine feste Besoldung
erhalten haben oder nicht – nach Ausweis der Urkunde
für Leistungen, die sie nicht dem Grafen und seiner

Familie, sondern den Angehörigen der Hofstatt erbringen, von diesen ihren Kunden in jedem Einzelfall geldlich entlohnt.

Als Kammerdiener, der er spätestens seit dem Oktober 1729 ist, hat Johann Gottfried Schnabel dann eine erheblich engere Anbindung an den Hof gefunden. Für die Bestallung zu einem solchen Dienst liegt ebenfalls eine wohl als Muster gedachte Urkunde (aus dem Jahre 1669) vor. Diejenige Passage, in der die ansonsten nicht beschreibbare Vielfalt der »fälle Vndt Verrichtungen« so konkret gefaßt ist, daß wir uns ein halbwegs plastisches Bild vom Kammerdiener machen können, lautet: Er solle

morgen undt Abendts, undt so offt es Vonnöthen, Zu rechter Zeit Vor Vndt in Unserm Logament, wo es auch sey, unVerdroßen auff- undt vnsers Befehls erwarten, auch daß Jenige, waß Ihme mandiret werden mögte, ohne ZeitVerliehrung, treufleißig expediren.

Man möchte bei Lektüre dieser Stelle meinen, Schnabel habe mit dem Avancement vom Barbierchirurgen zum Kammerdiener eine vom Tätigkeitsfeld her wenigstens gelegentlich noch interessante Stelle endgültig gegen ein völlig subaltern-langweiliges Amt eingetauscht. Er selber wird es wohl anders gesehen haben. Immerhin erhält er jetzt neben den vermutlich immer noch gewährten Naturalabgaben ein jährliches Gehalt. Wir haben zwar keine Dokumente für die Zeit, in der Schnabel diese Bedienung innehatte; indessen informiert uns das schon mehrfach herangezogene Register von 1737, daß die

Bezüge eines Kammerdieners am gräflichen Hof sich auf hundert Reichstaler belaufen – soviel, wie ein Kornschreiber oder ein Amtmann erhalten. Ein Kostgeld nahezu derselben Höhe in Naturalien wird hinzuzurechnen sein.[26]

Vielleicht bedeutsamer noch mag am neuen Amt die Nähe zur Herrschaft sein. Diese tägliche Intimität (die Bestallungsurkunde fordert vom Kammerdiener ausdrücklich, »daß Er Verschwiegen sey, Vndt da Er etwas erfahren solte, daran Vnß vndt Unßerem hauße gelegen, Soll Er solches bey sich behalten und in die grube mit sich nehmen«), diese Intimität im Verkehr ist wohl die Voraussetzung dafür, daß Schnabel sich abermals ein neues Tätigkeitsfeld erschließen kann. Er wird der Redakteur der Zeitung *Stolbergische Sammlung neuer und merckwürdiger Welt-Geschichte.*

In einem Schreiben vom 28. September 1735, mit dem er die ersten Jahrgänge seiner Zeitung dem Grafen Christoph Friedrich widmet und in dem er für die ihm selbst und seiner Familie bisher erwiesenen Gnadenbezeigungen dankt, rühmt Schnabel sich gewissermaßen untertänigst, daß ihm 1731 auf Vermittlung des sich für ihn einsetzenden Grafen Christoph Ludwig erlaubt worden sei, »das zur selben Zeit gantz in Decadençe gekommene Stolbergische Zeitungs-Wesen wieder empor zu bringen und fort zu setzen«. Es folgt ein Schwall von Formulierungen, mit denen der Redakteur seine unter Entbehrungen vollbrachte Pioniertat gebührend herausstreicht. Ein wenig einseitig, um das Mindeste zu sagen, ist diese Selbstdarstellung nun allerdings doch. Aus einer Reihe von Dokumenten läßt sich nämlich die Vorgeschichte der *Stolbergischen Sammlung neuer und merckwürdiger Welt-Geschichte,* läßt sich insbesondere jene »Decadençe«, in die das »Zeitungs-Wesen« gefallen sein soll, annähernd rekonstruieren.

Den Beginn dieser Vorgeschichte markiert ein Brief, den ein gewisser Johann Heinrich Baer, Student der Theologie, in »Stolberg am 30. Junij 1729« an den regierenden Grafen Christoph Friedrich richtet. Baer trägt dem Grafen vor,

daß mich unter Gottes Gnade entschloßen, eine Art von Zeitungen, wie ich solche zeithero in Querfurth ediret, nunmehro in Dero Residenz-Stadt Stollberg drucken zu laßen, entschloßen bin.

Er nehme sich deshalb heraus,

Ew: Hochgräffl. Gnaden um gnädigste Concession und Fiat hierüber unerthänigst anzuflehen. Versehe mich auch solcher Hochgräffl. Gnade um so viel eher, da hierunter so wohl des Buchdruckers als gantzen Stadt gröster Nutzen versiret.

Eine Aktennotiz vom 11. Juli desselben Jahres vermerkt auf dem Brief, dem Supplikanten werde

zur resolution gegeben: daß Hochgedachter Unser Gnädigster H[err] demselben zwar in dem, was er suchet, Gnädig deferiren, doch daß er jederzeit das Blat Zeitungen, welches er drucken zu laßen gedencket, zur durchsehung, und eventueller correctur vorhero einschicke.

Mit dieser selbstverständlichen Verpflichtung des Redakteurs auf die Vorzensur beginnt denn auch wohl schon zu Beginn des August 1729 Baers Zeitung unter dem Titel *Wöchentliche kurtze Nachrichten von denen neuesten und fürnehmsten Begebenheiten in der Welt* zu erscheinen.

Daß Baer gewußt hat, was für Folgen sein Unternehmen schon bald nach sich ziehen würde, darf bezweifelt werden. Noch nicht ein Jahr laufen die *Wöchentlichen kurtzen Nachrichten,* da haben sie einen schweren Konflikt in den spannungsreichen Beziehungen zwischen der Grafschaft und Kursachsen provoziert. Mit Datum des 6. Juni 1730 zeigt der Appellationsrat und Kreisamtmann zu Tennstedt, Johann Christoph Zeuner, in Dresden die Existenz eines Zeitungsschreibers in Stolberg an.[27] Der Anzeige sind als Corpora delicti beigelegt drei Nummern des Jahrgangs 1730 (wohl die einzigen überlieferten Exemplare von Baers Zeitung) und ein Einblattdruck mit der Liste der von Stolberg jeden Mittwoch ausgehenden Postwege. Der Wortlaut des Briefes ist folgender:

Eurer Königlichen Majestät stehet in denen Gräfl. Stolberg. Orthen die Landeshoheit, und in specie vermöge des mit denen Herren Grafen ehedem errichteten Vergleiches de anno 1568. das Straßen Regale ohne Unterscheid der frembden und Chursächs. Lehnsbarkeit zu, zu deßen Aufrechthaltung dieselben vor wenig Jahren eine Post in der Statt Stolberg anlegen laßen. Nachdem nun ein eigener Zeitungs Schreiber, Nahmens Bähr, nach Stolberg sich gesetzet, und nicht nur öffentliche Zeitungen, wie der Anschluß sub no. 1. ausweiset, nebst anderen Sachen öffters ohne Censur drucken läßet, sondern auch ordentliche Post Boten, welche Briefe und Paquete, auch sogar in hiesigen Chursächs. Landen samlen, in die Welt abschicket, und dieser halb sub no. II. den beygelegten gedruckten Postzeddel divulgiret, dieses eigenmächtige Unternehmen aber, welches entweder auf ausdrückliche Anordnung, oder doch wenigstens mit connivenz der Gräfl. Herrschafft geschehen, zu märcklichen Nachtheil und Bekränckung Eurer Königlichen Majestät Post Regals und der Stollberg. Post Station gereichet, inmaßen zuverläßiger Nachricht nach das Porto von Briefen unnd Zeitungen den Zeitungs Schreiber wöchentl. 7. Thlr. getragen haben soll; so habe ich der Nothdurfft befunden, Eurer Königlichen Majestät dieses allergehorsamst anzuzeigen.

Zum Verständnis des Briefes (und zum Verständnis von Schnabels Biographie) muß man wissen, daß Kursachsen im Jahr 1723 einen Postmeister nach Stolberg gesetzt hat. Der Mann heißt Johann George Messerschmidt. Noch im selben Jahr beschwert sich der Graf beim Hof in Wien über diesen Eingriff in seine Souveränität. Die Antwort aus Wien ermahnt Kursachsen zwar, eine solche »bekränckung der grafflich Stolbergischen Reichs Standtschafft und immedietet« zu unterlassen, doch ohne Erfolg: Messerschmidt bleibt in Stolberg. Der Kreisamtmann Zeuner, der schon damals die sächsischen Interessen äußerst beflissen wahrgenommen hat, sieht nun durch die Aktivitäten Baers eine womöglich dem regierenden Grafen selbst nur allzu erwünschte eigene Stolbergische Post als illegale Gegengründung etabliert, wobei überdies noch ein ebenso illegales und – wie Zeuner mit kundigem Gespür für wirkungsvolle Insinuation hinzufügt – »öffters ohne Censur« arbeitendes Zeitungswesen eingerichtet worden sei.

Zeuners Anzeige in Dresden wird, wie nicht anders zu erwarten, mit einem Bescheid vom 28. Juni beantwortet, in dem ihm aufgetragen wird, er möge »ermeltem Zeitungs-Schreiber Bähren, dieses alles inhibiren«. So läßt Zeuner am 17. Juli dem Redakteur das Verbot der Zeitung und der Posthaltung übermitteln. Der bedrängte Johann Heinrich Baer meldet sich am 18. August mit einer Antwort; er sucht deutlich zu machen, daß die von ihm betriebenen Postwege lediglich dem Vertrieb seiner Zeitung dienten und kein Konkurrenzunternehmen zur kursächsischen Post darstellten, daß der örtliche Postmeister Messerschmidt als der eigentliche Initiator der Anzeige die Sachlage »odiös« vorgetragen habe und »nichts andres intendiret als mich um meinen sauren bissen Brodt herum zu bringen«, und er schließt mit der Bitte, »es bey der bisherigen Verfassung [...] großgünstig bewenden zu lassen«.

Die Intervention fordert aber natürlich vor allem die Stolberger Herrschaft heraus. Der regierende Graf Christoph Friedrich nimmt in einem ausführlichen Schreiben vom 19. August vehement Stellung gegen den Versuch, dem Redakteur Baer, der »schon länger als ein Jahr bey uns in Stolberg seine Zeitungen drucken und auffs Land divulgiren laßen«, die Tätigkeit zu untersagen. Zur Hauptsache besteht der gräflich-stolbergische

Protest gegen das Vorgehen des Kreisamtmanns Zeuner aus einer Einlassung, in der Kursachsens Ansprüche aus einer staatsrechtlichen Begründung der Souveränität Stolbergs abgewiesen werden.

Es wäre eine Frage der speziellen Geschichtsschreibung, ob der Konflikt um die *Wöchentlichen kurtzen Nachrichten* und Baers Postwege der entscheidende Anlaß dafür war, daß die Stolberger Grafen sich 1730 das erste Mal vor dem Kurfürsten von Sachsen beugen mußten.[28] Ziemlich sicher ist jedoch, wenngleich aus den Akten nicht belegbar, daß Johann Heinrich Baer seine Zeitung aufgegeben hat. Wenn ein knappes Jahr später, vom 30. Juli 1731 an, mit der *Stolbergischen Sammlung neuer und merckwürdiger Welt-Geschichte*, wieder eine Zeitung im Harzstädtchen erscheint, dann muß dieses neue Unternehmen von vornherein kursächsische Billigung gehabt haben; Johann Gottfried Schnabel als der neue Stolberger Zeitungsschreiber wird außerdem in ein wie auch immer geartetes Einverständnis mit dem Postmeister Johann George Messerschmidt getreten sein. Den Druckvermerk »Mit Königl. Poln. und Churfürstl. Sächssl. allergnädigster Concession« führt die *Stolbergische Sammlung* zwar erst seit der zweiten Jahreshälfte 1738, nachdem Stolbergs Grafen die Oberhoheit Sachsens endgültig hatten anerkennen müssen; vermutlich wird auch zu diesem Zeitpunkt der kursächsische Postmeister Messerschmidt das, was er nach Ausweis eines entrüsteten Schnabel-Briefes aus dem Jahr 1744 ist:

unseres Autors »so genannter Compagnon in der Zei-
tungsschreibereÿ, der Einnahme, Ausgabe und sonsten
alles, nach seinem eigenem Belieben, Willen und Wohlgefallen tractiret«.[29] Die Orientierung des Blattes auch
an Dresden läßt sich aber schon für die früheren Jahrgänge (soweit sie heute überliefert sind) an einem Detail
ganz sicher ablesen. Während Baer die erste Nummer
seiner *Wöchentlichen kurtzen Nachrichten* im Jahrgang
1730 mit einem (üblichen) Neujahrsgedicht einleitete, in
dem neben Gott allein des »Hochgebohrnen Grafen«
Christoph Friedrich von Stolberg gedacht wird, feiert
Schnabels Zeitung in den Gedichten zum Jahresbeginn
1735 und 1736 jeweils zunächst den Kaiser, dann den
Kurfürsten von Sachsen und an dritter Stelle das Haus
Stolberg und dessen regierenden Grafen.

Daß der Kammerdiener sich mit seiner Aussage, er
habe das »gantz in Decadençe gekommene« Zeitungs-
wesen der Grafschaft wieder aufgebaut, etwas weit
aus dem Fenster lehnt, wird nicht nur an dieser Vorgeschichte deutlich. Ein Blick in die drei überlieferten
Nummern der *Wöchentlichen kurtzen Nachrichten* zeigt
nämlich, daß Baers Blatt bereits die wesentlichen Merk-
male aufweist, die Schnabels *Sammlung* dann zeigt. Mit
dem Stolbergschen Wappen im Kopf, gedruckt beim
Hof-Buchdrucker Johann Christoph Ehrhart, im Umfang allerdings von acht Oktav- statt vier zweispaltigen
Quartseiten und wohl ohne Beiblatt in der zweiten
Wochenhälfte (wie Schnabel es vorlegt, bis er Mitte 1737

auf formell wöchentlich zweimalige Erscheinungsweise übergeht), sind Johann Heinrich Baers *Nachrichten* in genau jene Rubriken gegliedert, die auch das besondere Profil der *Sammlung* innerhalb der zeitgenössischen journalistischen Landschaft ausmachen werden. Bei Baer heißen sie »I. Staats- und Kriegs-Begebenheiten«, »II. Religions-Begebenheiten«, »III. Besondere Begebenheiten« und »IV. Gelehrte Begebenheiten«, denen sich unter »V. Oeconomisch« die Tabelle der Getreidepreise anschließt.

Zur Kenntnis zu nehmen ist mithin, daß nicht Johann Gottfried Schnabel, sondern bereits sein Vorgänger die ›faits divers‹, die in den überregionalen Zeitungen unterschiedslos mit politischen Nachrichten vermischt wurden, ausdifferenziert und in einer eigenen Abteilung »Besondere Begebenheiten« bzw. »Sonderbare« Geschichten zusammengefaßt hat.

Es ist überdies anzunehmen, wenngleich wegen der spärlichen Überlieferung von nur drei Nummern nicht genauer zu belegen, daß Baer ähnlich gearbeitet hat wie später der Autor der *Stolbergischen Sammlung.* Schnabel nämlich kompiliert und redigiert sein Blatt, wie Claudia von Böhl in einer Studie nachweist, hauptsächlich aus dem Nachrichtenmaterial von drei überregionalen Zeitungen: Er benutzt die Frankfurter *Ordentlichen Wochentlichen Kayserlichen Reichs-Post-Zeitungen,* die *Leipziger Zeitung* und die *Stats- und Gelehrte Zeitung des Hamburgischen unpartheyischen Correspondenten;*

möglicherweise hat er für den Raum Polen und Rußland zusätzlich noch die Königsberger *Königlich preußische Fama* herangezogen, deren Jahrgänge aus dem 18. Jahrhundert heute allerdings nicht mehr vorhanden sind. Lediglich für die Rubriken »Sonderbare« und »Gelehrte« Geschichten hat Schnabel teilweise auf die Quelle der großen Zeitungen verzichtet und seine Nachrichten auf den und wohl auch aus dem regionalen Meridian bezogen.[30]

Die Stolberger Zeitungsschreiber wurden selbstverständlich nicht vom gräflichen Hof besoldet. Finanziell ist Schnabel daher in erheblichem Ausmaß auf das Geschäft mit der *Sammlung* angewiesen. Noch zahlreicher als in der Branche üblich sind seine ins Blatt eingerückten Mahnungen an die »Hrn. Interessenten dieser Stolbergl. Sammlungs-Stücke«, die Quartalszahlungen richtig und rechtzeitig zu entrichten.[31] Freilich gehört Klagen und Jammern im 18. Jahrhundert allemal zu jedem Handwerk. So ganz ohne Erfolg kann die Zeitung doch nicht gewesen sein, wenn sie nach sechs Jahren Laufzeit auf acht Seiten Quart pro Woche erweitert wird und noch 1744 existiert. Neben dem Geschäft mit der *Sammlung* betreibt Schnabel, das ihm zur Verfügung stehende Medium Zeitung mit seiner publizistischen Wirkung nutzend, einen Bücherkommissions-Handel und einmal auch eine Lotterie-Einnahme.

Die Stellung eines Kammerdieners, die noch 1733 beim Tod seiner Frau in den Kirchenregistern bezeugt ist, wechselt er nun auch, sofern er sie nicht schon früher aufgegeben hat, spätestens Anfang 1737 gegen einen neuen Titel ein, den eines ›Hofagenten‹, der nun auf jeden Fall außer dem schönen Klang nichts einbringt und in der Besoldungsliste vom Oktober 1737 nicht erscheint. Zu den Aufgaben eines Agenten, wie er üblicherweise in auswärtigen Zentren tätig war (und dann auch besoldet wurde), gehört vor allem die Wahrnehmung der herrschaftlichen Interessen am fremden Ort, aber auch die regelmäßige Information des Fürsten über die laufenden Ereignisse, anders gesagt: die Lieferung von ›Zeitungen‹. Die Bestallungsurkunde für Stolbergs Agenten in Hamburg 1681 sieht vor, dieser möge »bey iedter Nürnberger Post so wohl die Gedruckten alß geschriebenen Novellen«, also die neuen Nachrichten, »ohne entgeldt übersenden«.[32] Hofagent, so wird man deuten dürfen, ist dann jemand, der für das Nachrichtenwesen am eigenen Hof des Herrschers zuständig ist. Anders gesagt, die Tätigkeit, die Schnabels neuer Titel abdeckt, ist jene, die er seit Jahren schon ohne den Titel (und genauso gut) ausgeübt hat.

Ein überliefertes Dokument gibt uns eine sehr besondere Momentaufnahme des Hofagenten Schnabel inmitten des Stolberger Lebens. Im August 1738 stirbt der regierende Graf Christoph Friedrich. Die Trauerfeierlichkeiten für den Verstorbenen finden am Abend des 26. Septembers statt. Die darüber angefertigten Aufzeichnungen präsentieren uns den Autor der *Insel Felsenburg* als Funktionsträger in einem höfischen

Zeremoniell. Literarhistorisch ist die Episode ohne Belang; doch da biographische Zeugnisse über Johann Gottfried Schnabel rar sind, mag das Bild etwas breiter ausgemalt werden.[33]

Wir sehen also »Hoff Agent Schnabel« und einen Sekretär der Herrschaft gemeinsam mit vier weiteren Personen, nämlich drei Juristen und einem Mediziner, als »bürgerl.« oder »Civil Marechals«, deren Aufgabe ist, im Verein mit drei adligen »Haupt Marechals« die nach Stand und Amt in Gruppen gegliederte Schar der Trauergäste an die vorgesehenen Orte und von einem Ort an den anderen zu führen. Den »Marechals H[errn] Schnabeln und Herlitzern« obliegt dabei die Zuständigkeit für die von auswärts angereisten Adligen. Wenn sich dann endlich der nächtliche Zug, mit dem die Leiche aus der Schloßkapelle in die Kirchengruft überführt werden soll, zur vorgeschriebenen Ordnung formiert, entrollt sich jenes Bild, das aus so vielen Festakten des 17. und frühen 18. Jahrhunderts, ob sie in der Wirklichkeit stattfanden oder literarisch im höfischen und galanten Roman imaginiert sind, wohlbekannt ist. Die Prozession wird angeführt durch

1. Zweÿ Bürgerl. Marechals
Hoff Agent Schnabel
Secretair Herlitzer
welchen 2 Bürger mit Fackeln folgeten.

Dann kommen, in ihrer Sukzession immer wieder gegliedert durch fackeltragende Bürger, die Waisenknaben, die Chorschüler, die Geistlichkeit (nach Anciennität), die Hofbedienten, die Jäger, die Kammerdiener und Hofverwalter. Unmittelbar präludiert durch die adligen »Mar[e]chals« folgt der Protagonist und Held des Zuges, das Zentrum des Festes: die »Hochgräffl. Leiche« auf einem von sechs Pferden gezogenen und rund vierzig Adligen begleiteten Wagen. Die zweite Hälfte der Prozession eröffnen wieder bürgerliche »Marechals« als Anführer der »Gräffl. Collegia«, hinter denen zum Abschluß der Rat der Stadt Stolberg, die Gerichtsschöffen und die Bürgerschaft kommen. Das Spalier für diesen im Glanz seiner Fackeln und »in möglicher Stille gantz Langsam« schreitenden Zug bilden stimmungsvoll die Bergleute aus den Harzgruben. Der Tag wird beschlossen mit einem Essen für die Teilnehmer, und auch am nächsten, dem 27., wird Tafel gehalten, selbstverständlich nach vorher schriftlich aufgesetzter Ordnung: Tisch Nr. 1 ist die »herrschafftl. Taffel«, ihr folgen die für Adel, Geistlichkeit, Beamte, Stadtrat und Schulleute, Tisch Nr. 8, der vorletzte (vor dem der Bedienten), versammelt die sechs »Civil Mar[e]chals«, nämlich Landrichter Proessel, Gerichtshalter Heinrich, »Hoff Agent« Schnabel, Advokat Liesegang, »Med. Pract.« Schwartze und Sekretär Herlitzer. Am nächsten Tag werden die »Bürgerl. Marechals« einen Tisch höher, an den der »Schuhl Collegen«, gesetzt.

Der Autor der *Insel Felsenburg* als gravitätischer Anführer im Zeremoniell des trauernden Stolberger

Hofes – das ist ein Erlebnis, das die Qualität besitzt, ›camp‹ zu sein. Doch hat die recht ausführliche Präsentation dieser Episode noch einen anderen Grund. Schnabels Rolle bei den Trauerfeierlichkeiten bildet nämlich die Vorgeschichte jenes Briefes vom 3. Januar 1739, der bereits durch Selmar Kleemann bekannt gemacht und seitdem als Dokument dafür gewertet worden ist, »daß der Hofagent« zu diesem Zeitpunkt »nicht« mehr »aufs beste bei Hofe empfohlen war«.[34] Schnabel beklagt sich in diesem Schreiben, das er an den neuen regierenden Grafen Christoph Ludwig richtet, alle Bedienten des Hofes hätten aus Anlaß des Todesfalles Trauerkleidung erhalten, nur er, Schnabel, sei »entweder vergessen, oder vielleicht durch Feinde und Neider angeschwärtzet worden«, so daß er sich »das Trauer-Geräthe«, und zwar »auf die Art, wie es die Secretairs tragen«, selbst habe anschaffen müssen; er wolle daher bitten, »mir ebenfalls das Gnaden Geld zur Trauer reichen zu lassen, wie es die Secretairs, andere Beamte auch der Land-Richter empfangen«. Im Kontext der geschilderten Episode kann dieser angebliche ›Bettelbrief‹ erst eigentlich angemessen verstanden werden. Zunächst einmal spricht die Tatsache, daß der Hofagent mit der Funktion eines ›Marschalls‹ beauftragt wurde, nicht gerade dafür, daß er die höfische Gnade verloren hätte. Dann aber ist seine briefliche Erinnerung völlig berechtigt. Das Aktenkonvolut zu Tod und Beisetzung Christoph Friedrichs vermerkt in langen Tabellen, was den Höflingen, den Bedienten bis hinab zum Kuhhirten, dann den Geistlichen, Schulleuten und schließlich noch dem Stadtrat an ›Trauergerät‹ zugeteilt worden ist. Schnabel, dem doch eine so herausgehobene Rolle aufgetragen war, hat man bei der Erstellung dieser Listen einfach vergessen. Das (und mehr nicht) ist der Hintergrund des Briefes vom 3. Januar 1739.

Am Ende aber sind die zwanzig dokumentierten Stolberger Jahre Schnabels nicht die der wechselnden Stellungen des Hofbarbiers oder Hofagenten, auch nicht die des Zeitungsredakteurs und schon gar nicht die einer Figur in höfischen Inszenierungen, sondern die Zeit des Romanciers: zu allererst die des Autors von *Wunderliche Fata einiger See-Fahrer* (so der Original-titel in Kurzform) alias *Felsenburgische Geschichte* (so Schnabel selbst auf dem Titelblatt seines letzten Romans von 1750) alias *Felsenburg* (so der Titel der sprach-lich, ästhetisch und moralisch besserwisserischen Be-arbeitung von Christian Karl André aus den Jahren 1788/89) alias *Die Insel Felsenburg oder wunderliche Fata einiger Seefahrer* (so die von Ludwig Tieck mit einem Dialog im Gusto Arno Schmidts eingeleitete Ver-sion von 1828).

Mit der auf den 2. Dezember 1730 datierten Vorrede erscheint der 1. Teil 1731, mit der auf den 2. Dezember 1731 datierten Vorrede der zweite 1732. Es kann nicht genug betont werden, daß ›Gisander‹, der in dieser Fra-ge zweifellos mit Schnabel identisch ist, seine ersten beiden Teile als eine Einheit konzipiert und verstanden und nur aus äußeren Gründen einer getrennten Veröffentlichung zugestimmt hat.[35] Man braucht, um das zu sehen, nur das Titelblatt des 1. Teils genau zu lesen, auf dem das Ende des Jahres 1728 (und damit der Schluß von Teil 2) als Stichtag der Felsenburgischen Ereignisse angegeben ist, und man kann sich vom »Avertissement« dann ganz ausdrücklich bestätigen lassen, daß die Teile 1 und 2 eigentlich »en Suite« und ohne »kleines Interstitium« hätten erscheinen sollen (I,511) – oder schließlich noch das Ende von Eberhard Julius' Erzählbericht nachschlagen, in dem er klarstellt, was für ihn der erste und was der »andere Theil« ist (II,645).

Als Verleger hat Schnabel den aus einer Leipziger Buchhändlerfamilie stammenden Johann Heinrich Groß gewonnen, der seit 1726 in der Stolberg benachbarten Reichsstadt Nordhausen das vom Rat erteilte ›Privilegium‹ des Buchhandels innehat.[36] Groß läßt die Herstellung des Schnabelschen Werks vermutlich vom Nordhäuser Ratsbuchdrucker Johann Christoph Cöler vornehmen und liefert zur Ostermesse 1731 den 1. und zur Ostermesse 1732 den 2. Teil aus. Am 8. Mai 1731 bringt die *Kayserliche Reichs-Post-Zeitung* in Frankfurt am Main in ihrer Rubrik »Gelehrte Sachen« als von Nordhausen datierte Nachricht die erste Anzeige des Romans durch den Buchhändler Groß; ein halbes Jahr später, am 6. November, ist derselben Zeitung zu entnehmen, daß man das Buch nun auch in der Stockischen

Buchhandlung zu Frankfurt bekommen kann. Der sogleich einsetzende Erfolg ist beeindruckend. Nach den
bibliographischen Recherchen Hermann Ullrichs von
1898 erleben beide Teile der *Insel Felsenburg* acht Auflagen (Gerhard Dünnhaupt weist für den 2. Teil gar noch
zwei weitere Auflagen nach), wobei die jeweils letzten,
nämlich 1768 für den 1. und 1772 für den 2. Teil, im Verlag auf den gleichnamigen Sohn des 1766 gestorbenen
Johann Heinrich Groß übergegangen sind, der eine
Buchhandlung in Halberstadt betreibt. Der 1736 heraus-
kommende Teil 3, den die Frankfurter Buchhandlung
Reinhard Eustachius Möller in der *Reichs-Post-Zeitung*
vom 22. Mai des Jahres annonciert, war im »Avertissement« des 1. Teils »vielleicht« (I,512) und am Schluß des
Erzählberichts von Eberhard Julius im 2. Teil als »möglich« (II,645) in Aussicht gestellt worden. In der Vorrede, die wieder auf den 2. Dezember des Vorjahres datiert ist, nennt ›Gisander‹ diesen Teil »den dritten und
letzten« (III,9), und im Explicit des Bandes erscheint
denn auch das ausdrückliche »ENDE« für die »Felsenburgische Geschichts-Beschreibung« (III,486). Immerhin hatte nun Schnabel gerade in diesem Teil so viele
Rätsel aufgerührt wie nie vorher und seinem Kapitän
Horn von Felsenburg nach Europa neben anderen auch
den Auftrag mitgeben lassen, er solle

sich an gelehrte Leute addressiren, um zu vernehmen, ob die in
den Heyden-Tempel gefundenen Schrifften ausgelegt werden
könten, [...] als worzu sie biß 10. Jahr Zeit haben solten (III,475).

Nicht ganz überraschend, aber doch erst 1743 kommt daher der 4. Teil, den ›Gisander‹ in der Vorrede, die zur Abrundung der Werkidentität nochmals am 2. Dezember des Vorjahres abgezeichnet ist, ebenso wie im Explicit erneut als den »letzten« bezeichnet (IV, 7 und 584). Auch der 3. und 4. Teil können sich mit ihrem Erfolg noch sehen lassen, kommen sie doch nach Ullrich immerhin auf sieben bzw. fünf, nach Dünnhaupt auf jeweils sieben und insgesamt vermutlich sogar auf acht Auflagen, die letzten vom Anfang der 1770er Jahre.[37]

Unrechtmäßige Drucke, wie früher gelegentlich behauptet, hat es nach der entschiedenen (und zutreffenden) Feststellung Ullrichs nicht gegeben: Die erste Hälfte, auch die Mitte des 18. Jahrhunderts ist noch nicht die Zeit, in der jeder erfolgreiche Roman sogleich von einem oder mehreren auf Raubdruck spezialisierten Buchhändlern zusätzlich in Umlauf gebracht wird. Wohl aber muß man schon mit auf andere Weise ›unrechtmäßigen‹ Drucken rechnen, nämlich denen des rechtmäßigen Verlegers selbst, der eine nötig werdende neue Auflage gelegentlich mit der Jahreszahl der vorhergehenden versieht, um gegenüber dem Autor das eigentlich fällige weitere Honorar einzusparen. Bereits Ullrichs Bibliographie hat in zwei Fällen vermerkt (was bei Dünnhaupt eigentümlicherweise stillschweigend unterschlagen wird), daß Ausgaben der *Insel Felsenburg* aus demselben Jahr leicht differierende Titelblätter tragen: Teil 2 gibt es 1737 und Teil 3 schon 1736 (in diesem Fall also im Jahr des ersten Erscheinens) in jeweils zwei Titelversionen. Damit ist das Problem freilich noch nicht abgesteckt. Auch Teil 4 von 1743, wiederum dem Jahr des Erstdrucks, hat in Hinsicht seiner Titelei einen typographisch unterschiedenen Doppelgänger. Was dies alles zu bedeuten hat, ist gegenwärtig völlig unklar.

Lediglich der zuletzt genannte Fall kann aufgrund einer partiellen Kollation ein wenig präziser umrissen werden. Hinter den jeweils die Jahreszahl 1743 tragenden Titelblättern, die bei genauerem Hinsehen sich durch leichte Varianten in Layout und Schriftgröße sowie einen Zeilenbruch bzw. dessen Fehlen im Wort »aufrichtiger« unterscheiden, verbergen sich zwei völlig verschiedene Textzustände. Einmal haben wir ein Exemplar der wirklichen Erstausgabe des Jahres 1743 vor uns, das andere Mal wird uns ein Exemplar aus jener Phase der Druckgeschichte Schnabels geboten, da nach Arno Schmidts Formulierung »bereits Puristen und Redakteure am Werk« sind: Statt »Rapports-Schrifft« etwa heißt es nun »Ordre« (IV,99), und der Roman schließt nicht mehr mit der artifiziellen Inversion des Wortes »ENDE« im Explicit, sondern in der natürlichen Wortordnung, ›Gisander‹ mache »mit gröstem Plaisir das Ende des vierdten und letzten Theils« (IV,570). Was hier vorliegt, ist folglich ein echter, ein klassischer ›Doppeldruck‹.[38]

Über den Preis, den man für dieses so erfolgreiche Werk bezahlen mußte, kann uns zunächst Theophilus

Georgis *Bücher-Lexicon* von 1742 informieren.[39] Dort werden angegeben für Teil 1 (Umfang 39 Bogen) 10 Groschen, Teil 2 (40 Bogen) 10 Groschen und Teil 3 (31 Bogen) 8 Groschen. Georgis Supplementband von 1750 notiert dann noch »Gisanders Seefahrer 4 Theil« (37 Bogen) für 10 Groschen. Damit käme man für das gesamte Werk auf 38 Groschen oder etwas mehr als anderthalb Reichstaler. Innerhalb dieses Rahmens bewegen sich auch die Preisangaben Frankfurter Buchhändler in den Annoncen der *Kayserlichen Reichs-Post-Zeitung*. Die erste Ankündigung der Firma Stock vom 6. November 1731 nennt als Preis für Teil 1 zwar nur 30 Kreuzer; doch als die Buchhandlung Möller am 22. Mai 1736 den ja kürzeren 3. Teil zum Preis von 30 Kreuzern anbietet, fügt sie bei: »Auch sind die ersten zwey Theile annoch vorhanden, und kostet jeder Theil 40. Kr.« Am 26. Oktober 1743 inseriert die Firma Knoche den 4. Teil zum Preis von 40 Kreuzern. Damit kommt man auf einen Gesamtpreis von 2 Gulden 30 Kreuzern. Dieser Betrag, von der Rheinischen Gulden-Währung auf Reichstaler-Standard umgestellt, macht rund einzweidrittel Reichstaler für alle Teile der *Insel Felsenburg*.

Es versteht sich, daß der Käufer dafür nur die bedruckten Bögen bekam, die, um ein richtiges Buch zu sein, noch zur Bindung gegeben werden mußten. Die Frage, ob dies teuer war, hängt (wie heute) vor allem von der Frage ab, wieviel Geld jemand zur Verfügung hatte. Der Stolberger Kanzleidirektor Bonorden mit einem Jahreseinkommen von 600 Reichstalern wird nicht überfordert gewesen sein. Ein Kammerdiener (oder Kornschreiber oder Amtmann), der hundert bezog, mußte immerhin schon, klammert man die sonstigen Zuwendungen aus, das geldliche Äquivalent fast einer ganzen Woche für die Saga von Albert Julius und seinen Nachkommen auf den Tisch legen. Kanzleiboten und Mägde, denen acht Reichstaler im Jahr gezahlt wurden – bei Kostgeld in Naturalien, das ein Vielfaches dieser Besoldung ausmachte, versteht sich –, werden sich wohl kaum ein Exemplar gekauft haben.[40]

Im heutigen Sinne rezensiert worden ist die *Insel Felsenburg* so wenig wie durchweg sonst ein Roman jener Jahrzehnte.[41] Was Schnabel in der Vorrede zu Teil 2 an Urteilen referiert oder aufzählt, die ihm über den 1. Teil zu Ohren oder zu Händen gekommen seien, sind samt und sonders nicht-öffentliche mündliche oder briefliche Äußerungen, wie aus der Art ihrer Anführung selbst schon zweifelsfrei hervorgeht.

Anders steht es mit den zwei Zeugnissen, die ›Gisander‹ in der Vorrede zum 3. Teil aufgreift, um sie mit gewohntem Brio zu zerfetzen. Das erste Zeugnis, die Auslassung eines gewissen »Deutschen Longobarden« (III,10), konnte bisher allerdings nicht nachgewiesen werden. Das zweite stammt, wie Schnabel höhnisch apostrophiert, von jemandem, der »mit einem schlechten Kahne gar bald in die offenbare See rudern kan« (III,11). In diesem Fall ist der Adressat der Replik auszumachen.

Es handelt sich tatsächlich um niemand Geringeren als den *Hamburgischen unpartheyischen Correspondenten*. Dieses Blatt, das in seiner Rubrik »Von neuen merckwürdigen gelehrten Sachen« die angezeigten Bücher oft mit knappen Wertungen versieht, ist auf Gottschedschem Geschmackskurs dem Roman, genauer: dem deutschen Roman und vor allem den Robinsonaden, nicht gerade wohlgesonnen. Als der 1. Teil der *Insel Felsenburg* 1732 zum zweiten Mal aufgelegt wird, nimmt die elitäre Zeitung in einer aus Nordhausen datierten Meldung immerhin von dem Ereignis Notiz und schließt den Bericht so:

Ein Freund, dem dieses Buch in die Hände kam, schrieb wegen des Inhalts desselben darüber: Si Fabula vera est. Ein anderer, welcher die Schreib-Art zu untersuchen pfleget, wollte mich veranlassen, über die aus anderer Schrifft gesetzten Worte drucken zu lassen: Ex Ungue Leonem.[42]

Bemerkenswert ist, daß das Blatt wenige Wochen nach dieser Auslassung sich erneut aus Nordhausen meldet. Offenbar haben Schnabel oder sein Verleger dem *Correspondenten* mit großer Hartnäckigkeit und Ausdauer zugesetzt. »Endlich und endlich müssen wir doch auch auf Begehren noch einmahl« mitteilen, so nämlich leitet dieser dann seinen Artikel ein, daß »Gisanders wunderliche Fata einiger See-Fahrer« nunmehr zweiteilig und der 1. Teil bereits in zweiter Auflage erschienen seien. »Denn man lieset Mährchen gar zu gerne, und das Seltsame in einer Erzählung findet allemahl mehr Beyfall und Aufmercksamkeit als die Bündigkeit und Wahrheit«. ›Gisanders‹ Replik in der Vorrede zum 3. Teil zielt nur auf die erste Einlassung des *Unpartheyischen Correspondenten*. Der mit seinem »schlechten«, also einfachen, »Kahne« bald die sichere Nordsee erreichen könne (und sich deshalb so manches herausnehme), habe den »zweydeutigen Urtheils-Spruch [...] Ex ungue leonem« über die ›Felsen-burgische Geschichte‹ gefällt und »auch sonsten davon in die Welt geschrieben, was ihm eben in den Kopf gekommen« sei. Auf Sprichwörter, so ›Gisander‹, könne jeder verfallen, und so setzt er ein eigenes albernes dagegen (III,11). Was der *Unpartheyische Correspondent* mit seinem »Ex Ungue leonem« gemeint haben könnte, ist wenigstens heute unklar. Es scheint so, als habe auch Schnabel tatsächlich nicht gewußt, was die Zeitung mit dem Diktum sagen wollte. Auf jeden Fall aber ist deutlich: kritische Einwände hinzunehmen, gehört nicht zur Art des *Felsenburg*-Autors.

Das zeigt sich im selben Jahr 1736, in dem der 3. *Felsenburg*-Teil erscheint, ein weiteres Mal aus Anlaß eines schnell fertiggestellten Nebenwerks, der *Lebens-Helden- und Todes-Geschicht des berühmtesten Feld-Herrn bißheriger Zeiten Eugenii Francisci*. In ganzen sechs Wochen muß Schnabel die Niederschrift und die Produktion dieses Buches bewältigt haben. In seiner *Stolbergischen Sammlung* nämlich gibt er am 7. Mai 1736 die Nachricht vom Tod des Prinzen Eugen bekannt,

und am 18. Juni annonciert er bereits das Erscheinen
des biographischen Werks.[43] Das Buch ist diesmal, wie
die Ankündigung vermerkt und wie aus den verwendeten
Lettern sowie dem Schmuckmaterial zu erschließen,
beim Stolberger Hofbuchdrucker Johann Christoph
Ehrhart, der auch Schnabels Zeitung druckt, hergestellt und überdies mit einer Widmung an zwei Stolberger Grafen ausgestattet worden.[44] Just diese *Lebens-
Helden- und Todes-Geschicht* des Prinzen Eugen nun,
eine trockene Kompilation ohne jedes Zeichen des Per-
sonalstils, erfährt in der *Stolbergischen Sammlung* relativ breite, nämlich zweimalige, publizistische Schützen-
hilfe. Zunächst prangert Schnabel in einem langen
»Avertissement« vom 10. September 1736 an, daß eine
Buchhandelsfirma in Magdeburg sich »nicht entblödet«
habe, seine Biographie einschließlich des Frontispiz-
Kupfers »irraisonabler und fälschlicher Weise« nach-
zudrucken.[45] Zweitens reagiert er wieder einmal auf
eine Anzeige und Besprechung des Buches durch den
Hamburgischen unpartheyischen Correspondenten.

Diese Rezension (denn da es sich nicht um einen
Roman, sondern ein ›seriöses‹ Werk handelt, ist die
Hamburger Zeitung auch zur Rezension bereit) beginnt:
»Magdeburg. Von Herrn Johann Gottfried Schnabel,
der sich aber auf dem Titel-Blat Gisander nennet, ist
hier eine kleine Schrifft herauskommen«; es folgen der
gesamte lange Titel, ein Referat aus Widmung und Vorrede sowie das Urteil, die hier vorgelegte »Lebens-

Beschreibung en mignature« sei »vollkommen wohl
gerathen« und überdies »mit einer ganz annehmlichen
Schreib-Art abgefasset«. Zwar moniert der Rezensent
noch zwei oder drei »ohnfehlbar aus Uebereilung«
herrührende Formulierungen im Dedikationsbrief als,
»wenn man von hohen Personen redet, sich nicht wohl
schickende, und mit dem guten Geschmack sich nicht
vertragende Ausdrückungen«, resümiert aber, daß der-
artige »Kleinigkeiten« dieser Biographie keineswegs
etwas »an ihrem innerlichen Werthe« benähmen.

Man sollte nun wohl der Meinung sein, eine solche
immerhin positive Besprechung durch die bedeutendste
Zeitung des Reiches hätte einen Autor mit Genugtuung
erfüllen können. Nicht so indessen Schnabel. Kaum hat
er das Hamburger Blatt in der Hand, knöpft er sich in
seiner eigenen Zeitung die Rezension in aller Aus-
führlichkeit und mit hochfahrendem Sarkasmus vor.[46]
Durchaus elegant und von polemischer Kultur in der
Kontrafaktur des zitierten Satzes, mit dem der *Correspondent* seine Besprechung einleitete, beginnt der
Artikel in der *Sammlung*:

Stolberg. Dem Herrn Verfasser der Hamburgischen Staats-
und Gelehrten Zeitung, dessen werther Nahme in hiesiger Gegend unbekandt ist, sagt Johann Gottfried Schnabel, welcher,
wenn es ihm dann und wann gelüstet, sich auch Gisander zu
schreiben pflegt, freundlichen Danck, daß derselbe sich gütiger
und überflüßigermaßen bemühen wollen, die von Gisandern
herausgegebene kleine Schrifft [...] im 185sten Stück der Ham-
burgl. Staats- und Gelehrten-Zeitungen, Mittwochs d. 21. Nov.

a.c. und also ein halbes Jahr nach deren Herausgabe gütigst zu erwehnen.

Im Hauptstück seiner Replik befaßt Schnabel sich scheinbar unangemessen breit mit den kritischen Einwänden des *Correspondenten* gegen die Dedikation an die Stolberger Grafen. Der Rezensent hatte für seine Einwände zwei Parameter: das Theorem des ›aptum‹ und die Lehre vom ›guten Geschmack‹; er zeigte damit seine Zugehörigkeit zur klassizistischen Tradition und im besonderen zur Schule Gottscheds. Eben diese Voraussetzungen akzeptiert Schnabel nicht. Unter dem Stichwort ›Geschmack‹ schlägt er, weit entfernt von dessen Bindung an den Verstand und die objektiv bestimmbare Schönheit, dem *Correspondenten* vielmehr den matten Scherz um die Ohren, der eine möge lieber »Krammets-Vögel« oder »eine Forelle«, der andere eher »Hamburger Pöckel-Fleisch« oder ein »Gerichte Stock-Fisch«. So verbindet sich der Bezug auf die Relativität allen Geschmacksurteils noch zusätzlich mit dem Hochmut des notorisch kultivierten Sachsen gegen den kulinarisch zurückgebliebenen Norddeutschen. Die Forderung des ›aptum‹, das Gebot also, von Standespersonen in der angemessen gewählten Stillage zu sprechen, unterläuft er mit der Behauptung, »einem Historien-Schreiber« sei noch niemals verübelt worden, »wenn er bey guter Gelegenheit vernünftige aber nur keine allzu abgeschmackten Schertz-Worte mit einfliessen« lasse.

Deutlich werden in dieser Polemik mithin die betont unklassizistische Position Schnabels und seine literaturgeschichtliche Außenseiterrolle. Die Replik schließt mit einer boshaften Variation über das Wort »Kleinigkeiten« in der Rezension, so daß wir am Ende den großen *Hamburgischen unpartheyischen Correspondenten* schlicht als einen »kleinen Censorem« haben.

Offenbar geht es dem zurückschlagenden Autor der Eugen-Biographie um mehr, als sich ohne Not Feinde zu machen, einen Mangel an Gelassenheit unter Beweis zu stellen oder sich möglicherweise für die unfreundliche Behandlung der *Insel Felsenburg* noch einmal zu rächen. Der Stachel der beiläufigen Monita aus Hamburg sitzt überraschend tief. Anders ist nicht zu erklären, daß Schnabel noch 1738, als er den zweiten großen Roman seiner dokumentierten Stolberger Zeit veröffentlicht, die Anwürfe des *Unpartheyischen Correspondenten* nicht vergessen zu haben scheint. In der Vorrede zum *Im Irr-Garten der Liebe herum taumelnden Cavalier* schwenkt er abrupt in Thema, Begrifflichkeit und Metaphorik seiner Auseinandersetzung mit der Hamburger Zeitung ein:

Es ist zwar heutiges Tages eine schwere Sache, recht nach dem Geschmacke Dieser oder Jener zu schreiben; allein Dieser oder Jener sollen auch wißen, daß ich mich nicht gar zu viel um ihren Geschmack bey Diesem oder Jenem bekümmere, denn es heißet im gemeinen Sprüch-Worte: Einem jeden vor sein Geld, was ihm schmeckt. Ob auch gleich dieses Gerichte, manchem wegen Zurücklaßung allzu vielerley Gewürtze, und anderer Tändeleyen nicht allzuschmackhafft vorkommen möchte, so bin ich doch versichert, daß es sich genießen laßen, und nach rechter Kauung, keinem im Leibe kneipen wird, weßwegen man mich denn auch, ob ich schon kein perfecter à la mode Mund- und Kohl-Koch bin, nicht sogleich unbarmhertziger Weise aus der Gahr-Küche der Deutschen Mund-Art und Reim-Kunst verstoßen wolle.[47]

In der auffälligen Betonung des ›Geschmacks‹ und der hier scherzhaft umspielten Angst, aus dem Kreis der normativ umstellten Dichtung ausgeschlossen zu sein, kommen indirekt wohl tiefere Traumata Johann Gottfried Schnabels zum Vorschein.

Dieser zweite Roman wird unter einem ähnlich strukturierten, allenfalls noch gesteigerten, Spiel von Pseudonymen wie die *Insel Felsenburg* publiziert. Der Herr von St.*** habe, so die Fiktion, sein Leben in Tagebuch und verstreuten Manuskriptblättern aufgezeichnet; diese Materialien seien einem Freund, dem Herrn von H., übergeben und von diesem aus dem italienischen Original ins Deutsche übersetzt und geordnet worden. Da der Herr von H., über dieser Arbeit vom Tod ereilt, mit der Revision nicht habe fertig werden können, tritt ein ›Ungenandter‹ ein, der das ihm in die Hände geratene Konvolut zu Ende redigiert und zum Druck bringt. Mithin lautet das Titelblatt dieses Romans, um etliches gekürzt: *Der im Irr-Garten der Liebe herum taumelnde Cavalier. Oder Reise- und Liebes-Geschichte eines vornehmen Deutschen von Adel, Herrn von St.*** [...]. Ehedem zusammen getragen durch den Herrn E. v. H. Nunmehro*

[...] *zum Drucke befördert von einem Ungenandten.* Fingiert sind auch Druckort und Name des Verlegers. Um das paränetische Genre zu unterstreichen, allegorisiert Schnabel das Impressum zu »Warnungsstadt, Verlegts Siegmund Friedrich Leberecht«; entsprechend heißt der Ort, aus dem die Vorrede vom 1. Juli 1738 abgezeichnet ist, »St. Gotthard«.

Daß es sich bei dem Buch trotz des Wechsels im Pseudonym um ein Werk Johann Gottfried Schnabels handelt (und daß der Roman bei Johann Heinrich Groß erschienen ist), steht so gut wie außer Zweifel: Die 1740er Auflage des 1. Teils der *Insel Felsenburg* enthält auf der letzten Seite die Anzeige des *Cavaliers* mit dem Vermerk »Beym Verleger der Seefahrer ist auch zu haben«; geht daraus nun zunächst nur hervor, daß Groß in Nordhausen auch den Verlag dieses (hier übrigens auf 1739 datierten) Romans hat, so wird die nächste Auflage des gleichen *Felsenburg*-Teils, die 1744 herauskommt, an gleicher Stelle, also auf der letzten Seite unter dem Schluß des Romantextes, deutlicher. Ein »Avertissement« sagt jetzt (und dieses »Avertissement« findet sich auch in den noch folgenden Auflagen von 1749, 1751 und 1768):

Der in diesen Theile versprochene Soldaten-Romain wird besonders nicht zum Vorschein kommen, in dem Tractat: *Der im Irrgarten der Liebe herum taumelnde Cavalier etc.* aber ist davon vieles befindlich.

Versprochen hatte den »Soldaten-Romain« ›Gisander‹ selbst in der auf den 2. Dezember 1730 datierten Vorrede des 1. *Felsenburg*-Teils, wo er ihn in allerdings salopper Formulierung für »künfftigen Sommer« ankündigt. Ende 1735, in der Vorrede zum 3. Teil der *Insel Felsenburg*, wird der Roman nochmals in Aussicht gestellt, diesmal für den Herbst 1736. Es ist daher konsequent, daß in der Auflage des Teils 3 von 1744 der noch 1739 unveränderte originale letzte Absatz der Vorrede ersetzt wird durch einen neuen, der das inzwischen bereits im »Avertissement« von Teil 1 Annoncierte auch an dieser Stelle mitteilt. Etwas rätselhaft, um nicht zu sagen apokryph, ist dieses Spiel mit Verlagsanzeige und »Avertissement« über neun oder dreizehn Jahre hinweg schon; doch gibt es keinen Grund, Schnabel darum nicht für den Autor des *Cavaliers* zu halten, zumal der unverwechselbar furiose Vorreden-Stil der *Felsenburg*-Bände auch diesmal nicht zu überhören ist.

Nicht weniger als sechs weitere Auflagen hat *Der im Irr-Garten der Liebe herum taumelnde Cavalier* im 18. Jahrhundert noch erlebt; obendrein scheint es Doppeldrucke gegeben zu haben.[48] Schnabels zweiter Roman ist mithin sein zweiter großer Bucherfolg. Diese Tatsache darf nun nicht zu der Vorstellung Anlaß geben, wir hätten hier einen Bestseller-Autor in den uns geläufigen Strukturen und Dimensionen vor uns. Ein knapper Hinweis auf die materiellen Verkehrsformen zwischen Verleger und Autor in der ersten Hälfte des 18. Jahrhunderts mag die Art und Weise, wie Schnabel den Erfolg der *Felsenburg*-Tetralogie und des *Cavalier-*

Romans wohl für seinen Lebensunterhalt umzumünzen genötigt war, noch etwas verdeutlichen. Gerade von seinem Verleger Groß ist in einem überlieferten Fall dokumentiert, daß die alte Praxis, Honorare nicht in bar auszuzahlen, sondern durch Bücherlieferungen abzugelten, immer noch so gut wie ungebrochen im Schwange war.[49]

Als Honorarsatz, um damit zu beginnen, hat Groß 1725 einem Nordhäuser Pfarrer sowie 1737 Friedrich Christian Lesser für dessen Stadtchronik jeweils 16 Groschen pro Bogen zugesichert – ein durchschnittlicher Betrag »mäßiger Höhe« nach Johann Goldfriedrichs Einschätzung; dazu gab es sechs Freiexemplare. In Geld freilich hat der Pfarrer das Bogenhonorar nicht erhalten. Der Vertrag sah vielmehr vor, daß der Autor seine Buchbestellungen beim Sortimenter Groß gegen seine Forderungen an den Verleger Groß verrechnen würde. Der Kontrakt mit Lesser belehrt uns darüber hinaus, daß der Nordhäuser Verleger das Werk seines Autors als »wohlerworbenes Erbe und Eigentum« zu seinem und seiner Erben »freyen Willen und Disposition« gekauft habe, so daß er es drucken lassen könne, »wo, wann und wie« er wolle; bei Neuauflagen verpflichtet er sich zwar, den Verfasser zu benachrichtigen, Zusatzhonorar aber gebe es nur bei Ergänzungen des Manuskripts durch den Autor.

Nimmt man einmal das sich so abzeichnende Vertragsmuster als das auch für die Geschäfte zwischen Schnabel und Groß gültige, dann verschlägt es einem ein wenig den Atem: Für seine gesamte so erfolgreiche *Insel Felsen-*

burg, deren Teile 39, 40, 31 und 37 Bogen umfassen, hätte er ein Honorar von ziemlich genau einhundert Reichstalern erhalten, und er hätte es keineswegs bar bekommen, sondern in Form von Büchern, die er über den eigenen Kommissionshandel erst noch würde zu Geld machen müssen. Allzu fern der Wirklichkeit ist dieses hypothetische Bild wohl nicht. Aber selbst wenn Schnabel ein höheres Bogenhonorar, vielleicht einen Reichstaler, erhalten, selbst wenn Groß ihm nach dem Erfolg besondere Konditionen für die späteren Auflagen eingeräumt haben sollte, wofür das Vorliegen von Doppeldrucken zu sprechen scheint, seinen Lebensunterhalt konnte der Autor der *Insel Felsenburg* aus seinen Romanen zu keinem Augenblick auch nur annähernd bestreiten.

Gero von Wilperts und Adolf Gührings Bibliographie *Erstausgaben deutscher Dichtung*, ebenso Dietrich Grohnerts Verzeichnis der Schnabelschen Schriften lassen es für die dokumentierte Stolberger Zeit bei den beiden Romanen und der Biographie des Prinzen Eugen (sowie der Zeitung) bewenden.[50] Das ist nicht ganz korrekt, vielmehr aus einer zu modernen Auffassung vom literarischen Leben gedacht. Schnabel hat noch eine ganze Anzahl weiterer selbständiger Veröffentlichungen vorgelegt. Es sind dies allerdings Publikationen von geringem Umfang: Schriften zeitgeschichtlichen und satirischen Inhalts, Hochzeitscarmina, Gelegenheitspoesien. Die Stücke werden ausnahmslos bei Ehrhart in Stolberg gedruckt sein, haben durchweg Quartformat, sind oft nur vier Seiten, in einem Fall allerdings 51 Seiten stark; ihre Entstehung und Distribution ist wohl meist mit der *Stolbergischen Sammlung* verknüpft (mit deren überlieferten Jahrgängen die vorhandenen Exemplare auch meist zusammengebunden sind), dennoch müssen sie als Einzeldrucke gelten. Außerdem liegen zwei besondere Casualcarmina im Folio-Format vor.[51]

Für die Feierlichkeiten zur Beisetzung des Grafen Christoph Friedrich im Herbst 1738 war der Hofagent Schnabel als einer der ›Bürgerl. Marechals‹ eingesetzt worden. Als 1745 die Comtesse Sophie Eleonore beerdigt wird und vielfach das gleiche Personal wie 1738 während der Zeremonie anwesend ist, sucht man einen Johann Gottfried Schnabel vergebens. Auch 1752, beim Tod des Grafen Carl Georg Ludwig, erscheint er nicht in den Akten.[52] Das letzte unmittelbare Lebenszeichen ist ein Brief vom 2. April 1744, den Günther Deneke entdeckt und 1939 an etwas entlegener Stelle, deshalb oft übersehen, veröffentlicht hat. Dieses für die Biographie bedeutsame Schreiben, das an den regierenden Grafen Christoph Ludwig gerichtet ist, sei hier nochmals (nach dem Original transkribiert) wiedergegeben:[53]

Hochgebohrner Graf
Gnädigster Graf und Herr!
Ew. HochGräfl. Gn. sind, wie ich in meinem Gewißen fest versichert bin, schon seit langer Zeit dahero überzeugt, daß ich weit lieber das allergrößte Ungemach ertragen, als Hoch-Dieselben nur mit den allergeringsten odiösen Worten oder Zeilen beunruhigen wolte; Wann aber Hochgebohrner Graf

und Herr! ich mich dermahlen in einem solchen verwirrten und verdrüßlichen Zustande befinde, dergleichen mir fast in meiner gantzen Lebens-Zeit, wohl wenig oder gar nicht zugestoßen; als finde mich recht gezwungen Dieselben unterthänigst um Hülffe anzuflehen. Meine Sache aber in allermöglichster Kürtze vorzutragen, so muß melden, daß mir in voriger Woche auf Königl. Maj. in Polen und Churfürst. D[urc]hl[aucht] zu Sachsen allergn. Befehl, durch das hochpreißl. Ober-Post-Amt in Leipzig eine Verordnung zugeschickt worden »dem hiesigen Buchdrucker Ehrhardten in seiner allergn. erhaltenen Königl. Concession das Stolbergl. Zeitungs-Wesen anbetreffend, keine weitere Hinderung zu thun oder sonsten Eintrag zu machen pp« Wie nun ich mich zu ohnmächtig befinde, dem Königl. allergn. Willen zu wiederstreben, im Gegentheil mein Schicksal mit der größten Gelaßenheit zu ertragen, gesonnen bin so unterstehet sich doch der Post-Meister und Advoc. ord. Johann George Meßerschmidt, als mein bißheriger, so genandter Compagnon in der Zeitungsschreiberey, da ihm dieses mein Vornehmen praejudicirlich zu seyn scheinet, mich nicht allein von seinem Tische, den ich eine Zeit daher freqventirt, ab- sondern auch sogar aus seinem Hause, worinnen ich ebenfalls eine Zeitlang logiret schändlicher und stürmischer Weise hinnaus zu weisen. Wiewohlen ich mir aus diesen beyden Kränckungen, wenig oder gar nichts mache, sondern dem Königl. Willen ein Genügen zu leisten um desto fester entschloßen bleibe, so geschieht mir doch darinnen der allergröste Tort, daß er mir weder meine Betten noch andere Meublen worunter sich auch hauptsächlich allerhand schriftliche Documenta befinden, will verabfolgen und zwar unter dem freventlichen Vorwande einer an mir zu habenden Schuld-Forderung, als welche letztere aber von ihm bößlicher Weise fingirt ist und nimmermehr wird erweißlich gemacht werden können; dahingegen aber ich die allergröste Ursache habe, das alleräuserste anzuwenden, denselben dahin zu bringen, von der Zeit an, da er mit mir, so zu sagen in Compagnie gestanden, behörige Rechnung abzulegen, indem er Einnahme, Ausgabe und sonsten alles, nach seinem eigenem Belieben, Willen und Wohlgefallen tractiret.

Weiln aber diesen meinen Zweck zu erreichen vielleicht wohl noch einige Tage oder Wochen verstreichen dürffen, als ergehet an Ew. HochGräfl. Gn. mein unterthänigst gehorsamstes Flehen und Bitten mitlerweile, mich armen bedrängten und gedrückten Mann, in Dero hohen Schutz zu nehmen und den hiesigen Hoch-Gräfl. Amts-Gerichten gemeßenen Befehl zu ertheilen, mir auf das allereiligste zu herausbringung meiner Betten und anderer mir eigenthümlichen Mobilien beförderlich zu seyn, damit solche Ausräumung ohne besorglichen Zanck, Streit oder wohl gar ver-muthliche Schläge und Blutvergießen, geschehen möge; indem ich ja nicht auf freyer Straße schlaffen kann, im Gasthofe aber zu logiren keinen Groschen Geld im Beutel habe indem mein An-tagonist alles an sich gezogen. Über dieses, so bin ja nicht gewil-let meine Sachen aus der Stadt, sondern nur in des Buchdrucker Ehrhardts Behausung zu verschaffen.

Wie nun nicht zweiffele es werden Ew. HochGräfl. Gn. diesen meinem billigmäßigen Suchen Gnade und Gerechtigkeit an-gedeyhen laßen, so will weiter um nichts mehr bitten, als diese geringscheinende, mir aber höchstgefährliche und beschwerl. Sache aufs allereiligste zu meinem Vergnügen ausführen zu laßen, meinem Wiedersacher aber zu zeigen, wie er in seinem Glauben irrig sey, wenn er darvor hält: daß sein Forum bloß allein in Dreßden sey, in Stolberg aber ihm sonsten niemand etwas zu befehlen habe. Vor meine Person beharre in submisse-ster Devotion

Ew. HochGräfl. Gnaden

Meines gnädigsten Grafen und Herrn

Stolberg
d. 2. Apr.
1744.

unterthänigst getreuster
Knecht
Johann Gottfried Schnabel.

Viele Einzelheiten dieses Briefes müssen unklar bleiben, da die vom Leipziger Oberpostamt nach Stolberg geschickte Verordnung auf seiten der abfertigenden Stelle heute archivalisch nicht mehr belegt ist. Indessen geht aus dem Schreiben klar hervor, daß Schnabel sich in erheblichen Schwierigkeiten befindet, und ebenso deutlich wird, daß er auch in diesem Jahr 1744 die Gnade seines regierenden Grafen keineswegs verloren hat, sondern daß ihm vielmehr das Dresdner Konzessionsrecht über das Stolberger Zeitungswesen und die Macht des kursächsischen Postmeisters Messerschmidt zum Verhängnis werden (wie sie es knapp vierzehn Jahre früher dem Johann Heinrich Baer zum damaligen Vorteil Schnabels geworden waren). Warum Messerschmidt seinen Zeitungsschreiber, dem er »eine Zeitlang« sogar Tisch und Wohnung gestellt hat, nun aus der *Stolbergischen Sammlung* ausbootet, verraten die Akten nicht. Wenig durchsichtig ist auch das, was der Brief über Schnabels damaliges Verhältnis zum Hofbuchdrucker Ehrhart aussagt. Kein Zweifel besteht aber wohl daran, daß unabhängig vom Ausgang der Rechtssache, in der das Schreiben den Schutz des Grafen anruft, Schnabel ›seine‹ Zeitung definitiv verloren hat.

Man muß von diesem Zeitpunkt ab, da direkte Dokumente fehlen, in seinen Urteilen über die Biographie des *Felsenburg*-Autors besonders vorsichtig sein. Wir wissen nicht, ob Schnabel Stolberg verlassen und wo er in einem solchen Fall dann gelebt hat. Wir wissen allerdings seit Kleemanns Arbeiten, daß er in der Stadt, die ihm seit 1724 Heimat war, jedenfalls nicht gestorben, genauer: nicht beerdigt worden ist.[54] Unbekannt bleibt, wann und wo sein Leben endet. Indessen hat einen Terminus ante quem für Schnabels Todesjahr, auf sehr verwinkelten Wegen, Arno Schmidt 1961 festlegen können: 1760 ist von Johann Gottfried Schnabel als einem bereits Verstorbenen die Rede. Am gleichen Fundort (es handelt sich um den Kirchenbucheintrag der Eheschließung eines Sohns in Genthin) wird sein Stand als der eines »Hoff-Agentens bey Ihr. Hochgräfl. Gnad. zu Stolberg« angegeben. Schmidt folgert vorsichtig, daß Schnabel auch nach 1744 in der Harzstadt geblieben und auf einer seiner Reisen (wie er sie übrigens in der Vorrede zum 4. *Felsenburg*-Teil wohl nicht nur topisch herausstellt) gestorben sein könnte.[55]

Als Terminus post quem kann man das Erscheinungsjahr eines Romans mit dem (hier abgekürzten) Titel *Der aus dem Mond gefallene und nachhero zur Sonne des Glücks gestiegene Printz* ansetzen, der 1750 ohne Verlagsnamen, dafür mit der Nennung des Verfassers ›Gisander‹ und dem Zusatz »welcher die Felsenburgische Geschichte gesammlet hat« erscheint. Die mögliche Überlegung, hier könne jemand anders sich Pseudonym und Erfolgstitel zunutze gemacht haben, hat wenig für sich: Die Autorzeichnung unter Verweis auf einen vorangehenden Bestseller ist zu diesem Zeitpunkt ganz ungewöhnlich, ihre Nutzung zu betrügerischen Zwecken wäre daher kaum denkbar. Zugleich zeigt sich in der Vorrede des Werks unverkennbar der temperamentvolle Vorreden-Stil der früheren Romane Schnabels mit seinem ganzen Bündel idiomatischer Haltungen. Eben diese Vorrede nun hat ›Gisander‹ höchst kryptisch datiert mit »Hst. den - - Ao. - -«.

Hinter »Hst.« hat man Halberstadt, Helmstedt, Hettstedt, Heiligenstadt oder gar Amt Hohnstein in der Grafschaft Stolberg mit dem Verwaltungsort Neustadt unter dem Hohnsteine vermutet. Indessen, in den Sterberegistern dieser Orte ist, wie noch einmal nachgeprüft wurde, Schnabels Name nicht verzeichnet. Möglicherweise aber hat die sowohl allgemein wie gerade individuell ganz ungewöhnliche Aussparung des Datums eine Bedeutung als Indiz. Man könnte das Rätsel, das sie im Kontext der zeitgenössischen Vorwort-Praxis zweifellos darstellt, damit erklären, daß ›Gisander‹ kurz vor dem Zeitpunkt, da das Buch gesetzt und gedruckt wurde, gestorben war. Die Löschung des Datums wäre ein Versuch des Verlages, die Produktion gewissermaßen zu anonymisieren; »Hst.« stünde dann wohl ziemlich sicher für Halberstadt, die Abzeichnung des Vorrede wäre als Handlung vom (nicht mehr lebenden) Autor abgelöst und dem Verleger übertragen. Diese Konstruktion impliziert, daß *Der aus dem Mond gefallene Printz*, dessen Titelblatt nach verbreiteter Usance lediglich die Messeplätze Frankfurt und Leipzig nennt und für den bisher auch bei Auswertung zeitgenössischer Lagerkataloge kein Verlag namhaft zu machen war[56], eine der frühesten Produktionen von Johann Heinrich Groß, dem Sohn, in Halberstadt gewesen wäre.

Eine ganz leichte Stützung mag die hier vorgetragene Hypothese durch den Befund erhalten, daß der *Printz*-Roman – wie noch ausführlicher darzustellen sein wird – auf mehrere Bände berechnet war. Eine Anonymisierungsstrategie des Verlages könnte sich also aus der Situation erklären, einen im ersten Band fertigen Roman Schnabels noch veröffentlichen zu wollen in Kenntnis der Tatsache, daß kein weiterer mehr folgen, das Werk also ohne Abschluß bleiben würde.

Dies alles freilich bleibt bloße Vermutung. Sicher ist, um zu resümieren, daß der Autor der *Insel Felsenburg* nach etwa 1750 und vor 1760 gestorben ist; als nahezu ebenso sicher muß man annehmen, daß er bis zum Schluß in der Grafschaft Stolberg gelebt und den Titel eines Hofagenten geführt hat. Sein Tod wird wahrscheinlich während einer Reise erfolgt sein.

Ein zweites Problem, das mit dem Fehlen aller Dokumente über Johann Gottfried Schnabel nach 1744 teilweise zusammenhängt, besteht in der Frage, welche Werke diesem Schriftsteller zwischen dem 4. Teil der *Insel Felsenburg* (1743) und dem *Printzen* (1750) noch zugeschrieben werden müssen. Seit Selmar Kleemann bereits seinen ersten Beitrag zur Biographie von 1891 nutzte, ohne erkennbaren Grund die *Lesenswürdige Geschichte des Durchlauchtigen und tapfern Prinzen*

Celindo (1755) für seinen Autor zu reklamieren, ist die Liste der Attributionen auf nicht weniger als sechs Titel angewachsen.[57]

Lediglich zwei Zuschreibungen aus jüngerer Zeit können indessen überhaupt in engere Erwägung gezogen werden. Es handelt sich um die beiden wechselseits aufeinander verweisenden Werke, die den Titel *Sonderbarer Bericht von dem beym Anfange des vorigen Seculi im Böhmer-Walde [...] zufälliger Weise gefundenen Wunder-Knaben [...] Ignatius Augustinus Samson* und den Titel *Sonderbarer Bericht von dem im Anfange des jetzigen Seculi in der Gegend des Mayn=Stroms wunderbarer Weise [...] aufgefischeten Wunder=Mägdgen [...] Beatrix* tragen. Als Autor beider Bücher zeichnet ein ›Historiographus‹, Verleger ist Johann David Jungnicol in Erfurt; der *Wunder-Knabe*, 1747 herausgekommen, liegt bereits 1748 in zweiter Auflage vor, das *Wunder-Mägdgen* (1748) erfährt eine überarbeitete zweite Auflage mit dem neuen Titel *Bewundernswürdige Geschichte eines adelichen Findelkindes* ohne Autornennung und Verlag im Jahre 1772. Der Grund nun, aus dem die ›Berichte‹ Schnabel zugeschrieben worden sind, liegt in einer Codierung des Verfasserpseudonyms: Es erscheint beide Male auf dem Titelblatt als »HistorIoGraphuS«. Die Chiffren »IGS« (möglicherweise auch »HIGS«) haben ohne jeden Zweifel eine Bedeutung. Aber sind sie als ›Johann Gottfried Schnabel‹ aufzulösen? »Historiographus« (diesmal so geschrieben) zeichnet die Vorrede zur *Beatrix* (die zum *Wunder-Knaben* ist undatiert) mit: »Franckf. den 12 Nov. 1747«. Was aber sollte den Hofagenten der Stolberger Grafen in die Reichsstadt Frankfurt am Main verschlagen haben?[58] Solange es keine gewichtigeren Indizien als die mehrdeutige Verschlüsselung in einem unspezifischen Pseudonym gibt, sind auch diese, die relativ am besten begründeten, Werkzuschreibungen zurückzuweisen.

II: Die Plots des frühen 18. Jahrhunderts und J. G. Schnabels Romane

Plots Unlimited heißt eine Computer-Software, die der nordamerikanische Drehbuchautor und Produzent Arthur Weingarten entwickelt hat und seit einiger Zeit auf dem Markt anbietet.[59] Über Jahre hat der Szenarist Handlungsgerüste von Storys katalogisiert, systematisiert, variiert, kombiniert und seinem PC eingegeben. Jetzt kann man mehr als fünftausend Basismodelle für Geschichten aus dem Programm abrufen. Hat man schon eine Geschichte, kann man für jede beliebige Stelle sich auch Wahlmöglichkeiten zum Ausbau der Charaktere oder Handlungsstränge vorgeben lassen. »Jeder ›plot‹, jede ›Story‹«, sagt der Autor von *Plots Unlimited,* »ist längst geschrieben. Literatur lebt heutzutage nur noch von der Variation«. Rund 15.000 Kopien ihres Programms haben Weingarten und sein Partner im ersten Jahr nach Erscheinen bereits abgesetzt, begleitet vom

kulturpessimistischen Gemurmel, wie sich versteht.
Dabei ist das einzige, was der Produzent dieser Software
nicht richtig sieht, die Annahme, daß *Plots Unlimited*
die ganze Vergangenheit und über deren Variation auch
die ganze Zukunft in Sachen Handlungsgerüst erzeugen
könne. Diejenigen, die sagen, Hollywood erzähle immer dieselben sechs oder sieben Geschichten, erfassen
die Dinge realistischer – und historischer. Unter der
scheinbaren Unbegrenztheit eines Generators von
Storys liegt die zeit- und epochenspezifische Begrenzung
in den Wahlmöglichkeiten von Handlungsstrukturen.
Das gilt für das Ende des 20. Jahrhunderts ebenso wie
für das Jahrhundert des Barocks oder der Aufklärung.
Daß es für die älteren Zeiten gilt, wird besonders ein-
leuchten. Denn je weiter entfernt wir von den Geschichten sind, desto leichter sind hinter der verblassenden
Buntheit ihrer Oberflächen die immer gleichen Regeln
zu erkennen.

›Plots Limited‹ könnte demnach das (schmale) Programm heißen, das im folgenden quer durch das Material
der Romane Johann Gottfried Schnabels konstruiert
werden soll. Ein solcher Zugriff löst die Autorfigur auf.
Der Schriftsteller erscheint als das Medium, in welchem
Muster zur Realisierung gebracht werden, die seine und
zugleich nicht seine sind. Solche Muster gibt es indessen
einerseits keineswegs durch die Tätigkeit einer meta-
physischen Instanz, sondern nur durch die Produktion
von Autoren und die Lektüre von Lesern. Andererseits:

was geschrieben und was gelesen, was zunächst aus individuellen Praxen und persönlichen Verletzungen entworfen, was dann an private Erfahrungen angeschlossen wird, ist zugleich überindividuelle, unpersönliche und nicht-private Bildung von Geschichte. Gerade Schnabel mag zwar Anlaß geben, die Einzigartigkeit des literarischen Werks zu betonen, stellt er doch selbst für eine nach Mustern fragende Analyse eine generative Kraft von unbestreitbarer Originalität dar, wie sich eher beiläufig noch erweisen wird. Ein auf die Besonderheit und Singularität der ästhetischen Handlung fokussierter Blick aber, auch wenn er selbstverständlich imstande ist, historische Verläufe und Strukturen des Wandels zu erfassen, kann jedenfalls dann nicht genügen, wenn man Literaturgeschichte als Geschichte des gesamten überlieferten literarischen Denkens begreift. Die Konturen des Autors Schnabel sollen durchlässig gemacht werden für das Programm der ›Plots Limited‹ des frühen 18. Jahrhunderts in Deutschland.

In einem ersten Schritt ist der gesamte Komplex Schnabelscher Handlungsentwürfe in zwei Teilmengen zu zerlegen. Die eine wird gebildet von der Geschichte des Albert Julius und weiteren Erzählungen der ersten beiden *Felsenburg*-Bände, die andere umfaßt die Geschichte des Eberhard Julius, dazu vieles aus den Teilen 3 und 4 der *Insel Felsenburg* und die Biographie des Franciscus Alexander, die *Der aus dem Mond gefallene Printz* erzählt. Will man die jeweiligen Muster in ihrer Geschichtlichkeit erkennen, ist ein breiterer Ausgriff unumgänglich, der nun gleichwohl möglichst knapp dargeboten werden soll.[60]

Drei (der insgesamt fünf) Typen von Handlungsstrukturen im Roman des 17. Jahrhunderts sind der Plot des pikarischen oder Schelmenromans und der des pastoralen sowie der des hohen Romans. Sie bilden die Konfiguration, aus der die Strukturen der Albert-Julius-Geschichte und der ihr vergleichbaren Biographien erwachsen. Um diese Typen (oder, wie sie im folgenden oft genannt werden sollen, Syntagmen) in Kürze vorzustellen, seien die beiden Romane eines in Frankreich geborenen und in Rom gestorbenen Schotten herangezogen, dessen Werke heute womöglich bekannter wären, wenn ihr Autor sich nicht darauf kapriziert hätte, sie noch in der – hundert Jahre später praktisch überholten – neulateinischen Sprache abzufassen: John Barclays *Euphormionis Lusinini Satyricon* (1603–07), das Beispiel eines Schelmenromans, und seine *Argenis* (1621), das formvollendete und einflußreiche Muster eines hohen Romans.

Das pikarische Syntagma (um mit ihm und dem *Euphormio* zu beginnen[61]) zeigt eine Struktur fiktionaler Handlungen, als deren Subjekt eine einzelne und einzige Person fungiert: Grundprinzip aller im Romanverlauf einander folgenden Aktionen ist geradezu, daß der Handelnde – übrigens fast stets auch der eigene Erzähler seiner Geschichte – sich auf immer neue soziale

Beziehungen einläßt und nach kurzer Zeit aus ihnen meist unfreiwillig wieder austritt. Seinen Weg beginnt dieser Protagonist, indem er als ein noch junger Mensch aus der relativen Sicherheit seiner familialen Heimat ausgestoßen wird.

Im Falle Euphormios, dessen Geschichte in zwei Büchern erzählt wird, erfolgt die Degradation zweimal. Zu Anfang des ersten Buches hat der Verlust der Ursprungswelt beinahe mythologische Würde: Euphormio sieht sich aus einer Idealprovinz unversehens in eine niedrige und ihm in ihren Regeln fremde »Erdzone« (3) verschlagen. Zu Beginn des zweiten Buches verläßt der Titelheld dann die Geborgenheit eines Lebens in einer Universitätsstadt als Adoptivsohn und künftiger Erbe des angesehenen Gelehrten Themistius und gerät, diesmal eindeutig und allein durch eigene Schuld, wieder in die Wirren der Welt.

Erste und zweite Degradation rufen das Subjekt des pikarischen Syntagmas jeweils auf, seine Lage aktiv zu bewältigen. Der Verlust von Schutz und Sicherheit eröffnet somit zunächst die Chance für einen Zuwachs an bisher ungekannter und nicht einmal erahnter Erfahrung.

Gleichwohl ist die pikarische Bahn, die Euphormio als eine Folge von eingegangenen und wieder verlassenen Einverständnissen und Vergesellschaftungen durchläuft, in der Rückschau eine Spur verbrannter Horizonte. Die durchlaufene Welt erweist sich als ein Territorium der vollständigen Negativität. Dabei gestaltet die Rolle des Subjekts in manchen dieser sozialen Beziehungen sich anfangs durchaus vorteilhaft: Als Sklave des reichen und vornehmen Callion steigt Euphormio sehr schnell in eine einflußreiche Position auf, im Hause des Acignius, Generals eines Ordens, gibt er bei einer Disputation nach seiner eigenen Einschätzung keine unelegante Figur ab und wird vom Meister mit Lob bedacht und umworben. Das ändert nichts daran, daß des Helden Stellung in diesen beiden wie in allen anderen Fällen schließlich zerrüttet wird. Ungerechte Bestrafung, Scheitern an der Unzulänglichkeit von Institutionen, Verstrickung in eigene Schuld und immer wieder Flucht beenden jede Einlassung Euphormios in die Verhältnisse.

Es ist dabei das Besondere am Barclayschen Protagonisten des pikarischen Plots, daß hinter der Kette seiner verbrannten Horizonte nicht ein heteronomes Muster wie das von Sündhaftigkeit und Bekehrung zur Gottesfurcht steht (jenes Muster des geistlich orientierten deutschen Schelmenromans von Albertinus bis Grimmelshausen): Euphormio prüft vielmehr soziale Beziehungen auf Normen hin, die er jeweils selbst erst vorgegeben hat, und er erprobt noch diese wechselnden normativen Entscheidungen selbst. Er schwankt zwischen den Extremen einer völligen Absage an die Welt und dem Leben in Wollust und Luxus, zwischen der Bescheidung in eine solide Laufbahn als akademischer Lehrer und der Faszination durch den Glanz einer höfischen oder auch theologischen Karriere. So sind die Horizonte, die er hinter sich läßt, nicht allein Horizonte sozialer Beziehungen, sondern oft auch zugleich Horizonte der eigenen Wertorientierung. Je länger der Held freilich in seiner Degradation die Folge von Vergesellschaftungen durchläuft, desto deutlicher und drängender wird die Erkenntnis, daß es so nicht weitergeht. Euphormio, nach eigener gelegentlicher Formulierung »vom ganzen Erdkreis ausgestoßen und überall Spuren meiner Irrfahrt hinterlassend« (148), beendet seine Bewegung durch die Welt mit einer Stillstellung.

Das pikarische Subjekt tritt endlich in eine soziale Beziehung ein, die fast in jeder Hinsicht das positive Gegenteil derjenigen Stationen ist, die während des Handlungswegs durchmessen wurden, und die nun als eine neu erreichte Heimat eine vollkommenere Wiederholung der ehedem verlorenen ist: Regradation aus der Degradation. Euphormio begibt sich in das Reich Scolimorrhodia, das »schönste Land der Welt« (340); hier, am Hof des Herrschers Tessaranactus, von diesem »in seine nächste Umgebung gezogen« (342), kann er die bisher miteinander unversöhnbaren Lebensentwürfe einer privaten gelehrten Existenz und einer öffentlichen hochrangigen Amtsstellung zusammenfügen und verwirklichen. Zyklisch ist dieser Schluß mit beiden Ursprüngen Euphormios verknüpft: mit dem Anfang des ersten Buches, insofern Scolimorrhodia der einstigen Heimat Lusinia ähnlich, wenn nicht gar »besser« ist

»als mein Lusinia« (172), und mit dem Anfang des zweiten Buches, insofern Euphormios damals gewonnener Adoptivvater Themistius, der aus Scolimorrhodia stammte, dem jungen Mann schon das Versprechen abgenommen hatte, dermaleinst in dieses glücklichere Vaterland überzusiedeln.

Vor allem die zweite Rahmung hebt die dem pikarischen Plot eigentümliche Zeitstruktur in der Stillstellung heraus. Die Regradation des Subjekts – und dies gilt in besonderem Maße für die Protagonisten des geistlich orientierten Schelmenromans – erfolgt unversehens und entspringt einem Dezisionismus des Helden. Euphormio entscheidet sich abrupt – zwar durch viele Erfahrungen dazu gebracht, aber ohne Kausalität in der Wahl gerade dieses Zeitpunkts – für die Verwirklichung einer Option, die ihn schon lange begleitet. Der Protagonist produziert den Termin der Stillstellung aus sich heraus. Am Ende hört sich trotzdem, obwohl Erkenntnis und Bekehrung das Geheimnis eines inneren Vorgangs sind, Euphormios Ausruf nach der Ankunft in Scolimorrhodia wie der Jubel eines auf die Insel geretteten Schiffbrüchigen an:

Heisa, nun fort mit Euch, Exil und Trauer, fort mit Euch, Ihr Schandthaten und Schliche der Menschen und was die Gottheit noch sonst Grausames gegen Euphormio spielen ließ! [...] Schon ist mein Fuß der Flut entronnen, schon bin ich dem versinkenden Wrack entstiegen, habe mit meinen geretteten Lippen den Sand geküßt! Und nun schweift mein Blick von der Düne hinaus aufs Meer, und ich verachte die Untiefen und Riffe, worauf mich der böse Sturm geworfen hatte, mit dankbarstem Schauder (172).

Das pastorale und das hohe Syntagma (damit zur *Argenis*, und zwar in ihrer zeitgenössischen Eindeutschung durch Martin Opitz, die dem Jahr 1626 entstammt[62]) spielen sich im Unterschied zum pikarischen nicht um eine einzige und einzelne Person herum ab. Die Romane dieser syntagmatischen Typen präsentieren eine Welt von Protagonisten in ihrem Zusammenhang von Verbindung und Vereinzelung, mithin als System. Daß es nicht um ein einzelnes Subjekt geht, läßt sich bereits daran ablesen, daß die Romane thematisch immer auch Liebesgeschichten sind, deren Telos die Eheschließung ist. Der Systemcharakter zeigt sich darüber hinaus in der Verknüpfung von mehreren Liebespaaren oder auch deren wechselseitiger Disjunktion: zur Herstellung eines stabilen Gleichgewichts im Happy-End von Hochzeiten.

Barclays *Argenis* erzählt von einem Paar, das der Verwirklichung seiner Liebe in der Ehe große Hindernisse entgegenstehen sieht. Poliarchus, Thronfolger eines Reiches in Gallien, und Argenis, einzige Tochter und darum Thronerbin des Königs Meleander von Sizilien, müssen ihre Liebe heimlich halten und haben kaum Chancen zu deren Legalisierung, weil ein altes Gesetz bestimmt, daß niemals »der oder die jenige/ so in Sicilien herrscheten«, sich durch Ehe an den Throninhaber eines Reiches binden dürften, das »mächtiger als das

Sicilische were« (396). Die Gründe sind naheliegend und staatsrationaler Art. Man sieht mithin das Protagonistenpaar am Anfang seines Handlungsweges im Modus der Klandestinität; Poliarchus' und Argenis' liebendes Einverständnis findet sich als ein kleiner Teil in die umgreifende Vergesellschaftung eingelagert und ist unerlaubt und verborgen gegen die Öffentlichkeit von Hof und Reich.

Die Bewegung des hohen Syntagmas zielt von diesem Ausgangspunkt aus nun eben auf die Durchsetzung solcher Liebe »in den Augen deß gantzen Siciliens« (338). Die aus der Not entsprungene Klandestinität des Anfangs soll auf die Helle eines vorgegebenen Horizonts hin geöffnet werden. Die Ausgangslage des Subjekts (das hier immer ein doppeltes, also Paar ist) läßt sich auch bestimmen als Position vor einem Widerstrebenden und Fremden. Es entfaltet sich nämlich in Barclays Roman als ein zweiter Handlungskomplex neben der Liebe von Argenis und Poliarchus, zugleich in vielfacher Verschränkung mit ihr, ein Syndrom von Antagonisten zunächst aus dem Inland (ein adliger Rebell), dann aus dem Ausland (ein benachbarter König als Aggressor); schließlich erweist sich noch ein Prinz aus Mauretanien namens Archombrotus, der schnell die Gunst des Königs von Sizilien erworben hat, als Nebenbuhler für Poliarchus, da Vater Meleander ihn der Tochter Argenis als künftigen Gatten oktroyieren will. Die Intention der beiden Liebenden, ihr Einverständnis im gesamten Horizont Siziliens durchzusetzen, ist somit nicht nur vom alten Reichsgesetz, sondern bald von einem ganzen Syndrom aus Widerstehendem und Fremdem blockiert.

Der Verlauf des hohen Syntagmas besteht nun gerade darin, die Subjekte gegen alle scheinbare Aussichtslosigkeit eben doch am Ende an ihr Ziel zu bringen. Der Weg, das Antagonistische beiseite zu räumen, das Fremde zum Eigenen, das Nicht-Identische zum Identischen zu machen, geht über zwei sehr unterschiedliche Handlungsmodelle, die meist (so auch in der *Argenis*) gekoppelt sind. Das eine Modell sieht die physische Vernichtung des Fremden vor; der Einsatz von Gewalt führt zum Happy-End. So werden der innenpolitische Rebell und der außenpolitische Aggressor militärisch besiegt und als Personen im Zweikampf liquidiert. Das andere Modell baut das Fremde durch das souveräne und scharfsinnige Genie der (äußerlich als Zufall erscheinenden, tatsächlich dem göttlichen Plan folgenden) Vorsehung zum Identischen ab. Dieses zweite Prozeßmodell, von Barclay höchst raffiniert realisiert, sei hier nur am vielleicht eher stereotypen Schlußstück vorgeführt. In der Anagnorisis erweist der Nebenbuhler und unerwünschte Bräutigam Archombrotus sich als Sohn Meleanders aus dessen erster Ehe, mithin als Halbbruder der Argenis. Demnach regelt sich der Antagonismus zwischen Poliarchus und ihm als Konkurrenten um die Prinzessin Siziliens von selbst. Zugleich erlischt der große

Normenkonflikt, denn mit dem Erscheinen des (älteren) Bruders fällt Argenis auf den zweiten Rang der Thronfolge zurück und aus den Zwängen jenes alten Gesetzes heraus. Zur Sicherstellung eines stabilen Gleichgewichts wird Archombrotus nahezu auf der letzten Seite des Romans mit Poliarchus' Schwester zum Paar verbunden. Diese schöne Ordnung erhält, da die Konstellationen der Liebe im hohen Roman immer auch für politische Konstellationen stehen, ihre Vollendung im territorialstaatlichen System. Poliarchus' Reich in Gallien, Mauretanien und Sizilien, ergänzt um das nach der Liquidation des Aggressors mühelos annektierte Sardinien, vier Staaten also, werden im Happy-End gleichgewichtig auf die beiden (doppelt verschwägerten) Paare aufgeteilt: Gallien und Sardinien für Poliarchus und Frau, Sizilien und Mauretanien für Archombrotus und Frau.

Barclays Roman führt einen territorialpolitischen Strukturwandel vor, in dem an die Stelle mehrerer kleinerer staatlicher Einheiten wenige größere treten. Am Ende sieht man so den doppelten bis dreifachen, aber zugleich einheitlichen Prozeß der öffentlichen Etablierung einer Ehe und der politischen Etablierung einer unumschränkten Zentralgewalt im (vergrößerten) Staat zum Abschluß gekommen. Der Horizont ist über die durch Gewalt und Vorsehung erzielte Liquidation alles Nicht-Identischen in die Verfügung des Subjekts gelangt: Er wuchs dabei auf zweifache Größe an. Die Totalisierung aller Horizonte war die Voraussetzung der Etablierung des Einen im seine Identität konstituierenden Raum. Das Territorium der zwei Doppelreiche, die nun zwei doppelt vernetzten Familien zum Eigenen geworden sind, ist zugleich grosso modo der gesamte innerfiktionale Raum des Romans. Jenseits des vorbildlich zur Ruhe des Systems durchstrukturierten, des den Subjekten identisch gemachten Raums gibt es in der *Argenis* praktisch keine Horizonte.

Soweit die Skizze des pikarischen und des pastoralen sowie des hohen Plots im Roman des 17. Jahrhunderts. Mit dem neuen, dem 18. Jahrhundert, beginnen die Syntagmen einerseits sich aufzulösen oder zu erlöschen, andererseits aber zu neuen Modellen zu amalgamieren.

Eine solcher Verbindungen ist das Robinsonaden-Syntagma, das die deutsche Erzählliteratur, darunter die *Insel Felsenburg*, über gut dreißig Jahre nachhaltig prägt. Die Darstellung dieses Modells soll unter dem Gesichtspunkt des Strukturwandels aus dem pikarischen Syntagma erfolgen. Es mag dabei verwunderlich erscheinen, daß Daniel Defoes *Robinson Crusoe*, dessen beide Teile 1719 herausgekommen und bereits 1720 in deutscher Übersetzung bei drei bzw. zwei Verlegern in unterschiedlichen Ausgaben veröffentlicht worden sind, in der geschichtlichen Herleitung eines Syntagmas, dessen Titel schließlich auf den Namen des Seemanns aus York zurückgeht, keine Rolle spielen wird. Dennoch hat die Ausblendung des Defoeschen Romans ihren Sinn und ihre Begründung: *The Life and Strange Surprizing*

Adventures of Robinson Crusoe, of York, Mariner stellen, wie Jürgen Fohrmann richtig urteilt, »einen gewissen äußeren Rahmen« bereit, sind die »Stimulanz, die ein Verkaufsklima schafft, in dem sich Produkte« mit dem Bezug auf Defoes Erfolgsroman »absetzen lassen« (und liefern eine Reihe von Detailmotiven für solche Produkte, wie man fairerweise hinzusetzen muß); aber sie haben trotz des gegenteiligen Augenscheins ganz und gar nicht die Funktion, »der erste Prototyp für die deutschen Robinsonaden zu sein«.[63]

Zur Darstellung des Robinsonaden-Syntagmas als Transformation des pikarischen Syntagmas seien nunmehr das früheste und ein spätes Beispiel herangezogen, der anonyme *Sächsische Robinson* und der ebenfalls anonyme, möglicherweise von Johann Michael Fleischer stammende, *Isländische Robinson*, die – 1722 bzw. 1755 erschienen – Schnabels *Insel Felsenburg* chronologisch einrahmen.

Wilhelm Retchir, der Protagonist und Ich-Erzähler des *Sächsischen Robinsons*[64], exemplifiziert die Struktur des Robinsonaden-Plots erst im Ansatz. Was dieses neue Syntagma des frühen 18. Jahrhunderts nämlich vom pikarischen des vorangegangenen Jahrhunderts zunächst einmal unterscheiden wird, ist die Aufweichung des Gegensatzes, der dort zwischen der Bewegung durch die Welt als einer Bahn verbrannter Horizonte einerseits und dem Glück der Stillstellung in einer idealen Existenz (oder auch der Bekehrung zur Gottesfurcht) anderer-

seits bestand. Die Dichotomie von Degradation und Regradation wird im 18. Jahrhundert aufgelöst. Retchirs
Weg zeigt deutliche Spuren dieses Strukturwandels und
ist zugleich dem alten Modell noch stark verhaftet.

Als Sohn eines wohlhabenden Kaufmanns beginnt er
ein Studium, das alsbald durch den Tod der Eltern und
Verlust des väterlichen Kapitals abstürzt und den jungen Mann zwingt, sich mittellos in die Welt zu begeben.
Die soziale (und ökonomische) Degradation wird freilich
sofort moderiert durch den auskömmlichen Dienst, den
Retchir bei einem reisenden Prinzen erhält und in
Deutschland, Holland, England, Frankreich, Spanien
und Portugal bekleidet: Anders als die Helden von Barclay bis Grimmelshausen ist dieser hier kein Diener vieler
Herren. Daß ihn indessen in der festen Anstellung immer wieder Unglück trifft, hat seine Ursache dann aber
doch in einem Muster des pikarischen Syntagmas, zumal
dem des geistlich orientierten Subtyps: Retchir läßt oft
genug seinen »närrischen Affecten den völligen Zaum
schiessen« (19), die »verdammte Weiber-Liebe« (125) ergreift Besitz von ihm, und vor allem und immer wieder
ist es die »Curiosité« oder »Curiosität« (110, 165, 197),
die ihn um gewonnenes Geld und mehrfach nahezu
um sein Leben bringt. Der Protagonist des *Sächsischen
Robinsons* lebt also vor allem in der moralischen Degradation. Der Unterschied zum pikarischen Syntagma
besteht darin, daß Retchir auch in seiner Herabstufung
die Möglichkeit von Wohlhabenheit und Tugend als

mit zunehmendem Alter gewiß erwartbar immer vor Augen hat. An einer Stelle spricht der Erzähler die Struktur seines Weges selbst recht deutlich aus; Retchir hat sich gerade durch allzugroße Vertrauensseligkeit um ein schönes und kostbares Kleid bringen lassen und reflektiert nun:

Ich hatte auf dieser Reise schon unterschiedliche Fata gehabt, und billig keinem Menschen in der Welt, wenn ich klug handeln wollen, trauen sollen; allein Verstand kömmt niemals vor den Jahren [...]. Ich hatte Glück genug, und würde ohne Zweiffel etwas rechtes profitiret haben, wenn nicht das erstere allezeit mit dem Unglücke gleichsam als 2. Glieder an einer Kette, zusammen gehangen, und dasjenige, was mir das erstere gönnete, allezeit das andere wieder entzogen hätte. Und biß anhero hatte es theils meinen Beutel, theils auch so gar das Leben verlanget (150).

Der Held dieses Lebenslaufs hat fortwährend den Fuß auf den ersten Stufen zum Wiederaufstieg ins Glück; lediglich seine Unklugheit und die Unkontrolliertheit seiner Affekte bescheren ihm ein Unglück nach dem andern und werfen ihn wieder an den Ausgangspunkt seiner Degradation zurück. Das ändert sich erst mit seiner Verschlagung auf eine einsame Insel, die – anders als diejenige des Defoeschen Crusoe, aber modellbildend für die Robinsonaden in Deutschland – einen Herrn hat: »einen langen hagern eißgrauen Mann, mit einem grossen breiten Barth« und einem »langen Rock mit weiten Ermeln von einer dunckelbraunen Seiden Coleur« (247). Dieser einzige Bewohner und faktische Eigentümer des

Eilands ist ein vor vielen Jahren ebenfalls gestrandeter Spanier.

Der junge Mann und der alte Eremit stellen sofort ein Verhältnis von »Sohn« zu »Vater« zwischen sich her (249 f.). Die Funktion, die der ›Vater‹ auf der Insel für den Helden hat, ist sowohl auf die moralische wie die soziale und ökonomische Degradation bezogen. Der charismatische Spanier befreit durch Strafe und Vorbild seinen ›Sohn‹ von der Disziplinlosigkeit seiner »Affecten«, zumal der »Curiosität«, nachdem alles erlittene Unglück vorher noch nicht dahin geführt habe, seine »Vernunfft zu poliren« (278); er bringt ihn dazu, fleißig einen halb katholischen, halb protestantischen Gottesdienst wahrzunehmen und sich mit »Gelassenheit« (273) in das »Verhängniß« (351), das letztlich doch »Rathschluß« (273) und »Vorsorge« (352) Gottes sei, zu ergeben. Vorübergehend finden wir diesen Romanhelden sogar in der Nachfolge der sündigen Helden von Albertinus und Grimmelshausen: Er will »der Welt gute Nacht« (352) geben und versteht sich als geistlicher Eremit auf der Insel. Zugleich aber hat der Spanier für die Wiederherstellung der Wohlhabenheit gesorgt, aus der Retchir anfangs gefallen war. Nach dem Tod des ›Vaters‹ kann der junge Mann nämlich in die »Verlassenschaft« (345) eines immens wertvollen Gold- und Juwelenschatzes sowie eines ganzen Warenmagazins treten, die seinerzeit von einem verunglückten Handelsschiff ans Ufer getrieben und dem Spanier durch den sterbenden Eigentümer

übergeben worden waren. Retchir, dem sein leiblicher
Vater infolge überraschenden Todes und ungeordneter
Verhältnisse von seinem im Prinzip großen Reichtum
nichts hatte vermachen können, wird auf der Insel am
Ende doch der Erbe eines Vermögens.

Als er nach langen Jahren sein Eiland dann (bei erster
Gelegenheit) verläßt, bewegt er sich sicher durch die
Horizonte, in die er tritt. Zunächst gelangt er per
Schiff ohne Zwischenfall nach Griechenland; auf der an-
schließenden Landreise über den Balkan wird er von der
Kaufmannskarawane zum Kommandanten gewählt und
schlägt den Überfall eines Räubertrupps zurück. Während vor der Episode auf der Insel das »Glück« immer
»mit dem Unglücke gleichsam als 2. Glieder an einer
Kette« verbunden war (150), schafft Retchir jetzt sein
riesiges Vermögen heil nach Sachsen, in seine Heimat,
wo er Aussicht hat, den Rest seiner Tage mit den Zinsen
des Kapitals »gantz geruhig zubringen« (422) zu können.

Das Robinsonaden-Syntagma besitzt in dieser Realisierung noch eine ganze Reihe von Zügen des pikarischen Syntagmas. Immerhin zeichnet sich aber schon
ab, daß die soziale Degradation nicht so markiert und der
Stationenweg des Subjekts keine reine Folge von aus-
radierten Horizonten ist. Mit der Verschlagung auf die
Insel erfährt der Held eine Regradation, die sich auf derselben Ebene ereignet wie alle vorangegangenen Fälle
von Glück und Unglück: Der Termin der Stillstellung
wird hier nicht mehr als innerer Vorgang produziert.

Auch sind die moralische Bekehrung und der Erwerb
von Reichtum, die Ergebnisse also des dreijährigen Zu-
sammenlebens mit dem spanischen »Alt-Vater« (269 f.
u. ö.), nicht das Ende des Handlungsweges. Es schließen
sich nach dem Tod des Greises zunächst für Retchir immerhin noch rund 23 einsame Jahre auf der Insel und
endlich eine Existenz als Rentier in der Heimat an.

Die Biographie ist nicht länger auf den Punkt der
Einsicht, der Bekehrung und der (Wieder-)Herstellung
des Glücks zugespitzt, sondern faßt Besserung und Gewinn von Vermögen als eine Phase des Durchgangs, nach
der sie sich für neue Erfahrungen öffnet. Das voll aus-
gebildete Robinsonaden-Syntagma läßt sich, um den im
Sächsischen Robinson erst angedeuteten Unterschied
zum pikarischen Syntagma mit einem Wort zusammenzufassen, als der Weg eines Subjekts beschreiben, das
verschiedene und endlich erfolgreiche Versuche unternimmt, sich eine Existenz aufzubauen.

Gissur Isleif, der Titelheld des *Isländischen Robinsons*[65], mit dem jetzt ein Blick auf den Roman der 1750er
Jahre getan werden soll, verläßt das Elternhaus, um dem
Vorbild seines Vaters, der mit »Landesproducten« in
Island »eine importante Handlung« betreibt (3), zu folgen und in Hamburg eine Lehre und zusätzlich eine Ausbildung zum Steuermann zu absolvieren. Nach Abschluß
der Handelslehre und ersten erfolgreichen Schiffsreisen
begibt Isleif sich mit Empfehlungsschreiben nach Amsterdam und geht auf Große Fahrt. In Batavia verlobt er

sich mit der schönen Tochter eines der »angesehensten
Kaufleute« (205) der dortigen Kolonie. Früh hat dieser
junge Mann damit die Aussicht auf »Ruhe«: Die Ehe
würde ihn in den Stand setzen, in Batavia »eine einträgliche Handlung anzufangen, und dadurch ein ehrlich
Auskommen honet zu erwerben« (239). Erfolg, wohin
man sieht, ist das Signum von Gissur Isleifs Laufbahn.

Zwischen der Verlobung und der Hochzeit aber ereilt
den Helden nun die Verschlagung auf eine Insel. Eine
letzte Fahrt nach und von Amsterdam zur Regelung
seiner europäischen Angelegenheiten endet an einem
einsamen Strand im Indischen Ozean. Die zehn Jahre
dauernde Existenz als Robinson bringt dem Subjekt Zuwachs auf genau jener moralischen und jener sozialen
wie ökonomischen Ebene, auf denen auch Retchirs Regradation erfolgte. Isleif findet auf seiner Insel ein Kästchen mit emblematischen Darstellungen, anhand deren
er nun erkennt, daß er in seinem bisherigen Leben

dem Zeitlichen auch öfters weit mehr nachgetrachtet, als dem
unvergänglichen, dem Cupido und Venus viele Stunden unverantwortlicher Weise aufgeopfert und der allerhöchsten Weisheit
vorsetzlich auch muthwilliger Weise geraubet

habe; die Verschlagung auf die Insel sei eine »Zucht-
ruthe«, so sagt er sich, die »dir vermuthlich deswegen
zugeschnitten worden, dich auf den rechten Weg zu führen« (275). Sodann entdeckt er eine Schatzkiste, in der
ein »ansehnlich Capital« (278) für ihn bereitliegt. Als er
schließlich nach seiner Erlösung ein Dezennium später

Verlobte und Schwiegereltern in Batavia unverändert vorfindet, kann er in die Ehe jetzt sowohl seinen akquirierten »erstaunenden Reichthum« wie den unumstößlichen Vorsatz zu einem »tugendhaften Lebenswandel« einbringen (337).

Isleifs Verschlagung ist mithin nur scheinbar eine Katastrophe innerhalb des bis dahin so erfolgreichen Lebens; tatsächlich setzt er damit die Serie der Siege vor allen Horizonten nur fort. Das Robinsonaden-Syntagma, das die Negationssequenz des pikarischen Helden in die Biographie des eine Existenz aufbauenden Kaufmanns transformiert hat und den Insel-Aufenthalt nicht als Stillstellung durch das Subjekt selbst produzieren, sondern diesem Subjekt als einen weiteren Glücksfall von der göttlichen Vorsehung zuteilen läßt, hat sich aus dem pastoralen und hohen Syntagma des Barock deren Optimismus angeeignet. Erzählt wird von Gottes Lenkung in letztlich erfolgreichen Lebensgeschichten.

Das am *Sächsischen* und am *Isländischen Robinson* aufgewiesene Modell formt in Johann Gottfried Schnabels Roman weniger Albert Julius' Biographie (worauf noch zurückzukommen ist) als vielmehr die Lebensläufe der später nach Felsenburg verschlagenen oder dorthin eingeladenen Kolonisten. Man macht es sich vielleicht ein bißchen zu einfach, wenn man immer wieder die Formel nachspricht, die Fritz Brüggemann 1914 in Umlauf gesetzt hat: daß nämlich die Insel für ihre Bewohner ein »Asyl vor der Nachstellung« und der

»Kabale« sei, die sie durch die »Bosheit« der Menschen »in der europäischen Welt« hätten erdulden müssen.[66]

Philipp Harckert etwa – um einige Beispiele vorzuführen – hat zweifellos seine Schwierigkeiten im Leben, bricht zweimal eine Lehre ab, erhält ein ihm sicher geglaubtes Amt nicht, sieht seine Verlobung durch die vorzeitige Niederkunft der Braut mit einem nicht von ihm gezeugten Kind scheitern und beginnt im Alter von 19 Jahren eine dritte Lehre. Doch kann er dann als Geselle auf der Wanderschaft »ein mäßiges Stückgen Geld« (II,474) verdienen und ist auf dem Sprung, sich in der Seefahrt und dem Fernhandel zu versuchen, um ein kleineres Vermögen zu machen. An diesem Punkt, an dem er es immerhin schon zu ein wenig gebracht hat, wird er nach Felsenburg engagiert. Der Müller Philipp Andreas Krätzer, durch Herkunft und Beruf dem Stigma der Unehrlichkeit ausgesetzt, schlägt eine veritable Verbrecherlaufbahn ein und absolviert einen geradezu klassisch pikarischen Weg; in eindeutig pikarischen Motiven vollzieht sich dann auch seine Bekehrung durch Gewissensangst, Priester und Erbauungsschrifttum. Diese Wende erhält durch die Übersiedlung nach Felsenburg nur mehr nur mehr ihr letztes Siegel, wo Krätzer nach seinen Worten »allererst eine vollkommene Gemüths-Beruhigung gefunden und nunmehro auch dieselbe durch eine glückliche Heyrath, leiblicher weise, im höchsten Grad erreicht« (II, 427), mithin die Vollendung der schon in Europa begonnenen moralischen und der

sozialen Regradation erfahren hat. Auch Jeremias
Heinrich Plager handelt sich seine Schwierigkeiten vornehmlich über eigenes Fehlverhalten ein und ändert seine Orientierung erst unter Anleitung durch einen Geistlichen; definitiv »ein besserer Christ« wird er im Kontext
Felsenburgs, »da ich, GOtt Lob, im Stande lebe, meinen
ehemahligen Affecten ein Gebiß anzulegen« (II, 342).

Zweifellos gibt es daneben Männer und vor allem
Frauen, Judith van Manders, Virgilia van Cattmers
und Charlotte Sophie van Bredal, Gottlieb Schmeltzer,
Johann Ferdinand Kramer und Richard van Blac, deren
Lebensläufe man kaum als Viten des (mehr oder weniger
stark noch pikarisch beeinflußten) Robinsonaden-Plots
bezeichnen kann.

Leonhard Wolffgang wiederum, jener Mann, dem der
Leser schon recht bald begegnet, liefert mit seiner
Lebenserzählung ein besonders reich gestaltetes Beispiel des Modells. Wolffgangs Biographie ist die Geschichte eines erfolgreichen Lebens, das aus einfachen
Anfängen zu großem Wohlstand führt. Der Weg geht
besonders in jungen Jahren nicht ohne Turbulenzen ab,
er führt aber, nachdem der geflüchtete Medizinstudent
in den Fernhandel übergewechselt ist, stetig nach oben.
Siege vor allen Horizonten markieren die Spur. Es wird
zunehmend ein Leben der physischen Präsenz und Stär-
ke, das seine Erfüllung in einem ersten Insel-Aufenthalt
auf Bonaire in der Karibik findet. Klammert man, um ab-
zukürzen, die unglückliche Episode einer mehrjährigen

Gefangenschaft auf Hispaniola aus, bleibt als Stufen-
folge dieses: Schätze über Schätze bringen die Frei-
beuter herbei, das Eiland wird kolonisiert, Wolffgangs
Kapitän läßt sich von Holland zum Gouverneur von Bonaire bestellen, Wolffgang selbst avanciert zu dessen
Stellvertreter und heiratet eine junge und reiche spanische Adlige. Das Ende des Syntagmas, das mit dem
Stichwort »Leben in Ruhe« (I,100) erstmals angezeigt
wird, gliedert sich in einen dreifachen Ansatz. Der erste
Versuch auf der karibischen Insel scheitert durch den
unerwarteten und frühzeitigen Tod der Ehefrau, ein
zweiter in Wolffgangs deutscher Heimat mit einem schönen Gut und einer vorteilhaften zweiten Heirat kommt
wegen einer »Verdrüßlichkeit« (I,104) nicht zustande,
der dritte erst führt über die abermalige Erfahrung
einer Gefangenschaft zur definitiven Einbindung in den
Kontext Felsenburgs. Die Gründe für diese mehrfache
Realisierung des syntagmatischen Schlusses sind leicht
zu sehen. In der Lebensgeschichte des Kapitäns werden
die beiden semantischen Ebenen des Modells, die soziale
und die moralische, nicht simultan geführt, sondern
sukzessiv angeordnet. Der Wolffgang des Fernhandels
und des Kapers ist ein Mann ohne religiöse Dimension,
der sich in Aktionen stürzt, »nur bloß meine Hertzhafftigkeit zu zeigen, und etwas Geld zu gewinnen«
(I,95). Nicht die erste Gefangenschaft, aus der er sich
nach Jahren unter dem Zeichen der »Venus« (I,95) befreien kann, sondern erst die zweite mit der Aussetzung

auf dem »gantz wüsten Orte« (I,107) produziert die Bekehrung zu Gott im Zustand der Reue und bringt ihn in den Kreis um den Altvater und die Seinen. Selbst hier allerdings braucht der Kapitän noch zwei Jahre, um sich endlich »alles Guth, Ehre und Vergnügen, was ich etwa noch in Europa zu hoffen haben könte, gäntzlich aus dem Sinne zu schlagen« (I,469 f.). Doch steht seine Lebensgeschichte seit der Ankunft auf Felsenburg, wie an der Frequenz des christlichen Vokabulars abzulesen, erstmals deutlich unter dem Zeichen Gottes. Zur ökonomisch-sozialen »Ruhe und Glückseligkeit« (I,499) Leonhard Wolffgangs ist endlich auch seine religiösmoralische getreten.

Die Geschichte des Albert Julius selbst unterscheidet sich, und zwar gerade für denjenigen, der den Blick auf die Transformation der barocken Strukturen in neue des 18. Jahrhunderts gerichtet hat, so markant von den Viten des *Sächsischen* oder des *Isländischen Robinsons*, daß man ihr besser ein ganz eigenes Modell unterlegt. Für dieses Syntagma sind keine Beispiele vor Schnabel aufzufinden, wohl aber etliche nach ihm. Der Felsenburg-Plot – um dem Erfinder des Albert Julius die Ehre zu geben, auf wenigstens indirekte Weise zum Namenspatron für ein Modell zu werden – amalgamiert die Vorgaben des 17. Jahrhunderts, das pikarische und das pastorale bzw. hohe Syntagma, durch eine Art Montage. Es wird das pikarische nicht wie im Robinsonaden-Plot durch mehr oder weniger (eher weniger) deutliche

Anleihe beim hohen Roman und dessen Optimismus der Providenz-Konzeption überformt, sondern es schlägt früher oder später (meist früher) in eine Spielart des pastoralen und hohen Syntagmas um.

Exemplifiziert sei dieser Strukturwandel – unter gelegentlichem vergleichenden Blick auf die *Insel Felsenburg* – diesmal nicht an einem der Beispiele aus den 1750er Jahren, etwa dem Roman *Der wegen besonderer Schönheit und seltener Tugenden liebenswürdigen Mariana merkwürdige Begebenheiten und Reisebeschreibung* (1752), sondern an einem späten, fast schon obsoleten, aber den Einfluß Schnabels bereits im Titel eingestehenden Werk: *Neue Fata einiger Seefahrer, absonderlich Gustav Moritz Frankens eines Deutschen*, 1769 bei Bartholomäi in Ulm erschienen, bei dem fünf Jahre vorher Christoph Martin Wieland seinen *Don Sylvio* veröffentlicht hatte.[67]

Aus bürgerlichem Hause stammend, Sohn eines Anwalts, wie Albert Julius der Sohn eines Beamten ist, gerät Gustav Moritz Frank während seines Studiums in finanzielle Enge. Man kann das freilich, anders als im Fall des Schnabelschen Helden, der zuerst die Eltern verliert und später aus dem Haus seines Pflegevaters fliehen muß, kaum mehr eine richtige Degradation nennen. Frank erhält zudem bald über eine günstige »Gelegenheit« (19) die Chance, die privaten Probleme eines Studienfreundes aus berühmtem Adel zu regulieren, so daß ihm am Ende von Studium und Kavalierstour dieses

Kommilitonen sein eigenes »zeitliches Glück« (46) in Aussicht gestellt wird, wenn er dem Freund in dessen heimatliche Grundherrschaft folgen wolle.

Der Autor der *Neuen Fata*, statt seinem Helden einen solchen kalkulierbaren Aufstieg zu schenken, schickt ihn nun aber vielmehr in einen zweiten Schub von Turbulenzen, die abermals nicht wirklich in die soziale Degradation, sondern schon bald in eine noch bedeutendere Karriere führen, als unter jener adligen Familie in Aussicht stand. Gustav Moritz Frank entschließt sich zu Kriegsdiensten und fällt algerischen Seeräubern in die Hände: Das ist zunächst nun einmal wenigstens der Ansatz zu einer richtigen Degradation. Der Herr allerdings, dem er in Algier zugeteilt wird, Ibrahim Assan mit Namen, konvertiert alsbald zum Christentum und macht sich mit seiner Familie, seinem Vermögen und seinen bisherigen Sklaven (darunter Frank bereits in leitender Rolle) auf mehreren Schiffen aus dem Bereich des Islam davon in Richtung Südamerika: Schon beginnt ein neuer Aufstieg.

Die aus Algier geflohene Expedition landet, durch Sturm verschlagen, statt im angezielten Brasilien in einem Land namens Satargitien, das noch nicht von Europäern übernommen worden ist, dessen König gleichwohl seit langem den »Wunsch« hat, »Leute aus Europa zu bekommen, die etwa ihn und sein Volk in bessere Verfassung setzen könnten« (108). Gustav Moritz Frank hat bereits erreicht, was Albert Julius zu einem analog

nur wenig späteren Zeitpunkt durch den Tod van
Leuvens zufällt: Ibrahim Assan, der eigentliche Herr der
Schiffe, läßt den Deutschen tun, was dieser für richtig
hält. Die Kolonisten aus Algier, immerhin zehntausend
Personen, können ein eigenes Territorium mit zunächst
vier Städten ausbauen; Satargitien wird zugleich vom
Reißbrett aus nach den Grundsätzen der europäischen
Verwaltungslehre neu konstruiert. Frank ist vorder-
hand vor allem an der Kolonie interessiert, die durch
Zehntausende neu hereingeholter Europäer, »haupt-
sächlich arme und verunglückte Handwerker« (157),
Frauen, Familien, meist »aus Deutschland« (159), rapide
wächst und sich immer neue Städte und Festungen
zulegt. Dann aber ergreift die rastlose Tätigkeit des
Titelhelden endgültig Besitz auch von Satargitien.

Im Unterschied zu Albert Julius, der lediglich einen
einzigen Antagonisten niederzukämpfen hat, sieht
Gustav Moritz Frank sich zahlreichen Widersachern
in Gestalt von verräterischen Prinzen und feindlichen
Monarchen kriegerischer Nachbarstaaten gegenüber,
die freilich ihrerseits allesamt ausgeschaltet und durchweg liquidiert werden. Am Ende ist der Held Premier-
minister und Reichsgraf in Satargitien, Großmeister
eines innerhalb der Kolonie als »Obrigkeit« (664) errichteten Ritterordens und schließlich über die Eheschließung mit der Tochter des Königs von Satargitien
auch noch Herrscher dieses Reichs. Albert Julius,
der erst nach Jahrzehnten zum eher selbstironisch so

titulierten »Souverain« über die »Unterthanen« Felsenburgs (I,44) wird, nimmt sich dagegen bescheiden aus.
Auch ist der territoriale Zuwachs, den der Schnabelsche
›Alt-Vater‹ mit dem Inselchen Klein-Felsenburg verzeichnen kann, wenig im Vergleich zu Franks Vergröße-
rung seines Staates durch Besiedelung freier Inseln,
Annexion eines Nachbarstaats, Erbfall eines verwaisten
Königreichs und hegemonial bestimmte Allianz mit
schwachen Monarchien der Region.

Für das Felsenburg-Syntagma ist das Muster des
Schelmenromans zum Palimpsest geworden. Unter der
Überschreibung durch das neue Modell sind im wesentlichen zwei Strukturstücke stehengeblieben. Zum
einen fungiert als das Subjekt auch des Felsenburg-
Syntagmas eine einzige und zunächst einzelne Person;
zum andern läuft dieses Subjekt wenigstens im Ansatz
noch eine Bahn von Vergesellschaftungen und Einverständnissen ab. So etwas wie eine soziale (nicht aber
moralische) Degradation blitzt hie und da gelegentlich
auf, bei Albert Julius stärker als bei Frank, freilich nur,
um alsbald ausgebessert zu werden. Den Protagonisten
des Felsenburg-Syntagmas sieht man in seinen Stationen eher im Begriff, die Treppe hinaufzufallen, Gustav
Moritz Frank häufiger als Julius.

Was das neue Modell jenseits dieser Züge, die es mit
dem Robinsonaden-Syntagma noch gemein hat, von diesem unterscheidet, ist die nun nicht mehr bloß atmo-
sphärische Beeinflussung, sondern substantielle Über-

formung durch das pastorale und das hohe Syntagma des 17. Jahrhunderts. Während die Handlungswege von Retchir und Isleif lediglich den Optimismus des Vertrauens in Gottes Providenz bezeugten, der seinerzeit die Stimmung des barocken Staatsromans so tief bestimmt hatte, gleiten die Bahnen von Julius und Frank in ein veritables Nachspiel des Modells hinein, das den Plot der *Argenis* und ihresgleichen ausmachte. Die Subjekte des Felsenburg-Syntagmas werden durch jene Vorsehung, die das Subjekt des Robinsonaden-Syntagmas in den insularen Stand archaischer Natürlichkeit gebracht hat, in dem es moralische Vervollkommnung und ökonomische Sicherheit gewinnen soll, zu Protagonisten einer Etablierung und Durchsetzung von Zentralgewalt im Horizont eines territorialen Gebildes gemacht.

Für Albert Julius und Gustav Moritz Frank schlägt demnach ein Anfang mit Barclays *Euphormio* in einen Hauptteil mit dessen *Argenis* um. Sie besiedeln und bebauen einen ihnen überraschend gegebenen Raum und setzen sich gegen Antagonisten durch, ob diese nun Lemelie heißen oder Affen sind, die »mit Feuer und Schwerdt« (I,276) verfolgt werden müssen, oder ob es sich um die beiden ältesten Söhne des Königs von Satargitien handelt, die große und kleine Verschwörungen anzetteln und erst als Tote Ruhe geben. Die Subjekte des Felsenburg-Syntagmas haben den – ihre Identität nicht von vornherein, sondern erst mit dem Verlauf der Biographie definierenden – Horizont durch die Liquidation

alles Nicht-Identischen am Ende in ihre Verfügung gebracht. Eben dieser Horizont ist zudem, hier dem hohen
Syntagma wieder ganz gleich, vergrößert (Felsenburg)
oder sogar vervielfacht (Satargitien) worden.

Eine ganz andere Geschichte als die des Albert Julius
stellt nun allerdings jene dar, die man mit einigen Grün-
den als die eigentliche Haupthandlung des gesamten
Romans bezeichnen könnte: Eberhard Julius', des
Urgroßneffen, Absturz ins Elend und Berufung nach
Felsenburg.

Es gibt kaum ein erzählendes Werk der deutschen
Literatur in der ersten Hälfte des 18. Jahrhunderts, das
einen Anfang hätte wie Schnabels *Insel Felsenburg*. Dabei scheint dieser Beginn zunächst alles andere als besonders zu sein. Wenn Eberhard Julius, der Student aus
wohlhabendem Hause, sich durch seiner Eltern Tod und
Bankrott unversehens um alles Glück gebracht und wie
so viele andere Romanhelden in die Degradation geworfen sieht, liegt dem ersten Ansehen nach ein weiteres
Mal der Eingang eines pikarischen oder Robinsonaden-
Syntagmas vor. Was indessen das ganz Eigene dieses
Anfangs ausmacht, kündigt sich dann mit jenem Brief
an, den der junge Julius im Frühjahr 1725, wenige Wochen nach dem Zusammenbruch seines Lebensplans,
erhält. Ein Unbekannter tritt an ihn heran mit be-
unruhigend-verlockenden Nachrichten. Ein »Geheimniß« (I,30) wird in Aussicht gestellt, dessen Enthüllung
die abgestürzte Familie bis in die Nachkommen reicher

als je zuvor machen könne; eine Piste ist ausgelegt mit
Ort und Termin, der Eberhard Julius zu folgen habe und
die in vager Ferne bereits nach »Ost-Indien« (I,30) verlängert wird. Der Student zeigt sich verunsichert. Bei
aller schnellen Entschiedenheit, die Spur aufzunehmen,
bleibt ihm klar, daß er hier mit einer »bedencklichen
Sache«, ja möglicherweise gar mit »des Satans und der
bösen Welt gefährlichen Stricken, List und Tücken« zu
schaffen haben könnte (I,31). Eberhard Julius und mit
ihm der Leser begeben sich auf den Weg. Der junge
Mann ist vorsichtig und zieht Erkundigungen über den
ominösen Unbekannten ein. Die Nachrichten sind zwar
beruhigend, akzentuieren aber zugleich das Geheimnis,
weiß doch selbst von denen, die Leonhard Wolffgang
genauer kannten, keiner zu sagen, woher dessen so
plötzlich vorhandener Reichtum eigentlich stammt.

Was das Besondere dieses Romananfangs ist, läßt
sich in moderner Terminologie und von heutigen literarischen Selbstverständlichkeiten aus leicht erfassen. Die
Wunderlichen Fata (um nun einmal den Originaltitel zu
verwenden) beginnen wie eine ›mystery story‹. Sie beginnen nicht nur so. Und, um schon gleich auf Schnabels
letzten Roman von 1750 hinzuweisen, nicht nur die
Wunderlichen Fata beginnen so. Es seien zunächst diese
weiteren Beispiele von ›mystery stories‹ im Œuvre
präsentiert, ehe nach dem Strukturwandel gefragt wird,
deren Resultat sie sind.

Die Geschichte des Urgroßneffen schlägt in das

Modell ihres Anfangs wieder um, als Eberhard Julius gemeinsam mit seinen Freunden zu einer genaueren Erkundung der Felsenburg benachbarten Insel Klein-Felsenburg ansetzt. Wir befinden uns im Jahr 1733 und im 3. Teil des Romans. Man ist durch Zufall auf Anzeichen gestoßen, »daß sich vielleicht vor vielen 100. ja mehr als 1000. Jahren schon Menschen auf dieser Insul befunden haben« (III,312). Ein baumbestandener Platz wird gefunden, erst eine, dann mehrere Urnen werden ausgegraben, die allesamt eine geheimnisvolle Kreiskonfiguration zeigen. Eberhard Julius und sein Trupp machen sich in der Hitze der »Neugierigkeit« (III,317) daran, das höchste Bergmassiv Klein-Felsenburgs zu ersteigen. Was sie dort finden (und was ebenso detailversessen plastisch beschrieben wird wie der mühsame und gefahrvolle Aufstieg selbst), ist ein vor Urzeiten in den Felsen gehauenes unterirdisches Tempelsystem. Die Männer, die das Höhlenlabyrinth bis in seine letzten Verästelungen ausmessen, sind sich erst einmal sicher, es hier in letzter Instanz mit einem Werk des Teufels zu tun zu haben. Doch dieses Urteil beantwortet keine der Fragen, die sich vordringlicher stellen: Wann und von wem ist der Tempel gebaut, das Urnenfeld angelegt, Klein-Felsenburg bewohnt worden? »Wo sind sie alle hingekommen?« (III,362). Welchen Sinn hat die überall auftretende Kreiskonfiguration? Was bedeuten die Bilder und Statuen, die Schriftzeichen, die Texte, die auf Hunderten von kleinen Tafeln gefunden werden? Der

107

Sog des Rätselhaften, in den der Leser sich zunächst mit
dem Abenteuer des Eindringens in die furchterregende
und lockende Höhlenwelt gezogen sieht, hält ihn noch im
Griff, als Eberhard Julius und seine Freunde heil zurückgekehrt sind und ihre »Wunder-Geschicht« (III,
358) den leitenden Herren auf Felsenburg vorgetragen
haben.

Wiederum einige Jahre und einen Band später ent-
spinnt sich nochmals eine ›mystery story‹ um Klein-
Felsenburg und sein Höhlensystem. Ein Magier spanischer Herkunft wird jetzt zum Führer der Exkursion
ins Rätselhafte. Seine Aufgabe sei, sagt er, »dasjenige
Geheimniß« zu offenbaren, »woran so vielen 100. ja 1000.
und noch mehr Menschen gelegen« (IV, 361). Er ergeht
sich in ominösen Andeutungen über eine seit Jahren be-
stehende omnipotente Verschwörung gegen Felsenburg,
die auch teuflische Geister in ihren Dienst genommen
habe; Eberhard Julius als der Erzähler setzt auf solch
orakelhaftes Gebaren noch eins drauf, indem er dunkel
notiert, er wolle »gewisser Ursachen wegen« von alle-
dem »voritzo weiter nichts melden«, die »dieser Sache
angehenden Acten« seien »in unser Archiv gelegt worden«, wo nachzuschlagen jedem »treugesinneten Felsenburger« frei stehe (IV, 370, 373, 386). Von schwarzem
Zauber umwitterte Ausgrabungen bringen neben anderem einen Doppelsarkophag mit zwei mumifizierten
Herrscherleichen ans Licht des Tages. Der seinerzeit
ausgeräumte Felsentempel gibt neue Geheimnisse frei

in Gestalt einer persischen Prinzessin, hinter deren Dienerin sich wieder einmal in der Plötzlichkeit eines aufreißenden Augenblicks Satan offenbart.

In den Sog des Mysteriösen ist der Leser auch schon anläßlich der Lebensgeschichte des Albert Julius ge-langt. Diese an sich so wenig geheimnisvolle Biographie sieht sich an einer Stelle der Faszination durch das Rätselhafte konfrontiert. Kaum auf Felsenburg an-gekommen, erkennen die Schiffbrüchigen, daß die Insel früher bewohnt gewesen sein muß. Ganz wie später bei Eberhard Julius und Klein-Felsenburg führt die Spur ins Unterirdische, anders als dort aber findet sie hier ihre schnelle Auflösung und ihr Ende: Albert Julius hat die Höhle entdeckt, in der der Leichnam Cyrillo de Valaros, des ein Jahrhundert vorher auf Felsenburg gestrandeten spanischen Edelmanns, seiner Bestattung harrt. Die Texte auf Tafeln und Blättern, die auch in die-sem Fall das Rätsel begleiten, sind in Latein abgefaßt und also verstehbar, Valaros »Lebens-Beschreibung«, dem Roman als Anhang zum 1. Teil inkorporiert, gibt für seinen Fall alle Antworten auf solche Fragen, wie sie an-läßlich des Felsentempels und seiner Erbauer (vorerst) nicht zu beantworten sind.

Auch Schnabels letzter Roman *Der aus dem Mond gefallene und nachhero zur Sonne des Glücks gestiegene Printz* ist eine ›mystery story‹. Hier mag es ausreichen, den erzählerischen Einsatz einfach nur etwas länger zu zitieren:

In einer sehr berühmten deutschen Stadt, welche sonderlich von
den Kauff- und Handels-Leuten zur Meß-Zeit sehr starck besucht wird; wurde eines Montags früh, da es eben starck ge-
schneyet an des Herrn Apothequers Placidi Officin etliche mahl
hefftig angepocht. Deßen Provisor Nahmens Gelasius, welcher
ein munterer und artiger Mensch war, warf sich, ohngeachtet
der strengen Kälte, so gleich in den Nacht-Habit, gieng (in
Meynung, daß etwa vor eine gefährlich kranck liegende Person
ein Recept auszufertigen wäre) eiligst herunter, fand aber Niemanden; im Umsehen wurde er eines saubern Trage-Korbes gewahr, der mit einem grünen seidenen Tuche bedeckt war. Demnach nahm Gelasius ein Licht aus der Officin, trat damit in die
Thür, und gab mit Reuspern und Husten die Zeichen der Mun-
terkeit von sich. Da aber seine Mühe und Warten vergeblich zu
seyn schien, wurde derselbe endlich verdrüßlich und sagte zu
dem, ihm auf dem Fuße gefolgten Lehrjungen: Faße den Korb
mit an, wir wollen doch sehen, wer uns vexiret hat und abwarten,
ob nach dem Korbe Anfrage gethan wird?

Demnach wurde der Korb in die Officin getragen, worauf der
Lehrling den im Laboratorio auf dem Feuer stehenden Coffeè
herbey bringen muste. Gelasius hatte kaum ein paar Tassen
davon getruncken: da sich im Korbe eine Stimme hören ließ, die
er anfänglich vor ein Katzen-Geschrey hielt, und nicht anders
glaubte: als daß man ihm einen Poßen spielen wollen, gieng aber
so gleich hin, und ermunterte den Principal aus dem süßesten
Schlaffe; und erzählete demselben die wunderliche Begebenheit.
Dieser stellete sich gantz verdrüßlich und sagte: So gehts,
wenn man zuweilen ausschweifft; Was gilts, es wird dem Herrn
Gelasio, eine Nymphe, ein Kind vor die Officin gesetzt haben?[68]

Man wird aus diesem Stück Text erkennen, daß Schnabel
wenigstens am Beginn seines letzten Romans noch einer
szenischen Rasanz und Genauigkeit fähig ist, wie sie sich
in der übrigen erzählenden Literatur um 1750 selten

genug findet. Denkt man sich Syntax und Vokabular nur ein wenig modernisiert, möchte man den Tonfall Kleistscher Novellen präludiert hören. Wohl kaum jemand, der sich im Werk E. T. A. Hoffmanns auskennt, wird auch umhin können, den Anfang des *Fräuleins von Scuderi* im Ohr zu haben. Solche Assoziationen unterstreichen den spezifischen Charakter dieser ›mystery story‹ eines Findelkindes, das mit präzisen Informationen vor der Offizin deponiert worden ist und dessen Auferziehung im Hause des Herrn Placidus durch Spione im Dienst der unbekannten Mutter überwacht wird. Die Stelle des Subjekts in der Prozeßstruktur von Geheimnis und Enträtselung nimmt nur vorübergehend der Apotheker, bald und definitiv aber der im Korb angelieferte Junge ein. Am Ende seines Handlungsweges sieht dieser, dem der Namen Franciscus Alexander mitgegeben worden ist, sich in seine eigene Familie wieder eingegliedert.

Der viermal anhand der *Insel Felsenburg* und dann nochmals anhand von Schnabels letztem Roman konstruierte Typus des Romanhandelns bezieht eine merkwürdige Stellung in der Literatur des 17. und 18. Jahrhunderts. Auch dieses Syntagma, das als Geheimnis-Syntagma bezeichnet werden soll, hat seinen Ursprung im Komplex der Modelle des barocken Romans.

Die wohl erste Vorstufe eines solchen Plots – noch eingebunden in eine Realisierung des pastoralen Syntagmas – findet sich in einem Werk, das mindestens soviel Einfluß ausgeübt hat wie Barclays *Argenis*, nämlich in der *Astrée* (1607–1628) von Honoré d'Urfé[69]. Silvandre, eine der zahlreichen Personen dieses Romans, ist als Kind im Gefolge eines Krieges entführt worden. Zwar findet er einen vorzüglichen Pflegevater, doch wird es ihm mit zunehmendem Alter zum »continuel supplice, de penser que je ne sçaurois d'où, ny qui j'estois« (I,277), und nach einer Reihe von Jahren sieht er sich überdies gezwungen, aus dem Haus seines Tutors zu fliehen. Silvandre bittet am Genfer See eine Priesterin um Rat, wohin er sich künftig wenden solle. Der Ausspruch des im Orakel konsultierten Gottes trägt zusammen mit der Versicherung, die Widrigkeiten und Kümmernisse seines Lebens würden dereinst ein Ende finden, dem Jüngling auf, ins Forez zu reisen und sich dort in der »fontaine de la Verité d'amour« zu beschauen, »parce qu'en son eau estoit mon seul remede, et qu'aussi tost que je m'y serois veu, je recognoistrois et mon pere, et mon pays« (I,281). Kaum will Silvandre sich auf den Weg machen, den Anweisungen zu folgen, da erkrankt er schwer, und als er nach über einem halben Jahr wieder auf den Beinen ist, muß er erfahren, daß der Brunnen, der ihm seine Herkunft enthüllen soll, just während seiner Krankheit durch einen erbosten Magier unzugänglich gemacht worden ist. Er begibt sich dennoch ins Forez, beginnt dort ein Leben als Schäfer unter anderen Schäfern und hofft, eines Tages werde sich die Bedingung erfüllen, unter der die Verzauberung von der »fontaine de la Verité d'amour« wieder abfalle.

Wie sich am Ende zeigt, ist niemand anders als Silvandre selbst einer derjenigen, die den Brunnen vom Fluch befreien werden. Die Einzelheiten dieses komplexen Prozesses können hier außer Betracht bleiben, zumal die Erlösung und dann die Anagnorisis als Auflösung des Geheimnisses (zusammen mit einem Happy-End in der Liebe) nicht aus einer Verfolgung der vorgegebenen Spur, sondern im Gegenteil aus dem verzweifelten Verzicht auf eine solche Verfolgung entspringen. Der Weg von d'Urfés Silvandre ist tatsächlich kein Weg nach dem Modell des Geheimnis-Syntagmas, sondern nach dem des pastoralen Plots. Was ihn freilich zu einer ersten Vorstufe macht, indem es ihn von den zahlreichen früheren Handlungsverläufen mit unbekannter und plötzlich enthüllter Geburt unterscheidet, ist Silvandres kontinuierliche Orientierung am Rätsel seiner Herkunft: Sein sinnvermeintes Handeln ist mitbestimmt von der Frage, zu wissen, woher und wer er sei.

Das richtige Erscheinen des Geheimnis-Syntagmas erfolgt an überraschendem Ort. Seine ersten selbständigen Realisierungen finden sich im Korpus der französischen Feenmärchen um die Wende vom 17. zum 18. Jahrhundert. Dabei ist es keineswegs so, daß etwa der ›conte de fées‹ schlechthin die Gattung des Geheimnis-Plots wäre. Nimmt man das gesamte Märchenwerk der Marie-Catherine d'Aulnoy, das am Beginn der Feerie steht, dann zeigen nur ganze zwei Erzählungen eine deutliche, zwei weitere eine unscharfe Prägung durch dieses Syntagma. Es sind *Le Rameau d'or* und *Fortunée*[70] sowie *Le Serpentin vert* und *Le Prince Marcassin*. Das Feenmärchen um und nach 1700, das den hohen Roman des Barock ausschlachtet und dessen Teile als neue Kleinformen zirkulieren läßt, bildet die Vorstufen des Geheimnis-Plots im 17. Jahrhundert zunächst nur zu einer beiläufigen Spielart unter anderen aus.

Das Mädchen Fortunée (in der gleichnamigen Geschichte) lebt gemeinsam mit einem boshaften Bruder in einer armseligen Bauernhütte. Der sterbende Vater hatte beiden Kindern scheinbar nichtige Gegenstände vermacht, der Tochter vor allem einen Blumentopf mit Nelken, immerhin das Geschenk einer einst bei ihm eingekehrten vornehmen Dame und von dieser ausdrücklich für Fortunée gedacht. Ein nächtlicher Gang zum Brunnen bringt das Mädchen mit einer Fee, der Königin der Wälder, in Kontakt. Danach beginnen Pflanzen und Tiere auf dem Anwesen zu reden. Das dem Bruder zugefallene Huhn enthüllt die Vorgeschichte: Fortunée ist die Tochter eines Königs (und Nichte der Fee), aus bestimmten Gründen in die Einöde gebracht und einer Bauernfamilie übergeben. Auch des Mädchens Nelken sprechen und verwandeln sich in einen Prinzen zurück, der sich als Sohn der Königin der Wälder präsentiert. Fortunée hatte halb als Instrument der Fee, halb aus spontaner Erahnung von Zusammenhängen zu der Erlösung dieses von einer bösen Macht verzauberten jungen Mannes beigetragen. Weitere Rückverwandlungen sowie die Hochzeit beschließen das Märchen.

Das Besondere des Geheimnis-Plots – um zunächst am Beispiel der Märchen d'Aulnoys präziser zu erfassen, welche Art von Handeln eigentlich abläuft – besteht darin, daß das Subjekt in einen Enthüllungsprozeß gezogen wird. Mit dem Beginn der Erzählung liegen von langer Hand Verhältnisse fest, durch die auch Heldin oder Held, ohne jedoch davon eine Ahnung zu haben, in ihrer Zuordnung definiert sind. Die Aufdeckung und Heilung dieses lange unbekannten Unheils führt das Subjekt in Kontakt mit den Wesen des Wunderbaren. Der detektorische Prozeß, der diesen Typ des Märchens ausmacht, setzt im Empirischen an und bringt, je näher er dem Zentrum des Rätsels kommt, auch die Welt der Feen zur Enthüllung. Detektion des Geheimnisses und Manifestation des Zaubers gehen Hand in Hand für Fortunée und ihresgleichen.

Wo der spätere ›Spürhund‹ des 19. und 20. Jahrhunderts in den faszinierenden Kreis des Verbrechens tritt, da begegnen d'Aulnoys Protodetektive dem System der Feen und Magier. Bei aller Analogie ergibt sich hieraus ein wesentlicher Unterschied für das Handeln des Subjekts: Anders als der wirkliche Detektiv, dem das Verbrechen Widerstand leistet, muß der Held, muß die Heldin von *Fortunée* oder dem *Rameau d'or* nicht eigentlich recherchieren, sondern kann sich der durch den Zauber ausgelegten Bahn bis in das Herz des Geheimnisses vertrauensvoll und mehr oder weniger passiv überlassen. Außerdem ist es fast immer auch ihre Sache selbst, um die es geht. Die Protodetektive des *Rameau d'or* sehen sich bei den »grands mystères« (II,258) nicht nur den beschädigten Leben anderer und deren Heilungsbedürfnis, sondern obendrein ihren eigenen sozialen und physischen Verbildungen gegenüber: »ta félicité dépend de cette aventure« (II,271), wird dem Subjekt mitten in der Enträtselung verheißen. Für Fortunée stellen die Vorgänge sich dar als ein Weg zurück in die eigene Familie. Held und Heldin des *Rameau d'or* werden über das Geheimnis, das sie aufklären und in dem sie die Erlösung Dritter ins Werk setzen, von ihrer eigenen Häßlichkeit befreit und zum glücklichen Paar zusammengeführt.

Zur Abrundung und mit dem Blick auf die folgenden Jahrzehnte des 18. Jahrhunderts soll das Korpus der französischen Feenmärchen noch mit einer späteren Erzählung repräsentiert werden. Sie entstammt den 1730er Jahren, da das Geheimnis-Syntagma den ›conte de fées‹ schon stärker prägt, und heißt *Boca, ou la Vertu récompensée*; Verfasserin dieses heute ganz unbekannten, 1790 aber noch ins Deutsche übersetzten, Kurzromans ist Françoise le Marchand.[71]

Der Titelheld Boca, Sohn eines verarmten Bildhauers und selber wenig bemittelter Tischler und Kunsthandwerker in Lima (Peru), sieht sich in seinem Geschäft plötzlich beunruhigend mysteriösen »merveilles«

(XVIII,340) konfrontiert, die vorderhand damit enden, daß ein beschriebener Zettel in seiner Geldlade ihn auffordert, ohne Verzug in den Orient zu gehen. Er gehorcht dem Gebot, obgleich er es selbst gelegentlich für »chimérique« (XVIII,342) hält, folgt der Spur, die ihn über Java mittels eines selbstbewegten Schiffes schließlich auf eine ihm ganz unbekannte Insel führt, und erlöst die Prinzessin und den Prinzen und ein ganzes Königreich. Es schließt sich, mehr als die Hälfte des Erzähltextes einnehmend, der Bericht über die Vorgeschichte und damit die Aufklärung des Rätsels an. Diese Vorgeschichte selbst ist im Grunde ein konventionelles Feenmärchen um Liebe und Eifersucht, vergebliche Schutzvorkehrungen und teuflische Verzauberungen; eigentümlich wird sie allein dadurch, daß zur Erlösung vom Bann ein »étranger d'une naissance obscure« (XVIII,431) nötig ist, der zugleich Produzent von elfenbeinernen Kästchen einer bestimmten Form sein muß. Ihre ganz unverwechselbare Struktur erhalten die Vorgänge, wie man sieht, erst über die Person Bocas. Der Titelheld sieht sich durch strategische Machenschaften ihn überwachender, aber für ihn undurchschaubarer Mächte blindlings in einen detektorischen und heilenden Prozeß gezogen: »suivre une route qui m'est inconnue« (XVIII,342), nennt er selbst es. Am Ende hat er auch einiges für sich getan. Reiche Belohnungen weist er bescheiden ab; doch kehrt er, der in seiner Heimat keine Eltern mehr und kaum Verwandte oder Freunde hat, nicht nach Peru zurück, bleibt vielmehr auf der Insel, erhält eine Wohnung im Schloß, betreibt sein Handwerk weiter und sieht sich allseits geliebt und geehrt.

Es gibt in der erzählenden Literatur Europas vor 1750 außer den ›contes de fées‹ kein Korpus und keine Gattung, die als Strukturmodell hinter Eberhard Julius' Weg nach Felsenburg und hinter seine und seines Urgroßonkels Albert unterirdische ›mystery stories‹ (sowie hinter die Biographie des Findelkindes aus dem Roman von 1750) gestellt werden könnten. In Schnabels Werk nun, das in der Literaturgeschichte der Protodetektive eine ganz singuläre Position einnimmt, bilden sich die Verläufe, die am Feenmärchen besonders der 1730er Jahre zu beobachten waren, in zwei Richtungen aus, zwischen denen schließlich eine unaufgelöste Spannung bestehen bleibt.

Der Anfang der *Insel Felsenburg* hat in der Geschichte des Eberhard Julius eine Realisierung des Geheimnis-Syntagmas, deren Enthüllungsprozeß in den Schoß der Familie führt. Der Weg ins Innere des Rätsels bringt keine Begegnung mit der Macht des Zaubers und stellt dem Subjekt überdies nicht einmal die Aufgabe, eine Rettung ins Werk zu setzen. Eberhard Julius wäre gewissermaßen die gänzlich empirisch gewordene Wiederholung der Fortunée d'Aulnoys. Immerhin gibt es einen Hauch von Bedürfnis nach Erlösung in dem seltsam drängenden und flehenden Ton, den Albert Julius in seinem Brief an den »Enckel« anschlägt; »vergnügt sterben« könne er erst, schreibt der Greis, wenn er einen Nachkommen seiner Familie aus Europa gesehen habe, und er fährt fort:

Machet euch auf, und kommet zu mir, ihr möget arm oder reich, krum oder lahm, alt oder jung seyn, es gilt mir gleich viel, nur einen Julius von Geschlechte, der Gottesfürchtig und ohne Betrug ist, verlange ich zu umarmen (I,44).

Da ist es vielleicht auch kein Zufall, daß der alte Albert Julius, als er seinen jungen Verwandten nach Felsenburg gezogen hat und ihm die gesamte Insel zeigen will, den Neuankömmling zu sich in einen Wagen einlädt, »welcher von 4. Zahm gemachten Hirschen gezogen wurde« (I,133) – das Gespann der guten Feen in den französischen ›contes‹. Ein Aroma von Feerie mag so noch zusätzlich über diesem Teil der ›Felsenburgischen Geschichte‹ liegen.

Albert Julius' Entdeckung der Höhle und des Leichnams von Cyrillo de Valaro, also jene Episode in seiner Biographie, die vom Geheimnis-Syntagma geprägt ist, wartet dagegen mit fast dem gesamten Instrumentarium des Feenmärchens selbst auf. Der Eintritt ins Rätsel beginnt scheinbar »von ohngefähr« (I,199) und führt über das Zurückschrecken vor dem Unheimlichen alsbald in die Welt des Jenseitigen, von der her dem jungen Mann erklärt wird, daß der Zufall kein Zufall ist: »Meinestu etwa das Verhängniß habe dich von ohngefähr in den Graben gestossen, und vor die Thür meiner Höle

119

geführt? Nein keines wegs!« (I,201). Albert Julius ist zur Erlösung des unbestatteten Leichnams aufgerufen und macht, indem er dem Aufruf folgt, wie die Heldinnen und Helden d'Aulnoys oder Le Marchands seine »zeitliche Glückseligkeit« (I,201): findet einen Schatz und, wichtiger noch, ein großes Arsenal von Gerätschaften, womit die Schiffbrüchigen künftig »dem Verhängnisse auf dieser Insul Stand halten« (I,217) können. Alberts Weg ist zugleich ein Analogon zur Rückkehr in die Familie. Indem er mit den anderen nach der Bestattung Valaros dessen Höhle als Schatzkammer und als Wohnung erbt, übernimmt er die Funktion eines Sohns gegenüber einem im Geheimnis-Syntagma neu entdeckten Vater.

Eine weitere Version der an Albert und Eberhard Julius geknüpften Geschichte liefert Schnabel mit dem *Aus dem Mond gefallenen Printzen*. Alexander, das Findelkind des Romans, tritt frühzeitig in Beziehung zu Erscheinungen des Jenseitigen, die er als Praktikant der Magie beschwören kann. Die Geister kommen ihm aber auch ungerufen. Die Ahnfrau seines Geschlechts tritt in Abständen zur Mitternachtsstunde an sein Bett und trägt ihm auf, in zwei Klöstern je drei vergessene Schätze ans Licht zu heben. Alexander, von ganz jungen Jahren an ein »Glücks-Kind« (22) im Spiel, überdies durch den ihn begleitenden Geist der Ahnfrau unverwundbar gemacht, unterzieht sich der mit Zauber- und Detektionsmotiven garnierten Operationen und fördert stupende Reichtümer zutage. Mit der letzten Schatzhebung

kommt zugleich eine »in Wachs eingekleidete Schrifft
auf Pergament« (221) zum Vorschein. Alexander (und
mit ihm der Leser) bewegt sich hier überall in einem
Syndrom aus seltsam unerlösten Verhältnissen der Vergangenheit, auch wenn die Rettungsaufträge tatsächlich
sich auf die Bereitstellung von Schatzgeldern für Kir-
chenreparaturen oder die Restitution ehemaligen Klo-
stervermögens beschränken und etwa der »zwischen
Himmel und Erden« (61) umgetriebene Geist seiner Ah-
nin keiner Erlösung durch sein Handeln bedarf. Die Erscheinungen des Jenseitigen haben immer wieder Bezug
auf die Familie. Der gesamte Weg dieses Findelkindes
ist eingespannt in eine Teleologie auf die Rückkehr zu
seinen Eltern hin, die Alexander »gewißer Ursachen wegen« (57) erst sehen darf, wenn er das 20. Lebensjahr
vollendet hat. Das Geheimnis beginnt sich zu enthüllen,
als er nach dem Ablaufen der Frist, mit dem zugleich
der letzte Schatz gehoben ist, seiner Mutter und seinem
Vater zugeführt wird. Wenn die Rätsel gleichwohl nicht
vollends aufgelöst werden, erklärt sich dies daraus, daß
der Roman, wie er vorliegt, nur als der erste Teil eines
geplanten, aber nicht weitergeführten mehrbändigen
Werks zu gelten hat. Der Titel weist das Projekt als die
Lebensgeschichte des »aus dem Mond gefallenen«, soll
heißen: vom Islam zum Christentum konvertierten, Tür-
ken Mehmet Kirili alias Christian Alexander aus, in welche die Biographie von dessen Sohn, eben des Findlings
Franciscus Alexander, eingewoben sei. Der vorliegende

eine Band von 1750 enthält, anders gesagt, gar nicht, was sein Titel ankündigt, erzählt er doch nur vom Weg des Sohns zu diesem Vater, der als der eigentliche Titelheld des Gesamtwerks zu gelten hat. Was wir in der Geschichte des jungen Alexander von seiner Aussetzung vor der Tür des Apothekers bis zur Rückkehr in seine Familie vor uns haben, entspricht demnach, nochmals anders formuliert, etwa der Lebensstrecke des Eberhard Julius bis zu seinem Eintreffen auf Felsenburg.

Drei Realisierungen des Geheimnis-Syntagmas in Schnabels Romanen enden in der Familie als dem Zentrum des enthüllten Rätsels: beim Vater oder dem Analogon des Vaters. Die vierte ist spektakulär anders. Zunächst fällt an ihr auf, daß hier das Geheimnis, das in den anderen Fällen frühzeitig einen Zipfel von sich preisgab, ganz eigentümlich unabsehbar ist. Die Spuren jener Menschen, die vielleicht vor »mehr als 1000. Jahren« (III,312) auf Klein-Felsenburg ihr unterirdisches Tempelsystem angelegt haben, führen ins völlig Ungewisse. Der Magister Schmeltzer macht ratlos die Bestandsaufnahme:

Wohl kan es seyn, daß dieser Tempel und Heydnisches Heiligthum, viele hundert Jahre vor unsers Heylandes CHristi Geburth erbauet worden [...]. Bekannt ist es, daß das Gold vermögend ist, der allermeisten Menschen Hertzen an sich zu ziehen, und daß schon vor uralten Zeiten sich Leute mit Schiffen in das wilde Meer gewagt, um Gold aus andern Ländern und Insuln zu holen, wie wir solches nicht allein in den alten Geschicht-Büchern von allerley Sprachen, sondern auch in der heiligen

Schrifft, 1.Reg. IX, 27.28. lesen [...], derowegen kan es wohl
seyn, daß einmahl ein Schiff mit solchen Gold-Suchern an diese
Insul verschlagen worden [...]; das aber ist wohl zu glauben, daß
[...] es keine grobe, ungeschliffene, sondern guten Theils kluge,
künstliche und geschickte Heyden müssen gewesen seyn. [...]
Es läßt sich, meine Freunde und Brüder! von diesen Sachen viel
urtheilen und schwatzen, allein, wir schwatzen alle davon, wie
die Blinden von der Farbe, so lange als wir die Schrifften auf
den güldenen, küpffernen und steinernen Tafeln nicht auslegen
können (III,360–364).

Am Ende des 3. Teils nimmt Kapitän Horn auf seiner
Fahrt nach Europa ein paar Tafeln als Belegstücke
mit, um womöglich von Gelehrten Aufklärung über das
»Geheimniß in diesen Schrifften« (III,475) zu erhalten.
Am Ende des 4. Teils entläßt der Plot ein seltsam ge-
hemmtes Finale aus sich: Lediglich als »Zugabe« (IV,
560) wird ein überdies nur auszugsweise dokumentierter
Brief mitgeteilt, der eine hermetisch-alchimistische Auslegung allein der kreisförmig angeordneten Zeichen auf
den ausgegrabenen Urnen gibt. Ob man diese Deutung,
worauf noch einzugehen ist, als Parodie oder Botschaft
wertet, in jedem Fall bleibt die ›mystery story‹ ohne eine
den Leser befriedigende Auflösung. Das Gleiche gilt für
die fünfte Realisierung des Geheimnis-Syntagmas, also
die Operationen des Magiers Vincentius, die überdies
auf auch nicht recht durchschaubare Weise noch mit dem
Rätsel der ausgestorbenen uralten Kolonie auf Klein-
Felsenburg zu tun haben.

Auf den ersten Blick möchte man also meinen, Schna-

bels literarisches Denken sei hier an seine historisch-
strukturelle Grenze gestoßen. Die Möglichkeit einer
ganz anderen Kultur wird als zu entdeckender Raum
markiert, aber die Phantasie eines Schriftstellers, der
sich noch in den Vorgaben der christlich gedachten
einen von Gott herrührenden Ursprungsgeschichte der
Menschheit bewegt, kann (so scheint es) keine fremden
Ethnien wirklich imaginieren. Tatsächlich jedoch wäre
nichts einfacher gewesen als gerade das, und zwar auch
ohne jede Anleihe bei der Lehre von den Präadamiten,
die Isaac de La Peyrère um die Mitte des 17. Jahrhunderts vertreten und unter Druck sofort widerrufen hatte.
Wie man durchaus bibeltreu (und barockhumanistisch)
eine ausgestorbene Rasse von Zyklopen oder ein noch
lebendes Volk der Riesen erzählend in die Geschichte
der Menschheit integrieren und wie man eine fabulöse
Historie der Deutschen zu Zeiten der alttestamentlichen
Patriarchen oder von Adam bis Christi Geburt kon-
zipieren kann, das haben im 17. Jahrhundert John Barclays *Argenis* und Anton Ulrichs *Aramena* bzw. des Herzogs *Aramena* und Daniel Casper von Lohensteins
Arminius-Roman vorgeführt.[72] Gerade in solchem Vergleich aber wird nun das besondere Vorgehen Schnabels
greifbar. An die Stelle der Ausfüllung von (beliebigen)
Lücken in der Überlieferung biblischen oder historischen Geschehens tritt in der *Insel Felsenburg* die
Setzung einer (bestimmten) Lücke mit dem gezielten
Verzicht auf Ausfüllung.

Was wir hier vor uns haben, ist mithin keineswegs das Produkt eines noch nicht modernen, sondern im Gegenteil das Verfahren eines geradezu bestürzend modernen literarischen Denkens. Schnabel entwirft eine ganz neue Wirkungsästhetik der irritierenden Offenheit in der fiktionalen Welt. Arno Schmidt, der Propagandist der *Insel Felsenburg* und Edgar Allan Poes, hat sich denn auch die Gelegenheit nicht entgehen lassen, seine Schützlinge an dieser Stelle in eine Beziehung zu setzen. Schnabels Spiel mit dem Leser über rätselhafte Konfigurationen und Schriftzeichen, die am Ende nur höchst allgemein ausgelegt werden, wird in der Tat ziemlich genau hundert Jahre später (ohne daß allerdings Poe auch nur vermittelt als Leser der *Insel Felsenburg* angenommen werden müßte) abermals gespielt in *The Narrative of Arthur Gordon Pym of Nantucket* (1838)[73]. Dort ist, wie man weiß, die Mannschaft der ›Jane‹ von den die Farbe Weiß perhorreszierenden Bewohnern der antarktischen Insel Tsalal fast vollständig aufgerieben worden. Pym als Überlebender gelangt in ein offenbar künstliches System von Schluchten, das aus der Vogelperspektive eine Konfiguration von Zeichen bildet und überdies an seinem Ende so etwas wie eine Schrift im Felsen aufweist. Der Erzähler gibt wie Eberhard Julius eine graphische Reproduktion der beobachteten Symbole. Und wie Schnabel nicht seinen Eberhard Julius selbst, sondern im Anhang einen europäischen Gelehrten den einzigen Vorschlag zur

Entschlüsselung der Kryptographie unterbreiten läßt,
so macht sich nicht Poes Pym, sondern erst Poes fik-
tiver Herausgeber in der »Note« die Mühe, jene mit-
geteilten Figuren als Grapheme und damit als sinn-
haltig zu entziffern. Was dabei herauskommt, ist nichts
annähernd Definitives, aber immerhin genug, um »a
wide field for speculation and exciting conjecture«
(II,245) zu eröffnen.

Der Schluß des *Narrative of Arthur Gordon Pym*
bohrt somit, zumal der Bericht noch mitten im Abenteuer spektakulär abbricht, im Kopf des Lesers weiter.
Genau das ist selbstverständlich beabsichtigt. Jules
Verne hat dann den offenen Schluß von Poes Roman mit
seinem *Sphinx des glaces* (1897) aufgefüllt, damit dies
innere Bohren ein Ende habe. Seitdem wissen wir, daß
hinter dem weißen Vorhang aus Dunst ein Magnetberg
in Form einer Sphinx wartet, an dem Pym zerschellen
und den Tod finden wird. Was die Schrift bedeutet, wissen wir freilich immer noch nicht. Vernes Abenteurer
treffen auf eine Insel Tsalal, die nichts mehr mit der von
Poe/Pym geschilderten gemein hat: Tsalal ist durch ein
Erdbeben verwüstet, wasser- und vegetationslos gemacht worden, die labyrinthische Schlucht mit ihren Zeichen eingefallen und unter Sand und Geröll begraben.
Verne hat die Offenheit nicht mit Erklärungen und
festem Sinn ausgeschlagen, wohl aber, was wirkungs-
ästhetisch ähnliche Resultate zeitigt, durch Zerstörung
planiert. Wer *Le Sphinx des glaces* gelesen hat, in dem

bohrt – anders als im Leser Schnabels – das Rätsel der Schrift nicht weiter.

Die ›mystery stories‹ in der *Insel Felsenburg* und im Roman *Der aus dem Mond gefallene Printz* sind eine Modellierung nach dem Feenmärchen-Plot vom Typ *Fortunée* oder *Boca*. Im Falle von Eberhard Julius' Weg nach Felsenburg zum Urgroßonkel ist der Zauber so gut wie völlig getilgt, allein Albert Julius' Flehen und das von Hirschen gezogene Gespann mögen als Reminiszenz gedeutet werden. In allen anderen Beispielen aber bringt sich die Welt des Wunderbaren und Jenseitigen so manifest zur Erscheinung wie nur irgend bei d'Aulnoy oder le Marchand. Die Dialektik von Erlösung Dritter und Beförderung des eigenen Glücks, die den ›conte de fées‹ bestimmte, spielt bei Schnabel außer in der Geschichte um Cyrillo de Valaro keine große Rolle. Dafür fallen die Realisierungen des Geheimnis-Syntagmas bei ihm in zwei Richtungen auseinander. Sie führen das Subjekt in den Schoß der Familie, mindestens zum Substitut des Vaters, zurück – oder sie eröffnen ihm eine Tiefe des Rätsels, die unabsehbar ist und nicht erhellt werden kann.

Die syntagmatischen Modelle – um dies noch einmal zu sagen – sind keine Äußerungen auf der Ebene der Autorintention. Sie gehören auch nicht zur Schicht der Bedeutung eines Werks. Man kann sie daher weder in produktions- noch textästhetischer (zu schweigen von rezeptionsästhetischer) Perspektive auf ihren Sinngehalt hin auslegen. Die Semantik der Syntagmen ist allein auf einer sehr allgemeinen Ebene und weitgehend nur differentiell erfaßbar. Die hinter dem Rücken der Autorsubjekte sich aufbauenden Muster sind Gedankenentwürfe des kollektiven Bewußtseins, die eine solche Form unklarer Artikulation und eigentlich ikonischer Codierung gerade deshalb wählen, weil hier Vorstellungen niedergelegt werden wollen, die tief liegende und äußerst generelle Annahmen darstellen. Diese Annahmen dürfen aus ihren Verbildlichungen in Handlungswegen nur mit Zurückhaltung entschlüsselt werden.

Eine große Hilfe für die Deutung von solchem Sinn ist die vergleichende oder kontrastive Methode: Pikarisches gegen hohes und pastorales, diese wieder gegen Robinsonaden-, Felsenburg- und Geheimnis-Syntagma enthüllen halb selbstverständliche, halb wohl noch kaum bewußte Konzeptionen von Subjekt, Zeit, Raum oder Ordnung als Elemente einer historischen Konstellation und eines geschichtlichen Wandels. Sicherlich verweisen so erfaßte Gedankenentwürfe an manchen Stellen auf klarere aus dem umfangreichen Textmaterial deutlicheren Artikulierens, anders gesagt: auf theologisches, philosophisches oder sonst fach- bis populärwissenschaftliches Schrifttum; doch soll ein solcher Schritt, die Dinge womöglich evidenter und plausibler zu machen, hier gerade ausgeschlossen werden, um den Sinn der Syntagmen – und nur der Syntagmen – als eine eigene Leistung der Literatur wenigstens probeweise zu erarbeiten. Die Ergebnisse müssen sich dann (nicht mehr im Rahmen dieser Darlegungen) der Frage stellen, ob die typisierten Handlungsstrukturen von Romanen ein Erkenntnismedium unersetzlicher Art darstellen oder nicht.

Schnabels Werk (*Der im Irr-Garten der Liebe herum taumelnde Cavalier* ist vorderhand aus der Syntagmen-Analyse ausgeklammert[74]) zeigt einen verallgemeinerungsfähigen Befund. In der ersten Hälfte des 18. Jahrhunderts avanciert die Überlieferung des pikarischen Plots zur alleinigen Unterlage für die nur mehr einzige zukunftswirksame Stammlinie des Romans. Das hohe und pastorale Syntagma werden, jedenfalls soweit sie am Strukturwandel teilhaben, in ihrer Ganzheit zersprengt und lediglich mit einzelnen Stücken den neuen Modellen inkorporiert. Das Handeln im Roman ist von jetzt an das Handeln eines einzelnen Subjekts: Es geht um dessen Biographie, dessen Wertentscheidungen, dessen gelingendes Leben. Indem die beiden anderen Syntagmen keine Zukunft mehr haben, erweist sich, daß das Interesse an Systemzusammenhängen, wenn nicht aufgegeben, so doch einem tiefgreifenden Wandel ausgesetzt wird.

Dem pastoralen und dem hohen Syntagma ging es in der Tat zu allererst um Systemformen. Das zeigte sich darin, daß schon eingangs nicht ein einzelnes Subjekt, sondern ein Paar, genauer: mindestens ein Paar und mindestens ein Antagonist oder auch nur Nebenbuhler, den Plot in Bewegung setzten; am Ende hatten wir eine Struktur verfugter Ehen, in der die Krisenhaftigkeit früherer Zustände zum Gleichgewicht eines Systems reguliert worden war. Das Interesse des hohen Romans an Systemhaftigkeit und das des pikarischen an der Verlaufsstruktur einer einzelnen Vita markieren gegensätzliche, aber komplementäre Bereiche im Denken des 17. Jahrhunderts.

Das eine Modell codiert das Postulat für die öffentliche, das andere das Postulat für die private Welt. Dabei dürfen das pastorale und das hohe Syntagma nicht einfach als Spiegelungen bestimmter staatstheoretischer oder außenpolitischer Konzeptionen verstanden werden, auch wenn gerade die *Argenis* in engem Kontakt mit der Transformation Frankreichs in einen absolutistischen Staat und der politischen Realität Westeuropas entworfen worden ist. Im Plot des hohen Romans schlagen sich vielmehr Ordnungsvorstellungen höchst genereller Art nieder. Der Weg des vor Hindernissen stehenden Paars zum Happy-End der Harmonie mit einander, mit der Welt und mit unterwegs zusätzlich zusammengefügten Paaren gibt ein Abbild der Klarheit und Schönheit, die den Verhältnissen hienieden und – in Übertragung – zumal der Schöpfung Gottes als ganzer zugrundeliegen. Die immer erneute literarische Realisierung dieses Weges übt damit zugleich das Vertrauen in die göttliche Providenz ein. Der hohe Roman, selbst wenn er allein die Liebesgeschichte eines Paares erzählt, die allerdings immer zur Geschichte mehrerer Paare wird, ist auch bei solchem Verzicht auf politisches und militärisches Handeln eine Feier der Vorsehung, die mit scharfsinnigen Einfällen die scheinbar ausweglosen Krisen einer unvorhersehbaren (und von ihr selbst gleichwohl aus langen Zeiten vorhergesehenen) Lösung zuführt.

Das andere Modell, das des pikarischen Syntagmas, hält die Frage vor, wie richtig zu leben sei. Ihm geht es um die Strukturen der je einzelnen menschlichen Existenz. Der Weg des Subjekts ist einerseits ein Weg der Erfahrung von Welt und andererseits einer, der zwischen konträre und klar als falsch oder richtig gewertete Normen, die aller Erkenntnis durch den einzelnen vorausliegen, gespannt ist. Das Subjekt sieht sich zunehmend unter dem Anspruch, die richtige Axiologie anzuerkennen und diese Entscheidung auch praktisch zu vollziehen; gleichzeitig kann die Einsicht in diesen Anspruch nur aus dem Verbrennen von Horizonten erst wirklich gewonnen werden. Je länger das Subjekt sich den Stationen der falschen Normen aussetzt, desto tiefer wird seine Erkenntnis des nötigen Wandels werden.

Das pikarische Syntagma unterscheidet sich mithin auch in seiner Zeitstruktur vom hohen und pastoralen. Der Termin des Happy-Ends, auf den der Plot des hohen Romans zuläuft, ist nicht durch das Subjekt anberaumt, sondern wird von der Providenz gewußt und fixiert. Das pikarische Subjekt hingegen produziert den Termin, ob es sich um den Termin der innerweltlichen Entscheidung für den richtigen Beruf am richtigen Ort oder den der geistlichen Entscheidung für die Gottesfurcht und Reuebereitschaft handelt, unter der schmerzhaften Erfahrung von fortwährend ausgestrichenen Horizonten aus sich selbst heraus. Die Vorsehung kümmert sich nicht um die Biographie des einzelnen, sondern allein um die Ordnung der Welt; das Glück und das Heil des Subjekts sind dessen eigenem Handeln übergeben. So jedenfalls lauten die Vorstellungen, die von der syntagmatischen Konstellation im Roman des 17. Jahrhunderts artikuliert werden.

Im Strukturwandel, wie er sich im zweiten Viertel des 18. Jahrhunderts als Ausbildung des Robinsonaden-Syntagmas vollzieht, wird nunmehr die Providenz Gottes dem Weg des pikarischen Helden aufgepfropft. Diejenige Instanz, welche die Schönheit der Weltordnung produzierte, nimmt sich des einzelnen Subjekts an. Während der Bereich, für den sie bisher zuständig war, aus der Welt des Romans zusehends (wenngleich langsam) verschwindet, überträgt sie ihre Leistung auf die Biographie des Privatmannes. Von jetzt an wissen wir, daß die Gewißheit des glücklichen Endes, die im hohen und pastoralen Syntagma an die Systemhaftigkeit gebunden war, der Verlaufsstruktur einer auf Existenzsicherung abzielenden Vita zukommt. Dieses Leben muß sich auch nicht mehr zwischen wirklich konträren Normen entscheiden, allenfalls Fehler sind zu verbessern. Wesentlicher ist, daß der Held Erfahrungen kumuliert und

Stationen durchläuft, auf denen es mit ihm vorangeht, bis die Vorsehung – selbstverständlich zu dem von ihr und nur von ihr bestimmten Termin – ihn zum Robinson auf der Insel macht, wo er das Kapital zieht, das die Grundlage seiner Existenz wird.

Der Sinngehalt dieser Station ist freilich stärker metonymisch verschlüsselt als der Sinn des sonstigen Weges. Die dreißig oder auch nur zehn Jahre, die das Subjekt auf der Insel verbringt, nähme man sie wörtlich, wären nahezu die ganze oder wenigstens die halbe Vita. Trauer über einen Verlust an Lebenszeit äußert der Held des Robinsonaden-Syntagmas aber nicht; für ihn wie für seinen Leser erscheinen die Jahrzehnte der Isolation nur als die besondere Intensität der Zäsur beim Übergang ins endgültige Glück. Der seltsam momentane Modus des langen Inseldaseins faßt die real unvereinbaren Seiten des sich hier ereignenden Prozesses mit den Mitteln eines Tropus zusammen: Dem Subjekt wird das in einem ganzen Leben anzuhäufende Kapital auf einen einzigen Schlag schon an dessen Anfang zugestellt, um den Preis freilich, daß der Empfänger der Form halber tote Zeit abzusitzen hat. Der Ort dieses Austauschs ist die Insel. Wenn der solcherart durch die Providenz ausgezeichnete Held des Robinsonaden-Syntagmas von ihr zurückkommt, hat er, wie alt auch immer er nominell sein mag, die Basis seiner Existenz gelegt, kann als Rentier oder Kaufmann seinen Hausstand gründen und eine Ehefrau heimführen. Dem Plot-

Modell der Robinsonade geht es um die musterhafte Biographie eines jungen Mannes in der Empirie des frühen 18. Jahrhunderts.

Der Strukturwandel vom pikarischen Syntagma zu dem der Robinsonade enthält Potenzen, die mit solcher Transformation noch nicht ausgeschöpft sind. Diese weiteren Möglichkeiten aktualisiert nun das Felsenburg-Syntagma. Zunächst macht es noch deutlicher als das Robinsonaden-Modell, daß der Stationenweg des Subjekts keine Sequenz verbrannter Horizonte mehr, sondern ein Karriereweg geworden ist. Die Helden sichern sich im Durchgang durch die sozialen Beziehungen einflußreiche Freunde, mit denen der Erfolg allererst möglich wird und die eine unverzichtbare Voraussetzung für die Gründung von Kolonien sind. Vor allem aber gewinnt das Felsenburg-Syntagma eine neue Dimension, indem es das Subjekt für immer auf die Insel schickt und es dort zum Helden einer Staatshandlung erhebt. Damit springt das Modell aus dem biographischen Muster der Etablierung eines jungen Mannes in der alltäglichen Realität heraus und nimmt stattdessen scheinbar größenwahnsinnige Züge an.

Vordergründig macht das Syntagma den Eindruck, als ginge es um soziale Wunschträume gigantischer Dimension. Tatsächlich aber ist die Insel auch des Felsenburg-Plots (sofern es um sie als Teil der Biographie eines Subjekts, nicht um die gesellschaftlichen und ökonomischen Strukturen der dort gegründeten Kolonie geht) ein Tropus. Ihr Sinngehalt ist hier nicht mehr metonymisch, sondern metaphorisch verschlüsselt.

Die abstrakte Bedeutung Felsenburgs oder Satargitiens kann man näherungsweise erkennen, wenn man noch einmal die vorhergehenden Modelle des pikarischen und des Robinsonaden-Syntagmas als Folie unterlegt. Der Schelmenroman war die Geschichte, wie das Subjekt sich in eine falsche Welt verstrickte und dann für das Gegenteil entschied; der Inhalt dieser Entscheidung, die sich innerweltlich auf eine richtige Orientierung im privaten und öffentlichen Leben oder geistlich auf eine radikale Abkehr vom sündigen Diesseits beziehen konnte, machte zugleich die Lehre des Romans aus. Die Robinsonade war die Geschichte über den gelingenden Weg des Subjekts von seiner Herkunft und Sozialisation bis zu seiner Etablierung als besitzender Privatmann und (meist) verheirateter Haushälter; kein weiterer Inhalt wurde hier als Dogma vermittelt. Beiden Modellen, so sehr sie sich unterscheiden, ist gemeinsam, daß der Held den Status, den er am Ende erreicht, selbst schon lange vor diesem Ende als Postulat oder Ziel kennt; mehr noch, er bewegt sich von vornherein in einer Welt von normativen Angeboten, über die er zu keinem Zeitpunkt, auch am Schluß nicht, hinausgehen kann. Alles, was das Subjekt an Möglichkeiten hat, ist bereits gewußt. An diesem Punkt liegt die entscheidende Differenz des Felsenburg-Syntagmas. Unabhängig davon, ob die gegründete Kolonie gegenüber dem axiologischen

System Europas teilweise Neues realisiert (Felsenburg) oder ob ein Staat weitgehend nach dem Vorbild europäischer Staaten reformiert und modernisiert wird (Satargitien), ist jedenfalls der Handlungsweg des Subjekts der Aufbruch in einen Raum jenseits vorher gewußter Ziele. Es ist eine im Grunde minimale und lediglich formale Differenz, die sich hier zeigt. Ihre Bedeutung indessen kann man, wie die erste noch kaum merkliche Abweichung von einer seit langem begangenen Bahn, kaum überschätzen.

Was wir im Felsenburg-Plot antreffen, ist der Ausdruck einer neuen Offenheit des Subjekts, die aber nicht an ihm selbst, als Hintergehung von Normen im Denk- und Affektbereich der Subjektivität, erscheint, sondern am Syntagma seiner Handlungen. Der Held, nachdem er in der Art durch die Welt gegangen ist, daß er Erfahrungen erworben und Freundschaften gewonnen hat, wechselt in den letzten Horizont, in dem sich erst jetzt das herstellt, was im hohen Syntagma schon anfangs der Fall war: die Konstituierung der Möglichkeit von Identität durch den Raum, der dem Subjekt bestimmt ist. Dieser Raum ist auch für den Felsenburg-Plot zunächst noch voll von Nicht-Identischem, das es zu liquidieren gilt. Wenn am erfolgreichen Ende der Horizont dem Subjekt als eigener zugehört, so unterscheidet die Etablierung sich von der des hohen Syntagmas dadurch, daß dort die territorialstaatlichen Strukturen und im weiteren die Ordnung der Welt, hier aber die lebensgeschichtlichen Chancen eines je einzelnen und ihre Verwirklichung das Telos sind.

Versteht man die historische Bedeutung des Felsenburg-Modells auf solche Weise, so erweist sich der Geheimnis-Plot als seine konsequente Ergänzung. Auch dieses Syntagma ist aus den hohen und pastoralen Plots des 17. Jahrhunderts abgespalten und auf die Einheitsbasis des Romanhandelns im frühen 18. Jahrhundert, den Weg des einzelnen Protagonisten, umgestellt worden. Mit der ›mystery story‹ wird die neu gewonnene Offenheit des Subjekts als eigenes erweitertes Geschehen in Szene gesetzt. Das Spiel wechselt zwischen den Möglichkeiten einer Rückbindung an vorausliegende und einer Freigabe für nicht mehr absehbare Positionen. Der Enthüllungsprozeß, der das Wesen des Geheimnis-Syntagmas ausmacht, gräbt nach verdeckten Verhältnissen, die als Bedingung die Existenz des Helden mehr oder weniger fundieren und aus denen, nachdem das Subjekt sich auf sie eingelassen hat, ihm Glück zuwächst.

Die Richtung des Prozesses führt bei Schnabel einerseits zurück in die Familie oder ein Analogon der Familie. Damit hat die Emanzipation des einzelnen von den vor ihm gewußten Normen, die vom Felsenburg-Syntagma codiert wird, innerhalb der Ökonomie der Plot-Modelle, wie sie im zweiten Drittel des Jahrhunderts vorliegen, ihr Gegengewicht gefunden: Die Erforschung der Rätsel, denen seine Person sich konfrontiert sieht, eröffnet dem Subjekt hier nicht das Unabsehbare, sondern zeigt ihm seine Verhaftetheit in alten Bindungen, und zwar wohlgemerkt als Gehaltenwerden und Glück der Ruhe.

Die Richtung des Prozesses führt andererseits ebenso ins Ungewisse. Ungewiß ist, um es genauer zu sagen, weniger die Richtung als der genaue Inhalt des Geheimnisses, mithin der Sinn, der dem Leben unterlegt werden soll; gewiß dagegen wendet sich auch diese Enthüllung in die Vergangenheit, eine Vergangenheit allerdings, die in Urzeiten zurückreicht und daher in keinem direkten Nexus zum Subjekt mehr steht. Ein noch nicht Gewußtes eröffnend, das jedoch in den Bestand archaischer Wissensschichten gehört und nur wieder entdeckt werden muß, hält die zweite Version des Geheimnis-Syntagmas den einzelnen vollends in der prekären Balance zwischen der Emanzipation zur Möglichkeit eines unvorsehbaren Sinns und der Stützung durch vorsubjektive Mächte.

Am Ensemble typischer Romanhandlungen vor 1750 läßt sich demnach mentalitätshistorisch ablesen, wo das Konzept der lebensgeschichtlichen Existenz des Menschen unterhalb oder jenseits philosophischer Theoriebildung steht. Es arbeitet sich schwer aus alten Strukturen heraus. Die ehemalige Disjunktion von überindividueller Ordnung der Welt und dem privaten einzelnen Subjekt löst sich auf zugunsten des letzteren. In diesem Vorgang beginnt das Subjekt einer Biographie sich zutiefst zu transformieren. Sein früheres Eingeschriebensein in einen Kanon von Normen weicht schließlich der Möglichkeit einer Karriere durch die Welt, in der die ehedem nur negativ markierten Räume zu Stationen einer aufgestockten Erfahrung werden. Dieser Weg genießt jetzt die Auszeichnung, Gegenstand der Sorge von Gottes Providenz zu sein. Man kann es wohl gar nicht überschätzen: Der durchschnittliche einzelne erhält eine Biographie, die all jene Instrumente begleiten, welche soeben noch die überindividuelle schöne Ordnung der Welt produziert haben. Das mit metaphysischem Aplomb einem eigenen Telos unterstellte Subjekt wird nun zunächst und hauptsächlich räumlich gedacht. Es ist in seiner Identität konstituiert durch die Sukzession von Räumen und endgültig durch seine Aneignung eines definitiven Raums, in dem die Kumulation bisheriger Erfahrungen zum Tragen kommt und alles Widerständige liquidiert werden kann. In letzter Instanz erscheint das künftige Individuum damit als Analogon eines durch die Vorsehung zugeteilten und absolutistisch bereinigten Territoriums. Zugleich wird das Subjekt aber auch temporal konzipiert. Die eine Seite seiner Zeitlichkeit geht dabei in der Abfolge der Räume und der Setzung des Termins auf, mit dem die Grundlage der Existenz gegeben ist und über den die Providenz entscheidet. Die andere Seite, die am Geheimnis-Syntagma codiert wird, hat im 18. Jahrhundert nur erst sekundäre Bedeutung. Das Subjekt sieht sich gewissermaßen

unterminiert durch Vorgängiges, Vergangenes familialer oder gar atavistischer Herkunft. Der Eintritt in
diese Bahn ist von Verunsicherung, Schauder, Hilflosig-
keit, Neugier und Faszination gekennzeichnet; als ihr
Resultat zeigt sich vorerst einmal und hauptsächlich das
glückliche Gehaltenwerden durch die Familie. An dieser
Seite der Zeitlichkeit wird bekanntlich gegen Ende des
Jahrhunderts und dann vor allem in der Romantik die
konzeptionelle Arbeit am Subjekt massiv einsetzen und
neben den Sicherheit gebenden familialen Bindungen
auch deren schreckliche und vernichtende Potenzen
entdecken.

III: Die Bedeutungen des Werks
und die Arbeit am Sinn

Der Auflösung von Schnabels erzählerischem Œuvre in
ein Programm ›Plots Limited‹ des frühen 18. Jahrhunderts stellt sich ein Roman entgegen, von dem man dies
beim oberflächlichen Hinsehen am wenigsten erwartet
hätte: *Der im Irr-Garten der Liebe herum taumelnde
Cavalier* von 1738 ist indessen bei genauerer Betrachtung nicht nur so gut wie ohne Vorbild, sondern auch
ohne Nachfolge im Kontext der Zeit. Johann Gottfried
Schnabels Besonderheit kann an dieser Stelle nicht
einfach als Originalität den überindividuellen Struktur-
zusammenhängen eingegliedert werden. Es ist zu fragen, in welcher Hinsicht der Roman sich den zeitgenös-

sischen Modellen der Gattung widersetzt und welche Inhalte diese Opposition tragen und steuern. Damit tritt die während der Analyse von Syntagmen aufgelöste Autorfigur in ihren Konturen wieder hervor. Der Widerspruch des einen Werks gegen Zusammenhänge besteht auch als vorläufiger Widerspruch innerhalb der semantischen Welt des Urhebers und muß, während die Opposition gegen die Modelle endgültig bleibt, auf dieser Ebene aufgelöst werden.

Was im folgenden abschließenden Kapitel daher unternommen werden soll, ist eine Deutung von Schnabels Werk, welche die Semantik hinter dem *Cavalier* wie der *Insel Felsenburg* zu rekonstruieren und den Gegensatz zwischen beiden Romanen auf der Oberfläche zunächst festzustellen und sodann in ein einheitliches, wenngleich nicht konfliktfreies, Sinnsystem zu überführen sucht.

Der im Irr-Garten der Liebe herum taumelnde Cavalier ist Gratianus von Elbenstein, Adliger aus Deutschland, Jurist, dazu in Philosophie und Mathematik bewandert und selbstverständlich ausgebildet in den Standesdisziplinen des Umgangs mit Frauen (Tanzen), Waffen (Fechten) und Pferden (Reiten).[75] Elbenstein ist das, was man in altmodischen Zeiten einen Schürzenjäger nannte und was heute ein ›womanizer‹ heißt. Bei Lichte besehen, wird er, der nach Abschluß des Studiums auf einer Bildungsreise in Italien Dienste beim Fürsten von N. genommen hat, indessen eher von den italienischen Frauen gejagt, als daß er sie jagte – auch wenn er sich ihnen nur allzu gern als Beute anbietet. Stationen der Reue markieren immer wieder diesen Weg durch die Betten hoher und niedriger, aber stets schöner und stets williger Gespielinnen.

Die Bekehrungsschübe Elbensteins sind bald alles andere als oberflächlich, sie verraten zunehmend einen tiefen christlichen Ernst der Sorge um sein Seelenheil. Schließlich verläßt er Italien unter Umständen, die man wohl am besten eine geregelte Flucht nennt. Der Abbruch aller italienischen Beziehungen, mit dem zugleich der erste Teil des Romans endet, ist auf zwei unterschiedlichen Ebenen motiviert: Zum einen hat Italien sich für den in Liebesbeziehungen mit mehreren Frauen stehenden und infolge von Eifersucht und Haß der »augenscheinlichen Todes-Gefahr« (387) ausgesetzten Elbenstein zum verbrannten Horizont gewandelt, zum andern ist dieses Land ihm zum »Sodom« geworden, das zu verlassen zugleich als Vollzug einer Bekehrung »im rechten Ernste« gelten kann (371). Der Weg des *Cavaliers* stellt sich mithin an diesem Punkt, am Ende des ersten Romanteils, als ein pikarischer Weg dar, der bereits seinen Schluß erreicht zu haben scheint.

Mit Beginn des zweiten Teils nimmt Elbenstein Dienste bei einem deutschen Fürsten. Als nach einiger Zeit dieser Hof vor dem Einmarsch französischer Truppen fliehen muß, verliert Schnabels Held seine Charge und erhält eine neue Bedienung, wieder als Kammerjunker, bei einer Herzogin in einer anderen Residenz.

Seinen guten Vorsätzen ist er längst untreu geworden. In Italien eher williges Opfer, hat er sich seit der Rückkehr nach Deutschland vielmehr zum Verführer gemausert. Selbst als er sich schließlich mit einer Baronesse verlobt, läßt er sich noch in ein längeres allnächtlich praktiziertes Verhältnis mit einer verwitweten Gräfin und auf mehrere andere Affären ein. Eine dieser Beziehungen, in der ihm die Partnerin gutgläubig eine auf »ehrliche Verbindung abzielende Liebe und Treue« (464) unterstellt, führt dazu, daß die Herzogin als Elbensteins Herrin sich einschaltet. Da der Kammerjunker gestehen muß, daß er seit zwei Jahren bereits an anderem Ort verlobt ist, bleibt ihm praktisch nur mehr die Demission – ausradierter Horizont.

Seine Reueschübe hat er indessen auch hier des öfteren gehabt. Nach dem definitiven »Gelübde« (539), seiner Verlobten treu zu bleiben, faßt die Karriere des nun in den Soldatendienst übergewechselten Ex-Höflings langsam wieder Tritt. Elbenstein erhält eine Leutnantsstelle mit passabler Besoldung. Zwei »starcke Anfechtungen« (540) treten an ihn noch heran, werden aber beide, die erste aus freiem Willen, die zweite »durch GOttes Gnade« (546), abgewiesen. Ganz in der Tradition der geistlich orientierten Variante des pikarischen Syntagmas wird die Regradation besiegelt durch einen hier dreistufigen Einsatz theologischer Elemente: zunächst durch Katechese und Paränese eines Feldpredigers, dann durch Lektüre der Bibel und Auslegung von Gen. 19 auf seine Situation, endlich durch Einnahme des Abendmahls. Die eheliche Verbindung mit seiner langjährigen Verlobten schließt den Weg – jedenfalls in der Perspektive des pikarischen Syntagmas – definitiv ab.

Es ist nützlich, an dieser Stelle einen Blick auf einen anderen Roman aus der ersten Hälfte des 18. Jahrhunderts zu werfen. Dazu sei einer herangezogen, der zeitgenössisch als vergleichbar angesehen wird. Am Anfang seines *Fränkischen Robinsons* (1751) verteidigt Carl Friedrich Troeltsch, der ein leidlich interessanter Theoretiker (und ein ganz und gar langweiliger Romancier) ist, die Gattung, die ihm am Herzen liegt, indem er sie abgrenzt gegen »elende Blätter«, denen nur die »Unwissenheit« den Begriff des Romans beilegen könne, »ungesittete Histörchen [...], die zum Verderben der menschlichen Gesellschafft von gewissenlosen Leuten ausgebrütet worden«. Zu solchen Büchern, von deren Lektüre Troeltsch uns fernhalten möchte, zählt er neben dem *Elbenstein* (also Schnabels *Cavalier*) die Übersetzung der dem Grafen Anne Claude Philippe de Caylus (und anderen) zugeschriebenen *Mademoiselle Cronel* sowie einen Roman namens *Das Tiroler Mädchen*.[76]

Im *Merckwürdigen Leben einer sehr schönen und weit und breit gereiseten Tyrolerin,* so der korrekte Titel des 1740 bzw. 1744 erschienenen Romans, erzählt eine Frau, die als junges Mädchen ihre Eltern früh verliert und sich dann ohne große Umstände in die Prostitution drängen läßt, ihre Biographie. Nach einigen Jahren solchen Lebens ist für die Tirolerin nicht weniger als der gesamte deutsche Horizont ausradiert; »fast in keiner Stadt«, sagt sie zu ihrer Freundin, mit der sie seit langem Gemeinschaft gemacht hat, »sind wir mehr sicher«, und sie schlägt vor, »daß wir uns aus Teutschland wegbegeben sollen« (151). In Paris aber stürzt der Verrat der Freundin, die sich mit allem Geld und allen Juwelen heimlich davonmacht, die Heldin auf einen Schlag in die Armut. Die Not treibt sie nunmehr zur Reue über ihre »begangene Boßheiten« (165) und zum Entschluß, ihr Leben zu ändern. Damit beginnt zugleich für sie die soziale Regradation, genauer gesagt, da ihr Vater ein nicht allzu wohlhabender Kaufmann war, die soziale Karriere. Vom Stand einer Näherin steigt sie über den der Deutschlehrerin und späteren Freundin einer jungen adligen Ehefrau bei Paris schließlich auf zur Eigentümerin mehrerer Bauerngüter und Vertrauten eines landadligen Ehepaars in Deutschland; am Ende ist sie rund 30.000 Reichstaler schwer (mehrfache Millionärin nach heutigem Geldwert) und »eine der reichsten Frauen im gantzen Creyße« (269). Schon in Paris hat sie auch ihren mittlerweile 18 Jahre alten Sohn, Frucht eines einjährigen Aufenthaltes als Geliebte eines Grafen auf dessen Landsitz und damals eilig weggegeben, wieder in ihre Arme schließen können. Der erkannte Filius studiert mit adliger Unterstützung Theologie und gelangt nach der üblichen, hier kurzen, Zwischenstation als

Hofmeister bald in eine »sehr einträgliche Pfarre« (269), als deren Inhaber er seine Gemeinde zur frommsten »in einem Creyß bey 30. Meilen« (271) macht.

Genug der Einzelheiten aus dem Rentiersleben der nun auch mit einem Juristen verheirateten Tirolerin: Seit ihrer Option für die Tugend, »da ich die Wege der Bosheit verlassen«, hat das »Glück« sie reichlich »mit allen Gütern, die ich mir nur wünschen konte«, versehen (188). Ein Schwesternpaar, das den Weg flankiert und in dem sich unbelehrbare Sünde (mit vorzeitigem Tod im Elend) und unantastbare Tugend (mit Einheirat in den Adel) antagonistisch gegenüber stehen, unterstreicht die Botschaft »Schaden der Wollust« und »Nutzen der Tugend« (183) zusätzlich.

Blickt man von hier aus auf Schnabels *Cavalier*, so erhält dessen Singularität ganz scharfe Umrisse. Elbenstein, durch Reue und unter Buße gewandelt wie die Tirolerin, eingekehrt wie diese in geordnete familiale Beziehungen, erfährt jenen »Nutzen der Tugend« gerade nicht. Aus dem Feldzug zum ersten Urlaub nach der Eheschließung heimgekehrt, muß er – damit beginnt jetzt sein Weg ins Elend – »die betrübte und höchst schmertzliche Nachricht hören, daß, schon im verwichenen August-Monat, Mutter und Kind das zeitliche mit dem ewigen verwechselt hätten« (552). Die Vorsehung scheint von nun ab so richtig darauf aus zu sein, diesen Mann in seinen Lebenschancen zu zerstören. Eine zweite Heirat endet nach noch nicht einem Jahr erneut

mit dem Tod der Frau; das Kind überlebt, macht dem
Vater aber, »da es erwachsen war, viel Bekümmerniß«
(561). Die dritte Ehe und einige Jahre »in ansehnlichen
Hof-Diensten« (561) hellen die Biographie vorübergehend wieder auf, die anschließend umso schwärzer in
Prozessen, Kriegsinvasionen, Mißernten und Zahlungs-
unfähigkeit von Schuldnern untergeht. Elbensteins
»Projecte, sie mochten noch so vernünfftig und klug
ausgesonnen seyn, gingen den Krebs-Gang«, sagt der
Erzähler – und: »es war vor ihn weder Glück noch Stern«
(562). Über diesen einst so attraktiven Helden senken
sich auf den letzten Seiten des Romans die Schatten von
Einsamkeit, Armut, Verfall, Trübsinn und Grauen; ein
ostinater Baß aus Nacht und Regen begleitet die beiden
größeren Szenen des Schlußteils. Gegen die vehementer
werdenden Angriffe der Melancholie und der Verzweif-
lung sucht Elbenstein sich nun aber mit immer verbisse-
nerer Hingabe ans Gebet zu wehren. So sehen wir ihn am
Ende in völliger Preisgabe seines Willens an den Willen
Gottes und doch ohne jedwede Belohnung hienieden, in
der attentistischen Hoffnung auf Gnade, daß nämlich der
Himmel »nach den zeitlichen Straffen, seiner nur dorten
in der Ewigkeit schonen möchte« (565).

Der Lebensweg des *Im Irr-Garten der Liebe herum
taumelnden Cavaliers* ist um die Mitte des 18. Jahrhunderts, da das Projekt ›Aufklärung‹ zumal in den
populären Genres von Lyrik und Epik immer hem-
mungsloser in den Optimismus hineintreibt, ein erra-

tisches Stück Fiktion. Ein Modell, das als pikarisches
Syntagma begönne und das, nachdem es das Subjekt in
die moralische Regradation geführt hat, dann aber dessen Stillstellung als Kumulation von sozialem und ökonomischem Unglück entwürfe, ist im Roman vor Schnabel
und auch noch Jahrzehnte später nirgends nachweisbar.[77] Die Abweichung, mit der der Elbenstein nach dem
Durchlaufen des pikarischen Syntagmas auf die Bahn
des sich häufenden Unglücks geschickt wird, zeugt
vielmehr von einer ganz eigentümlichen Theologisierung
der Romanhandlung. Am Leben des Helden soll der
Zorn Gottes, und zwar der ›Zorn der Barmherzigkeit‹ im
Unterschied zum ›Zorn der Strenge‹, vorgeführt werden. Damit knüpft Schnabel, weit entfernt von jedem
zeitgerechten Optimismus (und nicht einmal in völliger
Übereinstimmung mit der lutherischen Orthodoxie) vor
allem an Luther selbst an.[78]

Der Ursprung der spezifischen Religiosität des
Reformators – um den theologiegeschichtlichen Hintergrund knapp zu skizzieren – liegt bekanntlich in der ra-
dikalisierten Erfahrung der Furcht vor Gottes Gerechtigkeit. Alle Möglichkeiten eines Handels zwischen dem
Menschen und seinem Schöpfer gelten dieser Haltung
als Beleidigung der göttlichen Majestät: Buße und Bekehrung des Subjekts sind in keiner Weise zu verrechnen zu einer Gewißheit künftigen Heils oder gar nur
zur Belohnung mit weltlichem Glück. Unausweichlich
bleibt die Kreatur ausgesetzt dem Zorn des gegen die

Sündhaftigkeit eifernden Gottes. In diesem Zorn sehen Luther und die ihm folgenden ersten Generationen von Reformatoren eine »Wirklichkeit, die jenseits der menschlichen Begriffe von Recht und Gerechtigkeit liegt«. Nach Maßgabe der von der Person Christi geleisteten Heilsvermittlung tritt der Zorn des furchtbaren, weil die Sünde hassenden und damit dem Menschen feindlichen, Gottes nun auseinander in die »ira indignationis« und die »ira benignitatis«, in die Zornesstrafe des Richters und die Liebesstrafe des Vaters. Die Züchtigung durch Gott, statt Zeichen endgültiger Verstoßung zu sein, kann vielmehr auch davon zeugen, daß der Sünder aus der Verstockung gebracht und für das Werk der Liebe vorbereitet werden soll. In knapper Form formuliert die Nachschrift einer Lutherschen Tischrede:

Wenn Gott mit uns zürnet, um uns eifert, auch uns in der Feinde Hände ubergibt, daß Er durch sie unser Sünde und Untugend strafe, Pestilenz, theure Zeit und andere Plagen uber uns läßt kommen, doch durch sein Wort noch mit uns redet, so ists ein gewiß Zeichen seiner Gnade gegen uns. Denn welche der Herr lieb hat, die züchtiget Er.[79]

Die geistliche Folie, auf die Schnabel die Vita seines Protagonisten aufzieht, findet sich im Roman selbst an einer Schlüsselstelle dokumentiert. Im verzweifelten Schmerz über das erste ihn treffende Unglück, den Tod von Frau und Kind, greift Elbenstein, »der so wohl in geistlichen als politischen Schrifften, wohl erfahren« ist, zu »Wudrians Creutz-Schule« (553), deren Lektüre ihm nun den Leitfaden für die Orientierung im weiteren und geistlich entscheidenden Abschnitt seines Lebens gibt. Valentin Wudrians *Schola crucis*, ein im 17. und 18. (und noch im 19.) Jahrhundert weit verbreitetes Trost- und Erbauungsbuch, vertritt in seiner kompilatorischen Anlage eine zwischen Luthers Religiosität und Positionen der Orthodoxie des 17. Jahrhunderts leicht schwankende Haltung. Gleichwohl sind die Stadien von Elbensteins Weg des Kreuzes (und ihr Sinn) von Wudrian aus in eine konsistente Verlaufsstruktur zu bringen.[80]

Unmittelbar nach der Erfahrung seiner ersten Heimsuchung sieht der zusammenbrechende Held den Tod von Frau und Kind als Strafe für seine »Sünden-Schuld« (552). Dazu Wudrian: Es solle und könne

in allem [...] Unglück und Schaden alles also betrachtet werden/ nemlich/ wenn einem etwas widerfähret/ das schädlich ist/ und ihn/ menschlicher Ahrt nach/ zu natürlicher Traurigkeit beweget/ soll er alsbald um und nachdencken/ ob er mit wissentlichen Sünden solchen Schaden nicht verursachet/ oder verschuldet (563).

Zwar liegt von hier aus nun doch der Gedanke nahe, Schuld und Strafe innerweltlich zu verrechnen, daß wir nämlich – wie Wudrians Kapitel 7 betitelt ist und sein Kapitel 8 des weiteren ausführt – Gott »um Gnade und Vergebung der Sünden bitten müssen/ damit er das Kreutz bald von uns wiederum hinweg nehme« (159). Doch umfassender ist auch in der *Schola crucis* der Gedanke der ›ira benignitatis‹:

GOTT schicket uns das Kreutz nicht aus Zorn und Ungnade zu/ uns zu verderben/ sondern aus väterlicher Liebe und Barm-hertzigkeit/ daß er uns dadurch zur Busse und Besserung unsers Lebens reitzen und treiben/ und uns auch damit zu göttlichen Dingen bereiten und zu sich ziehen möge. [...] Und ist das Kreutz gleich als eine geistliche Mutter/ die uns neu gebieret/ und andere Menschen aus uns machet/ ja der HERR hält allwege diesen Gebrauch/ daß er die Seinen durch das Kreutz übet/ und näher zu sich bringet. [...] Wenn wir derowegen am tieffesten im Kreutz seynd/ so sind wir GOtt am allernähesten/ alsdenn hat er seine göttliche Hände an uns gesetzet/ knetet/ wircket/ behobelt und poliret uns/ daß wir der groben Aeste und Knorren loß werden. An unserm alten Adam ist nichts gutes/ wird auch nichts gutes darauß/ er werde denn wol außgekehret/ da muß Gott gute scharffe Lauge zu haben/ das ist/ Teufel/ Welt/ Tyrannen/ Kranckheit/ Jammer und Elend.

Es ist ja besser/ wir werden hier gestraffet/ denn dort/ diese Straffe ist zeitlich/ jene aber ist ewig. [...] Gott lachet uns nim-mer freundlicher an/ als wenn sichs ansehen lässet/ daß er mit uns am hefftigsten zürne/ denn wir seynd GOTT am süssesten/ wenn er uns bitter düncket/ ja wenn er uns hart zuspricht/ so ist er am allerfreundlichsten/ und ist eine grosse väterliche hold-selige Liebe darunter verborgen/ denn sich seine göttliche Liebe mehr zu unserm Kreutze erzeiget/ als zur Freude (98–113).

Die rechte Antwort des Menschen auf das durch Gottes ›ira benignitatis‹ geschickte Kreuz besteht, wie Wudrian in den Kapiteln 12 und 13 seinen Lesern wortreich ein-paukt, in der Geduld. Mit diesem Attentismus ist nach Kapitel 16 das stete und unermüdliche Gebet verknüpft. Betend und geduldig in den Willen des Herrn ergeben, wird der sein »aufferlegtes Kreutz« tragende Christ »warhafftig ein außerwehlt Kind Gottes« (307). Schna-

bels Elbenstein formuliert das Echo dieser Theologie
zwanzig Jahre nach dem Beginn seiner Schicksals-
schläge vor einem Freund als die Überzeugung,

daß alle seine gehabten Unglücks-Fälle, gerechte Straffen des
Himmels wären, die er mit seiner zu weilen recht unbändigen
Lebens-Art, wohl, ja noch weit mehr verdient, weßwegen er sich
auch von Tage zu Tage beßer in seinen jetzigen pauvren Zustand
schicken lernete, anbey den Himmel inbrünstig anflehete, daß er
nach den zeitlichen Straffen, seiner nur dorten in der Ewigkeit
schonen möchte (565).

Dieser Mensch nimmt also Gottes gerechten Zorn mit
immer größerer Bereitschaft hin und setzt seine Hoffnung allein auf die durch Christus vermittelte Verschonung vor dem ewigen Tod und der ewigen Verdammnis.
Als Elbenstein sich »in christlicher Gedult und Gelaßenheit gäntzlich der Göttlichen Direction« unterworfen,
mithin zum völlig heteronomen Subjekt gemacht hat, das
sich auch jedes Bedauern über sein irdisches Unglück
versagt, da deutet der Erzähler an, daß Gott diesen
Mann »zwar sincken, aber doch nicht gar«, also nicht
ganz, »ertrincken ließ« (620).

*Der im Irr-Garten der Liebe herum taumelnde
Cavalier* widersetzt sich den zeitgenössischen Modellen
der Gattung Roman durch seine eindringliche geistliche
Botschaft, die vor der breiten Schilderung erotischer
und sexueller Episoden zunächst nicht gleich wahrnehm-
bar ist. Das Besondere liegt selbstverständlich nicht darin, daß Schnabels Buch sich überhaupt auf eine religiöse

Position zurückführen läßt; ungewöhnlich ist vielmehr der existenzielle Ernst, in dem hier spezifische Gehalte der Theologie des Kreuzes im Sinne Luthers, in gewisser Weise auch im Sinne des frühen August Hermann Francke, der Konzeption eines Romans zugrunde gelegt worden sind. Der Erfolg des *Cavaliers* und sein Ruf als übel beleumundetes Buch, wovon Troeltschs Urteil zeugte, entspringen einem dauerhaften Mißverständnis aus allerdings verständlicher oberflächlicher Lektüre. Die tiefere Struktur dieses Werks ist demgegenüber – jedenfalls soweit wir schriftliche Dokumente besitzen und zumal in der Literaturgeschichtsschreibung – so gut wie ohne jede Wirkung geblieben.[81]

Nun steht Elbensteins *Reise- und Liebes-Geschichte* nicht nur versprengt unter den Modellen der Gattung, es sieht vielmehr obendrein so aus, als liege ein Roman, der seinen Helden am Ende in Unglück und Elend führt, dies als Zeugnis der Barmherzigkeit Gottes wertet und die Annihilation des menschlichen Willens zu geduldiger Ergebenheit ins Kreuz lehren will, ebenso erratisch neben Schnabels eigener *Insel Felsenburg*. Schließlich ähnelt Elbensteins Biographie in ihren pikarischen Strukturzügen mehreren Lebensgeschichten, die im Land des Albert Julius erzählt werden. An derjenigen Stelle aber, an der einem Ernst Gottlieb Schmeltzer oder Johann Ferdinand Kramer, als sie zum wiederholten Mal »gantz widerwärtig-scheinende Schlüsse« (II,80) des Verhängnisses erfahren, sich der

Sprung in die Glückseligkeit Felsenburgs bietet, bekommt der Held des *Cavaliers* kein einziges Angebot, das ihn aus solchem Unglück risse. Zu den fernen Kolonisten, die in ökonomischem Reichtum leben, an der Sicherheit einer intakten Vergesellschaftung teilhaben und von keinen religiösen Selbstzweifeln bedrängt oder gefährdet werden, ist kaum ein größerer Gegensatz zu denken als der verarmte und vereinsamte Mann, der all seine irdischen Erwartungen zu einem Dasein steter Andacht heruntergestuft hat und nur mehr in der Hoffnung auf Verschonung von der ›ira indignationis‹ lebt. Das Menschenbild des *Im Irr-Garten der Liebe herum taumelnden Cavaliers*, das zutiefst von der lutherisch-protestantischen Auffassung der von der Erbsünde verderbten Kinder Adams geprägt ist, scheint ein anderes zu sein als das der *Insel Felsenburg*.

Tatsächlich jedoch sind die anthropologischen Annahmen, die dem Zyklus über Albert Julius und sein Gemeinwesen zugrunde liegen, nur so etwas wie die prozessuale Form dessen, was im Roman von 1738 in einseitiger Verfestigung erscheint. Will man es von der anderen Seite her und schärfer formulieren, kann man sagen, daß sich im *Cavalier* die Basis des Schnabelschen Menschenbildes zeigt, deren Konsequenzen und Alternativen in den vier *Felsenburg*-Teilen experimentell durchgespielt werden. Zur Darstellung dieser Zusammenhänge ist nun allerdings ein etwas weiterer Ausgriff vonnöten.

Seit Fritz Brüggemanns einflußreicher Studie von 1914 war das Korpus der Werke, von denen man einen Einfluß auf Schnabels *Insel Felsenburg* hat ausgehen sehen, definiert durch einige Robinsonaden der 1720er Jahre sowie vornehmlich drei literarische Utopien, Gabriel de Foignys *Terre australe connue* (1676), Denis Veiras' *Histoire des Sévarambes* (1677–79), die beide ins Deutsche übersetzt worden waren, und zwar 1704 bzw. 1689, sowie Philipp Balthasar Sinolds *Glückseeligste Insul auf der gantzen Welt* (1723). Brüggemanns Interesse zielte dabei über das Verfahren der Motivuntersuchung auf die Verortung des Schnabelschen Romans innerhalb einer Geschichte von eher formalen Gattungsstrukturen.

Erst die neuere Forschung, hier vor allem Ludwig Stockinger, hat über solche formalen Vorbilder hinaus den wesentlichen Quellenkomplex für die semantischen Gehalte des Felsenburg-Entwurfs namhaft machen können: die naturrechtliche Diskussion des 17. und frühen 18. Jahrhunderts. Dieser Hintergrund kann in seiner ganzen Komplexität, wie jüngst Frank Baudachs Differenzierungen und Korrekturen sie gegenüber Stockinger weiter entfaltet haben, hier nicht vorgetragen werden. Die wichtigsten Punkte seien vielmehr am Werk eines einzigen Autors exemplifiziert, den man weder in diesen Zusammenhang noch in eine Linie mit Schnabel gerückt hat, der überhaupt kaum je von zuständigen Forschungsdisziplinen des 20. Jahrhunderts angemessen zur Kenntnis genommen worden ist und der gleichwohl eine der faszinierendsten und bekanntesten Gestalten der Gelehrsamkeit im Barockzeitalters gewesen ist – freilich auch schillernd, widersprüchlich, nicht ohne Züge von Scharlatanerie: Johann Joachim Becher, Mediziner, Kameralist und Wirtschaftsberater, Naturwissenschaftler, Erfinder sowie Moralphilosoph, um nur einige seiner universalen Tätigkeitsfelder zu erwähnen.[82]

Bechers Arbeit auf den Gebieten der Ökonomie, wie sie in den zahlreichen Abhandlungen, Entwürfen, Gutachten und sonstigen Aktenstücken seiner von Auflage zu Auflage umfangreicher werdenden Sammlung *Politische Discurs* (1668, 3. Auflage 1688) dokumentiert ist, kreist wie besessen um Projekte zur Steigerung des gesamtwirtschaftlichen Reichtums in den deutschen Territorialstaaten. Vorbild sind ihm die florierenden Niederlande, der seinerzeit ökonomisch avancierteste Staat Europas. Becher fordert eine fundamentale Umstrukturierung von Produktion und Markt nach volkswirtschaftlich begründeten und errechneten Vorgaben. Es sind naturrechtliche Überlegungen, die seine Konzeption bestimmen.[83]

Der Mensch als »animal sociabile« schließt sich mit seinesgleichen zur »Civil societät« zusammen, die ihrerseits zu ihrer Aufrechterhaltung und Sicherung in einem Vertragsakt sich eine Obrigkeit gibt. In seiner besonderen wirtschaftstheoretischen Perspektive sieht Becher drei Stände, »welche die societatem civilem essentialiter

constituirn« und in einem System der Interdependenz
stehen: den Bauernstand (mit Einschluß des Bergbaus)
als die Basis, dessen Produkte entweder unmittelbar in
die Konsumtion gehen oder als Rohstoffe vorgehalten
werden, den Handwerkerstand als den zweiten, der »die
subjecten und Materien, welche ihnen der Baursmann
bringt«, weiterverarbeitet, und den Kaufmannsstand als
den dritten, der für die Distribution der »Wahren« des
ersten und des zweiten Standes zuständig ist. Sowohl die
»proportion« dieser drei Stände, in der nach Maßgabe
der natürlichen Ordnung die Bauern »am meisten« und
die Kaufleute am wenigsten zahlreich sein sollen, wie
die quantitativen Anteile der nicht-produktiven Dienst-
leistungsklassen als auch darüber hinaus eigentlich alle
Vorgänge des Marktes, ja noch des geistlichen, moralischen und hygienischen Lebens der Staatsbürger will
Becher einer Steuerung durch die fürstliche Zentral-
verwaltung unterstellen. Sein Entwurf zur systemati-
schen Beschreibung von Regierungsfunktionen läßt mit
fünf Kollegien, die ihrerseits noch zu insgesamt zwanzig
Deputationen ausdifferenziert werden, kaum einen Bereich außerhalb der obrigkeitlichen Vorsorge für die
Mitglieder der »Civil societät«.

In auffälligem Kontrast zum ökonomischen Auf-
schwungsdenken und zur staatlichen Regulierungswut,
wie sie mithin in den *Politischen Discurs* zu erkennen
sind, stehen nun bei demselben Becher Projekte wie
das einer quasi-anarchistischen und besitzlosen »Christ-

lichen Bundsgenossenschafft/ welche einige Fried und
Ruhe suchende Christliche Familien unter sich auffzurichten und zu verfassen gedencken«. Der Widerspruch, der sich hier auftut, kann aus der Geltung eines »doppelten«, einerseits »absoluten«, andererseits
»relativen«, »Naturrechts« erklärt und aufgelöst werden, dessen Grund im dualistischen Menschenbild des
christlichen Erbsünden-Theorems liegt.[84] Der Mensch,
so heißt es in den *Politischen Discurs*, sei ursprünglich »nach dem Ebenbild Gottes« und zu dem Zweck
»erschaffen« worden, »glückseelig« zu sein;

aber durch den Fall unserer ersten Eltern/ und die dadurch
geschehene Veränderung unserer menschlichen Natur/ sind wir
auch um die Vollkommenheit unserer Glückseligkeit kommen/
welche vor dem Fall darinnen bestanden/ daß wir GOtt viel
besser/ als nun erkennet/ geehret und geliebet hätten/ daß
wir den Tugenden und nicht den Lastern ergeben gewesen/ daß
wir viel Sachen gewust und erkennet hätten/ daß wir an keinem
Ding Mangel gehabt/ noch mit Kranckheiten und dem schmertzhafften Todt wären überfallen worden/ nach dem Fall aber/ hat
sich wie gesagt/ alles geändert.

Die Korrumpierung der menschlichen Natur durch den
Sündenfall ist der Grund, aus dem Gott »die Obrigkeit
gesetzt« habe, um »die Menschen in den natürlichen
Gesetzen zu erhalten«.[85] In dieser Ansicht von Ursprung
und Legitimation der Regierung, mit der Becher selbstverständlich einer langen christlichen Tradition angehört, dokumentiert sich das ›relative‹ Naturrecht. Seine Domäne ist die empirische Wirklichkeit. Der Mensch

in der Freiheit von Erbsünde kann demgegenüber nur als Fiktion konzipiert werden. Ein solches hypothetisches Naturrecht, innerhalb dessen ein zwangfreies und moralisch wie materiell vollkommenes und glückseliges Zusammenleben in einem idealen Gemeinwesen als Möglichkeit denkbar ist, bleibt von der Realität auf immer abgesperrt. Ein Staat ohne Herrschaft und aus lauter tugendhaften und von Krankheiten verschonten Menschen (wenn man ihn überhaupt noch ›Staat‹ nennen darf) könnte nur das sein, was er für den Kieler Professor Georg Pasch ist, dessen *Disputatio philosophica de fictis rebuspublicis* (1704) Ludwig Stockinger innerhalb seiner Rekonstruktion der semantischen Vorgeschichte von Schnabels *Insel Felsenburg* ausführlicher herangezogen hat: ›ficta respublica‹, Utopie, Darstellung »einer nur im Bewußtsein vorstellbaren, nicht zu realisierenden Ordnung« des paradiesischen Menschen.

Bei Becher allerdings – und diese Inkonsequenz wird auch für die Möglichkeit der von Albert Julius gegründeten Kolonie bedeutsam werden – gleitet der in den *Politischen Discurs* eingehaltene Dualismus zwischen der Welt nach dem Sündenfall, die nur mit den Zwangsmitteln des Staates zu einer begrenzten Glückseligkeit auf naturrechtlichem Grundriß vorangetrieben werden kann, und dem Urzustand der unverdorbenen Menschennatur, der ein vollkommenes Gemeinwesen ermöglicht hätte, aber heute eigentlich nicht mehr ermöglichen

könnte, in einen innerweltlichen Dualismus hinüber.
Neben das ›relative‹ tritt das ›absolute‹ Naturrecht, das
jenes hypothetische als nun eben doch in der Realität
mögliches Naturrecht ist.

Vor allem an Bechers moralphilosophischer Schrift
Moral Discurs von den eigentlichen Ursachen deß
Glücks und Unglücks (1669), der die in ihrer Zielsetzung
und Position zugleich auch weiterführende *Psycho-*
sophia oder Seelen-Weißheit (1678) in manchen Punkten
zuzuordnen ist, zeigt sich das Schwanken der naturrechtlichen Auffassungen. Gewiß hält auch der *Moral*
Discurs noch am Dogma der Erbsünde und seiner Verbindung mit der Legitimation von Obrigkeit fest.[86] Doch
zugleich wird die Frage des rechten und falschen Ge-
brauchs der Natur zur alles entscheidenden Ursache für
die menschliche Glückseligkeit.

Diese Frage nun findet keine ausschließlich geistliche Antwort mehr. Die Herrschaft des Falschen erklärt sich daraus, daß es, das Falsche, von den Menschen in ihrer Verblendung für das Richtige gehalten
wird, nämlich durch den »verkehrten Willen hoch und
weit zu kommen« sowie die »concupiscentz deß Flei-
sches« (77 f.). Diese Macht des Scheins aber, und das
ist wesentlich, kann aufgelöst werden durch Erkenntnis allein »auß dem Liecht der Natur« (9). Die Natur
wird zur Quelle des Wissens und zum obersten Regula-
tiv des Handelns: Sie ist es, die »uns alle/ so wir
nur wolten«, hat »glückseelig haben wollen« (9). Ent-

sprechend stehen die »fundamenta, und Seulen unsers Pallasts der Glückseligkeit [...] einig und allein in unserer Gewalt und Willkühr« (270). Damit aber ist die Begründung gegeben, daß jene Projekte idealer Gemeinschaften vom Typus der ›Christlichen Bundsgenossenschafft‹ für Becher keine ›ficta respublica‹ und keine Utopie bleiben, sondern prinzipiell in der Welt realisierbar sind.

Der ›absolut‹-naturrechtliche Standpunkt, auf den Bechers *Moral Discurs* sich in dieser Weise zubewegt, verrät eine deutliche Nähe zu Hugo Grotius und – teils vermittelt über Grotius, teils unmittelbar – zur Stoa.[87] Eine entscheidende Dimension in der Verderbtheit des Menschen ist seine Verblendung in der Frage der Subsistenz: »du must Nahrung haben/ ergò must du was eigenes haben« (117), lautet das Räsonnement des verkehrten Willens; an die Stelle des richtigen »bona possidere cupidine necessitatis« wird das unwahre »bona possidere cupidine proprietatis« gesetzt. Es ist der »Amor possidendi« (118), das Begehren nach dem Privateigentum, aus dem die gewaltsame Besitzaneignung und deren anschließende Kodifikation durch Gesetzgebung folgen; »also kommen viel Gesetze auß verübter Gewaltthätigkeit« (168). Der »Amor possidendi« wird damit ganz in der Weise des Grotius auch zur Ursache aller Kriege.

Universelles Zeichen der ›cupido proprietatis‹ ist das Geld, das seinerseits wieder zum Instrument der

Erzeugung und Absicherung von gesellschaftlicher Ungleichheit wird. Geld produziert die Perversion sozialer Normen: »Wer Gelt hat/ der will nicht arbeiten/ sondern bezahlt die Arbeit/ will nicht zu Fuß gehen/ sondern [...] wol gar sich tragen lassen«; wer aber kein Geld habe, werde zum »Sclaven«, und so müsse »manchmal ein verständiger Mann eines Narren Diener seyn« (160). Vollständige Destruktion der gesellschaftlichen Beziehungen, zu denen das ›animal sociabile‹ Mensch mit seinesgleichen zusammentritt, ist das Resultat: »Haß/ Neid und Zanck« entspringen daraus, »daß einer mehr als der andere hat« (209 f.).

Zerrüttet wird unter diesem Syndrom des falschen Scheins aber auch die Gesundheit. Statt daß die Menschen ihr Leben »gesund/ und lang zubringen«, worin Glückseligkeit läge und wofür »ein sanfftmütig wolerzognes und stilles Gemüth« sowie »ein nüchternes Leben« Voraussetzung wären, begeben sie sich gerade in die »Unruhe deß Gemüths« und halten in Nahrungsaufnahme und Kleidung »kein Maß noch Ziel«, so daß sie ihren »Leib« blindlings vorzeitig »dem Tod in die Händ geben« (129 f.). Die moderne Überflußproduktion, die »vermehrung der sachen ohne Noth« (§ 28), die Multiplikation der Manufakturen und das Begehren nach zumal ausländischen Luxusgütern tragen das Ihre zur Unglückseligkeit bei. Unverderbte Erkenntnis führt demgegenüber auf die Landwirtschaft als die »erste Vocation« des Menschen:

Die Erd bauen ist ein ehrlicheres und nötigeres Handwerck/ als Mahlen/ Federnschmücken/ Silber- und Goldschmidt/ ja als alle Nürnberger Waaren: Es ist ein Wucher sonder Sünd/ den man auß der Erd gewinnt (144 f.).

Damit sind die drei Säulen genannt, auf denen das Bechersche Naturrecht die Möglichkeit eines idealen Gemeinwesens ruhen sieht. Die *Psychosophia* beschreibt sie in knapper Zusammenfassung:[88]

Wann die Leute nach der Natur Gesetze lebeten/ wozu sie erschaffen/ ihre Güter gemein hätten/ die Erde baueten/ und ohne Geld lebeten/ so wären sie reich und glückselig (99 f.).

Realisierbar ist eine solche Möglichkeit nur in Exklaven. Keine »Europäische Obrigkeit« würde dergleichen Wirtschafts- und Sozialverfassungen »gern« sehen (100 f.), wäre damit doch ihre Macht wie ihre Legitimation der Zersetzung preisgegeben; ebenso großen Widerstand dürften freilich, wie Becher weiß, die weitaus meisten der in Europa lebenden Menschen als die zwar präsumtiven, aber uneinsichtigen Subjekte dieses Glücks solchen Konzepten entgegensetzen. Chancen hat das Ideal allein in kleinen sozialen Formationen, wie es sie durchaus oft genug gegeben habe, wenngleich nicht immer zulänglich realisiert. An allererster Stelle sind die »Christen in der ersten Kirchen« (38) zu nennen, aus späteren Zeiten – wobei Becher auch hier partiell mit Grotius übereinstimmt – die Mönchsorden, dann die verschiedenen Dissenterbewegungen, nicht zuletzt täuferischer Ausrichtung, die Kaufmannskompanien und

wohlgemerkt die »Wilden in Indien«, die Eingeborenen
Amerikas also, »so ohn einige Güter-Besitzung/ Handwerck und Geld leben« (100).

Wo Becher nun aber vom theoretischen Räsonnieren
weg- und dazu übergeht, seine Vorstellungen ein gut
Stück detaillierter auszubreiten, da zeigt sich allerdings, daß das reine Ideal offenbar nicht umhin kann,
zusätzlich wieder Elemente der Realität aufzunehmen.[89]
Zu verwirklichen ist das Projekt ohnehin allein im
nicht-europäischen Raum: »Edles/ gutes/ fruchtbares
Land hierzu/ samt der Freyheit also zu leben/ wäre in
Türckey und [West- wie Ost-]Indien genug« (100). Damit aber die Kolonie sich »ausser fremden Beystand
helffen« könne, sind »unterschiedliche Arten von Menschen und Professionen« nötig. Allmählich hält so das
volkswirtschaftliche System, mit dem die auf die Wirklichkeit der deutschen Territorialstaaten zugeschnit-
tenen *Politischen Discurs* eröffnet wurden, seinen
heimlichen Einzug auch in Bechers vorbildliche naturrechtliche Exklave: Zum Hauptstand der Bauern
treten nun eben doch »die benöhtigte Handwercke«
sowie die für den »Einkauff benöhtigter Sachen« Zuständige, wobei der Begriff ›Kaufleute‹ sorgsam vermieden wird, weil ja »so viel möglich/ dahin gesehen
werden soll/ daß man alles ohne Geld haben könte«;
eine obrigkeitliche Verwaltung scheint schließlich ebenfalls unumgänglich, und auch diese führt Becher in
bewußt herunterspielender Weise ein, indem er formu-

liert, »etliche« müßten »das Amt von Regierung« übernehmen.

Der Traum einer glückseligen Kolonie läßt sich subsidiär vom Realitätsprinzip des ›relativen‹ Naturrechts
begleiten. Die Handwerke bleiben auf das beschränkt,
was zur »Erhaltung« der »Gemeine« erforderlich ist, vor
allem die Herstellung von Schuhen und Textilien; an
Überschußproduktion für den Verkauf wird nur in dem
Umfang gedacht, in dem die Kolonie mit dessen Erlös
Waren anschafft, die sie nicht selbst herstellen kann,
»als da seyn/ Saltz/ Specereyen/ Artzeneyen und dergleichen«. Wenigstens »ein hundert Seelen« seien zu
einer solchen Vergesellschaftung vonnöten, und

es müssen Leute seyn/ welche die Welt erfahren/ ihrer müde
seyn/ und Ruhe suchen/ und zu dergleichen Ruh/ und Art
von Ruhe/ Lust haben/ friedlich/ still/ begehrend versorgt zu
seyn/ und auf diese Lebens Art ihr Leben zu beschliessen vor-
nehmend.

Bechers Gesellschaft ist freilich auch als Exklave nicht
von Europa abgenabelt. Sie erlaubt vielmehr neben der
Möglichkeit des Ein- auch die des Austritts; während
der Zugehörigkeit zur Gemeinde sind die externen Stan-
des- und Vermögensverhältnisse des Mitglieds nur sus-
pendiert, in sie kann mit Verlassen der Kolonie zurückgekehrt werden. Da der Eintritt an die Zahlung
eines kleinen Kapitals als »Einlags-Qvota« gebunden
ist, hat das Projekt Züge einer Assekuranz. Die Leistungen, die der Verband für seine Angehörigen bereit-

halten soll, bestehen in dreierlei: der Erziehung der
Kinder, der materiellen Daseinssicherung und der
Krankheitsvorsorge. Über die »Kinderzucht« und die
»Erhaltung guter Gesundheit« ist das Bechersche Gemeinwesen immerhin wieder mit massiven Diszipli-
nierungen zur Affektunterdrückung und »Anstellung
eines guten Sitten-Lebens« verknüpft, die über den nur
technischen Versicherungsvertrag weit hinausschießen.
Der Terminus, der für das Programm bereitgehalten
wird, heißt denn auch nicht ›Assekuranz‹, sondern
»Asylum«: Asyl,

worinnen alles/ was zu einen glückseligen Leben auf dieser Welt/
von einem Verständigen/ Ruh-liebenden/ hingegen Sorg- und
Weitläufftigkeit hassenden Gemühte verlanget werden kann/
[...] zu finden ist.

Becher, so dürfte in diesem Ausschnitt aus seinem
Werk deutlich geworden sein, ist ein Mann mit höchst
anregenden und zukunftsträchtigen Anschauungen und
zugleich voller Widersprüche. Er geht von einem ›relativen‹ Naturrecht aus und unterläuft es gleichwohl, indem er die ›ficta respublica‹ für umsetzbar hält; steht
dann freilich konkret die Verwirklichung solcher idealen
Kolonien an, schlägt das Realitätsprinzip des ›relativen‹
Naturrechts hinterrücks wieder zu und schwärzt die
Utopie mit Empirie ein.

Es ist diese Problemkonstellation, die anderthalb
Generationen später, wie nun nachzuweisen ist, Johann
Gottfried Schnabel und sein Werk in noch ganz funda-

mentaler Weise bestimmt. Dabei geht es nicht um den Nachweis direkter Einflüsse. Es wäre zwar durchaus möglich, daß der *Moral Discurs* oder die *Psychosophia* die Konzeption der *Insel Felsenburg* beeinflußt haben. Werke Johann Joachim Bechers wurden in den 1720er Jahren noch aufgelegt, darunter gerade die *Psychosophia*, und zwar mit zweimaliger Ankündigung »dieses nützlichen und beliebten Buches« im Vorläufer des *Hamburgischen unpartheyischen Correspondenten*; der Herausgeber einer anderen Becherschen Schrift leitet 1729 seine Vorrede mit dem lapidaren Diktum ein: »Wer der grosse Becher gewesen, solches ist Welt-kündig«. Ein Dokument von 1696, nämlich ein (weiterer) Roman aus der Serie *Medicinischer Maul-Affe* des (schon einmal erwähnten) Johann Christoph Ettner, belegt übrigens, daß auch rund fünfzehn Jahre nach Bechers Tod die Rezeption der *Psychosophia* gerade vom Interesse an dem in ihr enthaltenen Projekt einer Idealkolonie bestimmt ist.[90]

Man wird demnach wohl sagen können, daß in dem Jahrzehnt, in dem Schnabel sein großes Erstlingswerk plante, eine Kenntnis von Schriften des vielseitigen Wirtschaftstheoretikers und Moralphilosophen bei mehr oder weniger jedem vermutet werden kann, der mit wachen Augen den Buch- und Zeitungsmarkt verfolgte. Das jedoch ist nicht der eigentlich interessante Punkt. Bechers Widersprüche sollen vielmehr der Leitfaden sein, an dem der naturrechtliche Grund von Albert Julius' Familienkolonie in seinem Wechselspiel mit dem lutherischen Menschenbild, das *Der im Irr-Garten der Liebe herum taumelnde Cavalier* so kompromißlos zur Geltung gebracht hat, aufgewiesen und bestimmt werden kann.

Die *Insel Felsenburg* bietet, soviel zur Orientierung vorweg, die am Ende halb scheiternde Erprobung des ›absoluten‹ Naturrechts in der Realität einer außereuropäischen Kolonie. Das Gemeinwesen beginnt als eine Bechersche Genossenschaft der Glückseligkeit, die möglich wird nur durch eine vorangegangene Heiligung ihres Terrains, und die Geschichte der Nachkommen endet in der Rückkehr zum ›relativen‹ Naturrecht. Am allerletzten Ende, um auch dies schon vorwegzunehmen, gibt es nochmals einen nun verzweifelten Sprung aus dem vom Luthertum tradierten Menschen- und Weltbild in Richtung auf eine ›naturalistisch‹ bestimmte Vorstellung des Lebens.

Vor den folgenden Darlegungen wird es nützlich sein, ein Begriffspaar einzuführen, mit dessen Hilfe das Material etwas besser organisiert werden kann. Aurelius Augustinus unterscheidet eher beiläufig in *De libero arbitrio* zwischen dem Übel, das jemand erleidet, und dem Übel, das jemand tut. Eine ähnliche Trennung von größerer Schärfe und aus dem geschichtlichen Raum, mit dem wir hier befaßt sind, liegt vor bei Gottfried Wilhelm Leibniz, dessen *Essais de Théodicée* von einem »mal physique« und einem »mal moral« sprechen. Das eine, das ›moralische Übel‹, ist der »péché«, die Sünde; ihm entspricht als Gegenbegriff der des ›moralischen Guten‹. Das andere, das ›physische Übel‹, besteht in den »souffrances«, dem Schmerz, dem Kummer und jeder Art von Unannehmlichkeit; das ihm entgegenstehende ›physische Gute‹ setzt Leibniz weniger in den Exzeß des Vergnügens als in einen »état moyen«, wie ihn vor allem die Gesundheit darstellt.[91]

Im Felsenburgischen Gemeinwesen wie in Bechers Kolonien ist ganz ohne Frage das ›moralische Gute‹ zu Hause. Wie eine Passage aus dem *Moral Discurs* oder der *Psychosophia* klingt Eberhard Julius' Bestandsaufnahme zum Ende des Jahres 1726: 394 Menschen befinden sich zu diesem Zeitpunkt auf Felsenburg,

die in aller Frömmigkeit, Liebe und Einigkeit mit einander lebten, und nach dem Exempel der ersten christl. Kirche eine treuhertzige Gemeinschafft der zeitlichen Güter untereinander hielten, keinen Eigennutz, auch im allergeringsten Dinge zeigten, sondern ihren Nächsten und sich selbst zu dienen, alles mit Lust verrichteten, worzu sie sich geschickt befanden (II,195).

Auch das ›physische Gute‹ ist den Bewohnern Felsenburgs gegeben. Über die üppige Vegetation der Insel und die Ernte für Ernte in großer Menge anfallenden Mittel zur Subsistenz braucht man nicht viele Worte zu verlieren. Markant ist, daß Krankheiten und Leiden in der Kolonie kaum vorkommen. Nachdem einmal die Turbulenzen im Gefolge der Ankunft 1646, van Leuvens Ermordung und Lemelies Tod, Concordias »Fieber« (I,257)

und Alberts »Kranckheit« (I,260), überstanden sind,
herrschen Gesundheit und langes Leben auf Felsenburg.
Im Jahre 1660 erleidet zwar Frau Concordia einen Unfall und bringt als Konsequenz »eine unzeitige todte
Tochter« (I,315) als ihr letztes Kind zur Welt. Amias
Hülter ist 1683, »wiewohl im hohen Alter« (I,454), bei
einer Sprengung durch Unvorsichtigkeit ums Leben gekommen. Spätestens mit »dem eingetretenen 18den
Seculo« (I,466) jedoch erscheint der Tod dann häufiger
auf Felsenburg: Zwischen 55 und 89 Jahre sind diejenigen elf Personen alt, deren Hinscheiden Albert Julius
zum Beschluß seiner Lebensgeschichte meldet, darunter
seine Ehefrau. Sterbefälle verzeichnen die jährlichen
Auszüge aus dem Kirchenregister, die Eberhard Julius
zweimal mitteilt: 1726 und 1727 sterben zwei bzw. drei
Mädchen und Jungen, geboren werden freilich nach denselben Listen einmal fünfzig, das andere Mal 31 Kinder
(II,194 und 540).

In den europäischen Lebensläufen sah das ganz anders aus. Dort wurde man früh Vollwaise – wie Albert
Julius oder David Rawkin, denen dann jeweils noch Pfle-
gemutter bzw. Pflegevater sterben, oder wie Virgilia
van Cattmers, die ihren ersten Bräutigam vor und ihren zweiten kurz nach der Eheschließung sowie den dritten im fünften Ehejahr durch Tod verliert und die obendrein eine lebensgefährliche Krankheit zu überstehen
hat. Auch Heinrich Schimmer muß seine Braut beerdi-
gen, Leonhard Wolffgang sterben Ehefrau und erstes

Kind; Halb- oder Vollwaisen werden in jungen Jahren Eberhard Julius, Ernst Gottlieb Schmeltzer, Friedrich Litzberg, Johann Ferdinand Kramer, Philipp Andreas Krätzer, Philipp Harckert und Jacob Bernhard Lademann. Litzberg wird die Braut erschossen, und Kramer verliert seine »sehr tugendhaffte« (II,255) Verlobte, die ihrerseits mit ihren 24 Lebensjahren bereits Witwe geworden war, auf schmerzvolle Weise wenige Tage vor der Hochzeit.

Setzt man diese Häufungen von Tod (und Verwundungen wie Krankheit) als Norm, dann wird man sagen müssen, daß es auf Felsenburg wenigstens zunächst das ›physische Übel‹ praktisch überhaupt nicht gibt. Gleiches gilt nach Bechers Vorstellungen auch für seine Kolonien. Wie ein Textstück aus der *Insel Felsenburg* lesen sich die Formulierungen der *Psychosophia,* daß

man doch eine Gemeine von ehrlichen Leuten möchte zusammen bringen/ welche nach dem ersten Leben der Christen/ in Fried und Ruhe/ ohne Spaltung und Trennung lebten/ ihre Güter gemein hätten/ und die vollkommenste Manier zu leben/ sowol in der Kinderzucht/ als Studiren/ Nahrung und Erhaltung der Gesundheit hätten.[92]

Wo man in »Frömmigkeit, Liebe und Einigkeit« miteinander verkehrt und über die »vollkommenste Manier [...] in der [...] Nahrung und Erhaltung der Gesundheit« verfügt, erfreut man sich sowohl der Glückseligkeit des ›moralischen Guten‹ als auch der des ›physischen Guten‹.

Über diese Zuschreibung genereller gemeinsamer Züge hinaus seien Albert Julius' Insel und Bechers Kolonien in weiteren Einzelheiten verglichen. Wie die »General-Visitation« (I,132) der Siedlungen auf Felsenburg vom 19. bis 29. November 1725 zeigt, beruht die – natürlich ohne Geldverkehr laufende – Wirtschaft der ›Räume‹ nahezu vollständig auf dem Ackerbau mit einem beträchtlichen Anteil Weinbau, daneben spielen Fischfang, Jagd und Holzeinschlag eine Rolle, alles Bereiche, die für Becher unter die »erste Vocation« des Menschen fallen. Die Salzproduktion hat Stephans-Raum übernommen (I,185); einige wenige Handwerke für die Grundversorgung, vor allem im Bereich der Textilverarbeitung, werden allgemein betrieben (I,465 f.), die Herstellung von Schuhen und Metallgeschirr findet sich spezialisiert in Davids- und Simons-Raum (I,158 und 402 f.): Das wären etwa die Gewerke, die Becher ausdrücklich als »benöhtigte« nannte.

In eben dem Jahr 1725 ist aber just eine kleine Gruppe von rund einem Dutzend professionellen Handwerkern aus Europa nach Felsenburg gekommen. Albert Julius hatte bei dem Engagement dieser Leute nicht nur die Regulierung seines Gemeinwesens im Blick, sondern auch die Absicht, »manchen armen Europäer, der sein Brod nicht wohl finden könte« (I,478), zu versorgen. Der gleiche Gedanke war viele Jahrzehnte vorher bereits vom alten Amias Hülter dem jungen Julius vorgetragen worden. Wie ein Echo auf Bechers Werbung für seine Kolonialpläne, »unendlich viel sachen seynd in [West-]Indien mit Nutzen zu practiciren, darmit hier in Teutschland viel tausend arme Menschen kaum das Brod verdienen können«[93], klingt es, wenn Hülter seufzt:

Ach wie viel tausend, und aber tausend sind doch unter den Christen anzutreffen, die mit ihrer sauern Hand-Arbeit kaum so viel vor sich bringen, daß sie sich nach Vergnügen ersättigen können [...], stehet es zu verantworten, daß wir allhier auf der faulen Banck liegen, und uns die kleine Mühe und Gefahr abschrecken lassen, zum wenigsten noch so viel Menschen bey-derley Geschlechts hieher zu verschaffen, als zur Beheyrathung eurer Kinder von nöthen seyn [...]? (I,330 f.)

Die nach Felsenburg engagierten Handwerker haben im übrigen zu der Möglichkeit des Ein- auch die des Austritts: »binnen zwey oder 3. Jahren« können sie, falls sie es wünschen, nach Amsterdam zurückkehren, »nebst einem Geschenke von 2000. Thlrn.« (I,509). 1728 gelangen sechs weitere Handwerker auf die Insel, ebenfalls mit der Option, »etwa auf 3. oder 4. Jahr« (II,595) zu bleiben und dann eine Abfindung zu erhalten. Diese gut Bechersche Regelung gilt allerdings nur für die im Verfolg der Geschichte so genannten ›Europäer‹, die mit den Schiffen der Kapitäne Wolffgang und Horn seit 1725 Eingetroffenen, von denen man, wenn sie Handwerker sind, die Einrichtung der Gewerke sowie außerdem erwartet, »ihre Professionen den Unsern zu lehren« (II,595), und die anschließend wieder gehen könnten. Die Regelung gilt nicht für die vor 1725 durch Strandung auf die Insel gekommenen oder dort geborenen eigentlichen ›Felsenburger‹.

Faktisch besteht indessen, da auch die ›Europäer‹ seßhaft werden, kein Unterschied. So läßt ausgerechnet ein Perückenmacher, dem man seines für die Kolonie überflüssigen Berufes halber den Zutritt ursprünglich ganz verweigern will, sich »vernehmen«, als habe er Becher gelesen, »wie auf der gantzen Welt wohl kein Mensch zu finden, der des Herumschweiffens überdrüßiger wäre als er«, und bittet, »ihm das Dableiben zu erlauben, indem er sich so hertzlich sehr nach dergleichen ruhigen und vergnügten Leben sehnete« (II,597).

Abgeschlossen wird diese Pyramide der Wirtschaftsstruktur, die viele Bauern und einige Handwerker umfaßt, durch wenige Kaufleute, die ihre Funktion auch nur vorübergehend wahrnehmen; im Grunde sind lediglich die Kapitäne Wolffgang und Horn sowie Eberhard Julius für den Austausch der Kolonie mit Europa (und Asien) zuständig.

Die Regierung auf der Insel Felsenburg bildet sich naturwüchsig im Rahmen familialer Strukturen heraus. Nachdem alle neun Kinder das Haus von Albert Julius und seiner Ehefrau Concordia verlassen und sich als »Stämme« in eigenen »Pflantz-Städten« einzurichten begonnen haben, übernehmen sie die Versorgung der allein zurückgebliebenen Eltern, schicken ihnen Enkel »zur Bedienung und Gesellschafft« und erbauen für sie ein großes Gebäude zur »Residentz«, das der Patriarch oder – Schnabel zieht in diesem Fall ausnahmsweise dem Fremdwort beharrlich die deutsche Entsprechung vor – der ›Altvater‹ dann »Alberts-Burg« nennt (I,457 f.). Die ausdifferenzierte Obrigkeit entsteht hier faktisch als Altenteil.

In der entwickelten Praxis sieht man dann Albert Julius regelmäßig sich »mit den Aeltesten und Vorstehern der 9. Stämme« (I,131) beraten. Nach 1725, als Felsenburg (wie noch zu zeigen ist) sich tiefgreifend wandelt, wird dieser Rat ergänzt um die ›klügsten‹ oder ›vornehmsten Europäer‹ (III,99 und 253), die schließlich nach Albert Julius' politischem Testament einen festgeschriebenen Platz in der Verfassung erhalten (III, 259 f.). Eberhard Julius, der Erzähler, versteht das Gemeinwesen deshalb als »Republic« (III,286) im zeitgenössisch geläufigen Sinne, als ein freistaatliches Gebilde mithin, wie es früher die oberitalienischen Stadtkommunen, in der deutschen Sicht aber vor allem die wichtigsten Reichsstädte und die Vereinigten Niederlande darstellten. Zu diesem Zeitpunkt ist die familiale Struktur des Regiments, wie sie sich auch im alttestamentlichen Titel des Patriarchen oder ›Altvaters‹ ausspricht, zwar bereits so gut wie dahin; demungeachtet kann die Felsenburger Verfassung, wie die Kolonie selbst eine Bechersche ›rechte Gemein‹ vorstellt, mit einem Begriff aus dem *Moral Discurs* als »Freundschafft der Obrigkeit/ und der Unterthanen« erfaßt werden.[94]

Wenn Schnabels Entwurf, wie zu zeigen war, weitgehend mit den Projekten Bechers zu einer ›Christlichen
Bundsgenossenschafft‹ übereinstimmt, so liegt nahe,
den gleichen naturrechtlichen Grund für beide anzunehmen. Auch hinter der Konzeption der *Insel Felsenburg* steht also offenbar ein ›absolut‹-naturrechtliches
Menschenbild, das nicht mehr dem Dualismus des
Erbsünden-Theorems verpflichtet ist und unter dessen
Geltung ein Leben in Glückseligkeit schon allein dadurch
möglich wird, daß ›die Leute nach der Natur Gesetze
lebeten‹, wie es bei Becher hieß. Dieses Menschenbild
widerspricht, wie nunmehr deutlich zu sehen ist, der
Anthropologie des *Im Irr-Garten der Liebe herum taumelnden Cavaliers*, die der großartig finsteren Radika-
lität Luthers und der lutherischen Orthodoxie verpflichtet war. Jener Roman von 1738 wollte den natürlichen
Menschen in eben dem Maße in seiner heillosen Un-
reinheit, Verderbnis und Sündhaftigkeit erfassen, wie
die *Insel Felsenburg* gerade vom jedenfalls praktisch
unverdorbenen Gattungswesen auszugehen scheint.

Ein solcher Widerspruch, der um den Preis der Qualität von Schnabels literarischem Denken nicht bestehen
bleiben kann, fordert eine vertiefte Analyse. Es soll gezeigt werden, daß er aufhebbar ist, wenn man der Genese
des Juliusschen Gemeinwesens ein größeres Gewicht als
dessen Geltung gibt. Die gelingende Glückseligkeit des
Felsenburgischen Lebens erweist sich dann als eine
Epoche, der ein beträchtlicher Aufwand an religiöser

Reinigung, an Heiligung als Kondition ihrer Möglichkeit vorausgehen muß. Das naturrechtliche Fundament wird – anders als bei Bechers diversen Projekten – in Schnabels Roman erst erarbeitet. Daß dies so ist, zeigt sich nirgendwo deutlicher als daran, daß es noch innerhalb des Werks, und zwar recht schnell, wieder zerfällt.

Der Boden, den Albert Julius und die anderen Überlebenden des Schiffsuntergangs im Jahre 1646 betreten, ist kein unberührt-unbelastetes Terrain. Auf ihm hat Jahrzehnte früher eine dramatische Vorgeschichte ihren Abschluß gefunden, die den dunklen Hintergrund für die irdische Seligkeit der Neuankömmlinge bildet. Diese Geschichte, für die sich merkwürdigerweise kaum einer selbst derjenigen interessiert hat, die als Interpreten einer auf Teil 1 reduzierten *Insel Felsenburg* in Erscheinung getreten sind, obwohl doch ihre Erzählung immerhin ein glattes Fünftel des Bandes ausmacht, die Geschichte des Don Cyrillo de Valaro also, läßt sich in drei große Abschnitte gliedern.

Der erste bietet gewissermaßen die Strukturzüge und Elemente der Jugendgeschichte von Albert Julius in einer wesentlich ausführlicher aufbereiteten und sozial ungleich höher angesiedelten Version. Der zweite Abschnitt der Vita versetzt den nun fast 35jährigen Adligen, nachdem die gesamte iberische Halbinsel als Horizont für ihn verbrannt ist, mitten in die spanische Kolonisierung Westindiens. Valaro nimmt in subalterner Position an den barbarischen Akten der christianisie-

renden Unterwerfung und goldgierigen Ausraubung der
indianischen Kleinreiche teil. Ihm ist nicht wohl bei diesen blutgetränkten Eroberungszügen, die ihm »unrecht
und grausam, auch gantz wieder Christi Befehl zu seyn«
(I,589) scheinen, doch bringt solches Leben immensen
Reichtum und eine mehrfache Entschädigung dessen,
was der von seinem König Enteignete in Kastilien
zurücklassen mußte.

Ein Sturm auf See, der Valaro mit anderen vom
Hauptheer abschneidet, leitet in den dritten und entscheidenden Abschnitt der Lebensgeschichte über. Diese Überleitung steht unter dem Zeichen der Absage
an die Unmenschlichkeit der Konquistadoren: »Lasset
uns«, so formuliert einer der Männer mit Valaros Zustimmung,

neue Insuln und Menschen aufsuchen, welche von der Grausamkeit und dem Geitze unserer Lands-Leute noch keine Wissenschafft haben, und seyd versichert, daß, so ferne wir christlich,
ja nur menschlich mit ihnen umgehen werden, ein weit grösseres
Glück und Reichthum vor uns aufgehaben seyn kan, als wir in
den bißherigen Landschafften empfunden haben (I,618).

Mit einem »fast unschätzbarn Schatz an lautern Golde,
Perlen und Edelgesteinen« (I,623), Indianern billig
abgehandelt, auf Inseln eingesammelt, aus einem verlassenen europäischen Schiff noch aufgestockt, werden
Valaro und acht Überlebende schließlich an jene Insel
verschlagen, die später Felsenburg heißen wird.

Hier nun differenzieren sich die Werthaltungen der

Männer aus: Die einen leiden unter ihrer Abtrennung von der menschlichen Gesellschaft, besonders aber darunter, ihr sexuelles Begehren nicht mehr befriedigen zu können, behelfen sich schließlich mit Affenweibchen und enden in Sodomie, Alkoholrausch und Mord; die anderen, zwei zum Christentum konvertierte Indianer aus Westindien und Valaro selbst, unterwerfen dagegen ihren Willen nunmehr ganz der »Vorsorge GOttes« (I,631), die deutlich ihren Widerstand gegen jedes Verlassen der Insel zu erkennen gibt, und leben, »täglich etliche Stunden« (I,643) betend, »als Heilige Einsiedler« (I,637). Valaro hat sich am Ende so sehr der »GOttes-Furcht« (I,644) unterstellt, daß er, würde die Providenz ihn wieder in Länder des Christentums führen, mit seinen unermeßlichen Schätzen ein Kloster bauen und darin leben will.

Die *Lebens-Beschreibung des Don Cyrillo de Valaro* zeigt, daß die Insel semantisch besetztes Terrain geworden ist. Der an Felsenburg haftende Sinn entstammt zwei verschiedenen Bezirken. Zum einen rückt Schnabel mit der Biographie des spanischen Adligen eine ganze Epoche historisch und strukturell hinter den Lebensweg seines Albert Julius: Spaniens Eroberung der ›Neuen Welt‹. Die den indianischen Kulturen eingebrannte Spur von »Tyranney, Geitz, Morden, Blutvergiessen, Rauben, stehlen, sängen und brennen« (I,588) ist zugleich das Stigma für den Namen Europas und des Christentums. Valaros Robinsonade muß als ein

Prozeß stellvertretender Reinigung verstanden werden.
Auf die Verwicklung in die spanische Eroberung und Ko-
lonisierung Südamerikas folgen Buße und Besserung in
Form der Verschlagung auf die Insel. Hinter Felsenburg
als Siedlungsgebiet erscheint mithin auf ähnliche Weise
die Wendung gegen die Exploitation der ›Neuen Welt‹
und ihrer Bewohner, wie Philipp Balthasar Sinolds Utopie *Die glückseeligste Insul* (1723) den Aufbruch ihrer
Forschungsreisenden nach Westindien indirekt als ein
Gegenunternehmen zu den 200 Jahre früher erfolgten
Zügen der nicht um die »Seelen«, sondern nur die
»Schätze« der amerikanischen Bevölkerung besorgten
Spanier versteht, jenen Ausbeutungsexpeditionen, deren man sich »billich noch biß auf den heutigen Tag
schämen« müsse.[95]

Zum zweiten legt Schnabel Felsenburg als einen
dramatischen Schauplatz von Sündenbewältigung und
Gottesbekehrung aus. Bevor seine eigentlichen Helden
dort eintreffen, hat er die Insel zu einem Terrain der
Heiligung gemacht. Valaros fünfzigjähriges Anachore-
tentum nach dem Tod seines letzten Schicksalsgenossen
ruft dabei zwar auch die Erinnerung an die frühchrist-
lichen Asketen in der ägyptischen Wüste herauf, steht
aber vor allem in anspielender Beziehung zu einer
(innerhalb der Fiktionswelten ein Jahrhundert späteren,
innerhalb der Realität sechzig Jahre früheren) literarischen Figur. Es hatte nämlich schon Hans Jacob Christoph von Grimmelshausen seinen Melchior Sternfels

von Fuchshaim, besser bekannt als Simplicius Simplicissimus, am Ende der *Continuatio* gemeinsam mit einem
Portugiesen durch Schiffbruch auf eine Insel gelangen
lassen.[96] Das eher kleine Eiland machte den Gestrandeten sogleich einen »sehr fruchtbaren« (553) Eindruck.
Die beiden zunächst unfreiwilligen Bewohner »dieser
überauß gesegneten: ja mehr als glückseeliger Insul«
(557 f.) geraten schnell auf unterschiedliche Bahnen: Wie
Valaros Genossen sich durch die Sodomie im Verein mit
»Weinbeer und Palmen-Safft« (I,642) ruinieren, so läßt
Simplicissimus' Kamerad sich vom Teufel in Gestalt
einer attraktiven Sexualpartnerin und anschließend vom
Palmwein ins Verderben und zu Tode bringen; Simpli-
cius aber wird, was auch Valaro ist, Mönch in durchaus
unasketischer, weil durch den natürlichen Reichtum der
tropischen Vegetation verwöhnter Lebensform. In der
Außenperspektive von holländischen Seeleuten, die das
Territorium des Einsiedlers mit dem Namen »Creutz
Insul« (573) versehen, erscheint er als »ein heiliger
Mann: und Gottes wohlgefälliger Diener und Freundt«
(575). Schnabel hat mithin, wie er im ersten Sinnbezirk
die Scham über Europas Blutspur durch die ›Neue
Welt‹ als Folie ausgelegt hatte, im zweiten die Sünder-
biographie von Grimmelshausens berühmtem Helden
zum Grund genommen. Beides zusammen ergibt die Se-
mantik, aus der sich nun der Sinn des Weges von Albert
Julius rekonstruieren läßt.

Albert Julius ist der Erbe der religiösen Reinigung,

die das Ereignis von Valaros Geschichte war.[97] Diese
Reinigung hat ihre epochale und ihre private Dimension.
Als epochale stellt sie, ob Valaros Ankunft auf Felsenburg Ende 1514 nun intentional oder zufällig mit den
Jahren der beginnenden Reformation in Europa parallelisiert ist, eine Reinigung der Kirche von ihrer Verstrickung in die Gottlosigkeit der Welt dar. Als private
ist sie die Herausarbeitung des Menschen aus der Sünde.
Die naturrechtlichen Möglichkeiten der Familienkolonie
des Albert Julius sind also nicht ursprünglich gegeben,
sondern heteronom produziert, und zwar durch eine
dramatische Geschichte im geistlichen Raum.

Hier zeigt sich nun auch der wesentliche Unterschied
zu Becher. Während Bechers diverse und sich wider-
sprechende Entwürfe zwischen zweierlei Naturrecht
schwankten, hängt Schnabels Konzeption, eine nach
Maßgabe des hypothetischen Naturrechts gedachte
›ficta respublica‹ mit allen Mitteln der literarischen Suggestion für wirklich existierend zu erklären, fest in einem religiösen Bedingungsrahmen. Dieser Unterschied
dokumentiert sich auch an der Oberfläche. Die *Psychosophia* hatte, wie hier nachzutragen ist, für die ihr
vorschwebenden Kolonien ausdrücklich Freiheit in
»Religions-Sachen« gefordert[98]; daß Albert Julius und
die Seinen von einem solchen Postulat weit entfernt
sind, muß nicht lang belegt werden. Vor allem aber fehlt
dem Geschlechterverband der Julianer der Vertrags-
charakter, der Bechers Entwürfe durchgängig bestimmt

hatte: Felsenburgs Kolonisten treten gerade nicht in der bewußten und selbständigen Entscheidung vernünftiger Menschen zu einer ›Christlichen Bundsgenossenschafft‹ zusammen, an ihnen vollzieht sich vielmehr, im einen Fall deutlicher, im anderen weniger sichtbar, eine Erwählung. Schon Albert Julius ist nach dem Wort, das der ihm erscheinende Cyrillo de Valaro ausspricht und dem sich der – im Vergleich zu Julius – ältere und ranghöhere, gleichwohl nicht erwählte, Carl Franz van Leuven anschließt: »auserkohren« (I,201). An Leonhard Wolffgang gelangt die Berufung bei »geschlossenen Augen« (I,109), Virgilia van Cattmers wird aus dem Zustand der »Angst gerissen und errettet« (I,450); Schmeltzer, Litzberg, Kramer, Plager, Lademann, Krätzer, Herrlich, Harckert und Morgenthal, die ihre Lebensgeschichten im 2. Teil erzählen, trifft jeweils die Ansprache durch Felsenburgs Abgesandten Wolffgang, und van Blac, Erzähler im 3. Teil, findet den Übergang zu seinem Heil durch das unvermutete Wiedersehen mit Eberhard Julius und dessen Schwester, das sich sofort mit Motivzügen der Aufnahme eines zerknirschten, beschämten Sünders durch Gott vermischt:

Die verschiedenen bey mir aufsteigenden Affecten machten, daß ich einen lauten Schrey that, hernach vor Jammer bitterlich zu weinen anfing, und mich vor ihnen verbergen wolte, allein, zu meinem Glück wurde ich von ihnen erkandt, sie nahmen mich Elenden auf, setzten mich in solchem Stand, daß ich mich wieder bey honetten Leuten sehen lassen und mit ihnen umgehen konte, ja was das Haupt-Werck, sie waren so gütig, mich zu ihren

Reise-Gefährten und auf diese glückselige Insul mitzunehmen (III,244).

Daß Felsenburgs Territorium durch Heiligung ausgezeichnet ist, hat schon Rosemarie Haas an einer Reihe von Belegen durchweg überzeugend vorgeführt.[99] Zu ihren nicht völlig zwingenden Begründungen gehört zwar die Behauptung, die Form der Insel sei rechteckig und bilde darin die Gestalt des Paradieses nach; doch gibt es auf Felsenburg einen quadratischen Grundriß, der mit seinen zusätzlichen Details in einem wohl offensichtlichen spirituellen Verweisungszusammenhang steht und Haas ein noch besseres Argument für ihre Deutung geliefert hätte. Die nach Ankunft der ›Europäer‹ Ende 1725 im Bau begonnene und fast genau ein Jahr später fertiggestellte Kirche wird nämlich von 1730 an zu einem großen Komplex umgebaut. Wie aus dem vom Erzähler in seinen Bericht eingefügten »Riß« (III, 288) hervorgeht, erhält das Gotteshaus eine Einfassung aus dreizehn Gebäuden, einer dreistöckigen Schule und zwölf kleineren Häusern von jeweils gleicher Größe und Bauart, die sich in einem halben Rechteck nördlicherseits um die Kirche lagern. Während die Vordertüren von Schule und Wohnstätten »nach der Kirche zu« gehen, verläuft an der anderen, der Außenseite des gesamten Komplexes in Höhe des ersten Stocks ein überdachter Gang,

da man von auswendig nicht hinauf kommen kan, von inwendig aber gehet aus jedem Hause eine Hinter-Thür heraus auf diesen

Gang, so, daß man einander von einem Ende biß zum andern besuchen kan, [...] denn dieser Gang ist auch über die schmalen Gäßlein hergebauet, welche allezeit zwischen 2en Häusern durchgehen (III,295 f.).

Geplant ist, diese Anlage später auf der südlichen Seite zu vollenden, so daß die Kirche dann in annähernd quadratischer Form ganz von Gebäuden umschlossen wäre. Die schmalen Freiräume zwischen den Häusern sollen ausgehoben und mit Rosten bedeckt werden, damit das Vieh nicht in den inneren Bezirk eindringen kann. Selbst im halbfertigen Zustand ist das Vorbild bereits erkennbar, dem Felsenburgs Planer hier nachstreben. Was sie bauen, ist eine vereinfachte Kopie des Salomonischen Tempels, wie ihn Flavius Josephus beschreibt:

Rings um den Tempel wurden dreissig kleinere Gebäude errichtet, welche denselben ausserhalb umschlossen und bestimmt waren, durch ihre grosse Zahl und dadurch, dass sie dicht aneinander stiessen, den eigentlichen Tempelbau zusammenzuhalten. Sie standen miteinander durch Thüren in Verbindung [...]. Alsdann umgab er [d.i. Salomon] auch noch den Tempel ringsum mit einer Mauer [...], und zwar in einer Höhe von drei Ellen, um dem Volke den Eintritt in den Tempel zu wehren und ihn den Priestern allein frei zu lassen.

An bildlichen Darstellungen und Rekonstruktionen des Salomonischen Tempels herrscht im 17. und frühen 18. Jahrhundert kein Mangel. Das vom Hamburger Juristen Gerhard Schott in Auftrag gegebene große Modell kommt 1732 durch den sächsischen Kurfürsten nach Dresden; der Wiener Architekt Johann Bernhard

Fischer von Erlach eröffnet seinen 1721 erschienenen *Entwurff einer historischen Architectur, in Abbildung unterschiedener berühmten Gebäude* mit einer Wiedergabe von Juan Bautista Villalpandos Rekonstruktionsversuch. Ein niederländischer Kupferstich aus dem 17. Jahrhundert zeigt in einer Ansicht von ganz Jerusalem sowohl den quadratischen Komplex mit dem darin eingeschlossenen Tempel als auch, wie sie ihn im Hintergrund auf einem Berg noch übersteigt, Davids Burg und gibt damit ein Beispiel des Musters, dem in stark vereinfachter Gestalt die Alberts-Burg sowie die Gesamtanlage um die Kirche (wenn sie vollendet wäre) entsprechen. In der topographisch-ikonographischen Konstruktion von Felsenburgs Zentrum als einem Analogon Jerusalems kommt der Prozeß der Heiligung, den Valaro eingeleitet und Albert Julius geerbt hatte, zum sichtbaren Ausdruck.[100]

Allerdings ist der Plan, den Salomonischen Tempel nachzuahmen, eigentlich schon obsolet, ehe er gefaßt wird, und über die Hälfte der Anlage geht die Realisierung auch nicht mehr hinaus. Denn die Reinigung des lutherischen Menschenbildes zur Anthropologie des Naturrechts jenseits der Erbsünde hält in der erzählten Zeit lange, in der Erzählzeit aber nur kurz vor. Mit dem letzten Viertel schon des 2. Teils beginnt Felsenburgs Glückseligkeit sich zum Übel in jenem zweifachen Sinne des ›mal physique‹ und des ›mal moral‹ zu zersetzen.[101] Es ist sicherlich kein Zufall, daß diese Destruktion, wenn auch um zwei Jahre verzögert, mit der Etablierung der Männer um Eberhard Julius parallel geht, die Ende 1725 auf der Insel eingetroffen sind und die den ganzen Roman hindurch im Unterschied zu den ›Felsenburgern‹ als die ›Europäer‹ oder auch die ›Einkömmlinge‹ bezeichnet werden.

Völlig frei vom ›mal physique‹, so war schon zu sehen, ist das Gemeinwesen des Albert Julius allerdings auch vorher nicht gewesen. Daß dennoch von einem markanten Einbruch im Jahre 1727 gesprochen werden kann, ist wesentlich auch auf einem Wechsel der Textsorte begründet. Nachdem im 2. Teil (und damit über die Jahre 1726 und 1727 hin) alle dreizehn Europäer, die neben Leonhard Wolffgang und Eberhard Julius nach Felsenburg gekommen sind, ihre Biographien erzählt haben, genauer gesagt: neun Lebensgeschichten dem Leser mitgeteilt und die restlichen vier von ›Gisander‹ aus Raumgründen zurückgehalten, aber spätestens für den »ohnfehlbar bald folgenden dritten Theil« (II,539) versprochen worden sind, schaltet die Rede des Erzählers um auf den Stil der Chronik. Damit ändert sich die Stimmung des Romans merklich.

Ganz wie die zahlreichen handschriftlichen Lokalchroniken des 17. (und 18.) Jahrhunderts, die annalistisch die auffälligen Ereignisse (und das heißt vornehmlich Unglücksfälle und Sensationen) aneinanderreihen, zählt nun auch Eberhard Julius auf, daß am »13. Octobr.« 1727 in Stephans-Raum ein sechsjähriger Junge von einem Mühlrad erfaßt und tödlich verletzt worden, am »7. Nov.« eine Felsspitze abgebrochen und am »22. Novemb.« ein Knabe von einem Fohlen beinahe zu Tode gebracht worden sei; am »15. May« des nächsten Jahres brennt durch die Fahrlässigkeit eines kleinen Mädchens ein Gehöft ab, am »23. May« wird ein junger Mann in einer Tongrube verschüttet und knapp gerettet, Ende Juli bringt »in Davids-Raum ein Schaaf ein monstreuses Lamm zur Welt«, das zwei Köpfe hat (II, 539–547). Es bedürfte nicht einmal mehr des Hinweises, daß diese Mißgeburt zu Ausstellungszwecken präpariert wird »wie die aufgerichteten Sceleta in den Europæischen Anatomie-Cammern«, um deutlich zu machen, daß Felsenburg nunmehr wenigstens in Hinsicht des ›mal physique‹ wieder auf den Standard der ›Alten Welt‹ zurückgefallen ist.

Im Grunde schon kurz vor dem Einbruch des ›mal physique‹ hat auch das ›mal moral‹, wenngleich zunächst in sehr moderater Form, seine Ankunft auf der Insel signalisiert. Eberhard Julius und fast alle »letzt angekommenen Europäer« (II,480) machen eine Fahrt zur vorgelagerten Klein-Felsenburg. Die mehrtägige Erkundung genügt ihnen nicht; nachdem sie von hoher Warte aus mit einem enormen Fernrohr Umrisse eines Landes in südlicher Richtung ausgemacht haben, wollen sie gleich eine Expedition zur Erforschung dieser sagenhaften Terra australis ins Werk setzen. Da erhebt der Altvater, dem schon die Tour nach Klein-

Felsenburg erst durch langes Drängen abzuringen
gewesen war, seinen entschiedenen Einspruch: Ein solches Unterfangen gehört für ihn, weil in keiner Weise
durch Bedürfnisse des Gemeinwesens motiviert und legi-
timiert, schlechthin unter die »eiteln Lüste« (II,489). Auf
Felsenburg unter Albert Julius gilt ›curiositas‹ als nicht
erwünscht.

Allerdings ist die Neugierde, vergegenwärtigt man
sich kurz die imposante Tradition der christlichen
Verurteilung dieser Spielart des Begehrens, nur mehr
in sehr moderater Form stigmatisiert. Augustinus hatte
die ›curiositas‹ zum Lasterkatalog geschlagen: als sich
in die Weltdinge verzettelnde, statt auf das Heil auf
den triebhaften Selbstgenuß gerichtete ›concupiscentia
oculorum‹ und als auf die wissenschaftliche Erkenntnis
der Natur und des Kosmos zielende, daher gegen Gott
verblendete theoretische Wißbegierde. Für ihn, für die
monastische Theologie Bernhards von Clairvaux und
für die Scholastik Thomas' von Aquin stand die Neugierde in unterschiedlich enger Nähe zu den Haupt-
sünden der ›superbia‹ oder der ›acedia‹. Erst die Wis-
senschaftsrevolution der Frühen Neuzeit befreit die
theoretische Neugierde aus der Diskrimination, der die
›curiositas‹ durch die Theologie anheimgefallen war.
Hans Blumenberg hat die Geschichte dieser Konstellation von der Antike bis zur Moderne zu einem Thema
seiner bekannten groß angelegten und beeindruckenden
Darstellung gemacht. Indessen bleibt die Neugierde

auch im 17. und 18. Jahrhundert noch im Lasterkatalog
der Theologen.

Den Stand der Erörterung innerhalb des Luthertums
um 1700 (und damit des für Schnabel relevanten Wissens) zeigen Johann Franz Buddeus' *Institutiones
theologiae moralis* (1711), die bald darauf auch in deutscher Übersetzung vorliegen. Der Professor für Theologie in Jena arbeitet mit zwei nach eigenem Urteil
»ein wenig« voneinander unterschiedenen Begriffen
von »curiosität«. Jener »vorwitz«, dem der Mensch »in
göttlichen dingen nachhänget«, wenn er etwa »mehr wissen will, als geoffenbaret, oder wenn er das, was keinen
nutzen hat, und mehr zur pralerey oder zur eiteln belustigung, als zur erbauung dienet, von göttlichen dingen
zu wissen begehret«, ist größte Sünde. Insofern »curiosität« sich auf theologisches Wissen richtet, trägt der
Begriff noch die ganze Schwere seiner Tradition in sich:
Hier wird deutlich markiert, daß es eine tabuisierte
Grenze für die menschliche Erkenntnis gibt (Grenze, die
durch die Offenbarung festgelegt ist) und daß die Neugierde als Laster nahe an der Hauptsünde der ›superbia‹
steht (die sich in der Überhebung über Gottes Offenbarung oder in der Überhebung über andere Menschen
als »pralerey« zeigen kann).

Bezeichnenderweise macht das, was sich an restlichen
und relativ harmlosen Elementen im zitierten Begriff
von »curiosität« sonst noch findet, nämlich die Nutzlosigkeit des begehrten Wissens und die Funktion der

Neugierde als Befriedigung eines Bedürfnisses nach
»belustigung«, dann den ausschließlichen Inhalt des
zweiten und eigentlichen Begriffs bei Buddeus aus. Hier
beschränkt die Bestimmung sich darauf, daß ›curiositas‹
»nichts anders« sei »als ein solches verlangen, da wir
viele und offters unnütze dinge wissen wollen, nur zur
gemüths-ergötzung und zum zeit-vertreibe«. In dieser
Beschränkung aber hat der Moraltheologe nun ganz offensichtlich Mühe, die Subsumption von »curiosität« unter die Sünde einsichtig zu machen. Daß die Neugierde
ein Laster, ja auch »in weltlichen dingen ein sehr grosses
laster« sei, werde »um so viel schwehrlicher erkandt«, je
»subtiler« sie »unter dem ehrbaren scheine einer musse
und gemüths-ergötzung beym studieren oder andern
dergleichen vorwande versteckt« liege. Das (einzige)
Beispiel, das Buddeus bringt, ist auch kaum dazu an-
getan, die Diskrimination plausibel zu machen: »Man siehet solche leute gern zeitungen und historien lesen, doch
so, daß sie im augenblicke von einem auf das andre fallen,
weil ihnen« nichts angenehmers ist als der wechsel«. Der
Theologe – das erklärt seine Schwierigkeiten – faßt die
Neugierde einerseits traditionell als Konkupiszenz und
parallelisiert sie damit ganz im Sinne Augustins den
»wollüsten des leibes«; andererseits unterscheidet er
»gröbere« und »subtilere« und innerhalb der letzteren
abermals »gröbere« und »feinere« Arten von Begierden,
so daß ihm die »curiosität« am Ende als jene »gattung der wollust« erscheint, die »dem verstande einiges

vergnügen« gibt. Die Neugierde ist, wenn sie denn schon noch ein Laster sein soll, ›concupiscentia‹ in ihrer schwächsten Form.

Im *Grossen vollständigen Universal-Lexicon* des Verlegers Johann Heinrich Zedler, etwa zeitgleich mit der *Insel Felsenburg*, rechnet die *Neugierigkeit* oder *Curiosität*, bei deren Bestimmung jetzt mitsamt der ganzen Dimension theologischen Wissens auch noch das Kriterium der Nutzlosigkeit entfallen und nur mehr die Funktion der »Belustigung« intensional maßgebend ist, dann nicht mehr unter die Laster, sondern bloß unter die »Schwachheiten des menschlichen Willens«. Der für den einschlägigen Artikel zuständige Anonymus hat letztlich allein Aspekte sozialer Disziplinierung im Blick, wenn er die »allzugrosse Neugierigkeit« als Fehler tadelt und »z. E.« den Gelehrten nennt, der mehr Gemälde kauft, als er sich eigentlich leisten kann, oder die Handwerker, die Geld für politische Journale und Zeit für Diskussionen über die Weltläufte verschwenden (statt zu tun, was ihres Handwerks ist und ihren Wohlstand mehrt).[102]

Die Diskriminierung der Neugierde in der Normenwelt von Schnabels Felsenburg hält die Mitte zwischen diesen Positionen der zunehmenden Auflösung von ›curiositas‹-Kritik. In der fiktionalen Welt eines Romans, der nach dem Zeugnis aller Titelblätter der vier Bände immerhin ja »Curieusen Lesern [...] zum vermuthlichen Gemüths-Vergnügen ausgefertiget« wurde,

ist es zunächst gerade Albert Julius' vorwitziges Drauf-
gängertum, das die Etablierung der gestrandeten Überlebenden auf der unbewohnten und kaum zugänglichen
Insel sichert. Auch stellt sich van Leuvens Warnung
nach Alberts Fall in die Höhle Valaros, der junge Mann
sei »zuweilen ein wenig allzu neugierig«, man habe
bereits genug zur Fristung des Lebens gefunden, und
er möge »das unnütze Forschen unterwegen« lassen
(I,199 f.), als unangemessene Einschätzung heraus. Indessen ist mit des greisen Albert Julius Stigmatisierung
der »eiteln Lüste« einer Expedition ins unbekannte
Südland, die dem Gemeinwesen nichts »nützet«, doch
ein ›curiositas‹-Begriff gesetzt, dem Züge des Lasters
anhaften (II,489).

Die getadelte (und einsichtsvoll-beschämte) junge
Generation lebt ihr Begehren, nachdem der Altvater
dreieinhalb Jahre später gestorben ist, dann freilich um
so unbeeindruckter aus. Im Frühjahr 1733 werden von
Matrosen, die man auf Klein-Felsenburg interniert hat,
zufällig Spuren einer rätselhaften Kultur entdeckt. Als
Eberhard Julius und seinen Freunden, die sich in die
archäologische Erkundung eingeschaltet haben, abends
die »hohe Felsen-Spitze« des Eilands im Licht der unter-
gehenden Sonne »gantz Feuer-roth« entgegen leuchtet,
fallen sie der »Neugierigkeit«, die sie »vor einigen Jahren, bey erstmahliger Besichtigung« erfahren haben,
erneut anheim (III,317 f.). Sie erkunden, zwar immer
an Gott, aber nicht mehr an den geistlich-moralischen

Normen des Altvaters orientiert, das Höhlensystem Klein-Felsenburgs.

Der Nachfolger des ersten Patriarchen, Albert Julius II., hat nicht annähernd die Autorität seines Vaters; sein und anderer dringendes Abraten »von diesen verwegenen und gefährlichen Vornehmen« (III,326) schlagen die fast fünfzig Jahre jüngeren ›Europäer‹ einfach in den Wind, die sich dann auch am Ende des Abenteuers freuen, ihre »Curiosität sattsam vergnügt« (III,352) zu haben. Als Begehren muß indessen der Vorwitz immer erneut befriedigt (und womöglich die Befriedigung gesteigert) werden.

So finden wir im 4. Teil die Truppe um Eberhard Julius, der im 3. Teil hinter seinen Freunden, vor allem van Blac, zurückstand, aber jetzt zunehmend zum Rädelsführer wird, wieder auf Klein-Felsenburg. Gegen das Verbot der Geistlichkeit, sich »fernerweit« in das »Satans-Spiel zu mischen«, das die blutroten Gespenster von Felsenburgs toten Antagonisten Lemelie und Juan de Silves als Unterredung über »wichtige Geheimnisse« veranstalten wollen und von dem er zufällig Kenntnis bekommen hat, folgt Eberhard Julius seiner »Neubegierde«, die ihn »nur immer hitziger« macht, in der rückblickenden Erkenntnis, »daß wir Menschen gemeiniglich am allerliebsten dasjenige thun, was uns [...] untersagt ist« (IV,348 f. und 346). Überhaupt sieht der Erzähler selbst für diese Episode sich nun allmählich unter Legitimationsdruck, galt doch traditionell auch bei den der theoretischen Neugierde liberaler gesonnenen Theologen die Befassung mit Dämonologie als entschieden verderbte ›curiositas‹. Mit wichtigtuerischen kryptischen Formulierungen (wie sie für das Ende der *Insel Felsenburg* immer typischer werden) sucht Eberhard Julius deshalb deutlich zu machen, daß er hier nicht von seinen »Berufs-Wegen« abgewichen, sondern »Leib und Leben dem Vaterlande« aufzuopfern der »Meynung« gewesen sei (IV,351 f.). Wichtig an dieser Äußerung ist nicht die Frage, ob man sie für zuverlässig halten will, sondern die Tatsache, daß sie dem Erzähler überhaupt nötig scheint. In der vorsichtigen Entschuldigung zeigt sich, daß das ›curiositas‹-Verdikt auch im 4. Teil von Schnabels Roman seine (begrenzte) Geltung noch besitzt.

Jenseits der zwiespältigen ›curiositas‹ und jenseits der vereinzelten Unglücksfälle erscheinen das ›mal moral‹ und das ›mal physique‹ im letzten, 4. Teil des Romans als ineinander verschränkte Übel. Das physische kommt als Folge des moralischen Bösen und ist Sündenstrafe: Felsenburg wird vom Krieg heimgesucht. Die Episode, in der portugiesische Kriegsschiffe vor der Küste auftauchen, im Namen des Königs von Portugal die Anerkennung von dessen Oberhoheit sowie das Recht auf Stationierung einer Garnison fordern und schließlich zur Bombardierung der Insel schreiten, wird vom Erzähler mit dem Satz eingeleitet, Gott habe vor diesesmahl, nach seinem gnädigen Wohlgefallen, und zwar noch deutlicher zu sagen, wohl ehe unserer Sünden wegen, in seinem Zorne beschlossen, unsere stoltze Ruh abermahls zu stöhren, und uns zu zeigen, daß er als der Allmächtige über uns lebte, und nach seinem Gefallen mit uns umgehen könne, wie er nur immer selber wolle (IV,258 f.).

Der Krieg als Strafe Gottes, der über die Sünden der Menschen zürnt, verrät noch völlig das Denken des 17. Jahrhunderts. Der Dreißigjährige Krieg erklärte sich für die Zeitgenossen und in besonderem Maße für die Theologen unter den Schriftstellern wie Johann Rist zur Hauptsache aus der Absicht des Allmächtigen, Deutschland wegen des gottlosen und unmoralischen Lebenswandels seiner Einwohner zu züchtigen. Ein halbes Jahrhundert später steht ein Abraham a Sancta Clara dem nicht nach; zu diesem Zeitpunkt und an diesem Ort, 1683 und in Wien, ist es der Krieg, den das Osmanenreich vor allem den Habsburgischen Erblanden aufgezwungen hat, als dessen eine »Ursach« wieder einmal »die grossen Sünden« ausgemacht werden, »welche der Zeit in einem jeden Christlichen Land vnd Stand/ Orth vnd Sort gar häuffig anzutreffen«:

Auff/ auff ihr Christen! vnd beschuldiget niemand anderen wegen deß Barbarischen Einfalls in euere Länder/ als die gar häuffigen Sünden diser Zeit.[103]

Nachdem (in der erzählten Zeit) Felsenburg den Krieg von wenigen Tagen bereits siegreich überstanden hat und vor (in der Erzählzeit) dem Bericht über diesen Krieg, nämlich am Anfang des 4. Teils, vollzieht sich die

Rückkehr von der Anthropologie des Naturrechts zum lutherischen Menschenbild in noch spektakulärerer Form.

Naturerscheinungen ungewöhnlichen Charakters hat es auf Felsenburg gelegentlich immer wieder gegeben. Ein unerklärlicher mitternächtlicher Knall, den eine langsam entschwindende Flamme begleitete, verbreitete schon Schrecken, als van Leuven und Lemelie noch lebten; schon damals wurde auch das Modell einer bewußt unaufgelösten Deutungskonkurrenz eingeführt, das in den späteren Fällen erneut zur Anwendung kommt: Van Leuven erklärt die Erscheinung physikalisch, seine Frau befürchtet, das Phänomen sei die »Vorbedeutung eines besondern Unglücks«, und Lemelie nimmt halb seinen Katholizismus, halb seinen Aberglauben in Anspruch, wenn er alles für das »Gauckel-Spiel« von Valaros im Fegefeuer einsitzende Seele hält (I, 224 f.). Ein paralleler Fall ereignet sich ganze 84 Jahre später. Ein Erdbeben und (diesmal) zahlreiche mitternächtliche Feuerflammen erfahren die gleichen bzw. analoge Deutungsoptionen wie das frühere Phänomen: Sie sind möglicherweise physikalisch erklärbar, vielleicht aber auch Vorboten eines Unglücks und schließlich noch auslegbar – Lemelies »Gauckel-Spiel« vom Katholizismus, aber nicht vom Aberglauben reinigend – als Erscheinung der auf dem Friedhof beerdigten Toten; eine zusätzliche geistliche Dimension fügt der Altvater mit dem Hinweis ein, das Erdbeben könne eine »An-

mahnung« Gottes sein, den anstehenden Buß- und Bet-
tag »desto andächtiger« zu begehen (III,246). Innerhalb
der Deutungskonkurrenz wird in beiden Fällen mit der
Suggestion des ›post hoc, ergo propter hoc‹ die Annahme ausgezeichnet, Felsenburgs ungewöhnliche Natur-
vorgänge seien Vorbedeutungen und Vorboten: Im Anschluß an die erste Erscheinung (von 1646) wird van
Leuven ermordet, einen Monat nach der letztgenannten
(von 1730) stirbt der alte Albert Julius.

Mit drastisch geändertem Kontext machen die
»Wunder-Dinge« (IV,13) der Natur sich nun aber am
Anfang des letzten *Felsenburg*-Teils geltend. Wieder
erscheint ein Lichtphänomen (mit begleitendem Knall),
dem sich eine Serie von gewaltigen Erdstößen anschließt. Die Bearbeitung dieses Phänomens durch
Albert Julius II. und die Geistlichkeit zeugt von dem geänderten Geist, der mittlerweile auf der Insel herrscht.
Es gibt kein konkurrierendes Spiel von Deutungen
mehr, sondern nur eine einzige Auslegung, und diese erfolgt auf just der geistlichen Ebene, die Albert Julius I.
mit dem Hinweis auf die während des Bußtags nötige
Andacht den anderen Auslegungsmöglichkeiten damals
bloß hinzugefügt hatte. In den jetzigen späten Zeiten
Felsenburgs ist allein das Theorem, in der ungewöhnlichen Naturerscheinung spreche Gottes drohende
Strafe sich aus, noch in Geltung. »Es kan seyn«, into-
niert der Regent vor der im Entsetzen »wie die Schaafe«
auf dem Boden liegenden Bevölkerung, »daß der All-

mächtige GOtt diese Insul zerreissen, und in die Tieffe des Meeres versencken, mithin uns alle verderben will, und zwar um unserer Sünden willen«. Zwar würden die Felsenburger, so fährt er fort, indem er den Dekalog in ganzer Länge durchgeht, die Zehn Gebote in geradezu vorbildlicher Weise erfüllen, aber daraus zu schließen, sie seien ohne Sünde, sei Selbsttäuschung und nicht in der »Wahrheit«, vielmehr seien ihre guten Werke (der Begriff fällt nicht) »doch auch noch lange nicht hinlänglich, die Seligkeit zu erwerben, sondern es gehöret noch ein weit mehreres darzu« (IV,21–24). Anschließend treten die Geistlichen in Aktion und werden mit ihren Lesungen und Predigten vom Erzähler wieder einmal besonders ausführlich repräsentiert. Jacob Friedrich Schmeltzer, der jüngere Bruder des ersten Pastors und nach Eberhard Julius' Urteil allerdings ein Mann der harten Linie, schließt seine Predigt mit den Worten,

daß, wo wir nicht erleben wolten, daß es uns eben so, wie den unartigen Kindern Israel und Juda ergehen solte, wir in beständiger Bußfertigkeit leben müsten, als welches allein das beste Mittel sey, dem erzürnten, gerechten GOtte in die Arme zu fallen, und die Straf-Ruthe aus seiner Hand zu winden (IV,34).

Der neue Geist, der auf Felsenburg herrscht, zeigt sich schließlich noch einmal besonders deutlich in der Kantate, die anläßlich des Dankfestes nach den Schreckzeichen musiziert wird. Auch hier ist nichts mehr von Lobpreis und Segnung des Glücks zu spüren, auf der begnadeten Insel leben zu dürfen; die Leitworte des

Textes sind nun vielmehr »Sünde« und »Busse« sowie die »Barmhertzigkeit« Gottes gegenüber dem in seiner Verderbnis immer fehlenden Menschen (IV,41 f.). Am Anfang des 4. Teils hat, mit einem Wort, das ›Licht der Natur‹, wie Becher es verstand, der lutherischen Anthropologie die Herrschaft wieder vollständig abgetreten.

Das Übel als ›mal physique‹ hält – um zusammenzufassen – seinen ersten Einzug in Felsenburg während der Jahre 1727 und 1728 und damit im 2. Teil. Das Übel als ›mal moral‹ hat in der moderaten Gestalt der Neugierde zur gleichen Zeit seine Rückkehr angekündigt und nach dem Tod Albert Julius' keinen nennenswerten Widerstand mehr gefunden. Die Verknüpfung des moralischen und des physischen Übels in der Struktur des Theorems vom Krieg als der Strafe Gottes für die Sünden der Menschen aber, dieses nunmehr genuin voraufklärerische Modell der mittelalterlichen und barocken Theologie, erscheint erst im letzten Teil des Romans. Signifikant wird an dessen Eingang der entscheidende Zug in der Wiederherstellung orthodox protestantischen Denkens gesetzt: Gott zeigt sich drohend in Naturerscheinungen, um die Menschen, die selbst unter den Segnungen Felsenburgs und in der Erfüllung aller Gebote zutiefst in der Sünde sind und ihr durch eigenes Verdienst nicht entkommen können, zur Buße und zur Ergebung in seinen, Gottes, Willen zu ermahnen.

Zerfallen ist die Konzeption, den Menschen durch Heiligung gleichsam frei von der Erbsünde zu machen, die lutherische Anthropologie heteronom auf ein Naturrecht im Sinne Grotius' oder des J. J. Becher der ›Bundsgenossenschafften‹ hin auszurichten. Damit dringen nun Aberglaube und Zauberei in die zur schlechten Materie heruntergekommene Natur ein. Auf dem Theater von Schnabels literarischem Denken präsentiert sich schließlich und konsequent vom 3. Teil an kein Geringerer als der Teufel selbst.

Eine Form des Aberglaubens erscheint in seltsamer Verquickung mit der Herleitung des Krieges aus der Sündhaftigkeit. Das ›mal moral‹, das zum ›mal physique‹ einer militärischen Aggression führt, ist nicht nur, wie das angeführte Zitat sagte, eine unbestimmte Vielzahl »unserer Sünden« (IV,259), sondern kann auch konkret wieder den ›Europäern‹ um Eberhard Julius angelastet werden. Dieser Vorgang, der mit einem unvermittelten Kanonen- und »Bomben-giessen« (IV,248) durch den Uhrmacher und Metallarbeiter Plager beginnt und über mutwillige artilleristische Spiele sowie das Kanonieren unter sonderbare Vogelschwärme schließlich mit der Faszination der Litzberg, van Blac und Julius durch das »Kriegs-Handwerck«, nicht zu vergessen Plagers »gantz neue Fabrique« zur Waffenproduktion, endet (IV,257), dieser gesamte Vorgang ist zumal durch die erzählerisch gebrochenen Wertungen recht komplex und hier nicht im Detail nachzuzeichnen. Eine schlechte ›curiositas‹

hat an ihm wieder Anteil, insofern Eberhard Julius sich
in seiner »Lüsternheit« auf das Anatomieren der rätselhaften Vögel mit »der Eva im Paradiese« vergleicht
(IV,254). Neu und bemerkenswert ist nun aber eben,
daß der ursächliche Zusammenhang solcher Sündhaftigkeit mit dem folgenden Krieg nicht eigentlich religiös,
sondern über Zauberei hergestellt wird – auch wenn es
innerfiktional Geistliche sind, die sich an solchen Zuschreibungen beteiligen. Der Senior des Ministeriums
warnt Julius und die sich mit Mörsern und Bomben
vergnügenden Freunde, in seiner, Schmeltzers, Heimat
hätten,

wenn die jungen Knaben mit Drommeln und Gewehr das so
genannte Soldaten-Spiel zu spielen anfangen, [...] sich die Alten
so gleich sorgsame Gedancken wegen eines bevorstehenden
Krieges (IV,249)

gemacht. Da der Erzähler Eberhard Julius sich über
diesen Volksglauben nicht nur nicht mokiert, sondern
selbst noch hinzufügt, man habe dergleichen oft für wahr
befunden, erscheint die bald darauf losbrechende militärische Auseinandersetzung auch als Resultat seines
leichtfertigen und mutwilligen Treibens. Es ist nicht die
Abfolge von Exemplifizierung der Laster an einem Fall
und Gottes anschließendem zornigen Entschluß zur Bestrafung der allgemeinen Sündhaftigkeit, was hier die
Struktur der Kausalität ausmacht; vielmehr imitieren
metonymische einzelne Personen den Krieg und rufen
ihn damit als kollektives Naturereignis unmittelbar

(und tendenziell sogar ohne Mithilfe Gottes) in die Wirklichkeit: analogischer Zauber geradezu klassischen Zuschnitts.

Ein breiteres Feld findet der Aberglaube nun freilich auf der Insel Klein-Felsenburg. Hier ist die Verbindung zwischen dem Erlöschen der Heiligung und der Herabstufung der Natur zur schlechten Materie mit besonderer Deutlichkeit greifbar. Es hat seine Logik, wenn Schnabel den Wirkungskreis des Teufels und die Techniken der Magie hierher verlegt, ist doch Klein-Felsenburg das der naturrechtlichen Hypothese immer exterritoriale Gelände gewesen, das obendrein just zu dem Zeitpunkt in den Roman eingeführt wurde, als das moralische und das physische Übel zum erstenmal ihr Haupt zu erheben begannen.

Die Episode des 3. Teils, in der Felsenburgs ›Europäer‹ das heidnische Tempelsystem auf der vorgelagerten Insel entdecken und erkunden, wird in ihrer ersten Hälfte markiert durch Naturerscheinungen dämonischen oder teuflischen Ursprungs, die den Eindringlingen Angst machen und sie zur Umkehr bewegen sollen. Zunächst stehen auch diese Phänomene (Feuerflammen und Feuerkugeln, Geheul und Gebrüll) unter der Deutungskonkurrenz von physikalischer Rationalisierung oder übernatürlicher Zuschreibung, die aber schon bald, und zwar durch unbeeindruckt rational-empirische Prüfung mittels einer Uhr, aufgelöst werden kann: Was hier vorliegt, schließt van Blac, sei »Spiel-

fechten des Satans« (III,329) und »teuffelisches Blendwerck« (III,332). Tatsächlich sind die Erscheinungen
ohne wirksame Realität: bedrohen denjenigen nicht, der
sich betend zu Gott hält, und hinterlassen auch keinerlei
Spuren an dem Material, auf das sie niedergegangen
sind. Man mag den Abstand zwischen dem 1. und diesem
3. Teil der *Insel Felsenburg* daran ermessen, daß Albert
Julius damals die Möglichkeit, das ja auch wirkungslose
Phänomen über Valaros Höhle könne ein »pures Gauckel-Spiel« wenn nicht der Hölle, so des Fegefeuers
gewesen sein, noch als lächerliches Vorurteil des »einfältigen Tropffen« Lemelie abtun durfte (I,225); stand
seinerzeit und auf Felsenburg alles fraglos unter der
Signatur der Heiligung, so ist jetzt und auf Klein-Felsenburg zusätzlich mit dem Teufel zu rechnen. Satans Verfügung aber über das »Gebürge«, in dem die neugierigen
›Europäer‹ – mit van Blacs Worten – »nach der alten Art
zu reden, ein besonderes Abentheuer antreffen« wollen
(III,321), hat zweierlei Gründe.

Zum einen ist der im Felsen verborgene Tempel der
Ort eines heidnischen und, wie zunächst vermutet wird,
vorchristlichen Kultus, das Sanktuarium einer Natur-
religion, die nach Auffassung aller Beteiligten, denen im
Werkgefüge wenigstens zunächst nichts deutlich widerspricht, nur ein Werk des Teufels sein kann. So äußern
sich van Blac (III,339) und der Erzähler selbst (III,357).
Der Senior Schmeltzer sieht die Dinge auf die gleiche
Weise, fügt aber in seiner langen Äußerung eine wesent-

liche Differenzierung ein: Für ihn handelt es sich bei dem erloschenen Volk, das in archaischen Zeiten Klein-Felsenburg bewohnte, einerseits nach den kulturellen Zeugnissen um »guten Theils kluge, künstliche«, also kunstfertige, »und geschickte Heyden«, die andererseits demungeachtet in den Schlingen »des Teuffels und seiner Pfaffen« gefangen waren (III,362 f.).

Was Schnabel seine Personen hier äußern läßt, entspricht dem allgemeinen Verständnis des 16. und 17. Jahrhunderts vom Status der Religionen im damals neuentdeckten exotischen Raum. Vor allem an Amerikas Völkern, aber auch an den Indern und Japanern, und zumal in den Augen der spanischen Historiker (Bartolomé de Las Casas ausgenommen) ist die Interpretation unbekannter nicht-christlicher Religionen als Manifestation des Teufels gang und gäbe. »El principal dios que tienen los de esta isla es el diablo«, sagt über die Bewohner Hispaniolas der allerdings den Indianern in keiner Hinsicht besonders wohlgesonnene Francisco López de Gómara (1552), der seinen Lesern dann auch nicht vorenthält, daß Satan dem Aztekenherrscher Moctezuma zu regelrechten politischen Konferenzen erschienen sei. Bemerkenswerter ist die Haltung von Bernardino de Sahagún, dessen 1579 im Manuskript beschlagnahmte und erst 1829/30 gedruckte *Historia general de las cosas de Nueva España* heute als Gründungswerk der Ethnologie Amerikas gilt. Bernardino, ein Franziskanerpater, widmet sich der für ihn faszi-

nierend reichen Welt aztekischer Kultur mit Hingabe
und zeichnet ihre religiösen, wissenschaftlichen, wirt-
schaftlich-sozialen und geschichtlichen Strukturen um-
fassend und akribisch auf; kein Zweifel aber besteht
für ihn darin, daß alle Götter, die er eben noch nach den
Informationen seiner eingeborenen Gewährsleute detailliert beschrieben hat, in Wahrheit keine Götter
sind, »no son dioses«, vielmehr »todos son demonios«.
Tezcatlipoca, zum Beispiel, »es el malvado de Lucifer,
padre de toda maldad y mentira«. Beim Blick auf den
heilsgeschichtlichen Status des Volks, dessen Kultur für
ihn doch von so beeindruckender Größe ist, überkommt
den Pater Bernardino Trauer, die sich in dem Ausruf
entlädt, warum Gott es doch zugelassen habe, »tantos
tiempos, que aquél enemigo del género humano tan a
su gusto se enseñorease de esta triste y desamparada
nación«. Auf ähnliche Weise schreibt der Jesuit Joseph
de Acosta (1590) mit kritischem und rationalem Zugriff
eine Landeskunde Amerikas, deren fünftes Buch gleichwohl fast ausschließlich den Winkelzügen gewidmet ist
(um diesmal aus einer alten englischen Übersetzung zu
zitieren), »wherewith the divell held those superstitious
nations occupied«. Der letzte noch wirkungsmächtige
Autor, der die Linie von López de Gómara vertritt, ist
Antonio de Solís mit seiner *Historia de la conquista de
México* (1684).

Im 18. Jahrhundert bricht mit dem Werk des Jesuiten
Francisco Javier Clavigero (1780/81) das Theorem vom

Wirken Satans im Amerika vor Hernán Cortés auch für den spanischen Sprachraum zusammen. Das war anderswo schon früher der Fall gewesen. Louis-Armand de Lahontan mokiert sich in seinem Reisebericht über Kanada, der 1703 erschienen und schon 1709 auf deutsch herausgebracht wird:

Ich habe hunderterlei Torheiten gelesen, so Geistliche geschrieben, als ob diese Völker mit dem Teufel Gespräche hielten, ihn um Rat fragten und ihm einigermaßen huldigten. Alle diese Meinungen sind lächerlich, denn der Teufel hat sich diesen Amerikanern nie geoffenbaret. Ich habe überaus viele Wilde deswegen gesprochen, ob's wahr, daß man ihn jemals unter Menschen- oder Tiergestalt gesehen [...], daß ich vernünftig mutmaßen könnte, wo der Teufel ihnen erschienen, sie mir's gewiß gesagt hätten.

Das ist nun zwar – schon ganz in der Manier, die bald Voltaire bekannt machen wird – die Antwort auf eine Frage, die eigentlich keiner mehr gestellt hatte, genauer gesagt: eine Polemik lediglich gegen die naiv konservative Position, die daher die Interpretation des Paters Bernardino oder die Joseph de Acostas argumentativ nicht treffen kann. Aber natürlich will Lahontan auch gar nicht argumentieren, sondern mit plakativer ironischer Rede seine Überzeugung kundtun, daß die Zurechnung der Religionen Amerikas zur Tätigkeit des Teufels ein überholtes Modell sei. Faktisch ist sie dies nicht, schon gar nicht im Deutschland Johann Gottfried Schnabels. Noch 1744 heißt es im Artikel *Teuffel* des Zedlerschen *Universal-Lexicons* ganz im Sinne Acostas, daß

Satan »die Ausführung der Kinder Israel bey denen
Mexicanern nachgemacht« und sich »noch heut zu Tage
bey denen Indianischen Völckern [...] mit göttlicher
Verehrung bedienen lasse«.[104]

Ziemlich auf diese Weise sehen es auch die Leute von
Felsenburg. Schmeltzer vertritt noch wie der Anonymus
bei Zedler oder manche französischen Reisenden und
spanischen Historiographen die seinerzeit avancierte
Ansicht des späten 16. Jahrhunderts. Was er, was van
Blac und nicht zuletzt der Erzähler Julius äußern,
der mit Genugtuung konstatiert, man habe just »am
Palm Sonntage, dem Teuffel seinen Tempel zu spoliren
angefangen« (III,357), ist zugleich aber auch die Norm
des Romans: Das Teufelswerk der gespenstigen und zunächst erschreckenden Phänomene aus Licht und Schall,
mit dem die Eindringlinge von der Höhle ferngehalten
werden sollen, markiert diese Höhle als ein Sanktuarium
Satans.

Gegen die Meinungen der Felsenburger spricht auch
nicht, daß im 4. Teil bei einer erneuten Ausgrabung
Schaumünzen ans Tageslicht kommen, die derselben
alten erloschenen Kultur entstammen, nun aber eindeutige Hinweise auf das Christentum enthalten, sind
auf ihnen doch »Christus am Creutze«, Maria mit dem
Kinde sowie »Bildnisse der heiligen Aposteln und
Evangelisten« zu sehen (IV,388 f.). Mit dieser zusätzlichen Information schließt Schnabel lediglich noch
einmal an die Rekonstruktionen amerikanischer oder

fernöstlicher Geschichte aus dem christlichen Geist
der Renaissance und des Barock an. Wenn die Mensch-
heitshistorie einheitlich von Adam ausgeht und über
Noah und dessen Söhne verläuft, dann ist die Besied-
lung Amerikas und anderer exotischer Räume (wie
Klein- Felsenburgs) nur zu erklären über Wanderungs-
bewegungen Noahscher Nachkommen; zusätzlich muß
um der heilsgeschichtlichen Konstruktion willen auch
Christi Erlösungstat diesen in der ›Neuen Welt‹ lebenden Enkeln alttestamentlicher Patriarchen sogleich als
Angebot zugute gekommen sein. Von solch frühem
Christentum, das einzelne Apostel bis in die entlegen-
sten Teile der Erde gebracht haben, seien die Völker
erst anschließend durch das Wirken Satans wieder abgefallen.

Diese Konstruktion gilt in Deutschland gegen Ende
des 17. Jahrhunderts dem fleißigen und erfolgreichen
Polyhistor Erasmus Francisci als ausgemacht. In seinem
*Neu-polirten Geschicht- Kunst- und Sitten-Spiegel
ausländischer Völcker*, einer gigantischen Kompilation,
versichert er:

Denen/ jetzo in der Blindheit deß Unglaubens herumtappenden/
Indianern ist das göttliche Wort von den heiligen Aposteln/ und
derselben Nachfolgern/ anfangs reichlich gepredigt/ auch eine
Zeitlang/ unter ihnen/ in seinem Lauff und Wachsthum geblieben: bis nach und nach der unnütze Menschen-Witz/ samt allerhand ertichteten Zusätzen/ neben eingeschlichen/ und unter sol-
chem/ vom Satan ausgestreutem/ Unkraut der reine Weitzen
zuletzt gar erstickt/ der Glaube in Aberglauben/ das Liecht in

Schatten/ die Christliche Warheit in Mährlein und Lügen/ der Gottesdienst in lauter Abgötterey/ Irrsal und Teuffelsdienst/ ihnen verwandelt worden.

Nach der Degeneration des frühen Christentums herrscht mithin der Teufel geistlich und moralisch über die bedauernswerten Völker West- wie Ostindiens und auch Ostasiens:

Dieser unsaubre Geist/ der nicht würdig genug/ in stinckenden Kloaken und Mist-Pfühlen/ zu wohnen; unterwindet sich [...]/ in herrlichen Tempel-Gebäuen/ zu hausen/ und daselbst/ von denen/ derer Hertzen er vorher zu Tempeln und Wohnungen allerhand verdamlicher Laster/ vorab der Abgötterey/ gemacht/ einen Gottesdienst zu fordern.[105]

Schnabels mit christlichen Zeugnissen belegte Kultur auf Klein-Felsenburg kann also widerspruchsfrei zugleich als eine Kultur des Teufels aufgefaßt werden. Unterstrichen wird dies noch einmal, als in der letzten Hälfte des 4. Teils die kandaharische Prinzessin Mirzamanda mit ihrer Begleitung auf Klein-Felsenburg angetroffen wird. Mirzamandas persische Landsleute, zwar weniger verrucht als die Einwohner Ceylons, die nach dem Urteil der Erzählerin Anna »den Teufel« selbst »täglich« anbeten (IV,527), sind dennoch dem Kult des Feuers ergeben, der am Ende nichts anderes als eine Religion Satans ist. Unter genauer Wiederholung jener Szene, in der damals Klein-Felsenburgs Gipfel sich »gantz Feuerroth« von der sinkenden Sonne zeigte, ja einer »würcklichen Feuer-Flamme« zu ähneln schien (III,317) und mit diesem Anblick die ›Europäer‹ zu ihrer Expedition verlockte, an deren Ende die Entdeckung des heidnischen Tempels stand, erscheint dem Kreis um die Ankömmlinge aus Persien ebenfalls der Widerschein der »Abendröthe« an dem Berg, »als ob ein helles lichterlohes Feuer auf dessen alleobersten Gipfel brennete« (IV,406), und versetzt nun die Dienerin Hadscha, die einzige Nicht-Christin unter den Anwesenden, in eine selbstmörderische kultische Raserei. Die parallele Schaltung der Szenen, die noch dadurch akzentuiert wird, daß den schwarzen Vögeln von damals jetzt »böse Geister« in Gestalt von »schwartzen Personen« entsprechen, die den Körper der Feueranbeterin in die Tiefe stürzen und hinter denen wieder »der Satan« gesehen wird (IV,409 und 407), verknüpft ein wenig die ›curiositas‹ der Expedition, vor allem jedoch den archaischen erloschenen Naturkultus, den man in seinen Überresten gefunden hat, nun ausdrücklich mit lebenden nicht-christlichen Religionen, und zwar unter der ihnen gemeinsamen Signatur des Teufels.

Noch aus einem zweiten Grund verfügt der Teufel über Klein-Felsenburgs höchsten Berg. Dessen unterirdische Gewölbe sind, wie der 3. Teil zeigt, voller Reichtümer. Schon das aus reinem Gold gefertigte Kultgerät der »Götzen-Bilder« stellt einen »unschätzbaren Schatz« dar (III,338). Als man dann bei der weiteren Erkundung zum erstenmal genötigt ist, verschlossene Türen aufzubrechen, stößt man auf ein aus Gold und Edelsteinen angehäuftes Vermögen, das augenscheinlich alle Vor-

stellungen derartig übertrifft, daß der Erzähler Eberhard Julius in seiner Darstellung vorsichtshalber »etwas kurz und verblümt« (III,348) wird. Die Aktionen
des Teufels vor dem Eingang und noch im Tempel selbst
müssen daher auch im Zusammenhang mit dem unterirdischen Reichtum gesehen werden.

Diesem Thema, dem Thema vom Teufel als dem Hüter
eines Schatzes, fügt der 4. Teil noch zwei wichtige Aspekte hinzu. Es erweist sich – dies ist der eine Aspekt –, daß
Klein-Felsenburg nicht bloß den kulturell bearbeiteten
Schatz im Tempel birgt, sondern über ein natürliches
Vorkommen von Edelmetallen in geradezu unglaubli-
chem Umfang verfügt. Auch die Anzeigung dieser Bodenschätze ist indirekt mit Satan verbunden. Eberhard
Julius und seine Freunde beobachten nämlich, daß die
ihnen erschienenen blutroten Gespenster des Franzosen
Lemelie und des Portugiesen Juan de Silves, Figuren
höllischer Herkunft, als sie zur »Gegend des grossen
Berges« hin ihren Blicken entschwinden, »zum öfftern
mit den Füssen auf den Erdboden stiessen, auch bald gegen das Gebürge, bald in das Feuer-Loch, bald in andere
Gegenden mit Fingern zeigten« (IV,346 f.): auf Orte, an
denen man bald darauf einerseits wieder Kultgerät, andererseits »Ertz-Stuffen« (IV,392) mit Gold- und Silber-
gehalt freilegt. Die Natur Klein-Felsenburgs steht, insofern sie metallische Schätze birgt, unter der Signatur
des Teufels. Eine bis dahin nicht erwähnte Art hasen-
ähnlicher Tiere, von den Felsenburgischen Frauen fran-

zösierend »Minions« (IV,340) genannt, entpuppt sich in genauem Gegensatz zu diesem Namen als eine Gattung im Dienste oder zumindest nach der Weise Satans. Der Boden der Insel ist in zauberischer Bewegung: »Maulwurffs-Hauffen« werfen sich rätselhaft auf, »Flammen« zeigen sich über ihnen, eine »Machine« steigt aus der Feuerstelle in der Erde (IV,363, 379 und 381).

Die abergläubische Vorstellung vom Teufel als dem Hüter von Schätzen wird in Schnabels Welt aber nicht so gefaßt, daß etwa das Gold selbst als ein Erzeugnis Satans erschiene. Die Wesen der Hölle in ihren vielfältigen Erscheinungsformen umgeben lediglich das Kapital und suchen mit Drohung und Schrecken den Zugang zu ihm zu versperren. So zeigte es sich schon bei Erforschung und Ausbeutung des Tempels im 3. Teil. So führt es jetzt in einer separaten Geschichte – und diese Verdeutlichung ist der zweite Aspekt, den der 4. Teil dem Thema addiert – die Lebenserzählung der Engländerin Barley vor. Diese Witwe eines Kapitäns, von adliger Herkunft, hat ihre Kindheit überschattet gesehen durch den ruinösen Lebenswandel ihres Vaters, der am Ende seiner Ausschweifungen von einem Nebenbuhler bei einer Mätresse ermordet wird. Der Getötete erscheint um die Mitternachtsstunde, »einen blossen Degen mitten in der Brust«, hinter sich zwei Gespenster mit einem »Reise-Couffre«, vor den entsetzten Augen der Ehefrau und der Tochter (IV,221). Von solchem »Gauckel-Spiel des Satans« (IV,222) bleibt nichts im Zimmer zurück als der

Koffer. Dieser, den der Vater ausdrücklich den Seinen hinterlassen hat, enthält ein beträchtliches Vermögen in Bargeld und Wechselbriefen. Die Mutter akzeptiert den Reichtum freilich erst, nachdem ein Geistlicher den Segen über das »Teuffels-Ding« (IV,223) gesprochen hat. Daß darin keine bloße Idiosynkrasie liegt, erweist sich 24 Stunden später: Der entleerte Koffer zerfällt bereits »zu Staub und Asche« (IV,224).

Mit dem Thema vom Teufel als dem Hüter eines Schatzes stellt der Schnabel der letzten beiden *Felsenburg*-Teile sich in die Tradition einer verbreiteten abergläubischen Vorstellung der Frühen Neuzeit. Diese Tradition hat ihren Höhepunkt überraschenderweise eher im 17. als im 16. Jahrhundert. Wenn die – Paracelsus zu Unrecht attribuierte, aber in die erste Gesamtausgabe seiner Werke (1589–91) aufgenommene – Schrift *De occulta philosophia* von »den schezen und verborgnem gut in und under der erden« handelt, verbindet sie deren Vorkommen extensiv mit Gespenstern oder auch »sylphis und pygmaeis« als Hütern; über die von etlichen vertretene Meinung indessen, »solches gespenst seie vom teufel«, urteilt sie entschieden, das sei »alles nicht war«. Bezeichnend ist, daß Wolfgang Hildebrand, der dieses Kapitel bald darauf gekürzt in seine *Magia naturalis* aufnimmt, die Position des Pseudo-Paracelsus zwar nicht umkehrt, aber doch die ausdrückliche Verwerfung des Teufels als eines Schatzhüters wegstreicht.

Die rückschlagende christliche Tendenz des Barock-
zeitalters läßt sich noch deutlicher beobachten bei
Heinrich Anshelm von Zigler und Kliphausen, dessen
Täglicher Schau-Platz der Zeit (1695) eine einschlägige
Geschichte nach Sebastian Francks *Chronica* (1536) wiedergibt. Zigler, auf dessen Werk sich übrigens Schnabel
in der Vorrede zum Roman *Der aus dem Mond gefallene
Printz* ausdrücklich beruft, um die Verbürgtheit von
Geistererscheinungen zu unterstreichen, berichtet, im
Jahre 1535 hätten 25 Bürger aus Amberg eine Expedition zu einem »ungeheuren Berg« unternommen, um
dort, »entweder aus Vorwitz/ oder aus eitler Hoffnung
einen Schatz zu finden/ eine tieffe Höle zu durchsuchen«.
In ihrer achtstündigen, gut gesicherten Tour stoßen sie
auf »viel seltzame Sachen« im Innern des Berges:
»rechte Paläste/ Bilder/ rauschende Wasser und qvel-
lende Brunnen«, ferner »verweste Riesen-Cörper/ und
Gebeine von unsäglicher Grösse«; einen Schatz freilich
finden sie nicht, sondern bringen nur »Furcht und
Schrecken« davon. Dabei bleibt unklar, ob überhaupt
Reichtümer im Berg zu holen gewesen wären. Auf jeden Fall jedoch kommen die Abenteurer aus Amberg
dem »Teuffel« in die Quere, der »in gestalt eines Weibes« einen der Männer mit einem Steinwurf schwer verletzt. Bezeichnend für Ziglers literarisches Denken ist
nun eben, daß erst er die Schlüsselwörter ›Schatz‹ und
›Teufel‹ überhaupt in den Franckschen Bericht eingefügt, ja die ganze Erzählung unter den Marginaltitel

»Suchen 25. Personen zu Amberg vergebens einen Schatz« gestellt hat.

Zu Basel, so referiert etwa auch Georg Philipp Harsdörffer im *Grossen Schau-Platz Lust- und Lehrreicher Geschichte* (1664), er ebenfalls nach einer Vorlage des 16. Jahrhunderts, in diesem Fall der zuerst 1548 erschienenen Chronik der Schweiz von Johannes Stumpf, sei »eines Schneiders Sohn/ in eine kleine Hölen/ [...] gegangen/ und hatte mit sich genommen eine geweihte Waxkertzen«; drinnen habe »ihn ein Jungfrau/ welche eine halbe Schlange/ zu einer eisern Truen geführet/ darfür zween grosse schwartze Hunde gelegen«, und ihn mit goldenen, silbernen und kupfernen Münzen reich beschenkt. »Diese Jungfer/ oder vielmehr Teuffelsgespenst«, so fährt der Chronist erläuternd fort, »hat ihm zu verstehen gegeben/ daß sie eine verfluchte« und daher der Erlösung bedürftige »Königs Tochter« sei. Im vorliegenden Fall schließt allerdings schon Harsdörffers Gewährsmann Stumpf mit dem Urteil, »daß/ ohne allen Zweiffel/ der Orten ein Schatz vergraben/ den ein Teuffel verhütet«.

Eine ähnliche Überformung alten heidnischen Volksglaubens mit christlichen Elementen bietet Erasmus Francisci, der eine Geschichte über die »Anzeigung« eines vergrabenen Schatzes durch die Weiße Frau, die aus immer derselben Stelle einer Wand tritt und eine Ahnfrau des Hausherrn ist, wenigstens durch den Titel seines Buches dem Wirken des Teufels zurechnet: *Der*

Höllische Proteus/ oder Tausendkünstige Versteller
(1690). Eberhard Werner Happel gibt im 3. Teil seiner
Grössesten Denkwürdigkeiten der Welt von 1687 einen
Bericht, der allen Anspruch auf Wahrheit erhebt, habe
das Ereignis sich doch erst im Februar 1684 in Thüringen zugetragen. Eine gottesfürchtige adlige Dame wird
anläßlich verschiedener Umbauarbeiten an ihrem Schloß
von einem als Nonne aus Gehofen erscheinenden Gespenst angegangen und durch Kneifen und Stoßen bedrängt, einen Schatz anzunehmen; sie, die Dame, könne
auch ihren Prediger mitnehmen und solle, wenn sie an
den bezeichneten Ort käme, »eine Schürze abnehmen
und auf den Schatz werfen. Endlich würde auch wohl an
benannten Ort ein schwarzer Hund sitzen und drüber-
liegen, der sollte ihr nichts tun«. Allen Versicherungen
der Nonne zum Trotz, sie sei kein Teufel, sondern bete
selbst gerne, und noch ungeachtet der kirchen- und
klosterfreundlichen Verweise, mit denen sie die Schatzhebung umgibt, wird aus der Sache nichts, denn die
Theologische Fakultät in Jena gutachtet, daß dieses
Gespenst »nichts anders als der böse Geist sei, dessen
Tun auch für lauter Betrug zu achten«. Den Beweis für
solches Urteil liefert die Nonne freundlicherweise dann
selber nach, indem sie der adligen Dame »zuletzt den
Hals gar umgedreht hat«.

Abraham a Sancta Clara erzählt im *Judas* (1686–95)
die Geschichte eines »lasterhafften Gesellen«, dem »allem Ansehen nach« der Teufel im Traum den Ort eines

verborgenen Schatzes gezeigt habe, damit der Sünder
wieder zu Mitteln komme und seinen »Lueder-Wandel«
zu Satans Freude »ferners zu treiben« vermöge. Abraham faßt die Meinung seines Jahrhunderts auch knapp
und formelhaft zusammen: Dem arglistigen »Sathan«
sind »verborgene Schätz wol bekandt«.[106]

Im frühen 18. Jahrhundert gerät die Stellung der
Gelehrten und der Literaten zu diesem christlich über-
formten Aberglauben erneut in Bewegung. Die ton-
angebende Wissenschaft akzeptiert, wie man weiß, den
kritiklosen oder billigenden Umgang eines Harsdörffer
oder Francisci, Zigler oder Happel mit den Berichten
vom Wirken des Teufels nicht mehr. Zwei Belege mögen
genügen, die Spannbreite in dieser bekannten Konstellation um 1740 zu illustrieren.

Zedlers *Universal-Lexicon*, dies das erste Beispiel,
handelt in seinem drei Spalten umfassenden Artikel
Schatz nur mehr über die juristische Frage, wem das Be-
sitzrecht an derartigen Schätzen zustehe. Harsdörffer
hatte dieses Thema durchaus auch erörtert, aber eben
gleichrangig und unverbunden neben Stumpfs Bericht
über den Basler Schneiderssohn gestellt. Was sich in
der Konzeption des Zedlerschen Schlagworts *Schatz*
indirekt ausspricht, wird im Artikel *Zauberey* explizi-
ter. Der Autor dieses Beitrags kommt auf ein Ereignis zu sprechen, das sich Weihnachten 1715 in Jena zugetragen hatte. Der Versuch eines Studenten und zweier
Bauern, mit Hilfe verschiedener Beschwörungsmittel

und -bücher einen Geist zu zwingen, seinen angeblichen Schatz herauszurücken, endete damals mit dem Tod der Bauern und weiteren Krankheits-, Verletzungs- und Todesfällen involvierter Personen. Die an solch spektakuläre Tragödie sich unmittelbar anschließende (und übrigens auch Christian Thomasius beschäftigende) Diskussion, die der Artikel bibliographisch dokumentiert, zeigt die mittlerweile eingetretene Fraktionierung der Gelehrtenschaft. Während es einerseits immer noch »an solchen Leuten nicht« fehlt, »welche diese Begebenheit als eine Würckung des Satans ansahen« und der Meinung sind, »daß der Teuffel diese Leute getödtet, und so übel zugerichtet«, entscheiden die Theologische, Juristische und Medizinische Fakultät der Universität Leipzig, deren Jenenser Kollegen 1684 die Nonne von Gehofen noch für Satan gehalten hatten, daß die »Tödtung aus natürlichen Ursachen geschehen, und der Teuffel, oder die Gespenster unmittelbar nichts dabey gethan hätten«. Der Verfasser des Artikels selbst verzichtet im Gestus des Zedlerschen Nachschlagewerks auf die Kundgabe seines eigenen Urteils, doch wird aus der Präsentation klar, daß er es mit den Leipziger Fakultäten und mit Thomasius hält.

Als zweites Beispiel seien Johann Zacharias Gleichmanns unter dem Pseudonym ›Variamandus‹ veröffentlichte *Historische Nachrichten von Unterirdischen Schätzen* herangezogen. Der in den Herzogtümern Sachsen-Weißenfels und Gotha tätige Jurist Gleich-

mann, der übrigens zweimal die *Stolbergische Sammlung* zitiert (und dessen Buch dann wieder in Schnabels
Zeitung angezeigt wird), vertritt einen etwas unklaren
protestantischen Rationalismus. Zur Hauptsache ist es
ihm darum zu tun, Berichte über die Mitwirkung von
Geistern Verstorbener und Gespenstern der Hölle bei
der Entdeckung und Hebung von Schätzen als Fälschun-
gen des katholischen Klerus zu entlarven.

Sein Verfahren ist an dem ersten Fall, den er präsentiert, einer aufsehenerregenden Affäre jüngsten Datums
im Fürstentum Öttingen, bereits deutlich zu sehen. Wir
haben hier zunächst alle alten Motive und bekannten
Erklärungen: Der Teufel ist Schatzhüter, er wurde in
heidnischen Zeiten auf dem Schloßberg in Gestalt einer
steinernen Katze angebetet, die Ahnen des Schlosses
sind wegen ihrer politischen und privaten Verfehlungen
im Jenseits nicht zur Ruhe gekommen, ein Kleriker
greift ein und zwingt die bösen Geister in die Hölle, die
guten hingegen erlöst er, zumal diese den immensen
Schatz, darunter zwei Götzenbilder aus Gold und heid-
nisches Kultgerät, gehorsam ans Tageslicht gefördert
haben. Anschließend indessen entlarvt ›Variamandus‹
diese Schatzhebung und ihre Umstände als katholische
konfessionspolitische Intrige, die ihr Motiv im 1737 erfolgten Tod des Herzogs von Württemberg habe. Hinter
solcher Vorderfläche rationalistischer Destruktion des
Aberglaubens aus einem fanatischen Antikatholizismus
lebt bei Gleichmann dennoch die Überzeugung von der

wirklichen Existenz der Gespenster; »gewiß« nämlich bleibe es, »daß es auch solche Geister gebe, welche [...] sonderlich bey denen Schätzen, so noch in der Erden verborgen liegen, ihren heimlichen Aufenthalt haben mögen«. Die zwischen Skepsis und Aberglauben schwankenden *Historischen Nachrichten* des ›Variamandus‹, die den Teufel als Schatzhüter einerseits zum Blendwerk intriganter katholischer Kleriker herunterstufen wollen und andererseits in der kompletten Leugnung von Geistern gefährlichen Atheismus wittern, werden vom *Hamburgischen unpartheyischen Correspondenten* denn auch in nicht weniger als zwei ganzen Spalten ironisch verspottet.[107]

Im Roman der Jahre vor und um 1750 ist von einer Skepsis gegenüber dem Aberglauben kaum etwas zu finden. Es seien ein paar Beispiele vorgeführt, darunter Schnabels letzter Roman, damit dann die Fassung, die das Thema des Schatzes in der *Insel Felsenburg* erhalten hat, im Kontext der Zeit abschließend bestimmt werden kann.

Der Page und Student Illdefrond aus Johann Karl Niedermayrs Roman *Der Raisonabl-Liebende Jurist*, in der 1. Auflage 1736 erschienen, sieht sich mit seiner Verlobten in das Kellergewölbe eines Bergschlosses verschlagen, wo er

einen mit beeden Armben sein eiß-graues Haubt unterstützenden durauß weiß-gekleydten Mann bey einem Tischlein sitzend, und neben ihme ein eröffnet-stehendes Küstlein, auß dessen

werffenden Schimmer leichtlich der darinnen sich befindliche
Schatz messen liesse,

antrifft. Wie eine Schrift an der Eingangstür schon
ankündigte, versuchen zwei große schwarze Hunde sowie Naturerscheinungen als schließlich wirkungsloses
»Blendwerck« die Eindringlinge zu schrecken; der Geist
des – vor etlichen Jahrhunderten gestorbenen – Alten
händigt dem Paar die Schatzkiste ein und hat, als Illdefrond und seine Verlobte im Freien sind, durch die
Entledigung von seinem »peinlichen Reichthum« die
Erlösung in Christo gefunden.

Der 2. Teil der *Merckwürdigen Geschichte des Göttingischen Studenten Mons. V****, der in der 1. Auflage
1746 herausgekommen ist, enthält eine lange Episode, in
welcher der Titelheld von einem Gespenst heimgesucht
wird, das nach eigenen Worten »kein böser, sondern ein
guter Geist« sei, nämlich der Geist seiner »Aelter-
Mutter«. Die Ahnfrau zeigt dem jungen Mann durch
die Vorspiegelung eines Kohlenfeuers jenen Schatz, den
sie selbst vor zwei Jahrhunderten vergraben habe und
den nur ein Nachkomme unter bestimmten Bedingungen
heben könne. Auch in diesem Fall geht es um die Erlösung der Hüterin; zugleich sind mit der Hebung Gefahren verbunden, wie denn des Titelhelden Großvater
während der Aktion von einem schwarzen Geist, den nur
er sieht, angegriffen wird und in eine zum Tode führende
langwierige Krankheit fällt.

Ähnliche Episoden wie diese finden sich in dem –

gelegentlich und ohne Grund Johann Gottfried Schnabel zugeschriebenen – Roman *Der Sieg des Glücks und der Liebe über die Melancholie* (1748) sowie dem – nun tatsächlich von Schnabel verfaßten – *Aus dem Mond gefallenen Printzen* (1750). Im Roman von 1748 stehen ein »scheußliches Gespenste« und schwarze Geister recht nachdrücklich auf dem Weg zum Reichtum; durch sie wirken jedoch nicht die Hölle und nicht der Teufel, sondern sie sind, wie es ausdrücklich heißt, »auf himmlischen Befehl« eingesetzt, den Schatz zu hüten, bis der vorbestimmte Held in der vorbestimmten Nacht, beauftragt durch eine Ahnherrin als Weiße Frau und versehen mit dem »heil. Sacrament«, zur Hebung antritt. Schnabels *Printz* schließlich treibt das Thema auf die Spitze. Nicht weniger als sechs Schätze werden hier ans Licht gebracht. Auch diesmal ist es eine Ahnfrau, die dem Helden regelmäßig als Geist erscheint und ihm genaue Handlungsanweisungen gibt. Die ersten drei Schätze, die allesamt in einem Franziskanerkloster liegen, werden an bestimmten Tagen, zu Weihnachten, Johanni und am Tag des Hl. Franziskus, gehoben. Schnabel hält sich mit der Ausmalung des Zauber-Apparats weitgehend zurück. Lediglich der zweite Schatz wird durch ein »Gauckel-Spiel der unterirrdischen Geister« verteidigt, ein »grimmiger Löwe« mit »feurigen Augen« und »aufgesperreten Rachen« sowie »unbekandte Wunder-Thiere« treten dem Helden entgegen, können aber durch »Besprengung des Weyh-

Wassers« als machtloses »Blendwerck« sogleich verjagt werden.

Der Roman vor und um 1750 nimmt mithin den Spott der zeitgenössischen Gelehrten über den populären Aberglauben nicht zur Kenntnis; er tradiert weiterhin die alten Vorstellungen von furchteinflößenden Hütern und Geistern, vom Erscheinen des Schatzes als glühendes Feuer oder sich aufwerfender Erdhügel, von den Techniken der Hebung und nicht zuletzt vom Wissen der Weißen Frauen über vergrabene Kapitalien. Die Verknüpfung von Reichtum und Teufel indessen ist weitgehend zurückgenommen oder wird sogar ausdrücklich abgewiesen. Die Ahnherrinnen selber betonen, sie seien keine bösen Geister – und anders als im Fall der Happelschen Nonne von Gehofen sind sie es auch nicht, sie erscheinen vielmehr geradezu bis in die Einzelheiten hinein als deren Gegenbild und damit als Kontrafaktur des von Jenenser Theologen verurteilten Gespenstes aus dem Jahre 1684. Auf seiten der Schatzheber, vor allem aber ihrer Begleiter, gibt es öfter die alten Ängste, wenn etwa der Hofmeister im *Sieg des Glücks und der Liebe* (ähnlich auch der Hofmeister des *Göttingischen Studenten*) seinen Schützling zunächst vor der »Versuchung des bösen Feindes« warnt und ihm empfiehlt, »Seele und Leib wohl in acht zu nehmen«, oder wenn der Vetter des Ich-Erzählers im Roman *Der Wagehalß* (1752), als die beiden Männer auf ihrer Heimreise im nächtlichen Harz eine Höhle voll

Gold und Silber und – Skelette entdecken, vorübergehend in Panik davonläuft mit dem Ausruf, man wisse
nicht, »welcher Teufel seinen Wohn-Platz noch darinnen« habe. Reminiszenzen an die Kombination von
Schatz und Teufel liegen zweifellos auch noch vor, wenn
im *Sieg des Glücks und der Liebe* das Hl. Sakrament
und bei Schnabel Weihwasser nötig sind, um die Aufgabe
sicher zu Ende zu führen. In der Tendenz jedoch hat der
Teufel als Schatzkundiger und Schatzhüter im Roman
um 1750 ausgespielt und diese Rolle wieder an die Figuren des alten Volksglaubens zurückgegeben oder an
seine geistlichen Gegenspieler im Dienste des Himmels
abgetreten.[108]

Damit kann nun Johann Gottfried Schnabels Behandlung des Themas in der *Insel Felsenburg* genauer ver-
ortet werden. Ein weiteres und letztes Mal zeigt sich die
Kehrtwendung der letzten beiden Teile gegen den 1. Teil
des Romans – und gegen sowohl die avancierten Ver-
treter der gelehrten Zeitgenossenschaft wie, wenngleich
schwächer, auch gegen die meisten Romanciers der
1730er und 1740er Jahre.

Der Schatz, den seinerzeit Cyrillo de Valaro als Toter
verwahrte, war zwar für den jungen Albert Julius mit
einigen Schrecknissen versehen, auch bedurfte Valaro
der Erlösung und gab erst dann den Reichtum und die
in seinem Sessel verborgenen Schriften frei; doch die
gesamte Episode ist vom Licht der Reinigung und der
Erwählung bestimmt, die Schätze werden an ihrem Ort

gelassen und sogar vermauert. Auf Klein-Felsenburg hingegen und für die ›Europäer‹ stehen die Geldmittel, ob sie nun angehäufter Besitz von fremden Menschen oder noch Teil der Natur sind und des Abbaus harren, wieder im Dunstkreis des Teufels. Dies zeigen auch die jetzt in das Gemeinwesen hineingetragenen Biographien, die Geschichte der Madame Barley ebenso wie der Umkreis der Vita Mirzamandas: Die »schwartzen Vögel« fleddern Hadschas Leichnam und kämpfen um Stücke ihrer Kleidung, in die Diamanten und andere Edelsteine eingenäht sind; Leute aus Felsenburg eignen sich diesen »kleinen Schatz« an und bringen ihn, die »Firlefanze-reyen« des Bösen durch Gebet und Gesang abwendend, heim (IV,419–21). Aus dem Kontakt mit dem Teufel einmal herausgelöst, bleibt der Reichtum künftig frei von moralischer und theologischer Stigmatisierung. Satan und der von ihm erzeugte Schrecken sind nur mehr die Allegorie der Mühen, die vor dem Gewinn des Kapitals und der Verfügung darüber durchzustehen sind. Zugleich aber markieren sie noch den dunklen Untergrund der Gottferne, in den die Ansammlung abstrakter Tauschmittel den schwankenden Menschen jederzeit hinabziehen kann.

Der Status Felsenburgs am Ende der Tetralogie ist, auch wenn mit dem Einzug des ›mal physique‹ und des ›mal moral‹ das Fundament der Albert-Julius-Kolonie sich zersetzt hat, doch ganz und gar nicht desparat. Wohl um dies zu unterstreichen, läßt Schnabel noch spät ein derart »fruchtbares Jahr« auf der Insel herrschen, wie man es bis dahin »niemahls gehabt« (IV,532). Keineswegs fällt die Kolonie etwa dem Teufel anheim. Die Faszination durch die Edelmetalle, die eine Zeitlang in einem eigens errichteten Schmelzwerk gewonnen werden, ist nur eine der »Augenweyde« (IV,539). Die Bewohner Felsenburgs enden nicht wie der Herr von Elbenstein. Der Status der Natur und des Menschen aber hat sich wieder in den zurückverwandelt, der die Biographie des *Im Irr-Garten der Liebe herum taumelnden Cavaliers* bestimmte.

Die von der Romankonzeption vor allem im 1. Teil erarbeitete Heiligung zu einer Welt im Kleinen, die gleichsam von der Erbsünde frei geworden und unter die (heteronome und daher heikle) Geltung eines ›absoluten‹ Naturrechts gelangt war, ist zerfallen: Luthers Satz, daß alles Natürliche verderbt sei, tritt wieder hervor. Es scheint, als sei dieser Prozeß der Zersetzung vor den Augen eines widerstrebenden Autors abgelaufen. Anders läßt sich kaum erklären, wieso Schnabel etwa einerseits die Fauna Felsenburgs plötzlich ohne Not um Löwen, »Leoparden, Tieger-Thiere, Bären und andere reissende Thiere« (IV,542) vermehrt, die möglichst vernichtet werden sollen, und andererseits um den von Prinzessin Mirzamanda eingeführten Löwen herum, der mit einer »Gemahlin« und Ziegen, Schweinen, Rehen wie Hühnern zusammenlebt und sich mit ihnen »ungemein wohl vertragen« (IV,553) kann, das Friedensreich des Messias

227

nach Jes 11, 6–8 evoziert, das freilich dann brüchig genug und ohne Zukunft bleibt.

Es stellt sich die Frage, worin dieser Prozeß seinen Grund hat. Kaum Sinn gäbe die Erklärung, Schnabel hätte mit zunehmendem Alter seine Einstellung konservativ korrigiert. Wenig plausibel erscheint auch die Annahme, mit dem 1. oder spätestens dem 2. Teil des Romans sei der lebensgeschichtliche Erfahrungsreichtum des Autors aufgebraucht und nichts mehr vorhanden gewesen als der zeitgenössisch gängige Bestand an Romanmotiven und Glaubenssätzen.

Wenn die im Vorstehenden vorgetragene Sicht Geltung beanspruchen kann, dann muß man das Projekt *Insel Felsenburg* von Anfang an als ein höchst prekäres und zugleich immer vom Absturz bedrohtes Unterfangen ansehen. Mindestens so unsicher wie Johann Joachim Becher schwankt der über ein halbes Jahrhundert später geborene Schnabel zwischen zweierlei Naturrecht. Ein Denken über die Lehren des Luthertums hinaus ist ihm möglich nur in den Dimensionen eines literarisch ausphantasierten Prozesses der Heiligung und zumal eines exotischen Raums. Das solcherart heteronom erzeugte ›absolute‹ Naturrecht bricht in dem Augenblick zusammen, da der Fokus sich wieder auf Europa als Mentalität richtet und aus dieser Einstellung nicht mehr freikommt. Das Schicksal der *Insel Felsenburg* entscheidet sich, wenn das Interesse des Erzählvorgangs sich dauerhaft an Eberhard Julius und

dessen Freunden festzumachen beginnt. Über sie als
handelnde Personen kommt das ›mal moral‹ auf die Insel, über sie als narrativ organisierende Instanzen zieht
– und dies ist fundamental – die ›eigentliche‹ Anthropologie Schnabels, die des *Im Irr-Garten der Liebe herum
taumelnden Cavaliers*, nun auch in die Konzeption der
Tetralogie ein.

Gleichwohl hält der Autor der *Insel Felsenburg* noch
eine allerletzte Kehrtwendung als Pointe bereit. Sie wird
geboten vom seltsamsten Stück Text des 4. Teils, dem
abschließenden Brief von anonym bleibender, aber »gelehrter Hand« (IV,560). Auf den ersten Blick mag man
diese gut zwanzig Seiten für eine ebensolche Satire auf
das hermetische (und theosophische) Denken halten wie
die Äußerungen der Scharlatane in Jeremias Heinrich
Plagers Lebensgeschichte, in denen Theorie und Praxis
der Alchimie, selbst in ihrer Verbindung mit der »wahren Theosophie« (II,299), verspottet werden sollen. Indessen zeigt das Schreiben, das nun überraschend die
archaische Religion des Klein-Felsenburger Tempels
aus dem Geist des Theophrastus von Hohenheim oder
Paracelsus interpretiert, bei aller wunderlich kompak-
ten Esoterik doch soviel argumentativen Zusammenhalt,
daß man es nicht von vornherein im Widerspruch mit den
Normen des Autors sehen muß, der seine Tetralogie auf
diese Weise beschließt.

Der Ausgangspunkt des Anonymus ist die Auffassung,
»daß der Heydnische Götzendienst nichts anders ge-

wesen, als ein purer Naturalismus, und haben sie
durch ihren«, also unter ihrem, »Gott lediglich die Natur
verstanden« (IV,562). Dieser Satz, positiv gemeint, wie
er es im Kontext zweifellos ist, wirft auf einen Schlag
nun wieder die gesamte frühere Konstruktion um, die
in der erloschenen Religion des unterirdischen Tempels
das Wirken des Teufels sah. Der Begriff ›Naturalismus‹ hat im 18. Jahrhundert verschiedenen Sinn, aber
nahezu stets problematischen Klang. Die von Schnabels Briefschreiber gemeinte Position, nämlich »keinen
andern Gott, als die Natur« anzuerkennen, nennt das
Philosophische Lexicon des Theologen Johann Georg
Walch, das zuerst 1726 erschien, noch 1775 schlicht
einen »Irrthum«.[109] Tatsächlich setzt der Anonymus
zur Darlegung einer hermetischen Naturphilosophie
an, die um die paracelsischen Begriffe des ›Archeus‹
und des ›Samens‹ sowie die ebenfalls paracelsische
Trias von Salz, Schwefel und ›Mercurius‹ kreist. Zwar
fügt er ebenso eilig wie kurzbündig seinem System
eine ›theosophische‹ Dimension ein, indem er die drei
Prinzipien der Alchimie mit der Christus-Symbolik
des 1. Johannes-Briefs gleichsetzt und, abermals unter
Berufung auf den Apostel, nämlich Joh 3,5, die Zeu-
gungskraft der alchimistischen Opposition Schwefel
und Salz ausdrücklich sowohl dem »Reiche der Natur« wie dem der »Gnaden« zuordnet (IV,565). Dieses
Stück ›Theosophie‹, vermutlich ohnehin häretisch, bleibt
aber von begrenztem Gewicht. Zur Hauptsache nämlich

geht es dem Autor des Briefes um die Natur und deren Selbstheilungskräfte. Das kultische Wissen der ehemaligen Bewohner Klein-Felsenburgs erscheint in dieser Deutung als uraltes medizinisches Erfahrungswissen. Im Zentrum solchen Wissens steht der ›Archeus‹, und zwar in zweierlei Ausprägung, als der »allgemeine Archaeus und Weltgeist« (IV,563), unter dem die Hervorbringungskraft der Natur schlechthin zu verstehen ist, und als der jeweils individuelle ›Archeus‹, der nun eher als »geschickter Haußwirth« (IV,566) operiert und in dem von ihm geleiteten besonderen Organismus nach dem Rechten sieht.

Der medizinische Gehalt des Briefes läuft auf eine Diätetik des Magens und der Seele hinaus: Unmaß und Unordnung in der Nahrungsaufnahme und in den Affekten provozieren den ›Archeus‹ des Körpers zu unkalkulierbaren Reaktionen, Maß und Ordnung hingegen halten ihn fähig, Störungen und Krankheiten erfolgreich zu bekämpfen. Verklausuliert klingt noch der Gedanke einer hermetisch-alchimistischen Universalarznei an, wenn der Schreiber des Briefes erwägt, man könne dem ›Archeus‹ eine »wohl ausgekochte fix und feuerbeständige Quint-essenz« zur Unterstützung geben, die »mit ihm einerley Natur«, also Kraft von seiner Kraft und mithin das sei, womit auch er »seine krancke Creaturen speiset und stärcket« (IV,577). Am Ende blitzt der – wiederum paracelsische – Gedanke einer Harmonie von Makrokosmos und Mikrokosmos auf: Der

»grosse Welt-Archaeus« und derjenige »in unserer kleinen Machine« stehen in Analogie (IV,579).[110]

Schnabel, so muß nicht lang erinnert werden, hatte als ersten Beruf ein ärztliches Handwerk gewählt. Chirurgie und paracelsische Medizin, Wundarzt und Alchimist sind zwar öfter, aber keineswegs notwendig Gegensätze. Der Feldscher Johann Dietz, der mit seinem ersten Versuch, die Werke des Paracelsus anzuwenden, zwar nicht gut zu Rande kommt, liest später vor Barbiergesellen »collegia chirurgica«, in denen er »nach dem theophrastischen und anderen principiis« darlegt, daß »der Mensch nebenst Geist, Seele und Leib, aus sal, sulphur und mercurius bestehe«. Der proteische Johann Joachim Becher, der im ersten Beruf Arzt war, publiziert neben seinen ökonomischen und moralphilosophischen Schriften frühzeitig auch solche alchimistischen Inhalts. Seine *Institutiones chimicae prodromae* von 1664, die seit 1680 auch deutsch und unter dem Titel *Oedipus chymicus oder Chymischer Rätseldeuter* vorliegen, verstehen sich als Einführung, der *Chymische Glückshafen* von 1682 ist Handbuch und Repertorium des Faches. Im *Oedipus* findet sich selbstverständlich ein Abschnitt über die Anwendung der paracelsischen Trias Salz, Schwefel und ›Mercurius‹ zu ärztlichen Zwecken, der indessen weitgehend im Rahmen der galenischen Medizin bleibt. Schließlich wechselt Becher in seiner späten *Psychosophia*, damit seinerseits die naturrechtliche Ebene des *Moral Discurses* überschreitend, noch zur ›Theosophie‹ als der umfassendsten Weise des Erkennens von Gott und Natur.[111] Immerhin, soviel mögen diese beiden Beispiele belegen, wären sowohl von Schnabels Vita wie von den Systemen des Wissens aus, in denen er sich bewegt, Anschlüsse an die breite Tradition der hermetischen Philosophie zu sehen.

Es gibt in der ersten Hälfte des 18. Jahrhunderts zumindest einen Roman, der mit seinem Ende dem Abschluß der *Insel Felsenburg* an die Seite gestellt werden könnte. Dieses 1731 anonym erschienene Werk *Die siebenmal ubelgerathene und einmal sehr wohlausgeschlagene Ehe eines Weibes* ist die fiktionale Autobiographie einer Frau. Der letzte und vorbildliche Ehemann des ›Weibes‹ besitzt bei einer nahezu universalen und auf Praxis gerichteten Gelehrsamkeit eine besondere »Erkänntniß in der gemeinen Heil-Kunst«, die der »geheimen und wahren Philosophie« entspringt, auch mit quasi-hermetischen Operationen verbunden ist und daher von anderen, wenngleich zu Unrecht, der »schlüpferigen und meistentheils sehr eitelen, wo nicht gar höchst schädlichen Kunst« der Goldmacherei an die Seite gestellt wird. In die Versammlung aller Normen, mit denen die Partner einer vorbildlichen Ehe ausgestattet sind, gehört in diesem Roman demnach auch ein arkanes Ideal von Medizin. Schnabels Beschluß der *Insel Felsenburg* ist freilich in ungleich massiverer Weise der Alchimie verpflichtet, distanziert sich aber doch seinerseits ebenfalls und sarkastisch von den »Weißheits-Lehren« der »Gran-Goldmachers-Professorum« (IV,575).

Ein zweiter Roman der Zeit, die schon einmal herangezogene *Merckwürdige Geschichte des Göttingischen Studenten Mons. V****, holt Paracelsus als Text in die Gegenwart. Der Titelheld war, wie erinnerlich, in eine lange Episode verwickelt, an deren Ende er einen Schatz hob, den die Ahnfrau zwei Jahrhunderte früher vergraben hatte. Mit dem Schatz kommt, wie jetzt nachzutragen ist, ein Manuskript ans Tageslicht, bei dem es sich um »eine eigenhändige Schrifft von dem hocherleuchteten Theophrasto Paracelso« (so des Hauslehrers Urteil) aus dem Jahr 1546 handelt. Ein »Extract« dieser Schrift wird abgedruckt und ist anschließend Gegenstand eines Gesprächs unter den Romanpersonen. Mit der Verbindung von Schatzhebung und hermetischem Text, die sich nun allerdings nicht am Ende, sondern in der Mitte des Romans ereignet, wird eben jene Figur, mit der die *Insel Felsenburg* schließt, in anderer Variation realisiert.[112]

Nun können alle Versuche, die hermetisch-alchimistische Tradition in verschiedenen Konstellationen, die Schnabel nahe sind, aufzuweisen, über den Stellenwert der merkwürdigen »Zugabe« (IV,560) selbst nichts aussagen. Seltsam kommentarlos dem Ende des 4. Teils anmontiert, läßt das Schreiben des Anonymus sich aber gerade mit dem Romankontext offenbar überhaupt nicht verknüpfen. Wie steht also die Auslegung, die in der heidnischen Religion nicht mehr den Teufel, sondern »grosse erfahrne Philosophi« (IV,581) des hermetisch-medizinischen Denkens am Werk sieht, innerhalb des Gefüges der *Insel Felsenburg*?

Vielleicht läßt sich eine minimale Bewegung in der zweiten Hälfte des 4. Teils in Anspruch nehmen, um zu einer Entscheidung zu kommen. Als die Handlung im Anschluß an die erfolgreiche Bewältigung der Krise, die von den portugiesischen Kriegsschiffen provoziert worden war, sich wieder nach Klein-Felsenburg verlagert, geraten Eberhard Julius und seine Freunde, die im 3. Teil erstmals mit den Wunderzeichen und Teufels-werken auf dieser Insel zu tun hatten, abermals und erheblich tiefer in die Welt des Übernatürlichen. Bald zeigt sich, daß sie jetzt auf einen kundigen Führer zäh-len können. Der heißt Vincentius, ist Spanier und hat in seiner Jugend Magie studiert. Um die Zulässigkeit die-ser Kunst, die er zugunsten der Felsenburger einsetzt, werden erzählerisch anfangs einige Wolken gebreitet. Vincentius selbst gesteht offen, daß sein Studium die »Magiam« als die »so genannte Schwartze-Kunst« zum Inhalt gehabt habe; ein spanischer Geistlicher, den er später seiner Gewissensbedenken wegen konsultiert, sei der Meinung gewesen, eine solche Magie sei grund-sätzlich erlaubt, »nur aber würde ein gutes Christen-thum [...] darzu erfordert« (IV,359 f.).

Was der Mann indessen vor unseren Augen auf Klein-Felsenburg vorführt, ist nun allerdings zweifelsfrei

Schwarze Magie in Reinkultur: Er bannt die Gespenster böser Toten und zwingt sie unter seine Gewalt, er zitiert die Geister van Leuvens und des Ehepaars Julius, er vernichtet die verdammten Leichname Lemelies und des portugiesischen Kapitäns, er ficht sodann gegen das gräßliche »Meer-Wunder« (IV,376) in einem Kampf, der lauter Blendwerk typisch teuflischen Zuschnitts ist, und er macht gleichsam nebenbei noch »Feuerspeyende Drachen, feurige Schlangen und dergleichen Ungeziefer« (IV,381) unschädlich. Ungeachtet all dieser höchst bedenklichen Handlungen beharrt er darauf, daß »ein von GOtt gesandter guter weisser Geist« (IV,361) ihn antreibe. Daran zweifelt nach anfänglich anderer Meinung schließlich auch der jüngere Schmeltzer nicht, zumal der Magier vom Katholizismus zur protestantischen Konfession überwechselt; die »meisten« der »Künste« Vincentius', so der Pastor, seien »erlaubte und in der vernünfftigen Philosophie gantz wohl gegründete Sachen« (IV,418).

Sieht man allein auf den bisher skizzierten Zusammenhang, dann erscheint dieses Urteil völlig unverständlich, ja geradezu grotesk falsch. Es kann kein Zweifel daran bestehen, daß nach Auffassung der zeitgenössischen Gelehrten die Wissenschaft der Magie, wie immer man sie im einzelnen noch binnendifferenzieren mag, jedenfalls letztlich in zwei konträre Teildisziplinen zerfällt: »Bifariam mageían ipsam diuidunt«, heißt es in Giovanni Battista della Portas *Magia natu-*

ralis (1558), und die deutsche Übersetzung von 1715
fährt fort:

deren eine hat den üblen Namen/ daß sie mit den unreinen
Geistern zu thun hat/ und von allerhand Beschwerungen und
unzulässigen Vorwitz-Künsten zusammen geflicket ist/ und
Goeteía die Zauber-Kunst genannt wird/ welcher aber alle
gelehrte und rechtschaffene Leuth gantz entgegen sind/ allermassen sie auch nichts warhafftiges und wesentliches oder der
Vernunfft gemässes hervor bringt/ sondern in lauter Verblendungen bestehet/ davon nicht das geringste Merck-Zeichen
überbleibet [...]. Die andere ist die natürliche Wunder-Kunst/
die ein jeder recht weiser Mann liebet/ hochachtet und ehret/
als etwas gar hohes und und allen Kunst-Ergebenen überaus
anständiges.

Diese zweite Teildisziplin, eben die ›magia naturalis‹, sei

nichts anders/ als eine Durchschauung der gantzen Natur: Denn
wenn einer die Bewegung des Himmels/ der Sternen/ und der
Elementen/ wie auch deren Veränderungen recht durchzusehen
weiß/ so wird er auch die verborgene Geheimnisse/ so sich an
Thieren/ Kräutern und Bergwercks-Sachen/ und bey deren
Entstehen und Vergehen befinden/ wol durchgründen können:
Also daß diese Wissenschafft aus dem Antlitz der Natur selbst
herzustrahlen scheinet.[113]

Schnabels spanischer Magier betreibt zunächst fraglos nicht ›magia naturalis‹, sondern just jenes Operieren
mit »Beschwerungen« und »Verblendungen« ohne blei-
bendes »Merck-Zeichen«, das nichts »der Vernunfft
gemässes« hervorbringt und somit ›magia infamis‹, teuflische Magie, darstellt. Wenn Pastor Schmeltzer demungeachtet behauptet, Vincentius' Künste seien in der
»vernünfftigen Philosophie« gegründet, dann erklärt

sich dieses Urteil daraus, daß er die nigromantischen
Handlungen des Spaniers als einmalige und vergangene
auf sich beruhen läßt und stillschweigend allein dessen anschließende Arbeit als Prospektor zur Kenntnis
nimmt. Vincentius kann nämlich mit seinen verschiedenen, auf die »mancherley Arten der Metallen und
Mineralien« (IV,391) jeweils abgestimmten, Wünschel-
ruten die Bodenschätze Klein-Felsenburgs erkunden.
Als der erzählende Eberhard Julius die Erfolge des Ru-
tengängers »Wunderdinge« nennt, beeilt er sich jetzt
hinzuzufügen, er meine damit lediglich »solche, welche
der Sage nach, blos in der Natur stecken sollen«
(IV,391). Was der Magier als Prospektor praktiziert, ist
in der Tat della Portas »natürliche Wunder-Kunst«,
ausgeführt von einem erfahrenen Weisen, der »die verborgene Geheimnisse«, in diesem Fall in »Bergwercks-
Sachen«, erforscht und ergründet hat.

Gegen Ende des Romans definiert Vincentius, der
seine frühere Lebenserzählung unter einen Begriff
von »Magia« gestellt hatte, der wie selbstverständlich
identisch war mit dem der »so genannten Schwartz-
Künstlerey« (IV,359), sich und seine Wissenschaft ter-
minologisch um: Er sieht sich nunmehr im Einklang
»bloß« mit »der magia naturali« (IV,537). Zu diesem
Zeitpunkt ist auch die Skepsis, die gerade Eberhard Julius dem Spanier früher entgegengebracht hatte, ge-
schwunden. An der Figur Vincentius' läßt sich mithin
eine Bewegung erkennen, die anders als der Prozeß der

Reinigung und Heiligung, der sich über Cyrillo de Valaro vollzog, im Gefüge des Textes nicht explizit gemacht wird, sondern erst durch aufmerksames Hinsehen erschließbar ist. In dieser Bewegung wird die Herabstufung der Natur zur schlechten Materie zurückgenommen und ersetzt durch eine andere Konzeption: Der Zugriff des Teufels macht dem Reich der ›magia naturalis‹ Platz. Vincentius' heimliche Reinigung vom Nigromanten zum Weisen, der Einblick in die Geheimnisse der Natur besitzt, bereitet den hermetisch-alchimistischen Brief vor, der die *Insel Felsenburg* abschließt.

Damit darf nun wohl mit Gründen gefolgert werden, daß der anonyme Gelehrte nicht als Objekt von Satire oder Komik zu verstehen ist. Der 4. Teil des Romans zeigt vielmehr ein Denken in Bewegung. Ohnehin ist das System der narrativen Ebenen, mit denen Schnabel früher so virtuos umzugehen wußte, hier ins Rutschen gekommen.[114] Vielleicht manifestieren sich in diesen erzähltechnischen ›Fehlern‹ doch nicht bloß die Ermüdung eines schließlich erst 50jährigen Literaten und der Mangel an Konzentration bei einem vom Verlust der Existenz bedrohten Mann. Möglicherweise muß der letzte Teil der *Insel Felsenburg* stattdessen gesehen werden als ein Drama des Schreibens. Die Ausgangskonstellation dieses Dramas wäre der Zerfall des Experiments, neben den Naturbegriff und die Anthropologie des lutherischen Protestantismus ein Naturrecht jenseits der Erbsünde zu setzen. Das Drama selbst bestünde in dem

Versuch, mit dem ›Naturalismus‹ des ›Archeus‹-Begriffs und der paracelsischen Philosophie ein neues Bedeutungsprojekt einzurichten. Diese Einrichtung erfolgt nur mehr in disparaten Umrissen. Überdies wäre die Reichweite der jetzt gemeinten Natur im Vergleich zum Naturrecht verschoben, wenn nicht eingeschränkt. Der Anonymus bearbeitet medizinische und technische Probleme, er handelt breit über Fragen der Gesundheit und stellt zugleich in Aussicht, durch seine chemisch-alchimistische Erforschung der »Geheimnisse der Natur« den Kolonisten »zu besserer Etabilirung ihrer Wirthschafft dereinst« (IV,562) Anregungen geben zu können. Wenn von diesem neuen Bedeutungsprojekt aus ein neuer Zyklus über Felsenburg seinen Ausgang nehmen wollte, dann würde er nicht mehr das soziale Ideal einer glückseligen Kolonie entwerfen können.

In der Arbeit am Sinn treffen wir Schnabels literarisches Denken bei den Versuchen, den ihm sozusagen apriorischen Vorgaben des christlich-protestantischen Verständnisses von Welt, Natur und Mensch zu entkommen. Dem zuzuschauen, ist gewiß nicht ohne Faszination. Wo indessen kein intendierter oder subjektiver Sinn ansteht, wo die Konturen der Autorfigur sich auflösen, innerhalb einer Literaturgeschichte der Modelle von möglichen Roman-Plots also, erscheint die *Insel Felsenburg* voll von Perspektiven auf die Zukunft. Eine Historie der Konzepte von lebensgeschichtlichen Strukturen müßte ihr eine Schlüsselstelle zuweisen.

Anmerkungen

Alle Zitate sind prinzipiell buchstabengetreu nach den jeweiligen Quellen gegeben. In Abweichung von diesem Grundsatz werden die typographischen Auszeichnungen der Originale (einschließlich von Majuskelschrift auf Titelblättern) aufgehoben, Nasalstriche sind durch den Buchstaben, den sie vertreten sollen, ersetzt, Fraktur-›ʒ‹ ist in der Wiedergabe zu »I« und »J« differenziert. Titel außerhalb von formalen Titelaufnahmen erscheinen in der Kursive, indirekte Zitate werden in › ‹ gesetzt. Bei der Wiedergabe aus den Quellen sind Abkürzungen des Originals nur in den Fällen und in [ ] ergänzt, in denen die korrekte Auflösung sich möglicherweise nicht von selbst versteht.

Zitate werden, wann immer möglich, über Seitenangaben innerhalb der Darstellung selbst nachgewiesen. Dies betrifft vor allem die Belegstellen aus der *Insel Felsenburg*. Hier gilt – mit Ausnahme der Anmerkung 38 – als Referenz die vorliegende Ausgabe. Die Anmerkungen führen die übrigen Werktitel Schnabels, also die in der Bibliographie, Teil II, verzeichneten Titel, in der Form (z.B.) ›Schnabel: Cavalier. 1738‹; sie führen alle Titel, die in die Bibliographie, Teil III, aufgenommen wurden, in der Form (z.B.) ›Kleemann (1891)‹. Die sonstigen Titel erscheinen bibliographisch vollständig bei ihrem ersten Nachweis. Das Landeshauptarchiv Sachsen-Anhalt (Außenstelle Wernigerode) wird abgekürzt mit ›LHASA‹, das Sächsische Hauptstaatsarchiv Dresden mit ›SHSA‹. – Ich danke allen Personen und Institutionen recht herzlich, die mich bei der biographischen Recherche, auch wo sie dann (wie an vielen Stellen) nicht erfolgreich war, unterstützt haben.

[1] Bibliographische Angaben zu diesem – wie die meisten Zeitungen des 17. Jahrhunderts öfter seinen Titel wechselnden – Organ sowie Bestandsnachweise siehe in: Die deutschen Zeitungen des 17. Jahrhunderts. Ein Bestandsverzeichnis mit historischen und bibliographischen Angaben zusammengestellt von Else Bogel und Elger Blühm. Bd 1. Bremen 1971, 201–205 (= Studien zur Publizistik. Bremer Reihe. Dt. Presseforschung 17).

² Die Personenstandsangaben zu Johann Gottfried Schnabel
sowie Auszüge aus dem Sandersdorfer Kirchenbuch (ohne die
Namen der Paten) wurden erstmals veröffentlicht von Kleemann
(1891), 363. Die Angaben zu den Paten sowie die überprüften
(und leicht korrigierten) Zitate folgen einer Kopie aus dem Kirchenbuch der Ev. Kirchengemeinde Sandersdorf, Jg 1692, 122,
die vom Pfarrer der Gemeinde zur Verfügung gestellt wurde. Die
Wiedergabe unterscheidet sich von der bei Schubert (1994/95), 125,
vorliegenden vollständigen Umschrift der Eintragung in der Lesung und Auflösung des Titels hinter dem Namen Christian Beutnitz. Otto Burgahn (Zscherndorf) hat in einem Brief vom 30.8.1995
an Schubert, der lakonisch *h.l.s.* entziffert hatte, neben anderen
Korrekturen die Lesung *p.t.c.* als *pro tempore concionator* vor-
geschlagen. Es wird aber wohl *P.l.c.* zu entziffern sein, dessen
Auflösung zum Titel eines ›Kaiserlich gekrönten Poeten‹ überein-
kommt mit: Abkürzungen aus Personalschriften des XVI. bis XVIII.
Jahrhunderts. Bearb. von Frank Ausbüttel unter Mitarb. von Uwe
Bredehorn und Rudolf Lenz. 2., völlig überarb. u. stark erw. Aufl.
Sigmaringen 1993, 159 (= Marburger Personalschriften-Forschun-
gen 18).

³ Schubert (1994/95), 129–134. Der von Schubert wiederent-
deckte Forscher ist der Musikhistoriker und Studienrat Arno
Werner, dessen Publikation von 1941 über die Familie Schnabel
vor allem auch interessantes Material über Johann Gottfried
Schnabels Vater enthält. – Die Information, daß Schnabel 1702
die *Latina* in Halle bezogen habe, gibt als Mitteilung Selmar
Kleemanns (und Ergebnis der Recherche eines Dr. Lübbert) Ull-
rich (1902), LXVII [recte: XLVII]. – Adam Bernd: Eigene Lebens-
Beschreibung. M. e. Nachw., Anm., Namen- und Sachreg. hg. von
Volker Hoffmann. München 1973, 39 (= Die Fundgrube 55).

⁴ Die Ausführungen zum Hallenser und zum Franckeschen
Schulwesen nach C[arl] H[ugo] Frhr. vom Hagen: Die Stadt Halle,
nach amtlichen Quellen historisch-topographisch-statistisch dargestellt. Bd 1. Halle 1867, 548 f.; Gustav Frd. Hertzberg: Geschichte
der Stadt Halle an der Saale von den Anfängen bis zur Neuzeit. Bd 2.
Halle 1891, 265 f., 515–518 (das Zitat 518), 620–628; ebd. Bd 3. Halle
1893, 72–74; Die Stiftungen August Hermann Franckes. Festschrift

zur zweiten Säkularfeier seines Geburtstages hg. vom Direktorium der Franckeschen Stiftungen Halle a. d. S. 1863. Zum 250. Geburtstage A. H. Franckes neu hg. u. bis zur Gegenwart fortgeführt von Wilhelm Fried. Halle 1913, 10–25, 137–141.

[5] Kleemann (1891), 363. Der subsidiäre Rückgriff auf Kramers Lebensgeschichte für die hypothetische Rekonstruktion von Schnabels Biographie wird im Anschluß an Kleemann für mindestens ein Dreivierteljahrhundert zum Topos der Forschung, wie noch zu sehen ist in der Zeittafel der Ausgabe Johann Gottfried Schnabel: Insel Felsenburg. Hg. von Wilhelm Voßkamp. Reinbek bei Hamburg 1969, 257 (= Rowohlts Klassiker der Literatur und der Wissenschaft 522/523. Deutsche Literatur 31).

[6] Willibald Gutsche: Geschichte der Bader und Barbiere in Erfurt. Teil: Das Mittelalter. Erfurt 1957, 53–56, das folgende Zitat 53.

[7] Stadtarchiv Braunschweig, B IV 10 c: 7, 671 f. – Die folgende Äußerung über die Barbiere in Berlin nach Manfred Stürzbecher: Beiträge zur Berliner Medizingeschichte. Quellen und Studien zur Geschichte des Gesundheitswesens vom 17. bis zum 19. Jahrhundert. M. e. Einf. v. Johs. Schultze. Berlin [West] 1966, 85.

[8] [Johann Christoph Ettner:] Deß Getreuen Eckardts verwegener Chirurgus, In welchem Wie ein rechtschaffener Chirurgus beschaffen seyn solle/ [...] Hernach bewährteste Artzney-Mittel [...]; Dann sonderliche [...] Observationes und Anmerckungen [...]; Endlich welcher Gestalt man sich auf Räisen [...] verhalten solle. Mit Beyfügung Sinn- und Lehr-reicher/ erschröcklicher und lustiger Begebenheiten vorgestellet werden. Augsburg/Leipzig 1698, 334 und 19 f.

[9] Thedens Klage von 1774 unter Korrektur zweier offensichtlicher Druckfehler zitiert nach Johann Christian Anton Theden: Unterricht für die Unterwundärzte bey Armeen, besonders bey dem Koeniglich Preußischen Artilleriecorps. [Auszüge.] In: Über das medizinische Berlin. Texte des 18. Jahrhunderts hg. u. m. Notizen, Fußnoten sowie m. Anm. vers. von Detlef Rüster. Berlin [Ost] 1990, 117–142, hier 119 f.

[10] Detlef Rüster: Notizen über das 18. Jahrhundert, über Berlin und über Medizin und Chirurgie. In: Über das medizinische Berlin (wie Anm. 9), 9–82, hier 27 f.; Manfred Stürzbecher: Über die

Stellung und Bedeutung der Wundärzte in Greifswald im 17. und 18. Jahrhundert. Ein geschichtlicher Beitrag zur medizinischen Versorgung der Bevölkerung und der Medizinalordnungen im wendischen Quartier. Köln/Wien 1969, 50.

[11] SHSA, Geheimes Kriegsrats-Kollegium, Musterlisten Nr 137a (Musterung 1717); vgl. Nr 146a (Musterung 1719) und Nr 130a (Musterung 1713). – Das folgende Zitat aus Schnabel: Lebens-Geschicht Eugenii. 1736, b5^V.

[12] O[tto] Elster: Geschichte der stehenden Truppen im Herzogthum Braunschweig-Wolfenbüttel von 1600–1714. Leipzig 1899, 274, 327–347; Max Braubach: Die Bedeutung der Subsidien für die Politik im spanischen Erbfolgekriege. Bonn/Leipzig 1923, 163 f. (= Bücherei der Kultur und Geschichte 28). Hier nicht auszubreitende Details lassen vermuten, daß Schnabel dem Regiment Bevern zugeteilt war.

[13] Max Braubach: Prinz Eugen von Savoyen. Eine Biographie. Bd 3. München 1964, 46–52. – Die folgenden Zitate nach Schnabel: Lebens-Geschicht Eugenii. 1736, b5^V f. – Die hier vorgeschlagene chronologische Deutung sieht sich nun allerdings im Widerspruch zur Angabe der Musterliste, Schnabel habe drei Jahre in Wolfenbüttelschen Diensten gestanden.

[14] Die folgende Darstellung nach O. Schuster und F. A. Francke: Geschichte der Sächsischen Armee von deren Errichtung bis auf die neueste Zeit. Unter Benutzung handschriftlicher und urkundlicher Quellen dargestellt. Tl 1. Leipzig 1885, 185–192; Ortsnamen werden nach Schuster/Francke ggf. in deutscher Version wiedergegeben. – Zu den Subsidienkontingenten Sachsens im Spanischen Erbfolgekrieg ebd., 176–181. Auch Kurfürst Friedrich August von Sachsen hatte nämlich Subsidienkontingente für den Spanischen Erbfolgekrieg an die Alliierten vermietet: nicht weniger als elf Regimenter, darunter die 2. Garde, standen 1709 in Brabant und gehörten zur Armee des Prinzen Eugen. Schnabel konnte sein späteres kursächsisches Regiment also schon während seiner Wolfenbütteler Dienstzeit kennengelernt haben.

[15] Johann Dietz: Mein Lebenslauf. [Nach den Ausgaben von Ernst Consentius 1915/1919 und 1935.] Hg. von Friedhelm Kemp. München 1966, 45.

[16] Ein Bürgerbuch der Stadt Querfurt aus dem fraglichen Zeitraum ist leider nicht überliefert, so daß der Beginn von Schnabels Aufenthalt in dieser Stadt nicht genauer bestimmt werden kann. Die Fundorte der im folgenden zitierten Akten sind: (Vorgang von 1719:) LHASA, Rep. H Stolberg-Stolberg B XXVIII, Nr 17/5; (Vorgang von 1721:) Stadtarchiv Querfurt, B I 150.

[17] Dietz: Lebenslauf (wie Anm. 15), 166. Zur dubiosen Konkurrenz für Barbierchirurgen siehe Rüster: Notizen (wie Anm. 10), 28.

[18] Die vorstehenden Personenstandsdaten und Zitate entstammen den einschlägigen Registern der Ev. Kirchengemeinde Querfurt sowie Christian Webel: Querfurter Chronik. Historisches Denckmahl der Haubt-Stadt des Fürstenthums Sachsen-Quernfurth, geschrieben um 1714/15. Im Druck hg. von H. G. Voigt. Querfurt o. J. [ca. 1945], 42. (Für Hinweis auf und Exemplar von Webels Chronik danke ich Dieter Frisch, Hamburg.) Wenn Schnabel seinen kurz nach der Geburt gestorbenen zweiten Sohn abends (und nicht vor- oder nachmittags) beisetzen läßt, dann geschieht dies, um die Kosten der Beerdigung gering zu halten; aus dem gleichen Grund (der diesem Todesfall wohl angemessen ist) wählt er den kleinen Kurrendegesang, läßt also mit der ›halben Schule‹ nur die Hälfte des Schülerchors antreten. – Die Information über die Veräußerung des Gasthofs durch Andreas Dietrich findet sich im Stadtarchiv Querfurt, A 54 (Gerichtshandelsbuch), 289^V–293^V.

[19] Deneke (1939), 75–79. Nach ebd., 75, müßte der Fundort des Konvoluts sein: LHASA, Rep. H Stolberg-Stolberg B XXIX, Nr 1–6 (*Curiosa*); in diesen Mappen aber liegt das Schnabelsche Manuskript nicht mehr. – Die auffällige Umstellung seiner Vornamen auf diesem ersten überlieferten Blatt mit literarischer Produktion läßt vermuten, daß Schnabel das Pseudonym ›Gisander‹ durch eine Kombination eben der Initialen GJS mit dem zeitüblichen Gräzismus ›-ander‹ gebildet hat – wie etwa nach fast den gleichen Bildungsgesetzen Hinrich Pohlmann sich ›Polander‹ nannte oder August Bohse im Selbstverständnis eines von Liebesleid und Schicksalserduldung erzählenden Romanciers den Namen ›Talander‹ führte. – Die bis heute oft wiederholte Vermutung von Kleemann (1891), 363, das Pseudonym ›Gisander‹ sei als Übersetzung von ›Landsmann‹ ins Griechische zu lesen, ist kaum aufrechtzuerhalten. Wenn Kleemann

seinen Vorschlag abstützt durch einen Hinweis auf den *Landsmann* in der Vorrede zum 1. Teil der *Insel Felsenburg,* dann ist zu entgegnen, daß ›Landsmann‹ (und ›Landsmännin‹) bereits um 1700 als flapsige und leicht aggressive Anrede habitualisiert ist, wie zu sehen bei [August Bohse:] Neu-eröffnetes Liebes-Cabinet [...]/ Oder Curiose Vorstellung der [...] Affecten/Welcher sich alle galante Damen [...] bedienen. Leipzig 1695, 112 und 148.

[20] Zitiert nach Kleemann (1891), 363. – Zum Folgenden Stern (1893), 83, sowie Horst Lucas: Heimatgeschichte von ›Stalberg‹ bis ›Stolberg‹ heute. [Stolberg i. Harz] o. J., 5. Siehe ferner Gerhard Köbler: Historisches Lexikon der deutschen Länder. Die deutschen Territorien vom Mittelalter bis zur Gegenwart. 3. Aufl. München 1988, 540 f.; besonders eindringlich können Köbler und seine Mitarbeiter sich mit der Grafschaft allerdings nicht befaßt haben, erscheint doch im Literaturverzeichnis zum Stolberg-Artikel noch in der 3. Auflage die Monographie Beate Offergeld-Thelen: Die Entwicklung der Ortsgemeinde Stolberg unter besonderer Berücksichtigung des Verhältnisses zur Unterherrschaft Stolberg. Diss. phil. Bonn 1983, deren Gegenstand – wie bei einer Autopsie auf den ersten Blick zu sehen – die im heutigen Kreis Aachen gelegene Stadt Stolberg (Rhld.) ist. Eine ansprechende Darstellung von Stolberg i. Harz findet sich in: Stolberg. Mit Fotos von Sieghard Liebe und einer Einführung von Wolfgang Knape. Leipzig 1981.

[21] [Anonym:] Das vormals reichsständische Haus Stolberg, insbesondere die Linie Stolberg-Stolberg. O. O. [ca. 1868]. Diese offenbar vom Haus Stolberg selbst aus aktuellem Anlaß in Auftrag gegebene Denkschrift, die sich in einem Exemplar in der Universitätsbibliothek Halle befindet und auf die mich dankenswerterweise Claudia von Böhl (Oesterwurth) aufmerksam gemacht hat, stellt die Vorgänge vermutlich parteilich dar; immerhin ist zu hoffen, daß die in ihr gegebenen Nachrichten aufs Ganze gesehen eher zutreffen als jenes natürlich unsinnige Detail, August der Starke sei 1738 noch am Leben gewesen.

[22] Die vorstehenden Aussagen über die Ökonomie und den Hofstaat nach den Akten LHASA, Rep. H Stolberg-Stolberg B XXII, Nr 1, Bd 1, 121–123, und Rep. H Stolberg-Stolberg B X, Nr 1, 91 f.

[23] SHSA, Miscellanea Stollbergensia 1734–48, Loc. 4717; die zitierte Briefstelle von 1734 in diesem Band, 56ʳ.

[24] Kleemann (1891), 363, vermerkt nur summarisch, welche Berufsbezeichnungen Schnabel in den Eintragungen führt, mit denen das Stolberger Kirchenbuch Geburt und Taufe seiner Kinder registriert. Für die briefliche Mitteilung der genauen Angaben bin ich Ilse Hering (Stolberg i. Harz) zu Dank verpflichtet. Der die Beisetzung von Schnabels Frau betreffende Eintrag ins Sterberegister wird zitiert nach Kleemann (1893), 338. – Zu den folgenden Ausführungen über das Thema der Beisetzungen am Tag und am Abend siehe J[ohann] Geffcken: Die Leichenbegängnisse in Hamburg im siebenzehnten Jahrhundert. In: Zeitschrift des Vereines für hamburgische Geschichte 1 (1841), 497–522, hier 499; der Ausdruck *Abendleichen* wurde ebd. entnommen. Das literarische Beispiel nach [anonym:] Die schöne und galante, doch tugendhafte Ober-Sachsin, Friderica *** Welcher wunderbares Schicksal curiösen Lesern mit Dero gnädigen Erlaubniß mitgetheilet wird. Frankfurt/Leipzig 1748, 16 f. Als ein anderes literarisches Beispiel, das nun nicht die Bescheidenheit oder Dürftigkeit, sondern den Luxus eines Leichenbegängnisses am Abend illustriert, kann Schnabels *Insel Felsenburg* selbst dienen: Der so bemerkenswert spendable Gouverneur von São Tiago ordnet für die Beisetzung eines Leutnants aus Kapitän Horns Mannschaft, »damit es desto prächtiger liesse«, einen Termin nach Sonnenuntergang an – wobei er dann freilich auch nicht etwa 33, sondern sage und schreibe »2000. Pech-Fackeln« zur Verfügung stellt (IV,118).

[25] LHASA, Rep. H Stolberg-Stolberg A IX, Nr 9–12, 25ʳ–26ʳ. – Die zum Abschluß des Referats aus dieser Akte herangezogene Besoldungsliste von 1737 findet sich in LHASA, Rep. H Stolberg-Stolberg B X, Nr 1, 91 f.

[26] LHASA, Rep. H Stolberg-Stolberg A IX, Nr 9–12, 15ʳ–16ʳ. – Bei dem innerhalb des Referats aus dieser Akte herangezogenen Register von 1737 handelt es sich wieder um das in Anm. 22 (und 25) genannte Stück. Diese Personalliste führt nur einen besoldeten Kammerdiener auf; nach den Unterlagen der noch darzustellenden Trauerfeierlichkeiten von 1738 verfügt der Hof indessen über drei Kammerdiener. – Allgemeiner über Zahl und Besoldung von Kam-

merdienern (und anderen Funktionsträgern am Hof) sowie über Beispiele besonderer Karrieren innerhalb dieses Standes im 17. und 18. Jahrhundert orientiert Hermann Kellenbenz: Der Kammerdiener, ein Typus der höfischen Gesellschaft. Seine Rolle als Unternehmer. In: Vierteljahrschrift für Sozial- und Wirtschaftsgeschichte 72 (1985), 476–507, hier 489–494 und 497–506.

[27] SHSA, Acta Den Zeitungs-Schreiber Herrn Bähren, zu Stollberg betr. Loc. 4717; das gesamte Material zum Vorgang unter Einschluß der drei Exemplare von Baers Zeitung, der Antwort aus Dresden, des Memorandums von seiten des Grafen und des Briefs von Baer findet sich in dieser Akte. – Die Akten zur im folgenden skizzierten Einrichtung einer Poststation in Stolberg im Jahr 1723: SHSA, Des Grafens von Stollberg am Kaiserlichen Hoffe über die zu Stollberg neu angelegte Post-Station, angebrachte Beschwerde […]. Anno 1724.25.26. Loc. 5383; Die dem Graffen von Stollberg aufferlegte Wegschaffung eines in der Stadt Stollberg aufgenommenen Judens […] betr. Ao. 1723–1724. Loc. 4694 (das Zitat 31[r]).

[28] Die von [Anonym:] Haus Stolberg (wie Anm. 21) genannten Daten in der Schilderung des aktuellen Konflikts von 1730 stimmen allerdings nicht zum Datenraster, das die hier herangezogenen Akten belegen.

[29] Deneke (1939) druckt in 74 f. den Text dieses von ihm aufgefundenen Briefes. Das hier gegebene Zitat nach dem Original in LHASA, Rep. H Stolberg-Stolberg B XXV Nr 34. Siehe auch den Abdruck des gesamten Briefes in diesem Band 67–69.

[30] von Böhl (1995). – Die genannten Quellenzeitungen Schnabels werden bei Gert Hagelweide: Deutsche Zeitungsbestände in Bibliotheken und Archiven. Düsseldorf 1974 (= Bibliographien zur Geschichte des Parlamentarismus und der politischen Parteien 6) geführt als Nr. 613, Nr. 1216 und Nr. 832 (sowie Nr. 1140). – Eine materialreiche Analyse von Schnabels Zeitung gibt Kleemann (1893). Kleemanns Untersuchung wird schon deswegen ihren Wert behalten, weil dem Autor noch die Jahrgänge 1731 (vom 30. Juli an) bis 1738 vollständig (und vier Nummern des Jahrgangs 1741) zur Verfügung standen. Diese Überlieferung ist vor oder bei der 1945 erfolgten Einfügung in die Bestände der Universitäts- und Landesbibliothek Halle auf die Jahre 1735, 1736 und 1738 geschrumpft; dort

hat im übrigen erst in den 1980er Jahren Martin Welke (damals Bremen) die Bände wieder entdeckt. Siehe hierzu Brosche (1987), 81 f.

[31] Kleemann (1893), 340–343. – Daß, wie im folgenden notiert, Schnabels Zeitung noch 1744 bestand, geht aus dem von Deneke (1939), 74 f. veröffentlichten Brief Schnabels hervor; siehe hierzu auch Anm. 29.

[32] LHASA, Rep. H Stolberg-Stolberg A IX, Nr 9–12, 21^r f.

[33] Das Material zur folgenden Darstellung findet sich in LHASA, Rep. H Stolberg-Stolberg B I, Nr 122.

[34] Stern (1893), 87. Abdruck des Briefes bei Kleemann (1891), 365; das Original muß als verloren gelten. – Mit besonderer Phantasie (und damit leider bis in die jüngste Zeit wirksam) wird eine *Auseinandersetzung zwischen Grafen und Publizisten, die schließlich Schnabel aus Stolberg wegtrieb*, ausgemalt von Mayer (1955), 22. Mayer konstruiert dabei zusätzlich noch einen Konflikt Schnabels mit dem *Konsistorium* (20–22). Die Frage wäre nur zu allererst, was für ein ›Konsistorium‹ es zu Schnabels Zeiten in Stolberg gegeben haben sollte.

[35] Auf die *Entstehungseinheit der ersten zwei Bände* als Voraussetzung für das Erkennen der ästhetischen Konzeption legt zu Recht großen Wert Grohnert (1975), 96. Alte Vorurteile übernehmen dagegen, sei's ohne, sei's mit falscher Argumentation, neben anderen noch in jüngerer Zeit Müller (1984), 874 und 882 f., und Fischer (1987), 69 f., sowie Rau (1994), 443.

[36] Die Informationen über Groß (und Cöler) nach Heinrich Heine: Geschichte des Buchdrucks und des Buchhandels in Nordhausen. In: Zeitschrift des Harz-Vereins für Geschichte und Altertumskunde 62 (1929), 23–57, hier 37–44.

[37] Ullrich (1898), 125–136; Dünnhaupt (1991), 3687–3692. – Ebenfalls in jüngster Zeit erschienen ist Stach/Schmidt (1991). Unbeschadet der Autoren und ihrer Arbeit muß man die verlegerische Betreuung dieser Publikation als Unverfrorenheit bezeichnen. Obwohl das Werk von Stach und Schmidt, wie gleich in der Einleitung betont wird, nur den *Zeitraum zwischen 1900 und 1990* umfaßt, mithin einen für die Gattung der Robinsonade eher unwichtigen, und sich auch nur bescheiden als *Fortsetzung der verdienstvollen Arbeit von Hermann Ullrich* versteht (III), meint der Verlag (Königs-

hausen & Neumann) offenbar, auf einen entsprechenden Untertitel verzichten zu können. – Eine Ullrichs und Dünnhaupts Arbeiten fortführende, Dünnhaupt auch korrigierende Übersicht über die verschiedenen Auflagen der *Insel Felsenburg* findet sich in der Bibliographie, Teil I.

[38] Die Kollation der Exemplare von Teil 4 mit der Jahreszahl 1743 (Seitenangaben erfolgten in diesem Fall nach den Originalen) wurde ausgeführt an zwei Exemplaren der Niedersächsischen Staats- und Universitätsbibliothek Göttingen. Das Exemplar der echten Erstauflage trägt die Signatur 8° Fab. Rom. VI, 2525[b], der Doppeldruck die Signatur 8° Fab. Rom. VI, 2522. – Schmidt (1988). Bd 1, 82, setzt die Phase der Bearbeitungen ab 1749 an. Eine überschlägige Prüfung der Auflagen von Teil 1 ergab, daß er damit richtig liegt. Allerdings ist die Bezeichnung der Bearbeiter als *Puristen* nur halb zutreffend. (Ganz unsinnig wäre übrigens die Vermutung, es sei auf die Bearbeitung für ein schlichtes Lesepublikum abgesehen.) Die Tendenzen der Redaktion sind vielmehr am besten als Modernisierung zusammenzufassen, was allerdings eine Elimination des lateinischen und französischen Registers einschließt. So heißt es 1749 (Seitenangaben wieder nach den Originalen) gleich im ersten Satz des Romans (I,1), daß sich Sonnen- und Mondfinsternisse *am Firmamente ereignen* (statt: *praesentiren*), *meublirt* wird, dies eines der vielen weiteren Beispiele, durch *ausgezieret* ersetzt (I,102); so sagt in seinem abschließenden *Avertissement* ›Gisander‹ (I,475), er habe *unmöglich alles so kurtz abfassen können* (statt: *den stylum unmöglich so concise führen können*), und er verspricht, auch den folgenden Band mit Fleiß aus *Herrn Eberhard Julii Briefschaften* zusammenzustellen (statt: *Mons. Eberhard Julii Manuscripta*).

[39] Theophilus Georgi: Allgemeines Europäisches Bücher-Lexicon […] in Vier Theile abgetheilet. Leipzig 1742, Tl 2, 144; Ders.: Erstes Supplement zu dessen allgemeinen Europäischen Bücher-Lexico […]. Leipzig 1750, 144.

[40] Diese Beispiele Stolberger Besoldung nach LHASA, Rep. H Stolberg-Stolberg B X, Nr 1, 91 f.

[41] Über die Frühgeschichte der Romanrezensionen in Deutschland, die just in den 1730er Jahren tastend einsetzt (und übrigens zunächst fast ausschließlich Übersetzungen ausländischer Romane be-

trifft), informiert Marianne Spiegel: Der Roman und sein Publikum im früheren 18. Jahrhundert. 1700–1767. Bonn 1967, 59–80 (= Abhandlungen zur Kunst-, Musik- und Literaturwissenschaft 41).

[42] Stats- und Gelehrte Zeitung des Hamburgischen unpartheyischen Correspondenten. Jg 1732, Nr 133 (19.8.); der anschließend herangezogene zweite Bericht aus Nordhausen ebd., Nr 158 (1.10.). Bibliographische Angaben und Bestandsnachweise bei Hagelweide: Zeitungsbestände (wie Anm. 30), Nr 832; die Hamburger Zeitung, das bedeutendste Presseorgan damaliger Zeit im Reich, liegt für das 18. Jahrhundert mittlerweile auch vor in einer Microform-Ausgabe: Hg. von Martin Welke. Hildesheim 1977–88 (= Deutsche Zeitungen von den Anfängen bis zur Mitte des 19. Jahrhunderts). Hingewiesen sei auf die (maschinenschriftlich beigegebene) Einleitung des Herausgebers Martin Welke. Neuerdings liegt ferner mit Brigitte Tolkemitt: Der Hamburgische Correspondent. Zur öffentlichen Verbreitung der Aufklärung in Deutschland. Tübingen 1995 (= Studien und Texte zur Sozialgeschichte der Literatur 53) eine umfängliche Monographie vor, die sich vor allem mit dem ›Gelehrten Artikel‹ der Zeitung befaßt; dort 32–34 über die Redakteure und 140–150 über die Behandlung des Romans in der Zeitung.

[43] Kleemann (1893), 346: *Schnabel hat mit erstaunlich schneller Feder gearbeitet.* Möglich ist natürlich auch, daß er in professionell journalistischer Manier gerade auf diesen Todesfall sich mit seinem Material schon frühzeitig eingestellt hatte.

[44] Da Ehrhart die Produktion macht, fällt das Buch unter Stolberger Zensur: In der Urkunde, mit der Ehrharts Vorgänger Johann Friedrich Göpner unter dem 28. August 1717 das *Privilegium* des Hofbuchdruckers erhält, wird vom regierenden Grafen das Verfahren bestimmt, das der Buchdrucker bei seinen Aufträgen zu beachten hat, nämlich *in rebus profanis et politicis dieselbe zuvor unser Hoff- und Privat-Regierung, in sacris et ecclesiasticis aber unserm hiesigen geistlichen Ministerio zur Censur vorzuzeigen.* (LHASA, Rep. H Stolberg-Stolberg B XXV, Nr 8, 1[V].)

[45] Schnabel: Sammlung. Jg 1736, Nr 37 (10.9.).

[46] Die Rezension des *Hamburgischen Correspondenten* in: Correspondent (wie Anm. 42). Jg 1736, Nr 185 (21.11.). Beiläufig verdient die Tatsache Aufmerksamkeit, daß durch diese Rezension die

Identität ›Gisanders‹ mit Johann Gottfried Schnabel dem zeitgenössischen Publikum auf hoher publizistischer Ebene bekannt wurde. –
Schnabels Replik in Schnabel: Sammlung. Jg 1736, Nr 49 (3.12.).

[47] Schnabel: Cavalier. 1738,)(4^V.

[48] Halm (1909), 27–32. Was die – im Anschluß an die Titelaufnahme der ersten Auflage des *Cavaliers* gegebene – Notiz bei Dünnhaupt (1991), 3693, alle *folgenden »Drucke«* seien *trotz abweichender
Angaben in der Literatur offenbar nur Titelauflagen*, bedeuten soll,
ist ziemlich unklar. Schon Halms Befunde, vor allem aber auch die
Angaben zum Seitenumfang bei Dünnhaupt selbst in 3693 f. würden
diesem Urteil widersprechen. Die Auflage von 1763, vorsichtiger
gesagt: das in der British Library befindliche Exemplar dieser
Auflage, zeigt im übrigen alle Züge sprachlicher Überarbeitung und
Modernisierung, die von den Auflagen der *Insel Felsenburg* nach
etwa 1749 bekannt sind.

[49] Das Folgende nach Johann Goldfriedrich: Geschichte des deutschen Buchhandels. Vom Westfälischen Frieden bis zum Beginn der
klassischen Literaturperiode (1648–1740). Neudruck der Ausgabe
Leipzig 1908. Aalen 1970, 483 f. (= Friedrich Kapp und Johann Goldfriedrich: Geschichte des deutschen Buchhandels 2).

[50] Grohnert (1975), Literaturverzeichnis A. – Gero von Wilpert
und Adolf Gühring (Hg.): Erstausgaben deutscher Dichtung.
Eine Bibliographie zur deutschen Literatur. 1600–1960. Stuttgart
1967, 1138; die Schnabel-Bibliographie bei Wilpert und Gühring,
erstellt von Jan Knopf, wie aus Dies.: Dass. 1600–1990. 2., vollst.
überarb. Aufl. Stuttgart 1992, 1353, erstmals hervorgeht, ist allerdings selbst bei den lediglich vier verzeichneten Titeln noch zweimal
fehlerhaft.

[51] Die Verzeichnung der genannten Stücke findet sich in der
Bibliographie, Teil II.

[52] Die Dokumentation der genannten Beisetzungen in LHASA,
Rep. H Stolberg-Stolberg B I, Nr 137. – 1752 erscheint in den Akten
ein Schnabel unter den elf Lakaien; es wird sich um jenen 1725
geborenen Sohn Johann Heinrich handeln, der 1771 wegen seiner
22 Jahre geleisteten treuen Dienste vom regierenden Grafen die
Empfehlung für das Amt des Hof- und Stadtkirchners erhält. Zu ihm
siehe Stern (1893), 89, und Kleemann (1893), 338.

[53] LHASA, Rep. H Stolberg-Stolberg B XXV, Nr 34, 1^r–2^r; Deneke (1939), 72–74.

[54] Kleemann (1891), 363 f.; Ders. (1893), 339 f.

[55] Schmidt (1988). Bd 1, 84–86.

[56] Siehe Ernst Weber und Christine Mithal: Deutsche Original-romane zwischen 1680 und 1780. Eine Bibliographie mit Besitz-nachweisen (Bundesrepublik Deutschland und Deutsche Demo-kratische Republik). Berlin [West] 1983, 214.

[57] Eine genaue Gesamtdarstellung aller Werkzuschreibungen (und die sechste gleich noch selbst hinzufügend) gibt Schubert (1993). – Mit großem Aufwand werden für Schnabel die zwei Romane ›Historiographus‹: Die ungemein schöne und gelehrte Finnländerin Salome […]. Es finden sich in dieser ihrer Lebens-Geschichts-Be-schreibung verschiedene […] Liebes-Begebenheiten, […] curieusen Lesern zum Plaisir ausgefertiget. Frankfurt/Leipzig 1748 und ›Ignotus‹: Der Sieg des Glücks und der Liebe über die Melancholie, […] Allen curiösen Lesern aus sichern Nachrichten zur Belustigung vorgestellet. Frankfurt/Leipzig 1748 nochmals reklamiert von Haas (1977), 271–295, 343–348 und 520–527. Haas konstruiert ein System von ›Problemstellungen‹ und ›Problemlösungen‹, in dem diese bei-den attribuierten Romane von wesentlicher Bedeutung für die Ana-lyse einer internen Logik des Schnabelschen Œuvres seien. – Die im folgenden diskutierte Attribution des *Wunder-Mägdgens* findet sich erstmals bei Grohnert (1975), Literaturverzeichnis, 6 f. – merk-würdigerweise ohne daß Grohnert die *IGS*-Codierung zu Hilfe nähme. Den *Wunder-Knaben* hat für Schnabel entdeckt Schubert (1991), 36–38.

[58] Diese (rhetorische) Frage hat durchaus ihren doppelten Bo-den. Joachim von Schwarzkopf: Über politische und gelehrte Zeitun-gen, Messrelationen, Intelligenzblätter und über Flugschriften zu Frankfurt am Mayn. Ein Beytrag zu der Geschichte dieser Reichs-Stadt. Frankfurt a. M. 1802 (Reprint Leipzig 1976), 32, informiert über einen raschen Wechsel der Redakteure bei der *Kayserlichen Reichs-Post-Zeitung* in Fankfurt am Main während des Siebenjähri-gen Krieges; ein *gewisser Ulich* wird genannt (und als Alkoholiker wie Gegner Preußens diskreditiert), dem *Schnabel, Scheel und der Gerichtsprocurator Dr. Röder* gefolgt seien. Recherchen, veranlaßt

durch diese Passage (auf die mich Sylvia Bieker, Hamburg, aufmerksam gemacht hatte), haben zur Identifikation des von Schwarzkopf genannten Schnabel geführt. Es handelt sich nicht um den Autor der *Insel Felsenburg*, sondern um einen Johann Dietrich Schnabel, der am 15. November 1715 in Coburg geboren ist, den Titel eines *cand. iur.* führt und anläßlich seines Antrags auf Erteilung des Bürgerrechts im Frühjahr 1763 in den Frankfurter Akten als *dermahliger Kayserl. Post-Amts Zeitungs-Verfaßer* firmiert: Institut für Stadtgeschichte Frankfurt am Main, Rats-Supplikationen 1763 März/April, Tom. II, 22–25. Als unbeabsichtigtes weiteres Resultat der Recherchen ergab sich der Fund, daß jener ›gewisse Ulich‹ mit vollständigem Namen Adam Gottfried Uhlich heißt und eine recht interessante Gestalt aus der ersten Hälfte des 18. Jahrhunderts darstellt, deren Biographie sich zwischen Gottscheds Literaturprogramm, Schauspielerlaufbahn und Literatentätigkeit entfaltet. Ferdinand Heitmüller: I. Adam Gottfried Uhlich. II. Holländische Komödianten in Hamburg. (1740 und 1741.) Hamburg/Leipzig 1894 (= Theatergeschichtliche Forschungen VIII) verliert Uhlich mit dem Jahr 1756 aus den Augen und glaubt, sein Tod sei *bald darauf erfolgt* (33); ähnlich Ders.: Uhlich, Adam Gottfried. In: Allgemeine Deutsche Biographie. 56 Bde. Leipzig 1875–1912, Bd 39, 168–171. Tatsächlich aber nimmt der 1720 geborene Uhlich nach 1756 noch einmal einen beruflichen Anlauf und wird Redakteur der *Kayserlichen Reichs-Post-Zeitung*. Zu belegen ist dies dadurch, daß die – eigentlich immer anonymen – Gedichte zu Anfang und Ende eines Zeitungsjahrgangs im Frankfurter Blatt Ende 1757 und Anfang 1758 ausnahmsweise einmal abgezeichnet sind, und zwar durch Adam Gottfried Uhlich.

[59] Martin Hecht: Enteisungsspray für eingefrorene Hirnwindungen. Arthur Weingarten und die Kreativität aus dem Computer. In: Süddeutsche Zeitung. Jg 48 (1992), Nr 91 (18.–20. April), 118.

[60] Bei der folgenden Darstellung handelt es sich um einen ersten Auszug aus umfänglicheren Forschungen über den Wandel der Handlungsstrukturen im deutschen Roman vom Barock bis zur Romantik. Die Analysen gehen, was hier nicht breiter darzustellen ist, methodisch vom Handlungsbegriff Max Webers aus und beschreiben den Weg der Romanfiguren nach Anzahl und Typus der durch-

laufenen sozialen Beziehungen wie dem Charakter der jeweiligen sinnhaften Orientierungen des Subjekts. Das Projekt ist in seiner ersten Phase auf den Zeitraum 1600–1765 begrenzt.

[61] Zitiert wird nach der Ausgabe Johann Barclay: Euphormio. Satirischer Roman. Nebst Euphormios Selbstverteidigung und dem Spiegel des menschlichen Geistes. Aus d. Lat. übers. von Gustav Waltz. Heidelberg 1902.

[62] Zitiert wird nach der Ausgabe Martin Opitz: Gesammelte Werke. Kritische Ausgabe. Hg. von George Schulz-Behrend. Bd 3: Die Übersetzung von John Barclays Argenis. Stuttgart 1970 (= Bibliothek des Literarischen Vereins in Stuttgart 296/297). – Das pastorale und das hohe Syntagma werden, um die Darlegungen nicht ausufern zu lassen, im folgenden durchweg als Gesamtmenge behandelt. Das ist möglich, weil die *Argenis* und die ihrem Vorbild verpflichteten hohen Romane nur als Verschränkung beider Syntagmen beschrieben werden können. Beispiele reiner Realisierungen des pastoralen Plots sind für die hier vorzutragende Argumentation ohne Interesse; Fragen der Bestimmung des hohen Syntagmas mit der dann nötigen Klassifizierung von Subtypen liegen ebenfalls außerhalb des Rahmens der folgenden Darlegungen.

[63] Fohrmann (1981), 135; zitiert unter Korrektur eines Druckfehlers. – Ein Repertorium der ersten deutschen Übersetzungen des Defoeschen Romans gibt Martin Boghardt: Robinson verdeutscht. Ergänzte Zusammenstellung aus Otto Denekes bibliographischer Untersuchung der frühen Robinsonübersetzungen. In: Philobiblon 25 (1981). Heft 1 (Februar), 28–36.

[64] Zitiert wird nach der Ausgabe [anonym:] Der Sächsische Robinson, Oder Wilhelm Retchirs, Eines Gebohrnen Sachsens, Wahrhafftige Beschreibung seiner […] Reisen, […] von ihm selbst ans Licht gegeben. [Reprint der Ausgabe Leipzig 1722.] Frankfurt a. M. 1970. – Ein zweiter Teil erscheint 1723; in diesem wird nicht mehr das Robinsonaden-Syntagma, sondern ein eigenes und ganz untypisches Amalgam aus dem pikarischen und dem hohen Plot des 17. Jahrhunderts realisiert. – Übrigens kommt einige Jahre später, wie der *Hamburgische Correspondent* meldet (Correspondent (wie Anm. 42). Jg 1731, Nr 136 (28.8.)), eine holländische Übersetzung der beiden Teile des *Sächsischen Robinsons* heraus; das Blatt rückt

diese Anzeige über die *magere und nüchterne Geschichte* aus der Zeit, *da die Robinsons-Mode unter den Bücher-Machern tyrannisirte*, offenbar nur ein, um kommentieren zu können, man sehe also, daß *auch schlechten Deutschen Büchern die unverdiente Ehre zu wiederfahren pflege, Ausländern zu gefallen*.

[65] Zitiert wird nach der Ausgabe [Johann Michael Fleischer:] Der Isländische Robinson, oder die wunderbaren Reisen und Zufälle Gissur Isleif [...]. Nebst [...] einer [...] Nachricht von der großen Insul Island, auch accuraten Landcharte derselben. Kopenhagen/ Leipzig 1755.

[66] Brüggemann (1914), 84 f. Eine direkte Zustimmung zu Brüggemanns Sicht findet sich bei Reichert (1965), 282. Noch in jüngerer Zeit repetiert unbeeindruckt Frick (1988) z. B.: *Einem Kaleidoskop europäischen Unrechts, einem Prisma privaten, wirtschaftlichen und politischen Mißerfolges wird die gerechte Ordnung Felsenburgs als universale Remedur gegenübergestellt* (Tl 1, 192). Oder gar, sichtbarlich ohne Kenntnis der Lebensgeschichten des 2. Teils, etwa derjenigen des Müllers Philipp Andreas Krätzer: *Je tugendhafter* die künftigen Felsenburger in Europa *waren, desto unglücklicher mußten sie dort zwangsläufig werden* (Tl 1, 195). Richtiger sieht die Dinge hier Naumann (1977), 100 f.

[67] Zitiert wird nach der Ausgabe [anonym:] Neue Fata einiger See-Fahrer, absonderlich Gustav Moritz Frankens eines Deutschen [...]. Mit untermischten Lebensbeschreibungen anderer Personen von Ihm selbst historisch-moralisch aufgesetzt und ergötzend beschrieben, anjetzo aber zum Druck befördert von ***. Ulm 1769.

[68] Schnabel: Printz. 1750, 10 f.

[69] Zitiert wird nach der Ausgabe Honoré d'Urfé: L'Astrée. Nouvelle édition publiée sous les auspices de la *Diana* par Hugues Vaganay. 5 Tle in 5 Bdn. Lyon 1925–28.

[70] Diese beiden im folgenden betrachteten Märchen werden zitiert nach der Ausgabe: Le Cabinet des fées; ou Collection choisie des contes des fées, et autres contes merveilleux. 41 Bde. Amsterdam/Paris 1785–86 und Genf/Paris 1788–89; *Fortunée* findet sich in Bd 3 (1785), 1–19, *Le Rameau d'or* in Bd 2 (1785), 249–303.

[71] Zitiert wird nach der Ausgabe: Cabinet des fées (wie Anm. 70); *Boca* findet sich in Bd 18 (1785), 325–443. Die (gekürzte) deutsche

Übersetzung unter dem Titel *Das elfenbeinerne Stäbchen* ist erschienen in: Bibliothek der Romane. [Hg. von Heinrich August Ottokar Reichard.] Bd 17. Riga 1790, 189–248.

[72] Opitz: Barclays Argenis (wie Anm. 62), 231–234; Anton Ulrich Herzog zu Braunschweig-Lüneburg: Die Durchleuchtige Syrerinn Aramena. 5 Tle. Faksimiledruck nach der Ausgabe von 1669–73. Hg. u. mit e. Nachw. vers. von Blake Lee Spahr. Bern/Frankfurt a. M. 1975–83 (= Nachdrucke deutscher Literatur des 17. Jahrhunderts 4/I-V), bes. Bd 5, 102 f., 375 f. und 721–733 (Volk der Riesen) bzw. Bd 3, 222–309 und Bd 4, 230–253 (Historie der Deutschen); Daniel Casper von Lohenstein: Großmüthiger Feldherr Arminius. [Reprint der Ausgabe Leipzig 1689–90]. Mit e. Einf. von Elida Maria Szarota. 2 Bde. Hildesheim-New York 1973, Bd 1, 6. Buch. – Immerhin hängt noch Leibniz mit allenfalls einem Hauch von Selbstironie Spekulationen über urzeitliche Feldzüge germanischer Eroberer nach Asien und Ägypten nach, ganz à la Anton Ulrich und Lohenstein; siehe Gottfried Wilhelm Leibniz: Die Theodizee von der Güte Gottes, der Freiheit des Menschen und dem Ursprung des Übels. [Zweisprachige Ausgabe. 2 Tle.] Hg. und übers. von Herbert Herring. Darmstadt 1985, [Tl 1,] 442–453 (= Ders.: Philosophische Schriften. Bd 2,1–2). – Eine großflächige Skizze, wie die Frühe Neuzeit Ethnien und Kulturen innerhalb des biblischen ›Mythos von der Einheit der Menschheit‹ dachte, gibt Jacques Solé: Christliche Mythen. Von der Renaissance bis zur Aufklärung. Übers. von Henriette Beese. Frankfurt a. M./Berlin/Wien 1982, 22–41, 101–125 und 141–146 (= Ullstein-Buch 35155).

[73] Zitiert wird nach der Ausgabe Edgar Allan Poe: The Complete Works. Ed. by James A. Harrison. Bd 2. New York 1902 (= The Monticello Edition). – Arno Schmidt über die Beziehungen zwischen den Teilen 3 und 4 der *Insel Felsenburg* und Poes *Arthur Gordon Pym* in Schmidt (1988). Bd 1, 49 und 51 f. – Innerhalb des Korpus der deutschen Robinsonaden des 18. Jahrhunderts wird Schnabels Spiel mit rätselhaften Konfigurationen und Schriftzeichen, die ohne Erklärung bleiben, in allerdings kleineren Dimensionen nachgeahmt von [anonym:] Heinrich Löwenthals wahrhaffte und wunderbare Begebenheiten, Welche sich mit ihm auf seinen Reisen […] ereignet haben. [Altenburg] 1754, 661–672.

⁷⁴ Die Gründe für die Ausklammerung und eine Deutung des Romans folgen im Kapitel III. Ist, wie dort zu zeigen sein wird, der Roman von 1738 in syntagmatischer Hinsicht praktisch keinem Typus zuzurechnen, so wurde auf eine Analyse der dem 4. Teil der *Insel Felsenburg* eingelegten *Lebens-Geschichte der Persianischen Printzeßin Mirzamanda aus Candahar* (IV,425–528) aus anderen Gründen verzichtet. Diese Geschichte, die entgegen ihrem Titel die Geschichte der Erzählerin Frau Anna ist, realisiert ein für das 18. Jahrhundert ungewöhnliches Modell, das sich (selten) im Barockroman findet und dort ein Komplement zum hohen Syntagma darstellt. Der Plot ist skizzenhaft zu beschreiben als die Bewegung des Rückzugs aus probeweise und scheiternd angegliederten Horizonten, die eben doch ihrer Fremdheit überlassen werden müssen.

⁷⁵ Zitiert wird nach der Ausgabe Schnabel: Cavalier. 1738.

⁷⁶ [Carl Friedrich Troeltsch:] Der Fränkische Robinson Oder der Mann nach der Vorschrift der Tugend in den ausserordentlichen Begebenheiten Des Freiherrn von G***. Onolzbach 1751, A6ʳ. – Der im folgenden analysierte Roman wird zitiert nach der Ausgabe [M. Deer]: Merckwürdiges Leben Einer sehr schönen und weit und breit gereiseten Tyrolerin, [...] von Ihr Selber in Frantzösischer Sprache beschrieben, Jetzo aber [...] übersetzt [...] von Jaques Le Pensif. Frankfurt/Leipzig 1744.

⁷⁷ Eine gewisse Ähnlichkeit mit Schnabels *Cavalier* hat ein Roman, der ein halbes Jahrhundert früher erschienen ist und seinerzeit ähnlich isoliert erscheint. Johann Friedrich Moldenstein: Das spielende Glücke Des unbeständigen Politischen Wetter-Hahns/ Durch unglücklichen Zufall verhindert/ und glücklich geendiget/ meistens Mit curieusen Frantzöischen [sic] Historien allen klugen Weltweisen zu Nutz illustriret. Frankfurt/Leipzig 1685 erzählt die Lebensgeschichte eines französischen Adligen; Beaufort, so der Name, absolviert eine wechselvolle Karriere als (u. a.) Jurist in Diensten Ludwigs XIV. und Steuereinnehmer in der Provinz, er ist gewissenlos, hochmütig, betrügerisch, Frauen gegenüber ohne Skrupel, bereut am Ende und wird doch bestraft durch die Untreue seiner (zweiten) Ehefrau und einen trübseligen (und frühen) Lebensabend mit schmerzvollem Tod. Moldensteins Roman ist möglicherweise die

Bearbeitung eines französischen Originals; dies kann man beim gegenwärtigen Stand unserer Kenntnisse ebenso nur vermuten, wie alle sonstigen Hintergründe des Werks völlig unbekannt sind.

[78] Das Folgende nach Theodosius Harnack: Luthers Theologie mit besonderer Beziehung auf seine Versöhnungs- und Erlösungslehre. 1. Abt.: Luthers theologische Grundanschauungen. Neue Ausg. München 1927, 221–251, bes. 227 f. und 238 f.; Werner Elert: Morphologie des Luthertums. Bd 1. Theologie und Weltanschauung des Luthertums hauptsächlich im 16. und 17. Jahrhundert. 3., unveränd. Aufl. München 1965, 31–39, das im folgenden Absatz gegebene Zitat dort 36; Paul Althaus: Die Theologie Martin Luthers. Gütersloh 1962, 151–159, die Begriffe dort bes. 154 f.

[79] Martin Luther: Werke. Kritische Gesamtausgabe [Weimarer Ausgabe]. Tischreden. Bd 1. Weimar 1912, 584 f.

[80] Zitiert wird nach der Ausgabe Valentin Wudrian: Schola crucis et tessera Christianismi. Das ist: Ein außführlicher/ Christlicher Unterricht/ von dem lieben Kreutz/ [...] Allen frommen Christlichen Hertzen/ die mit Kreutz und Trübsahl beladen sind/ zu Trost und Unterweisung aus Gottes Wort/ und der berühmten Kirchenlehrer Trost-Schrifften zusammen getragen [...] . Auffs Neue zugerichtet/ durch [...] M. Johann Neukrantz [...]. Itzo auff begehren am Ende die Geistreichen Morgen- und Abend-Gebete D. Johan. Habermans mit beygedruckt. Lüneburg 1684.

[81] Eine ausführlichere Analyse des *Cavaliers*, in der diesem Roman erstmals ein angemessenes Gewicht gegeben wird, findet sich bei Haas (1977), 218–269. Haas sieht in dem Werk eine Umwertung des ›galanten‹ zum ›moralischen Roman‹ und bezieht diese wie alle anderen Analysen seiner Studie sogleich recht vordergründig auf einen chimärischen Begriff des ›Bürgerlichen‹. Ebd., 536, wird das in Neudrucken des *Cavaliers* oft unterschlagene Frontispiz (nach der Auflage von 1746) reproduziert, das für eine Deutung des Schnabelschen Romans insofern wichtig ist, als aus ihm der intendierte komplementäre Bezug von erotischen Episoden und geistlicher Botschaft sehr nachdrücklich hervorgeht. – Zur in seiner Frühzeit dominierenden Auffassung A. H. Franckes, das *Creutz* sei *der beste Zucht- und Lehr-Meister*, siehe Erhard Peschke: Studien zur Theologie August Hermann Franckes. Bd 1. Berlin [Ost]

1964, 38 f., 58 f. und 80–85, Zitat 39. Mit den eigentlich spezifischen Gehalten der Theologie Franckes verbindet Schnabel freilich im *Cavalier* wie im übrigen Werk rein gar nichts.

[82] Bezeichnend für Bechers Präsenz in der historischen Forschung des 20. Jahrhunderts ist, daß wir über lediglich eine einzige umfangreichere Monographie verfügen, nämlich Herbert Hassinger: Johann Joachim Becher 1635–1682. Ein Beitrag zur Geschichte des Merkantilismus. Wien 1951, eine Arbeit, die zwar in verdienstvoller Weise Archivmaterialien, darunter Bechers ungedruckten Nachlaß in der Universitätsbibliothek Rostock, heranzieht, als Darstellung sich aber aufs Referieren, Paraphrasieren und Zitieren beschränkt und zu keinerlei Problemaufriß gelangt. In jüngster Zeit scheint das Interesse an Becher zu wachsen: 1988 fand erstmals eine Tagung über diesen Gelehrten des 17. Jahrhunderts statt; die Ergebnisse der Konferenz liegen mittlerweile vor in: Johann Joachim Becher (1635–1682). Hg. von Gotthardt Frühsorge und Gerhard F. Strasser. Wiesbaden 1993 (= Wolfenbütteler Arbeiten zur Barockforschung 22). – Die erwähnten Studien über den Zusammenhang von naturrechtlicher Diskussion und Utopie sind Stockinger (1981) und Frank Baudach: Planeten der Unschuld – Kinder der Natur. Die Naturstandsutopie in der deutschen und westeuropäischen Literatur des 17. und 18. Jahrhunderts. Tübingen 1993 (= Hermaea N.F. 66).

[83] Das Folgende nach Johann Joachim Becher: Politische Discurs, Von den eigentlichen Ursachen/ deß Auff- und Abnehmens der Städt/ Länder und Republicken [...]. Dritte Edition. Mit vier Theilen vermehret/ worinnen viel nützliche/ wichtige und curiose Sachen begriffen. Frankfurt a.M. 1688 [Reprint Glashütten im Taunus 1972], 1–11 und 47–58.

[84] Über Bechers ›Christliche Bundsgenossenschafft‹ haben wir – im Unterschied zu den anderen Projekten ähnlichen Zuschnitts – heute nur mehr Bechers eigene Aussage, er habe bereits 1668 deren *Reguln und Gesetze* als Buch veröffentlicht, sowie einige knappe Andeutungen, daß der Plan dem *ersten Leben der Christen* und ihrer Gütergemeinschaft nachgestaltet gewesen sei; siehe Johann Joachim Becher: Psychosophia Oder Seelen-Weißheit [...]. Dritte Edition, von dem Autor selbsten übersehen/ corrigiret/ und in vielem

verbessert/ anitzo aber wegen vielfältiger Nachfrage wieder auf-
geleget. Hamburg 1707, B2^r f. ([Zweite] *Vorrede an den Leser*). Eine
Erwähnung des Buches über die ›Christliche Bundsgenossenschafft‹, das heute nicht mehr nachweisbar ist, findet sich auch schon
in Johann Joachim Becher: Moral Discurs Von den eigentlichen Ursachen deß Glücks und Unglücks/ Allwo [...] Alle und jede menschliche Actiones [...] ohnpartheyisch erwogen werden. Frankfurt a. M.
1669, 271 f. – Das ›doppelte Naturrecht‹ bei Becher hat konstatiert
Emil Kauder: Johann Joachim Becher als Wirtschafts- und Sozial-
politiker. In: Jahrbuch für Gesetzgebung, Verwaltung und Volks-
wirtschaft im Deutschen Reiche 48 (1924), H. 4, 59–89, hier 71–74 und
82–84; ihm folge ich in der Benutzung der Begriffe ›relatives‹ und
›absolutes‹ Naturrecht.

[85] Die vorstehenden Zitate aus Becher: Politische Discurs (wie
Anm. 83), 40–42. Zum folgenden Stockinger (1981), 116–125, Zitat
120 f.

[86] Zitiert wird im folgenden nach Becher: Moral Discurs (wie
Anm. 84). – Die hier vorgetragene Deutung von Bechers *Moral
Discurs*, seinem Schwanken zwischen dem pessimistischen Menschenbild der augustinisch-protestantischen Tradition und der Anthropologie des Stoizismus sieht sich in Übereinstimmung mit der
Darstellung von Hartmut Rudolph: Kirchengeschichtliche Beobachtungen zu J. J. Becher. In: Johann Joachim Becher (wie Anm. 82),
173–196, hier 185–187.

[87] Bechers Nähe zu Grotius sieht richtig in ihrer ansonsten
durchweg konfusen und oft falschen Darstellung Louise Sommer:
Die österreichischen Kameralisten in dogmengeschichtlicher Darstellung. Tl 2. Wien 1925, 1–78, hier 14 f. (= Studien zur Sozial-, Wirt-
schafts- und Verwaltungsgeschichte 13). Über Becher und die Stoa
kurz Hassinger: Becher (wie Anm. 82), 133. Knappe Skizzen über
Hugo Grotius im Hinblick auf die im Zusammenhang mit Becher
interessierenden Fragen bei Ernst Lewalter: Die geistesgeschicht-
liche Stellung des Hugo Grotius. In: Deutsche Vierteljahrsschrift
für Literaturwissenschaft und Geistesgeschichte 11 (1933), 262–293,
hier 270 f.; Hans Welzel: Naturrecht und materiale Gerechtigkeit. 4.,
neubearb. u. erw. Aufl. Göttingen 1962, 125 f. (und 40 f. sowie 46 f.);
Erik Wolf: Große Rechtsdenker der deutschen Geistesgeschichte.

4., durchgearb. u. erg. Aufl. Tübingen 1963, 261 f., 268 und 279–285; Baudach: Planeten der Unschuld (wie Anm. 82), 65–78.

[88] Zitiert wird im folgenden nach Becher: Psychosophia (wie Anm. 84). Ähnliche Ausführungen wie die zitierten finden sich noch ebd., 46 f. und 104, sowie in Becher: Moral Discurs (wie Anm. 84), 211 und 214.

[89] Der detailliertere Entwurf einer Idealkolonie, der im folgenden referiert wird, findet sich in Becher: Psychosophia (wie Anm. 84), 114–123 (Frage/Antwort Nr. 115); Zitate aus diesem Teil sind im Text nicht eigens nachgewiesen, nur wenn Stellen zitiert werden, die nicht dieser Passage entstammen, erfolgt der übliche Seitennachweis; an einer Stelle ist der originale Wortlaut *benöthige*, weil vermutlich Druckfehler, bei der Wiedergabe in *benöthigte* korrigiert worden. – Im unpaginierten Anhang des Buches veröffentlicht Becher ein weiteres, weitgehend ähnlich konzipiertes, Projekt unter dem Titel *Entwurff oder Einladung/ Einer Ruh-liebenden und ihrem Nechsten zu dienen suchenden Philosophischen Gesellschafft*. Der Wechsel im Titel zwischen der frühen ›Christlichen Bundsgenossenschafft‹ und dieser ›Philosophischen Gesellschafft‹ wird in seiner programmatischen Bedeutung wohl nicht von allzu großem Gewicht sein. – Im hier gegebenen Zusammenhang nicht darzustellen ist Bechers weitestgehende Anpassung ans Realitätsprinzip. Er zeigt sie dort, wo seine Kolonie-Entwürfe zu wirklichen Kolonial-Projekten werden wie im Falle Guayanas, aus dem 1669/70 durch den Grafen Friedrich Casimir von Hanau und über die Niederländische Westindien-Kompanie nach dem Vorbild Neuspaniens und Neuenglands die Keimzelle eines künftigen ›Neudeutschlands‹ werden sollte. Da kalkuliert Becher wieder ganz kühl mit einer Übervorteilung der einheimischen Indianer und Ausbeutung importierter Sklaven aus Afrika, nicht ohne daß freilich die Emphase des ›absoluten‹ Naturrechts – wie etwa das Verbot des Geldverkehrs zeigt – auch hier noch durchschiene. Siehe die Dokumente in Becher: Politische Discurs (wie Anm. 83), bes. 1112–1197 und 1231–1249, und Heinrich Volberg: Deutsche Kolonialbestrebungen in Südamerika nach dem Dreißigjährigen Kriege, insbesondere die Bemühungen von Johann Joachim Becher. [Diss. Köln.] Köln 1977, Kap. IX bis XIII.

[90] Stats- und Gelehrte Zeitung des Hollsteinischen unparthey-
ischen Correspondenten. Jg 1725, Nr 106 (4.7.) und Nr 126 (8.8.), Zi-
tat aus Nr. 106. Bibliographische Angaben und Bestandsnachweise
bei Hagelweide: Zeitungsbestände (wie Anm. 30), Nr. 832. – Johann
Joachim Becher: Oedipus chymicus, Oder Chymischer Rätseldeuter
[...]. Aus dem Lateinischen ins Deutsche übersetzet. Nun aber zum
Druck befördert durch Friederich Roth-Scholtzen. Nürnberg 1729
(= Deutsches Theatrum chemicum, Auf welchem der berühmtesten
Philosophen und Alchymisten Schrifften, [...] welche bißhero ent-
weder niemahls gedruckt, oder doch sonsten sehr rar worden sind.
Vorgestellet werden durch Friederich Roth-Scholtzen. Tl 2. Nürn-
berg 1730, 619–822); das Zitat findet sich 620. – [Johann Christoph
Ettner:] Des Getreuen Eckharts entlauffener Chymicus, In wel-
chem Vornemlich der Laboranten und Proceß-Krämer Boßheit und
Betrügerey/ [...] hernach bewährteste Artzney-Mittel in allerhand
Kranckheiten und Zufällen menschlichen Leibes zu gebrauchen [...];
Endlich welcher Gestalt man auff Reisen und so wohl in frembden
als einheimischen Zusammenkünfften sich verhalten soll/ [...] vorgestellet werden. Augsburg/Leipzig 1697 [1. Auflage 1696] führt
seine Gruppe von Protagonisten um den Präzeptor Eckarth [sic]
nach London, wo man auch mit dem Gelehrten Dr. Beccher alias J.J.
Becher verkehrt (der in der Tat 1679 nach England übersiedelt war
und dort 1682 auch sterben sollte). Beim zweiten Zusammentreffen
(712–716) kommt das Gespräch auf die *Psychosophia* und deren Präsentation einer *Gesellschafft* [...]/*darinne die Ruhbegierigen in aller Still und Zufriedenheit leben mögten*. Eckarth fragt skeptisch
nach: *Herr Beccher! Ubi locus mansionis? Er muß diesen ausserhalb der Welt suchen*. Ettners romanesker ›Herr Beccher‹ sieht die
Sache mittlerweile auch eher resigniert: *GOtt der HErr wird hier in
der Welt kein Paradieß mehr auffrichten/ doch will ich/ so lange mir
mein GOtt noch zu leben vergönnen wird/ denen guten Gedancken
nachhängen*. Daß Ettner den Chancen einer Becherschen Idealkolonie reserviert gegenübersteht (und daß er ihre Struktur und
Verfassung im übrigen auf seine Weise auslegt), macht er noch
einmal deutlich, als er an späterer Stelle (806) seinen Protagonisten Eckarth resümieren läßt: Herrn Bechers *Collegium Psycho-
sophicum halte schwerlich/ daß er es zum Effect bringen wird/ es*

erfodert grosse Spesen, und gehört ein Königlicher Schutzmantel darzu. Eine übersichtlich skizzierende Darstellung von Ettners Romanserie findet sich bei Udo Benzenhöfer: Die medizinisch-politischen Lehrromane des Dichterarztes Johann Christoph Ettner (1654– 1724). In: Heilkunde und Krankheitserfahrung in der frühen Neuzeit. Studien am Grenzrain von Literaturgeschichte und Medizingeschichte. Hg. von Udo Benzenhöfer und Wilhelm Kühlmann. Tübingen 1992, 283–298 (= Frühe Neuzeit 10).

91 [Aurelius] Augustinus: Theologische Frühschriften. Vom freien Willen. Von der wahren Religion. Übers. u. erl. von Wilhelm Thimme. [Zweisprachige Ausgabe.] Zürich/Stuttgart 1962, 30/31 (= Die Bibliothek der Alten Welt); Leibniz: Die Theodizee (wie Anm. 72). [Tl 1,] 240/241, 244–47, [Tl 2,] 2/3, 14–17 u. ö. Zum Stellenwert von Leibniz' Terminologie und zur Kritik am Leibnizschen Begriff des ›mal métaphysique‹ siehe E. Masson: Mal (Le). In: Dictionnaire de théologie catholique. Bd 9. Paris 1926, 1679–1704, vor allem 1679 f.

92 Becher: Psychosophia (wie Anm. 84), B2^r f.

93 Becher: Politische Discurs (wie Anm. 83), 1237; vgl. ferner 1187–90.

94 Wolfgang Mager: Republik. In: Geschichtliche Grundbegriffe. Historisches Lexikon zur politisch-sozialen Sprache in Deutschland. Hg. von Otto Brunner, Werner Conze, Reinhart Koselleck. 7 Bde. Stuttgart 1972–92, Bd 5, 549–651, vor allem 587. – Becher: Moral Discurs (wie Anm. 84), 270 und ausführlich § 42.

95 Ludwig Ernst von Faramund [d.i. Philipp Balthasar Sinold]: Die glückseeligste Insul auf der gantzen Welt, oder Das Land der Zufriedenheit, Dessen Regierungs-Art/ Beschaffenheit [...] ausführlich erzehlet wird. [1. Auflage 1723.] Frankfurt/Leipzig 1728 [Reprint Frankfurt a. M. 1970], 3 f.

96 Zitiert wird nach der Ausgabe [Hans Jacob Christoph von] Grimmelshausen: Der Abentheurliche Simplicissimus Teutsch und Continuatio des abentheurlichen Simplicissimi. Hg. von Rolf Tarot. 2., durchges. und erw. Auflage. Tübingen 1984 (= Grimmelshausen: Gesammelte Werke in Einzelausgaben). Einen ausführlicheren Vergleich von Schnabels Roman mit Grimmelshausens *Continuatio* unternimmt bereits Haas (1961/62), 72 f.

97 Diese Relation des Beerbens wird noch dadurch akzentuiert,

daß Schnabel die Auffindung Valaros durch Albert Julius offenbar nach dem Vorbild jener Szene aus Johann Valentin Andreaes *Fama Fraternitatis* (1614) modelliert hat, in der die Ordensbrüder den Leichnam ihres Ordensgründers Christian Rosencreutz und bei ihm Bücher entdecken, die künftig zum kanonischen Schrifttum der Rosenkreuzer gehören werden; auf die Motivbeziehung macht erstmals aufmerksam Braungart (1989), 253–255.

[98] Becher: Psychosophia (wie Anm. 84), 117; so auch Abschnitt III des Entwurfs zur ›Philosophischen Gesellschafft‹ im Anhang des Buches.

[99] Haas (1961/62), 80–83; jüngst mit neuen Beobachtungen weitergeführt von Wimmer (1989).

[100] Flavius Josephus: Jüdische Altertümer. Übersetzt und mit Einleitung und Anmerkungen versehen von Heinrich Clementz. 2 Bde. Berlin/Wien 1923, Bd 1, 479 und 484. Die knappen Ausführungen über die bildlichen Darstellungen des Jerusalemer Tempels um 1700 folgen Bernd Vogelsang: *Archaische Utopien*: Materialien zu Gerhard Schotts Hamburger *Bühnenmodell* des Templum Salomonis. Diss. phil. Köln 1981, und Gisela Jaacks: Abbild und Symbol. Das Hamburger Modell des Salomonischen Tempels. Hamburg 1982 (= Hamburg Porträt 17).

[101] Zu den wenigen Arbeiten über Schnabel und die *Insel Felsenburg*, die Deutungen der bis in den 4. Teil sich steigernden Zersetzung von Albert Julius' Gemeinwesen vorlegen, gehören (literatur- und sozialgeschichtlich wertend) Grohnert (1989), der eigene frühere Überlegungen in Grohnert (1975), 158–167 und 221–232, zusammenfaßt und weiterdenkt, sowie (in anregender Weise motivgeschichtlich und psychoanalytisch) Metzner (1976), 42–46.

[102] Johann Franz Buddeus: Einleitung in die Moral-Theologie, Nebst den Anmerckungen des Herrn Verfassers ins Deutsche übersetzet. Leipzig 1719, 466 und 231; [Anonym:] Neugierigkeit, Curiosität. In: Grosses vollständiges Universal-Lexicon Aller Wissenschafften und Künste [...]. Darinnen [...] auch ein vollkommener Inbegriff [...] der Mythologie, Alterthümer, Müntz-Wissenschafft, Philosophie, Mathematick, Theologie, Jurisprudenz und Medizin, wie auch aller freyen und mechanischen Künste, sammt der Erklärung aller darinnen vorkommenden Kunst-Wörter u. s. f. enthalten

ist. 64 Bde und 4 Suppl.-Bde. Leipzig/Halle 1732–54 [Reprint Graz 1961–64], Bd 24 (1740), 172–174. Zur Geschichte der ›curiositas‹ vor allem Hans Blumenberg: Der Prozeß der theoretischen Neugierde. Erweiterte und überarbeitete Neuausgabe von *Die Legitimität der Neuzeit*, dritter Teil. Frankfurt a.M. 1973 (= Suhrkamp Taschenbuch Wissenschaft 24); als kritische Replik auf Blumenberg versteht sich Heiko Augustinus Oberman: Contra vanam curiositatem. Ein Kapitel der Theologie zwischen Seelenwinkel und Weltall. Zürich 1974 (= Theologische Studien 113); siehe ferner die enzyklopädischen Artikel André Cabassut: Curiosité. In: Dictionnaire de spiritualité. Bd 2. Paris 1953, 2654–2661, und G[ötz] Müller: Neugierde [Abschnitt I]. In: Historisches Wörterbuch der Philosophie. Bd 6. Basel 1984, 732–736.

[103] Abraham a Sancta Clara: Auff/ auff ihr Christen! Das ist: Ein bewögliche Anfrischung der Christlichen Waffen wider den Türckischen Blut-Egel: [...] In Eyl ohne Weil Zusammen getragen. Salzburg 1687 [1. Auflage 1683], 22 und 15 (beim letzten Zitat handelt es sich um eine Kapitelüberschrift). – Zum Theorem der Sündenstrafe während des Dreißigjährigen Krieges, insbesondere bei Johann Rist, siehe Brigitte Walter, geb. Schulze-Moebius: Friedenssehnsucht und Kriegsabschluß in der deutschen Dichtung um 1650. Diss. Breslau 1940, 22–30 u.ö.; Josef Jansen: Patriotismus und Nationalethos in den Flugschriften und Friedensspielen des Dreißigjährigen Krieges. Diss. Köln 1964, 19 f. und 112–129.

[104] Francisco López de Gómara: Historia general de las Indias. *Hispania vitrix* cuya segunda parte corresponde a la conquista de Méjico. Modernización del texto antiguo por Pilar Guibelalde. Con unas notas prologales de Emiliano M. Aguilera. 2 Bde. Barcelona 1954, Bd 1, 49 (von hier das Zitat) und 145, Bd 2, 120, 171 f. und 409 f.; Bernardino de Sahagún: Historia general de las cosas de Nueva España. Escrita y fundada en la documentación en lengua mexicana recogida por los mismos naturales. La dispuso para la prensa en esta nueva edición, con numeración, anotaciones y apéndices Angel Maria Garibay. 4 Bde. México, D.F. 1956, Bd 1, 86, 89 und 95; Joseph de Acosta: Natural & Moral History of the Indies. Reprinted from the English Translated Edition of Edward Grimston, 1604. Ed., with Notes and an Introduction, by Clements R. Markham. 2 Bde. Lon-

don 1880, Bd 2, 377 (Originaltext in Ders.: Historia natural y moral de las Indias en que se tratan de las cosas notables del cielo [...] y gobierno de los Indios. Ed. preparada por Edmundo O'Gorman. Segunda edición, revisada. México/Buenos Aires 1962, 271). Über die hier nicht mit charakteristischen Äußerungen repräsentierten Solís und Clavigero siehe die beiden Gesamtdarstellungen von Francisco Esteve Barba: Historiografía indiana. Madrid 1964, 125–129 bzw. 208–210, und Benjamin Keen: The Aztec Image in Western Thought. New Brunswick, N.J. 1971, 176–179 bzw. 293–300. – Louis-Armand de Lahontan: Neueste Reisen nach dem mitternächtlichen Amerika. Aus d. Frz. von M. Vischer [1709]. Hg. und m. e. Nachw. vers. von Rolf Dragsta und Dietmar Kamper, Textbearbeitung und Anm. von Rolf Dragsta. Berlin [West] 1982, 207 (Originaltext in Ders.: Œuvres complètes. Édition critique par Réal Ouellet avec la collaboration d'Alain Beaulieu. 2 Bde. Montréal (Québec) 1990, Bd 1, 664 f.; ebd. belegen die Herausgeber durch aufschlußreiches Material aus dem 17. und 18. Jahrhundert die Erörterung von Satans Wirken in Nord- und Südamerika auch für den französischen Sprachbereich). – [Anonym:] Teuffel. In: Grosses vollständiges Universal-Lexicon (wie Anm. 102). Bd 42 (1744), 1543–1626, hier 1606.

[105] Erasmus Francisci: Neu-polirter Geschicht- Kunst- und Sitten-Spiegel ausländischer Völcker/ fürnemlich Der Sineser/ Japaner/ Indostaner/ Javaner/ Malabaren/ Peguaner/ Siammer/ Peruaner/ Mexicaner/ Brasilianer/ Abyssiner/ Guineer/ Congianer/ Asiatischer Tartern/ Perser/ Armenier/ Türcken/ Russen/ und theils anderer Nationen mehr: [...] Dem Schau-begierigem Leser dargestellt. Nürnberg 1670, 913 f. und 1033; der gesamte Abschnitt 914–1089 behandelt dieses Thema, zu dem insgesamt noch einmal verwiesen sei auf die großflächige Darstellung von Solé: Christliche Mythen (wie Anm. 72) sowie auf Margaret T. Hodgen: Early Anthropology in the Sixteenth and Seventeenth Centuries. Philadelphia 1964, 301 f.

[106] [Anonym:] De occulta philosophia. In: Theophrast von Hohenheim gen. Paracelsus: Sämtliche Werke. 1. Abt.: Medizinische, naturwissenschaftliche und philosophische Schriften. Hg. von Karl Sudhoff. Bd 14. München/Berlin 1933, 513–542, hier 529 f.; vgl. Wolfgang Hildebrand: New augirte/ weitverbesserte vnd vielvermehrte

Magia naturalis: Das ist Kunst vnd Wunderbuch Darinne begriffen wunderbahre Secreta, Geheimnüsse/ vnd Kunststücke [...]. Allen Kunstbegierigen/ vnd Liebhabern solcher geheimbten Künsten/ zu sonderlichen Gefallen: [...] zusammen getragen/ vnd in vier vnterschiedliche Bücher abgetheilet/ jetzo [...] gantz new in Druck gegeben. Erfurt 1650, Buch 4, 24^r–25^r; Heinrich Anshelm von Zigler und Kliphausen: Täglicher Schau-Platz der Zeit/ Auff welchem sich Ein iedweder Tag durch das gantze Jahr mit seinen merckwürdigsten Begebenheiten [...] vorstellig machet. [...] Anitzo bey dieser zweyten Auflage mit sonderbarem Fleiß von neuem durchgegangen/ [...] auch mit einem vollständigen Register versehen. Leipzig 1700, 720; vgl. Sebastian Franck: Chronica. [Reprografischer Nachdruck der Original-Ausgabe Ulm 1536.] Darmstadt 1969, [Die ander Chronicka], 269^r, und siehe Schnabel: Printz. 1750, [6]; Georg Philipp Harsdörffer: Der Grosse Schauplatz Lust- und Lehrreicher Geschichte. 2 Bde in 1 Bd. [Nachdruck der Ausgaben Frankfurt und Hamburg 1664.] Hildesheim/New York 1978, Tl 2, 233 f.; Erasmus Francisci: Der Höllische Proteus/ oder Tausendkünstige Versteller/ vermittelst Erzehlung der vielfältigen Bild-Verwechslungen Erscheinender Gespenster/ [...] (nebenst vorberichtlichem Grund-Beweis der Gewißheit/ daß es würcklich Gespenster gebe) abgebildet. Nürnberg 1690, 81–84; Eberhard Werner Happel: Größte Denkwürdigkeiten der Welt oder Sogenannte Relationes Curiosae. [Auswahl.] Hg. von Uwe Hübner und Jürgen Westphal. Berlin 1990, 276 f.; Abraham a Sancta Clara: Judas der Ertz-Schelm. (Auswahl.) Hg. von Felix Bobertag. Berlin/Stuttgart o.J. [ca. 1883], 15–17 (= Deutsche National-Litteratur. Hg. von Joseph Kürschner. 40). – Gesamtdarstellungen des Themas von volkskundlicher Seite finden sich bei Stanislaus Hirschberg: Schatzglaube und Totenglaube. Breslau 1934 (= Sprache und Kultur der germanischen und romanischen Völker. B. Germanistische Reihe 9); Ders.: Schatz. In: Handwörterbuch des deutschen Aberglaubens. Unter bes. Mitwirkung von E. Hoffmann-Krayer hg. von Hanns Bächtold-Stäubli. 10 Bde. Berlin 1927–42, Bd 7, 1002–1015. – Siehe ferner Alfonso di Nola: Der Teufel. Wesen, Wirkung, Geschichte. Aus d. Ital. von Dagmar Türck-Wagner. Mit e. Vorw. von Felix Karlinger. München 1990, 392–94.

[107] [Anonym:] Schatz. In: Grosses vollständiges Universal-Lexicon (wie Anm. 102). Bd 34 (1742), 981–984; [Anonym:] Zauberey. In:
Ebd. Bd 61 (1749), 62–142, hier 79–81; [Johann Zacharias Gleichmann:] Historische Nachrichten Von Unterirdischen Schätzen, Welche in alten Kirchen, Schlössern, Klöstern und Höhlen verborgen gelegen, und theils glücklich gehoben worden, theils aber noch in dem
Schooße der Erden vergraben sind; [...] Bey Gelegenheit des zu Bal-
dern, in dem Oettingischen, auf einem alten Schloß vermeintlich erhobenen grossen Schatzes [...], mit vielen curieusen Anmerckungen,
der gelehrt- und curieusen Welt aufrichtig mitgetheilet von Va-
riamando. Frankfurt/Leipzig 1738, 1–7 und 273–285, das Zitat 100.
Gleichmanns Bezugnahmen auf die *Stolbergische Sammlung* finden sich ebd., 200 f. und 447 f.; die Anzeige der *Historischen Nachrichten*, deren Vorrede am 28. September 1738 abgezeichnet ist,
durch Schnabel wiederum steht in (man beachte das Datum)
Schnabel: Sammlung. Jg 1738, Nr 49 (19.6.); der *Hamburgische
Correspondent* verreißt Gleichmanns Buch in: Correspondent (wie
Anm. 42). Jg 1738, Nr 186 (22.11.).

[108] [Johann Karl Niedermayr:] Der Raisonabl-Liebende Jurist
Der Courieusen Welt In Einem der honetesten Romanen, Zur Vergönnten Zeit-Passirung Abgeschilderet von Rayndemir. o. O. [Burg-
hausen] 1739, 33–38; [Otto B. Verdion?:] Der merckwürdigen Geschichte des Göttingischen Studenten Mons. V*** Zweyter Theil.
Nebst andern Besondern Begebenheiten vom Ihm selbst beschrieben und von Dessen guten Freunde dem Druck übergeben. Zweyte
Auflage. o. O. 1749, 27–51 und 113–143, Zitat von 44; [Anonym:] Der
Sieg des Glücks und der Liebe über die Melancholie, an dem Exempel Carl Longini Baron de N*** Allen curiösen Lesern aus sichern
Nachrichten zur Belustigung vorgestellet von Ignotus. Frank-
furt/Leipzig 1748, 71, 111–137, 284 f. und 289–293, Zitate von 71, 115
und 119; Schnabel: Printz. 1750, 34–36, 77–80, 97–99, 176–183 und
204–216, Zitate von 98, 180 und 177; [Anonym:] Der Wagehalß. Oder:
ausserordentliche Begebenheiten eines Barbiers-Sohn aus dem
Hannöverischen, Dessen Glücks- und Unglücks-Fälle annehmlich
beschreibet Frid. Veramando. Frankfurt/Leipzig 1752, 115–117.

[109] [Anonym:] Naturalismus. In: Georg Johann Walch: Philosophisches Lexicon. Mit einer kurzen kritischen Geschichte der

Philosophie von Justus Christian Hennings. 2 Bde. [Reprint der 4. Aufl. Leipzig 1775.] Hildesheim 1968, Bd 1, 219 f.; siehe hierzu auch G[unter] Gawlick: Naturalismus. In: Wörterbuch der Philosophie (wie Anm. 102), Bd 6, 517–19.

[110] Eine eindeutige Quelle für das die *Insel Felsenburg* beschließende Textstück konnte bisher nicht ausfindig gemacht werden. Bemerkenswert (und wohl signifikant) ist, daß die meisten Ähnlichkeiten nicht mit einer Paracelsus sicher zuzuschreibenden, sondern gerade einer pseudoparacelsischen Schrift bestehen, nämlich: De Pestilitate. In: Paracelsus: Werke (wie Anm. 106). 1. Abt. Bd 14, 597– 661, hier bes. 601–605 und 632 f. – Zur Trias von Salz, Schwefel und ›Mercurius‹ sowie zur ›Archeus‹- (und ›Samen‹-) Lehre bei Paracelsus siehe Walter Pagel: Paracelsus. An Introduction to Philosophical Medicine in the Era of the Renaissance. Basel/New York 1958, 82–89, 100–112 und 115–117; Ders.: Das medizinische Weltbild des Paracelsus. Seine Zusammenhänge mit Neuplatonismus und Gnosis. Wiesbaden 1962, 72–77, 83 und 105–108 (= Kosmosophie 1). – Die ›Archeus‹-Konzeption zeigt auch Übereinstimmungen mit Christian Knorr von Rosenroth [recte: Johann Baptista van Helmont, ins Deutsche übers. und hg. von Christian Knorr von Rosenroth]: Aufgang der Artzney-Kunst. 2 Bde. [Reprint der Ausgabe 1683.] Mit Beiträgen von Walter Pagel und Friedhelm Kemp. München 1971, Bd 1, 40–42. Als Quelle nicht in Frage kommen die (allzu naheliegenden, weil in der Verlagsanzeige am Ende von Teil 4 der *Insel Felsenburg* inserierten) Schriften des ›Basilius Valentinus‹. – Eine der wenigen Einlassungen auf diesen Schluß der Schnabelschen Tetralogie findet sich bei Braungart (1989), 247–261.

[111] Dietz: Lebenslauf (wie Anm. 15), 74–76 und 172. – Becher: Oedipus (wie Anm. 90), 725–44. – Die erste (und einzige) präzise Verortung der Becherschen *Psychosophia* findet sich bei Rudolph: Beobachtungen (wie Anm. 86), 187–192.

[112] [Anonym:] Die Siebenmal Ubelgerathene Und Einmal Sehr wohlausgeschlagene Ehe Eines Weibes, Sehr curiös und lesenswürdig beschrieben Von Ihr selbst. Frankfurt/Leipzig 1731, 367 und 389. – [Verdion?:] Geschichte des Studenten Zweyter Theil (wie Anm. 108), 128; Abdruck des ›Extractes‹ 129–33.

[113] Giovanni Battista della Porta: Magiae naturalis libri viginti. Ab ipso quidem authore ante biennium adaucti [...]: in quibus scientiarum Naturalium diuitiae & deliciae demonstrantur. Frankfurt 1591, 2. Der deutsche Text von 1715 wird zitiert nach Will-Erich Peuckert: Gabalia. Ein Versuch zur Geschichte der magia naturalis im 16. bis 18. Jahrhundert. Berlin [West] 1967, 62 f. (= Ders.: Pansophie 2).

[114] Die erzählerische Konstruktion des 4. Teils ist folgende (Seitenangaben sämtlich nach vorliegender Ausgabe): *erstens* Rahmung durch den Redaktor und Herausgeber ›Gisander‹ im Jahre 1742 (Vorrede und 559–584), eingefügt ist der Brief des Gelehrten an die Felsenburger (560–584); *zweitens* Niederschrift des Erzählberichts durch Eberhard Julius, beginnend mit einer Grußadresse Albert Julius' II. von Anfang 1740 (9–559), eingelassen sind die Schichten 3 und 4; *drittens* Vortrag des Kapitäns Philipp Wilhelm Horn vor dem Regenten und anderen Felsenburgern einschließlich Eberhard Julius' über seine Mitte 1735 begonnene Rückreise von Europa (54–151 und 155–205), einige Tage später schließt sich die Lebensgeschichte der Madame Barley an (215–242); *viertens* Vortrag von Eberhard Julius vor Kapitän Horn (und mehreren Felsenburgern unter Einschluß des Regenten) über die Ereignisse auf der Insel von Horns Abreise Anfang 1734 bis zu dessen Rückkunft (246–543), eingefügt ist Annas Bericht über ihre und Mirzamandas Geschichte (425–528). Man wird diese Konstruktion schon als solche nicht besonders geschickt nennen können. Schnabel unterläuft nun aber darüber hinaus zunächst der Fehler, daß er Eberhard Julius von drei vorhergehenden *Relationen* sprechen läßt, denen jetzt die vierte folge (9 f. und 558), während es sich aus Julius' Sicht tatsächlich doch erst um den dritten Bericht handeln kann, da der erste ohne sein Wissen durch Entscheidung ›Gisanders‹ auf die Teile 1 und 2 aufgeteilt worden war. Sodann merkt Schnabel nach dem Ende von Horns Vortrag offenbar nicht, daß er damit wieder in die Schicht von Eberhard Julius' Niederschrift eingetreten ist, innerhalb deren Kapitän Horn jr. nicht ›mein Bruder‹ genannt werden kann, wie es 209–213 viermal geschieht. Zweimal (205 und 243) wird im Anschluß an eine eingefügte Erzählung jeweils deren Fortsetzung in Aussicht gestellt, die es dann nicht gibt und eigentlich

271

auch nicht geben kann. Nachdem Eberhard Julius in 543 seinen Vortrag vor Horn beendet hat (und damit in die Schicht 2 zurückgekehrt ist), schließt er in 556 f. ein zweites Mal mit der Anrede an Horn, wodurch das Textstück 544–556 fälschlich den Anschein eines weiteren mündlichen Berichts erhält. Schließlich unterschlägt Eberhard Julius in seinem Vortrag vor Horn die in der Schicht 2 anfangs erzählten Wunderzeichen und Erdbeben, obwohl sie sich vor Horns Rückkehr ereignet haben (Schnabel will sie dem Leser im Vortrag der Schicht 4 verständlicherweise nicht abermals mitteilen), und setzt gleichwohl in 540 voraus, daß Horn über diese Ereignisse informiert ist.

Bibliographie

I. Ausgaben der *Wunderlichen Fata* bis 1772

Das folgende Verzeichnis ist das Ergebnis einer 1991/92 durch-
geführten Umfrage bei Zentralkatalogen und Bibliotheken
Deutschlands und Österreichs. Nur in wenigen Fällen wurde dabei eine Autopsie der Bände vorgenommen; im allgemeinen be-
schränkte die Recherche sich auf die Auswertung der Titelblätter.
Was hier vorgelegt wird, ist also nicht eine druckanalytische Untersuchung, sondern eine Bibliographie der Auflagen von Schnabels
Hauptwerk auf der Basis der Titelangaben. Für jeden Teil der
Tetralogie wird der Titel der ersten Auflage vollständig wiedergegeben. Für die folgenden Auflagen sind nur die jeweils von
diesem zur Gänze reproduzierten Titel abweichenden Befunde
vermerkt; die Angaben unter der ›Linie‹, also Ort, Verlag und Jahr,
erscheinen allerdings in jedem Fall komplett. Beim Vorliegen zu
zahlreicher Varianten wird einem erneuten vollständigen Abdruck
des Titels der Vorzug gegeben; die Abweichungen in den anschlie-
ßenden Auflagen beziehen sich dann auf diese jeweils letzte komplette Wiedergabe. – In der Reproduktion ist auf eine Markierung
der Zeilen, die durch roten Druck hervorgehoben sind, verzichtet
worden. Fraktur-»ʒ« wird durchgängig zu »I« bzw. »J« aufgelöst;
Antiqua erscheint in Groteskschrift. Konserviert wird der doppelte
Bindestrich (=). Das (nicht konsequente) Auftreten einiger Virgeln
anstelle von Kommata in Nr 1.2 und Nr 2.1 bleibt unberücksichtigt.
– An den Eintrag des Titelblattes schließt sich jeweils eine Referenz
auf die beiden wesentlichen einschlägigen Bibliographien von Ullrich (1898) und Dünnhaupt (2. Aufl. 1991) an, der dann die Nachwei-
se von Standorten in Bibliotheken Deutschlands und Österreichs
folgen. Auf eine explizite Korrektur einiger bei Dünnhaupt unzu-
treffenden Angaben wird verzichtet. – Abschließend sei noch einmal
betont, daß dieses Verzeichnis keinerlei Anspruch auf den Status
einer druckanalytischen Bibliographie erhebt. Was sich hinter der
Fassade der Titelblätter verbirgt, inwieweit mit Doppeldrucken
oder Titelauflagen zu rechnen ist, könnte erst eine aufwendige
Spezialuntersuchung zutage fördern.

1.1) Wunderliche | FATA | einiger | See=Fahrer, | absonderlich | ALBERTI JULII, | eines gebohrnen Sachsens, | Welcher in seinem 18den Jahre zu Schiffe | gegangen, durch Schiff=Bruch selb 4te an eine | grausame Klippe geworffen worden, nach deren Ubersteigung | das schönste Land entdeckt, sich daselbst mit seiner Gefährtin | verheyrathet, aus solcher Ehe eine Familie von mehr als | 300. Seelen erzeuget, das Land vortrefflich angebauet, | durch besondere Zufälle erstaunens=würdige Schätze ge= | sammlet, seine in Teutschland ausgekundschafften Freunde | glücklich gemacht, am Ende des 1728sten Jahres, als in | seinem Hunderten Jahre, annoch frisch und gesund gelebt, | und vermuthlich noch zu dato lebt, | entworffen | Von dessen Bruders=Sohnes=Sohnes=Sohne, | Mons. Eberhard Julio, | Curieusen Lesern aber zum vermuthlichen | Gemüths=Vergnügen ausgefertiget, auch par Commission | dem Drucke übergeben | Von | GISANDERN. | [Linie] | NORDHAUSEN, | Bey Johann Heinrich Groß, Buchhändlern. | Anno 1731.

(Ullr. 125 f. Dünnh. 2.I.1. – Leipzig UB. Wolfenbüttel HAB.)

1.2) [...] Gefährtin [...] von dessen [...] NORDHAUSEN, | Bey Joh. Heinrich Groß, privil. Buchhändler. | Anno 1732.

(Ullr. 126. Dünnh. 2.I.2. – Berlin Bibl. d. Kirchl. Hochschule. Düsseldorf UB. München SB. Wien NB.)

1.3) [...] NORDHAUSEN, | Bey Joh. Heinrich Groß, privil. Buchhändlern. | Anno 1736.

(Ullr. 126. Dünnh. 2.I.3. – Berlin SB. Wolfenbüttel HAB.)

1.4 [...] Gefertin [...] Erstaunens=würdige [...] Ge= | müths=Vergnügen ausgefertiget, auch par Com- | mission dem [...] NORDHAUSEN, | Bey Johann Heinrich Groß, Buchhändlern. | Anno 1740.

(Ullr. 126. Dünnh. 2.I.4. – Göttingen SUB. Graz UB. Heidelberg UB [Ex. mit handschriftlichem Ersatz-Titelblatt]. Nordhausen Stadtarchiv.)

1.5) [...] NORDHAUSEN. | Bey Joh. Heinrich Groß, privil. Buchhändlern. | Anno 1744.

(Ullr. 126. Dünnh. 2.I.5. – Berlin SB. Göttingen SUB. Weimar HAAB.)

1.6) Wunderliche | FATA | einiger | See=Fahrer, | absonderlich |

ALBERTI JULII, | eines gebohrnen Sachsens, | Welcher in seinem
18den Jahre zu Schiffe | gegangen, durch Schiff=Bruch selb 4te
an eine grau= | same Klippe geworffen worden, nach deren
Ubersteigung das | schönste Land entdeckt, sich daselbst mit
seiner Gefährtin ver= | heyrathet, aus solcher Ehe eine Fami-
lie von mehr als 300. | Seelen erzeuget, das Land vortrefflich
angebauet, durch be= | sondere Zufälle erstaunens=würdige
Schätze gesammlet, seine | in Teutschland ausgekundschaften
Freunde glücklich gemacht, | am Ende des 1728sten Jahres, als
in seinem hunderten | Jahre, annoch frisch und gesund gelebt,
und ver= | muthlich noch zu dato lebt, | entworffen | Von des-
sen Bruders=Sohnes=Sohnes=Sohne, | Mons. Eberhard Julio, |
Curieusen Lesern aber zum vermuthlichen Ge= | müths=Ver-
gnügen ausgefertiget, auch par Commission | dem Drucke über-
geben | von | GISANDERN. | [Linie] | Nordhausen, | bey Joh.
Heinrich Groß, privil. Buchhändlern. | 1749.
(Ullr. 126. Dünnh. 2.1.6. – Berlin SB. Gotha LB. Hamburg SUB.
Heidelberg UB [Verlust der Jahreszahl auf dem Titelblatt durch
Beschneiden des Buchblocks]. Nordhausen Stadtarchiv. Stutt-
gart LB [Verlust der Jahreszahl auf dem Titelblatt durch Be-
schneiden des Buchblocks]. Tübingen UB.)

1.7) [...] Uebersteigung [...] [Linie] | Mit Königl. Pohlnischen
und Churfürstlich=Sächsischen | allergnädigsten PRIVILEGIO. |
[Linie] | Nordhausen, | bey Joh. Heinrich Groß, privil. Buch-
händlern. | 1751.
(Ullr. 126 f. Dünnh. 2.1.7. – Berlin SB. Coburg LB. Hamburg
SUB. Kiel LB. München SB. Münster UB [Ex. mit maschinen-
schriftlichem Ersatz-Titelblatt]. Schwerin LB. Weimar HAAB.)

1.8) [...] 18ten Jahre [...] Uebersteigung [...] heyrathet, und aus
solcher Ehe eine Familie von mehr als 300. | Seelen erzeuget,
das Land vortreflich angebauet, durch beson= | dere Zufälle
erstaunenswürdige Schätze gesammlet, seine in | Teutschland
ausgekundschaften Freunde glücklich gemacht, am | Ende des
1728sten Jahres, als in seinem hunderten | Jahre, annoch frisch
und gesund gelebt, und | vermuthlich noch zu dato lebt, | ent-
worfen | von dessen Bruders=Sohnes=Sohnes=Sohne, | Mons.
Eberhard Julio, | curieusen Lesern [...] [Schmuckleiste] | Mit

Königlich=Polnischen und Churfürstlich=Sächsischen | aller-
gnädigstem PRIVILEGIO. | [Linie] | Halberstadt, | bey Joh.
Heinrich Groß, privilegirten Buchhändlern | 1768.
(Ullr. 127. Dünnh. 2.I.8. – Frankfurt am Main UB. Göttingen
SUB. Tübingen UB. Weimar HAAB. Wolfenbüttel HAB [Ex.
ohne Titelblatt, mit handschriftlichem Vermerk »Nordhausen
1736«].)

2.1) Wunderliche | FATA | einiger | See=Fahrer, | Zweyter Theil,
| oder: | fortgesetzte | Geschichts=Beschreibung | ALBERTI
JULII, | eines gebohrneu Sachsens | und seiner | auf der Insel
Felsenburg | errichteten Colonien, | entworffen | von dessen
Bruders=Sohnes=Sohnes=Sohne, | Mons. Eberhard Julio, | Cu-
rieusen Lesern aber zum vermuthlichen | Gemüths=Vergnügen
ausgefertiget, auch par Commission | dem Drucke übergeben |
Von | GISANDERN. | [Linie] | NORDHAUSEN, | bey Joh.
Heinrich Groß, privil. Buchhändler. | Anno 1732.
(Ullr. 127. Dünnh. 2.II.1. – Halle LB. Weimar HAAB. Wolfenbüttel HAB [Ex. ohne Titelblatt, mit handschriftlichem Biblio-
theksvermerk »Nordhausen 1736«].)

2.2) [...] JVLII, [...] gebohrnen [...] Insul [...] Von dessen [...] GISAN-
DERN. | Zweyte Auflage. | [Linie] | NORDHAUSEN, | Bey Joh.
Heinrich Groß, privil. Buchhändler. | Anno 1733.
(Ullr. 127. Dünnh. 2.II.2. – Berlin Bibl. d. Kirchl. Hochschule.
Düsseldorf UB. München SB. Nordhausen Stadtarchiv. Wien
NB.)

2.3) [...] JVLII, [...] gebohrnen Sachsens, [...] Insul [...] Von dessen
[...] NORDHAUSEN, | Bey Joh. Heinrich Groß, privil. Buch-
händler. | Anno 1737.
(Ullr. 127 f. [1737 (b)]. – Berlin SB. Heidelberg UB.)

2.4) [...] gebohrnen Sachsens, [...] Insul [...] Colonien, [...] NORD-
HAUSEN, | Bey Joh. Heinrich Groß, privil. Buchhändler. | Anno
1737.
(Ullr. 127 f. [1737 (a)]. Dünnh. 2.II.3. – Berlin SB. Göttingen SUB.
Hamburg SUB.)

2.5) [...] gebohrnen Sachsens, [...] Insul [...] Colonien, [...] NORD-
HAUSEN, | Bey Joh. Heinrich Groß, privil. Buchhändler, | Anno
1746.

(Ullr. 128. Dünnh. 2.II.4. – Berlin SB. Göttingen SUB. Hamburg SUB. Stuttgart LB [Verlust der Jahreszahl auf dem Titelblatt durch Beschneiden des Buchblocks]. Tübingen UB.)

[2.6) Dünnh. führt als 2.II.5 eine (bislang in deutschen und österreichischen Bibliotheken nicht nachweisbare) Auflage von 1751.]

2.7) [...] gebohrnen Sachsens, [...] Insul [...] Colonien, [...] Bruders Sohnes= Sohnes=Sohne, [...] vermuthlichen Gemüths= | Vergnügen [...] [Linie] | Mit Königl. Pohln. und Churfürstlich= Sächsischen | allergnädigsten PRIVILEGIO. | [Linie] | NORDHAUSEN, | bey Joh. Heinrich Groß, privil. Buchhändler, 1752.
(Ullr. 128. Dünnh. 2.II.6. – Berlin SB. Gotha LB. München SB.)

2.8) Wunderliche | FATA | einiger | See=Fahrer, | Zweyter Theil, | [Linie] | oder: | fortgesetzte | Geschichts=Beschreibung | ALBERTI JVLII, | eines gebohrnen Sachsens, | und seiner | auf der Insul Felsenburg | errichteten Colonien, | entworfen | von dessen Bruders Sohnes=Sohnes=Sohne, | Mons. Eberhard Julio, | Curiösen Lesern aber zum vermuthlichen Gemüths= | Vergnügen ausgefertiget, auch par Commission dem | Drucke übergeben | von | GISANDERN. | [Linie] | Mit Königl. Pohln. und Churfl. Sächs. allergn. Privilegio. | [Linie] | Nordhausen, | bey Joh. Heinrich Groß, privil. Buchhändler, 1763.
(Ullr. 128. Dünnh. 2.II.7. – Berlin SB. Frankfurt am Main UB. Kiel LB. München SB. Münster UB. Schwerin LB.)

[2.9) Dünnh. führt als 2.II.8 eine (bislang in deutschen und österreichischen Bibliotheken nicht nachweisbare) Auflage von 1767.]

2.10) [...] Druck [...] [Linie] | Mit Churfürstl. Sächsischen allergn. Privilegio. | [Linie] | Halberstadt, | bey Joh. Heinrich Groß, privil. Buchhändler, 1772.
(Ullr. 128 f. Dünnh. 2.II.9. – Göttingen SUB. Leipzig UB. Tübingen UB.)

3.1) Wunderliche | FATA | einiger | See=Fahrer, | Dritter Theil, | oder: | fortgesetzte | Geschichts=Beschreibung | ALBERTI JULII, | eines gebohrnen Sachsens, | seines, im Jahr 1730. erfolgten Todes, | und seiner | auf der Insul Felsenburg | (allwo er in seinem 103ten Lebens=Jahre | beerdiget worden) | in vollkom̃enen Stand gebrachten Colonien, | entworffen | von des Bruders=Sohnes=Sohnes=Sohne, | Mons. Eberhard Julio, | Curieu-

277

sen Lesern aber zum vermuthlichen Gemüths= | Vergnügen aus-
gefertiget, auch par Comission dem Druck übergeben | Von |
GISANDERN. | [Linie] | NORDHAUSEN, | bey Joh. Heinrich
Groß, privil. Buchhändler. | Anno 1736.
(Ullr. 129 [1736 (b)]. Dünnh. 2.III.1. – Berlin SB. Bitterfeld Kreis-
museum. Gotha LB. Halle LB. Heidelberg UB. Wien NB. Wolfenbüttel HAB.)

[3.2) Ullr. 129 führt als 1736 (a) eine (bislang in keiner Bibliothek
nachweisbare) Auflage.]

3.3) [...] vollkommenen [...] Commission dem | Druck übergeben |
von | GISANDERN. | [Linie] | NORDHAUSEN, | bey Joh. Hein-
rich Groß, privil. Buchhändler. | Anno 1739.
(Ullr. 129. Dünnh. 2.III.2. – Berlin SB. Frankfurt am Main UB.
Göttingen SUB. Leipzig UB.)

3.4) [...] NORDHAUSEN, | bey Joh. Heinrich Groß, privil. Buch-
händler. | Anno 1744.
(Ullr. 129. Dünnh. 2.III.3. – Göttingen SUB. Greifswald UB.
Nordhausen Stadtarchiv.)

3.5) Wunderliche | FATA | einiger | See=Fahrer, | Dritter Theil, |
oder: | Fortgesetzte | Geschichts=Beschreibung | ALBERTI
JULII, | eines gebohrnen Sachsens, | seines im Jahr 1730 er-
folgten Todes, | und seiner | auf der Insul Felsenburg | (allwo er
in seinem 103ten Lebens=Jahre | beerdiget worden) | in voll-
kommenen Stand gebrachten Colonien, | entworfen | von des
Bruders Sohnes=Sohnes=Sohne, | Mons. Eberhard Julio, | Curi-
eusen Lesern aber zum vermuthlichen Gemüths= | Vergnügen
ausgefertiget, auch par Commission dem Druck übergeben | von
| GISANDERN. | [Linie] | NORDHAUSEN, | bey Joh. Heinrich
Groß, privil. Buchhändler. | Anno 1748.
(Ullr. 130. Dünnh. 2.III.4. – Berlin SB. Hamburg SUB. Stuttgart
LB. Tübingen UB.)

3.6) [...] [Linie] | Mit allergnädigstem Privilegio. | [Linie] | Nord-
hausen, | bey Joh. Heinr. Groß, privil. Buchhändler. 1751.
(Ullr. 130. Dünnh. 2.III.5. – Berlin SB. Kiel LB. Schwerin LB.
Weimar HAAB.)

3.7) [...] [Linie] | Mit allergnädigstem Privilegio. | [Linie] | Nord-
hausen, | bey Carl Gottfried Groß, privil. Buchhändler. 1767.

(Ullr. 130. Dünnh. 2.III.6. – Berlin Bibl. FU Fachber. Germanistik. Bochum UB. Göttingen SUB. Tübingen UB.)

[3.8) Dünnh. führt als 2.III.7 eine (bislang in deutschen und österreichischen Bibliotheken nicht nachweisbare) Auflage von 1772.]

4.1) Wunderliche | FATA | einiger | See=Fahrer, | Vierdter Theil,
| oder: | fortgesetzte | Geschichts=Beschreibung | der Felsen-
burger; | Worinnen nicht allein derselben jetziger Zustand seit |
Alberti Julii I. Ableben biß auf heutige Zeit mit auf= | richtiger
Feder gemeldet, | sondern auch eine gantz besondere und | Ver-
wunderungs=würdige | Lebens=Geschichte | einer Per-
sisch=Candaharischen Printzeßin | MIRZAMANDA, | Die fast ein
Haupt=Stück der Felsenburgischen Geschichte | ausmacht,
zugleich mit beygefüget worden: | Zuerst entworffen von | Mons.
Eberhard Julio, | Curieusen Lesern aber zum vermuthlichen Ge-
müths= | Vergnügen ausgefertiget, auch par Commission | dem
Druck übergeben | von | GISANDERN. | [Linie] | NORDHAU-
SEN, | bey Joh. Heinrich Groß, privil. Buchhändler. | Anno 1743.
(Ullr. 130 f. – Göttingen SUB.)

4.2) [...] mit | aufrichtiger [...] Curieusen [...] NORDHAUSEN, |
bey Joh. Heinrich Groß, privil. Buchhändler. | Anno 1743.
(Dünnh. 2.IV.1. – Gotha LB. Göttingen SUB. Hamburg SUB. Heidelberg UB. Leipzig UB. Nordhausen Stadtarchiv. Wien NB.)

4.3) [...] mit | aufrichtiger [...] Verwunderungs=Würdige [...] Curi-
eusen [...] NORDHAUSEN, | bey Joh. Heinrich Groß, privil.
Buchhändler. | Anno 1746.
(Ullr. 131. Dünnh. 2.IV.2. – Berlin SB. Stuttgart LB.)

[4.4) Dünnh. führt als 2.IV.3 eine (bislang in deutschen und österreichischen Bibliotheken nicht nachweisbare) Auflage von 1748.]

4.5) Wunderliche | FATA | einiger | See=Fahrer, | Vierdter Theil,
| oder fortgesetzte | Geschichts=Beschreibung | der Felsen-
burger; | Worinnen nicht allein derselben jetziger Zustand seit |
Alberti Julii I. Ableben bis auf heutige Zeit mit | aufrichtiger Feder
gemeldet, | sondern auch eine gantz besondere und | verwunde-
rungswürdige | Lebens=Geschichte | einer Persisch=Candaha-
rischen Printzeßin | MIRZAMANDA, | Die fast ein Hauptstück
der Felsenburgischen Geschichte | ausmacht, zugleich mit
beygefüget worden: | Zuerst entworffen von | Mons. Eberhard

Julio, | Curieusen Lesern aber zum vermuthlichen Gemüths= | Vergnügen ausgefertiget, auch durch Commißion | dem Druck übergeben | von | GISANDERN. | [Linie] | Nordhausen, | bey Joh. Heinrich Groß, privil. Buchh. 1751.

(Ullr. 131. Dünnh. 2.IV.4. – Berlin SB.)

4.6) [...] ganz [...] Prinzeßinn [...] entworfen [...] dem Druck übergeben von | GISANDERN. | Mit Königl. Pohln. u. Churf. Sächs. allergnädigsten Privilegio. | [Linie] | Nordhausen, | bey Joh. Heinr. Groß, privil. Buchh. 1761.

(Ullr. 131. Dünnh. 2.IV.5. – Berlin Bibl. FU Fachber. Germanistik. Bochum UB. Kiel LB. Schwerin LB. Tübingen UB.)

4.7) Wunderliche | FATA | einiger | See=Fahrer, | Vierdter Theil: | oder fortgesetzte | Geschichts=Beschreibung | der Felsenburger; | worinnen nicht allein derselben jetziger Zustand, seit Alber- | ti Julii I. Ableben bis auf heutige Zeit, mit aufrich= | tiger Feder gemeldet, | sondern auch | eine gantz besondere und verwunderungswürdige | Lebens=Geschichte | einer Persisch= Candaharischen Prinzeßinn | MIRZAMANDA, | die fast ein Hauptstück der Felsenburgischen Geschichte ausmacht, | zugleich mit beygefüget worden: | Zuerst entworfen | von | Mons. Eberh. Julio, | curieusen Lesern aber zum vermuthlichen Gemüths=Ver= | gnügen ausgefertiget, auch durch Commißion dem Druck übergeben | von | GISANDERN. | Mit Königl. Pohln. u. Churf. Sächs. allergnädigsten Privilegio. |[Schmuckleiste] | Nordhausen, | bey Joh. Heinr. Groß, privileg. Buchh. 1769.

(Ullr. 131. Dünnh. 2.IV.6. – Frankfurt am Main UB. Göttingen SUB. Hamburg SUB. Kassel Gesamthochschul-Bibliothek.)

[4.8) Dünnh. führt als 2.IV.7 eine (bislang in deutschen und österreichischen Bibliotheken nicht nachweisbare) Auflage von 1772.]

* * *

Als Vorlagen für den Faksimiledruck Frankfurt am Main bzw. Hildesheim 1973 dienten: Nr 1.1 Ex. Leipzig UB für Tl 1, Nr 2.1 Ex. Wolfenbüttel HAB für Tl 2 (Ersatz-Einfügung eines Titelblatts von Nr 2.3 unter Änderung der Jahreszahl), Nr 3.1 Ex. Wolfenbüttel HAB für Tl 3; Vorlage für Tl 4 ist nicht nachweisbar (Text stimmt bis auf eine Variante S. 432 mit Nr 4.1 Ex. Göttingen SUB überein).

II. Sonstige Schriften von Johann Gottfried Schnabel

Bis auf die Gruppe der großen Werke Nr 1, 10, 16 und 17 werden alle hier folgenden Titel nach Kleemann (1893) gegeben. Die journalistischen Gelegenheitsschriften, um die es sich neben wenigen Casualcarmina in der Mehrzahl handelt, lagen Kleemann meist als an die Jahrgänge 1731–34 und 1736–37 von Nr 1 angebunden vor. Heute noch zugänglich aus dieser Werkgruppe sind Nr 11, 12 und 15; gleichwohl erscheinen auch sie im folgenden nach ihrer Titelaufnahme bei Kleemann. – Die Titel der großen Werke Nr 1, 10, 16 und 17 werden nach Autopsie und den unter I angeführten Grundsätzen wiedergegeben.

1) Stolbergische | Sammlung | Neuer | und | Merckwürdiger | Welt=Geschichte/ | Auf das Jahr | 1735. [1736] [1738.] | Wöchentlich Stück=weise heraus gegeben und | zum Druck befördert | von | Johann Gottfried Schnabel. | [Linie] | STOLBERG, | Gedruckt bey Johann Christoph Ehrhart, Gräfl. Hof=Buchdr. [Schnabel beginnt die Zeitung mit der Nummer vom 30. Juli 1731; er beendet seine Arbeit wohl in den ersten Monaten des Jahres 1744. Erhalten sind nach gegenwärtigem Kenntnisstand nur mehr die Jahrgänge 1735, 1736 und 1738.]

2) POETIscher Einfall | über dem | schändl. Abfall | vom Christlichen Glauben | und schreckl. Verfall | in die Mahometanische Finsternis | des gewesenen Grafens | BONNEVALL, | itzigen Türckischen | RENEGATENS | unter dem Nahmen | ACHMET BAY. | ANNO 1731. [4 S. Quart.]

3) Kurtzer EXTRACT, | Erstlich: | Des Ertz-Bischöffl. Saltzburgischen | PATENTS, | den Abzug der Protestantischen Unter- | thanen aus selbigem Ertz-Stifft betreffend, | Nebst einiger Nachricht von dem erbärmlichen Zustande, | worinnen sich diese beklagenswürdige Leute, auf der, kurtz vor verwi- | chenem heil. Weyhnachts-Fest angetretenen und fortgesetzten müh- | seeligen Reise befunden haben, | und worüber | eine deutsch-poetische Feder ihre christ-mitleidigen Gedancken | eröffnet. | Zweytens: | Derjenigen Bedingungs-Puncte, unter | welchen sich die Corsischen Missvergnügten, der | Republic Genua aufs neue zu submittiren | erklärt. | 1732. [8 S. Quart.]

4) Umständliche | Nachricht, | Welchergestallt | ein, in 600 Seelen bestehender Troup | Saltzburgischer Emigranten | in der Hoch-Gräfl. Residentz-Stadt | Stolberg am Hartz | den 2ten 3ten u. 4ten Aug. 1732. | eingeholt, empfangen, geistlicher und leiblicher Wei- | se verpflegt, nachhero auf die vorhabende fer- | nere Reise geleitet worden. | PRO MEMORIA: | VVIr StoLberger haben VertrIebene SaLtzbVrgI- | sche EXVLanten beVVIrthet: | Den zVVeyten, DrItten VnD VIerten AVgVstI. | Stolberg am Hartz, | Zu finden bey dem Verfasser der wöchentlichen Stolbergischen Sammlung etc. | und gedruckt | bey Johann Christoph Ehrhart Gräfl. priv. Hof-Buchdr. [16 S. Quart.]

5) COPIA | derjenigen Polnischen, ins Deutsche | übersetzten Schrifft, | unter dem TITUL: | BRIEF | eines gewissen | Land-Bothen | an einen seiner guten Freunde etc. | Welche | von dem PRIMATE REGNI und der Versammlung der Pol- | nischen Stände, durch die Hände des Büttels verbrandt zu wer- | den, verdammet worden, so auch d. 9 Jul. würcklich in Warschau | bey Trompeten- und Paucken-Schall in Gegenwart einer un- | glaublichen Menge Volcks geschehen; mithin nicht nur in | Polen, sondern auch auswärtig, ein grosses Aufsehen | verursacht. | Gedruckt MENS. AUGUSTI 1733. [4 S. Quart.]

6) Beschreibung | Der | Merckwürdigkeiten | die bey einer | Polnischen- | Königs-Wahl | vorfallen; | Nebst beygefügter Abschrifft des spitzigen und | harten Briefes, | welchen der | Fürst LUBOMIRSKI | an den | GENERAL MIER | abgelassen. | Anno 1733. [4 S. Quart.]

7) Die | durch die Spanier aufgerührte | Türckische | Grausamkeit, | Oder | Kurtzer Bericht | von denenjenigen Barbarischen Repressalien, welche | die Türcken, wegen der ohnlängst beschehenen Spanischen | Landung in Africa, an den unschuldigen Christen im Gelob- | ten Lande und andern unter Türckischer Bothmässigkeit | stehenden Örtern bisshero gebrauchet; | Worbey | die schreckhaffte Geschicht | des in Algier lebendig geschundenen PATERS, | Franciscaner-Ordens, | CIRANO | besonders merckwürdig. | Mit flüchtiger Feder geschrieben und zum Druck befördert | Mens. Februar. 1733. [4 S. Quart.]

8) Kleines | Gregorius- | Spiel, | Bey Gelegenheit der itzigen | Polnischen Conjuncturen | aufgeführet | 1734. [4 S. Quart.]

9) Rom | unter den Waffen, | in einer | Kriegs-Rede | eines Gross-Allmosen-Pflegers | der Arméen | des Pabsts, | vorgestellet | und aus dem Französischen ins | Deutsche übersetzt. | Gedruckt im Monat Jul. | 1734. [8 S. Quart.]

10) Lebens= Helden= | und | Todes=Geschicht | des berühmtesten Feld=Herrn | bißheriger Zeiten | EVGENII | FRANCISCI, | Printzen von Savoyen und Piemont, | Marggrafen zu Saluzzo &c. Ritters des gol= | denen Vliesses, Käyserl. würcklichen Geheim= | den= und Conferenz=Raths, Hof=Kriegs=Raths= Præ- | sidenten, General-Lieutenants, wie auch Ihro Käy= | serl. Majest. und des H.R. Reichs Feld=Marschalls, | Obristen über ein Regiment Dragoner und General- | Vicarii der Italiänischen Erb=Königreiche und | Lande &c. &c. | Aus verschiedenen glaubwürdigen Geschicht=Bü= | chern und andern Nachrichten | zusammen getragen und kurtzgefasset heraus gegeben | von | GISANDERN. | [Linie] | STOLBERG, auf Kosten des Editoris. [172 S. – Erschienen 1736. Dünnh. führt als 3.2 und 3.3 zwei weitere 1736 erschienene, nicht autorisierte Ausgaben mit dem Verlagsort Magdeburg.]

11) Etwas Neues, | I. | Zufällige Gedancken | über den berüchtigten Banqveroutirer | Lorentz Rennefantz, | Fleischhauern zur Neustadt bey Dressden, | welcher nach vollführter Inqvisition vor dem Wohllöbl. | Stadt-Gerichte daselbst, in einem wider ihn eingehol- | ten Urtheil, wegen falschen Wechsels und übrigen Be- | trügereyen, nach Maassgebung des allergnädigsten | Banqveroutier-Mandats § 12. vor ehrlos erkläret und er | hierüber annoch 2 Jahr lang auf den Festungs-Bau | bey Wasser und Brod zur Arbeit condemniret, sothanes | Urtheil auch durch 2 in der Sache ergangene allergnä- | digste Befehle, nicht allein confirmiret, sondern auch | zugleich Rennefantzens Ehrlossprechung, durch öffent- | lichen Anschlag und durch die Zeitungen bekandt zu machen | allergemessenst mit anbefohlen worden. | II. | Brief | wegen eines den 17. Sept. in Döbeln aus dem Back-Ofen | entlauffenen Kuchens. | 1736. [4 S. Quart.]

12) Japheths-Wohnung | in den Hütten Sems, | Genes. IX, v. 27. |

das ist: | Wohlgemeynter jedoch ohnmassgeblicher | Vorschlag, | Welchergestallt die Europæischen Puissançen bey je- | tzigen favorablen Conjuncturen, mit zusammen gesetzten | Kräften, die Türcken, Corsaren oder See-Räuber nebst | andern barbari- schen Völckern delogiren und in die Enge | treiben, die Meere, und absonderlich das Mittelländische, | aufs künftige von fernern Capereyen gäntzlich befreyen, die | Handelschaft allerwegen in den höchsten Flor bringen und | also vermittelst göttlichen Bey- standes die Christliche Reli- | gion überal ausbreiten ingleichen die Ober-Herrschafft über die | gantze Welt in kurtzer Zeit be- haupten könten. | Mit patriotischer Feder kürtzlich | entworffen | von | JAPHETO SUÆ EUROPÆ REDIVIVO. | 1736. [8 S. Quart; Kleemann hält Schnabels Verfasserschaft für nicht si- cher.]

13) Bey der | Glücklichen Zurückkunft | des Hochgebohrnen Grafen und Herrn, | HERRN | Gottlob Friederichs, | Grafen zu Stolberg, Königstein, Rochefort, Wernigeroda und Hohnstein, | Grafen zu Epstein, Müntzenberg, Breuberg, Aigmont, Lohra und Clettenberg, | Ihro Röm. Kayserl. Majest. bey dem hochlöbl. Braunschw. Wolffenbüttl. Infanterie-Regiment, | hochbestallten CAPITAINS, Nachdem Dieselben von Sr. Königl. Hoh. Herrn CAROLO ALBERTO Marg- | grafen von Brandenburg etc. etc. als Heer-Meister des Ordens, | am 26. Febr. 1737. | Zum | JOHANNITER-RITTER | geschlagen worden, | Wolte | nebst submissester Abstattung der mündlichen Gratulation seine Ge- dancken in folgenden wenigen Zeilen eröffnen | Ihro Hoch-Gräfl. Gnaden | unterthänigster Knecht | der Gräfl. Stolbergl. Hof- Agent | Johann Gottfried Schnabel. [Druck in 2°.]

14) Die mit hertzlichen Wünschen | verknüpfte Freude, | bey dem hohen | Vermählungs-Feste | des Hochgebohrnen Grafen und Herrn, | HERRN | Christoph Ludwig | Grafen zu Stolberg, Königstein, Rochefort, Wernigeroda und Hohen- | stein; Herrn zu Epstein, Müntzenberg, Breuberg, Aigmont, Lohra | und Clettenberg, etc. | Mit | der Hochgebohrnen Gräfin | Louise Charlotte | Gräfin zu Stolberg, Königstein, Rochefort, Werni- geroda und | Hohnstein; Herrin zu Epstein, Müntzenberg, Breuberg, Aigmont, | Lohra und Clettenberg, | legte Pflicht-

schuldigst zu Tage | Ihro Hochgräfliche Gn. Gn. | unterthänigst-
getreuster Knecht | Johann Gottfried Schnabel. | Stolberg,
Gedruckt bey Joh. Christ. Ehrhart, Gräfl. Hof-Buchdr. [Druck
in 2°.]

15) Das höchst-erfreute Stolberg, | bey dem | Hochgräfl. Vermäh-
lungs-FESTIN | des Hochgebohrnen Grafen und Herrn, | Herrn
Christoph Ludewig, | Grafen zu Stolberg, Königstein, Rochefort,
Werni- | geroda und Hohnstein, Herrn zu Epstein, Müntzenberg,
| Breyberg, Aigmont, Lohra und Clettenberg, etc. | Mit der |
Hochgebohrnen Gräfin, | Gräfin Louise Charlotte, | Gräfin zu
Stolberg, Königstein, Rochefort, Werni- | geroda und Hohnstein,
Herrin zu Epstein, Müntzenberg, | Breyberg, Aigmont, Lohra
und Clettenberg, etc. | entwarf mit flüchtiger Feder und beför-
derte solches nebst umständlicher | Nachricht von allen darbey
vorgegangenen SOLENNIEN, gemachten | ILLUMINATIO-
Nen und andern unterthänigsten DEVOIRS, | auf Verlangen vie-
ler Einheimischen und Auswärtigen zum Drucke: | Johann Gott-
fried Schnabel, | Gräfl. Stolbergl. Hof-Agent. | STOLBERG,
Druckts Johann Christoph Ehrhart, Gräfl. Hof-Buchdr. [51 S.
Quart.]

16) Der im | Irr=Garten der Liebe | herum taumelnde | CAVALIER.
| Oder | Reise= | Und | Liebes=Geschichte | Eines vornehmen
Deutschen von Adel, | Herrn von St.*** | Welcher nach vielen,
sowohl auf Reisen, als auch | bey andern Gelegenheiten verübten
Liebes=Excessen, | endlich erfahren müssen, wie der Himmel die
Sünden der | Jugend im Alter zu bestraffen pflegt. | Ehedem
zusammen getragen | durch den Herrn | E.v.H. | Nunmehro aber
allen Wollüstigen zum Beyspiel und | wohlmeinender Warnung in
behörige Ordnung gebracht, | und zum Drucke befördert | Von
einem Ungenandten. | [Linie] | Warnungsstadt, | Verlegts
Siegmund Friedrich Leberecht, | Anno 1738. [4 Bl. Vorrede und
622 S. – Erschienen bei Johann Heinrich Groß in Nordhausen.
Dünnh. führt als 5.2 bis 5.6 weitere Auflagen von 1740, 1746, 1747,
1752 und 1763.]

17) Der | aus dem Mond gefallene | und nachhero | zur Sonne des
Glücks gestiegene | Printz, | Oder | Sonderbare Geschichte |
CHRISTIAN ALEXANDER | LUNARI, | alias | MECHMET KIRILI |

und dessen Sohnes | FRANCISCI ALEXANDERS. | Aus einem, von hohen Händen erhaltenen, | etwas verwirrten Manuscript nicht nur Staats= und | Kriegs=Verständigen, sondern auch andern curieu- | sen Lesern zum Plaisir überschicket | und ausgefertiget | durch | Gisandern, | welcher die Felsenburgische Geschichte gesammlet hat. | [Linie] | Franckfurt und Leipzig, | 1750. [254 S.]

III. Literatur über J. G. Schnabel und sein Werk

(Redaktionsschluß: 31. 12. 1995)

1) T[ieck], L[udwig]: Vorrede zur neuen Ausgabe der Insel Felsenburg. In: [Johann Gottfried Schnabel:] Die Insel Felsenburg oder wunderliche Fata einiger Seefahrer. Eine Geschichte aus dem Anfange des achtzehnten Jahrhunderts. Eingel. von Ludwig Tieck. 6 Bde. Breslau 1828, Bd 1, V-LIII. [Neue Ausgabe. 6 Bde. Breslau 1840. – Wiederabdruck u. d. T.: Kritik und deutsches Bücherwesen. Ein Gespräch. In: Ludwig Tieck: Kritische Schriften. Zum erstenmale gesammelt und mit einer Vorrede hg. Bd 2. Leipzig 1848, 133–170. – Abdruck unter dem ursprünglichen Titel u. a. in: Johann Gottfried Schnabel: Insel Felsenburg. Hg. von Volker Meid und Ingeborg Springer-Strand. Stuttgart 1979, 533–564 (= Universal-Bibliothek 8419).]

2) Rosenkranz, Carl: Zur Geschichte der Deutschen Literatur, Königsberg 1836. [Darin über *IF* 79–88.]

3) Hettner, Hermann: Robinson und die Robinsonaden. Vortrag, gehalten im wissenschaftlichen Verein zu Berlin. Berlin 1854. [Darin über *IF* 37–39.]

4) Hettner, Hermann: Geschichte der deutschen Literatur im achtzehnten Jahrhundert. Buch 1: Vom westfälischen Frieden bis zur Thronbesteigung Friedrichs des Großen, 1648–1740. Braunschweig 1862 (= Ders.: Literaturgeschichte des achtzehnten Jahrhunderts 3,1). [Darin über *Cavalier* 321 f. und über *IF* 323–330.]

5) Storm, Adolf: Der Dichter der *Insel Felsenburg*. In: Historisches Taschenbuch. Hg. von W[ilhelm] H[einrich] Riehl. Folge 5. Jg 10.

Leipzig 1880, 317–366. [Geänderter Wiederabdruck in: Adolf Stern: Beiträge zur Litteraturgeschichte des siebzehnten und achtzehnten Jahrhunderts. Leipzig 1893, 61–93.]

6) Strauch, Philipp: Vom Verfasser der Insel Felsenburg. In: Zeitschrift für Geschichte und Politik 5 (1888), 537–547.

7) Strauch, Philipp: Eine deutsche Robinsonade. (Insel Felsenburg.) In: Deutsche Rundschau 56 (1888), 381–399.

8) Pröhle, H[einrich]: Stolberg und die Insel Felsenburg von Schnabel. (Zur Versammlung des Harzvereins für Geschichte und Alterthumskunde in Stolberg am 29., 30. und 31. Juli.) In: Vossische Zeitung. Jg 1889, Beilage zu Nr 347 (28. Juli) und Nr 349 (30. Juli).

9) Kleemann, Selmar: Johann Gottfried Schnabel, der Verfasser der *Insel Felsenburg*. In: Blätter für Handel, Gewerbe und sociales Leben. Jg 1891. Nr 46 (16. November), 362–365 (= Magdeburgische Zeitung. Beiblatt). [Wiederabdruck in: 108, 21–32.]

10) Schmidt, Erich: Schnabel. In: Allgemeine Deutsche Biographie. Bd 32. Leipzig 1891, 76–79, und Bd 36. Leipzig 1893, 791.

11) Kippenberg, August: Robinson in Deutschland bis zur Insel Felsenburg (1731–43). Ein Beitrag zur Literaturgeschichte des 18. Jahrhunderts. Hannover 1892. [Darin über *IF* 84–122.]

12) Kleemann, Selmar: Der Verfasser der Insel Felsenburg als Zeitungsschreiber. In: Vierteljahrschrift für Literaturgeschichte 6 (1893), 337–371.

13) Rötteken, Hubert: Weltflucht und Idylle in Deutschland von 1720 bis zur Insel Felsenburg. Ein Beitrag zur Geschichte des deutschen Gefühlslebens. In: Zeitschrift für Vergleichende Litteraturgeschichte N.F. 9 (1896), 295–325. [Darin über *IF* v.a. 314–325.]

14) Ullrich, Hermann: Robinson und Robinsonaden. Bibliographie, Geschichte, Kritik. Ein Beitrag zur vergleichenden Litteraturgeschichte, im besonderen zur Geschichte des Romans und zur Geschichte der Jugendliteratur. Tl 1: Bibliographie. Weimar 1898 (= Litterarhistorische Forschungen 7). [Darin über *IF* und deren Wirkungsgeschichte 125–136 sowie über Schnabel noch 146 f.]

15) Ullrich, Hermann: Einleitung. In: Johann Gottfried Schnabel: Die Insel Felsenburg. Erster Theil (1731). Hg. von Hermann

Ullrich. Berlin 1902, III-LIV (= Dt. Litteraturdenkmale des 18. u. 19. Jahrhunderts 108–120).

16) Ernst, Paul: Vorwort des Herausgebers. In: Johann Gottfried Schnabel: Der im Irrgarten der Liebe herumtaumelnde Kavalier. Neu hg. u. eingel. von Paul Ernst. München 1907. [15 Seiten unpaginiert. Wiederabdruck in: Paul Ernst: Völker und Zeiten im Spiegel ihrer Dichtung. Aufsätze zur deutschen Literatur. Hg. von Karl August Kutzbach. München 1942, 36–43.]

17) Halm, Hans: Beiträge zur Kenntnis Joh. Gottfried Schnabels. In: Euphorion. Ergänzungsheft 8 (1909), 27–49.

18) Becker, Franz Karl: Die Romane Johann Gottfried Schnabels. Diss. phil. Bonn 1911.

19) Schröder, Karl: J. G. Schnabels *Insel Felsenburg*. Diss. phil. Marburg 1912.

20) Brüggemann, Fritz: Utopie und Robinsonade. Untersuchungen zu Schnabels Insel Felsenburg (1731–1743). Weimar 1914 (= Forschungen zur neueren Literaturgeschichte 46).

21) Werner, Arno: *Neue und merkwürdige Weltgeschichte*. Johann Gottfried Schnabel, ein Zeitungsmann aus Sandersdorf. In: Heimische Scholle. Heimatkunde für Stadt und Kreis Bitterfeld. Jg 14 (1938). Nr 9, 33 f., und Nr 10, 38 f. (= Bitterfelder Allgemeiner Anzeiger. Beilage).

22) Deneke, Günther: Neu aufgefundene Manuskripte des Stolberger Schriftstellers Joh. Gottfried Schnabel-Gisander. In: Zeitschrift des Harz-Vereins für Geschichte und Altertumskunde 72 (1939), 70–79.

23) Werner, Arno: Die Familie Schnabel aus Sandersdorf. In: Heimische Scholle. Heimatkunde für Stadt und Kreis Bitterfeld. Jg 17 (1941). Nr 3, 10 f., und Nr 4, 13 (= Bitterfelder Allgemeiner Anzeiger. Beilage).

24) Werner, Käthe: Der Stil von Johann Gottfried Schnabels *Insel Felsenburg*. Diss. phil. [Masch.] Berlin [Ost] 1950.

25) Hafen, Hans: Studien zur Geschichte der deutschen Prosa im 18. Jahrhundert. St. Gallen 1952. [Darin über *IF* 8–13.]

26) Mayer, Hans: Johann Gottfried Schnabels Romane. In: Ders.: Studien zur deutschen Literaturgeschichte. Berlin [Ost] 1953 (2. Aufl. 1955), 7–37 (= Neue Beiträge zur Literaturwissenschaft

2). [Wiederabdruck u.d.T.: Die alte und die neue epische Form: Johann Gottfried Schnabels Romane. In: Hans Mayer: Von Lessing bis Thomas Mann. Wandlungen der bürgerlichen Literatur in Deutschland. Pfullingen 1959, 35–78. – Ferner in: Johann Gottfried Schnabel: Die Insel Felsenburg. Frankfurt a. M. 1988, 451– 492 (= insel taschenbuch 953).]

27) Newald, Richard: Die deutsche Literatur vom Späthumanismus zur Empfindsamkeit 1570–1750. 2., verb. Aufl. München 1957 (= Geschichte der deutschen Literatur von den Anfängen bis zur Gegenwart. Von Helmut de Boor und Richard Newald. Bd 5). [Darin über Schnabel 479–481.]

28) Götz, Max: Der frühe bürgerliche Roman in Deutschland (1720–1750). Diss. phil. [Masch.] München 1958. [Darin über *IF* v. a. 31–39 und 118–120.]

29) Schmidt, Arno: Herrn Schnabels Spur. Vom Gesetz der Tristaniten. In: Ders.: Dya-Na-Sore. Gespräche in einer Bibliothek. Karlsruhe 1958, 64–78. [Zuerst veröffentlicht als Hörfunksendung am 14.12.1956. Wiederabdruck u.a. in: 81. Bd 1, 51–78.]

30) Greiner, Martin: Nachwort. In: Johann Gottfried Schnabel: Die Insel Felsenburg. In der Bearb. von Ludwig Tieck neu hg. Mit e. Nachw. von Martin Greiner. Stuttgart 1959, 723–735 (=Universal-Bibliothek 8419–8428).

31) Schmidt, Arno: Der Zufluchtsort des bedrängten Untertans. Die Neuausgabe der *Wunderlichen Fata einiger Seefahrer*. In: Die Zeit. Jg 15 (1960). Nr 6 (5. Februar), 7. [Wiederabdruck unter anderem Titel in: 81. Bd 1, 79–83.]

32) Schmidt, Arno: Recherchen. Eine Notiz zum Leben Johann Gottfried Schnabels. In: Die Andere Zeitung. Jg 7 (1961). Nr 40 (5. Oktober), 13. [Wiederabdruck unter leicht geändertem Titel in: 81. Bd 1, 84–86.]

33) Steffen, Hans: J. G. Schnabels *Insel Felsenburg* und ihre formengeschichtliche Einordnung. In: Germanisch-Romanische Monatsschrift N.F. 11 (1961), 51–61.

34) Haas, Rosemarie: Die Landschaft auf der Insel Felsenburg. In: Zeitschrift für deutsches Altertum und deutsche Literatur 91 (1961/62), 63–84. [Wiederabdruck unter dem Namen Nicolai-Haas in: Landschaft und Raum in der Erzählkunst. Hg. von Alex-

ander Ritter. Darmstadt 1975, 262–292 (= Wege der Forschung 418).]

35) van Stockum, Theodorus Cornelis: Robinson Crusoe, Vor-robinsonaden und Robinsonaden. In: Ders.: Von Friedrich Nicolai bis Thomas Mann. Aufsätze zur deutschen und vergleichenden Literaturgeschichte. Groningen 1962, 24–38.

36) Weinhold, Inge: Johann Gottfried Schnabels *Insel Felsenburg*. Eine zeitmorphologische Untersuchung. (Teildruck, in dem der auf die Fortsetzungsbände bezügliche Anhang durch eine Übersicht über dessen Ergebnisse ersetzt worden ist). Diss. phil. Bonn 1964.

37) Reichert, Karl: Utopie und Staatsroman. Ein Forschungs-bericht. In: Deutsche Vierteljahrsschrift für Literaturwissenschaft und Geistesgeschichte 39 (1965), 259–287.

38) Bericht über das Leben des Dichters Joh. Gottfried Schnabel und sein Hauptwerk *Die Insel Felsenburg. Wunderliche Fata einiger Seefahrer Absonderlich Alberti Julii* von Gisandern (Johann Gottfried Schnabel) Anno 1744. Im Auftrage der Ortsgruppe des Kulturbundes Sandersdorf zus.gest. von H. Bierfreund. [Sandersdorf] 1965.

39) Gugisch, Peter: Nachwort. In: Johann Gottfried Schnabel: Die Insel Felsenburg. Hg. von Peter Gugisch. Leipzig 1966, 514–531. [Parallelausgabe München/Berlin [West] o.J.]

40) Magris, Claudio: Le Robinsonaden fra la narrativa barocca e il romanzo borghese. In: Arte e storia. Studi in onore di Leonello Vincenti. Torino 1965, 233–284. [Über *IF* v.a. 273–284.]

41) Lamport, Francis John: Utopia and *Robinsonade*: Schnabel's *Insel Felsenburg* and Bachstrom's *Land der Inquiraner*. In: Oxford German Studies 1 (1966), 10–30.

42) Stern, Martin: Die wunderlichen Fata der *Insel Felsenburg*. Tiecks Anteil an der Neuausgabe von J.G.Schnabels Roman (1828). Eine Richtigstellung. In: Deutsche Vierteljahrsschrift für Literaturwissenschaft und Geistesgeschichte 40 (1966), 109–115.

43) Brunner, Horst: Die poetische Insel. Inseln und Inselvorstellungen in der deutschen Literatur. Stuttgart 1967 (= Germanistische Abhandlungen 21). [Darin über *IF* v. a. 102–113.]

44) Kimpel, Dieter: Der Roman der Aufklärung. Stuttgart 1967 (= Slg. Metzler 68). [Darin über *IF* 25–28. – 2. Aufl. u. d. T.: Der Roman der Aufklärung (1670–1774). Zweite, völlig neubearb. Aufl. Stuttgart 1977. Darin über *IF* 45–48.]

45) Mayer, Hans: Nachwort. In: Johann Gottfried Schnabel: Der im Irrgarten der Liebe herumtaumelnde Kavalier. Mit e. Nachwort von Hans Mayer. München 1968, 407–414.

46) Röder, Gerda: Glück und glückliches Ende im deutschen Bildungsroman. München 1968 (= Münchener Germanistische Beiträge 2). [Darin über *IF* 36–49.]

47) Voßkamp, Wilhelm: Theorie und Praxis der literarischen Fiktion in Johann Gottfried Schnabels Roman *Die Insel Felsenburg*. In: Germanisch-Romanische Monatsschrift N. F. 18 (1968), 131–152.

48) Jørgensen, Sven Aage: Adam Oehlenschlägers *Die Inseln im Südmeer* und J.G. Schnabels *Wunderliche Fata*. Aufklärung, Romantik – oder Biedermeier? In: Nerthus. Nordisch-deutsche Beiträge 2 (1969), 131–150.

49) Aufklärung. Erläuterungen zur deutschen Literatur. Hg. vom Kollektiv für Literaturgeschichte im Volkseigenen Verlag Volk und Wissen. Leitung: Kurt Böttcher. Bearb. der 3. Aufl.: Paul Günter Krohn und Werner Rieck. 3. Aufl. Berlin [Ost] 1970. [Darin über Schnabel 131–138.]

50) Grohnert, Dietrich: Robinson zwischen Trivialität und Sozialutopie. Bemerkungen zu Entstehung und Autorenabsicht deutscher Robinsonaden. In: Wissenschaftliche Zeitschrift der Pädagogischen Hochschule Potsdam 16 (1972), 411–421.

51) Robert, Marthe: Roman des origines et origines du roman. Paris 1972. [Darin über *IF* 160–173.]

52) Schubert, Werner: Nachwort. In: Johann Gottfried Schnabel: Der im Irrgarten der Liebe herumtaumelnde Kavalier. Hg. von Werner Schubert. Leipzig 1973, 521–536.

53) Weber, Ernst: Die poetologische Selbstreflexion im deutschen Roman des 18. Jahrhunderts. Zu Theorie und Praxis von *Roman*, *Historie* und pragmatischem Roman. Stuttgart/Berlin/Köln/Mainz 1974 (= Studien zur Poetik und Geschichte der Literatur 34). [Darin 28–30 über die Vorrede zur *IF*.]

54) Allerdissen, Rolf: Die Reise als Flucht. Zu Schnabels *Insel Felsenburg* und Thümmels *Reise in die mittäglichen Provinzen von Frankreich*. Bern/Frankfurt a. M. 1975. (= Literaturwissenschaftliche Texte. Theorie und Kritik 2).

55) Grohnert, Dietrich: Untersuchungen zu Inhalt und Struktur von Johann Gottfried Schnabels Roman *Die Insel Felsenburg*. Diss. (B) [Masch.] Potsdam 1975.

56) Jacobs, Jürgen: Prosa der Aufklärung. Moralische Wochenschriften, Autobiographie, Satire, Roman. Kommentar zu einer Epoche. München 1976. [Darin über *IF* v. a. 136–145.]

57) Metzner, Joachim: Persönlichkeitszerstörung und Weltuntergang. Das Verhältnis von Wahnbildung und literarischer Imagination. Tübingen 1976 (= Studien zur deutschen Literatur 50). [Darin über *IF* v. a. 42–46.]

58) Mog, Paul: Ratio und Gefühlskultur. Studien zu Psychogenese und Literatur im 18. Jahrhundert. Tübingen 1976 (= Studien zur deutschen Literatur 48). [Darin über *IF* 4–10 und 58–76.]

59) Müller, Klaus-Detlef: Autobiographie und Roman. Studien zur literarischen Autobiographie der Goethezeit. Tübingen 1976 (= Studien zu deutschen Literatur 46). [Darin über *IF* 87–93.]

60) Reckwitz, Erhard: Die Robinsonade. Themen und Formen einer literarischen Gattung. Amsterdam 1976 (= Bochumer anglistische Studien 4). [Darin über *IF* 297–343.]

61) Vanhelleputte, Michel: Johann Gottfried Schnabel. Témoin de son temps. In: Revue belge de philologie et d'histoire 54 (1976), 406–410.

62) Wahrenburg, Fritz: Funktionswandel des Romans und ästhetische Norm. Die Entwicklung seiner Theorie in Deutschland bis zur Mitte des 18. Jahrhunderts. Stuttgart 1976 (= Studien zur Allgemeinen und Vergleichenden Literaturwissenschaft 11). [Darin über *IF* 224–228 u. ö.]

63) Haas, Roland: Lesend wird sich der Bürger seiner Welt bewußt. Der Schriftsteller Johann Gottfried Schnabel und die deutsche Entwicklung des Bürgertums in der ersten Hälfte des 18. Jahrhunderts. Frankfurt a. M./Bern/Las Vegas 1977 (= Europäische Hochschulschriften I. 227).

64) Naumann, Dietrich: Politik und Moral. Studien zur Utopie der

deutschen Aufklärung. Heidelberg 1977 (= Frankfurter Beiträge zur Germanistik 15). [Darin über *IF* 91–109.]

65) Knopf, Jan: Frühzeit des Bürgers. Erfahrene und verleugnete Realität in den Romanen Wickrams, Grimmelshausens, Schnabels. Stuttgart 1978. [Darin über *IF* v. a. 85–110.]

66) Meid, Volker, und Ingeborg Springer-Strand: Nachwort. In: Johann Gottfried Schnabel: Insel Felsenburg. Hg. von Volker Meid und Ingeborg Springer-Strand. Stuttgart 1979, 593–606 (= Universal-Bibliothek 8419.)

67) Geschichte der deutschen Literatur. Vom Ausgang des 17. Jahrhunderts bis 1789. Von einem Autorenkollektiv. Leitung: Erster Teil (1700–1770) Werner Rieck in Zus.arb. mit Paul Günter Krohn. Zweiter Teil (1770–1789) Hans-Heinrich Reuter in Zus.arb. mit Regine Otto. Berlin [Ost] 1979 (= Geschichte der deutschen Literatur. Von den Anfängen bis zur Gegenwart 6). [Darin über Schnabel 168–175.]

68) Brosche, Peter: Die Insel Felsenburg. Zur geographischen Lage einer literarischen Utopie. In: Photorin. Mitteilungen der Lichtenberg-Gesellschaft 2 (1980), 23–27 (und 12). [Nachtrag: Ders.: Neues zur Lage der Insel Felsenburg. In: Ebd. 3 (1980), 44 f.]

69) Grimminger, Rolf: Roman. In: Deutsche Aufklärung bis zur Französischen Revolution 1680–1789. Hg. von Rolf Grimminger. München/Wien 1980, 635–715 (= Hansers Sozialgeschichte der deutschen Literatur vom 16. Jahrhundert bis zur Gegenwart. Bd 3). [Darin über *Cavalier* 663 f. und über *IF* 672–678.]

70) Bersier, Gabrielle: Wunschbild und Wirklichkeit. Deutsche Utopien im 18. Jahrhundert. Heidelberg 1981 (= Reihe Siegen. Beiträge zur Literatur- und Sprachwissenschaft 33). [Darin über *IF* 56–112.]

71) Bevilacqua, Giuseppe: Sulla *Insel Felsenburg* di Johann Gottfried Schnabel. In: Studi di letteratura francese. 7: Il buon selvaggio nella cultura francese ed europea del settecento. Firenze 1981, 157–168 (= Biblioteca dell' *Archivum Romanicum* I. 163).

72) Fohrmann, Jürgen: Abenteuer und Bürgertum. Zur Geschichte der deutschen Robinsonaden im 18. Jahrhundert. Stuttgart 1981.

73) Koester, Diane Kay: Techniques of Character Portrayal in the Eighteenth-Century German Novel: Schnabel, von Loen, Gellert,

Wieland, Laroche. Ph.D. The Johns Hopkins University. Balti-
more 1981. [Resümee in: Dissertation Abstracts International.
A: The Humanities and Social Sciences. 42,9. Nr 4016-A.]

74) Stockinger, Ludwig: Ficta Respublica. Gattungsgeschichtliche
Untersuchungen zur utopischen Erzählung in der deutschen Li-
teratur des frühen 18. Jahrhunderts. Tübingen 1981 (= Hermaea
N. F. 45). [Darin über *IF* 60–94 und 399–449.]

75) Voßkamp, Wilhelm: *Ein irdisches Paradies*: Johann Gottfried
Schnabels *Insel Felsenburg*. In: Literarische Utopien von Morus
bis zur Gegenwart. Hg. von Klaus L. Berghahn und Hans Ulrich
Seeber. Königstein i. T. 1983, 95–104.

76) Meid, Volker: Zum Roman der Aufklärung. In: Aufklärung. Ein
literaturwissenschaftliches Studienbuch. Hg. von Hans-Fried-
rich Wessels. Königstein i. T. 1984, 88–115 (= Athenäum TB
Lit.wiss.). [Darin über *IF* 100–103.]

77) Müller, Klaus-Detlef: Johann Gottfried Schnabel. In: Deutsche
Dichter des 17. Jahrhunderts. Ihr Leben und Werk. Unter Mitarb. zahlr. Fachgelehrter hg. von Harald Steinhagen und Benno
von Wiese. Berlin [West] 1984, 871–886.

78) Saul, Nicholas: The Motif of Baptism in Three Eighteenth-
Century Novels: Secularization or Sacralization? In: German Life
and Letters 39 (1985/86), 107–133. [Darin über *IF* 111–116.]

79) Brosche, Peter: Neue Sammlung von Schnabels Spuren. In:
Photorin. Mitteilungen der Lichtenberg-Gesellschaft 11/12
(1987), 79–85.

80) Fischer, Bernhard: Der moralische Naturzustand und die Ver-
nunft der Familie. Eine Studie zu Schnabels *Wunderlichen
FATA*. In: Deutsche Vierteljahrsschrift für Literaturwissenschaft und Geistesgeschichte 61 (1987), 68–88.

81) Frick, Werner: Providenz und Kontingenz. Untersuchungen zur
Schicksalssemantik im deutschen und europäischen Roman des
17. und 18. Jahrhunderts. 2 Tle. Tübingen 1988 (= Hermaea N. F.
55). [Darin über *IF* Tl 1, 186–197 und 217–229.]

82) Schmidt, Arno: Das essayistische Werk zur deutschen Literatur
in 4 Bänden. Sämtliche Nachtprogramme und Aufsätze. Textredaktion von Rudi Schweikert. Zürich 1988. [Bd 1, 39–50, enthält
die postum veröffentlichte Arbeit »Das Gesetz der Tristaniten«

von 1956; die von Schmidt selbst publizierten Arbeiten über Schnabel von 1958, 1960 und 1961 folgen auf 51–78, 79–83 und 84–86.]

83) Voßkamp, Wilhelm: Johann Gottfried Schnabel. In: Deutsche Dichter. Leben und Werk deutschsprachiger Autoren. Hg. von Gunter E. Grimm und Frank Rainer Max. Bd 3: Aufklärung und Empfindsamkeit. Stuttgart 1988, 22–33 (= Universal-Bibliothek 8613).

84) Braungart, Wolfgang: Die Kunst der Utopie. Vom Späthumanismus zur frühen Aufklärung. Stuttgart 1989. [Darin über *IF* 217–261.]

85) Fechner, Jörg-Ulrich: Drei Stufen deutscher Schelme. Zu Beer – Reuter – Schnabel. Mit einigen allgemeinen Überlegungen zur Gattung des Schelmenromans. In: Il pícaro nella cultura europea. Hg. von Italo M. Battafarano und Pietro Taravacci. Trento 1989, 291–320. [Darin über *Cavalier* 308 f.]

86) Grohnert, Dietrich: Schnabels *Insel Felsenburg*. Aufbau und Verfall eines literarischen sozialutopischen Modells. In: Weimarer Beiträge 35 (1989), 602–617.

87) Kleinlogel, Cornelia: Exotik – Erotik. Zur Geschichte des Türkenbildes in der deutschen Literatur der frühen Neuzeit (1453–1800). Frankfurt a. M./Bern/New York/Paris 1989 (= Bochumer Schriften zur deutschen Literatur 8). [Darin über *IF* 396–398.]

88) Müller, Götz: Gegenwelten. Die Utopie in der deutschen Literatur. Stuttgart 1989. [Darin über *IF* 71–83.]

89) Wimmer, Ruprecht: Ins Paradies verschlagen: Johann Gottfried Schnabels *geschickte Fiction* von der Insel Felsenburg. In: Paradeigmata. Literarische Typologie des Alten Testaments. Hg. von Franz Link. Tl 1: Von den Anfängen bis zum 19. Jahrhundert. Berlin [West] 1989, 333–349 (= Schriften zur Literaturwissenschaft 5/1).

90) Mauser, Wolfram: Glückseligkeit und Melancholie in der deutschen Literatur des frühen 18. Jahrhunderts. In: Melancholie in Literatur und Kunst. Beiträge von Udo Benzenhöfer [u.a.]. Hürtgenwald 1990, 48–88 (= Schriften zur Psychopathologie, Kunst und Literatur 1). [Darin über *IF* 48–58.]

91) Dünnhaupt, Gerhard: Personalbibliographien zu den Drucken des Barock. 2., verb. u. wesentlich verm. Aufl. des Bibliographischen Handbuches der Barockliteratur. Tl 5. Stuttgart 1991 (= Hiersemanns bibliographische Handbücher 9,V). [Darin über Schnabel 3687–3692.]

92) Meister, Jan Christoph: Fluchtpunkt Kap der Guten Hoffnung. Literarischer Präkolonialismus und Afrika-Bild in J. G. Schnabels *Insel Felsenburg*. In: Akten des VIII. Internationalen Germanisten-Kongresses Tokyo 1990. Begegnung mit dem ›Fremden‹. Grenzen – Traditionen – Vergleiche. Hg. von Eijiro Iwasaki. Bd 9. München 1991, 24–31. [Erweitert u.d.T.: Vom Cabo Tormentoso zur Insel Felsenburg. Literarischer Präkolonialismus und Afrika-Bild in J. G. Schnabels Sozialutopie. In: Acta Germanica. Beiheft 2 (1991), 75–92.]

93) Schubert, Gerd: Der Wein auf Tristan da Cunha. Eine Übersicht zu Arno Schmidts Bezugnahme auf Johann Gottfried Schnabels *Insel Felsenburg* mit einigen Anmerkungen, auch Adam Oehlenschläger betreffend. In: Zettelkasten 9. Aufsätze und Arbeiten zum Werk Arno Schmidts. Hg. von Thomas Krömmelbein und Martin Lowsky. Frankfurt a.M. 1991, 9–71.

94) Stach, Reinhard (in Zus.arb. mit Jutta Schmidt): Robinson und Robinsonaden in der deutschsprachigen Literatur [1900–1990]. Eine Bibliographie. Würzburg 1991 (= Schriftenreihe der Deutschen Akademie für Kinder- und Jugendliteratur Volkach 12). [Darin über *IF* 176–182.]

95) Weber, Ernst: Schnabel. In: Literatur Lexikon. Autoren und Werke deutscher Sprache. Hg. von Walter Killy unter Mitarb. von Hans Fromm [u.a.]. Bd 10. Gütersloh/München 1991, 327–329.

96) Dammann, Günter: Stolberg im Meer. In: Die Zeit. Jg 47 (1992). Nr 47 (13. November), 77. [Wiederabdruck in: 102, 23–28.]

97) Sangmeister, Dirk: Wunderliche Saga eines absonderlichen Schriftstellers, oder: Warum Tristan da Cunha nicht das Vorbild für Schnabels *Insel Felsenburg* war. In: Bargfelder Bote 170/171 (1992), 17–31.

98) Spies, Bernhard: Politische Kritik, psychologische Hermeneutik, ästhetischer Blick. Die Entwicklung bürgerlicher Subjektivi-

tät im Roman des 18. Jahrhunderts. Stuttgart 1992. [Darin über *IF* 26–31.]

99) Schweikert, Rudi: Artistisches Erzählen bei Karl May: *Felsenburg* einst und jetzt. Der erste Teil der *Satan und Ischariot*-Trilogie vor dem Hintergrund des ersten Teils der *Wunderlichen Fata* von Johann Gottfried Schnabel – und ein Seitenblick auf Ernst Willkomms *Die Europamüden*. In: Jahrbuch der Karl-May-Gesellschaft [22] (1992), 238–276.

100) M[üller], R[einhard]: Schnabel. In: Deutsches Literatur-Lexikon. Biographisch-bibliographisches Handbuch. 3., völlig neu bearb. Aufl. Hg. von Heinz Rupp und Carl Ludwig Lang. Bd 15. Bern 1993, 521–523.

101) Schubert, Gerd: Wunderliche Sammlung einiger Werke des Johann Gottfried Schnabel. Eine Übersicht der Werkzuschreibungen zum 300. Geburtstag des Verfassers der *Insel Felsenburg* mit neuen Entdeckungen. In: Daphnis. Zeitschrift für Mittlere Deutsche Literatur 22 (1993), 413–442.

102) Johann Gottfried Schnabel. * 7. November 1692. Dokumentation zur Ehrung zum 300. Geburtstag des Verfassers der *Insel Felsenburg* im Stolberger Schloß am 7. November 1992 und zur Gründung der Johann-Gottfried-Schnabel-Gesellschaft. Hg. von der Johann-Gottfried-Schnabel-Gesellschaft. Redaktion: Gerd Schubert. Stolberg/Harz 1993.

103) Breuer, Ulrich: Melancholie und Reise. Studien zur Archäologie des Individuellen in deutschen Romanen des 16.–18. Jahrhunderts. Münster/Hamburg 1994 (= Facies nigra. Studien zur Melancholie in Literatur und Kunst 2). [Darin über *IF* 248– 275.]

104) Ebnet, Karl-Heinz: Einleitung. In: Johann Gottfried Schnabel: Die Insel Felsenburg. Editorische Betreuung und m. e. Einl. von Karl-Heinz Ebnet. Kehl 1994, 9–13.

105) Rau, Peter: Speculum amoris. Zur Liebeskonzeption des deutschen Romans im 17. und 18. Jahrhundert. München 1994. [Darin über *IF* 442–476 und 485–496.]

106) Tatlock, Lynne: Sexualpolitik als Staatspolitik: Zur Regulierung ›männlichen‹ Begehrens in J.G. Schnabels *Insel Felsenburg*. In: Via Regia. Internationale Zeitschrift für kulturelle Kommunikation 17 (August 1994), 38–47. [Die längere englische

Version wird im Tagungsband des Twelfth St. Louis Symposium *Knowledge, Science and Literature in Early Modern Germany* erscheinen.]

107) Schubert, Gerd: Die wunderliche Fata des Johann Gottfried Schnabel aus Sandersdorf. Eine Übersicht zum gegenwärtigen Stand der Forschung zur Biographie des Verfassers der *Insel Felsenburg*. In: Bitterfelder Heimatblätter 17 (1994/95), 109–139.

108) Jahrbuch der Johann-Gottfried-Schnabel-Gesellschaft 1992–1995. St. Ingbert 1995 (= Schnabeliana 1).

109) Ahlers, Norbert: Spaziergang durch einen Schloßgarten. Gedanken zur *Insel Felsenburg*-Lektüre. In: 108, 9–20.

110) von Böhl, Claudia: Die Quellen von Johann Gottfried Schnabels Zeitung *Stolbergische Sammlung Neuer und Merckwürdiger Welt-Geschichte*. In: 108, 61–91.

111) Brosche, Peter: Der erste Informant. Notizen zum *sonst unbekannten Kopler in Frankfurt am Main*. In: 108, 43–46.

112) Krömmelbein, Thomas: Die *Insel Felsenburg* auf Island. Johann Gottfried Schnabels Romanutopie in Halldór Laxness' *Heimsljós*. In: 108, 93–115.

113) Schmidt, Hanns H.F.: Noch einige Mutmaßungen über Johann Gottfried Schnabel – zum einen den *Buch-Händler ROBINSON* (1728), zum anderen Julius Bernhard von Rohr (1688–1742) betreffend. In: 108, 47–60.

114) Schubert, Gerd: *undt mit den Nahmen Johannes Gottfried beleget worden*. Einblicke ins Sandersdorfer Kirchenbuch. In: 108, 33–41.

IV. Literarische Gesellschaft

Johann-Gottfried-Schnabel-Gesellschaft e. V.
Neustadt 12, D-06547 Stolberg/Harz

Gründungsjahr: 1992

Zweck der Gesellschaft ist die Unterstützung der Forschung zur deutschen Literatur der ersten Hälfte des 18. Jahrhunderts, insbesondere der Forschung zu Leben und Werk Johann Gottfried Schnabels. Des weiteren will die Gesellschaft der Verbreitung, der Rezeption und dem Verständnis des Werks von J. G. Schnabel dienen. Seit 1993 finden jährliche Tagungen statt. Seit 1995 gibt die Gesellschaft die Schriftenreihe *Schnabeliana* im Röhrig Universitätsverlag, St. Ingbert, heraus.

Marcus Czerwionka
Editionsbericht

Die vorliegende Neuausgabe der *Wunderlichen Fata einiger See-Fahrer* unter dem – in Anlehnung an den durch die von Ludwig Tieck 1828 bevorwortete Ausgabe gewählten – Titel *Insel Felsenburg* (mit dem abgekürzten Original- als Untertitel) bringt den gesamten Text aller vier Teile dieses Werkes inklusive aller Abbildungen. Die zum Teil I gehörende Reproduktion des gefalteten Kupfers ist nach der Wiedergabe des Originaltitels eingebunden. Sie wird im Original auf Seite 100 erwähnt (im Neudruck auf Seite 123).

Vorlage für den Neudruck waren jeweils Exemplare der Erstausgaben aus der Herzog August Bibliothek Wolfenbüttel (Lm 1059) für Teil 1, der Universitäts- und Landesbibliothek Sachsen-Anhalt Halle (AB B4693(2) und AB B4693(3)) für Teil 2 bzw. Teil 3 sowie der Niedersächsischen Staats- und Universitätsbibliothek Göttingen (8° Fab.Rom. VI 2525b) für Teil 4. Textverlust durch Fehlstellen in Teil 1 (je eine abgerissene untere Ecke der Blätter mit den Seiten 3/4 und 599/600) wurde nach dem Exemplar der Universitätsbibliothek Leipzig (Litt.germ. 64052) ergänzt.

Die Abbildungen sind nach Möglichkeit den genannten Exemplaren entnommen. Lediglich drei Seiten mußten nach anderen Exemplaren reproduziert werden: das

Titelblatt von Teil 2 (wegen Verklebung des Falzes mit dem Vorsatz) nach dem Exemplar der Herzogin Anna Amalia Bibliothek Weimar (32,3:59ᵇ), Titelblatt und Frontispiz von Teil 3 (wegen zu knappen Beschnitts, dem die erste Zeile des Titels – »Wunderliche« – zum Opfer fiel) nach dem Exemplar der Herzog August Bibliothek Wolfenbüttel (Lo 6958).

Die Grundschrift des Originals ist 𝔉𝔯𝔞𝔨𝔱𝔲𝔯. Fremdwörter und Eigennamen erscheinen (allerdings nicht ganz einheitlich) in Antiqua. Der Neudruck gibt Fraktur als Antiqua (hier Century Expanded), Antiqua als Grotesk (hier Optima) wieder. Auszeichnungen sind im Original auf der Fraktur-Ebene in 𝔖𝔠𝔥𝔴𝔞𝔟𝔞𝔠𝔥𝔢𝔯, auf der Antiqua-Ebene in kursiver *Antiqua* vorgenommen. Da beide Auszeichnungsarten denselben Stellenwert haben, gibt der Neudruck sie einheitlich als Kursive (also entweder als kursive *Century Expanded* oder als kursive *Optima*) wieder. Kleinere und größere Schriftgrade des Originals sind weitgehend beibehalten, wobei allerdings die selbst für das frühe 18. Jahrhundert zahlreichen Graduierungen nicht bis ins letzte nachgeahmt wurden. Der Neudruck kennt lediglich drei von der Grundschrift abweichende Schriftgrade: zwei größere (z. B. für Überschriften) und einen kleineren (z. B. für Fußnoten). Auf eine Nachahmung des lediglich dem Usus der Zeit gehorchenden (größere Type in Vorreden) oder satztechnisch bedingten (kleinerer Schriftgrad zur Raumersparnis am Ende eines Bogens) Wechsels im

Schriftgrad wurde verzichtet. Wechselnde Schriftgrade in Briefunterschriften wurden nur dann beibehalten, wenn sie im Kontext signifikant sind (II,462; IV,274). Ansonsten wurden sie zum Schriftgrad der Grundschrift vereinheitlicht. Initialen wurden als solche beibehalten; dabei blieben ihre leicht differenten Grade und ihre gelegentlich wechselnde Positionierung (im Blocksatz zuallermeist hängend, bei Gedichten und vergleichbaren Textteilen oft auch stehend, sobald eine ausgerückte zweite Zeile ein hängendes Initial verbietet) unberücksichtigt. Die wenigen darüber hinaus in Teil 4 durch Sperrungen vorgenommenen Auszeichnungen sind als solche konserviert worden.

Ziel des Neudrucks ist die möglichst zeichengetreue Wiedergabe des Originals einschließlich der starken Schwankungen in Orthographie und Zeichensetzung. Von diesem Prinzip wurde – abgesehen von den unten im »Verzeichnis der Texteingriffe« einzeln aufgelisteten Fällen – nur in folgenden Fällen abgewichen:

Die Unterscheidung zwischen Lang-s und Schluß-s entfällt; sie kommt im Original sowohl in der Fraktur (ſ und ẞ) als auch in der Antiqua (ſ und s) vor. Fraktur-ℑ ist zu I und J differenziert. Die Frakturabkürzung ꝛc. wird zu &c. Die im Original vielfach (oftmals aus Raumgründen) anstelle von r benutzte Type ꝛ wird als r wiedergegeben. Die kleingeschriebenen Umlaute erscheinen in ihrer heutigen Gestalt (als ä, ö, ü anstelle von ꜳ, ꝋ, ů). Der doppelte Fraktur-Bindestrich (⸗) wird zum einfachen (-).

302

Der Abkürzung dienende Nasalstriche (z. B. in kom̄en für kommen, derowegē für derowegen, uñ für und) wurden aufgelöst. Die zahlreichen Leerzeilen des Originals wurden nur dann beibehalten, wenn sie eine über die umbruchästhetische Vermeidung von Hurenkindern und Schusterjungen hinausgehende Funktion erkennen ließen.

Anführungszeichen können im Original entweder wie in ihrer heutigen Verwendung vor und nach jeder wörtlichen Äußerung sowie am Anfang und Ende eines längeren Dialogs auftauchen; als weitere Möglichkeit tritt auf, daß am äußeren Rand der Seite in jeder Zeile Anführungszeichen mitlaufen. Die randläufigen Anführungszeichen werden nicht wiedergegeben, sondern auf An- und Abführungszeichen am Anfang und Ende der gekennzeichneten Passage reduziert, alle anderen Varianten werden konserviert. Hiervon ausgenommen ist das Psalmen-Zitat Teil 3, S. 70,11-25: Um die Kollision von Anführungszeichen und Initial zu vermeiden, wurde hier gänzlich auf An- und Abführung verzichtet. Am Rand mitlaufende Anführungszeichen befinden sich im Original an folgenden Stellen (Seitenzählung nach dem Neudruck):

Teil 1, Seite 295,25-296,6.

Teil 2, Seite 236,18-23.

Teil 3, Seite 70,11-25; 339,19-341,2; 346,9-13; 348,9-27; 352,14-353,18; 389,12-16; 423,11-424,6; 432,1-3; 432,5-10; 449,3-5; 449,10-22; 450,8-22.

Teil 4, Seite 25, 24-26,2; 141,22-142,12; 153,24-155,4; 204,3-16; 243,17-28; 430,13-19; 443,16-18; 444,5-10; 446, 3-6; 448,19-21; 448, 22-24; 475,7-11; 478,9-11; 483,6-10; 489,13-490,5; 493,1-7; 494,7-9; 495,24-496,10; 499,18-500,8; 505,10-508,8; 508, 13-16; 509,6-19; 511, 17-18; 512,17-20; 515,23-517,4; 519,10-18; 534,18-28; 547,8-9; 547,10-548,12.

Schnabel selbst hielt sein Manuskript für »ziemlich Orthographice«, die zahlreichen Druckfehler gingen wohl, so mutmaßt er in der Vorrede zu Teil 2 der *Wunderlichen Fata*, auf das Konto von Setzer und Korrektor, von denen »der beste [...] aber auch leichtlich etwas übersehen kan.« Um nun dem Leser die von Schnabel ausdrücklich nicht gewünschten »blauen Flecke an den Schienbeinen oder verdrüßliche Excrescenzen an der Stirn« zu ersparen, sind im Neudruck Fehler folgender Art korrigiert und folgende Texteingriffe vorgenommen worden:

Zunächst wurden für die Korrektur des Textes die von Schnabel den Teilen 1 und 3 beigegebenen und in beiden Fällen lückenhaften Errata-Verzeichnisse überprüft (von denen das zu Teil 3 gehörige noch dazu in sich stark fehlerhaltig ist), berücksichtigt und fortgeführt; die darauf zurückgehenden Änderungen sind im nachfolgenden Verzeichnis mit einem Asteriskus (*) gekennzeichnet. Fordert Schnabel z. B. für Teil 3 die Korrektur des Namens »Wadley« in »Wodley«, wurde dies im Neudruck konsequent umgesetzt – nicht nur an den wenigen in Schnabels Verzeichnis angeführten Stellen. Offensichtliche Druckfehler (»Kummrr« statt »Kummer«, »unr nud« statt »und nur«, ausgefallene Buchstaben und dergleichen) wurden korrigiert. Standen für eine nötige Korrektur mehrere Schreibweisen zur Wahl, wie z. B. im Falle des »solchergestat« in Teil 1, das sowohl in »solchergestalt« als auch in »solchergestallt« korrigiert werden könnte, wurde die in der Vorlage häufiger vorkommende Form (hier »solchergestalt«) gewählt. Schreibungen, die zu grammatikalischer oder syntaktischer Inkongruenz führen können (wie »Gedanckenvertiefft«) wurden vorsichtig vereindeutigt (»Gedancken vertiefft«). Schnabel (bzw. der jeweilige Setzer) setzt hinter jede Zahl einen Punkt, nie aber hinter eine Zahl zwei aufeinanderfolgende Satzzeichen. In diesem Sinne wurden fehlende Punkte hinter Zahlen ergänzt. Ausgenommen hiervon sind die Abschnitte Teil 2, Seite 576-593, und Teil 3, Seite 15-46, da das Original hier über eine längere Passage hinweg diese Punkte nicht enthält. Gemäß dem Prinzip der möglichst großen Originaltreue wurde auf Eingriffe in die Zeichensetzung verzichtet; lediglich in Aufzählungen sind einige wenige Kommata und Bindestriche ergänzt worden. Auch sie sind im »Verzeichnis der Texteingriffe« im einzelnen nachgewiesen.

Auf eine Auflistung fehlerhafter Kustoden im Verzeichnis der Texteingriffe wurde, da der Neudruck keine Kustoden wiedergibt (wohl aber diese in einigen, gesondert ausgewiesenen Fällen zur Textkorrektur heranzieht), verzichtet.

Da Schnabel ein erkennbares System in der Schreibung seiner zahlreichen Komposita vermissen läßt, wurden die am Zeilenende der Vorlage befindlichen Trennungen nur dann als Bindestrich konserviert, wenn sich das betreffende (oder ein sehr nah verwandtes) Wort an noch mindestens einer weiteren Stelle als eindeutig mit Bindestrich geschriebenes Kompositum findet. Andernfalls wurden diese Komposita zusammengezogen. Im Neudruck wiederum treten an folgenden Stellen Bindestriche ans Zeilenende, sind also nicht als Trennungszeichen mißzuverstehen:

Teil 1: 10,7f. neu-begierigen; 113,5f. gewaltig-dicker; 113,17f. blau-gemahltes; 146,5f. lächerlich-scheinenden; 198,7f. Bibel-lesen; 212,28-213,1 unter-irrdische; 228,13f. unter-irrdische; 539,7f. Lantzen-brechen.

Teil 2: 69,28-70,1 offt-erwehnten; 79,12f. Geld-mangelnden; 79,13f. höchst-bedürfftigen; 99,21f. GOtt-beliebter; 104,15f. Leib-eigner; 112,3f. Mutter-lose; 112,6f. wohl-qualificirter; 123,6f. decken-hoch; 223,6f. Liebenswürdigen; 227,14f. Stadt-kündig; 377,2f. Officiershabiten; 391,3f. Baum-starcke; 468,24f. Orgel-spielen.

Teil 3: 21,14f. bejammerns-würdigen; 163,16f. Stadtkündig; 255,28-256,1 Purpur-farbene; 345,13f. halbrunden; 345,21f. glatt-gemachte; 409,13f. Liebens-würdige; 419,4f. Bewunderns-würdigen; 484,20f. Grund-gelehrten.

Teil 4: 92,28-93,1 Fingers-langen; 139,4f. Ansehens-
würdige; 355,8f. Haupt-gemeinschafftlichen; 367,27f.
Circkel-runden; 524,21f. bewunderns-würdig; 579,23f.
sulphureo-solaribus; 583,4f. wässericht-saltzigter.

Die Silbentrennung im Neudruck erfolgt in enger
Anlehnung an die in den Vorlagen zu beobachtende
Praxis. Bedingt durch die in der Fraktur sehr häufigen
Ligaturen werden dort ck, tz und pf (dies, obwohl keine
Ligatur) nicht getrennt; dem schließt sich der Neudruck
an. (Eine Ausnahme macht die einige Male in den Vorlagen nicht getrennte Antiqua-Ligatur ₵ – eine Trennung wie z.B. »Re-ctor« wird im Neudruck nicht vorgenommen.)

Die Seitenzählung des Originals ist in eckigen Klammern in den Neudruck eingeblendet; die Vorreden
erhielten, anstelle der im Original verwendeten Bogen-
zählung, eine Hilfszählung mit römischen Ziffern. Sei-
tenverweise im Text wurden nicht auf die Seitenzählung
des Neudrucks umgestellt. Die Kolumnentitel sind eine
Zugabe des Neudrucks, der dafür auf den Zierat des
Originals verzichtet.

Die angestrebte zeichengetreue Wiedergabe findet
ihre Grenzen in den zahlreichen Fällen schlechter
Druckqualität der Vorlagen. Insbesondere Bindestriche,
Satz- und Umlautzeichen sind in den eingesehenen
Exemplaren häufig nur schwer erkennbar; auch Wort-
zwischenräume sind in besonders eng gesetzten Zeilen
oftmals nur schwer auszumachen.

Verzeichnis der Texteingriffe

Teil 1

14,12 Paquet Schrifften] Paquet-Schrifften **32,26** Folgendes] Flolgendes **35,5** Quartiere] Qartiere **35,15** öfftern] öffern **39,4** versichern] verfichern **49,25** Lieutenant] Lieutenannt **53,23** Universität] Unniversität **56,12f.** Rencontre] Recontre **59,10** einander] einader **63,16f.** façon] façon **64,3** der] ber **64,4** Willkommen mein] Willkommein **85,17** 12.] 12 **90,1** Marmelade,] Marmelade **91,3** Patates,] Palates, **95,13f.** verweigern] verwiegern **100,2** Thlr.] Thlr **114,9** allbereits] allbereis **118,16f.** solchergestalt] solchergestat **121,22** doch] do *(ausgefallene Buchstaben)* **127,28** beysammen] besammen **135,13** sonst] svnst **137,18** Wissenschafften] Wissenschaffen **147,28** Herr] Heer **151,27*** Herrn Vater die Hand] Herrn die Hand **153,19** ordentlich] odentlich **155,18*** Unpaß] Umpaß **172,23** bequeme] bequme **173,10** versetzte] vorsatzte **197,15** vollends] vollensds *(korrigiert nach Kustos)* **203,13** Seekalbs] Seeckalbs **206,4*** pretium] prætium **206,4*** hac] hæc **210,6** Freund] Freud **212,9** Don] Dan **221,17** dieser] bieser **230,27** Concordia] Cordia **232,12** einschlagen] eingeschlagen **235,20** Albert] Abert **238,22** würckliche] würcklich **242,18** Räncke] Rancke *(korrigiert nach Kustos)* **247,14** ihr] ihre **259,28** Hände] Hande **262,13** Concordia] Cordia **266,17** denselben] denselbeu **267,28** den] dey **278,12** vollkommenes] vollkommenns **284,27*** verdecktes] verderbtes **292,9** Geburts-] Geburs- **305,3** Cyrillo] Cyrillio **306,3** 8. Januar.] 8 Januar. **306,27** Leuvens,] Leuvens. **319,12** untereinander] untereinader **320,16** Le-[290]ben] Le-[290]nen *(korrigiert nach Kustos)* **320,17** wenig] webig **323,27** sterbliche] sterbüche **328,19** (1.)] (1) **328,19** (2.)] (2) **341,19** Joseph] Jofeph **341,21** nach] nacht **345,18** Eroberung] Erorberung **346,23** Person] Peson **350,5** lauter entsetzlich schäumende Wellen] lauter schäumende Wellen entsetzlich **351,17** Philippine] Philppine **353,10** daß] das **356,14** Insuln] Insulm **367,24** ausgetruncken] ausgetrucken **383,8** grausamen] grausamer **385,13** Schimmers Bewegung] Schimmers-Bewegung **387,19** 2.] 2 **390,17** derjenige] derjenig **399,5** Hülter] Hüll **409,5** nachhero] nahero **409,21** Schimmer] Shimmer **410,18** ruhiger] ruheriger **417,28*** Stieff-Tochter] Schwieger-Tochter **421,8**

wenigstens] wenigstes **434,4*** gefährlicher] gefährlichen gefährlicher **440,19** derowegen] derowen **447,19** bat] dat **451,22** ließ] leiß **453,18** Ursache] Ursuche **462,16** Sprache] Srache **465,28** Handwercken] Handwerckern **469,16** Bekandtschafft] Bekandtschchafft **504,19*** das Heil. Abendmahl allen] das Heil. allen **505,16** Roberts-] Roberts **512,22** Schwester] Schester **515,1** TABELLen] TABELLEen **515,6** vorn] forn **524,Tab. IX** Rawking] Ravvking **524,Tab. IX** und 16.] und 19. **543,1** erlangter] erlanger **549,10** und] und und **553,26** machen] mache **560,13** Arragonien] Arrogonien **560,16** Ferdinandi] Ferdinendi **561,2** Arragonien] Arrogonien **571,26** würcklich] würckl *(ausgefallene Buchstaben)* **598,8** welche] welch **601,1f.** Kummer] Kummrr **609,14** Valboa] Volboa **619,14** Mensch] Meusch **647,15** können] konnen

Teil 2

3, Titelblatt gebohrneu] *(nicht korrigiert, da Faksimile)* **7,3** lin. 28.] lin 28. **9,23** 1.)] 1) **10,13** 3.)] 3). **13,5** hellklingende] hellkingenge **14,10f.** Gottes-Dienste] Gottes-Dinste **34,22f.** der-[20]gestalt] der-[20]gestallt *(korrigiert nach Kustos)* **38,15** übergieng] übrgieng **55,28** eiffrigsten] eiffristen **59,10** Dutzent] Dutzet **63,22** Ausgeberin] Ausgebern **74,2** 11.] **11 79,23** verfluchen] verfluchten **82,15** abermahls] abmermahls **83,22** bald] dald **85,6** glücklich] glückich **85,11** Eberhard] Eherhard **87,17** Roberts-] Robers- **92,3** Louis d'or] Lois d'or **96,6** Hunde] Hunde. **101,12** Marquetender] Marquetener **105,13** Bedencken] Bedenckeu **107,1** Schwedeken] Schwedken **114,6** ich] lch **116,10** an täglich] antäglich **124,5** Courage] Caurage **129,14f.** Geheimniß] Gehemniß **130,1** um] üm **130,14** schicken] schicke **149,18** ich] ihr **154,11** augenblicklich] augenbilcklich **155,11** besondern] desondern **159,17** einen] einenen **176,22** Erzehlung] Erzehlen **186,1** Schmeltzer] Scmeltzer **186,2** lachen,] lachen. **188,20** daß sie das] daß sie daß **192,17** Haupt-Actum] Haup-Actum **193,21** 1.] 1 **194, Tabelle** Christophs-] Christophs **202,14** mit folgenden] mit folgen **207,16** bereits] berits **222,14** 8.] 8- **231,1** hinnaus] hinnans **244,20** Recreutirung] Recreutirnng **257,20** triumphat] trimphat **259,13** abstatten] abstatte **282,23** Vetter] Vater **284,10** Gedancken vertiefft] Gedanckenvertiefft **287,19** 1.)] 1) **305,15** Hierauf] Hieraf **317,10** wovon] wovn **347,19** frieden] frleden **354,10** Sachen] Sache **355,14** sich] siich 373,2 Geliebten] Gelieben 379,1 Anstallt] Allstallt 400,17 und nur] unr nud 410,5 herkommen?] herkommen: 411,2 ansehnliches] anshnliches 411,2 Hauß] Haß 411,5 La Rosée] Le Rosée 412,18 berichtete] brichtete 416,16 jedennoch] jedennach 416,27 2.] 2 419,16 Thür] Tühr 422,19 1000.] 1000 424,25 20.] 20 425,5 30.] 30 426,8 nicht] nich 426,21 verursachten] verurschten 427,7 1000.] 1000 429,10 Herrlichs] herrliche 435,25 2.] 2 453,15 Dorff-Schulmeisters] Dorff-Schulmeistes 457,24 Immittelst] Immmittelst 462,4 10.] 10 470,6 er,] er- 478,24 erquickt] erquick 480,26 A.] A 486,17 Unsern] Unsen 491,8 verschiedene] verschiene 493,25 Wolffgang] Wolffang 513,14 Stadt] Sadt 515,17 6.] 6 515,22 Franckreich] Frnckreich 516,3 4.] 4 516,13f. Tractament] Tractamant 517,11 4.] 4 518,18 40.] 40 519,5 Handwercks-] Handweckss- 519,13 3.] 3 520,5 60.] 60 520,7 hinfüro] hinfüre 521,1 nicht] nich 521,4 gehabt] gehab 522,2 30.] 30 522,7 14.] 14 522,9 12.] 12 522,18f. Catholischen] Catolischen 523,12f. verantworten] veranworten 524,9 12. Briefe] 12 Briefe 524,22 Rechnung] Rechnun 524,26 2. thl.] 2 thl. 524,27 20. thl.] 20 thl. 524,28 3. Monat] 3 Monat 525,6 gerieth] gerith 526,21 bete] bette 540, **Tabelle** Christophs-] Christophs 546,13 414] 514 552,28 nach] noch 553,15 bath] hath 555,1 Portugiesische] Portugisische 557,23 Wodley] VVodlay 558,21 gespeiset] gespeiseit 573,9 Wodley] VVodley 573,18 Wodley] VVodley 573,25 Wodley] VVodley 574,3 Wodley] VVodley 574,20 Wodley] VVodley 575,2 Wodley] VVodley 575,9 Wodley] VVodley 577,22 mißvergnügte] mißverguügte 580,25 selbst] selst 581,20 Cocos] Cacos 585,19 3.)] 3. 586,10 Bienen-Körbe] Binen-Körbe 586,13 Coffeé,] Coffeé 587,28 nebst] nest 588,8 Wolffgangin] VVolffgangin 590,27 Wolffgangin] VVolffgangin 591,13 Wolffgangs] VVolffgangs 592,7 vergnügtesten] vergnütesten 592,12 Wolffgangs] VVolffgangs 592,25 Wolffgang] VVolffgang 599,3 ungemüntzten] nngemüntzten 601,26f. aller verdrüßlichen] allerverdrüßlichen 607,15 Courage] Curage 614,9 wissen] wisen 614,24 3.] 3 615,6 Geburths-Stadt] Geburths-Stad 621,2 Regungen] Regunge 621,11 führen] führeu 625,20 capriçieuse] capriçieuse 627,28 euer] eure 630,2 Hauß-Gesinde] Hanß-Gesinde 633,17f. Herr W.] Herr VV. 633,28 nicht] njcht 637,5 100.] 100 641,10 Gebuhrts-Stadt] Gebuhrs-Stadt 648,4 Apotheckgen] Apothheckgen

Teil 3

31,25 welchem] melchem **40,7** cum Interesse] cum Inresse **44,1** Ge-[31]gentheil] Ge-[31]gentheils **47,20*** Bay] Boy **50,26** klein Felsenburg] kleinen Felsenburg **51,28** Wodley] Wadley **53,8*** Wodley] Wadley *(Schnabels Errataverzeichnis verweist auf Seite 4, Zeile 4; richtig ist: Seite 40, Zeile 4)* **62,18*** Wodley] Wadley **66,12** blitzt,] blitz, **75,18f.*** wieder auf den Rück-Weg] wieder den Rück-Weg **77,23** Wodley] Wadley **82,15** vorzutragen] vorzutrageu **84,11** Wodley] Wadley **86,3** Wodley] Wadley **94,22*** Priestern und] Priestern, **101,6** Wodley] Wadley **101,12** Krügerin.] Krügerin **101,13** Zornin.] Zornin **103,7*** tüchtigen] tüchtige **105,4*** des Landes] der Landes **111,4** in die Höhe] die Höhe **121,9** worum] warum **141,22** Abends] Abens **150,9f.** Curiositäten] Curiosäten **150,12*** nun eines Tages] nun Tages *(Schnabels Errataverzeichnis will eine Korrektur in* »um eines Tages«*)* **164,27** Freymüthigkeit] Frey müthigkeit **176,15f.** Marocco] Maracco **181,19f.*** als alles andere] als andere **183,21** missen] wissen **192,8*** gantze] dantze **197,1** 2.] 2 **197,27*** Waade] Wunde **205,8** Blacs] Blac **205,22*** Stelle gehen] Stelle zu gehen **205,25*** *Schnabels Errataverzeichnis fordert an dieser Stelle die Korrektur eines Wortes in* »allerfreundlichste« *die in der Vorlage bereits ausgeführt ist* **236,16** Kauffmanns Hause] Kauffmanns-Hause **239,23*** noch den Vortheil] noch Vortheil **241,20** Geschwindigkeit] Geschwindiget **244,10*** bey] mit *(Schnabels Errataverzeichnis verweist auf Seite 228, Zeile 13; richtig ist: Zeile 31)* **247,6f.*** unterdessen] unvermerckt **257,10** Schlaff-Stuhl] Schlaff-Sthul **260,21*** Gesetze] Gericht **279,12** diesseit] disseit **296,17** 4.] 4 **316,20** Capitain] Capitian **318,7** einmahl] einmnhl **332,4** so gehts] so geths **333,26** vorne] forne **358,20** Mons.] Mons **361,12** Salomo] Salamo **370,14** Handwerckern] Handwercken **424,1** behalten &c.] behalten &c **436,15** verdienen] vedienen **445,8** nach] noch **449,19** verreiset.«] verreiset. **449,19** »Ach!] Ach! **467,9** meiner] mein r *(ausgefallener Buchstabe)*

Teil 4

11,16 der] der der **13,20** so] sv **17,28** bis] bis. **32,6** 300.] 300 **32,6** 150.] 150 **46,6** Brühe,] Brühe **50,3** 2.] 2 **50,5** 12.] 12 **51,11** das] daß **66,7** 12000.] 12000 **66,9** Ballast] Ballost **78,3** zu essen und zu trincken] zu

essen zu trincken **78,9** &c.] &c **79,16** Capitain,] Capitain **79,24** 1.] 1
80,4 worden.)] worden,) **81,15** Commandant] Commendant **84,1**
(Und] (und **84,5** solte.)] solte,) **86,14** 2.] 2 **91,19** Curiositeè] Cnriositeè
102,25 2.] 2- **104,24** Messeigneurs] Meisseigneurs **109,5** 2.] 2 **109,7** 2.]
2 **109,8** 2.] 2 **109,10** 12.] 12 **116,26** Conducts] Conduct *(ausgefallener
Buchstabe)* **120,14** Hand] and *(ausgefallener Buchstabe)* **122,6** Sor-
dinen] Serdinen **130,27** Backen,] Backen **130,28** verstunden,] verstunden, zusammen, **133,13** blessirt] blessiirt **139,16** zu] zn **142,3**
Nacht] Nach **142,26** Gouverneur] Couverneur **147,14** und] nnd
148,10 Gouverneur] Gouverueur **159,22** Trompeten] Trempeten
161,12 4.] 4 **161,23** ergriff] er griff **162,2** geringste] gerinste **163,14**
Wie] Die **165,2** angewiesenen] augewiesenen **167,5** Tochter] Töchter
174,17 dieser] die ser **179,16** und] nnd **179,18** und] nnd **179,20**
mit] m t *(ausgefallener Buchstabe)* **187,13** noch] nach **190,9** solche]
soche **190,20** und] nnd **193,8** nach] noch **204,16** wissen.«] wissen.»
206,10 und] nnd **207,18** Verpflegung] Verpfleguug **211,21** vielleicht]
vielleiche **213,26** Commando] Cammando **214,24** und] nnd **216,2**
Begebenheit niedergelegt] Begebenheitniedergelegt **218,2f.**
Frantzösischen] Frantzösisches **223,24** 6000.] 6000 **223,25** theils
Gold] theiis Gold **224,2** 1000.] 1000 **225,7** Maitresse] Maitraisse
225,10 Maitresse] Maitraisse **225,15** Maitresse] Maitraisse **225,18**
Maitresse] Maitraisse **225,23** ruhen] ruchen **226,12** 100.] 100 **227,7f.**
10. und 11.] 10 und 11 **229,1** (antwortete] antwortete **229,23** 3.] 3
233,2 Guinees] Cuinees **233,23** wir] mir **237,26** 20000.] 20000 **238,9**
nöthig] nothig **253,20** Ratte,] Ratte **255,25** viele] hiele **256,24** In]
Fn **259,8** 2.] 2 **259,24** 2.] 2 **259,28** 3.] 3 **261,22** 1. Capitain] 1 Capitain
261,22 1. Subaltern] 1 Subaltern **261,22** 53.] 53 **261,25** Hrn.] Hrn
262,19 Bißgen,] Bißgen **263,7** bekannten] kekannten **264,19** 2.] 2
266,20 uns] nus **269,25** Glorwürdigsten] Olorwürdigsten **275,23**
Trompetern] Teompetern **276,27** und] nnd **283,19** Unterdessen]
Urterdessen **286,27** Kriegs-Rechte] Krigs-Rechte **297,16f.** anzu-
nehmen] auzunehmen **300,6** und] nnd **300,19** 10.] 10 **300,19** 9.] 9
301,7 allein] alle **313,21** freyem] freuem **320,24** wieder] wider **326,18**
5.] 5 **330,6** 319] 219 **332,7** (gab] gab **335,12** Leute] te *(korrigiert nach
Kustos)* **335,28** das] daß **336,18** unserer] nnserer **337,2** leuchten]
leichten **337,16f.** ge-[326]ringen] ge-[326]gen *(korrigiert nach Kustos)* **348,15** uns] aus **349,12** 2.] 2 **351,15** denn] den **352,23** Europæer]

Furopæer 357,24 so] sa 361,5 auch] anch 361,20 und] nnd 363,5 4.] 4
363,13 Thiere] Thüre 363,20 3.] 3 365,6 Vornehmen] Vernehmen
367,24 Cameraden] Cemeraden 368,24 solten.] solten 370,28 Aal]
Aaal 376,15 (sprach])sprach 376,25 finstern] stnstern 378,2 bald]
baid 378,5 belleten] delleten 381,9 12.] 12 381,14 2.] 2 381,26 53.] 53
382,1 2.] 2 382,15 4.] 4 382,16 2.] 2 382,16 1.] 1 382,20 2.] 2 385,2 und]
nnd 386,8 14.] 14 387,2 worden,)] worden, 387,8 53.] 53 387,11 12.] 12
387,12 hatten.] hatten 388,28 Creutze] Ereutze 389,20 3.] 3 390,3
19.] 19 390,5 100.] 100 390,20 452.] 452 392,10 Metallen] Metaillen
392,10 hielten,] hielten 393,19 3.] 3 397,20 seinen] feinen 398,1 ar-
tigen] actigen 399,16 387] 346 405,1 faul] saul 410,2 Tages] Tage
411,20 verzäunten] verzäuten 411,26 4.] 4 411,27 6.] 6 416,14 an-
fänglich] anfänalich 419,21 (sagten])sagten 437,27 Fl.] Fl 443,28
machte.«] machte. 444,20 sich] fich 445,11 N.] N 450,6 mögen]
mogen 450,27 bey] dey 457,22 erpicht] er picht 459,14 gepflantzet]
gepstantzet 461,13 Fürstin).] Fürstin).] Fürstin] 462,11 unterste] uuterste
462,21 Schwelle] Swelle 462,22 sondern] sonden 463,4 etwa] ewta
463,5 denn] den 464,17 läufft.] läufft 474,3 halbwege] halwege 474,7
Mirzamanda] Mirzamenta 475,13f. welches] melches 477,8 daß]
das 479,23 in] ln 480,9 ferner).] ferner) 483,1 und] nnd 486,5 wä-
ren] wär n *(ausgefallener Buchstabe)* 490,22 Auser] Aufer 505,13
20. bis 30.] 20 bis 30 505,15 kömmt.] kömmt, 513,21 6.] 6 514,8 ge-
wisser] gewlsser 514,18 2.] 2 515,6 Beyhülffe] Behülffe 516,14 2. oder
3.] 2 oder 3 518,27 hinein] hlnein 525,16 Berge] Brrge 536,23 2.] 2
537,27 aber] aher 541,22 und] nnd 541,22 haben] haben haben 544,23
Rind-Vieh] Riend-Rieh 544,23 dergleichen] dergleicheu 544,28 4.] 4
549,6 300.] 300 553,7 4.füßige] 4-füßige 575,6 stärcker] stärcken
582,16 vitriolische] victriolische